本书系国家社会科学基金重大项目
"多卷本《中国现当代旧体诗词编年史》编纂与研究及数据库建设"
(18ZDA263) 的阶段性成果

编 委 会 名 单

顾 问

章开沅　谢　冕　张　炯　黄修己　洪子诚　施议对
黄　霖　於可训　陈子善　钟振振　黄坤尧　赵学勇
何锡章　陈思和　曹顺庆　张福贵　刘福春　关爱和
尚永亮　黄仁生　程光炜　孙　郁　陈文新　查洪德
朱寿桐　谭桂林　刘　勇　王兆鹏　沈卫威　朱万曙
吴　俊　王兆胜　王本朝　吴义勤　李　怡　郜元宝

主 编

李遇春

编 委

王　彪　鲁　微　段玉亭　李聪聪　董瑞鹏　朱一帆
邱　婕　凤　宇　范雅文　陈智宇　雷　挥　张珍珍
陆　为　王成志　易弋雯　张馨月　林晓茵　余　迅

编写组

臧晓彤　易纾曼　李永阳　彭吉欣　杨　颖　李　莎
刘　莹　刘遵佳　张佳程　赵芊宇　梅旻璐　包晓涵
陆之超　张钰筱　李元祉　戴　勇　叶澜涛　窦金龙
魏耀武　王艳文　王　振　王　博　黄　晶　李燕英
陈　祥　李晨曦　蒋雅露　邓国飞　王刘凌波

中国语言文学
一流学科建设文库

中国现代旧体诗词编年史

第一辑（第三卷）

李遇春◎主编

人民出版社

目 录

一九一六年（丙辰）

1日　袁世凯申令孔令贻袭封衍圣公并加郡王衔,旋派刘师培、杨度等迎孔令贻入京。

云南都督府成立,唐继尧任都督,组成护国军总司令部,发难讨袁。各地义师陆续兴起。吕志伊、王德钟等先后草檄《拟护国军讨国贼袁世凯檄》《讨袁贼檄》。王德钟作《草檄既竟,自题一绝》。诗云:"未得荷戈事北征,犹能草檄驰幽并。一千一百十余字,字字苍生痛哭声。"

《申报》第15408号刊行。本期《自由谈》"词选"栏目含《甘州·客窗岁暮,山茶盛开,酒赋琴歌,宛在小香雪海,同咏梅花,因倚此解寄筠甫》(东园)、《庆春泽·题王韵仙女史遗稿》(东园)。

《小说海》第2卷第1号刊行。本期"杂俎·诗文"栏目含《渡江口占》(谢冶盦)、《友人有以书询近况者,赋此答之》(谢冶盦)、《姚民政长署观菊花,即寿东老七十》(谢冶盦)、《登金山宝塔望江得诗八律,借以写怀》(东园)、《淮青桥塊玉壶坊海洞春餐馆即席,叠胡蓉卿校书韵》(陈弢庐)、《弢庐从秣陵以近作寄视,赋此奉酬,仍用胡蓉卿词史原韵》(天民)、《署芸以重游莫愁湖近作寄示,次韵奉酬并呈弢庐一粲》(徐天民)、《对酒》(程南园)、《红叶》(程南园)、《秋夕口号》(程南园)、《南园书怀》(程南园)、《有感》(程南园)、《新乐府十章》(磊盦)、《乌夜啼》(乐园)、《月上瓜州·由京口渡江入瓜州》(乐园)、《杨柳枝·有感》(用朱敦儒体韵)(乐园)、《苏幕遮·秋闻》(用石孝友体韵)(乐园)、《金人捧露盘·依程垓体韵》(乐园)、《浣溪沙·留别萍社诸女史》(绛珠)、《前调·送绛珠之秣陵次韵》(苹香)、《前调·和绛珠留别之作次韵》(碧珠)、《前调·送绛珠之秣陵次韵》(碧霞)、《前调·送绛珠之白下次韵》(琴仙)。

《中国实业杂志》第7年第1期刊行。本期"文苑"栏目含《美陆杂咏》(前韵十五首)(李文权)、《七夕十二则》(味无味斋)。

《诗声》第1卷第7号在澳门刊行。本期"词论"栏目含《张炎〈词源〉(七)》;"词谱"栏目含《莽苍室词谱(七)》(雪堂编);"诗话"栏目含《山藏石室诗话(四)》(乙庵);"笔记"栏目含《水佩风裳室杂乘(六)》(秋雪);"野史"栏目含《本事诗》(元稹、开元制衣女)(唐代孟棨);"题跋"栏目含《杏香书屋书画跋(四)》(杏香居士);"诗屑"栏目含《钟馗,德政碑》《蜻蜓,老伶》《渔妇,骨》《豆芽,李香居》。另有《雪堂第三十课题》,题为《苦寒》,要求"限填《浣溪沙》,卷寄澳门深巷十八号交雪堂,民国五年二月十五号收"。《雪堂启事》云:"廿八、九两课汇卷本早已发出,只以旬月以来，同人以公事故奔走不遑，遂延至今，始能将《诗声》七号印竣。其廿八、九两课，一俟稍阅，即行付梓，屡蒙社友函催，谨此奉阅。"

易顺鼎往广德楼观梅兰芳新戏《黛玉葬花》。作《葬花曲》云："君不见汉家美人王昭君，唐家美人杨太真，洗定北地胭脂色，沉醉东风芍药春。君不见许状元之本生母，张解元之未婚妇，青儿主仆宋稗官，红娘主仆元乐府。君不见思凡曲唱女冠子，惊美词填李笠翁，礼佛秋宵木鱼响，题诗春画纸鸢风。吉祥新剧观六七，嫦娥奔月尤超轶。百千万劫欢无双，三十六天夸第一。演之者谁天仙人，天仙化作梅郎身。更排黛玉葬花剧，似返绛珠仙草魂。绛珠仙草生何处，万古泪花所凝聚。谁从青埂峰上栽，误堕红楼梦中去。绛珠又化天人来，花开万树疑天台。二月五日春将过，二十四番风正催。云鬟螺髻垂双绺，衫色鹅黄磐百纽。羊脂玉润作娇颜，鸦嘴锄轻随素手。沁芳桥上倚栏杆，一孕能行白牡丹。万点鹃红愁似海，两弯蛾绿淡于山。依是吴城小龙女，一生泪雨为花雨。情谁炼石补青天，替他埋玉堆黄土。依今葬花人笑痴，他年葬依感合肥（李合肥喜举此二语）。燕子偷窥临水影，鹦哥学诵葬花诗。流水落花李后主，花落水流王实甫。如花似水更堪悲，肠断临川汤显祖。牙签玉轴误搜罗（所持《牡丹亭》《会真记》皆瘿公物），徒感幽情唤奈何。粉靥频时因读曲，泪痕红处是闻歌。舞台不啻灵山座，观者千余齐证果。画汝应求改七芗，生子都输梅二琐。人人筑馆号潇湘，解秽凭卿发异香。羯鼓从今赖妃子，虎贲谁敢学中郎。姚黄魏紫都难比，何况千红兼万紫。采药麻姑态逊娇，散花天女颜输美。素蛾漫拟斗婵娟，已嫁终输未嫁妍。一自人间到天上，一从天上到人间。宫闱幽恨乾坤满，安得梅郎来遍演。五万花魂借体还，大千秋色双眉管。吁嗟乎！君不见长生殿曾受老黄哭，沉香亭空将太白催，玉茗堂宜偕小青读，石头记谁是怡红才。"或谓实甫曾以贾宝玉自况，湘绮曾为诗以调之。2月11日，梅郎又演《黛玉葬花》于文明茶园，实甫偕樊山诸名士等往观，贾宝玉者为姜妙香，实甫以为不称。名士曰："使君为之如何？"易曰："当差强人意。"相与大笑。

丘复作《民国五年元旦作》。诗云："民国居然有五年，尚留残梦付诗篇。平生结想都成幻，已死余灰正复燃。但祝太平无事好，不闻理乱此身便。奇穷我欲骄颜子，屡空曾无负郭田。"跋云："此诗作于帝制极盛，洪宪改元之时，书生手无寸铁，心虽谓非，力不足抗，当时之意，以谓将与民国永别矣。聊留此诗于吾诗稿中，则民国五年当永无极也。孰意一声霹雳起于滇南，卒令死灰不敢复燃，而吾平生梦想可以再续。自兹以往，吾生有涯，而民国无涯。将年作一诗，以为纪念，荷公自记。"

柳亚子作《元旦》（二首）。其一："正朔堂皇日月恢，痴儿空筑受禅台。天南鼙鼓喧阗起，一柱擎天仗异才。"其二："碧鸡金马旧雄风，保障神皋第一功。我亦椒花新献颂，摩挲杯勺饮黄龙。"

傅熊湘作《五年元日，次县城，袁氏以是日改元洪宪》。诗云："罡风吹断一冬晴，见说新元节序更。枯树纸花供点缀，高牙大纛对纵横。微生尚惜飘残泪，断梦犹怜说太平。风景未殊人物换，卧听箭角满江城。"

陈方恪作《丙辰元旦口占》。诗云："频年灰洞失巢痕，鸡犬新丰尚旧门。又报春风返兵气，且收人影护梅魂。"

[日]土方久元作《大正五年元旦试笔》。诗云："喜迎大正五年春，瑞气氤氲罩紫宸。欧土战云犹未敛，西邻政态变何频。欣吾国运逾隆盛，怜彼经营徒苦辛。圣德光辉均日月，嵩呼万岁仰慈仁。"

2日 周作人修订旧《周氏宗谱列传》（3册）。

4日 《申报》第15411号刊行。本期《自由谈》"游戏文章"栏目含《冷板凳赋》（语溪蠖屈）；"词选"栏目含《花发沁园春·四春词，用宫词体》（四首，东园）。

宋作舟作《乙卯冬月晦日大风雪，时满街五色旗飘，而邑宰堂前灯彩尤盛，询之方知今日为帝国洪宪建元新历之元旦云》。诗云："满城风雪庆新年（风雪飘摇），五色旗香万户烟（满街灯彩）。爆竹声声威禹甸（威中禹甸），梅花处处暖尧天（世外尧天）。琼瑶瑞兆卑沙早（瑞兆新年），歌管楼台白帝先（歌吟白帝）。回首沧桑银海变（江山变幻），陶唐景物果空前（绝后空前）。"

5日 《申报》第15412号刊行。本期《自由谈》"栩园诗选"栏目含《书怀》（六首，陈融仙）；"栩园词选"栏目含《江城梅花引·题〈筝楼聚影图〉》（章松龛）、《水龙吟·再吟〈筝楼聚影图〉》（章松龛）、《八声甘州·前题》（郑寄伯）。

《妇女杂志》第2卷第1号刊行。本期"文苑"栏目含《李贞女传》（江都王存存子）、《清故节孝君陈母倪太孺人墓志铭》（长洲诸福坤元简）、《陈母沈太君诔》（泾县胡韫玉朴庵）、《叶氏姊墓志铭》（吴江陈去病巢南）、《乞巧文》（赵畹兰）、《题金母袁太君〈风雨勤斯图〉》（清光绪乙未）（长洲诸福坤元简）、《题金母袁太宜人〈风雨勤斯图〉》（清光绪丙申）（吴江周之桢）、《题金节母袁太宜人〈风雨勤斯图〉》（清光绪癸巳）（吴江袁龙）、《题金节母袁太夫人〈风雨勤斯图〉，恭祝八秩寿辰》（吴江沈维钟）、《哭女芸》（金刬山）、《记得词六十首（未完）》（汪芸馨女士）。

6日 广东中华革命党人朱执信及陈炯明等相继在惠州等地举事讨袁，朱部号称中华革命军，陈部为护国军。

《申报》第15413号刊行。本期《自由谈》"栩园词选"栏目含《梦忆》（仿樊南体）（番禺潘兰史）、《碧桃馆本事》（四首，陈蓉仙）、《浣溪沙·无题》（四首，翁泽芝）、《曲游春·题陈蝶仙〈筝楼泣别图〉》（严崿虎）、《绮罗香·有赠》（徐澹庐）、《小庭花·寄张月红校书》（徐澹庐）。

《文星杂志》第3期刊行。本期"名著"栏目含《香泾仙史遗集（续）》（常熟殷再巡著，赵执信点定）；"诗话"栏目含《一虱室诗话（续）》（张峰石）；"诗选"栏目含《题芗溪朱宫詹景唐（梦元）先生〈梦训遗图〉》（南汇澹庐徐鋆）、《晚眺》（仓稊居士）、《自旷》（南园）、《课余即事》（山东郯城求是学校教员刘浩）、《咏莲》（湖州苕溪女学教员金石鸣）、《秋月》（得中字）（浙江省立女师范学校三年级生熊襄如）；"词钞"栏目含《高阳台·题黄皆令〈流红桥遗事图〉》（樊增祥）、《前调·题方白莲〈秦楼惜别图〉》（樊增祥）、《前调·题马湘兰〈天寒翠袖诗意图〉》《前调·董小宛〈孤山感逝图〉》（樊增祥）、《宣清·辛亥二月，赵孝陆录绩以梦楼女孙玳梁〈玉燕兰梅画卷〉属题，此调本出耆卿，自汲古阁刻六十家词，于下半阕误夺二十五字，妄增一字，而红友从之，疏舛甚矣。往与吾师艺风年丈同校〈乐章集〉，曾以宋本纠正，今复倚此声，为当知音者告焉》《国香慢·自题〈子固凌波图〉，同草窗调》（曹元忠）、《垂杨·调见白仁甫〈天籁集〉，以绝好词，陈君衡作，校之，则上、下半阕第六句"依然千树长安道"及"落花满地谁为扫"道、扫皆韵，而白词未叶，又毕曲"纵啼鹃，不唤春归人自老"而白词落"不唤"二字，恐八十老尼所传旧曲多脱误。今年元夕余谱此调时客大梁，旋得思翁西湖泛月，便面请词宛合，因改从西麓体纪胜兼留墨迹也》（曹元忠）、[补白]《忆云余墨》；"传奇"栏目含《红楼梦散套（续）》（荆石山民填词）；"笔记"栏目含《市井琐话（未完）》（王树森）、[补白]《采莲曲》（秋帆）。

魏清德《闽江竹枝八首》刊于《台湾日日新报》。其一："不向蓝桥向大桥，客中韵事总魂消。闽江无数珍花卉，都让依娇与瑞娇。"其二："莫道侬舟善转移，侬舟长系水之湄。未尝受过风吹去，乌桕成行最可知。"其三："双桨摇摇水国乡，移灯深夜照红妆。如何忘却归时路，一抹桃花误阮郎。"其四："瘦削腰肢似柳枝，自梳爱国髻新奇。啼莺语燕南台路，欲促郎看唤侍儿。"其五："两面篷窗廿扇开，酒阑午夜苦追陪。泥侬羞把中单解，云雨襄台对镜台。"

8日 《申报》第 15415 号刊行。本期《自由谈》"栩园诗选"栏目含《读五季史有感》（八首，何颂花）；"栩园词选"栏目含《蝶恋花·记问渠亭》（四首，华痴石）。

9日 《申报》第 15416 号刊行。本期《自由谈》"栩园诗选"栏目含《答谢红豆二首》（番禺潘兰史）。

《崇德公报》第 30 号刊行。本期"文苑"栏目含《民国五年元旦口占》（楚狂）、《三次雨林君〈秋感〉韵，酬蒋山镌章之劳》（云中小主）、《奉和张君阆列〈三十感怀〉原韵》（蒋山）、《卜算子》（湛园）。

陈方恪陪父陈散原等同游南京古刹，作《元月九日奉两大人同诸弟妹并携清扬至鸡鸣寺作》。诗云："青山烟火踏莓苔，还共朝云侍杖来。合眼钟声人去尽，三生重礼志公台。"

胡适在美国作《秋声》。此诗续成 1915 年旧稿。诗前有序："老子曰：'吾有三宝，持而宝之：一曰慈，二曰俭，三曰不敢为天下先。'此三宝者，吾于秋日疏林中尽见之。落叶，慈也。损小己以全宗干，可谓慈矣。松柏需水供至微，故能生水土浇薄之所，秋冬水绝，亦不虞匮乏。人但知其后凋，而莫知后凋之由于能俭也。松柏不与众木争肥壤，而其处天行独最适。则亦所谓'夫唯不争，故天下莫能与之争'者也。遂赋之。"诗云："出门天地阔，悠然喜秋至。疏林发清响，众叶作雨坠。山蹊罕人迹，积叶不见地。枫榆但余枝，槎枒具高致。大橡百年老，败叶剩三四。诸松傲秋霜，未始有衰态。举世随风靡，何汝独苍翠？虬枝若有语，请代陈其意：'天寒地脉枯，万木绝饮饲。布根及一亩，所得大微细。本干保已难，枝叶在当弃。脱叶以存本，休哉此高谊！吾曹松与柏，颇以俭自励。取诸天者廉，天亦不吾废。故能老岩石，亦颇耐寒岁。全躯复全叶，不为秋憔悴。'拱手谢松籁，'与君勉斯志。'"此诗后载于1917年3月《留美学生季报》春季第1号。

10日 《商学杂志》创刊。创刊号"文苑·诗录"栏目含《怀人绝句》（冯允）、《秋阴》（李世丰）、《雨后对月，和研苏金陵枉怀》（杜振襄）、《武侯祠》（易艾先）、《乌衣巷》（易艾先）、《睡狮吟》（蒋则先）、《病夫吟》（前人）。

《申报》第15417号刊行。本期《自由谈》"栩园诗选"栏目含《括苍旅夜》（周剑青）、《沪游留别》（二首，周剑青）；"词选"栏目含《菩萨蛮·春寒》（刘清韵）、《前调·晓妆》（刘清韵）、《曲游春·题陈蝶仙〈筝楼泣别图〉》（周子炎）。

《东方杂志》第13卷第1号刊行。本期"文苑·文"栏目含《记翠微山》（林纾）、《枕岱轩记》（前人）；"文苑·诗"栏目含《雨中游径山，和东坡〈径山道中〉韵》（王潜）、《自徐州看山至浦口》（林纾）、《过海藏楼》（前人）、《至沪上居梦且寓楼，涛园三兄弟匝日不至，赋呈一首》（前人）、《题怀素〈自叙帖〉》（郑孝胥）、《重九雨中作》（前人）、《戏呈樊山社长兼示一广同社》（陈衍）、《题刘葱石〈枕雷图〉》（康有为）、《将至金陵视散原老人，车过镇江，观落日作》（陈曾寿）、《莫愁湖，幼云、瘦唐同游》（陈三立）、《夜坐》（前人）、《步门前菜圃看晚食于露地者》（前人）、《剑泉过话》（前人）、《仁先自沪渎来视，出示车行看落日之作，和酬一首》（前人）、《五凤砖砚歌，为丹徒叶中泠作》（奚侗）、《甲寅上巳修禊十刹海》（俞明震）、《缪艺风先生病愈见过》（李详）、《寄吴董卿南昌，乞任注后山诗，并从程庆庵先生写〈瀛洲道古录〉》（前人）、《题〈海藏楼诗〉新刊本》（前人）、《剑丞遗余以陶文毅公所制笔感赋》（诸宗元）、《乙卯重九》（陈衡恪）；本期另有《石遗室诗话续编（续）》（陈衍）、《眉庐丛话（续）》（蕙风）。

刘承干访杨钟羲，偕往沪上吟桂路，访陈曾寿。晚至四马路一枝香，应钱听邠消寒第三集之招。

王季烈（君九）访叶昌炽，以晚清词人庄棫《蒿隐遗稿》见示。

11日 《申报》第15418号刊行。本期《自由谈》"栩园诗选"栏目含《纪梦》（九首，许疑菴）；"栩园词选"栏目含《生查子·和周剑青》（徐澹庐）。

12日 《申报》第15419号刊行。本期《自由谈》"词选"栏目含《台城路·病中寄挽唐宇和》（剑□）、《南歌子·采莲》（渡梅）、《调笑令·秋闺》（渡梅）。

吴昌硕访郑孝胥，请其为《缶庐诗》作序。14日，吴昌硕赴古渝轩宴洪尔振，郑孝胥奉呈《缶庐诗》序。序云："诗人而生乱世，此诚诗人自见之秋也。耿介之志，幽渺之情，以当忤时庪俗之遇，洁而愈芳，斯其时矣。彼随波逐流者，内负神明，失其所守，而辞自屈，虽平日所为斐然可观，至是必将才尽意塞，对于山川风月，虫鸟草木，靡不惭沮回惑，而无以肆其言。盖其志既丧，其诗亦亡，有必然者。缶庐先生诗格秀劲，比更世乱，节操凛然，近年所作，旷逸纵横，有加于昔。言为心声，岂不信哉？先生书画篆刻，名重一时，后世当列之傅青主、万年少之俦，至其诗之老而益进，譬则菊之凌秋而黄、枫之经霜而丹也。此岂与寻章摘句、嘲风弄月者同日语哉？乙卯季冬郑孝胥。"

13日 叶德辉以教育会长之名领衔湖南绅要致电北京政府，呼吁君主立宪，请袁世凯"立颁登极诏书，以慰四海云霓之望"，并鼓吹讨伐蔡锷、唐继尧等。

《申报》第15420号刊行。本期《自由谈》"游戏文章"栏目含《新唐诗》（居沪难，仿李白《行路难》）（茸颠）；"诗选"栏目含《隋堤春柳》（用渔洋《秋柳》韵）（四首，朗华）、《断肠词》（二十首选二，许贞卿女史）。

14日 《申报》第15421号刊行。本期《自由谈》"栩园词选"栏目含《浣溪沙·夏日》（李涵秋）、《蝶恋花·空斋书事》（李涵秋）、《瑞鹧鸪·寒夜》（李涵秋）。

刘韵琴《敬告各省将军》刊于上海《中华新报》。劝告各省将军早日高举义旗，率三军"以声讨独夫（袁世凯）之罪"。又作《老将》诗云："凛凛虬须虎帐中，老来未减少年风。剑锋尚带秋霜白，袍血曾消昔日红。谁道黄忠无敌匹，欲同廉颇共争雄。休言老迈难禁敌，一战犹能立大功。"

周钟岳作《腊月初十夜，由天津登车出山海关至奉天》。诗云："奔车一夜出边庭，隔座鼾声梦未醒。大漠雪封迷远道，遥天月落见残星。嬴秦尊帝嗤桓衍，辽左藏身忆管宁。回首国门频掩涕，独随鸿雁去冥冥。"

15日 《申报》第15422号刊行。本期《自由谈》"文字因缘"栏目含《湘月·题淞江耿思泉前辈〈身行万里图〉》（莽汉）。

《民权素》第14集刊行。本集"名著"栏目含《夏日重修火神庙碑》（申叔）、《哀韩赋》（太炎）、《〈湘绮楼词〉序》（壬秋）、《〈清德堂印谱〉序》（魏羽）、《〈振素庵诗集〉序》（象升）、《〈艺圃图〉序》（起予）、《刘母余太夫人六十寿序》（遁伧）、《祭于大兄晦若文》（石甫）、《北魏石刻流传及近今书法真赝考》（颂予）、《始皇筑长城论》（佚名）、《与友人论五言古诗书》（觥况）；"艺林·诗"栏目含《寄怀王漱岩、沈半峰》（李经义)、《秋夜》(太炎)、《乙庵书来,以无诗为望,率赋三章却寄》(三首,樊山)、《樊山先生赏余所作禁中秋柳叠韵诗,别用他韵赋四章,云效余体,幸愧交并辄依题依韵和之,再乞教削》(四首,石甫)、《焦山松寥阁夜坐》(俞恪士)、《秋感》(黄节)、《庚戌春登枣园奎星楼有感》(易首乾)、《孤雁谣》(李执中)、《君木养疴上海,寄诗闻讯》(君诲)、《病间归里,留别省斋师》(君木)、《郡城遇应叔申》(惨佛)、《郊游杂诗》(三首,月石)、《秋雨感怀》(月石)、《嗔弥勒歌》(耕研)、《秋日同登凤凰台,分韵得高字》(超球)、《游葫芦山石佛岩》(超球)、《陈芝楣中丞督修海塘,取道吴淞观风,震川书院士民作颂,赋缀简末》(二首,望之)、《癸丑除夕》(卓春)、《重游愉园,怀宋渔父》(卓春)、《读〈项羽列传〉书后》(起予)、《题董剑厂〈按剑读书图〉》(权予)、《泛舟太湖放歌》(枕流)、《村灯》(饮荷)、《邻笛》(饮荷)、《古意五首》(蛰庐)、《雪后》(南村)、《不寐》(南村)、《哀东邻女》(箸超);"艺林·词"栏目含《芳草·水仙花自山谷有"一笑横江"之句,以关西大汉吓十八女郎胆破关,作此正之》(壬秋)、《玲珑四犯·泊园纳凉,用白石调》(樊山)、《点绛唇(弹罢湘弦)》(二首,孟劬)、《点绛唇(花外危阑)》(孟劬)、《卖花声(桂树满空山)》(黄节)、《百字令·昼长无事,重阅〈红楼梦〉一过,择其尤者,各赠百字》(春生)、《离亭燕·落花》(权予)、《满江红·题曹玉圃先生〈艺圃图〉》(权予)、《浪淘沙(细雨掩重门)》(愚农);"诗话"栏目含《今日诗话(续第十二集)》(古香)、《摅怀斋诗话(续第十三集)》(南村)、《退思斋诗话(续第十二集)》(庆霖)、《竹雨绿窗词话(续第十二集)》(碧痕)。其中,孟劬(张尔田)《点绛唇(弹罢湘弦)》其一:"弹罢湘弦,一帘碎月铺花影。蝶魂惊醒,蹙踏梅梢粉。　待得欢来,翠被和香等。偏无准,怕人追问,暗结丁香恨。"

[韩]《天道教会月报》第66号刊行。本期"词藻"栏目含《除夜》(四首,凰山)、《元日》(凰山)、《元日》(香山)、《元日》(黄锡翘)、《除夕》(张翰星)、《三日龙山饮》(香山)。其中,香山《三日龙山饮》云:"一笑相逢世外天,新人又值此新年。江水无冰春已至,我舟欲解阜西边。"

姜胎石诗九首刊于《中华新报》,署名"姜参兰"。

[日]冈部东云作《大正五年一月十五日当寒九日,天气晴朗,温暖如春,喜赋》。诗云:"腊八寒九无风雪,温和恰似阳春节。天公若伴世开明,早使溪莺出巢穴。"

16日　《崇德公报》第31号刊行。本期"文苑"栏目含《四次雨林君〈秋感〉韵,答焦桐馆主》(云中小主)、《答焦桐馆主,仍次原韵》(楚狂)、《泥清先生收其门人杨君瘦鹤,用王雨老〈秋感〉韵见赠七律,并编致同人者相示,仍依原韵奉和二首,聊以达意,不足言诗也》(蒋山)、《高阳台·积雪当门,呼童缚带,偶忆符阳任内雪际迎春,泥溅衫袴,适同此景,十年坠梦,不禁哑然一笑也》(湛园)。

蔡锷率护国军出击四川,行军中作《军中杂诗二首》。其一:"蜀道崎岖也可行,人心奸险最难平。挥刀杀贼男儿事,指日观兵白帝城。"其二:"绝壁荒山二月寒,风尖如刃月如丸。军中夜半披衣起,热血填胸睡不安。"

施士洁作《乙卯十二月十有二日,林季绳公子二十有一初度,健人其犹子也,以诗为寿,如韵和之》(四首)。其三:"三神一别柳依依,更访仙羊叩石扉。种玉婿乡新赁庑,布钱佛地旧传衣。劫余梅鹤宗风古,梦里莼鲈故国肥。领取忘年金石意,寿君东旭我西晖。"

17日 《申报》第15424号刊行。本期《自由谈》"栩园诗选"栏目含《纪梦》(周剑青)、《蝶仙旋杭之前一日,听小红校书度曲有作》(三首,周子炎)、《怡园赋呈蝶老》(周子炎)。

张睿作《西楼小病》。诗云:"月到西楼是否寒?小炉宿火未应残。今宵门外霜浓甚,枯坐如僧独闭关。"

18日 《申报》第15425号刊行。本期《自由谈》"游戏文章"栏目含《阴历过年忙竹枝词》(三首,水竹居士):《扫舍宇》《做年糕》《赶新衣》,《新禽言》(咏投稿)(五首,泗滨野鹤);"词选"栏目含《临江仙·观京伶张小仙演剧》(渡梅)。

19日 日本内阁会议通过警告袁政府不得忽视南方动乱而实行帝制之决议。

《申报》第15426号刊行。本期《自由谈》"诗选"栏目含《庚戌除夕大雪》(四首,寄尘秦粤生)。

张睿作《乙卯十二月十五日夜月下徘徊》。诗云:"明月今宵更可怜,再圆已不是今年。老夫著眼踟蹰甚,霜满阑边义水边。"

20日 《大中华》第2卷第1期刊行。本期"文苑·文"栏目含《论作诗之法》(王壬秋)、《玉山巫君传》(汪友箕)、《书历代史表后》(仲涛);"文苑·诗"栏目含《立春前二日作》(熊香海)、《望远曲》(香海)、《挽师重》(杨昀谷)、《柬凝壹》(昀谷)、《柬次山》(昀谷)、《柬古雪》(昀谷)、《将至吉安》(桂伯华)、《被酒不寐,夜起作》(伯华)、《三曲滩遇风》(伯华)、《撰罗毅臣太仆神道碑竟,赋此却寄钝庵》(王尺苏)、《有怀湘绮楼》(尺苏)、《读吴子修先生所刊诗册,即以奉怀》(尺苏)、《东京除夕作》(仲涛)、《东京新年曲》(仲涛)、《题〈散原精舍诗集〉》(仲涛)、《罗家塘在进贤门内城下,风景滋可爱玩,前此未之涉也。忽尔得之,欣然成咏》(仲涛);"文苑·词"栏目含《满江红·赋精忠柏,敬用忠武旧韵》(朱古微)、《满江红·同古微前辈赋精忠柏,敬踵岳忠武韵》(冯梦华)、《题〈岳云闻笛图〉》(壬秋)、《拜星月慢·和樊山〈七夕〉词》(壬秋)、《江城梅花引·忆梅》(香海)、《台城路·久不上九江岸,甲寅秋季,携姬人徘徊水步,忆念前岁季弟送吾至此,复指点故迹,喟然不能自胜,明日再过小孤山,因杂取异闻,相与诙笑,用自排其孤愤,词成却寄阿瀛》(仲涛)、《大江东去·过格致书院故宇,吊文芸阁世丈,丈戊戌主讲于此,未几贫病,归死。平生有李赞皇、张江陵之志，匪直词人也。予近遇人辄言星命，因亦以意为之云》（仲涛）。

《船山学报》第6期刊行。本期"文苑"栏目含《船山师友记叙赞》（湘潭罗正钧）、《船山先生生日释菜诗》〔含《一》（宁乡洪汝冲）、《二》（长沙袁绪钦）、《三》（浏阳刘人熙）、《四》（长沙萧昌世）、《五》（泸溪廖名缙）、《六》（平江吴光瑚）、《七》（浏阳刘瑞潞）、《八》（宁远杨宗岱）、《九》（憨头陀永光）、《十》（湘乡周熙焜）、《十一》（修水徐名世）、《十二》（平江余愔）、《十三》（益阳曹宗海）、《十四》（长沙杨觐圭）、《十五》（桂阳邓国勋）、《十六》（资兴袁世麟）、《十七》（临湘吴獬）、《十八》（长沙戴荣先）、《十九》（湘乡刘辑熙）、《二十》（永明欧阳国柱）〕。

《学生》第3卷第1号刊行。本期"文苑"栏目含《太原游记》（侯鸿鉴）、《谒仲雍言子墓》（江苏省立第五中学校三年生庄国桢）、《记本校二期生测图事》（驻保定陆军军官学校步五连第二期生周传铭）、《游寿邱记》（甲寅旧作）（南京河海工程专门学校特科生许心武）、《中秋夜珠江泛月记》（广东南海县立中学校第八级二年生谈绶楷）、《晚周汉魏文钞》（广东南海县立中学校第八级二年生谈绶楷黄远庸）、《解诂王鲁条驳序》（四川成都国学学校学生季阳）、《梅轩待月记》（重庆联合县立中学校学生刘运筹）、《约同志邓尉探梅简》（江苏省立第二中学校学生沈源）、《菩萨蛮》（南京省立第一农业学校学生顾宪融）、《暮春忆旧同学》（安徽省立第四师范学校学生包直）、《友人招饮乐陶陶酒家，让双溪词客壁间词，慨然有作》（北京中华大学一年生韦汉雄）、《寒假四咏》（浙江第一中学校四年生蒋本湘）、《绿窗消夏词》（上海民立中学学生张彦士）、《新晴》（上海民立中学学生张彦士）、《舟经道士观》（四川犍为岩场高等小学校学生李济春）、《虎丘剑池》（江苏省立第一师范本科二年生王韦人）、《真娘墓》（江苏省立第一师范本科二年生王韦人）、《元日试笔》（江西龙南立志高等小学学生钟显均）、《论诗》（集句）（上海复旦公学学生倪文涛）、《乙卯六月粤中大水为灾感赋》（交通部上海工业专门学校中院二年生桂铭敬）、《大雪赏梅》（湖南省立甲种农业学校兽医本科二年生于伟）、《夜雨》（直隶省立正定中学校学生何苢孙）、《晓雾》（直隶省立正定中学校学生何苢孙）、《冬夜》（直隶省立正定中学校学生何苢孙）。

21日 陈宧致电袁世凯拥戴其称帝，并告成都军队布防情形。同日，护国军邓泰中、杨榛支队击败伍祥祯攻占叙府。陈宧派员南下与蔡锷秘密接头谈判。

陈宝琛读黄道周《石斋逸诗》手稿，题七律一首并跋。《题黄石斋先生逸诗》云："此身已许高皇帝，刀镬谁能撼寸丹。正气文山同所养，奇情鸿宝觉尤难。孝经以外留心画，榕颂相持较岁寒。邻有瑰珍知不早，白头退食恣传观。"跋云："先生与倪文正论书，主道媚加之浑深，是册盖造乎极矣。造次颠沛中，诗心笔势，不改其素，真天人哉！册藏吾村将二百年，无有知者。今秋，研忱表叔携来京师，始见于世。桑海余生,得以休暇,焚香静坐,与先哲相晤对,何其幸也。敬题一律,以志仰止。乙卯大寒,闽县后学陈宝琛。"

22日 《民国日报》在上海出版,以"拥护共和,保障民权,发展民生,阐明真理"为宗旨,总编辑叶楚伧、邵力子。该报为孙中山组建的中华革命党(后改组为中国国民党)创办,1924年成为国民党机关报,1931年停刊,辟有艺文部。

方守彝作《十二月十八日始大风雪,伯韦四叠前韵投句,勉强更和,以张六花之瑞》。诗云:"君追苏髯作配偶,戏拈强韵如拉朽。一冬啸傲倚晴窗,雪压屋山忽高陡。寒儒望岁愿多鱼,不愿汉廷多功狗。飞洒战血洗河山,夸诩男儿好身手。何如瑞兆起欢呼,玉宇真看无一垢。北门贤者不得志,日日牢骚张吟口。猛见盆里数小松,一夜化为白头叟。扑面纷纷柳絮飞,想到王郎有妙妇。诗情又觉泪泪来,忍教墨磨砚成臼。索笺遥念交谪声,督和行嗟割席友。老夫夜闻刮地风,臂痛几欲折其右。也因连日写诗多,何以医之熨葱韭。晓起惊看已浩然,破烂江山尽掩丑。自疑眼病花满空,鸦影可辨鸥则否。敲门僮喜韩爷书,喜非鱼传逃冷剖。回头自诮须生水,闪闪缨鬟络钿琇。如此严寒寂无声,虎豹虬龙猛不吼。君纵高唱独忘疲,侍妾冻呵奴困走。何妨一学扬子云,吃口能来白衣酒。"

陈三立作《腊月十八日雪感赋》。诗云:"残腊亘晴色,融暖如芳春。稍稍蚊蚋出,溪岸生微尘。一宵风满屋,骑月玄云屯。破晓雪作团,鳞甲迎缤纷。蹲鸦啼觜缩,过雁犹能群。坐念地维裂,箛鼓殷南征。伐叛昆明池,又成鹬蚌争。江关疲牵挽,万里连噸呻。掷骨娱左纛,举鼎殉天刑。尔曹材文武,议礼从谈兵。雪申涕泗尺,告哀生不辰(是日为先妣忌辰)。"

江五民作《十二月十八夜,与同人话别,时风雪大作》。诗云:"万事应如此夕看,变迁倏忽甚翻澜。归途有例作风雪,旅思无端愁宿餐。儒自宜寒谁与热,时方多难敢求安。或嫌聚首期犹短,再尽明朝一日欢。"

23日 日人富冈百炼(铁斋)、矶野惟秋(秋渚)、内藤虎次郎(湖南)、狩野直喜(子温)诸名流出所藏苏东坡墨迹或书籍陈列,以供众览。是日为东坡生辰。王国维与罗振玉、罗福苌均与会。王国维集古人成句以助兴:"堂堂复堂堂,子瞻出蛾眉。少读范滂传,晚和渊明诗。(雨山、君扰两先生招集东山左阿弥旅馆,作坡公生日,愧无佳语,因录古人成句)"本年开始,日本汉学界开始举行"寿苏会",意为特别为苏轼贺寿之聚会,全订于农历十二月十九日东坡诞生日。"寿苏会"共举行5次,分别为大正五年(1916)、大正六年(1917)、大正七年(1918)、大正八年(1919)及昭和十一年(1936)举行。参与者多是知名学者。聚会期间,出席者发表各自诗文,即兴和诗。如《寿苏集》中久保雅友诗作云:"莲烛宠荣花倚风,闲诗兴狱困其穷。却从海外有知己,千古风流寿长公。"寿苏会主催者[日]长尾甲(雨山)之好友吴昌硕赋诗嘉许长尾甲举办寿苏会。诗云："尾星明历历，刮目海之东。发欲晞皋羽，眉谁介长公。深杯酬故国，同寿坐天风。持赠殷勤意，迢迢夕阳中。"前4次聚会皆由长尾甲编成《寿苏录》，分别是《乙卯寿苏录》(1916)、《丙辰寿苏录》(1917)、《丁巳寿苏录》(1918)、《己未寿苏录》(1919)，不公开发售，只派给与会者。《寿苏录》共分两卷，卷一为与会者诗文集，卷二详列该次聚会展品。如《乙卯寿苏录》中，罗振玉展出《苏文忠行书真迹诗卷》《北宋拓本醉翁亭记》《沈子培书东坡生日诗》等9件文物，书中对各项展品均有详细说明。每次聚会，与会者带不少珍品陈列会场。第五次丙子寿苏会 (1937) 适值苏轼诞辰 900 年，故聚会规模较大，长尾甲更准备苏轼自绘画像拓本复制品以及 4 次《寿苏录》及历次展品目录赠予出席者。《乙卯寿苏录》集前有罗振玉署，苏东坡像，长尾甲题识，西村时彦作序，富冈谦藏、长尾甲作公启及来会者名单。其中，长尾甲题识云："宋苏文忠公文章风节固为百世所宗仰，而其生也，诗案党禁，几致于死；其卒也，学士大夫，寿公生日，迄今八百余年，未曾已。云夫正人君子，学德勋业，高于一世矣，而为奸邪所嫉，往往所不免，然不闻如公之甚焉者。死而遗德流世，亦不匮其人，然亦不闻如公之盛焉者。公殆屈于生而伸于死矣。呜呼！是岂天也欤？抑所为盖棺论定也。予每思之，实有深慨焉。大正五年一月二十三日，即夏正乙卯十二月十九日适为公生日，与富冈君扨胥谋设筵于圆山之春云楼，以为公寿。来会者乃携所作诗文及公遗墨、画像、箸书等，展张于座，以共相欣赏，如有公英灵仿佛乎在其左右也。乃录成册，以纪胜会，它日倘有继此而景淑公德者乎。日本后学长尾甲书于平安寄庐。"西村时彦序云："赞岐长尾子生负高明之资，挟奇伟之才，因困顿辗柯流寓海外十余年。既归，侨居京都，绝志当世，翰墨自娱。生平深慕苏文忠为人。大正丙辰一月二十三日，即阴历十二月十九日为文忠生日，乃与富冈君扨谋束招亲朋设寿苏之宴于东山清风阁。壁挂画像，坐陈遗墨、法帖之属，抚古论今，畅叙竟日，洵为一时胜会，而予乃有深慨焉。昔者柴野栗山为幕府讲官，每岁后赤壁之夕，邀客置酒亨和。壬戌干支，适同因张盛宴乐，翁源公赠以鲈鱼，时人荣之。今子生与栗山同其乡，亦同其所尚友，而其遇则穷达悬殊，不可悲哉！盖文忠之才之美，自学问、文章、政事以至翰墨、禅悟、嬉笑怒骂之末，莫不可传者，是以后世人人取其一端，迭相倾慕焉。然文忠之所以为文忠，在于屡遭贬斥，终始忠爱不渝，而当时神宗特称其奇才，固非知言。至于洛蜀之争，则门下标榜之过，以致相诟骂耳，略其迹而论其心，可也。顾栗山风流文采，私淑苏子，而子生之所以拳拳不已者，盖不在于此，而在于彼，故常称文忠屈于生而伸于死，其志可知已。呜呼！以子生之才之学，而敛迹发奋，专志箸书，亦不患其不与古人同寿，于后世则用舍通塞，岂足为子生言哉！子生将刊寿苏诗，征予文，乃书以勉之，并质诸君扨。君扨为大学讲师，教授史学，尤熟于宋代掌故，意不以吾言为河汉也。大隅西村时彦。"公启云："岳降三苏，大节尤推玉局；世传二赋，奇才曾赐金莲。志在文章，具见经济。像留笠屐，俨是神仙。生已有祠，饮食咸祭；寿犹如在，壶浆宜羞。月之二十三日，即夏正乙卯十二月十九日，假座圆山春云楼，敬请同人为公生日。地占东山之胜，在三十六峰之间；客乃当世之英，罗二十八宿之气。一腔玉笛，谁有吹鹤南飞；双调清词，人宜唱江东去。相迓投辖，共酹一尊。请速命轺，同契千古。不有阳春白雪之作，曷慰玄圃阆风之人。伫听琼瑶，用光雅会。富冈谦藏、长尾甲同订。"来会者有：富冈铁斋、矶野秋渚、山本竟山、西村天囚、罗叔言、内藤湖南、狩野君山、上村闲堂、王静庵、罗公楚。神田香岩、籾山衣洲、木苏岐山、铃木豹轩四先生以病不至，原田大观君自大阪来相为臂助，特此志感。《乙卯寿苏录》卷一含：衣洲籾山逸《阴历乙卯十二月十九坡公生辰，长尾子生、富冈君扨两君招饮同人于东山春云楼为寿苏会，予病不能到，赋此志憾》、岐山木苏牧《读东坡集三首》、秋渚矶野惟秋《坡公生日，雨山、桃华二君招同诸友集东山春云楼》（四首）、天囚西村时彦《乙卯坡公生日，长尾子生、富冈君扨二君招饮东山左阿弥楼，赋二小诗以志景仰，第二首赠罗叔言》、雨山长尾甲《东坡生日次韵》、柳村古川清《读秋渚先生东坡生日诗，次其原韵》。其中，《阴历乙卯十二月十九坡公生辰》云："熙元之际多士隆，文章风节尤推公。金莲烛跋春梦短，乌台狱急夏霜阴。君子道鞠彼一时，果然公论盖棺知。流风余韵八百岁，诸贤景淑如并世。浣藏定看翰墨珍，对酒应斗词句新。吾偶抱疴穷巷雨，阴寒瑟瑟檐铃语。"《读东坡集三首》其一："争知磨蜗作身宫，二十声名达帝聪。真放诗篇李供奉，典严奏议陆宣公。金莲彻烛一时彼，赤壁吹箫千载空。不管平生人欲杀，至今英气盖区中。"《乙卯寿苏录》卷二含：支那罗叔言君藏《苏文忠公行书真迹诗卷》《北宋拓〈醉翁亭记〉》《宋刻明拓坡仙帖》《旧拓齐州真相院释迦舍利塔铭》《原石初出土本表》《旧拓乳母任氏墓志铭》《查初白补注苏诗手稿》《景宋绍熙本坡门酬唱二十三卷》《沈子培书东坡生日诗》；木苏岐山君藏《明刊本苏长公外记十二卷》《立粹堂刊本苏米志林三卷》《全集零本东坡志林二卷》《汲古阁刊本苏氏易传九卷》《韵山堂刊本苏文忠公诗编注集成首一卷、目二卷、总案四十五卷、诗四十六卷、帖子口号词一卷、真像考一卷、杂缀一卷、识余四卷、笺诗图一卷》；矶野秋渚君藏《宋刻东坡像残石拓本》；山本竟山君藏《东坡行书〈种橘〉状》《东坡行书〈送家安国教授成都诗〉》《东坡行书〈文与可画竹石记〉》《东坡行书〈昆阳城赋〉》《东坡楷书〈祭黄几道文〉》《东坡行书〈答民师书〉》《重刻郭桐江画东坡老梅图拓本》《东坡画竹拓本》《伊墨卿分书朝云碑拓本》《涩谷修轩校刻东坡年谱一卷》；上村闲堂君藏《五山板覆元本刘辰翁批点东坡诗集零本》；富冈桃华藏《宋刻东坡象残石拓本》《摹刻惠州石本苏文忠公象》《赤壁苏公像》《道光摹刻南海东坡笠屐像》《东坡先生洗砚图》《旧拓元祐党籍碑》《麦岭题名》《诸城题名》《东坡行书〈归去来辞〉》《东坡行书〈洞庭春色赋〉〈中山松醪赋〉》《初拓景苏园帖》《广东刊本东坡事类二十二卷》《眉山诗案广证六卷》《元禄覆明板东坡禅喜集九卷》《百东坡二卷》《乾隆刊本石铫题咏一卷》《宜兴窑白泥仿东坡石铫式茶壶》；长尾雨山藏《东坡自写小象拓本》《东坡画竹》《东坡印影二面、子由印影一面》《珂罗版成都西楼帖》）。

《崇德公报》第32号刊行。本期"文苑"栏目含《冬夜感怀，仍次城字韵》（楚狂）、《和楚狂〈冬夜感怀〉，五次前韵》（云中小主）、《课余借佑生姻丈〈登鹤楼感赋〉一律，再次岳丈韵》（蒋凭宣）、《次云中小主〈重阳志感〉韵奉赠》（涤心斋主人吴炳焱）、《杂感，次云中小主重阳韵》（紫闻）。

刘大同作《挽王晓峰、王铭三二烈士》（乙卯年十二月十九日，余与留东诸同人发起开追悼会于江户而作）。诗云："自古皆有死，泰山鸿毛耳。鸿毛不足论，泰山能有几。忆昔起义时，二子来连市。入我平民社，两个奇男子。各授一支枪，杀贼称绝技。一战于琅邪，所至皆披靡。再战于辽阳，马上尤足恃。屡战无响应，感慨悲歌起。目已无全牛，睥睨辽东家。射人先射马，此言良有以。忽闻袁而帝，愤恨气难已。惨害党人者，莫遇沪上使。拼我二人命，杀之而已矣。由东而赴沪，结义为兄弟。誓共同生死，抱定一宗旨。侦查贺冕时，潜伏人丛里。弹炸自动车，齐登怒目视。枪枪皆命中，不中千古耻。伫立互相问，问贼死未死。人曰贼死矣，二子心窃喜。挺身而前曰，杀贼者在此。既标其姓名，复详其闾里。为剪袁爪牙，故来刺郑氏。从容以就缚，神色终不改。磊磊大丈夫，中外仰奇伟。第三次革命，吾党放异彩。高唱易水歌，不怕鼎镬醢。愿掷好头颅，热血灌沪海。北方之强也，万国报登载。诸让政轲流，今古称知己。即囊之徐彭，身碎名犹在。东南门户开，除此大奸宄。袁家之走狗，个个皆惊骇。从此复皇派，纷纷如瓦解。待我成功时，铜像铸沪沚。五万万同胞，来吊申江水。想到九泉下，雄鬼欢迎尔。党人万千千，应学二烈士。我今挽以诗，权作双侠史。"

黄式苏作《东坡生日与赵梵清（模）、池羧庐（源瀚）、高宾韶集祀西湖宛在堂，为长歌纪之》。诗云："欲雨不雨，欲雪未雪，朔风吹面慄，有客打门招我冲寒出。今日何日，乃是眉山长公之生辰，亦为故历乙卯腊月十九吉。自公之生至今八百七十有九年，其间时代变迁，沧海桑田。由宋而元而明而清而今日，词臣骚客不知几万千。其在公之前，文有昌黎与柳州，诗有少陵与谪仙，出处相似况有白乐天。其在公之后，剑南、石湖与诚斋，诗篇往往挂人口，继起史有遗山叟。即其并世相周旋，亦有元祐之诸贤。王（介甫）、曾（子固）、欧阳（永叔）、梅（圣俞）、黄（鲁直）、陈（无已）、晁（无咎）要皆与公抗手而齐肩。古今贤者亦多矣，不解以何因缘于公更拳拳。吾闻香山之生正月二十日，欧公之生六月二十一，涪翁生日六月十有二，放翁生日十月十有七。自来文人多好事，年谱纷纷各能记。异哉数公寂寞樽酒稀，独有此老此日犹一醉。黄子生少奉瓣香，年年欲为公称觞。竭来左海偕朋辈，不辞岁暮搜诗肠。公之足迹生曾到岭表，江瑶荔子啖已饱。公之魂魄没应恋西湖，如此湖山故乡无。亦有西湖公未到，亦有荔支公所好，可惜佳果非其时，犹幸草堂已为扫。海南气候中原异，此日黄花尚妍媚。堂前老梅亦早开，一盏寒泉交荐致。即今海内贱文章，此邦人士喜差强。收拾诗龛力回沧桑劫，不然何处重寻宛在堂。堂中诗客亦可爱，以公视之皆后辈。公之诗文雄无敌，三十二子那不三舍退（宛在堂祀闽中诗人，自林子羽至林晚翠，共三十二人）。犹记公昔谪宦在黄州，兹日曾为赤壁游。酒酣笛声江上起，伊何人哉青巾紫裘。一曲鹤南飞，为公祝千秋。鹤兮鹤兮一去将千载，此曲茫茫无人解。我今携樽湖上来，袖中犹有赤壁之像在。展像再拜忽长吁，当年黄九倾倒唯大苏。平生所式在何事，将毋坐招堂中诗鬼之揶揄（予原名式苏，今改名迁，亦以有愧于公故耳）。揶揄宁不受，寿公还自寿。但愿长守风雨岁寒身，岁岁此日为公一载酒。人生飘泊却如萍，明年何处公知否？"

李广濂作《乙卯腊月十九日寿东坡先生诗》。诗云："人生处境每多悲，总寿百岁亦奚为。缅怀苏翁诗中杰，晚年致仕隐峨眉。慨当元丰元祐间，海清物阜太平时。阁老无端分党派，一人逞辩众从之。荆公新法救时策，欧公疏论正朝彝。党帜纷然遍天下，公论炳若日星垂。不贵治法贵治人，宁守大体蠲小疵。扁舟放浪赤壁游，羽仙妙赋留今兹。蜉蝣天地能几何，沧海一粟语非奇。世态升沉皆幻景，郅治何必跻轩义。踏遍天涯多知己，雪泥鸿爪印公诗。天马行空斗神妙，公之才气发英资。驽骀虽然能啸顾，难与骐骥同奔驰。寒夜为诗祝翁寿，一觞清酒沁心脾。郊寒岛瘦各一偏，愿尊翁为骚坛师。"

赵圻年作《乙卯东坡生日，西阁召客，用王鱼洋〈谒三苏祠〉原韵》。诗云："风尘颒洞沧溟枯，梦梦苍昊贪醍醐。冻雪封山蔽薇死，朔风号谷兰蕙芜。草间残子无聊极，梦到琼儋思海隅。端明今日为始降，犍为山色连衡巫。左挹灵均右子美，公生于此命何如？目笑伊川坐两庑，心期子厚歌八愚。瑶光奎宿谪下界，文章气节雄万夫。八饼朝拜龙团赐，三钱夕买鸡毫书。桃榔林里负瓢笠，通禅何必跏双趺。巢谷万里走相访，嗟予五载亲朋疏。寒夜瓣香读公集，珍如三代珪与瑚。我昔游杭复判凤，东湖风月输西湖。劫来茧足伏岩穴，空余鸿雪留寰区。晚年畏名如畏虎，三缄犹恐他人狙。雪堂到今亦灰劫，敢谓西阁真吾庐。近闻小丑据鄜畤，又闻大敌窥成都。今夕香花荐苹藻，故园烽火忧枌榆。我歌局促如辕驹，何不谈鬼犹愈乎。"

陆宝树作《乙卯十二月十九日偕友人丘山赏雪》（六首）。其一："当年雅集记吟俦，残雪曾经画本留。相约山行闲载酒，江头好放木兰舟。"

24日 本日及26日，柏厂《湘事杂感》（八首）刊于《南洋总汇新报》"词林"栏目。其二："庠序由来冀铸镕，那堪摧折最伤容。孜孜汲汲勤攀附，梦谢邯郸说项翁（省立某示范校长也）。"

25 日　《小说月报》第 7 卷第 1 号刊行。本期"文苑·文"栏目含《游君山诗序》（姜斋）；"文苑·诗"栏目含《渡湖抵湖口》（散原）、《九江铁路局楼闲眺》（散原）、《读顾所持自写遗诗，悼以此作》（散原）、《海藏楼杂诗（未完）》（太夷）、《题李审言〈望庐图〉》（太夷）、《嘉应古公愚寄〈研经室全集〉至》（审言）、《集宴洪鹭汀园亭，和周梦坡韵》（审言）、《十月二十日夜，赵孺人入梦》（审言）、《寄陈星南东台并示令子保之》（陈，丹徒人，父子自为师友，皆善著书）（审言）、《题元和孙益庵〈南窗寄傲图〉》（楚园）、《寄涛园》（姜斋）、《潘莲巢〈焦山图〉，为袁珏生题》（姜斋）、《徐鞠人太保养疴青岛，寄怀一首》（姜斋）、《吊阳江宋时古冢》（沧鸥）、《飞蛾入蛛网》（壶庵）、《将以晋幕，和淡庵〈赠别〉诗原韵》（壶庵）、《秋怀》（观雪）、《花落》（观雪）；"新体弹词"栏目含《桃花源弹词》（惜华）；"说觚"栏目含《药里慵谈》（兴化李详：《俞曲园获谴始末》《陆存斋与丁雨生买书构衅》《喀尔喀赤陵姐琵琶》《邯郸县龙祠铁牌》）、《侠骨恩仇录》（孙颂陀：《舟中老人》《楚二胡子》《某书生》《朱寿得》《沧粟》）；"最录"栏目含《寿星诞日之瑶池》（弗侨）、《临江仙（九秋词）》（东园）；"余霞"栏目含《征求诗钟启》（西神）。

《中华妇女界》第 2 卷第 1 期刊行。本期"文艺"栏目含《芸香阁怀旧琐语（续）》（吴江汪静芬女士）、《辛丑元旦至十二日阴雨不解口占，和止扉原韵》（衡山陈德音女士）、《壬寅元旦和韵》（衡山陈德音女士）、《小南疆室诗草（续）》（归江宁周钟玉女士）、《春晓》（吴斯玙女士）、《燕》（前人）、《春草》（兰陵罗绣娟女士）、《砌草》（前人）、《晨起见双燕营巢即占》（前人）、《春游》（前人）、《玉楼春·谢惠外素娥者》（郭坚忍女士）、《惜余春·苦雨》（前人）、《沁园春·辘轳声》（吴斯玙女士）、《念奴娇·牡丹》（前人）、《陈母沈太君家传》（吴县陶惟坻）。

梅光迪致信胡适，对胡适去夏赠任鸿隽诗中提出"诗国革命"的主张提出反对意见。信云："足下谓'诗国革命'始于'作诗如作文'，迪颇不以为然。诗、文截然两途，诗之文字与文之文字自有诗、文以来，已分道而驰。"

王一亭往访郑孝胥，求其为吴昌硕石印书画册题字。

魏清德《寄题颜君云年环镜楼》（时客闽中）发表于《台湾日日新报》，后收入 1920 年 5 月《环镜楼唱和集》。诗云："环海作镜澄，一楼当中峙。上插层霄云，下临无水地。喧然大名郡，万艘集如蚁。主人诗酒徒，好客常倒屣。想奇句要新，鞭丝腾骎骊。忆昨黄鹤吟，笛声尚盈耳。安知今年春，未得陪珠履。徒望禹锡城，结想浣花垒。鲎屿浴日红，狮球参天紫。闽江如匹练，此景略相似。怀君抱大才，事功能崛起。铸山为金煤，大隐在城市。我今客榕城，岁月一拊髀。会当上君楼，兼叩屠龙技。"

26 日　《申报》第 15433 号刊行。本期《自由谈》"诗选"栏目含《落花》（八首，铁城）。

卓六铭《星洲竹枝词》（四首）刊于 [马来亚]《振南报》"诗章"栏目。其一："轻车摇荡晚晴风，夹道成荫几树浓。底事唤郎郎不顾，教侬着意走西东。"其二："车走西兮复走东，绿杨堤畔恰相逢。可怜多少无言意，尽在扶轮一笑中。"其三："二度桥头笑语温，谁家夫婿剧销魂？自从结识郎君后，袖角裙边半泪痕。"其四："画楼深处快留帘，盼到黄昏别恨添。剩有妾身与郎抱，迩来消瘦影纤纤。"

姚鹓雏在《民国日报》开始连载诗话，继续称誉同光体中闽派诗人郑孝胥、陈衍、陈宝琛以及赣派诗人陈三立。姚鹓雏《赭玉尺楼诗话》云："同光而后，北宋之说昌，健者多为闽士，如海藏、石遗、听水诸家，以及义宁陈散原。其人生平可以勿论，独论其诗，则皆不失为一代作者矣！"

张謇作《病中感雪》。诗云："病过光阴四九中，北风驱雪作严冬。晴余四野农相庆，寒甚重衾睡未憺。不死谁知张单失，尊生应策尚禽踪。关心昨夜东岩畔，新种沿溪半亩松。"

27 日 贵州宣布独立，原护军史刘显世称都督，并宣布都督府成立。

欧事研究会成员程潜等 10 余人由香港抵昆明，与唐继尧等共商讨袁事宜。4 月 30 日，程赴湖南靖县组织讨袁军。

《申报》第 15434 号刊行。本期《自由谈》"游戏文章"栏目含《冷得歌》（觉迷）。

萧丙章作《乙卯祀灶，宿风来堂》。诗云："病起岁云幕，情怀觉更殊。有家仍作客，无地可容予。烟灶香粳熟，寒灯老泪枯。一尊清酒外，无物荐行厨。"

28 日 《申报》第 15435 号刊行。本期《自由谈》"诗选"栏目含《甲寅冬日大雪》（四首，秦寄尘）、《愁苦节》（慨时艰也）（东园）。

朱祖谋为况周颐刻《餐樱词》（1 卷）。朱祖谋题词《还京乐》。况周颐作《自序》："余自壬申癸酉间，即学填词。所作多性灵语，有今日万不能道者，而尖艳之讥在所不免。己丑薄游京师，与半塘共晨夕。半塘于词，凤尚体格，于余词多所规诫，又以所刻宋元人词属为斠雠，余自是得窥词学门径。所谓重、拙、大，所谓自然，从追琢中出，积心领神会之，而体格为之一变。半塘亟奖藉之，而其它无责焉。夫声律与体格并重也。余词虿能平侧无误，或某调某句有一定之四声。昔人名作皆然，则亦谨守弗失而已。未能一声一字、剖析无遗，如方千里之和清真也。如是者，廿余年。壬子已还，辟地沪上，与沤尹以词相切磨。沤尹守律綦严，余亦恍然。向者之失，断断不敢自放。餐樱一集，除寻常三数熟调外，悉根据宋元旧谱，四声相依，一字不易，其得力于沤尹与得力于半塘。同人不可无良师友，不信然软？大雅不作，同调甚稀，如吾半塘，如吾沤尹，宁可多得？半塘长已矣。于吾沤尹，虽小别，亦依黯，吾沤尹有同情焉，岂过情哉？岂过情哉？乙卯风雪中，沤尹为锲《餐樱词》竣，因略述得力所由与夫知忠之雅，为之序，与沤尹共证之。岁不尽六日，夔笙书于餐樱庑。"

杨钟羲赴缪荃孙、徐乃昌消寒五集之招。

胡适作《和叔永题梅、任、杨、胡合影诗》(三首)。序云："叔永近寄诗题梅、任、杨、胡合影。其诗曰：'适之淹博杏佛逸，中有老梅挺奇姿。我似长庚随日月，告人光曙欲来时。'——余昨夜亦成一诗和之。"其一："种花喜种梅，初不以其傲。欲其蕴积久，晚发绝众妙。"其二："种树喜长杨，非关瘦可怜。喜其奇劲枝，一一上指天。"其三："亦爱吾友任，古道照颜色。书来善自拟，'长庚随日月'。人或嫌其谦，我独谓其直。若曰为晨鸡，一鸣天下白。"其四："我无三子长，亦未敢自菲。行文颇大胆，苦思欲到底。十字以自嘲，傥可示知己。"

29日 王闿运作《刘幼丹》联云："一见定深交，知专家钩考群书，七十金文通古籀；再起绥南服，更散字包罗万有，五千编类胜奇觚。"

31日 范铠卒。范铠(1861—1916)，字秋门，号西君，江苏南通人。范如松三子。与长兄范铸(伯子)、次兄范钟均善诗，时人有"通州三范"之目。清光绪二十三年(1897)拔贡。光绪二十四年(1898)，以朝考一等授试用知县签发山东。二十六年(1900)守孝期满，经长兄斡旋复就官山东；同年秋，入山东巡抚袁世凯幕府；二十八年(1902)复入山东巡抚张人骏幕府；三十年(1904)在山东省警察局掌文案；三十一年(1905)署理山东寿光知县。清宣统三年(1911)署理河南濮阳知县。民国元年(1912)弃官归里，潜心著述，开始修撰《南通县图志》，三年书成。张謇作挽联云："客死亦偶然，兄弟后先，旧誉忍谈头腹尾；平生今已矣，乡邦阒寂，文人谁嗣应徐刘。"著有《范季子诗集》3卷、《范季子文集》5卷。另有范铠纂、张謇续纂《南通县图志》24卷，范铠、张謇合纂《通海垦牧乡志》1卷。

本 月

《中国学报》复刊，共出5期。第1期和第2期连载刘师培《君政复古论》。第1期"集类·文录·赋类"栏目含《出峡赋》(仪征刘师培)、《休思赋》(仪征刘师培)、《流水音赋》(仪征陈延韡)；"集类·诗录·杂诗类"栏目含《杂诗》(乐至谢无量)。

《南社》第15集出版。柳亚子编辑，收文102篇、诗711首、词122首。本期"文录"栏目共收录102篇，含苏玄瑛(四篇)：《与郑桐荪、柳亚子书》《与柳亚子书》《再与柳亚子书》《三与柳亚子书》；孙璞(二篇)：《羊城灾异记》《与柳亚子书》；潘飞声(一篇)：《〈宝铁砚斋书画记〉序》；黄节(一篇)：《与刘师培书》；黄忏华(一篇)：《与柳亚子书》；马骏声(二篇)：《香妃传》《与柳亚子书》；周刚(一篇)：《感秋记》；周明(二篇)：《忆霞忏语自叙》《题柳亚子〈分湖旧隐图〉后》；周张帆(一篇)：《读〈陈白沙先生集〉书后》；林百举(一篇)：《与柳亚子书》；古直(四篇)：《先王考行状》《与曾断魂书》《与钟寒云书》《与柳亚子书》；黄澜(一篇)：《新学生李君广中传》；马和(二篇)：《与朱屏子书》《与高天梅书》；林之夏(一篇)：《与柳亚子书》；林学衡(一篇）；《与柳亚子书》；陈光誉（二篇）：《与柳亚子书》《再与柳亚子书》；丘复（四篇）：《范健葊先生六十寿序》《奎儿字说》《〈张瀛山古愚山庄诗草〉序》《宁化刘府君墓志铭》；丘翊华（二篇）：《游上杭紫金山小记》《祭家仓海先生继母杨太夫人文》；谢树琼（一篇）：《与柳亚子书》；张光厚（二篇）：《与柳亚子书》《再与柳亚子书》；任鸿隽（二篇）：《赠梅觐庄归西北大学序》《与柳亚子书》；张昭汉（一篇）：《先考伯纯公行略》；谭作民（三篇）：《柳亚子〈分湖旧隐图〉跋》《京师大学理科学士廖君墓志铭》《与柳亚子书》；李德群（一篇）：《左仲允墓志铭》；唐群英（二篇）：《祭张惠风文》《与柳亚子书》；张泰（一篇）：《孤山泛雨记》；王竞（二篇）：《与柳亚子书》《再与柳亚子书》；郑泽（十五篇）：《光复纪念颂》《湖南光复纪念颂》《民国政府成立纪元纪念辞》《南北统一共和纪念辞》《郑先声传》《黄骥传》《黄兰亭传》《唐煦传》《纪侠》《纪盗》《纪暴》《纪荒》《代醴陵公祭杨烈士文》《洪司长诔》《祭宋先生文》；傅钝根（二十一篇）：《叔容文记》《王仙学舍记》《瓶公墓铭》《游三狮记》《游章龙记》《章仙观铸炉补记》《游清源山记》《下马樟刻石》《记元因尼》《镜铭》《石琴先生六十寿文》《刘节孝传》《胡志伊传》《游石笋山记》《高山鹤栖序》《芝赋》《吴先生墓志铭》《吴先生祠堂记》《外舅潘公墓志铭》《王节母传》《钝安七铭》；刘泽湘（一篇）：《王迪陔先生墓志铭》；刘谦（三篇）：《武昌告太一起攒文》《与柳亚子书》《再与柳亚子书》；潘世谟（三篇）：《游三狮记》《三狮春禊启》《与柳亚子书》；黄堃（一篇）：《与傅钝根书》；孔昭绶（四篇）：《宝庆萧君杰墓志铭》《与南社诸子书》《与柳亚子书》《再与柳亚子书》；陈家鼎（一篇）：《与柳亚子书》；汪洋（一篇）：《与柳亚子书》；程善之（四篇）：《与柳亚子书》《再与柳亚子书》《三与柳亚子书》《四与柳亚子书》。"诗录"栏目共收录706首，含景定成（七首）：《弱水》《偶得》《题王猛台》《梦登黄鹤楼故址怀旧》《寄愤》《秋日骊山怀古》《调仲虑》；潘飞声（四首）：《登百石台》《鸟啼径看瀑布泉》《由牛房洞至大冬岭》《题披秘石门》；沈宗畸（二首）：《题高丽闵王妃遗像》《题〈居庸秋望图〉》；黄忏华（四首）：《题亚子〈分湖旧隐图〉》（四首）；马骏声（三首）：《元旦试笔》（二首）、《重至华泾宿刘三家，翌晨同谒邹烈士容墓，得诗一章》；林百举（二首）：《解嘲》《寿世伯姜石琴先生》；古直（六首）：《孤飞燕》《由抱瓮斋至南山丛桂山庄二首》《丛桂山庄阻雨，晚始下山》《思旧一首，经过罗田径，怀谨侯作》《访熊生军锐，兴发遂游泮坑，穷其胜》；温见（九首）：《沪上别曾断魂》《寄钟寒云》《香江席上示雪兄》《香江寄曾、侯两友》《中春》《春郊》《即事》《春尽书感》《中夜闻雁口占》；黄澜（五首）：《闻钟六自香港之星洲却寄》（二首）、《送李生孟夏留学美利坚》（二首）、《玉人曲，赠李生》；马和（一首）：《〈变雅楼三十年诗征〉题词》；林之夏（十一首）：《赠友》《金陵过颂亭故宅》《莫愁湖》（二首）、《杭州寒食，步万松岭有怀》《示亚子》《赠亚子回梨里》（三首）、《为不识题令祖礼林先生遗像》《为和甫、白丁、竹林题〈风木盦图〉》；陈光誉（五首）：《杭州赠别亚子》《题亚子〈分湖旧隐图〉》（四首）；丘复（七首）：《社友蔡子寒琼于京师得郭频伽手写徐江莼诗卷，驰书告柳亚子，亚子将以家藏别本莼诗廿余首合谋付梓，征同社题咏，为赋三绝句》《送春四首，乙卯旧历三月作》（四首）；丘翙华（二首）：《河浒途中书所见》《题亚子〈分湖旧隐图〉》；张光厚（六首）：《雷太君挽歌》《题亚子〈分湖旧隐图〉》《丈夫一首，答亚子》《依韵和亚子》《叠前韵》《再叠前韵》；谭作民（一首）：《次韵和钝根见寄》；龚尔位（三首）：《乙卯春暮，与定元、治元两社友重游麓山》《钝根就余书彩凤字作诗见寄并招游王仙，次和二首》；周咏（八首）：《咏菊》《感旧，集宋句》（五首）、《民国四年五月十日志哀，时客南洋》（二首）；张寿（十一首）：《题亚子〈分湖旧隐图〉》（四首）、《白丁斋中读高子吹万〈伤昙录〉，率题二绝》《题丁道甫先生〈桐阴采菊小影〉》（四首）、《为燕孙题先世遗墨》；王竞（三十一首）：《题亚子〈分湖旧隐图〉》（七首）、《感事十二绝》《前诗荷醉庵、平子见和，弥益感触，叠韵成此并柬二君》（十二首）；郑泽（二十五首）：《霁夜见月》《送纪宣开矿永州》《己酉留别张稚野》《壬寅春日谒屈子祠》《侵晓自城还山》《山斋即景》《病起》（二首）、《春雨》《桃花》《杏花》《饯红梅》（二首）、《本事诗十二首》；张汉英（十一首）：《癸丑秋偕希陶诸子由沪返湘，舟中阅参政报，得陈蜕翁诗三复不忍释手，适同伴喧呼，将近小姑山矣。因起视徘徊，口占三绝以志意》《哀江南八首》；傅尃（八十首）：《题叔容文二绝句》《次韵答今希见过，王仙馆中留别八首并示约真》《今希、约真昆仲见过》《馆夜》《今希、约真昆仲过谈一首》《次韵和约真》（二首）、《过约真二首》《答啸苏二首，方介之南社，因示亚子》《醉歌行，戏示式南、今希、约真》《后醉歌行，戏赠约真》《春雨谣》（七首）、《雨望》《三月十五日偕式南暨诸生游三狮洞，遂至洪家湾，观渌江上游题诗塔，上署其塔曰临江，记同游姓名而去》（二首）、《登章龙绝顶题壁》《又题二首》《汉女六章》《章龙至王仙道中》《杂诗四首》《二全诗，明国耻也》（二首）、《感事》（二首）、《环中晚兴》《补题亚子〈分湖旧隐图〉》（七首）、《陆子美挽诗，为亚子作》（二首）、《题瞿安〈藕舲忆曲图〉》（六首）、《乞哲夫画〈红薇感旧图〉四首即寄》《石子索题〈武林游草〉并讯近况，会亚子亦有书来道游事，因寄二首兼示诸君》《晚眺有怀》《题芷畦〈棚溪竹枝词〉》（二首）、《亚子旧写太一诗来，为人遗失，余近寄太一诗去，亦过时乃达，悲惊起灭，不已于言，因寄二首》《寄亚子、红梨，时将去王仙归里》（三首）、《自题近作后，集龚一绝》；刘泽湘（三首）：《过西山辟支生墓》《寿姜石琴先生，集选二十韵》《次钝根见赠韵，时过其王仙馆中》；刘谦（十二首）：《到长沙感赋》（二首）、《前题叠韵》（二首）、《叠韵答天梅见赠》（二首）、《书感柬幻庵》《访钝根不遇》《砚城自美国阿海阿大学寄书论我国宗教之敝，缅缅千言，猥以佛教中之马丁路德见勉，赋此报之》《次韵答钝根见祝》（二首）、《次韵钝根》；文斐（十三首）：《癸丑黄海舟中》《舟抵神户》《再哭太一十首，次约真韵》《自题小照》；潘世谟（九首）：《王仙学舍呈钝根先生》（二首）、《读〈项羽本纪〉》（二首）、《清明侍钝根先生联句》《燕》《蚕》《同学晚憩小丘》《感春》；黄堃（四十一首）：《大梁怀古四首》《怀湘一首寄钝根》《杂咏四首》《即事六首》《李斯墓》《谢夫子词》《得家书》《登上蔡魁星楼》《冬夜》《晓行》《偃城道中》《上蔡城楼》《得钝根诗次韵却寄五首》《梁园夜雪吟》《汴中寄训麟侄》《美人髻，和徐九韵》《怯暑篇》《咏史四绝》《将军行》《欧战感言》（二首）、《答钝根用原韵，集定盦句》《题亚子〈分湖旧隐图〉》；方荣杲（十六首）：《怀人十六章》；孔昭绶（十五首）：《客倭除夕感怀》（四首）、《樱花竹枝词四绝》《留别旅日诸君绝句》（六首）、《中秋无月感怀》；汪洋（三十八首）：《长春》《开原道中》《长春杂感》《哈尔滨中秋》《中秋雨后得月》《琼林别墅晚眺》《夜过鄂穆斯克驿》《送小柳兼怀津门诸友》《送王厚斋之云南》《苍霞洲梅生席上》《题亚子〈分湖旧隐图〉》（三首）、《游鼓山四律示同游诸子》《浣纱》《杂诗》（二十首）；奚侗（二首）：《题钝根〈红薇感旧记〉二首》；方廷楷（三首）：《题郭频伽手写徐江庵遗诗》《题〈蜕庵集〉》《重过南园访肖黄山长》；胡韫玉（十首）：《将游闽海留别内子》《易仙城出仇实父白描〈佛缘图〉嘱题，观之竟日，因题八十字，时同客闽中也》《宿图书馆，风雨狐鼠之声彻夜不绝，感而赋此》《和静仁先生〈旧历元旦〉原韵》《同义华登乌石山》《自述二十四韵示子实》《再游闽海舟中，同剑华作》《赠小柳》《答三弟寄尘》《题亚子〈分湖旧隐图〉》；胡怀琛（十三首）：《春日寄家兄闽中》《春柳》《赠亚子》《赠王均卿》《乙卯杂诗》（六首）、《美人》《荻花枫叶》；李光（五十五首）：《赠稚兰》《河山四律》《感事寄秋叶，用原韵》《赠邹剩庵兼质若虚、子昶诸子》（四首）、《闻亚子、秋叶、稚兰诸子宴集杭州西园有作》（二首）、《题亚子〈分湖旧隐图〉》（二首）、《读亚子〈湖海行吟草〉，次韵述感》（三首）、《寄怀亚子四首》《悼儿》（三首）、《读秋叶杭州答吴仲言诗，次韵述感》（四首）、《友人刘竞生续学保定，诗以送之》（二首）、《赠别稚兰，即次其〈赠别春航〉原韵》《集诗述感》（二十四首）；程芰碧（五首）：《题鹓雏〈菊影记传奇〉》《赠亚子》（二首）、《咏镜》《题亚子〈分湖旧隐图〉》；程华魂（六首）：《夜宿古刹即景》《重来》《官道》《辍读题壁》《过都昌县》《闻子美殁，诗以哀之，即示亚子》；沈钧（四首）：《潄岩招同吹万、石子诸君游宝石山，率赋长句》《亚子留饮城西湖楼，即席分得阳韵》《与亚子约明日观春航演〈血泪碑〉》《送别亚子归里》；陶牧（五首）：《偶成，寄小山京师》《客中值亡姊周年，无以为礼，作此哭之》《写感，示朴庵》《寄怀莱佣有所诟》《次韵答朴庵》；胡先骕（四十八首）：《诗别萧叔绚燕京》《别汪涤云太学》《别晓湘汴梁》（四首）、《小孤山》《下江南吟》（四首）、《杂感》（二首）、《巫山高》《春日游海滨》（二首）、《微雨行山道中》《无题，集〈花月痕〉句》（四首）、《癔词，集〈花月痕〉句》（二十首）、《赠晓湘大梁，集定盦句》（七首）；杨铨（二首）：《病院寄怀》《记梦》；徐大纯（三首）：《题亚子〈分湖旧隐图〉》（三首）；萧笃平（十首）：《种兰》《咏怀二首》《马嵬怀古》《秋日晚望》《初秋大雨》《渝中留别》《涪州舟中》《夔州晓发》《短棹》；徐自华（六首）：《题亚子〈分湖旧隐图〉，集玉茗句》（六首）；徐蕴华（一首）：《清明客思，有寄亮奇》；沈砺（四十六首）：《题吴剑士写真图》《客问亚子何如人，成此示之》《喜晤晓白》《梦回》《续前韵》《野中口占》《有以康梁文集见示为勉，阅目录归之，媵以二律》《偶成，次楼外楼联句韵》《集羽琌句》（二首）、《野次》《长门怨》《集宫词句》（四首）、《即事》（二首）、《年来所志百不遂，而书籍庋藏日富，寝馈于是，差足摆脱一切，不可谓非空山中幸事也。集羽琌句十绝以自慰》《述二年来情况，集羽琌句》（十首）、《悼杨、宁二君子，集羽琌句》（二首）、《闺情》（二首）、《读〈夏存古集〉》（四首）；周斌（二十七首）：《惜美曲，哀子美也》《乙卯夏日，南社雅集于愚园之云起楼，赋此志感》《重题亚子〈分湖旧隐图〉》（二首）、《次韵答一民》（二首）、《和仲权新婚诗即贺》《和黄芳墅〈四十述怀诗〉二绝》《端午与谢蓉真游西园作》《即事一律》《次韵答方仰宇》《侵晨大风有感作》《采莲曲》（二首）、《柳洲亭题》《夏日游水月庵》《吹万以〈伤昙录〉见示，感题二绝》《偶成二绝》《闻太一遗书将出版，感赋二绝》《呈佩宜夫人并示亚子》（二首）、《九日社集愚园即席示诸同志》（二首）；李云霙（十九首）：《题芷畦〈柳溪竹枝词〉》（二首）、《送李晦庵之燕》（二首）、《赠阮鼎南》（二首）、《题心侠素心兰说部，集定公句》（二首）、《乙卯春日薄游湖上遇某校书，燕子归来、似曾相识，顾门巷犹是、风景已非，对此沧桑，曷胜今昔之感，为赋此二绝，寄渔侠汾南》《劫后归来，残菊犹存，把盏东篱，怆然赋此》《辛亥南渡爪哇感赋》《感怀》《闺怨》《秋闺》《咏龙华白桃花》（二首）、《和薛叔平先生六十初度》（二首）；李拙（九首）：《泛舟西湖二绝》（二首）、《初到兰溪书感》《客怀》《将归魏塘感赋》《舟发兰江即景感赋》《严江道中，望见村舍三五掩映，岩谷间颇有洒落之致，遥赠一章》《过七里泷钓台》《皋言丈邀饮酒家偶赋》；戴德章（一首）：《五十初度述怀》；李绛云（八首）：《题天梅〈变雅楼三十年诗征〉》（二首）、《南社雅集愚园，以事未赴，率成小诗，和芷畦韵》《题亚子〈分湖旧隐图〉》（二首）、《怅怅》《画楼》《雨后》；余一（十首）：《题亚子〈分湖旧隐图〉》（四首）、《五月九日南社雅集海上愚园云起楼，次芷畦韵》《题夷崎纪遇诗册后，集龚》（四首）、《南社巨子多半凋零矣，诗以恸之》；谭天（八首）：《为春航题名小青墓作》（四首）、《题芷畦〈柳溪竹枝词〉》（四首）；钱厚贻（十一首）：《月圆曲》《春日郊居》《春夜偕友》《述怀》《无题》《春日》《不寐》《月夜湖上思社中诸子》《有感三首》；张长（三首）：《乙卯四月三日柳亚子、高吹万、姚石子来游西湖，南社同人会于西泠印社，开樽一笑，故旧重逢，回忆同侪不禁有感，特志小诗以证同调》《答百骈元韵》（二首）。"词录"栏目共收录123首，含景定成（十六首）：《浣溪沙·秋闺》《菩萨蛮·中秋月蚀口占》《浪淘沙·江亭书感》《临江仙·过江有感》《西河·题〈南枝集〉》《汉宫春·观海棠花演〈宦海潮〉，书此赠之》《烛影摇红·赠赵素玉》《声声慢·秋夜骑驴山行戏拟》《满江红·半耕园春望》《鹊桥仙·七夕遣怀》(二首)、《行香子·桥头七夕戏拟》《千秋调·惜花》《分湖柳·题柳亚子〈分湖旧隐图〉，自度曲》(三首)；沈宗畸(二首)：《莺啼序·自题〈塞上雪痕集〉，用梦窗韵，庚戌冬日客鸡林作》(二首)；蔡守(十七首)：《马家春慢·用贺方回韵》《凄凉犯·题〈游魂落月图〉，用梦窗韵》《甘州令·寄蕴瑜，用柳屯田韵》《玲珑四犯·题鸿璧女士写赠〈双莺图〉，图己酉春所画也，用〈竹屋痴语〉韵》《凤鸾双舞·寄骚香子，用汪水云韵》《西江月·荔枝湾调冰室纳凉，寄阮月娘，用龚山隐韵，山隐词见洞氛诗集》《五福降中天·乙卯重午从康乐沔棹归水关愚斋，舟次书所见，用宋人江致和韵，此调与〈齐天乐〉别名之〈五福降中天〉不同，见〈词律拾遗〉卷三》《韵令·乙卯重午后一日，殇弱子阿朔》《山居好》(四首)、《有何不可》(四首)、《怨秋曲(图惊出浴新)》；温见(四首)：《花非花·感事》(二首)、《踏莎行·同前》《醉江月·赋寄舍弟南行》；谭作民(四首)：《瑞鹤仙·群芳花圃有大荷一钵对予旅户，云系别种，白蕊渐次苲开，团簇香润，辄爱怜，游人每摘去，凋零似，作此感伤》《暗香·梅》《疏影·同前》《莺啼序·京中晚登城楼远望乌鸦有感，次梦窗韵》；郑泽(十一首)：《误佳期·病里》《菩萨蛮·萧斋卧病，凉雨鸣阶，独寐寤歌，乍惊秋早，索填此调，倘亦蜀江秋雨诉琵琶之意也》《前调(湘楼住有伤春客)》《青玉案(桂华凝露秋香冷)》《月华清·秋砧》《坡塘柳·辛丑夏别叔乾，重有所感》《蝶恋花·春雨》《秋波媚·黄州春雨》《满江红·辛亥冬感议和事》《汉宫春·旧历壬子元旦》《水龙吟·题亚子〈分湖旧隐图〉》；傅尃(二十九首)：《浣溪沙(又近西风瑟瑟秋)》《蝶恋花·七夕》(三首)、《前调·集词》《念奴娇·送梦蘧北游》《疏影·题高天梅〈红楼梦影图〉》《浣溪沙(夜起空阶见月明)(乍透新凉枕簟秋)》(二首)、《减字木兰花(旧游后处)》《水龙吟·崂山四景词，章壁撑晴，云山佳麓，风日清和，琳宫贝阙见神仙之居焉，明统致引第四十四福地章龙山即此》《高阳台·崂冈带雨》《瑞鹤仙·岱松横翠》《大江东去·藤塔摇青》《水龙吟·题张挥孙〈闷寻鹦馆填词图〉》《摸鱼儿·用稼轩韵》《踏莎行·题幻盦日木双照》《前调·题画》《点绛唇·为王祝朋题画》《百尺楼·题画》《菩萨蛮·途中偶兴》(三首)、《沁园春(水冷芦枯)》《蝶恋花(浮生万恨无堪遣)》《点绛唇(笑指黄花)》《临江仙(记得当年明月夜)》《念奴娇·为蔡哲夫题魏李映超等造像残拓》《南乡子(风雨近重阳)》；刘谦(二首)：《蝶恋花·花朝大雨竟日》(二首)；刘鹏年(一首)：《如梦令·题画梅新婚，贺客促作》；程善之(一首)：《水调歌头·题亚子〈分湖旧隐图〉》；胡韫玉(一首)：《一剪梅·重九示小柳、剑华》；胡怀琛(一首)：《浣溪沙·夜雨》；陶牧(十二首)：《菩萨蛮·哭子美并简亚子》《三姝媚·题天梅〈变雅楼三十年诗征〉》《浣溪沙》(四首)、《摸鱼儿·中秋》《前调·和剑华兄赠韵》《菩萨蛮·重九并示剑华》《一剪梅·重九和朴庵韵》《摸鱼儿·约朴庵游西湖，归作并简剑华》《一萼红·赠一品红并示剑华》；胡先骕（五首）：《蝶恋花（塞雁归来秋又半）（水精帘外西风紧）（海天万里长相忆）（落叶萧萧秋已老）》（四首）、《海国春·题亚子〈分湖旧隐图〉，自度曲》；杨铨（一首）：《贺新凉·题亚子〈分湖旧隐图〉》；萧笃平（六首）：《菩萨蛮（东风吹入垂杨树）》《虞美人（清明节近春将半）》《忆萝月（春光难住人与春）》《前调·峡中作》《前调·重阳》《金缕曲·马嵬驿》；沈砺（一首）：《满江红·题芳墅〈四十述怀〉诗后》；周斌（二首）：《一剪梅·春病》《踏莎行·春恨》；余一（五首）：《巫山一段云·夏夜听美人歌》《醉公子·纪梦》（二首）、《卖花声·夜雨》《生查子·听莺》；周亮才（一首）：《钗头凤（砧声切）》；张长（一首）：《少年游·为春航题名小青墓作，用虑尊韵》。

《浙江兵事杂志》第 22 期刊行。本期"文艺·诗录"栏目含《宿湖楼》（诸宗元）、《湖上杂书》（诸宗元）、《民甫招同允宗饮湖上，逐放船至孤山，归后拾是日所语录之》（诸宗元）、《西溪游，归投桂樵、天木》（诸宗元）、《西溪游归，明日桂樵以诗来，依韵报之》（诸宗元）、《乙卯解兵，留别刘笃生大令》（诸宗元、刘泽沛）、《戏柬秋叶》（高燮）、《潘鉴宗远游，书以赠别》（樊镇）、《闲居遣兴》（樊镇）、《乙卯重阳雨后登吴山绝顶》（樊镇）、《送鉴宗东游》（刘体乾）、《湖上偶成》（黄赞华）、《春日天台道中》（黄赞华）、《同袍社校雠兵书》（吴钦泰）、《忆友人从军》（吴钦泰）、《杭游》（林之夏）、《寄怀林尔恢广州》（林之夏）、《答叶珽瑜，用陈后山寄杜侍郎韵》（林之夏）；"文艺·词录"栏目含《甘州·夜渡太平洋》（叶玉森）、《贺新凉·吊史阁部墓》（姜参兰）、《水调歌头·月夜登黄鹤楼》（姜参兰）。

《眉语》第 1 卷第 16 号刊行。本期"文苑·碎锦集"含《辽东集》（天津赵礼元幼梅），内有《和绳武奇经斋都门原韵兼呈仲苏》《感怀二首，仍步原韵呈仲苏》《闻仲苏病愈喜赋，仍步前韵》《得丙卿都门书，知绳武、震初南北暌离，忽焉团合，友朋之乐，欹契人天，自恨远游，赋诗寄慨，仍步绳武第二诗原韵》《客居无俚，于质夫处借〈秋雨庵诗〉第二集读之，中多无题制作，沉浸浓郁、悱恻缠绵，使人回肠荡气，仿其体，仍步绳武原韵作二首写示仲苏，效颦无似以博轩渠》《叠韵诗，友人见和者名篇络绎，日益加多，因之发兴，复得两首，均步原作第一诗韵》《眷属将来营川，已卜宅矣。既而不果至，赋寄一诗，仍步前韵》《兰亭坐上闻仲苏谈禅，憬然有悟，养柯精室益觉澄怀，因步前韵赋此以质仲苏》《寄怀仲苏都门兼呈其兄伯颜，仍步前韵》《和智莹近作，步原韵兼示伯伟》《和伯伟见赠之作，步原韵得二首》《营口杂诗》（四首）、《移家营口漫赋，写示伯伟》（四首）、《送星儿回里》《我昔》《怀仁庵》《戏作，致伯伟》（三首）、《入世》《汇海楼席上感赋》《范孙有欧西之游，路出沈阳，予以事羁营口不得往返，展望车尘，魂销欲尽，爰寄两什以写予悲》《步韵和仲苏》《和实之见怀之作，步原韵》《约孝先、伯伟两君杏花楼小酌漫赋》《读伯伟所著〈澹斋词存〉，为题一律》《梦中句》《病中夜雨》《答智莹感事，近次原韵》《答仲苏，次原韵》《舞罢》《七月廿七夜苦热独坐，至漏三下不寐》《偶成，用山谷〈松扇诗〉韵》《感事六首，步〈病中夜雨〉韵》《无题一首，仍用前韵》《怀陆纯甫涿州，用前韵》《众生》《隐居一首，仍叠〈病中夜雨〉韵》《检去年友人所寄函札，装黏成册，率题其上》《题姚斛泉先生行看子二首》《吾衰》《论书绝句》《营口》《河干晚眺，仍叠〈病中夜雨〉韵》《旧历之七夕，实新历八月八日也。仲苏索赋一诗，仍叠前韵，漫成一首，至此盖十一叠矣》《隐几一首，十二叠前韵》《读书一首，十三叠前韵》《和伯伟〈秋夜不寐〉原作步韵》《送仲苏之都门》《八月十五日雨后晚凉河干小立口占》《伯伟新词有"苹花野水、点点凉痕"之句，予酷爱之，演为小诗，仍未尽意也》《冀儿由唐山来营小住，五日而去，赋此送之》《猴戏》《咏刘孝标》《观剧》《绣麟续娶，又赋悼亡，寄此广之》《营口市东缘河有公园，今晨一往游瞩，虽僻小，然有幽致，喜赋两诗》《寄怀仲苏都门》《偶成》《粤人某移居于寓楼之旁，布置经营，极为劳悴，局外微窥，感而赋此》《杂诗十六首》《北军克复金陵，伯伟赋示一诗，次韵和之》《长镵》《九月十六夜望月》《接朱世兄告急书感赋》《偶成》（二首）、《挽莫介堂》《喜得林默卿书》《病中》《病起》《溪上》《国庆日纪宴》《锦县道中》《宿山海关》《伯颜招饮未到，赋此寄谢》《都门》《送孝先之九江》《答仲远》《留别营口友人》。

[韩]《至气今至》第 31 号刊行。本期"词藻"栏目含《田家》（石泉子）、《打麦》（石泉子）、《田舍》（石泉子）、《王峰洞》（石泉子）、《雨夜》（石泉子）、《雨后》（石泉子）、《绿阴》（石泉子）、《自遣》（奎菴车宙伯）、《巡回历览韵》（洁庵李骏夏）、《过千圣山韵》（洁菴李骏夏）、《闲窗静话》（寅菴柳志熏）、《有感》（云海韩华锡）、《有感》（川上善兵卫）、《有感》（子爵宋秉畯）。其中，石泉子《打麦》云："五月筑场圃，晴天值好期。发声相助兴，劳力更无思。东作殷民产，南薰颂圣诗。空中谁是打，吾亦挟仙时。"

护国军昆明誓师，出征讨袁。赵藩填《满江红》一阕作滇军军歌。词云："剑佩雄冠，男儿志、昂藏不歇。凭半壁、涤腥涮垢，浩然义烈。金马腾空开宿雾，碧鸡叫梦醒明月。又两翻、推倒段和袁，抒诚切。　　老松干，耐朔雪、坚金质，难磨灭。辇苍山巨石，补完天缺。尺组终拴默啜颈，寸丹不化苌弘血。大中华、璀灿彩云笼，开宫阙。"

景梅九在西安被捕，解往北京入狱。张玉衡作《忆梅九六首》（时梅九由西安被捕入都）。其一："经年盼断天书来，匹马秦关久未回。湖海一军轻似叶，须眉万劫不成灰。人传姓字知非福，天与文章太露才。晴日空山生霹雳，神仙何地避风雷。"其三："落魄韩非悔入秦，飞言造狱竟成真。覆盆头上无天日，草檄灯前有鬼神。诏捕白衣关内侠，词连朱邸座中宾。槛车临驾都门道，风雨离亭几故人。"是月，景梅九狱中初度，作《狱中三十五初度》。诗云："奔腾岁月眼前过，运入龙蛇最坎轲。生满百年能有几，狱成三字不消多。自今以始其休矣，振古如兹可奈何？跖寿颜夭无定准，莫把公道问阎罗！"又，狱中步陆游《钗头凤》原韵戏拟《忆秋闺》云："愁分手，斟杯酒，樽前低唱阳关柳。心情恶，飞绵薄，密官狂趱，粉仙轻索。错，错，错！　　人依旧，花偏瘦，西风帘卷凉初透。伤寥落，思兰阁，尺书删就，寸鱼难托！莫，莫，莫！"又，狱中忽闻李岐山率部与敌大战获胜消息，戏拟《春闺词》云："几□鸢筝，数番鸽啸。而今听是凄凉调，东风吹不到帘栊。晓他外面春多少。　　燕约莺期，应都误了，相思人隔天涯杳。瞒愁刚遣梦寻欢，醒来又被愁知道。"

曾朴在上海参与讨袁军事会议，以筹款之责自任，后捐其私蓄以充军实。

李大钊为反袁事回国。2月初到上海，两月后又去日本。李大钊作《太平洋舟中咏感》。诗前自记云："乙卯残腊，由横滨搭法轮赴春申，在太平洋舟中作。"诗云："淼水东流，客心空太息。神州悲板荡，丧乱安所极？八表正同昏，一夫终窃国。黯黯五彩旗，自兹少颜色。逆贼稽征讨，机势今已熟。义声起云南，鼓鼙动河北。绝域逢知交，慷慨道胸臆。中宵出江户，明月临幽黑。鹏鸟将图南，扶摇始张翼。一翔直冲天，彼何畏荆棘？相期吾少年，匡时宜努力。男儿尚雄飞，机失不可得。"

胡适在美国致信陈独秀，讨论"实地试验"白话诗。云："适去秋因与友人讨论文学，颇受攻击，一时感奋，自誓三年之内专作白话诗词，私意欲借此地试验，以观白话之是否可为韵文之利器。"胡适又在《答叔永信》中云："白话之能不作诗，此一问题全待吾辈解决。解决之法，不在乞怜古人，谓古人之无，今必不可有，而在于吾辈实地试验。一次'完全失败'，何妨再来？若一次失败，便'其以为不可'，此科学之精神所许乎？"

吴昌硕为鑅沂行书《不求》诗轴。诗云："不求仙去饭胡麻，浊酒浇愁那用赊。午后蒈腾成一梦，华光约我画梅花。（偶作小诗，题曰《不求》，幸鑅沂老兄指教。乙卯涂月。吴昌硕）"又，吴昌硕题程璋、胡郯卿《山茶水仙图》。诗云："山茶琉璃大如斗，水仙碧玉洁无垢。疑是万古天铸成，谁信能事成胡手。（乙卯冬，瑶笙程君、郯卿胡君合作，属七十二聋叟吴昌硕题）"

张震轩为浙江省立第十师范学堂撰《师范国文课训告词》《师校校歌》《运动会歌》。

熊承涤生。熊承涤，字拔才，湖南桃江人。著有《明志轩吟草》。

严修《严范孙先生旅行诗》刊载于《教育界》第9期。

吴虞作《七绝二首》。序云："余尝谓家族制度为专制主义之根据，曾著文论之，同所撰《李卓吾别传》寄范硘海（袥）上海。硘海复书云：'快读之下，未尝不为之击缺唾壶。《李卓吾别传》诛奸谀于既死，发潜德之幽光，尤为淋漓痛畅。'因题此奉寄。"其一："宗法遥传祸已深，唾壶击缺自哀吟。栖栖争羡封侯贵，谁辨当初盗跖心。（《庄子·盗跖》篇曰：'妄作孝弟而侥幸于封侯富贵。'）"其二："墨翟《非儒》论早传，王充《问孔》亦名篇。若知显学韩非意，肯把疑经罪子玄。"

赵炳麟作《路过湘潭，柬赵芷丈并用夏间见和原韵》（乙卯十二月赴湘作）（四首）。其一："闲浮一叶逐湘波，独步江滨踏绿莎。欲向五湖寻范蠡，人间万事听蹉跎。"其二："破浪乘风迹已陈，中年意气尚嶙峋。漫将身世方前哲，顾怪归奇愧不伦。"其三："也种梅花戴月锄，也从湖海寄蜗庐。去来浑似辽东鹤，不早求仙计已疏。"其四："有人家住桃花源，树绕庭除石绕门。约过小舟同一话，孤灯相对梦昆仑。"

陈伯陶作《咏史四首》（乙卯腊月）。其一："汉家厄运乱蛙紫，人头畜鸣剧秦始。伊周颂毕颂黄虞，十万儒巾不知耻。作奏封侯伯松巧，子云符命何足道。惟有挂冠神武门，至今犹说知几早。君不见，天年自夭楚二龚，不如杜陵一蒋翁。"其二："赤帝焰炉当涂高，国中谁复大讨曹。受金盗嫂网才俊，东汉节义轻鸿毛。九锡既成文若死，季珪虬须空直视。当时巢毁卵不完，哀哉鲁国奇男子。君不见，鹿车牵挽归鹿门，我独以安遗子孙。"

吴芳吉作《岁暮何树成弟病假来归，吾以牛肉、白酒劳之，时吾方自京师返沪也》。诗云："我有同心友，客游雁北关。结庐临灞水，跃马上南山。大雅羞干禄，分阴不赋闲。归来期白首，水雪映红颜。"

周学熙作《养疴北海，晚饭后散步》。诗云："历朝临幸地，容我短藤拖。池小桥添曲，廊回路失坡。晴皋残雪少，高树夕阳多。何处清筲起，苍茫发浩歌。"

费树蔚作《乙卯季冬挈儿女合摄一影，自题八律，用湘阴相国二十九岁自题山像诗韵，杂写旧事，语皆实录，初非自衒声，亦不遑计工拙也》。其一："闲身从此作农师，童卯光阴系梦思。堕地颇遭亲党忮，胜衣每受老成知。南山乔木俄凋阴，京兆荆花不并枝。赤舌烧城灾咎积，难忘倚泣母怀时。"

夏承焘作《暮春感怀》《自题〈退思录〉》。

陈璚作《丙辰阳历正月，豁轩将往台中，诗以送之》。诗云："萧萧细雨作春寒，厚汝衣裳上客鞍。此去再偿文字债，归来仍饱腐儒餐。久淹旅邸慈亲老，小隐家山梦寐安。早识鲈莼乡味好，不应岁岁戴南冠。"

［日］白井种德作《乙卯十二月游江刺郡福冈村，往返之间得七绝十章》。其六："闻言数世作人师，积善余庆奚复疑。少壮皆贤翁健在，宁馨更见几婴儿。"其九（今春省吾送到黑泽尻）："昨迎于此今还送，多谢君能有始终。对酌旗亭忽分袂，情缠明灭一灯中。"

二 月

1日 川军第二师师长刘存厚宣布独立,改称护国军四川总司令,率兵反攻泸州。

《小说海》第2卷第2号刊行。本期"杂俎·诗文"栏目含《春水赋》(以"三月桃花水下时"为韵)(东园)、《海滨晚眺》(东园)、《拟常理〈古离别〉试帖,用原韵》(东园)、《十一诗,戏作》(东园)、《雪》(谢冶盦)、《时甫初冬,淫霖不已,风雪继作,偶读〈衰碧斋集〉以自遣,即用其门存诗韵》(谢冶盦)、《用前韵赠李生》(谢冶盦)、《海上晤徐大福谋》(谢冶盦)、《送陈四之汕头》(谢冶盦)、《张家口即事》(煦亭)、《有感》(煦亭)、《怀胡中丞星舫·建枢》(煦亭)、《寒日即事》(煦亭)、《偶题三首》(南园)、《欲忏》(南园)、《雪后望黄山》(南园)、《南园馆中偶成》(南园)、《冬夜苦寒》(南园)、《雨夜删存诗稿》(南园)、《大雪吟》(南园)、《自旷》(南园)、《闻谭浏阳专祠落成感赋》(甲寅五月见新闻报)(磊盦)。

《中国实业杂志》第7年第2期刊行。本期"文苑"栏目含了公:《示南湖》《再叠前韵奉酬南湖》《三叠前韵酬南湖》《四叠前韵呈廉居士》《搜索枯肠、丑态毕露,五叠前韵敬呈南湖吾师悲海》《六叠前韵寄赠藤田绿子并呈南师一笑》《七叠前韵呈平泉先生,即求南湖吾师砭俗》《八叠前韵赠寺井春野女史并呈南师一笑》《九叠前韵留别南师》《十叠前韵示江颖年》《十一叠韵示冯守之》《十有二叠韵留别南湖、春野两先生》;南湖:《酬了公》《再叠前韵呈了公》《三叠前韵示了公》《四叠前韵答了公》《五叠前韵寄芝瑛》《六叠前韵题绿子小影并答了公》《七叠前韵示平泉先生》《八叠前韵代绿子答了公一首》《九叠前韵代绿子见报一首》《十叠前韵送了公还江南》《十一叠韵代春野女史答了公》《十二叠韵题了公赠春野诗后并寄绿子》。

《诗声》第1卷第8号在澳门刊行。本期"词论"栏目含《张炎〈词源〉(八)(此段未完)》;"诗论"栏目含《渔洋诗问节录(五)》;"词谱"栏目含《莽苍室词谱(八)》(雪堂);"诗话"栏目含《山藏石室诗话(五)》(乙庵);"笔记"栏目含《水佩风裳室杂乘(七)》(秋雪);"野史"栏目含《本事诗》(吴武陵)(唐代孟棨);"题跋"栏目含《杏香书屋书画跋(五)》(杏香居士);"诗屑"栏目含《竿,桃花源》《湘夫人,桃花》。另有《雪堂第卅一课题》,题为《春游》,要求"古今体诗任作,卷寄澳门深巷十八号转雪堂,民国五年三月二十号收"。《雪堂启事》云:"雪堂社友公鉴,仆等自盖历岁底以来,奔走不遑,致《诗声》与诗课汇卷,或则衍期发出,或则至今未发,屡承责问,抱歉良深,再四思维,善后无策,惟有将忙中之一息,渐清积课,同志幸其谅之。民国五年三月一日,雪堂印刷部启。"

陈逷声作《偶作》。诗云："盐米经营岁又除，老夫七十少宁居。失攀獭尾羞言寿，老卧牛衣尚读书。世族身家全木雁，人才令仆半黔驴。屏风满挂豉叶蒜，朝夕无求是傲渠。"

汤汝和作《十二月十八夜大雪有感》。诗云："四更梦醒灯光绿，枕上静闻声谡谡。布衾铁冷不知春，身恋匡床如蜗缩。晨兴童子喧传呼，草堂铺遍钟山玉。图画何期遇葛三，指挥知己来滕六。恍如细雨落檐花，几讶列星悬影木。众山寒瘦净无埃，相对我惭境幽独。忆昔看雪湘之南，寿祝萱帏照华烛。相随舞彩有莱妻，珮玉鸣璜辉象服。娇儿称觥集庭阶，新妇介眉进醓醢。奇霙白映红氍毹，昼演梨园夜犹续。满座宾朋不觉寒，围炉共听阳春曲。是时海宇方乂安，天霏瑞雪酿丰熟。公私仓廪犹充盈，燮理阴阳赖当轴。边尘迭见洗阴山，暖律一吹变寒谷。山邑民无冻馁忧，宰官亦得被嘉福。岂期星移一纪间，沧海桑田世变速。细君死别两经年，午夜鳏鱼未合目。阿母音容渺不存，柏官卜葬尧山麓。两儿携眷寓潭州，道阻无从课孙读。乾坤板荡烟霾昏，四载流离叹骨肉。一身纵荷皇天慈，见雪乡间为痛腹。漫空飞絮逼人来，手足不仁病瘃瘃。敢将曲谱仿梁山，无复清阴庇慈竹。眼看大块浩茫茫，万里同云天雨粟。吁嗟乎，万里同云天雨粟，益助皋鱼风木哭。"

2日 除夕，张謇作春联云："不足夔龙道；聊同燕雀春。"又作《除夕日宴坐啬庵，有怀西山静宜园，寄主管英敛之君，并令儿子和》。诗云："生平不识作官好，京师两年历寅卯。岁阑农闲官亦嬉，老夫辄走西山道。连山古寺尽有名，静宜一园山更窈。中掩列壑肺腑完（肺阴腑阳，完字乃兼之），上拂层云眉黛姣。前年四客同入山，韵琴荒涧冻不屦，踏冰斫雪铿松关。今年入山仍四客，再宿梯云拥寒碧。夜来暖酒朝携屐，高高下下各一时，一旷一奥穷探赜。凭林依泉得胜处（香山寺东海棠院上关帝庙址，距双井玉乳泉半里许），时欲卜筑谐幽栖。年年北来一遁暑，秋随南鸿留爪泥。舍旃亦与成招提，愿不获遂魂系之。云中君兮长相思，英生英生勤护持。容有仙客来安期，蹑我经过青云梯。为我乞取赤藤杖，尽镌元日山中诗。"又补录七日诗四首《吴县杨生以辛亥为云阳中丞拟疏稿草装卷见示，恫恍怆恻，不翅隔世矣，赋诗四章，题其后归之，亦以告后之论世者》。其一："纯弦小能调，死灰不能爇。聋虫不能聪，狂夫不能智。昔在光宣间，政堕乖所寄。天大军国事，飘瓦供儿戏。酸声仰天叫，天也奈何醉。临危瞑眩药，狼藉与覆地。烬烛累千言，滴滴铜人泪。"其二："绝天天绝之，生民不随尽。黄农信久没，万一冀望尹。风烟起江汉，反掌出怒吻。群儿蹵踏间，纲维落齑粉。桀跖亦可哀，飘风过朝菌。但得假须臾，民屯不遽殒。虽无箕山逃，尚索汉阴隐。"其三："蜣螂转丸嬉，飞蛾附火热。后人留后哀，相视一涂辙。蜻蜓与蝴蝶，等蟹体略别。酒钦不解酒，楔也乃出楔。阳春忽云逝，风雨暗鹈鴂。兰杜寂不芳，众草生亦歇。可怜望帝魂，犹洒枝头血。"其四："平子郁四愁，所思遥且艰。伯鸾五噫毕，拂衣东出关。逢人不一语，老子非痴顽。希夷廿年梦，迭变如回环。察渊云不祥，说怪亦不欢。巢许不知足，犹厌风瓢欢。吾生将安归，昔咜真腐菅。"

杨霁园作春联两副。其一："丙路郑林清夷可赞，丙暗南方无物不长，丙魏何年同捧日；辰招凤引豪放于诗，辰建北极谓天盖高，辰弘有志欲回天。"其二："丙相忆当年，问察行牛，记取少阳方用事，依丙有星人共老；辰星观旧次，开张天马，得知农业又呈祥，怀辰以往杖为朋。"

吴昌硕作《次韵和贞壮除夕见寄》。诗云："昼寝都忘却，晨游直到宵。一杯酬旧岁，万事有明朝。狂对花枝舞，聱嗔海气骄。除君诗挂眼，古意问谁招。"

陈三立作《除夜得诸真长书，题以寄兴》。诗云："老余海畔狎鱼龙，惊喜生还对四松。碾梦车音违隐隐，埋云兵气尚重重。斗魁倒坐商歌动，榾柮烧泉薄醉逢。守岁亲颜书一尺，伤春湖舸问孤踪（真长佐幕杭州）。"

荣庆赋诗云："又似蓉城爆竹声，卅年前事记分明。人怀锦里寥寥几，路历蚕丛处处平。骨肉一家真幸事，图书半榻足余生。脚挛腕弱诚无用，前路茫茫看不清。"

钱溯耆招饮翠楼，吴昌硕有诗赋之。《与钱溯耆书札》第十通有记："朱楼绛烛夜张宴，得傍佳人锦瑟眠。老为簪花若簪胜，学难齐物且齐年。天倾古有娲遗石，海变吾闻子在川。白发红颜好图画，今宵不醉亦陶然。乙卯除夕，听邻同年招饮翠楼，依韵呈正，吴昌硕顿首。"钱溯耆作《乙卯除夕又饮小翠家，仍用去岁韵》。诗云："循例椒桦上客筵，倚楼权作酒家眠。故交零落俱千古（今岁老友闻浣华、缪纫兰、汪玉农、洪翰香、陆凤石、陈芰生、庞劬庵、陆云孙、汪渊石、胡右阶、吴次竹暨舍弟朴儒相继逝世），老境婆娑又一年。岁篝未更储宿火，寿杯争献祝增川。风声莫听冬冬鼓，且过今宵蕡烛然。"周庆云作《听邻先生约赴高翠玉家饯岁，有甲寅、乙卯两除夕诗，征和次韵奉酬》（二首）。其一："镫影钗光簇玳筵，郁金休遣莫愁眠。笑拈红豆猜瓜战，暖握纤葱问荔年。酒户诗城摩壁垒，眼波眉黛斗山川。东风珍重花开夜，拟学忘情恐未然。"

黄文涛作《除夕》。诗云："今岁仅此日，历此甚非易。大劫虽幸逃，风鹤时声唳。道路梗荆榛，兵卫严戒备。爆竹禁勿喧，祭祷各循例。乌鹊留旧巢，一枝犹可寄。家人荐岁盘，殽蔌悉随意。草堂灯烛辉，共把屠苏醉。青红绕膝前，嬉笑咸无忌。抚怀默自思，即此皆天赐。醉后恐遗忘，濡笔为之记。"

李烈钧作《乙卯除夕有怀，因成一律并柬冀公》。诗云："忘年忘节几春秋，棘地荆天任我游。民困敢辞驰骤苦，病多犹抱武汤忧。重来昆海寻知己，直捣幽燕杀国仇。画里河山固无恙，甲兵洗净足高修。"

陈遹声作《乙卯除夕》。诗云："妻钉椒盘妾洗杯，家人报喜烛花开。煮茶试雪频敲竹，得句巡檐欲斗梅。守岁筵阑余冷炙，围炉火烬拨寒灰。柴门近市垂帘坐，闲听儿童唤买呆。"

　　汤汝和作《除夕》。诗云："少年傲岸天地窄，光阴犹未忘畴昔。今宵惊听雄鸡鸣，倏过五十四除夕。壮不如人岁月迁，无端哀乐感中年。梅花不复妻和靖，诗稿空劳祭浪仙。"

　　鲍心增作《除夕示侄孙元恺》。序云："明日即是十岁，古者男子八岁入小学，十岁出就外傅，居宿于外，即学大人矣，须知之。"诗云："十年就傅戒痴憨，嗜学当如饮食甘。讲罢鲁论休渴睡，更将因果作闲谈。"

　　徐世昌作《乙卯岁除》。诗云："依旧京华景物同，椒盘采胜祝年丰。杯深鲁酒迎人绿，室暖唐花著意红。且喜寻梅呼野叟，未妨凿句付奚童。明年二月春耕早，箬笠芒鞋鹿岭东。"

　　陈曾寿作《祝英台近·乙卯除夕》。词云："颂椒花，书帖子。无复旧京事。酒薄成醒，爆竹尾声里。何心感逝怀人，卅年梦断，只销得、闲情如水。　　伴残岁。空倚一簏秋词，挑愁堕烟穗。凄恻吟边，还觅好春字。梅梢一点星明，夜痕偷换，有万一、春魂荡起。"

　　吴昌绶作《乙卯除夕寄茗笙》。诗云："三好我追汪季用，四当君侪胡应麟。犹有老成能数典，独惭少壮不如人。书来倦眼迢遥夜，酒入回肠浩荡春。忽记罗帏双烛穗，瓣兰香压鬓花新。"

　　周树模作《乙卯除日》。诗云："我前万亿劫，我后无量尘。云何断一岁，沟画分旧新。螮蝀语春秋，绝倒古真人。卖历市头儿，昨卯今为辰。属兔与属龙，强配徒纷纭。老生钉故事，妄谓枯笔神。设祭饷诗篇，高哦惊四邻。手自斟腊酒，了不辨清浑。钩帘看海色，远雪天向昏。急回万里眼，内视藜床身。默数堕地来，到今经几秦。相遭有故物，松竹塞吾门。"

　　张其淦作《除夕》（乙卯）（二首）。其一："历历兴亡恨不休，依然汉腊戏藏钩。一年岁月又将尽，万里江河空自流。夒尾（沉酣）酌斝寻梦境，科头箕踞望神州。痴呆似我真难卖，老拥画城作醉侯。"

　　俞明震作《乙卯除夕》。诗云："一笑真成幻，尧天入禹天。继承无旧历，疑似又新年。但觉儿童长，终知身世悬。春王谁秉笔？凄绝纪元编。"

　　曹元忠作《乙卯除夕》。诗云："合沓万灵趋，风云拥帝都。食殟呼甲作，执鬼见神荼。乱拨邪皆辟，时清厉尽驱。明年王正月，无待佩桃殳。"

　　陈去病作《民国四年除夕，饮诩公家》。诗云："岁尽一杯酒，忧深话更长。鸥鹇憎牖户，家国感沧桑。惟子修名立，能教苦节扬。还应筹大计，一为起南阳。"

　　黄节作《腊月二十九日，与栽甫登江亭，忆去年此日为后山逝日，设祭法源寺。与会者惟贞壮南归，今此事亦不再矣。因为诗寄之》。诗云："二客江亭话去年，今朝吟祭后山篇。更无一事能经岁，可叹前人有独贤。忆子梦回湖上路，迫春冰解直沽船。残邮若递今朝讯，诗在芦根积雪边。"

刘栽甫作《乙卯除夕饮兼葭楼》。诗云："长蛇赴壑未能先，黯黯春愁已满天。祖褐忽惊成卒岁（时盛传元旦改元），虞傩犹幸被今年（时云南已誓师讨逆）。吾曹且待芳膏炙，何物能为过眼妍？试取深杯长夜饮，更由圣处到狂颠。"

曹炳麟作《除夕感赋》（二首）。其一："汉腊于今尽，穷愁此未终。人情聊卒岁，世事迫残冬。元朔颁天凤，祥符侈石龙。交章臣劝进，望幸去朝宗。"其二："世乱无常历，时艰遇歉年。索逋欢夜市，报赛冷祠烟。旧俗乡傩改，新朝帝号悬。国闻我欲恻，烽火烛南天。"

潘恩元作《旧历乙卯除夜》。诗云："两历胡并行，岁序乃有受。人情富旧习，难以新者诱。况为农贾便，更易皆所否。即此盛纷感，为政一可苟。我生当其时，两目如穿牖。去去识日月，余晖亦何有。爆竹动地来，除夜良非偶。出门看灯火，乃逢百年叟。呼童出忧语，喁喁道之右。自云身强健，方以兹乐久。不谓数年间，心怖颤在手。租税似毛发，盗贼如林薮。国用诚不足，囊囊胡自厚。民穷生计妄，所思一攫取。呼蹴到细弱，废笃弥突走。子看累累者，妇随而子负。腰囊复手筐，兀兀跑馒首。尽此一宵获，果能饱入口（除夜有自向人家乞取馒首，通宵可及数十家，所获甚多，俗谓之'跑馒首'）。饥饱本恒情，而兹何独后。终岁遭此夕，所希颇可丑。华筵开深幕，明烛照高绥。中宵鼓乐动，一欢倾百斗。狼藉及其余，徒令餍鸡狗。曾否念道途，尚复有某某。闻此三叹息，如震寒夜吼。归来且兀坐，为覆杯中酒。"

江子愚作《除夕叹》《乙卯除夕，梦烟波苍苍，其势如海，景奇而壮，醒后赋之》。其中，《除夕叹》云："今夕何夕岁云除，千门万户粘桃符。爆声震耳春雷苏，春灯春贴红模糊。东家何为相号呼，米盐凌杂来追逋。西家聒絮胡为乎，儿女争索新衣襦。我家童子方守岁，背诗灯下声咿唔。万籁嚣嚣欢戚殊，天公大笑生人愚。十二万年若流水，堕地之子转眼成老夫。岁不可守岁终去，岁来岁去真胡卢。东家且勿忧，西家亦勿喜，君不闻南云鼙鼓掀天起。"

傅熊湘作《乙卯除夕》。诗云："债逋毕了事安便，却遣吟怀到酒边。痴女压钱分馈岁，余生饱饭又经年。稍供梅蕊延残腊，为酹诗魂检断编。万感只今拚掷尽，梦回灯炧一茫然。"

王大觉作《乙卯除夕书感》（四首）。其一："风雪梅花岁又更，一番守岁一番惊。平生虽未因人热，旷世谁能鉴我情。醉且难堪何况醒，死而有恨不如生。去年事待今年了，年待年兮事岂成。"

姚鹓雏作《乙卯除夕》。诗云："髼柳摇天接冥鸦，彤云作雪晚来加。愁怀便欲高于屋，欢意真怜散似沙。饯岁杯盘回旧梦，嬉春箫鼓杂微嗟。青红儿女灯前乐，负手何人感岁华。"

刘鹏年作《乙卯除夕》（二首）。其一："俯仰生平只益悲，惊心又是岁阑时。梦回孤馆衾如铁，酒入枯肠泪满卮。用世无才宁守拙，入山有日已嫌迟。悬崖撒手谈何易，能去贪嗔未去痴。"

胡适作《水调歌头·寿曹怀之母》。序云："二哥书来，为曹怀之母七十寿辰征诗。不得已，为作一词如下。"词云："颇忆昔人语，七十古朱稀。古今中寿何限，此语是而非。七十年来辛苦，今日盈庭兰玉，此福世真稀。乡国称闺范，万里挹芳徽。　春气暖，桃花艳，鳜鱼肥。壶觞儿女称寿，箫鼓舞莱衣。遥祝期颐寿考，忽念小人有母，归计十年违。绕屋百回走，游子未忘归。"

陈方恪作《乙卯除夕，与家人守岁》。诗云："寂寞归来旧酒徒，荒溪梅迅掩空庐。幼年灯火还家日，故国兰蘅怨岁徂。岂有幅巾同谢尚，解怜红袖惜添苏。腊醅酪好亡何饮，世味今方荠苦荼。"

王浩作《除夕二十二初度作诗》。诗云："风烟一岁初经眼，坐感佳儿内美亏。五贼在心知有养，六王归印遂何迟。瞠呼镜里成憔悴，闲看人间杂信疑。晏腊辛盘娱独笑，四围高烛照新诗。"

陈昌作《除夕偶题》。诗云："呜呼一去几时归，烈士空劳举世悲。沧海桑田成幻影，万民齐咒帝王徽。"

3日　《春声》杂志在上海创刊。姚鹓雏编辑，文明书局发行，共出6集。该刊以发表小说为主，也刊发戏曲、笔记、诗词等，作者大都为南社成员，有姚鹓雏、庞树柏、陈匪石、周瘦鹃、叶玉森、叶楚伧、胡怀琛、包天笑、姜可生、吴梅、王蕴章等。第一集"诗词选·文录"栏目含《与胡朴庵论学说史书》（姚锡钧）、《与杨了公论楞严书》（姚锡钧）、《与叶楚伧书》（姚锡钧）、《答王悼秋书》（姚锡钧）；"诗词选·诗录"栏目含《夜读〈愿无尽庐诗话〉，走笔成此，质钝剑》（姚锡钧）、《清明，次笠云韵》（姚锡钧）、《春暮杂感》（姚锡钧）、《题汪笠云诗卷》（姚锡钧）、《杂诗》（姚锡钧）、《感秋三首》（姚锡钧）、《石梅讲舍坐雨》（庞树柏）、《哭吴烈士绥卿，即题其遗诗后》（庞树柏）、《清明后三日袁墅展墓叠韵》（庞树柏）、《春晴买醉北郭，仍用前韵》（庞树柏）、《客夜》（庞树柏）；"诗词选·词录"栏目含《西子妆》（庞树柏）、《端正好》（庞树柏）、《玉烛新》（庞树柏）、《喜迁莺》（庞树柏）、《蝶恋花》（柳弃疾亚子）、《满江红》（柳弃疾亚子）。

刘炳照作《丙辰元日七十初度书怀》（四首），周庆云以《寿语老七十，敬步元韵》（四首）相和；又，许湜祥作《元旦书怀，用上年韵》，同人和作：周庆云《和狷叟元旦一律，仍叠去年韵》、刘炳照《梦坡居士以和狷叟元日叠韵诗见示，率次就正》、施赞唐《梦坡以次和狷叟元旦诗见示，依韵继声，奉怀淞社诸吟长》；又，施赞唐作《岁朝试笔,寄呈梦坡》,周庆云作《和槁蟫〈岁朝试笔〉》。其中,刘炳照《丙辰元日七十初度书怀》其一:"六龆曾赓自述篇,复丁诗记五朝传。殚心著作期千古,弹指光阴又十年。室毁依然无长物,身存尚住有情天。妻儿贻我衰龄累,惟望孙枝祖泽绵。"周庆云《和狷叟元旦一律》云:"剪淞一角久浮家,不辨马牛望渚涯。日影愁看迷北陆,春寒宴起诵南华。平安借问西园竹,冷落谁寻上苑花。幸有好诗传驿使,隔年和韵记无差。"施赞唐《岁朝试笔》云:"过头六十愧虚存,又见梅花发故园。月表几修秦楚际,春王未定鲁周元。忧凭酒解屠苏熟,讹恐兵传爆竹喧。暂得平安添一岁,旧书检勘课儿孙。"

易顺鼎偕樊增祥至广德楼观鲜灵芝演出。易顺鼎喝彩声尤高,樊增祥作诗讽易云:"菊部都争利市钱,芝花一朵岁朝鲜。引身画雀香炉外,低首莲台玉屦边。杨柳歌翻大垂手,桃花运算小行年。状头亲为卢郎许,第一朝逢第一仙。"

王国维晨起即向罗振玉贺岁。是日日记云:"自去岁送家眷回国,即寓韫公家,至是已阅月。去冬十二月,同乡邹景叔大令移书,谓英人哈同君之夫人罗氏拟创一学问杂志,属余往任其事。其杂志体例分字学、礼学、文学、觉学、宗教诸门,并俟余到沪商酌,已于去岁函允。摒挡行李书籍,于开岁初二日赴沪。至是书籍十箱已送神户,行李亦料理有绪,正旦客中无事,亦无客至,与韫公清谈。"次日,王国维携长子潜明返国。

胡适复信梅光迪,《与梅觐庄论文学改良》云:"与觐庄书,论前所论'诗界革命何自始,要须作诗如作文'之意。略谓今日文学之大病,在于徒有形式而无精神,徒有我而无质,徒有铿锵之韵、貌似之辞而已。今欲救此文胜之弊,宜从三事入手:第一,须言之有物;第二,须讲文法;第三,当用'文之文字'(觐庄来书用此语,谓prosediction也)。时不可避也。三者皆以质救文胜之弊也。"胡氏当日又作《"文之文字"与"诗之文字"》云:"觐庄尝以书来,论'文之文字'与'诗之文字'截然两途。'若仅移文之文字于诗即谓之革命,则不可,以其太易也。'此未达吾诗界革命之意也。吾所持论固不徒以'文之文字'入诗而已。然不避文之文字,自是吾论诗之一法。即如吾赠叔永诗:'国事今成遍体疮,治头治脚俱所急',此种字字皆觐庄所谓'文之文字'也。"

白坚武补录除夕诗三首。《除夕感怀》(时余年廿九岁)云:"一别今宵三十年,冥濛故我总情牵。细思往事浑成幻,微证余生别有天。枉向寸心悲宇宙,不堪笑涕又沧田。关山烽火军书里,此夜偷闲且醉眠。"《除夕寄内》云:"久客乡思减,今宵思转深。剧怜青鬓恨,相印白头心。愧我羁行旅,苦君忆远吟。龚生太息语,入世感黄金。"《除夕怀李寿昌》云:"阔别李君久,山河泪有痕。精诚翻海立,肝胆照人温。鸡塞乡音寂,国门残岁喧。蓬瀛当此夜,杯酒更何论!"

康有为作《丙辰元旦感事书》（二首）。其一："又看春色到婆娑，送暖晴光荡绿波。正月无王思拨乱，普天后日望阳和。可得自娱尊号上，幻闻伐叛战云多。鲁连岂肯秦称帝，目极三巴奏凯歌。"

陈三立作《丙辰元旦阴雨逢日食》。诗云："辟居仍有世，留命到何年。酒气迎寒雨，吟怀恋旧毡。城乌沉复起，海雁静初悬。蚀日愁云里，儿童莫仰天。"

黄文涛作《元旦口号》（二首）。其一："晓日透窗明，匆匆岁又更。龙头究谁属，虎口庆余生。童稚阶前戏，亲朋座上盈。自怜衰益甚，无一可能名。"其二："举室幸无恙，惟祈世太平。暗惊增马齿，只合狎鸥盟。兰拜邻翁惠，梅承野老情。泮芹歌薄采，今岁喜重赓。"

萧亮飞作《夏历丙辰元日作》。诗云："圣朝时行夏，千秋铄不销。未妨存旧历，无暇乐新朝。一室环妻子，八方鸣斗刁。老夫愁万种，聊借酒杯浇。"

萧瑞麟作《元旦信笔》。诗云："休兵便尔纵清谈，买得春醪醉欲酣。泉水出山浑似旧，彰明昨夜梦澄潭。"

瞿鸿機作《元日试笔》（二首）。其一："依然夏正三元始，谁使周宗九鼎沦。青律潜随天并转，苍生偕望世同春。一秤棋局樵柯尽，五见梅花客绪新。时夜可求容早计，放怀长作葛天民。"

陈夔龙作《元日漫兴，有怀亭秋杭州》。诗云："博山香篆袅轻烟，饮罢屠苏意辗然。冀砌重研新晦朔，芸编仍理旧丹铅。十年宦梦催吾老，半亩园居得地偏。却羡孟光归计早，吟梅输尔在春前。"

魏元旷作《丙辰元旦书怀》（二首）。其一："群盗纷争未有涯，阴阳俶扰剧堪嗟。穷居独恨空侪辈，老去无心惜岁华。三界大千沦浩劫，九流第一是农家。奸邪作事终归败，末路非关智虑差。"

徐世昌作《丙辰元日》。诗云："春风今日至，人事逐年新。湘管舒文藻，深堂醉锦茵。天边催淑气，花外起纤尘。物候谁能记，登台视朔人。"

陈遹声作《丙辰元日，晓起看山》。诗云："野豹沉山光，倒映入疏木。余雪沍半阴，岩隙漏微旭。浮岚霭欲飞，簌簌羽新沐。作势若翼张，回翔忽颈缩。中峰独耸立，澄鲜若浴鹄。层峦与委蛇，孤峰候超越。九里峥其阴，历历梅花屋。天然开粉本，山农画一幅。"

邹永修作《丙辰元日，课谧儿〈毛诗〉，云儿〈孝经〉》（二首）。其一："春风昨夜被天涯，阴谢阳施候不差。旧泽酒留今日醉，故园梅缀隔年花。诗书教子真孤调，湖海论交更几家。汉俗唐风今尽改，鱼龙不必戏京华。"其二："隔月年光两度新，前番寒极此番春。林中朱草虽知朔，江上青山苦送人。桃苇祛邪无片影，衣冠相庆恼比邻。伤怀最是家庭礼，野失从何更得真。"

张良遄作《元旦杂兴四首，寄榆庭刺史、丞午学士、沁香居士，咏厄明经》。其一："又听莺花报好音，新颁历日到深林。河山未改三辰在，冠带都随九鼎沈。玉马来朝原有例，铜驼恋阙本无心。金元已去明清继，留著燕台阅古今。"其四："炉添兽炭不知寒，宝鼎香温爇海檀。花鼓莫嫌村曲俚，椒盘不抵酒杯宽。文人结习难焚砚，元日题诗早上坛。子野风情销已尽，未能稍减是儒酸。"

盛世英作《新春口占》（二首）。其一："草间偷活又经年，饮罢屠苏犹黯然。逐鹿从心忘顺逆，飞鸿满目任颠连。芦笙乱沸滇池水，锦瑟横陈蜀国弦。此日安危无定准，醉乡深处且酣眠。"

孙树礼作《丙辰春节贺仲兄嫂双寿》。诗云："绕过新年卅四天，今朝又说贺新年。两番邮局飞名简，一律门庭换喜联（都城门联夏正始换）。中外交通情互致（西人亦以名片相贺），阴阳合撰历新编。遐龄百五遥相庆，偕老应歌三百篇。"

李宝泩作《新年偶书》（二首）。序云："自丧乱以来，菌蚰不知晦朔春秋，其恪循故历者，尚有衰白数十公，而商贾以岁债旧限，亦得不废，但市景萧然矣。其他虽以属游饮食于市，然不曰新年也。我行我素，是谓宣统丙辰正月兼寄双井海上。"其一："濩落情怀老病身，朽株犹爱物华新。张弓默默参天道，开帐时时忆故人。醉写诗篇题甲子，梦看图画踏阳春。余寒未许蜂相见，只有游童谑笑频。"其二："银烛青烟晃画帘，婵娟树杪挂银蟾。花迎暖气逡巡放，镜约衰容逐渐添。旨蓄经冬余菜蔌，家风怀旧话齑盐。紫姑迎到无言问，斐几凝尘笔退尖。"

沙元炳作《元日示迎二首》。序云："迎生于光绪甲辰十二月二十九日除夕，次日元日立春，故小字迎新。"其一："汝生迎四始，昨日过弧辰。算节惊余老，呼名警自新。壶中忙日月，天下尚风尘。锦树杜陵感，红梅海县春。岁时仍劝学，多难望成人。有弟露头角，骀驹导可训。"

廖道传作《丙辰新年归里纪事》（九首）。其一："南山隐雾豹，北海化鹏鲲。藏见道各异，飞息理亦繁。伊余久行役，转蓬渺无根。十年别乡井，焉知松菊存？驾言独归去，涉海陟冈原。行行逾千里，望望到里门。"其二："里门步斜阳，言及先人屋。苍松如迎人，万树垂膏沐。入门晤亲旧，苍老惊面目。有嫂胜苏秦，烹茶来饷叔。须臾侄儿女，炊饭罗酒肉。芒屩疲浃旬，吾庐欣息足。问事杂悲愉，琐屑及豚畜。黄昏蝙蝠飞，日落继松烛。"其八："弱冠志道术，修学城南隅。阿母送我米，阿父授我书。祖母旬日至，问孙学何如。湛胸怀冰雪，玉貌佩珊瑚。翘踵希古贤，抗志陵天衢。抚头年四十，德业嗟犹疏。苔花缘古墙，言寻读书庐。燕雀似相识，笑我风尘驱。风尘亦何惜，所愧学殖芜。"

籍忠寅作《丙辰元旦登昆明大观楼北望，时方解财政厅长任》。诗云："解组初还一叶身，归田未遂百年心。青山留客重重险，芳草经年寸寸深。万里妻儿魂梦见，几茎须发雪霜侵。即今人事从谁卜，手有屠苏只醉吟。"

章钰作《丙辰元日和伯宛》。诗云："忧患余生宜学佛，欲求经相画公麟。息机甘遣书雠我，退步宁惟酒让人。梦里家山难缩地，眼前风物且嬉春。所嗟老大俄如许，绕涿诸毛谑语新。"

陈伯澜作《丙辰元日赵城洪洞道中》（五首）。其一："吉月家家庆建寅，猩红帖子照宜春。几将历日忘周朔，犹是衣冠见汉人（晋俗多沿旧历，且多蓄发着旧衣冠者）。客路强扶衰病起，老怀弥感岁时新。心回汾曲千回折，来觉飘萧雪满身。"其四："平生交旧一沉吟，贫病流亡感不禁。古树荒村人有在，女萝山鬼怨何深。郑虔自耐官曹冷，张俭终难姓字沈。落月屋梁颜惨淡，掬将老泪洒尘襟。"

傅熊湘作《丙辰元旦，新历二月三日》。诗云："纪朔书元迹已陈，剩看节序逐时新。周人建岁独行夏，汉世言正竟讳秦。片念尽容千种劫，重阴犹吝一分春。酒怀莽莽成无奈，坐听邻翁祝令辰。"

姚鹓雏作《丙辰元旦》。诗云："城根水落石峥嵘，辽廓江山为眼明。描写春寒须晓吹，破除雪意在微晴。浮沉闾里惭新岁，寥落朋侪话故情。随分壶觞供作达，闭门我已谢时名。"

朱家驹作《元旦试笔》。诗云："云头暖靆小楼东，爆竹声繁远近中。炉篆犹温金鸭火，筝弦初试纸鸢风。迟看红日春朝映，已觉青郊淑气融。饱饭长腰无个事，一庐清胜此壶公。"

汪兆铨作《元日》。诗云："万物尽陈陈，偏惊物候新。余生成玩岁，未死又元辰。爆竹惊残梦，哀笳报早春。无聊还独醉，空有泪沾巾。"

王舟瑶作《元日》。诗云："草间视息愧偷生，已见囚尧岁五更。读史自今忘正朔，纪元谁肯认开平？著书遣日真无赖，拔剑闻鸡尚有情。郇坞然脐旦夕事，天留老眼看分明。"

徐继孺作《丙辰元日即事二首》。其二："平明出城闉，久闲马亦骄。雪消冰始泮，春入原上苗。十里见敝庐，杨柳森长条。香楮献吾祖，馨欶非云遥。龙钟老兄弟，哀我拜跪劳。饮我以鲁酒，其美逾金膏。少时相嬉戏，白发忽飘萧。今我不行乐，焉能保明朝。归来重洗盏，浊贤以自陶。"

潘恩元作《旧历丙辰元日二首》。其二："屋角闪初日，隐约犹窥人。东风颇摇荡，弈弈吹衣新。万物乘佳气，安用及吾伦。身卑与世远，几味新与陈。但当奋南亩，长为东海民。"

朱蕴山作《用杜甫〈秋兴八首〉原韵写感》。其一："万籁无声霜满林，山河变色更森森。滔滔逝水连天暗，飒飒西风卷地阴。蜡火尚余今夕泪，梅花犹是去年心。提灯漫作承平颂，长夜敲残岁暮砧。"其二："览镜丝丝鬓影斜，飘摇风雨颂皇华。穷边不少苏卿节，大海毋劳博望槎。见说云龙从故国，厌闻风鹤咽清笳。黄昏独上城南望，渔火星星眼欲花。"其三："鲁戈无力挽斜晖，王气尊严民气微。羽羽群雌皆北伏，哀哀征雁独南飞。闭门种树时犹早，买石还山愿已违。惆怅江天惊岁暮，几人攫取稻粱肥。"其四："世界纷纷一局棋，同头往事总堪悲。黄粱又动封侯梦，赤县方占厄运时。大地鱼龙甘寂寞，天家犬马竞奔驰。灵均已去长沙老，怅望东山有所思。"其五："偶从江山问青山，衣带盈盈一水间。仗节有人来百粤，消兵何日到重关。书空殷浩殊多事，海角田横不返颜。故鬼无如新鬼大，只身四顾泪澜斑。"其六："天荒地老皖江头，满眼离离气似秋。华屋开时飞燕冷，墓门新处夜乌愁。令威归去应遗鹤，王粲飘零等浪鸥。极目乡关何处是，孤城斗大梦神州。"其七："铜驼隐隐话新宫，歧路亡羊更失中。鸿鹄离群啼博夜，虎狼入室肆雄风。人间酒国千杯醉，官舍灯花一夕红。上帝不仁吾道已，强从世外学诗翁。"其八："冥漠盲行自逦迤，人心于此见平陂。何多燕雀齐三祝，尚有鹪鹩占一枝。正朔未终金鼓动，灵光犹在斗杓移。明朝怕说逢元日，拜罢龙泉首暗垂。"

雷铁厓作《丙辰元旦》。诗云："狐鼠盈庭颂莽功，北来妖焰正熊熊。昆阳雷雨艰辛里，官渡兵戈徜恍中。许靖未能归蜀郡，管宁端合老辽东。十年未解屠苏味，早习蛮荒太古风。"

郁达夫作《丙辰元日感赋》。诗云："逆旅逢新岁，飘蓬笑故吾。百年原是客，半世悔为儒。细雨家山隐，长天雁影孤。乡思无着处，掩醉倒屠苏。"

吴宓作《阴历新年入城作》。诗云："繁华幂底萧条景，十丈严城守备无。舵转微风舟向误，棋差一着满盘输。莺花社稷沾春酒，牛角山河栖夜乌。沉醉可能忘巨劫，茫茫我自感艰虞。"

瞿蜕园作《丙辰元日》。诗云："天行物象转欣欣，闻紫驱除见彩雯。蜡凤圣棋唯解戏，火龙衲胀不成军。庭陔日永青芝长，壶罂春多白发醺。风物江东居渐习，市楼歌响自缘云。"

陈方恪作《元日雨中作》。诗云："天意三辰起斗麟，湿灰葭管未回春。柳芳涕泪历历唐家，缟素方悲洛上尘。雪被冰床行脚在，辛盘盛水旧情亲。荒城寂寞余兵气，犬贴鸡栖静比邻。"

李广濂作《丙辰元旦雪霁》。诗云："冬冬腊鼓催人老，夜渡冰河愁滑倒。山城一夕冻云合，瑞雪飞腾满苍昊。把盏休嫌玉宇寒，拥衾坐待红日晓。爆竹一声送残年，阳光满院晴呆呆。乌鹊啾嘈喜客来，庭除泞泥呼僮扫。惜无梅蕊发檐端，曾见酒帘飘树杪。岁歉民贫事事难，对景联句般般好。苍生霖雨付时贤，讴咏新春吐怀抱。"

王揽堙作《丙辰元旦》。诗云："又从夏正庆元辰，才觉初阳逗晓春。天下媚兹专制帝，滇南戴我自由神。灯花倏焰终成幻，门荛犹生肯去陈。但被欧风东渐后，世间从此几完人。"

王浩作《元旦吉语率成》。诗云："当思湔被玄经手，来破新年翰墨香。腾刷风云成爪觜，料量文字脱羁鞯。庭帏永祝神明寿，彩绚欣随兄弟行。不用威名加塞上，诗坛草木仰辉光。"

[日] 石川贤治作《丙辰元旦》。诗云："大正五年天地新，三杯椒酒祝元辰。醉来忆起旧时事，笑问老妻迎几春。"

[日] 清浦奎吾作《丙辰新年，次竹添井井韵》(二首)。其一："镜里功名老，鬒丝如我何。眼华添缬晕，醉颊展皱波。莺出春光早，龙飞瑞气多。窃酬宵旰旨，载唱太平歌。"其二："呵冻援吟笔，推敲愧不才。人情叹薄薄，天道仰恢恢。偃蹇苍龙跃，横斜香雪开。老来诗骨瘦，酒量小于杯。"

[日] 大西迪作《丙辰元旦》(二首)。其一："王历丙辰初度春，已过华甲老余身。由来笔砚风流健，昌代优游是幸人。"其二："老来矍铄复何忧，春入砚池花气浮。南海风光描未得，尊前试笔赋曾游。"

[日] 砚海忠肃作《丙辰元旦自寿》。诗云："六十一年还丙辰，元朝早起肃迎春。东风送暖梅先发，富岳开颜晴色新。"

[日] 白水淡作《丙辰元旦》。诗云："春王正月戌南鲜，早起颂来诗几篇。移得蓬莱梅一树，屠苏依旧拜东天。"

4 日　周孟由于种莲池馆前建洋式房子，乞张震轩代撰一联以自况，张震轩作联云："筑室绍种莲，爱他慧果清香，删尽红尘留净土；开门瞻积谷，养我性禾善米，平生素愿契双峰。"

王闿运作《丙辰正月初二日，题寄小石尚书，即用苏台集正月二日诗韵》。后发表于《大中华》杂志第 2 卷第 3 期。诗云："岁叶八十五回新，新岁题诗未到春 (明日立春)。遥想故人千里客，空怀知己四门亲。寻知厝火难安寝，暂得栖枝且寄身。独羡刘纲有仙福，联吟拈笔定如神。"

施士洁作《丙辰正月二日，健人二十四初度，以诗寿之》。诗云："六丁夜半驱霹雳，天上大呼捉诗贼。是何年少宁馨儿，万古骚魂偷拾得？戴匡六曜环紫微，旁有金星字太白。走匿人间廿四春，老儒面墙不相识。孔抱释送骇流俗，金鳌石麟例迁谪。孟陬昭阳大荒落，香孩坠地虹绕室。椒花柏叶三万觥，正为此君向奇郁。地球文字亿秭计，吞篆扪胸尚余热。左行能试佉卢手，重译无碍采华舌。鞭答涩体樊宗师，皋牢怪物李长吉。通眉长爪如有神，狂跹入瓮蹋穿壁。呕心戛戛锻才语，但经人道了不屑。萍锋一黍千辟灌，劚透云根断石发。崭然犀角露狞嵑，伧父头巾羞吓裂。玉皇香案朝百灵，十队银袍簇天阙。君独抱犬闭岩户，幽讨玄文自颐悦。御风陡作汗漫游，三岛十洲尽囊括。购书满载徐福船，携孥饱历郑和辙。万卷相随万里行，男儿到此气蓬勃。丈峰十丈莲花开，众香如海迎娇客。身是陈芳古国王，乘龙飞入条支国。陆生百粤千金装，娇雅琳琅编海雪。彩鸾写韵更双清，文箫跨虎本仙骨。才人艳福胜真仙，福与才兼百不一。江左衣冠重王谢，湘中词赋推宋屈。如君纵持三公筹，清谈何碍阿堵物。老夫惭附纪群末，青眼高歌天宇阔。富贵神仙两不羡，羡君至乐在蟫窟。江天第一好春晖，竹爆桃符红拂拂。屠苏烂熟辛槃香，况值菽庄花正发。我将酌君以大斗，君之三乐我能说：神州九野纷烟尘，一角洞天占高洁。寿君觞咏足千春，酒龙诗虎世无匹。只愁今夜德星聚，太史灵台定惊绝。"

王浩作《二日哭仲兄再湘生忌》。诗云："已觉新来感友生，可堪手足动哀情。捶琴泼茗望不见，残雪乱山方独明。衰世于今成弃物，留君著此更何名。三年誓墓思亲眼，仅及西山时一莹。"

[日] 久保得二作《一月初二游函山，夜抵底仓》。诗云："胜骊山下灯如市，钗影楼楼歌吹起。仙境化为销金窝，我辈宁伍都人士。驾言深入山之幽，险栈千萦路逶迤。此时天黑星无芒，高下峰嶂当面峙。洒然群瀑声喧豗，余流争壑更奔驶。松作悲鸣竹狂吟，疾风一过倏披靡。峡口夜迟绝人行，霜气低地泠于水。几处墅火磷样青，山犬呼饥吠不已。阴厓寒紧冰雪堆，蹴踏失脚唯有死。笑我好奇涉修途，背指凤城隔百里。山红涧碧几度看，乱云今闷林麓美。峰回溪转取次过，俄然开朗平如砥。树梢高耸阁三层，平头奴子迎相视。半宵投宿似还家，安顿行李心乃喜。从来汤泉验不虚，潝尽胃肠并换髓。堪矜旧题在上头，胜游果自何年始。洞户萧森月初生，决决泉响洗尘耳。一种牢骚方铲除，静中须悟逍遥理。"

5日 《妇女杂志》第2卷第2号刊行。本期"文苑·诗选"栏目含《记得词(续)》(汪芸馨女士)；"文苑·词选"栏目含《南湘室诗余八首》(虞山姚倩、姚茝)。

施赞唐作《立春日闲步寻梅，奉怀晨风庐主人，偶占一律》，周庆云作《和槁蟫见怀元韵》。其中，施赞唐诗云："义熙甲子陶诗纪，腊尽寒消过半来。柔兆执徐寻达诂，洪麻札闳托迁裁。晨风遥答微嘘燠，旧雨相望此覆醅。春到南枝先得气，好凭驿使报花开。"周庆云和诗云："正是草堂春寂寂，闲鸥逐浪带诗来。百回细嚼梅花味，一字都疑蜀锦裁。转盼东风迎社燕，相从北里试新醅。素心共斗尖义韵，气郁聊为胜友开。"

陈三立作《正月三日立春过觚庵宅》。诗云："对汝宜衰疾，能归有此身。灌园仍可乐，发咏得其真。山瘴偷嘘坐，梅梢怒坼春。系年迷实录，呼作避秦人。"

黄文涛作《新正三日立春》。诗云："四邻爆竹响声声，红烛高烧也奉迎。未识草堂来与未，盆梅时觉暗香生。"

释太虚作《立春，次樊楼岁晚偶作韵》。诗云："人天默默两忘言，寂历空山久闭门。荣辱自知心已死，纵横难信舌犹存。东风忽欲回枯木，生意无私到废园。吹断廉纤一宵雨，林岚漠漠石窗昏。"

6日 缪荃孙至杨钟羲处拜年。又，刘承干访杨钟羲，后至刘聚卿家消寒第六集，观《铁如意歌》手卷及聚卿子公鲁所绘图。是集首唱刘炳照《消寒第六集，题刘氏楚园所藏赵忠毅公双铁如意》，续唱者：朱锟、陶葆廉、缪荃孙、白曾然、周庆云、潘飞声、洪尔振。其中，刘炳照诗云："铁铸双如意，人亡物尚留。此身同百炼，其器亦千秋。抗疏传皋邑，归辀惨代州。刘郎勤好古，诒晋卷同收。"缪荃孙诗云："熹庙童昏天柱折，委鬼当头弄妖孽。皋邑尚书气吐虹，偶尔铸成三尺铁。风范棱棱一世豪，许身不啻稷与契。目击阉党日恣睢，浩气填胸目眥裂。昔人如意作用多，指挥左右成行列。石家珊瑚空破碎，西台竹石亦磨灭。当年铸此将何为，岂学段公逆竖击。东方未明先拜疏，常笑谐臣同结舌。苟能如意天转园，不负孤臣一腔血。祥金跃冶徒自伤，义子干儿相龃龉。荷戈头白戍穷边，铁骨崚嶒咽寒雪。君今何处获双枝，铭字长新慕前哲。酒酣试读如意歌，手敲唾壶口尽抉。"

张其淦作《丙辰正月初四日，儿孙自贼中回，祁武垣作诗慰藉，赋此答之，用原韵》。诗云："星星已变奈须何，点点繁霜入鬓多。自笑老牛犊仍舐，传闻有兔雉同罗。莫谈国事全缄口，欲作家书墨懒磨。喜接故人珍重语，一番感喟一高歌。"

赵炳麟作《思古堂访赵芷荪》（丙辰正月初四日，作于湘潭县昌山思古堂）。诗云："十载如兰契，今欣造里仁。论交肝胆在，惜别鬓毛新。继志期儿女，忘形略主宾。明朝千里隔，当复念苏纯。"

7日 黄文涛作《新正午日，喜云门弟至》。诗云："连日阻阴雨，今朝始放晴。驱车欣远至（时弟距予居三里），扶杖笑相迎。各把新诗诵，频将腊酒倾。诸孙环侍坐，往事共闲评。"

8日 陈伯陶作《丙辰正月六日与李君瑞琴、张君鲁斋暨闇公、智公同游沙田，李君为言黎悦真居士拟筑静室山中，悼古伤今，慨然有作》（三首）。其一："昔闻陶靖节，归休乐斜川。发春朋簪集，邀我游涉田。沙田在何许，涉行穷海边。翠巘互西东，中有陌与阡。草屋枕荒麓，稻畦泻清泉。亭亭望夫石，矗立南山巅。夫君不可见，泪目穷幽燕。我如老客妇，中情慨兰荃。念兹石不转，守节师前贤。"

朱鸳雏作《丙辰六日，西林寺塔，同太时》。诗云："仲郎为我扶春裘，薄雾明明试上楼。三镜湄波分日影，九屏峰色抱城头。举眸略助河山气，拾级真成寂寞游。管得人间新岁月，看云事业我多不？"

贺竹生作《丙辰新正六日，八、九两女同婿归宁，适幼子馨宜三朝，亲朋相贺，酬宾作》（四首）。其一："幼子先春降，余生又一冬。晚年重舐犊，新岁喜乘龙。人事天能定，宾筵酒正浓。欢腾颂遗泽，何以抗吾宗。"其二："兴登三尉子，我亦慕斯人。叔季今而后，扶持仗所亲。穆文非不武，重质当无因。鼎力求明德，高卑尚日新。"

其三："馆甥今得选，八九尽名家。聊合双星会，新添两鬓华。锦鸾迎彩杖，天女镂琼花。群稚争红卵，喧呼杂笑哗。"其四："陆至逾双纪，经年孕甫生。方言婚嫁毕，又起爱怜情。迟暮偏增累，贤愚在有成。式凭先德还，不待试啼声。"

郁达夫作《正月六日作》。诗云："回首家山路八千，烽烟横海浪连天。草堂明日是人日，客况今年逊去年。泗上文章初识命，淮阴风骨亦求怜。飘零湖海元龙老，只合青门学种田。"

9日 蒋礼鸿生。蒋礼鸿，字云从，室名怀任斋，浙江嘉兴人。著有《怀任斋诗词》。

王易寄函胡先骕，谈唐诗宋诗之别，并告知家中生活及南昌汪辟疆等同学近况，盼胡先骕早日归国。函曰："……来函论诗甚是，今试以鄙意参之，看足下于意云何。诗之宗唐，自属正论，然唐人长处乃在声韵谐协，意境纯穆，但诗至晚唐已觉人拾唾余，意境散漫，品格愈卑，降至于宋，得苏、黄、王、陆等，择其精华，弃其糟粕，各能名家，故有所谓宋派。明代七子自谓薄宋尊唐，卒之去唐尚远，徒成为明七子而已。降至有清，诸家多云宗唐，究之亦仅得明七子之余绪。同光而后，始有人提创江西诗派（即山谷、后山等），诗风稍振，盖以宋人长处在述性深长，取语隽永，短处在微觉刻露生涩，若学者能以宋诗医学唐者之轻率油滑，则必有可观。往者予与汪笠云在太学时即斤斤辩论，各执一词，笠云嗤予所见未广，予则谓其见异思迁，实则尔时因未细味宋人诗，始有此失。足下谓唐人天籁，诚然，但唐人天籁却不可使我辈复道，故学唐最难不落蹊径。口口多写性灵，无性灵可不作诗，人之性灵又各不同，故少重复。若作诗者效宋人之用意遣词，而去其刻露生涩，效唐人之谐畅纯穆，而去其轻率油滑，则无论唐宋，均属一致。正如足下所谓西人强于述性，忽于状物，洪壮之处，我诗不及，每欲合一炉而冶之相类，兹再录近作数首尘览。见赠诗，情意肫挚可感也。……手颂，旅安，小兄易，二月九号夜，瘦湘附笔问候。"又作《夕梦步曾朝得来书并词十阕》怀胡先骕。诗云："断点空城角渐催，灵霜梁月梦初回。人间荆棘随心往，天外琼瑰到眼来。为盼云山成结想，定知风楼有余哀。寒梅败驿江南好，谁与春光入酒杯？"胡先骕答赋《得晓湘书杂赋》。诗云："天涯草草三年别，故国迢迢一纸书。执笔寒窗怜此夜，题襟胜会记当初。关河沦落何堪我，诗酒伴狂最念渠。世变未完人亦苦，中原西望渺愁余。"

郁达夫致兄嫂家书，指点长嫂学诗并述及自己学诗之途。《致郁华、陈碧岑》云："吾嫂学诗，盛唐不及中唐，中唐不及晚唐，于其失之粗俗，宁失之纤巧，女人究竟不应作'欲上青天揽日月'语。弟意李杜诗竟可不读，入手即应诵李义山、温八叉诸人诗，在宋则欧阳永叔、曾南丰、陆剑南诸家诗可诵。元明人，弟未曾披读，故不敢言，然如王世贞、李东阳诸家究不会使闺阁中人模仿。吴梅村诗风光细腻，唐宋诗之集大成者，家中有全集在，可取读之。不必半年，见吾嫂之诗句较香菱更敏丽矣。清朝

四三

诗唯王渔洋全集诵,赵瓯北、袁子才诸家诗瑕不掩瑜。近人樊樊山、陈伯严诗人诗则大抵为画虎不成之狗矣。沈归愚尚书最喜用好看字面,昔人之所谓至宝丹也。然女流诗人,正不可少此至宝丹,究竟堂上夫人,较庵中道姑为愈耳。弟诗虽尚无门径,然窃慕吴梅村诗格,有人赞'乱离年少无多泪,行李家贫只旧书'为似吴梅村者,弟亦以此等句为得意作也。"

刘炳照作《人日借邠老韵奉尘梦坡》,周庆云作《和语老人日元韵》。其中,刘炳照诗云:"喜接芳邻翰墨筵,畏寒懒起恋衾眠。春前饯腊先三日,客里逢君又一年。人海藏身新岁月,神州极目旧山川。鹿门归隐难偿愿,我愧襄阳孟浩然。"周庆云和诗云:"海屋春痕上寿筵,沸天箫鼓醒鸥眠。新诗又见题人日,健笔还能敌少年。漫说云飘威四海,又惊尘劫动西川。却输吾辈长疏放,载酒看花亦适然。"

方守彝作《人日小醉得句,再依前韵》。诗云:"尘甲轻弹六十九,化机默赴又增年。乌飞兔走寻无影,草长莺啼盼好天。浊酒杯盘酣自醉,群儿金鼓扰人眠。无嗔无喜缘何事?留我寰间居未迁。"

英敛之作《奉答通州张季直先生二律(有序)》。序云:"癸丑、甲寅两年除夕,先生俱来山中度岁,蔚西《元日》诗有'献岁愿教成吉谶,年年常伴赤松游'之句。昨乙卯除夕,先生已经南归,此约遂虚。丙辰人日,忽奉到先生《除夕见忆》诗,眷怀旧迹,一往情深,并承索山中娑罗子于南中试种,且约俟先生八秩览揆辰同赏此树。仆本不知诗,且已多年不作韵语,兹感殷殷雅谊,在远不遗,虽学邯郸步,弄班门斧,亦何敢辞?非惟投桃报李,用以为好,要亦藏骨浃肌,敬备不忘云尔。"其一:"两度山中此岁守,拈毫分韵互争奇。感君春树暮云意,寄我草堂人日诗。游伴赤松徒有约,坐看苍狗竟如斯。树人树木先生志,岂是无聊慰藉辞。"其二:"先生能不改其乐,小子诚不堪其忧。磅礴难名援溺志,拘墟徒愧洁身谋。寸心不灭空千劫,大海能容纳百流。已就人间三不朽,更期崇有溯源头。"

陈三立作《人日放晴,出游未果,枯坐成句》。诗云:"开岁昏八表,淫霖迄未止。佳辰延霁光,天宇重昭洗。春气袭微微,聊欲跃两髀。四顾复安之,兴隔一溪水。颓然抱书坐,忧端剧丛矢。谁何劫大运,羲和瞠莫纪。狼狈读秘文,惝恍失前史。嘘蜃结楼台,麟楦氛雾里。槐安犹呼国,逐逐不如蚁。泪尽逢人日,志怪齐谐比。取酒佐闲谣,城头鼓声死。"

陈夔龙作《人日过泥城桥,饮陆葊伯宅,夜归有作》。诗云:"春流依旧绕泥城,人日荒寒我独行。除夜诒诗怀老友(适得冯梦华除夕见寄诗),后堂置酒有门生。乡关消息凭鱼素,客邸年华负兕觥。翦水半江潮正落,两三星火夜深明。"

陈遹声作《人日上冢》(二首)。其一:"肩舆绕山行,晓气白迷瞢。宿鸟惊人飞,冲破梅花冻。初阳晃中林,簌簌堕霜淞。风勒岩溜悬,涧回水泉动。村坞方早炊,袅烟出厓缝。路穷缘徙壑，峰转见平畴。逼仄过溪桥，隔垅望松楸。庐墓近愧张（唐孝子张庐墓村，去村仅七里），表阡远惭欧。蹙足趁麋迹，正首想狐丘。溪水思归源，曲抱墓门流。"

沈琇莹作《一萼红·丙辰人日峭寒，有怀旧游，和石帚》。词云："鹭江阴。恁蛮花竞艳，雕鬓却羞簪。爆竹人家，焚椒院宇，遇午虬漏声沉。压旗脚、寒云片片，闹红处、箫管引仙禽。咳唾生珠，玉楼天半，谁与登临。　回首蓼园胜赏，正梅欹砌角，水绉池心。北海残铭，长安剩土，一晌空费搜寻。劫尘换、春风笑客，待何日、重访窟销金。说与潇湘故人，剪烛宵深。"

张良遐作《人日寄陈郿希明府》。诗云："冷抱朱弦待子期，郿中白雪少人知。蜀州诗寄高常侍，锦里魂销杜拾遗。偃蹇饭山千古瘦，缠绵香草一生痴。早莺求友啼枝上，应是池塘梦醒时。"

曾广祚作《丙辰人日，东池别墅宴集，用傅梅根原韵》。诗云："荆楚当春彩胜辉，樱桃侑酒百无非。金茎饮罢思王母，玉树歌残剩总持。夜雨凉肌云影重，朝阳散发露华晞。但饶人日题诗兴，共息浮生挈水机。"

曹炳麟作《人日冒雨自南城学舍归》。诗云："春为余寒压，人都冒冷行。斜风欹盖重，细雨袭衣轻。履坦迂途直，心峉滑路平。皇皇欲何事？天意未开晴。"

李经钰作《人日登高》（四首）。其二："文物衣冠忆盛周，那闻纤芥缺金瓯。天崩地坼应难料，海立云飞迄未休。王气会终三百载，星文又动五诸侯。家居竟被群儿坏，雪涕何堪望九州。"

江子愚作《人日》。诗云："春暖小梅枝，家家采胜旗。岁时荆楚记，风月草堂诗。人事何须卜，天心自可知。故乡无别恨，任尔雁飞迟。"

陈衡恪作《和复庵〈人日书怀〉》。诗云："蓝尾推杯一岁新，方君犹作少年人（复庵长予三岁）。又沿旧例听街鼓，共约寒梅结近邻。忙里坐曹迟得句，近来多感况逢春。门前滑踏融泥雪，肯与清谈及此辰。"

夏敬观作《人日重题春明馆》。诗云："春明门馆隔年来，此是探春第一回。社树含黄还小勒，宫花著蕊漫先开。老怀翻苦除余腊，文思重教用退才。留与阳和吟眺地，费人相待久停杯。"

刘善泽作《丙辰人日程子大、洪味丹两词人见过》。诗云："岁朝来复值灵辰，初旭瞳瞳作好春。卷里鬼名慵点鬼，樽前人日喜逢人。新年吟兴知尤健，乱世交情觉更真。画饼敢嘲君辈客，调饥相慰莫嫌频。"

张慎仪作《探芳信·丙辰人日集菱园，怀工部草堂》。词云："春来路。在杏萼梅梢，东风一度。有多情燕子，探春对花舞。招来旧雨兼今雨，莫便分宾主。快安排、茶臼诗筒，花间久住。　游券渺难据。叹人日草堂，五年未赴。今日嫩晴，又阻浣溪步。丽春更有花无数。再去寻工部。自丁宁，未可芳期又误。"

李思纯作《人日游草堂》。诗云："初梅破萼柳弄色，今年人日霜天晴。鸣鸠昨日在林筱，垂阴漠漠横江城。颇闻农夫私太息，愿藉微雨苏春耕。负暄渐得一晌悦，出郭已觉双眼明。草堂诗思极潇洒，菜甲半坼幽草生。溪茅苦竹隐缺岸，孤烟野水清一泓。病夫不乐慕蛰息，失喜腰脚多健轻。坐怜寒候花事浅，起看绿野春人行。倦向黄尘促归舆，西景入崦残晶晶。"

10日 《申报》第15441号刊行。本期《自由谈》"文字因缘"栏目含《丙辰新正八日，恭逢云僧老伯仲嗣圣夷世兄吉礼，诗以贺之》（四首，东埜）。

《东方杂志》第13卷第2号刊行。本期"文苑·文"栏目含《明湖泛雨记》（林纾）；"文苑·诗"栏目含《更生示元日感怀之作，次韵和酬》（陈三立）、《正月廿五日止庵相国假乙庵寓斋作逸社第一集，招蒿庵中丞、庸庵制府、沤尹侍郎、病山方伯入社，同人咸赋诗》（前人）、《岘堂别归，入夜雷雨独坐作》（前人）、《晴楼遣兴》（前人）、《题劳玉初〈劳山归去来图〉》（郑孝胥）、《春阴，简李审言》（前人）、《贞长见示近诗，和其湖上韵》（沈曾植）、《陈石遗社长斋中宴集，即事赋诗》（俞明震）、《中秋雨后得月，和樊山》（陈衍）、《昆山世兄招同樊山诸君饮寓斋，梅郎新归亦至，有作》（前人）、《独行至六通寺》（陈曾寿）、《乙卯生日偶作》（前人）、《九日怀人五首》（前人）、《贞长书来，言与王天木、丁桂樵泛舟西湖乐甚，属作〈西湖寒泛图〉，图成附以诗寄之》（陈衡恪）、《画山水便面》（前人）、《予欲编后山年谱，久而未就，敫厂书来见促，赋此答之》（黄节）、《闭门》（前人）、《以明招同一浮、力山泛湖，客有徐、张二君能鼓琴，于隐闲楼为鼓数曲，赋纪一篇》（诸宗元）、《约堂既卜居，意有不乐，赋此广之》（前人）、《友人约看豹屏山红叶》（王允晳）、《岁暮寄忆南中友好》（闵尔昌）；本期另有《石遗室诗话续编（续）》（陈衍）、《眉庐丛话（续）》（蕙风）。

《商学杂志》第1卷第2期刊行。本期"文苑·诗录"栏目含《诗寄研苏代书》（冯葆祺）、《过某公故宅口占》（冯葆祺）、《黄鹤楼，叠崔司勋韵》（蒋则先）、《黄鹤楼，又叠前韵》（前人）、《和正盦，以诗代书》（李世丰）、《寄怀季泉表兄》（易艾先）。

《民口杂志》第2卷第9号刊行。本期"文苑"栏目含《游飞鸟山，转泷野川观红叶》（若木）、《长公昆季有分湖文社之倡，驰诗索和》（亚子）、《索子美画〈分湖旧隐图〉，即简芦墟》（亚子）、《观剧有感》（亚子）、《乙卯中秋玩月三溪园》（观海）、《晨起偕旦平赴愚园车中口占》（佚名）。

王国维访沈曾植。时王国维方自日本返上海，经罗振玉介绍，常往来于沈曾植寓。

舒昌森作《双双燕·丙辰人日后一日，贺同社陆野衲仲嗣圣夷世讲新婚之喜》。词云："早梅萼绽，正暖入屠酥，洞房花烛。琴鸣瑟应，试看灯红酒绿。中有麝兰喷馥。况新婿、名高二陆。羡他诗赋催妆，更喜新人如玉。　　好奏关雎一曲。喜眉样纤纤,描来不俗。郎君善画,亲为螺研十斛。料得海棠睡足。问博议、可能重续。尽教鹣鲽相依,消受绮年艳福。"

上旬 韩德铭作《拟古诗》(三首)。其一:"北溟有大鱼,化鲲扬九天。势激南海立,横飔抟使旋。攻冲抗拒交,风雷摧解悬。宇宙耗洪巨,造此宁偶然。不作万灵煮,甘随鹬蚌缘。伤哉麟凤世,绝迹几千年。"其三:"乱世贱隐者,咸曰胜广雄。势资风会振。驱众投殃中。达哉陶令俦,讵忘戡难功。临淄决疑咏,楮外横孤忠。深虑人我欺,饮愤抚晚松。焚膏不照世,涸迹甘凡庸。"

11日 《申报》第15442号刊行。本期《自由谈》"栩园诗选"栏目含《岁暮杂恩》(二首,蔡笠青);"栩园词选"栏目含《陌上花·春燕》(吴眉燕)、《高阳台·春闺》(吴眉燕)、《长亭怨慢·春柳》(吴眉燕)、《声声慢·春雨》(吴眉燕)。

12日 陈伯陶作《丙辰正月十日太白纪异》。诗云:"太白大眹眹,夕见西南隅。动摇出芒角,光与缺月俱。众星各掩曜,唯一相随孤。甘石术久废,谁测天官书。或云主兵起,所属滇黔都。其占南胜北(史记天官书太白出西南,南胜北方),神州会邱墟。神州乱已瘼,倏忽五载余。窃国者尽侯,窃钩谁复诛。紫极色黯惨,枪棓纵横舒。如何复出罚,流血盈郊衢。昊天未悔祸,下民孰来苏。翘首望西南,月落增长吁。"

徐鋆作《过龙门·丙辰正月十日,题大镛社〈敲诗记〉为胜楼》。词云:"东序此遗音。戛玉敲金。何须打钵自成吟。灰烬佛前香一瓣,不到诗心。(社课每唱,以寸香为限) 五日战才停(癸丑诣樊园,快读五日《战诗记》)。寸寸撞楚。霜红月白几重林。西脊山中谁应响,百衲之琴。(西脊山人秦肤雨与其族弟敏之合撰诗钟两卷,曰《百衲琴》)"

13日 《申报》第15444号刊行。本期《自由谈》"栩园词选"栏目含《剔银灯·春梦》(吴眉孙)、《卖花声·春游》(吴眉孙)。

汤汝和作《新正十一日率子侄诣尧山拜先慈墓》。诗云:"肩舆行过东门枌,北风猎猎漓江濆。春日初晴宿霭重,山中亭午犹氤氲。尧山磅礴亘天际,芙蓉万朵披纷纭。上有尧时太古雪,银光浩浩侵高雯。我母佳城筑山麓,凿凿遥呈白石纹。出入烟岚历村落,短衣前导如行军(时令局丁前导)。斯地在明禁樵采,朱棺尽葬海龙君。天禄辟邪极雕镂,祗今碑志暗无文。丛莽尽容狐兔穴,平芜时卧牛羊群。始叹人生等一梦,享年奚用彭殇分。古往今来总如此,到头富贵皆浮云。我母音容渺难接,隆然马鬣留斯坟。新岁拜坟如拜母,率同子侄陈芯芬。对墓逡巡不忍别,纸钱焚后余斜曛。林外残霞众峰紫,茅庵钟磬隔山闻。"

汤执盘作《忆江南·小祥,登亡妻陈氏墓》。词云:"思往事,愁绪断还连。梁案尘封鸾镜冷,秦楼梦渺凤箫闲。弹指又经年。 春至也,芳景为谁研。千叠青山明月夜,一抔黄土暮云天。相对亦潸然。"

14 日 《申报》第 15445 号刊行。本期《自由谈》"栩园诗选"栏目含《春愁》(陈铁如)、《其二》(陈铁如)、《湘东宴曲》(陈铁如)、《玉川歌楼》(张公东)。

黄侃在《民信日报》开始连载《繻秋华室说诗》。

邓尔雅作《重游邓岩》(丙辰正月十二日)。诗云:"面目相看恐未真,重来应分略知津。丹青软半寒家物(软半小半也,见白诗),钟乳都关上帝春。一壑一丘先领要,三熏三沐注全神。自夸奇福过王者,富有名山不莫贫。"

刘伯端作《念奴娇·正月十二季裴丈招饮妙高台,以词属和,即步原韵》。词云:"海山如画,正黄昏过雨,晚烟浮绿。户外嫦娥窥半面,后夜清光才足。减字偷声,流商刻羽,碎戛琼琤玉。豪情俊赏,一杯同泛寒醁。　　遥看倒影山河,前朝遗恨,荒苑余乔木。欲补金瓯无好手,此意更谁相属。当日诸公,琼楼高处,曾听霓裳曲。故园如梦,何时归问松竹。"

杨杏佛作《题胡、梅、任、杨合影》。诗云:"良会难再得,光画永其迹。科学役化工,神韵传黑白。适之开口笑,春风吹万碧。似曰九洲宽,会当舒六翮。觊庄学庄重,莞尔神自奕。糠秕视名流,颇富匡时策。其旁鲁灵光,亦可相蕴藉。欲笑故掩齿,老气压松柏。诸君皆时彦,终为苍生益。小子质鲁钝,于道一无获。作诗但言志,为文聊塞责。必欲道所似,愿得比顽石。既为生公友,步久当莹泽。"

15 日 《申报》第 15446 号刊行。本期《自由谈》"词选"栏目含《醉太平·新年》(碧琴)、《沁园春·元旦》(东园)。

《青年杂志》第 1 卷第 6 号刊发陈独秀《吾人最后之觉悟》。略谓:"伦理思想,影响于政治,各国皆然,吾华尤甚。儒者三纲之说,为吾伦理政治之大原,共贯同条,莫可偏废。三纲之根本义,阶级制度是也。所谓名教,所谓礼教,皆以拥护此别尊卑、明贵贱之制度者也。近世西洋之道德政治,乃以自由、平等、独立之说为大原,与阶级制度极端相反。此东西文明之一大分水岭也。吾人果欲于政治上采用共和立宪制,复欲于伦理上保守纲常阶级制,以收新旧调和之效,自家冲撞,此绝对不可能之事。盖共和立宪制,以独立、平等、自由为原则,与纲常阶级制为绝对不可相容之物,存其一必废其一。倘于政治否认专制,于家族社会仍保守旧有之特权,则法律上权利平等、经济上独立生产之原则,破坏无余,焉有并行之余地?自西洋文明输入吾国,最初促吾人之觉悟者为学术,相形见绌,举国所知矣;其次为政治,年来政象所证明,已有不克守缺抱残之势。继今以往,国人所怀疑莫决者,当为伦理问题。此而不能觉悟,则前之所谓觉悟者,非彻底之觉悟,盖犹在惝恍迷离之境。吾敢断言曰,伦理的觉悟,为吾人最后觉悟之最后觉悟。"

《民权素》第 15 集刊行。本集"名著"栏目含《戴静卿先生六十双寿序》(江春霖)、《读〈周易图〉题记》(太炎)、《龙马山下温泉记》(欣之)、《〈灵清宫词〉序》(樊山)、《〈海天分唱〉序》(起予)、《崇明老人传》(春浦)、《义丐武训传》(庆霖)、《芜城四友小景赞》(权予)、《饯岁文》(楚伦)、《读〈后汉书·循吏列传〉书后》(咏簏)、《覆铁洁书》(血侠);"艺林·诗"栏目含《淮安城外暮泊》(壬秋)、《南海道士行》(太炎)、《题〈津楼惜别图〉三首》(几道)、《夜偕笏卿观女伶剧》(樊山)、《吉臣内兄以石查画屏四帧索题,怅然赋此》(四首,樊山)、《早泛清溪》(伯严)、《答曼殊〈风絮美人图〉》(晦闻)、《题某邸绣角梨花笺》(晦闻)、《题东坡〈墨竹〉卷子》(乙庵)、《寥阳丧偶不娶,顷自江苏纳姬归,为赋一诗》(君木)、《小游仙七首》(惨佛)、《哭蒋卫平》(陈干)、《阴雨有感》(陈干)、《锦城晚眺》(陈干)、《沈阳夕望》(次明)、《寒夜书感》(次明)、《读〈始皇本纪〉》(阙名)、《春间为友人代理甘校教务,越月思归,赋示诸同事》(笑呆)、《前章意有未尽,乃蒙诸同事叠赐和章,劝余再作勾留,因叠前韵》(笑呆)、《吊郧阳令尹李铸秋》(四首,起予)、《梅花岭谒史阁部祠》(颂予)、《赠长崎义之》(海鸣)、《巴黎行》(孤父)、《偶成》(望之)、《题〈安蔬斋图〉》(望之)、《歌舞冈春游》(二首,超球)、《题〈严子陵笠屐图〉》(二首,超球)、《自题小影》(荫周)、《题〈麟峰樵隐图〉》(三首,南邨)、《得海上消息》(一雁)、《次一雁得海上消息韵》(寄芳)、《卓民招饮,醉后狂吟》(寄芳)、《上海狱中二首》(血痕);"艺林·词"栏目含《高阳台·用季刚韵,饯神武门残荷》(茧叟)、《秋波媚·调石甫》(二首,樊山)、《扫花游·崇效寺看牡丹》(瘿公)、《疏影·咏梅》(彦通)、《清平乐(唾绒残线)》(孟劬)、《鹧鸪天·故人招饮西北高楼,即席赋赠》(孟劬)、《浣溪沙(争奈魂销未死前)》(黄节)、《临江仙·咏雪》(起予)、《如此江山·中秋夜过天安门》(吁公)、《满江红·读民权素,有怀箸超》(梦秋);"诗话"栏目含《无题诗话》(榴芳)、《摭怀斋诗话(续第十四集)》(南村)、《秋爽斋诗话》(经生)、《旧时月色斋词谭(续第十三集)》(匪石)。

[韩]《天道教会月报》第 67 号刊行。本期"词藻"栏目含《挽黄学道氏》(正庵李钟勋)、《前题》(仁庵洪秉箕)、《前题》(泽庵罗龙焕)、《前题》(忧堂权东镇)、《前题》(沃坡李钟一)、《前题》(渊庵林礼焕)、《前题》(泷庵金蕢培)、《前题》(李钟麟)、《前题》(申泰鍊)、《前题》(郑广朝)、《前题》(孙在镛)、《前题》(白乐贤)、《前题》(黄河湜)。其中,孙在镛《挽黄学道氏》云:"大同门外水接天,云里飞会江底麟。翩然摆脱鲸蜓色,晒翼婆婆白日天。"

16 日 吴昌硕将与长尾雨山信及诗,托友人永霞峰带回日本面交。《与长尾信》云:"雨山先生阁下:海天云树,相企为劳,遇有东友来华,辄询道履,藉审纂述日富,至为欣颂。缶耳聋心盲,朝夕捉笔,以东涂西抹之余,为吾学养生之术,人不我恕,辄唤书佣。今年七十有三,眼花如雾,脚软如绵,时赋小诗,以寓长慨。回忆六三园中,樱花抒藻,趺坐吟啸,阳春烟景,其乐何如。兹闻霞峰君回东之便,藉附近作,以达状况。春时漾漾,沧涛森森,缅怀高躅,益增惆怅。专此即颂道祺,并祈珍卫。缶弟顿首。顷得和友人除夕诗韵,附录请正:'昼寝都忘却,晨游直到宵。一杯酬旧岁,万事有明朝。狂对花枝舞,聋嗔海气骄。除君诗挂眼,古意问谁招。'"

陈夔龙见瞿鸿禨,作《十四日止庵协揆过谈,知余梅鹤有孤山之行,元夕以诗慰藉,依韵和谢》。诗云:"梅花窗下月穿帏,偕隐人归我未归。一水但凭通鲤素,廿年曾共泣牛衣。别来眉样输张妩,病后腰围觉沈肥。多谢相公调燮意,新诗吟罢梦魂飞。"

张震轩晨起为叶粹斋书婚联数十对。

虞天石生。虞天石,曾化名吴详田,浙江镇海人。著有《天石诗选》。

17 日 《申报》第 15448 号刊行。本期《自由谈》"栩园诗选"栏目含《赋示闲云》(二首,王之野);"栩园词选"栏目含《江城子·寄内》(马拙樵)。

林尔嘉招邀社侣在菽庄花园制灯谜。林尔嘉作《丙辰上元,菽庄张灯,感赋五律一首》。诗云:"江汉皆春色,千门此夜情。俗难佳节废,月尚旧时明。白社词人集,清尊古意生。酒阑重剪烛,灯火话西京。"

蔡守作《丙辰灯夕,阮篸坐雨,答刘汉声(超武)、李绮仙(锦襄)伉俪,即次原韵》。诗云:"深幄春灯鬓影风,刘家夫妇可相同。谁怜负戴如吾偶,已倦江湖作长翁(宋陈造事)。花外早闻裁韵艳,镜边争似画眉工。坐看伉俪归吟社,迥句名章欲并雄。"

周岸登作《宝鼎现·丙辰灯节,和须溪》《飞雪满群山·丙辰腊节为阳历六年元日灯会。步雪,怆然有赋,用蔡伸道韵》。其中,《飞雪满群山·丙辰腊节为阳历六年元日灯会》云:"天近蓬壶,雪明鸂鹈,电光交映千门。白宫琼岛,丹城绛阙,跨鳌界破银云。九街喧笑语,倩谁觅、朝天梦痕。旧香荀令,风流未减,倾坐恋余熏。 休更说、千金争漏刻,但满城车马,逗晓连昏。窨梅愁吐,唐花尚噤,冱寒勒住三分。倚栏迷倦眼,恨犹锁、西山黛鬒。望春春远,凭拈短句招坠魂。"

姚光作《丙辰上元节,舅氏吹万招集梅花香窟,分韵得花字》。诗云:"佳节恣清饮,寻梅意兴赊。疏枝寒澈骨,老干冷飞花。酒气腾香窟,吟声满洞崖(香窟适当泰山南崖洞天之下)。归途犹缓缓,月印柳梢斜。"

18 日 陈三立作《正月既望出太平门视次申墓》。诗云:"薄云笼日鸦雏舞,出郭萧萧献村坞。左束湖水羹流匙,右腾岩石天倚杵。小车伊轧大堤上,逢迎东风狂如虎。步寻塍陌蹈枯槎,涧曲依然一抔土。频年已绝椎埋群,草绿花红会娱汝。眼前横议起世难,故里横戈蜀江阻。更怜魂魄望边城,负笈孤儿同负弩(次申子方依其从兄,就学黑龙江)。我还白下问孑遗,华屋山丘那忍睹。泛棹携筇游侣谁,日夕哀吟煎肺腑。地下倘闻世上语,但非尧舜薄汤武。"

周学熙作《丙辰正月二十一日感怀》(去年是日被命再长财政)。诗云:"误染缁尘又一年,江湖回首倍依然。女娲炼石天何补,精卫衔山海岂填。落落孤云闻唳鹤,茫茫远水堕飞鸢。莼鲈那及桃花鳜,剩欲乘春放钓船。"

19日 《申报》第15450号刊行。本期《自由谈》"游戏文章"栏目含《旧历新年》（悬赏征文第一名魏霞皋）（十首）；"诗选"栏目含《天童寺》（甬上子枚）、《又》（甬上子枚）。

是日为逊清孝定景皇后三周年忌日，梁鼎芬参祭于崇陵，致函与沈曾植。参祭后，以崇陵祭品寄赠郑孝胥，郑作《正月廿二日，先考功忌日，适梁节庵自梁格庄寄贻崇陵祭品，遂以设供》答之。诗云："礼终自愧求仁粟，恋主深悲拜祭余。冥漠只知本朝腊，涕洟还展隔年书。守陵论欲过炎武，复楚心谁继伍胥。他日焦山启书藏，应凭佛火照歆歔。"

严廷桢作《丙辰正月十七日冒雨游邓尉》。诗云："庚戌春正月，相约邓尉游。同行六七人，苏台系轻舟。行李既已具，酒食亦已谋。夜雨忽滂沱，达旦犹未休。探梅迹云阻，看山愿莫酬。驾言理归装，余兴他日留。韶华何荏苒，忽忽又七周。今年春灯罢，蜡屐再寻幽。际夜星尚明，拂晓雨如油。卜行复卜止，聚江转夷犹。奋勇登前途，冒雨穷追求。光福庙已古，老柏世罕俦。元墓山最高，太湖迎清眸。入山寒更剧，梅花尚未稠。何处香雪海，寥落事冥搜。萧然游兴尽，濛濛雨未收。万事有因缘，无缘不自由。区区一游眺，难如登瀛洲。从今乐吾乐，无复忧人忧。长江千万古，滚滚向东流。"

20日 吴昌硕偕恽毓龄、恽毓珂、宗舜年、潘兰楣同主消寒第八集，参与者刘炳照、潘飞声、白曾然、周庆云、洪尔振、缪荃孙。首唱刘炳照《消寒第八集，祝白太傅生日，分韵得有字》，继唱缪荃孙（分得正字）、潘飞声（分得寒字）、白曾然（分得丙字）、周庆云（分得太字）、洪尔振（分得白字）。其中，潘飞声诗（分得寒字）云："诗卷名山寿，风神画象看。先生当远谪，忆妓岂无端。鼙鼓渔阳感，琵琶江水寒。此时非大历，相庆莫弹冠。"周庆云诗（分得太字）云："春江十里飞尘壒，金粉楼台侈已太。吾侪避地类爰居，乃有壶觞真率会。麻姑不羡擘麟胎，季鹰只喜烹鲈脍。昨宵风尽试灯寒，今夕烟浓浮鼎鼐。白傅生朝集主宾，诗肠未润杯先酹。自公一去作飞仙，西蹑华峰东泰岱。留得香山九老图，衣绦蕴藉图能绘。春宵歌管奏神弦，仿佛鸾声和羽翙。殷勤天上祝长生，公傥来兮回紫轪。"

《申报》第15451号刊行。本期《自由谈》"栩园词选"栏目含《满庭芳·杭州》（徐仲可）、《前调·晚秋游辛氏稼园，感念岭南旧游，寄子大丈武昌》（徐仲可）。

《大中华》第2卷第2期刊行。本期"文苑·诗"栏目含《陶然亭》（沈子培）、《龙树寺古槐》（陈伯严）、《题陈伯皆仙岩十八景》（王壬秋）、《寄周渭臣尚书乞马》（蔡燕生）、《赠李木斋》（燕生）、《辛亥冬夜黄州遇雪》（仲涛）、《楼头》（仲涛）、《湖上放歌》（南昌东湖中有徐孺子亭、苏云卿菜圃）（仲涛）；"文苑·词"栏目含《金缕曲·凝芬阁席上有怀云仪（并序）》（勒少仲）、《菩萨蛮》（回文）（桂伯华）、《贺新凉·甲寅夏月作》。

《学生》第3卷第2号刊行。本期"文苑·诗"栏目含《月蚀》(江苏省立第一师范本科二年生王韦人)、《送邓尔雅四舅往游桂林》(广东东莞中学校学生容肇祖)、《新月》(广东东莞中学校学生容肇祖)、《正太铁路火车行》(山西阳兴十一县立中学校四年生孙之桢)、《拟古诗一首》(附小照)(吴兴县立中学校四年生王德林)、《金陵感怀》(安徽公立法政专门学校二年生孙习崖)、《谒言子祠》(上海民立中学校学生张训诗)、《庭中牡丹初开》(上海民立中学校学生张训诗)、《有感》(广东省立惠州中学校四年生魏佐国)。

姬佛陀招饮,况周颐与王国维、邹景叔等同席,共商上海苍圣明智大学诸事。

王理孚作《鳌江龙灯,每逢旧历元宵赛演三日夜,用火化去。送灯之夕,健儿数百辈负之以趋,绕市三匝。小孩三五成群,于道间拾得片鳞寸甲,即欢呼疾走,以表欢送之意。金鼓喧阗,人声鼎沸,亦壮观也。诗以纪之》(四首)。其一:"六鳌海上驾山来,火树银花夜夜开。犹是承平歌舞意,一声鼍鼓起春雷。"其二:"海邦百怪此为宗,难得春灯岁一逢。到底纸糊成阁老,人间何处有真龙?"

21日 《申报》第15452号刊行。本期《自由谈》"诗选"栏目含《虞美人》(龚士清);"词选"栏目含《醉高歌·春初四咏》(四首,东园)。

龚铁铮率领革命党人攻打汤芗铭将军府。终因寡不敌众,龚铁铮被捕牺牲。龚铁铮(1888—1916),湖南湘乡人,早年留学日本,加入中国同盟会。武昌起义爆发后,随黄兴参加汉阳保卫战。中华民国临时政府成立后,任总统府秘书。二次革命后,遭袁世凯通缉,出走日本。旋被派回湖南,从事反袁斗争。孙中山得知龚铁铮被害,痛呼"失我精英,断我股肱"。柳亚子赋诗《哭龚铁铮烈士》。序云:"君讳炼百,湖南湘乡人。奔走革命十年,余一晤之海上辛园,再晤之南都白宫,三晤之吴门植园,每晤必殷勤问讯,如晨夕交焉。今年春,率众攻长沙伪将军行署,事败,为汤芗铭所捕,剖腹而死,烹心肝以飨士云。"诗云:"屠肠侪聂政,把袖失荆卿。成败空天问,精诚贯日明。哭君今夕泪,知我旧时情。衡岳荒荒峙,湘波怒岂平?"

符璋撰书寿联,送瑞安薛同老翁双寿,交林宝馨带呈。

姚华作《哭黄远庸》。诗云:"忆君归去赋东征,落寞天涯惜此行。前席鬼神仍出谊,惊才鹦鹉已无衡。碧梧风倒空长短,黑塞月来疑死生。自念闲身成卧病,更因痛逝一悲鸣。"

22日 中华革命党总理孙中山委陈其美为江浙皖赣四省总司令,并负责联络湘鄂两省。

陆荣廷之代表唐绍慧及唐继尧之代表李宗黄在上海晤梁启超,邀梁赴广西。

张钧衡招饮小有天,坐中有吴昌硕、缪荃孙、张砚芬、钱溯耆、徐乃昌、刘炳照。

《申报》第 15453 号刊行。本期《自由谈》"诗选"栏目含《怀津门高少鹏》《灵隐寺》《韬晦庵》《理安寺》《翁家山》，署名"煦亭"。

23 日　袁世凯宣布延期实行帝制，申令"从缓办理"，不许呈递"吁请早正大位"文电。

《申报》第 15454 号刊行。本期《自由谈》"栩园诗选"栏目含《无题》（五首，许伏民）。

况周颐与王国维共任《仓圣大学杂志》编辑。王国维致函罗振玉："报事已定，具详前书。此次交涉虽近强硬，然未尝形于辞色。迁居二日，诸事稍定，今日往园，现已定分三支：一、《学术丛编》，由维任之；二、《艺术丛编》，景叔任之；三、《仓圣大学杂志》，则况夔笙任之。杂志之门类与二丛编相出入，但加浅近，凡姬君所发挥之苍教教理皆归入其中。又往延江西人李某，任其中佛教事项。此皆景叔之巧计也。"

顾视高、赵藩、陈荣昌、李坤、赵伸、由云龙、王鸿图等 17 人联名撰写《上龙子诚书》刊载于《滇声报》和《中华民报》。

25 日　《小说月报》第 7 卷第 2 号刊行。本期"文苑·诗"栏目含《江行遣兴》（散原）、《涛园夜过，纵谈杜句》（散原）、《同乙庵过饭泊园，沈观有诗，次韵奉酬》（散原）、《立春日超社十九集，宴涛园宅》（散原）、《余过南昌，留一日，渡江来山中，适闻胡御史亦至，有任刊〈豫章丛书〉之议，赋此寄怀》（散原）、《喜晤涛园又言别》（畏庐）、《至沪上高梦旦寓楼，感怅愧室不已，居十日思归，留呈梦旦兼怀子益》（畏庐）、《海藏楼杂诗（续）》（太夷）、《十二月二十四日，伯严、仁先冒雪见访》（太夷）、《寒食日出西郊》（映庵）、《河滨晚望》（映庵）、《罗揆东、易实甫约访道阶和尚于法源寺饯春》（映庵）、《寿吴缶庐七十》（映庵）、《云栖寺竹径》（映庵）、《明日，忆湖上园，复成一绝句》（贞壮）、《题〈寒夜渡江图〉联句，偕易中石、叔由、陈伯完（拇战负酒，罚赓七言一句，胜者限以韵连缀成诗）》（子大）、《乙卯江南先旱后蝗，六月大风为灾，秋冬间复霪雨时加，漕议起，士绅陈请当道，力争乃免，仍用东坡韵纪之》（炊累）、《题丁竹孙、善之、宣之〈西湘散记〉》（仲可）、《太元冢古砖》（沧鸥）、《题朱念陶〈天山归猎图〉》（壶盦）；"弹词"栏目含《富尔敦发明轮船弹词》（义水）；"说觚"栏目含《侠骨恩仇录》（含《吴生》《海螺》《某孝廉》《油坊伙》《海客张某》）（孙颂陀）；"最录"栏目含《扬州杂感二十首》（东园）、《留别仪征县士民文》（郝炳章）、《寒夜兰闺分咏》（含《煨笋》（秋白女史）、《煎茶》（瑛青女史）、《围炉》（云绮女史）、《赌酒》（素仙女史）、《斗叶》（友瑟女史）、《筹花》（蕊先女史）、《浪淘沙·东台雪夜舟中》（杨碧珠女史）、《江南好·雪后舟行见月》（张碧琴女史）、《鹧鸪天·别意》（吴绛珠女史）、《一丛花·江干重九，用秦少游体》（吴绛珠女史）、《浣溪沙·赠东园》（许碧霞女史）、《醉太平·新年》（陈琴仙女史）、《沁园春·上栩园、东园两公》（陈琴仙女史）、《卖花声·除夜》（许卿贞女史））；《瑞侯自传》（瑞侯）、《题自绘〈美人倚梅图〉》（三十首之八）（矢辛）。

《中华妇女界》第2卷第2期刊行。本期"文艺"栏目含《春阴》（兰陵罗绣娟女士）、《春游即景》（前人）、《游双溪咏》（黄涤凡女士）、《落花》（雪平女士）、《归舟》（前人）、《赠别易孟嫕》（范姚蕴素女士）、《晚烟》（金郁云女士）、《寄怀赵婉芬姊》（前人）、《偶感示外》（前人）、《以诗代简，上晚香夫子》（洪道华女士）、《偶成》（陈姜映清女士）、《题陈君尺山〈麻疯女传奇〉》（何振岱）、《前题》（梦禅室主人天遗林苍）、《沁园春·读妇女界题后》（雪平女士）、《踏莎行·早春》（吴斯玘女士）、《金缕曲·题赠孙济扶表妹》（前人）、《减兰·喜晴》（郭坚忍女士）、《西江月》（前人）、《百字令·题邱丽玉》（林拾穗）、《上晚香老师书》（杭州竹筠筠女士）、《惜光阴歌》（木兰县两筹女学正教员刘淑琛女士）、《读书乐歌》（巴彦高等女学校校长刘淑范女士）。

魏清德《春风雅集》（二首）发表于《台湾日日新报》。其一："金缕歌催一曲新，群贤渐觉醉颜匀。惭余未解相思苦，红豆江南赠美人。"其二："古村居士句愈新，请意偏深国语匀。差幸巫山重译废，不妨长作惜花人。"

26日 《申报》第15457号刊行。本期《自由谈》"栩园词选"栏目含《沁园春（茶熟香温）》（范定生）、《蝶恋花》（二首，俞廷英）、《踏莎行（袯梦湔裙）》（徐仲可）、《阮郎归（平堤芳草碧烟笼）》（徐仲可）。

27日 《申报》第15458号刊行。本期《自由谈》"诗选"栏目含《晴日游春》（小珊）、《初秋楼外楼对月，同严山作》（蝶云）；"笔记"栏目含《岁尾年头杭州游记（六）》（含诗二首）（东埜）。

张震轩作《挽叶蓉楼太姻丈》。联云："簿值倚乔柯，方期松寿百年，异日桐枝叨福荫；诸梁推硕望，却恨缘悭一面，顿时鲁殿失灵光。"

28日 陈夔龙作《廿六日至杭州，时已夜分矣，得诗二截示亭秋》。其一："欢然斗室一家春，促坐灯前絮语亲。今夜柴门深巷里，斜风细雨伴归人。"

29日 《申报》第15460号刊行。本期《自由谈》"栩园词选"栏目含《摸鱼子·重到姚州，即事抒感》（徐仲可）、《小重山（吹皱鸳纹昨夜风）》（徐仲可）、《三姝媚·小住吴间，歌楼买醉，酒阑月落，万感如潮，曼声倚此，即赠彩琴录事，付玉箫吹之，当亦为悄然也》（庞绮庵）。

本 月

日本政友、国民、同志、中正等各政党议员，国民外交同盟会、对支联合会、浪人会等团体，以及企业、新闻各界人士召开"对支有志大会"，通过倒袁决议，发表宣言斥袁称帝。

乙卯消寒集第七集举行。是集首唱恽毓龄《消寒第七集，题渔洋山人〈抱琴洗桐图〉小像》(十首)。续唱者:恽毓珂 (四首)、潘飞声 (二首)、汪煦 (四首)、洪尔振、白曾然 (二首)、周庆云。其中,恽毓龄诗其一:"已散髻斜簪望若仙,琅琊情绪契成连。碧阴坐啸萧闲甚,生值康熙大定年。"潘飞声诗其一:"已罢江楼赋冶春,尚书渐老水云身。素丝领取无声妙,此是销魂绝代人。"又,消寒第九集举行。是集首唱缪荃孙《消寒第九集,即席纪事》。续唱者:刘炳照、钱衡璋、白曾然、周庆云。其中,缪荃孙诗云:"护世珍羞客拜嘉,清言霏屑静无哗。春风匝月寒消尽,九九图成换杏花。"钱衡璋诗云:"酒龙诗虎广筵开,有客轩然不速来。月趁二分明海峤,寒消九尽上春台。觞前录事名花领,灯下传笺醉草裁。此亦洛中真率会,鲰生何幸得追陪。"

春音词社在春节间举行第五集,以"唐花"为题,调限《烛影摇红》。存词作有:周庆云《烛影摇红·唐花》、徐珂《烛影摇红·唐花》、王蕴章《烛影摇红·春音社五集赋唐花》、庞树柏《烛影摇红·唐花》等。其中,周庆云《烛影摇红·唐花》云:"落尽天花,旧时笺奏通明误。是谁空界造华鬘,烘托春无数。新筑瑶台蕊府,袅炉烟、夭姿自许。几重香窨,一片孤根,漫言温树。　　歌舞深宫,洛阳轻贬飞尘去。等闲商略到熏修,翻把红妆妒。谁省芳期易阻,警东风、垂灯叠鼓。水仙清丽,肯受斜封,和伊同贮。"王蕴章《烛影摇红·春音社五集赋唐花》云:"春冷瑶天,化工偷换繁华主。眼前红紫总承恩,金屋深深护。翻尽洛阳旧谱,试新妆、浓薰如雾。几番梳洗,著意温存,霎时尘土。　　荣落无端,最怜身世冬烘误。凄凉羯鼓开元香,梦成今古。愁杀暖寒院宇,驻韶颜、东风未许。马塍塘畔 (唐花,一名塘花,出马塍塘,见《癸辛杂志》),芳讯匆匆,花魂醒否。"

《中国学报》复刊第2册刊行。本期"集类·诗录·赠答类"栏目含《寄赠简慕州》(富顺陈子元崇哲遗著)、《答梁公约赠诗》(仪征刘师培)、《蜀中赠朱云石》(仪征刘师培)、《蜀中赠吴虞》(仪征刘师培)、《上海赠谢无量》(仪征刘师培)、《酬王寿己石》(衡阳刘异)、《代友呈夏映盦先生》(衡阳刘异)、《移居城南,赋呈郑叔进先生二首》(衡阳刘异);"杂录类"栏目含《越缦堂笔记 (续)》(李蓴客慈铭遗著)、《定盦题跋辑》(仁和龚定盦自珍)。

《浙江兵事杂志》第23期刊行。本期"文艺·诗录"栏目含《和熊参政秉三赴黔阳拜黄泽生军门墓,即用原韵》(田应韶)、《寿潘菊潭先生六十》(黄元秀)、《浔阳舟中》(钱谟)、《望江南曲,寄家兄》(钱谟)、《己酉营中见习杂感,步邹惯斋同学韵》(钱谟)、《钱塘怀古》(王浚)、《野外演习口占》(方春华)、《夜袭》(吴钦泰)、《吊郑彰威侯》(吴钦泰)、《秋兴集句,用少陵原韵录六首》(许公武)、《林四尔恢,旧家子也,治兵岭南,能谙游泳、弈棋、演剧、谱曲诸技,又好作小杜扬州之游,寄此诗以嘲之》(林之夏)、《寄内弟黄亨铭》(林之夏)。

[韩]《至气今至》第32号刊行。本期"词藻"栏目含石泉子《南海》《龙门寺》

《锦山》《梵鱼寺》《上金井山城》《怪石画题》《远帆》《黄昏》《观野》《江村》《夏夜漫唫》、旭庵姜昶锡《诵祝圣道》《拜贺教堂》《敬呈惠观先生》《敬呈肯农先生》《说甲辰历》《论人心步》。其中，石泉子《观野》云："暇日携尊访友余，郊行短策胜高车。占丰可认贫家少，望远还疑大海如。樵唱相和三径暗，杵声双动一山虚。倪宽好读真堪羡，牛角归来挂汉书。"

艺人鲜灵芝因受夫丁剑云（艺名丁灵芝）虐待，吞金自尽。旋被救，舆论大哗，易顺鼎作《和瘿公焚芝》以哭。诗云："鸾肠费尽亦堪哀，青雀真输鸠鸟媒。玉化烟无珠化泪，麝成尘末蜡成灰。梦迷神女归巫峡，悲甚明妃去紫台。照骨驱环谁赠汝，天将薄命厄惊才。"又成《四声猿》一曲寄赠樊山与瘿公。樊山得信，立成《无题四律》寄赠石甫。其一："杨妃金屑竟成真，牵衣依稀到六军。杨柳梢头歌漱玉，桃花扇底泣香君。洁清蝉腹能无痛，哽咽莺喉忍更闻。河满一声肠欲断，卧床犹着舞时裙（是日吞金后，犹登台演剧）。"其二："可人憎更可人怜，赋到终风一喟然。怨极吞鞋人是月（《吞鞋记》为王月英作），答徐系柱玉为烟。散来云发犹垂地，挽住风筝莫上天（唐人咏美人风筝云：'断送玉容人上天'）。身是姮娥知不死，西池灵药与近年（是日在医院）。"其三："邛崃九折转柔肠，悔咽驱环百炼钢。幺凤真成倒挂子，小鸾原有返生香。人于雪竹询安否（是日大雪），众指风梧说短长。往日万人齐喝彩，今谁请代吁虚皇。"其四："亡息桃花一死难，娇狞小玉转能拼。有人益寿求芝草，愿汝还魂托牡丹。集蓼一生终是苦，食梅何客不知酸。黄金嗽出无多许，更把珍禽仔细看。"见易顺鼎对鲜灵芝钟情特重，恐难以自拔，樊山特填《酷相思词》四阕以劝之。其一："舟里采芝真恨晚，竹影里、花枝颤，且莫问画眉深共浅。浅画也、春山远，深画也、春山远。　　两两同心罗带绾，怎报答、周郎盼，是天与销魂双杏眼。临来也、秋波转，临去也、秋波转。"其二："十丈歌台欢喜海，个中有、美人在，算值得石榴裙底拜。高唱也、喝声采，低唱也、喝声采。　　宋玉愁悲无可解，解人在、东墙外，便折尽浮名都不悔。一笑也、千金买，一颦也、千金买。"其三："绣屧纤纤绵共软，玉梭样、千中选，似洛女凌波尘不染。诗中也、双莲瓣，梦中也、双莲瓣。　　郎似黄牛朝暮见，不相识、遥相羡，莫当作昭阳飞燕看，昼视也、桃花面，夜视也、桃花面。"其四："芳草托根无处所，席与溷、从飘堕，这方面东风偏不做。大桥也、雀台锁，小乔也、雀台锁。　　愿作同心兰一朵，赠珠事、奴不可，算玉在泥中浑不浼。玉人也、你和我，泥人也、你和我。"

周学熙辞财政总长不获，以病，移居京西香山静宜园养疴。

李大钊本月至次月在《青年杂志》上读到高一涵《共和国家与青年之自觉》等文，知其在东京，会面即成挚友。

郁达夫因患神经衰弱，迁居日本已故诗人片桐之别邸——梅林"晴雪园"养病。

有诗作《永坂石埭以留别鸥社同人诗见示，即步原韵赋长句以赠》，五月刊于日本名古屋第八高等学校《校友会杂志》第 17 号，署名"春江钓徒"。诗云："倾盖江湖再结缘，羡君丰仪过前贤。但令归卧终今日，何必还乡在昔年。千首清词追李杜，四方生祀胜金钱。我生虽晚交韩早，海外扬眉岂偶然。"

古直乘法国邮船出发。船舶行至越南海防时，见法国海军运载越南士兵赴欧作战，即赋《海防行》以记其事。序云："民国五年（1916）正月，予以国难，于役南洋。舟绕海防，运载越兵，心有所触，遂用作歌，非敢言诗，聊以告哀尔。"诗云："羽书昨自巴黎至，今日将军遍传示。海防片上迹吾民，宜赴前敌效忠义。军中闻令如迅雷，相顾错逻口难开。捐躯报国亦何有，以死卫仇良可哀。一时消息传都市，仓皇相告皆唏嘘。艟艨浩荡自天来，华楼岛峙江边舣。营门开处铙箫鸣，鱼贯而出向前行。蜂屯蚁聚不知数，强被驱遣各吞声。爷娘妻子闻永别，白衣泣送期一诀。巡虚呵斥不得前，回车掩面痛欲绝。此时西子亦娇啼，偎郎纤语湿罗袿。侬自关心家与国，讵与渠奴相并提。一声汽笛轮飞动，鸾飘凤泊情增重。别有双双俱至人，身在方壶交粉项。回睨众多亡国儿，马牛圈禁不得移。眼望故乡双泪落，海阔天长何处飞。呜呼此是汉家耻，大好珠崖竟长委。本谓乔松附女萝，谁令蜾负螟蛉子。不敢怜人敢自怜，满天风雨念家山。男儿终不为奴死，万里沧波一间关。"又作《西贡行》。诗云："唐虞著南交，开通溯轮辂。中有马伏波，奇功建铜柱。唐宗天可汗，安南置都护。迢迢二千年，威声远布濩。文化固普遍，民风亦少悟。姁妪几辛勤，谷似诗乃赋。胡清政不纲，一朝失其驭。今日经此土，伤心欲谁诉？高阁蟲长云，风景美无度。轻歌暮哭斯，别有他人主。欲寻皇汉风，邈矣但丘墓。丘墓何累累，荒草亦离离。回车不忍顾，中心悲已摧。"又作《滇越汽车中作》。诗云："我从炎岛来，中道阻法夷。兼旬滞海防，咨嗟靡所之。间关越河内，美哉此京畿。沃野互千里，彼黍伤离离。谁令我天府，荐食罹封豨。丝萝不终附，水萍失相依。主客已异势，行动受羁轨。侦候遍阛市，一步一追随。今我翔寥廓，罗罥复安施。谅知无亲国，难厌如狼豺。洞山规铁轨，穴地筑营基。榻旁鼾声作，时时思乘机。所赖马伏波，长驾安边维。"古直后将此行所作 17 首诗结集付印，名曰《转蓬草》。

杨树达任湖南省立第一女子师范国文教员。

郭亮目睹湖南都督汤芗铭血腥镇压长沙革命党人，作《爱国岂能怕挂头》。诗云："湘水荡荡不尽流，多少血泪多少仇？雪耻需倾洞庭水，爱国岂能怕挂头！"

夏承焘自本月开始记日记，署名《退思录》。日记扉页自题七绝云："行尽鸡鸣日入余，问君退后思何如。平生无甚难言事，且向灯前直笔书。"又，夏承焘作《送炎生大哥至浦城》（五律）、《卖花声·渔父》《一剪梅·暮春》《陈雪舫传》。

吴梅撰《顾曲麈谈》，由商务印书馆出版。

徐世昌作《初春遣兴》。诗云："风日融和动水滨，园林雪霁净纤尘。闲通支溜疏泉脉，细剪旁枝理树身。笔底龙蛇惊草圣，村前儿女赛花神。芹根劚得炊香饭，布袜青鞋一逸民。"

王小航作《某君来访，余适不在，明日来函，责余失候，兼告将往居庸关观雪，因柬覆之》（丙辰正月）。诗云："曩约踏冰戏，大寒正凛冽。迟君久不至，倏过雨水节。今君不速来，佳兴值春雪。责我失期会，私心殊未折。阳和湖上动，淑景堪共悦。开我航泊轩，与君为后约。"

江衡作《丙辰岁首，和乙青、蜀平韵》（三首）。其一："滨海风灾忆去年，愁闻村落断炊烟。春来竞向神祠祝，四月红蚕八月棉。"

张六士作《丙辰春正游三河，谒明翁襄敏公墓，用丘沧海先生诗韵》。诗云："大好河山势郁沉，长宵极目莽层阴。风前异代英雄泪，江上悲歌慷慨心。蔓径狌鼯寒籁满，荒陴烟火暮愁深。高原虎气重回首，犹觉余飘撼远林。"

韩德铭本月至四月作《咏史》（丙辰正月至三月）（六首）。其一："魏武开霸业，心矜使诈能。从来祥麟凤，行猎不若鹰。惟彼宗社树，非资斤斧成。两汉四百载，治化何雍雍。求贤励高节，迁远蒸文明。桓灵尚叨锡，殆亡难便倾。千古祸福萌，芽蘖当轴胸。操丕快雄谲，三马心旁生。邦危主弱交，何国无隙乘。此时风节用，持世过甲兵。或曰书生论，辞高用不撑。然稽十七代，修短饶明征。"

姚华作《写明信片，作不倒翁群立揖让，题一绝句》。诗云："拱手科头更鞠躬，新车相见喜相逢。儿童笑语呼巴狗，市上风实不倒翁。"

许承尧作《过寒林驿，再寄子豫》《由兰州赴京师途中杂诗二十七首》《过共山，赋密康公纳三奔女事》《东冈镇别后追寄洪筱笠、林子豫、蔡冰吾、蔡秋浦、黄履平、汪剑萍、徐杨香，传宋小甫、袁小彤》。其中，《东冈镇别后追寄》云："风号酒冻车不行，东关听遍骊歌声。敝裘破帽吾竟去，黯然此别难为情。连句张饮数酹酊，临歧又复申丁宁。冲尘廿里并飞辔，提壶坐待斜阳倾。尽罗豪侠入祖席，何以堪此心怦怦！林洪老泪双睫莹，二蔡壮辩纷纵横。黄、王、徐、杨、袁与宋，眼前俊物俱峥嵘。人生气类足感召，松柏不似夭桃荣。邮亭呋笔寄此字，梦魂万里犹相萦。"

吴虞作《七绝二首》。序云："得邓寿退书言，'乙未、丙申间在成都，同和渔洋《秋柳》，已阅二十年，我与君焉得不老乎！'并举余《秋柳》'漂泊玉华怜瘦影，凋零金粉剩愁痕'之句。前尘影事，宛在目前，感题二诗奉寄。"其一："吊古犹思玉室前，城南柳老不飞绵。重吟雌霓休文句，酒冷香消二十年。"其二："王城堪隐计非疏，尚忆高阳旧酒徒。苦笑狂奴犹故态（来书有圣质如初之戏），闭门著论拟《潜夫》。"

古柳石作《别东山》（民国五年正月）。诗云："一别东山已一春，满门桃李又怀新。船归古渡乡心近，曲唱阳关眼泪频。林静钟敲僧供佛，庭空花落鸟窥人。何时管领闲风月，重结三生未了因。"

王灿作《丙辰正月送北伐军士从军行》。诗云："嘶风战马鸣萧萧，枪负肩背刀横腰。誓将北伐雪国耻，勋名题上桂林桥。军容整齐步武肃，杀贼豪气腾云霄。同仇敌忾扬威武，终夜起舞听鸡声。死生成败君莫问，惟愿民族正义伸。待捣黄龙妖氛扫，始信男儿身手好。但愿收复旧神州，那惜白骨埋荒草。吁嗟乎！师出能斩元恶头，重光日月阴霾收。遥忆燕云万里外，啼血杜宇鸣声啾。"

张光厚作《丙辰岁首感怀，用张船山〈宝鸡题壁〉韵》（十八首）。其一："买刀化尽卖牛钱，辛苦平民敢不然？剥尽脂膏留见血，纳完杼柚不炊烟。生多隐恨输精卫，死忭冤魂化杜鹃。满地疮痍谁过问，愁风愁雨自年年！"其二："米珠薪桂遇凶荒，处处萧条打稻场。人尽生年逢白虎，天教烧劫又红羊。愁云压郭雪初冻，枯树无花风不扬。一派零丁鸠鹄样，那堪重复试锋铓？"其三："公罪条条草檄文，竖儒橐笔也从军。官兵到处村如洗，劫匪横行令不闻。百道鼓鼙殷地发，连宵烽火烛天焚。隆隆郁郁浑无极，都是西州莽战云。"其四："华灯红照九城门，金剑霜戈列列屯。神武果然符圣德，雷霆何处见天恩？敢违国法供私欲，宁破神州换至尊。一霎烟尘烽火起，仓皇惊破梦中魂。"其五："伐莽诛操万口同，贾儿牧子亦从戎。邯离未必皆心戴，广涉居然负首功。兵入夔门多不返，道非巫峡断难通。征师又下江南诏，赢得将军爵上公。"

胡适作《忆绮色佳》。诗云："别后湖山无恙否？几番游子梦中回。街心车作雷声过，也化惊湍入梦来。"

[日]夏目漱石作《题自画》。诗云："栽松人不到，移石意常平。且喜灵芝紫，茎茎瑞色明。"

[日]白井种德作《大正丙辰一月，同僚中山君举女，命名盛江，君侨居在盛冈北上河畔，故云，乃赋短古一章，以祝》。诗云："北江过盛冈，浙大润泽广。君女名取此，长成事堪想。著著四行修，誉比水声爽。"

三 月

1日 《申报》第15461号刊行。本期《自由谈》"诗选"栏目含《水仙》（煦亭）、《喜孙海南（大鹏）过访》（煦亭）、《登沪江楼外楼》（煦亭）；"词选"栏目含《西河·金陵怀古，用清真韵》（实甫）、《西江月（瓶畔丝牵玉虎）》（实甫）。

《中国实业杂志》第7年第3期刊行。本期"文苑"栏目含《过檀香山感赋》（乐生）、《欢迎巴拿马观会诸君》（郑祝三）、《古巴竹枝词》（李文权）、《旅古巴偶成》（李文权）。

《小说海》第 2 卷第 3 号刊行。本期"杂俎·诗文"栏目含《募设沪北瘿旅园记》(槁蟫)、《和崔怀瑾先生适诗圣百纪生辰诗》(槁蟫)、《丙辰元旦为语石先生七帙寿诞,赋诗征和,敬依元韵学步四章,借祝崧龄》(槁蟫)、《张惠肃公涌春园》(东园)、《涌春园赋赠丁君子苇》(东园)、《庆春泽·春寒》(东园)、《前调·春阴》(东园)、《前调·春晴》(东园)、《前调·春晓》(东园)、《前调·春昼》(东园)、《前调·春夜》(东园)、《梦》(谢冶盦)、《赠异三》(谢冶盦)、《赠程检察长杏书》(谢冶盦)、《自题菊花人影图照》(谢冶盦)、《留须自嘲,率尔口占一律》(谢冶盦)、《戏赠薛检察长雪》(谢冶盦)、《踏歌·梅花,用朱希真韵》(诗圃)、《剑气近·听雨,用袁宣卿韵》(诗圃)、《忆东坡》(寓意,用王之道韵)(诗圃)。

《诗声》第 1 卷第 9 号在澳门刊行。本期"词论"栏目含《张炎〈词源〉(九)》;"诗论"栏目含《渔洋诗问节录(六)》;"词谱"栏目含《莽苍室词谱(九)》(雪堂);"诗话"栏目含《山藏石室诗话(六)》(乙庵);"笔记"栏目含《水佩风裳室杂乘(八)》(秋雪);"野史"栏目含《本事诗》(李白)(唐代孟棨)。另有《雪堂第卅二课题》,题为《春日看花》,要求"七律一首,卷寄澳门深巷十八号交雪堂,五年四月五号收齐"。《雪堂启事》云:"社友公鉴,月来仆等诸事鞅掌,致雪堂各事多有失责,诚恐邮付各地《诗声》或汇卷有漏寄之虞。兹特走告,凡有漏寄者,乞即示知,补奉为感。"

2 日 叶昌炽作《吴节母诗》(四首)。次日寄心葵函中附本诗。序云:"节母夏氏,吴公茂勋之室,而翼亭先生之母也。翼亭孝于亲,有才谞,历佐州县幕,以能治剧闻,然诺不欺,卓然诚笃君子也。以乌程周君文风所作启来征诗,敬赋四章。"其一:"嘉耦终天别,遗孤旷世才。德邻依殿直(所居在吴殿直巷),贤裔衍州来。画荻名终显,磨笄誓不回。宗周今陨矣,恤纬有同哀。"其二:"蹑履诸侯客,才堪了十人。敦盘相结纳,签牒亦经纶。理剧如无事,亭疑若有神。宗资惟画诺,肝胆照轮囷。"

3 日 《申报》第 15463 号刊行。本期《自由谈》"诗选"栏目含《隋堤新柳词》(四首,东园)。

张謇集褉帖字为山亭联:"既为引水,亦与长竹;时或晤山,当然有亭。"又集《妙法莲华经》为观音院作《题狼山观音禅院》。联云:"现大自在天身,游此娑婆世界而说法;是无尽意菩萨,得观妙梵海潮之音声。"

4 日 《申报》第 15464 号刊行。本期《自由谈》"词选"栏目含《罗敷媚(画帘梦颤丝丝雨)》(实甫)、《桃源忆故人(门前一尺桃花雨)》(实甫)。

《国学杂志》第 6 期刊行。本期"文学"栏目含《下酒谣》(晏云镂写藏本)(乐亭史梦兰)、《闺秀摭珠集(续)》(黄濬壶舟选评、金嗣献重编)、《裁云阁词钞(续)》(秦云肤雨)、《桐城三家论文书椟集录(未完)》(徐彦宽)、《愿读书斋文录》〔含《上虞沙湖始建石塘碑记》(诸暨蒋智由)、《武林十日游记(未完)》(金山高燮)〕。

《春声》第2集刊行。本集"诗词选·诗选"栏目含《张园,同旭庄丈》(晚翠)、《上海胡家闸茶楼》(前人)、《四日出游城西作》(宛若)、《朱陵洞观瀑》(邓辅纶)、《听雨轩坐秋》(前人)、《拟谢灵运〈白石(石门)新营所住〉》(前人)、《集晨风庐,分韵得风字》(缶庐)、《甲寅七夕晨风庐续集,分韵得甲字》(太夷);"诗词选·词选"栏目含《瑞龙吟·扁舟冲雪至下关,入城岁晏,江南寒寂可念,效梦窗体》(陈锐)、《前调·和叔向饯春,用清真韵》(陈锐)、《烛影摇红·晚春过公度人境庐话旧》(朱祖谋)、《摸鱼子·梅州送春,时得故人莘下三月既望书》(前人)、《角招·荷花》(谭献)、《满庭芳》(谭献);"诗词选·文选"栏目含[补白]《饮琼浆馆词》;"词话"栏目含《梅魂菊影室词话(未完)》(红鹅生)。

梁启超应陆荣廷密约,偕同唐绍慧等乘日轮离沪前往广西,4月4日抵达南宁。

5日 《妇女杂志》第2卷第3号刊行。本期"文苑"栏目含《剪愁吟》(吴江姚栖霞女士):内含《序》(诸暨蒋瑞藻孟洁)、《原序一》(父序)(冷岩老人姚岱书)、《原序二》(吴江朱春生)、《凤凰台上忆吹箫(题姚栖霞女史〈剪愁吟〉,同朱铁门作)》(吴江郭麔频伽)、《前调》(吴江郑璜瘦山)、《前调》(仁和严达子通)、《前调》(仁和严适子容)、《再山少府以所刊闺秀姚氏〈剪愁吟〉见示,感而成咏,用集中〈落花四律〉元韵》(歙鲍桂星双五)、《原跋》(常熟蒋成);[补白]《西神客话》。

白坚武与孙念生拈诗牌,得五律一首。诗云:"短巷降微霰,虚峦隔浅霞。散怀从伴酌,阴景挂窗纱。"

魏清德《寿王友竹词丈五秩》发表于《台湾日日新报》。诗云:"吾寿王词丈,能无蛇足讥。挖扬连子序,藻绘耐公诗。折翠吟春甸,烧红对酒卮。几时重把手,扫石共襟期。"

金鹤翔作《丙辰花朝前二日游孤山》。诗云:"峭风无力散寒云,眼底春光靳二分。波面空悬孤塔影,诗心闲入万鸥群。我如燕子长为客,人道梅花尚待君。如此林亭谁共住,乾坤何处不膻荤。"

6日 《申报》第15466号刊行。本期《自由谈》"词选"栏目含《浪淘沙·东台道中,丙辰新年作》(东园)、《望江南·吴陵旅夜》(东园)。

7日 《申报》第15467号刊行。本期《自由谈》"诗选"栏目含《香妃》(三首,东园)。

《光华学报》第1年第3期刊行。本期"艺苑·诗集"栏目含《见牺楼遗诗(续)》(方与时撰,陈冠冕辑)、《嵩洛吟草(未完)》(中江王乃征);"艺苑·诗钞"栏目含《立秋后苦热示潜若》(周树模)、《徘徊》(张元奇)、《夜雨寄陆城作》(负生)、《寄陆凌秋记室京洛道中》(负生)、《秋草》(洗震)、《出郭》(洗震)。

吴芳吉得吴宓汇款资助,与邓绍勤兼程由上海归川,经汉口,过三峡,成诗《自汉口寄树坤》《西归》《白帝城谒汉昭烈帝庙,时中华民国五年二月》《夔州访古》。其中,《自汉口寄树坤》云:"与子别来久,他乡梦见深。关河岂得阻,昼夜独沉吟。浪迹观天下,诗书癖古今。还思陵上柏,长抱岁寒心。"《西归》云:"辞海西归去,洞庭几度过。夜深风偃草,水阔月沉波。天地有羁客,春秋见汨罗。非关时运厄,少壮应多磨。"

8日 《申报》第15468号刊行。本期《自由谈》"词选"栏目含《满庭芳·观剧作》(实甫)。

康有为作《丙辰二月五日,送君勉回粤赴起义兵讨伐洪宪篡僭,写近诗付善伯,归示君勉》。诗云:"惨惨滔天巨,神州恐陆沉。行藏吾与汝,吊伐古犹今。拨乱春秋志,辛勤梁父吟。鹰扬廉耻将,四海所归心。"除书赠本诗外,康有为还给徐勤(君勉)筹军饷,甚至不惜抵押香港住宅。

曾广祚作《二月五夜长沙除园雅集,园即局关祠旧址,余廿年前旅居地也。程十发新名之曰除园。即席赋赠同舍二首》。其一:"幕席吾何有,壶觞且共携。醉眠依月魄,仙态合天倪。东壁图应满,南华物可齐。朱门冠盖萃,吾欲视醯鸡。"其二:"鼓角动湘波,方春万汇和。名园余宝树,曲榭灿铜荷。文丽山翔凤,兵交地出鹅。自惭凋绿鬓,廿载记陂陁。"

张謇作《挽杨月如》。联云:"堕车毁折,死犹贤于三公,为时当遁;讲席巍峨,胜其任者几辈,如子难能。"

[日]白井种德作《二月初五,鹤泉亭席上作》。诗云:"会友亲翰墨,立春天气嘉。亭前香脉脉,同臭有梅花。"

9日 傅尃作《再与柳亚子书》云:"西欧自进化说昌,科学日盛,所谓文明者,适成自杀之资。将见更数十百年,必有幡然改悟,希望和平,藉吾国文明以沾溉之一日。此其语骤闻似迂阔不近事情,长言之固更仆难终。夫唯大雅能推而致之乎?秦火之余,岂复知有汉世传经事耶?抑欧洲文学复古时代亦先例也。"

10日 《申报》第15470号刊行。本期《自由谈》"诗选"栏目含《有感》(鸿儒)。

《东方杂志》第13卷第3号刊行。本期"文苑·文"栏目含《夕照寺为冒巢民先生作生日记》(林纾);"文苑·诗"栏目含《别墅闲居,寄怀陈仁先、李道士》(陈三立)、《善余侵晨相过,值醺卧,为门者所拒,戏作此诮之》(前人)、《金陵园蔬独觅苗脆美,每饭必设,占示海客》(前人)、《仁先侍御属题钱南园画瘦马》(前人)、《七月十五夜瓠庵水阁玩月》(前人)、《消息》(前人)、《南归十九日仍北行》(夏敬观)、《真长、菽民、彦殊、毅甫同游三贝子园,用真长韵》(前人)、《罗揆东寄示游京师西山化阳洞记、宿潭柘寺诗,余适在杭之西湖游烟霞石屋诸洞,五宿而返,因次韵答和一篇》(前人)、《病山先生独游天目山归,述其胜且示新诗,欻然神往,亦拟一首》(陈曾寿)、

《宿州道中》（前人）、《予数梦至一寺，门临大江，略似焦山定慧寺，而幽窈过之，昨又梦至共处，因纪以诗》（前人）、《大雨后同石钦至云林寺》（前人）、《次韵苏堪谢泉水一首》（前人）、《五言二十四韵，送今颇上将军回沈阳》（陈衍）、《残梅，和晦闻韵》（诸宗元）、《同龙慧、民甫、允宗泛湖作》（前人）、《天欲雪而先雨，宵坐感赋》（前人）、《挽于晦若侍郎》（陈诗）、《无题》（黄节）、《送贞壮南归》（前人）、《叔伊老兄以游积水潭高庙诗见示，敬步元韵》（吴士鉴）、《题黄公度先生〈人境庐诗草〉》（李详）、《读昌黎诗》（前人）、《管领》（前人）、《再题〈霁山集〉》（冒广生）；本期另有《石遗室诗话续编（续）》（陈衍）、《眉庐丛话（续）》（蕙风）。又，况周颐（蕙风）撰《餐樱庑随笔》开始连载于《东方杂志》第 13 卷第 3 号，至是年 12 月 10 日第 13 卷第 12 号止。

《四川教育杂志》第 2 期刊行。本期"文苑"栏目含《戊戌栈道杂诗》（贞盦）、《〈岩桂图〉，为山腴题》（贞盦）、《前题》（贞盦）、《寄内弟曾阖君、舍弟君毅日本，时并在东京帝国大学》（三首，爱智）、《忆西湖旧游十三首》（爱智）、《寄山腴》（香宋）、《人日寄胡孝博先生》（香宋）。其中，吴虞（爱智）《寄内弟曾阖君、舍弟君毅日本》其一："神仙夫妇自风流，亲到蓬山访亶州。上野樱花团坂菊，双栖长作画中游。（阖君夫人铃田玖子水彩画、油画并工）"其二："松本楼头树影凉（丁未，徐碧泉尔音招徐佛、苏公勉、熊知白、崇熙，同余兄弟饮此楼），御茶桥畔柳丝长。壮游当日追坡颖，风雨天涯忆对床。"其三："载酒寻芳记昔时（丙午同吴文伯向岛看樱花），黄公垆在竟谁知。惟余富士山头雪，惯与愁入点鬓丝。"《忆西湖旧游十三首》其一："压酒吴姬散客愁，醉来打桨弄扁舟。醋鱼莼菜家乡肉，难忘湖山第一楼。（湖山第一楼）"其二："香坟三尺石栏遮，油壁乘来日易斜。松柏西陵重吊古，春风犹长六朝花。（苏小墓）"其三："灵山相对便忘机，花雨空林暮湿衣。独向冷泉亭上坐，漫天苍翠想峰飞。（灵隐寺）"其四："孤山高节长公夸，湖上重寻处士家。封禅无书非异事，娶妻难得万梅花。（林逋墓）"其五："森森翠柏恨难消，金粉河山怅寂寥。醉击西台竹如意，鄂王坟上吊南朝。（岳坟）"其六："豪倚无限付铜琶，坏壁摩挲醉墨斜。十里苏堤残照里，数株新柳不胜鸦。（苏东坡祠）"

《民口杂志》第 2 卷第 10 号刊行。本期"文苑"栏目含《元日在怡郎有作，写寄留东诸子》（汉民）、《留别加州同志二律，用公武韵》（重公）、《月见馆闻鸡》（观海）、《乙卯除夕，葭外招饮，即席赋赠》（观海）、《丙辰元旦柬葭外》（观海）、《除夕即事，用观海韵》（葭外）、《和观海元旦见赠》（葭外）、《题〈岚峡烟雨图〉》（葭外）、《题〈黄鹂翠柳图〉》（葭外）、《感怀，次汉奇韵》（葭外）、《感怀》（汉奇）。

《商学杂志》第 1 卷第 3 期刊行。本期"文苑·诗录"栏目含《汉皋棹歌二首》（蒋则先）、《励志》（易艾先）、《夜不寐号》（冯允）、《呈李丙君师》（冯允）、《赠韩逸叟》（冯允）、《偶成》（李世丰）、《春夜感事》（杜振襄）、《谜》（杜振襄）。

《学生》第3卷第3期刊行。本期"文苑·诗"栏目含《牡丹》(上海民立中学校学生张训诗)、《清明前一日作》(福建龙岩中学校三年生吴子垣)、《腊梅》(上海华童公学甲班生何宗基)、《苏武》(上海华童公学甲班生何宗基)、《记梅闲情》(广东大埔中学校学生饶滋)、《喜雨》(泰县赞文国文专修科学生王迈群)、《乳燕》(泰县赞文国文专修科学生王迈群)、《蝉琴》(泰县赞文国文专修科学生王迈群)、《新柳》(山西阳兴十二县中学校四年生孙佩鑫)、《百花洲日暮散步》(广东梅县省立中学校四年生李青)。

11日　《申报》第15471号刊行。本期《自由谈》"栅园诗选"栏目含《四时词》(仿东坡)(四首,毓铁人)、《十借词》(张紫田)。

陈三立作《二月初八日平明发下关江行》。诗云:"投影洪涛前,灯楼迟归舸。喧呼逼宵枕,翻魂起塞跋。微明辨旌竿,霭隐奔流柁。蚁缘落蜂房,悬喘初贴妥。云曙蒋帝山,歌隔吴娘坐。睡魔饮江气,黄柳迎婀娜。迤逦原隰开,岚彩纷纷堕。雁声一何劳,南天脱烽火。醉中鼓鼙路,独谣欲遗我。"

12日　《申报》第15472号刊行。本期《自由谈》"词选"栏目含《调笑令·花片》(镜湄)、《水龙吟·正月十三日偕翰卿夜游赋》(镜湄)、《落梅风·牵牛花》(诗圃);"楞华庵随笔"栏目含《光绪宫词》(剑秋)。

张謇作《忆扶海垞后园梅花》《令怡儿选记后园欲移之梅》。其中,《忆扶海垞后园梅花》云:"此君亭边林合围,自悼山荆来坐稀。若为今日东风恶,吹散梅花何处飞。"《令怡儿选记后园欲移之梅》云:"二尺余围垞后梅,去年惜费未移来。商量欲更思其次,好选朱英绛雪堆。"

13日　《申报》第15473号刊行。本期《自由谈》"栅园诗选"栏目含《杂诗》(六首,袁保香)。

徐天闵作《雨后游公园登山远望》。诗云:"眼中却喜是杭州,来据名山最上头。暝雨难将春色转,乱云犹傍远山浮。百年诗酒真为崇,咫尺仙源若可求。独有西南尚鼓角,风光倍与客心愁。(右长句录呈镜天三兄吟政,丙辰阴二月十日天闵书于杭城馆中)"

14日　《申报》第15474号刊行。本期《自由谈》"栅园诗选"栏目含《七月十七日纪事》(王伦孙)。

梅光迪致信胡适,对其文学革命、白话作诗主张,仍极不谓然。信云:"迪方惊骇而不知所措,又何从赞一词。"声明:"自今与文学专业断绝关系。"19日,梅氏复有信谓:"文学革命自当从'民间文学'入手,此无待言。惟非经一番大战争不可,骤言俚俗文学必为旧派文家所讪笑攻击。"

15日　广西宣告独立,通电反袁。陆荣廷为都督,梁启超为总参谋,组军攻湖南。

《民权素》第16集刊行。本集"名著"栏目含《含桃赋》(用庾子山《春赋》韵)(一山)、《熙亭府君家传》(谭浏阳)、《王郁仁哀词》(申叔)、《外舅冯次台五十寿序》(病鹓)、《〈求自室八景诗〉序》(图南)、《〈袁督师遗稿〉序》(寄芳)、《〈道南诗社〉序》(寄芳)、《拟建戴忠节祠碑记》(豹珊)、《读〈后汉书·循吏列传〉书后》(咏籛)、《拟组织全国游民习艺所启》(李彤)、《复张伽厂书》(太炎);"艺林·诗"栏目含《丙辰元旦感事书怀》(康南海)、《短歌》(五首,章太炎)、《戏赠石甫》(樊山)、《以经义质笏卿,戏用东坡〈夜过舒尧文〉韵》(樊山)、《园居二首》(二首,俞恪士)、《无题》(三首,孝觉)、《失题》(三首,沈瑜庆)、《过大峭山海中》(许世英)、《蒋生熙年三十岁生朝,勖之以诗》(望之)、《昭君墓》(遁伦)、《吊武穆》(遁伦)、《柳枝词,和红雪》(四首,庆霖)、《书坡翁〈寓惠集〉后,拈韵得十一真》(超球)、《得沁芬妹临终寄家书以哭之》(超球)、《登韩山谒文公祠》(超球)、《宫娃歌,追步李长吉韵》(野鹤)、《船校闭,同辈云去且尽,惟王子独后,书此赠之》(月石)、《春柳》(月石)、《春山》(月石)、《偶成》(月石)、《社友花癖以〈江南春色图〉索题,成五绝报之》(南村)、《赠扶波、篆魂、翰非、韵玉、云峰诸故人》(二首,寄芳)、《芙蓉湖棹歌》(二首,耀文)、《酱园浜纳凉》(二首,耀文)、《春柳,用渔洋山人〈秋柳〉原韵》(四首,颂予)、《送春》(韵琴)、《吊项庙》(韵琴)、《春感,次南村〈雪后〉原韵》(味仙)、《岁暮杂感》(二首,味仙)、《与何、周诸子游秦淮,感赋两绝》(二首,童骏)、《呈朱冕英先生》(三首,笑呆)、《题李瘦红〈南楼泣别图〉》(耕云子);"艺林·词"栏目含《送我入门来·昔炁伯师尝以此调题〈明妃抱子图〉,晚年盼子甚切,故赋此寓意。余既制〈明妃出塞词〉,感于前事,复赋此篇》(樊山)、《蝶恋花》(二首,彦通)、《青衫湿遍 (潘郎老也)》(孟劬)、《金缕曲·送杨清如师之燕并和原韵》(韵琴)、《满江红 (春日迟迟)》(韵琴)、《玉漏迟·见怀王赠王相阁》(病倩)、《一剪梅·元宵独坐感怀寄内》(味仙)、《如此江山·题汤孤芳〈残菊悲秋图〉》(佛慈)、《五陵春·咏风》(起予)、《怨三三·咏花》(起予);"诗话"栏目含《今日诗话 (续第十四集)》(古香)、《澹园诗话》(太牟)、《摭怀斋诗话 (续第十五集)》(南村)、《竹雨绿窗诗话 (续第十四集)》(碧痕)。

[韩]《天道教会月报》第68号刊行。本期"词藻"栏目含凤凰山人《牛耳洞途次:兴仁门外》《牛耳洞途次:电车中望见万化亭》《牛耳洞途次:芹田即事》《牛耳洞途次:养鱼池》《牛耳洞途次:安甘川》《牛耳洞途次:清凉驿》《牛耳洞途次:苍洞驿》《牛耳洞途次:牛耳洞》《牛耳洞途次:归路试看樱蕊》。其中,《牛耳洞途次:归路试看樱蕊》云:"手把樱花蕊,留心看复看。满枝歇着玉,已是红团团。"

[韩]《经学院杂志》第13号刊行。本期"词藻"栏目含《释奠日有感》(朴升东)、《赠读经学院杂志诸贤》(金东振)、《呈经学院》(朱景焕)、《谒文庙言志》(郑崙秀)、《赠冥冥先生》(今关寿麿)。其中,金东振《赠读经学院杂志诸贤》云:"大矣哉经学,

本之于五伦。万殊归一贯，熟读味腴真。邪说横天下，贤圣迹已陈。泮寮是为惧，著志诏迷津。辨论非夸大，砭订引类伸。坦途直如矢，勇往莫遭逦。替隆关世运，阐发在吾人。编任名教重，肯阁案头尘。"

陈三立作《花朝抵南昌，过吴董卿，以便赴山庐，诒句为别，携至展讽，酬和兹篇》。诗云："一岁得归开雁路，孤篷闲眺问龙沙。落城邂逅图书坐，吐句缤纷桃李花。携入穷山照新燕，安知边衅击长蛇。我仍誓墓寻君语，了却公家听煮茶。"

陈遹声作《花朝》。诗云："紫石青山画不如，小桥曲涧客骑驴。看花伴侣三人少（同游者三人），挑荠光阴二月初。出谷雏莺鸣恰恰，欺花夹蝶梦蘧蘧。新晴天气花生日，招纳春风返草庐。"

黄节作《花朝，为章昧三题其夫人所绘百花卷子》。诗云："花朝北地叹无花，在窖寒枝欲苗芽。绝似人才由梏尽，未愁醉眼看朱差。事违年少真当惜，梦过春明益可嗟。迟我牡丹崇效寺，也能憔悴共京华。"

傅熊湘作《花朝二绝句》。其一："不放夭桃半点红，兔葵燕麦自成丛。可怜一半春光老，只在风僝雨愁中。"

16日 《申报》第 15476 号刊行。本期《自由谈》"诗选"栏目含《春柳词》（四首，东园）；"词选"栏目含《菩萨蛮·扬州怀古二阕》（苹香女史）。

陈树人在日本立教大学文学科毕业，获文学学士学位。

17日 《申报》第 15477 号刊行。本期《自由谈》"诗选"栏目含《乙卯旧腊二日，为先中议公忌辰，书此寄感》（三首，庐潜叟）。

吴昌硕题王震《双喜图》云："一拳之石气浑浑，炼不补天徒手扪。傥有元秉借袍笏，玲珑我亦择云根。丙辰二月几望，一亭画，吴老缶题字。"

18日 王少涛《减字木兰花·愧怙先生泪墨书后》载于《台湾日日新报》第 5648 号。词云："盈盈泪墨。历叙平生事怆恻。垂训箴言。绝胜黄金与子孙。　　蔡公知命。道德性情兼孝行。仰止高山。留得芳名在世间。"

19日 汤化龙电劝袁世凯退位，谓现已"举国成仇"，"急为退位之图，犹是自全之计"。

《申报》第 15479 号刊行。本期《自由谈》"诗选"栏目含《题邹翰飞酒丐图》（醉蝶）；"词选"栏目含《东风第一枝·梅花》（张庆霖）。

20日 袁世凯召集国务卿、各部总长及参政院参政等议商撤销帝制，与会者无异辞。

《大中华》第 2 卷第 3 期刊行。本期"文苑·诗"栏目含《东阿过曹子建墓，作诗吊之》（潘复）、《丙辰正月初二日，题寄小石尚书，即用〈苏台集〉正月二日诗韵》（壬秋）、《壬秋先生以诗见怀，用拙稿中〈苏台集〉丁未正月二日诗韵，仍次前韵寄酬》

（庸庵）、《游仙诗》（淮南更生）、《读〈桃花扇传奇〉感赋》（章汤国黎）。

陈师曾作《作画遗林宰平》。序云："作画时，宰平为予牵纸，骤然落笔，大为惊愕。既成，乃知为石也。座客旁观，亦颇称快。"诗云："吾臂岂有鬼，林子慎勿惊。春然笔落纸，若刀解牛声。石本无定形，初非刻意成。不用严矩镬，何须宽作程？急风扫窗牖，幻此山峥嵘。秋花肥且美，一一傍石生。揖让为主宾，微物解人情。造适不及笑，尺地胜专城。我石不辞坚，我花不辞荣。持去挂粉壁，聊为洗朝醒。"

21日　江苏将军冯国璋、江西将军李纯、长江巡阅使张勋、山东将军靳云鹏、浙江将军朱瑞联名密电袁世凯，要求取消帝制，以平滇黔之气。

《义声报》刊载讨袁通电。系顾视高、赵藩、陈荣昌、袁嘉谷、罗佩金、殷承瓛、吕志伊、李曰垓、赵伸、由云龙等29人以"云南公民"名义联合发出。

杨杏城、曹润田奉大总统命来谈。又，大总统遗车来迓，至徐世昌府久谈，以时局危迫，再三约出维持大局，徐世昌坚辞。

周作人为孙子松《壮游诗存》作序。4月6日得孙子松编刊《壮游诗存》1册。

22日　袁世凯被迫取消帝制，废除"洪宪"年号，恢复民国，仍称大总统，并致电蔡锷等停战，商议善后。

张相文作《间行至丰台》（五年三月二十二号微服出京，避袁氏之难也）。诗云："言出彰义门，风声怒如吼。石子路嵚崎，十里三时走。疲骡解人意，行行屡回首。万方多难时，离家忍撒手。解愁苦无方，野店沽浊酒。独酌惜无朋，车倌呼良友。焉知燕郊外，不有古屠狗。"

吴芝瑛《小吟七首，奉寿伯鲁先生七十生辰，并乞仲鲁先生双政》《〈篝灯纺读图〉题额竟，为成七歌，奉志周母陈太君懿美并慰养安先生永慕》刊载于《大公报》。其中，《小吟七首》其一："弟服高官兄服田，朱颜鹤发古稀年。山林钟鼎寻常事，难得如君伯仲贤。"其二："一犁春雨足津沽，十顷黄云岁有租。笑遣家人进冠带，大夫光禄是田夫。"其三："白木长镶滋味长，椎牛争似菜羹香。艰难五十年前事，今日为兄进一筋。"其四："桑麻野话乐醰醰，有弟陈辞愧对三。名可得闻身难见，北山之北南山南。"其五："吾其力稽助汝成，世乃以官为谋生。掀髯相对述往语，那有人间此弟兄。"其六："老翁箬笠骑秧马，子妇壶浆挽鹿车。欲乞江南今道子，豳风介寿画君家。"其七："百尺双松托茑萝，桐城昆季已无多。濡毫强作冈陵颂，待共南湖载酒过。"《〈篝灯纺读图〉题额竟》其一："书琅琅，机唧唧，五羊城头更鼓急。一灯相对四壁立，惟闻母语儿勤习。一歌兮夜向阑，儿能读书母喜欢。"其二："书已熟，儿就宿，忽然梦中儿惊觉。我母我姊未下轴，照见我母泪索索。二歌兮摧肝肠，此情此境安能忘？"其三："起吸水，反掩扉，晨光熹微母为炊。秕糠抟饼芋作糜，饱我姊弟母忍饥。三歌兮呼苍天，今日椎牛拜墓田。"其四："儿在抱，姊随身，千里箐瘴五百缗。蝮蛇荦荦昼啮人，暴客出没无昏晨。四歌兮叫噪走，苍头不及老黄狗。"其五："出重险，方安巢，疾疠嗽喘相煎熬。母颈肿如五石匏，母气仅属乳未抛。五歌兮母复活，儿含母乳母心割。"其六："风萧萧，雨淅淅，虚堂惨惨日又夕。儿能负米母不食，西方那有极乐园。六歌兮阿弥陀，儿欲从之天无河。"其七："渌芦岭，白云山，我父我母魂魄安。烽烟万里行路难，何日合窆双亲棺。七歌兮哀无极，丹青尽是伤心色。"

23日 《申报》第15483号刊行。本期《自由谈》"诗选"栏目含《春日小乐府两章》(东园)：《采桑妇》(嘉女功也)、《挑菜叟》(哀穷独也)。

何笙甫交来汤味斋征诗启。顾家相于本日早阅《槐南集》，忽有所触，乃成《一半儿》词两首。其一："琼林阆苑赴华筵，棠荫花封美政传。绕膝儿孙侍大年。地行仙，一半儿天生一半儿炼。"其二："箕畴好德与康宁，华祝多男富寿称。耄耋期颐进步增。老人星，一半儿阴功一半儿命。"款云："味斋尊兄，江右同官数载，别来将廿年矣。颐养林泉，自饶清福。兹值华诞，聊成俚句以祝纯嘏云云。丙辰二月二十日。"

24日 张謇作《挽刘一山》。联云："毅豹均死，臧谷均亡，但从兹获笋芦芽，岁岁吊君成节候；群纪有交，崔卢有戚，正不仅新蒲细柳，悠悠我里叹才难。"

25日 《申报》第15485号刊行。本期《自由谈》"游戏文章"栏目含《新禽言》(六首，静庐)；"诗选"栏目含《落花》(许贞卿女史)、《新词》(许贞卿女史)、《咏雪》(许贞卿女史)。

《小说月报》第7卷第3号刊行。本期"名著"栏目含《石头记索隐(续)》(蔡元培)；"文苑·诗"栏目含《雨霁靖庐楼坐寓兴》(散原)、《除夕》(散原)、《过梁公约》(散原)、《海藏楼杂诗(续)》(太夷)、《安庆旅夜，兼怀太夷》(又点)、《于役书见》(又点)、《阿龙生，喜赋二诗》(贞壮)、《公约寄诗见怀，赋答长句》(暾庐)、《七月十五夜看月》(仁先)、《赠王叔用》(仁先)、《闻警，示古愚、义门》(审言)、《哭李文石》(石遗)、《杂感》(长木)、《拔可、义门不相闻十余年矣，书来索近诗，感寄二首》(因庵)、《闻梁大归扬州，送儿子赘于汪三功甫家，率成二诗，以博一笑》(二龄)、《屠敬山前辈寄著录〈蒙兀儿史〉甚勤，今年六十矣，见惠近刻，赋此为寿》(炊累)、《酬葆之岁莫见怀之作》(屐斋)、《和潜山〈望六生辰感怀〉元韵》(曼青)、《陕西长武城内有唐昭仁寺碑，其下即古战场也，唐李华有文吊之，余广其义而为诗》(幼秋)；"最录"栏目含《滑稽小史(未完)》(夏静志)、《虞美人》(龚文青)、《鹧鸪天·隋堤新柳》(东园)、《思佳客·平山堂》(东园)、《点绛唇》(镜湄)、《惜寒梅·闺思》(诗圃)、《高阳台》(诗圃)、《木兰花慢》(集成句)(诗圃)、《多丽》(集成句)(诗圃)、《浣溪沙·秋日登黄鹤楼，寄怀吴绛珠、杨碧珠、鲍苹香、许碧霞四女史》(琴仙女史)、《浣溪沙·和陈女史琴仙见怀之作次韵》(绛珠女史)、《浣溪沙·次扬州得琴仙见怀之作，次韵奉酬》(苹香女史)、《浣溪沙·和琴仙见怀之作次韵》(碧霞女史)、《浣溪沙·和琴仙女史鹤楼见怀之作，次韵》（碧珠女史）、《春宵曲·送杨碧珠女史之沪》（绛珠女史）。

《中华妇女界》第 2 卷第 3 期刊行。本期"文艺"栏目含《妇人诗话（续第一卷第五期）》（苏慕亚女士）、《题〈麻疯女传奇〉》（陈笃初）、《前题（未完）》（周陵骆绣芙女士）、《追悼夫子》（衡山陈德音女士）、《感事，吊周湘云夫人》（杨守仁）、《卖花声·望家书不至》（吴斯玘女士）、《虞美人·得家书感怀寄外》（前人）、《字字双》（郭坚忍女士）、《前调》（前人）、《勉立志歌》（巴彦县高等女学校校长刘淑范女士）。

高云娥《调寄〈人月圆〉·祝问渔先生令萱堂荣寿》载于《台湾日日新报》第5654 号。词云："翩翩浊世佳公子，品望出豪华。锦堂慈母，龙飞花甲，九二荣加。　　雍容华贵，寿筵馔玉，寿轴笼纱。嘉宾贤主，诗章雅颂，重叠生花。"

26 日　《申报》第 15486 号刊行。本期《自由谈》"诗选"栏目含《春日田家》（张剑秋女史）。

魏清德《女伶》（限庚韵）发表于《台湾日日新报》。本月 30 日本报重刊。其一："家国兴亡局一枰，英雄儿女倍关情。秦淮风月西冷水，菊部千秋有艳名。"其二："作态登台四座倾，岂真低首为倾城。怜他偏有须眉气，陶写英雄救国情。"

张謇作《挽胡二梅》。联云："范少伯所散屡千金，谁谓鸱夷人不识；王麓台以画承三世，无多麟角世应传。"

27 日　《申报》第 15487 号刊行。本期《自由谈》"诗选"栏目含《追悼》（许贞卿女士）、《读翰墨因缘遗稿，挽胡幼臣孝廉之夫人采芝女史》（四首，许贞卿女士）；"词选"栏目含《梅弄影·春游不出》（诗圃）、《前调·梅窗春夜，用诗圃韵》（东园）。

28 日　《申报》第 15488 号刊行。本期《自由谈》"词选"栏目含《八犯玉交枝·题吴霭青君百八古砖室金石印谱》（天虚我生）。

29 日　蔡元培、吴玉章、李石曾、汪精卫、吴稚晖、张静江与法国人欧乐、穆岱等人在巴黎召开"华法教育会发起会"。并推选干事，拟定会章，举蔡元培、欧乐（法）为会长；汪精卫、穆岱（法）为副会长；书记李石曾、李圣章、辈纳（法）、法露（法）；会计吴玉章、宜士（法）。规定以"发展中法两国之交通，尤重以法国科学与精神之教育，图中国道德知识经济之发展"为宗旨。6 月 22 日，该会召开成立会。

《申报》第 15489 号刊行。本期《自由谈》"诗选"栏目含《无题》（四首，陈佐彤）。

30 日　《申报》第 15490 号刊行。本期《自由谈》"词选"栏目含《八犯玉交枝·奉天虚我生次韵》（东园）。

王国维致函罗振玉云："昨寐老言，北方既不能支持，而云贵两省蔡锷、李烈钧两党交斗不成事体，粤西亦至纷乱，梁某在彼亦无发言之权，动则以炸弹手枪互相恐猲，一切状态与辛壬之间无异。天下滔滔，恐沦胥之祸遂始于此。"

刘飘然生。刘飘然，字若仙，号乐园，湖南永州人。著有《乐园诗草》《乐园诗稿》。

王舟瑶作《二月廿七日偕志韶冒雨至宁溪》。诗云："访古不辞百里远,闲行难得两人俱。连村野竹啸鸾凤,一路春山啼鹈鹕。雨后溪流添活泼,雾中峰影看模糊。乱离身世愁无着,只合荒江作钓徒。"

31 日 《申报》第 15491 号刊行。本期《自由谈》"诗选"栏目含《和江西南昌许女士贞卿〈惆怅词〉》(连珠体)(四首,绛珠)、《春夜吟》(连珠体)(四首,绛珠);"词选"栏目含《国香·赋兰》(实甫)、《天香(燕外芳业)》(实甫);"曲选"栏目含【五色丝·白练序】《题〈昭君出塞图〉,用尤西堂韵》(绛珠女史)。

王浩作《二月二十八日程公归楼乡中,走送不及,泫然作》。诗云:"一旌西下叩春冥,雨泣烟霏怳可云。有子亭亭紫云盖,斯人黯黯暮山雯。多闻治乱今谁在,迸入歌呼梦亦纷。大局仓皇天地隔,不宜此去更相闻。"

本 月

《中国学报》复刊第 3 册刊行。本期"集类·诗录·哀伤类"栏目含《哭朱肯夫师》(富顺陈子元崇哲遗著)、《陈完夫先生挽诗》(祁阳周天球)、《伤女颖》(仪征刘师培)、《哀王郁仁》(仪征刘师培)。

《小说大观》第 5 集刊行。本集"短篇"栏目含 [补白]《灵凤杂诗》《几庵杂诗》《浣溪沙·游仙词,集樊榭句》(倚虹)。

《留美学生季报》第 3 卷第 1 期刊行。本期"文苑·诗"栏目含《哀张列五》(任鸿隽)、《中秋夜望月》(乙卯)(王衡)、《乡思》(王衡)、《七月九日赴巴拿马赛会,偶踏至场内之进步处 Progress,时天际蒙眬,遥亲睹三五巡洋舰停泊金门港中,惊涛骇浪相涌而来,感以赋之》(区萃仑)、《八月望夕游鸟潭》(此地西名 Oaks Pond,去砵 Portland 一里前有 Oaks Park,故名)(佚名)、《别美歌》(民国四年十一月三十日离美返祖国)(陈茂康);"文苑·词"栏目含《忏盦词稿(未完)》(胡先骕)、《虞美人·贺友人新婚》(王衡);"文苑·挽联"栏目含《挽杨君季莘》(朱惟杰)、《挽甘君迪新》(朱惟杰)、《附两君讣闻》(朱惟杰)。

《浙江兵事杂志》第 24 期刊行。本期"文艺·诗录"栏目含《北苑留别邹棋斋、熊子芹、程优竟》(钱模)、《从吕侠迦处得刘揖青信,喜寄广东》(钱模)、《赠同学郭振武》(钱模)、《除夕宿湖楼》(诸宗元)、《答桂樵和〈除夕湖楼〉韵》(诸宗元)、《天欲雪,先以雨,用前韵赋之》(诸宗元)、《陈君尊生介桂樵以和诗见示,依韵赋谢并投桂樵》(诸宗元)、《一日纵游湖上诸山,杂书》(诸宗元)、《同尊生游孤山》(诸宗元)、《次韵答秋叶寄怀》(林汝复)、《寿潘菊潭先生(并序)》(顾乃斌)、《雪中行军》(吴钦泰)、《送叶可安昆仲之丽水》(林之夏)、《咏日本先哲十首之二》(林之夏)、《杭州岁晚答陈百通留别,步少陵〈夔府咏怀一百〉韵》(林之夏)。

康有为送徐勤回粤起义。时袁世凯虽已撤销帝制,但仍图苟延残喘,向美波士顿商人借款两千万元。康有为闻讯,致书美国萨门司总领事,劝其禁止借款,并电长江各督冯国璋等,结盟保持中立,如庚子刘坤一等"东南互保"故事。又连电袁世凯退位。

梁启超等人欲推翻北京政府另立,不成,拟划江为界,南北分治。韩德铭写信谏止此事。韩德铭《咏史》(六首)(丙辰正月至三月)其五讽其事,诗云:"山鸡炫文采,溺水不知停。贾谊为汉遗,遂资李郭争。陆机依乱藩,元昊来夏兵。凌夷风每况,献策偕金星。取明代以闯,易暴殃更盈。谁知渔者喜,鹬蚌开前清。技逞身名裂,才翻薄海腥。何如微忍俊,一妥炎黄灵。伤哉风会殊,崇残而贱贞。茅庐堪抱影,世论讥虚生。"

刘师培发表《联邦驳议》,自设十问,逐一作答,认为美国式联邦制不如君主立宪制。

梁鼎芬以崇陵雪泉、玉兰寄陈弢庵,弢庵有诗为谢,并有题梁鼎芬葵花画扇次韵诗。陈弢庵《二月八日节庵寄饷崇陵桥下雪泉》(二首)其一:"地宫三岁梦魂边,陵树成阴定几年。此水涓涓终不息,和冰还注峡中天。"其二:"雪中急递一军持,永念山庐尺涕时。自爇寒炉煎赐茗,不眠滋味有君知。"《谢节庵惠寄玉菌》云:"陵山雨过菌进生,故人茹薇配作羹。飞车远将及退食,香夺檀炷光玉莹。半生槃涧厌此味,老顾拜惠如尝新。我如禅诵子守塔,每饭无着思天亲。烹鱼溉釜付忾叹,斋素自养心源清。手栽松桧正愁槁,破晓膏沐都向荣。鬵乎一饱对嫩旭,野芹信美何由陈。"《又题节庵葵花画扇次韵》云:"幽花生世不宜春,佳色天然与菊亲。侍醮淡妆犹入画(用韦庄黄葵诗),倾阳本性讵随人。苍梧泪溅斑筼尽,金粟魂依拱木新。莫语荷杯池馆日,秋风太液足伤神。"

林纾作四屏水墨纸本《山水》。题识曰:一、"竹亭对面见烟墩,点点斜阳塔影昏。怪道荒寒人意悄,原来点点是秋痕。企林先生大雅之属,畏庐林纾并题。"二、"长松落翠荫山家,清晓溪雯薄似纱。遥想故园春半后,轻烟焙出女儿茶。纾写。"三、"吴山过雨郁苍苍,一片空青入草堂。率性长年休见月,免教中夜望檠枪。丙辰二月,仿米虎儿法,畏庐并识。"四、"薄翠笼寒似雨余,山坳四五钓人居。破窗临水无人迹,尽数前溪去打鱼。畏庐居士,仿鹿床老人法,丙辰二月。"

傅增湘从苏州书友刘蓉村处以重金获元刻《乐府诗集》,又于上海得明刊本《水心先生文集二十九卷》,沈曾植和缪荃孙撰写题识。

郁达夫在日本出游看花,作《木曾川看花》。诗云:"原野青青春事繁,鸣禽诱我出衡门。轻帆细雨刚三月,宠柳娇花又一村。翠络金鞍公子马,绿罗芳草女儿裙。阻风中酒年年事,襟上脂痕浥泪痕。"

胡先骕此时在美国诗词创作甚夥。《忏盦词稿》中,有《一枝春·西国椒香树枝叶纷馥,柯干婆娑,极似垂杨,较增妩媚,秋冬结实,朱颗累累,尤为可爱。拈此解赋之,即用草窗元韵》咏西方所产花卉椒香树、有《天香·海仙花(Hyocinthus orientalis)略似水仙花,具五色幽香,清艳绝伦,洵名芳也。倚此赋之》咏海仙花、有《齐天乐·馥丽蕤花(Freesia refrocto)产南非洲好望角,移植园亭已久,姿态楚楚,花白略似晚香玉,芬馥袭人。瓶供一枝,香盈满室,名芳也。倚此赋之》咏馥丽蕤花,以及《海国春·岁月如驶,冬尽春还,兼葭飞动,新绿齐苗。异乡远客,春色愁人,乃自度此曲,聊舒心曲,辞之工拙不计也》诸词。另有《蝶恋花》(四首)、《虞美人·贺友人新婚》。其中,《一枝春》云:"依约笼烟,看仙姿窈窕,红酣春雨。番风暗数。又是去年情绪。新黄浅黛,早添得、远山眉妩。较垂杨、别具风流,婀娜芳华凝聚。 婆娑细腰低处。过东风袅袅,游丝成缕。蜂营蝶舞。叶底鸟翻新谱。春情漫赋。应恐怕燕娇莺妒。深院悄、帘幕沉沉,敛魂欲语。"《天香》云:"浅绛迎风,嫣红展靥,麝尘玉杵谁捣?碧叶参差,弱枝颤袅,玉露断烟迷晓。黄蜂紫燕,争看煞、飞琼娇小。廿四番风数遍,占尽一春芳候。 环珮珊珊月下,度花阴、暗香幽窈。一缕断魂,几许旧愁萦绕。凌波步袅。奈远隔、蓬山梦难到。望极潇湘,云天浩渺。"

陈方恪赴北京,至财政部监务署任秘书。此行由陈散原托梁启超介绍。

瞿秋白以"瞿爽"为名,执教于无锡江陂国民学校。

雷瑨、雷瑊合辑《闺秀诗话》(8册,16卷,石印)、《闺秀词话》(2册,4卷,石印)由扫叶山房印行。又,雷瑨辑《青楼诗话》(1册,石印)由扫叶山房印行。

饶汉祥作《北上》。诗云:"忠孝无二致,但忖心所安。内省苟有惭,虽烈不足观。白宫毁盟誓,天位妄暗干。林林参政英,叛国阿神奸。当时激义愤,投袂离上兰。凤凰惧陷敠,不惜形景单。海上朝日升,长风生紫澜。群游岂不思,矫首鸣云端。君方在牗里,养晦防凶残。亡人孥末从,亦恐遭拘拦。窜居待三月,北望路渺漫。荒余禁族行,未敢冒险难。阿母病且忧,对案不忍餐。那知两手冰,犹顾朔地寒。举家堕虎口,惴惴谁为宽。伶仃弱妇女,间道宁易完。吾君近出宫,诱胁百计殚。危言警当宁,浩气折要官。天妖方伺人,性命悬弹丸。萧条侍从稀,馌橐谁盘桓。急行忘绸缪,恻怛摧心肝。单门乏子侄,群季隔海峦。盗巢再投易,归路无羽翰。洪波幸脱身,岂愿赴回湍。顾无使令人,方寸万刃攒。至人蹈烟烬,屡入无烧瘢。赤城怯还复,终为众所姗。平生不惊水,岂畏巴峡滩。青蛉不贪饵,焉惮胶丝竿。权衡断深衷,生死久已拚。昨闻义师兴,宫府惊长叹。禅坛改卜日,劝进意向阑。固知作伪劳,黔首难欺谩。毒腥暂未扬,游身可屈盘。困蛇作龙辅,股肉甘为剜。网罗虽高张,终期拔雏鸾。上纾明君危,下慰慈母欢。庶几释重负,鹏翼乘风搏。匹夫尚复仇,泥涂谁长蟠。亲故祖江滨,惨澹白衣冠。俗人纷惊疑,我心未改丹。官曹且铲迹,况肯趋金銮。作诗告江水,留俟改岁看。"

吴虞作《同裴铁侠（钢）游青羊肆看花》（二首）、《书〈陈寿传〉》（二首）。其中，《同裴铁侠（钢）游青羊肆看花》其一："一路烟波认板桥，清游未惜马蹄遥。东风不解春人恨，吹绿垂杨万万条。"其二："眼底沧桑几度尘，看花犹剩此闲身。棕鞋桐帽青羊肆，便是《神仙传》里人。"《书〈陈寿传〉》序云："陈寿遭父丧，有疾，使婢丸药，乡党以为贬议，坐是沉滞者屡年。母遗言令葬洛阳，寿遵其志，又坐不以母归葬，竟被贬议，再致废辱，家族制度之弊如此。余读孟德斯鸠论吾国宗教、法典、仪文、习俗所以混而不分之故，及秦瑞玠氏《新刑律释义叙》，未尝不为之废书而叹也。然当日乡党朝廷之为贬议者，至于后代皆销灭无闻，与草木同腐。而史称可以继明先典、江汉英灵者，仍属沉滞废辱之陈寿。固知人之自立，在此不在彼。矧新旧蜕嬗之际，学说异同又曷足怪乎！"其一："沉滞天教绝业成，威权不屈想平生。千秋江汉英灵在，贬议何能累盛名！"其二："是非孔墨竟谁真，扰扰蚍蜉叹劫尘。今日已无崔浩辈，莫将高论向时人。（崔浩论《三国志》，见《魏书·毛修之传》）"

朱德作《古宋香水山芙蓉寺题诗》。诗云："己饥己溺是吾忧，急济新怀几度秋。铁柱幸胜家国任，铜驼慢着荆棘游。千年朽索常虞坠，一息承肩总未休。物色风尘谁作主？请看砥柱正中流。"

汪兆镛作《丙辰二月澳门作》《忏庵至澳匝月，复返广州，赋简》。其中，《丙辰二月澳门作》云："恩恩襟被晓寒凝，三宿浮屠感不胜。沧海横流莽何极，青山依旧好谁登。乱离废学怜童稚，漂泊无家得友朋。绝羡年时吴墨井，清斋有味寺楼灯。"

陈汉章作《花朝，再和伯严韵》。诗云："秦川楚水流呜咽，都作呼爷唤女声。万灶无烟兵气死，一宵有月别愁生。天如倚杵忧将坠，身似虚舟触亦轻。我自长歌销短劫，闲潭春半梦魂清。"

春

林纾坚拒袁世凯招聘，作《拒袁世凯召聘诗》。序云："袁世凯既萌帝制妄念，先组筹安会，会中延揽前清遗老及一时海内名流，劝进一表，闻即出吾闽郭某之手。立帝号后，复畀诸遗老名流以优美闲曹，凤耳林纾之名，先后遣使至其京寓，厚币聘为高等顾问，纾屏不见，事后作诗以见志。"诗云："渐台未败焰恢张，竟有征书到草堂。不许杜征甘寂寞，似闻谢朓善文章。协污谬托怜才意，却聘阴怀觅死方（计不免者，服阿芙蓉以往，无他术也）。侥幸未蒙投阁辱，苟全他命赖穹苍。"

连横作《北望》（八首），讽袁世凯僭帝制。其一："北望风云暗，东来草木新。中原犹战斗，故国欲沉沦。岂是唐虞禅，偏生莽卓臣。黄花如可问，愁绝泪沾巾。"其二："不惜民权贵，唯知帝制尊。可怜华盛顿，竟作拿破仑。国会遭摧折，邦基又覆翻。

共和才五载,兴废与谁论?"其三:"新室当朝诏,齐台劝进笺。文人甘作贼,武士复争权。豺虎衡途卧,鲲鹏绝海骞。中宵愁不寐,翘首望南天。"其四:"玉弩滇池外,金戈越海隅。唐衢真痛哭,蔡泽愿驰驱。露布传千里,凰声遍九区。桓桓谙义士,讨贼莫踟蹰。"其五:"白马来盟日,黄龙痛饮时。登坛齐歃血,破岛待然脂。楚水连天阔,秦云入地奇。更闻巴蜀除,得失系安危。"其六:"逐鹿悲项羽,投龟哭楚灵。乌江终不渡,汉水恨难平。黄屋他年梦,丹旐故里行。凄凉洹上士,枯骨冢中轻。"其七:"日月低燕树,云霞绕汉宫。西山方射虎,南海又屠龙。击楫中流泪,麾戈再造功。群凶如不杀,终恐化妖虹。"其八:"国是虽无定,人谋自可臧。同袍争敌忾,大厦免沦亡。水息鱼龙静,风恬燕雀翔。春江无限好,濯足咏沧浪。"

杨圻居京师,作《丙辰春暮,送逊庵之辽东》(二首)、《丙辰春感》(时洪宪称帝,各省兵起)、《春江曲》(丙辰暮春)、《丙辰暮春酬李啸溪参政》(袁氏称帝,力谏不听,南归海州)、《丙辰暮春,颐和园开放游览,感赋五首》。其中,《丙辰春感》云:"四月青林润,纱窗独下帷。南风吹草暗,烈日逼花衰。春色已迟暮,幽情谁与期?景光如不爱,辛苦失欢时。"《春江曲》云:"春光忽焉老,山客惊眠起。落花深三寸,烟雨殊未已。开门扫落花,送入春江水。春江水拍天,东流千万里。水流花与俱,含情仁江涘。登楼望南国,残莺啼玉垒。日长新绿暗,吹笛春窗里。悠悠我心忧,对兹烟景美。"

吴用威为王浩书山谷诗尺幅,王浩作《谢吴屐斋藋尹为书山谷诗幅,即次所书诗韵》。诗云:"屐斋盐策调鼎工,民著五袴赜颇丰。沧江晚卧跳珠雨,钓车乞与蓑笠翁。宁思有功翰墨场,百不一见云滓空。烟霏雾结佳气葱,下笔落落明河同。乌程少年练裙逢,郇公濯锦五云风,要令香浣令纱笼。小人鄙细事渳盟,愿公开籨写万本。"又,吴用威有函至王浩,言陈三立由南京返,往南昌西山扫墓。王浩遂因事触情,深惭三年未曾省视宜春封丘公之墓庐,作《寒雨卧疾,得屐丈诗简,言散原翁至自金陵,视墓西山。伏念去先公墓次今已三年,竟不得一省视,既愧作者,行自恨也。次屐丈韵末语,用散原诗意》。诗云:"丈人涉想归来意,春入歌呼百不华。久向江南悲庾信,安从稷下着田巴。支离书几终余笑,震荡烟岚讵可涯。摇雨蟠螭人独立,极西各有隧阴花。"

昱山法师出关,太虚大师和其圆关诗。诗云:"人在永嘉天日间,点红尘亦不相关。三年牧得牛纯白,清笛一声芳草闲。"

陈伯陶设局纂修《东莞县志》。又,《宋东莞遗民录》成,陈伯陶为之序。

范罕由京归里养疴,范子愚随归南通。

杨赓笙于南洋槟榔屿作《寄内》(二首)、《题冯柳东〈杨柳岸晓风残月〉画卷》(二首)。其中,《寄内》其一:"天涯有客夜凭栏,欲写离愁下笔难。万里椰园栖老鹤,三年菱镜对孤鸾。家无储蓄衣安寄,书到灾荒泪未干。今日好兼严父职,教儿休再著儒冠。"其二："宸宸旧事怕重提，握别长亨夜惨凄。炎海鸿泥成久寄，雕梁燕垒剩孤栖。好寻膝下含饴乐，莫向机中织锦啼。两地一心犹伉俪，休听涂说盼金鸡。"《寄内》(二首)后载于 1916 年 9 月 11 日云南《义声报》。

郭沫若与成仿吾同游日本栗林园，并作《与成仿吾同游栗林园》。诗云："清晨入栗林，紫云插晴昊。攀援及其腰，松风清我脑。放观天地间，旭日方杲杲。海光荡东南，遍野生春草。不登泰山高，不知天下小。稊米太仓中，蛮触争未了。长啸一声遥，狂歌入云杪。"

郁达夫在日本结识汉文学家服部担风，常参加其所主持"佩兰吟社"定期集会，并开始在其所编辑《新爱知新闻》汉诗栏上发表旧体诗作。

任中敏转入扬州江苏省立第八中学，后考入天津北洋大学预科。

郭筠作《丙辰春，苦雨连旬，从正月至二月，余病居五十日，强起偶成》。诗云："命宫性定偏多病，却似春蚕未净思。瘦骨已怜霜后叶，嫩寒犹畏雨如丝。未成小隐空惆怅，却惜桑麻好护持。七十衰容无所恋，好将道德佐镃基。"

陈三立作《春晴携家泛舟秦淮》。诗云："融景恋佳携，门前一艇子。飘摇簪裾影，语笑满溪水。落涨纤篙楫，飞光错金紫。穿桥就欹岸，韬园差可喜。绛梅三两株，自照风日里。入馆列方物，约略溷欧美。兹地倡工商，壮图耀南纪。世改宝残遗，犹诧辽东家。返舟新月上，幽钟初到耳。十里歌吹歇，昏灯漏帘底。劫余处处迷，秃柳迎如鬼。群稚兴亦阑，傥悟盈虚理。数钱买春宵，姑饱鲟鱼尾。"

萧丙章作《丙辰春日》(四首)。其一："年来随地拓行窝，小劫沧桑惝恍过。习懒敢嫌中寿少，忘情终觉一身多。灌园病妾知贫乐，绕榻童孙辟睡魔。往事自嗟还自解，从无非处复如何。"其二："老屋残书可自娱，商量晚景乐桑榆。闲编风土诗成史，戏写云山入画图。谢客特悬花榭榻(风来堂，予有榻在焉)，携朋时醉酒家垆。旁人莫讶须眉改，剩有清狂是故吾。"其三："偶着袈裟便是僧(余喜着僧衣，子明盟弟自辛亥后易为道装，曾合撮小影)，掉头尘网一层层。百年终付无何有，万法难参得未曾。望后三宵无满月，春回九陌释坚冰。天心造化分明在，一岁荣枯一废兴。"其四："墙东辟地避喧哗，浪被人呼处士家。正月尚开秋后菊，六时不废雨前茶。模糊世事雄心已，潦草光阴暮尺加。节物难凭新旧历，还从甲子纪年华。"

唐受祺作《早春即事》。诗云："梅渐含英柳渐舒，融融春意满蘧庐。客谈也欲夸扪虱，奴戏休嗤效牧猪。近水远山情若此，清风朗月价何如。天涯极目多豪兴，遥寄论文一纸书(谓诒孙在美国寄与友人论文书回华)。"

徐世昌作《春雪宴集，次韵答郭啸麓，并简章曼仙二首》《赠楼亭樵客》《昨夜又雪，仍用啸麓韵简曹理斋、贾书农》《题砚》《初春遣兴》《春寒》《题〈红杏青松图〉》《病起至弢园》《题弢园写诗砚》《园中牡丹盛开，诗以志之》。其中，《春雪宴集，次韵答郭啸麓,并简章曼仙二首》其二:"傲岸林宗垫角巾,翩翩浊世见丰神。文章自可倾时辈,风谊犹堪对古人。深幄酒浓宜卜夜,闲庭鹤冷不知春。鸣筝摩笛知音少,律吕何因逐岁新。(众论乐律,曼仙深通此艺)"《赠楼亭樵客》云:"易水萧萧照落多,市门击筑不停歌。陇头鸦嘴锄新试,壁上龙泉剑未磨。东野诗寒吟晚雪,北山文好隐春萝。垆边酒熟呼俦侣,一局何曾烂斧柯。"《题砚》云:"雪晴云散见天青,晓日瞳瞳映画屏。几净窗明尘不起,试研乌玉写黄庭。"《春寒》云:"太行余积雪,二月尚春寒。马渴桑干冻,雕饥大漠盘。林园花信缓,狐貉缊袍宽。袅袅长堤柳,东风几度看。"《题〈红杏青松图〉》云:"昔年曾结杏松缘,满眼河山一怃然。感旧几人诗句在,晓风荒寺枣花天。"

沈汝瑾作《江南春》。诗云:"江南春到多风雨,玉尊珠勒嬉春侣。曲歌得宝窟销金,草种忘忧花解语。江山大好谁为主,六代繁华剩离黍。万紫千红化尘土,吴侬空呼奈何许。"

江子愚作《减字木兰花·丙辰春看牡丹有感》。词云:"鼠姑开了。锦幔香帏春色好。多谢东皇。花信连朝分外忙。　　雨斜风骤。笑尔称王终不久。富贵浮云。何苦繁华到十分。"

魏毓兰作《勤垦篇》。序云:"丙辰春,为清丈兼招垦总局作。"诗云:"霍伦河畔芦如雪(呼兰,《龙沙纪略》作呼伦,《黑龙江外记》作霍伦),村榆晒晚残烧热。临流筑圃几人家,篱豆离离出墙缺。鸭头菘绿鸡冠红,中有杖者主人翁。主人肃客藉石作,闲话桑麻说岁丰。翁云有田千五亩,稼多如云崇如阜。粒粒辛苦盘中飧,诉到生平伤哉某。某者穷饿少年时,蓬山犹为童子师。半簏破书炊不得,饥来驱我欲何之?买舟渤海乘风便,跋涉不厌长途倦。三年飘泊榆关东,乐土忽逢霍伦县。霍伦榛莽尚天荒,到处居人游牧场。尔时佣耕不论值,但求授田足盖藏。辛勤胼胝才五载,苦乐顿殊今昔改。人生丰啬复何常,世事由来等桑海。水流西北亩东南,稷黍满篝蔬满篮。山原凹凸皆我稼,天教老境蔗回甘。沟壑余生衣食足,在田敢忘泥途辱。稼穑艰难课儿孙,七月全诗绘幽俗。回首曩昔守蓬茅,家徒壁立无斗筲。吹箫畴进吴市食,滥竽空学东郭逃。先民有言稼为宝,此中美利须探讨。两间大利原在农,乐郊之适宜及早。况复燕赵齐鲁间,人稠地窄民食艰。如何荒徼无人间,满目田芜绿不删。迩来邻对竞拓殖,主人对此尤叹息。我闻斯语意激昂,敢告国人须努力。君不见黑龙江省多沃田,开局拓垦仅三年。捷足者得时不再,买牛负耒须著鞭。又不见昔日田价今倍蓰,致富多自力农始。转瞬寸土即寸金,大呼同胞起起起。"

陈步墀作《丙辰春日侍家子砺师登宋王台怀古》(四首)。其一:"九州南尽一台存,日落苍茫巨石蹲。天水有家沦泽国,中原无地定乾坤。侯王庙里碑留迹(《侯王庙碑》为师所撰),公主坟前金铸魂。我侍南丰来吊古,瓣香初上鲤鱼门。"其二:"穷海原来是帝乡,登临相顾总悲凉。厓门历历慈元殿,芳草萋萋官富场。一代兴亡归气运,数家迎送忆壶浆。群山万壑如今在,犹作屏藩赴宋王。"

苏泽东作《丙辰春偕叶君楚白、方君拱垣、黄君君式游宋王台作》。诗云:"嶙峋石耸翠微巅,回首诸陵一惘然。夷夏竟教分碧海,苍桑底事问青天。云屯废垒埋荆棘,日落荒山叫杜鹃。抚碣何曾能灭宋,尚留片壤纪南迁。"

黄节作《春晚,示栽甫》。诗云:"上京相见讵无贤,深语能忧更待宣。坐审乱时逾十稔,一为迁客遂三年。下脐此气今犹冒,纳手仍寒事可怜。春晚江南君所忆,定知蒲柳已含烟。"

姚光作《饯春》。诗云:"者番花事匆匆甚,回首天涯又绿阴。葬罢落红因久立,丝丝情泪湿衣襟。"

陈匪石作《六丑·送春词》。词云:"记棠阴睡稳,画烛冷、东风摇夕。燕莺泥人,瑶阶春布席。湿唾犹碧。看遍飞红影,暗中熏染,飏柳丝盈尺。波光潋滟仙源隔。袖手危阑,停车短陌。依然段家桥侧。甚愁霏一片,催酿离色。 单衣寒恻。听鹃声正急。帝子魂归否,清泪滴。名花便拟倾国。奈沈香倚罢,曲栏苔积。歌尘黦、缕金谁惜。寥落又、十载长门闭雨,翠娥头白。酴醾艳、窥向帘隙。恐晓钟、唤醒梨云梦,留香未得。(郁纡菀结)"

王蕴章作《六丑》(丙辰春尽日作)。词云:"问东风底事,送笛里、梅魂轻别。采芳后期,花开谁劝惜,一谢难折。几误仙源路,洞迷香雨,蘸绛波千尺。玉骢待指青芜国。燕絮残泥,鹃啼剩血。红心泪痕同色。但斜阳烟柳,愁绪催织。 江南消息。有庾郎赋笔。梦绕哀筝起,题恨墨。怀中锦段非昔。换年时秀句,看朱成碧。高楼望、陈云西北。不堪是、掷遍榆钱买了,好春无迹。繁华尽、还恋瑶席。怎两番、鼓吹池塘外,昏蛙闹夕。"

唐继尧作《丙辰春夜游昆明湖》。诗云:"湖天风定水漫漫,十万垂杨露未干。入世偏多出世想,静中常作梦中看。灯明画舫黄衫醉,星摘潢河玉宇寒。放眼便知沧海浅,只应狂笑老龙蟠。"

李鸿祥作《丙辰春,由粤率师北伐讨袁》。诗云:"盗国窥神器,蛙声乱九州。共和方创造,帝制起阴谋。师直威稜壮,机先智虑周。珠江爱整旅,薄海尽同仇。"

李大钊作《送别幼蘅》《送别相无》。《送别幼蘅》序云:"丙辰春,再至江户,幼蘅将返国,同人招至神田酒家小饮。风雨一楼,互有酬答,辞间均见'风雨楼'三字,相约再造神州后,筑高楼以作纪念,应名为'神州风雨楼'。遂本此意,口占一绝,并送幼蘅云。"诗云:"壮别天涯未许愁,尽将离恨付东流。何当痛饮黄龙府,高筑神州风雨楼。"《送别相无》序云:"幼蘅行未久,相无又去江户,作此送之。"诗云:"逢君已恨晚,此别又如何?大陆龙蛇起,江南风雨多。斯民正憔悴,吾辈尚蹉跎。故国一回首,谁堪返太和!"

刘大白作《自苏门答腊寄瘦红》(二首)。其一:"隔年才报故人书,似此疏狂问孰如。独恨知交多聚散,同经世变几乘除。相思东浙潮飞疾,入梦南天月落徐。追忆旧游携手处,一回回首一欷歔。"其二:"逐翠炎洲感离群,客中况味更相闻。波澜未老诗仍拙,磊块方多酒易醺。待续齐谐思志怪,偏羞蛮语学参军。亲朋强半无消息,万里贻书独有君。"

许承尧作《将回京师,连日宴集城南,即席分赠友生十首》。其一:"古泪渍襟袖,人间无此温。新诗四百字,字字梦中痕。"

丘复作《丙辰送春》(二首)。其一:"九十韶光忙里过,不知春意已阑珊。邻家祖饯争呼酒,客路魂销倦倚栏。惜别情沉来日浅,重逢容易少年难。白驹维絷嗟何及,心比黄风懒送迎。"

姚寿祁作《春日同句羽泛舟》。诗云:"晴沙短艇寄闲身,尘外来寻寂寞春。拂袂江花红欲染,覆堤烟柳绿能匀。依依坐惜华年误,惘惘浑惊物态新。照眼波光吾亦老,更堪离乱入愁颦。"

陈衡恪作《初春书怀》。诗云:"车马门前绕日明,桃符初换觉春生。却嗟雪后寒仍峭,叵耐风多耳易惊。往事喜谈知渐老,有书迟读怕无成。年年揽镜身何似,浩荡中流一舸横。"

周鹏翥作《丙辰春旅汉杂感》(时袁氏称帝)(四首)。其一:"细雨江城柳万条,丝丝情绪总魂销。百年此日关忧乐,几姓于今易市朝。狐鼠骄人能作态,风尘有剑欲凌宵。芬芳怀抱行吟客,沅芷湘兰入梦遥。"

陈箓作《库伦署斋夜坐感怀》。诗云:"仗节走龙沙,行行雪作花(乙卯六月由恰回京,九月由京来库)。两年三奉使(甲寅正月使墨,未成行,旋复使恰。乙卯夏使库),十载九离家(丁未由巴黎回国即留京)。正朔官书奉(外蒙公文已奉民国年历),冠裳上国夸。穹庐小儿女,团坐说京华。"

黄濬作《春尽日寄映厂海上兼怀石遗师》。诗云:"长安黄尘渐污人,朝士争为断毂走。送君昨过未央街,索火扣门来已后。平生映厂真解事,归趁青青江南柳。九衢日夕春亦尽,郁濯晴光定何有。褐逢禊日一临河,上巳清明遇殊偶。梁罗选胜能强欢,念子佳诗不容口。颇闻圣湖见劫灰,兵火归装石遗叟。春申林祭诗翁聚,往复诗篇几盈手。陆沈宁恤儒冠饿,日饮无何但清酒。作诗相寄幸置旁,他日终穷念君友。"

曾慕韩作《将出都门,取道上海之日本,留别曼公及诸友》(丙辰春作,时袁氏叛国,正僭帝号也)(五首)。其二:"长安大道骋骅骝,谁识贤王第一流?三刖终教宝楚璧,四愁无那看吴钩。交游旧许千秋侣,风雪还为百日留。记取他年偿夙愿,与君同泛五湖舟。"诗后跋云:"右别熊仁山君。熊君年少富才华,长于演说,闻其返川,亦郁郁死矣。"

任可澄作《丙辰春晚书怀》。诗云:"不分春来又送春,小斋景物逐时新。雨余怒草欲争路,风定娇花尚向人。坐叹华年成逝水,翻从官舍寄闲身。而今世事关情少,剩有乡园入梦频。"

徐樵仙作《丙辰春日书感》。诗云:"逐鹿纷纷事可哀,一春如梦独登台。万家血泪飞红雨,千古雄心剩碧苔。愁听江声鸣日夜,惊看草泽起风雷。会当振策衡山顶,胸际层云浩荡开。"

吴宓作《春日感事》(八首)。其一:"草绿阳回又报春,风沙蔽日海扬尘。隐忧千劫人同醉,战伐经年局再新。共器薰莸原异性,入林莺燕许相亲。桃花潭水深深恨,总为浮名误此身。"

李思纯作《春日杂诗》(八首)。其一:"曲院花枝静弄妍,蛎墙红萼破苍烟。孤怀寂寞无人识,愁在青溪翠竹边。"其二:"轻寒料峭未全销,绿皱新鳞雁齿桥。消受酿花好天气,白蘋风细茁鱼苗。"

王理孚作《春日作》。诗云:"甲子清明记未真,一番风信一番新。香车重觅来时路,宝扇难遮到处尘。芳草没堤愁落日,残花在树恋余春。忙忙应悔成何事,九十韶光老此身。"

王荣作《丙辰初春偕眷游新北投》。诗云:"春光美景又相招,挈眷同游垒块消。处处岑楼连谷底,枝枝玉蕾待花朝。温泉涌起林中雾,翠鸟传来洞里箫。万物焉知天下乱,依然日夜自逍遥。"

李毓珍作《丙辰春毕业江苏女子蚕业学校,分别诸同学》(八首)。其一:"四年同舍坐春风,朝夕观摩大有功。今日长亭分袂后,何时重话别离衷。"其二:"骊歌唱罢客将行,霸岸回头柳色明。可有汪伦来送别,桃花潭水比深情。"其三:"绮筵开处饯行程,握手依依别泪盈。十里桃花多写恨,主人情重客心倾。"其四:"风流云散别离时,水远山遥梦见之。寄语诸君须努力,将来蚕业赖扶持。"

贺次戡作《春日偶感》。诗云:"花发自年年,春光剧可怜。却妨愁绪触,不敢近花前。"

刘韵琴于春末夏初作《百字令·有感》。词云:"茫茫身世,问此生如寄,置身何处!画饼虚名难一饱,回首年年羁旅。卖赋无金,摊书有恨,赚得愁千缕。有谁知己,半生空费辛苦。 恁是意气凌云,飞声翰墨,说尽惊人语。只恐天高听不到,还道'此何须汝'!许大乾坤,较量人物,屈指才谁数。灵均凄怨,美人今又迟暮。"

濮贤姬作《丙辰春暮,济南大危,全城惊徙,书此以寄感慨》(四首)。其一:"惊闻戎马逼城西,乱叠征衫意早迷。偏是侬家行不得,万山烽火阻青齐。"其二:"鹤唳风声遍处闻,画楼西畔起愁云。绿杨消瘦湖山暗,丧乱生涯感十分。"

贺锦斋作《赞贺龙》。诗云："桑植有个贺文常,不怕猛虎和豺狼。星月奔赴芭茅溪,两把菜刀打胜仗。"

[日] 夏目漱石作《题自画》(幽居人不到)、《题自画》(唐诗读罢倚阑干)。前题云:"幽居人不到,独坐觉衣宽。偶解春风意,来吹竹与兰。"后题云:"唐诗读罢倚阑干,午院沉沉绿意寒。借问春风何处有,石前幽竹石间兰。"

[日] 白水淡作《春雪》《春日偶成》。其中,《春雪》云:"读书窗外听渔歌,三月鸡林春若何。昨夜德山多少雪,泮为琴水荡舟波。"《春日偶成》云:"杖剑担书五十年,舟车南北迹如烟。啖名本是非吾事,要学梅花气浩然。"

[日] 田边华作《春尽》。诗云:"春尽长安豪贵家,东风愁寂掩窗纱。诗人门巷绿阴底,雪色牡丹还一花。"

[日] 关泽清修作《春早,分韵》。诗云:"寒云贴水似轻绡,江上垂杨绿未摇。春早酒楼人寂寂,栏前闲却木兰桡。"

❖ 四 月 ❖

1 日 《申报》第 15492 号刊行。本期《自由谈》"诗选"栏目含《邦江春夜》(东园)、《春日苦寒》(东园)、《海滨晚眺》(东园)、《游沪上新世界》(署芸);"词选"栏目含《卖花声·湖亭送别》(东园)、《花蝶犯(九曲青溪水)》(东园)、《子夜歌(小园春去莺声老)》(东园)、《寿星明·徐广文伯匡先生五十寿词》(东园)、《卖花声·湖上暮春赋赠歌妓》(东园)、《锁窗寒·王海客,云间名士也,工诗词,笔气豪迈,韵语峭拔,是合苏、辛、姜、张为一家者。今绝响矣。余吊之五茸客,次用张玉田吊王碧山韵》(东园);"滑稽诗话"栏目,撰者为退藏轩主;"文字因缘"栏目含《沪上消寒,留别酒丐,暨同席诸君并乞赐和》(青浦□民)、《乙卯小春二十日,余与同社伯匡先生集消寒会于莲香校书家,君先成一律,次韵和之乞正》(酒丐)。

《小说海》第 2 卷第 4 号刊行。本期"杂俎·诗文"栏目含《赋示载之兄弟》(东园)、《新柳词,和酒丐韵四首》(东园)、《新柳词,叠前韵四首》(东园)、《岁暮即事》(谢冶盦)、《阳历除夕呈诸同寅》(谢冶盦)、《题〈人海风萍图〉》(谢冶盦)、《追寄绂云津门,时将赴昌延官运局差次》(谢冶盦)、《哭平湖徐大》(谢冶盦)、《旧历除夕》(谢冶盦)、《秣陵冬日》(绛珠)、《金缕曲》(实甫)、《愁倚阑令》(实甫)、《鹧鸪天(和东园平山堂之作次韵)》(鲍苹香)、《思佳客》(鲍苹香);"杂俎·弹词"栏目含《瑶台第一妃弹词(未完)》(绛珠女史著,东园润文)。

《中国实业杂志》第 7 年第 4 期刊行。本期"文苑"栏目含李文权《冬过鸭绿江》《夜车北上》《嘲安东元宝山》《五龙背温泉》《题陈慕陶〈忆菊图〉》《和陈君见赠》

《病中阅典感赋》《赴日本舟中作》《山行》《长崎车中》。

《诗声》第1卷第10号在澳门刊行。本期"词论"栏目含《张炎〈词源〉(十)》;"诗论"栏目含《渔洋诗问节录(七)》;"词谱"栏目含《莽苍室词谱卷一(十)》(莽苍);"诗话"栏目含《山藏楼诗话(七)》(乙庵);"笔记"栏目含《水佩风裳室杂乘(九)》(秋雪);"野史"栏目含《本事诗》(李逢吉、苏味道)(唐代孟棨)。另有《秋雪启事》云:"雪堂诸君公鉴,不文谬膺《诗声》编辑之选,任事以来,自问于雪堂丝毫无补,屡欲卸责免启,而又不见许于诸君子。夫既蒙厚爱,敢不勉策驽骀,恋栈至今,惟十阅月。现以公务将有远行,编辑之任,乞另举鸿才,继襄斯业,不独雪堂之幸,亦秋雪之幸也。临楮依依,不尽欲言。弟秋雪鞠躬。四月六日。"《雪堂启事》云:"秋雪君既因事辞职,本社拟召集同人公推继任,惟环顾同志,非奔走公务,即从事士商,昕夕不遑,曷克兼此,不得已将《诗声》暂停,雪堂诗课亦暂行停作。一俟江湖止沸,必继续出版,以副诸同志之望也。至于三十、三十一、三十二数课,诸君如有未交卷者,乞即寄来,仍照前址交冰雪君收可也。"

严修赴北京,住北海,晤袁氏昆弟5人及其族人冕堂之子云洲。

魏清德《愧怙先生泪墨书后》发表于《台湾日日新报》。诗云:"天演强权激烈时,读君泪墨黯生悲。题桥空有千秋志,续命难寻五色丝。不肯尤人真美德,何尝愧怙总谦词。二箴可作温公训,佑启于今洽所期。"

余达父作《二月晦日大雪叠前韵》(二首)。其一:"枯坐禅心触妙香,拈花微笑悟空王。劫灰倒凿扬昆海,星火横飞出违章。未必成蹊缘李下,何堪息景代桃僵。朝来朔雪漫天压(是日大雪甚于隆冬),不见袁安卧雪堂。"其二:"摊书伏睡掩芸香,阊阖钧天梦帝王。起陆龙蛇纷万象,入关法律约三章。公交索米饥余死,挟纩温言冻欲僵。百五韵光太迟暮,可怜春去总堂堂。"

2日 袁世凯明令公告参政院代行立法院,撤销国民总代表名义及君主立宪国体案。

《申报》第15493号刊行。本期《自由谈》"词选"栏目含《罗敷艳歌·许先生瘦蝶,文章家也,由天虚我生介绍,以〈梦罗浮吟馆诗词集〉嘱题。罗浮仙蝶,四时皆见。天虚我生,一字蝶仙,自必佳兴四时,芳名千古。瘦蝶亦以蝶名,方以类聚。尹公他之友尽端人,宓不齐之朋皆君子,余故乐为之题》(四首,东园)、《江南春·春兴》(东园)。

严修谒袁世凯于居仁堂,访袁云台于延庆楼。

方守彝作《丙辰正月二日,姚慎思芜湖来书,枉寄见怀长篇,次韵酬答》。诗云:"闲看消长异暖冷,天时略与人事并。野外老梅著花疏,风韵能傲桃李靓。自贮古春敌严寒,风雪难欺泥难泞。默参物理识其通,胜以人者天难并。腐儒枯坐有幽思,欲说无朋口莫逞。新年剖鱼得君书,大笑纵声绕梁杏。倘非岁除不得归,那可排荡诗思猛。平时短句吝和章,今惠长篇真天幸。潜窝别去怀贲初,感君未竟从远屏。冷者回暖慰情多,满纸爪泥忆鸿影。去冬一雪万人欢,尤喜我心器入静。略无尘垢看江山,止恐光明暂非永。今朝盈室照琼瑶,方叔兴来索鼓打(音定)。高吟一读一击节,喉出夜光圆不梗。直觉欢笑联一堂,讵复忧危望四境。鸠兹龙眠原非远,客感何多使人省。知君非必怅离乡,别有牢愁托酩酊。寻梅曾否见梅花?指日桃开共渔艇。"

张謇作《家书述二事,缀为小诗,寄怡儿》(二首)。其一:"昨宵家垞有书来,报道新兰并蒂开。新妇与儿晨课罢,同移花盎上妆台。"其二:"年来江北见鸳鸯,时到吾家竹外塘。烟水平安繁育易,已看八翼舞春阳。"

3 日　山东曲阜成立"经学会",孔祥霖为会长,聘讲师 6 人,常年讲经。

《春声》第 3 集刊行。本集"词话"栏目含《梅魂菊影室词话(续)》(红鹅生);"诗词选·文选"栏目含《〈现代十大家诗钞〉弁言》(吴兴王文濡均卿)、《〈明清八大家文钞〉序》(吴兴王文濡均卿)、《〈侯、魏、汪三家文钞〉序》(吴兴王文濡均卿)、《〈明清六才子文〉序》(吴兴王文濡均卿);"诗词选·诗选"栏目含《望仙桥上墓作》(傅尃钝根)、《后村闲望》(傅尃钝根)、《王仙至石笋山房途中作》(傅尃钝根)、《翠云寺在石笋山半》(傅尃钝根)、《登石笋山作》(傅尃钝根)、《十二月二十九日设祭法源寺,追记后山逝日》(黄节晦闻)、《春夜与蕳叟过小素梅阁听曲》(黄节晦闻)、《七夕园坐夜归,同蕳叟》(黄节晦闻)、《雪朝江亭,同天如》(黄节晦闻)、《题孝耕〈崇效寺楸阴感旧图〉》(潘飞声兰史)、《万生园泛舟》(潘飞声兰史);"诗词选·词选"栏目含《临江仙·万柳堂》(邵瑞彭次公)、《梦横塘·颐和园》(邵瑞彭次公)、《月华清·张园听秋》(邵瑞彭次公)、《征招·香冢在陶然亭西北小阜上,碑阴题句哀艳,予读而悲焉,系之以词》(邵瑞彭次公)、《点绛唇》(傅尃钝根)、《虞美人》(傅尃钝根)、《醉花阴》(傅尃钝根)、《金缕曲》(奚囊生白)。

4 日　《申报》第 15495 号刊行。本期《自由谈》"诗选"栏目含《酒痴招饮,醉后赋呈,时将之海上》(亚子)、《寄白丁、不识、展庵杭州》(二首,前人)。

蔡守作《丙辰寒食枕上口占》。诗云:"明朝上巳正清明,胜日偏教百感生。未放木棉寒尚在,只凭尊酒梦初成。残灯著影书千卷,长被蒙头夜几更。密幄深深聊静坐,那堪晓角起空城。"

5 日　逸社成员于沪上沈曾植寓斋举行清明修禊集会。主题以"钟""牌"为韵作诗唱和。沈曾植作《三月三日清明寓斋修禊,和庸庵钟、牌两字韵》(四首)。其一:"折简传来斗检封,高怀落落宿罗胸。皋夔事业留图本,吴越溪山寄杖筇。大好楼居宜辟谷,偶思将帅为铿钟。明河洗甲知何日?缸面乡心比酒浓。"瞿鸿禨作《三月三日清明,同在乙庵寓斋修禊,和庸庵钟、牌两字韵》(二首)。其一:"试茗香开白绢封,佳辰留客一浇胸。右军自感兰亭禊，老氏从支日室筜。义手新吟敲朗玉，钩心余勇度华钟。夜窗分与钻槐火，重醉流杯泛酒浓。"《沈曾植与瞿鸿機书》载："昨奉手教，未得即复为罪。醵用十元已足，谨缴余数五元。《上巳诗》依韵和呈，大有鳖蓬尘土气象。诵钧制，真群鸿戏海、舞鹤游天也。肃请颐安。植敏。西岩相国台席。可参观。"《瞿文慎公诗选遗墨》载："已有狻猊撄火剑，可能鹦鹉唱金牌？狂言古在今堪吐，挥麈风生四座皆。"陈夔龙作《上巳日适届清明，止庵协撰、乙庵方伯招集海日修禊，席间以诗钟牌为戏，爰拈钟、牌二字为韵，各成一律，应主人教，兼示同社诸君子》（二首）。

周庆云招集沪上愚园修禊，为淞社第廿八集，同人共22人雅集。同社多有和作，一时传诵海上，社外诸丈均遥和之。周氏又请画家陆恢为绘《愚园修禊图》。周庆云作《上巳修禊愚园，借坐洪鹭汀寓斋，并约许狷叟、缪艺风、钱听邠、刘语石、李经畦、汪符生、张让三、潘兰史、章一山、陶拙存、宗子戴、恽季申、恽瑾叔、孙益庵、朱念陶、白也诗、张石铭及鹭老令郎青立、令孙、衡孙、鹏孙凡二十二人》。同人和作：徐子昇《丙辰清明节，恰逢三月三日，晨风庐主人特假愚园宴客修禊事也。即席赋诗，用杜少陵〈丽人行〉韵，颇为人所传诵。越日，折柬示余且索和焉，率尔构此，以应雅令》、杨芃楲《丙辰上巳清明，海上寓公梦坡集同人愚园禊饮，即席用少陵〈丽人行〉韵纪事，邮寄索和，诗以报之》、石凌汉《语石吟长命题〈梦坡丙辰上巳愚园修禊图〉，用少陵〈丽人行〉原韵》、王承霖《丙辰上巳日清明，海上寓公仿永和故事，禊饮愚园，梦老属槁蟫施丈用少陵〈丽人行〉韵，歌咏其事。丈遂邀（霖）继声，谨依韵奉酬二章，藉志景仰，嗣梦老以兹会双节同辰，四美兼具，复倩写生家补图以张之，图成邮寄册纸索书，仍录前诗以报，即乞两正》、王鼎梅《丙辰上巳日清明，海上寓公仿永和故事，禊饮愚园，用少陵〈丽人行〉韵纪事，依韵奉和》、汪渊《用〈丽人行〉韵，敬和〈丙辰愚园修禊〉》）。又，周庆云作《愚园禊饮，归纪一律，用村字韵》。同人和作：汪煦《上巳禊饮归，梦坡先成一诗，次韵奉和》、白曾然《愚园禊饮归，梦老纪之，以诗步韵奉和》、刘炳照《梦坡复以叠村字韵禊饮诗索和，走笔酬之》、洪尔振《梦坡以修禊长言索和，率次奉呈》（二首）、恽毓龄《丙辰上巳修禊，即用工部〈丽人行〉韵，成七古一首，嗣读梦坡先生〈愚园归纪〉七言律诗"水边烂漫开红杏，羞与樱花并世论"二语，觉弦外有音，绅绎其旨，若有悟入处，踵和二首，未知当否》、恽毓珂《梦坡出示〈愚园修禊归纪〉诗，率和原均二章》、邵蘋青《中磊师见示〈愚园禊饮归〉，与吴兴周梦坡先生唱酬之作，承命继声。（蘋青）咏絮才疏，看花泪重，踏青拾翠，负长安水边之行；镂碧裁红，想辋川诗中之画。远闻佳句，和本难工，待展新图，附之不朽，即呈雅教，并质磊师》、白曾然《曾以〈愚园禊饮〉诗示女弟子邵蘋青，和成来质，嘉其有进步也，录奉梦老并叠韵矜之》。又，洪尔振作《上巳禊饮，梦坡作主人，即席赋赠》。同人和作：周庆云《鹭老即席赠句，次韵报谢》、李宝泷《次韵奉和上巳禊饮之作》（二首）、白曾然《上巳禊饮，鹭老即席有作，梦坡和之，余亦继声》（二首）、刘炳照《愚园修禊，和鹭汀韵》（二首）、《叠韵酬荆遗，兼呈鹭、湘二老》。又，周庆云作《满庭芳（香影围花愁）》。同人和作：白曾然《愚园禊饮，和梦老韵》、李宝泷《次梦坡韵》、刘炳照《梦坡复以〈愚园禊集图〉题词索和，重三修禊，时异永和，阳九逢罹，感深逸少；举凡邦国之珍瘁、身世之艰危，以今视昔，殆有甚焉，有心人当同声痛哭也》、潘飞声《丙辰上巳，淞社同人集愚园修禊，余既用〈丽人行〉韵，赋长古一篇，梦坡社兄复先制〈满庭芳〉长调见示索和，即次原韵请正，久未倚声，宜其生涩若是也》、汪煦《丙辰三月三日清明，晨风庐主人假愚园洪鹭汀先生许举淞滨吟社第二十八集，和杜工部〈丽人行〉韵，既各赋诗，主人复拈此调绘图，征同人和。嗟乎，天地一蘧庐也，人生一泡幻也，后之视今，亦犹今之视昔，其为感喟，讵有已时，因和此调，遂成两词，亦聊写心藏而已》、施赞唐《丙辰清明值三月三日，海上隐君周梦坡觞客愚园，先为长歌纪之，俯仰陈迹尚不能已于兴怀，复谱〈满庭芳〉词以抒哀乐，续来征和，敬步元韵》、王蕴章《梦坡属和禊饮词，依韵呈政》、宗舜年《满庭芳·和梦坡愚园修禊韵》、恽毓龄《既和〈愚园归纪〉二首，复读梦坡〈满庭芳〉一阕，觉旧恨新愁并集语外。情绪难缫，絮语不暖。双蚕作茧，敢曰同功；一夔鸣球，或希共响。效颦增丑，按拍指瑕。惟蕲大疋正之》、恽毓珂《梦坡既出示〈愚园修禊〉诗，复以〈满庭芳〉词属和，人事輶录，时局元黄，右军所谓'向之所欣，俯仰之间，已为陈迹'。舍豪弄墨，感慨系之》、吕景端《掩关谢客，与病为缘。春事将阑，古欢顿坠。晨风阁主人以〈愚园修禊〉词索和，抚时写臆，言愁欲愁，倚声为之，不自知其音之商也》（二首）、汪渊《次韵奉和〈愚园禊饮〉》、王承霖《奉题〈愚园修禊图〉》（四首）、吴承烜《奉酬梦坡〈愚园禊饮〉韵》、杨芄楲《题梦坡丙辰上巳日〈愚园禊饮图〉》。其中，周庆云《上巳修禊愚园》云："莫春之初风日新，借得名园作主人。园中邱壑画难真，裁红晕碧点缀匀。胜会今续永和春，不数名流风与麟。被愁莫辞酒沾唇，行乐须忘物外身。频年患难交相亲，兵火连天鹿逐秦。空中楼阁起鱼鳞，寒江那复罢垂纶。有书可读解俗尘，有砚可耕传家珍。纷华役志空劳神，何如一问武陵津。夹岸桃花次第巡，幕天餐露席芳茵。棹穿烟水弄溪蘋，扇摇和风飘葛巾。空山猿鹤吾其伦，洒然胸中无喜嗔。"李经畦（宝泷）作《丙辰上巳值清明节，愚园修禊，为淞滨吟社雅集，用〈丽人行〉韵》。诗云："龙华桃花照眼新（龙华寺桃花为上海胜会），吴淞杨柳翠拂人。愚园泉石景更真，楼阁窈窈卉木匀。清明上巳同日春，邀矣书王笔绝麟。莺飞草长惜佳日，行乐莫辞酒入唇。永和禊事过千载，知否当年有此身。金人捧剑不可亲，武陵无缘访避秦。且喜招邀同胜地，俊侣杂沓如鱼鳞。春阳何处不肠断，香车簪珥光纷纶。画帘茶烟扬鞠尘，郐公香厨罗众珍。兴酣落笔如有神，雄谈炙輠口欲津。山衔落日酒罢巡，平畴一碧铺芳茵。

天涯踪迹皆流藹,新亭何必徒沾巾。金谷之罚有比伦,催诗火急安敢嗔。"王鼎梅《丙辰上巳日》云:"沧海如故桑田新,山阴水曲无闲人。文章不能掩其真,陈平宰肉思沾匀。冬冬社鼓喧赛春,腐鼠吓鹓弩逐麟。颠倒黑白摇其唇,二三明哲知保身。故山自叙猿鹤亲,不美莽新不剧秦。亦不攀附翼与鳞,翛然海上同垂纶。黄冠卉服无淄尘,春光一刻千金珍。江山助兴若有神,武陵桃花引入津。流觞绕船酒再巡,鸟啼花落铺锦茵。三巡酒过风起藹,蹲蹲舞我飘裾巾。踏歌归去寻汪伦,佛言此辈情多,但无贪与嗔。"周庆云《满庭芳》序云:"人间何世,海国春残,难得清明,又逢上巳。余以是日举社愚园禊饮之乐,匪拟洛中盛衰之感。或逾逸少,长歌未尽,谱此写怀。"词云:"香影园花,愁心苏草,燕归空认巢痕。昨宵寒食,今日被残春。题遍山阴醉墨,永和后、哀乐重论。河山异,新亭举目,滴泪注芳尊。 前尘休禊事,重逢癸丑,开社淞滨(癸丑上巳修禊徐园为淞社第一集)。纵后游,无恙应瘦吟魂。多少江南旧识,怕邻笛、中夜凄闻(社中褚稚昭、汪渊若、胡右阶三君已先后谢世)。还惆怅,桃源路渺,何处避嬴秦。"施赞唐作《满庭芳(蜃簇楼台)》。序云:"丙辰清明值三月三日,海上隐君周梦坡觞客愚园,先为长歌纪之。俯仰陈迹,尚不能已于兴怀,复谱《满庭芳》词,以抒哀乐。续来征和,敬步元韵。"词云:"蜃簇楼台,蛙森陛戟,一场风卷无痕。蝶酣蜂醉,谁解惜余春。难得清流几辈,人间世、佳节评论。天教合,重三百六,诗兴鼓朋尊。 湔尘沿旧例,搴兰汀沚,蹋柳瀛滨。怕参军蛮语,搅碎花魂。更约移船水曲,休胶扰、哀乐相闻。偷闲补,西池锦绣,拈韵赌张秦。"恽毓珂《梦坡既出〈愚园修禊〉诗》云:"铜雀风高,金盘露冷,而今只剩烟痕。杨花落尽,何处觅残春。回首夕阳台榭,琵琶里、身世休论。河山在,伤心国破,人海泪盈尊。 江尘三月暮,深情似水,剪取淞滨。纵兰成,渐老未许销魂。仿佛山阴道上,听千岩、清响徐闻。园林好,扁舟海曲,把酒不知秦。"杨芄械《题梦坡丙辰上巳日〈愚园禊饮图〉》云:"叹息春来,阴晴不定,过墙蛱蝶纷纷。醉乡香国,分作两家春。今日重修禊事,琴尊外、几个吟身。聊觞咏,依然畅叙,花草助精神。 含睇看柳絮,因风起舞,莽逐红尘。渐颠狂,作态落溷飘茵。直到萍踪四散,惊怪我、却作闲人。君知否,良辰令节,难得一时新。"

曾习经与罗惇曧(瘿公)、罗惇曼(敷庵)、陈宝琛(弢庵)、陈衍(石遗)、黄节(晦闻)、陈衡恪(师曾)、梁鸿志(众异)、黄文开(孝觉)、林志钧(宰平)等,同到京城东便门外大通闸坝河修禊。时陈衡恪即席作画,为诸家所赏,晚饮于明湖春酒家。黄节作《上巳清明,同日瘿公、敷庵约集坝河修禊》,后刊于1928年7月10日《东方杂志》。诗云:"傸焉禊事过清明,同日东风候已更。北客共忘家在乱,坝河初见水漫生。压堤草树辽辽长,列坐群贤悃悃情。节物尚能分别看,乍回春烧又闻莺。"又作《清明谒袁督师墓》。诗云:"南人帅边非常功,易祀三百无此雄。英名不掩故坟在,清明野烧回青红。迩来正值国多事,蹙地万里辽东东。视明亡征系公死,季清诸将犹沙虫。

春秋内外大异义，诸夏自杀今为讧。人才由蘖亦复尽，独寻旧史追前踪。当年和议岂得已，盖欲以暇营锦中。收拾散亡计恢复，肘腋之患除文龙。遵化三屯一战衄，间关入卫宁非忠。维公志业自千祀，事去历历犹能穷。上炳日星下河岳，讵借土壤增崇隆。我来墓祭辄三叹，瞻徊惟敬堂前松（祠墓曰惟敬堂，梁药亭书）。谁令丹垩蚀风雨，乃请庙飨为迎逢。援唐宗姓祀李耳，希宋濮议跻欧公。时流无耻可足道，于公不啻莛撞钟。"陈衡恪作《丙辰上巳坝河修禊，是日为诗社第一集，赋呈同游诸公》云："今年上巳即清明，解惜春光趁此行。浅水漾川供放棹，嫩黄着柳待巢莺。倚阑自远沧州趣，觅句犹追正始声。莫道近来多客感，眼前觞咏似升平。"黄濬作《上巳清明，掞东、敷庵、众异招同坝河禊集，赋呈叟老并示同游诸子》。诗云："岁岁长安觅水滨，今年佳日最愁人。狎凫轻舸波仍浅，驻马荒坟迹已陈。名德尚存同此集，诗翁归去及残春（陈石遗师是日南行）。如山忧患真当祓，迥拟流觞恐未伦。"

易顺鼎与樊增祥、罗惇曧等邀集京师名士约百人于什刹海会贤堂修禊赋诗。

林尔嘉招集社侣在厦门菽庄花园举行上巳修禊。

《申报》第 15496 号刊行。本期《自由谈》"诗选"栏目含《酬了公》（南湖）、《六叠韵，题涤子小影并答了公》（前人）。

《妇女杂志》第 2 卷第 4 号刊行。本期"文苑·诗选"栏目含《追颂陈太师母范太孺人潜德，应书常世兄教》（王存）；"杂俎"栏目含 [补白]《浣溪沙·从刘子佩琛许得钱塘蒋霭卿〈秋灯琐忆〉，既转录入〈妇女杂志〉，复记之以词》（尊农）。

胡适在《藏晖室札记》中作《吾国历史上的文学革命》云："文学革命，在吾国史上非创见也。即以韵文而论，'三百篇'变而为《骚》，一大革命也。又变为五言，七言，古诗，二大革命也。赋之变为无韵之骈文，三大革命也。古诗之变为律诗，四大革命也。诗之变为词，五大革命也，词之变为曲，为剧本，六大革命也。何独于吾所持文学革命论而疑之？""文亦遭几许革命矣。""文学革命至元代而登峰造极。其时，词也，曲也，剧本也，小说也，皆第一流之文学，而皆以俚语为之。其时吾国真可谓有一种'活文学'出世。倘此革命潮流不遭明代八股之劫，不受明初七子诸文人复古之劫，则吾国之文学必已为俚语的文学，而吾国之语言早成为言文一致之语言，可无疑也。""惜乎五百余年来，半死之古文，半死之诗词，复夺此'活文学'之席，而'半死文学'遂苟延残喘，以至于今日。今日之文学，独我佛山人（吴趼人）、南亭亭长（李伯元）、洪都百炼生（刘锷）诸公之小说可称'活文学'耳。文学革命何可更缓耶？何可更缓耶？"

林纾于旧历清明四谒崇陵，后宿葵霜阁（梁鼎芬守陵时住处）。林纾作《丙辰清明四谒崇陵，礼成志悲》《宿葵霜阁，赠梁节庵》。其中，《宿葵霜阁》云："四年两度面葵霜，陵下衣冠泣夕阳。枯寂一身关国脉，暌离百口侍先皇。遑从竹帛论千古，直剜心肝对五常。眼底可怜名士尽，那分遗臭与流芳。"

瞿秋白回常州瞿氏宗祠,祭奠母亲灵柩,作《哭母》。诗云:"亲到贫时不算亲,蓝衫添得泪痕新。饥寒此日无人管,落上灵前爱子身。"

俞平伯游公园春禊踏青,作《丙辰上巳公园》。诗云:"未觉芳华远,年年禊玉河。漪沦留昨忆,缱绻托微波。柳意低新黛,花容发旧蛾。听琴空有契,流水问如何。"

吴芳吉抵四川忠县。时值北洋军队入川镇压护国军,吴芳吉为北洋军所虏,几乎被杀。经再三解释,始放行解脱。吴芳吉诗稿、日记悉被搜去。途中作《巫山巫峡行》。诗云:"巫峡长,巫峡高,鹃啼如怨心忉忉。老母六十儿三朝,何处得钱济腹枵?山回路转不能逃,将军如虎士如獒。白日牵缆夜持篙,石角齿齿劲如刀。山风卷地浪陡立,利刃千簇破舟腰。舟人挽舵或戒桡,横撑直刺移寸遥。上有盘空之怪雕,下有张吻之老蛟。催促人命不相饶,挖骨为脂血为膏。欲死不死仰天号,念我妻子心如熬。战场人马风萧萧,化为白骨匝蓬蒿。安得入水从鬼伯,冷风吹魂返故室。巫峡昏,巫山晚,猿啼三声肠万转。将军来时方昧旦,驱马五千兵十万。棘为鞭,铁为练。破柴门,行调遣。母伏床头避,妇惊灶下窜,缚手弃家赴兵站。老者运粮,少者肩弹。肩弹最要速,运粮不妨慢。危岩千寻,狭路如线。俯瞰深谷,怦怦目眩。目眩失足,委身藤蔓。风紧云横,飞石如霰。拔山摧木,万夫胆颤。行行复行,三日有半。鸟飞绝,人迹乱。军令严,谁能怨?夜无停宿,日无餐饭。老男呕血死,瘦男骨折断。壮男独笑言,背地指天叹:愿娘忽念,愿妻勿恋。今生已矣来生见!入山何所畏?猛虎残食人。虎不食忠孝人,将军苦吾民。"

张謇作《三月三日东西林溪成,置酒劳与事诸人于天祚山房》。诗云:"过江春暖遍闻莺,求友林间和鸟声。举锸十旬看雨决,得泥几斗与潮评。土笼秩秩齐三老,台笠招招鲁两生。聊以佳时供小醉,连舣须赌百壶倾。"

陈莘作《上巳偶成》。诗云:"连山泼翠水拖蓝,春过中春色渐酣。百岁光阴惊二六(今春六十有六),一年时节又重三。身当何代心常忘,登拟危峰脚尚堪。风浴也随童冠逐,莫嗤此老亦狂憨。"

萧亮飞作《丙辰上巳恰值清明,饮酒园中,信口吟此》。诗云:"清明上巳双佳节,杨柳桃花一赁园。身似杜陵无涕泗,满斟村酒且凭轩。"

汪兆铨作《清明日感怀》。诗云:"波涛海堧春,风雨寒食节。途人纷往来,邱垅更阗咽。马鬣三尺高,豚蹄一时列。发中自天怀,何论愚与哲。而我方赁庑,对此心菀结。松楸存想象,荆棘成阻绝。春露一以濡,神爽欲飞越。忆昨避地初,仓皇不可说。尽室行恐迟,哭墓礼已缺。当年营先陇,生圹我自设。昵就父母旁,营魂庶可接。蚤遂首邱谋,安睹厚地裂。罔生真幸免,艰虞延岁月。居夷奚敢陋,归计苦难决。且诵誓墓文,更写丙舍帖。"

王镜寰作《浣溪沙·丙辰三月三日清明》。词云:"上巳清明共一辰,嫣红姹紫斗妆新。柳风吹绉碧粼粼。　　　拾翠才经挑菜节,踏青更约采兰人。卖花声里一城春。"

江子愚作《清明》。诗云:"落红池馆燕双过,独立苍茫怅薜萝。千古清明今日少(适遇重三节),一年感慨暮春多。才人泪洒兰亭序,义士魂销薤露歌。何止艰难伤蜀道,江湖随处见风波。"

陈匪石作《甘州·丙辰春禊,是日余初度》。词云:"洗淞波醉眼向天涯,东风驻吟魂。正珠帘飘雾,钿车散曲,丛卉当门。记省承平旧事,花艳洛江滨。一片笙歌暖,容与闲身。　　　忽忽流光如梦,问燕归莺乳,换几番春。任饧箫催彻,青柳倦窥人。试轻衫、湔兰初罢,泫泪红、吹淡欲无痕。劳生恨、已消除未,把酒重论。"

成多禄作《清明》。诗云:"寒食人家话禁烟,纸钱风起卖饧天。抱山别后松楸长,泪洒清明又一年。"

刘栽甫作《丙辰上巳日清明,喉病新愈,不能远游,感作二绝》。其一:"倏到清明病亦苏,真惊荒塚盛文儒。胸中剩有巉天势,抖作尘埃塞唾壶。"其二:"墙柳新芽忽满枝,故人修禊古漕湄。独存吾舌终何用,呜咽弥天只自奇。"

沈昌直作《清明日由家至锡口占》(四首)。其一:"清明无客不思家,偏我遍舟逐浪花。风逆打头行不得,南归羡煞一帆斜。"

王荣作《丙辰清明扫李茂先生墓》。诗云:"清明上冢吊乡贤,细雨斜风黯淡天。楮帛焚飞成蝶舞,香灰化烬胜乌烟。丛丛蔓草埋荒径,蕞蕞花堆伴小川。偶念神州罹劫后,几人此日祭坟前。"

宋慈抱作《清明》(在三月三日)。诗云:"兰亭修葺留遗俗,枣县填词吊古风(柳耆卿墓在枣阳县花山,每逢清明日,邑人酹酒墓下,谓之吊柳,会见独醒杂志)。为诵水边多丽句,天涯谁是浣花翁。"

刘伯端作《蝶恋花》。序云:"三月三日恰是清明,忆梅溪词'今岁清明逢上巳',用作首句,足成此阕。"词云:"今岁清明逢上巳。天气轻狂,人荡杨花里。午梦扶头莺唤起,一春春事还余几。　　　欲减罗衣寒未退。宝帐垂垂,迭损文鸳被。昨夜酒醒今又醉,人间没个安排地。"

徐吁公作《丙辰清明独步东郊》。诗云:"未必枯于古井波,车尘剑气任消磨。江南风物三春差,客里清明七度过(客里清明,今年第七次矣)。下蔡城南迷国色,上阳门外逐明驼。冷烟疏柳诗魂瘦,闲听青青陌上歌。"

6日　龙济光被迫宣布广东独立,改称都督。次日发表独立通电。

《申报》第15497号刊行。本期《自由谈》"词选"栏目含《念奴娇·自杭至苏,由苏返沪,晤去病、勉后、天梅诸人,闻于数日前以曾偕游吴门,并得谒张公国维祠。苏之有张祠,余初未知也,填此志憾》(吹万)。

符璋作《清明纪游》七古一首。为游越生撰乃翁《志庵六十寿序》。

7日 《申报》第15498号刊行。本期《自由谈》"诗选"栏目含《沈太侔以感事诗四首，用梅村〈滇池铙吹〉韵，次韵和之》（四首，高天梅）、《七叠韵，示平泉先生》（南湖）；"词选"栏目含《湘月·偕内子泛舟西湖，遥步龚定盦韵》（吹万）。

符璋得陈伊志来信，以其太夫人冥寿索诗，寄来事略一纸，又七律四首。

8日 《申报》第15499号刊行。本期《自由谈》"诗选"栏目含《白燕》（用渔洋《秋柳》韵）（四首，方炳南）。

张维翰作《三月六日，伪郡王广东督军龙济光之子体乾，受伪帝袁世凯命，自富良江外土司地，纠众万余，涌入个旧县治，以豪商马荣、朱朝玟等为旅长，扰乱义军后方。余适任县事，首当其冲，率警察三百余人及驻军一连拼力抵御，至九日黎明，弹尽援绝，于突围前口占，命记室录寄余兄仲武为诀》。诗云："大盗终移国，天南举义旗。兴师分道出，备少后方危。竖子受伪命，江外纠群夷。乘虚忽内犯，志在窥滇池。吾适当其冲，率队与相持。我有骁勇士，彼多蛮夷儿。我无城与垒，彼有好枪支。众寡既难敌，胜负已可知。顾有守土责，安能擅自离。曾屡乞援兵，文电日交驰。翻蒙戒躁急，知为妄者欺。敌似排山来，我以独木支。拼此文弱身，与之苦交绥。血战三日夜，弹尽力亦疲。计惟突围出，苟免非所期。冀能抄敌后，冒死歼其魁。倘竟先贼死，于义亦何辞。所恨寸草心，未能报母慈。仗兄善奉养，勿告亦勿悲。但祝前军胜，正气扶纲维。民国以重光，共和万古垂。"

[日] 那智惇斋作《丙辰三月六日城学卒业生招饮，席上赋示》。诗云："同人相会忆前年，论议风生惊四筵。愧我不才无所作，健餐依旧腹便便。"

9日 符璋撰观音堂联云："随地慈云依紫竹；诸天甘露现青莲。"又得两句云："烦恼众生登乐国；慈悲我佛出灵山。"

10日 《护国军纪事》在上海创刊。由中华新报馆发行，同年12月停刊，共出5期。

《民口杂志》第2卷第11号刊行，是为终刊。本期"文苑"栏目含《和汉民君〈元日在怡朗〉韵》（豁天）、《慨时》（豁天）、《赠春台》（秋士）、《和秋士》（春台）、《晦庵以诗见寄，即步原韵奉和，并写寄葭外、渔子》（观海）、《移居月见馆摅怀》（观海）、《樱花名胜十绝》（葭外）、《感怀》（晦庵）。

《申报》第15501号刊行。本期《自由谈》"词选"栏目含《霜花腴·晚秋汛棹枫桥，和梦窗自度曲韵》（檗子）。

《东方杂志》第13卷第4号刊行。本期"文苑·文"栏目含《法源寺留春宴集诗序》（王闿运）、《上虞沙湖始建石塘碑记》（蒋智由）；"文苑·诗"栏目含《曰归暂咏（未完）》（劳乃宣）、《洗桐》（陈三立）、《擘荔》（前人）、《鉴园酒坐，送瘦唐侍御还里》（前人）、《雨中倚楼作》（前人）、《仁先侍御属题其先德大云侍御〈重游黄鹤楼图〉》(郑孝胥)、《丁默存中丞属题张力臣〈符山〉图卷》(前人)、《节庵以古灵先生焦山题名拓本寄赠，二小诗为谢》(陈衍)、《挽麦孺博》(前人)、《孤山晚兴》(诸宗元)、《晨起闻雪甚盛》(前人)、《客腊与公约诸子为邓尉探梅之约，卒卒未果，作此自嘲并寄多祝三吉林》(沈同芳)、《骤暖开梅，次日大雪》(王允晳)、《奉贻石遗先生》(夏敬观)、《人日重题春明馆》(前人)；本期另有《石遗室诗话续编(续)》(陈衍)、《餐樱庑随笔(续)》(蕙风)。

《四川教育杂志》第3期刊行。本期"文苑"栏目含《再寄山腴三首》(香宋)、《玉津先生和诗，再次韵奉寄》(香宋)、《读史三首》(香宋)、《叠前韵寄山腴索和》(香宋)、《重答山腴》(香宋)、《再赠》(香宋)、《昨诗方去，而青城石室玉津诗一日三至，适案头检昔人诗有白头讲席一首，用韵亦居疏书也，因叠次之，博一粲否》(香宋)、《次韵香宋翁再寄之作》(清寂)、《和答香宋》(清寂)、《漫题三绝句》(清寂)、《再和》(清寂)、《次韵答香宋见寄三绝》(玉津)、《吴游杂诗》(黍雨)。

《商学杂志》第1卷第4期刊行。本期"文苑·诗录"栏目含《杂言》(蒋则先)、《踏青》(易艾先)、《夔州先生庙》(易艾先)、《仲春赋寄研荪》(冯允)、《自遣》(冯允)、《夜坐》(冯允)、《春日杂感》(杜振襄)、《夜雨述怀》(杜振襄)。

11日 陈衍作《三月九日携晚峰媳妇、月采女儿、都都外孙游杭州，次日归作》(二首)。其一："杜陵眷属本浮沤，欲向湖山作小留。未及泊舟城已闭，杭州太觉似潭州。"其二："篮笋如飞松木场，吴江震泽下茫茫。此来第一留连处，五十六门桥许长。"

陈莘作《三月二日侄敦复招饮，小病未赴。是日酒后，复携其子衍生及胡甥本荣、侄孙昌坤陪塾师徐竹君兄，用昌黎〈山石〉韵纪游，复亦用韵同作。越八日造访，均出前什，各极抒写，独怅胜游错迕未与，仍用〈山石〉韵，率成一首，呈竹君并示复侄》。诗云："上除已近天寒微，阿咸招客觞催飞。吾侪真率有常会，白酒香酽黄鸡肥。平生逢山恣幽讨，方山密迩初来稀。矧添诗伯有新谊，梦饭更觉情如饥。夫何此游独缘浅，养疴正宜扃岩扉。昨朝无事喜造访，又是欲雨烟霏霏。下方遥望峰隐约，但见林霭迷周围。输君舞雩率童冠，共振千仞冈头衣。嗟予株守果何事，终岁齷龊为尘靰。瑶章见示倍惆怅，日暮学咏苍茫归。"

12日 浙江军人起义，宣告独立。陈去病应吕公望邀请任浙江都督府秘书，同时任杭州法政专门学校讲师。

广州发生海珠惨案(海珠事变)。广东都督龙济光召集民军、广西代表于广州海珠岛水上警署举行联席会议，讨论独立善后问题。因现场冲突，两广护国军代表汤觉顿、将军府顾问谭学夔(典虞)当场饮弹身亡，北路民军司令王伟、中路民军司令吴仲铭、商团领袖岑伯铸相继身亡。民军总司令徐勤幸免于难。汤、谭、王都是梁启超故友，案发后翌日，梁启超在梧州与陆荣廷向龙济光发出通牒：让出都督并率师北伐。不久，广东民军掀起"讨龙"斗争，龙济光率残部仓皇逃往海南。汤觉顿遇难，梁启超作《番禺汤公墓志铭》。半年后，梁启超与同人在北京公祭汤觉顿等海珠三烈。梁挥笔作《祭海珠三烈文》。汤觉顿（1878—1916），原名睿，又名为刚，觉顿是其字，受业康门后号荷庵，或作荷广、荷厂、荷荠、荷盦，十六岁（1894）入万木草堂，师从康有为，与梁启超同门。梁启超挽汤觉顿联云："纳公规若毫发，贻公谤若丘山，不祥如余，愿世世勿相友；尽其力为张良，洁其身为龚胜，非命而夺，疑苍苍者匪天。"蔡锷作《挽海珠三烈士》。联云："才若晨星，国如累棋，希合而支持，乃聚而歼绝；君等饮弹，我亦吞炭，与生也废弃，宁死也芬芳。"

胡适在美国作《沁园春·誓诗》，后载于 1917 年 3 月《留美学生季报》春季第1 号。词云："更不伤春，更不悲秋，以此誓诗。任花开也好，花飞也好，月圆固好，日落何悲。我闻之曰，从天而颂，孰与制天而用之。更安用，为苍天歌哭，作彼奴为。　　文章革命何疑！且准备搴旗作健儿。要前空千古，下开百世，收他臭腐，还我神奇。为大中华，造新文学，此业吾曹欲让谁？诗材料，有簇新世界，供我驱驰。"

13 日　郭则沄与许宝衡、钱能训、张姜斋、沈冕士、孟玉双集傅增湘宅，赏花茗话，品藻傅氏藏书。

蔡守作《山窗》。序云："丙辰三月十一日避兵香港，税居旺角上海街五百三十四号二楼。"诗云："碧嶂丹崖气势庞，砌云万木翠幢幢。随时著榻岚光满，冲晓入奁松影双。一饮却思卿共醉，奇愁旋觉酒难降。春风鬓影闲消受，同倚山窗忆水窗。"

14 日　康有为作《丙辰三月十二，粤海珠之变，谭典虞以奇才遭难。哀而祭之》。诗云："雄武周公瑾，英姿正妙年。孤忠心不展，沉勇气无先。百中韝难下，千间厦未完。终无一旅藉，长恨咽黄泉。"

15 日　《民权素》第 17 集刊行，是为终刊。本集"名著"栏目含《祀龙井茶神文》（花农）、《狱中聊吟记》（太炎）、《送文科毕业诸学士序》（琴南）、《拟重修苏文忠公祠堂碑》（豹珊）、《中学教授文法议》（基博）、《书松陵护葬纪略后》（望之）、《唐正义中庸与朱子章节异同考》（权予）、《上某制军书》（芝瑛）、《致冯君木书》（天醉）；"艺林·诗"栏目含《读〈后汉书〉》（袁爽秋）、《孤儿行》（章太炎）、《旧国》（蒋观云）、《镜里流光》（蒋观云）、《与张琳论事谈诗有赠，并送归省沅江》（梁节庵）、《扬州有赠》（四首，茧叟）、《晴日出游，见春柳才黄，赏之以诗》（四首，樊山）、《寄皮兼士》（郑麟度）、《寄友》（张定）、《素丝》（二首，汪渊若）、《腊月立春前一日，柬里中故友》（望之）、《友人和诗不至，叠前韵促之》（望之）、《龙华看桃花》（杨了公）、《咏雪》（杨了公）、《客次隐尘寺有感》（缩天）、《登乔川之楼霞山》（缩天）、《十月三日闻雁》（四首，天婴）、《同日在刘庄看菊》（天婴）、《腊月十八薄暮大雪喜友至》（南村）、《柬友》

（南村）、《赠韩公紫石》（四首，逸叟）、《题淮安黄瑞亭、弦山姚石青感慨酬和诗手卷》（益三）、《双门底怀古》（三首，愚农）、《登金陵凤凰台》（和李白原韵）（愚农）、《冬日学书》（寄芳）、《独居》（寄芳）、《采莲曲》（遁伦）、《喜石父来并酬惠酒》（唱庵）、《赠人》（唱庵）、《无题》（二首，佛郎）、《京口竹枝词》（四首，起予）；"艺林·词"栏目含《绛都春·观梅郎演〈明妃出塞〉，邀邵南、石甫、瘿公同赋》（樊山）、《西平乐慢·题章太守〈铜官感旧图〉》（若海）、《金缕曲·夜望西贡感赋》（公愚）、《法曲献仙音·题吴灵白女士〈看剑引杯图〉》（碧城）、《南歌子（寒意透云帱）》（碧城）、《春风袅娜（怨东风苦苦）》（小柳）、《忆江南（别离后）》（海鸣）、《添声杨柳枝（病了梨花醉了莺）》（佛郎）、《鹊踏枝（斜倚吴绫娇倦绣）》（佛郎）、《江南好·为庶祖妣安窆事往乡，舟中有感，用竹垞韵》（愚农）、《十六字令两首》（愚农）、《高阳台·题沈韦先生〈秋树读书图〉》（权予）；"诗话"栏目含《无题诗话（续第十五集）》（榴芳）、《摅怀斋诗话（续第十六集）》（南村）、《秋爽斋诗话（续第十五集）》（经生）、《退思斋诗话（续第十四集）》（庆霖）、《旧时月色斋词谈（续第十五集）》（匪石）；"谐薮"栏目含《孔方兄、墨西哥合传》（鹤眉）、《曲秀才赞（并序）》（豹珊）、《〈哈哈世界滑稽小说〉序》（起予）、《帝制取消之善后事宜》（诵芬）、《打牌新乐府》（红翁）、《筹安新乐府》（箸超）、《留学生诗话二则》（天良）、《滑稽广告三则》（老谐）、《花花室花话（续第十四集）》（花奴）。

[韩]《天道教会月报》第69号刊行。本期"词藻"栏目含《正庵甲朝》（芝江梁汉默）、《祝正庵六十一寿》（泷庵金赏培）、《前题》（香山车相鹤）、《前题》（临汕李教鸿）、《前题》（莲观张基濂）、《前题》（龙冈郑承德）、《前题》（石吾郑志喆）、《前题》（凤山李钟麟）、《万化亭园游会》（平康李冕河）。其中，平康李冕河《万化亭园游会》云："人间事事自然天，万化亭游又是天。此日春风无私意，禽鱼花木总吾天。"

16日　《申报》第15507号刊行。本期《自由谈》"词选"栏目含《潇湘夜雨·为徐仲可先生题〈湘楼听雨图〉》（檗子）。

梁燕孙接梁启超密电。梁燕孙于帝制取消后力向各方谋妥协之策，于粤、桂、滇、黔等省皆有密电往来，本月亦有接张謇复电。

夏敬观赴郑孝胥邀宴，同席有张元济、赵竹君、孟蓴孙、陈衍、高子益、高凤谦、李宣龚、萧子栗等。郑孝胥作《园花盛开》。诗云："海棠凝脂已绝伦，樱桃薄醉如离魂。粉光玉色难逼视，露华午敛腾春云。数株出檐满空雪，日光穿林雪中月。近竹高枝见碧花，便觉茶香暗蠋渴。去年恶风伤吾花，今年花事休相夸。朝朝召客立花下，空揽鬓丝对落霞。"

17日　《申报》第15508号刊行。本期《自由谈》"诗选"栏目含《八叠韵代漻子答了公》（南湖）、《九叠韵代漻子酬南湖》（南湖）、《十叠韵送了公还江南》（南湖）。

胡适作《吾国文学三大病》一文。略谓："吾国文学大病有三：一曰无病而呻。哀声乃亡国之征，况无所为而哀耶？二曰摹仿古人。文求似左史，诗求似李杜，词求似苏辛。不知古人作古，吾辈正须求新。即论毕肖古人，亦何异行尸赝鼎？'诸生不师今而师古'，此李斯所以焚书坑儒也。三曰言之无物。诔墓之文，赠送之诗，固无论矣。……余人如陈三立、郑孝胥，皆言之无物者也。文胜之敝，至于此极，文学之衰，此其总因矣。顷所作词，专攻此三弊。岂徒责人，亦以自誓耳。"

傅熊湘作《三月十五日游仙子岩，观明人萧来凤所刻梦碧泉石》。诗云："醴陵山国多仙踪，东数三狮北章龙。道观八十著有宋，异事惊倒欧阳翁（欧阳永叔记王仙御书阁，谓醴陵道观之数至八十处）。神仙渺茫不可说，山林佳趣终无穷。谁遣桃源辟渔父，乃与蜀道开蚕丛。兵戈丧乱有时有，避秦岂必皆乔松。我思此事忽奇豁，仙岩造境将毋同。深山人迹所不到，苨裘乃以萧生终。碧泉发梦饥可乐，苦竹结屋心方空（岩上旧有苦竹庵，来凤所建，久圮）。书成石气动光怪，夜半锤凿烦神工（俗传来凤书此石后，不烦锤刻而石自勒）。不知古来岩石上，几人坐啸呼长风。举头莽莽见落日，下视白云生远峰。人间此境良足惜，天亦为我留孤筇。暮色苍然不忍去，喜见皎月开朦胧。正意此时蜗两角，森然刀甲陈兵容。吾曹腰膝那足数，强走聊欲分瘰痈。名山招我亦已肆，敢以朽质贪天功。为谢山灵一挥手，作诗更与镌穷窿。"

18 日　滇、黔、桂、粤四省都督唐继尧、刘显世、陆荣廷、龙济光等以护国军军政府名义发表第 1、2 号宣言，谓袁世凯"犯谋叛大罪"，现据民国元年《临时约法》，由副总统黎元洪接任大总统资格，并领海陆军大元帅职。

《申报》第 15509 号刊行。本期《自由谈》"游戏文章"栏目含《五禽戏》（天长董筱云）；"词选"栏目含《浣溪沙·寒山寺题壁》（檗子）。

曾广祚作《丙辰三月十六日，刘建侯宴集湘社诗友于程十发宅，赋诗并赠》。诗云："弹琴海上昔移情，归听湘州万马声。山木漆流徒自寇，江花泪溅莫交兵。伤春乐伎珠钗乱，禁夜金吾甲仗明。惟有书堂青玉案，篇篇锦段似连横。"

陈昌作《月下怀友》。诗云："中原方逐鹿，东海又扬波。为问幽燕客，何时一枕戈？"

19 日　南社临时雅集于上海徐园，庞树柏、徐宗鉴、高旭、钟英、汪文溥、朱少屏、孙鹏、周珏、钱永铭、陈家鼎、周宗泽、张一鸣、陆峤南、拓泽宾、赵世钰等 16 人即席。

《申报》第 15510 号刊行。本期《自由谈》"诗选"栏目含《答亚子二首》（鹓雏）。姚鹓雏《答亚子二首》其一："十年结客场，流辈畴足数。读君诗与书，谓我用心苦。我侪社木樗，于世良鲜补。谁知磊砢性，槎枒出肺腑。向来轻教学，谓是搬薑鼠。失意聊用此，束缚讵所许。想见一青毡，苦吟相尔汝。譬如曳尾牛，牵率就尊俎。坐看举世上，名成竖子竖。"其二："沧海自横流，初非人力使。废兴自在运，岂必自衍起。

我持庾郎言,聊逆忧天子。知君澄清志,书生大言耳。宁当物外才,亦角世儿嘴。不如言情作,言绮具至理。沉浮风月中,请事斯语矣。"

屈映光电北京政事堂,请释章太炎、褚辅成。

方廷楷《论诗绝句百首》刊于《民信日报》。

闻一多《二月庐漫纪》刊于《清华周刊》第73期。全文16篇,系读书札记。闻一多早年"闲为古文辞,喜敷陈奇义,不屑屑于浅显"于兹可见。

华世奎作《双烈女一百韵》。序云:"南皮张绍庭,挈妻金氏来天津,挽车自给,有女二。北里戴,富有者,闻其贫,谋诱致二女,诡遣媒,为长子求妇。会绍庭丧所赁车,听媒言,聘金所得,偿所失也。许之次女。无何,绍庭死,戴遣妻马往说金,迎与同居。居数月,金洞烛其隐,他徙。戴止长女弗遣,而相遇益虐。寻夺归。戴讼金悔婚于官曰:'长女长妇也,次女次妇也。'官判属次于次,长则否。戴不服,伪为婚券,二上诉,乃一依伪券行判定。二女同饮毒。死时,丙辰三月十七日也。爰次其事,纪之以诗。"诗云:"世运有升降,天理无盈亏。大坚终不磷,大白终不缁。张家有二女,寄居沽水涯。幼者十四龄,长只长三期。父死家益贫,贫无地卓锥。佐母以十指,聊此忍寒饥。湫隘门近市,曾未逾阃嬉。生小慕芳洁,懿德乃秉彝。方其父在时,迂懦为人欺。误以季女身,轻许戴家儿。孰知所业贱,出言驷莫追。孰知所望奢,得陇蜀并窥。何物胆弥天,鬼蜮驰阳曦。助有长舌妇,簧鼓鸣村鹂。垂人孤又寡,巧诱言如饴。枯鳞难得水,驯蹄易受羁。果然入我彀,嗒焉寄人篱。薰莸俨同器,郑雅终异宜。礼貌犹未衰,形迹已可疑。郁郁久居此,心颜殊忸怩。雪来柳已往,脱身出险巇。险巇不可脱,幽闭我伯姬。一朝母返顾,面目枯且鸒。女哭向母诉,苛虐匪所思。强揉直使曲,欲削觚就规。喜则饵粱绣,怒则威鞭箠。须臾势难忍,有计宜早施。不然白莲花,将落淤泥池。女言恨切齿,母闻痛刺肌。行行重行行,奔命何辞疲。河东狮忽吼,追我攫我颐。幸缨冠而救,乃突围而驰。黄鹤去不返,鼠雀牙角楮。一讼情犹平,再讼冤已滋。亦曰婚有据,证有媒可咨。孰一而二之,孰虚而实之。胸无秦王镜,何以为士师。举世谈新理,官箴久骈枝。愈变法愈坏,愈尊心愈私。敢犯千夫指,而徇一面词。谬使苔与华,顺协埙与篪。是非一颠倒,铁案山不移。有天无日月,全局皆盲棋。既以翼附虎,遂欲珠探骊。鸩媒前致词,剋期双结褵。先礼后兵继,不从庸有裨。贤哉小姊妹,铁石盟心脾。誓与玉同碎,不甘金有疵。匣有然灯燐,瓶有浓酒脂。背母和以饮,一饮人一卮。晨兴执炊爨,从容犹昔时。亭午母出归,神色顿支离。母始恍然悟,往复觅药医。女曰母毋然,好丑争毫厘。妹渴偶呼水,姊犹恐死迟。正色懔难犯,两心坚共持。携手九重泉,其乐也怡怡。姓字满城香,万口齐声吹。此曰无源醴,彼曰无根芝。一为考世系,宗派出南皮。南皮旧勋阀,代有簪缨贻。或登宰辅录,或纪表忠碑。玉堂或金马,保障或茧丝。一人远离乡,辗转丧其资。将车已宁戚,恤纬又周嫠。藉非二女贤，孰为联宗支。岂惟联宗支，益以壮门楣。无亦祖德懋，埋久发愈奇。嗟嗟世俗人，所见一何卑。每为育男喜，多因生女悲。丈夫志四方，若是大有为。国家幸无事，得地皆皋伊。即遇沧桑变，何物不龙彨。不义富且贵，大戒垂宣尼。墨翟悲丝素，杨朱泣路歧。芳不千古流，臭或万年遗。有女今若此，巾帼雄须眉。是以古有云，闺门王化基。礼重内则篇，风黜桑中诗。我邑滨大海，繁庶百临淄。民风义以侠，女德纯无漓。昔者费宫人，袖刃屠凶魑。美行踵相继，旌节花纷披。一自海禁弛，顿使礼俗衰。无问南山妹，或为北山姨。手挟一束书，衣巾杂缟綦。逐队游街衢，有如云祁祁。翻谓行多露，腐说隔宵廱。雨雪霰先集，涓流成漫㳽。防身甚防川，胡为泽不陂。不砥柱峙中流，双峰何嶔崎。为天留正气，为国张四维。森森贞女墓，巍巍节烈祠。观者如墙堵，趾错肩为随。高官荐俎豆，武夫搴旌旗。讴歌磬竹帛，瞻礼来羌夷。丰碑矗原野，青史昭来兹。荣莫荣于斯，惨莫惨于斯。表扬吾有责，风化谁之司。罪人不可得，此恨无穷期。"

20 日 宗社党善耆等人在日本人支持下募集"勤王军"千余人，以日本军人和浪人为骨干，在旅顺营城子练兵，伺机骚乱。

《申报》第 15511 号刊行。本期《自由谈》"词选"栏目含《念奴娇·为歌者朱郎幼芬赋》（檗子）、《虞美人·戏赠雏鬟佩青》（檗子）。

《大中华》第 2 卷第 4 期刊行。本期"文苑·诗"栏目含《七夕立秋作》（湘绮）、《黄田夜泊》（湘绮）、《丞侯至京，以〈愙伯师遗集〉属为校定，中有〈癸巳中秋夜琐闱怀云门奉中〉之作，感怆之余，敬次元韵》（樊山）、《叠韵题〈越缦堂集〉》（樊山）、《王君镜航曾赋诗慰余不死，顷又和丑字韵诗相慰，感其用意，因叠韵奉报一首》（一厂）、《书樊山〈湘筠曲〉后》（一厂）、《立春日超社十九集，宴涛园宅》（伯严）、《余过南昌，留一日渡江来山中，适闻胡御史亦至，有任刊豫章丛书之议，赋此寄怀》（伯严）、《春宵》（乙卯）（仲涛）、《阅述学感赋》（仲涛）、《饮王天木酒楼》（仲涛）、《外国花园观运动会》（仲涛）、《友生出诗稿观之，其所居左右，吾三稔前离合悲欢处也。因为此，以写吾思而慰其遇》（仲涛）、《三月二十六日张园作》（仲涛）；"文苑·词"栏目含《金缕曲·为欧阳石芝题其亡母〈朱太宜人往生传〉后，时余亦居母丧》（桂伯华）、《前调·题〈胡保华夫人诗集〉》（伯华）。

《学生》第 3 卷第 4 号刊行。本期"文苑·诗"栏目含《落花》（广州省立惠州中学校四年生魏佐国）、《月夜登合江楼》（广州省立惠州中学校四年生魏佐国）、《读明史》（广东东莞第一中学校学生俞辅民）、《哭娴妹诗》（上海复旦公学中学科学生杨颖）、《法源寺丁香会（有序）》（北京公立第四中学校四年生易家钺）、《题〈陶渊明采菊图〉》（广州市第二高等小学校学生李蕃馨）、《思亲》（浙江第四师范学校二年生陈忠谏）、《舟中即事》（广东女子中学校四年生潘桐卿）、《挽同学张君卓凡》（上海民立中学学生胡长风)。

郁达夫作《三月十八夜寄木津老师》。诗云:"日抱虫鱼伏茂陵,旁人争笑客无能。吟诗未就先研墨,看月初升故灭灯。野泽夜深闻鹤唳,高楼春暖解壶冰。明朝欲待游仙去,自草蕉书约老僧。"

[日] 久保得二作《三月十八日,中村背水设令尊黑水翁赠位祭于东台精养轩,予以累世之谊列席末,乃赋此以奠》。诗云:"濂洛性理穷渊源,翻以皇道为本根。毕竟通儒贵实用,可无遗泽千古存。闻说先生丱角日,一家穷饿俱衔冤。孤村谪居夜读处,破窗风雪灯火昏。十年值赦亲不在,北邙风树声泪吞。负笈茗黉锥刺股,刘峻力学才孤骞。知音谁若林祭酒,夺席每举经义论。进德馆里弦诵盛,一时文物凌群藩。时乎日非风云惨,羽檄旁午多讹言。劝王大义警当世,丹心誓欲护帝阍。坤舆形势如指掌,万邦要仰扶桑暾。独撼宗壳志空老,目断沧海鲸涛奔。一朝龙飞政复古,杀气消尽豁乾坤。生逢清时吾事足,泥涂笑视轩冕尊。从是稳卧草庐里,操觚摛藻避世烦。万轴琳琅入秘府,永传乃父心血痕。绛帐依旧书声静,春风桃李花满门。解诗郑婢闲侍座,朱颜白发笑语温。家君少时亦受教,通家谊旧情弥敦。胶序同职相倚重,褰修卜吉为定婚。识面无缘吾生晚,桑梓曾听舆颂喧。何须辛苦探轶事,俨然典型在儿孙。去岁登极方修礼,凤诏新下旌闾门。料知英灵长不死,泣拜海岳天家恩。此日东台设斋宴,微雪初霁春放暄。林树欲花莺出谷,依稀风光忆故园。玉楼何处云漠漠,坛前拜跪荐绿樽。拟唱哀些歌一曲,遥招先生天上魂。"

21日 袁世凯申令恢复内阁制,依约法制定政府组织令,委任国务卿总理国务、组织政府,各部总长皆为国务员,同负责任。同日,公布《政府组织令》,凡7条。

《申报》第15512号刊行。本期《自由谈》"诗选"栏目含《十二月二十九日设祭法源寺,追记后山逝日》(黄节)、《春夜与蔺民过小素梅阁听曲》(黄节);"词选"栏目含《浣溪沙·以下和雪耘鞭影楼词十四阕,次元韵》(傅尃)、《卜算子(寒月转三更)》(傅尃)、《采桑子(西风吹断相思泪)》(傅尃)。

沈曾植作《董文敏诗卷跋》。跋曰:"辛酉为天启元年,是先生自山左学使乞归家居时作也。是时当已奉太常之召,而春季尚未北行。是岁先生六十七岁,余今年亦六十七岁,无意中得此卷,检谱疑年,适然巧合。今日为谷雨后一日,而诗云'昨日正逢谷雨',尤一奇也。尘世难开笑口,兵警声中,聊复借以婆娑永日。丙辰三月,寐叟记于沪上海日楼中。"

22日 袁世凯准徐世昌辞国务卿,特任段祺瑞继任,组织内阁。次日任命段祺瑞兼陆军总长,陆征祥为外交总长,王揖唐为内务总长,孙宝琦为财政总长,刘冠雄为海军总长,章宗祥为司法总长,张国淦为教育总长,金邦平为农商总长,曹汝霖为交通总长,王士珍为参谋总长。段祺瑞新内阁宣告成立。

[日]久保得二作《阪本天山先生亦有赠位。三月二十日,旧藩主内藤子爵(赖辅)设祭,并告诸祖庙,(得二)陪席,乃赋此》。诗云:"凤凰须栖梧桐树,百里固非大贤路。穷达有命竟如何? 果然先生亦不遇。精该学殖冠一时,宁屑寻常章句师。闲居聚米讲阵法,胸中甲兵韬略奇。红夷火技世无匹,弱冠学得入其室。镇城巨炮旋转台,机巧总从妙思出。曾游南纪观捕鲸,乱涛山立飞舸轻。昆明习战何足拟? 水军进退多发明。末阳当日困庞统,一朝笑掷芸香俸。绝似孤鹤出樊笼,江湖从是游目纵。晚寓琼浦熟华音,九经真义仔细寻。虞卿著书柱矻矻,仍剩夙昔报效心。飞鸢岛上观兵处,戈戟映日天初曙。炮声卷起紫海波,指挥如意自容与。旅食多年鬓有霜,一坏黄土又异乡。空传故老口碑在,仪表酷肖关云长。平生教人期成器,叹息举世安无事。只幸门下俊秀多,延之雄藩缮兵备。攘夷诏下文久年,要教国威宇内宣。巨弹容易摧虏舰,赤马关云樱岛烟(先生所创炮术,世称天山流。其西游,过长州,藩士多就学者。其在长崎,萨人亦有传习者,共秘之。后年,萨长两藩炮击外船,实用其术)。环海飞警逐年急,万户之封芥可拾。醉魂骑鲸杳无踪,于今追慕泪仍湿。天家畴昔录伟功,一封紫泥下凤宫。桂醑列筵此设祭,又拜遗墨钦英风。盖棺论定美难掩,海西犹存祠堂俨。始识秀灵生伟人,万古信山青如染。"

23日 潘之博卒于香港。潘之博(1874—1916),初名博,字若海,亦字弱海,广东南海人。少不喜举子业,尝从军广西,稍长,受业于康有为,与同门麦孟华齐名,有"粤两生"之目。官于民政部,旋客上海。民国三年(1914),冯国璋慕其名,延入江苏都督幕府。袁世凯欲称帝,之博与孟华在冯幕,共策划联络各省倒袁。袁知其事,怒命严捕,乃避往香港,呕血死。著有《弱庵词》。叶恭绰称其"为词孟晋,思深力沉,天假以年,足以大成,惜哉!"(《广箧中词》)。钱仲联《光宣词坛点将录》点其为"地奇星圣水将单廷珪"。康有为汇刊其与麦孟华之作为《粤两生集》。生平事迹见潘其相《先府君行述》。

严修闻荣相(荣庆)已殁,往哭之,作挽联云:"同年踪迹近多疏,惟我两人特亲密;今日生存良不适,如公一瞑最安舒。"荣庆(1859—1916),字华卿,鄂卓尔氏,蒙古正黄旗人。光绪九年(1883),会试中式。十二年(1886),成进士,以编修充镶蓝旗管学官。累迁至侍读学士、蒙古学士。迁转迟滞,荣庆当引见,或讽以乞假,谢曰:"穷达命也,欺君可乎?"居三年,擢鸿胪卿,转通政副使。简山东学政,丁母忧。二十七年(1901),擢大理卿,署仓场侍郎。和议成,奉命会办善后事宜,兼政务处提调。二十八年(1902),授刑部尚书。大学堂创立,命荣庆副张百熙为管学大臣。百熙一意更新,荣庆时以旧学调济之。寻充会试副考官、经济特科阅卷大臣。调礼部尚书,复调户部。拜军机大臣、政务大臣。荣庆既入政地,尤汲汲于厉人才、厚风俗。三十一年(1905),协办大学士。是冬,改学部尚书。明年,充修订官制大臣。寻罢军机，专理部务。德宗上宾，充恭办丧礼大臣。宣统元年（1909），以疾乞休，温旨慰留。调礼部尚书。孝钦后奉安，充随入地宫大臣，恭点神牌，晋太子少保。三年（1911），裁礼部，改为弼德院副院长。旋充顾问大臣、德宗实录馆总裁。国变后，避居天津。卒年五十八，谥文恪。著有《蜀游草》《荣庆日记》《师友渊源录》《茜园同人集》等。

《申报》第15514号刊行。本期《自由谈》"游戏文章"栏目含《杂铭》（四首，泗滨野鹤）、《自由女子赠姚鹓雏诗》（胡寄尘代笔）。

24日 《申报》第15515号刊行。本期《自由谈》"诗选"栏目含《步访道一松江城西有作》（鹓雏）、《七夕园坐夜归，同畲叟》（黄节）；"词选"栏目含《转应曲》（四首，傅専）、《点绛唇（一叶飞红）》（傅専）、《虞美人（良缘徜觊天排定）》（傅専）、《醉花阴（过尽斜阳天欲暮）》（傅専）。

25日 《申报》第15516号刊行。本期《自由谈》"游戏文章"栏目含《戏拟自由女子致胡寄尘君书》（泗滨野鹤）、《戏代姚鹓雏君答自由女子次均》（前人）；"诗选"栏目含《偶成》（四首，晦闻）。

《小说月报》第7卷第4号刊行。本期"文苑·诗"栏目含《将别山庐有忆瞿相国，往与相国过里上冢，同时发沪渎，且约同还，期冀获遇于江舟云》（散原）、《雨夜》（散原）、《雨霁游孝陵》（散原）、《蓝石如所藏史忠正负笈砚》（散原）、《海藏楼杂诗（续）》（太夷）、《同陈伯严徐园石皋纳凉》（映庵）、《陈子言晓过林居》（映庵）、《女明明生》（映庵）、《寿萧畏之》（公约）、《重有所感，复赋一律示诸子》（长木）、《一念》（长木）、《甲寅夏旱，六月十一日雨，十二日又雨，用东坡次〈章传道喜雨〉韵，简韩巡按》（炊累）、《南江逸民》（壶盫）、《送蘅意还里二首》（屐斋）、《讲经会，偕谛闲法师夜归》（暾庐）、《贞长寄诗，有感旧语，次韵谢之》（南琴）、《自海外沿两粤入滇，登最高山感作》（越南遗民黄精海）；"传奇"栏目含《双泪碑传奇（未完）》（吴梅）；"最录"栏目含《滑稽小史（续）》（夏静志）、《漤门旧巡检署题壁》（云五）、《念奴娇·春晚》（集成句）（诗圃）、《壶中天》（集成句）（诗圃）、《行香子》（集成句）（诗圃）、《明妃》（琴仙）、《梅花》（绛珠）、《怀人诗五首（有序）》（绛珠）、《菩萨蛮·用西堂韵》（绛珠）、《菩萨蛮·七夕》（贞卿）、《前调·次庄之女士韵》（贞卿）、《巫山一片云·扬州怀古二阕，用尤西堂韵》（秋白）、《和黄先生守朴六十述怀，次韵四首》（东园）。

《中华妇女界》第2卷第4期刊行。本期"文艺"栏目含《随园女弟子轶闻（未完）》（附作者像）（崇明施淑仪女士来稿）、《初夏》（吴斯玘女士）、《书怀》（吴斯玘女士）、《夜坐》（吴斯玘女士）、《和孟微》（范姚蕴素女士）、《静坐》（赣县萧瑊女士）、《示牡丹》（前人）、《送春》（前人）、《嘲海棠》（前人）、《减字木兰花》（郭坚忍女士）、《满江红·自题停琴拔剑小影》（前人）、《蝶恋花·题〈麻疯女传奇〉后》（陈海梅）、《青玉案·题〈麻疯女传奇〉》（陈鸣则）、《张世拯传》（南通金沙市立女子两等学校校长孙傲女士)、《锡善堂教子记》(闽侯林传甲敬述)。

26 日 易顺鼎、樊增祥吊唁女伶金玉兰之丧,扶棺大恸。

27 日 《申报》第 15518 号刊行。本期《自由谈》"沧浪余韵"栏目含《小鹿樵室诗话》(吴遇春);"诗选"栏目含泗滨野鹤《杂感》(泗滨野鹤)、《小雨》(前人)、《赋呈姚鹓雏先生》(二首,前人)。

孙中山由日本返抵上海。

盛宣怀卒于上海。陈三立撰墓志铭。郑观应作挽盛宣怀联云:"忆昔同办义赈,创设电报、织布、缫丝、采矿公司,共事轮船、铁厂、铁路阅四十余年,自顾两袖清风,无惭知己;记公历任关道,升授宗丞、太理、侍郎、尚书官职,迭建善堂、医院、禅院于二三名郡,此是一生伟业,可对苍穹。"盛宣怀(1844—1916),字杏荪、杏生,号愚斋、次沂、补楼,晚年自号止叟,祖籍江苏江阴,生于江苏常州,死后归葬江阴。1870 年入李鸿章幕,协理洋务。被誉为"中国实业之父""中国商父""中国高等教育之父"。历任工部左侍郎、红十字会会长、邮传部大臣。武昌起义后亡命日本。著有《愚斋存稿》。

28 日 由许兰洲策动,黑龙江省宣布独立,举许为督军,朱庆澜被迫辞职。

29 日 《申报》第 15520 号刊行。本期《自由谈》"诗选"栏目含《雪朝江亭,同天如》(晦闻)。

高尔登《得广西独立电》(二首)、《三月十七日夜偕韵松在龙潭督战,闻一夜雷声。翌日粤西举义电至,而方韵松、张藻林两军在龙潭、皈朝皆大捷》《随师东征,赋呈协和军长》(二首)载于《义声报》。其中,《得广西独立电》其一:"一电飞来气象雄,三军齐唱陆都戎。老成原有深谋算,垓下终看信越同。"其二:"几度望君君不应,果然豪杰不同人。将军故显盘弓巧,片羽驰回大地春。"《三月十七日夜偕韵松在龙潭督战》云:"轻雷一夜未停轮,晨起看山遍野新。豹变东邻才践约,鸱张北虏已潜身(松坡来电泸州贼兵忽退)。河阳一战中兴汉,谢傅千骑遂破秦。明日粤西江上去,无穷春色慰征人。"《随师东征》其一:"千军簇拥出昆明,一片黄云识将旌。北地沐猴犹自帝,中原父老已郊迎。惭将扪虱希王猛,会看收京伏邺卿。他日功名羊叔子,春寒先试带襚轻。"其二:"宗国沉沉可胜忧,漫游湖海几经秋。千年蓬岛屠龙技,一战昆阳斩莽头。武惠勋名缘尚德,绛侯醇谨竟安刘。摧奸杀贼男儿志,不捣黄龙誓不休。"

张謇作《有事往江南,十日耳,中间风雨连作,归苑,牡丹垂尽矣,怆然有作》。诗云:"层坛新蕊乍参差,小别归来花已非。三月光阴随雨过,一春期望与人违。入门犹觅残苞数,命酒空思步障围。芍药正胎兰尚半,慰情强与对斜晖。"

30 日 《申报》第 15521 号刊行。本期《自由谈》"诗选"栏目含《答刘三》(鹓雏)、《五日书感》(前人);"词选"栏目含《西河·姑苏,古用片玉韵》(叶玉森)、《高阳台·楚伧泛舟分湖，寻午梦堂遗址不得，作〈分堤吊梦图〉以寄慨，此解为题》）。

洪尔振作《三月二十八日都益处醵饮，呈同座诸君》《酒后归途，复成一律，录呈诸子》。同人和作：周庆云《醵饮，奉和鹭老原韵》（二首）、钱绶棨《鹭公属和〈醵饮〉〈归途〉两律，率次原韵》、宗舜年《感事，用鹭老即席韵》（二首）、李传元《同人醵饮于小花园都益处，鹭翁有诗纪事，依韵奉和》（二首）、《前和诗意有未尽，立夏前一日，复作二首》、刘炳照《雨窗独酌，适奉梦坡〈酒楼纪事〉诗，率次原韵》（二首）、李宝洤《感事，和鹭汀韵》（二首）。又，洪尔振作《杂感，倒用前韵》（二首）。周庆云和《鹭老以〈倒叠原韵杂感〉诗见示，依韵奉和》（二首）。又，洪尔振作《醵饮，听客谈时事率赋》。同人和作：李传元《奉和鹭汀先生〈感事〉之作》、周庆云《感事，叠韵奉酬鹭老》（二首）、恽毓龄《鹭老见升吉帅书扇，感事赋诗，即和原韵》（二首）、恽毓珂《鹭老见升吉帅书扇，赋诗感怀，即和原韵》（二首）、宗舜年《次韵鹭汀见升吉甫督都部日本诗扇有感》《重有感，次前韵》、钱绶棨《和鹭汀丈，用某公日本题扇韵》《再叠韵，和洪、宗两丈作》、刘炳照《和鹭汀〈感事〉二律，用元韵》（二首）、李宝洤《次韵奉和鹭汀〈感事〉之作》（二首）、蒋兆兰《和〈感事〉诗韵，写寄梦坡》。其中，洪尔振《三月二十八日都益处醵饮》云："河山碎破鬓婆娑，怅触崦嵫莫返戈。高岸竟成深谷变，沧溟争奈野桑多。天开旷劫忘倾柱，客看残棋任烂柯。强拾坠欢应破涕，相将一醉入烟萝。"周庆云《鹭老以〈倒叠原韵杂感〉诗见示》其一："槐安梦幻警檀萝，棋局人闲又烂柯。天地不仁刍狗贱，河山无恙劫灰多。珠光终古韬随掌，兵气连年砺兑戈。海内风尘消未得，唐家都督几鹰娑。"宗舜年《次韵鹭汀见升吉甫督都部日本诗扇有感》云："衣边密诏箸边雷，剑底徘徊自引杯。忍死幸留三户在，抚髀莫叹二毛催。秦庭洒泪师原壮，舜水行吟事可哀。薪突千言传谏草，孤根深惜济屯才。"

张謇作《晨起喜雨止》。诗云："雨已郊原足，天犹暧霴阴。殢花怜客眼，养麦慰农心。山气梢云靓，林烟覆水深。忘机相对处，只有旁檐禽。"

[日]白井种德作《四月三十日偶作》。诗云："微雨洗尘壒，闲园幽趣增。梅花看殊好，可惜座无朋。"

本 月

《南社》第16集出版。柳亚子编辑，收文117篇、诗842首、词133首。本集"文录"栏目共收录117篇，含景定成（四篇）：《与柳亚子书》《再与柳亚子书》《三与柳亚子书》《四与柳亚子书》；马和（一篇）：《与朱屏子书》；林学衡（一篇）：《梅花同心馆词话自序》；蒋信（二篇）：《题〈分湖旧隐图〉后》《与柳亚子书》；宋教仁（一篇）：《与刘羹臣书》；张通典（一篇）：《宋钝初谏》；易象（二篇）：《与柳亚子书》《再与柳亚子书》；郑泽（一篇）：《傅公慎吾墓表》；傅钝根（一篇）：《族节孝罗孺人家传》；黄钧（二篇）：《〈邹砚农遗稿〉序》《与柳亚子书》；刘谦（二篇）：《与柳亚子书》《再与柳亚子书》；潘世谟（一篇）：《与柳亚子书》；程善之（二篇）：《与柳亚子书》《再与柳亚子书》；王横（一篇）：《与柳亚子书》；胡韫玉（一篇）：《〈古今笔记精华录〉序》；胡怀琛（九篇）：《跋〈汪南溟尺牍〉》《〈兰亭集〉跋》《〈变雅楼三十年诗征〉序》《与朱味诚论文书》《与杨白民书》《与王尊农书》《与柳亚子书》《再与柳亚子书》《三与柳亚子书》；李光（四篇）：《与陈穉兰书》《与柳亚子书》《再与柳亚子书》《三与柳亚子书》；程苌碧（二篇）：《听英国古乐记》《与胡朴庵论文书》；杨铨（一篇）：《送梅觐庄之哈佛序》；王时杰（一篇）：《与柳亚子书》；徐自华（一篇）：《故王翁墓碣铭》；沈砺（五篇）：《〈变雅楼三十年诗征〉序》《〈柳溪竹枝词〉序》《姜石琴先生暨淑配赵太君双寿序》《〈分湖旧隐图〉记》《与柳亚子书》；周斌（三篇）：《〈顾氏族谱〉序》《〈柳溪竹枝词〉自序》《〈水村第五图〉记》；李云夔（一篇）：《母氏朱太君七十寿辰征文启》；李拙（一篇）：《与柳亚子书》；谭天（一篇）：《李母朱太君七秩颂词》；钱厚贻（一篇）：《王雨生先生六十寿序》；张传琨（一篇）：《蔡纪常君事略》；郑之章（二篇）：《哭张含章文》《范氏姑家传》；潘有猷（二篇）：《书朱梅崖〈兰陔爱日图〉记后》《原弊》；王文濡（三篇）：《〈中华历史地理大辞典〉序》《〈明清八大家文钞〉序》《华吟梅女士传》；张廷华（一篇）：《〈香艳丛书〉序》；赵泽霖（一篇）：《与柳亚子书》；王毓岱（二篇）：《石交亭记》《印泉记》；丁三在（一篇）：《与柳亚子书》；丁以布（二篇）：《祭宋遁初先生》《〈梅陆集〉跋》；程宗裕（一篇）：《与柳亚子书》；顾平之（一篇）：《杨季荦诔》；马汤楹（一篇）：《〈纯飞馆词选〉小叙》；潘普恩（一篇）：《〈三子游草〉跋》；陈无用（十篇）：《与姚石子书》《与柳亚子书》《再与柳亚子书》《三与柳亚子书》《四与柳亚子书》《五与柳亚子书》《六与柳亚子书》《七与柳亚子书》《八与柳亚子书》《九与柳亚子书》；陈无名（八篇）：《与六弟越流书》《与柳亚子书》《再与柳亚子书》《三与柳亚子书》《四与柳亚子书》《五与柳亚子书》《六与柳亚子书》《七与柳亚子书》；陈无私（一篇）：《与柳亚子书》；陈檡（十二篇）：《春航谭自叙》《与柳亚子书》《再与柳亚子书》《三与柳亚子书》《四与柳亚子书》《五与柳亚子书》《六与柳亚子书》《七与柳亚子书》《八与柳亚子书》《九与柳亚子书》《十与柳亚子书》《十一与柳亚子书》；徐道政（四篇）：《〈浙江第一师范校友会志〉序》《得古琴记》《与柳亚子书》《再与柳亚子书》；吴霭（一篇）：《〈分湖旧隐图〉诗跋》；邵瑞彭（一篇）：《〈小黄昏馆词〉自叙》；张烈（一篇）：《与柳亚子书》；章闓（五篇）：《詹烈士事略》《周幼轩君事略》《与陈就明书》《与王季高书》《与柳亚子书》；陈训恩（一篇）：《与章巨摩书》；刘筠（一篇）：《与柳亚子书》。"诗录"栏目共收录838首，含龙翔（一首）：《次韵春航〈忆孤山〉，简呈亚子、虑尊、越流、不识、展庵诸先生》；景定成（四十首）：《和寰公〈北风〉诗四首》《追哭太一》《戏拟〈苦读〉〈苦耕〉二首》《自笑二绝》《七夕戏拟〈鹊问〉〈星答〉二首》《梦仲虑》《稚伶刘箴俗哀词十四首》《闻刘伶未死，喜占二绝》《观子美遗影有感,赠亚子》(二首)、《杂忆十绝》;景耀月(九首):《古诗》(九首);孙璞(二十一首):《题觉我画〈美人枯骸图〉》《题〈昭君出塞图〉》《书愤》《壮士行》《归云楼雅集,和剑禅原韵》(二首)、《除夕》(二首)、《次葆青〈感怀〉原韵三首》《有赠》《纪别》《刺时》《滇湖》《元旦,用铁厓原韵,并简陈公辅》《玉娇曲,为钝根赋》《题亚子〈分湖旧隐图〉》(四首);缪鸿若(十七首):《自题小照》《甲寅中秋与竹泉、少虹、粟若、叔达、季藉诸君赏月上海楼,听歌者度曲有感》《秦淮酒醒即事》《题〈担当和尚〉画册》《风雨重阳,庭梅已著二三花矣,缘开轩买酒,为诗赏之》《贺学吕纳妾得官并索书团扇》《有所思》《和石邻闺情十绝之四》(四首)、《偶忆》《海上留别健行、越生、叔云诸同志》(二首)、《水乡席上晤怡弟,忆健弟秣陵》《年来闭门谢客,读诗作书,聊以自娱,歌咏不常,么弦欲绝。顷寒琼书来,嘱检拙作,介绍入社,因废残稿,眷出一二,意有未尽,率成二律,藉呈亚子》《题亚子〈分湖旧隐图〉》;潘飞声(二十四首):《移居横浜桥四首》《壬子九日,集周梦坡晨风阁,次陈伯严〈九日集静安寺〉韵》《高姬眉子见过》《夏夜赠高姬眉子》《题沈介老〈三希图〉》(二首)、《送杏帷南归,顺道赴曲阜谒孔林》《过莽苍苍斋吊谭复生》《题孝耕〈崇孝寺楸阴感旧图〉》(二首)、《万生园泛舟》《碧云寺,题石台上》《自玉泉泛舟,攀华严洞,观石佛象,憩峡雪琴音堂,登高亭望西山成四首》《二闸泛舟,至听水处,啜茗放歌》《缪筱山丈出观汤雨生先生、董双湖夫人及乐民公子、碧春名媛一家画册属题》(四首);黄节(十二首):《十二月廿九日设祭法源寺,追记后山逝日》《春夜与葡叟过小素梅阁听曲》《三月三十日过崇效寺看牡丹,同葡叟》(四首)、《敷庵书来,询撰〈后山年谱〉,作答一首》《春日,题宾虹山水障》《真长有失子之痛,作诗慰之》《中秋夜无月,卧病城南郡斋,忆与陈洵述叔昔年黄园之游》《七夕园坐夜归,同葡叟》《雪朝江亭,同天如》;蔡守(五首):《为钝根画〈红薇感旧图〉题四绝句》《乙卯九日南社诸子愚园雅集,远莫能赴,遥寄一章》;黄忏华(一首):《寄亚子》;邓万岁(五首):《苍梧》《鸳鸯江》《名山》《赠吕八平之》(二首);马骏声(三首):《哭子美》《题芷畦〈柳溪竹枝词〉》(二首);杜国庠(七首):《落樱》(五首)、《莲花》《新秋》;黄澜(二首):《赫德铜像歌》《海上晤姚麓琴宗舜》;蒋信(二首):《题〈太一遗书〉》《题〈三子游草〉》;陈光誉(一首):《赠春航二次离杭》;丘复(四首):《旅馆无憀,秋心不寐,挑灯握管,拉绝成绝句四首,其断肠词耶? 其绝交书耶? 抑愤时语耶? 吾固不自知矣。世有伤心人,当能解此意也。时乙卯旧重九节前七夜》;雷昭性(三十首):《入里门十六首之十》(十首)、《壬子归里,故友诘难生平,赋此以答》《乙卯端午》《正号》《题天梅〈变雅楼三十年诗征〉》(二首)、《珠江歌,送拔剑青年》《代贺怒刚旧将军婚礼》《星海观戏,赠玉麒麟》《题亚子〈分湖旧隐图〉》《哀冥鸿》《题天梅所获冯柳东〈杨柳岸晓风残月图〉手卷》(二首)、《八月十四夜》《寄挽俞孙汀先生》(二首)、《破晓》《南溟有赠》(四首)、《赠咽冰老人》；张光厚（四十七首）：《偶成》（二首）、《五月九日之感言》（六首）、《任君百一两周忌日忆辞》《百一忌日，寄寂僧兄弟一首》《百一周忌，所扶子即于是日殇，感赋》《次韵和亚子酒社八首》《重九读亚子诗却寄》《登高志感》（三首）、《追吊某君》（四首）、《感赋某君事》（四首）、《咏滑稽画〈新龙凤配〉》《代某题像寄母一首》《将赴南洋，留别某君海上》（二首）、《南行留别憾石》《闻四川匪乱赋》《闻武昌兵变赋》《咏史四首》《又五首》；龚尔位（六首）：《长沙喜钝安至，赋赠一律》《偶询钝公以玉娇事，钝公方居王仙，因隐以王乔字为答，戏柬一绝》《题亚子〈分湖旧隐图〉》（四首）；骆鹏（四首）：《题亚子〈分湖旧隐图〉》（四首）；易象（三首）：《哭周平子》《一宫观海偶成》《归舟，再用前韵》；王竞（二首）：《岳麓寺小憩，用李西涯游岳麓寺韵》《谒三闾大夫祠有感》；郑泽（一首）：《喜钝庵来城兼以赠别》；傅尃（四十二首）：《望仙桥上墓作》《后村闲望》（二首）、《自王仙至石笋山房途中作》《翠云寺，在石笋山半》《登石笋山作》（二首）、《长沙和醉庵见赠次原韵》《叔乾用前韵见赠，叠和一首》《席上示诸君，三叠前韵》《酒集天然台，赋示叔容、醉庵及同坐诸子》《答叔容赠诗一首》《三题亚子〈分湖旧隐图〉》（五首）、《立秋夜书感》《和约真中秋见过之作》《柬亚子》《再柬亚子》《三十二岁生日自述》（二首）、《寄陈豪生长沙》《九日登崚冈山作》（三首）、《次韵和湘荃、梦蘧联句即寄》（四首）、《约真为余〈环中集〉题辞，复叠韵见寄，次韵和之得四首》《效杜子美〈同谷七歌〉，即次其韵》；黄钧（十六首）：《题钝根〈红薇感旧记〉》《怀海上诸友》（十一首）、《题亚子〈分湖旧隐图〉》（四首）；刘师陶（十五首）：《定王台》《题太一小照，乙巳日本作》（二首）、《哭太一十绝，和约真韵》（十首）、《乙卯重九，四十初度感赋》《阅报见某会宣言书，戏作》；刘泽湘（一首）：《青囊歌，为王君书青作》；刘谦（十六首）：《题天梅〈变雅楼三十年诗征〉，即次其自题原韵》《天梅近得冯柳东〈杨柳岸晓风残月图〉，驰函索题，赋此报之》《次韵答幻盫见赠》《戏题财神画像》《幻庵从日本归，喜赠》《过幻庵话旧有感》《送李石年、张慕先入京》《中秋过钝根望月不见》《寄友人北京，同钝根韵》（二首）、《野叟》《犹子雪耘去沪之前一夕，余梦以千金购得金铃十枚，或怂恿为词记之，凝思未就，忽闻声惊觉，则雪侄方事朗吟，与寒螀相应答也，呼告以梦，相与大笑，用口占一截》《奉和钝根生日诗一首》《题〈环中集〉，为钝根与其徒课余游环中作》（二首）、《重九伯兄生日》；文斐（二首）：《钝根、今希、约真、式南见过》《中秋望月不见，用约真原韵并示钝根》；朱德龙（五首）：《我所思》（四首）、《中秋无月感赋》；潘世谟（八首）：《孤愤六首》《题亚子〈分湖旧隐图〉》（二首）；黎尚雯（八首）：《观竞渡》《和彭省长元韵兼寄林参谋》（四首）、《柬张统领晴枝》《和张统领近感元韵》（二首）；陈宝书（一首）：《夜坐感怀，和寄钝根》；汪洋（一首）：《无题》；胡怀琛（二首）：《和鹇雏韵学宋人》《题孙阿瑛〈清宫秘史〉》；胡惠生（三首）：《山居即景》《不寐》《南陵道中》；陶牧（五首）：《同子实、朴庵、剑华、亚韩九日合影，题两绝句》《际公函询近况，作此答之并呈剑华》《闻一品红去闽，感而志别并约剑华同赋》《陈母沈太君挽诗，为巢南作》；邓文翚（三首）：《闻太一越山被捕，慨然赋此》（二首）、《乙卯七月，距太一武昌遇害，时适二周年，因为诗哭之》；杨赓笙（十二首）：《忆弟》（二首）、《寄内》（二首）、《示儿》（二首）、《题冯柳东〈杨柳岸晓风残月〉卷子，为天梅作》（二首）、《题亚子〈分湖旧隐图〉》（四首）；周斌（十首）：《自记〈水村第五图〉后，成六绝句》《续梨里行，示酒社诸子》《酒社第六集，用亚子韵》《别后追寄酒社诸子，叠用前韵》《题〈三子游草〉》；李云夔（三首）：《社集归来感赋》《咏史四首之二》（二首）；潘有猷（一首）：《乙卯立夏得亚子书，知陆郎子美春日夭逝，长歌哭之，即寄亚子》；张廷华（八首）：《题〈香艳集〉》（八首）；赵泽霖（二首）：《赠春航》（二首）；徐思瀛（六首）：《赠春航》《馈笋脯亚子，腠以此绝》《题亚子〈分湖旧隐图〉》（四首）；王毓岱（十八首）：《亚子行有日矣，诗以赠别》《题亚子〈分湖旧隐图〉》《为吹万、亚子、石子题〈三子游草〉，用不识韵》《题吹万〈伤云录〉》《吹万邮赠〈国学丛选〉，诗以谢之》《吹万集定盦句见怀，依韵集东坡句奉答》《吹万集定盦句以诗见怀，已集苏句答之，长夏无事，再用原韵得八绝》《乙卯自述一百四十韵》《题西泠印社》（二首）、《示和甫》；丁立中（三首）：《题亚子〈分湖旧隐图〉》（二首）、《题〈三子游草〉》；丁上左（二十首）：《赠春航》《春间客沪，观子美演〈三笑姻缘〉剧于民鸣社，越三日闻其谢世，感而有作》《南社假西泠印社举行临时雅集，余以事未与，有作》《调亚子，用海帆师韵》《和龙丁、华书伉俪唱和词原韵八绝》《和龙丁留别时诗韵，即以赠行》《为春航题名小青墓作，效东心三体并柬亚子》（三首）、《题亚子〈分湖旧隐图〉》（二首）、《题西泠扶醉照片寄亚子，用吹万韵》《题〈三子游草〉》；丁三在（五十九首）：《湖上即席赠春航、静庵，和七弟展庵韵》《寄怀亚子老友梨里，仍叠前韵》《题哀剧〈血泪碑〉示春航并柬亚子，三叠前韵》《答老友亚子，四叠前韵》《赠春航，次白丁韵》《和龙丁夫妇唱随八诗》《吹万、亚子、石子、憩南挈眷游杭，同社诸子假柏堂竹阁燕集，到者二十八人，诗以纪事，和白丁韵》《听演佳期赠春航》（二首）、《与菊仙一夕话有赠》《亚子招饮，有赠春航、小云》《偕亚子、吹万、石子游西泠印社，即题其壁》《示亚子，用亚子赠秋叶韵》《示秋叶，用秋叶赠亚子韵》《亚子招饮湖楼，即席分得先韵》《送吹万、石子暨眷属归松江，和漱严韵》《亚子、佩宜伉俪将离杭州，诗以赠别，用海帆师韵》《次亚子韵，赠龙小云翔》《次韵龙丁将去西湖，留别南社、西泠印社、乐石社诸同人》《西泠印社燕集同人，余不克往，长公、白丁归，言盛子幼文殷殷问讯，遂赋一律感谢，用龙丁留别社友韵》《聆长公言龙丁去杭别有怀抱，再叠前韵以赠》《吹万见示〈伤昙录〉有感》《次韵石子西泠即事并柬亚子、吹万、秋叶》《少文以倚翠楼主题小青墓诗征和，会亚子为春航题名小青墓镌石，率成四律，用倚翠楼主原韵》《冥飞、公猛来杭，约偕伯兄白丁、七弟展庵放棹孤山，访春航、小云、天声未遇，过小青墓下而归，赋此械寄亚子》《吹万以诗见赠，次韵酬之》《亚子惠盛泽纺，诗以报谢，用东坡〈欧阳晦夫惠琴枕〉诗韵》《吹万见惠楹联，诗以报谢，叠用前韵》《有赠》《次韵石子杭州归途》《次韵石子示亚子》《端午后五日偕冥飞，展庵冒雨放棹孤山小青墓下，为立春航题名碑，且访越流、春航二子。春航此来奉母命至天竺礼佛，午后拟去沪，坚留之，盘桓竟日，口占志别，寄示亚子》《题南屏张公苍水墓，简示吹万》《吹万集定庵句见怀，依韵集东坡句奉答》《题亚子〈分湖旧隐图〉》(二首)、《题石子〈浮梅草〉，用天梅韵》《题石子〈续浮梅草〉，叠前韵》《题西泠扶醉照片寄亚子，用吹万韵》(二首)、《题亚子〈湖海行吟草〉》《吹万偕亚子、石子同游西湖，归汇题咏诸作为〈三子游草〉，将付铅印，邮寄示余，即次见赠原韵》《为亚子题〈分湖旧隐图〉成，以〈风木庵图〉乞题》(二首)、《题芷畦〈柳溪竹枝词〉，用吹万韵，时客海上》(二首)、《重九节南社雅集，假座海上愚园，余以亲串会葬，先期返里，是日宿昭庆禅房，闲步湖滨遇漱岩、九龄，相谭甚欢，归得芷畦函，悉吹万、亚子抱病，不果赴会，又附即席二律，因次元韵寄诸盟友》(二首)、《闻亚子病足，诗以讯之》；丁以布(九首)：《湖上即席酬春航、静庵》《亚子招饮湖楼，即席分得虞韵》《赠春航，用白丁韵》《题吹万〈伤昙录〉》(二首)、《题亚子〈分湖旧隐图〉》(二首)、《题西泠扶醉照片寄亚子，用吹万韵》《题〈三子游草〉，次吹万见赠原韵，与三兄不识同赋》；陆绍棠(十二首)：《赠亚子》《观春航演百花亭并柬亚子》(二首)、《为春航题名小青墓作》《题和靖祠壁，示不识》《题亚子〈分湖旧隐图〉》(二首)、《题吹万〈伤昙录〉》《题亚子、吹万、石子〈三子游草〉》；程宗裕(一首)：《赠亚子》；陈慈(六首)：《观春航演小青遗事有感》(六首)；马汤楹(八首)：《春航题名小青墓上，洵为西泠韵事，一时词客咸为诗章、小令以张之，接不识函，责仆不可无作，因成绝句四章》《题小青墓，和倚翠楼主人韵》(四首)；楼村(七首)：《亚子属写〈分湖旧隐图〉，图成得两绝句》《夏日游西泠印社偶成》《和吹万题赠西泠印社诸子原韵》《题四照阁》《咏西泠印社斯文寞》《咏山川雨露图书室》；潘普恩(二十首)：《柳亚子来杭，戏赠一绝》《赠亚子》(八首)、《和内子倚翠楼主题小青墓韵》(四首)、《题亚子〈分湖旧隐图〉》《题〈三子游草〉》(六首)；孙世伟(十二首)：《次韵答小柳赠诗》《病疟初愈，得小柳遣闷诗次韵》《次小柳和朴庵见贻韵兼柬朴庵》《次小柳和朴庵韵，以抒近感》《七夕叠征字韵答小柳》《克庵寄示莅闽以来诗稿，哀时感物，忧谗畏讥，赋此以志同声之感，并呈朴庵》《访黄石斋先生读书石室，和静初先生韵》《和多字韵答小柳、允公并呈朴庵》《中秋望月感怀，和小柳韵并柬朴庵》《中秋夜坐》《中秋夜月》《和静初先生〈四十三岁初度〉诗》；陈无名(十二首)：《秋瑾卿墓下作》《云林酒肆逢日妇》《追挽陈蜕庵先生，即题其集》(四首)、《春燕，讥宗社党也》《春航应西湖新舞台之聘，阻雨不得往观，寄仲觚、越流》《口占，柬亚子湖上》《感侠伶高福安事》《共和后四载，岁次乙卯，冯子春航年二十有七，越流寿以诗，以二十七于数为三九，俗有庆九之说故也，书来告余，辄成转韵三十六句，奉寄玉人一粲并索法书、纨扇报焉》《口占，谢春航书扇见贻》；陈蜕（十首）：《赠春航四首》《春航题名小青墓，诗以赠之》《赠孙菊仙两首》《题亚子〈分湖旧隐图〉》（三首）；陈无私（二首）：《题亚子〈分湖旧隐图〉》（二首）；陈梨梦（十四首）：《毛郎曲》《观毛韵珂剧五首》《四月初一日纪事》（二首）、《春航题名小青墓，诗以赠之》（三首）、《前作意有未尽，再赋二绝》《解嘲赠亚子》（五古）；陈栩（三十二首）：《红楼词四首》《春航来杭州，适然与遇，欣感交并，为赠一绝》《观剧杂句，为春航作》（二十二首）、《题春航独立化装小影》《偕春航游孤山有感》《赠别春航杭州》《巢居阁坐雨，迟春航不至》《浩歌寿春航二十七初度》；徐道政（十八首）：《游颐和园，同庐临仙、田多稼》《南湖记游》（三首）、《端节顾竹侯招食粽》《送长沙李任庵赴天山》《短歌行，赠蒋宰棠麟振》《与张霞轩话别，次蒋棠原韵》（二首）、《清明还家扫墓》《喜长沙李丙青重来武林》《闻同学管锴警耗》《忆梅》《留别北京大学校四首》《题亚子〈分湖旧隐图〉》；邵瑞彭（三首）：《题亚子〈分湖旧隐图〉》（三首）；王葆桢（四十首）：《送徐聘耕出防梧州》《题程演生诗稿》《孤山探梅，迟杨畏九、朱旭夫不至》《白云庵访谢印山不值》《周六介招饮，即席有作》《春夜同沈半峰、杨畏九、陈简文饮半斋》《嘲半峰》《集饮湖楼，次半峰韵》《西湖品茗》《清明后一日，叶子布集饮宝石山》《醉后登看松台》《春夜偕半峰登楼外楼》《题河东君小像，集钱牧斋句》（四首）、《西湖香市词四首》《新柳》（四首）、《团龙挂》《走马灯》《叩头虫》《画眉鸟》《重登宝石山》《柳亚子招饮湖楼，即席分得元韵》《送高吹万、姚石子还松江》《柳亚子、郑佩宜、林秋叶、陈穉兰、沈半峰、陈越流、徐梦鸥及白丁、不识、展庵昆季燕集西园》《观剧赠冯春航》《送柳亚子夫妇归梨里》（二首）、《为汪楚生题画册》（四首）、《〈风木盦图〉，为丁不识、展庵题》；张烈（三首）：《题亚子〈分湖旧隐图〉，集定庵句》（三首）；陈训恩（二首）：《题亚子〈分湖旧隐图〉》（二首）；王程之（一首）：《观百花亭剧，赠春航》；王廉（三首）：《登吴山口占》《烟雨楼御碑亭题壁》《失题》；刘筠（五首）：《题亚子〈分湖旧隐图〉》（二首）、《忆内子梅痕》《重九雅集海上愚园云起楼，即席赋示同社诸子》《海上别石子、粲君、芷畦、一民、十眉》；陆梅（一首）：《春夜忆筱墅》。"词录"栏目共收录134首，含傅专（十四首）：《浣溪沙·以下和雪耘鞭影楼词十四阕，次元韵》《卜算子（寒月转三更）》《采桑子（西风吹断相思泪）》《转应曲（朝暮朝暮）（人瘦人瘦）》《点绛唇（一叶飞红）》《虞美人（良缘倘觊天排定）》《醉花阴（过尽斜阳天欲暮）》《双红豆（情一丝）》《点绛唇（翠歇红消高楼尽）》《烛影摇红·泪》《忆萝月（月圆能几）》《菩萨蛮（不分吾行成踽踽）》《临江仙·雪词谓其妇劝勿作诗，会吾妇亦劝余止酒，因并及之以为笑》；刘师陶（二首）：《调笑令·闲情》（二首）；胡韫玉（三首）：《阮郎归·送小柳还申江》《蝶恋花·将归申江,留别剑华》《百字令·趁津浦车过徐淮,吊汉楚遗址》;潘有猷(七首):《金缕曲·故友逸鸣作维摩现身,想余怀渺渺,重有感焉,谱此寄之》(二首)、《满江红·落花梦可歌可泣,优游饰杜慧君有天人之誉,惜予缘锵不获领》《薄幸·观怜影演恨海》《贺新凉·病夜》《清波引·题亚子〈分湖旧隐图〉,用白石韵》《醉太平·题瘦鹃〈香艳丛话〉》;丁三在(二十首):《少年游·为春航题名小青墓作,用虑尊韵》《前调·前词意有未尽,重拈一阕,仍用虑尊韵,拉杂之诮,在所不免》《减兰·为佩弦题荀郎小影》《前调·题吹万、亚子、石子暨眷属三潭泛舟照片,次吹万韵》《一痕沙·题武林同游照片,次吹万韵》《浣溪沙·题西泠雅集照片,次吹万韵》《罗敷媚·题亚子、虑尊、越流、春航、小云清波弄影照片》《菩萨蛮·偕绛士、苏新、恨生、亚父、冥飞、展庵三潭夜泛》(二首)、《相见欢·湖上对月,调冥飞》《罗敷媚·寄怀春航》《减兰·赠春柳剧场镜若、绛士、苏新、镜澄诸子》《采桑子·赠恨生,为冥飞作》《浣溪沙·赠恨生》《西子妆·为醉侬题化妆西湖采莲小影,用梦窗韵》《迈坡塘·题〈风木盦凫戏池〉》《减兰·题〈戏猫图〉》(二首)、《南歌子·自题三潭对影照片》《鹊桥仙·七夕悼亡》;丁以布(二首):《少年游·为春航题名小青墓作,用尊虑韵》《双红豆·题龙丁社友〈春秋愁怨〉诗》;陆绍棠(一首):《少年游·为春航题名小青墓作,用虑尊韵》;潘普恩(一首):《少年游·为春航题名小青墓作,用虑尊韵》;胡颖之(四首):《浣溪沙慢·南社雅集,每以事羁未赴,戏缀以词,用美成韵,时三年三月十日》《六州歌头(潇潇暮雨)》《水调歌头·十一月八日夜作》《千秋岁·民国三年十月十八日》;陈无用(十四首):《西子妆·为冯春航作》《三姝媚·为毛韵珂作》《柳梢青·见小杨月楼学步作》《少年游·为春航题名小青墓作》(二首)、《清平乐·赠孙供奉》《浣溪沙·亚子招饮湖楼,即席分得歌韵》《苏幕遮·观〈血泪碑〉感赋》《青玉案·观〈自由泪〉感赋》《点绛唇·赠别春航》《菩萨蛮·赠别小云》《减兰·赠别天声》《石湖仙·题亚子〈分湖旧隐图〉》《水龙吟·寿春航》;陈无名(三首):《少年游·为春航题名小青墓作,用虑尊韵》《菩萨蛮·小云、天声同时去杭,虑尊各赋长短言赠之,亦倚此阕兼寄越流》《减兰·越流来书,云春航来此,兄忍不以顾,殊快快,读之怅惋,倚声答之,闻春航体益丰硕,故以太真为比》;陈梨梦(六首):《少年游·为春航题名小青墓作,用虑尊韵》《点绛唇·遥送春航,和虑尊》《菩萨蛮·遥送小云,和虑尊》《减兰·遥送天声,和虑尊》《前调·越流书来,云与春航过从近匝月,一旦别去,能无黯然,因作此词》《贺新凉·题亚子〈分湖旧隐图〉》;陈櫺(一首):《少年游·为春航题名小青墓作,用虑尊韵》;邱志贞(二首):《菩萨蛮·题亚子〈分湖旧隐图〉》(二首);邵瑞彭(五十四首):《蝶恋花(一剪香风吹梦语)》(四首)、《丑奴儿令·春水》《菩萨蛮(江南游女新妆束)》(四首)、《醉春风·湖上惜春词,和梅村韵》《前调·同上,和衍波韵》《杏花天(烟丝踠地晴漪软)》《浪淘沙（池阁小逡巡）》《解语花·白桃花》《风入松（湘纹如水湿萤飞）》《少年游（十分秋意上帘钩）》《南浦·冬水》《忆王孙·吴兴道中有感》《醉落魄·用花外韵》《探春（绿浦啼珠红墙伫）》《瑞鹤仙影（云蓝暗褪连环字）》《琐窗寒·吴城春感》《洞仙歌（愁春未醒）》《祝英台近·宁波城外梁神君、祝夫人墓》《恋绣衾·过明州，追次西麓韵》《鹊桥仙·咏电灯，吴中里歌〈十杯酒〉有电气清凉句，写夜阑景色绝佳，故及之》《巫山一段云（烛下红花閚）》《一络索·钱塘舟次》《转应曲·记坊人语》《疏影·九里州梅花》《望江南（江南好）》《清平乐（花开花落）》《虞美人（门前舣个吴船小）》《唐多令·孤山题壁》《法曲献仙音·江上》《忆秦娥（歌淫淫）》《长亭怨慢·癸丑四月赋桃花》《踏莎行（禁火光阴）》《减字浣溪沙（小小微波隔画帘）》《十六字令·枣花寺访西来阁故址，阁旁丁香一树，今不存矣》《齐天乐·辽后洗妆台》《子夜（屏山画出天涯近）》《减字浣溪沙（花底帘衣一桁单）》《谢秋娘（春尽日）》《绮罗香·下斜街独游，小憩畿辅先哲祠》《惜秋华·沪上夜游》《西河·癸丑九月再至金陵赋此，用美成韵》《霜叶飞·初七日乘津浦车遄返京师，景物关情，川途换目，感慨系之已》《水龙吟·独游十刹海，枯荷已尽，景物都非，怆然赋之》《罗敷艳歌·潘兰史〈桃叶渡填词图〉》《临江仙·万柳堂》《梦横塘·颐和园》《月华清·月，张园听秋》《征招·香冢在陶然亭西北小阜上，碑阴题句哀艳，子读而悲焉，系之以词》。其中，雷昭性（雷铁厓）《正号》云："长卿慕蔺相，命名事剽掠。千古两相如，相对究无怍。而我敢效之，以鸡僭侪鹤。元末杨铁厓，才名殊逴跞。乐府噪坛坫，允宜被管籥。我虽偶敲推，譬若噪林鹊。仰视凤鸾鸣，安能不惊愕。贱号偏与同，毋乃贻人嚎。我初用耆皆，几经费斟酌。耆有恐惧意，与姓可联络。其后事报章，沿例当伪托。音近偶借用，遂以铁厓著。欲避苦无术，闻呼辄作恶。兹特下决心，严与知交约。铁厓易耆皆，百拜祈勿错。傥能从我请，相逢敬三爵。"《珠江歌》云："珠江滚滚南入海，吐纳天地毓光彩。厓山碑下泪痕留，越王台上英风在。士生其间多豪雄，慷慨悲歌燕赵风。揭来瘴雨蛮烟地，犹有书生气贯虹。红颜少年悯昏垫，曾指豺狼怒拔剑。七匝妖云唤奈何，马周憔悴炎荒店。忽闻龙战血玄黄，槎杄肝肺生辉光。掉头大笑去不顾，惟余剑影寒秋霜。"《题亚子〈分湖旧隐图〉》云："万年率沛萦魂魄，衣锦不作夜行客。枭雄者邦悍者籍，要当六合为几席。胡为宇宙恣鞭斥，缠绵固结乡土癖。是知人类情岂隔，桑梓观念畴不剧。矧乃分湖邻震泽，澹荡波光连天碧。文献遗风固足惜，粥翁更存隐沦宅。红梨虽足居诗伯，欲避暴秦终不适。倩得云郎画成册，披图自可明心迹。然而一言欲直白，能否拂意成扞格。豺狼搏噬民悲喳，虎豹凭陵国削窄。脱非黔首尽噉醋，终使神皋归分擘。河山何处余寸尺？猿鹤鲸鲵任猗擿。是时分湖属蛮貊，先世辟世乌从辟？听我斯言若恐吓，请效留侯将箸借。芬雪疏香集宜掷，碧梧苍石图奚益。灵芬风雅才固硕，何如长枪与大戟。吴江伟人曰吴易，义旗北指声名藉。

事虽不成首虽馘，三百年来光如炙。果能馨香资诱掖，大挥天戈扶国脉。禹域奠安培磐石，湖滨庶可永朝夕。同是乡贤供研核，名士英雄可无择。题诗意与招隐逆，路遥幸免闻呵责。他日相逢犹未释，虬髯面滑请一掴。"《南溟有赠》其三："北地胭脂一撷红，灵犀难遣梦相通。香魂定作鲲鹏徙，倩影亭亭仿佛同。"陈布雷（训恩）《题亚子〈分湖旧隐图〉》其一："归农梨里人争羡，飞梦分湖此一时。大抵中年嗟摇落，秋怀渺渺竟谁知。"其二："尺幅生绡照眼明，仲宣吾土未忘情。故乡大有佳山水，我为慈湖讼不平。"后序云："君旧籍慈溪，于余为同里，慈溪邑治之北，有湖作半规形，曰慈湖，为杨文光旧讲学处，环湖三面有巽峰、阚峰之胜，烟波浩淼，风景森秀，以意度之，殆视分湖不弱，亚子异日能一舸翩尔，来访斯迹乎！敢为山灵企予望之。"邵瑞彭《洞仙歌》词云："愁春未醒，恰披衣侵晓，窗眼玲珑个人小。觉玉葱微露，银蒜还垂，才一霎、报道牡丹开了。　　偶然通隐语，忒杀矜持，似怕鹦哥隔帘叫。名字写偏旁，细摺蛮笺，却不管渠侬猜到。听闲唱莺声绕红楼，也说著填词，胜香花好。"

《中国学报》复刊第4册刊行。本册"诗录·祖饯类"栏目含《送诸贞壮》（仪征刘师培）、《返长沙，留别金陵诸同好》（衡阳刘异）、《奉送湘绮先生赴樊山瞻园之约》（时江督凡七电催往）（祁县周天球）。

《浙江兵事杂志》第25期刊行。本期"文艺·诗录"栏目含《乙卯旧除夕》（诸宗元）、《缶老叠韵和〈除夕〉诗，用原韵，索画梅帧》（诸宗元）、《阿龙生，喜赋二诗》（诸宗元）、《凤城》（诸宗元）、《过邯郸口号》（钱模）、《春游偶成》（钱模）、《赠吕侠迦，即题〈留我相庵集〉后》（钱模）、《将作北行，留别秋叶，仍用前韵》（李光）、《赠郑仲时》（樊镇）、《寄徐生希颜陆军军需学校》（樊镇）、《赠秋叶》（樊镇）、《仗剑》（刘覃敷）、《杭游，步秋叶韵》（许鏖）、《黄岩榷署，春夜对月有怀秋叶在杭，因寄索和》（林步瀛）、《送李少华北行，次留别韵》（林之夏）、《寿刘丈》（林之夏）、《寒夜步月，忽念欧战》（林之夏）、《过吴山伍子胥庙》（吴钦泰）、《游万松岭》（吴钦泰）。

岑春煊、梁启超在肇庆筹设军政府，电邀何藻翔与温毅夫西上会议。何藻翔辞之。

汪太冲上书请见章太炎，并言愿为章氏作传，章太炎诺之。汪太冲旋撰《章太炎外纪》，后于1918年11月由文史出版社在北京印行。

陈夔龙在徐园见章梫，作《徐园晤章一山太史喜赋》。诗云："只道还家卧白云，看花今日又逢君。坐中茗话从何说，江上潮声不可闻（浙中有警）。传信久疏鸿雁影（君客腊惠我一雁，内子携往杭州），催诗早敛鹳鹅军（'诗坛欲敛鹳鹅军'，坡公句也。君索观余咏史诗，迄未录正）。何当载酒重申约，垂老谈天愧不文。"

姚洪淦五十大寿，吴昌硕绘《苍松图》贺之，并题诗云："笔端飒飒生清风，解衣盘礴吾画松。是时春暖冻初解，研池墨水腾蛟龙。时而鳞甲动苍鬐，夭矫直欲飞碧空。旁观惧有雷雨至，动色走避呼儿童。栋梁材真出纸上，欲立大厦无良工。八千岁椿庶可比,寿与天地长无终。涤源先生五十大寿,为拟李复堂泼墨法成之。丙辰季春,安吉吴昌硕。"

徐悲鸿在上海被聘为哈同花园美术指导,兼任仓圣明智大学美术教授。旋拜访同邑前辈蒋梅笙,结识蒋家次女蒋碧微。又,经徐悲鸿力荐,蒋梅笙出任仓圣明智大学教授。

黄兴由美国取道日本返沪,太平洋舟中作《由美洲归国途中口占》(二首)。其一:"太平洋上一孤舟,饱载民权与自由。愧我旅中无长物,好风吹送返神州。"其二:"不尽苍茫感,舟行东海东。干戈满天地,何处托吾躬?"

裴景福入京过济南,作《丙辰三月入京,重过济南,忆元遗山〈香雪亭济南杂诗〉感赋》(三首)。其一:"十三四五见中兴,诸将归来尚论兵。凄绝鹊山寒食句,眼明岚翠是前生。"其二:"为郎二十鬓丝新,欲作麒麟阁上人。辇路至今衰草遍,白头蹇步有缧臣。"

吴宓在《清华周刊》连载《余生随笔》本月止。起于1915年9月。吴宓多次讲道:"诗为社会之小影,诗人莫不心在斯民。"

符浩生。符浩,陕西礼泉人。著有《天南地北集——符浩诗选》。

汪青辰生。汪青辰,江苏靖江人。著有《青辰诗集》。

吴昌硕先祖吴翁晋撰《玄盖副草》、吴应奎撰《读书楼诗集》及吴峻伯撰《天目山斋岁编》始由吴氏雍睦堂用家刻本校刊印行。去年夏,诸宗元在京访得吴昌硕先祖翁晋《玄盖副草》,凡20卷,归之以贻吴昌硕,2月有跋志之,嗣后吴昌硕请郑孝胥(3月)题耑。诸宗元、莫永贞序,吴昌硕跋。诸序云:"翁晋先生以门阀之隽,守丘园之贞意,其为人冲和淡易,然生平好古,不辱赀郎。青衫角巾,已归地下,遗诰所述,墓志著焉,则亦慷慨绝俗之士哉。昔李塨论明之盛衰,谓弘治以还,士竞文墨,区别门户,评弹故今,职掌既荒,浮靡相习,穷其祸始,归狱东阳。又谓万历以后,书生浮议,自以为是,自以为忠,负气而争,鼓舌而辩,呼号喧阗,各不相下,使听之者迷,当之者瞆,而国是因之日乱。执是以窥先生,则其慷慨绝俗必有所谓,虑乱忧危如塨所言。于戏,弘、万之际,在明为盛,讟呶之儒,害中家园,时非弘、万,复何言哉。先生之诗曰《玄盖副草》,凡20卷,《北征》《滇游》。其集别行。吴丈缶庐,先生裔孙也,求于吴越,允不能得。乙卯之夏,吾居京师,大索于市估,无以应,久之而得满城张氏藏本,易以重值,归诸缶庐。时先生之父峻伯先生《天目岁编》,丈已重印,宝是副草,袁成家集,诚盛举也。《北征》《滇游》二集,悗在继此,以出吾所跋慕,然文献可征,隐显有时,并时不知先哲所叹,况沧桑之后,鼠蠹之余耶。先生之诗,秀水朱氏谓出西昆,吾谓派别源于乐府,若其五言,尤所嗜诵,然慷慨绝俗之趣,则非扪字揽卷所可求也。丙辰二月,越人诸宗元序。"莫序云:"有明七子倡复古,其称诗,指要一本于谢榛,榛之言曰取李杜十四家最胜者，熟读之以会神气，歌咏之以求声调，玩味之以哀精华，得此三要，则活乎浑沦，不必塑谪仙而画少陵也。明史志之以为诸子心师其言，王李标房，风流构会，追琢其章，金玉其相，桃宋而宗唐，披苏而挈黄，靡靡之音，坚涩之辞，至是一变，然摹形绘声，比象设色，旁皇门户，神不舍其宅，是所谓得人之得而不自得其得，适人之适而不自适其适，臧与谷均亡其羊者也。吾乡吴先生翁晋，生有明中叶，以后当七子貌古之时，弇州、太函诸人与先生敦崇凤好，争相推重，而先生之为诗，原本风骚，融会今古，发其幽闲深沉之思，一洗明季噍杀之习，卓然成一家之言。昔竹垞作《静志居诗话》，于于麟多微词，独称先生乐府如健儿骑骏马，左右驰突，靡不如意，是则造新丰者，未必不为寿陵之学步，而澄思独往，能自树立者，固千载而弥光也。觿蒙之岁，诸子宗元来杭州，朝夕与共，出先生所著《玄盖副草》以示曰，此海内孤本，余得之京师，以饷缶老者也。未几，缶丈以书来责序，盖将以重梓云。贞维吾乡诗人，自吴叔庠后，光沉响寂，且年湮代远，势异时移，梓桑遗著，零落散佚不可胜数，独先生以诗世其家，自其大父允祥公，父峻伯公均有著述，为时宗仰，高文旧德，世载其声，其至于今已四五百岁矣。劫火中更，市朝陵谷，而是编楮墨完好，古泽如新，继峻伯公《天目岁编》之后重印问世，先人遗美，联辉并耀，斯固一家之庆，亦吾邑文献之光也，抑贞闻之扬子云曰言心声也、书心画也。《春秋说》题辞曰，诗之为言志也。天文之精，星辰之度，人心之操也，苟不得于心而求于言，不得于言而求于人，希风承流，声华相竞，亡温柔敦厚之旨，务为支离破碎之作，则诗之道失矣。吾观七子，摈四溟，不屑于章服之中杂以韦布，而先生临终，语其子以布衣幅巾敛，谓如此庶足以见畴昔诗人于地下。此先生之所以为先生欤。先生所著诗，尚有《北征》《南谐》《滇游》诸集。缶丈其十三世孙也。贞于缶丈居同里闬，谊属申未，故谨识数言而不敢碎。太岁在游兆执徐孟陬之月，莫永贞序。"吴跋云："仓硕既校印峻伯府君《天目山斋岁编》，太息翁晋府君《玄盖副草》不可得，盖《岁编》《副草》镂版久毁于火，先从大父蘅皋府君且不得见，仅据旧本录置行箧，卧起与俱，施辛萝先生为府君撰行状，特著于篇。况仓硕之生又后府君之生将百岁耶？友人诸长公闻之，怃然曰：吾为君求之可也。果天壤有此书，必不负诺。时其将北游京师，乃不二月寓书于仓硕，曰大涤先生之灵在天，《副草》吾已得之。大涤先生，盖世以称翁晋府君也。既而长公南归，遂以《副草》相贻，纸墨粲然，无阙无佚，用即付印，以章先德而志得书之始末于卷尾。仓硕家旧居鄣吴村，故吾系籍于安吉、孝丰者不一。今《副草》署名籍曰吴兴，则从州籍也，谨并书之。岁在丙辰春二月，第十二世从孙吴昌硕谨跋。"又，诸宗元为吴昌硕从祖吴蘅皋《读书楼诗集》作序。序中云："宗元作而言曰：有清一代，吾浙以诗称者，姓名不能悉数，世或标举为浙派，亦如宋之所谓西江诗派也。夫风雅变为乐府，乐府变为歌行律绝，年代递降，为体遂殊，学术材智，人奋其力，其所成就自有不同，故论诗断以朝代，有识者且非之，岂可侈然限以地域哉？若先生之为诗，即境抒感，托词申喻，有丽则之音而无绮靡之习，表孤愤之旨而隐怨悱之言，盖承源于乐府，而一以真意出之。是此数卷之诗，为其一生精魄之所托，又岂可仅以吾浙诗人称之而已。"吴昌硕跋云："蘅皋先生于仓硕为大父行，仓硕儿时已不及见。从伯梦琛先生，小名为暹，则儿时及见之，家人相呼为暹伯伯也。从伯有子曰衍初，有孙曰大中，清咸丰中均殁于兵难，先生遂无嗣。呜呼！金田之寇祸吾家烈矣。盖先时吾郡吴之村，为吴氏族者四千余人，乱后孑遗仅二十五人而已。先生《读书楼集》版藏于家，遭乱太毁，物色于乡里，久不能得尽焉，必为大忧。既而三儿迈之妇兄王绘青遂蛰于闽中，李阶苏许见是集。阶苏曾宦吾浙，其时则还闽矣。仓硕乃属侯官李拔可宣龚贻书索之，阶苏遂举以见贻。仓硕追念先大父积书满堂庑，有所检阅，则命先君子与伯父春孚先生、韵江先生按簿录而求之当时，先集必保存无恙也。丧乱以来，柔逾五纪，不惟椠书荡为灰烬，即此集亦赖阶苏搜藏之劳，始复故物呋。仓硕揽卷汰澜，不能自已者也。集前无序，遂乞吾友诸贞长宗元序之，而仓硕谨志得书之始末于后。乙卯六月从孙仓硕谨跋。"

沈宗畸撰《南雅楼诗斑》（2卷，铅印本）由国民印书馆印行。诗集分上下2卷，分别为《人境孤喧集》1卷及《塞上雪痕集》1卷，前者为"光绪甲午迄乎癸丑二十年中所得诗，除散佚删削外存此一卷"，后者为"宣统庚戌八月至次年五月客鸡林作"。袁克文为题签云："《南雅楼诗斑》，《人境孤喧集》一卷，《塞上雪痕集》一卷，附《繁霜词》。"集前有何震彝、刘茂寅序、沈宗畸自序。何序云："夫孤桐斫琴，音掺乎幽怨；比竹削笙，调飀乎清商。天倪郁为懊忾，人籁发其激謞，无声有史，不平则鸣，亦揽张自然而已。况梁生抗志，遘登岳长谣之感，阮生咏古，出穷途痛哭之余，有不潜吹内蟠、哀响外历者哉！太侔年丈，独振宗风，凤承世烈；被荫秋坂，擢秀春林。终童贲章于妙年，陆厥练志于中属。韶韶颖胄，岳岳儒流。尘役遗纷，忧怀抱素，发为篇技，率寓真诠，囊括古人，超轶凡格。游心侈艳之域，研微元始之门。钻阅既深，炉锤遂化，故逸响远奋，俪絜清霜；环辞有耀、争妍繁卉。若夫杂变并会，牢剌寔多，惜誓托悁，类情于贾谊；释诲撼意，比迹于蔡邕。览玩义概，哀有四焉。硕学并时，巍科惊代。机、云东西之屋；郊、祁大小之名。乃至健翮不骞，春闱屡放；晚分祠禄，退就枝官。联床风雨，每动乡思；乞米长安，终成旅食，此其可哀者一也。绝世御芬，高门袭绮。洛下挥扇，故是可儿；太原裼裘，岂真凡士。无何家难洊至，门柞中倾。芰衣飘荡，腾笑北山之文；葛帔单寒，茹恨西华之胤，此其可哀者二也。杜陵词客，行役半生；邺下才人，相思千里。王粲登楼之感，枚生赋雪之愁，卒使元僚辄罢、府主再更；马卿裘空、苏季金尽。鸡林一集，染来衫上之酒痕；燕台十年，磨损袖中之墨迹，此其可哀者三也。窥墙艳遇、制赋闲情；洞启迷香、金挥索笑。未封李娃于沙国，将聘柳氏于章台。

俄而鸳耦中分，鲗盟顿灭，坠欢北里，禅心逐飞絮之狂；误嫁东风，废泪吊落花之影。吴兴旧恨，难期琴客重逢；坡老谪居，幸有朝云相伴，此其可哀者四也。综此四端，积为万感，历风花之小劫，寓陶写于中年，故其为诗也，意极纡回，词多危苦，华亭鹤唳，巫峡猿啼，欢语难工、愁音易好，所以山阳闻笛，触向生思旧之悲；雍门鼓琴，起田文因时之戚。落叶雅什，非矢意于慘凄；病梨名篇，实流音于沈菀。国步初改，偶抒沧桑之怀；月泉争吟，时咏田园之兴。陷滞烦冤，有自来矣。震彝交托忘年，谊尊父执，联诗梅阁，屡预文游，感逝楸阴，复陪清燕，幸睹定蕖，委弁肇言。隐侯古情拙目，辄仁芳尘；陆倕妍手巧心，久钦秀业。爰竭雕虫之才，用资前马之导，云尔。乙卯二月年姪江阴何震彝撰。"刘序云："予在都时，缘著湖社，闻南雅名久矣。迩来复于《瞿园诗草》中见其推重南雅甚至。予未读南雅诗以信瞿园者，信其所推重，固早知南雅亦今之李、杜也。适南雅客游汉皋，蒙以《南雅楼诗斑》赐示，浣诵一过，其诗境果与瞿园相埒。惟瞿园卷册盈尺，南雅则寥寥止此。据其自序略谓所作不下千余首，皆未存稿，此特从各选本转录之。顾予不工诗，辄喜作诗，口占虽伙，亦以不惯存稿，故散失殆尽，还赖各选本，为存十分之一。予两人之性情遭遇何其近似乃尔，予于是益信南雅。并以南雅是集，益信其尚未成集之一切著述，盖吉光片羽，愈少愈珍，而南雅从此不朽矣。民国五年月日随阳云集山人刘茂寅，谨序于汉口《国民新报》之消闲社。"沈氏自序云："昔项莲生先生自序其所著《忆云词》，有曰：'不作无益之事，何以遣有涯之生？'吾每诵此两言，如闻项先生累欷之声，又如寒虫咽砌，孤雁叫云，令人万感交集。呜呼，伤已！博弈犹贤，宜若可为。不幸生丁丧乱，孤愤伊郁，舍诗词又将焉托？吾四十后始学为词，未历艰苦，无可追述，至于诗，则呕血镂肝，积有年岁，此中得失，可略言焉。癸巳以前，苦于父师之督责，惟应制文字之是学，无暇学诗。甲午年三十，忽病重，听得吾父之爱怜，留侍郡斋，不遣应春官试，至是尽弃平日揣摩之书，发箧取汉魏唐宋人诗集而读之。吾之学诗，自是年始，随宦扬州，一瞬八稔，可与谈诗之友冒君鹤亭（广生）、何君鬯威（震彝）两人而已。壬寅丁外艰，侨寓江宁，获交夏君蔼如（仁瑞）、丁君秀夫（传靖）。甲辰服阕，再入都门，又得与袁君小倓（祖光）、金君勺园（绶熙）、王君钝夫（在宣）游。诸君皆诗坛泰斗，吾又能虚心受益，诗境日进，所作亦日多。顾吾赋性真率，贸贸然以真性情出，而与世相周旋，发而为诗，亦自有真意流行其间。寻常应酬，诗不能写吾真，偶一效颦，索然意尽矣。今太岁在癸丑，吾年四十有九，前后二十年得诗过千首，以懒于迻录，什不存一，比来多病，窃恐身后无人能定吾诗。爰索之近人诗话及笔记中，随手辑录，得诗若干，益以客游鸡林所得诗，亦不过三百首，比之豹文一斑仅见，编订既竟，署曰'诗斑'。半生心血，剩此丛残，他人于此，方恨其少，吾则以为即此已足尽。吾诗虽未编年，而梦影襟痕，历历在目。以是之故，每录一诗，辄为之回肠荡气，怅触不已，至于阁笔。甚矣，诗之无益于人也。吾明知其无益而学之，至二十年之久，今又辑而存之。吾存吾诗，所以谋自遣，乃反伤吾心。世间无益之事，孰有甚于存诗耶！乱愁无极，吾生有涯，吾自哀之不暇，又何暇哀项先生也？悲夫！永和后二十六癸丑仲秋之月，聋道人沈宗畸自序于南亚楼。"

郑孝胥作《为古微侍郎题〈校词图〉》。诗云："侍郎哀感寄诗余，投老词林托勘书。精刻何殊宋刊本，名山聊付画中居。交期宿草心难灭，兵燹京尘梦已虚。未必吾侪果先觉，十年前欲赋归欤。"

胡宗楙作《丙辰春暮过七里泷，山翠欲滴，鸟声时闻，维舟竟日，有终焉之志》。诗云："大地龙蛇纷起陆，山中幽绝一尘无。濑声到枕清逾磬，岚气当窗展似图。野草含馨成独逸，仙禽破寂自相呼。世人莫作终南看，我欲诛茆赋结庐。"

诸宗元作《丙辰三月移家返杭而心白卜居海上，心白索诗，写五言一篇寄之》。诗云："傲屋安妻孥，君其长子孙。阅世重忧患，君其殁语言。悠悠吴楚郊，往事安足论。吾闲且归居，国敝将图存。奋身犯百难，自叹无弟昆。不如君有弟，奉母资晨昏。楼轩语宵雪，海舶观朝暾。昔游在梦寐，苦语相寒温。吾居近湖山，君可来扣门。"

方守敦作《出都二首》（丙辰三月）。其二："文物当年不可收，哀时访古暂淹留。金元松柏余千树，烟海图书散五洲。歌舞那知亡国恨，亲交且聚一樽浮。车声又转江南去，万叠西山记旧游。"

费树蔚作《丙辰三月，南中多故，亲友迁徙者纷如，予既为世指目，惟闭门坚卧而已。初我尽室作海上行，刃心亦挈儿女扁舟入渔椰村，曰避兵，实逃世也。予与两君去住虽异，而怀抱颇同，未敢以寻常恇扰儗之。会初我示诗，次韵却寄兼因廑台探投刃心》（二首）。其一："渺渺予怀幻太初，炉香闲静似僧居。兵尘匝地无宁宇，芳草连天恋敝庐。海上三山闻鹤唳，江滨十日断鱼书。移家何处数晨夕，元亮归来只茹蔬（皆见陶诗，予近日断肉）。"

庞树柏作《丙辰三月社集徐园，晚宴市楼，示同社诸子》。诗云："春服他乡尚未成，相逢萍絮念三生。风花共结临歧恨，歌琯空传煞尾声。银烛清樽拌纵酒，废池乔木厌谈兵。王郎一语先知我，作计疏狂不近名。"

赵炳麟作《桂林随陆武鸣起兵》（丙辰三月，由湘回桂作）。诗云："叠彩山前帅帜红，萧萧万马逐西风。建言人共知罗隐，起义今当比窦融。驰檄顿教新莽退，撼山誓与岳家同。八千子弟如貔虎，努力前途好奏功。"

吴虞作《坐雨有怀杨载之（光锡）》（二首）。其一："宋玉空思后土乾，刘郎莫叹酒频酸（刘孝绰事）。蓬莱三度闲经过，揖让干戈一笑看。"其二："卓荦刘桢气颇奇，杜门张挚最相知。孔融凋谢（谓吴爵五丈天成）弥衡死（谓吴文伯），谁与杨修辨色丝。"

马叙伦作《高阳台·五年春暮,为章太炎作》。序云:"章太炎先生为反对袁世凯称帝,被软禁于北京钱粮胡同。"词云:"烛影摇红,帘波卷翠,小庭斜掩黄昏。独倚瑶阑,记曾私语销魂。杨花爱扑行人面,尽霏霏、不管人嗔。更蛾眉,暗上纱窗,只是窥人。　　从前不解生愁处,任灞桥初别,小揾啼痕。争道如今,离思乱似春云。银笺欲寄如何寄,纵回文、写尽伤春。奈人遥,又过天涯,断了鸿鳞。"

李大钊作《寄霍侣白》。诗云:"一轮舟共一轮月,万里人怀万里愁。正是黯然回首处,春申江上独登楼。"

周恩来作《送蓬仙兄返里有感》(三首)。其一:"相逢萍水亦前缘,负笈津门岂偶然。扪虱倾谈惊四座,持螯下酒话当年。险夷不变应尝胆,道义争担敢息肩。待得归农功满日,他年预卜买邻钱。"其二:"东风催异客,南浦唱骊歌。转眼人千里,消魂梦一柯。星离成恨事,云散奈愁何。欣喜前尘影,因缘文字多。"其三:"同侪争疾走,君独著先鞭。作嫁怜依拙,急流让尔贤。群鸦恋晚树,孤雁入寥天。惟有交游旧,临歧意怅然。"此诗刊于天津南开学校《敬业》学报1916年第4期。

袁克权作《惜阴堂前桃树》。诗云:"万方多难日,一簇尚含黄。灼灼迷人眼,飘飘送马蹄。乍看香雪舞,回望赤霞低。莫逐杨花落,临风踏作泥。"

李思纯作《四月苦雨》(二首)。其一:"芳时迁暮春,流光转初夏。昏昏黄梅雨,清籁动檐瓦。紫苔腻绕屋,新绿纷在野。隐隐玄阴升,汪汪石溜泻。江城苦卑湿,旷爽乏清厦。令序倏已改,郁怀时一惹。愿宏惜才绌,世非知赏寡。淡此山水娱,更假丝竹写。"其二:"晴美悦亢爽,雨晦愁日短。病夫苦憔悴,矧乃及春懒。阴墙苔气厚,芳池新涨满。稍喜浓绿滋,况有残红断。闭门静烧苇,郁绪自梳绾。平生江湖意,隐约梦中眼。窥园引佳兴,展卷获清伴。聊因情虑迁,坐觉岁月缓。"

李琰作《咏子乌》。诗云:"小小玄乌鸟,生来孝自知。羽干能反哺,养老是为儿。初试云程远,归飞日路迟。何堪中午后,三匝绕枝啼。(先父命题,诗成,谁知竟成谶语,抱恸终身)"

[日]白井种德作《送师范校卒业生》(时丙辰三月)、《长野县立小县蚕业学校卒业生,胥谋作校长三吉君铜像,今兹四月行除幕式,并举其在职二十五年祝贺式,请余一言,乃赋绝句二章以赠》(代佐藤农林校长)。其中,《送师范校卒业生》云:"萤雪劳不空,素志才得遂。唯夫自今后,艰苦亦频至。世路本崄危,纵步动颠踬。战战又兢兢,要脚踏实地。为师任也重,不许些轻易。成功果何由,毕竟一仁字。我有平昔亲,切思诸君事。临别祝且规,须应谅微意。"

[日]关泽清修作《暮春》《晚春,追次槐南先生〈隔江看花〉诗韵》。其中,《暮春》云:"韶光九十已阑残,雪样飞花乱扑栏。怪底啼莺声乍歇,一庭微雨又春寒。"《晚春》云:"人间何术挽春回,联襼重登月下台。忽有鹃声穿树去,更无花影上栏来。追寻

好梦唯诗笔，扫荡闲愁是酒杯。莫怪吟状烧绛烛，山厨樱笋夜深开。"

◈ 五 月 ◈

1日　两广护国军都司令部在广东肇庆成立，以岑春煊为都司令，梁启超为都参谋，李根源为副都参谋，章士钊为秘书长。

《申报》第15522号刊行。本期《自由谈》"诗选"栏目含《答刘三》（鹓雏）、《除夕简楚伧、匪石，兼怀亚子、子美》（前人）；"词选"栏目含《月下笛·月当头，夜与匪石、中泠联句》（白中叠）。

《小说海》第2卷第5号刊行。本期"杂俎·诗文"栏目含《迎春曲》（东园）、《春柳词》（东园）、《九日偕毅盦、幼陶、初白登鼓山为巑峰》（绂云）、《奉调赴泰，留别两厅诸同寅及地方各绅士》（谢冶盦）、《泰兴函促予赴厅甚急，时董厅长蒲盦以事晋省不及待，留此以当话别》（谢冶盦）、《泰兴函促予赴厅甚急，时董厅长蒲盦以事晋省不及待，留此以当话别》（绂云）、《庚子八月十八夜，雨中即席口占》（默庵）、《晓泛东湖》（默庵）、《捣衣》（默庵）、《辛丑五月望日泛舟登焦山，夜宿松寥阁》（默庵）、《花犯念奴·云洞美人图》（东园）、《唐多令·发自平山》（东园）、《卖花声·姑苏怀古》（东园）；"弹词"栏目含《瑶台第一妃弹词（续完）》（绛珠女史著，东园润文）。

《中国实业杂志》第7年第5期刊行。本期"文苑"栏目含《上野公园观樱》（黄中慧）、《感怀四首》（释尘）、《思家》（渔父）、《秋晓》（渔父）、《安东县》（渔父）。

《诗声》第1卷第11号在澳门刊行。本期"词论"栏目含《张炎〈词源〉（十一）》；"诗论"栏目含《渔洋诗问节录（八）》；"词谱"栏目含《莽苍室词谱卷一（十一）》（莽苍）；"诗话"栏目含《山藏楼诗话（八）》（乙庵）；"野史"栏目含《本事诗（完）》（裴谈、骆宾王、韩翃）（唐代孟棨）；"杂俎"栏目含《黄梨洲晚年诗》（抱香）；另有其他篇目《〈诗声〉欢迎投稿》《雪堂启事》《诸君欲取〈诗声〉乎》。其中，《〈诗声〉欢迎投稿》中《投稿简章》云："（一）投寄之稿不拘门类，总以不出诗词范围者为限；（二）投寄之稿无论撰著或编纂，均皆欢迎，惟须本人得自有著作权者方可；（三）投稿揭载后，即以本期《诗声》酬赠。如鸿篇巨制，当酌酬书籍用品，以志感谢；（四）投稿如先经他处揭载者，恕不登录；（五）投稿者请书姓名住址（或用别号亦可），以便通信；（六）投稿者请径寄澳门深巷十八号，转雪堂诗社收。"《雪堂启事》云："社友公鉴，兹由同人公推印雪君为总编辑，现将《诗声》继续出版，以餍同志诸公之望，诸君佳作乞源源寄来为感。"

成桄《东征道中同高、钟二君作》载于《义声报》。诗云："策马长征气概雄，黄龙直捣众心同。群山也似解人意，虎踞云霄怒发冲。"

张謇作《江宁陈雨翁八十生日征诗》。诗云："李薛门墙问字辰，望公已似老成人。江山忧患疲龙虎，行辈推排足凤麟。羊酒宁烦官长敬，莺花犹为宿儒春。沧桑何预陶贞白，方眼观时自养真。"

2 日 《申报》第 15523 号刊行。本期《自由谈》"沧浪余韵"栏目含《小鹿樵室诗话 (续)》(吴遇春)；"诗选"栏目含《出塞望蒙古》(二首，陈去病)。

3 日 陈宧发出敦请袁世凯退位第一电。

《申报》第 15524 号刊行。本期《自由谈》"沧浪余韵"栏目含《小鹿樵室诗话 (续)》(吴遇春)。

《春声》第 4 集刊行。本集"笔记"栏目含 [补白]《三百卷室笔记：端方遗诗》。

郑孝胥访吴昌硕，交还所题《研林六逸图》。

叶德辉于苏州玄妙观书摊购得袁世凯著、袁克文辑并手书影印本《圭塘倡和诗》，并作跋。略云："集为项城致枢政时，田居宾僚倡和之作……集中《登楼》一首末二句本作'凭轩看北斗，转觉夕阳低'，大有宋太祖'赶却残星赶却月'之概。辛亥革命，此见其端。今此本改为'开轩平北斗，翻觉太行低'，语虽不凡，失其奸雄气概矣。丙辰四月大尽日得之苏城玄妙观书摊。"

姜可生、陈匪石《饯春联句》刊于《民国日报》。诗云："淡宕东风一倚阑，海天心事诉应难 (杏痴)。怕将连夜丝丝雨，酿作单衣恻恻寒 (倦鹤)。弱絮泥人迎面舞，残花无主破颜看。子规啼断儿时梦 (杏痴)，泪影双波照酒酸 (倦鹤)。"

潘赞化《呈协和军长，同子白作》(四首)、《东征道中，同子白作》(二首) 载于《义声报》。其中，《呈协和军长》其一："万里南征意气豪，山河到底属吾曹。会当大地龙蛇起，好展经天虎豹韬。滇海国军齐奋勇，珠江蛮丑岂容逃？他时饮马长城日，共待先生解战袍。"其二："拍手争夸上将铙，马蹄轻踏万山高。路旁怪石巍巍坐，似说人间虎豹韬。"其三："立马高峰意象豪，眼波时带粤江潮。春风有意迎征马，特放新青长柳条。"其四："万马争驰欲渡河，将军三箭未云多。沉沉华国兴亡势，待击沧溟一放歌。"

魏清德《篁村寄园四绝句，以题为韵，即希岳阳先生郢正》发表于《台湾日日新报》。其一："浮云扫尽见天光，爱此园林纳晚凉。小鼎烹茶烟曲曲，问君何不种新篁。"其二："微看润起云生砚，乱打声喧雨覆盆。宿客不来嫌冷落，一庐烟景望江村。"其三："卧闻百鸟呼声异，起看枝头红作絮。世味惟应静里参，朱颜驻镜皆如寄。"其四："十本芭蕉绿叶翻，藤棚相对坐忘言。纭纭轻薄多机械，祇合低眉事灌园。"

4 日 梁启超致电国务卿段祺瑞，要求迫袁世凯退位，称"项城不退，虽公不能挽今日之局"，并称"能自退，则身名俱泰，最上也"。

符璋闻蔡笑秋于上月 24 日嫁黄枚生，诸公多以诗贺，亦作四首。

[日] 久保得二作《四月初三，水竹云山房小集，次草间天葩祇候韵》。诗云："春事眼前盛，林园晴日佳。当帘花影悄，隔竹鸟声喈。仍剩烟霞癖，且披诗酒怀。诸公多雅量，许我唤同侪。"

5 日 《妇女杂志》第 2 卷第 5 号刊行。本期"文苑·诗选"栏目含《慈庭懿概五言百韵》（吴江芦墟许剩盦）。

由云龙为唐继尧《东大陆主人言志录》作序。序云："诗言志，歌咏言。尼父所存三百篇，大抵贤圣言志之所为作也。自《国风》降为《离骚》，离骚降为汉魏，虽渊源相接，而体制日新。迄于六朝三唐，递相嬗变，绘章绘句，叶韵调声，半皆流连光景之作，以视风雅性灵、滂沛寸心者，骎骎衰替矣。然在文人词客，适以自成其一家之言。至于豪杰挺生，天才纵逸，随意抒写，亦足令铜琵琶、铁绰板高唱入云。此则姿禀既异，怀抱特殊，不婫婫于词句声律之末，而纵横跌宕，自有节奏。如岳忠武、戚南塘辈，皆是也。东大陆主人，自妙年游学，志趣不凡，往往流露于歌咏中。归国以来，叠遭艰难，时多伉爽激昂之句，卒之建树。伟其志与志应，此岂寻常盾笔磨墨、自矜博瞻者所及耶？乙卯之冬，举兵护国，声名震襮海内外，贩夫走卒，莫不知有东大陆主人者。海上志士，瞻仰神驰，屡函索诗于主人。主人谦不欲与，僚友辈一再恳恳，乃出《言志录》一册，属幕中校印，分饷国人。余谓是录在数年前读之，几疑多设想之词。而自今观之，则所言皆实录也。于是而以主人之志倜乎远矣。民国五年五月五日姚安由云龙谨序。"

符璋以诗册及文 1 篇送游越生。以花烛词送黄枚生。

张謇作《散步至先室徐夫人墓》。诗云："怆楚常孤往，乖离对九原。露莹玫瑰泣（墓下隙地植玫瑰），风抑鹧鸪喧。爱树藏碑字，延山款墓门。石台凭默语，儿已望生孙。"

沈汝瑾作《送春》（丙辰四月四日）。诗云："琼筵无计可留春，留得残春更恼人。紫蝶黄蜂分去路，落花飞絮尽迷津。重洋万里寻壶峤，一刻千金叙主宾。绣幕深遮芳讯杳，登墙窥宋有东邻。"

6 日 袁世凯任命王式通为国务院秘书长。

杨纪青早间访徐世昌，赠送徐之先大父画一轴，系得于汴中。昔年为赵莲友观察作九九消寒图，有姚致堂先生诗雅题词九阕，陈容叔先生延益书于画中。

鲁迅在北京由原来居住绍兴县馆内藤花馆移居补树书屋。

古直《留别蕢公》《群舞台欢迎会上》载于《义声报》。其中，《留别蕢公》云："谦谦君子度，恍若坐春风。握发将姬旦，平心庶葛公。予怀良足慰，物望正无穷。去矣夫何语，诗人励始终。"《群舞台欢迎会上》云："日暮传觞乐未央，大罗天上舞霓裳。歌残白雪春无价，开到红莲电有光。四海从今氛尽息，三军于此气皆扬。迷离扑辨谁能识？潮涌羁愁夜正长。"

黄节作《四月初五夜风晓起，过崇效寺看牡丹》。诗云："暖日开迟异去年，回车曾此在春先。岂知游事原无俚，却为风宵独未眠。晓径莓苔将接迹，短栏梱柮不成编。花时故有关心处，欲与闲僧话佛前。"

7日 黄文涛作《四月六日偕庆儿、仁孙至豫园观兰》（四首）。其一："豫园闻说赛兰花，闲共儿孙驾小车。里巷悉更新景像，几回踯躅路三叉。"

马叙伦作《夜飞鹊·五年五月七日读邸报，哀袁慰庭》。词云："晴窗睡初稳，欢梦刚浓。佳境渐到巫峰。蜂媒蝶使殷勤说，西家曾见朦胧。相推又还俯首，任锦裆乍褪，绮带轻松。心头颤乱，恐鸾衾、飞落余红。　　何事骤来山雨，惊破觅无踪。何处重逢。空惹恹恹春病，琼箫麝尽，宝瑟尘封。向谁行诉，只斜阳、冉冉怜侬。最销魂、高树初蝉乱咽，恨锁齐宫。"

8日 南方独立各省在广东肇庆成立护国军军务院，举唐继尧为抚军长。

《申报》第15529号刊行。本期《自由谈》"沧浪余韵"栏目含《小鹿樵室诗话（续）》（吴遇春）。

成舍我填写入南社申请书，介绍人林寒碧、叶玉森。

9日 孙中山在上海发表《讨袁第二次宣言》。

《申报》第15530号刊行。本期《自由谈》"沧浪余韵"栏目含《小鹿樵室诗话（续）》（遇春）；"诗选"栏目含《雪一首》（诸宗元）、《雨夜柬仰鲁》（诸宗元）。

许南英作《浴佛节过开元寺》。诗云："灵辰浴佛来随喜，呗响钟声礼法王。忏悔十年除慧业，通灵一瓣热心香。倚松习静含禅味，枕石清斋纳午凉。廿载重经香火地，傍人不解感沧桑！"

赵熙作《水龙吟·浴佛日佛崖作》。词云："望中天半庄严，嘉州定落荣州后。大哉僧力，自元丰始，迄工元祐。玉斧修云，金容满月，华鲸夜吼。恨青山不语，道君时事，断碑字、苍苔锈。　　台上放翁载酒。问如来、梵天谁救。支那小影，铜仙泪落，咸阳月瘦。十六丈身，一千年事，黄梅雨候。祇红裙袅袅，榴花一色，拜龙华寿。"

[日]白井种德作《丙辰四月初八，奈良君真韶为其祖真守君行赠位报告祭，余亦驱拜焉，赋五绝一首以奠》。诗云："石苔清扫了，修祭告殊恩。泉下应含笑，孤忠闻帝阍。"

10日 程潜就任湖南护国军总司令。

《申报》第15531号刊行。本期《自由谈》"游戏文章"栏目含《赋得退位》（得空字，五言六韵）（尘梦）。

《东方杂志》第13卷第5号刊行。本期"文苑·文"栏目含《黄君远庸小传》（李盛锋）；"文苑·诗"栏目含《曰归暂咏（续完）》（劳乃宣）、《雨窗漫赋》（陈三立）、《枕上听蟋蟀》（前人）、《仓园酒集，喜子申自天津至，夷叔自上海至》（前人）、《步郊外山脚》（前人）、《杂诗八首》（黄濬）、《唐元素属题〈湖山招隐〉图卷》（郑孝胥）、《黄坑道中》（王允晳）、《初四日舆中》（前人）、《倚伏》（李宣龚）、《湖游，答民甫》（诸宗元）、《题〈万壑松声一木鱼图〉》（陈衡恪）；"文苑·词"栏目含《宴清都》（夏敬观）、《玉烛新·谢梁伯通赠梅》（前人）、《眉妩·河东君妆镜拓本》（王蕴章）、《蝶恋花》（刘伯渊）、《高阳台·丙辰立春后一日，偕汤蛰老、章一老同游无锡荣氏园观梅，花园在惠山之麓、太湖之滨》（前人）、《虞美人》（梁公约）；本期另有《石遗室诗话续编（续）》（陈衍）、《餐樱庑随笔（续）》（蕙风）。

《商学杂志》第1卷第5期刊行。本期"文苑"栏目含《与冯许盦论诗书》（李世丰）、《徐宝山传》（冯允）、《论文说梦（续）》（冯允）；"文苑·诗录"栏目含《送海秋入京师》（冯允）、《答琴轩问研荪》（冯允）、《春日》（冯允）。

12日 陈宧发出敦请袁世凯退位第二电。

陈夔龙、瞿鸿禨、邹嘉来、刘锦藻、梁鼎芬、沈曾植、陈三立、许寿昌、胡嗣瑗聚于花近楼。陈夔龙作《浴佛后二日，柬约止庵、紫东、澄如、节庵、乙庵、伯严、铭伯、琴初花近楼雅集，以"饭后钟"为起句各赋一律，得句呈诸公教》。诗云："促席犹闻饭后钟，重开吟社聚萍踪。令严白战难持铁，邻少青山倦曳筇。恰似催花频鼓羯，几人得句独探龙（乙庵、节庵诗最工）。诗坛酒垒容吾辈，太息西南未息烽。"

《申报》第15533号刊行。本期《自由谈》"含商嚼徵"栏目含《双凤阁词话》（鸳雏）。

符璋代郑梓怀作诗八绝句送黄枚生、蔡笑秋。又赋四绝纪游。夜复偕宋仲明、郑梓怀诣第一楼一坐，主人胡蕙香姚冶多姿，似为曲中之冠。二鼓归，为胡蕙香成四绝并一联。

13日 《申报》第15534号刊行。本期《自由谈》"诗选"栏目含《有所思九章，二月十六夜作》（朱鸳雏）。

章慈云《侦察阵地得句》（三首）载于《义声报》。其一："茅屋柴扉半掩开，佳人满座系芒鞋。可怜狼狈惊恐状，都是避兵远处来。"其二："茅庐小坐慰生民，男女围谈笑语亲。都道滇军有道义，不犹北贼惯辱人。"

魏清德《喜心南兄来访》发表于《台湾日日新报》。诗云："斜月照双扉，回光满葛衣。怜君寻我到，值我与君违。坐久市声寂，更深人语稀。偶贪风露好，独出竟迟归。"

张謇作《早起望南山》。诗云："南山若亲知，当窗日常面。有时雾雨作，避匿忽不见。离合人事然，更不关喜厌。林壑吾所知，风云听其变。每当一暝隔，乍睹一峭蒨。寺宇炳丹粉，萦入苍翠绚。策杖会追寻，就汝慰劳倦。"

14日 天津惠民公司与法国军部代表签订招募华工20万赴欧参战合同，并于是日起至次年8月止，相继在天津、香港、浦口、青岛附设招工机构。此后，俄、英两国亦援例分别在哈尔滨、威海卫等地招送华工。

徐世昌出门访赵次山，求于清史列女传内为其先太夫人立传。徐抄录其先大夫行略，先太夫人行述、墓志、墓表，汇为一册呈送史馆。

15日 《民彝杂志》在东京创刊，留日学生总会发行。8月12日第2号改由上海泰东图书馆发行，李大钊任编辑主任。分设撰著、评论、通讯、论坛、译述、杂俎等栏目。创刊号"杂俎"栏目含《上张百熙先生书》(桂念祖遗稿)、《与友人某君书》(桂念祖遗稿)、《船山子王子授义叙》(刘人熙)、《〈不系舟诗〉序》(方希立)、《留日同人祭黄花岗就义七十二先生文》(界民)、《留日同人祭宋遁初先生文》(界民)、《留日同人祭桂伯华先生文》(程九如)、《泊吴城，闻邻船歌者，感作》(桂念祖)、《渡鄱湖》(桂念祖)、《予僻嗜为诗，而至契如欧阳竟无者，独未尝一唱和，盖相见以心，不晓晓于文字也。岁丁未联袂东来，将谢绝尘寰，为面壁九年之举，而浮云奄忽，蛮驱倏分。盖此行也，地藏大士曾示之兆曰：所向处可开化，故勉为岭峤之游，未敢即安焉。阎浮杂世，拔苦良难，既怅离群，行念佛语，乃次张德公赠别之韵，率呈是偈，一知半解，冀知我者，印可焉尔》(桂念祖)、《欧公和作，见地略同，犹虑始志之或纷也，叠韵勖之。第六句以曾订曹山之约故云》(桂念祖)、《象教陵夷殆千载矣，占词如是意者，慧命其复苏乎？诗以祝之，仍叠前韵》(桂念祖)、《赠程蘗如返国，次韵》(桂念祖)、《老泪》(桂念祖)、《五十六初度，示张生劼仲》(刘人熙)、《瓣翁寄我谭生狱中题壁诗云："望门投止思张俭，忍死须臾待杜根。我自横刀向天笑，去留肝胆两昆仑。"盖止二仆相随也，云英教士、李提摩太故与生善，屡迎其致英使馆匿避，固不往，坐待引颈，临刑谈笑自若，可谓壮矣！惜乎未见其止也。余闻而悲之，因悼以诗》(刘人熙)、《耶稣诞日歌》(胡适)、《自杀篇(有序)》(胡适)、《民国五年元旦前一日返国，留别界民》(梅僧)、《次韵九如春日哀诗》(界民)、《春日哀诗》(九如)、《乙卯新春》(无怼)、《一宫海岸，和易枚丞韵》(无怼)。

《申报》第15536号刊行。本期《自由谈》"含商嚼徵"栏目含《双凤阁词话(续)》(鸳雏)。

[韩]《天道教会月报》第70号刊行。本期"词藻"栏目含《常春园雨中看花》(凰山)、《追和常春园韵》(沃坡)、《暮春牛耳洞》(凰山)、《三月三十日》(凰山)、《四月青莲寺》(香山)、《又》(我铁)、《又》(南隐)、《又》(朴东铉)、《又》(凰山)。其中，沃坡《追和常春园韵》云："雨岸莘夷对槛明，柔条嫩绿挹新晴。轻风吹雨晚来急，满地桃花更管情。"

16日 章慈云《北兵》载于《义声报》。诗云："民愤北军海样深，那堪强遥送伤兵？担来直向吾军送，诳说滇营是北营。"

17日 王国维访沈曾植，并观藏书。《王国维致罗振玉札》是日略云："乙老言及，古乐家所传《诗》与《诗》家所传《诗》次序不同，考之古书，其说甚是。"

18日 陈其美遇刺。陈其美，1878年生，字英士，浙江吴兴（今湖州）人。当铺学徒出身。幼年随母识字，早年丧父，王一亭曾作画《英士群戏图》，题诗曰："嬉游野烧已如炎，觇此方知智勇兼。迥异群儿能了了，养成大器不烦占。"清光绪三十二年（1906）至日本，入警监学校，并加入同盟会。1908年回上海，联络党人，并加入青帮成大头目。1909年夏，拟策动浙江起义，因告密未成，后在上海创办《中国公报》《民声丛报》，宣传革命。1911年7月参加谭人凤、宋教仁等在上海成立同盟会中部总会，被推为庶务部长。武昌起义后，与江浙革命党人立即响应，联络上海商团在上海发动武装起义。上海光复后任沪军都督。"二次革命"爆发，任上海讨袁军总司令。败后走日本。1914年参加中华革命党，任总务部长。1915年回国，任革命党淞沪司令长官，多次组织反袁军事行动，策划暗杀上海镇守使、海军上将郑汝成。1916年，受袁世凯指使，张宗昌派程国瑞以假借签约援助讨袁经费为名，在日人山田纯三郎上海寓所将陈其美暗杀身亡。卒后，蒋介石撰文祭之。柳亚子赋诗志痛。诗云："披发呼天那可闻，从知人世有烦冤。十年薪胆关青史，一夕风雪怒白门。生负霸才原不忝，死留残局更何言。苌弘化碧宗周烬，忍向黄垆检断魂。"于右任在陈殉难后作《哀社之友》。诗云："十年薪胆余亡命，百战河山吊国殇。霸气江东久零落，英雄事业自堂堂。"费公直作《哭英士》。诗云："大星遽落汉家营，救国原拚作国牲。指日黄龙期痛饮，横江白马怒秋声。英雄尽许妖魔算，民贼终当狗彘烹。战局东南事方急，哭公多半为苍生。"南社同人挽联云："白社黄垆，一恸人琴感俦昔；丹心碧血，百年宇宙肃清高。"陈去病作挽联云："数十年忧患余生，卷土重来，毕竟斯人真健者；新大党中华革命，拚身一掷，不堪遗恨满尘寰。"林一厂作《悼陈英士联》云："湖海识元龙，剑胆箫心曾一世；桃源怆渔父，青磷碧血共千秋。"高旭作挽联云："我公虽死，目其瞑乎？郁怒总难平，阴相共和，当作鬼雄歼丑虏；世道如斯，心滋痛矣！生灵究何罪？遽摧砥柱，欲持杯酒问青天。"吴芝瑛作《挽陈其美》联云："肝胆照人，铁血金钱收壮士；牺牲报国，青天白日惨灵旗。"廉南湖作挽联云："国无可为，后有千秋且勿哭；死皆不免，今弱一个庸何伤。"周震鳞作《挽陈英士》联云："为国捐躯，吾公志愿；缉凶善后，侪辈仔肩。"[韩]申奎植作挽联《英士我兄灵右》二副。其一："沧海横流，相期砥柱颓风，争回人格；将星忽殒，会看犁庭杀敌，扫荡妖氛。"其二："吴绶卿，宋渔父，生与齐名，死与同归，壮志未酬，留取丹心照千古；大革命，真共和，创之维艰，久之靡定，万方多难，空余热血到重泉。"

王闿运为廖基瑜之母张夫人撰墓志铭，并给廖树蘅作书一封。

章太炎欲逃离北京，被暗探跟踪，拥至巡警总厅。

张謇作《春暮独登迟虚亭》。诗云："乾坤黯黮战元黄，江海萧然漫曳藏。卖字买山新作计，留春去老旧无方。欲愁听鸟歌千啭，不饮逢花醉一觞。独奈迟虚亭上立，临风负手看斜阳。"

19日 叶昌炽为曹元忠之母作《曹太恭人寿宴诗》。序云："丙辰四月二十二日，曹君直之母马太恭人八十正寿。昌炽辛亥以后，闭门却扫，不预觞祝。但如太恭人徽猷懿美，式昭管彤，夔一中翰，禀承母教，但以雅言娱亲，敢援《下泉》忾叹之义，窃附中垒颂图之后。"诗云："繄余志学时，定交管操救。为我谈扶风，师丹老未忘。受经南园翁（谓陈硕父先生，太君之父远林先生师也），从军北府将。溯自新息来，文武才兼长。吁嗟宝塔湾，不殊壶头瘴。一战歌国殇，裹革未归葬。闺中有大家，女宗凤所仰。刘氏营墨庄，周官述韦帐。有子渔仲才，校雠略手创。籯书承明庐，遍窥名山藏。佚礼搜曲台，晚书订大脟。尽刊三豕讹，不辞一鸥访。神州嗟陆沉，世方丁板荡。拂衣出国门，归慰倚闾望。茸城近尺咫，兰台载兼两。枕葄积书岩，飘摇津逮舫。天步虽云艰，高堂喜无恙。舞彩逢令辰，恤纬抱微尚。郁郁春陵乡，炎精衰更旺。中兴傥可期，上寿亦无量。贞下起元时，老来复丁壮。忠孝家之肥，康疆寿者相。"

张謇作《迟虚亭落成》。诗云："曾阅千帆过，重看六角新。楼台仍后进，莺燕已残春。坐适支离叟，闲邀磊落人。何年听击壤，无处说耕莘。"

黄濬作《四月十八日过榆园，赋呈姜斋先生》。诗云："平泉小筑见峥嵘，开府归来百感增。世难遂同山著烧，端居又见谷成陵。真充棋隐双枰地，预许诗盟一穗灯。退食倘容陪履杖，短章先为写溪藤。"

20日 《申报》第15541号刊行。本期《自由谈》"沧浪余韵"栏目含《蓬云小阁诗话》（燕）。

《大中华》第2卷第5期刊行。本期"文苑·文"栏目含《哀启》（梁启超）；"文苑·诗"栏目含《芳园杂咏》（勒少仲）、《饭罢》（桂伯华）、《舟夜》（伯华）、《摄生》（伯华）、《和楚青，用原韵》（邵廉士）、《甲寅冬再莅章门，余子铁珊自万载以书并持见寄，依韵和之》（金楚青）、《读史杂拟》（仲涛）、《民国新乐府》（仲涛）、《春晴》（仲涛）、《莲士走赠以诗，次韵奉答》（仲涛）、《陶焕卿为人所贼，今宋君教仁之变复作，睹世变之已亟，感来日之大难，为生民哀也》（仲涛）。

《学生》第3卷第5期刊行。本期"文苑·诗"栏目含《有感》（北京公立第四中学校四年生易家钺）、《咏史》（江西龙南立志高小学生钟显均）、《柳绿》（江苏第一师范学校学生吴年彭）、《晚步》（江苏第一师范学校学生吴年彭）、《夏日遣怀》（上海民立中学校学生张训诗）、《送春》（上海民立中学校学生张训诗）、《吴山晚眺》（五律）（浙江安定中学四年生张元荣）、《铁马》（七律）（浙江安定中学四年生张元荣）、《铜龙》（七律）（浙江安定中学四年生张元荣）、《风旛堂》（广州中学校三年生李景鎏）、

《日与槐伯兄作诗，赌用险韵，得夏日咏怀二章》（附作者肖像）（广东番禺县立中学校四年生虞辅）、《夏日游览》（直隶丰润中学校二年生张焯星）、《春闺送别》（广东省立惠州中学校四年生魏佐国）、《新竹》（直隶真定中学校学生何苣孙）、《听蛙》（直隶真定中学校学生何苣孙）、《念奴娇·赠丁师宗一》（通海公立中学毕业生钱啸秋）。

魏清德《次林搏秋君敬步儿山先生瑶韵》《席上呈儿山先生阁下》《席上呈赵云石老词宗》《呈黄鸿汀先生》《呈剑泉词兄》《呈暘谷先生》《呈宜园主人吴昌才君》发表于《台湾日日新报》。其中，《次林搏秋君敬步儿山先生瑶韵》云："石家金谷好林园，迎客今宵倒酒樽。为有老人星耿耿，不因斜照见黄昏。"《席上呈儿山先生阁下》云："龙马精神海鹤姿，香山白传擅歌词。年年春在先生处，长向宜园倒接䍦。"《席上呈赵云石老词宗》云："海外人才数七鲲，灵光鲁殿几人存。江梅花落延平庙，爱读歌行吊国魂。"《呈黄鸿汀先生》云："台湾一水隔巴西，曾说恒春听午鸡。今日逢君新握手，们罗东亚不堪提。"《呈剑泉词兄》云："剑泉家学有渊源，好比眉山萃一门。谁唱大江东去也，与君逐鹿向中原。"《呈暘谷先生》云："供养烟霞笔底参，老来情味若兴阑。也曾著作论风教，一卷余光记剑潭。"《呈宜园主人吴昌才君》云："宜园花木旧知名，人物风流庚子成。风月常新同健在，年年长此结诗盟。"

饶汉祥作《自二月至四月十八日家属遁毕》。诗云："含饴慰迟暮，捧檄疗清贫。我昔岂知诬，亦欲娱慈亲。森然有三女，迤逦似阶陈。尚思子承祧，谓胜登要津。哀哉婚与宦，堕阱不自竣。宛转随推移，荡若车后尘。布帆苦思泊，风急河无滨。前丝断缠绵，丝子生复新。绕身两股绳，纠缠互相因。谁言奉母欢，垂老增酸辛。去年归故乡，陌上多蹀人。重来取妻孥，师门日逻巡。豺狼坐门阈，屏气不敢呻。常忧陷火宅，家长同委沦。阖门荷天眷，鸡鸣度城闉。惴惴三月间，夜坐常向晨。腥膻岂忍投，濡滞亘一春。内顾念已纾，要当奋飞鳞。雄鸡化为雌，荧惑贯北辰。所亲畔心德，四海宁同伦。当时骈牙幽，幸免膏虎唇。谷风一失势，蓄毒焉能伸。主忧臣当辱，三户期亡秦。顾惭室家累，隐忍稽征轮。后潮叠前潮，世变伤推循。白浪高如山，何时拔微身。衰年戚日滋，陟屺泪沾巾。终当奉偕隐，岂待毕婚姻。"

齐白石作《丙辰四月十一日，闻南北军约战于湘潭。有友人避灾来借山，偶观〈借山图〉及诸题词，因怀唐曳传杜》。诗云："军声到处便凄凉，说道湘潭作战场。一笑相逢当此际，明朝何处著诗狂。自夸足迹画图工，南北东西尺幅通。却贵笔端泄造化，被人题作夺山翁。"

21日 《申报》第15542号刊行。本期《自由谈》"游戏文章"栏目含《戏咏时事》（二首，石吉生）；"诗选"栏目含《小极》（鹓雏）、《夜坐》（二首，前人）、《答刘三见怀》（贞壮）。

符璋午刻饮黄枚生处，出示《与笑秋女士偶和》诗。

柳亚子致函南社会员徐梦鸥,主张"倒孔",推崇陈独秀说,认为《青年》杂志中陈独秀君巨著,宜写万本,读万遍也"。

周作人作《〈蜕龛印存〉序》,后载于《爰社丛刊》第4期,署名"启明"。周作人6月7日将所作《〈蜕龛印存〉序》寄鲁迅修改。6月21日鲁迅将改定稿寄还周作人。序文称山阴杜泽卿所作之《蜕龛印存》"用心出手,并追汉制,神与古会,盖粹然艺术之正宗"。又云:"尝闻艺术由来,在于致用。草昧之世,大朴不雕,以给事为足。已而渐见藻饰,然犹神情浑穆,函无尽之意。后世日有迁流,仍不能出其封域。"

魏清德《寄林湘沅君兼呈南社诸君子》《午睡》《题画》发表于《台湾日日新报》。其中,《寄林湘沅君兼呈南社诸君子》云:"贪看月好坐更深,风露如泻天横参。梦为鹏鸽啼绿阴,一声声切友求心。晓来残蟾坠江雾,晨光杲杲射林树。卧闻剥啄谁跫然,梦里故人神所注。梦耶真耶费疑猜,弹指三年一回顾。忆昔寻君赤嵌城,黄沙碧草叩柴荆。鼎兰篱菊互深浅,酒榼茶铛共纵横。别时颜色皆不异,新诗膏吻当饼饵。惟于世变默无言,大有寒山悟道意。甚欲留君款酒杯,爱君谈笑声如雷。那知会少别又速,此意翻成已焉哉。楝花怒发七鲲身,竹溪题壁感生尘。旧游新恨知多少,问讯天南几纹人。"《午睡》云:"午睡醒时酒亦醒,起伸吾脚坐忘形。绕檐雀噪因何事,翠竹摇风日满庭。"《题画》云:"梅花纸帐梦重重,茆屋闻春野趣浓。一事关心明日早,杖藜扶我看春菘。"

22日 陈宧宣布四川独立。同日,护国军总司令蔡锷、川北护国军政务长张澜等发来贺电。骆成骧作《四川独立日有感》(四首)以纪之。其一:"洛蜀钟声感异闻,群雄提鼓问燕云。渐台纵远瀛台近,先帝神灵正待君。"其二:"水镜无尘二十年,再看龙凤起西川。即今曹马心先破,喜动峨眉万里天。"

《申报》第15543号刊行。本期《自由谈》"诗选"栏目含《十五日雨》(泗滨野鹤)、《自审》(前人)、《偶书,呈鹓雏前辈》(二首,前人)。

23日 张謇作退翁观音院大殿联:"构殿自何年,溯五代题名,西下欲寻舟舣处;扬尘当此日,观万方多难,东边犹有海潮音。"

25日 《小说月报》第7卷第5号刊行。本期"文苑·诗"栏目含《若海招集古渝轩写句纪事,因忆与孺博会饮此楼,遽尔伤逝,次和及之》(散原)、《乙卯花朝逸社第二集,嵩庵中丞邀酌酒楼,用杜句,分韵得纵字》(散原)、《秋夕》(散原)、《夜坐》(散原)、《刘园朱棣老梅下共醉》(仁先)、《看梅后归舟遇雨》(仁先)、《送诸贞壮南归》(敷厂)、《槎溪》(又点)、《梅花》(又点)、《竹阴》(又点)、《雪中坐湖楼》(贞壮)、《湖上园有四枫,其一霜叶特赤,阁旁有海棠,寒亦作花,过而赋之》(贞壮)、《听永见视新篇,次韵却答》(亮奇)、《陕西邠州有唐时大佛寺,建筑奇古,余二十年前驱车屡过之,追忆有赋》(纫秋)、《长至日,散原先生招饮精舍》(暾庐)、《题画,寿陈微知五十》（曼青）、《和梁大纪江北灾元韵》（二舲）、《不见亮奇两月矣，诗以讯之》（子图）、《赠湘人萧蕈秋》（公约）、《五言二首，贺约堂先生新居》（颐琐）；"传奇"栏目含《双泪碑传奇（续）》（吴梅）；"最录"栏目含《巢睫山人酒祀典（未完）》《贺知章乞赐鉴湖赋》（以"少小离家老大回"为韵）（东园）、《春兰》（碧珠）、《春柳》（绛珠）、《江南好·和东园黄歇浦之作，次韵四阕》（绛珠）、《明月生南浦》（绛珠）、《春草》（树轩）、《春韭》（苹香）、《摊破浣溪沙》（苹香）。其中，梁公约《赠湘人萧蕈秋》云："黄金销尽少年梦，萧寺穷居风雨残。曩日楚狂人不识，破衣沽酒大江寒。"

《中华妇女界》第2卷第5期刊行。本期"文艺"栏目含《随园女弟子轶闻（续）》（崇明施淑仪女士来稿）、《吴梓储公子为况儿伤足跋涉千里来沪相视，旅舍盘桓，情逾骨肉，感赋二章以答余意》（范姚蕴素女士）、《吕惠如校长偕游清凉山，登扫叶楼，和其题壁原韵以赠》（前人）、《寄怀易仲厚长沙》（前人）、《忝列尚志女学讲席已届十周，赋此以作纪念》（崇明施淑仪女士）、《湘云女士前未之识，今夏少屏以其行述见示，固铮铮一奇女子也，感成二绝》（刘季平）、《读〈麻疯女传奇〉题后》（徽庐林颐）、《前题》（雪舟林宗泽）、《贺圣朝·暮春》（蒋发女士）、《琐窗寒·柳花》（吴斯圮女士）、《虞美人·雨夜有怀湘波七姊》（前人）、《渔歌子·集诗牌》（前人）、《满江红·京口晚泊》（郭坚忍女士）、《清平乐·江行遣怀》（前人）、《上袁大总统书》（民国二年七月廿一日）（附廉湖与吴稚晖书）（吴芝瑛女士）。

沈曾植题诗于扇赠别陈三立。陈三立作《为嫁女客沪上两月，四月二十四日移还白下别墅，节庵、止庵、乙庵诸公咸题扇赠别，依次答寄凡三首》诗以纪之。其中，其一《答节庵》云："侵晨车驮戒门阑，有客遮前掬肺肝。睥睨只擎题扇句，斯须又博仰天叹。曰归拚向草间活，扶醉难忘月下看。溪上欲私干净土，夏云移覆钓鳊竿。"其二《答止庵》云："往者挽归驾，为忠失自谋。翻劳惊虎穴，独恋钓龙湫。草木今同命，天云一照愁。清吟被灾眚，凉落蒋山头。"其三《答乙庵》云："作邻六十日，纵语五千年。兴尽掉头去，钟音江海传。霸图延老味，兵气压佳眠。自度风轮上，犹堪十种仙。"

叶昌炽和汪范卿自寿诗，作《梅隐词丈七十初度，赋诗述怀，依韵奉和》（二首）。其一："同住春明二十年，还山又结遂初缘。桃潭故宅三分水，薇省新词万选钱。削迹闲从莲社后，论交忆在竹林先。（谓薇轩）祝延我亦如廉范，但少天龙一指禅。（君在都下，高足锡山廉君惠卿曾绘无量寿佛像为君寿。其时君不过五旬，世尚承平，自今视之，不啻龙汉以前事）"其二："劫余重返钓游乡，袖手何嫌代斫伤。论著养生中散懒，诗呈祝碬小奚忙。席间杖履笋新熟，天上觚棱饭不忘。朝土贞元今有几，巍然一老是同光。"

26日 《申报》第15547号刊行。本期《自由谈》"沧浪余韵"栏目含《小鹿樵室诗话》（吴遇春）。

符璋应友人约，集两语作联曰："林间暖酒烧红叶；竹里行厨洗玉盘。"

27 日　《申报》第 15548 号刊行。本期《自由谈》"诗选"栏目含《秋感四首》（潘飞声）。

姚华作《丙辰生日示及门诸子，并邀翼牟、师曾同作》。诗云："今日过四十，已成昨日死。老至余生促，始觉少年美。功名安足云，文章或可喜。比年谋著述，以时置书史。局危棋不定，饥来兴未已。天地几陵谷，心肠烂桃李。只恐意中春，常似风前耳。道隐吾何适，辄乱将焉筮？弥月政失御，我室冀无毁。帝典补更缺，皇纲张复弛。纷纷子云阁，捷捷王乔履。城门虑池鱼，海滨寻敝屣。叹此哲人愚，遂令澄波诡。恍惚一年事，依稀前朝纪。对食惜鸡肋，捧璧怜马齿。生初尚无为，生后胡逢此！忧长夜未艾，河清寿难俟。斯文犹可闻，维罍亦所耻。嗟兹守残缺，焉能喻群士！遥遥河汾心，寂寂梅生市。安危既有命，醉醒行其是。何用歌《五噫》，聊复续三似。"

28 日　《申报》第 15549 号刊行。本期《自由谈》"沧浪余韵"栏目含《小鹿樵室诗话》（吴遇春）；"诗选"栏目含《题哲夫画》（芷畦）、《即事》（芷畦）。

29 日　湖南将军汤芗铭宣布湖南独立，改称都督。

王国维致罗振玉函云："乱事靡定，人思息肩，天下大势恐遂归匹碑之手。以势力计之，大约段七分，南军三分，颇闻袁之要人已多归心匹碑，然亦可反复。此人在今日，正如夫己氏（按：指袁世凯）之在辛亥，然亦岂拨乱之才哉！此次粗定，尚须半年，至一二年后又当复生变故，恐神州自此已矣。"又云："报又载艺风事（按：指缪荃孙充当袁世凯称帝之江苏省劝进代表），可笑之至，世有此人，真读书者之羞也。"

张震轩作《阅永嘉〈林浮泚乔梓百日酬唱集〉，爰题一律》。诗云："鸿爪痕留俟廿年，新诗喜得句如仙。清同高士梅花瘦，和有双雏鹤韵圆。汐社吟朋骚别调，江乡文物宋南迁。故家风雅今无几，枨触先儒玉甄篇。"

30 日　《申报》第 15551 号刊行。本期《自由谈》"诗选"栏目含《坐雨有作》（鹓雏）、《杂兴》（鹓雏）、《市楼小饮，偕陈蝶仙、包天笑》（鹓雏）、《题〈板桥杂记〉》（泗滨野鹤）。

31 日　《申报》第 15552 号刊行。本期《自由谈》"游戏文章"栏目含《疑雨集新诗笺》（五首，啸厂）；"沧浪余韵"栏目含《小鹿樵室诗话》（吴遇春）；"诗选"栏目含《西子妆》（庞檗子）、《西子妆》（王尊农）。

本　月

《民声杂志》创刊于湖南长沙，编辑人曾㮣。1916 年 12 月出至第 3 期停刊，共出 3 期。主要栏目有"论著""译著""选论""学术""艺林（文录、诗录、词录）""小说""纪事"等。主要撰稿人有曾㮣、罗以仁、曾纯阳、杨昌济、[日] 掘江归一、稚君、锦公、秋尘、王礼培、宗楞、壁园、茗仙、息园等。

《学术丛编》（月刊）由广仓学窘出版。王国维主编。王国维撰《仓圣明智大学发刊学术丛编条例》刊于《学术丛编》第1册。共出版24册，后编印为《广仓学窘丛书》甲类，又称《学术丛书》。同时出版《艺术丛编》（双月刊），邹景叔主编，共24册，后编印为《广仓学窘丛书》乙类，又称《艺术丛书》。

《中国学报》复刊第5册刊行，是为终刊。本册"文录·赞类"栏目含《后汉三十二功臣赞》（富顺陈子元崇哲遗著）。

《南社》第17集出版。柳亚子编辑，收文55篇、诗494首、词132首。本集"文录"栏目共收录55篇，含白炎（二篇）：《〈阿娜恨史〉序》《〈柳溪竹枝词〉序》；刘超武（一篇）：《与蔡寒琼书》；周明（二篇）：《〈春晖文社社选〉序》《〈雪鸿泪史〉序》；林百举（一篇）：《黄先生获农谏》；谢华国（一篇）：《南社粤支部序》；林景行（一篇）：《与柳亚子书》；程善之（一篇）：《彭城张令贻副室韩氏谏》；胡怀琛（一篇）：《〈女子古文观止〉序》；范光启（二篇）：《纪宋先生遗事》《再纪宋先生遗事》；沈砺（一篇）：《〈分湖旧隐图〉后记》；周斌（三篇）：《李一民母朱太君七十寿文》《〈云和魏氏诗集〉跋》《〈天石诗钞〉跋后》；戴德章（二篇）：《大哥传》《送陈振夫中校序》；顾余（一篇）：《〈柳溪竹枝词〉序》；潘有献（一篇）：《〈文星杂志〉序》；潘普恩（一篇）：《〈桐柏双清图〉书后》；邵瑞彭（三篇）：《与柳亚子书》《再与柳亚子书》《三与柳亚子书》；徐世阶（四篇）：《与柳亚子书》《再与柳亚子书》《三与柳亚子书》《四与柳亚子书》；刘去非（一篇）：《〈三十初度唱和集〉序》；曹凤笙（二篇）：《题〈分湖旧隐图〉后》《赠张子松序》；洪为藩（一篇）：《与柳亚子书》；陆曾沂（一篇）：《与柳亚子书》；陈世宜（三篇）：《书〈春航集〉后》《〈柳溪竹枝词〉跋》《与柳亚子书》；李志宏（一篇）：《〈分湖旧隐图〉诗跋》；吴清庠（一篇）：《〈叶中泠词卷〉序》；李寿铨（二篇）：《吉金乐石之居印存序》《〈拙存堂文集〉序》；张素（三篇）：《〈闷寻鹦馆填词图〉记》《与姜胎石书》《连明星〈妙吉羊诗草〉序》；姜可生（二篇）：《与周人菊书》《与柳亚子书》；徐天复（一篇）：《宋先生传略》；徐梦（四篇）：《书错铸生》《书燕之奴》《书瞽女丐》《与柳亚子书》；汪文溥（五篇）：《〈展庵曲剧丛话〉序》《〈燕游续录〉序》《与柳亚子书》《再与柳亚子书》《三与柳亚子书》。"诗录"栏目共收录494首，含白炎（五首）：《甲寅立春后一日，梦坡招饮晨风庐，分咏得甲字，用十七洽全韵》《翰怡新居落成，征淞社同人赋诗，一山用周石帆、齐次风两先生移居酬唱诗首二章韵为贺，余亦继声》（二首）、《梦坡招饮春宵楼，壶丈诗先成，依韵叠赋二章》；胡熊锷（七首）：《生女慰内》《粲如到，问偕隐，内子目疾，代赋以谢之》《题亚子〈分湖旧隐图〉》（五首）；邓万岁（一首）：《重游仙人寝室》；马骏声（八首）：《挽黄诏平先生，集定盦句六绝》《月夜观剧，赋赠女伶张小仙》（二首）；吴沛霖（二首）：《题〈三子游草〉》；谢无量（二首）：《己酉岁未尽七日，自芜湖溯江还蜀，入春淹泊峡中，观物叙怀，辄露鄙音，略不诠理，奉寄会稽山人，冀资喝噱》《春日寄怀马一浮》；龚尔位（一首）：《喜蒋君万里来长沙，书赠即用其题余〈麓山随缘坐石图〉原韵》；傅钝根（五首）：《丹青引，赠张少连》《调醉庵》（二首）、《题〈雪耘词〉后》（二首）；孔昭绶（二十首）：《东游仙诗，留别邦人诸友》（二十首）；汪洋（十七首）：《马江晚泊》《和霁青》《病中感事》《西湖即事》《寿静仁先生四十三初度，即步原韵》《感事，即用前韵》《伤瓶》《和克安〈西湖〉原韵》《寄蹇公钟祥，即步原韵》《白露黄粱熟，和静仁先生》《和克安题赠雅集梅枝山馆小影》《送汝川归皖》《克安暂去榕城，赋此志别》（四首）、《静仁先生命和送克安之京原韵》；王横（一首）：《哭子美》；胡韫玉（七十三首）：《初至榕城，允公招饮，又一日以诗谢之》《和静仁先生送筹办保卫团诸君原韵》《和小柳声字韵》《再叠前韵》《倒叠前韵》《春雨，用小柳肠字韵》《叠前韵酬小柳》《再叠前韵答小柳》《和静仁先生感事原韵》《叠门字韵》《再叠门字韵》《三叠门字韵》《酬小柳，四叠门字韵》《鼓山为闽中之胜，余未能往，子实有〈游鼓山〉四律，依韵和之》《闻中日消息，和小柳韵》《游西湖，和子实韵》《幽兰诗》《和子实韵》《登崖石，和静仁先生原韵》《闽江夜泊》《琯头岭大雨》《泊三都澳，随静仁先生船头玩月》《和静仁先生〈三都月夜〉原韵》《由三都至大嵛山，海中和静仁先生韵》《登长腰岛望官井洋》《登大嵛山》《登沙埕狮子山，和静仁先生韵》《和刘少霆〈平潭海中〉原韵》《乘帆船在平潭海中遇风》《由平潭至南日海中》《宿龙溪驿馆，夜闻虫语，尽作秋声，顿起故园之思，去乡已十二载也》《南靖道中》《黄石斋先生读书处》《答小柳，即以代柬》《叠前韵再柬小柳》《寿静仁先生，即用先生〈四十三初度〉原韵》《子实在辽东劫后只存一瓶，已受微伤，特以诗纪之，即次其韵》《和允公〈游西湖〉原韵》《题允公诗，用微庐原韵》《游西湖》《和静仁先生〈白鹭黄粱熟〉原韵》《秋日感怀》《用霁青韵，柬微庐、小柳于龙溪》《中秋前一日，允公招饮，即席赋赠》《和静仁先生〈八月十五日夜月〉原韵》《送汝川归皖二律，五言用静仁先生韵，七言用允公韵》《允公有京华之行，赋此送别》《感事，用子实韵》《小柳约同归沪，诗以答之》《次小柳韵》《赴京师，小柳有诗送别，寄此答之》《京中偶成》《游宫怆然有感，非为清室哀也》《早出西直门》《晚归》《游颐和园十二律》《和巢南肥宽韵》（二首）；胡怀琛（二首）：《与仲兄夜话》《题〈武林游草〉寄石子》；陶牧（十二首）：《和静仁先生〈保卫团〉原韵》《贻朴庵》《和子实〈西湖〉原韵》《题季樵玉照并送其归皖》《和朴庵见答韵》《七夕，和微庐，仍用征字韵》《和微庐题允公诗原韵》《和静仁先生〈四十三初度〉原韵》《和允公〈感怀〉韵》（二首）、《和微庐〈中秋〉韵》《和静仁先生〈白露黄粱熟〉原韵》；杨铨（二首）：《隔邻有女生将去邻佣，幼子哭，挽之，余怀为扰，不自知其何感也》《康乃狄克省中间城，赴东美学生会寄兴，此城多树，大木参天，一望弥漫，故人以林城名之》；沈砺（十一首）：《次韵和晓白》《无题六首》《亚子邮赠先德粥粥翁〈养余斋诗集〉四册、〈分湖小识〉二册,郭灵芬手写徐江葊诗、王氏〈青箱集〉、蒋氏〈拙存堂集〉各一册,皆人间不易睹之环作也,获读狂喜,诗以谢之》《书感》《题近作后》《帆影楼题壁》;周斌(二十一首):《题天风〈弯弧庐诗稿〉》(二首)、《津浦车中所见》(二首)、《重至燕京示旧友》(二首)、《重游陶然亭,见旧题依然在壁,爰叠前韵以志鸿爪》《题香冢二绝》《答天石》《哭仲权》《次韵答樊山》《天石限而为之其斯韵,作艳体一首,勉成此以答之》《和项君琴庄自题四十小影一律,步原韵》《秋柳四律,用易实甫〈禁中秋柳〉原韵》《题津妓赛昭君小影》《集句赠花秀春》(二首);戴德章(七首):《题曹菊砚先生〈白衣送酒图〉》《补题三十二岁衣冠小影》(二首)、《项琴庄兄邮示题玉照诗,即韵寄怀京华》《东园品兰》《题〈花月痕〉后》《八月十八为酒仙诞日,同人称觞晋祝,即席赋此以博一笑》;顾余(四首):《皋言以〈五十述怀〉见示,即以奉酬》(四首);余一(一首):《题秋心〈杏苑探花图〉》;周亮才(二首):《赠芷畦》(二首);钱厚贻(一首):《题〈三子游草〉》;潘有猷(三首):《读〈湖海行吟草〉寄呈亚子》(二首)、《读〈三子游草〉奉题一律》;王毓岱(四首):《柳亚子赠书十册,以诗代柬志谢》《春晖文社社选题词,即用殳积堂寄怀郭十三频伽卯韵江》《刘子庚出其继配梅夫人〈洗药楹遗诗〉属题,率成二绝》;胡颖之(十首):《送质夫之官天津,癸丑谷雨,时客杭州》《游西湖,和桂樵韵》《闷坐成禁体诗四章,用溪、西、鸡、齐、啼韵,一二三四五六七八九十百千万、双两半、尺丈寸、东南西北字》《越川返绍,留诗纪念,依韵和寄,不是寻常折柳曲也》(四首);徐世阶(九首):《渔父先生忌日,大风雨感赋》(二首)、《沪上抒怀》《读亚子〈哭仲穆〉诗有感,次韵并寄》(二首)、《题亚子〈分湖旧隐图〉》(四首);周实(一首):《哭洗醒》;周伟(九首):《酒边,赋赠同人》《席上,次无妄韵》《题〈石予近游图〉》(二首)、《次病蝶见赠原韵》《淮上送病蝶返吴》(二首)、《与雪抱、去非纳凉成一律》《题亚子〈分湖旧隐图〉》;张冰(四首):《题亚子〈分湖旧隐图〉》(四首);刘去非(四首):《题亚子〈分湖旧隐图〉》(三首)、《题酒家壁》;王鼎(三十首):《辛亥六月读〈白门悲秋集〉,怀周君实丹》(三首)、《振华侄为余介绍入淮南社,因重题〈白门悲秋集〉兼柬实丹》(二首)、《赠严君叔平》(四首)、《赠人菊》(四首)、《赠雪抱》(四首)、《赠亚子》(四首)、《再赠亚子》(四首)、《题亚子〈分湖旧隐图〉》《再题亚子〈分湖旧隐图〉》(四首);曹凤仪(四首):《题亚子〈分湖旧隐图〉》(四首);仲中(六首):《旧作香奁诗感付一炬,为题四绝》、《秦淮夜泊》《忆内》;陆曾沂(二十五首):《闲居》《师山道中》(二首)、《寄柳亚子吴江》(二首)、《娄东王晋蕃先生两自通海垦牧公司过访,余皆失迓,夏初相遇中央镇,先生殷殷询及先君子,并以大著说部二种见商,别后感赋三律,寄呈即订枉过》《闲兴》《叠前韵酬黄怀慎见和之作》《消夏杂咏》(四首)、《午窗睡起》《梦中遇亚子道及朱屏子》《桥头玩月》《乙卯秋日感事》(五首)、《晋蕃先生邮赐和作,因再用前韵奉答》(三首);袁圻(十六首):《漫兴》(二首)、《寄宴池》《寄友人》（二首）、《读亚子〈赠春航〉诗，情意缠绵，爱不忍释，依韵和之》《夏至后三日喜雨》《简丁宗一》《六月十七日风雨骤至，潮没江堤，水退后遍询灾情，恻然赋此》《水仙庙后堤晚步》（四首）、《题新港小学校兼呈伯兄子厚》《题亚子〈分湖旧隐图〉》（二首）；陈世宜（一首）：《醉歌》；李志宏（一首）：《题亚子〈分湖旧隐图〉》；赵光荣（十九首）：《里湖纪游》（十五首）、《越狮子岭至灵隐》（二首）、《岳庙》《登六和塔》《题亚子〈分湖旧隐图〉》；叶玉森（四十八首）：《温则宫词》《新读曲歌》（五首）、《闾阖篇》《四日冒风雪因事赴全椒，途经香泉，口占四绝句》《风雪过夹山关，因忆吾乡夹山竹林寺胜境，感触赋此》《钓师》《雪诗四十韵，限一先》《欧战纪事，和桂骞师韵四首》《柬度青海门》《赠李眉盦知事合肥》《题高钝剑〈变雅楼三十年诗征〉》《题裴伯谦先生〈睫闇诗钞〉》《海上喜晤涂道周》《舒州晤寄盦、穆盦志感》《叠前韵寄怀中坌沪上》《予园小集，酬枚叟见赠韵二首》《落花八首，和觉庐》《落花八首叠前韵》《秋柳四首，用渔洋韵和小树》《湘友彭君利人得西汉断砖一，文曰五凤二，属同里蒋生制为砚以遗予，谛视残篆遒媚，绝可珍也，爰作歌以宠之》；李寿铨（二十五首）：《听雨》《癸卯七夕》《甲辰清和偕德国矿师密海礼士敝莱、浙慈舒复初、昭萍陈晓卿、乐平汪凤友赴白茅山勘矿，访山人李玉堂，止宿其家，诗以纪之》《乙巳夏夜偶成》《秋夜》《丙午病愈放歌》《赠日本驻湘三井洋行执事森恪敬之》《丙午暮春》《和武进谢仁湛〈游萍矿公园〉，次原韵，岁在丁未》《再和仁湛〈游山〉次原韵》（二首）、《和武进傅方修〈感时〉二律次韵》（二首）、《和方修〈秋夕山园步月〉次韵》《和甘半湘次韵》《古鄝万春林用方修〈山园步月〉韵见赠，和韵答之》《丁未秋夜》《闻秋声有感》《传方修濒行，见赠七律一首，次韵答之》《客有问吟诗何益者，笑以应之》《丁未仲秋，日本旅沪东亚同文书院学生小谷节夫、阿南镇氏、水谷准一、芹泽良策、大内敬事、半泽喜代治六生来萍，游历留公园小酌，正苦烦热，忽大雨倾盆，炎歊尽逐，宾主欢甚，即席口占赠之》《秋晴杂兴》（三首）、《社友丘潜庐母何太君六一寿诗，民国三年作》；姜可生（十首）：《碎红词三十首之十》（十首）；徐梦（十二首）：《西子湖夜泛，随唱成篇，因名曰棹歌》《三春曲》（三首）、《三秋曲》（三首）、《山中夜起》（二首）、《读法女豪〈若安传〉》《无题二首》；陈蜕（一首）：《口占一律，乞阿芙蓉膏于李少棠君》；汪文溥（七首）：《海上示亚子》《由沪往汉，六月十日晨八时到小孤山，山面西而背东，东则玉骨如削，其西林木苍蔚，恍然烟鬟雾鬓，轮西上初见其背，口占一绝》《轮及其前，复占一绝》《舟回回望，又占一绝》《由汉还沪，七月九日午后六时将到小孤山，午梦初醒，舟人乃言"小孤已过，怅然无已"，补前韵口占一首》《嗣再询问，知尚未过，喜而又占一绝，仍步前韵》《须臾舟过其旁，饱经平视，复占一绝，亦步前韵》；庄先识（四十首）：《山居》《空谷》《晚眺》《雨后闲步》《读书有感》（二首）、《春怀》《漫说》《春情，戏为重字体，限尤韵，三首》《绮怀，重字体，得侯字》《春夜同泛》《偶题，得不字》《春暮》《书闷》《送春三首》《杂感》《即事》《秋夕访友》《秋兴》《寒鸦》《同县巢盟芷先生以九日偕同人登黄鹤楼赋诗志感，率和二律，次首并步元韵》《云车竹枝词》《手炉，限齐韵》《白云溪即景》《狂圣》《春游》《知己》《诗囚》《甲辰东渡日本，舟中有感二首》《在东寄余大君特南通州师范学校》《君特书来，有厌世意，既报以言，更附二律》《闺意》《旅夜感怀，寄君特、绳卿诸子》。"词录"栏目共收录132首，含蔡守（三十二首）：《长相思·用袁正真韵，见〈知不足斋丛书〉宋旧宫人诗词》《前调·用宋宫人章丽真韵》《望江南·登巫山赠子和，用宋宫人金德淑韵》《莺啼序·重游西湖，感旧怜新，遂成此阕，用汪水云原韵并依其体》《诉衷情·宋杨妹子原韵》《花心动·湖曲暗记，用刘叔安韵》《前调·西陵纪遇，和蟾英韵，〈历代诗余〉载宋诸葛章妻蟾英此首，与诸作迥异，因依其体》《西湖月·用黄蓬瓮原韵》《向湖边·用江纬原韵》《折丹桂·用王相山原韵，访仙槎中，与陆贵真、吴子和审定新得石墨，有李是庵、俞滋兰、吴小荷、李莲性旧藏本》《少年游·月夜舣舟》《前调·与子和、贵真读〈孤山环珮集〉竟，子和述亲见春航歌小青影事，极哀艳之致，更成一首，和集中南社诸子韵》《前调·集句，用白石竹屋体，仍和〈孤山环佩集〉韵》《瑞鹤仙·石屋洞观造象，用方秋崖体并和原韵》《前调·偕吴三娘、陆四娘登烟霞洞礼千官塔》《前调·灵隐观造象怀曼殊》《平湖乐·月夜舣舟花港，和王秋涧韵》《凭栏人·四照阁，与子和、贵真并枕卧，看湖山，口占小令，令两姝歌之，真不知身在人间也》《庆宣和·孤山顶赏雨，用小山乐府韵》《菩萨蛮·回文体，和李致美原韵》《前调·湖上晚归贵真妆阁，回文，用黄华老人王子端韵》《前调·花边暗记，回文，用孟友之韵》《黄鹤洞仙·和马钰韵》（调见元·彭致中《鸣鹤余音》词，前后阕皆用"马也"二韵结，亦福唐体也）、《阮郎归·和山谷韵，独木桥体》《柳梢青·和稼轩〈八难辞〉，戏贵真、子和》《皂罗特髻·用东坡原韵》《字字双·见王丽真原韵》《醉妆词·用蜀王衍原韵》《竹枝（清嬉玉福弄香波）》《踏歌辞·用崔润甫原韵》《莺啼序·用黄在轩体并和其韵，题倾城为芷畦画〈水村第五图〉》《木笪·安如寄诗，钤分湖旧隐一印，秀峭如悲庵，函问知为费君龙丁所治，因以贵真赠罗两峰遗石寄乞篆刻水窗词客，倚声代柬》；郑泽（一首）：《满庭芳·寿刘子贞先生六十》；傅尃（六首）：《摊破浣溪沙·用李中主韵和雪耘》（二首）、《误佳期·闲情，用旧韵和雪松》（三首）、《采桑子·次韵和雪耘》；刘鹏年（四十三首）：《虞美人·和南唐后主词十四阕并叙》《捣练子（莺语细）》《浪淘沙（风紧雁声哀）》《忆江南（相忆苦）》《菩萨蛮（离多会少谁能免）》《相见欢（当年酒绿灯红）（西风又到高楼）》《浪淘沙（花谢水潺潺）》《临江仙（安得身如梁上燕）（几度梦中还执手）》《木兰花（东风起处花如雪）》《应天长（轻尘飞满菱花镜）》《蝶恋花（日午空庭聊小步）》《虞美人（蛮腰袅娜双蛾绿）》《清平乐（絮飞天半）》《浣溪沙·用〈忆云词〉韵》《卜算子·用〈忆云词〉韵》《采桑

子 (年年此日悲离别)》《转应曲 (朝暮朝暮) (消瘦消瘦)》《点绛唇 (结习难删)》《虞美人 (天涯冷暖浑无定)》《醉花阴 (病眼开时秋又暮)》《双红豆 (风丝丝)》《点绛唇 (独立苍茫)》《烛影摇红·咏泪》《忆萝月 (年光剩几)》《菩萨蛮 (顾影茕茕行踽踽)》《临江仙·竹啸书来, 劝予稍废吟事, 谓郊寒岛瘦, 徒自苦耳, 填此寄之》《摊破浣溪沙·用李中主韵》(二首)、《误佳期·步钝师旧作韵》《采桑子 (依稀记得山居乐)》《醉太平·养疴申江医院作》(二首)、《菩萨蛮·拟飞卿, 用〈忆云词〉韵》(四首)、《高阳台·为卧霞题画》《金缕曲·和钝师见赠三阕之一, 步元韵》《眼儿媚 (东南佳丽数扬州)》《蝶恋花·和韵》《一剪梅 (如许光阴不易过)》; 陶牧 (五首): 《齐天乐·赠剑华》《东风第一枝·乙卯除夕》《菩萨蛮·立春》《前调·别意》《朝中措·春雨愁占》; 胡先骕 (十九首): 《一枝春·西国椒香树枝叶纷馥, 柯干婆娑, 极似垂杨, 较增妩媚, 秋冬结实, 朱颗累累, 尤为可爱。爰拈此解赋之, 即用草窗元韵》《海国春·岁月如驶, 冬尽春还, 兼葭飞动, 新绿齐苗, 异乡远客, 春色愁人, 乃自度此曲, 聊舒心曲, 辞之工拙不计也》《天香·海仙花略似水仙花, 具五色幽香, 清艳绝伦, 洵名芳也。倚此赋之》《高阳台·和晓湘见赠, 即步原韵》《前调·答瘦湘》《烛影摇红·春雨》《声声慢·月夜金合欢盛开感赋》《买陂塘·咏雁》《齐天乐·馥丽蕤花产南非洲好望角, 移植园亭已久, 姿态楚楚, 花白略似晚香玉, 芬馥袭人。瓶供一枝, 香盈满室, 名芳也。倚此赋之》《菩萨蛮·仿温助教体》(十首); 萧笃平 (一首): 《百字令·题亚子〈分湖旧隐图〉》; 徐蕴华 (一首): 《花犯·赋楼花, 步调和春音社诸君子》; 周斌 (一首): 《摸鱼儿·题大觉〈乡居百绝〉》; 周亮才 (四首): 《望江南·题亚子〈分湖旧隐图〉》(四首); 陈世宜 (五首): 《减兰·题丁氏〈风木庵图〉》《蝶恋花·四年国庆日》《霜花腴·菊花, 和梦窗韵依四声》《瑞龙吟·淞滨久客, 游赏多在徐园, 离合悲欢事乃万状, 乙卯立秋前一日, 春音词社又集于此, 檗子和清真此调见示, 率同其韵》《甘州·送重山二弟之京师》; 叶玉森 (二首): 《柳梢青·题亚子〈分湖旧隐图〉》《百字令·题钝根〈红薇感旧记〉》; 张素 (二首): 《金缕曲·自题〈闷寻鹦馆填词图〉, 乞诸同人和》《水龙吟·题钝根〈红薇感旧记〉》; 徐梦 (四首): 《浣溪沙·之西子湖头》《蝶恋花·过苏小墓》《桂殿秋·过阮墩》《高阳台·过曲院风荷故址》; 陈蜕 (二首): 《满江红·和太一, 即次其〈二五初度〉韵》《水调歌头·题文雪吟先生〈渔舟垂柳图〉》; 庄先识 (三首): 《长相思·闺思》《鹊桥仙·舟中忆别, 寄余君特、陆炽卿、绳卿诸子二阕》《金缕曲·忆鹤园、余、陆诸子》。"附录"栏目含申睆观: 《乙卯九月九日纪事》《南社十三次雅集书感, 示亚子社长》《读〈太一遗书〉感赋》《追悼故友血儿君》《辛亥赠血儿旧作》。其中, 吴清庠为叶玉森词集作《〈叶中泠词卷〉序》云: "倚声非小道也, 托体帷房, 眷怀君国, 通呼吸于风骚, 契神明于乐府, 飞卿、端己, 美矣至矣! 降及两宋, 派别有二: 一则以缠绵悱恻之思, 达窈眇幽复之旨。香草一束,赠之美人；垂杨千丝，怀彼夫婿。姜、史、张、王，弦管不绝矣。一则以嵚奇历落之材，驭拂郁摧撞之气。弄桓伊之笛，于焉心伤；击处仲之壶，不觉口缺。东坡、稼轩，旗鼓别树矣。然而风骚之旨，乐府之音，听曲识真，两各有当。元、明两朝，传者盖寡。清初诸老，备有万能。竹姹以玉田揭橥，迦陵以稼翁津逮。后有作者，囿于前贤。于是钟儿女情者，不惜短英雄之气；怒金刚目者，不知低菩萨之眉。虽曰从吾所好，毋亦有人见存欤？善哉！我友中泠之论词曰：歌'杨柳岸、晓风残月'，吾自红牙拍之二八女郎；唱'大江东去、浪淘尽、千古风流人物'，吾自铁绰板之关西大汉。雌雄之剑，贮以一囊；生枯之枝，缋之一笔。抑何玲珑其声，激昂善变也欤？盖其仗剑出门，刺船渡海，吊箕子之墓；舞天作歌，访徐福之洲。迎神制乐，蓬莱一望，琴传天风海涛之音；金堂百间，笛右厪皓露秋霜之曲。及乎买板桥之春，棹石城之艇。模糊香梦，杨柳门前；摇落欢场，桃花扇底。春风花月，谁为南市之楼；燕子斜阳，独度西河之调。文生于情，妙造自然也。嗟嗟！自曝书亭圮，湖海楼空，轨辙攸分，本源日汩。彼蓉裳、频迦，揣摩闺襜，污秽衾枕，已成姜、史罪人；而板桥、心余，吚喝风月，呵咤山川，又岂苏、辛肖子！性天既薄，唇舌乃佻；志趣久荒，音声遂杂。淫哇起于绮靡，正声销于灌呶。温、韦宗风，一灯几熄矣。幸而茗柯导其源，止庵引其绪，得仁和谭仲修，古调可弹；得吾乡庄蒿盦，大成以集。向所谓风骚之旨，乐府之音者，大雅继起，人间得闻。斯道之尊，于斯可信。今中泠熔唐五代于寸心，制南北宋以一手。令慢树之兴观，犯引通之弦瑟。譬之时花美人，艳不入妖；剑侠飞仙，豪不走犷。凡马一空，真龙毕见。庠谬托同调，敢曰知音，独是以独弦哀歌，获三山灵气，梦溪放棹，间发清讴（谓张猗谷）；瘦鹤开轩，尚芜凡响（谓赵次梅）。蒿盦替，人今而后，其在啸叶盦乎？时方谋刊《蒿盦遗集》，适中泠寄《词卷》属审定，爰缀数语归之。语长心重，神与俱飞矣！"姜可生《碎红词三十首之十》其一："十年病渴未能消，聊把琴心试一挑。织就人天无限恨，柳丝抽尽一条条。"其二："玉影娉婷最可怜，巫山有梦总如烟。莺魂无力传消字，频向东风问宿缘。"其三："天上星河欲语时，香帏寂寂漏迟迟。料应倩女离魂处，双凤凄迷泪暗垂。"其四："万唤千呼总不回，儿时竹马与青梅。荒唐月老姻缘簿，误尽才人多少来。"其五："小桃落尽水东流，燕子归时春已休。难忏龚郎绮语戒，还将小影葬心头。"其六："珠箔银灯笑语喧，美人含泪悄无言。此身甘堕泥犁劫，欲诉心头万古冤。"其七："新丰美酒满金瓯，省识郎心一片愁。但愿山中千日醉，前尘影事两悠悠。"其八："美人憔悴有谁怜，红粉飘零二月天。千古词人幽恨并，伤心难傍玉棺眠。"其九："夜雨无端泣海棠，残香胜粉总神伤。不堪此景成追忆，二十年来梦一场。"其十："重理新笺与旧笺，几回月缺几回圆。早知帘外妨鹦鹉，不向山阿听杜鹃。"

《宗圣学报》第16号刊行。本期"艺林"栏目含《台州新建二徐先生嗣堂碑》（瑞安孙衣言)、《国民教科初步叙》(王舟瑶乙巳稿)、《明湖广巡按熊公兴麟传书后》(芹苏张鸿藻)、《卢孝妇传》(夏德渥)、《忆旧游诗》(夏德渥)、《武烈妇传》(白鸿艺)、《和陶潜乞食诗》(史潜照)、《乙卯南吕之月赠门人任慕尧回湘》(高赓恩)、《明晋王故宫词》(允叔郭象升)、《谒孔宅至圣衣冠墓,次姚子梁先生韵》(青浦徐公修)、《挽伟翁冯恩师(并序)》(赤城彩霞氏)、《挽冯烈母殉义(并序)》(赤城彩霞氏)、《怀晋中旧友》(盛大勋)、《题〈寿萱图〉》(徐兆章)、《长春杂咏》(古鲁经亚氏)。

吴昌硕为陈诗篆书七言联曰:"以朴为秀古原树;其真自写斜阳花。鹤侪仁兄属篆,集石鼓字应正。时丙辰五月,安吉吴昌硕。"

王甲荣赴江南震泽,时大总统袁世凯称帝改元,各省多独立,于是宵小乘机骚动,王甲荣作《老革谣》刺之。

廖树蘅因湖南宁乡盗匪四起,遂赴东关外莓田梅宅避匪。作《前避寇六首》。序云:"丙辰四月,乡间盗匪蜂起,湘乡沈伯纯、宁乡谢文彬其魁也。谢支党踞石潭口之鳜鱼砦、南田坪,均隔余家不远。是月晦,突来百六十余人围余宅,掠去厩马、纸币。五月十一日,谢率众数千犯县治,陷之,知事避去。旋来军队数起,有隶程潜者,有云经长沙汤督军派来者,与谢党杂居。谢本西门外甿隶,自以根势已立,与各军首尾暂归息。十六日辰刻,外军驻关岳庙者,邀谢计事,其妻虑不测,劝勿往,不听,至即逢枪毙。或曰程潜所为,或曰非也。谢党鸟兽散。未几,余党复集县属七都、五都,重经扰害。六月十六日,有居石潭口外之冯德卿,率十数人来,口称奉湘乡沈司令牒委索枪支,儿子辈以难可与语,探知治城自谢受诛粗安,送余赴东关外莓田梅宅。时南田坪、龙凤山一路氛尤恶,漏夜改道渡乌江,沨循西大路入城,午抵莓田。"其一:"篝火妖狐啸,潢池又弄兵。出亡诚卤莽,属耳尽风声。束缊连宵发,驱车避道行。婿乡差可隐,小乱暂居城。"其二:"坤维纷解纽,群盗满江湖。兵贼看难辨,官曹事有无。凭谁游羿彀,失喜落螯弧。大泽犹余警,中宵感喟俱。(自甘知事行遁,无人承乏,旋有易、张、丁、杨四人先后入县廨,皆不久自去。城乡自相保集,图苟安。主客难分,纪纲未立。邻县如益阳、长沙犹时有寇警,殊惴惴也)"其三:"薜花崖畔路,渴爱碧泉凉。向夕犹余热,幺荷尚有香。偶逢渔父语,弥觉故情长。何处炊烟起,萧疏古柳庄。(薜花崖下临玉潭,距莓田仅数武,崖畔石泉清冽,烹茶最佳。时方苦热,日晡偕童孺纳凉崖下,旁有渔庄垂柳荫中。渔人结网鸣榔,相逢问讯,真意可掬)"其四:"世乱交亲在,兼旬饫老饕。江迴鲜鲫美,林密赤乌逃。一饭思冥报,诸梅太兴豪。毋容矜独醒,泽畔共铺糟。(梅宅居东郊外,负山面流,竹树蒙翳,自其先人礼部君以来,仍世居之。结构谨严,后院尤邃,婿家兄弟、叔侄排日治馔邀饮,令人忘乱离羁旅之思)"其五:"手爪姜芽拙,朋知颇嗜痂。相看撤寒具,见赏到僧伽。绾处难为蚓,涂来只似鸦。息机由守黑,妙义本南华。(素拙临池,到此无闲,僧俗竟以笺素索书,爱而忘其丑也。梅氏有楼，后枕高岩，藓石凝结。每晨起阴凉适体，辄登楼吮墨，为竟数纸。时主客军屯，尚有数千，桴鼓声相闻。乘暇为此乌唇濡袖之事，殊自笑也)"其六："一片潭桥月，乡心九处同。渐闻蛮触远，未忍故巢倾。家祭仍荆俗，商歌补楚风。墙头频过酒，谋野速溪翁。(仓皇出走，全家迸散，分为九处，其实能坚守望之。义亦无须仆仆也。节届中元，当归荐新，十一日黎明，由莓田首途至银花桥早尖，午抵家，仅械、懋两儿挈佣数名居守，房栊阒寂，不胜离散之感。惟中庭夹竹犹花，秋兰无人自芳，若留待主人归者。家人避居近邻者，亦次第归。向夕举行家祭，念我先人汍澜不已。盖感极而悲也)"

李审言因膊痛在盐城乡居休养，赋成《丙辰五月奉怀沪上诸友绝句》(臂痛未复，戚戚忧生，感旧怀人，用代简翰)(二十七首)。其一："十五年中侍燕亲，艺风堂上越流人。欲移见似伤心目，千里飞腾到沪滨。(江阴缪艺风荃孙，自壬寅奉教于先生，计十五年矣)"其六："藏书语石丽双丸，张竦同时署不刊。独有与玄遗恨在，童乌常作老成看。(长洲叶鞠裳昌炽先生有才子蚤世，所著书中常致悼焉)"其八："灌危填壑李临川，道服商量卖艺钱。欲避伯休名姓去，如君栖泊政堪怜。(临川李梅庵瑞清，君寓横演桥左右，饼师蚕妾无不知有李道士者)"十七："君直学如顾思适，今怜闭置下车帷。短檠灯火鸣牙颊，可是高阳坐约时。(吴县曹君直元忠，君为葱石延校影宋诸书，本同岁生也。余楚痛未复，不赴馆者敦月，君代授两生，敦敦凭几，如乌黏𪏭。因余累君，故以昌黎《病中示张十八诗》中语戏之)"十九："脱归青岛鬓新霜，弦诵无从问广桑。透志何年成聚目，恐将挟策等亡羊。(宁海章一山棕君，应青岛总督、尊孔会之聘，余有诗送之。未几德日构衅，孑身逃归，复与浙江修志之役，头白可期，汗青无日，正为君辈言之也)"

许南英返台省墓及参观共进会。在台居留3月，日则与南社诸子雅集酬唱。陈逢源作《丙辰许蕴白重返梓里，南社同人假黄西圃固园盛开欢迎会，以杜诗"人生不相见，动如参与商"为韵，席上分得"生"字》。诗云："千里重还赤嵌城(赤嵌俗写赤崁，读上声)，廿年世事感残枰。沧桑眼底青山在，名字人间白发生。尽有诗词传后辈，可无鸥鹭订新盟。他年夜雨相思处，记取南皮此日情。"

郁达夫在日本赴爱知县海西郡弥富村拜访汉诗家服部担风，作《访服部担风道上偶成》。诗云："行尽西郊更向东，云山遥望合不通。过桥知入词人里，到处村童说担风。"担风有诗次韵："弱冠钦君来海东，相逢最喜语音通。落花水榭春之暮，话自家风及国风。"又，经服部担风介绍，郁达夫于次月结识担风门下弟子富长觉梦(雅号蝶如)。富长觉梦1923年作《寄怀郁达夫在上海》云："忆昔东京共杯酒，吐胆倾心情笃厚。击碎唾壶发醉歌，家国殷忧慨慷久。天下财富收敛难，干戈纷纷羽檄走。白面书生论世务，冷笑大臣印如斗。时艰殊重经济学，匡时之略不辍口。玉璞金矿隐光彩，落魄且伍流俗丑。虽称余技句惊人，吾辈久为莫逆友。别后二年消息空，人生变换真难穷。九月关中大地震，百万人家一炬红。杞人忧天非徒事，炼石谁继补天功。朱门豪客骨成灰，绮楼美妾花委风。盗贼蜂起恣暴掠，流言蜚语锋刃中。我思故人惨不言，此意恻恻愁萦胸。宁期故人在沪上，闻之愁眉乍舒畅。陌头万犬车马尘，华灯灿映琉璃帐。当垆少女施粉白，道左美人凝时样。知君襟期特风流，一枝红管如天匠。艳惰传奇女儿情，一一文字写万状。绝世声名重文章，据地狂歌避谗谤。君不见绾绶由来误潘岳，嵇康布衣喜自放。吁乎梦里夺君五色之笔，我辈何日敢为诗坛将！"

夏承焘在温州城郊巽山读书，作《挽陈雪舫》联。

严修、赵元礼等作《挽南皮张氏两烈女联》刊于《社会教育星期报》第42期。

徐乃春生。徐乃春，名稚筠，浙江绍兴人。著有《退颖龛诗草》。

梁鼎芬作《丙辰四月送伯严还金陵散原别墅》。诗云："初夏轻阴抵晚春，花言鸟语待归人。到门喜见脱绑笋，行路都知避世巾。万事饱看同缩手，一艇聊可自由身。挈家稳住钟山下，我友颜尧是旧臣。"

何藻翔作《哭潘若海兼寄胡琴初》。诗云："康门潘麦(孺博去年死)两畸士，逐日虞渊绝脰死。姓名尚未挂朝籍，江湖穷老书生耳。众人国士何足齿，每谈国贼怒裂眦。北走沈辽南郁水(甲寅八月自金陵赴南宁游说陆督)，三寸之舌七寸匕。蒯生辩才今有几，夜深过我屏入语。袖出军书血满纸，大骂梁汤况余子。鞭筈随人真羊豕，饮我蚺蛇胆一杯。(乙卯九月再赴南宁，归以武鸣所贻白花蛇转赠，居昌华别墅五日)昌华楼头星气紫(三更东南角彗星芒熊熊，两人抚阑长叹)，盗印金陵事吊诡(十月北兵逼江宁日紧，梁任公南逃过沪，君乞设法救，冯任再三辞，偶漏蔡松坡，谋定。君诡告以滇军，朝起江宁，三日必响应。任以约定入沪叙，始宣布电报不通，师期难改。君与琴公密谋盗江宁印，发急电至滇。电到，蔡大喜，宣布独立。江宁寂然。梁懊悔曰：'川南死尸数万，皆潘赐也。'在肇庆闻君死日。此吾挚友，死复何言)。电掣龙潭迅雷起，诳传三日会师期。君何孟浪一至此，得毋踞人炉火上。如箭脱弦不能止，病中语我颇自喜。十日不见遽死矣，拊床犹颔温御史(樊庵自沪归见，不能语，唯点头而已)。琴公闻之伤何以，何以为生念孤子。"又作《丙辰四月祝寿长素先生六十寿》奉呈康有为，诗云："大地汗漫三环游，一身饱阅千百忧。一日足抵人十日，百年牖下真蜉蝣。大名鼎鼎震环球，等身著述轻王侯。人生如此将何求，劝公一艇可以休。当时倘死华宁街头瓦，安见白云苍狗纷悠悠不然。长安大索已三日，刊章悬购书生头。白石摩弄芝罘舟，郎珰铁索拘楚囚。燕市朝衣啼啾啾，弄人颠倒迷黎邱。脱然劫外非人谋，何期桑海飘浮沤。国门生入容夷犹，名德期颐亦可羞。家散万金买死士(弟子徐雪庵事)，黄昏挟弩弹鹓鹑。柱下悔活七百岁，两朝感遇更殷周，何取大椿八千岁兮为春秋。忆昔识公岁壬午（京兆秋试），我年十八公廿五。而今同为亡国臣，白发相看泪如雨。不闻天子雠匹夫，岂有逐儿怨慈父。素帷四避风骚骚，寒灯夜半屏人语（甲寅人日阿宾律道夜语）。辨义赪颊声如钟，拍案瘿颈气吞虎，先生何为太自苦！出门魑魅即瞰人，且食蛤蜊知何许。葬母七日归西樵，移家避乱来歇浦。沈（子培）胡（琴初）况是素心人，指天画地商今古。频年招我山中书（若海使桂过粤，述沈子培切盼赴沪，公亦屡贻书敦促），朝裘典尽无资斧。吁嗟乎，抱琴不能为湛露，谒陵不能为炎武，晨啼夕喑竟何补。借公杯酒浇我胸，并世人材屈指数。廿年家国兴亡事，付与先生编年谱。"

俞陛云作《丙辰四月初食时鱼感赋》。诗云："首夏时鱼已至燕，笋芽蚕豆竞登筵。四郊兵火伤千户，一箸豪家值万钱。旧梦久寒烧尾宴，乡心长系橛头船，片帆烟雨琴川路，出网银鳞忆击鲜。"

王瀣作《大酺·丙辰四月春阴恼人，有怀雨叟昔游，今年八十矣，适以诗来索和，时事惊心，不可言也，因呈此解》。词云："渐柳绵稀，莺啼涩，问讯西城吟馆。瑞花红在否？料白髯飘对，旧编还展。人羡苏仙，鹤飞游戏，信有斜川能伴。萍香潭下路，是年年桃菜，醉扶春远。记同上僧楼，笑言瑶席，此情余暖。　鬓毛原易短，楚台梦，休诉雨荒云散。但检点词笺赋笔，布袜青鞋，江山一任啼鹃换。落日平芜意，胜分付倚栏心眼。看归燕韶光转，婆娑老子，睡起帘波空卷。好天不成又晚。"

陈衍作《初夏广福庵溪山登眺，寓目感成》。诗云："我生才力百不堪，俯仰身世惭非男。惟余野性类麇鹿，往往喜放溪山间。樱鞋桐帽自啸咏，一任豪隽嗤愚憨。读书夙昔怀利济，穷经致用皆虚谈。少年意气但鲁莽，微名小猎常沾沾。壮年识进稍解事，颇以民社期身担。观光七度策空射，王宾利用无繇占。中年家道慨中落，雷屯来筮翻屯邅。苍生寒馁那得问，自走衣食长东南。湖州忝尔膺教授，治事经义俱非谙。孔璋记室本家学，又愧草檄才迟凡（昔掌教池州府秀山书院，并两做皖南县幕书记）。徒教登床贵人恼，几度幕府空羁淹。晚年家国两偎塞，光宣天步遭艰难。犬羊杂处五胡代，遍染中土皆腥膻。岁输和币亿万万，国帑涸竭形凋纤。朝臣补救训强富，尽归祖制师夷蛮。禹汤周孔顷澌灭，鞅斯未足方斯残。外称神圣中朽腐，直把地簸天倾翻。我愚诚未识时务，只觉朕舌长旁礚。半山变法来旋踵，坐看宋室成灰烟。迩来秦鹿失数载，并驱竞逐嚣中原。外边虎视更堪怖，碧眼环伺何眈眈。军需狄负事纷扰，悉索已到民脂干。行知老罴本山泽，自合肥遁逃讥谗。吾庐北去有邱壑，巨麓回抱开岈谽。就中俗舍恰无一，跨腹祇有伽蓝庵。携书来此伴弥勒，小置几榻依香龛。酒垆茶灶更旁列，斋厨替妇劳瞿昙。明窗四拓势高敞，时绕夕霭兼朝岚。座焚卍字日一盒，博山佛鼎同馣馣。当轩一卷手周易，悔吝勘处惺尤惔。五更睡熟百虑净，摩诃呗起声诘誧。道心禅悦默印证，楞严妙旨时微参。黄鹂破晓为三请，告我九十春方阑。晨兴醵罢倚门望,但见宿雾连天黏。须臾云幕突掀卷,朝暾一颗升松杉。峰峦掩映出奇丽,策杖直欲穷幽探。清和况值天气好,日渐向燠风非尖。木棉袍已欣蚤卸,袷裕更可更单衫。体轻足快恣所适,抖擞衣袖登临便。林间选磴独箕踞,静看匹练垂西岩。循流又直下山脚,天容快睹澄川涵。三千丈发白如雪,飘共堤柳长丝毵。个中有趣殊自得,浪游半日形神恬。归来礼佛佛亦笑,谓我泉石胡毋廉。道人有道亦不恶,见诗欲代磨碑嵌。他年鸿爪志公迹,游人好读西廊砖。"

顾视高作《丙辰首夏,与同人集龙泉观,途中得诗四章》。其一:"冒雨出东门,行行过野村。泥深防路滑,云密讶天昏。叩佛扪三岛,呼童挈一尊。便同诗酒侣,长日快清论。"其二:"去郭廿余里,微闻钟磬声。烟疏山翠活,风细水纹轻。当户犬狂吠,入门鸡斗争。道人欣客至,野蔬手为烹。"其三:"曲槛松阴润,空林雾色开。相携瞻薛墓,乘兴访唐梅。黑水祠留迹,红羊劫剩灰。仰天心已醉,何用更衔杯?"诗后有跋云:"溶西道兄向客都门,今夏旋里,甫入昆明月余,旋以事去。右诗四律,君游龙泉观作也。濒行索书,遂录奉正,他日展玩,知必萦情于故乡山水,仿佛笠影鞭丝,犹在目前也。"

林思进作《丙辰四月,蜀中乱事日亟,杜门不出,赋以自遣》。诗云:"萧闲虚馆日高眠,万事无闻足任天。黄鸟自啼新雨后,绿阴恰对卧床前。酒因佳客裁除戒,花似幽人已谢妍。梦醒不关羊胛熟,春来秋去看年年。"

章梫作《丙辰孟夏游青岛,赠吴钝斋侍郎前辈二首》。其一:"大地渝长夜,荒江一钓竿。梦回青琐冷,雪照皂冠寒。沧海身三见,孤臣怀万端。潮声作人语,匊取寸忧丹。"

许湘祥作《丙辰四月,迁居述怀,录稿索梦坡和》,周庆云和《狷叟移居有诗属和,走笔奉答》。其中,许湘祥诗云:"行李萧条一苇杭,姑苏城外走仓皇(记辛亥年事)。扪心有愧违邱墓(时火车阻断,不能上塚),糊口维艰觅稻粱(诸儿为事蓄计在鄂、在浙、在鲁,惟幼子在沪就馆)。十室九空鸿避弋,五年三徙鼠搬姜。乱离世界承平象,受福西邻感又伤。"周庆云诗云:"名郡空教叹古杭,严城困守露张皇。择邻频听莺鸣谷,避地还愁鸟啄粮。寻味难甘霜后菜,赠辛谁送社前姜。护持晚节成孤傲,留阅兴亡暗自伤。"

成多禄(澹堪)作《和星五》。诗云:"一别浑忘岁月遥,闲愁白发日萧萧。春如遗老垂垂尽,诗共风人宛宛招。检点楹书容旧架,栽培篱菊护新苗。去年今日思君处,笛里梅花江上桥。"宋星五原作《至家,简报澹堪先生》云:"回首青灯入梦遥,乡音宛转雪飘萧。吾庐松竹浑无恙,邻舍杯盘喜见招。检点诗笺还旧债,安排畦韭长春苗。松江水满鱼书到,记取襄河第一桥。"

黄炎培作《题〈秋灯草疏图〉》(五年五月)(辛亥鄂垣既发难,江苏巡抚程德全疏请清帝后逊位，其稿出张謇手，草疏之地则苏州阊门外惟盈旅馆也）。诗云："时危不觉陈言激，事过翻教感涕新。前席有灵终造汉，后哀无尽暇谈秦。谁知素幅双缄泪，早种黄台再度因。滟滪滩头新白骨，老怀何以慰酸辛。"

朱蕴山作《安庆狱中杂感四首》。其一："正气透天阊，恩仇不足论。寸心顽似铁，斗室暗于墩。未识地狱乐，焉知尘世烦。一身无长物，俯仰我何言。"其二："卧稳朝嫌短，心闲夜觉长。一间破瓦屋，半枕旧匡床。梦不见周孔，时还读老庄。此心终似火，冷眼看苞桑。"其三："脱却烦恼障，转作逍遥游。世事已如此，吾生何所求。肝胆还落落，天地听悠悠。卅载真成梦。昂然一楚囚。"其四："归里只三百，乡音抵万千。弟兄何日到，妻子未应眠。得此席间地，坐窥井底天。十年长作客，权当守青毡。"

庄先识作《读书有感二首》。其一："穷日穷年惟考据，销磨精力复劳形。焚书莫怪秦皇虐，误尽英雄是《六经》。"其二："所贵读书明大义，纷纭聚讼是何因？后儒论议多穿凿，万语千言转失真。"

六 月

1日 《申报》第15553号刊行。本期《自由谈》"沧浪余韵"栏目含《蓬云小阁诗话》（燕子）；"诗选"栏目含《中夏偶书》（姚鹓雏）、《示了公》（姚鹓雏）。

《中国实业杂志》第7年第6期刊行。本期"文苑"栏目含《落花》（林剧苓）。

《小说海》第2卷第6号刊行。本期"杂俎·诗文"栏目含《沈明府雪门先生五十寿，用徐司马署芸先生〈四十述怀〉韵作〈自言四章〉征和，烜匆匆奉酬外，复叠韵寄呈》（东园）、《东园介余得识睫盦，通款忘年、相得恨晚，睫盦作诗寄怀东园，道余作合之雅，次韵奉和兼怀二公》（槁蟫）、《呈县长金蘅意师》（冶盦）、《接绂云昌平书，知名山之业日进，喜极赋此却寄》（冶盦）、《雪后游广福寺，访雪峰上人不遇有作，用东坡〈过南华寺〉韵》（前人）、《题俞铸臣照》（前人）、《读〈阿房宫赋〉》（默庵）、《望月叹》（默庵）、《过金子石先生故居》（默庵）、《丙辰暮春游蜀岗，和徐二〈登钟山寻紫霞洞〉韵》（前人）、《登钟山寻紫霞洞》（徐小舟）；"杂俎·弹词"栏目含《潇溪女史弹词（未完）》（绛珠女史著，东园润文）。

《春声》第5集刊行。本集"诗话"栏目含《醉里醒人诗话》（醉里醒人）；"文苑·诗"栏目含《病中书感》（陈仲子）、《游新世界》（汪夔东）、《即席有赠》（庄纫秋）；"文苑·词"栏目含《蝶恋花·忏恨》（庄纫秋）、《风蝶令·寄忆》（庄纫秋）。

《诗声》第1卷第12号在澳门刊行。本期"词论"栏目含《张炎〈词源〉（十二）（完）》；"诗论"栏目含《渔洋诗问节录（八）（完）》；"词谱"栏目含《莽苍室词谱卷一（十二）》（莽苍）；"笔记"栏目含《水佩风裳室杂乘（十）》（秋雪）；"投稿"栏目含《天智庐笔记》（天智庐主）、《枫金锁记》（诗园）；另有其他篇目《〈诗声〉第二卷之大革新》《〈诗声〉欢迎投稿》《〈诗声〉邮费表》。其中，《〈诗声〉第二卷之大革新》云："《诗声》之出版，其希望只欲灌词章学之初步工夫于青年学子之脑，冀免国粹之沦亡耳。非敢特树一帜，登堂抗礼，与海内大诗家相见也。兹出版已及一年，蒙诸君不弃，纷纷函取，不远千里，感愧良深，今第一卷经已刊行完毕，续于本年阳历七月一日，刊行第二卷第一号，大加改良，将内容分为'丛录''纂著'两门，卷帙增加一页，以副爱阅诸公之望。雪堂谨启。"《〈诗声〉欢迎投稿》云："投寄之稿，不拘门类，总以不出诗词范围者为限。揭载后，酌酬本《诗声》，或文房用品，以志感谢，投稿者直寄澳门深巷十八号印雪君收可也。"

2 日 《申报》第 15554 号刊行。本期《自由谈》"诗选"栏目含《和鹓雏韵》（杨了公）、《雨夜怀伯兄独笑》（庞檗子）。

潘节文卒。潘节文（1891—1916），别号弈敬，又号奕敬，别字离恨，福建永春人。13 岁应州学童子试，被誉为神童。1908 年入福建陆军小学（原福建武备学堂）学习。毕业后升入南京陆军第四中学学习。武昌起义爆发后中途辍学，赶回福建参加光复福州战斗。旋任闽南安抚使卫队教练官。1912 年赴北京入清河陆军第一预备学校学习，毕业后见习于陆军第十师模范团。1914 年升入保定陆军军官学校第二期学习。有诗云："十年磨砚攻书苦，五夜披衣舞剑忙""十年戎马本书生，笔有锋芒铗有声"，系早年亦武亦文学习生涯写照。早年目睹清廷内忧外患，作诗自勉："壮不如人老奈何？当年烛武恨偏多。难将客况逢人道，话到几时转眼过。每饭毋忘邦国耻，寸阴莫把姓名磨。何时奋起凌云志，直出丰城射斗牛。"云南反袁起义爆发后，即任福建下游护国军第二支队教练官。护国军进攻同安之役，战死于城中。著有《剑影庐遗稿》。卒后，陈德彝、陈祖堃、林彩卿、黎揖逊、石雄坚、陈兆龙、白圻芬、陈邦光、王焕章、陈熙亮等作挽诗。其中，陈德彝《敬题潘烈士遗集》云："虞渊日坠群雄起，大盗移国心尤侈。谬论筹安托学理，剧美陈新尽风靡。独有西南力与抵，东连浙粤海飞水。吾闽应者谁氏子？觥觥大节潘烈士。夜奋蔡州进不止，奋戈巷战气倍蓰。目眦尽裂发上指，孤军无继炮声死。衔须授命恨何已，明年祖龙刹那耳。何须地下犹嚼齿？至今遗著楚骚比。我欲招魂歌些只，手未卒篇泪堕纸！"王焕章《题潘烈士》云："闻鸡欲着祖生鞭，击筑高歌易水前。弹雨枪林愁满地，秋霜烈日气横天。可怜碧血埋千古，自引青虹吊九泉。回首鹭江呜咽水，银涛白马恨难填！"1928 年当地纪念碑落成，刻铭文云："洪宪存则生不如死，共和立则死胜于生。呜呼！鲁连遗范，烈烈轰轰。"

3 日 《申报》第 15555 号刊行。本期《自由谈》"含商嚼徵"栏目含《双凤阁词话》（鸳雏）；"诗选"栏目含《感怀》（了公）、《张园晚坐》（檗子）。

4日　南社举行第14次雅集于上海愚园。到柳亚子、郑佩宜、叶楚伧、陆衍文、庞树柏、余天遂、杨锡章、姚鹓雏、狄君武、顾震生、汪文溥、朱少屏、陈匪石、李志宏、李拙、孙鹏、周斌、余十眉、朱宗良、张一鸣、钱永铭、刘筼、邵力子、陶牧、胡朴安、程苌碧、汪洋、张光厚、白炎、申柽、柳无忌、黄复、陈洪涛、陆明堃、公羊寿、张翀、王德钟、郑文、奚囊、盛昌杰、朱翱、许苏民、张素、贡少芹、陈栩、丁三在、顾平子、戚牧、胡惠生、杭海、方培良、林庚白、成舍我、叶夏声、邓家彦、刘民畏等56人。高旭作《端阳前一日，南社同人集海上愚园之倚翠轩，以事未赴，刘卍庐寄诗索和，次韵酬之》。诗云："鼓舞声里且传杯，江左风流第几回？酒后沉沉忧国泪，座中落落济川才。讨曹檄草陈琳去，哀郢魂招宋玉来（指渔父、英士二社友惨死事）。容我深山独高卧，一编变雅志难灰。"不久，柳亚子返归故里，作《将归留别海上诸子》（二首）。其一："一年不到春申浦，今日重来作俊游。草草萍踪感离合，茫茫尘海任沉浮。伤心旧雨兼今雨，往事清流怕浊流。浩荡烟波扶醉去，万千恩怨在心头。"其二："啼红泣翠送年华，潦倒穷途哭酒家。梦里荒唐新甲子，樽前憔悴旧琵琶。箫心剑态愁无那，马角乌头恨未赊。便是买山归亦得，只愁清泪落天涯。"

《申报》第15556号刊行。本期《自由谈》"含商嚼徵"栏目含《双凤阁词话》（鹓雏）；"诗选"栏目含《云林过谈》（朱鸳雏）、《次韵遇春送人之作》（朱鸳雏）。

郁达夫《感怀》刊载于上海《神州日报·文艺俱乐部·文苑》。诗云："良相良医愿续非，邯郸客梦料应稀。危巢日覆家何在，愁煞江南旧布衣。"

沈惟贤作《绮罗香·丙辰重午前一日作，未几，遂闻渐台之耗》。词云："破睡诗悭，停歌酒酽，愁里听风听雨。一半春残，飞尽乱红无主。重唤起、坠梦迢迢，便忘了、燕娇莺妒。近黄昏、却唱迷阳，跕鸢飘泊向何许。　　沉沉谯漏又永，还是邻光借映，催成眉妩。短笛风微，已放落梅无数。怕绿阴、啼鸟阑时，早黄叶、蜕蝉辞去。漫无聊、秉烛宵游，玉颜能驻否？"

5日　岑春煊致电独立各省，告以滇桂粤护国联合军成立，由滇军、桂军、肇军、潮军等编成，直属军务院，由岑春煊直接指挥，按期分道次第出师北伐。同日，发布《滇桂粤护国联合军北伐布告》。

《申报》第15557号刊行。本期《自由谈》"含商嚼徵"栏目含《双凤阁词话》（鹓雏）；"诗选"栏目含《若麒以诗见规，盖悯我近作太凄断也，报以长句》（野鹤）、《题野鹤诗后》（野鹤所作极似林暾谷，因书四绝）（鹓雏）、《赠宛子》（奚囊）、《读〈燕蹴筝弦录〉率成》（野鹤）。

《妇女杂志》第2卷第6号刊行。本期"文苑·诗选"栏目含《素心诗选》：《悲怀》（钱淑生）、《慈乌曲》（钱淑生）、《春望》（钱淑生）、《江天晚眺》（钱淑生）、《别离词》（王纫佩）、《外子来书，以诗附答》（刘之莱）、《望月》（朱韫珍）、《偕两妹临帖》（朱韫珍)、《题〈残春图〉》(曾彦)、《玉阶》(曾彦)、《舟中即景》(曾彦)、《喜雪》(曾彦)、《喜弟至,四首录一》(曾彦)、《杨村》(钱令芬)、《雨夜有感》(钱令芬)、《古意二首》(戴澈)、《题〈南陔侍立图〉》(郭宝珠)、《琼楼曲》(梁霭)、《寄兰史》(梁霭)、《重过海山仙馆有感》(梁霭)、《听度曲》(梁霭)、《感旧》(梁霭)、《山行》(梁霭)、《偶成》(朱恕)、《春晓》(程采)、《雪蕉以采莲曲见寄,效其体答之》(程采)、《春雨》(张贞兰)、《秋情》(史玉印)、《送石遗别后,小坞桃花盛开》(肖道管)、《有所思》(肖道管)、《虞姬》(吕湘);"杂俎"栏目含《花月痕传奇(续第一卷第十二号)》(墨泪词人编)、《然脂余韵》(续第一卷第十号)(蕈农)、[补白]《送族妹皋之南洋婆罗洲》(余天遂)。

　　方守彝作《端午追和雪楼〈金陵寄怀〉长句,时雪楼已返皖,然犹将有行也。对节物而有比兴之托,亦无聊之极思欤》。诗云:"午日烹鲥不厌腥,喜公佳节棹还停。采蒲野水矜雄剑,缚艾威风闪大星。世事都将如此看,醉人极好不须醒。多情惆怅金陵句,愁绝风吹水上萍。"

　　林纾作《端午书感》《作前诗竟突有所闻,怅然复成一诗》。其中,《端午书感》云:"佳节偏遭乱,未堪亲酒杯。瘵深悲国力,恶稔构天灾。画角连宵咽,舣稜尽日埃。阴风起西北,回鹘趁人来。"《作前诗竟突有所闻》云:"熏辕疑无已,萧然亦盖棺。吾曹得性命,若辈弭凶顽。列传追苗传,贻谋失老瞒。渐台何寂寂,竟免解衣冠。"

　　徐世昌作《丙辰端阳》。诗云:"石榴花插胆瓶粗,壁上争悬《鬼趣图》。医国忧怀谁蓄艾,读书肝胆欲编蒲。庐江瘴疠蜀丞相,湘水芝兰楚左徒。景物又随时序改,人间依样有壶卢。"

　　沈汝瑾作《五月五日行两章》。其一:"五月五日聚五毒,当日三闾汨罗哭。古今忠逆死不同,五色丝长命难续。登天不成翻就木,凶骸有愧兰汤浴。读《离骚》饮酒满樽,俯仰乾坤贵知足。"

　　吴昌绶作《鹧鸪天·丙辰午日》。词云:"又佩灵符重午辰。榴红艾绿逐年新。笑予杯酒逡巡客,羡彼车轮轹辘人。　　迎腕鬼,送钱神。艳词还唱寿楼春。名山旧侣容双隐,大海回澜剩一尘。"

　　江五民作《重五日酹菖蒲,用谢山先生韵》。诗云:"老喜吉祥安习俗,天中令节有新诗。正看艾绿方垂户,却羡蒲生已壮时。隐侠通灵宜善剑,仙家嗜酒且倾卮。即今到处愁灾及,愿借延龄九节枝。"

　　李思纯作《端午》。诗云:"石榴裙子胭脂颊,商略红情深浅时。熟读《离骚》寓清赏,却从佳节觅新诗。芳草坐惜如流水,世局翻怜到劫棋。为纵深杯遣千虑,空斋憔悴诵文词。"

　　包千谷作《端午即事》(四首)。其一:"酿得醇醪共举觞,家家午席醉端阳。我生自有延龄法,何用菖蒲酝异香?"

6日 《小说日报》出版试销性第1号，次日正式创刊，创办人兼主编徐枕亚，初创时内容分小说、艺文、杂纂3大类，报末附诗钟、文虎。

袁世凯卒。袁世凯（1859—1916），字慰亭，亦作慰廷、尉亭，号容庵，河南项城人。祖父为淮军名将袁甲三。父袁保中居乡守业。3岁过继给叔父袁保庆，7岁随之到济南、扬州、南京任所。后回乡应试落榜。17岁成家前后，两度随堂叔到北京读书历练。1879年乡试再次受挫。1881年投淮军将领吴长庆门下。1884年在平定藩属朝鲜亲日派政变中表现果敢。1894年受李鸿章保举为驻朝总理大臣。1895年受命赴天津督练新式陆军。1898年参与镇压维新派。1899年任山东巡抚。1901年升任直隶总督兼北洋大臣。1907年调任军机大臣、外务部尚书。1909年受皇室排挤下野，隐居彰德府。1911年辛亥革命爆发，凭借北洋势力和帝国主义支持，出任内阁总理大臣，主持军政，旋挟革命军声威逼清帝退位。1912年3月取代孙中山成为中华民国临时大总统，随后成为正式总统。1915年12月称帝。1916年3月宣布取消帝制，恢复民国。终因尿毒症不治，卒于北京，归葬安阳。袁世凯诗多作于20岁之前和50岁之后。13岁时曾制一联"大泽龙方蛰；中原鹿正肥"，以"潜龙"自许，以"逐鹿"自励。青壮年时代奔走于军政界，无暇于诗。宣统年间养疴洹上，与僚友村居唱和，得诗可观。辑为《圭塘倡和诗》，乃次子袁克文在其任大总统时书写影印。另有《洹村逸兴》，乃其手书诗稿，由长子袁克定在其身后影印。袁世凯第一首诗，据传是其14岁乡试落榜后所作《言志》："眼前龙虎斗不了，杀气直上干云霄。我欲向天张巨口，一口吞尽胡天骄。"15岁重来南京，登雨花台，作七律一首，题为《怀古》："我今独上雨花台，万古英雄付劫灰。谓是孙策破刘处，相传梅颐屯兵来。大江滚滚向东去，寸心郁郁何时开。只等毛羽一丰满，飞下九天拯鸿哀。"19岁时返回项城坐享祖业，组织文社，自为盟主，留下《咏怀诗》十余首，如："人生在世如乱麻，谁为圣贤谁奸邪？霜雪临头凋蒲柳，风云满地起龙蛇。治丝乱者一刀斩，所志成时万口夸。郁郁壮怀无人识，侧身天地长咨嗟。"又如："不爱金钱不爱名，大权在手世人钦。千古英雄曹孟德，百年毁誉太史公。风云际会终有日，是非黑白不能明。长歌咏志登高阁，万里江山眼底横。"待科举再次受挫，怒焚历年诗稿，决意弃文从武。1908年辞官归隐安阳洹上村别墅，所得诗作存世者计有二十余首。如《雨后游园》《咏海棠》《落花》《春日饮养寿园》《和子希塾师游园韵》《次史济道、权静泉〈月下游养寿园联句上容庵师〉韵》《自题渔舟写真二首》等。《自题渔舟写真二首》其一："身世萧然百不愁，烟蓑雨笠一渔舟。钓丝终日牵红蓼，好友同盟只白鸥。投饵我非关得失，吞钓鱼却有恩仇。回头多少中原事，老子掀须一笑休。"其二："百年心事总悠悠，壮志当时苦未酬。野老胸中负兵甲，钓翁眼底小王侯。思量天下无磐石，叹息神州持缺瓯。散发天涯从此去，烟蓑雨笠一渔舟。"卒后，吕碧城有诗《天风》悼之，诗云："天风鸾鹤怨高寒，玉宇幽居亦大难。红粉成灰犹有迹，琼浆回味只余酸。早知弱水为天堑，终见灵衣拂月坛。悔过蟠桃花下路，无端瑶瑟动哀顽。"江孔殷作《书愤》斥袁，诗云："再见黄袍事不虚，乍闻此信一惊呼。诸君靡靡吾何责？天运梵梵世所无。儿戏江山成骗局，公开谶纬附当涂。倾城真为当垆惜，最负心是读书人。"黄兴撰联讽袁，联云："算得个四十年来天下英雄，陡起野心，假筹安两字美名，一意进行，居然想学袁公路；仅做了八旬三日屋里皇帝，伤哉短命，援快活一时谚语，两相比较，毕竟差胜郭彦威。"

　　韩德铭作《端午后一日闻事感言》（四首）。其一："竟下哭公泪，情私百弗侵。为持拨乱纽，不眩若狂氛。几度抟崩土，三生祟诈心。自今身后论，当者定沙金。"其二："有议皆随俗，忧时怕见真。当涂解防检，群逐或遵循。呪出储千变，闻鹃念百辛。如何乱离感，感每涉公身。"

　　陈夔龙作《五月初六日即事》。诗云："五载殷忧切，今朝一笑堪。人争弃刘豫，天不佑朱三。九庙神灵鉴，千秋秽德惭。蓬莱春藕榭，即是木棉庵。"

　　王小航作《端午后一日》（是日某君巨亡）。诗云："海棠实大榴花吐，雨雨风风恼一堆。忽见市人欣告语，分香佳话出铜台。"

　　赵熙作《台城路·蛇衣，端午翌日作》。词云："知非药店飞龙骨，苔边委衣横地。薄片冰花，碎光云母，蜕处可胜憔悴。余腥未洗，看点点斑斑，草根攒蚁。苦盼长春，那知微命竟如此。　　拦腰分下一剑，酒阑经大泽，逃得刘季。添足求工，残鳞换世，身价今轻于纸。焚灰化水，怎医遍金疮，虫沙万队。蛇子蛇孙，祖龙新秽史。"

　　周岸登作《念奴娇·丙辰端午后一日书事，次东坡〈赤壁〉韵》。词云："大千尘劫，问苍苍，主宰其中何物？舜跖孳孳，同尽耳、谁遣湘累呵壁？七圣曾迷，四凶非罪，一蹶终难雪。云雷天造，古来安用英杰？　　遥睇莽荡神州，咸池夕浴瞰，扶桑晃发。廿四陈编，俱点鬼、狐貉一丘生灭。共此销沉，流芳遗臭，也不争毫发。潜移舟壑，有人麾日脩月。"

　　姚寿祁作《端阳后一日同句羽坐小艇赴汉口感赋》。诗云："陂塘浅水长新荷，麦陇风微趁薄罗。佳节匆匆随例去，羞将衰鬓照清波。"

　　［日］橙阴正木彦二郎作《丙辰皋月初六夜席上偶得》。诗云："诸豪载笔自东来，意气如虹见逸才。春老风光无相慰，酒间别在绿红开。"

　　［日］白井种德作《上田湖观樱会》（五月六日）。诗云："僚朋来会上田湖，湖畔设筵倾酒壶。四美备兮真叵得，花梢日落尚欢娱。"

　　7日　副总统黎元洪任代理大总统，下令恢复《临时约法》，并任段祺瑞为国务总理。饶汉祥就任总统府副秘书长。

　　溥仪旨派载润吊唁袁世凯，并派溥伦祝贺新总统黎元洪就任。次日，民国政府先后派徐邦杰答谢吊唁，派王揖唐答谢祝贺新任总统。

杨度赴府吊唁袁世凯。作挽联云："共和误民国，民国误共和？百世而后，再平是狱；君宪负明公，明公负君宪？九泉之下，三复斯言。"

章太炎作书请见黎元洪，并求解禁。次日被释。

叶昌炽阅报知袁世凯病殁，称"其死已晚，悬崖勒马，在其一身为非福。若云寰海兵争，从兹大定，吾未敢信"。又闻近日有复辟之说，反对者必多，言"第一报匪，其次革匪，又其次军商学界之不匪而匪"。

吴虞作《闻项城逝》(六首)，载吴虞《爱智丙辰日记》。《日记》云："出衡晤刘雅爵，言袁世凯死矣。高生归，携有《群报》号外，袁六号巳时死，黎(元洪)今日午前十时接事。余为之大喜，得诗六首。"《闻项城逝》其一："周召共和苦用心，一篇《礼运》费沉吟。竖儒强著尊王义，沧海横流直到今。"其二："威斗无灵笑渐台，冢中枯骨最堪哀。不知郿坞燃脐日，可有中郎雪涕来(谓袁之简任官曾奂如也)。"其三："复辟争夸绝妙文，何劳丹穴更求君。贰臣他日修佳传，记否青溪有范云。(樊增祥诗：'清帝尚在非贰臣。'乃帝制前作也)"其四："龙血玄黄遍五洲，筹安无地泪横流。空余劝进徐陵笔(谓王湘绮也)，一表流传万古愁。"

8日 《申报》第15560号刊行。本期《自由谈》"沧浪余韵"栏目含《生春水簃诗话》(鹓雏)；"诗选"栏目含《赠友》(三首，林秋叶)。

严修致陈小庄信。略云："项城此去，可谓大解脱。黄陂继位，南方固表同情，外人亦无异议，但求不另生枝节，或可免战祸。"

[日]白井种德作《花发多风雨》。诗云："嫉风妒雨一狂颠，恰是百花烂漫天。终日终宵吹不息，今朝淅沥尚依然。"翌日再作《花发多风雨》。诗云："三日颠风春烂残，惊看飞霰扑栏干。谁知时节入朱夏，重袭绵衣犹觉寒。"

9日 孙中山发表恢复《临时约法》宣言，并致电黎元洪，要求"恢复约法""尊重国会"。

[日]砚海忠肃作《六月九日与元田国东游于函岭塔泽环翠楼，追怀伊藤春亩公，国东有作，次其韵》。诗云："公逝匆匆已七秋，庙堂无策不堪忧。如今谁克救家国，浊浪冲天东海头。"

10日 《申报》第15562号刊行。本期《自由谈》"沧浪余韵"栏目含《小鹿樵室诗话》(吴遇春)。

《东方杂志》第13卷第6号刊行。本期"文苑·文"栏目含《紫阳峰图纪》(杨增荦)；"文苑·诗"栏目含《秋深寄内》(陈宝琛)、《江行》(陈三立)、《立夏过乙庵》(前人)、《和萧权衡见赠韵》(郑沅)、《送萧隐公归粤》(前人)、《三月一日于东城敝寓为春社首集，集者樊山、沈观、笏卿、叔海、确士、实甫、绸斋、众异、秋岳并余十人，约各为即事诗一首，次日沈观诗先成，次韵示同社诸君》(陈衍)、《秋岳见示八诗，甚哀,书此答之》(梁鸿志)、《昌江道中怀人》(王允皙)、《嘲公约二十韵》(沈同芳)、《题姚叔节所藏沈石田山水长卷》(胡朝梁)、《甲寅补作辛亥自洛阳至长安道中杂诗八首》(陈诗)、《雨中同友人登湖上亭,风雨益急,遂易舟以归》(诸宗元)、《宿湖楼一夜》(前人)、《上将》(王存)、《过映庵夜话》(陈衡恪)、《初春书怀》(前人);本期另有《石遗室诗话续编(续)》(陈衍)、《餐樱庑随笔(续)》(蕙风)。

《文星杂志》第4期刊行。本期"诗话"栏目含《一虱室诗话(续)》(张峰石);"杂纂"栏目含《广名物记》(休宁戴坤喟庵)、[补白]《王渔洋佚诗》(清·王士祯);"诗录"栏目含《击钵吟》;"词钞"栏目含《犹得住楼词稿(未完)》(白中垩)。

11日　《申报》第15563号刊行。本期《自由谈》"沧浪余韵"栏目含《小鹿樵室诗话》(吴遇春);"含商嚼徵"栏目含《双凤阁词话》(鸳雏);"诗选"栏目含《诗稿刊成,丐家六潭师作序》(漱岩)、《寄怀友人沪上》(前人)。

叶昌炽题翁同龢尺牍册,作《题翁文恭师尺牍册后》(三首)。其一:"林下师生甫及申,龙门天半望嶙峋。尚湖山色鲜溪水,不染昆明劫后尘。"

12日　《申报》第15564号刊行。本期《自由谈》"沧浪余韵"栏目含《小鹿樵室诗话》(吴遇春)。

景梅九出狱。出狱后,景在京盘旋半月,即归里省亲,举家团坐谈狱中事。后流寓浙江海横河时,景梅九梦见此景,有诗云:"客枕三更梦,还乡万里情。猪肝论往事,虎口话余生!难使亲忘我,空怜弟忆兄。不知居越土,犹谓滞燕京。"

程宗岱作《水调歌头·丙辰五月十二日六十初度,用张謇〈己丑初度自寿〉韵》。词云:"忝列杖乡序,高兴捻吟髭。弟兄几辈中表,齐颂九如诗。今届年周花甲,岁纪丙辰五月,将近月圆时。歌啸足娱乐,何碍鬓成丝。　嗜看书,耽习画,爱填词。阴符熟读,眼中只见斗鸡儿。老我英雄不遇,任彼庸愚冷诮,甘受莫推辞。自寿一樽酒,花满海榴枝。"

13日　《申报》第15565号刊行。本期《自由谈》"含商嚼徵"栏目含《双凤阁词话》(双凤)。

方廷楷在《民信日报》连载《习静斋诗话续编》。

魏清德《仲夏偕篁村君访云沧竹邻居有作》(署名"润庵生")、《口占》(署名"润庵")、《谢伊坂胡山词兄造访不遇》(署名"润庵")发表于《台湾日日新报》。其中,《仲夏偕篁村君访云沧竹邻居有作》云:"美田出幽竹,傍竹结精庐。虽无耀金碧,晨夕涵清虚。道人云沧子,跂立(时君方病足)读玄书。云与竹为邻,榜为竹邻居。鸡黍来款我,斗酒欢有余。赦龙长孙笋,挟剪诛园蔬。黄昏乱啼蛤,野水鸣村渠。斯游冒雨践,甚恐故人疏。境清难久留,情深若为摅。因之返吾驾,湿月迷荒墟。"《口占》云:"惯慵叔夜太无聊,荀令香炉故故烧。纤月未西人欲散,一庭风露可怜宵。"《谢伊坂胡山词兄造访不遇》云:"几载胡山子,飘然过我门。适逢寻水竹,散策城南村。旧侣参商隔,大江日夜奔。期君重命驾,相对倒匏樽。"

14日 《申报》第15566号刊行。本期《自由谈》"词选"栏目含《贺新凉·吊史阁都墓》(陈匪石)、《六么令(薄寒侵幕)》(陈匪石)。

黄群、梁善济、向瑞彝、望月小太郎、近藤元式陆续访徐世昌。

符璋《蜕盦续稿》1册抄成,手校一过。计330首,可分2卷,拟付石印。此后有作,归之《戒后诗存》。

林苍作《五月十四夜在西湖,同社集者八人,相与泛舟至三鼓始散》。诗云:"灯火零星夺眼妍,沿堤新见柳含烟。湖如诗句无由俗,月为愁人不敢圆。晤对扁舟成世界,流连短景重因缘。吾侪游处元随喜,可作他年故事传。"

15日 留日学生学术研究会在日本东京创办《民铎》季刊,自第5号起(1918年12月1日)迁上海出版,"以阐扬平民精神,介绍现代思潮为宗旨"。

潘飞声招饮于沪上小花园,作《置酒都益处,赠吴子备大令、何诗孙内翰、刘闳青观察、周湘舲学博,用前韵》。同人和作:刘式通《丙辰五月望日,兰史招饮小花园,既醉以酒,复觞之诗,次韵答谢》、周庆云《兰史复招饮都益处,叠前韵报谢》。其中,潘飞声诗云:"流莺闹比邻,杂花明远树。缅怀题襟馆,重拾坠欢处(地为往日题襟馆)。酒垒列青兕,诗图翻白鹭。吴侯耻折腰,老寓闲情赋。东阁卧何逊,貌花入纨素。淮南旧招隐,浮云指征路。顾曲周郎精,筝琶意所措(湘舲招录事数人分谱各种曲本)。我愧北海筵,不乞微生醋。倘博月尊诗,仓山名与付(是日,姬人月子宴花玉顾夫人于隔壁)。"刘式通诗云:"吾爱庞德公,临风如玉树。不知谁是客,欢宴得佳处。弹琴谱凤凰,浮家狎鸥鹭。杨柳枝莫放,骆马鬐休赋。当筵唤小红,家姬携樊素。譬彼马相如,酤酒临邛路。文章争富丽,裙屐非穷措。莲叶碧田田,榴花红醋醋。襄阳耆旧图,画师尽可付。"

《申报》第15567号刊行。本期《自由谈》"诗选"栏目含《销暑》(坴)、《五月六日作》(戮民)、《藤花》(前人)。

《国学杂志》第7期刊行。本期"文学"栏目含《张文襄公骈文》(南皮张之洞)、《水流云在馆集杜诗存(未完)》(丹徒周天麟)、《闺秀摘珠后集(续)》(黄潽壶舟选评,金嗣献重编)、《桐城三家论文集录》(徐彦宽)、《听秋馆词话》(《思归读庐丛书》初集之一种)(续第五期)(丁绍仪)、《愿读书斋文录》(倪中轸辑)〔内含《武林十日游记(续)》(高燮)、《致柳亚子书》(吹万)、《与姚石子书》(吹万)、《复高吹万书》(亚子)〕、《无斋随录》(无斋)。

[韩]《天道教会月报》第71号刊行。本期"词藻"栏目含李豊《金堤郡教区八景》组诗:《凰山晨钟》《东川一带》《西津归帆》《象头晚枫》《(蟋蟀)霁月》《兔山落照》

《碧野农歌》《菰浦暮笛》。其中,《兔山落照》云:"海色翻红天半高,归帆影乱暮鸦呼。烟光抚树平燕远,汲释樵翁步步豪。"

[日]伊藤谦撰《江南游藻》(又名《江南三十图诗画》,1册,铅印本)由大阪江南吟社出版。集前有渡边白峰作序,吴昌硕、吉嗣拜山、木苏牧等人题辞,内藤湖南题诗。集后有长尾甲作跋。共收诗62首、画3幅。其中,渡边白峰序略云:"偶会鸳城伊藤翁于南都三笠山下,得观翁江南实探诗画三十图本。喟然叹曰:即是真个支那名山活画……凡江南真山水之脉络,历历可凭证。鸣呼,今世无士大夫之画者久矣,今而始观之,何快复加?顾今世善画之人,未必善诗,善诗之人,未必擅画。或虽兼有远凌洞庭之浩淼,深冒三峡之险巇,诗之画之齐归者,除翁之外,天下始殆无人。鸣呼,翁之业可谓伟矣。"吴昌硕题辞云:"东邦近世以汉诗称者,有森槐南君,大著颇似之。盖汉诗之佳处,曰风韵、曰态度、曰声调,能喻此,可以颉颃前辈矣。癸丑六年读鸳城先生纪游诗。老缶。"内藤湖南题诗二首。其一:"乘查先后费幽探,形胜三吴我亦谙。虎据龙蟠千载迹,何当抵掌与君谈。"其二:"乌衣巷古暮烟含,燕子矶边春色酣。六代繁华弹指倾,重从画里忆江南。"

16日 《申报》第15568号刊行。本期《自由谈》"含商嚼徵"栏目含《双凤阁词话》(鸳雏);"词选"栏目含《霜天晓角·秋愁》(庞檗子)、《望江南·水乡枯坐,回首秣陵,旧游如梦,赋此以寄子》(四首,前人)。

叶昌炽赴沪为刘承干(翰怡)校勘影宋四史,即寓于爱文义路84号刘宅。次日翰怡为叶昌炽设席洗尘,砚生即晤于席次。同坐者梁节庵、吴子修两前辈,沈子培方伯、杨梓勤同年、夔一、益庵,主宾共9人。

胡适在美国往绮色佳,共8天,住韦莲司家。其间同任叔永、杨杏佛、唐擘黄谈文学改良问题,极力主张以白话作文作诗作戏曲小说。他在《藏晖室札记》卷十三中将主张概括为九点:(一)今日之文言乃是一种半死的文字,因不能使人听得懂之故。(二)今日之白话是一种活的语言。(三)白话并不鄙俗,俗儒乃谓之俗耳。(四)白话不但不鄙俗,而且甚优美适用。(五)凡文言之所长,白话皆有之。而白话之所长,则文言未必能及之。(六)白话并非文言之退化,乃是文言之进化。(七)白话可产生第一流文学。(八)白话的文学为中国千年来仅有之文学。(九)文言的文字可读而听不懂;白话的文字既可读,又听得懂。并特别指出:"今日所需,乃是一种可读、可听、可歌、可讲、可记的言语。要读书不须口译,演说不须笔译;要施诸讲台舞台而皆可,诵之村妪妇孺而皆懂。不如此者,非活的语言也,决不能成为吾国之国语也,决不能产生第一流的文学也。"

17日 《申报》第15569号刊行。本期《自由谈》"沧浪余韵"栏目含《小鹿樵室诗话》(吴遇春);"含商嚼徵"栏目含《双凤阁词话》(鸳雏);"诗选"栏目含《暮雨谣三叠和定盦韵》(三首,朱鸳雏)。

沈曾植赴刘承干招饮嘉业堂,叶昌炽、梁鼎芬、吴庆坻、杨钟羲、曹元忠在座。

19日 《申报》第15571号刊行。本期《自由谈》"含商嚼徵"栏目含《双凤阁词话》(鸳雏);"诗选"栏目含《赠菊》(鸳雏)、《九日小宴听春楼同鹓雏作》(前人)。

20日 《大中华》第2卷第6期刊行。本期"文苑·诗"栏目含《诸将十章》(严觉之)、《次韵和佛夷》(癸丑冬)(符九铭)、《楚青招饮,时方有赣南之行》(王晓湘)、《题程乐安先生遗画》(晓湘)、《似闻》(晓湘)、《呈乐老并赠程梦庐、柏庐兄弟》(王瘦湘)、《哭程乐庵工部》(瘦湘)、《故人王香如之子小香,少香以诗词见投,悲念亡友,慨然赋此》(仲涛)、《初夏》(仲涛)、《铜牛女歌(并叙)》(仲涛);"文苑·词"栏目含《摸鱼儿·和逸公》(吴伯琴)、《点绛唇·湖庄饮饯,席间赋别》(吴伯琴)、《点绛唇·和伯琴》(九铭)。

《学生》第3卷第6期刊行。本期"文苑·诗"栏目含《怀古四首》(南通师范学校学生张梅盦)、《孟平以〈莫愁湖志〉见赠,题二绝于其上》(南通师范学校学生张梅盦)、《题清慈禧后装扮观音游湖图》(南通师范学校学生张梅盦)、《初夏重游洪山》(武昌文华大学校正科二年生吴之椿)、《侵晨,舟过武穴》(武昌文华大学校正科二年生吴之椿)、《春晚即景》(全椒鲁麟)、《断桥春水》(全椒鲁麟)。

《申报》第15572号刊行。本期《自由谈》"诗选"栏目含《南社酒集沪上,书似楚伦,兼示同社诸子》(鹓雏)、《沪上逢张企韩仁彦,即寄北京》(鹓雏);"词选"栏目含《蝶恋花(玉鸭烟消寒恻恻)》(鹓雏)、《点绛唇(九十流光匆匆)》(前人)、《花蝶恋(寒食清明都过了)》(前人)、《卜算子(好是画帘疏)》(前人)。

21日 长沙南社社员雅集于琴庄。到郑泽、谭觉民、谭作民、龚尔位、彭斟雉、傅尃、黄钧、刘谦、漆云卿、孔昭绶、海印和尚、王竞等12人,以袁世凯病亡分韵赋诗。刘谦(约真)作《长沙琴庄雅集,分韵得仙字》。诗云:"转瞬人间海又田,恩仇待报忍言仙。生王未厌求秦鹿,死帝谁怜化杜鹃。莽莽山河余旷劫,醇醇文字话前缘。飘零旧雨宁须问,起视东南亦惘然。"

《申报》第15573号刊行。本期《自由谈》"含商嚼徵"栏目含《双凤阁词话》(鸳雏)。

《礼拜六》杂志编辑王晦(钝根)填写入南社志愿书,介绍人朱少屏。

[日]白井种德作《寄谷本樱谷》(五月念一)。诗云:"君来我不在,我至君已出。一别六星霜,好机又相失。相失可奈何,人事本难必。欲寄一片心,小诗聊信笔。"

22日 《申报》第15574号刊行。本期《自由谈》"诗选"栏目含《咏怀》(鹓雏)、《赠孙眇公》(春笑)。

23日 《申报》第15575号刊行。本期《自由谈》"游戏文章"栏目含《拟梁财神挽诗》(三首,鹓雏);"诗选"栏目含《吾心篇四章》(二首,了公)。

忱尘《都门清明竹枝词》(八首)刊于《南洋总汇新报》"词林"栏目。其八:"社会休教说改良,破除迷信费平章。苍生不问亲鬼神,毕竟春明五色光。(京师为国之首都,种种陋俗,反甚他处,有司不加禁,岂改良社会之道耶?)"

24 日 《申报》第 15576 号刊行。本期《自由谈》"诗选"栏目含《哭黄叶楼玉猧子,刘三索诗》(二首,鹓雏)。

郑作型《秋波媚·消夏闲词》载于《台湾日日新报》5743 号。词云:"晓妆初罢思闲情。招妹后园行。凤鞋轻步,荷亭小憩,花傍批评。　书倦嗤侬慵刺绣,金针度不成。水晶帘外,画栏杆畔,一局棋枰。"

25 日 《申报》第 15577 号刊行。本期《自由谈》"沧浪余韵"栏目含《生春水室诗话》(鹓雏)。

《小说月报》第 7 卷第 6 号刊行。本期"文苑·诗"栏目含《访周处读书台》(散原)、《发南昌,晚抵崝庐》(散原)、《清明日祭墓》(散原)、《溪亭月夜》(散原)、《雨过复晴,睡起作》(散原)、《得伯严见怀诗,怆然有作》(伯弢)、《寥志二弟寄玉侄小照来,喜作》(仁先)、《沈乙老属题汤贞愍画松》(仁先)、《节厂师往千墩谒亭林墓,以墓旁枇杷见饷》(仁先)、《读先公诗集志感》(彦殊)、《秋望》(彦殊)、《江湘岚观察以〈梅园风雨后梅花全谢,用东坡松风亭韵〉见示,依次答之》(碧栖)、《夏蔼如丧妇,还金陵,逾月未至》(碧栖)、《题亡友黄仲渊(思衍)山水画册》(子大)、《伯父邮寄丁香、海棠数株新种都活,赋呈一首》(拔可)、《晨起偶书》(贞壮)、《涣生和予前诗,复成一篇》(贞壮)、《春雪》(敷厂)、《齿痛》(敷厂)、《丙辰三月三日坝河修禊,呈同游诸子》(敷厂)、《除夜亮奇见过,叙感却作奉酬》(听永)、《拔可以其同乡黄、陈二君诗见示,即和陈君假字韵一首》(颐琐)、《丁竹舟、松生两先生风木盦图》(仲可)、《得映盦书,感赠》(曒庐)、《乙卯冬至,过萧阮生世伯饮》(病鹤)、《展斋感于蘅意而有归志,顷闻自赣移鄂却寄一首,时蘅意已受代而仍宿留,因并及之》(存子);"最录"栏目含《巢睫山人酒祀典(续)》《咏物征诗(未完)》(含是我《其一》、庸庸《其二》、云鹤闲人《其三》、陈先登《其四》)、《读〈庄子〉》(东园)、《牡丹》(东园)、《春日二首》(集词牌)(东园)、《无题》(集词牌)(东园)、《春日杂言四首》(集词牌)(东园)、《明月引》(东园)、《江南好》(东园)、《答蒋庄之女士,以诗代柬》(贞卿)、《和盟妹孔耕霞落花之作次韵》(贞卿)、《秋夜》(贞卿)、《百媚娘(梅窗感赋)》(琴仙)、《踏莎美人》(成舍我)、《南柯子》(成舍我)、《点绛唇》(成舍我)、《浪淘沙》(成舍我)、《西江月》(成舍我)、《江城梅花引·用陈西麓原韵》(实甫)、《双头莲·除夕靖州作》(实甫)、《花犯念奴·旷望阁宴集,分得山字》(镜湄)。

《中华妇女界》第 2 卷第 6 期刊行。本期"文艺"栏目含《质言,留别诸生》(范姚蕴素女士)、《孟鲁见余质言,泫然出涕,性情真挚,见诸胸臆,余恻焉,心感不可言状,赋此以答厚谊并柬孟青》(前人)、《为熙伯族弟题〈遂园图〉》(前人)、《写家书作》(吴斯玘女士)、《读〈麻疯女传奇〉》(李森)、《菩萨蛮·寄外》(吴斯玘女士)、《满庭芳·同前》(前人)、《夜行船·寄荇洲伯姊》(郭坚忍女士)、《于中好·再寄荇姊》(前人)、《菩萨蛮·又寄荇姊》(前人)、《滴滴金·三侄女远嫁陶氏,道经扬州,作此惜别》(前人)、《江城梅花引》(陈启泰遗稿)、《念奴娇·云中怀古》(前人)、《莫等闲斋主人以所著〈麻疯女传奇〉见示,芬芳悱恻,哀艳动人,为仿〈摊破丑奴儿〉调,率应雅属,即希政之二首》(吴山)、《张伯纯公行略》(上海神州女学校校长张昭汉女士)。

魏清德《访友人山下江村君见赐其大著〈台湾海峡〉》发表于《台湾日日新报》。其一:"水连天处是台湾,佳句山阳讵等闲。石井孤忠存正朔,鹿门余愤逐荷蛮。乾坤战伐成陈迹,猿鹤苍茫满故关。今日读君新著作,图南溟去未应还。"其二:"霜锋断水水迢迢,止酒还将何物浇(君时方止酒)。自是虎头仍记室,却思鹏翮上扶摇。雄心怒转沧江石,才气横于黑濑潮。回首可怜张百咏(张鹭洲曾著《瀛壖百咏》),们罗东亚待君描。"其三:"嗟余诗酒解佯狂,风物瀛壖寄意长。惭愧先民真魄力,思量后起太寻常。巴西峡水通群岛,澎屿关门扼两洋。欧力坐惊东渐至,提封宁匆百夫防。"

陈夔龙六十大寿。汪洛年作《松寿堂诗画图》,题款识云:"丙辰五月三日,庸庵尚书六十生朝,同人赋诗为寿,属洛年制图以纪其事,敬呈颐鉴。钱塘汪洛年记。"陈夔龙、陈宝琛、沈曾植、吴庆坻、吴士鉴、杨钟羲、朱彊村、周文凤、叶尔恺等题跋。沈曾植作《松寿堂诗画图,为庸庵题》(一作《寿庸庵六十》)。诗云:"玉简元辰后甲驰,灵均重揽搩余词。《葛溪集》有匡时议,无任庵成和韵诗。邱壑有情留画里,壶觞命侣及花时。彭铿本是殷顽侣,唤作神仙亦不辞。"陈三立作《寿庸庵六十》。诗云:"妖腰乱领窥神器,挺立当年压万喧。锁钥付人终力竭,江湖寄命此心尊。泪边功罪成诗史,枕上羲黄探道根。花近楼前亲种树,看栖鸾鹤挂灵猿。"

章太炎离京,取道天津南下上海,次月1日抵上海。

王达津生。王达津,祖籍北京通县,后举家避袁祸而迁居天津。因生于天津,故得名"达津"。著有《王达津文粹》(含诗词)。

江五民作《六月廿五日报载蔡松坡噩耗》。诗云:"霹雳无端震地来,惊心天柱忽崩摧。得非忌口传难信,终恐群情祷莫回。苦海合当沉万劫,大星谁与系三台。即今不作伤时语,重为斯人一写哀。"

26日 毛泽东离长沙回韶山,路过银田寺,宿一友人家中。当晚,致函萧子升,告以途中所见陆荣廷桂军和讨袁护国军扰乱群众情形:"招摇道途,侧目而横睨,与诸无赖集博通衢大街,逻卒熟视不敢问……联手成群,猬居饭店,吃饭不偿值,无不怨之。"信中还描述沿途秀丽景色:"弥望青碧,池水清涟,田苗秀蔚,日隐烟斜之际,清露下洒,暖气上蒸,岚采舒发,云霞掩映,极目遐迩,有如画图。"

褚辅成与常恒芳刊登出狱电:"今日出狱。"

27 日 符璋和刘绍宽(次饶)《铜权歌》七古一首,函寄平阳。

28 日 袁世凯归葬彰德。严复作《哭项城归榇》(三首)。其一:"近代求才杰,如公亦大难。六州悲铸错,末路困筹安。四海犹群盗,弥天戢一棺。人间存信史,好为辨贤奸。"其二:"霸气中原歇,吾生百六丁。党人争约法,舆论惜精灵。雨洒蛟龙匣,风微燕雀厅。苍苍嵩室暮,极眼望云轩。"其三:"凤承推奖分,及我未衰时。积毁能销骨,遗荣屡拂衣。持颠终有负,垂老欲畴依。化鹤归来日,人民认是非。"

黄侃之妻王夫人卒。夫人故去不久,黄侃作《戏为求婚零丁》:"有人无妻求配主,身滞幽都家居楚。幸有三男并一女,上累慈母为向拊。其人非官复非贾,佣书自活未为苦。读书未成无所补,略通《孝经》与《论语》。文章非今亦非古,身虽清羸三十甫。状貌奇赅晢上偻,又无须鬣绕颊辅。他无所嗜惟酒脯,意气颓唐不雄武,请告诸君媒妁者。"

吴芝瑛作《凭栏二首,寄小儿女》。其一:"远峰濯雨斗清妍,九陌尘飞不著天。白展紫裳同散学,看人儿女一凄然。"其二:"晚凉徙倚鬓云松,花气熏人似酒浓。海上星槎天样远,载将离梦到吴淞。"后刊于 7 月 21 日《大公报》。

江五民作《六月廿八日感事》。诗云:"分香卖履亦何憾,作伪心劳空自横。绿字膺图原赫奕,黄袍入梦未分明。九京已遂牺牲志,千古能争莽卓名。谁虑江东无面见,隔墙唾骂不闻声。"

[日] 橙阴正木彦二郎作《次樱北词宗诗韵》。诗云:"独对卷冉支衰残,佳篇更诵不知酸。成禅作俗君休说,万古人间心在丹。(大正五丙辰五月十日夜,未定稿)"

29 日 黎元洪申令遵行《临时约法》;续行召集国会,速定宪法;裁撤参政院及平政院所属之肃政厅;撤销有关立法院、国民会议各项法令;民国三年(1914)五月一日以后所有各项条约继续有效,其余法令除有明令废止外,一切仍旧。黎元洪特任段祺瑞为国务总理。

魏清德《滩音(限侵韵)》发表于《台湾日日新报》。诗云:"似闻楚瑟与虞琴,曲折回沙没处寻。明月青峰人不见,子陵台下碧流深。"

龙榑斋《春明杂咏》(六首)刊于《南洋总汇新报》"词林"栏。其一:"列爵荣膺将相封,嘉禾文虎锡恩崇。匆匆唤醒繁华梦,犹说春明雨露浓。京吏飘零盛气收,宫门昼掩旧王侯。岁寒耐有徐嵩友,调燮时机第一流。"其二:"曾闻省试试文官,品第优题壮大观。休讶文官多似卿,指看几辈奋鹏搏?竞说更番夺彩标,先农坛拥选签高。诸君忙把龙标夺,十万新华又迈豪。"其三:"烟波沧海势纷纭,八大胡同景最新。蜂蝶纷纷香似海,万家花市竞嬉春。柳腰竟作女娇身,争羡名伶产古津。一曲茶花多艳丽,神飞色舞最撩人。"其四:"玉泉香茗旧名楼,柳巷花街望里稠。游骑一鞭红杏雨,绿杨阴畔看抛球。无边芳草傍溪生,雨过天桥驿路晴。十里花街齐聚敞,香风遥逐纸鸢轻。"其五:"玉辇朱轮步晓晴,惊看荷叶卷风行。香车名似双飞燕,况有娇娃体自轻。娇颜斜映夕阳红,风度轻盈靥笑中。却把西湖比西子,阿娇爱着碧纱笼。"其六:"几见娇娃仿木兰,细腰柔臂跨弓鞍。天街缓走桃花马,故纵游人万众看。短衣窄袖鬓丝轻,浅扫蛾眉运黛横。况是龙华夸盛会,豪游上已又清明。"

张震轩作《舟行见洋萍梗塞河道,感赋一律》《舟中即景》。其中,《舟中即景》云:"塘西一舸泛归程,徙倚篷窗百虑清。千顷苗青农望雨,一堤树绿鸟呼晴。鱼鳞浪蹙知风劲,龙尾车旋听水鸣。自笑书生谈化育,未能膏泽慰编氓。"

张謇为狼山佛殿集联:"兹地足灵境(孙逖);真如会法堂(杜甫)。"后为众堂水榭撰联:"陂塘莲叶田田,鱼戏莲叶南莲叶北;晴雨画桥处处,人在画桥西画桥东。"(宋人词)

30 日 陈宧率军进抵绵阳。见大军拥挤,食宿愈难,同时亟欲摆脱冯玉祥,遂召开高级军官及随从会议,决定征发船只,改由绵阳沿涪江直下重庆。在电请北京批准后,陈宧即在绵阳征发民船,同时送走冯玉祥旅。

《申报》第 15582 号刊行。本期《自由谈》"诗选"栏目含吕大吕《晚景》《春郊》《早秋》《除夜》。

《春声》第 6 集刊行,是为终刊。本集"文苑·诗"栏目含《咏怀》(旌德吕清扬女史)、《沪报载某女学生以被诬自尽,诗以吊之》(旌德吕清扬女史)、《溪上》(旌德吕清扬女史)、《悼旧》(旌德吕清扬女史)、《园兴》(旌德吕清扬女史)、《园兴》(姚江周桐庄)、《初夏晚妆即景》(姚江周桐庄)、《山居》(庄纫秋)、《湖庄雨泊》(庄纫秋)、《新世界二首》(庄纫秋)、《夜归》(庄纫秋)、《有怀泰安山景》(庄纫秋)、《晚饭后忽思洨长字说,赋长篇一首》(庄纫秋)、《有感》(庄纫秋);"文苑·词"栏目含《金缕曲·王纹之逝于此三年矣,忆庚戌春初,王纹自明妆来归,典礼娴雅,一时称盛,偶忆其事,演为此词》(庄纫秋)、《金缕曲·题甄翘云小像》(庄纫秋)。

叶昌炽作《沈醉愚茂才为其母钮太君七十寿征诗,赋两律》。其一:"家住南林更道南,持门健妇荐茶甘。浔溪槛外看浮鹢,温室墙阴待课蚕。自有徽音迈钟郝,矧兼华胄出刑谭。授经纱幔今犹在,此是闺中老学庵。"

张謇作《挽黄序生》。联云:"贞廉之操,恳挚之思,可以矜式众流,岂惟商市;劳生而病,勤事而死,所望峥嵘诸子,无忝家声。"

本 月

《南社》第 18 集出版,柳亚子编辑,收文 58 篇、诗 614 首、词 137 首。本集"文录"栏目(五十八篇)含蒋同超(九篇):《〈红薇感旧记〉序》《〈分湖旧隐图〉序》《丹阳石琴姜先生六十寿言》《魏塘李母朱太君七十寿言》《吴江陈母沈太君诔》《跋查文耀比邱尼觉慧舍身救世始末记》《题蓟县王淑贞女士〈桃花蛱蝶图〉后》《乙卯清明，安源山中踏青，见杜鹃花记此》《历说》；王蕴章（五篇）：《〈兰言小笺〉跋》《〈吴中十女子集〉序》《〈双星杂志〉序》《〈菊影楼话堕〉自序》《〈之江涛声〉序》；姚锡钧（十二篇）：《〈伤昙录〉序》《〈七囊〉发刊辞》《〈双星〉发刊辞》《〈燕蹴筝弦录〉自序》《〈燕蹴筝弦录〉跋》《〈沈家园传奇〉自序》《〈沈家园传奇〉跋》《〈春声〉自序》《乐石社记》《冯望仙室人剑青杨女士传》《与柳亚子书》《再与柳亚子书》；杨锡章（一篇）：《〈伤昙录〉书后》；李维翰（一篇）：《高丰哀辞》；费砚（一篇）：《〈金石缘图〉自序》；张祉浩（二篇）：《塔射园感言》《送张黄花归里序》；顾保瑢（二篇）：《与郑佩宜书》《再与郑佩宜书》；高燮（八篇）：《何孝女传》《〈伤昙录〉自序》《亡儿墓碣铭》《〈燕蹴筝弦录〉序》《幽梦影节钞〉弁言》《〈三子游草〉序》《与柳亚子书》《与姚石子书》；姚光（七篇）：《书沈君纪常传后》《记烟霞紫云二洞》《游西溪记》《书〈风木庵图〉后》《〈三子游草〉跋》《〈变雅楼三十年诗征〉序》《书〈分湖旧隐图〉后》；王灿（一篇）：《与郑佩宜书》；陈陶怡（一篇）：《与柳亚子书》；万以增（八篇）：《先府君行述》《祭亡儿树铭文》《陶母张太君七秩寿序》《〈杨孝子刲臂图〉序》《重游澄照禅院记》《记章公及练夫人事》《李母朱太君七秩寿序》《书胡淑娟女士传后》。"诗录"栏目（六百一十四首）含宋一鸿（一首）：《寄钝安》；蒋同超（一百五十八首）：《拟凛凛岁云暮》《舟出枫桥》（二首）、《五人墓》《慧山谒泰伯庙》（二首）、《题刘石庵松筠庵墨迹，为周嵩尧作》《赠安丘李梦渔，时宦游黔中》《日出入行》《湘江怨》《岳阳》《舟过马当》《浔阳江中》《过琵琶亭旧址》《孺子亭》《陈太傅庙》《过浔阳能仁寺，有兵驻焉，禁人浏览，感而赋此》《秋日百花洲绝句》（六首）、《题丘仓海〈罗浮游草〉》（二首）、《题潘兰史〈出关图〉》（二首）、《海上赠陈蜕庵》（三首）、《春柳，次渔洋〈秋柳〉韵，和李孟符作》（四首）、《杨花，次渔洋〈秋柳〉韵》（四首）、《题宣南枣花寺〈牡丹图〉四律》《胡子寄尘赐诗，谬承奖借，次韵答之》（二首）、《冬夜，和寄尘韵》《寄尘以〈壬子双十节海上纪事〉一律见示，怆然有怀，爰次韵以答》《游江宁民政署瞻园作》《游鸡鸣寺吊梁武帝》《游愚园》《游刘氏废园》《清凉山杂咏》（三首）、《重过愚园登凤凰台》《秣陵冬夜与袁龙友联句三十八韵》《题葛痴人〈仰天长啸图〉》《鬼车行》《伯赵》《百舌》《老快活》《虞山谒虞仲墓》《谒言子墓》《题〈八百砖室金石印谱〉，为歙县吴霭青作》《甲寅午日吊屈，和巢南韵》（二首）、《有感，集定庵句十四绝》《重有感，集定庵句二十二绝》《题钝根〈红薇感旧记〉，集定庵句》（十四首）、《读〈醴陵志〉杂咏，即简钝根》（七首）、《简天梅，即题其所辑〈变雅楼三十年诗征〉》（二首）、《紫罗兰，译英人诗》《玫瑰，译英人诗》《明星咏，译英人诗》《家居乐，译英人诗》《采莲曲，拟清商曲辞体》（七首）、《和武进陆怡庵绮怀二律，次原韵》《题冯柳东〈杨柳岸晓风残月图〉，为天梅作》（四首）、《题醉庵〈麓山随缘坐石图〉》《登渌江青云山梯云阁，分韵得跻字》《玲珑馆本事八绝句，为红薇赋》《丁仙山望太一墓感赋》《望雪感赋》《渌江靖兴山访红拂墓得五绝句》；姚锡钧（一百二十九首）：《杂诗》（二首）、《与了公相约为七绝，赋呈两章》《视了公论词绝句十二首》《雨坐有作》（二首）、《幽居杂兴》（四首）、《戏作示了公》《上巳无酒，忆南社诸子修禊海上作》《闲行绝句》（二首）、《谢塘展墓，舟中作》（四首）、《杂怀》（八首）、《题壬父集》《新七夕注起信论数页，盖有简诗之意》《即事，和了公词字韵》《江城一首，叠词韵》《结夏》《轻寒》《斗赋，用进退格》《戏作健语，叠生韵》《闲中》《风怀》《小住》《莲花庵》《哭黄叶楼玉猧子，刘三索诗》（二首）、《论诗绝句四首》《青梅主人录消夏剩稿竟，属为圈识，因书一律于后》《望江楼晚眺，和遇春韵》《六月初三夜坐，时将去云间》《白华、遇春邀饮酒楼有作，示同座》《读几园、遇春白壶送行诸作有感》《闻蝉》《春去》《题〈马君武诗集〉》《夜坐》《六月十六立秋前一夕作》《过遇春斋，次遇春》《雨过两首》《作雨》《栖栖》《雨过》《秋夜》《漫成》《惘惘》《日效海藏体诗体，即为一首怀之》《几园丈送别至华泾后即寄》《七月尽，夜坐寄李鬐东京》《雨后小吟寄季平》《小饮夜归》《初晴》《匡庐》《小饮偶成》《眇默》《闺怨》（四首）、《微生一首，效苏州》《二陆祠》《次韵三首答遇春、白华、姜五》（三首）、《重阳后二日雨坐作》《秋行尽矣，风雨凄然，十四晨忽放晴，风日融然，便有早春之意，信笔成此，效东坡》《九月十五夜月》《咏怀（拟陶）》（四首）、《寄答韫斯见赠》《岁暮寡欢，复苦离索，遇春吴子先生有怀杨之作，高、张皆约见过，阻雨不果，故并及焉》（三首）、《即席有作，送康弼还里》《岁暮感怀》《怀林琴南》《岁暮杂诗》（五首）、《小除夕，和吴遇春》《遣春第一集，先赋两章示诸子》（二首）、《遣春第一集，分韵得灰字》《自春至夏幽居杂述》（五首）、《即事，效湘绮楼体》《酒后有作示同人》《小诗代柬，拉杂书怀，正萧斋枯坐、愁来欲绝时矣》（四首）、《题〈三子游草〉》《刘三售梅，市上索诗》《车次偶成》；杨锡章（二十首）：《吾心篇四章》《题亚子〈分湖旧隐图〉》《次韵冶民、墨厂即事之作》《赠冶民》《叠韵答冶民》《有感，示不识》《重阳寄怀鸬雏海上》（二首）、《重九有感》《前题》《浇花罐》《息影》《有感》《杂诗》《题〈岁朝图〉》（二首）；费砚（三十一首）：《模印宗派绝句》（十首）、《春愁秋怨词》（八首）、《甲寅九秋，同人集金石书画会于西泠印社，适四照亭落成，占此黏壁》《孤山看残梅，书林处士墓》《西湖留别南社、印社、乐石社暨诸旧雨》《西湖咏莼花》《松风社第一集》《松风社第二集》《痴鸠以诗招集小法华盦，即席步韵》（四首）、《剑秋属题〈秋镫剑影图〉，有触余怀，因赋三体绝句各一首系之》（三首）；朱玺（一百零八首）：《乙卯》《初五夜纪事》（三首）、《一哭》《郊行有作，示二客》《春风谣三叠》（三首）、《杂兴》《市隐楼写怀李康弼》《春人词》《雨窗杂忆》（八首）、《赠汪痴》《二月三日同人小集紫霞宫，祀张文昌，赋呈朱语绿丈》《难忘》《不如》《冶游四章》《和鹓雏师韵》《梦回偈》《花朝日立桃花下作》(二首)、《索居》《歌筵乞书扇》(六首)、《和遇春韵》《春光》《浮生》《即事,求了公、寄父和》(二首)、《寄父要饮一家春,酒次与俞白华、吴遇春、蔡爱当、吴次石诸先生,分韵得花字》《怨歌》(四首)、《醉中一首,示少碧》《春寒》《春暮杂诗》(七首)、《投张破浪》《酒次和张云林》《复园》《得天慧书赠言》《一啸楼》《题撷芳阁,即赠云林》《扬州怀古卷子》《鹧鸪一首,谢云林》《消息四章,寄郁丈醉红》《南村立夏,有怀城中诸公》《即席》《黄歇浦舟中》《题高天梅〈变雅楼三十年诗征〉》《六年前岁庚戌,泗泾马师漱予馆盛氏讲席,余年仅十三,得及门客,暇从师学韵语,是以得师爱颇厚,逾年,师悼亡赋归,余亦辍学,飘泊风尘,音书杳绝。去年游倦,归来与寄父等唱酬为事,某君询及初学,为述之如是。然怀人感旧,余恨若何!至若幼时诗稿,已失于车尘马迹间,仅记秋千一绝,亦当时马师所赞许者也。诗录左》《杏儿曲》《复园,同景蓬、鹓雏、云林作》《感事三绝句》《莲花庵》(二首)、《四月十七日,耿丈伯齐招集二陆草堂,祀机、云二君,分韵得清字》《某君悼女词书后》《沈姬席上,同鹓雏、云林作,呈伯齐丈》《病起闲行》《病起偶书》《端午有怀鹓雏》《五月初九日作》(八首)、《夕阳一首,酬爱常》《病后读琴南翁所译说部,藉以解闷,因占短诗,辄系其端》(三首)、《和鹓师十五日社集韫斯斋次》《十九日出城,有怀鹓雏、磊安佛邪斋之饮,叠前韵》《廿三日作,不自知其哀怨也》《廿一日第二次社集松风草堂,公定社名为松风,翌晨投定九、痴鸠昆季一诗》《述愿四章》;张祉浩(七首):《即事》《寓沪夜坐有感》《山茶初花》《秋夜》《乙卯冬夜梦春》《咏水仙六首录二》;顾保瑢(五首):《题西泠扶醉照片,步外子吹万韵》《题亚子〈分湖旧隐图〉》(四首);高燮(五十首):《吊宋钝初》(二首)、《石子钞幽梦影一通,余既为弁语,并系以诗》《题〈变雅楼三十年诗征〉》《谒林处士墓》《楼外楼小饮》《湖上游昭忠祠》《苏小墓》《过秋墓及武松坟》《游法相寺》《烟霞洞题壁步韵》(二首)、《由烟霞洞至理安寺》《理安寺避雨偶成》《由理安寺走江干口占》(二首)、《玉泉豢鱼有感》《天竺道中书所见》《小憩冷泉亭》《上北高峰,因天晚不果登其巅》《记事,为亚子题书籅》《戏柬林秋叶二首》《题赠西泠印社诸子,步丁不识韵》《偕沈半峰、王漱岩、平复苏、姚石子同游宝石山》《与沈半峰、王漱岩、平复苏、柳亚子、丁不识、展庵、陈虑尊、越流、姚石子同饮湖楼,分得支韵》《游西溪作》《交芦庵,遥步奚铁生题画诗韵》《四月七日将自杭返松,虑尊设饯于城站之酒楼,漱岩以诗赠行,次韵奉答并寄虑尊》《柬丁不识、展庵》《柬亚子奉辞尊称》《题西泠扶醉照片,即柬亚子》《怀人武林,集定盦句》(九首)、《题丁氏〈风木庵图〉》《不识、展庵书来,嘱题西湖散记,率应一律》《前在虎林拟观春航演小青遗事,不果而返,既返而小青一剧始演,今见勉之数诗,令人凄然神往,爰即步春航过小青墓作韵,题一绝于后,聊以志憾云耳》《自题游草,集定盦句》(四首)、《狂飙叹》《诗韵为风雨碎裂戏作》;高旭

（六十八首）：《赠费公直，寄周庄天健医院》《赠刘约真，即次其同伯兄到长沙感怀韵》（二首）、《赠汪叔子，即题其诗卷》（二首）、《次韵答刘三》《题〈幽忧集〉，为陆更存作》《题叶中泠〈袖海集〉》（四首）、《随庵集同人修禊海上，函招未赴，分韵为代拈得阴字，爰成一律》《姜丈石琴六十诞辰，草长古为祝，并贺胎石、可生两社友》《题马小进〈居庸秋望图〉》《题沈太侔〈晦闻室填词图〉》《次韵答陆更存》《〈柳溪竹枝词〉题辞，为周芷畦作》《题〈三子游草〉》（二首）、《题丁氏西溪〈风木盦图〉》《题盛春浪〈峰顶诗标图〉》《题黄颖传〈绮窗看剑图〉》（二首）、《题邬伯健〈松阴看奕图〉》（二首）、《题朱仲篁〈幽篁独坐图〉》（二首）、《近获冯柳东〈杨柳岸晓风残月图〉手卷，中有灵芬馆主题诗，喜书四绝于卷尾》《再题冯柳东〈杨柳岸晓风残月图〉手卷，即步灵芬馆题词原韵》（二首）、《六月十七日暴风作，前墙倾倒，漫成》（五首）、《暴风坏墙及大门，感而作此》《风伯行》《伤秋》《简刘三，即次其答兰史老人原韵》（二首）、《钝根拟高常侍还山吟见赠，依韵答之》《钝根寄菊一枝粘于纸上，并贻两诗，为步韵和之》（二首）、《感事六咏》《哭张伯纯先生》（四首）、《为钝根题〈红薇感旧图〉》《寒琼索题魏杨兴思造象》（二首）、《园梅初放，携酒赏之，吟成一律》《集梅花香窟，分韵得诗字》《吹万叔招饮梅花香窟，香窟为吹叔生圹，感而赋此》《梅花香窟之集，以梅花香窟题诗六字分韵，拈得诗字，既属稿，复成香字韵一章，归途又得题字一联，因足成之》《寄钝根醴陵》《沈太侔以感事诗四首，用梅村滇池铙吹韵，次韵和之》；何昭（二首）：《题亚子〈分湖旧隐图〉》（二首）；高增（五首）：《书愤》（二首）、《君介有武林之游，诗以送之》（三首）；高珏（九首）：《岳坟感赋》（二首）、《游西溪》《湖上感赋》《杭州归途作》《题亚子〈分湖旧隐图〉》（四首）；姚光（十六首）：《登孤山纵目感赋》《西泠桥畔有苏小小墓，而徐凝诗谓小小墓在禾中不在湖上，又其西有荒冢一抔，相传为武松墓，然亦不见志乘，为合赋一绝》《憩冷泉亭，集定盦句》《为春航题名小青墓作》《西泠即事》《题三潭泛舟摄影》《登宝石山》《乙卯孟夏五夕与高吹万舅氏、柳亚子、丁不识、展庵、陈虑尊、越流、王漱岩、沈半峰、平复苏诸子集饮湖楼，分得灰韵》（二首）、《游西溪作》《示亚子》《离杭留别亚子、佩宜、不识、展庵、虑尊、越流、漱岩诸子》《杭州归途》《题天梅所藏冯柳东〈杨柳岸晓风残月图〉》（二首）、《寒琼有寰宇访碑续录之辑，去冬道出左作〈仲雪访碑图〉属为题词，因循未报。今夏携艳游西湖，得魏杨兴息造象诸拓本又承邮示并索一言，爰赋此章》；金庆章（一首）：《题亚子〈分湖旧隐图〉》；黄宗麟（八首）：《游朝鲜闵妃墓》《无题四首》《赴友人席招，韩伎侑酒》（二首）、《题亚子〈分湖旧隐图〉》；万以增（四首）：《酒社第六集，次亚子韵》《酒社第十一集，次大觉韵》《宿芦墟舟次》《过分湖有感》。"词录"栏目（一百三十七首）含叶玉森（九十五首）：《步蟾宫（君心已上蓬山去）》《摊破浣溪沙·整装赴沪，乘春日丸东渡，偕杨若盦》《满庭芳·上野动物园中之澳州桃花鹦鹉，衣绿，腹毛澹红，艳绝，赋此宠之》《玉山枕·骤雨新霁》《沁园春·醉歌》《疏影·品川秋柳》《扫花游·小楼夜闻屐声》《遐方怨（鸾镜黯）》《春风袅娜·东京市上见汉海马蒲桃镜一面，盖庚子之役掠自大内者，赋此写恨》《河传（春晓）》《江南好·偕若盦游博物馆，略志所见》（六首）、《木兰花（蓦见玳梁新燕乳）》《念奴娇·别东京，时江岚拂崖》（二首）、《前调·舟至长崎》《菩萨蛮（十首：六鳌晓策秋澜紫，碧愁如海帘波冻，花边苦说沧桑事，烟龙辛苦衔瑶草，五铢衣薄寒如水，山阿若有人含睐，红禅梦幻骖灵鸾，飞琼泥唱西洲曲，银河欲转明星靥，伯劳东去声何苦）》《蝶恋花·效味雪龛词体》《水龙吟·高丽兰纸》《摸鱼儿·赋英小说〈橡湖仙影〉中之安琪拉女士》《水调歌头·挽贲湖许荻村先生》《菩萨蛮·赠易盦》《前调（东风三月杨花雪）》《木兰花慢·冒雨游清凉山，偕思岘、后尘、泽芙，是日为地藏诞辰》《浣溪沙》（三首：一线银河玉宇秋，寒食清明次第经，高髻纤腰一尺时）、《望江南·效云起轩词体》（四首）、《踏莎行·〈沧桑艳传奇〉演陈圆圆故事，为丁大秀夫题》《金缕曲·青溪访张丽华祠》《天香·藏香》《绮罗香·春水》《声声慢·许少嵒师多心经遗墨谨跋》《忆旧游·春草，和嵩盦韵，同眉孙赋》《洞仙歌·挽枫泾蒋蕴华女士璇》《莺啼序·寒檠孤坐，春怀故欢，读雁峰海外书，益念眉孙不置，乃倚长调，录寄都门，用梦窗韵》《大酺·眉孙南来》《木兰花慢·清明日薄晴》《水调歌头·眉孙冒雨乘汽车》（二首）、《忆旧游·澄江谢冶盦同学以诗卷属审定，因话南菁旧梦，凄咽成解，即当题辞》《壶中天·赵子枚先生〈百尺梧桐阁图〉》《忆旧游·蒲夏某日偕小树游西园，碧水湛然，稍知鱼乐，间作碎语，非禅非仙，小树既归石城，独居苦寂，用玉田韵，聊寄遐思》《水龙吟·枇杷》《水调歌头·程、陆二公重修寒山寺》（四首）、《水龙吟·唐花，和沤尹春蛰吟韵》《摸鱼子·冬笋，和沤尹》《忆江南（苏州梦）》（十五首）、《高阳台·庚戌都门作》《满庭芳·马缨花》《金缕曲·乌江》《前调·亚父城》《前调·鲁妃庙》《前调·当利口》《前调·张籍宅》《前调·牛渚》《前调·鸡笼山》《前调·天门山》《前调·香泉》《前调·陋室》《喜迁莺·浓寒逼雪，因念海氛，用梦窗韵写之》《贺新郎·戏和钝根并寄叔容》；宋一鸿（一首）：《贺新郎·戏和钝根并寄叔容》；蒋同超（一首）：《如此江山（江山如此无人管）》；王蕴章（七首）：《点绛唇·乙卯上巳修禊，随庵招饮惜春耕阁，分韵得在字》《减字木兰花·题南通徐澹庐〈梅花山馆读书图〉》《浣溪沙·题云间宋梦仙女士遗画，为许幻园赋》《醉太平·倾城夫人〈拗风廊图〉，为寒琼题》《惜红衣·沪南，李公祠荷特盛》《浣溪沙·题芷畦〈柳溪柳枝词〉》（二首）；姚锡钧（九首）：《春夜情·书怀》《长亭怨慢·题菊仙妆阁》《减字木兰花·仙戏，赠鸳雏》《浣溪沙·即事》《倚所思·怀人》（四首）、《玉漏迟·吹万新有丧明之痛，握手茸城，神采不属，赋此奉慰，用樊榭韵》；杨锡章（三首）：《西江月·天梅〈变雅楼三十年诗征〉题辞》（二首）、《菩萨蛮·松风社于八月二十四日作展中秋集赋此》；朱玺（三首）：

《台城路·丙辰正月十二日有柬》《烛影摇红（吹冷冰肌）》《惜红衣·顽仙题〈柳塘诗思图〉，强余继声，因以白石调写之，叔问辨第二句为韵，兹依其说》；顾保瑢（八首）：《虞美人·谒月下老人祠》《减兰·游湖，与外子同作》《少年游·为春航题名小青墓作，用虑尊韵》《一痕沙·题武林同游照片，和外子韵》《浣溪沙·题西泠雅集照片，和外子韵》《减兰·题三潭泛舟照片，和外子韵》《罗敷媚·题清波弄影照片，和外子韵》《虞美人·佩宜以玉照见赠，小词答之》；高燮（五首）：《少年游·为春航题名小青墓作，用虑尊韵》《一痕沙·题武林同游照片》《浣溪沙·题西泠雅集照片》《减兰·题三潭泛舟照片》《罗敷媚·题清波弄影照片》；高增（四首）：《少年游·为春航题名小青墓作，用虑尊韵》《过陂塘·题〈三子游草〉》《菩萨蛮·春光渐老，言愁欲愁，托之倚声，聊写别恨云尔》（二首）；姚光（一首）：《如梦令·湖上春归》。"附录一"栏目含《与柳亚子书》（王时彦）。"附录二"栏目含《卧云室遗诗》（王时杰）：《中秋怀兄秣陵》（七绝二首）、《复家书附寄堂上》（七绝）、《忆楚苏京华》（七绝五首）、《步雪僧韵》（七绝十首）、《对月》（七绝）、《亚子社长索题〈分湖旧隐图〉，作此寄之》（七绝四首）、《辘轳体四首，写愁作》（七绝）。"附录三"栏目含《北越调》（吴梅）。其中，朱玺《病后读琴南翁所译说部》其一《红罕女郎传》："宝气连城造化工，故教一梦彩云通。洪罕风雨成追忆，只辨山桃无度红。"其二《雾中人》："蜓雨蛮烟抵为卿，一生知己两佳人。如何《得宝》歌声里，一斛鲛珠哭玉真。"其三《红礁画桨录》："浪里鸳鸯堕恨天，礁钟桨鼓自年年。亚东女儿应怜取，鹃血啼干为女权。"姚鹓雏（锡钧）《视了公论词绝句十二首》，评述宋代词人张炎、吴文英、柳永、陈亮、姜夔及清代词人谭献、王鹏运、朱祖谋、朱彝尊、陈惟崧、纳兰性德、厉鹗等。其一："茶蘼微放快晴时，金线初抛垂柳丝。谁似城南杨夫子，隐囊乌几坐填词。"其二："玉田微削梦窗腴，柳七风神故不虚。若舍浮华论骨概，龙川一集有谁如。"其三："楼台侧畔杨花过，帘幕中间燕子飞。别有冰心歌水调，新腔一阕惜红衣。"其四："飞行绝迹定谁俱，七宝楼台密不疏。区别梦窗和白石，一饶秾致一清虚。"其五："谁将影事谱夔天，似语金铃颗颗圆。想见岳阳楼上客，玉箫吹徹洞龙眠。"其六："修门词客今谁在，只有云门与复堂。语秀真能夺山绿，律严差可比军行。"其七："半塘已化纯常死，海内知音渐寂寥。只有苏州沤尹老，解拈新唱付琼箫。"其八："病起新腔付小红，萧疏老子复谁同。会稽三绝流传遍，第一词名满洛中。"其九："竹垞情眇自难同，笔重其年亦易工。燕子不来连月雨，鲚鱼如雪一江风。"其十："湖海流传饮水词，情深笔眇自多奇。千年骨髓秦淮海，除却斯人那得知。"十一："细秀枯清厉太鸿，行吟侧帽自从容。浙中独服摩奢馆，天马飞行明月中。"十二："自将情思证无邪，老树无妨试著花。更唤虞山庞处士，细斟小句按胡琶。"

《荄社丛刊》第3期刊行。本期"文艺·诗"栏目含《感遇》（惜誓）、《哀淮阴侯》

（惜誓）、《耕南衔玉京师未得售，诗以慰之》（惜誓）、《偶成》（惜誓）、《酬灵修》（惜誓）、《柬聘六》（惜誓）、《自题五十六岁小影》（惜誓）、《消寒第十集，赋明湖冶春绝句一首》（陈雨村）、《张少白故乡山水帐额》（陈雨村）、《述怀》（陈雨村）、《钱塘送客夜渡》（雨村）、《灯花》（雨村）、《送春》（雨村）、《偕竹坪访蒋若愚》（雨村）、《即景》（雨村）、《幽斋闲兴（回文）》（雨村）、《醉后翻然有悟》（莲白）、《咏怀》（莲白）、《元夜词》（夜号）、《春月》（夜号）、《春夜闻雨》（夜号）、《无题》（夜号）、《即席有作（并序）》（夜号）、《即墨侯》（郦崇明）、《管城子》（郦崇明）、《松使者》（郦崇明）、《褚先生》（郦崇明）、《背面美人》（郦崇明）、《次前韵》（郦崇明）、《前题》（赵寿僧）、《春闺》（赵寿僧）、《前题》（徐汉平）、《次韵》（徐汉平）、《别学生》（徐汉平）、《乙卯腊月既望，李安伯先生偕余泊庐先生见顾，午后复驾舟同游快阁，为赋五言二章》（诵洛）、《柬李安伯先生》（诵洛）、《夜坐》（诵洛）、《游明心寺》（陈载荣）、《公园闲眺》（陈载荣）、《山居》（陈载荣）、《丐》（陈载荣）、《无题》（陈载荣）、《闺情》（陈载荣）、《插柳》（陈载荣）、《闺情》（邵翔）、《绝句》（蔡清芳）、《芙蓉塚》（何梦旦）、《赤壁怀古》（何梦旦）、《读书》（何梦旦）、《旅行怀念》（何梦旦）、《喜雨》（生翁）、《山中晓起》（生翁）、《江村风雨》（生翁）、《春去》（生翁）、《焙茶》（沈斌）、《打麦》（沈斌）、《送别》（沈元畅）、《题〈钟馗图〉》（沈元畅）、《送春》（王希成）、《二十感怀》（王希成）、《题〈柳塘思诗图〉》（王希成）、《谒葛壮节祠》（天吴）、《游阳明洞天》（朱蕙圃）、《书窗孤灯》（杜济川）、《春兰》（杜济川）、《人我同胞》（杜济川）、《鸦鹊同鸣》（杜济川）、《观河东君小像》（杜尔梅啸泉）、《蠡城逢旧历除夕》（杜尔梅啸泉）、《独坐书斋遣闷》（集前人句）（杜尔梅啸泉）、《斋居有感》（集前人句）（杜尔梅啸泉）、《送别》（童一心梦醒）、《闺情》（童一心梦醒）、《吊落花》（童一心梦醒）、《春恨》（耐子）、《书斋夜坐》（耐子）、《促睡》（耐子）、《捉蜻蜓》（耐子）；"文艺·词"栏目含《浪淘沙·湖上》（雨村）、《蝶恋花·落花》（拜石）、《百尺楼·春感》（杜尔梅啸泉）、《如梦命·洞房》（谢五宽）、《金陵山怀古·调寄〈满江红〉》（世琦）、《浣溪沙·闺情》（耐子）、[补白]《冰厓草芦闲笔》（童梦醒）。其中，陈诵洛（诵洛）《乙卯腊月既望》其一："独居失天趣，四壁为之寂。言有良友至，心喜形于色。呼童煮清茗，相对闲愁涤。奇文资谈赏，共将疑义析。况复精鉴古，书画与金石（是日家大人出王献之玉版十三行真迹等相示）。眼如岩下电，犀照无不及。真赝可立分，辨别明且核。综其所立论，莫不探奥赜。问君胡为然，具此大知识。自愧方寸地，常有流埃积。得君相与语，顿觉胸为辟。如竹入屋明，如月入潭白。安得影夕聚，长获三友益。"其二："我怀陆放翁，奇趣林泉幽。闲吟万篇诗，名亦垂千秋。含笑谓二君，盍向快阁游。二君颔曰可，因之驾扁舟。寒江水生骨，烟凝冷不流。四望云模糊，似向乾坤浮。行行重行行，快阁已在眸。拾级彳亍登，豁然佳境悠。一尘飞不到，令人忘烦扰。寒翠不可拾，坠自亭山头。回顾四壁间，题句惊龙蚪。播名及海外，一网珊瑚搜（有日本诗人题句）。"《柬李安伯先生》云："白云杳然去，无情水自流。惊心芳草绿，回首落花愁。醉后碧天坠，吟余大地秋。古人如可作，与子且优游。"《夜坐》云："寂寞一樽酒，聊亦永今夕。吟魂飞上天，化为明月白。"

《复旦》第 2 期刊行。本期"文苑·诗"栏目含《朝鲜宫监吟》（刘延陵）、《落花》（刘慎德）、《望月吟》（刘慎德）、《梨娘歌》（无锡秦光华重旦）、《滕梅萼表妹以扇索画并题二绝》（无锡秦光华重旦）、《咏柳》（无锡秦光华重旦）、《山居寄家兄孟亚》（无锡秦光华重旦）、《九月二日晨起偶题寄呈蔡蜕庐表兄》（无锡秦光华重旦，附《蔡兄蜕庐和诗，效临川体》）、《今秋余病足，累旬不克，事事倘佯，客舍每嫌岑寂，幸蜕庐自青浦归，时相过从，兹闻其赴吴，为三叠偶题韵送之》（无锡秦光华重旦）、《题浦醒华〈碎锦集〉》（无锡秦光华重旦）、《题画》（无锡秦光华重旦）、《重九登高，忆羊叔子岘山事有感》（无锡秦光华重旦）、《题美人肖影》（无锡秦光华重旦）、《登九龙山望太湖，怀薛珍伯、狄狄山、魏海昌》（无锡秦光华重旦）、《尚武行》（恽震）、《送张君志让游美》（恽震）、《班超》（恽震）、《无题》（恽震）、《题曹尹孚君画梅花》（恽震）、《客居沪上，屡闻兵变有感》（恽震）、《牡丹》（恽震）、《偶忆》（恽震）、《菊》（洪铎）、《题画三绝》（选二，洪铎）、《感怀》（洪铎）、《西湖杂咏八首》（王世颖）、《夏日水村偶兴，仿李太白三五七言》（王世颖）、《题〈美人背坐作画图〉》（程仲瑾）、《无题》（程仲瑾）、《咏菊》（梁梦生）、《赠别姚君》（陆思安）、《感怀》（陆思安）、《见校中桃花下落有感》（陆思安）、《送春》（潘延赟）、《中秋》（雨青）、《感时》（雨青）、《春晴游山即景》（沈浩）、《春草》（沈浩）、《麦浪》（沈浩）、《柳线》（沈浩）、《采桑》（沈浩）、《春晴》（沈浩）、《水亭避暑》（沈浩）、《水亭避暑歌》（沈浩）、《伪传梁任公噩耗，挥泪成二律》（罗家伦）、《二诗既竟，余哀未竭，再成二绝》（罗家伦）、《前诗书未竟，忽闻噩耗不确，惊喜之余，复成二绝》（罗家伦）、《某公招饮，谈时局有感，即席赋此》（罗家伦）、《哭娴妹诗后六首》（选五，杨颖）、《过春柳社原址，悼亡友陆镜若》（杨颖）、《游舣舟亭口占一绝》（杨颖）、《晓行》（谢季康）、《谢郁君振亚（并序）》（谢季康）；"文苑·词"栏目含《蝶恋花·暮春小雨》（刘慎德）、《南楼令·寒食》（程仲瑾）、《卜算子·美人背面出浴画》（程仲瑾）、《又·题爱情画三章，章各一阕》（程仲瑾）、《菩萨蛮·春阁》（梁梦生）、《河满子》（说梦）、《减字木兰花》（杨祚职）、《忆江南·本意》（杨祚职）、《浣溪沙·过某氏废园》（杨祚职）、《蝶恋花·留春》（杨祚职）。

《浙江兵事杂志》第 26 期刊行。本期"文艺·诗录"栏目含《初夏乡居》（刘躬）、《答曹民甫次韵》（诸宗元）、《答黄秋岳次韵》（诸宗元）、《叠韵再奉民甫》（诸宗元）、《答刘龙慧见赠，十叠中字韵》（诸宗元）、《至南通州，赋示故人》（诸宗元）、《和亮奇〈秋海棠〉》（佚名）、《虞美人》（翟駬）、《郑竹荪上校客死军法审判处，诗以挽之》（刘恩沛)、《家居感事三首》(樊镇)、《春寒》(许麟)、《旅况》(许麟)、《露营，用吴初白夜袭韵》(许麟)、《无端》(许麟)、《寄江山友人》(吴钦泰)、《野营遇雨》(吴钦泰)、《西湖即景》(方春华)、《赠邹慎斋》(钱模)、《即席步席仪九韵》(钱模)、《忧患篇》(钱模)、《步施叔扬壮夫〈留别南屏士民四律〉原韵》(钱模)、《答李少华次韵四首之一》(林之夏)、《答诸贞壮次韵》(林之夏)、《用前韵谢贞壮、少华言事》(林之夏)、《先人遗草赠贞壮、致虞厚斋，媵以诗，用前韵》(林之夏)。

《妇女时报》第18期刊行。本期"诗话"栏目含《绿葹阁诗话（未完）》(细叶)；"文苑"栏目含《班马异同论》(苤涯)、《孔子作〈春秋〉说》(邵萍青慧侬)；"清芬集·诗"栏目含《刺绣十咏有序》(殷悫荣木)、《春柳词》(邵萍青慧侬)；"清芬集·词"栏目含《玉连环影》(繡兰)、《生查子》(繡兰)、《临江仙（西湖离席）》(繡兰)、《菩萨蛮（送别友人）》(谢友竹)。

《留美学生季刊》第3卷第2期刊行。本期"文苑"栏目含《自励》(张准)、《吊杨永言》(前人)、《复曾慎谍书，诗以代之》(前人)、《癸卯除夕由纽约赴波士墩舟中作》(前人)、《题与适之、觐庄、杏佛合影兼呈诸子》(前人)、《游日本偶作》(二首，前人)、《送友人返国》(前人)、《雪中》(前人)、《初夏》(五首，前人)、《癸卯十二月二十六日晚车赴纽约，车中不寐作歌》(任鸿隽)、《和叔永题合影诗兼示诸子》(杨铨)、《忏盦诗稿》(胡先骕)、《忏盦诗稿（续）》(胡先骕)、《太平洋舟中寄友人》(兰庵)、《舟中寄友》(兰庵)、《欧战杂感》(五首，理庵)、《晚秋》(理庵)。

《小说大观》第6集刊行。本集"长篇"栏目含 [补白]《赠乐琴阿姊》(倚虹)、《赠春镜楼》(茧庐)、《蝶恋花》(映庵)、《前调》(映庵)、《庚辛杂诗》(钏影)。

《湖南教育杂志》第5年第6期刊行。本期"诗录"栏目含《船山学社凝粹堂五图咏》(彭政枢)、《青石山馆诗抄》(谭作民)、《潇湘八景》(曾穉)。

康有为作《中国善后议》3策。

郑观应作《专制叹》贬袁世凯。诗云："为官日少为民多，请君入瓮立法苛。不顾子孙顾自己，富贵升沉一刹那。九合诸侯骄焰失，穷兵黩武鉴德俄。以德服人国必王，以力服人若电过。民团制度省兵费（以民团自守地方，各县守望相助，何有客兵之患），自治无私万世歌。古今尧舜华盛顿，择贤禅让名不磨。欲求万世家天下，强秦洪宪今如何。"

林纾回拒国务总理段祺瑞延请其为顾问，作《段上将军屏从见枉，即席赋呈》。诗云："乍闻亚相征从事，果见元戎莅草堂。九谐谁讥刘尹薄，一家未乏武安忙。到门鉴我心如水，谋国怜君鬓渐霜。云雾江天长寂寞，何缘辨取客星光。"此诗后载《公言报》，自署"畏庐"。林纾后来致郑孝胥函中云："若段氏者，罪浮于袁贼，直首乱之人。弟虚与委蛇则有之，固未尝贤之，且从之得小利益也。"

罗振玉在日本函告王国维,多与沈曾植商榷学术。函云:"方今海内学者,以弟所知,公以外,无第二人可与公抗敌。如乙老天才学力,并绝等伦,而博学无成,诚如尊论。若果有它生之说,但可资来世之智慧耳。"

叶德辉长住苏州,赁金阊门外曹家巷泰仁里6号,有屋10余楹,储姬妾、蓄婢仆,校读书画。日相往来者,陆恢、朱锡梁、金天翮、程镳、胡蕴、费树蔚、王謇等,皆吴中才俊。

柳亚子撰龚铁铮、顾锡九、华子翔、杨伯谦挽诗,又撰《咏史四首》。其四:"守府孱王百不堪,奸人羽翼遍朝端。长蛇封豕唐藩镇,社鼠城狐汉宦官。父老捶心成绝望,贤豪袖手付旁观。《罪言》杜牧知何济?留当他年诗史看。"

黄兴从日本归国前夕作《席上和涩泽清渊翁》。诗云:"莽莽神州付劫灰,红羊苍狗不为媒。挥戈未必能沉日,薄海风云盖地来。"

傅尃在湖南重会黄玉娇,作《后玲珑馆词八首》。

刘大白从南洋回国,定居杭州皮市巷3号,题门楣"白屋"。又,王金发安葬于西湖边,刘大白为其作挽联云:"生未及见北极新朝,与洪宪皇帝势不两立耳;死犹得葬西湖片土,问兴武将军有此一抔无。"

杨铨(杏佛)在美国编辑《科学》杂志时作《寄胡明复》。诗云:"自从老胡去,这城天气凉。新屋有风阁,清福过帝王。境闲心不闲,手忙脚更忙。为我告'夫子',《科学》要文章。"赵元任见此诗,作和《寄杨杏佛》云:"自从老胡来,此地暖如汤。《科学》稿已去,'夫子'不敢当。才完就要做,忙似阎罗王。幸有'辟克匿',那时波士顿肯白里奇的社友还可大大地乐一场!"

吴宓与丙辰级学生同毕业于清华学校高等科,因体育成绩不及格,未能留美。后在清华文案处任翻译员,并任《清华周刊》顾问部顾问。吴宓作《感事》纪之。诗云:"苦恨今秋压线忙,为谁遣嫁制罗裳。年时织就鸳鸯锦,羞向床头启故箱。"

丁福保辑《清诗话》刊行。严伟序云:"余友丁君仲祜,既录萧梁以来论诗之书,汇为丛刻;复辑《清诗话》四十三种,征序于余。余惟诗话之作,唐以前无之;而唐以前之诗,莫不近古。自诗话杂然并出,异论朋兴,学者惑焉。清代诸诗话,尤喜标榜近昵,拃扯古先。或章句而诋之,或单辞而称之;或则妄为格律以诏后人,或则别辟蹊径自矜独得。其究也,设辨愈多,去古愈远。丁君是编,黜随园、瓯北诸家不录;时贤所作,概从屏弃。探风、雅之渊源;正乐歌于韶、武。学者家置一编,审观涂径,于以上规苏、李,下模白、陆,盖不必侈言李、杜,而学诗之道,思过半矣。道、咸间,洪洞王轩氏著《声调四谱》,比附精详,足补赵秋谷氏之所未备。山阳潘德舆氏有《养一斋诗话》《李杜诗话》,持论甚正,盖矫正随园之作。二书繁重不具载,非丁君削之也。丙辰五月初十日,仪徵严伟。"

饶汉祥作《黎总统继位》。诗云:"天街大涤勃风收,溢路讴歌簇万头。北阙兵氛销战斗,东堂宝命降拘幽。建威漫虑魁筐逼,伐乱犹虞枉矢流。行李已严新诏至,始知命定力难谋(连日密计南行,星者言驿马未动)。"

唐受祺作《沪上北市有美其名曰"新世界"者,拓地宽广,构屋密丽,架楼六层,创新奇之观,陈曼衍之戏,盖营业家之巨焉者也。丙辰夏仲偶一游览,志之以诗》。诗云:"楼台金碧互回环,平地阶升顷刻间(屋中有升梯机括,一动可直跻最高处)。插脚偶来新世界,抚怀弥感旧河山。此中灿烂夸文物,以外喧阗接市阛。可惜补天石有限,多留缺陷在尘寰。"

张良暹作《丙辰五月为西席陈瑜青姻丈六旬有六初度,率成长句二首以侑寿觞》。其一:"系出江州笃本根,义门之后又贞门。柳丸苦读慈怀慰,姜被同眠友爱敦。营葬倾囊能尽礼,偿逋破产不言恩。一生衾影皆无愧,犹有先民古道存。"

陈寿宸作《六十自寿》。诗云:"和羹心事托毛锥,文字娱情老不知。几处名山留血爪,相逢旧雨半霜髭。桃源自向胸中辟,桑海翻增眼界奇。支厦有人容我懒,且呼儿辈夜谈诗。"

基生兰作《丙辰中夏游元朔山》。诗云:"仙山幽雅拟蓬瀛,人在绿阴深处行。山鸟绵蛮山花艳,奇奇怪怪不知名。曲折仍循山路走,兴来不觉碧峰陡。踏尽烟萝到极巅,眼底新城大如斗。凭高四顾胸怀宽,小住山房觉袖单。惊梦风声终夜吼,始知高处不胜寒。纸窗日照方惊寤,复约同人去散步。虎洞龙宫不惮劳,归来衣履浥朝露。参差楼阁似蜂房,连日盘桓乐未央。多少山河归一览,开樽畅饮到斜阳。乘兴题诗有同志,我亦勉强赋大致。醉后直书粉壁间,涂鸦应笑不成字。"

袁克权作《哀诗》(四首)。其一:"玄龙升日暗江关,禹城苍生共涕潸。不惜百身回去驭,敢忘遗训动慈颜。风惊藕榭疑昏楚,露冷仁堂负早班。欲问真灵还洒泪,荒荒谁复济时艰。"其二:"坠岸千寻岂大难,漫营窀穸葬亲安。终须李密情堪见,欲效王裒意倍酸。长乐钟疏昏太白,蓬莱驾返失苍鸾。预知小隐深山日,冷灶无烟白屋寒。"其三:"痛惜松醪可洗愁,只消垂泪拜龙輴。尽知钟鼎缘虚梦,怕对波光敛醉眸。湘瑟无端声索索,银河有恨夜悠悠。自从八骏超尘后,沧海何人解倒流。"

汪辟疆作《得胡步曾加里佛尼亚书却寄》怀胡先骕。诗云:"惘惘书来正掩扉,江涛海色飒成围。凿空博望真能健,避地梁鸿事已非。堆眼丛残谁料理,寒心国事世交讥。落矶山下春如海,应有归魂故国飞。"

赵圻年作《山城纪变》(四首)。其一:"又是干戈四起时,惊弓旅雁不堪悲。愁闻公路膺符瑞,坐见长安似弈棋。"其二:"水涸黄河征马渡,尘飞白昼羽书驰。深山未是桃园地,莫恃渠邱僻在夷。"其三:"四郊多垒盗如毛,戍鼓亭烽军务劳。一战凯歌兵踊跃,千家先笑后号啕。"其四:"山深唤鹤疑闻警,寇退亡羊劝补牢。惭愧郑公在高密，黄巾不敢逞雄豪。"

◈ 夏 ◈

朱剑芒、顾悼秋、沈剑霜、周芷畦结消夏社于周氏开鉴草堂（周寿恩堂）。柳亚子为撰骈文《销夏录序》，自称"仆也戎马余生，江湖息影。追鲁连于东海，秦帝依然；问皋羽之西台，鲁公已矣。哀丝豪竹，中年事竟如斯，东抹西涂，老子兴犹未浅"。

赵熙与胡薇元、林思进于春、夏间用"源"字韵为诗相唱和，多至五十余叠。赵熙继复寄兴于词，而宋育仁、邓鸿荃、邓镕、路朝銮为一时词友，门人辛楷亦擅其能。

冯煦作诗贺陈作霖八十寿辰。《可园诗话》卷六载："金坛冯蒿庵中丞（煦）、南通张啬庵殿撰（謇），皆书院中同学友也。自罢讲，至今几四十年，张君往来金陵，犹数数见，冯君则止获一见。丙辰夏，予年八十初度，两君俱有诗寿予，蒿庵叙述旧情，即诗即话，篇幅虽长，不能割爱也。其五古三十二韵云：'我昔羁冶山，肄业两书院。两院翘材生，陈君实收弁。维时赭寇夷，湘乡网群彦。临川与桑根，讲授并无倦。通介虽殊辙，爱士仍一贯。君舆秦（伯虞）朱（子期）甘（建侯），郁为江左选。刘（恭甫）汪（仲伊）若下走，亦复起乡县。初二及廿三，与君共文战。君率偏师来，万众莫能先。文心百炼钢，赋手八叉擅。旃蒙大渊献，君复魁秋荐。我亦副榜末，宁足当一盼。忝颜称齐年，君独不我贱。可园拓半亩，曾与真率宴。美荫覆修宇，杂英缀芳甸。君无尘事撄，匡坐诵书卷。宦学走四方，参商不一面。庚戌再赈饥，执手重凄恋。维今又七载，流光去如电。科目既刍狗，儒墨且代禅。欧风日东渐，减裂到经传。诸子皆陈人，世亦陵谷变。依依白社游，恻恻黄垆奠。两院丛荒榛，未夕犹□窜。所幸我与君，皓首托深眷。中行非所知，我狂君则狷。君今寿八十，诗情晚逾绚。更老崇汉廷，灵光巍鲁殿。椿菌渺一尘，沧桑倏三见。我衰离垢缠，锻羽等秋燕。何当泛秦淮，陈迹浏览遍。登堂一寿君，更进西山饡。'"

汪东填《解蹀躞》咏北海金鳌玉蛛桥荷花。此前黄侃曾有咏荷词《高阳台·晚经神武门咏荷》见示，并邀汪东同赋。汪东《解蹀躞》序云："北海金鳌玉蛛桥昔为宫禁之地，今则游人往来，恣其观赏。当荷花盛时，红白相间，弥望无隙。余日经其地，以为风景纯似江南，季刚先有高阳台词，邀余同赋，未能应也。一日晚归瞻眺，怅触旧情，遂成此解。"词云："半顷红香初减，青盖随风举。旧时灵鹢，飞桡映宫女。一饷舞歇歌残，任看水佩风裳，漫沾尘土。　　甚情绪。因念荷亭凉露。凭肩共私语。至今罗袜，凌波更何许。往事重惜飘零，那堪空苑斜阳，带愁归去。"黄侃《高阳台·晚经神武门咏荷》云："仙影明霞，夭妆艳水，飞尘不蘸宫沟。罗袜归迟，凌波空记前游。西风乍动灵妃笑，误梦云犹恋朱楼。试邀他，瑶席乘凉，珠佩临流。　　江南旧赋田田句,对金环皓腕,丝纾轻舟。小别横塘,天涯重见嫣柔。红衣却向秋前减,算怨怀空付闲鸥。最销凝,十顷微涟,一片清愁。"

太虚大师于唯识义有所悟入,有诗作系此。《夏杪自题》云:"一扇板门蚌开闭,六面玻窗龟藏曳。棺材里歌《薤露》篇,死时二十有八岁。"又,方稼荪偕其姑瘦梅来山进香,时过关与太虚大师论诗,相为唱和。坚索诗稿付印,太虚大师乃集为《昧盦诗录》与之,有江五民等作序。

李叔同得意门生刘质平自浙江省立第一师范学校毕业,李叔同力劝其东渡日本继续深造,虽为其努力争取官派经费不成,但在李叔同鼎力襄助下,刘终于得以成行。

王易与三弟王浩见重于汪山先生。王易与汪山先生子程时煃、孙程懋圻、懋诚等交谊甚笃。王浩之妻程莹为汪山先生子时煃之女。据胡先骕《评亡友王然父〈思斋遗稿〉》云:"吾邑程汪山先生以部郎居端忠敏幕中有年,擅丹青,精鉴别,久为艺林推重。国变家居,于报端得读君兄弟诗文,极为欣赏,乃嘱其门下曹东敷为介。一日君兄弟与曹君三人造谒,时汪山先生方患腰脊之疾,偃蹇在床,闻报蹶然起坐,不自知其患苦也。握手欢忻,相见恨晚。先生藏庋昔贤书画至富,轻不示人,至是乃尽出所藏以供藻鉴。君(王浩)于《采菱图》端题北曲一散套。后夫人程氏来媵,即以此图随媵。文字因缘,极风流之佳话焉。"

陈师曾作《墨荷图》。题识云:"荷叶生时春恨生,荷叶枯时秋恨成。深知身在情常在,怕听江头江水声。(丙辰夏朽道人衡)"

周学熙赴北戴河避暑,于莲峰山东麓购地,小筑园林,嗣后每年夏季往居之。

郭沫若暑假间在东京和日本少女佐藤富子(即安娜)相识相恋,12月在冈山同居。暑假郭沫若曾入一高校校园凭吊明遗民朱舜水先生,并作《凭吊朱舜水先生墓址》。诗云:"一碣立孤冢,枫林照眼新。千秋遗恨在,空效哭秦人。"

田汉从长沙师范学校毕业。

朱自清从江苏省立第八中学毕业。

吴湖帆常与叔父吴渔臣相聚,以习画为娱。

陈诵洛毕业于浙江省立第五中学,而后考入浙江省立法政专门学校。

徐世昌作《弢园消夏》《观荷》《采菱》《晚凉,秦幼蘅、邓孝先两史官过访》《简樊云门前辈》《简柯凤孙同年》《夏晓即事》《夏晚怀严范孙》《郊原游眺》《怀周少朴》《经营淀北园,记之以诗》《晚夏雨后书事》《友梅年已六十,豪兴不减少年,喜游宴,偶以饮食致疾,往视之》《暑夜怀张韬楼》。其中,《弢园消夏》云:"松钗竹粉一时新,天地清和得此晨。烟外芰花含露气,雨中兰叶见风神。茶香未散娱来客,书字勤雠恐误人。长昼下帘无语坐,池亭佳处寄闲身。"《简樊云门前辈》云:"松奇鹤瘦见高风,啜茗深宵破睡工。关陇尘沙秋策马,秦淮烟月夜寒篷。一尊抔饮元声叟,万首传诗陆放翁。垂老西华门外住，绿阴长昼下帘枕。"《夏晓即事》云："檐牙初雀噪，早起逐风凉。晓露团蕉绿，晴云衬日黄。瓜阴笼井甃，竹影上琴床。添得盆池水，新荷朵朵香。"《怀周少朴》云："经年挥手别，无语对溪山。劲节存吾道，幽怀懔大闲。落霞黄歇浦，晓日穆陵关。应为吟诗苦，翛然鬓发斑。"

张寿镛作《东南第一花》（丙辰夏赴京参预财政会议）。诗云："冢宰经国用，布治隆始和（时联合各省，请国务总理定军费，以为军费定则各省自有余裕）。莫以东南富，看为第一花（黄山谷诗'玉簪堕地无人拾，化作东南第一花'。若专欲取诸东南，将来地方建设无一可以著手矣。此议一发，和之者众）。政略此时具（时与王小宋草理财政，略上之），和者何其多。滔滔议坛上，可泣亦可歌（聚议近一月，讫无定议）。"

王小航作《夏夜》。诗云："荷香静无语，初夜碧沉沉。月色笼云淡，灯光隔树深。湖边不知暑，酒后便成吟。绕岸行歌久，铢衣有露侵。"

基生兰作《丙辰中夏游元朔山》。诗云："仙山幽雅拟蓬瀛，人在绿阴深处行。山鸟绵蛮山花艳，奇奇怪怪不知名。曲折仍循山路走，兴来不觉碧峰陡。踏尽烟萝到极巅，眼底新城大如斗。凭高四顾胸怀宽，小住山房觉袖单。惊梦风声终夜吼，始知高处不胜寒。纸窗日照方惊寤，复约同人去散步。虎洞龙宫不惮劳，归来衣履湿朝露。参差楼阁似蜂房，连日盘桓乐未央。多少山河归一览，开樽畅饮到斜阳。乘兴题诗有同志，我亦勉强赋大致。醉后直书粉壁间，涂鸦应笑不成字。"

刘大同作《丙辰夏偕友人二十有七人纳凉大明湖古历亭酒次，信口咏之》（二首）。其一："纳凉惯向水之滨，避暑俨如来避秦。此日大明湖上客，想来都是热肠人。"

宋作舟作《和友人见寄》。序云："即报陈兄林格书也，时当丙辰夏蒙乱际。"诗云："涵养功深气自平（学气深平），得君书觉宝刀轻（剑书郑重）。如亲风雨联床话（诗窗夜雨），望断云山万里情（春树江云）。名利逼人添白发（名利劳愁），干戈满地苦苍生（生云涂炭）。茫茫大陆何须问（烽烟满目），那有沧浪可濯缨（何处桃源）。"

释永光作《丙辰夏日闲居，次伯庠韵》。诗云："江云不可掬，散发水云隈。相期素心人，小筑移琴来。一日复一日，一杯复一杯。旷观今与古，此乐能几回？"

刘大白作《丙辰夏夜西园小饮》。诗云："遗暑排愁百不灵，科头跣足过旗亭。一轮巧扇旋风白，四照华灯灼电青。客里心情诗慰藉，酒边怀抱梦调停。何妨长与天同醉，莫再逢人诩独醒。"

郁达夫作《有怀碧岑长嫂却寄》。诗云："怅望中原日暮云，一声征雁感离群。行经故馆空嘶马，病入新秋最忆君。知否梦回能化蝶，记曾春尽看湔裙。何当剪烛江南墅，重试清谈到夜分。"长兄郁曼陀有《酬达夫弟原韵》诗云："莫从海外叹离群，奇字时还问子云。几辈名流能抗手，一家年少最怜君。懒眠每凭乌皮几，好句争题白练裙。夺得诸兄新壁垒，骚坛此席要平分。"

李思纯作《初夏》。诗云："雨过中庭新绿肥，乳黄胡蝶满园飞。楝花净尽石榴放，一树照人深浅绯。漫拟闲情爱风物，却揩病眼惜芳菲。飞沉坐阅平生事，鱼稻珠湖愿莫违。"

孙介眉作《踏车东车站》。诗云："脚踏飞轮逐驷骥，径穿柳底帽为翻。天空半赤余残照，树色全青胜旧繁。电柱两行同鹄立，火车一路似虫蜿。汽声止处人纷下，接客轰然耳鼓喧。"

[日] 久保得二作《销夏三会诗，追和郭频伽》，含《夏日田园杂兴十首》《夏日游仙诗十首》《夏日闺中词十首》。其中，《夏日田园杂兴十首》其二："独木桥边竹树围，溪流一曲漾残晖。村童罢钓家凫散，犹有蜻蜓点水飞。"其三："绿稻田田欲著花，连旬大旱使人嗟。社公祷罢归来晚，待月今宵踏水车。"

◈ 七 月 ◈

1日 《小说海》第2卷第7号刊行。本期"杂俎·诗文"栏目含《客夜感怀赋示屠、管两营弁》(东园)、《寄仲芝芬江阴》(东园)、《丁未元日柬黄诗汝》(东园)、《丙辰元日赋寄诗汝京都，用丁未元日韵》(东园)、《挽后国卿、洪葆臣两吟友二首》(东园)、《月夜怀绂云，即题其见寄书后》(冶盦)、《寄绂云》(冶盦)、《陈铁仙同门招饮，即席赋此》(冶盦)、《连日大风感赋》(冶盦)、《双溪野望》(默庵)、《效张茂先情诗二首》(默庵)、《竹窝》(默庵)、《贫夫叹》(默庵)、《元夜杂言六首》(绛珠)、《祝英台近·种桐簃感旧》(东园)、《海天阔处·金陵杂感》(东园)、《浣溪沙·癸丑清明偕沚尊泛舟山塘，登虎阜，小憩拥翠山庄，晚由冶芳滨入阊门而归，沚尊词先成，余续得四解》(梦痕)、《高阳台·月夜访艳桐青巷》(诗圃)、《晴偏好·用李霜崖韵》(诗圃)、《齐天乐》(实甫)；"杂俎·弹词"栏目含《潇溪女史弹词(续)》(绛珠女史著，东园润文)。

《中国实业杂志》第7年第7期刊行。本期"文苑"栏目含《减字木兰花·美人发》(失名)、《前调·美人目》(失名)、《前调·美人睑》(失名)、《前调·美人口》(失名)、《前调·美人颈》(失名)、《前调·美人肩》(失名)、《前调·美人臂》(失名)、《前调·美人指》(失名)、《前调·美人乳》(失名)、《前调·美人趺》(失名)、《宴间赠王银凤》(华卿)、《宴间再赠银凤二首》(华卿)、《〈篝灯纺读图〉题额竟，为成七歌，奉志周母陈太君懿美并慰养安先生永慕》(吴芝瑛)。

《诗声》第2卷第1号在澳门刊行。本期"诗话"栏目含《霏雪楼诗话(一)》(伍晦厂)；"笔记"栏目含《水佩风裳室杂乘(十一)》(秋雪)、《乙庵随笔(一)》(印雪)；"词谱"栏目含《莽苍室词谱卷一(十三)》(莽苍)；"歌曲"栏目含《念奴娇》(宋代苏轼著，侠隐制谱）；"文苑"栏目含《雪堂覆瓿集》：《怀海飞》（紫君）、《和秋雪〈秋感〉元均》（梦雪）；"投稿"栏目含《天智庐笔记》（麦少侠）；"词论"栏目含《〈周止庵词选〉序论（一）（未完）》；"诗论"栏目含《〈诗品〉卷上（一）（未完）》（梁代钟嵘）；"野史"栏目含《云溪友议（一）》（范摅）；另有其他篇目《〈诗声〉启事》《汉寿侨居主人鉴》《〈新订〉〈诗声〉邮费表》。其中，《〈诗声〉启事》云："本社自登载投稿章程后，蒙诸君不弃，纷纷以大著见惠，为《诗声》光，感甚感甚。惟限于篇幅，只得按期登载，无任歉仄。大雅诸君，定能见谅。再者，大著登载与否，原稿概不检还，特此声明，祈谅之。"

许南英作《六月初二日恭逢先慈忌日，趋拜墓田》。诗云："涕涟老泪坠斜阳，犹记当年此筑场。怆慨幽冥成异路，迟留岁月况他乡。千年华表悲归鹤，一亩荒丘哭跪羊。我愧不如欧九笔，陇阡墓表有文章。"

2日 张謇作《连雨十四日尚不止，怀忧京京，赋此寄喟》。诗云："去年大水史曾书，秋潦因之病海隅。野困欲苏鸣雁鷇，天灾仍及见龙雩。黮云没鸟朝还湿，骤涨喧蛙夜更粗。一向清明爱山色，黯然临槛得看无。"

3日 浙江国会议员开会欢迎章太炎。章起立演说，以为"今日中国，尤不宜有政党"，要"痛念前尘"，竟至"失声哭"。

[日] 白井种德作《即事》（六月四日）。诗云："杜鹃红已褪，芍药未开花。窗外有何好，青枫色染纱。"

4日 《申报》第15586号刊行。本期《自由谈》"诗选"栏目含《置酒》（黄僇民）、《梅雨谣三绝》（前人）。

白坚武代霍例白作诗，以答其友郑君。诗云："东行寂寞神交日，故国冥濛一叶浮。西望蓬瀛怀剩迹，独来湖海又新秋。证盟陈榻三生约，学道夷门十日留。踏步征途归去也，元龙豪气未应愁。"

5日 《申报》第15587号刊行。本期《自由谈》"诗选"栏目含《甲寅春日题高钝剑君〈未济庵诗集〉》（三首，瘦蝶）。

《妇女杂志》第2卷第7号刊行。本期"文苑"栏目含《潮音哀辞》（顾陈垿）、《次女孺云小传》（陈代卿）；"杂俎"栏目含《花月痕传奇（续）》（墨泪词人编）、《然脂余韵（续）》（蕘农）。

杜寿潜《越俗婚嫁催妆竹枝词》（二十八首）刊于本日及次日《南洋总汇新报》"游戏词"栏。其一："大红体袄片金嵌，深掩兰房护帐衔。浴罢香汤洗罢手，喜婆便索旧裙衫。"其二："凤冠霞帔艳官妆，服事新人学拜堂。此日女儿真是客，诸般贵戚坐偏旁。"其三："拜别高堂诸长亲，大红毯上立逡巡。老娘体恤姣儿惯，一切都从省礼文。"其四："鼓炮喧天花轿来，兰房个个哭声哀。司阍忙把台飞闭，索饱门包才大开。"其五:"子孙灯后一红炉,莫使男家火无种。蜡烛一巡筵席散,各眠半夜未迟乎。"

6日 内务部通咨各省区解禁上海《时事新报》《民国日报》《中华新报》《民信日报》《民意报》《共和新报》,一律允许自由行销。

黎元洪、段祺瑞任命陈宧为湖南都督。三日后,国务总理兼陆军总长段祺瑞,再次致电绵阳、重庆,促陈宧早日赴湘履任。

唐继尧出任云南督军兼省长。

《申报》第15588号刊行。本期《自由谈》"诗选"栏目含《题〈子美集〉,用亚子有感韵》(二首,瘦蝶)。

7日 《申报》第15589号刊行。本期《自由谈》"诗选"栏目含《初醒》(僇民)、《友人燕集罗星洲,作此寄之》(前人)、《夏夜雷雨过凉率意》(前人)、《晚晴散步》(前人)、《孤枕一绝句》(前人)、《小筑》(前人)。

符璋答黄仲荃信,作成一律附寄。是夜大风雨,成《新旧篇》七古一章。

赵熙作《鹊桥仙·旧历六月六日,新历七月七日也,戏赋》。词云:"曝衣人小,曝书人老。各送荔支红了。算来一月过端阳,又小盒、蛛丝乞巧。 秋期尚早,佳期却到。牛女自然知道。历头天上不双行,止一度、银河怎好。"

8日 内务部通知各省、区,旧金山《中华民国公报》《民国杂志》《少年晨报》,仰光《觉民日报》,日本《民国月报》,香港《观象日报》《泰东日报》应准予邮寄。上海《五七报》《公论报》《甲寅》杂志、《正谊》杂志、《爱国报》《爱国晚报》《救亡报》《中国白话报》《中华革新报》,广东《竞业日报》,四川《醒群报》,贵州《铎报》,云南《国是报》《共和滇报》等报刊解禁。

中国留学生胡适、任鸿隽(叔永)、陈衡哲、梅光迪(觐庄)、杨铨、唐钺等在美国绮色佳风景区凯约嘉湖上划船遇雨,近岸船翻,所幸人员无伤。事后,任鸿隽作四言长篇纪事诗云:"行行忘远,息楫崖根。忽逢波怒,鼋掣鲸奔。岸逼流回,石斜浪翻。翩翩一叶,冯夷所吞……"其中,写船驶近岸边因波浪而侧翻一段,任氏自认最佳,遂将《泛湖即事诗》寄送胡适。当长诗寄至纽约时,胡适正沉浸于《诗三百篇中"言"字解》撰写中。他对任诗中"言棹轻楫,以涤烦疴""猜谜赌胜,载笑载言"等句并不认可,遂抄笔写道:"诗中所用'言'字'载'字,皆系死字;又如'猜谜赌胜,载笑载言'二句,上句为二十世纪之活字,下句为二千年前之死句,殊不相称也。"胡适认为:"诗中写翻船一段,所有字句,皆前人用以写江海大风大浪之套语。足下不避自己铸词之难,而趋借用陈言套语之易,故全段一无精彩。"任氏反驳胡适,主张:"白话自有白话的用处(如作小说、演说等),然却不能用之于诗。"但也诚恳表示:"极喜足下能攻吾之短",并将诗再改过,寄请批评。梅光迪见胡适16日致任鸿隽信却大抱不平。他指出:"足下以俗语白话为向来文学上不用之字,骤以入文,似觉新奇而美,实则无永久价值。因其向未经美术家之锻炼，徒委诸愚夫愚妇，无美术观念者之口，历世相传，愈趋愈下，鄙俚乃不可言。"梅认为胡适太自以为是，长信中不仅数落胡适，而且不同意其所谓"古字皆死、白话皆活"的观点。他认为中国古诗文是诗人和艺术家之专利，其"高文美艺"境界，岂是"村农伧父"所能企及。胡适22日索性作《答梅觐庄——白话诗》105行，诗中云："'人闲天又凉'，老梅上战场。拍桌骂胡适，说话太荒唐！说什么'中国有活文学'！说什么'须用白话作文章'！文字那有死活！白话俗不可当！……老梅牢骚发了，老胡呵呵大笑。且请平心静气，这是什么论调！文字没有古今，却有死活可道。古人叫作'欲'，今人叫作'要'。古人叫作'至'，今人叫作'到'。古人叫作'溺'，今人叫作'尿'。本来同是一字，声音少许变了。并无雅俗可言，何必纷纷胡闹？至于古人叫'字'，今人叫'号'；古人悬梁，今人上吊：古名虽未必不佳，今名又何尝不妙？至于古人乘舆，今人坐轿；古人加冠束帻，今人但知戴帽：这都是古所没有，而后人所创造。若必叫帽作巾，叫轿作舆，岂非张冠李戴，认虎作豹……"最后一节云："人忙天又热，老胡弄笔墨。文章须革命，你我都有责。我岂敢好辩，也不敢轻敌。有话便要说，不说过不得。诸君莫笑白话诗，胜似南社一百集。"梅光迪认为此诗不伦不类，24日致函胡适道："读大作如儿时听《莲花落》，真所谓革尽古今中外诗人之命者！足下诚豪健哉！"又说"新潮流者，乃人间之最不祥物耳""今之欧美，狂澜横流，所谓'新潮流''新潮流'者，耳已闻之熟矣。有心人须立定脚跟，勿为所摇。诚望足下勿剽窃此种不值钱之新潮流以哄国人也。"此时朱经农赴美国居华盛顿，任教育部学生监督处书记，亦致信胡适，谓"白话诗无甚可取""兄之诗谓之返古则可，谓之白话则不可。"

《申报》第15590号刊行。本期《自由谈》"游戏文章"栏目含《日下新竹枝》（七首，鹩雏）。

释永光作《丙辰六月九日，山中即景书感》。诗云："嘉木群阴合，澄溪六月寒。幽篁悬石磴，斜日下江滩。投树鸟奔窜，无家僧老残。禅栖清夜迥，钟梵绕蒲团。"

9日　《申报》第15591号刊行。本期《自由谈》"文艺余载"栏目含《童爱楼〈天乐图〉题辞赞》（天涯一客）、《诗》（南轩居士）。

10日　《东方杂志》第13卷第7号刊行。本期"文苑·诗"栏目含《雪后上溪亭》（陈三立）、《赠别胡琴初去金陵居沪》（前人）、《倚楼望西山》（前人）、《张岘堂来宿崝庐，晨兴相与眺墓后诸山》（前人）、《乙卯元旦仁先、李道士见过》（前人）、《麦孺博挽词》（前人）、《陈雨生八十寿诗》（郑孝胥）、《丙辰阴历元旦乡居有作》（陈锐）、《杨时百以其尊人画册属题》（陈衍）、《为穆庵题听诗石斋横额后》（前人）、《春寒》（樊增祥）、《南湖晦寄怀散原先生》（陈曾寿）、《和樊山〈落花诗〉四首》（沈瑜庆）、《甲寅三月十二日海藏楼看樱花，同蜕庵、弱庵赋呈海藏先生》（陈诗）、《段上将军以顾问一席征余,余老矣,不与人事,独能参将军军事耶? 既谢使者,作此自嘲》(林纾)、《即事》(梁鸿志)、《到京兼旬,夜坐有感,奉怀颖生姑丈》(陈懋鼎)、《东乡回大雨》(王允皙)、《病起》(前人)、《拔可新宅白藤花》(夏敬观)、《南雷将军以代白马王彪答陈思王植临别赠诗见示,辄书其后》(前人)、《题简始中丞贻菊人相国书稿》(罗惇曧)、《卧佛寺》(前人)、《〈对酒图〉,为蹇季常题》(林志钧)、《寄怀王义门、宣古愚》(李详)、《春尽日奉寄剑丞诗老兼怀石遗师》(黄濬)、《上巳清明,挼东、敷庵、众异约同㢆庵师傅、师曾、晦闻、孝觉、宰平、默园、次公修禊坝河,石遗师南行,曾刚甫以病皆未至》(前人)、《三月三日坝河修禊,是日为诗社第一集,赋呈㢆老及同游诸君》(陈衡恪);本期另有《石遗室诗话续编(续)》(陈衍)、《餐樱庑随笔(续)》(蕙风)。其中,林纾《段上将军以顾问一席征余》云:"中年当读北山文,老隐京华百不闻。长孺固宜为揖客,安期何必定参军。悬知骨肉难迁贵(见《北史》),自爱行藏愧备员。再拜鹤书辞使者,闭门闲画敬亭云。"此诗次年9月21日复载于《公言报》。

12日 黎元洪申令释放政治犯,"所有本年7月12日以前,因政治犯罪被拘禁者,应即一律释放,其通缉各案亦一律撤销,但触犯刑事罪名者不在此限"。

《申报》第15594号刊行。本期《自由谈》"含商嚼徵"栏目含《双凤阁词话》(朱鸳雏);"诗选"栏目含《集靖节句,题芷畦〈燕游草〉二首》(道非)、《四月》(野鹤)、《似怡僧》(前人)。

张謇作《长生光明室前高柳,五十余年物也,凌霄附之,初以葳蕤为凋疏之饰,柳今槁矣,凌霄本渐大如盂盎,顾亦虑其终不能自立也,徘徊其下,慨然而作》。诗云:"倪老种时余尚稚,李君叹赏语徒存(余十岁时田佣倪老所植,昔李君磐硕见访,抚树叹曰:'此树卓特,吾一里外见之矣')。曾驱啄木塞空穴,却听凌霄缠本根。主观客观各胜负,盛日衰日人寒温。一藤便足致千岁,何处清虚招汝魂。"

13日 李宣龚送林纾函与郑孝胥,信中段祺瑞托林询郑肯否任国务员,遭拒。

叶昌炽作《潘太君六十寿宴诗》(二首)。序云:"鹤庭同年之德配,早寡苦节,子承谋官内阁中书、农工商部员外郎。"其二:"比邻巷绩近相从,同里欣闻有女宗。都下人才依广厦,河阳天姥仰高峰。新枝薇省方栖凤,老干松堂又化龙。三度蓬莱清浅后,娀台甲子一周逢。"

骆成骧作《喜雨》。诗云:"恶客驱不尽,可人期未来。我心正拂郁,蜀道日崔嵬。山破风雷快,江流岁月催。今朝见霖雨,天意似应开。"

14日 大总统黎元洪下令惩办帝制祸首,刘师培、严复均在此列。李经羲"爱惜人才",经黎元洪等首肯,刘师培、严复列入宽免之列。其时,林纾哭请严复夜逃,严复不以为然,"感慨然曰:'吾俯仰无愧怍,虽被刑,无累于吾神明,庸何伤?'夷然处之,家人强舁篮舆登车,始至天津趑辟"。

15日 [韩]《天道教会月报》第72号刊行。本期"词藻"栏目含《三清洞》(香山车相鹤)、《又》(松斋张翰星)、《凤凰阁夜坐》(古友崔麟)、《又》(星轩李台夏)、《与凰山古友下棋》(星轩李台夏)、《又》(古友)、《凤凰阁喜见古友兄》(凰山李钟麟)、《与古友对棋苍洞,车时已至》(凰山)、《又》(忠隐白乐万)、《更拈阔字》(凤山)。其中,凰山李钟麟《凤凰阁喜见古友兄》云:"一边诗画一边棋,傍有何人午睡迟。嘻嘻洛阳吾古友,出门超度已多时。"

16日 大总统黎元洪令,《报纸条例》应即废止。

周岸登作《月下笛·丙辰六月十七夜,邀月延凉,凄然闻笛,不知悲之何自起也。和石帚》。词云:"画稿丛残,河山吊影,陨星如雨。哀蝉怨语。曳残声过枝去。嫦娥应悔偷灵药,镜尘海、绿愁万缕。怅碧天雁杳,书空无字,极望霞路。 虚伫。云高处。漫类比龙鸾,巧输鹦鹉。惊弦散羽。断鸿凄唳何许。商音休聒离人耳,问法曲、今犹记否。夜风悄,送隔墙,鼾响暗共萤度。"

18日 世博轩、绍越千、耆寿民约徐世昌至什刹海会贤堂宴集。徐世昌作《六月十九日,世博轩、绍越千、耆寿民招饮什刹海,简陈弢庵前辈》。诗云:"凤城烟树接汀州,如海尘寰此最幽。夕照船通莲子港,晚风人倚稻孙楼。壶觞久废抛吟兴,池馆重来感昔游。乔木画图云水外,元龙豪气自千秋。"

李辅耀卒。李辅耀(1848—1916),字幼梅,号和定,晚更名吉心,号定叟,湖南湘阴人,出生于长沙芋园。少时在祖父藏书楼"海粟楼"读书。祖父李星沅,历任广东学政、江苏布政使、陕西巡抚、江苏巡抚、云贵总督、两江总督。其父李桓,字叔虎,号黼堂,曾任江西布政使,署江西巡抚。辅耀同治五年(1866)中秀才,同治九年(1870)中举人,得庚午科优贡。同治十年(1871)、十三年(1874)两次参加会试,均未中进士。光绪二年(1876)恩科副贡,官浙江候补道,以中书改官浙江。光绪二十二年(1896)再度赴浙,历任宁绍台道台、省防军支应局会办、杭嘉湖道台、温州盐局督办、海塘工程局总办等职。与杭州八千卷楼主人丁申、丁丙、丁立诚、丁仁等丁家老少交善;与王福庵、吴昌硕等时相过从。辛亥革命时正任职温州盐局督办,不久辞职,小住上海。民国二年(1913)举家返回长沙。三年后病故于芋园水月林。其人博学多才,工诗,擅画。著有《玩止水斋诗稿》《玩止水斋词》《玩止水斋遗集》。又有《李辅耀日记》10卷本存世,浙江大学出版社2014年影印出版。其中,《燕行纪事》记于光绪元年(乙亥,1875),赴京赶考日记一本;《回浙日记》(《怀怀庐日记》),起于光绪二十二年(1896)第二次到浙江为官,至辛亥革命后寓居上海止,现存53本("十年动乱"中丢失一本,原54本);《回湘日记》(《饬待草堂日记》),起于1913年直至其逝世,共8本。从同治年间至去世,李辅耀与当世文人墨客过从甚密,故日记中多有记叙其与文人墨客间关于篆刻书画、文物考证、诗词唱酬事。

19日 《申报》第 15601 号刊行。本期《自由谈》"含商嚼徵"栏目含《双凤阁词话》(鸳雏)。

康有为游杭州,作《龙井》(五首)。序云:"丙辰夏六月二十日,陪徐子静侍郎、文郑浩义卿、袁钟瑞仲符、斯明徼吾、龙志泽伯纯、徐肃澄、秋仁钊勉甫、池鉴清子美与婿罗昌文游龙井。"其一:"再来饮此一泓清,碧藓沿崖听水声。卅载四来经几劫,青山仍净证无生。"其二:"破寺萧条佛不尊,辩才抱朴认前身。我亦东坡久迁谪,修篁古径重温存。"又作《偕徐子静侍郎丈游灵隐寺、飞来峰,寺经毁后重修甚丽,殿前石塔无恙,重摩有感》。诗云:"焚余殿阁又庄严,百劫归来问塔尖。大热泉声犹作冷,已空山色不妨添。亦知成坏原难免,阅尽兴亡自不嫌。我与飞来峰去住,云林新月上纤纤。"

夏敬观访郑孝胥,携杂诗六首见示。

20日 在上海金星保险公司欢送参、众两院议员大会上,孙中山演说"采用五权(即立法、司法、行政、监察、考试五权)宪法之必要"。谓:"今以外国输入之三权(按:立法、司法、行政),与本国固有之二权(按:监察、考试),一同采用,乃可与世竞争,不致追随人后,庶几民国驾于外国之上也。"

《申报》第 15602 号刊行。本期《自由谈》"沧浪余韵"栏目含《小鹿樵室诗话(续)》(吴遇春);"含商嚼徵"栏目含《双凤阁词话(续)》(鸳雏)。

《大中华》第 2 卷第 7 期刊行。本期"文苑·文"栏目含《〈郑蕉园诗集〉序》(王湘绮)、《告癸丑以来死义诸君文》(章太炎)、《亡媵何梅理女士状》(康长素);"文苑·诗"栏目含《阳夏饯席,夜还有作》(王湘绮)、《同馆诸前辈设饯隆福寺,兼迎左给事洗尘,夜归感谢》(王湘绮)、《答访王采臣侍郎,因寄讯天津旧馆一首》(王湘绮)、《题伯厚〈永慕图〉》(王湘绮)、《奉题南海先生所藏翁覃溪手写〈冯天岩墓志〉》(梁启超)、《哭董特生诗一首(并叙)》(潘大道)、《自题〈鼓泷濯足图〉二首》(图列卷首)(廉南湖)、《和陈伯平〈万年道中〉作,用原韵》(金楚青)。

《学生》第 3 卷第 7 号刊行。本期"文苑·诗"栏目含《廿日与吴子庆、陈良有、林锡平、王鲁叔诸君联吟感秋四咏七律四首》(福州叶俊生)、《元宵观野烧有感》(南通代用师范学校学生洪铭)、《春游》(南通代用师范学校学生洪铭)、《春日偶成》(南通代用师范学校学生洪铭)、《登剑山寺》(南通师范学校学生张梅盦)、《夏日偶成》(上海华童公学甲班生潘志铨)、《读〈剑南诗钞〉有"柳暗花明又一村"句,不胜欣仰,故赋此以穷其景》(浙江第四中学学生蒋贤清)、《雨夜》(浙江第四中学学生蒋贤清)、《秋扇》(广东香山中学校学生郑彦陶)、《秋声》(浙江第八中学校学生卫建侯)。

张謇作《挽余年丈》(寿平同年父)。联云:"守北平业,有鸾鹄瑜珥之才,昔日抠衣,曾获从少府安邑里第;观右军书,以敦厚退让为教,中年营墓,更何意金紫光禄大夫。"

林栋作《丙辰六月廿一夜，偕唐咏白饮西湖宛在堂》。诗云："昔岁游西湖，见月欣悟诗。今夕逢唐君，论饮语益奇。一杯我亦醉，一石我不辞。问君何能饮一石，西江方思一口吸。问君一杯又若何？醇醪醉人岂在多。我竖一义与君敌，四大海水饮一滴。君笑谓我辞已枝，尚不能饮胡论诗。我道我有我家法，诗耶饮耶两不知。湖中忽听清讴发，管弦迭奏何飘忽（是夕所闻）。诗仙似知吾辈游，特遣来销万古愁。倚栏共听曲忽住，夜月未上无处寻。我起呼君且俱去，无弦更觅渊明趣。"

林苍作《六月二十一日赴敏生饮酒罢，相与泛月，夜分始归，赋呈石遗丈，并邀观生同作》。诗云："荷风散晚凉，湖气满亭子。举头未见月，月意先在水。酒阑扶醉行，人静景愈美。天光何陆离，火云郁成紫。夜幽灯力微，时有惊禽起。平生江海意，晚归弄清泚。身世一扁舟，且作须臾喜。草木已望秋，冰轮却如此。一似早衰人，憔悴不自理。怅然携影归，遇我清冷底。湖远月依然，不觉落城市。"

21 日 《申报》第 15603 号刊行。本期《自由谈》"沧浪余韵"栏目含《小鹿樵室诗话（续）》（吴遇春）。

张鞠生（元济）京卿招叶昌炽晚酌，言有法国友人汉学家毕利和（伯希和），即在敦煌石室得古书携归其国者。陪客尚有艺风（缪荃孙）、乙盦（沈曾植）、张石铭（钧衡）、蒋梦蘋（汝藻）。

林北丽生于上海。林北丽，原名隐，祖籍福建。林寒碧与徐蕴华之女。著有《博丽轩诗草》。

陈夔龙作《六月二十二日口号》。诗云："十二年前事，回思剧苦辛。临风不洒泪，我已六旬人（纹女逝已十二年，今晨设奠，不觉悲来）。"

22 日 张謇作奎楼北楼联，集欧柳文："奇伟秀绝，乃在下州小邑之僻；天高气迥，尤与中秋观月为宜。"

王一亭作《荷花翠鸟图》，自题："夕阳一角照楼头，翠羽飞飞戏早秋。十里荷花风自在，通渠池水带香流。（丙辰大暑，白龙山人王震）"

23 日 叶昌炽为徐乃昌作《随庵丛书续编序》。

张謇作《连雨不止，河水大涨，田稼淹没殆半，悯我农人而作》（二首）。其一："豆荚禾伤草怒生，悠悠天意未分明。世间宁有天骄种，陇上耰锄待放晴。"其二："淮北江西望雨愁，如何横潦海东头。蛟龙未必真神俊，箕毕何须解应酬。"又，改集狼山江神祠联："高阁切星辰，会有冯夷来击鼓；新秋照牛女，此时骊龙亦吐珠。"

江五民作《荷花生日》。诗云："池馆偶容与，荷蕖冉冉香。娇容羞妾面，修梗类人长。颇忆波昙种，勾萌吉日良。愿将惜花意，虔爵水中央。渌水绝污染，梅林共吉祥。绵绵丝不断，磊磊子难量。游鱼花下戏，水禽叶际翔。未觉秋风起，谁复怨凄凉。"

24日 任鸿隽致书胡适，批评同光体与南社诗人。《致胡适》云："乌乎！适之！吾人今日言文学革命，乃诚见文学有不可不改革之处，非特文言、白话之争而已。吾尝默省吾国今日文学界，即以诗论，老者如郑苏盦、陈三立辈，其人头脑已死，只可让其与古人同朽腐，其幼者如南社一流人，淫滥委琐，亦去文学千里而遥。"

庾恩旸为唐继尧所作《〈东大陆主人言志录〉题词四首》载于《义声报》。其一："研席光阴二十年，海山长啸碧霞天。与君共订担簦约，琨逖闻鸡快着鞭！"其二："苍茫一片五华云，更立黔中不世勋。我愧留侯决帷幄，燕然石勒汉将军。"其三："狂澜手挽洗天河，晨草军书夜放歌。试问枚皋驰檄士，古今才力较如何？"其四："武达文通两擅长，一编诗草自堂堂。平原丝绣洛阳纸，雄跨当年郭定襄。"

25日 《申报》第15607号刊行。本期《自由谈》"含商嚼徵"栏目含《双凤阁词话（续）》（鸳雏）。

《小说月报》第7卷第7号刊行。本期"文苑·诗"栏目含《伯沅、瓠广同登扫叶楼，题示星悟上人》（散原）、《晓坐》（散原）、《夜坐》（散原）、《依韵和剑丞〈淮上见杏花〉》（大至）、《观梅郎演〈葬花〉剧》（大至）、《乙卯中秋》（掞东）、《雨后别云居寺》（掞东）、《闻丁宗一死感赋》（觞庵）、《得宗一书，乃知传闻之误，赋此寄之》（觞庵）、《春尽日奉寄剑丞诗老，兼怀石遗师》（秋岳）、《海藏楼赠太夷》（苦铁）、《江心寺》（班侯）、《江心寺，用谢康乐〈登江中孤屿〉韵》（符璋）、《大观亭望海，再用谢康乐〈郡东山望溟海〉诗韵》（鹤亭）、《潘止倩兄弟以诗见投，赋此答之》（鹤亭）、《再用孟襄阳〈登江中孤屿赠王迥〉诗韵》（公度）、《再用乡先贤桑民怿江心寺诗韵》（公度）、《咏鸦》（晓耘）、《太平湖》（在北京西城内）（晓耘）、《羊公碑》（蕚季）；"最录"栏目含《巢睫山人酒祀典（续）》《读〈世说〉刘孝标注辨正王昭君事感赋》（又陵）、《杂感十四首，书寄舍弟君毅（永权）日本》（又陵）、《七夕，用长沙蓝省吾韵》（绂云）、《中秋夜宴呈荔盦厅长》（绂云）、《叠前韵和省吾〈中秋泛月〉》（绂云）、《感事》（绂云）、《咏物征诗（续完）》（含梦华《其五》、惺园《其六》、遁南《其七》、冻君《其八》）、《柳絮十首，和青溪苔岑社沈乐宾原韵》（陋庵）、《望江南·柬程筠甫》（东园）、《浪淘沙·春初东台道中》（东园）、《望江南·吴陵族夜》（东园）、《江南好·春感，用易先生实甫韵》（绛珠）、《前调·和绛珠春感之作次韵》（署仙）。

[韩]《经学院杂志》第14号刊行。本期"词藻"栏目含《京城文庙仲春释奠陪观恭赋》（今关寿麿）、《随李副学行经垦讲演于井邑武城书院（崔孤云书院），以武城闻弦歌之声悬题试士，仍次其韵》（郑仑秀）、《又》（金东振）、《谒泰仁乡校》（金东振）。其中，郑仑秀《随李副学行经垦讲演于井邑武城书院》云："千载闻风此武城，泰山景仰七先生（孤云后，配享者六人）。流觞胜地怀仙驾（院前数弓地，有孤云流觞曲水旧址），桂苑遗文诵笔耕，点席瑟传狂士气。鲤庭诗有古家声，鸡刀贤化如时

雨（武城，泰仁古号也。孤云，尝为武城县监），长使青襟玉汝成。"

魏清德《笔花（韵限六麻）》发表于《台湾日日新报》，后收入1936年5月19日《东宁击钵吟后集》。诗云："芸香带草共生涯，不待金铃爱护加。生傍词源饶灌溉，开从翰苑擅芳华。曾传艳人江郎梦，祗合浓薰马氏家。今古却输钱树贵，文章憎命莫咨嗟。"

陈鹏超作《哭坤儿》（小儿坤元，年十九，因勤学获瘵病，丙辰六月二十六夕十时卒于香江东华医院）（八首）。其一："十九年来教养忙，最怜阿爹即阿娘（儿六岁丧母）。红兰正喜香初放，一阵西风恨转长。"其二："易枕安眠了此生，幽明永诀近三更。可怜最是弥留际，直顾阿爷目不瞑。"

[日] 杉田定一作《丙辰六月二十六日悼亡》。诗云："俱阅辛酸三十春，幽明相隔梦耶真。秋园从是应岑寂，不见年年种菊人。"

26日 胡适作长信答任鸿隽。任氏来信，称胡适提倡文学革命如果成功，"将令吾国作诗者皆京调高腔，而陶谢李杜之流，永不复见于神州"。胡适《藏晖室札记》卷十四称"梦想中文学革命之目的"："（一）文学革命的手段，要令国中的陶谢李杜皆敢用白话高腔京调作诗；又须令彼等皆能用白话高腔京调作诗。（二）文学革命的目的，要令中国有许多白话高腔京调的陶谢李杜。换言之，则要令陶谢李杜出于白话高腔京调之中。（三）今日决用不着'陶谢李杜'的陶谢李杜。若陶谢李杜生于今日而为陶谢李杜当日之诗，必不能成今日之陶谢李杜。何也？时世不同也。（四）我辈生于今日，与其作不能行远不能普及的《五经》、两汉、六朝、八家文字，不如作家喻户晓的《水浒》《西游》文字。与其作似陶似谢似李似杜的诗，不如作不似陶不似谢不似李不似杜的白话高腔京调。与其作一个作'真诗'，走'大道'，学这个，学那个的陈伯严、郑苏盦，不如作一个'实地试验''旁逸斜出''舍大道而不由'的胡适。"他把这4条看作"梦想中文学革命之宣言书"。

徐樵仙作《丙辰六月廿七号阅报感事偶书》（二首）。其一："疮痍满目不胜悲，遥望中原有所思。齐鲁烽烟纷怪象（新总统申令停战，张怀芝乘民军不备，违令袭击，弁髦法令，扰乱大局，而政府不过问。又闻日兵进驻济南，均堪骇怪），川湘雷雨殄神魖。天心岂忍重流血，世局殊无上着棋。回忆储金群救国，谁知宵小日倾危。"其二："政府新更战事休，积薪未徙转堪忧。悲歌燕赵谁屠狗，笑骂衣冠旧沐猴。变幻风云豺虎聚，迷离烟景鬼神愁。何当祸首严惩后，义士欢声遍九州。"

28日 旅沪湘人在斜桥湖南会馆举行龚铁铮烈士追悼大会，黄兴送挽联《挽龚铁铮联》云："苍头突起，竟蹶初登，义烈挽黄花，三户亡秦独推季；白云未归，毁哀何极，忠魂迟歇浦，一门报国拜先生。"

29日 张謇作《军山气象台视工》《题嘉定张氏〈千金图〉》（二首）。其中，《军山气象台视工》云："高出狼山塔，平窥象纬天。风云殊正变，江海极周旋。重译来新法，孤怀企后贤。有为端始作，所慎在几先。"《题嘉定张氏〈千金图〉》其一："少日清狂署步兵，晚来益悔误时名。谁知画里烟波艇，亦有先几语顾荣。"其二："当日已无颜平原，升天况失元真子。喜闻后辈敬前贤，容易千金脱秋水。"

胡适作《中庸》。诗云："'取法乎中还变下，取法乎上或得中。'孔子晚年似解此，欲从狂狷到中庸。"

本 月

月内纷纷荐举毓庆宫授读新任人选。下旬，绍英又荐熙彦，欲以其代病重徐坊出任授读，陈宝琛和伊克坦以其"身事三姓，名节已亏"挡驾。至27日，黎元洪又荐梁鼎芬入毓庆宫授读，载沣和总管内务府大臣世续商议后婉拒。

"洪宪六君子"（杨度、孙毓筠、李燮和、胡瑛、刘师培、严复）以帝制祸首罪，或被通缉，或避居家中。

上海中华编译社特设立国文函授部，印行《文学讲义》，月出一期，共12期。林纾为《文学讲义》编辑主任。第1—4期连载林纾《论文讲义》和《文法讲义》。

春音词社第七集举行。社题"荷花生日"，调限《绿意》。本集词作有周庆云《绿意·预祝荷花生日，春音社集》、王蕴章《绿意·荷花生日》、邵瑞彭《绿意·荷花生日赋呈沤尹师、中垒》。其中，周庆云《绿意·预祝荷花生日，春音社集》云："陂塘映彻。看彩鸾起舞，衔花兜叶。叶是如来，花是六（作平）郎，红坠粉房香屑。亭亭不语风微定，怕别浦、冷侵罗袜。谱众芳、却记初辰，渐入嫩凉时节。　　宫畔吴娃艳影，为谁更、打桨廊空留靥。镜妒新妆，湖水湖云，都被卧箫吹裂。尊前独写婵媛意，且拍到、长生歌阕。尽爱莲、心贮壶冰，只有旧篇能说。"

《爱吾诗社集成》刊行。本集含《咏荷》（陆锦坊）、《咏蝉》（陆锦坊）、《赤壁后游》（陆锦坊）、《咏荷》（黄作）、《咏蝉》（黄作）、《赤壁后游》（黄作）、《咏荷》（永清）、《咏蝉》（永清）、《赤壁后游》（永清）、《前题》（邓慎侯）、《前题》（意倡）、《前题》（海樵）、《前题》（邓先生）、《蜗牛》（邓先生）、《蠹鱼》（邓先生）、《燕姞梦兰》（邓先生）、《蜗牛》（陈继鸿）、《蠹鱼》（陈继鸿）、《燕姞梦兰》（陈继鸿）、《蜗牛》（陆成骧）、《秋思》（陆成骧）、《又》（陆成骧）、《又》（袁肖廉）、《又》（陆景方）、《又》（陆智澄）、《秋声》（家父继江）、《秋思》（陈继鸿）、《秋思》（田小园）、《秋闺》（田小园）、《袁海叟祠》（芙蓉裳）、《荷池》（邓竹鸣伯）、《菱塘》（邓竹鸣伯）、《张翰思莼菜鲈鱼了》（邓竹鸣伯）、《又》（邓竹鸣伯）、《荷池》（自作）、《菱塘》（家父）、《荷池》（倪如才）、《荷花生日》（曹漱石）、《韩瓶》（朱仰员）、《烈士暮年》（陆亚白）、《又》（意昌）、《又》（徐隋君）、《蓑衣》（徐隋君）、《蓑衣》（自作）、《帆影》（晋）、《钟声》（晋）、《帆影》（自作）、《钟声》（邓竹鸣伯）、《女学堂》（高荫嘉）、《九日偕社中诸子淀山登高》（陈继鸿）、《醉歌行》（徐蟾君）、《又》（徐蟾君）、《又》（邓慎侯）、《又》（田小园）、《饯喜》（陈继鸿）、《饯喜》

（家父）、《钱喜》（自作）、《钱喜》（七兄）、《又》（夏希麟）、《又》（自作）、《咏梅四绝》（徐伯匡）、《又》（曹漱石）、《又》（胡涤尘）、《又》（自作）、《又》（徐慎侯）、《屈子》（徐公修）。

《浙江兵事杂志》第27期刊行。本期"文艺·诗录"栏目含《军中新乐府（并序）》（钱模）、《积雨书懑示秋叶》（诸宗元）、《叠韵酬秋叶觊和之什》（诸宗元）、《秋叶枉和予诗，叠韵为赠》（诸宗元）、《四叠山韵示秋叶》（诸宗元）、《五叠和秋叶》（诸宗元）、《军府楼望，六叠山韵》（诸宗元）、《七叠喜少华病起即赠》（诸宗元）、《八叠赠秋叶》（诸宗元）、《九叠赠秋叶》（诸宗元）、《十三叠山韵》（诸宗元）、《十四叠山韵》（诸宗元）、《秋叶云诗体之变，予乃遁而为侧艳之词，虽影事当前，实有所指，然恐后人疲于郑笺也，十叠山韵》（诸宗元）、《十二叠山韵，谢默庵移居集饮》（诸宗元）、《秋叶叠韵纪近日诗钟消夏事，亦戏和之》（诸宗元）、《秋叶将避暑莫干山，十七叠前韵投之》（诸宗元）、《秋叶谓予诗忽近剑南，戏效其体书近日事，十八叠山字韵》（诸宗元）、《挈儿辈游湖，十九叠山韵》（诸宗元）、《秋叶于十八夜偕家人湖游，明日语我，乃投此诗，二十叠山字韵》（诸宗元）、《少华先生枉章见和，依韵博笑》（佚名）、《和贞壮〈积雨书懑〉次韵》（林之夏）、《再叠答贞壮》（林之夏）、《三叠答贞壮》（林之夏）、《四叠山韵言近日事》（林之夏）、《五叠前韵投贞壮》（林之夏）、《六叠前韵忆家》（林之夏）、《七叠前韵足前首意》（林之夏）、《八叠前韵和贞壮〈军府楼望〉》（林之夏）、《十叠前韵和贞壮一气双烟之作，时盛议南北统一，恢复旧约法》（林之夏）、《十一叠前韵，贞壮语儿时水厄，予有同病》（林之夏）、《十二叠前韵，贞壮、少华话旧》（林之夏）、《十三叠前韵，送贞壮赴通州寻友》（林之夏）、《十四叠前韵纪诗钟》（林之夏）、《十五叠前韵书感》（林之夏）、《十六叠前韵，金衢严之行不果》（林之夏）、《十七叠前韵，军事编辑处复活》（林之夏）、《十八叠前韵，梦见圣人某》（林之夏）、《十九叠前韵，六月十八夜湖游》（林之夏）、《二十叠前韵，湖上觅避暑处不得，归途携儿过军府》（林之夏）、《次山韵四首，奉贞壮、秋叶》（李光）、《寄赠星堂、介堂两族弟淮上》（樊镇）、《怀黄文叔严州即寄》（樊镇）、《四月廿五夜，值宿军府感近事》（樊镇）。

[韩]《至气今至》第33号刊行。本期"词藻"栏目含《春云》《春雨》《春晴》《春行》。其中，《春云》云："摇曳自西东，依林又逐风。势移青道里，影泛绿波中。夕霁方明日，朝阴复蔽空。度关随去马，出塞引飞鸿。色任寒暄变，光将远近同。为霖如见用，还得助成功。"

朱希祖辞清史馆职，以示与帝制党人决绝。

梁士诒渡海南归，与四弟士讦同居香港，不谈时事，题务本堂楹联云："君子之至于斯也；贤者亦有此乐乎？"

谭延闿任湖南省长兼督军，延聘陈寅恪至湘，任职湖南交涉使署。是时陈隆恪娶散原先生同年进士喻兆蕃之女讳徽为妻,并入赘喻家,与陈寅恪同在湖南,有诗赋赠。陈隆恪《长沙将见六弟于旧抚署,计侍先祖去此二十年矣,抚念今昔,怆然有赋》云:"风云开济几人存,万古灵标照棘门。落眼层楼温旧梦,攀天双桂拾秋痕。(东西内院各植桂树一株,大可合抱,童时常与诸弟嬉游其下)廿年兴废供弹指,往事迷离共断魂。改服康屯知继起,西山葱郁护朝暾。"

连横撰《台湾稗乘》完稿。自序云:"横,海隅之士也。投身五浊,独抱孤芳。以砚为田,因书是获。自维著述,追抚前尘。爰摭旧闻,网罗遗佚。吮毫伸纸,积月成编。征信征疑,尽关台事。命名稗乘,窃附九流……横既撰《台湾通史》,又以其余力著述此书。揽古之心,悠然远矣……杀青既竟,以馈邦人。世有知心,定当展读。"

洪炳文作戏曲剧本《天水碧》。自跋云:"义烈原为志乘光,如何青史尽抛藏?孤忠碧血千秋在,天水宗亲嗣秀王。"符璋《〈天水碧〉题词》云:"六庚劫至虏尘昏,身与孤城共不存。埋血惨于天水碧,可怜此亦赵王孙。"蒋作鑅《题洪棣翁〈天水碧〉传奇》云:"记曾乐府泣冬青,幽草寒蛩带雨冥。南渡河山成噩梦,东瓯旌钺树芳型。可怜许远丹心在,赢得苌弘碧血腥。千载稗村野史笔,哀音激越不堪听。"又,洪炳文读《宋史·瀛国公纪》及《忠义传》秀王殉节瑞安事,作诗云:"白雁白雁,南飞云江涘,飞云江上鼓声死。天水宗亲嗣秀王,分守章安城百雉。敌骑架木甫合围,楼橹缮完刍荛峙。何物小校夜开门?胡虏纷纷入如蚁。王时闻变急乘城,城中已有寇蜂起。夜半传令勒鼓严,尽发府中宿卫士。短兵相接狭巷中,以一当百咸披靡。十荡十决难突围,爪透拳兮龈啮齿。断头愿为汉严颜,出亡不作晋重耳。堂堂贵胄演天潢,南八男儿死而已。但恨无力报朝廷,岂屑生降辱帝子!同殉节者方守臣,轻掷头颅怒裂眦。君不见,轵道组,福禄酒,玉叶金枝落人手。岂止一时羞,乃为万世诟。秀王忠义世所稀,竟无姓名传桑梓。《宋史》既大书,志乘何失纪?况有别录为昭忠,可见胡儿无信史。吾今为录刘君诗,愿以告之南董氏。"

张丹斧为《上海时装图咏》题诗云:"猘儿风貌太温柔,抱汝花阴日几周。情爱不回娇吠减,可怜骏物出巴州。"

高一涵毕业于东京明治大学政治经济科,归国后返故里探亲。

胡先骕毕业于美国加利福尼亚大学,获农学士学位。旋回国。9月,在北京任教于私立法政专门学校,教授英文。

胡适修改《秋柳》诗,将"万木"改作"万叶"。附注云:"年来颇历世故,亦稍稍读书,益知老氏柔弱胜刚强之说,证以天行人事,实具妙理。近人争言'优胜劣败,适者生存'。彼所谓适,所谓优,未必即在强暴武力。盖物类处境不齐,但有适不适,不在强不强也。两年以来,兵祸之烈,亘古未有。试问以如许武力,其所成就,究竟何在?又如比利时以弹丸之地,拒无敌之德意志,岂徒无济于事,又大苦彼无罪之民。

虽螳臂挡车,浅人或慕其能怒,而弱卵击石,仁者必谓为至愚矣。此岂独大违老子齿亡舌存之喻,抑亦孔子所谓'小不忍则乱大谋'者欤。两年以来余往往以是之故,念及此诗,有时亦为人诵之。以为庚戌以前所作诗词,一一都宜删弃,独此二十八字,或不无可存之价值。遂为改易数字,附写于此,虽谓为去国后所作,可也。"此诗初作于1908年,原载1908年11月14日《竞业旬报》第33期。后载1917年3月《留美学生季报》春季第1号。诗前有序:"秋日适野,见万木皆有衰意,而柳以弱质,际兹高秋,独能迎风而舞,意态自如。岂老氏所谓能以弱存者耶。感而赋之。"诗云:"但见萧飕万木摧,尚余垂柳拂人来。西风莫笑长条弱,也向西风舞一回。"

闻一多暑假中接清华同级学友浦薛凤来信,内附一诗。闻一多亦作唱和。据浦薛凤《忆清华级友闻一多》云:"'葱汤麦饭撑肠食,明月清风放胆眠。自是读书非习政,不妨避世学逃禅。'此是级友闻一多兄在六十五足年以前,亦即在一九一六年暑假,自其湖北家中复信所附之律诗一首,迄今只能记诵之四句。先是,予曾寄笺,钦佩其才华,并赠以夏夜寄怀一章:'才华洋溢孰能俦?窃喜同窗益友求!铁划银钩书法遒,金声玉振论文优。铅描水彩画图俏,谈笑风生意气流。夏夜乘凉星月皎,思君一日如三秋。'此为予肄业清华七年中惟独一次与同学之唱和,足征予对一多甚深仰慕。"

赵立民考取浙江天台某中医学校,因继母阻拦未入学。是年继续于花山书馆就学。

郑鸿善生。郑鸿善,字世庆,号泽余,福建永春人。著有《泽余吟存》《泽余吟存续稿》,编有《菲华诗选全集》。

林纾《铁笛亭琐记》由北京都门印书局出版。臧荫松丙辰五月序略云:"纪文达之《阅微草堂笔记》,多谐谑,兼及鬼事。《聊斋》则专言狐鬼,故得无事。若稍涉时政者,族矣。今先生所记多趣语,又多征引故实,可资谈助者。至笔墨之超妙,读者自能辨之。先生著作,浩如烟海,此特其余事而已。"

鲍心增作《六月喜得潜客同年香港书并赠诗赋,答三首兼以述怀》。其三:"在昔有治乱,祸始常涓涓。大盗起狐媚,遂令九庙迁。同光全盛时,邈若三代前。彝伦既攸斁,万事奚瓦全。魑魅厉牙吻,俶溽纷戈铤。饥馑复荐臻,苍黎嗟倒悬。元凶虽自毙,海沸谁能填。群儿弄狡狯,外侮丛腥膻。便恐神禹迹,金瓯长弃捐。重光知何日,太息义熙年。"

陈懋鼎作《过榆园》(姜斋新宅)。诗云:"去来同是信虚舟,何用先生苦掉头。平昔相呈穷塞主,居中多赖富民侯。性天老剩姜逾辣,世事今真药弗瘳。略补积年离索恨,榆园知不厌槐楼。"

韩德铭作《民国丙辰六月感书》。诗云:"只子惟存病后身,却当沧海逆流辰。就令再起青年健，何法平抟白手勋。外患鲸吞涎沁口，党援蚁斗齿伤唇。自今余事闲生息，一代时风一散（'散'一作'倦'）人。"

蔡锷作《护国岩铭（并序）》。序云："中华民国四年，前总统袁世凯叛国称帝，国人恶之。滇始兴师致讨，是曰护国军，锷实董率之。逾年，师次蜀南，与袁军遇于纳溪，血战弥月，还军大洲驿，盖将休兵以图再举。乃未几而桂粤应，而帝制废，又未几而举国大噪，而袁死，而民国复矣。嗟乎！袁固一时之雄也，挟熏天之势，以谋窃国，师武臣力，卒毙于护国军一击之余。余与二三子军书之暇，一叶扁舟，日容与夫兹岩之下。江山如故，顿阅兴亡，乃叹诈力之不足恃，而公理之可信，如此岂非天哉！世或以踣袁为由吾护国军。护国军何有？吾以归之于天。天不可得而名，吾以名兹岩云尔。蔡锷题，殷顺瑊书，民国五年七月勒石。"铭云："护国之要，惟铁与血。精诚所至，金石为裂。嗟彼袁逆，炎隆耀赫。曾几何时，光沉响绝。天厌凶残，人诛秽德。叙泸之役，鬼泣神号。出奇制胜，士勇兵骁。鏖战匝月，逆锋大挠。河山永定，凯歌声高。勒铭危石，以励同胞。"

黄兴作《丙辰六月，于日本席上，和涩泽青渊翁》。诗云："莽荡神州付劫灰，红羊苍狗不为媒。挥戈未必回沈日，薄海风云盖地来。"

程潜作《季夏至长沙》。序云："去年冬，予以袁世凯谋称帝，自日归沪，图举义师讨之。适前滇督蔡锷入滇，合滇督唐继尧组护国军。因驰赴滇，受命抚湘。今年二月至靖县，旧部咸集，被推为湘军总司令，遂入宝庆。六月袁死，其党汤芗铭犹据长沙，驱兵来战，及道林，所部悉降，汤遁，全湘底定。"诗云："夷羿席雄势，残毒除异己。作意贼人群，积谋紊国纪。义旗举天南，我行越万里。受命抚一方，扬旌返桑梓。倡率资风声，应和走遐迩。辰沅首归仁，衡永旋同轨。来苏父老欢，箪壶集中垒。偕亡怨昏虐，争起逐奸宄。元凶骤尔亡，彼狂失所恃。挥戈不终朝，雪我三年耻。"

林栋作《榕须吟》。诗云："我须疏比缘坡竹，榕须毵毵二丈长。我须青苍未改昔，榕须今看成淡黄。我笑捋须向榕语，精神较汝余当强。甘棠纵拟歌蔽芾，未必能自迁地良。大树将军不矜伐，一夫之用自知详。把汝满向缘路植，修髯浓荫，遍护行人六月凉。"

八 月

1日　参众两院议员在京举行国会，段祺瑞出任总理，褚辅成复任国会众议院议员。林一厂以参议院秘书赴京与国会事，作《卧病听风雨作》。诗云："客身枕北眠，室小爱冬暖。不合窗西向，今宵众声乱。擂擂纸欲裂，棂疏如受箭。乍如阵马过，又似盘沙散。乍如万松鸣，又似水拍岸。病状起本微，连旬事堪懑。邪侵火愈炽，喉梗头生眩。乃此耳耿耿，真令胆战战。奈何风且霾，料是雪先霰。时当孟冬末，阴阳正鼓扇。游子尚忘归，不如衔芦雁。忽又群仆噪，庭花雨打损。大盆砰荣阶，小盆磕户限。移掇实勤劳，主人善使唤。嗟余因感触，拥衾独辗转。乡关梦未通，寒灯影自颤。有谁量药问？只自捶床叹。丈夫不得意，飞食胡房窬。呜呜尺剑行，猎猎丈旄建。不然樵与渔，不然耕或贩。不然志千秋，日夕哦编简。勿学长铗弹，勿歌白石烂。年华足可惜，体气须锻炼。明朝天际云，曷慰慈亲盼？"

《中国实业杂志》第7年第8期刊行。本期"文苑"栏目含《虞美人》（七言排律二十韵，龚文青）、《前题》（王睫庵）、《前题》（林米庵）、《上海女伶打油诗》（林米庵）。

《小说海》第2卷第8号刊行。本期"杂俎·诗文"栏目含《戏拟朱买臣请求离婚状并判词》（天民）、《赠铸臣》（谢冶盦）、《东淘饯别图，为费厅长砺平题》（谢冶盦）、《与希敬话旧，漫赋一律》（谢冶盦）、《绂云以追悼梅笑山先生一律寄示，赋此答之》（谢冶盦）、《连日仍大风不已，江船覆溺者不少，然慨赋此》（谢冶盦）、《广福寺昆卢阁观藏经，再用东坡〈过南华寺〉韵》（谢冶盦）、《航海》（默庵）、《十月九日登越王台远眺》（默庵）、《夜至绥江，喜晤故乡诸友人，绥江在肇庆府西》《粤中旅思》（默庵）、《答真州李翰卿丈，用原韵》（默庵）、《倩鲍梦星写梅花寄赠袁大》（默庵）、《和李丈芷湘夏夜南园见赠之作》（默庵）、《满江红·月当头，也园酿饮，即席分得共字》（东园）、《桂殿秋·题花蝶帐眉》（东园）、《玉蝴蝶·蛮江听雨，拥被无眠，追溯欢尘，怅然赋此》（实甫）、《烛影摇红·江上阻风作》（实甫）；"杂俎·弹词"栏目含《潇溪女史弹词（续完）》（绛珠女史著，东园润文）。

《诗声》第2卷第2号在澳门刊行。本期"诗话"栏目含《霏雪楼诗话（二）》（伍晦厂）；"笔记"栏目含《水佩风裳室杂记（十二）》（秋雪）、《乙庵随笔（二）》（印雪）；"词谱"栏目含《莽苍室词谱卷一（十四）》（莽苍）；"词苑"栏目含《夏日醉赏雪堂名句，感事奉怀》（蕉雪）、《集雪堂一周增刊及〈诗声〉句，用香奁体杂感寄怀（并引）》（蕉雪）；"投稿"栏目含《天智庐笔记（三）》（麦少侠）、《庐陵胡卫金》（西樵如莲书屋）；"词论"栏目含《〈周止庵词选〉序论（二）（未完）》；"诗论"栏目含《〈诗品〉卷上（二）（未毕）》（梁代钟嵘）；"野史"栏目含《云溪友议（胡生）（二）》（范摅）；本期另有《雪堂求助小启》。其中，《雪堂求助小启》云："钟嵘曰：'气之动物，物之感人，故摇荡性情，形诸舞咏。烛照三才，晖丽万有。动天地，感鬼神，莫近于诗。'于戏，诗之为用大矣哉！六籍首诗，由来尚矣。至于经夫妇，成孝敬，厚人伦，美教化，移风俗，前人之归功于诗者尤众。后世诗学寖微，风俗人心亦随之而日下，徒欣欧化，敝屣宗邦，而吾四千年之国粹，竟胥沦于冥冥中。吁！国粹既亡，国将不国矣。敝同人有慨乎此，爰集同志，组织诗社于澳门，名曰'雪堂'。其始不过召集同志，以相唱酬，月夕花朝，藉鸣天籁。迄乙卯之夏，遂公诸世，刊月报曰《诗声》。内容专究诗词，并征佳什。以维国粹，庶免诗亡。顾经费绵薄，乃以铁笔刊行，铁笔印少费时，其传不广。今销数日旺，分配不敷，拟于明岁添置印机。惟同人历年以来，津贴不赀，不得不为将伯之呼，望海内外热心诸公，解囊慨助，以臻厥成，同襄风雅，匪特同人之幸，亦祖国之幸也，此启。酬报：热心诸君，如慨助敝社，同人铭感靡既，除将姓名登报鸣谢外，特拟酬报例如下：（一）助至百元以上者，永远赠阅本报一份；（二）助五十元以上者，赠阅本报五年；（三）十元以上者，赠阅本报二年；（四）不及十元者，概赠本报两月。"

易象离开长沙启程前往日本。此行出任湖南留日学生经理员。外甥田汉跟随赴日。抵东京后，田汉先在湖南驻日留学生经理处当抄写员，初想学海军，后考入东京高等师范外语系习英文。

魏清德《宿后村埤圳事务所》（六首）发表于《台湾日日新报》。其一："绿阴墙外夕阳红，好鸟啼时万念空。难得浮生闲半日，四山相对酒杯中。"其二："欲雨不来云渺漫，风吹片片过前峦。卧闻棋子如鸣玉，恍惚匡庐背手看。"其三："溪声入户又穿棂，说与幽人最解听。起寻白石江干路，稚竹成行叶叶青。"其四："网鱼得鲫看盈筐，小立溪桥趁晚凉。宾主颜酡无所事，披襟团坐话麻桑。"其五："下弦久待月难升，漠漠飞虫一点灯。夜气侵入毛骨悚，满天星斗唤能应。"其六："四野虫声唧未休，隔溪渔火若萤流。枕边风露玲珑泻，画出天南七月秋。"

林苍作《七月初三夜，退密同在湖上，适有所感，用余市字韵作诗见示，三叠之以答其意》。诗云："吾宗多诗人，偃蹇莫如子。尔来颇简出，问讯托流水。西湖偶同游，一诗辱见美。家居取适志，非敢溥金紫。常恐饥来驱，久卧或思起。时与持肺肝，枯坐照寒泚。得失在他人，了不为愠喜。退密真吾师，言下已解此。不语即转语，无理乃至理。人生风中花，焉用究跟底。一笑还太虚，是谓大利市。"

2日 荷花诞日，姚东木召集沪上同人雅集古猗园。周庆云作《六月二十四日，姚君东木函约同人集槎上猗园，祝荷花生日，分韵得日字》。同人和唱：钱绶薖《集槎上猗园，祝荷花生日，分韵得小字》、潘飞声《丙辰六月二十四日，姚志梁都转邀集槎上猗园，为荷花寿，分得上字》、恽毓龄《小集槎上古猗园，祝荷花生日，拈得集字》、陶葆廉《丙辰六月二十四日，小集槎溪古猗园，祝荷花生日，分韵得古字》、冯祖荫《集槎上古猗园，祝荷花生日，分韵得荷字》、姚文栋《荷花生日集古猗园，分韵得祝字》、秦曾鳌《荷花诞日，远客来集古猗园，东木先生邀余作陪，分韵得猗字》（二首）。又，潘飞声作《过志梁都转槎上别墅，附赠一律》。周庆云和《兰史见示过槎上别墅之作，依韵奉和兼质志梁》。又，周庆云作《荷花生日，集猗园春藻堂，次百老吟韵，祝恽季申先生六十寿》。同人和作：潘飞声《次百老吟韵，祝季申太守六十寿》、钱绶薖《春藻堂宴集，预祝恽四丈六十寿》、恽毓珂《预祝茮村四兄六十寿，用听邠先生百老吟韵》。其中，周庆云《分韵得日字》云："偃卧北窗下，无可娱白日。槎上园有沼，亭亭标净质。吾友作导师,历历函中述。钱子心怦然(谓履樛),更招林竹七。遵轨踏飙轮,坦荡无惴愢。须臾至猗园,主人迎入室。约略数旧游,径曲记难悉。剔藓读园碑,前明埤比栉。辟从士籍家(园辟于明季关通判士籍),继付流芳倠(后归李长蘅倠宜之,号泡庵,园名始著)。钱氏沿旧称(清乾隆初年复归洞庭叶魏堂,园名仍沿旧称,而承以古字),未几长蓬华。旋归州邑庙(乾隆二十三年归州邑庙捐置),聊尔收芋栗。荒烟纵满目,画稿师摩诘。春藻发空堂(设筵在春藻堂),静趣通芬苾。杂花生树间,碧阴深且密。一老不速来(上海王君谷生时寓居南翔年七十有六,精神矍铄),古风浑穆汹。眉宇映紫芝,神明独宁谧。列坐广宾筵,两行仪秩秩。调梅受薝辛,煮茗烦茶戍。行疱味胜鲭,野酿甘如蜜。家风爱此花,于我益亲昵。借彼琥珀觚,殷勤酹花毕。问花花不言,积潦水为溢。金粉已凋零,红衣半萧瑟。因叹君子清,常遇狂夫嫉。百感意纵横,长吟空抱膝。桑海几劫灰,宫商又换律。且与木石居,任呼山林逸。胜游瞥眼惊,鉴影留图帙。夕阳俄在山,笛声破空疾。揖别醉言归,梦绕园中桦。银塘波不流,瑶岛云犹霭。寿花兼寿人(是日并预祝恽君季申六十寿),所惭无健笔。"秦曾鳌《分韵得猗字》其一:"偶选名园胜,清凉过夏宜。亭台通曲折,林木望参差。绿竹含生意,红莲竞艳姿。客虽来自远,诗是旧相知。东晋登山屐,南皮漉酒卮。不堪论世事,消遣且吟诗。"潘飞声《次百老吟韵,祝季申太守六十寿》云:"投阁文人耻,还山客妇老。君挺出尘姿,独挽狂澜倒。世变迭兵燹,氓虻昧昏晓。谁甘西山薇,若嗜安期枣。君年方六十,已富名山稿。饭颗号诗史,讵逞才与藻。一卷甲子编,万世泐冈表。快意倾千觥,莫被荷花恼。令名在晚节,九如颂天保。"

钟树梁生。钟树梁,四川成都人。著有《钟树梁诗词集》。

胡适作《打油诗寄元任》。诗云:"闻道先生病了,叫我吓了一跳。'阿彭底赛梯斯',这事有点不妙!依我仔细看来,这病该怪胡达。你和他两口儿,可算得亲热杀:同学同住同事,今又同到哈佛。同时'西葛玛鳃',同时'斐贝卡拔'。前年胡达破肚,今年'先生'该割。莫怪胡适无礼,嘴里夹七带八。要'先生'开口笑,病中快活快活。更望病早早好,阿弥陀佛菩萨!"胡达,原名孔孙,后改名达,字明复,江苏无锡人。在美国康奈尔大学文理学院与赵元任、胡适同学,主攻数学。据胡适《追想胡明复》记:"那时候我正开始作白话诗,常同一班朋友讨论文学问题。明复有一天忽然寄了两首打油诗来,不但是白话的,竟是土白的。第一首是:纽约城里,有个胡适,白话连篇,成啥样式!第二首是一首'宝塔诗':痴!适之!勿读书!香烟一支!单做白话诗!说时快,做时迟。一做就是三小时!我也答他一首'宝塔诗':咦!希奇!胡格哩,勠我做诗!这话不须提。我作诗快得希,从来不用三小时。提起笔何用费心思,笔尖儿嗤嗤嗤嗤地飞,也不管宝塔诗有几层儿!"

3日 京兆尹公署令大兴等20县设立注音字母传习所,培育汉字注音字母师资。

4日 胡适致任鸿隽信中说："我自信颇能用白话作散文，但尚未能用之于韵文。私心颇欲以数年之力，实地练习之。倘数年之后，竟能用文言白话作文作诗，无不随心所欲，岂非一大快事？"又说："我此时练习白话韵文，颇能新辟一文学殖民地。可惜须单身匹马而往，不能多得同志，结伴而行。然我去志已决。公等假我数年之期。倘此新国尽是沙碛不毛之地，则我或终归志于'文言诗国'，亦未可知。倘幸而有我，则开辟荆棘之后，当开放门户，迎公等同来莅止耳。"

王海帆作《游桂青山，同伯屏、淑塘》（五首）。其一："野花沿路映柴扉，草色连天接翠微。马首白云堆不起，一声山犬满林飞。"

5日 《妇女杂志》第2卷第8号刊行。本期"文苑"栏目含《先母孙宜人述》（钱基博）、《感逝诗序》（王缣）、[补白]《黄楝头歌》。

王闿运见彭畯伍自长沙来，作一律赠之。诗云："山中伏日无炎气，天上佳期有别离。满地干戈起荆棘，故人交谊契兰芝。来逢银汉无波候，坐到针楼月落时。从此清秋忆良会，为君长咏碧云诗。"

吴昌硕为[日]水野疏梅绘《葫芦图》并题诗云："不县市肆县秋空，胡卢胡卢来自东。腰纤胫缩弯若弓，安得汉书稳置胡卢中。癖古博物疏梅翁，游屐著破诗则通。持赠一笑胡卢同，艾藏古绿丹驻红。吾国疲病医何从，人心险诈谁养痈。药饵难使君臣攻，藏酒莫便治耳聋。聋耳自听商与宫，声出自内无机锋。渡海浮作桴，游山轻系筇。掩口气象靡不容，何如古瘿树产谈雌雄。饮泉一勺淘心胸，剖瓢挂树愁天风。翁冉（眉）长，翁髯丰，面作胡卢缠古松。吟诗我亦号寒虫，妄想天籁争胡咙。巢由仙去翁驱蛩，与翁上下为云龙。水野疏梅赠胡卢，报之以诗，录以补空。疏梅赠古胡卢，画竟，复涂小诗就正。丙辰七夕，客海上去驻随缘室之南窗。安吉吴昌硕，时年七十有三。"

张謇作《答邮片诗》（二首）。其一："海外诗来不署名，心知乌有是先生。中华岂少清凉境，只要心源与证明。"其二："船到神山合有思，神山楼阁使人迷。不应多少童男女，尽饵丹砂尽化泥。"

王树楠作《平遥道中七夕》。诗云："妾如河边月，郎如河上云。云行不成雨，月圆能几分。一日如一年，一年常苦迟。如何今夜会，转瞬失佳期。神牛亦凡材，临流不敢渡。藉非鹊为媒，相见终无路。织为云锦裳，与郎亲服之。衣裳何足贵，是妾手中丝。天上与人间，离多会时少。但得千万岁，一年会亦好。"

汤汝和作《七夕感怀》。诗云："珠江女儿逢七夕，千家乞巧张瑶席。桂林此夜寂如许，未闻女儿拜牛女。天生女儿天降材，那有聪明乞得来？鲰生别有伤心事，人间天上夫妻异。佩环三载不归魂，银汉隔年携手易。"

曾广祚作《七夕旅燕述怀》。诗云："燕树蝉餐露，河桥鹊驾云。神仙好离别，将相苦纷纭。战骨荒原厌，乡音梦境闻。寄言词赋客，何必御炉熏。"

刘伯端作《摸鱼儿·七夕，同辛伯、季裴、凤喈诸公》。词云："近新凉、渐疏纨扇，秋光银烛如许。问蛛看鹊寻常事，旧曲喜翻新句。寻坠绪。怅会散、天涯难觅遗钿处。似闻絮语。说胜似嫦娥，青天碧海，埋恨自千古。　　人间世，更有痴儿怨女。红墙斜角无路。银屏影冷兰灯地，又是良宵虚度。飘梦雨。算未抵、罗巾千点抛珠苦。双鸳湿露，剩耿耿斜河，绵绵幽恨，留取隔年妒。"

沈其光作《七夕菡初招饮，诗示社中诸子》。诗云："一水盈盈阻欢约，今夕填桥役灵鹊。星娥政诉别离愁，那识人间酬饮乐。溪楼日落生晚凉，纤云四卷吴天长。一年能得几良夜，垆头美酒须共尝。张生浊世佳公子，风度翩翩谁得似。当筵一饮兴最豪，倒吸银河干斛水。余亦凭栏为浩歌，如闻仙珮云中过。是时醉语杂嘲谑，便恐织女投金梭。人生未惜年光迈，行乐政须添酒债。相期酹月度中秋，更上南楼逞豪快。"

江子愚作《七夕二首》。其一："嫩凉天气可怜宵，惆怅银河隔暮潮。只恐南飞鸟鹊苦，年来无暇为填桥。"

黄濬作《七夕》（二首）。其一："眼中何处认秋期，昨夜桃笙圣得知。惭愧耐凉余拙骨，巧楼无梦乞蛛丝。"

黄瀚作《乞巧》。诗云："织不成章又厌新，比将下界一痴民。人间巧极何时极，天女何曾巧似人。"

汪兆铨作《摸鱼子·丙辰七夕，和黎季裴》。词云："问支机、可余片石，乘槎今又人到。盈盈银汉风波恶，却倩鹊桥新造。君莫恼。谁似汝、神仙眷属长相保。离多会少。祗织锦年年，聘钱犹负，偿债几曾了。　　痴儿女，瓜果筵前自绕。可应分得余巧。谁知别有汾阳郭，富贵独闻仙诏。秋正好。更莫问、长生殿冷无人扫。空庭梦觉。剩祗有一篱，牵牛花放，滴翠媚清晓。"

胡雪抱作《七夕凉雨偶成二首》。其一："亲织鸳鸯荐锦茵，云绡犹渍泪痕新。伤离宁独机中妇，一颗明星一恨人。"

6日　《长沙日报》续刊。南社社员郑泽作《发刊词》，傅尃作《本报续刊宣言》，柳亚子及南社湘中同人作诗祝贺。该报辟有《文艺丛刊》，是南社社员作品园地。

林思进作《七夕后一日得君毅寄诗却答》（二首）。其一："君从豆子岸边望，我正浣花溪上眠。书到恰逢七夕后，鹤归不似五年前。秋堂风露惊凉意，昔日帘栊记宛然。久别无端思更苦，高楼重上月如烟。"其二："蓬岛樱花倦往游，十年归卧感林邱。心如废井难言学，角剩残棋未肯收。阳谷荡波争远晕，岷江挟雪走东流。滔滔横海看如此，白发新生不换愁。"

7日　林寒碧卒。时任《时事新报》总编辑林寒碧出门赴友人梁启超之约，在上海马霍路被英国人汽车撞伤殒命。林昶（1886—1916），名景行，字亮奇，以别字寒碧行世，福建侯官人。年十七留学日本，回国后奔走于辛亥革命。1909年与秋瑾挚友徐蕴华结为连理，并双双加盟南社，常以诗词唱和，时人称美。陈去病称誉早年寒碧"温文尔雅，弱冠奇才"。民国建立，宋教仁出任农林总长，礼聘寒碧为秘书。宋遇刺后，林寒碧成坚定反袁分子，经常发表激烈反袁言论，以至一度被迫离开上海避祸。1915年夏，携妻女赴辽东沈阳附近本溪湖避难。返上海后，出任《时事新报》总编辑，以笔讨袁。卒时，幼女林隐（字北丽）出生仅17日。9月24日，南社为林寒碧举行追悼会。柳亚子作《七律·悼林寒碧》。诗云："流转江湖十载身，谁令一死逐飙轮（君为英人克明汽车所殒）。奇才鬼亦能为厉，庸福天终靳此人。柳下有妻工作诔（谓徐小淑夫人），汨罗无地赋招魂。凄清最忆年时事，咫尺商于语尚新（今夏余避兵海上，君寓书引王荆公'如何咫尺商于地，便有园公绮季闲'句）。"又于1921年为林撰碑文。卒后四年，徐蕴华将夫婿归葬于杭州孤山之阴，同时自筑生圹。后人辑有《徐蕴华、林寒碧诗文合集》。

冯煦作诗寿李瑞清五十寿辰。诗云："君年政五十，神理莹玉雪。松柏凌岁寒，郁为霜下杰。我忝廿年长，庄惠深相结。跻堂倾春醪，未饮心已噎。所愿陈此诗，一树遗民揭。"

8日　《申报》第15621号刊行。本期《自由谈》"游戏文章"栏目含《希奇歌》（剑秋）。

傅尃在《长沙日报》连续发表诗话评陈三立诗。《说诗一昔话》云："七律莫盛于唐，宋代继之，遂开新响。山谷，其一大宗也，近人惟陈散原能为之。然散原之诗，固不能尽以山谷限。今海内号为宋律者，大抵摹绘散原，非真宋诗也。有谓散原之诗出于遵义郑子尹，子尹名珍，有《巢经巢诗钞》，莫友芝为之序。以余观之，遵义盖由山谷追昌黎，笔力雄奇，近代作者殆无其匹。散原得其一体，不能举似也。遵义邃于经，学务博览，处境贫苦，遭际与散原不同，故其诗境殊不易致，其居使之然也。诗钞有自刻及黎刻本，板存粤中。尝谓学宋诗有三道，一曰重，二曰拙，三曰大。重处易见，拙处难知，至于大，则非充实光辉莫能企也。散原诗颇能尽大字之妙，而不甘用拙，故时有装头作脚之嫌。所谓拙者，正如书家枯老古拙之拙，非不能之谓，乃至能之谓也。盖惟知雄者能雌，知白者能黑，非是而徒以雌与黑相高，直蠢夫耳。古人篇中必有一二行用拙之处，作人亦如是。柳亚子论诗，有'郑陈枯寂无生趣'之语，余意散原运思至苦，每有所作，必搜冥剔幽而出之，顾才不足称，不能为讳也。若郑之《海藏楼》，则诚刍狗矣！亚子《论诗六绝句》，于湘绮、郑、陈、樊、易及当代诸公，一笔抹倒，而独推闽人林述庵。亚子倡唐诗者也，以海内竞尚陈散原，且桃山谷而不讲，安望少陵！亚子宗唐之说益孤掌矣！余尝与刘生雪耘言，谓诗移于宋，殆气运始然，莫之能强。然雪耘之不为余诗，亦犹余之不为笋师也。"

朱祖谋六十大寿，与逸社成员聚于沈曾植寓所。沈曾植有诗《彊村六十寿诗》。诗云："天地邈无际，斯人劳远行。聊为斗酒祝，如纪客邮程。晚岁耽词隐，秋怀忆玉京。荆驼随梦尽，还见蓟先生。"杨钟羲作《彊村六十生日》云："伏奏青蒲炯目光，玉音问答惜刚肠。桥山剩有攀天梦，春庑曾无过岭装。射策它年重文介（孙文介慎行殿试卷藏平津馆。彊村癸未卷近亦自内阁取出），遗民终古在吴羌。词人最数蘋洲寿，不碍秋涛殷卧床。"吴昌硕以《彊村先生六十寿，同人拟〈霜花腴〉填词，缶不能倚声，勉成一律》贺之。诗云："落英餐处天难问，酒漉杯停语曰斜。雨歇凭栏多慨慷，词陈折槛见风华。渔歌西塞谐流水，棋局东山劫乱麻。画佛寿公腴自赏（曾为画佛），只拈禅意不裂裟。"况周颐作《霜花腴·彊村先生〈霜腴图〉题词》云："醉扶寿客，近酒边、何知世有沧桑。风雨天涯，燠寒人境，十年顾影情芳。自持晚香。甚岁华、葵麦斜阳。费肠回、旧约东篱，义熙笺管几吟商。　消得未荒三径，是怀姿卓杰，照映容光。彭泽秋高，郦泉花大，才知瘦亦寻常。校余梦凉。引镜看、诗鬓能苍。办餐英、驻景年年，采山烟路长。"

李瑞清五十生日，曾熙为其书黄庭经，众门人欲集资为其辑刻著述、诗文，李瑞清辞，自临毛公鼎一幅分送诸人。

梅光迪再致函胡适，提出"文学革命四大纲"。"一曰摈去通用陈言腐语；二曰复用古字以增加字数；三曰添入新名词，如科学、法政诸新名字，为旧文学中所无者；四曰选择白话中之有来源、有意义、有美术之价值之一部分，以加入文学，然须慎之又慎耳。"

严修游八达岭，口占一绝云："雄关万里捍天骄，仅抵英京建一桥。不是祖龙曾好事，更无名迹属中朝。（南口逆旅，遇一美洲人，自云幼时闻其父言，世间名胜有二，英之伦敦桥与华之万里长城也）"

姜胎石《贺新郎·吊史阁部墓》刊于《民国日报》，署名"姜若"。本月25日又刊于《国风日报》副刊《艺林》。词云："血铸兴亡劫，恋江城、忠魂一缕，动人歌泣。何事文山偏入梦，末季又完臣节。纵抛去、沙场骸骨。身后了无毫发憾，只当年末葬高皇侧。千载下，共凄绝。　旧时袍笏新朝碣，剩寒宵、梅花带泪，二分明月。我亦临风来膜拜，别有恨填胸臆。觉万事、从今休说。十日扬州君记否，者乾坤、愈逼前途窄。空吊古，唾壶缺！"

吴芝瑛《次韵酬颜佩田女士，时颜客飞狐关》刊于《时事新报》。诗云："花笺钞稿拜君嘉，关树扶疏刺史家。梦里吟怀无处著，绿阴如海映窗纱（有马刖庄占地极胜，春野女史为题横额曰'绿阴如海'）。"

黄濬作《立秋作》（二首）。其一："槐花落尽识秋深，天放秋晴一晌阴。薜荔半墙些子竹，闭关埋照对沉吟。"

李思纯作《丙辰立秋》。诗云："微生苦非幸，矧际心怀恶。渐喜金飙至，遂远南薰虐。清晨步阶除，美此一叶落。凄凄感庭柯，秋气知所托。寒花情掩抑，经雨见繁弱。流波疾淹逝，凉意已回薄。徘徊惜去日，后犹今视昨。聊因念推迁，为甘境寥寞。"

沈其光作《立秋日作》。诗云："斗柄离离旋欲倾，披衣斗觉早凉生。梧桐宿雨芭蕉露，滴作新秋几点声。"

[日]白井种德作《立秋》。诗云："今日是秋立，炎炁昨日同。园林偶经雨，得意有鸣虫。"

9日 《申报》第15622号刊行。本期《自由谈》"含商嚼徵"栏目含《双凤阁词话》（鸳雏）。

严修乘肩舆游明陵，仅游长、泰、思三陵。有诗三绝，其一："天寿诸峰接太行，一身吉壤盛铺张。长陵若与长城比，未免文皇胜始皇。"其二："祖训煌煌侈靡惩，盛朝家法谨相承。焉知一百余年后，更有金楹起后陵（读高祖御制明陵诗碑）。"其三："思陵宫殿昼沉沉，塞径蓬蒿一尺深。读遍昌平山水记，亭林此地最伤心。"

张謇作《寿潘先生七十生日》。诗云："轻舠短策过濠南，华发苍髯主客参。袖里新诗传老笔，尊前旧事赴余谈。斧柯人世观棋质，蓬累乡间守室聃。甚欲去从称寿列，醉公家酿吃蛏蚶。"

10日 《申报》第15623号刊行。本期《自由谈》"游戏文章"栏目含《共和复活开篇》（寄尘）；"诗选"栏目含《答张仲仁》（二首，啬翁）。

《东方杂志》第13卷第8号刊行。本期"文苑·诗"栏目含《沤尹病，山相携游天目，寄讯此诗》（陈三立）、《访瘦唐、伯沆图书馆，偕登扫叶楼看雨》（前人）、《六月十七日盲风晦雨枯坐作》（前人）、《甘卿邀酌水榭，罢饮泛棹青溪，步复成桥玩月，琴初、鉴泉同游》（前人）、《下关访李予申，偕游三宿崖，晚饮市楼》（前人）、《六符招饮，先有他约未赴，赋谢》（罗惇曧）、《晦闻出明纸乌丝阑，属书苏斋兰亭订颖考，试笔不成，以诗谢之》（前人）、《简始中丞遗墨，为景苏题》（前人）、《同马卓群至龙井》（陈曾寿）、《十一夜月》（前人）、《寄莘田，时莘田初游西湖遇雨归》（前人）、《归家杂诗》（陈衍）、《病起夜坐》（俞明震）、《早起》（前人）、《寄节庵种树庐》（杨钟羲）、《益庵南窗寄傲图》（前人）、《傅青主书列御寇卫端木叔语卷子》（前人）、《楼居》（诸宗元）、《书寄友人问近状》（前人）、《和寒碧湖上之咏依韵》（前人）、《穆庵馈橙橘》（陈衡恪）、《十刹海修禊，以事未与，子方为拈得文字韵，越数日补成》（前人）、《姚重光四十生日，为画山水便面》（前人）、《夏夜病冷积，拔可邀食闽荔，不克往，梦回口渴，忆粤中黄皮果不置，写寄二绝句》（王存）、《丙辰正月寄炊累江宁》（前人）、《呈弢庵先生》（黄濬）、《戏题墨合》（胡朝梁）、《早雪》（前人）、《读〈新唐书·董晋传〉》（陈诗)、《闻徐园花发,追忆甲寅与若盦看花,怆然有赋》(前人)、《晚雪》(范罕);本期另有《石遗室诗话续编(续)》(陈衍)、《餐樱庑随笔(续)》(蕙风)。

张謇作《向晚》。诗云:"向晚平台好,梳风发易干。栏边凉气足,波面夕阳宽。有客停游屐,看人列钓竿。老夫鱼不羡,鸥与汝盘桓。"

上旬 蔡锷作《谒杜甫草堂》《别望江楼》。其中,《谒杜甫草堂》云:"锦城多少闲丝管,不识人间有战争!要与先生横铁笛,一时吹作共和声。"《别望江楼》云:"锦江河暖溅惊波,忍听巴人下里歌!敢唱满江红一阕,从头收拾旧山河。"

11日 严修偕胡道尹珍府、高县长幼竹游赐儿山。归寓有诗云:"众峰合抱曲如环,环缺中衔大镜关。欲向张垣览全境,不辞先上赐儿山。"

张謇记昨夜诗《破睡》。诗云:"破睡林鸦忽乱惊,着衣起看月三更。不如掩户仍寻梦,鸦自惊啼月自明。"又,秉初去沪,张謇作《月明》。诗云:"月明为我送人行,人去楼头月自明。从古离人托明月,何应月不管离情。"

12日 因白话诗引发争论,朱经农致信胡适云:"兄于文学界能自树一帜,本为弟所倾慕。但愿勿误入歧途,则同志幸甚!中国文学幸甚!"

张謇作《儿时》《月对》。其中,《儿时》云:"儿时曾有诗,月圆逢月半。大都为牛女,分照银河岸。"《月对》云:"月对离人分外圆,圆经十二便周年。却于今夜愁明夜,明夜清光减一弦。"

贺次戡作《中秋》(二首)。其一:"四方奔走究何因,时节伤怀感此身。袁渚有情应识我,年年相见异乡人。"其二:"关山千里夜悠悠,欢会相逢桂子秋。今夕故乡同此月,青光偏解照侬愁。"

13日 台湾彰化支厅长、彰化同志青年会会长河东田义一郎偕青年会会员二十余人游日月潭,吴德功应邀同游,并作诗咏其事,复撰《日月潭记》。吴德功作诗二首。其一:"邃幽名胜冠全台,山里藏窝面独开。堪拟两仪藏太极,浑同大海涌蓬莱。夜光岂必探骊颔,川媚无庸剖蚌胎。杵韵悠悠空谷应,泛舟游玩乐徘徊。"其二:"珠潭夜景漾澄鲜,佳屿生成别有天。旅馆凭山成杰阁,番黎藉草结浮田。泛舟几讶捞明月,凿杵如闻操水仙。岁近古稀游兴勃,探奇选胜乐无边。"

姚华作颖拓《泰山李斯刻石廿十九字》并有长题,后经陈叔通请郭沫若、马叙伦、林宰平等题跋,捐与贵州省博物馆珍藏。

舒昌森作《金缕曲·丙辰七月之望,与同社张植甫、陆瑞伯小饮遂园有作》。词云:"漫道园林小。喜今番、萍踪偶聚,柳亭花沼。还喜因缘联翰墨,相对一倾怀抱。恰天末、凉风生早。谊重何分今旧雨,证鸥盟、添取新诗料。同酌酒,把愁埽。　　烟尘遍地多纷扰。看神州、陆沉将及,更谁再造。干济非关吾辈事,落得琴尊啸傲。况似我、蹉跎已老。世局已如棋局乱,更那堪、蓦地猰儿搅。终付与,互谈笑。"

[日] 冈部东云作《丙辰中元》。诗云："早稻已薰嘉穗香，金风玉露送新凉。农村社畔月明夜，人影婆裟舞踏场。"

14日 刘大同作《过又一村有感》。序云："丙辰七月，诸高民军争长，经彭青岑、丁鼎丞、刘冠三诸君促予赴诸为之调停，嗣经强迫解决，言归于好。十九日返青，道经又一村，晚宿葆銮侄家，感而赋此。"诗云："当年来谒兄，今日来拜嫂。别来二十年，兄殁嫂亦老。予年未半百，两鬓凝霜早。人寿止百年，生涯亦草草。忆昔起义时，兵屯吉林道。二次大失败，避秦于三岛。今讨贼贼死，一喜一烦恼。得病恨无医，形容尤枯槁。忽来又一村，为和诸高好。国事不可知，家事乌能晓。诸侄来欢迎，花径童孙扫。侄妇与侄女，问安索诗稿。尤喜侄孙妇，携幼祝寿考。一家俱欢欣，罗拜膝前绕。教育无男女，学乃身之宝。吾家千里驹，一门夸有造。平民执国政，始为福国兆。均产放奴心，为吾所怀抱。葛天氏再生，心事方能了。"

释永光（海印上人）作《丙辰七月既望，腴深将游西湖，花髯、苾僧、叔舆、子大、梦湘、哲甫、谷青、实宾、穆庵并道香和尚集上林寺饯别，得诗二首兼呈座客》。其一："铁凤栖檐夜有声，九人同坐梵堂清。尊前论事恐投帻，乱后题诗不署名。南□江山怀白下，西泠烟雨托苍生。此行应比柴桑健，吟鬓萧萧一剑横。"其二："去年京洛同为客，今夕长沙又送春。三海弦歌想畴昔，四年裙屐惜离群。哀时未了江南泪，望远难忘蓟北云。我亦临歧共惆怅，况兼明日正秋分。"

陈荦作《七月十六夜露坐偶成》。诗云："中元甫过觉秋妍，澄澈园林夜气偏。玉露渐看三径重，冰轮初减一分圆。遥峰了了明如画，幽籁沉沉澹化烟。望影稻堆黄万顷，为欣大有克书年。"

[日] 夏目漱石作《无题》。诗云："幽居正解酒中忙，华发何须住醉乡。座有诗僧闲拈句，门无俗客静焚香。花间宿鸟振朝露，柳外归牛带夕阳。随所随缘清兴足，江村日月老来长。"

15日 北京《晨钟报》创刊，1918年12月改名《晨报》。该报是以梁启超、汤化龙为首的进步党机关报，李大钊任总编辑。李大钊在创刊号发表《〈晨钟〉之使命——青春中华之创造》一文，阐明"青年德意志"运动有助于德国统一振兴，认为"由来新文明之诞生，必有新文艺为之先声，而新文艺之勃兴，尤必赖有一二哲人，犯当世之不韪，发挥其理想，振其自我之权威，为自我觉醒之绝叫，而后当时有众之沉梦，赖以惊破。"

《旅欧杂志》在法国都尔创刊，华法教育会主办，蔡元培等任主编。该杂志"以交换旅欧同人之知识，及传布西方文化于国内为宗旨"，系留法勤工俭学早期刊物。

[韩]《天道教会月报》第73号刊行。本期"词藻"栏目含《滞雨道师室，拈韵得晨字》（敬庵李瑾）、《又》（芝江梁汉默）、《又》（又天白乐贤）、《流头日上三清洞避暑》

（车相鹤）、《三仙坪》（香山）、《登万化亭》（泅堂刘载豊）、《和牛耳洞棊字韵》（泅堂）、《修治云林玉井》（敬庵）。其中，香山《三仙坪》云："三仙坪里三仙去，流水桃花寂寞廻。日暮沙场芳草绿，平山黄犊自相来。"

[日] 夏目漱石作《无题》。诗云："双鬓有丝无限情，春秋几度读还耕。风吹弱柳枝枝动，雨打高桐叶叶鸣。遥见半峰吐月色，长听一水落云声。幽居乐道狐裘古，欲买缊袍时入城。"

16日 [日] 夏目漱石作《无题》。诗云："无心礼佛见灵台，山寺对僧诗趣催。松柏百年回壁去，薜萝一日上墙来。道书谁点窟前烛，法偈难磨石面苔。借问参禅寒衲子，翠岚何处着尘埃。"

17日 陈去病随孙中山观钱塘江潮，有感于伍子胥死于钱塘潮传说，赋诗以记，作《会稽游，应孙公教》。诗云："我公好游兼好奇，越中父老欣相随。画桨朝从鉴湖泛，巾车晚向兰亭嬉。峨峨大舫抑何丽，宁知渗焉同漏卮。长年把橹不暇顾，公独笑谓能补之。褰裳箕踞不一瞬，泯然无缝如天衣。自来贤圣不世出，补天补衮随其宜。公本素具回天返日之妙手，力驱胡虏还皇羲。金瓯乍固责未卸，牛刀小试宁嫌疲。冲波直上自容与，中流胶解何忧疑。宣防既塞汉武意，凭公探奇禹穴搜秦碑。"

[日] 白井种德作《丙辰七月十九日，淳宫、高松宫两亲王辱临盛冈，是夜锦鸡间祇候石井君，见惠香鱼一蓝，云是亲王所下赐，分一半以赠焉。恐悚拜受，不忍独餐。越一日，招僚友山口刚介开小宴，且赋绝句二章以纪恩。君并赠京酒号月桂冠者，去岁大典所创酿云》。其一："五侯鲭味又何论，宠赐溪鲜真可尊。深感朝家重勋旧，小人幸得浴余恩。"其二："炮煮香鱼盘作堆，招朋分惠共衔杯。一瓶京酿桂冠号，亦是石君攸赠来。"

18日 张謇作《林溪精舍诗五首》。其一："沧海流无极，青山买已迟。千岩吾曷羡，一壑自专之。杜宅白盐礁，韩庄黄子陂。老来足幽兴，非与古人期。"又作《石壁仙人歌》。序云："香炉峰侧，石壁有古衣冠人像，长尺许，渲勒分明，距地十余丈，仰望可见，左右视愈真。意者其化人之遗影欤。歌以记之，补山志，诏来者。"诗云："海山不到高官眼，石壁虽光不镜面。是何怪物着丹青，直撮有形入无间？玄衣方幅缟领巾，㝉冠俄俄裳色繎。排空前下势逼真，疑是中古神之君。不然遁荒自有服，盍不缊袍而冕玉？方平赫奕大将仪，东海曾来看陵陆。达摩壁影十年功，未及观棋一子促。神仙狡狯岂有心，传诸尘俗始自今。上有云霞昼阴阴，下有松杉苍翠林。我来学道共冥寂，坐忘不觉溪潮音。"

[日] 夏目漱石作《无题》。诗云："行到天涯易白头，故园何处得归休。惊残楚梦云犹暗，听尽吴歌月始愁。绕郭青山三面合，抱城春水一方流。眼前风物也堪喜，欲见桃花独上楼。"

19日 胡适致信朱经农,提出文学革命八条件,即:"(一)不用典。(二)不用陈套语。(三)不讲对仗。(四)不避俗字俗语(不嫌以白话作诗词)。(五)须讲求文法。——以上为形式的方面。(六)不作无病之呻吟。(七)不摹仿古人。(八)须言之有物。——以上为精神(内容)的方面。"

[日]夏目漱石作《无题》。诗云:"老去归来卧故丘,萧然环堵意悠悠。透过藻色鱼眠稳,落尽梅花鸟语愁。空翠山遥藏古寺,平芜路远没春流。林塘日日教吾乐,富贵功名曷肯留。"

20日 南社举行临时雅集于上海愚园,到者有蔡寅、叶楚伧、钟英、姚鹓雏、许苏民、汪文溥、郑国准、王蕴章、姜可生、朱少屏、朱宗良、汪洋、杭海、萧公望、黄澜、吕志伊、徐朗西、申柽、费砚、曹凤仪、戴天球、刘三、周越然、徐思瀛、谢华国、马君武26人。

《申报》第15633号刊行。本期《自由谈》"游戏文章"栏目含《新游倦词》(八首,湘碧侍者)。

《大中华》第2卷第8期刊行。本期"文苑·诗"栏目含《上元夜归,和樊山〈步月〉一首》(王湘绮)、《法源寺送龙皥臣诗》(王湘绮)、《赠潘法曹诗一首》(大渊)、《弢园相国命题无锡吴山人所画〈太湖虞美人崖〉〈项王庙遗迹〉帧子》(一厂)、《哭林寒碧》(南湖)、《白马山中与芝瑛夜谈二首》(南湖)、《五月十三日亚衡招同力山、民父、帆夫泛舟西溪,集饮菱芦庵,次其前游诗谐,并索同游诸子和》(龙慧)、《亚衡将返蜀中,感别言怀,再次西溪游诗韵,留两韵赠之》(龙慧)、《乙卯冬日寂照来杭,数招一桴、力山、贞壮、龙慧诸君同泛西湖,贞壮先以诗见投,依韵报之》(民甫)、《溪南老翁行》(潘大道);"文苑·词"栏目含《还京乐·〈餐樱词〉题词》(朱古微)、《烛影摇红·甲寅除夕》(况夔笙)、《百字令·和叔父原韵》(慧兰)。

《学生》第3卷第8号刊行。本期"文苑·诗"栏目含《鲁仲连不帝秦》(直隶河间中学校学生郭贵璇)、《中秋值宿文峰塔院感怀,寄聘臣》(南通师范学校学生张梅盦)、《夜泊海珠有怀》(广东农林试验场附设讲习所毕业生张石朋)、《舟次崖门》(前人)、《夏日村居杂咏》(江苏省立第七中学校二年生蔡林)、《月湖》(浙江第四师范学校三年生庆茂)、《砾砚》(七言绝句)(福建永泰县单级讲习社学生干全赋)、《送春诗》(陕西汉阴高等小学校三年生汤健初)、《野兴》(江苏第五中学校学生钱艺)、《秋柳》(前人)、《秋雨,和剑湫》(江苏第二师范本科二年生顾钟序)。

因妻刘氏病故,丁传靖作《述悲》,又请陈寅恪、董振先等以镇江南郊招隐寺风光为背景,绘《松阡比翼图》7幅,图写松林,丘壑,上列双鹤。前有《自序》,后有陈宝琛、叶玉麟、王西神、邵松年、沈同芳等题跋,制成精装册页。

丁湘田填写入南社自愿书,介绍人谢英倍、朱少屏。

吴虞作《饮张星平先生斋中，晤吕蕙仙索诗，因赋此赠之》（四首）。其一："一卷《离骚》万古悲，潇湘兰蕙慰相思。美人自昔如香草，不是灵均那得知。"其二："梨园法曲久飘零，众嫉蛾眉忍独醒。愁绝张徽天宝后，西风重听雨淋铃。（蕙仙在北京与梅兰芳同师）"其三："禅榻觥船感鬓丝，紫云名重费新词。狂言软语皆惊座，不负青春杜牧之。（谓柴扉也）"其四："锦城丝管入新秋，燕市荆高忆俊游（蕙仙在北京，多从寿遐、葆生诸君游）。哀乐中年赖陶写，更携纤手望神州。"

[日] 夏目漱石作《无题》。诗云："两鬓衰来白几茎，年华始识一朝倾。熏莸臭里求何物，蝴蝶梦中寄此生。下履空阶凄露散，移床废砌乱蝉惊。清风满地芭蕉影，摇曳午眠叶叶轻。"

21 日　胡适致信陈独秀，赞成他"趋向写实主义"提法。胡适对《青年杂志》登载谢无量诗时所加案语不以为然，认为吹捧太过，指出谢诗用典太多，且有不切不通之处。胡适认为，今日文学之腐败，"盖可以'文胜质'一语包之。今日欲言文学革命，须从八事入手"。顺将前数日给朱经农信中所提文学革命八条件向陈氏逐一复述。

[日] 夏目漱石作《无题》。诗云："寻仙未向碧山行，住在人间足道情。明暗双双三万字，抚摩石印自由成。"又作《无题》。诗云："不作文章不论经，漫走东西似泛萍。故国无花思竹径，他乡有酒上旗亭。愁中片月三更白，梦里连山半夜青。到处缗钱堪买石，佣谁大字撰碑铭。"

22 日　国会复会，原进步党议员分别组成以汤化龙、刘崇佑为首的"宪法讨论会"，以梁启超、林长民为首的"宪法研究会"，后合并为"宪法研究会"，即"研究系"。

李澄宇填写入南社自愿书，介绍人傅尃。

胡适作《送叔永之行并寄杏佛》（四首）和《打油诗戏柬经农、杏佛》。两诗后收入 1939 年亚东图书馆出版《藏晖室札记》卷十四。《送叔永之行并寄杏佛》前有序云："读杏佛《送叔永之波士顿》诗，有所感，因和之，即以送叔永之行，并寄杏佛。"其一："染于苍则苍，染于黄则黄。两千年的话，至今未可忘。好人如电灯，光焰照一堂。又如兰和麝，到处留余香。"其二："吾友任叔永，人多称益友。很能感化人，颇像曲做酒。岂不因为他，一生净无垢。其影响所及，遂使风气厚。"其三："在绮可三年，人人惜其去。我却不谓然，造人如种树。树密当分种，莫长挤一处。看他此去两三年，东方好人定无数。"其四："救国千万事，造人为最要。但得百十人，故国可重造。眼里新少年，轻薄不可靠。那得许多任叔永，南北东西处处到。"胡适在同日日记中又为《打油诗戏柬经农、杏佛》作注，曰："杏佛送叔永诗有'疮痍满河山，逸乐亦酸楚。''畏友兼良师，照我暗室烛。三年异邦亲，此乐不可复'之句，皆好。自跋云：'此铨之白话诗也。'经农和此诗寄叔永及余，有'征鸿金锁缩两翼，不飞不鸣气沉郁'之句。自跋云：'无律无韵，直类白话，盖欲仿尊格，画虎不成也。'"诗云："老朱寄一诗，自称仿适之。老杨寄一诗，自称白话诗。请问朱与杨，什么叫白话。货色不地道，招牌莫乱挂。"

魏清德《周郎顾曲》（限东韵）（二首）发表于《台湾日日新报》。其一："悠悠三爵秀容红，顾曲闻歌孰比工。爪拨春葱迷十指，神传秋水剪双瞳。乾坤睥睨无曹贼，丝竹风流启谢公。持嘱美人休误拂，小乔仙眷马群空。"其二："妙年挟策冠江东，韵事犹传曲顾工。品似醇醪能久醉，才于声律凤旁通。争承青盼无言里，故误朱丝有意中。解道倾心向名将，吴门歌妓亦英雄。"

[日] 夏目漱石作《无题》。诗云："香烟一炷道心浓，趺坐何处古佛逢。终日无为云出岫，久阳多事鹤归松。寒黄点缀篱间菊，暗碧冲开牖外峰。欲拂胡床遗尘尾，上堂回首复呼童。"

23日 姚大慈《愿陆沉室诗自叙》发表于《长沙日报》。叙云："平生短于才学，为诗文皆不能自开户牖。辛亥以前，近体喜唐人诸家，七律尤喜老杜，虽未能肖之，海内学唐诗者，要亦一人也。辛亥秋，始于广州睹《散原精舍诗》，隽峭沉郁，平生所未曾见，遂尽弃其学而学焉。自是四年，偶有所作，多为七律。辄以脱尽唐人陈腔烂调自喜，而视今之诗人所为七律，辄格格而不相入。夫散原七律源于江西，而自为派，实已逾越山谷，自成一家。当世知其诗者绝寡，惟郑苏盦称其'越世高谈，自开户牖'，海内诗眼，不能不属斯人矣。今世为散原七律者，惟醴陵傅钝根，卓具锋芒，动辄入体，其佳者当与散原并视。外此则宁乡程子大，体近山谷，而隽词名句，每入散原。又外则吾友巴陵李洞庭、衡阳谢霍晋，皆能入散原之室。傅、程皆已成体，李、谢二子，他日亦必名家。但世俗之士，泥古而不知今，未足与论四子之诗耳！丙辰春二月自叙。"

释永光作《丙辰七月二十五日旧石头陀与皆庵、汇宗、镜湖同游开福寺古袄禊亭，头陀先有诗，因次韵》。诗云："保宁卓锡谈经地，为与诗人更买山（头陀屡属予买山同隐，未能也）。斋鼓夜沉诸漏尽，木鱼秋咽一僧闲。逃禅野衲终无补，遁世遗民未见还。兵火惊心各离散，蓟门幽梦影姗姗。（刘三腴深时在京师）"

胡适作《窗上有所见口占》。后载 1917 年 2 月 1 日《新青年》第 2 卷第 6 号，又载 1917 年 6 月《留美学生季报》夏季第 2 号，改题《蝴蝶》。诗前有序："此诗天怜为韵、还单为韵，故用西诗写法，高低一格以别之。"诗云："两个黄蝴蝶，双双飞上天。不知为什么，一个忽飞还。剩下那一个，孤单怪可怜。也无心上天，天上太孤单。"诗后有跋："这首诗可算得一种有成效的实地试验。"

李思纯作《八月二十三日集江楼送别尧生先生，归途口占》（二首）。其一："江色凭栏入混茫，寥天新雁著疏行。樽前别泪清如许，长忆荣州老雪王。"其二："疏林悬塔影参差，孤棹沧浪下濑迟。惆怅江楼一樽酒，寒潮秋浦送人时。"

[日] 夏目漱石作《无题》。诗云："寂寞光阴五十年，萧条老去逐尘缘。无他爱竹

三更韵,与众栽松百丈禅。淡月微云鱼乐道,落花芳草鸟思天。春城日日东风好,欲赋归来未买田。"

24 日　褚辅成当选众议院预算委员会委员长。

《申报》第 15637 号刊行。本期《自由谈》"游戏文章"栏目含《吊新华宫曲·代逊清遗老作》(尘梦)。

汤汝和作《七月二十六夜城南失火,延烧商店多家,典店寄存贫民衣服亦同灰烬》。诗云:"警钟乱敲声隆隆,梦魂惊醒添园翁。夜半登楼人世换,万家都在赤城中。是谁实薪弗致慎,突隙生烟力不充。何意飞廉为鼓荡,燎原助以五更风。顷刻人声如鼎沸,火然海里波沖瀜。是岂如来现法界,莲花朵朵开虚空。抑系陶安精冶术,乾坤摄入洪炉烘。商居栉北极繁盛,劫灰弹指悲焦桐。况复殃及长生库,崇垣广厦摧枯蓬。贫民襦裤辄同烬,严冬岂少号寒虫。吾闻谢仙掌行火,代天赏罚示大公。苛税敛民营土木,楚人一炬阿房宫。长安缣帛输天下,宜乎焚掠来樊崇。胡为奇穷至典质,亦复浩劫遭祝融。搔首问天天不语,冲宵惟见光熊熊。繁星如瓜色变紫,秋山映出晚妆红。侵晓问途急趋视,死人横枕岩墙东。"

25 日　孙中山以视察舟山群岛之便,偕胡汉民等往普陀山。了老与道老陪游。孙氏为太虚大师手题"昧盦诗录",署姓名于左。太虚大师奉诗一律云:"中山先生游普陀,作此即呈道正:'卓荦风云万里身,廿年关系国精神! 舒来日月光同化,洗出湖山看又新(民国元年,曾约王文典陪先生赴杭,未果,今闻先生新游西子湖来也)。佛法指归平等性,市民终见自由人。林钟送到欢声壮,一若豪吟起比邻。'民国五年孟秋之杪,昧盦太虚未是草。"

《小说月报》第 7 卷第 8 号刊行。本期"文苑·诗"栏目含《絜漪园观桂花,沈友卿、吴仲言置酒》(散原)、《咏玉胎羹十六韵》(散原)、《侯府街张氏园六朝二栝树歌,赠刘朴生居士》(散原)、《夜梦,作"书画真有契,岁月来无穷"二句,似翻后山诗意,偶有所会,遂成二诗》(仁先)、《八月二十七日,奉太夫人再到龙井》(仁先)、《李庄晚坐》(仁先)、《龙井坐雨》(仁先)、《读香山和微之槿花诗云:"若向花中比,犹应胜眼花",为作二解》(又点)、《作竟,复拈二十字》(又点)、《法源寺燕集,丁香之盛不如往年,有怀尧生》(家大人命代赋)(金籛)、《枣花寺看花,忆仁先旧游》(家大人命代赋)(金籛)、《过沈雨人侍郎寓看牡丹,计千余,本京师之冠也》(金籛)、《春尽日,向晚风雨,寓中海棠方盛开也》(众异)、《蓝与长行数里,草径裹湖花篁入轴》(亮奇)、《铸夫、味生、雨樵诸君子召宴图书馆楼,背山面湖,极饶卉树之盛》(亮奇)、《归西湖,题象生牵牛花感旧》(亮奇)、《湖泛口占示贞长》(亮奇)、《寒碧赋象生牵牛花,词旨悱恻怆然,感中为和一章》(贞长)、《卜居》(彦殊)、《两戴家居,莫名一是,兴怀故旧,始见季平于皖江,即席赋此》(彦殊);"最录"栏目含《巢睫山人酒祀典(续)》

《书怀》(又陵)、《与香祖小饮作》(又陵)、《题李姚琴、万慎子诗文卷》(又陵)、《吴铁樵画秋海棠,为周癸叔岸登题》(又陵)、《即事》(又陵)、《同香祖爱智庐纳凉》(又陵)、《黄梅盛开,即事偶成》(又陵)、《无题二十首》(又陵)、《金缕曲·沤尹谱此曲寿余六十,叠韵报谢》(五芝)、《金缕曲·再叠沤老韵,自嘲并以自寿》(五芝)、《金缕曲·感赋三叠韵》(五芝)、《金缕曲·听芸老言客有谈桃源一处者,四叠前韵以抒感概》(五芝)、《临江仙·春日怀伯先》(镜湄)、《点绛唇·新年近》(镜湄)、《金缕曲·元唱》(沤尹)、《桂殿秋·留别》(东园)、《深院月·竹西夜月》(东园)、《江南好·离家久,寄书未果》(东园)。

26日 教育总长范源濂电巴黎蔡元培,促归国任北京大学校长。

[日] 夏目漱石作《题丙辰泼墨》。诗云:"结杜东台近市廛,黄尘自有买山钱。幽怀写竹云生砚,高兴画兰香满笺。添雨突如惊鹭起,点睛忽地破龙眠。纵横落墨谁争霸,健笔会中第一仙。"

27日 南社在京社员于中央公园临时雅集,到赵正平、邵元冲、徐宗鉴、吴修源、凌毅、黄郛、马骏声、高旭、居正、叶夏声、景耀月、白逾桓、狄楼海、殷汝骊、周亮、宋大章、杭慎修、张庭辉、邵瑞彭、张我华、赵世钰、周宗泽22人。高旭作《南社集中央公园之上林春,拈韵得郎字》。诗云:"坐中人物都龙虎,念乱伤离酒数行。无限苍凉歌楚些,不该憔悴叹萧郎。坠欢重拾东华梦,高会应如北海狂。风雨飘摇同此感(是日风雨大作),可能词笔挽沧桑?"周亮作《南社雅集中央公园之上林春,分韵得可字》。诗云:"男儿入世百不可,手执残编拨秦火。祖龙称帝张淫威,讵料天心肯悔祸。朋旧当年苦乱离,乘车戴笠长相左。上林今日重开筵,诗虎酒龙同入座。人生哀怨中年多,歌哭前贤渭交堕。不如痛饮三百杯,醉扣天阍裂金锁。君不见唐有安史宋金辽,邦基桌厄如危卵。秋风秋雨各盟心,锦绣江山铁肩荷。"

28日 徐世昌作《七月三十日由城中至水竹村》。诗云:"云气连山暗,风声挟树骄。秋归天外雁,人立柳边桥。秔稻溪田满,菰蒲村路遥。巾车行最稳,生计老渔樵。"

[日] 夏目漱石作《无题》。诗云:"何须漫说布衣尊,数卷好书吾道存。阴尽始开芳草户,春来独杜落花门。萧条古佛风流寺,寂寞先生日涉园。村巷路深无过客,一庭修竹掩南轩。"

29日 傅熊湘作《八月一日麓山高等师范开学,与诸君登山,得来字》。诗云:"看山别具千秋意,蜡屐初携二客来。颇觉林峦殊往昔,坐妨谈笑起风雷。精诚倘许云开岳,兰芷犹欣楚有材。肯为苍生起安石,中年丝竹尽豪哀。"

[日] 夏目漱石作《无题》。诗云:"不爱帝城车马喧,故山归卧掩柴门。红桃碧水春云寺,暖日和风野霭村。人到渡头垂柳尽,鸟来树杪落花繁。前塘昨夜萧萧雨,促得细鳞入小园。"

30日 《申报》第15643号刊行。本期《自由谈》"沧浪余韵"栏目含《恫籧说诗》(野鹤)。

《民彝杂志》第2号刊行。本期"杂俎"栏目含《叶匡传略》(邹鲁)、《留日学生总会代表往横滨华侨追悼会场祭陈英士先生文》(界民)、《留日同人祭陈英士先生文》(界民)、《奉答铁生留别》(界民)、《奉答其尤留别》(界民)、《陈毓文传》(无怼)、《乙卯归国日记》(内附西湖游览纪录)(李墨卿)、《自励(甲寅)》(行健)、《真妄》(行健)、《自著〈穆天子传今地考〉书后》(铁生)、《潍县从军》(铁生)、《留别界民》(铁生)、《留别界民》(其尤)、《书赠公侠》(剑心)、《蝶恋花》(剑心)、《甲寅游美杂诗》(彼得)。

王国维请沈曾植书扇,沈氏书近作四律索和,王国维和之。沈曾植《伏日杂诗四首》。其一:"伏伏今年雨,湫湫后夜凉。芸生三有业,缺月一分光。象意籀重识,虫生患未央。微风苹末起,平旦更商量。"其二:"天河低案户,星气烂如云。巧拙时难定,婵媛夕有亲。福缘祈上将,绮语属词人。中夜危楼影,披云望北辰。"其三:"寂寞王居士,江乡不考槃。论宜资圣证,道不变贞观。鸥鸟忘机喻,鹪枝适性安。善来寻蒋径,何处有田盘。"其四:"远书兼旧事,理尽独情悲。蓍蔡言终验,笃心贯不移。药炉修病行,讲树立枯枝。万里罗含宅,弥襟太息时。"王国维作和诗四首。其一:"春心不可掬,秋思更难量。雨蚁仍争垤,风萤倏过墙。视天殊澶漫,观化苦微茫。演雅谁能续,吾将起豫章。(溽暑兼旬雨,虚堂彻夜凉。客怀殊演漫,物化本冥茫。雨蚁仍争蛭,风萤倏过墙。谁能赓演雅,欲起豫章黄)"其二:"风露危楼角,凭栏思浩然。南流河属地,西柄斗垂天。匡卫中宫斥,棓枪复道缠。为寻甘石问,失纪自何年。"其三:"平生子沈子,迟莫得情亲。冥坐皇初意,楼居定后身。精微存口说,顽献付时论。近枉泰州作,篇篇妙入神。"其四:"清浅蓬莱水,从君跂一望。无由参玉策,尚记咏霓裳。度世原无术,登真或有方。近传羡门信,双鬓已秋霜。"

[日]夏目漱石作《无题》《无题》(诗思杳在野桥东)。其中,《无题》云:"经来世故漫为忧,胸次欲摅不自由。谁道文章千古事,曾思质素百年谋。小才几度行新境,大悟何时卧故丘。昨日闲庭风雨恶,芭蕉叶上复知秋。"

31日 马君武等在北京成立丙辰俱乐部,会员以旧同盟会员为中坚,居正、田桐、叶夏声均加入。

蔡锷东渡日本养病。

本 月

《妇女时报》第19期刊行。本期"诗话"栏目含《绿猗阁诗话(续)》(缃叶);"文苑·诗"栏目含《〈妇女时报〉刷新出版题辞》(刦芳)、《悼落花词》(痛外交也)(汤修慧)、《虎邱杂咏》(殷蕙贞)、《旅行虎邱》(口占一首)(邵倩侬)、《感怀》(邵倩侬)、

《季夏山居》(林风)、《登楼》(林风);"文苑·词"栏目含《百字令·秋声》(繻兰)、《赤枣子·和纳兰均》(繻兰)。

《浙江兵事杂志》第28期刊行。本期"文艺·诗录"栏目含《七月七日同南海先生、子静侍郎游西溪交芦庵,南海先生有诗,遂和原韵》(黄元秀)、《访南海先生归而有作》(黄元秀)、《又赠徐侍郎一绝》(黄元秀)、《偕季聪西湖夜游》(陈景烈)、《丙辰七月十四夜,偕季聪放舟西湖,再用前韵》(陈景烈)、《甲寅六月,同致公月夜泛舟湖上,会以诗纪其事,越岁丙辰七月望前一日,复同作湖上之游,即次致公旧作原韵》(陈光熺)、《先日与寒碧作云栖之游,寒碧将行,叠山韵贻之》(诸宗元)、《哀寒碧二十二叠山韵》(诸宗元)、《送刘钟藩(体乾)主吴兴军》(诸宗元)、《谒钱王祠,后者用山韵赋诗,叠韵和之》(诸宗元)、《叠汤韵和秋叶感事之什》(诸宗元)、《志渔、季聪月夜湖游,明日以诗来和,用原韵》(诸宗元)、《志渔松同湖游,宴咏竟日,叠前韵谢之》(诸宗元)、《同叔致、羊僧自烟霞洞趋理安寺,道中值雨,归赋一篇》(诸宗元)、《游灵隐泊舟坠水,成叠舟字韵》(诸宗元)、《五月一日雨》(诸宗元)、《阅卢觉华宁鄂杂诗,怆然有作》(李光)、《读陈致虞先生春字韵诗,感而和之》(李光)、《送李少华南归》(潘毓岱)、《偕家人湖游》(樊镇)、《渡钱塘江》(樊镇)、《泛舟鉴湖》(樊镇)、《净慈寺宴集,和贞壮韵》(姚慈弟)、《书感,用贞壮汤字韵》(林之夏)、《嘉兴舟次晨望》(林之夏)、《和黄文叔淳安见寄》(林之夏)、《杭州逢刘竹坡》(林之夏)、《寓居遣兴》(林之夏)、《闻朱介人都督电讣》(林之夏)、《和志渔、季聪月夜湖游之作次韵》(林之夏)、《秋夜家人话月》(林之夏)、《秋日病中感事》(林之夏)、《午枕》(林之夏)。

徐定超作浙江都督朱瑞(介人)挽联云:"统全浙军民十一属之多,威立恩明,匕鬯不惊称乐土;继五代武肃千余年而起,功成身退,湖山无恙忽骑箕。"

[日]水野疏梅来沪,呈吴昌硕诗二首。其中,《奉呈老缶吴苍石先生》云:"七十三年书画禅,南宗衣钵证心传。披胸丘壑横虚榻,落笔云烟卷素笺。海外凤钦常梦寝,沪中相遇亦因缘。先生真是丹青佛,济我慈悲彼岸船。葵心夙昔慕高风,逸韵横生翰墨中。岂与倪黄同步武,别开面目有神通。今日清交比冰雪,一时恩眷胜衡嵩。千里远来非偶尔,画堂叩拜表深衷。山人何事出青山,千里浮楂层浪间。欲谒先生叩问道,鞠躬来拜古玄关。"

杨钟羲偕瞿鸿禨、沈曾植观贵筑黄氏所藏书画。

尹昌龄出任四川政务厅长。

陈方恪挂盐务署秘书之名,实际为梁启超所办《大中华》杂志做编辑工作。陈方恪在京期间,徐树铮、罗瘿公、曹纕蘅等与其来往密切,常有邀宴和诗词唱和,作有《翠楼吟·瘿公丈为程郎艳秋索词,即赋题其小影》。词云:"怨粉阑珊,沉熏缭乱,相逢碧桃花底。楚衣香未减,浸秋剪、双瞳如水。瑶华持比。坐迓月梧帘,红牙亲记。

东篱地，淡情刚称，冷香名字。　　漫喜，艳冶销磨，趁凤城丝管，费春弹泪。沈郎应瘦损，忍重对流莺身世。琼浆初试，便慧业愁根，一时都洗。金尊外，缔人无奈，绕梁尘坠。"

毛泽东暑假至杨昌济宅，同杨师讨论学术和社会问题。

茅盾入上海商务印书馆编译所英文部任职，9月调至国文部。

詹安泰考入广东省立潮州中学校学习。

山阴研戡道人编《梅兰芳〈黛玉葬花〉曲本》（石印本）由上海石印局印刷、开智新书局发行及北京印刷、醒中石印局发行。丙辰中秋惜花主人题签。集前有六戣作序、山阴研戡道人自识、研戡道人作《赞·题梅伶新剧小照》，以及六戣、畹华等题句、《黛玉葬花》剧照等。内含诗钞：关颖人《博道人招观梅兰芳演〈黛玉葬花〉新剧》、樊樊山《葬花曲，为梅郎兰芳作》、六戣《六戣居士观梅兰芳〈黛玉葬花〉新剧诗》、黄山遁叟《观梅郎〈葬花曲〉和六戣原韵》、黄山遁叟《咏梅兰芳、姜妙香合演〈黛玉葬花〉七律》、易一厂《葬花曲，观梅兰芳演〈石头记〉林黛玉新剧作》等。山阴研戡道人自识云："呜呼，雅乐不传，郑卫杂入，君子有伶箫《广陵散》之叹。幸畹华丕振雅颂，斯传研精，乐舞再起昆声，所以能惠感人祇，化动翔泳。尝沉心论之，谓为可以疏秽镇浮，使人心庄，推为千古无两矣。嗣而古装剧出，奔月一曲，演必倾城。顾雅俗合参，多涉荒渺，犹有不能无歉然者。迨葬花登场，因红楼之旧谱，作乐府之新声，曲工词雅，真使人无间言矣。此剧主要角色仅在宝黛，而黛玉一身尤为人所注意，故关于词白，士大夫皆以不详为憾。缘搜辑原词，加以征订，并都时贤歌咏评剧。及该伶摄影汇成一编，俾顾曲诸公有所考证焉。山阴研戡道人识。"《赞·题梅伶新剧小照》云："可儿可儿，秀骨天然。吹气芬芳，举体便娟。梅舒春雪，兰霭晴烟。妩媚而庄，靓雅欲征。齐齐整整，楚楚翩翩，仿佛绛珠，来自情天。东风惹恨，颦黛增妍。埋香净土，绮思缠绵。窥词交谑，感曲留连。摹神逼肖，顾影犹怜。昙花幻相，姿态万千。写入画图，被之管弦。恍谱霓裳，月府流传。为知音赏，结歌舞缘。"畹华题句云："他曲未通，我意已通。分明伯劳，飞各西东。画在不言中。他做会影里情郎，我做会画中爱宠。"

康有为作《丙辰七月游西湖作》。诗云："扁舟西子泛西湖，我亦飘然范大夫。三径欲营思种菜，下桥散策且骑驴。画船萧寺归游屐，柳浪荷塘入画图。南北高峰踏云望，钱江依旧浪流粗。"

刘大同作《丙辰七月夜归故乡》。诗云："故乡又见汉家旗，将士来迎马不驰。明月有情应识我，生还较胜锦衣归。"

释永光作《丙辰七月断石桥感旧》。诗云："兵火惊畴昔，江山已寂寥。仓皇携弟妹，零乱过溪桥。（同治辛未盗烧署劫狱，余母携弟妹及余避乱乡间）路险哀慈母，云迷问老樵。伤心余断石，辛苦咽深宵。"

曾慕韩作《丙辰七月避暑日本房州那古町海边游泳感赋》。诗云："风咏吾家事，沧浪此濯缨。鱼龙争逞异，鸥鹭若为情。落日银涛吼，浓烟铁舰横。赏心还怅目，归去莫谈瀛。"

《 九 月 》

1日 《青年杂志》更名《新青年》。李大钊《青春》刊于《新青年》第2卷第1号。文中云："由历史考之，新兴之国族与陈腐之国族遇，陈腐者必败；朝气横溢之生命力与死灰沉滞之生命力遇，死灰沉滞者必败；青春之国民与白首之国民遇，白首者必败，此殆天演公例，莫或能逃者也。""夫人寿之永，不过百年，民族之命，垂五千载，斯亦寿之至也。印度为生释迦而兴，故自释迦生而印度死；犹太为生耶稣而立，故自耶稣生而犹太亡；支那为生孔子而建，故自孔子生而支那衰，陵夷至于今日，残骸枯骨，满目黯然，民族之精英，澌灭尽矣，而欲不亡，庸可得乎？""吾之国族，已阅长久之历史，而此长久之历史，积尘重压，以桎梏其生命而臻于衰敝者，又宁容讳？然而吾族青年所当信誓旦旦，以昭示于世者，不在龈龈辩证白首中国之不死，乃在汲汲孕育青春中国之再生。"

《小说海》第2卷第9号刊行。本期"杂俎•诗文"栏目含《新秋赋》(以"已凉天气未寒时"为韵)(东园)、《感怀，用杨了公韵，寄天民、槁蟬》(东园)、《和槁蟬〈小罗浮销夏〉之作次韵》(东园)、《和天民酬〈小罗浮销夏〉之作，次槁蟬韵》(东园)、《比者华亭耿伯齐农部与杨了公学博结消夏吟社于茸城东园，一时知名之士选为宾主，互相唱和，兰亭之盛恐不能专美于前矣。爰次元韵，率成一律，寄呈吴东园先生兼视施君槁蟬》(天民)、《灵园消夏集，用〈小罗浮消夏感旧〉原韵奉酬槁蟬，寄呈东园》(天民)、《小罗浮消夏集，座中多故人，子各用潘春生先辈〈乙巳岁朝访梅〉元韵赋诗，余成感旧一律，寄示天民兼呈东园》(施槁蟬)、《过邗沟作》(绛珠)、《前调•和碧霞兼上东园》(绛珠)、《扬州即事，和绛珠韵》(苹香)、《前调•碧霞、琴仙以词见示，依韵和之》(碧霞)、《白下作，和绛珠韵》(碧霞)、《蝶恋花•仿李易安，用欧阳文忠韵，寄琴仙武昌》(碧霞)、《淮东即景，和绛珠韵》(琴仙)、《前调(和碧霞次韵)》(琴仙)；"杂俎•弹词"栏目含《五女缘弹词(未完)》(绛珠女史著，东园润文)。

《中国实业杂志》第7年第9期刊行。本期"文苑"栏目含《和兵爪〈落花〉并步韵》(髯僧)、《和兵爪〈落花〉诗》(铸依)。

《诗声》第2卷第3号在澳门刊行。本期"诗话"栏目含《霏雪楼诗话(三)》(伍晦厂)；"笔记"栏目含《冷枫馆琐记》(秋雪)、《乙庵诗缀(三)》(印雪)；"词谱"栏目含《莽苍室词谱卷二（一）》；"词苑"栏目含《病中读韦蕉雪君集雪堂一周增刊及〈诗声〉句有感，爱效作十首寄怀（并引）》（秋雪）；"投稿"栏目含《麦广彦先生诗》（陈汉仙）；"词论"栏目含《〈周止庵词选〉序论（三）》；"诗论"栏目含《〈诗品〉卷上（三）》（梁代钟嵘）；"野史"栏目含《云溪友议（三）（卢渥、朱泽）》（范摅）；"诗屑"栏目含《七夕，柳絮》《〇，七星剑》《船》；另有其他篇目《鸣谢广告》《雪堂第三十三课题》《〈诗声〉告白例》《〈诗声〉邮费表》。其中，《雪堂第三十三课题》为《秋感》，要求"词一阕，卷寄澳门深巷十八号转雪堂收，阳历十月二十收齐。"另云："敝社诗课，自本年阳历四月，因事停课，至今已逾五月。兹同人公议，恢复月课，凡属社友，祈依期将大作寄下，为祷其前二十九、三十、三十一、三十二各课，未交卷者，乞即补作，寄来以得补印，发奉是望。雪堂诗社启。"

杨赓笙《大观楼题壁》（二首）刊于云南《义声报》。其一："三载炎荒汗漫游，昆明池上又吟秋。却欣大义滇中举，颇恨余凶冀北留。"其二："伍子奔驰终覆楚，狄公勋业在倾周。国门生入寻常事，恼煞当年定远侯。"

［日］夏目漱石作《无题》。诗云："不入青山亦故乡，春秋几作好文章。托心云水道机尽，结梦风尘世味长。坐到初更亡所思，起终三昧望夫苍。鸟声闲处人应静，寂室熏来一炷香。"

2日 陈蘷龙见胡幼渔、陆懋勋，作《八月五日至杭州，越日胡幼渔都转、陆勉侪观察招饮沧浪书屋，地旧为金衙庄，极池沼花木之胜，今改作运司署，书屋榜额乃吴梅村祭酒手书，感而赋此》。诗云："一水沧浪近接邻（与余新居相距咫尺），疏帘灯火夜延宾。劫余台榭谁为主，客里枌榆谊独亲（幼渔乡人）。褪粉残荷留听雨，笼纱旧句感生尘（坐中某君甫自苏州来，言余往岁西园题壁事）。坐中我亦经沧海，不独梅村是恨人。"

陈衡哲在美国麻省恩多佛出席东美中国学生会年会，被推举为中文书记；同时出席任鸿隽主持中国科学社第一届年会。

欧阳桢《风入松·题愧怗先生泪墨》刊于《台湾日日新报》第5811号。词云："生平未了事关情。缕缕说分明。莫酬壮志身先死，恨苍天、不假□龄。试读先生泪墨，如闻啼鸟鹃声。　危言虎尾与眷冰。即此当箴铭。行间字里留深意，有当时、坠泪痕凝。一纸流传不朽，如君虽死犹生。"

［日］夏目漱石作《无题》。诗云："满目江山梦里移，指头明月了吾痴。曾参石佛听无法，漫作佯狂冒世规。白首南轩归卧日，青衫北斗远征时。先生不解降龙术，闭户空为闲适诗。"又作《无题》（大地从来日月长）。

3日 胡适作《尝试篇》《早起》。其中，《尝试篇》云："'尝试成功自古无！'放翁这话未必是。我今为下一转语；自古成功在尝试！请看药圣尝百草，尝了一味又一味。又如名医试丹药，何嫌六百零六次？莫想小试便成功，那有这样容易事！有时试到千百回，始知前功尽抛弃。即使如此已无愧，即此失败便足记。告人此路不通行，可使脚力莫枉费。我生求师二十年，今得'尝试'两个字。作诗做事要如此，虽未能到颇有志。作'尝试歌'颂吾师，愿大家都来尝试！"《早起》云："早起忽大叫，奇景在眼前。天与水争艳，居然水胜天。水色本已碧，更映天蓝色。能受人所长，所以青无敌。"

[日] 夏目漱石作《无题》。诗云："独往孤来俗不齐，山居悠久没东西。岩头昼静桂花落，槛外月明涧鸟啼。道到无心天自合，时如有意节将迷。空山寂寂人闲处，幽草芊芊满古蹊。"

[日] 白井种德作《八月六日，同铃木鹤鸣访赤坂浅吉，席上作》。诗云："鼎坐池亭共举觞，微风时到有余凉。展来书画多名品，宛与群贤会一堂。"

4日　[日] 夏目漱石作《无题》《无题》（人间谁道别离难）。其中，《无题》云："散来华发老魂惊，林下何曾赋不平。无复江梅追帽点，空令野菊映衣明。萧萧鸟入秋天意，瑟瑟风吹落日情。遥望断云还踯躅，闲愁尽处暗愁生。"

5日　[日] 夏目漱石作《无题》。诗云："绝好文章天地大，四时寒暑不曾违。夭夭正昼桃将发，历历晴空鹤始飞。日月高悬何磊落，阴阳默照是灵威。勿令碧眼知消息，欲弄言辞堕俗机。"

6日　沈曾植等探视王仁东病。《郑孝胥日记》云："闻旭庄发狂，走枧之，见余执手，哭述先考功易箦时事，余与之对泣久之。室中子培、宣甫、贻书、南云皆在。"

胡适作《他》（思祖国也，民国五年九月作）。诗云："你心里爱他，莫说不爱他。要看你爱他，且等人害他。倘有人害他，你如何对他。倘有人爱他，更如何待他。"

7日　北京政府举行祀孔，由教育总长范源濂恭代行礼，废跪拜仪式。

教育部通俗教育研究会通令查禁鸳鸯蝴蝶派《眉语》月刊，以其提倡"聚钗光鬓影能及时行乐"思想，毒害青年而查禁。随后还查禁《金屋梦》《鸳鸯梦》等小说。

黎兑卿生。黎兑卿，名孚，湖南浏阳人，著有《棣华楼诗词集》。

骆成骧作《五云秋禊》（三首）。序云："丙辰八月十日，同馆宋芸子、邓华溪、陈孟孚、赵尧生、尹仲锡、叶汝谐、衷佑卿、颜雍耆、陈仲枢、田澄伯、凌文卿、胡宸甫、韩子搉、谢竹勋同集法校园林。"其一："万里悲秋客，黔中接汉中。去湖龙驾远，归岳凤巢空。少长联翩集，幽深宛转通。不嫌陵薮小，方丈傲壶公。"

8日　张謇作《城西南筑岸种树，感怀先叔》（二首）。其一："药王庙外当年柳，与岸颓残世亦移。邻舍老翁道臣叔，叔能种柳不为痴。"其二："叔曾笃信徐玄扈，力稼糜金气不穷。今日回思前日事，前人犹有古人风。"

9日　原国民党议员张继、居正、田桐、谷钟秀、孙洪伊等为对抗"宪法研究会"，在北京组织成立"宪法商榷会"。原国民党议员多参与该会活动。

沈汝瑾生日，王一亭偕吴昌硕赴常熟祝寿。吴昌硕有寿诗云："鹤舞沧溟鸢戾天，服膺惟尔自拳拳。研如古甓移朝夕，人并南山寿万千。问讯不愁秋水隔，读书徒悔夜灯捐。鬻人以画成何事，苔色花光老态边。石友六十寿，诗以祝之。丙辰八月十二日，苦铁。"

徐世昌作《八月十二夜梦中作》。诗云："不是鱼庄不蟹庄，西湖西畔花桥旁。小楼忽起入云际，倚着青山看绿杨。"

[日] 夏目漱石作《无题》。诗云："曾见人间今见天，醍醐上味色空边。白莲晓破诗僧梦，翠柳长吹精舍缘。道到虚明长语绝，烟归暧曃妙香传。入门还爱无他事，手折幽花供佛前。"

10日　《申报》第15654号刊行。本期《自由谈》"游戏文章"栏目含《新拜月曲》（尘梦）。

《东方杂志》第13卷第9号刊行。本期"文苑·文"栏目含《〈船山师友录〉叙》（陈三立）、《诸家评点〈古文辞类纂〉序》（林纾）；"文苑·诗"栏目含《青岛题〈潜楼读书图〉》（陈宝琛）、《海藏楼杂诗》（郑孝胥）、《题顾端文公闱卷遗迹》（前人）、《晨起望循江诸山，旋抵九江，易舟渡湖，泊姑塘》（陈三立）、《范秋门客死济南，悼以此诗》（前人）、《次韵答乙盦寄怀》（前人）、《湖庄晓起》（俞明震）、《同伯严后湖观荷》（前人）、《题姚叔节所藏沈石田山水长卷》（胡朝梁）、《上元公园》（前人）、《投刻后送姬人先归》（王允晳）、《五月十二日偕单、程二兄诣霭如先生，信宿而返，霭如意未足，用东坡韵追寄索和，依次答之》（前人）、《题李范之太守〈江亭饯别图〉卷》（郑孝胥）、《赵家园桃花，与剑丞同赋并用原韵》（诸宗元）、《寄怀端甫、证刚南昌》（张尔田）、《阶前去岁种山药，今岁苗复生》（夏敬观）、《雪峰寺山巅亭，同真长游》（前人）；本期另有《石遗室诗话续编（续）》（陈衍）、《餐樱庑随笔（续）》（蕙风）。

李思纯作《中秋前二夕，坐月下不忍寐，赋一律》。诗云："月色不可画，爱此寒琼光。时有啼蜇语，远闻丛桂香。微吟自成世，幽坐若相忘。为赏孤怀寂，还怜清夜长。"

[日] 夏目漱石作《无题》。诗云："绢黄妇幼鬼神惊，饶舌何知遂八成。欲证无言观妙谛，休将作意促诗情。孤云白处遥秋色，芳草绿边多雨声。风月只须看直下，不依文字道初清。"

11日　孔教会总干事陈焕章等上书参、众两院，请在宪法上"明定孔教为国教"。

《申报》第15655号刊行。本期《自由谈》"游戏文章"栏目含《最新上海打油诗》（四首，尘梦）。

黄兴为徐忍茹书扇面词《调寄〈渔家傲〉》。词云："一派潺湲流碧涨，新亭四面山相向，翠竹岭头明月上，迷俯仰，月轮正在泉中漾。　更待高秋天气爽，菊花香里开新酿,酒美宾嘉真胜赏,红粉唱,山深分外歌声响。(右调寄《渔家傲》,六一词中之稳句也。丙辰入秋,暑气不退,中秋前一夕,凉风袭人,书俟忍茹仁兄正。黄兴)"

张謇作《重题药王庙壁》(二首)。序云:"庙为清乾隆朝处士陈若虚实功建(旧州志失载)。陈善医,庙与家隔一墙耳。祀神农、秦越人、扁鹊、卢医及汉张机、晋王叔和、梁陶贞白、唐孙思邈、刘元素、宋缪仲淳、元朱丹溪、李东垣、汪石山、明薛立斋十人。"其一:"旧闻医士构,曾与叔家邻(清咸丰朝,叔茂华买陈宅居之)。本草尊炎帝,香花主越人。"其二:"欲恢孤瑟奏,谁被十龛尘。爱甚鸡栖树,荒庭意自春。"

[日]夏目漱石作《无题》。诗云:"东风送暖暖吹衣,独出幽居望翠微。几抹桃花皆淡霭,三分野水入晴晖。春畦有事渡桥过,闲草带香穿径归。自是田家人不到,村翁去后掩柴扉。"

12日 中秋,春音词社第八集举行,地点为沪上愚园,以"为朱祖谋祝寿"为题。本集留存词作有:况周颐《石湖仙·中秋集愚园,为彊村补祝》《定风波·前词意有未罄,再填此解》、夏敬观《霜花腴·寿朱沤尹六十》。其中,况周颐《石湖仙·中秋集愚园,为彊村补祝》云:"凉阴分柳,仗一雨收尘,心眼清透。今夜月团栾,忍登临、江山似旧。浮云弹指,早见惯、白衣苍狗。相守。共素娥、尽意长久。 西风暗吹鬓影,为情多、休辞面绉。后约沙鸥,几历沧桑知否。一向凝眸,百回搔首,每依南斗。尊有酒,年年画里携手。"《定风波·前词意有未罄,再填此解》云:"净洗尘氛一雨凉,中秋天气日犹长。把酒祝君千万寿,知否?天教留眼看红桑。 莫负名园今夜月,清节,未花桂叶亦芬芳。更抆玉笙铿铁板,休管,绿阴深处万蛮鳌。"夏敬观《霜花腴·寿朱沤尹六十》云:"听枫旧屋,驻雅歌,沉吟暗数星周。南斗天浆,玉河清露,持杯醉散千愁。素萤晚流。照断篱、花发牵牛。念宵晨、自乐中园,义熙人老五逢秋。 依约卧虹云浪,是春寒笠泽,夜过扁舟。梅宅溪南,花源尘外,重经旧日盟鸥。倦闻棹讴。感燕鸿、今滞江邮。看临风、卸了练巾,染霜才半头。"

汪渊作《水调歌头·舟次中秋,用坡老〈丙辰中秋,怀子由韵,寄怀海上诸吟友〉》。同人和作:周庆云《和诗圃〈水调歌头〉》、刘炳照《诗圃先生卅载梦想,一面心倾,诗筒赠答,欢逾积素,别后用东坡居士丙辰中秋对月〈水调歌头〉原韵寄怀,依韵和之,千里无殊一室也》、施赞唐《水调歌头·丙辰中秋诗圃在屯浦道中,用东坡均,寄怀倚此奉答》。其中,汪渊《水调歌头》云:"月不判今古,朗朗丽瑶天。坡仙与我,相去七百有余年。依旧丙辰岁纪,依旧中秋节届,依旧一轮寒。誅荡水晶域,昂首向云间。 闯蓬窗,窥莞簟,笑依眠。不知人世,今夕几处照团圆。我在新安江上,还祝春申浦畔,吟福友能全。归梦控笙鹤,风露洒娟娟。"周庆云《和诗圃〈水调歌头〉》云:"千里结神契,怊怅隔江天。词人垂老,无恙逸兴尚当年。难得相逢萍梗,便欲狂呼蕉饮,秋思忽惊寒。皎若羽衣鹤,清唳去云间。 剪蒲帆,裁锦字,稳鸥眠。

中宵看取,明月偏照旅人圆。归向溪山游钓,犹是沧洲笑傲,晚节羡君全。徒倚弄篱菊,瘦影舞便娟。"

柳亚子、余十眉、凌景坚、黄复等雅集于吴江黎里,集龚自珍诗为《瘭词》。据朱剑芒《南社感旧录》:"在某一时期,龚自珍之《定盦集》大盛,南社中之浸淫于龚集者,实繁有徒,如十眉、大觉、悼秋、华子、病蝶辈,竟能背诵龚之全集,以集龚相尚。仿效者纷起,多剽窃龚诗中之用字成语,于是'吹箫击剑''泊凤飘鸾''梅魂菊影'等词句,至触目皆是,成为滥调矣!革命先烈中如宁调元、周实丹,亦尝醉心于龚诗,颇多集龚之什,然视未明龚诗之用语出处,俯拾即是,以为瑰丽可喜者,究有不同也。"(文载 1943 年 10 月 2 日福建《人报》)

郁达夫出席服部担风所组佩兰吟社赏月雅集,作《丙辰中秋,桑名阿谁儿楼雅集,分韵得寒》(二首)。其一:"依栏日暮斗牛寒,千里江山放眼宽。未与嫦娥通醉语,敢呼屈宋作衙官。"其二:"斩云苦乏青龙剑,斗韵甘降白社坛。剪烛且排长夜烛,商量痛饮到更残。"又与日本同人联句,题为《佩兰第百三十五集,席上柏梁体联句,此日当阴历中秋》。诗云:"桐飞一叶岁知秋(郁达夫),欲邀璧月云中浮(纪榴园)。赏心且倚谁儿楼(山田竹园),谁作袁渚庾楼游(黑宫南窗)。鱼默钟沉夜山幽(近藤克堂),浮云漫漫晓未收(铃木天外)。欲向江心浮画舟(小谷半隐),百尺楼高凝双眸(相马竹雨)。一行雁影荻芦洲(常盘井泪海),阴晴万里夜悠悠(馆楠翠)。有诗焦月亦风流(青木晴窗),登临此夕易迟留(木下高步)。阶前风露虫声愁(伊藤旭山),莼鲈味美上膳羞(堀竹崖)。仙斧恨无月户修(遠雅堂),酒醒尚费几回头(服部担风)。"

张謇作《挽盛宣怀》。联云:"乡间通吊今万始;封殖论才世亦稀。"

方守彝作《中秋忆北城徐天闵》。诗云:"短墙乔木带横塘,中有幽人系句囊。老近江潭吟未圣,贫春皋庑抱非常。文章不朽真余事,富贵在天正好狂。秋满城南望城北,拈髭参透木樨香。"

杨晨作《丙辰中秋无月,用去年〈湖亭望月〉韵,索同人和》。诗云:"一年弹指又秋中,棹入湖心翠霭浓。鸥鹭多情缘久别,蟾蜍不语隐遥空。九州那见团圆状,万斛难浇块垒胸。安得长风为驱扫,烟雾净尽更无踪。"

叶昌炽作《题松陵金节母〈风雨勤斯图〉》(二首)。序云:"节母汝南袁氏,归于金,遭家难,抚遗孤成立,孤祖泽号砚君,追怀母德,绘图征题,而家庭骨肉之变,有不能质言者,题曰'风雨勤斯',漂摇毁室,有余感焉。"其一:"三复鸱鸮什,哀哀共蓼莪。泷冈文士诔,《漆室》女贞歌。芳草还遗种,乔松不改柯。未堪家难述,拂纸泪痕多。"

周岸登作《玉漏迟·丙辰中秋,和梦窗瓜泾作》。词云:"九霄风露紧,红兰泪湿,薄阴催晚。乍启冰奁,冷袭翠鬟珠腕。便有深情拜月,散花雨、天香零乱。新恨满。故人万里,共怜秋半。 倒影历历山河,更小酌难禁,引杯深怨。桂老蟾孤,隐约梦惊虚幔。醉写霓裳旧谱,问谁识、宫移商转。凝望眼。盈盈素娥归晚。"

徐世昌作《中秋至水竹村看秋稼》《丙辰中秋》。其中,《中秋至水竹村看秋稼》云:"夕岚转苍翠,斜阳射榆柳。巾车晚出郭,稼事问农叟。数里水竹村,秋池余碧藕。早稻已登场,晚禾犹栖亩。村边碌碡忙,陇畔妇孺守。田家盼岁丰,收获计升斗。胼胝终岁勤,未必耕余九。念此恤穷民,何以致物阜。归来重踌躇,呼月夜饮酒。"《丙辰中秋》云:"万里无片云,孤月夜皎洁。森森霜气高,乾坤自澄彻。庭前双桂树,花繁子未结。院宇寂无人,平砌如铺雪。去年此夕秋,西园宴宾客。今年夜气清,山城对明月。太行郁秋岚,黄流横沙碛。顾此好河山,同照一轮白。结念不能眠,梧竹弄寒碧。何人侍上清,露盘承金液。"

沈汝瑾作《中秋感怀》。诗云:"生朝初度才三日,令节中秋又一年。感事诗成添白发,背时人独倚青天。谁挥玉斧驱云散,已缺金瓯逊月圆。遐想琼楼银汉外,未能归去共飞仙。"

俞明震作《丙辰中秋日雨,约同人饭于法相寺》《中秋集法相寺,和子纯丈原唱》。其中,《中秋集法相寺》云:"凉雨霏霏酿桂天,寺楼衣薄欲装绵。客真淡泊浑忘敬,僧解周旋即是禅。尽有寒山期晚岁,更无明月记今年。余生甲子山中历,看到秋花始黯然。"

王小航作《中秋节舟中迎月,赠张鼎臣》。诗云:"丙辰中秋节,日暮天无云。小航携稚子,倚棹候张君。张君铭勋吾燕杰,栖身朝市意出尘。幅巾安步翛然至,一笑相逢谢俗氛。呼茶饮罢便携酒,薄肴三五舟中陈。移舟几曲背落照,芦花覆水入黄昏。小山磴道盘林黑,山根系缆窥嶙峋。四围老树密如幕,沈沈对酌乐微醺。移时方讶月已出,光穿树隙射瓶樽。张君顾谓今夕月,只应偏照在吾人。满城竞会中秋节,饮博争逐闹纷纭。烟熏气炙忙未了,几曾一晌月华新。我闻此言兴愈旺,举杯邀月倍情亲。返棹到门更留恋,殷勤后会约重申。夜深分手天宇净,露凉高柳拂星辰。"

盛世英作《中秋对月》。诗云:"不道今宵月,依然分外明。亦知原令节,无那是愁城。儿女自歌笑,关山仍甲兵。素娥殊解意,中夜转凄清。"

汤汝和作《中秋夕雷雨交作颇阻赏月之兴》(二首)。其一:"武夷君作幔亭游,似我今宵啸咏不?雷鼓数声三界暮,宾云一曲万山秋。恍疑金粟霏香国,尽误珠帘卷玉钩。犹拟四更疏雨歇,依然残夜水明楼。"

曾广祚作《丙辰中秋,与胡少潜话旧赋赠并柬徐仲霖、曾宝三》(二首)。其一:"江南绕翠微,草长乱莺飞。子解参同契,余编杜德机。钓鳌东海客,射虎北平归。锦瑟年华忆,缁尘尚浣衣。"其二:"骚赋能张楚,雄谈不帝秦。欣逢徐内史,秀发鲁宗人。露脚沾寒兔,秋怀感斗麟。袖中平准传,犹望阁门陈。"

连横作《中秋》(四首)。其一:"八年不看台南月,独上高楼自放歌。盈缺匆匆愁里过，一轮还照旧山河。"其二："塞北江南月有情，听歌载酒月中行。天津桥上还相忆，静对姮娥坐到明。"

赵熙作《南浦·中秋泛舟浣花溪》。词云："一水沁诗心，坐扁舟，天容绿遍秋半。烟树满城南，玻璃皱，消得酒痕风软。从来此地，少陵——经行惯。草堂路转。奈寒碧千畦，浣花人远。　　春风小市青羊，记水叶晴丝，酒旗双燕。劫外奉诚园，重来梦，红剩海棠香腕。归鸦领月，过江人是新亭伴。水风闻碾。知别后溪光，何年重见。"又作《桂枝香·中秋无月，和休庵》。词云："嫦娥爱客。怕素月一天，人眷乡国。何处琼楼玉宇，露华空白。八荒都入西风里，说良宵、阴晴共色。蛰虫千足，雄虺九首，去年天窄。　　渡浩劫，辽空四碧。又桂香成海，今夕何夕。花好月圆人健，此情谁觅。悠悠独秀峰头路，泛花潭、先办蓑笠。所思何限，燕山吴水，旧交南北。"

刘绍宽作《丙辰中秋夜雨》。诗云："诗人中秋愁无月，农人深秋忧川竭。东海昨夜起炮车，巨浪倒翻鼋鼍窟。疾雷一声风色定，银竹万竿向空迸。沟塍涓涓势未盈，仰视重云寒犹凝。今夕何夕秋正中，开筵赏月家家同。云深月堕不知处，谁为对酒樽罍空。须臾萧萧雨复下，天公果爱农人稼。纵吹铁笛云不开，况肯玉盘出相借。岂知诗人别怀抱，有月固佳雨亦好。月能照我送酒人，雨能苏我荒田稻。酒送得饮能几何，稻田稏稏稛载多。宁辞酒盏饱秔饭，且待明年今夜对月重高歌。"

刘尔炘作《中秋玩月》。诗云："嫦娥深悔住尘寰，奔入蟾宫去不还。从此秋风千万劫，更无一眼到人间。"

黄荣康作《昭君怨·衢州丙辰中秋夕》。词云："秋夜月圆有劲。惹起相思阵阵。风送桂香来。扑香腮。　　莫把香腮频扑。香气思量难过。秋色固阑珊。绣衾寒。"

傅熊湘作《中秋望月不见》。诗云："十三此月大逾常，十四朦胧微有光。独抱沉忧向今夕，肯回清照谢豪芒。密云不雨疑天醉，空穴来风觉夜凉。辜负画兰携手意，藕枝甜嫩饼团香。"

李澄宇作《中秋夜雨，钝安已先反里，忆之》。诗云："抱月反故里，长沙无中秋。夜雨怨暝坐，秋云寒高楼。一镜遂忍闷，千山将毋愁。把酒讵劝影，东坡词空留。"

江五民作《中秋夜席上即寿孙秉初五十》。诗云："正是良宵赏月时，兴来移作寿筵卮。云边已见团栾影，席上都怀美满思。百岁中分原未老，一朝行乐岂嫌迟。重过五十吾看汝，六诏峰头啖紫芝。"

胡适作《中秋夜月》。诗云："小星躲尽大星少，果然今夜清光多。夜半月从江上过，一江江水变银河。"又作《虞美人·戏朱经农》。序云："朱经农来书云：'昨得家书，语短而意长；虽有白字，颇极缠绵之致。晨间复得一梦。于枕上成两词，录呈适之，以博一笑。'经农去国才四五月，其词已有'传笺寄语，莫说归期误'之句。于此可以窥见家书中之大意也。因作此戏之。"词云："先生几日魂颠倒，他的书来了。虽然纸

中国现代旧体诗词编年史

短却情长,带上两三白字又何妨。　　可怜一对痴儿女,不惯分离苦。别来还没几多时,早已书来细问几时归。"

包千谷作《丙辰中秋遇雨感作》(四首)。其一:"放开眼孔望青天,记得中秋月正圆。笑问嫦娥缘底事,今宵风景异前年?"

[日] 夏目漱石作《无题》。诗云:"我将归处地无田,我未死时人有缘。唧唧虫声皆月下,萧萧客影落灯前。头添野菊重阳节,市见鲈鱼秋暮天。明日送潮风复急,一帆去尽水如年。"

13 日　魏清德《中秋前一夜,登台北水源地圆观台,寄怀闽报馆诸同事》发表于《台湾日日新报》。诗云:"圆观台上月华圆,百里芳原白似烟。坐对长风来浩浩,时怜仙露下娟娟。平生不负清秋夜,潦倒何妨浊酒边。记得闽江挂帆席,旧游回首又经年。"

况周颐于书市中偶遇王国维,告之河南新出土《汉王根碑》。

张謇归长乐,作《自唐闸归别业,马惊覆车,劳知好慰问,赋此报谢,兼抒近怀》云:"破辕不怒犊,乏驾不怒驹。御物贵能识物性,功过有在谁司欤。今年买一车,适行安稳谓胜徒。今晨易一马,谓可赴事利走趋。试之大涂落沟渠,虾跳蛭骇行人吁。生平习坎一常变,斯须不足惊老夫。骤以老成望年少,自矜老至少不如。衡量内外失轻重,默然自讼宁不愚。一跌无损真区区,寄语良御慎闲舆。寄语纷纷少年辈,无形坎窖无时无。"

方守彝作《皖上中秋后一日,得慎思〈芜湖七月既望,偕同人泛舟〉长句,有书敦和》。诗云:"横鹤黄州去不留,眼前几辈又千秋。名诗姚合吟当赋,载酒鸠兹客入舟。白发中流江似练,红栏箫管水明楼。从来风月无今古,昨夜榉香我梦游。"

徐世昌作《中秋后一日效泉具酒食饮抱山楼》。诗云:"开樽情话感秋蓬,几上诗篇忆乃翁(效泉哀辑其父锦泉二兄诗词装为四册藏于楼中)。千里归人随塞雁,廿年往事诉秋虫。庭梧雨减三分绿,园果霜催一半红。待到重阳来就菊,山城鸡黍趁家风。"

李思纯作《中秋后一夕,过五十步轩踏月,自少城归》《九月十三夜月下》。其中《中秋后一夕》云:"今年中秋日未晞,庭设瓜果延清辉。酒边月乃不照我,坐叹万事心相违。今过中秋后一夕,喜见苍昊高四围。飞光竹树曳寒白,论诗应惜斯景稀。挑灯短榻作清话,妙理殊足娱静机。素娥影里似窥客,一分体态量瘦肥。便从今日较昨日,身外明晦何是非。宵深巷陌吠卧犬,凉气入露沾单衣。忖量终岁几欢宴,严城更鼓迟迟归。"

[日] 夏目漱石作《无题》《无题》(山居日日恰相同)。其中,《无题》云:"挂剑微思不自知,误为季子愧无期。秋风破尽芭蕉梦,寒雨打成流落诗。天下何狂投笔起,人间有道挺身之。吾当死处吾当死,一日元来十二时。"

14日 陈三立作《中秋后二日絜潊园观桂花有作，留示沈友卿》。诗云："惮暑伏穷巷，抱书日咿嚘。云静天宇凉，爱此平分秋。驰轮写寐梦，万屋安所投。北城絜潊园，丛桂故修修。穿径漏微馨，蓇缀花未稠。楼廊浸深碧，曳入蝉响幽。荒残引杯场，苔气吹我愁。吟人锁厅去，偷赏谓何求。菊满期重过，悦晒攒眉不。留句发闲情，有国如赘疣。"

傅熊湘作《八月十七夕被酒，夜起》（时重主《长沙日报》）。诗云："文章遗恨吾何有，块垒填胸酒未消。已动星辰喧曙气，坐摇怀抱送中宵。楼高近逼寒秋月，枕冷惊回暖梦箫。落落江湖滋亦倦，狂名付与晚来潮。"

15日 《旅欧杂志》第 3 期发表蔡元培《对送旧迎新二图之感想》一文，指出："袁氏之罪恶，非特个人之罪恶也，彼实代表吾国三种之旧社会：曰官僚，曰学究，曰方士。"

[韩]《天道教会月报》第 74 号刊行。本期"词藻"栏目含《晓起》（罗天纲）、《早朝登孟岘》（香山车相鹤）、《雨中即事》（前人）、《夜凉其一》（前人）、《夜凉其二》（前人）、《雨夜》（前人）、《采云津头》（凰山李钟麟）、《归乡忆李君彰夏》（前人）、《送丛仁院议事员诸氏》（汩堂刘载丰）。其中，香山车相鹤《夜凉其一》云："莞簟松床帐纲丝，蚊声才息草虫悲。夜久苎衫轻欲动，微凉已是早秋时。"

许禧身卒。许禧身（1858—1916），字仲萱，一字亭秋，出身杭州名门望族，陈夔龙继室。著有《亭秋馆诗词钞》。其父许乃恩，清末举人；其兄许祐身乃俞樾婿。许夫人人情练达，礼节圆熟，在京城颇得王公眷属眷顾，与庆亲王奕劻三个女儿以姊妹称呼，又被奕劻福晋收为"干格格"。陈夔龙惧内，对许夫人毕恭毕敬。陈夔龙曾调任四川总督，许夫人闻四川路途艰险，求助于奕劻，遂调任湖广总督。老年丧偶，陈夔龙无心再续。偶在一家服装店窥见一具木制模特，竟至看呆。翌日坐车来，又在玻璃窗外踱步赏观。因模特眉目之间与许夫人神似，终至于向店中人开口将模特买下，且定制绸缎衣裙，摆放宅中，肃然独对。许夫人卒后，陈夔龙作《内子亭秋夫人，养疴来杭，未及一载，遽于八月十八日逝世，曾共险艰，况经世变，伤今悼昔，殊难为怀，作此哭之，工拙非所计也》（冯梦华中丞同年挽帏题曰："精卫衔悲"，适符夫人心事。又：余为夫人作家传，乞同年梦华中丞撰墓志铭，子修学使书丹，以示不朽）。又，陈夔龙作《八月余有悼亡之戚，梦华同年速来吊唁，于其归也，赋此赠之，并柬子修、伯严》。诗云："曲江宴罢三十年，倏忽沧海成桑田。同谱零星剩三五，昔时绿鬓今华颠。吴（子修）陈（伯严）一代文章伯，君也直接阳湖传。淞滨蓱水萍作合，宁知过眼皆云烟。我祷妇疾礼三竺，君亦淮上策归鞭。两地相思不相见，情驰远道空绵绵。有时酬唱元和白，但凭鲤素通吟笺。秋来忽陨黄门泪，哀蝉落叶空自怜。荷君风义迈流辈，扁舟夜泊横桥边。入门握手长太息，生刍谊古薄云天。铭幽矧重中郎笔，感涕固应及九泉。西溪芦花白如雪，乘兴二老相周旋（子修、伯严偕游交芦庵）。平原十日甫及半，归心北逐嗷鸿翩（来杭五日，因江北赈事遄回）。犹胜子猷访安道，恩恩遽回剡溪船。风雪前途惊岁晚，莺花后约待春妍（来书订明春重游海上之约）。多君老去兴犹昔，学养深时天自全。遥知栗里归来日，妇稚欢候柴扉前。独嗟下走日衰病，遗挂在壁忍弃捐。劫火余生聊作达，悬鹑永夕不如禅。诗成剪烛写相寄，起视斜月凉娟娟。"

叶德辉作《吴俗以八月十八夜泛舟石湖看月，是夕陪印濂丈歌席归途作》。诗云："看日闻须登五岳，东有泰岱南衡霍。看月却须泛五湖，楚有洞庭吴具区。洞庭我之钓游处，长年看月临江渚。具区我之丘墓乡，今年看月乘秋凉。游人尽道石湖好，画船箫鼓催人老。全湖胜据行春桥，恍惚曲江来观潮。少年看人不看月，棹歌处处清高发。老年看月不看人，但觉四序秋更新。当年石湖老居士，手辟园亭傍湖水。只今零落剩荒洲，过客凭吊生羁愁。千年胜境有兴废，惟有湖光月色能长在。湖中秋水澈底清，湖中秋月分外明。何必泰山衡山观日出，此时浮云犹蔽日。何必洞庭张乐与月期，此时湖水变潢池。人生到处如逆旅，但有明月即知己。欲问诗人范石湖，何似君家范大夫。载将一舸西施去，我欲从之隔烟语。此湖大好营菟裘，年年今日今夕泛舟游。"

胡适戏作《答经农》。诗云："寄来白话诗很好，读了欢喜不得了，要挂招牌怕还早。'突然数语'吓倒我，'兴至挥毫'已欠妥，'书未催成'更不可。且等白话句句真，金字招牌簇簇新，大吹大打送上门。"

[日] 夏目漱石作《无题》。诗云："素秋摇落变山容，高卧掩门寒影重。寂寂空舲横浅渚，疏疏细雨湿芙蓉。愁前剔烛夜愈静，诗后焚香字亦浓。时望水云无限处，萧然独听隔林钟。"

16日 《申报》第15660号刊行。本期《自由谈》"游戏文章"栏目含《赋得私土》(尘梦)。

康咏卒。康咏（1862—1916），号步崖，福建长汀人。19岁中秀才，21岁中举人，25岁赴京拜宝竹坡侍郎为师，习诗文，闲暇则漫游京西北诸山。后三年，与宝竹坡长子伯弗遨游塞外，所到之处，无不赋诗题壁。次年南返，应聘于广东潮阳东山书院山长，讲学为业。民国后回乡里，不问时事。著有《漫斋诗稿》。黄允中《清诰授奉政大夫内阁中书舍人步崖康公墓志铭》云："君之行完忠孝，君之学贯新旧，君之誉在乡邦，君之神留宇宙，金石匪坚，河山并寿。"

胡适留学日记中评旧作《读〈十字军英雄记〉》："此诗注意在用两个古典包括全书。吾近主张不用典，而不能换此两典也。改诗如下：'岂有鸩人羊叔子？焉知微服赵主父？十字军真儿戏耳，独此两人可千古。'此诗子耳为韵，父古为韵。第一首可入《尝试集》，第二首但可入《去国集》。"《读〈十字军英雄记〉》写于1908年11月，原载 1908 年 12 月 14 日《竞业旬报》第 36 期，署名适之。诗云："岂有鸩人羊叔子？焉知微服武灵王！炎风大漠荒凉甚，谁更持矛望夕阳？"

王闻长作《梦中诗，丙辰八月十九日夜梦》。序云："先母舅华竹轩少宰，又掌文衡，俾（长）入闱分校，登楼凭眺，景物空明，宫阙在望，感而赋诗，诗成顿悟，略能记忆，尚不出韵，故存之。"诗云："小臣惟恋旧，望阙一沾巾。霄汉杳无际，泥途困已频。故园一掬泪，佳节倍思亲。吾舅终仁厚，哀时济涸鳞。"

[日]夏目漱石作《无题》。诗云："思白云时心始降，顾虚影处意成双。幽花独发涓涓水，细雨闲来寂寂窗。欲倚孤筇看断碣，还惊小鸟过苔矼。蕙兰今尚在空谷，一脉风吹君子邦。"

[日]白井种德作《为千田助治所拉，共饮鹤泉亭，时八月十九日》。诗云："故人招我上池亭，烦热无痕酒有灵。风自石泉鸣处起，酡颜拂去尽泠泠。"

17 日 叶昌炽致书朱祖谋，倩为《邠州石室录》题签。

张謇作《秋感》（四首）。其一："浩然秋已来，秋速万物老。夜听鸣树风，晨檐叶如扫。翘柯缀晚绿，瑟缩渐向槁。候虫非故物，年年唱一调。蘅杜虽有根，代谢同百草。人与寒暑磨，安能发不皓。"其二："运至忽有会，悠悠思故人。禹稷毕生苦，所事非一身。职志固有在，亦达中心仁。孔孟欲继之，乙乙终不伸。退为民物计，反复大道陈。并无百岁寿，委化万古尘。所以栗里翁，陶然惟饮醇。"其三："逸少亦遗民，颇痛死生大。去者若电奔，留者乃蒂芥。坐是笃忠厚，亦缘长痴爱。朝菌与大椿，秉气各世界。修短不必谋，相视了无碍。多事慧眼人，达观一丘岱。齐物物未齐，多言蒙叟隘。"其四："盗跖寿而凶，颜子夭而吉。各从所取观，彼此谅非一。志士有坦途，良心炳白日。麟洲在眼前，安有神仙术。神明苟不死，逆旅寄形质。咏言晋瞿休，载讽秦逝鼇。好乐趋及时，古人正不悖。潜气返本根，草木有知识。"

林苍作《八月二十夜》。诗云："好景中秋易放过，冰轮渐缺奈天何。无聊姑作明年想，窃恐明年感更多。"

[日]夏目漱石作《无题》。诗云："好焚香炷护清宵，不是枯禅爱寂寥。月暗三更怜雨静，水闲半夜听鱼跳。思诗恰似前程远，记梦谁知去路遥。独坐窈窕虚白里，兰釭照尽入明朝。"

18 日 欧森生。欧森，别号老鸥，广东中山人。著有《老鸥诗词稿》。

[日]夏目漱石作《无题》。诗云："钉饾焚时大道安，天然景物自然观。佳人不识虚心竹，君子曷思空谷兰。黄耐霜来篱菊乱，白从月得野梅寒。勿拈华妄微笑，雨打风翻任独看。"

19 日 徐世昌作《八月二十二日雨中睡起》。诗云："午梦初醒坐无语，廊外煎茶学陆羽。耳边布谷不断啼，为报村东半梨雨。"

[日] 夏目漱石作《无题》。诗云："截断诗思君勿赚，好诗长在眼中黏。孤云无影一帆去，残雨有痕半榻沾。欲为花明看远树，不令柳暗入疏帘。年年妙味无声句，又被春风锦上添。"

20日 康有为在《时报》发表《致总统总理书》，要求将"孔教"编入宪法，祀孔行拜跪礼。陈独秀在《新青年》第2卷第2号上发表《驳康有为致总统总理书》，认为："中国帝制思想，经袁氏之试验，或不至死灰复燃矣，而康先生复于别尊卑，重阶级，事天尊君，历代民贼所利用之孔教，锐意提倡，一若惟恐中国人之'帝制根本思想'或至变弃也者。近且不惜词费，致书黎段二公，强词夺理，率肤浅无常识，识者皆目笑存之，本无辩驳之价值。然中国人脑筋不清，析理不明，或震其名而惑其说，则为害于社会思想之进步也甚巨，故不能已于言焉。""吾最后尚有一言以正告康先生曰：吾国非宗教国，吾国人非印度犹太人，宗教信仰心，由来薄弱。教界伟人，不生此土，即勉强杜撰一教宗，设立一教主，亦必无何等威权，何种荣耀。若虑风俗人心之漓薄，又岂干禄作伪之孔教所可救治？古人远矣！近代贤豪，当时耆宿，其感化社会之力，至为强大；吾民之德敝治污，其最大原因，即在耳目头脑中无高尚纯洁之人物为之模范，社会失其中枢，万事循之退化。（法国社会学者孔特，谓人类进化，由其富于模仿性，英雄硕学，乃人类社会之中枢，资其模仿者也）若康先生者，吾国之耆宿，社会之中枢也，但务端正其心，廉洁其行，以为小子后生之模范，则裨益于风俗人心者，至大且捷，不必远道乞灵于孔教也。"

《大中华》第2卷第9期刊行。本期"文苑·文"栏目含《〈张雨珊词〉序》（王壬秋）、《致杜志远书》（乙卯）（章太炎）；"文苑·诗"栏目含《题〈郭子静读书图〉》（王壬秋）、《中秋夜集，泳舟观察即席赠诗，次韵奉酬敬璧、侍谦》（王壬秋）、《壬申秋还石门山居，题壁三首》（王壬秋）、《秋夜》（庄纫秋）、《幽居》（庄纫秋）、《得珑公和尚书，以诗答之》（廉南湖）、《哭刘铭之医士》（廉南湖）、《酬尧生见寄》（杨昀谷）。

《学生》第3卷第9号刊行。本期"文苑·诗"栏目含《秋日即景》（四川富顺中学校学生吴宇）、《暑假杂咏》（江西龙南立志学校学生钟显均）、《中秋即席》（广东女子中学校四年生徐汉英）、《书室偶成》（前人）、《看月》（福建省立第一中学校学生叶俊生）、《赠友人张君子云》（前人）、《白菊花》（江苏省立第七中学校二年生季忠琢）、《千日花》（前人）、《钱塘江观潮》（浙江第一中学校学生伸颖）、《客居内新庄园外车声扰人日读陆放翁诗解闷》（福建泉州中学校毕业生庄丕可）、《银河篇》（山西阳兴中学校四年生常乃德）、《蟋蟀行》（黑龙江省立第一师范本科二年级学生张清岱）、《丙辰夏贺六班同学毕业归里》（重庆联合县立中学校七班七学期学生童启亨）、《秋日登万岁山》（上海商务印书馆附设英文函授学社第三级生朱长林）。

柳亚子在《民国日报》发表启事，征求烈士陈子范遗著。

魏清德《渔丈人》（庚韵）二首发表于《台湾日日新报》。其一："昭关牢险扼蛮荆，吴楚兴亡带水争。江上鸿毛轻一死，芦中虎口脱余生。英雄只合输肝胆，蓑笠何须问姓名。千载如闻辞剑语，高风鄂渚不胜情。"其二："渔父高风不可名，酬恩岂特百金轻。执珪赐粟非吾愿，亡郑奔吴急子情。日落芦漪秋黯淡，雨余鄂渚夜萧清。穷途谁与同生死，解剑亭前醉十觥。"

[日] 夏目漱石作《无题》。诗云："作客谁知别路赊，思诗半睡隔窗纱。逆追莺语入残梦，应抱春愁对晚花。晏起床头新影到，曾游壁上旧题斜。欲将烂醉酬佳日，高揭青帘在酒家。"

21 日 《申报》第 15665 号刊行。本期《自由谈》"游戏文章"栏目含《新发明二十三字诗》（尘梦）。

康白情作《离家之北京》。诗云："强颜还为笑，长揖致远游。雨肥慈笋坼，风扫白苹秋。声声珍重语，但听怕回头。"

22 日 宪法审议会开始正式审议宪法草案条文，至 1917 年 5 月结束。审议过程中争议最大、冲突最烈者，为孔教应否定为国教及省制加入宪法两大问题。

康有为作《丙辰八月二十五日，游泰山岱庙，抚汉松唐槐，过经石峪，摩金刚经，登南天门，磴道陡绝。上日观峰，宿绝顶，登封台，观日出。偕郑义卿、王公裕、邝寿民同游》。诗云："泰山何岩岩，积铁立峭壁。峻崖张巨嶂，巉嶙皆黑石。蜷蜒鼓余勇，顿挫起邹峰。连峰若宫城，覆压齐鲁碧。晴暾映崇巘，望尽云墨色。突兀起嶙峋，万丈矗天尺。丙辰八月秋，谒圣吾始游。汽车止泰安，岱庙严以修。汉松与唐槐，摩挲手数周。入山道五里，舆疾夫呻嗄。陟巅级四千，盘磴石所甃，夹道古柏阴，绿涧清泉流。先抚经石峪，九百遗交留。珊瑚交玉树，翔凤舞蟠螭。榜书谁可比，铁画而银钩。惜哉石碎裂，又被沙压稠。下笔索请碑，欲作三日休，观摩不忍去，手画足周趑。誓将积沙刮，定有遗珠搜。筑亭资铁石，覆此宝琳嶐。手抚大夫松，五松低盘虬。此树或补植，与唐四槐侔。阅劫亦已多，千载空悠悠。仰首南天门，碧城现五楼。峻立绝崖颠，眩若天上浮，疑是方壶仙，可望不可求。凿崖置层磴，飙上飞鸟愁。倏尔出云表，俯视邈十洲。众山皆在下，乾坤豁双眸。畏险若不登，岂能小九州。遂上登封台，绝顶壮观开。意气四飞扬，天外招蓬莱。呼吸帝座通，引手日月回。万峰皆下走，浮云为我开。东踏日观峰，海山碧翠嵬。极目睇长空，万里生云雷。碣石四百岛，远源度海来。遂乃拔地起，掩卷登青莱。造化纵神秀，大宙增徘徊。摩挲没字碑，令我壮心衰。昔者七十君，霓旌抗山隈。茫茫今何在，所余只劫灰。山色自苍苍，长偃白云堆。碧霞尚有祠，铜瓦金碧璀。便当乘云龙，自问非仙才。且复下天门，俯视亦危哉。陡绝降千尺，直下滑生苔。目眩若误步，一颠身隙摧。吾生惯用壮，冒险判暴腮。面壁斜倚舆，心安入口哈。足二分垂外，不眴临深崖。岂肯效昌黎，缒下惊舆台。却立御帐坪,回望南天门。峭崖千丈立,层级一线存。却顾所行径,猿猱愁攀缘。白云忽然合,神仙想骑鸾。人息难交通,始觉岱宗尊。"

[日]夏目漱石作《无题》。诗云:"闻说人生活计艰,曷知穷里道情闲。空看白发如惊梦,独役黄牛谁出关。去路无痕何处到,来时有影几朝还。当年瞎汉今安在?长啸前村后郭闻。"

23日 张寿镛四子张康洞出生。张寿镛作《四儿生》记此事。诗云:"端伏继雍份,我欲傲陶柳。阿三生五年,计时不谓久。岂惟以地名,棣华歌则友(谱名康洞,别名鄂联,亦取唐棣友爱之意)。园有长生果,采之堪佐酒。回溯衡文地,祖泽宜无负。丝履与毻巾,多谢友情厚。但愿绍诗书,富贵于何有?"

[日]夏目漱石作《无题》(二首)。其一:"苦吟又见二毛斑,愁杀愁人始破颜。禅塌入秋怜寂寞,茶烟对月爱萧闲。门前暮色空明水,槛外晴容崒嵂山。一味吾家清活计,黄花自发鸟知边。"

24日 溥仪在紫禁城"传旨",命朱益藩和刚刚完成崇陵植树使命的梁鼎芬"在毓庆宫行走",并赏"在紫禁城内骑马"。

南社于上海愚园举行第15次雅集。到者有柳亚子、郑佩宜、黄复、朱锡梁、叶楚伧、姚光、何痕、姚鹓雏、张翀、奚囊、汪文溥、陆曾沂、朱少屏、蔡璇、周斌、钱厚贻、张传琨、张一鸣、徐思瀛、邵力子、章闿、程苌碧、汪洋、张焘、黄澜、谢华国、李叔同、凌景坚、蒯贞干、刘天徒、于定、郁世羹、吴梦非、丁湘田34人。检点所收通信选票,306票中,柳亚子以196票当选社主任。

南社北京社员在徐园举行临时雅集。到凌毅、俞剑华、彭昌福、李作霖、李基鸿、宋大章、李伦、张维城、宋琳、殷仁、狄膺、陶牧、张庭辉、周亮、黄郛、周宗泽、邵瑞彭、陈家栋、胡朴安、陈士髦、张相文、徐宗鉴、陈匪石、田桐、高旭、申柽、景耀月、蔡突灵、徐德培29人。高旭作《南社再集徐园,分韵得麻字》。诗云:"北雁南鸿两地夸,名园毕竟属徐家(今夏沪上雅集,亦在徐园)。几回白雪成高唱,安得黄金铸好花。疏柳风吹双鬓短,残荷影拂曲栏斜。良朋细数多新鬼(社友陈英士、仇冥鸿、林亮奇等,近皆惨死),独对清流泪似麻。"此诗后载于10月23日《长沙日报》。

南社长沙社员在枣园举行雅集。到傅尃、黄钧、马卓、刘泽湘、刘谦、李建隆、骆鹏、王祝朋、陈家豳、郭开第、黄镠、王竞、刘师陶、张启汉、龚尔位、余鲲、文斐、曾纯阳、简易、郑泽、李澄宇、姚大慈、谢晋、谭戒甫、易象、罗剑仇、刘宗向、谭觉民、黄坤、孔昭绶30人。雅集中,傅尃出示宁调元所作《南社序》,并作跋,追忆当年湘、吴两地文人过从交往。事后,傅尃辑录枣园雅集诗为《南社雅集长沙枣园诗》并作序。黄堃作《丙辰秋日,南社雅集枣园,分韵得老字》。诗云:"八月西风际剥枣,霜前蒲柳垂垂老。望中日月曾几何,爱景勿为慕炎燠。往寻佳境获幽栖,呼朋卅辈神相抱(社友三十余人）。舞雩遗响托云行（枣园系曾子祠别墅），濠濮妙音识渊浩。醉后曲肱歌松风（是日，用壁间山谷老人〈武昌松风阁诗〉分韵），一洗胸次烟尘空。黄叶满园秋不扫，出门大笑天为聋。"

江五民作《廿七日岫亭见过，去后以诗来，次韵奉答》《叠前韵再和岫亭》。其中，《廿七日岫亭见过》云："秋风香到木樨开，难得诗人特地来。更喜骊珠先我得，不妨燕垒听君摧。相逢古定同为客，肯让曹邱独爱才（谓侠农）。青眼高歌今有属，词坛计日看澜回。"

[日] 白井种德作《赠从五位蛇口君碑成，八月念七日，举除幕式，赋绝句二章以奠》。其一："暴骨原头彼一时，姓名早已上丹墀。树碑设祭彰忠烈，桑梓可无兹盛仪。"其二："健笔书来赠位荣，伟人面目自鲜明。感兴后进应无极，建石岂唯追远诚。"

25日 《小说月报》第7卷第9号刊行。本期"文苑·诗"栏目含《赠学佛人欧阳镜芙（有序）》（散原）、《为嫁女容沪上两月，四月二十四日移还白下别墅，节庵、止庵、乙庵诸公咸题扇赠别，依次答寄，凡三首》（散原）、《暑夜同子大、伯严泛舟三潭》（舣斋）、《园居早起》（舣斋）、《研苏世兄惠示佳什，辄书奉答兼呈尊甫、范之先生》（稚辛）、《为唐元素题元陈仲美〈清溪耕乐图〉》（留坨）、《偶成》（掞东）、《重五忆己酉居吴下，与映庵曾赋春字韵诗，后数年，是日必叠韵，今岁岂可阙耶？用韵为一篇》（贞长）、《后二日，志渔以和诗来，杂书是日所感酬之》（贞长）、《雨中泛湖》（贞长）、《巴江》（子言）、《寄仲达八弟》（子言）、《雪后出宣武门》（晓耘）、《检书》（晓耘）、《三姝媚·崇孝寺牡丹》（彦通）、《疏影·王伯沆师属题〈孤雁图〉》（彦通）、《蝶恋花》（映庵）；"最录"栏目含《巢睫山人酒祀典（续完）》《双烈行（有序）》（津门张克家仲佳）、《朱君谦甫、陆君野衲以鹿卢体诗索和，因依韵却寄五首》（东园）、《朱楼曲·和楚望阁韵》（东园）、《题劳稼村〈弱冠倡和集〉，即用其元韵》（东园）、《无题》（又陵）。

[日] 夏目漱石作《无题》。诗云："孤卧独行无有朋，又看云树影层层。白浮薄暮三叉水，青破重阴一点灯。入定谁听风外磬，作诗时访月前僧。闲居近寺多幽意，礼佛只言最上乘。"

26日 《民国日报》刊登《南社修正条例》。

于右任招饮宋园。同座者有谢无量、胡韫玉、邵力子、叶楚伧、柳亚子、余十眉、黄宾虹、刘三。刘三作《九月廿六右任招饮宋园，赋示同坐无量、朴庵、力子、楚伧、亚子、宾虹、十眉》。诗云："百战重逢鬓未霜，畅然旧国是咸阳。不须更论鸡虫事，且对黄花尽一觞。"

清华学校成立"游艺社"，闻一多任副社长。本日游艺社开第一次大会。

张震轩作《第十师范学校校歌》《十师运动会歌》《祝得奖优胜旗歌》。其中，《祝得奖优胜旗歌》云："围场军队肃，五色锦标扬，逢逢四面鼓音亮。快如箭脱筈，疾似马离缰，各争胜负不相让。竞走之乐，乐且无疆，祝君拔帜先登上。琴歌优胜曲，杯劝策勋觞，大家拍手齐叹赏。"

蔡守作《十六字令·痴》。序云："丙辰八月二十九日，练风甚雨，从旺角航海，访邓芰郎于赤柱山下，问璨子消息。璨子者，余十余年辞赋胜侣也。嗣因细事，不相见已数载。顾南北睽隔，未尝片响去怀。况同居一岛，室迩人遐乎？今芰郎云璨子谓余太痴，不欲再接。噫，不可思议。经曰：'从痴有爱，则我病生。'余尝为它病，它谓余痴，宜也。痴岂余所能讳哉？第因痴，竟见绝于我，人人奈何。恨非除夕，未能遽卖痴耳。口占此令，答之。"词云："痴。唤我千声了不辞。痴于死，还幸得卿知。"

［日］夏目漱石作《无题》。诗云："大道谁言绝圣凡，觉醒始恐石人谗。空留残梦托孤枕，远送斜阳入片帆。数卷唐诗茶后榻，几声幽鸟桂前岩。门无过客今如古，独对秋风着旧衫。"

27 日《申报》第 15671 号刊行。本期《自由谈》"一串珠"栏目含《罗霄女侠弹词》(寄尘)；"诗选"栏目含《愚园归赋答秋心》(鹓雏)。

况周颐 58 岁生日，自赋《倾杯·丙辰自寿》。后两日，独自游园，赋《洞仙歌·秋日独游某氏园》。其中，《倾杯·丙辰自寿》云："清瘦秋山，斑斓霜树，年年劝人杯盏。浮生事、未信长是，似月难圆，比云更幻。便南飞、黄鹤依然，腰笛意懒。旧江山、梦沉天远。自惜金缕沧桑。莫辞留倦眼。　　首重(去)回、承平游衍。怕者回凭阑，斜阳如水，去日蹉跎，青镜鬓丝，较甚文章贱。持此恨谁遣？凭消领、梧叶闲愁，芙蓉幽怨。相期老圃寒花晚。"《洞仙歌·秋日独游某氏园》云："一向闲缘借，便意行散缓。消愁聊且。有花迎径曲，鸟呼林罅，秋光取次披图画。恣远眺、登临台与榭，堪潇洒。奈脉断征鸿，幽恨翻萦惹。　　忍把。鬓丝影里，袖泪寒边，露草烟芜，付与杜牧狂吟，误作少年游冶。残蝉肯共伤心话，问几见、斜阳疏柳挂？谁慰藉，到重阳、插菊携萸事真假。酒更赏，更有约、东篱下。怕蹉跎霜讯，梦沉入悄西风乍。"

康有为访安徽凤阳龙兴寺，并游明陵，作《丙辰九月朔，游凤阳龙兴寺明太祖为僧处，碑甚多，有大铜锅四，乃题太祖像》(三首)。其一："坏寺颓垣照夕阳，铜锅石碣剩荒凉。龙颜隆准开皇业，毕竟劫中僧一房。"其二："由帝而僧清世祖，自僧而帝明高皇。两朝开国勋何盛，一例披缁事可伤。"其三："早识色空无障碍，难逃成坏感沧桑。龙兴寺里龙颜在，衮冕袈裟傀偏场。"又作《丙辰九月访明凤阳陵，游龙兴寺摩碑碣及所遗铜锅，瞻仰太祖遗像，不胜色空之感，大劫难逃，为僧与为帝一也，得二诗，谨题太祖像》。其一："山河雄壮四飞扬，远自嵩华王气长。谁识王陵风雨泣，竟成高冢起高皇。"其二："久已铜驼尽棘榛，于今石马委灰尘。御碑纪实微有事，五百年间只怆神。"又作《游凤阳明陵，陵距凤阳十八里》(二首)。其一："山河雄壮四飞扬，远自嵩华王气长。谁识王陵风雨泣，竟成高冢起高皇。"

[日] 夏目漱石作《无题》。诗云："欲求萧散口须缄，为爱旷夷脱旧衫。春尽天边人上塔，望穷空际水吞帆。渐悲白发亲黄卷，既入青山见紫岩。昨日孤云东向去，今朝落影在溪杉。"

28 日 《申报》第 15672 号刊行。本期《自由谈》"游戏文章"栏目含《吕洞宾过海曲》（尘梦）。

姚鵷雏发文于《民国日报》，批评明七子学唐不良倾向，称誉与西昆体风格迥异的宋代"四灵"派，宗宋抑唐。姚鵷雏《枵响》云："明七子学唐，形貌甚似，而人病其枵响。所谓枵响，则外闳内敞，大而无当之谓也。'留客山中生桂树，怀人江上落梅花。'在七子中最为高秀，而按其实，则着眼于此桂树、梅花而不能舍，仍未脱饾饤词采之习耳。太炎先生所谓'袭取深华，未能独往'是也。枵响之说，辞采华艳，则取境不深，体格崇阔，则措意不畅，如以油入水，只浮水面，不能为盐水之化也。若夫西昆之后，承以四灵，刻镂至深，神理具足，虽微伤寒瘦，曾何愧哉！后世知所取法矣。"

张皞如有感于险恶时局，口占七绝一首云："太平希望付烟云，误国人才何足云。孤客天涯空涕泪，伤心最怕读新闻。"诗前小序云："九月二十八日阅报，见徐州会盟祸已近在眉睫，政府犹用敷衍主意。国生命已断送于数人之手矣！不禁掷书流涕，遂成口号。"周恩来和作《次皞如夫子〈伤时事〉原韵》。诗云："茫茫大陆起风云，举国昏沉岂足云。最是伤心秋又到，虫声唧唧不堪闻。"两诗后刊于天津南开学校《敬业》学报 1916 年第 5 期。

叶昌炽作《题天寥先生遗像》。诗云："亳社值鼎迁，逸民各有史。委贽登其朝，上天下泽履。禹稷颜不殊，易地则皆是。先生食明禄，自为明处士。皋亭邓尉间，秋霜涅不淄。运会岂有常，五德递终始。当王者为贵，闰位尽蛙紫。迢迢三百年，追论种族耻。华戎但饰说，要非《春秋》旨。不见秦故侯，种瓜青门里。逢萌与薛方，新室征不起。彼此各一时，忠孝无歧轨。吾宗弁山来，旧德有名氏。复哉天寥翁，高怀迈园绮。一瓶与一笠，行脚随云水。终古在三义，流波激颓靡。"

王小航作《九月二日于舟中接读式之叔父手书，并寄示病中旧作七首，敬步第一首韵奉复》。诗云："家书未得报平安，鱼雁迢迢云水寒。正在移舟邮寄至，欣为倚棹拆封看。庭槐荫老风犹古，篱菊霜高气不残。群季兰阶方挺秀，百年遥祝酒杯宽。"

曹广权作《丙辰九月二日，诣曲阜恭谒圣庙，赋诗一章兼呈衍圣公》。诗云："三古君师合，圣哲常在位。周衰政教分，俎豆属洙泗。大道三代英，振声金玉粹。生民古未有，作师天所契。千秋释奠仪，宗如两楹制。粲然后王法，仰止人伦至。孔氏订遗经，学官立六艺。礼乐虽不复，黄老亦杂治。汉宋或聚讼，邹鲁靡不嗣。拨乱恒于斯，人道终罔替。祖龙最肆虐，师史等儿戏。当时杂烧令，疑有滔天势。焉知史籍书，复睹淹中字。日月安可逾，邱陵故非比。毁议人自绝，斯文天未坠。遒风激薄俗，谁与论显晦。我来入阙里，庙堂瞻礼器。钦承明德后，火传烛幽翳。敷教溯厥初，有虞绵一系。宗派竞何益，修道解始谛。三复持此词，再拜起攘袂。芒芒赤县中，遥遥黄帝裔。何以振国耻，岂不关德慧。夫子无阶升，教泽有津逮。血气尽尊亲，异域渐推暨。夏声胡不竞，毋乃帝之醉。踟蹰鲁壁间，忾听金丝地。于穆叩寂寂，搔首但零涕。"

29日 章太炎由香港抵达新加坡，又由新加坡而槟榔屿，由庇能而怡保、吉隆坡、爪哇等地，多次发表演说。游南洋期间作有《自岭海南行抵阇婆》。诗云："昔有中贵郑三宝，手持玉节征南冥。余皇西迈过身毒，颈系名王还汉廷。宫嫱下嫁号翁主，蛮中如望天孙星。代身金人始献质，王会大开炎海清。余威至今震岛峤，阇婆祠庙扬精灵。明清代谢旦复旦，日月光华今皓旰。贯头卉服纷入市，大号俄然未涣汗。上兵岂必矜伐谋，信行蛮貊真多算。君不见咸阳失鹿方五年，尉佗屈强犹争先。箕踞椎髻延汉使，自问孰与皇帝贤。玺书一日布德意，桂蠹跪陈前殿前。"

孙树礼作《天津旅次，九月三日感怀》（四首）。其一："五十年前馆舍归，依依孺慕恋庭闱（丁卯夏先姊已病，每归省不忍别）。不图转瞬成衰老，未答三春一寸晖。"其二："往岁晨昏勤视学，经忠清里痛如何。而今远隔三千里，风马云车可见过。（先姊寿终于杭忠清里，诣正蒙学校必经之地）"

[日] 夏目漱石作《无题》。诗云："朝洗青研夕爱鹅，莲池水静接西坡。委花细雨黄昏到，托竹光风绿影过。一日清闲无债鬼，十年生计在诗魔。兴来题句春琴上，墨滴幽香道气多。"

30日 《申报》第15674号刊行。本期《自由谈》"游戏文章"栏目含《送旧道尹》（六首，天台山农）。

庞树柏卒于上海。《民国日报》陆续刊发其遗著《墨泪龛笔记》《衷香籍诗词丛话》等。庞树柏（1884—1916），字檗子，号苣庵，别号剑门病侠，江苏常熟人。年十五，其父以争漕赋触怒清吏，下狱，忧愤死，其母殉之。赖亲戚资助，肄业于江苏师范学校，间在江宁思益、上海澄衷、苏州木渎、常熟两等学堂任教。光绪二十六年（1900），与黄人等创立"三千剑气社"，后由柳亚子介绍加入同盟会。宣统元年（1909）南社成立，为发起人之一，并被推为《南社》丛刻词部编辑。宣统三年（1911）武昌起义，其时正任上海圣约翰大学中国文学教授，参与擘划上海光复计划，随后离职并赶回常熟策动响应。民国二年（1913）响应孙中山发动"二次革命"，准备发动常熟反袁斗争。事泄，逃亡上海。从此不问政事，渐趋消沉。抑郁而终，年仅三十二岁。以词名，诗不多，然足以成家。钱仲联《近百年词坛点将录》以杨林当之，云其"瓣香彊村，为南社词流眉目。""趋向南宋，得白石之警秀。"其诗集为《龙禅室诗》，收诗100首；词集为《玉铮琮馆词》，收词48首，朱祖谋为删定。王蕴章编辑其诗词合刊为《庞檗子遗集》。生平事迹见萧蜕《庞檗子传》。

徐世昌得北京梧生之子电，得知梧生昨日病殁，作挽联云："漂摇忧国泪；启沃老臣心。"又作《丙辰八月挽梧生五首》。其一："小别才旬日，哀音一骑驰。风霜忧国日，云水哭君时。病久医无效，愁深体不支。苍茫无可语，回首望京师。"其二："卅载深相契，乾坤有弟昆。饱经忧患早，深见性情敦。领海随亲舍，关河恋帝阍。殷勤扶弱弟，门内语言温。"其五："垂老穷经苦，虚怀阅世深。艰难冲圣学，砥砺老臣心。逸兴林泉癖，微言药石箴。楼亭木叶下，秋影澹遥岑。"后又作《梧生殁已百日，往奠于宝应寺，凤孙有诗，即步其韵》。诗云："乍分袂兮永别离，萧寺一棺掩素帏。一百日后始相吊，三十年来成此悲。惨淡孤儿能述德，凄凉老友欲成诗。一樽酒酹松风冷，惆怅人天知不知。"

麦雨仙《与大池文叙君驻本坡加东山园即事》（八首）刊于［马来亚］《国民日报》"文苑"。其一："园居何术涤烦煎，夜静无聊似半禅。岂是老天怜旅苦，故劳朝雨护人眠？"其二："历遍温柔如醉乡，莫嫌无物犒吟肠。也知园里偷闲甚，惟践诗盟笑自忙。"其三："绕园森树绿如春，未许樵人伐作薪。草木尚能知爱惜，自残同种果何因？"其四："恐负茶佳手自煎，无心钓得海中鲜。此间自有天然乐，何羡豪家食万钱！"其五："寂坐亭中百感生，涛声疑为不平鸣。孤舟底事当流料，立此随波故独擎。"其六："绿林如盖草如茵，满地榆钱未算贫。风作供餐波作镜，黄金难买此良辰。"其七："几回言返尚蹉跎，景物撩人感慨多。何日却能抛猥累，星洲联友创吟科？"其八："远山云树认朦胧，水色岚光缈缈中。悟到沧桑容易变，故留新咏指泥鸿。"

［日］夏目漱石作《无题》。诗云："闲窗睡觉影参差，机上犹余笔一枝。多病卖文秋入骨，细心构想寒砭肌。红尘堆里圣贤道，碧落空中清净诗。描到西风辞不足，看云采菊在东篱。"

本　月

合社在苏州成立。社员有金天翮、柳亚子、顾悼秋、凌莘安、叶楚伧、胡石予、徐慎侯、范天籁、黄病蝶、许盥孚、陈安澜、许庚候等58人。至1919年停止活动。后有《合社诗词钞》（油印本）刊行。

章太炎、章士钊、李根源等同居云南军幕。时章士钊有"中兴《甲寅》之议"，章太炎"实怂恿之，并为题词约四百言"。《重刊〈甲寅杂志〉题词》云："《甲寅杂志》之迹，起长沙章士钊行严，行严少居江南陆师学堂，始弱冠已有济世意，以《苏报》讼言光复，与沧张继、巴邹容及余歃血而盟。行严与余本同祖，而因弟畜之矣。其后马福益起湘东，善化黄克强与行严为主谋。事败，窜日本。中国同盟会起，余主《民报》，欲行严有所发抒，行严以修业明法为辞，余甚恨之。及武昌兵起，而行严自伦敦归，其妻党与袁氏有连，夫妇相誓不受暴人羁縻，余以为难能也。民国二年（1913），故人宋遯初以议改选死，余亦自长春解官归。是时行严再起，慨然有废昏立明之志，与余先后上武昌，议不就而有二次革命。既败，行严复东窜日本，知袁氏不可与争锋，始刊《甲寅杂志》，言不急切，欲徐徐牖启民志，以俟期会。逾一岁乃有云南倡义之事，行严则走肇庆，为两广都司令秘书长，多与废兴大计。袁氏早夭，功未就，以民气之巽懦，国难之未已，退复缵嗣前迹，重刊《甲寅杂志》以示国人，于是知其志之果也。余闻言之中者，在适其时。方行严初为《甲寅杂志》，主联邦议甚力，是时元凶专宰，吏民人人在其轭中，不有征诛，虽主联邦何益焉。时物动移，爻象相变，至于今而联邦为不可已，又非为向者之难行也。余愿行严无忘昔之言矣。民国五年九月，章炳麟。"

《宗圣学报》第17号刊行。本期"艺林"栏目含《〈山西大学校预科毕业同学齿录〉序》（郭象升）、《〈孔宅诗〉序》（一山章棂）、《追悼姚菊坡辞》（林传甲）、《阳历元日诗二首》（林传甲）、《春日忆辰州》（林传甲）、《春日忆宜昌》（林传甲）、《胪滨府》（林传甲）、《佛山府》（林传甲）、《论死》（越南阮尚贤）、《书〈杜清献集〉后》（王舟瑶）、《连珠诗（未完）》（张之洞）、《爱国歌》（康有为）、《题刘幼云提学〈金台话别图〉》（喻长霖）、《题严朝铭〈独立图〉》（喻长霖）、《闻警独坐有怀》（喻长霖）、《题朱海珊年伯〈胸山介寿图〉后》（喻长霖）、《和俞曲园太年伯师壬寅元旦元韵》（喻长霖）、《崇禧塔》（梁士贤子瑜）、《东皋行二首》（梁士贤子瑜）、《读经》（王有宗）、《鄂中孟夏杂咏八首》（甲午）（夏德渥）、《游仙诗》（郭象升）、《西湖百咏》（董清峻）、《俞楼》（徐公修）、《岳王坟》（徐公修）、《新公园》（前清行宫改建）（徐公修）、《三烈士墓》（徐伯荪、陈伯平、马志诒三君）（徐公修）、《寄柯濂希、定础伯仲》（疢盦邱瞻恒）、《〈桑海泪谭〉题词·西河》（景定成）、《〈桑海泪谭〉题词·翠楼吟》（王颐）。

《浙江兵事杂志》第29期刊行。本期"文艺·诗录"栏目含《淳安寄亮生》（黄元秀）、《行抵淳安作》（黄元秀）、《感事》（樊镇）、《书感》（用贞壮先生〈积雨书澧示亮生〉山韵）（樊镇）、《哭薛惺我》（王理孚）、《闻兴武病殁于天津，感悼有作》（诸宗元）、《感兴，再叠前韵并投少华、亮生》（诸宗元）、《少华先生枉诗奖饰过当，掬告吾心之所愿言者，依韵为答并索亮生和》（诸宗元）、《余居近涌金门，晨晡出入辄过之，叠前韵，漫系以诗，为武林存一故实也》（诸宗元）、《九月一夜大雷雨作》（诸宗元）、《次韵答李少华》（邹可权）、《过临安钱武肃王庙》（邹可权）、《过兰亭，集禊帖五十六字》（邹可权）、《闻中日交涉有感》（邹可权）、《京邸清明怀归有作》（李光）、《呈贞壮先生，即次传字韵》（李光）、《贞壮枉诗见和，叠韵奉报兼呈亮生》（李光）、《次韵报觉华》（李光）、《登桐君山》（蒋僎）、《张少钦君邀游肯园，薄暮返城，马上口占》（蒋僎）、《敬和蒋营长登桐君山之作次韵》（林豁）、《敬和蒋营长游肖园马上口占之什次韵》（林豁）、《苏君干宝陆军大学校卒业回里赠行》（林豁）、《再赠干宝君》（林豁）、《行军过桐山冷水亭》（林豁）、《军官学校卒业日书感》（林豁）、《有感》（林豁）、《答知灿有感次韵》（吴钦泰）、《江干送友》（吴钦泰）、《游云林寺》（吴钦泰）、《走白堤，过岳坟,游紫云洞》(吴钦泰)、《读史三首》(吴钦泰)、《哭铁生》(陈琮)、《丙辰纪事》(刘英基)、《寄友》(刘英基)、《赠天赋》(林之夏)、《从弟知灿自桐庐惠诗,次韵答之》(林之夏)、《林鼎燮、李少华、陈稚兰偕游龙井,归纪以诗》(林之夏)、《叠前韵赠鼎燮》(林之夏)、《三叠前韵赠鼎燮》(林之夏)、《游龙井之明日,鼎燮来诗,次韵答之并效其体》(林之夏)。

《留美学生季报》第3卷第3期刊行。本期"文苑"栏目含《柬爱园》(之盎)、《狂歌》(之盎)、《杨柳枝》(胡先骕)、《落叶》(胡先骕)、《送雾》(任鸿隽)、《雪答》(任鸿隽)、《病夫》(入春以来颇苦疾病,困顿之余,奋而有作)(杨铨)。

许珏卒。许珏(1843—1916),字静山,晚号复庵,别号乐徐老人,江苏无锡人。光绪三年(1877),因同乡薛福保举荐,入四川总督丁宝桢幕,八年(1882)中举人。十一年(1885)随张荫桓奉使美、日、秘三国。十六年(1890)以参赞随薛福成出使英、法、意、比等国。甲午中日战争起,以论事见忌,自引去。二十四年(1898),随杨儒出使美洲。庚子事变起,以道员发广东。二十八年(1902),以候补道四品卿衔任驻意大利出使大臣,加二品顶戴。三十二年(1906)归国,仍以道员衔赴广东候补。辛亥革命后,隐居不仕。其子为其刊行《复庵遗集》24卷,收《奏议》3卷、《出使公牍》1卷、《佐轺牍存》2卷、《禁烟牍存》2卷、文4卷、诗2卷、书札5卷、《家书节抄》1卷。

柯劭忞被荐举充任毓庆宫行走,给溥仪当师傅,载沣谓柯口音不清晰,罢议。

况周颐以重阳将至,心系复辟之事,遂赋《玉烛新(光阴簪菊)》及《鹧鸪天(推枕休言)》寄意。其中,《鹧鸪天(推枕休言)》序云:"节近重阳,有就菊之约。天时难知,晴雨无准,漫拈此解,姑妄自娱。"词云:"推枕休言好梦无,东篱旧约未全疏。桉天画暝虫喧草,一雨秋清风立梧。 欣得句,任催租。为霜消息露成珠。似闻青女婵娟甚,珍重纫兰作佩萸。"

许南英赴印度尼西亚苏门答腊为侨领张鸿南编辑生平事略,林尔嘉招邀菽庄吟社社侣宴集菽庄花园,为之饯行。施士洁作有《许允叟南游日里,菽庄吟社诸子以诗饯之》以赠。诗云:"出门荆棘遍神州,况掉波斯万斛舟。夜半伯龙方鬼笑,日南司马又蛮游。催人白发穷无那,谪宦青衫泪未休!记取陆生归后橐,相于浪屿筑菟裘。"

景耀月偕山西五台县长黄资鹤访县城西关延庆寺,得残碑造像数石,并作五律二首及《答黄资鹤大令二首》,亦为乡贤老张拱撰写墓碑铭。其中,《答黄资鹤大令二首》其一:"吏道隆时美,民情挽近讹。延年殊急切,黄霸独宽和。教令删繁碎,惩诛汰苦苛。翁归来致治,卫飒玄思歌。"其二:"治术丁穷变,民权发众喧。明时狱讼废,据乱教条繁。旱雨苏饥渴,隰苓解重烦。居官务大体,为政异多言。"

瞿秋白辞去无锡江陂国民学校教员职,返回常州。

吴宓与清华学校同聘教师林语堂交识。

梁启超撰《饮冰室全集》由上海中华书局出版。梁氏6月手定，共48册。

谢无量撰《中国妇女文学史》由中华书局印刷，10月发行。

张謇作《慕畴堂西院观龙爪盛开》（二首）、《晓起循堤望海上》。其中，《慕畴堂西院观龙爪盛开》其一："密箭繁花雁齿骈，红如猩血绿如烟。三年秋色坪前色，逊汝墙阴八月天。"其二："遥映红薇接紫薇，花前延立惜芳晖。明年得似今年否，留记苔痕缓缓归。"《晓起循堤望海上》云："旭采轩蒙昧，秋空极混茫。潮平兼岸广，人远倚天长。决起沙惊鸟，逃虚草趁獐。此间犹寂静，逸盗尔无张。"

康有为作《丙辰秋八月登泰山绝顶登封台，东过日峰观日出，俯视群山，极望感怀，郑义卿及门人王公裕、邝寿民同游》《丙辰八月邓尉山看桂》。其中，《丙辰秋八月登泰山绝顶登封台》云："碣石飞流四百岛，玉检登封七十君。大宙飞扬观日出，万峰奔走俯层云。金银仙阙通天帝，青赤齐州涌地文。此是昆仑分左股，乘龙临睨日斜曛。"

王国维作《再酬巽斋老人》赠沈曾植。诗云："八月炎蒸三伏雨，今年颠倒作寒温。人喧古渡潮平岸，灯暗幽坊月到门。迥野蟋蛄多切响，高楼腐草有游魂。眼前凡楚存亡意，待与蒙庄子细论。"

陈鹏超作《八月客赴南洋，伍君川坡以诗见赠，舟中依韵写怀和寄》（二首）。其一："尘海谁教色相空，每因遭遇苦英雄。船行水逆常惊浪，风立身高屡惹风。老母幼儿牵梦里，红盐赤米系怀中。敢云志不在温饱，愧作人间食蓼虫。"

邓尔雅作《移家桂林赁楼杉湖》（丙辰八月偕内子、大儿、长女、三女同游）。诗云："风逸烟高青破颜，峡中人事本清间。水光摇隙移窗琐，春曦扶梯上屋山。了了雨栖同吉梦，嵩嵩诗骨幸坚顽。案头清供长璀错，看作裴钟侍扈班。"

章梫作《丙辰仲秋岛上作》。诗云："楚泽虽胜宋玉悲，江山摇落已多时。梦中扶日腾空起，乱里因人作计迟。抱璧完应归故主，移山愚即是男儿。汉家文叔今潜学，正与严牛说礼诗。（八月廿七日，谕旨朱益藩、梁鼎芬均着在毓庆宫行走）"

吴德功作《中秋后登太极亭远眺》。诗云："崔巍更上一层楼，俯瞰郊原景色幽。太极周围环八卦，冰轮皎洁是三秋。西瞻鹿渚飞帆少，北望鳌头夜气浮。沧海桑田频变换，登临枨触不胜愁。"

刘冰研作《丙辰仲秋与张华父、谢至仁访薛涛坟（并序）》（八首）。序云："嗟夫！美人香草，屈灵均感赋《离骚》；秋水洛神，曹子建借抒幽怨。人非罗隐，效虎阜之题诗；客有张徽，恨马嵬之殒玉。访枇杷之旧巷，流莺未免笑人；觅杜宇之荒坟，归燕似曾识我。所以过素馨之墓，泪湿青衫；听商妇之曲，心伤碧玉也。夫以丙辰之年，丁酉之月，正宋玉悲秋之日，值江淹赋别之天。怅风景之流连，叹美人兮迟暮，行张平子归田之乐，动谢惠连祭冢之悲。凭吊于玉女津头，徘徊于浣花溪畔。风露撩人，沧桑满目。胭脂零落，徒嗟荒井之埋愁；碧血苍凉，谁听秋坟之唱晚。于时斜阳人影，履碎落叶之声；穷巷牛归，肠断孤烟之里。幽花欲坠，疏柳半髡。犬吠墟烟，鸦衔落照。觅萝村于劫烬，吊花冢于残阳。几树杜鹃，碑蚀小青之迹；无家燕子，楼羁关盼之魂。伤如之何，亦可慨也！若夫春风人面，笑崔护之重来；古观桃花，果刘郎之再到。徒见寒烟薄霭，犹想衣香；蔓草平芜，幻成鬟影。笑他青磷聚讼，香污伧父之坟；黄竹号风，翠渍真娘之墓。嗟乎！浮生若梦，为欢几何？有美一人，不堪回首矣。尔其绿珠艳殒，紫玉成烟。心伤子夜之歌，肠断迎郎之曲。玉环尘殂，酹钱遗罗袜之悲；金谷魂销，把酒奠坠楼之影。谁更纸钱麦饭，野祭荒原；云鬓花颜，魂惊绮帐者矣。虽复迹返搜神，情同问鬼，女罗山鬼，一篇寄托之词；云雨阳台，等是荒唐之赋。然而觉十载扬州之梦，何妨寄意三生；触才人薄命之悲，大可同声一哭也！兹则芊绵墓草，不闻来节度之车；惨淡梨花，何妨访太真之迹。不过蘼芜径畔，招千秋西子之魂；芍药湾头，吊三尺小蛮之墓。庶使小桃红遍，人教郑谷题词；塞草青铺，天使明妃有冢。呜呼！落花三径，艳骨长埋；凉月一钩，蛾眉冷照。噴芳魂兮不起，觉春色之都非。寒蛩翻玉树之音，萤焰效霓裳之舞。清酤一盏，痛浇苏小之坟；秋雨满园，触起相如之病。青山饮恨，逝水无情。爰赘芜词，聊当蒿里。"其一："画里江山草尚薰，莓苔如绣梦如云。枇杷暮雨菖蒲径，杨柳春风杜宇坟。一井寒泉凝镜影，六朝金粉罥榴裙。幽虫暗蚀秋蓬叶，也当新坟写几分。"其二："一角湖山乌夜村，小桃花下吊芳魂。敢将粉黛骄藩镇，仅有胭脂冷墓门。翠竹天寒谁独倚，绿芜春梦了无痕。果然此地埋香久，江水潆洄尚绮温。"其三："芊绵垄草掩青裙，抔土苍凉剩夕曛。双剪斜风啼燕子，半钩旧薛篆螺纹。欲教香冢邻工部，未必蛾眉屈护军。最是多情江上柳，丝丝犹自恋残云。（韦皋欲奏请授薛涛校书郎，为护军所阻）"其四："艳色早倾十一镇，红颜知己是诗才。劫余春草迷鸳冢，雨后梨花吊马嵬。磷火尚疑歌扇影，残脂犹认鬼灯媒。云山如昼愁如织，落日西风野笛哀。"

陆宝树作《丙辰秋八月偕张漱芳、陆冠秋归逼庐，游虞山，赋此志之并用前韵》。诗云："正是江南木叶飞，偕游虞麓叩僧扉。花含雨意红偏艳，树带秋容绿不肥。风压软尘吟屐健，云深古寺晚钟稀。清闲领略禅家味，愿弃儒冠着衲衣。"

杨尔材作《丙辰八月中，台中旅夜》。诗云："瑟瑟秋风夜不眠，新愁旧恨总绵绵。庄生化蝶三更梦，冯子思鱼万感牵。明月无情休写照，好花易谢莫生怜。睁开双眼成何事，直待鸡鸣报晓天。"

舒昌森作《一斛珠·丙辰秋仲，重登烟雨楼》。词云："澹烟疏雨。者番又得天然趣。楼台兀峙南湖渚。十载鸿泥，未没前题句。　游屐重来能几度。弥漫一片迷村树。棹歌断续声何许。罨画秋光，身若图中住。"

蒋胜眉作诗三首。其二序云："一九一六年，秋八月，月照床前，感三十年之身世。"

诗云:"天涯作客问归期,旧恨新愁只自知。枕上血痕和泪湿,胸中情绪寄新诗。"

[日] 夏目漱石作《无题》。诗云:"无心却是最神通,只眼须知天地公。日照苍茫千古大,风吹碧落万秋雄。生生流转谁呼梦,念念追求真似空。欲破龙眠勿匆卒,白云深处跃金龙。"

秋

康有为久欲宣扬君主立宪政治主张,袁世凯死后,乃集资创办言论机关《国是报》,力邀黄宾虹主编副刊。黄宾虹为编《国是报》向陈独秀、高吹万等友人约稿,并与康有为、郑文焯交善。

菽庄吟社举办第 2 届"征诗",所征诗题为"黄牡丹菊"(七律四首)。共收到投稿 1116 卷,得奖诗稿由林尔嘉辑为《黄牡丹菊诗录》,于丁巳(1917)端阳节刊行。录香港诵先芬室、福州榕峤楚狂、北京曾恂、福州吴樵笑、福州陈德麟、台中观海客、福州梦禅室主人、福州水南居士、福州高文藻、泉州介石道人、福州石匏、福州冰壶、福州戢园主人、北京严荪、江苏谢蓉昌、福州龚文青、杭州金黄香、宝应沈绍李、福州陈心鉴、上海赵廷玉前 20 名获奖人作品各 4 首,合计 80 首诗作。集前有林尔嘉序,集后附录前 140 名获奖者名单及奖励等次、金额等。林尔嘉撰《黄牡丹菊诗录·序》云:"余性爱菊。小园艺菊数千盆,广罗殊种。有黄牡丹来自美国,花大径尺,其种特佳,年年秋日招客觞咏于此。谓对此名花,不可无佳什以张之,乃拈是题,遍征吟咏。一时作者如林,得吟卷千余本。余与社侣循讽数过,酌拟次第,因录前列,付之剞劂。待到重阳菊花开时,携向小园读之,古香冷艳,林泉动色,憾不获诸君子来一游也。丁巳重阳节菽庄主人林尔嘉识。"其中,香港第一名诵先芬室诗作其一:"要向洛下斗繁华,远泛黄龙载此花。别赋天香移郦水,浑疑国艳出姚家。高茎映日还擎露,老圃藏春不染霞。似为乾坤留正色,清平旧调莫须夸。"其二:"封蜡当酬接树劳,杯分琼粟助题糕。未妨秋土栖金谷,难得花王假赭袍。晚节安阳真富贵,诗才小宋补风骚。沉香亭畔霜飞后,谁倚阑干赠错刀。"其三:"梦得休矜径尺荣,人间佳色属秋英。一茎变化西来意,九锡标题北胜名。金粉不随春事尽,尊罍还就夕阳明。剡藤添注群芳谱,会有奇葩笔下生。"其四:"碧海扬尘事渺茫,幽花幻出入时妆。汉宫点额翻新样,琼岛分支作冷香。彭泽里居抛印绶,釜山云起想衣裳。色丝一例征题咏,华实兼收胜郑庄。"

蔡锷率护国军入成都,赵熙奉师梁启超命电邀赴省,筹商川局善后。及至,蔡因病重,已赴沪就医,未得相见。护理督军罗佩金礼遇之,欲挽从政,赵熙婉辞。住月余归。临行,故友新交三十九人饯送,赵熙赋《翠楼吟·江楼送别三十九人,怆然赋此》留别。词云："月过中秋，茶香碧井，登楼又寻洪度。木犀黄喷雪，醉金栗、如来风露。高丘无女。试北望阑干，神州前路。烟江树。雪山西断，海潮东注。　　日暮。当代名流，合党贤遗者，泪边留住。枇杷门巷古。各浇取、桃花人墓。明朝何处。算入画津关，知心鸥鹭。西风苦。酒醒人远，一帆归去。"夜半酒醒，于舟中复各赠以诗。又，赵熙抵成都，同蜀中名流宋芸子（育仁）、方鹤斋、邓休庵、林山腴等结锦江词社。林山腴《鹊踏枝·岁尽雨中，奉怀尧老》云："词社阑珊秋已暮，悔不当时，苦苦留君住。坐看寒江摇橹去，至今却怅残年雨。　　珍重耳中临别语。石室青城，早觅栖身处。昨夜征鸿惊又度。梦魂空绕荣州路。"

汪东与汤定之、吴待秋、金拱北、陈师曾及陶宝如、陶心如等在北京寓所结"西山画社"。汪东《寒鸦点点归杨柳》云："丙辰秋，余在北京，邀汤定之、吴待秋、金拱北、陈师曾及陶宝如、心如丈兄弟，同集寓所，预置笺纸扇面等，宴饮既阑，挥洒狼藉。定之言：此会当有名，遂命之为'西山画社'。越数月，余赴浙江，社集竟未再举。是日所作，悉归主人，尤得饫观诸家点染之法，诚快事也。"

章梫作《岛上秋兴一首，写呈梦坡》。同人和作：周庆云《和一山先生〈岛上秋兴〉原韵》、洪尔振（二首）、恽毓龄（二首）、钱绥褧、恽毓珂（四首）、刘炳照、施赞唐。其中，章梫《岛上秋兴一首》云："楚泽难胜宋玉悲，江山摇落更何之。梦坡扶日腾空起，乱里因人作计迟。抱璧完终归故主，移山愚即是男儿。汉家文叔今无恙，正与严牛共学时。"周庆云和诗云："西风禾黍过墟悲，太息高名误子之。汉殿露寒仙去久，辽天霜重鹤归迟。灌鄂残破谁遗子，河朔纵横几健儿。还欲同倾千日酒，曹腾一枕太平时。"

梁鼎芬由崇陵回京，奉旨在毓庆宫行走，为逊帝溥仪授读。

朱庆澜为广东巡按使，后改任省长，以梁启超推荐，三顾何藻翔寓庐，邀任政务警察两厅长，何藻翔固辞，仅以乡绅资格，受聘全省保卫团局长，兼顺德团局长。

詹大悲出狱，由上海返武汉，被选为湖北省议会议长，董必武被推荐为秘书长。由于湖北督军王占元干扰，未能就职。

王国维撰《彊村校诗图序》，借"彊村"二字，记近来士大夫居上海一事。乙盦（沈曾植）、叶鞠裳（昌炽）亦作之，则皆言校诗事也。

曾习经过汪述祖故居，作《过汪吏部故宅》云："平生汪吏部，寂寞见心期。剩对陶公宅，谁营孺子祠。疏松犹磊砢，秋菊少华滋。寥落贞元士，同谁共此悲。"又，曾习经应邀为贡桑诺尔布郡王（乐亭）题《伯羲祭酒遗墨》，作《为贡郡王题伯羲祭酒遗墨》云："寻常车马经过处，叹息抽琴轸不存。一代风流沿溉尽，郁萃阁下故王孙。"

林纾作镜片水墨纸本《山水》。题识一："一路绯红玉洞花，有谁到山饮胡麻。人间那有神仙事，多半权舆小说家。丙辰秋日，临石田翁小册于斋庐中。林纾。"其二：

"十四年中过御河，杨花阵阵水微波。秋来满眼漫摇落，愁比涵元殿里多。畏庐识春觉斋。"

齐白石所积诗稿被盗作《悼诗》（二首）。序云："余十年以来，喜观宋人诗，爱其轻朗闲淡，性所近也。然作诗不多，断句残联约三百余句，丙辰秋为人窃去，因悼之以诗"。其一："平生诗思钝如铁，断句残联亦苦辛。对酒高歌乞题赠，绿林豪杰又何人。"其二："草堂斜日射阶除，诗贼良朋影不殊。料汝他年夸好句，老夫已死是非无。"

吕碧城与费树蔚等游杭州，作《西泠过秋女侠祠，次寒云韵》《中秋后钱塘观潮遇雨》《山行遇雨》《湖上新秋》。其中，《西泠过秋女侠祠，次寒云韵》云："松篁交籁和鸣泉，合向仙源泛舸眠。负郭有山皆见寺，绕堤无水不生莲。残钟断鼓今何世，翠羽明珰又一天。尘劫未销惭后死，俊游愁过墓门前。"《中秋后钱塘观潮遇雨》云："松篁交籁和鸣泉，合向仙源泛舸眠。负郭有山皆见寺，绕堤无水不生莲。残钟断鼓今何世，翠羽明珰又一天。尘劫未销惭后死，俊游愁过墓门前。"

周学熙携长子明泰南归秋浦祭扫，查看所办各善举。觅风水，购山场数处。又至庐山、常熟、嘉兴、杭州等处游览，作《南游杂咏五首》。其中，《雨中登常熟方塔远眺》云："亭台隐约见辛峰，点染湖山翠几重。恰似范宽图画里，更饶西寺一声钟。"《雨中游西湖》云："二十年前此旧游，今朝携子弄扁舟。六桥堤上萧萧雨，万柳塘边瑟瑟秋。城郭已非怜去鹤，江山犹是问浮鸥。清时美景闲难得，到处临归为小留。"《冒雨游湖西诸山》云："笠屐乘幽兴，名山独往回。云依螺黛转，雨挟瀑花来。（残句）"《晚晴登五云山》云："新晴山色好，来陟五云巅。图画罗千里，旃檀邈百年。峰回疑碍日，江回欲吞天。搔首风尘外，乾坤意渺然。"《登庐山牯岭望云海》云："飞栈方惊蜀道难，白云堆絮忽漫漫。庐山真面今谁识，且作沧溟万里看。"

胡雪抱访吴重卿于江西都昌五象山。吴重卿，号五象山樵，曾任广平知府，时已退隐。胡雪抱作《访前广平守吴重卿丈，还寄一首》赠之。诗云："弹指舳舻化劫桑，清樽重活水云乡。酒浇赵士酬恩命，碑拓淳于压宦装。宫树澹微应有梦，泽兰萦拂各生香。天南望气寻周史，五象山头负药囊。"

朱希祖兼北京高等师范教授，在北京大学和北京高等师范同时讲授中国文学史，编《中国文学史要略》讲义，流传颇广，1920年10月出版。

陶惟堪（际可）经南社社友王德钟介绍，绘赠胡石予《近游图》并题五绝一首。

李叔同介绍弟子吴梦非加入南社。

周太玄由上海至北京任《京华日报》编辑。王光祈亦到该报工作。

俞平伯与傅斯年由北京大学预科升入文本科国文门。

顾颉刚考入北京大学文本科中国哲学门。

朱自清考入北京大学文学预科。

瞿秋白绘赠表妹金君怡《江声云树图》，题录谢灵运《登池上楼》诗句："潜虬媚幽姿，飞鸿响远音。薄宵愧云浮，栖川怍渊沉。"落款"秋白瞿爽"。

邓中夏邀约张楚、朱芳圃等同学夜登长沙岳麓山，作《夜游岳麓山》。诗云："麓山高处隐天光，待月何人踏夜凉。灯火万家迷故国，江流一线认危樯。青磷应有血成碧，白骨终当土化黄。载酒过从思沃酹，满天风战一林霜。"

陈毅考入成都甲种工业学校，就读纺织科。此时陈毅喜读苏洵（字明允）古文，遂将"明允"倒置，改名"陈允明"。时国文教师徐子休、郑学传对陈毅作文颇赞赏。

汪懋祖考取官费留学英国。由于欧战方殷，改赴美国，留学哥伦比亚大学教育学院，先后与陶行知、胡适、陈寅恪、吴宓、郑晓沧、孟宪承、熊庆来等人同学。汪懋祖出国前曾参加中国教育会、中国科学社、中华职业教育社等团体。

谢玉岑在商校未毕业，至北京入银业学徒，因不愿侍候业主磨墨，仅一月即愤而南归。途中停留金陵，有诗《南归》《金陵夜泊》寄怀。其中，《南归》云："不爱长安雪似花，南行千里兴偏赊。金陵一宿归来候，半郭青山日未斜。"《金陵夜泊》云："六朝金粉旧风流，一夜笙歌出石头。休问南天正多事，莫愁生小说无愁。"

徐世昌作《秋眺》（山下共城县）、《登啸台》《归田别墅外散步》《朱渭春画红绿梅二树征诗，作一截句应之》《有斐亭看竹》《雨后登清晖阁》《农家》《梅溪》《新秋即事》《秋庭夜坐》《习静》（习静天君泰）、《晨起》《闲适》《梦中作》《逸园游眺》《雨中书事》《赴郭雷村望石门山》《小庄》《卓水村》（村外有卓水泉、万泉，卓水泉又名凉水泉）、《偕室人携诸幼稚至乡村经理农事晚归》《曹理斋书来，作此答之》《寄樊樊山前辈》《秋雨乍寒》《雨中简朱渭春处士》《檐雀穿窗巢于承尘之上，触兴赋长句》《榕生自定兴来，明日复行，将有从戎之志》《乡村晚步》《竹隐楼闲坐》《对山桥秋眺》《夜雨》《抱山楼宴客》《次韵答张珍午见寄二首》《感事，寄柯学士凤孙》《莲花泉》《仓周卿自正定来访》《过洗心旧园》《出郭三里许看水硙》《钱干臣、曹理斋自京师来访》《简周养庵、萧谦中》《友梅以余生日来辉，越一日回天津》《送干臣还京师》《对月》《次韵答江叔海》《放翁有六十二翁吟，余今年亦六十二，效其体作此诗》《秋眺》（秋晚日无事）。其中，《有斐亭看竹》云："万竹森寒玉，下印石藓纹。竹鸡声不断，啼破碧天云。"《赴郭雷村望石门山》云："白云停未散，山色自青苍。晴日禾麻陇，秋风枌杜庄。耕陶民朴古，神社俗荒唐（村民祈雨，移塑像曝于祠外）。枣实累累熟，村民打豆忙。"《小庄》云："蒲荒荷老稻花香，绿柳阴中过小庄。多少乡人来问讯，夕阳村舍说陶唐。"《乡村晚步》云："晴岚晚愈好，远树带斜晖。柳岸收渔网，莎堤曝浣衣。村牛偕犊返，野鹭逐鸥飞。向夕西山下，何人赋采薇。"《莲花泉》云："郭西四五里，野寺隐荒竹。寺前潴为池，泉清石苔绿。平地涌莲花，沙翻旋覆缩。地以百泉名，随处见洄洑。流溉遍田畴，穿渠任其曲。南去达云门，回望苏门麓。居民三两家，临泉结茅屋。此中大有人，登登闻版筑。"《钱干臣、曹理斋自京师来访》云："西风吹塞雁，握手百门陂。秋树山千叠，寒云水一涯。杨朱泣岐路，韩范有雄狮。相与登楼去，村醪正熟时。"《秋眺》(秋晚日无事)云："秋晚日无事，登临不惮劳。厨香炊芋糁，村酝熟松醪。山影高千尺，溪痕落半蒿。黄花开正好，邻叟约持螯。"《秋眺》(山下共城县)云："山下共城县，秋来气候清。废楼依古寺，小市据孤城。鱼稻民生乐，林峦诗思横。卫源清不滓，流溉助农耕。"《新秋即事》云："夜凉初听蟀，午燥尚鸣蝉。窗静数声雨，畦分一脉泉。烟云弄柔翰，风露得清眠。九曲屏风外，青山卧榻前。"

方守彝作《秋风一首，和镜天》。诗云："秋从天上来，随风入鬓霜。举目望四野，凄然关河凉。惊鸦腾阵黑，乱蝶翔林黄。槽头立马耳，带佩动鱼肠。苦心感志士，中夜歌声商。起掩青灯卷，罢添红袖香。浩叹庭树下，白露零修篁。默思金气行，所以潜盛阳。华飘坚实遂，顿觉宜举觞。摇曳瓜枣姿，翻舞玄黄裳。酒酣诵《幽什》，君看我佯狂。"

王小航作《秋夕》《秋晓》。其中，《秋夕》云："半规斜月碧天秋，偶听邻墙话女牛。近水凉生嫌酒薄，远林风飐见灯幽。疏星倒影鱼龙戏，浓露悬空河汉流。坐觉渊澄涵万象，湖居不羡在杭州。"《秋晓》云："湖天秋爽积窗棂，昨夜风高听采菱。人影穿林趋晓市，蛩声彻水隔前汀。平芜涵绿浮堤白，密柳凝烟染屋青。坐待熹微静无语，犹余残月伴孤星。"

曾广祚作《秋夕，酒酣忆耕者之乐，柬劭先宗丈》。诗云："酒酣秋静夜，石户忆农夫。种豆方忧落，妨苗不复锄。鸟耘争铸戟，驹见粲连珠。二顷田将灌，相从抱瓮无。"

沈汝瑾作《秋夜戏作》。诗云："飞蛾扑残灯，灯灭蛾亦死。觅火复然灯，蛾扑仍不止。灯与蛾何仇，相感乃如是。生命虽云微，造物亦同视。饥蚊嘬人血，暗中聚成市。蚊狡蛾何愚，同是一虫豸。"

韩德铭作《丙辰秋夜闻虫声有感》《感遇》(丙辰盛秋旅京作)(二首)。其中，《丙辰秋夜闻虫声有感》云："虫亦宣秋气，横流肃杀声。如忘百年感，直跃一朝情。旦夕飘零物，光阴积累成。达观警前岁，霜露及时平。"《感遇》其一："天人足蒿目，薪米奈饥肠。纵扫浮云念，难辞生事忙。笑贻搥壁口，身过润膏场。当日同流去，轻肥久自庄。"

陈莘作《秋日游福兴寨福兴寺有作，同汪生颖湄、房侄保新、侄孙益三》(六首)。其一："五岳惜未游，三角游已惯。穷崖与绝壑，有景无不遍。迩来筋力弱，腰脚逊前健。数载山灵违，每忆有余恋。山人履见招(家愚栖)，欲往辄难便。三山尚姑俟，此寨且来暂。"其二："兹山亦仙寰，微较三角小。云木殊净妍，邱壑尤宦窠。少小遭丧乱，十载住蓬岛。承平五十年，下界尘颜老。回思避秦地，履怅后历少。今辰有诸生，登临伴相嬲。乃著谢公屐，桃源一重讨。"

英敛之作《丙辰秋日，了割余缠，逝将终隐；觉民出纸索书，率成俚句。写毕循省，颇自惭恶；既甘悯嘿，何复饶舌？殊不如右军辞世帖之旷达也》（四首）。其一："中国不亡无天理，此言吾揭十五年。生气渐减竟残烛，颓波日下真逝川。"其二："是非颠倒混淆日，旦书宵昏晦暝时。有强权处有公理，无爱恶时无是非。"其三："倒行逆施吾岂屑，智尽能索聊洁身。是非一任悠悠口，小筑无劳写畏人。"其四："侧身天地更怀古，回首风尘甘息机。堪笑少陵殊不达，一腔忧愤又奚为。"

释永光作《丙辰秋日琴庄雅集，南社诸子待傅钝安不至，得诗一首》。诗云："琴庄裙屐社堂开，破笠芒鞋一衲来。落日洞庭南雁尽，乱山鼙鼓北兵来。尊前别绪江淹泪，楼外秋声庾信哀。更有幽人招未得，蒲团趺坐独徘徊。"

赵圻年作《西阁秋深》。诗云："秋云漠漠雨凄凄，风急宵深雁阵低。生意婆娑枯树赋，秋容憔悴菊花畦。诗饶燕赵悲歌气，画爱乾嘉故老题。小阁新营迫冬日，自疑身在瀼东西。"

黄沛功作《自忏诗》（六首）。其一："未持尺寸展经纶，终负双闱属望殷。马上功名休浪说，人间游戏亦前因。懒求勾漏烧丹术，耻作中郎诔墓文。块垒填胸浇不尽，早知涵养欠深纯。"其三："春梦如云却易寻，看花每至烛痕深。倚声可似苏辛体，寓意宁非屈宋心。恨乏兼长琴与画，只求自适醉还吟。一编芬雅存遗稿，难必他年照艺林。"

刘大同作《丙辰秋旋里，族党欢迎于诸，口占数韵以赠之》。诗云："还家不是客，族中竟欢迎。握手几前辈，鞠躬半后生。莫谈亡命苦，好叙故乡情。洗盏争相敬，满堂笑语声。"

成多禄作《得铁梅病起诗，喜和二首》。其一："龙沙风雨泣铜驼，独对新诗一细哦。湖上英雄闲款段，偈中空色病维摩。老来时恐亲知少，喜极翻惊涕泪多。欲寄相思加饭意，萧萧黄叶满关河。"

朱德作《五峰岭题诗》。诗云："泸阳境内数名峰，绝顶登临四望空。立马五峰天地小，群山俯首拜英雄。"

黄节作《秋霖寄贞壮》。诗云："北地秋霖不待零，连朝浃夜势无余。没蹄草淖深逾尺，当院槐阴落数株。坐托众多如雨叹（《雨无正》，《诗》序曰：'众多如雨，而非所以为政也'），窃闻星有好风殊。眼前此意谁能会，远为裁诗寄大诸。"

江子愚作《秋思》。诗云："庭梧萧瑟燕初归，半亩荒园画掩扉。雨后云如诗客懒，秋来花比故人希。晴鸠争树浑无赖，寒蝶穿篱独自飞。予处幽篁天不见，《离骚》读罢泪沾衣。"

谢玉岑作《醉花阴·赠许紫庵》。词云："湖海元龙楼百尺，寥落屠沽客。十载醉江南，拍碎铜琶，多少伤漂泊。　　送君风冷离亭笛。烟蓼秋江阔。沧海易沉沦，记取重逢,未必如今日。"

陈嬰(子韶)作《西子妆·赠春航。忆壬寅秋过沪上,观演〈阴阳河〉,体贴入微,予时方悼亡,为之涕下。距今盖十四年矣。故后阕之》。词云:"尘去眼中,绡成泉底,一片扶舆清气。淡妆浓抹总相宜,是当年、越溪西子。湔裙上巳。恐羞煞、堤边桃李。引清声,更自然佳妙,神明乎技。 欢娱地。一曲离鸾,转费相思泪。夜台何自访婵娟,料秋坟、也吟山鬼。流年似水。尚依约、旧时眉翠。好湖山,重听笙歌醉里。"

杨令茀作《丙辰九秋,寒云来泛五湖,同登云起楼,用其原韵》。诗云:"叠嶂嵯峨小径斜,晚来重过旧山家。霜风摇落丹枫树,返照凄迷碧水涯。披拂蒿莱临峻坂,怆怀陈迹认丹厓。烟波双楫须臾事,长笛一声别思赊。"

许承尧作《华州道中》。诗云:"披拂西风万柳黄,关山弥目贮苍凉。计时无术回寒燠,抟梦随心作短长。宦味飒如秋后叶,酒悲惊点鬓边霜。强持皮骨争饥饱,惘惘停鞭过夕阳。"

苏大山作《丙辰秋感》(四首)。其二:"东南天地望中回,纵饮狂歌倒百杯。画界使忙惊豆剖,卷帘人瘦报花开。愁看执梃充降长,枉说望门号党魁。十万横磨空抚剑,悲歌独付贺方回。"其四:"已过重阳恨转生,漫天风雨太纵横。失机边略无中策,蒙耻江流有恨声。遗子尚怀观太学,用人孰借作长城。奈何覆辙甘心蹈,巨患多由隐忍成。"

王揆埤作《丙辰秋病疡,有浙省议员以诗索和,即次其韵,后二首倒用前韵》(四首)。其一:"非关汤沐假旬休,一病疏慵到九秋。独对黄花迟旧雨,但吟红豆属名流。望门张俭会囚首,垫角林宗自岸头。匝地风云天际墨,乱潮何处落江鸥。"其四:"阿浓闲杀似沙鸥,独立空江照白头。此际风波泅下国,何时砥柱莫中流。且寻畦菊从高隐,恰看山枫染晚秋。好语长安才调客,雨云反覆未妨休。"

黄洪冕作《五十三生日感赋》。诗云:"星霜五十又三更,浪作淹留百感生。几日思亲惭定省,终宵入梦欠分明。他乡侍馔无妻子,远道稍觞有弟兄。一径萧萧松菊冷,秋风吹起故园情。"

郁达夫作《秋兴四首(并序)》,后载 1916 年 11 月 22 日上海《神州日报·文艺俱乐部·文苑》。序云:"卧病多年,废诗日久。秋来气爽,吟兴复萌,前后共得若干首,命名曰《秋兴》。咏不一题,成亦非一日也。"其一:"桐飞一叶海天秋,戎马江关客自愁。五载干戈初定局,几人旗鼓又争侯。须知国破家何在,岂有舟沉橹独浮?旧事崖山殷鉴在,诸公努力救神州。"

贺次戡作《秋夜闻笛》。诗云:"星河如水快长吟,玉露凝珠滴满襟。远笛不知何处起,飞声吹彻异乡心。"

[日] 久保得二作《秋晓》《秋暑》。其中,《秋晓》云:"悄听阶前虫语繁,海棠瘦

倚短墙根。依稀绘出月之曙，白露润于过雨痕。"

十 月

1日　胡适在《新青年》第2卷第2号通信栏发表书信《致独秀》，公开提出"文学革命"之"八事"。信中写道："足下之言曰：'吾国文艺犹在古典主义理想主义时代，今后当趋向写实主义。'此言是也。然贵报三号登谢无量君长律一首，附有记者按语，推为'希世之音。'又曰：'子云相如而后，仅见斯篇，虽工部亦只有此工力，无此佳丽……吾国人伟大精神，犹未丧失也欤，于此征之。'细检谢君此诗，至少凡用古典套语一百事。"胡适指出："稍读元、白、柳、刘之长律者，皆将谓贵报案语之为厚诬工部而过誉谢君也。适所以不能已于言者，正以足下论文学已知古典主义之当废，而独啧啧称誉此古典主义之诗，窃谓足下难免自相矛盾之消矣。"胡适认为古诗中"其最可传之作，皆其最不用典者也"，"以用典见长之诗，决无可传之价值"。"尝谓今日文学之腐败极矣。其下焉者，能押韵而已矣。稍进，如南社诸人，夸而无实，滥而不精，浮夸淫琐，几无足称者。""更进，如樊樊山、陈伯严、郑苏盦之流，视南社为高矣。然其诗皆规摹古人，以能神似某人某人为至高目的，极其所至，亦不过为文学界添几件赝鼎耳。"胡适认为："综观文学堕落之因，盖可以'文胜质'一语包之。文胜质者，有形式而无精神，貌似而神亏之谓也。欲救此文胜质之弊，当注重言中之意，文中之质，躯壳内之精神。古人曰：'言之不文，行之不远。'应之曰：若言之无物，又何用文为乎？"胡适主张："今日欲言文学革命，须从八事入手。""一曰不用典。""二曰不用陈套语。""三曰不讲对仗。（文当废骈诗当废律）""四曰不避俗字俗语。（不嫌以白话作诗词）""五曰须讲求文法之结构。""此皆形式上之革命也。"另有"六曰不作无病之呻吟。""七曰不摹仿古人。语语须有个我在。""八曰须言之有物。""此皆精神上之革命也。"胡适信后附有陈独秀复信。陈独秀解释《青年杂志》刊登谢无量诗之原因的同时，针对胡适提出的文学革命"八事"发表看法。他表示："除五八二项，其余六事，仆无不合十赞叹，以为今日中国文界之雷音。""第五项所谓文法之结构者，不知足下所谓文法，将何所指？仆意中国文字，非合音无语尾变化，强律以西洋之Gramma，未免画蛇添足。""若谓为章法语势之结构，汉文亦自有之。此当属诸修辞学，非普通文法。且文学之文，与应用之文不同，上未可律以论理学，下未可律以普通文法。其必不可忽视者修辞学耳。"针对第八项"须言之有物"，陈提出"或者足下非古典主义，而不非理想主义乎？鄙意欲救国文浮夸空泛之弊，只第六项'不作无病之呻吟'一语足矣。若专求'言之有物'，其流弊将毋同于'文以载道'之说。以文学为手段为器械，必附他物以生存。窃以为文学之作品，与应用文字作用不同。其美感与伎俩，所谓文学美术自身独立存在之价值，是否可以轻轻抹杀，岂无研究之余地？况乎自然派文学，义在如实描写社会，不许别有寄托，自堕理障。盖写实主义之与理想主义不同也以此。"

《中国实业杂志》第7年第10期刊行。本期"文苑"栏目含《哭林寒碧先生诗（并序）》（南湖廉泉）、《与芝瑛二阶坊旅楼望月寄小儿女》（南湖廉泉）、《与芝瑛挈长女绍华同游京都岚山》（南湖廉泉）、《与芝瑛挈绍女游有马宿宝冢，由箕面回神户道中，得诗三首》（南湖廉泉）、《沈钟亭晚眺，与芝瑛同作》（南湖廉泉）、《有马山中与芝瑛夜谈二首》（南湖廉泉）、《哭刘铭之医士》（南湖廉泉）、《自题〈鼓泷濯足图〉二首》（南湖廉泉）、《辽源道中》（谢祖元）。

《小说海》第2卷第10号刊行。本期"杂俎·诗文"栏目含《沈李歌（并序）》（南强）、《长沙蓝省吾以诗留别，次韵奉赠》（冶盦）、《九日偕毅盦、绂云、初白登鼓山作》（冶盦）、《重阳后三日，偕干臣、绂云、初白登于山》（冶盦）、《除夕》（默庵）、《园中笋》（默庵）、《遣怀二首》《种柳》（默庵）、《秋日闲居》（默庵）、《用渔洋别集韵，成感时一律，寄示东园兼呈喟庵》（天民）、《赠沈子良维骥》（天民）、《题施斗南太守〈岳麓联吟集〉》（天民）、《寄赠天民、署芸》（喟庵）、《初夏即事，寄示天民》（喟庵）、《偶忆〈山左诗钞〉载罗南村闭关以后十律，不禁有感，辙韵步和，非敢言诗，聊鸣胸中之不平耳》（飞鸥）、《丙辰清明，读〈山左诗钞〉，偶拈张冶园〈清明日郊游杂咏〉韵》（飞鸥）、《沁园春四阕·应諆园词品之征》（东园）、《凄凉犯·用怀荃室韵，示睫庵》（东园）、《前调》（题《怀荃室诗余》，用前韵）（东园）。"弹词"栏目含《五女缘弹词（续）》（绛珠女史著，东园润文）。

《诗声》第2卷第4号在澳门刊行。本期"诗话"栏目含《霏雪楼诗话（四）》（伍晦厂）；"笔记"栏目含《水佩风裳室杂记（十三）》（秋雪）、《乙庵诗缀（四）》（印雪）；"词谱"栏目含《莽苍室词谱卷二（二）》；"词苑"栏目含《雪堂覆瓿集（二）》（续2卷1号）：《感秋三首》（印雪）、《前题》（三首，冰雪）；"投稿"栏目含《天智庐笔记（四）》（麦少侠）；"词论"栏目含《〈周止庵词选〉序论（四）》；"诗论"栏目含《〈诗品〉卷上（四）》（梁代钟嵘）；"野史"栏目含《雪溪友议（四）（李令）》（范摅）；"诗屑"栏目含《行，笑》《渔，晚》（以上择录灌根《诗钟》）；另有其他篇目《雪堂第三十三课题》《投稿诸君注意》《征求第一卷〈诗声〉》《破天荒之〈诗声〉》。其中，《雪堂第三十三课题》为《秋感》，要求"限填词，卷寄澳门深巷十八号转雪堂收，准阳历十月二十日收齐。"另云："敝社诗课自本年阳历四月因事停课，至今已逾五月，兹同人公议，恢复月课。凡属社友，祈依期将大作寄下为祷，其前二十九、三十、三十一、三十二各课未交，誊者乞印，补作寄来，以得补印，发奉是望。雪堂诗社启。"《投稿诸君注意》云："（一）来稿刊登与否，权归本社，其不登载者，恕不检还；（二）赠妓诗虽佳不录。"《破天荒之《诗声》云："提倡风雅之嚆矢，研究诗词者不可不读，欲得高尚感想者不可不读，青年学子不可不读。"

[日] 夏目漱石作《无题》。诗云："谁道蓬莱隔万涛，于今仙境在春醪。风吹鞑鞨房尘尽，雨洗沧溟天日高。大岳无云辉积雪，碧空有影映红桃。拟将好谑消佳节，直下长竿钩巨鳌。"

2日　吴玉章由法国马赛乘船归国。

胡派源《星洲杂景》（四首）刊于 [马来亚]《国民日报》"文苑"栏目。其一《海旁》："绿树阴浓蔽日凉，枝头傍晚挂斜阳。优游林下觇佳景，满道花风扑鼻香。"

傅锡祺作《早梅》（十月二日栎杜小集，击钵吟在莱园）、《破屋》《卖饼》《纸鸢》《酒债》《汽车》。其中，《酒债》云："独醒人尽笑吾愚，署券归来酒一壶。但得中山千日醉，叩门何管等催租。杖头钱尽力难沽，入肆商量假一壶。拼作酒逋君莫笑，平生花债幸全无。"《汽车》云："天下轨皆同，辚辚疾似风。五行炎上火，百足不僵虫。寒暑行舟力，张骞凿空功。往还五日日，得便感神工。"

[日] 夏目漱石作《无题》。诗云："不爱红尘不爱林，萧然净室是知音。独摩拳石模云意，时对盆梅见藓心。尘尾氄毫朱几侧，蝇头细字紫研阴。闲中有事吃茶后，复赁晴喧照苦吟。"

[日] 白井种德作《送吾妻训导转任江刺郡视学》（九月六日）。诗云："十九年间同学堂，忽然分手感偏长。路程廿里如千里，江刺不言非远方。"

3日　叶昌炽赴刘葱石之招，另有褚礼堂、吴朣庵、孙益庵、曹元忠（夒一）、丁衡甫同年、李振唐及画师周乔年，宾主共9人。

康有为作《重九前二日游莫愁湖，第三度矣。寺僧出端午桥尚书〈莫愁图〉，题卷末》（三首）。其一："一角城墙百顷荷，六朝金粉剩烟波。湖山应让佳人领，免使争棋劫局多。"

曾仲鸣作《夏间来海滨避暑，忽已数月，明朝又当离此，晚眺有感》（十月三日）。诗云："烟里斜阳恋小楼，西风落叶耐人愁。年年飘泊归何处，如此江山又暮秋。"

[日] 夏目漱石作《无题》。诗云："逐蝶寻花忽失踪，晚归林下几人逢。朱评古圣空灵句，青隔时流偃蹇松。机外萧风吹落寞，静中凝露向芙蓉。山高日短秋将尽，复拥寒衾独入冬。"

4日　溥仪传旨，毓庆宫行走梁鼎芬著加恩赏在紫禁城内乘坐二人暖轿。

《申报》第15678号刊行。本期《自由谈》"游戏文章"栏目含《辫子军》（尘梦）；"一串珠"栏目含《罗霄女侠弹词 (二续)》（寄尘）。

黄藻泮《星洲杂咏竹枝词十二首》刊于 [马来亚]《国民日报》"文苑"栏目。其中，《东陵林景》云："大东陵又小东陵，十里丛林十里青。几个顽童轻蹑足，竟从树下捉蜻蜓。"《丹戎晚霞》云："一片波光灿落霞，丹戎江畔尽渔家。老翁叉手船头立，笑看群儿扑水花。"《星江灯火》云："晓来天气碧如晶，几处枝头鹊噪晴。担得榴莲街上去，沿途呼卖一声声。"《加东晚浴》云："日射波光漾浅沙，短墙倒水影交加。蛮姨出浴娇无力，斜倚桥栏数过鸦。"《江畔香风》云："葱茏堤树隔斜阳，阵阵江风阵阵凉。疑是玉人初过处，车尘犹带几分香。"《马场赛跑》云："云树参差碧四围，六骑竞跑疾如飞。楼头妇女看真切，数说绿衣得彩归。"《草地竞球》云："丛林晚景快倘佯，路过花丛袖亦香。多少游人争驻足，围看场里踢球忙。"《香闺春宴》云："家家儿女闹芳春，簇簇纱笼（马来妇装）簇簇新。怪道阿姨偏作态，满筋啤酒未沾唇。"《菱湖歌声》云："湖边树影绿婆娑，湖面春风水不波。隐约堆前停画桨，傍花低唱采菱歌。"《学校课艺》云："剪纸组成镙铄翁，翻新花样怕雷同。邻儿归去夸阿母，道是先生教手工。"《运动大会》云："士女如云闹一场，履声乐韵两悠扬。培风毕竟多成绩，赢得来宾拍掌忙。"

赵熙作《紫萸香慢·重九前一日得休庵书》。词云："满城山、青如人意，不晴不雨秋光。劝三年归客，待明日、醉南冈。半世身如飞雁，为莓苔菰米，误尽潇湘。叹于今老矣，鬓白菊花黄。岁又暮、一天早霜。　天狼。箭落星茫。桑梓影、净龙荒。只无家弃妇，愁量海水，梦冷宫装。犹剩一行遗老，忍寒饿、碧鸡坊。唱新词、作龙山会，百花潭外，何地同作重阳。人望故乡。"

姚光作《重九前一日，与吹万舅氏等在秦山预作登高之举。回忆上元节曾在此为赏梅雅集，尚有天梅、公直二子。今则远在燕京，因慨然有作，奉和舅氏并寄二子》。诗云："寂寞荒山禊再修，预重阳节饯清秋。天容难得无风雨，景色可堪解郁忧。素志渊明知爱菊，伤时王粲怕登楼。溯洄别有凄凄意，北望燕云愿岂酬！"

[日] 夏目漱石作《无题》。诗云："百年功过有吾知，百杀百愁亡了期。作意西风吹短发，无端北斗落长眉。室中仰毒真人死，门外追仇贼子饥。谁道闲庭秋索寞，忙看黄叶自离枝。"

5日　重阳，沈曾植与逸社同人集于海日楼，沈曾植、冯煦、王秉恩、瞿鸿禨、沈瑜庆、王仁东、杨钟羲、王乃征、张彬、缪荃孙在座。同人有诗作：沈曾植《丙辰岁重阳日，同人集于寓楼，完巢病起携示新作，即和其韵》（四首）、王仁东《重阳日海日楼同人雅集感赋》、瞿鸿禨《重九日同集乙庵海日楼，完巢病起，即次其近作五首韵》、杨钟羲《九日集海日楼，次刚候病起诗韵》。其中，《丙辰岁重阳日》其一："樽酒萧然重九节，衣冠还是永嘉人。惠州白发常相对，郢县菊花无数新。万树秋声起哀壑，九州战血污名身。黄斋可许消灰劫，玉册何年录种民？"

周梦坡招集淞社雅集。金武祥作《丙辰重九，梦坡招集淞社，即席口占》，同人和作：周庆云《九日社集，金淮老有诗见赠，次韵奉酬》、刘炳照《重阳后一日，补和湜生、梦坡倡酬诗韵》。又，周庆云作《九日，桂题招饮花间，即席有句，瘦鹤词人和诗先成，予亦继声》，邹弢和《和桂题花间宴饮之作，即次原韵》。其中，金武祥《丙辰重九》云："未能浮海且登高，遗老相逢气尚豪。难得香山开胜会，更从公瑾醉醇醪。青琴独抚常怀戴，黄鞠迟开漫学陶。可比吴兴崇雅社，一尊何处荐溪茅。（席间出示《岘山逸老图》征题）"刘炳照《重阳后一日》云："莫道黄花品不高，寄人篱下敢称豪。老来多病如残烛，客里浇愁借浊醪。爱士今无推毂郑，读书我愧结庐陶。宾筵击钵催诗急，趁韵何嫌杂治茅。（是夕，梦坡招赴醉和春酒楼西餐，履舄交错，宾主欢洽，湜生首赋此诗，属同社和）"邹弢《和桂题花间宴饮之作，即次原韵》云："老去清除杜牧狂，遣愁来访碧溪坊。愿从北里征高会，谁向东篱话夕阳。四座嘈嘈围众艳，三英粲粲冠群芳。酒阑人散歌声歇，一样情怀付渺茫。"

陈芷云本日前后邀友陈宝珩、颜谦、卢卓民、叶菊生等游龙泉岩，并以《兰亭集序》之"群贤毕至、少长咸集，此地有崇山峻岭，茂林修竹，又有清流激湍，映带左右"分韵，陈素得咸韵成诗寄陈芷云，陈芷云以《酬家无那诗兄，得咸字》为酬。诗云："吾宗益挚公，刚直受讥谗。抚宁登荐牍，依旧着朝衫。无何悲陟岵，宦海急收帆。庐墓石城头，墓木拱松杉。讲学集群英，遗书启石函。歌声出金石，世味异酸卤。筑室仅期年，九天下巫咸。公在文明盛，公去日西衔。嗟哉乡圮废，松扉夜不缄。庐舍成阡陌，农父负长镵。但期稻粱熟，忍将花木芟。考古发幽想，愁多潘鬓影。此地今何在，密迩龙泉岩。喜君着游屐，怪石履巉巉。读君纪游诗，超然出尘凡。胜会成新咏，摩崖觅旧劖。吾宗有善行，絮语燕呢喃。彼此仰宗风，怀贤发至诚。"

张謇晨起后视黄泥、马鞍山河。黄泥东岭之南有一小壑，至可布置作药圃，马鞍之西可作鹿囿。作《重九日信宿林溪精舍，有事西山》云："晴秋有意欲逃闲，却借登高又入山。未睹黄花堪压帽，生憎白酒不韶颜。助寻燕蝶僧探径，分饷鸡豚客款关。规竹量松畦菜罢，马鞍更与度埼湾。"

康有为作《重九登金山塔，今新修矣，寺前沙州又生者。丹徒令章君觐瀛置酒，寺僧出纸请题，写二诗付与》《九月重九夜十二时，登焦山，自金山宴毕，趁月渡江，杨春普师长、章觐瀛大令、汪甘卿洪胪陪登》（二首）、《丙辰重九再登焦山》《祝左逸叟宗丞四丈六十寿辰，丙辰重九作于泰山顶补祝》。其中，《重九登金山塔》其一："七宝峥嵘倚塔尖，重来楼阁现华严。妙高台上登高望，感慨沧桑洲渚添。"《九月重九夜十二时》其一："焦山高处最高楼，吸尽西江滚滚流。海浪天风吹不尽，远烟淡月见扬州。"其二："江月苍茫江水流，远芜灯火见瓜州。浪声树影夜烟色，重九焦山秉烛游。"

况周颐作《紫萸香慢·丙辰重九》。词云："又匆匆、一回重九，菊萸总逐愁新。恁悲哉秋气，惯萧瑟、隔年人。最是无风无雨，费遥山眉翠，镇日含颦。念东篱俊约，迹往越成尘。渺过雁、几重冷云。　　黄昏。忍对清尊。持薄酒、与谁温。甚青娥皓齿，檀痕揾损，毕竟声吞。总然夕阳如醉，算多事、怨浓雾。强登临、自怜衰鬓，故人不见，寥落客里佳辰。霜重闭门。"

俞明震作《丙辰重九龙井登高》。诗云："老觉人前万事非，登高望远独依依。难披榛莽凌千仞，已许湖山共落晖。世改性随龙不灭，天空云与雁同飞。年年此会成今古，短鬓萧疏我自归。"

杨圻作《丙辰重九》。诗云："佳节逢重九，雄心见二毛。风流犹近菊，落托愧题糕。白日闲中过，青天醉后高。遥知故山侣，煮复持螯。"

徐世昌作《丙辰重阳，偕效泉诸人集清晖阁，酒后登啸台》《重阳喜少笙弟来共城》。其中，《重阳喜少笙弟来共城》云："去年京国度重阳，病榻初离未举觞。方药有灵身易健，乡园久别树成行（近年余病，皆少笙诊治，甚效，少笙已八年未来此矣）。淡中滋味村醪熟，静里光阴秋日长。策杖垣边同散步，数畦寒翠晚蔬香。"《丙辰重阳》云："林木经秋静，潭水濯日晶。天地有清气，万物无遁形。新凉畅襟抱，杰阁何峥嵘。登览一长眺，壶觞有余情。散策陟层巇，莽莽大河横。西山列屏障，环抱如曲肱。试呼孙公和，啸旨谁能通。黄钟与大吕，喉舌难为功。冥坐欲无言，乾坤荡吾胸。嘘气动阳和，空谷来春风。"

陈衍作《重九日宛在堂秋祭作》《再作》。其中，《重九日宛在堂秋祭作》云："筑就诗龛俯水滨，祭诗人共祭诗人。明年九日知何处，此地千秋德有邻。老去题糕无胆气，褐来荐菊各精神。画图分付周文矩，要称湖山别样新。"

方守敦作《九日登邑西茅公洞山顶有怀》。诗云："岩洞西山古，登临一放歌。天高平野阔，江远故人多。老物繁霜重，浮生万象过。衰情系游子，东望渺如何。"

盛世英作《九日阻雨》。诗云："频年几许违心事，肯为区区动我情。况复寰瀛正昏暗，那能天日见清明。子安梦断滕王阁，老杜愁生白帝城。输与野人腰脚健，兴来开雾即游行。"

汤汝和作《九日登高伏波山》（二首）。其一："山下寒流激沙尾，山腰抟载雷轰耳。闲依秋树立清阴，却看儿女汲江水。是日晴空明夕曛，游山红粉纷如云。都藉登高来礼佛，氤氲一片炉烟芬。复有青年各携酒，狂饮荒亭不计斗。乃知儿辈喧呶声，随风飘作蒲牢吼。历井扪参上半峰，秋光为我澄心胸。群山起伏若奔马，深潭幽渺疑潜龙。徒倚石崖刻晷移，琳宫偶过闻檐卜。众中一个寻诗翁，腹稿经营人不识。"

陈莘作《九日同房弟幼卿游王家洞紫云庵，饭山家晚归，得诗六首》。其一："驾言出登高，写忧将何方。或称王家洞，此地殊亦良。距我六里余，未至六十霜。家乡有遗景，垂老宁终忘。之子欣偕行，策杖爱相将。"其六："游竟过亭午，山家饭齐热。脚倦腹亦枵，相拟下山麓。山人有佳儿，止饭苦留属。壶（同瓠）蒸余庆鸭，园蔌敌鱼肉。俗儒一饭齐,此子书未读。"

周树模作《丙辰重九》(二首)。其一:"去岁黄花今又生,相看真可解狂醒。难忘故相亭中酒,一话无端雨满城。(去年九日黄陂公招饮荣文忠故宅,侦者拟有所谋,几濒于殆)"其二:"黄花比似去年佳,醉饱何因有过差。磊砢连车三百本,平分秋色向斜街。"

甘鹏云作《太原重九,冰园雅集,次谭芝耘韵》(丙辰)。诗云:"重阳风雨奈秋何,喜得冰园载酒过。四海惊涛悲浩劫,一腔孤愤托商歌。自嗟垂老狂谈减,不觉哀时涕泪多。此会明年更何处,飞觞莫惜醉颜酡。"谭启瑞(芝耘)原作云:"触忤闲愁定若何,重阳偏向客中过。惊心万国皆戎马,喜对群公一啸歌。冽石天寒龙气隐,汾河秋老雁声多。年年此会人长健,莫损朱颜醉后酡。"

施赞唐作《百字令·丙辰九日登高,韵盦赋怀,语石次韵同怀,兼寄晨风庐主》。词云:"登高脱帽,看苍然秋色,都来眼底。屈指重阳风雨少,胜赏数年无此。红饱山萸,黄酣篱菊,想接柴桑地。举樽相属,异乡萍水知己。 今我不乐题糕,借人词曲,摩笛寻声倚。吹出清商惊变征,郁似晨风噫气。鸡犬当灾,猿虫化劫,枉作全生计。请从玄石,且谋千日长醉。"

林一厂作《九日陶然亭作》(三首)。其一:"四面漾菰芦,一丘秋似海。亭阁浮轻舟,登临意良快。西山恍蓬峤,反映空濛外。北城自嚣尘,线昼漾漭界。百雉露南郭,始觉稍眼碍。迤东蠹园丘,又诧囊见隘。万木风萧瑟,孤烟日晻蔼。盘鹰高不已,阵雁过何迈?客愁忽遥集,时节已去改。携囊虽登高,落帽无狂态。出门壮心违,亲舍白云在。"其二:"世路长不平,城隅土负累。驱车上陶然,醒人亦如醉。鱼鱼满冠盖,鹿鹿争名利。坐或语及国,貌必色然义。愿君毋自欺,浮生本如寄。失势未为愚,捷足岂即智?臣朔视侏儒,饥饱情虽异。涧松比山苗,高下性非类。"其三:"亭东一抔土,世说座花魂。又或拟青冢,香妃此埋冤。事易成渺茫,情堪怆王孙。忆昔曾过之,匆匆未停轩。有碣传异辞,数年抱疑存。斜阳一展读,草隶非烟痕。妄谬实改窜,附会相比论。古来称美人,何必承君恩?"

周岸登(癸叔)作《忆旧游·丙辰重九,同孟癯及番禺沈太伸宗畸集陶然亭,题壁》。词云:"记兔潭买夏,刹海延秋,龙树寻春。霁雪轩窗好,送西山冷日,步屧深尊。少年漫挟豪兴,欹羽忆争墩。乍睡醒昆仑,重寻鹿苑,无地销魂。 犹存。甚风景,叹霜饱花腴,藓篆云根。絮酒浇香冢,借一杯呼起,残唱秋坟。旧人醉郭应笑,席帽逐黄尘。问更几重阳,凄然故国余泪痕。"

张丙廉(孟癯)作《忆旧游·丙辰重九,同沈太伸、周癸叔登陶然亭感赋》。词云:"又支筇访菊,侧帽簪萸,来款禅关。不是吟秋客,是悲秋宋玉,懒赋衰兰。雁程渐促霜信,凉吹起芦湾。算此日登临,便无风雨,尽觳清寒。 凄然。黯凝睇,怅荒冢香销,坏壁诗残。落木萧萧下,问亭皋日暮,何处栖鸾。余生几历桑海,魂断旧江山。只独立苍茫,烟尘障目愁倚阑。"

金兆蕃作《丙辰九日,我县诸宿儒为珠台九老会,赋诗遥颂》。序云:"九老邹楚白(嘉林)年八十二,崔鉴湖丈(嘉勋)八十,罗秋山(桂生)、朱梅轩丈(之桢)皆七十九,何伟卿(绍玮)、陆秋江(宗耀)皆七十七,叶湛持(存养)、徐若川(晋生)皆七十五,钱仲毓丈(世钟)七十四。"诗云:"耆英兼采香山例,间史承闻事足豪。邑有大儒知士贵,民存旧俗问年高。衣冠争起神仙羡,杖履犹胜陟降劳。故国茱萸徒梦想,未容隅坐侍题糕。"

徐定超作《丙辰重九,里中戚友公宴,爰赋二律,以志成会》。其一:"阅尽沧桑百念捐,还从文字结因缘。喜逢令节开筵日,愧屈香山致仕年。春自多佳秋更好,客原不恶主尤贤。耆英领袖推南谷,翰墨名争远近传。"其二:"功名事业称君辈,愧我生平似拙鸠。执□许教陪末座,携筇好共上层楼。聚□白首倾情愫,赏到黄花迭唱酬。一席九人七百岁,泮宫俟各赋重游。"

鲍心增作《展重阳日,率侄鼎,携侄孙元恺登月华山览眺有作》(二首)。其一:"一览收全势,凭城壮此州。天心珍晚节,人事感迁流。北固江山古,西风禾黍秋。漫嗟催我老,且共豁双眸(鼎年十九,元恺十岁,均初登此山,余自世变后,亦及今始登)。"

张其淦作《九日(丙辰上海作)》(二首)。其一:"惆怅西风阵阵凉,每逢九日例称觞。五年申浦瓜庐寐,一盏春江(沪酒楼名)菊酒香。堪笑忧天人是杞,纵无乐国海生桑。家家欢语都如此,梦死何妨入醉乡。"其二:"遍插茱萸兄弟泪,欲栽松柏故园思。不胜旧恨新愁集,莫使长风短发吹(用朱紫阳诗语)。珠海波涛初定后,珊瑚蓑笠未归时。满城风雨离忧客,遮莫登高听子规。"

江子愚作《烛影摇红·丙辰重九,风雨愁人,休庵招饮,因留宿焉》。词云:"冷冷凄凄,暗中险把重阳误。好山多被乱云遮,莫问登高路。便是登高也苦。怎凝眸乡辟野渡。翠阴消减,只剩些些,乱鸦红树。　　有客销魂,东篱细草闲情赋。鱼香酒美,续餐英旧约寻叹晤。剪烛西窗听雨。频劝道,今宵且住。缠绵情话,断续疏更,最难忘处。"

唐继尧作《丙辰九日》。诗云:"晚来天气雨霏霏,薄雾轻寒透锦帏。冷眼最怜尘世小,闲居常觉道心微。风云底事龙犹蛰,魂梦当年鹿正肥。大陆何时收拾定,江天花月漫忘归。"

萧瑞麟作《九日过杨升庵先生故宅》(今为新都典狱署)。诗云:"潇潇菊雨入新都,手濯寒泉荐古儒。一疏叩阍声已震,诸生议礼见犹粗。吾乡已配毛都谏,故里羞邻莽大夫。文彩风流今歇绝,状元坊下望踟蹰。"

林思进作《晤胡铁华感赠》。诗云:"京洛逢君尚眼前,乱余重对蜀山川。人如卫玠临江语,事是麻姑话海年。九日黄花酬令节,一家松所问寒烟。陆沉似觉关天意,且觅新诗万口传。"

高旭作《重九》。诗云:"西风萧瑟感苍茫,作客宣南底事忙?笑看黄花尚无恙,十千沽酒赏重阳。"

马复作《九日登粤秀山》(丙辰)。诗云:"寒芜落日北城阴,乱后台荒秋渐深。如此江山余涕泪,不辞风雨一登临。黄花了了他年约,白眼看看薄俗心。颇有尊前泉下忆,独持孤抱自沉吟。"

周钟岳作《九日从冀帅登毕节灵峰山》。诗云:"古寺元戎小队来,宾僚飞盖共追陪。千夫已犒椎牛飨,九日相从戏马台。欲绣弓衣诗句健,频斟桑落客怀开。灵峰好是登高地,愧我殊非作赋才。"

王舟瑶作《九峰登高,以手病风未赴,戏简预会诸君》。诗云:"一生能得几重九,佳节未应呼负负。况复郭外即青山,九朵莲花落吾手。乱后归来已四年,年年此日凌冈阜。今年天气倍殊和,雨师退舍风伯走。蜡屐预思灵运游,开樽已送王宏酒。不堪一手忽支离,困顿真能掣吾肘。年来袖手坐空山,旋转乾坤愧何有。坐拈枯管钝若锥,已无金印悬如斗。天公何复恶作剧,不许持螯开笑口。始信饮啄有前缘,佳会登临本非偶。樽前白发几人来,分遍茱萸少一叟。就中词客谁最豪,问君今日诗成否。"

李澄宇作《丙辰九日重游岳麓》。诗云:"青山载酒笋舆便,不负重阳剩此缘。九月旧亭犹爱晚,十年新冢竟弥阡。寒钟自语悲云麓,高树相望护鹤泉。斜日隔江明瓦砾,来焦城市已堪怜。"

胡雪抱作《重阳横山登高,饮净土寺,还宿沈氏斋中》。诗云:"思蹴灵狮拂凤凰,横山高处作重阳。老僧领竹雄千户,初地登莲小十方。点水烟螺晴欲活,浮空瀑布远相望。振衣日夕秋风饱,林馆餐英浥晚香。"

赵圻年作《重九登南山》。诗云:"鄂山悭草木,来脉连姑射。春杪犹寒枯,秋深转苍碧。虽无峭削势,土厚亦雄杰。登高趁重阳,来访昭远迹。寺屺佛像颓,孤立凌霜柏。荆榛刺踝胫,苔藓没碑碣。唐代盛昭提,废兴如电掣。惟余一线泉,鸣咽渐岩穴。转晌南阁幽,策杖行屡息。山凹三两家,老屋炊烟黑。野菊寒尚花,柿熟落叶赤。晚晴晒黍忙,西风促砧急。余粮隼不顾,奇矫盘双翮。一犬随羊归,狂欲与狼敌。牧儿正扑枣,顾我奚童拾。笳声城中来,听若楚咻习。日低塔影长,岩壑倏将夕。乌鸟喜集枯,吾亦爱荒僻。所以冰肌神,于焉就安宅。"

何知平作《醉花阴·丙辰重九聚饮竹韵轩》。词云:"曾向湖边消永昼,为爱霜花茂。荏苒又重阳,老少联襟,竹院吟声透。 风闻采菊欢游后,香满群英袖。此会岂寻常,欣赏秋光,漫道人消瘦。"

6 日 姚华作《(丙辰)九月十日,銮儿逝去七日矣》。诗云:"九日犹耽病,黄花孰与娱。江山能几劫,风雨欲双狐。老去人伤逝,悲来意指途。登高儿女队,数数问茱萸。"

[日] 夏目漱石作《无题》。诗云:"非耶非佛又非儒,穷巷卖文聊自娱。采撷何香过艺苑,徘徊几碧在诗芜。焚书灰里书知活,无法界中法解苏。打杀神人亡影处,虚空历历现贤愚。"

7 日 《申报》第 15681 号刊行。本期《自由谈》"游戏文章"栏目含《最新上海打油诗四首》(尘梦)。

岑春煊、李根源等回广西,章太炎"见南方无可与谋者,遂出游南洋群岛,岁晚始归"。

栎社社长赖悔之招集社员集会,为故栎社社友林痴仙作祭于台中寺。

蔡守作《丙辰九月十一日,过石华山,口占一绝有记》。按:"石华山一作石化,又名石人山,在今台山县城东北五里,高百丈,周三里,山顶石簪乱插,夭斜不正,明正德间,兵备王大用征羊公径盗,刻'石化山'三字及诗。"诗云:"山头乱插千簪石,诡异夭斜似若人。甘作乾儿从魏逆,东林安许巧容身。"

[日] 夏目漱石作《无题》。诗云:"宵长日短惜年华,白首回来笑语哗。潮满大江秋已到,云随片帆望将赊。高翼会风霜雁苦,小心吠月老獒夸。楚人卖剑吴人玉,市上相逢顾眄斜。"

8 日 《申报》第 15682 号刊行。本期《自由谈》"游戏文章"栏目含《新古歌》(三首,宋煜):《大风歌》《慷慨歌》《采薇歌》。

李叔同作《题陈师曾〈荷花〉小幅》。序云:"师曾画荷花,昔藏余家。癸丑之秋,以贻听泉先生同学。今再展玩,为缀小词。时余将入山坐禅,'慧业'云云,以美荷花,亦以自劭也。丙辰寒露。"诗云:"一花一叶,孤芳致洁。昏波不染,成就慧业。"

[日] 夏目漱石作《无题》。诗云:"休向画龙漫点睛,画龙跃处妖云横。真龙本来无面目,雨黑风白卧空谷。通身遍觅失爪牙,忽然复活侣鱼虾。"

9 日 叶昌炽为周庆云题《郙阁颂》拓本。

张謇作《吴县张仲仁、云抟昆季寄家天津,为其太夫人八十生日征诗》。诗云:"大儿呼孔小儿杨,何似元方与季方。孝友承先周小雅,严明奉母蜀华阳。中原朝市纷棋局,北海宾僚酒满觞。愿祝老人过百岁,还吴掷米看沧桑。"

[日] 夏目漱石作《无题》。诗云:"诗人面目不嫌工,谁道眼前好恶同。岸树倒枝皆入水,野花倾蕚尽迎风。霜燃烂叶寒晖外,客送残鸦夕照中。古寺寻来无古佛,倚筇独立断桥东。"

10 日 《申报》第 15684 号刊行。本期《自由谈》"游戏文章"栏目含《国庆曲》

（鹓雏）、《忆江南》（八首，尘梦）；"一串珠"栏目含《罗霄女侠弹词（五续）》（寄尘）。

《东方杂志》第 13 卷第 10 号刊行。杜亚泉（伧父）于本期发表《静的文明与动的文明》一文。文章明确持论中西文明"乃性质之异，而非程度之差；而吾国固有之文明，正足以救西洋文明之弊，济西洋文明之穷者"。进而对中西文明进行比较，认为"西洋社会，为动的社会；我国社会，为静的社会。由动的社会，发生动的文明；由静的社会，发生静的文明。两种文明，各现特殊之景趣与色彩"。"吾侪今日，当两文明接触之时，固不必排斥欧风，侈谈国粹，以与社会之潮流相逆。第其间所宜审慎者，则凡社会之中，不可不以静为基础，必有多数之静者，乃能发生少数之动者"。"故吾愿吾人，对于此静的社会与静的文明，勿复厌弃，而一加咀嚼也"。本期"文苑·文"栏目含《读荀子》（陈三立）；"文苑·诗"栏目含《寄和石遗登海天阁》（陈宝箴）、《题韧叟〈滏麓归耕图〉》（三首，前人）、《病山同年开岁有汉上之行，江舟来去，未及视我，既还沪，寄诗相讯，酬以此篇》（陈三立）、《过剑泉，鉴园出示新作赋赠》（前人）、《海藏楼杂诗》（二首，郑孝胥）、《题辛克羽先生遗像》（二首，前人）、《意园遗像，题赠俨山簃》（梁鼎芬）、《夷叔、巽宜往客焦山，时时相见，今合并于此，诗以纪之》（前人）、《古微前辈〈彊村校词图〉》（杨钟羲）、《彊村宗伯六十生日》（前人）、《题填词第二图》（姚永概）、《秋岳枉过小园，见赠嘉什，奉答一首》（张元奇）、《端午泛舟，溯河数里》（曾习经）、《题耆寿民〈见山楼图〉》（前人）、《题力轩举〈医隐图〉》（前人）、《不信》（梁鸿志）、《亮奇在沪误触汽车毕命，诗以哀之》（前人）、《拟寒山、拾得九首》（夏敬观）；本期另有《石遗室诗话续编（续）》（陈衍）、《餐樱庑随笔（续）》（蕙风）。

《商学杂志》第 1 卷第 8 期刊行。本期"文苑"栏目含《机赋》（冯畋）；"文苑·诗录"栏目含《近世学风》（冯畋）、《秋深》（冯畋）、《绝句》（冯畋）、《游迎江寺》（李世丰）、《咏竹》（李世丰）、《悼亡（有引）》（易艾先）、《明湖》（蒋则先投稿）。

陈玉森生。陈玉森，字天宝，室名朴庐，广东番禺人。著有《朴庐吟草》。

饶汉祥作《国庆日阅兵有感百韵》。诗云："忆昔五纪元，海宇初承平。恭逢国庆节，南苑大阅兵。我时副记室，属车随启行。迴场列圆阵，旌旗曜威灵。缦胡绕三匝，缝猎成枪城。冢宰大司马，先驱缭屯营。峨峨八尺龙，元首美且英。传呼劳军遍，暖矿回春晴。归来立坛上，步骑如流星。循环变奇正，锐气朝清明。临冲殿军后，飞炮何硼砯。骉骙十六蹄，齐宁无重轻。观者目不眩，绝景倏已冥。行庖备醽宴，华裔交纵横。道车渐幽辖，振旅还上京。明堂策懋赏，章绶无费停。当时冢宰骄，骖乘衅已萌。竖子结外援，运海假长鲸。金陵王气盛，高位资尊荣。先期造蜚语，将有犯跸惊。绳区戴元首，白日县令名。强梁敢肆毒，宁畏副主征。车徒简已毕，讵见聂与荆。无蓄犹立贰，泣谏憯莫听。由来覆车轨，位逼启轧争。安得后羿弓，一射天清宁。每生忧被谗，扶疾观礼成。翻然乞骸骨，投绂辞天廷。次年罢冢宰，叛藩缔齐盟。班班河间车，玉步仓皇更。从亡历五载，假日抒哀情。嘉会贺休庆，长筵集簪缨。火树开群花，步榈缀朱瑛。锦棚县采匣，重袭百宝盛。灵囷舞蹁跹，明灯绕龙亭。烟销赤字见，大汉扬天声。追惟首义时，战血江汉腥。白骨暴邱山，孤儿久茕茕。将士多饿莩，元勋亦飘零。当筵不敢哭，涕泪暗自倾。去年岁十周，广乐吹箫笙。我归觐慈母，北顾魂梦萦。心知民怀楚，僵柳终复青。长陵坏罘罳，百厌徒劳形。使者从南来，轮舟岛边迎。偏安非所愿，傀儡徒虫停。留身待剥极，一出四海清。二雄忽定霸，释位谋王庭。薰穴强之出，气焰何峥嵘。近藩挟天子，谁能受使令。贪夫窥神器，谁能奉朝正。兼圻祸既启，封豕争吞并。故国资盗粮，负嵎宁敢撄。解斗畏人患，助虐忧天刑。撤藩拔病源，苦口或延龄。刻期申约束，终当就模型。途穷果横决，亦早销橽枪。前席屡称善，飞电遍八纮。迟音不终夕，法驾鸣和铃。圣明笃旧恩，骆驿来千旌。游鱼寄沸釜，幽念如朝酲。节旄越千里，动静皆咨呈。宰相侑歌板，陪臣揽天经。群邪丐余沥，顾景伤伶俜。哀哉阻兵暴，爪牙肆狰狞。疮痍苦锋刃，众吁谁肯聆。今朝又秋驾，云麾跃长茎。空中两飞艇，扶摇抟翅翎。犒师二十万，牛酒颁郊垌。县知步伐齐，虎落撼金钲。徽车逞轻武，杲日扬雷霆。沈忧闭门坐，未忍观辐轏。皇天无私阿，明德神所馨。观兵古垂戒，五刃辞磨硎。后王图保障，搜狝严常程。眈眈群虎逐，兵去祸已婴。羽林守清籞，狡骑屯藩屏。鲜扁外御侮，槃敦期抗衡。自从地维绝，群盗私编氓。北斗县招摇，急怒宁能亨。平时厚饷稛，矢日输忠贞。凌云取兵仗，四散如流萤。缅怀台城灾，拘幽痛零丁。五校练何益，皇问燕然铭。世人噎废食，毁甲焚冲輣。岂知强邻人，束手待宰烹。幺麿迎民意，捷径取公卿。始为导路伥，今作能言猩。时无斩马剑，罔两交轩楹。吾闻司马法，整军贵能精。先身共甘苦，煦妪如父兄。愤泉尚秋沸，推锋感精诚。斧钺无旁假，彤弓亲解棨。戎车剪方命，圣武威寰瀛。猃狁虽残暴，骄蹇器易盈。土崩不成列，敌垒何能勍。群雄命剿绝，简阅当无赢。分屯五十师，毗代为邦桢。汤武久已逝，良将不再生。何时见大鸟，三载冲天鸣。”

李澄宇作《双十日作》。诗云：“汹汹车马满江城，烈士祠寒未肯晴。不信鲁廷惟肉食，仅教吴室有箫声。菊魂与国同休戚，松字当门篆太平。到眼国徽犹五色，三边烽燧已纵横。”

徐世昌作《九月十四日清晖阁宴钱干臣诸君十六人》。诗云：“乾坤秋气肃，杰阁又登高。万里江山静，双丸日月劳。何人弄玉笛，引我醉芳醪。便欲登仙去，天风吹紫条。”

[日] 夏目漱石作《无题》。诗云：“忽怪空中跃百愁，百愁跃处主人休。点春成佛江梅柳，食草订交风马牛。途上相逢忘旧识，天涯远别报深仇。长磨一剑剑将尽，独使龙鸣复入秋。”

11日 沈尹默访钱念劬，并赴其西安饭店晚宴，同席有马叙伦、马裕藻、钱玄同等。

朱文公、陈文恭公生日，龙积之 (泽厚) 召集同人做寿。汤汝和作《九月十五日为朱文公、陈文恭公生日，龙积之 (泽厚) 先生邀集同人诣文恭祠为二公寿。觞宴极欢，归后勉成长句以谢主人，并呈刘嘉树 (名誉) 先生》。诗云："八桂菁英郁千载，吾乡大有传人在。天降榕门继晦翁，圣域后先发光采。九月望日同嵩生，名贤名世若相待。龙君复古赞维新，行事足垂世模楷。为作生日召同人，展谒先贤荐兰茝。晦翁道脉绵千秋，江河不废众流汇。榕门去世百余年，遗泽不随陵谷改。吾徒俯仰对斯晨，觞咏肯孤肴核夥。来宾王谢称名门，尚友襟期总潇洒。就中梦得称诗豪，舌灿莲花胸磊磊。先人著作饷儒林，词笔芬芳授阿买 (公曾刊尊先人《中议公诗集》行世，去岁复得读公侄《景周嬉春词》)。四十已经不动心，师资早备国人采。学讲鹅湖吾道昌，经谈皋座人颐解。醉来语偶涉莺花，皓月行空云过海。痛饮宁辞中圣人，大户如君量加倍。阳春首唱和皆难，白战输君先奏凯。不堪与饮惟公荣，木讷徒惭同傀儡。主人盛意胡能酬，一曲巴歌请自愧。"韦绣孟作《九月望日为朱文公、陈文恭公生辰，乡人龙积之先生约同刘嘉树、汤味梅诸先生就文恭祠庆祝，汤、刘二公互相唱和，谨依原韵敬步一首》。诗云："道统绝续历千载，数过时可薪传在。地灵磅礴人杰兴，婺水横山腾异采。九月望日风雨时，璧合珠联两相待。晦翁崛起有宋年，笺注经子垂模楷。吾乡文恭翊瑞清，荫绵桃李芳兰茝。遗规沾溉官箴肃，群言芟除精理汇。崇祠创建阅星霜，革故鼎新址无改。生辰符合懿行同，俎豆杂陈履舄夥。吟成竞欲骊珠探，醉倒齐挥兔颖洒。潜庵遗老兴勃发，梦得诗豪姿英磊。用酬主人伯高情，名山环顾无须买。方今异域且尊经，旁行文字勤搜采。圣教本同日月明，细大不捐毋异解。国危士议强纷咬，任人坐笑蠡测海。群公持正力起衰，一发千钧勇百倍。愿开讲院挽文澜，奚只词坛奏诗凯。鲰生愧未盛会逢，也自登场学傀儡。吁嗟乎！岭海南来间气钟，瓣香供奉曾仰松楸葱蔚山峻陒。"刘名誉作《九月望日龙积之先生为朱文公、陈文恭公作生日，味梅先生首唱成长句，依韵奉和呈政》。诗云："晦翁闻知五百载，传薪继起榕门在。两公生日恰相同，绛雪威凤映符采。着欲将至开必先，婺水横峰遥对待。吾人幼读晦翁书，榕门吾乡奉程楷。谁欤好事作生日，伯高拜经爇荃茝。近思津逮逮遗规，百谷之王水所汇。只鸡斗酒集同人，馂余古意礼无改。座间戚旧尽贤豪，谈论纷纶玉屑伙。主人有志倡正学，初授及门扫兴洒。净治奎阁祀乡哲，桂水泱泱山碨磊。轩前虹气来诗伯，咽雪编成典衣买。近喜瓯北自笺注，远服三山任搜采 (香山、义山、遗山)。持身格守潜庵集，笑我空吟进学解。曾搴苦竹住湘江，又种梅花莅浙海。风雅如公有几人，诗律我输筹百倍。淋漓挥斝复何辞，联句粗疏竞铙凯。祠堂拜罢惨狂狷，酒国醉休真傀儡。黄苓筹主更酬宾，珠玉在前嗟唯陋。"

江子愚作《九月十五夜独饮巢鹤楼》。诗云："微茫烟景小楼寒，浅醉低吟强自宽。

梧影剪秋来枕簟,钟声摇月度阑干。惊枝乌鹊飞鸣苦,踏雪苍鸿去住难。料得相思人独立,抱琴深夜为谁弹。"

[日] 夏目漱石作《无题》。诗云:"死死生生万境开,天移地转见诗才。碧梧滴露寒蝉尽,红蓼先霜苍雁来。冷上孤帏三寸月,暖怜虚室一分灰。空中耳语啾啾鬼,梦散莲华拜我回。"

12日 全国教育联合会在北京召开第二次大会,到会各省代表五十余人。25日闭会,通过注意贫民教育、请设女子高等师范学校、速颁国歌等提案。

黄濬作《九月十六夜雷雨,枕上成此》。诗云:"秋城一夜风吹雨,更拨晴空听晚雷。天意有时矜一震,归心无奈郁千回。但愁病骨苏仍缓,且喜诗声静又来。此意莫教携入梦,梦回孤枕更清哀。"

[日] 夏目漱石作《无题》。诗云:"途逢啐啄了机缘,壳外壳中孰后先。一样风帆相契处,同时水月结交边。空明打出英灵汉,闲暗踢翻金玉篇。胆小休言遗大事,会天行道是吾禅。"

[日] 白井种德作《丙辰九月十六日访山口士刚》。诗云:"胡枝花发白成堆,袅若招朋我恰来。多谢主人先侑饮,秋光澹处一樽开。"

13日 《申报》第 15687 号刊行。本期《自由谈》"游戏文章"栏目含《双十节新开篇》(天台山农);"一串珠"栏目含《罗霄女侠弹词 (六续)》(寄尘)。

王国维、王仁东、朱祖谋访沈曾植。时罗振玉得《木假山》,寄拓本嘱沈曾植题识。

陈伯陶集同人于香港宋王台下设像拜祭并赋诗。隆重祭祀南宋遗民赵秋晓生日,将赵秋晓奉为南粤遗老之偶像。以凭吊宋王台和祭祀赵秋晓为契机,粤港遗民纷纷响应唱和,遂形成颇具规模之群体性诗歌奉答唱酬活动。苏泽东将之结集刊行,即《宋台秋唱》(1 册,3 卷,附录 1 卷) 刊行。闇公题签。集前有伍德彝绘《宋王台秋唱图》。吴道镕、黄慈博作序。其中,吴序云:"九龙海汭,峦嶂沓匝,中有崔嵬峙列者三大书,深刻曰:宋王台。台南平眺,绿树寒芜,风烟掩抑,有村曰:二王殿。居民沿故称,莫详所自久矣。辛壬之交,厉人卜居,其地自号九龙真逸。登览之暇,钩考史乘,知其地为宋季南迁之宫,富场村即以宋故行宫遗址得名。陵迁谷变,阅七百年,今且沦为异域,而久湮之迹,顾发露于易代避地之遗民,此非偶然也。自是而后,怀古之士,俯仰凭吊,稍稍见之吟咏。丙辰秋,真逸以祝宋遗民玉渊子生日,大集同志于兹台,酒醑既设,魂招若来,有诗一章,有词一阕,和者喁喁,遂以盈帙。盖痛河山之历劫,怀斯人而与归,其歌有思焉,其声有哀焉。昌黎所谓旷百世而相感,诚不知其何心者,非耶! 其同邑苏君选楼,雅尚士也,汇而集之,名曰《宋台秋唱》,又为图弁首,怀古凭吊,山居唱酬,诸作辑附卷后。其视杜伯原之《谷音》,谢晞发之《天地间集》,吴清翁之月泉吟社,托旨略殊,体亦差别,然而性情所得,未能忘言,其所感一也！虽然感生于心，亦既不自知，何心矣！心之忘，何所不忘哉？而有不忘者存斯，可以观性情焉。噫嘻！其忘也，兹其所以未能忘欤？岁在丁巳端节前三日澹庵永晦。"

本集收陈伯陶（真逸）、吴道镕（永晦）、张学华（闇公）、汪兆镛（清溪渔隐）、何鼎元、凌鹤书、黄衍昌、黄佛颐、赵祉皆、赵九畴、丁仁长（潜客）、张其淦（寓公）、伍铨翠（公荙）、何藻翔、方菁莪、黄映奎、黄翰华、叶宝崟、钟卓林、赵允镠、苏泽东（选楼）、赖际熙（荔垞）、李景康、张德炳、姚筠、陈景梁、祁正、梁渭、方启华、永恒、遁谷、梁树勋唱酬诗作。其中，陈伯陶作《丙辰九月十七祀赵秋晓先生生日，次秋晓〈生朝觞客〉韵》。诗云："翠旗虹旃海上槎，白鹇刷羽鸣荒遐。灵偃塞兮帔赤霞，荐以莞香建溪茶。高台嶫嶪属宋家，庚申帝亡势莫加。仰天电笑声聱牙，桑海变灭如空花。桃实千年枣若瓜，蓬莱仙子回云车。翩然而去随翠华，厓山风雨归途赊。"张学华作《奉和真逸山人祀宋赵秋晓先生生日，次原韵》。诗云："海风吹断云中槎，幽人来往空谷遐。蹑衣径去餐流霞，龙湫井水尝新茶。飘零难问帝子家，陵谷迁移风雨加。纷纷豺虎方磨牙，世外尚有碧桃花。再拜待献安期瓜，神旗逶迤降宝车。蕙肴椒糈扬芳华，城郭千年归路赊。"汪兆镛作《九龙真逸以〈丙辰九月十七拜赵秋晓先生生日，次秋晓《生朝觞客》韵〉诗见示，依韵寄和》。诗云："狼烽海上惊浮槎，忠愤郁勃起复遐。灵兮归来驾青霞，荒台冥冥酹盏茶。菜羹茅屋何为家，一成一旅勇倍加。厓门风雨摧蠹牙，遗址今作桃源花。谁识故侯青门瓜，飘忽桂旗辛夷车。匪云废苑怀昌华，俯仰独悲去国赊。"凌鹤书作《次和九龙真逸〈丙辰九月十七祀赵秋晓先生生日，次秋晓《生朝觞客》韵〉》。诗云："月明沧海扬仙槎，心清神人不我遐。灵旗逶迤戴朱霞，瑶席俶荐罗浮茶。官富场今属谁家，苍狼白鹿横相加。枉用争据狺吠牙，何妨于闃采名花。供君杂以东陵瓜，风为马兮云为车。倏来忽逝留容华，岁月未觉人闲赊。"何藻翔作《九月十七宋皇台祝赵秋晓先生生日，和真逸》（四首）。其一："岭南今士族，半是宋遗民。重话咸淳事，都为龙汉人。云车风马想，甲子大奚滨。一盏荐寒菊，秋风吹角巾。"方菁莪作《读九龙真逸祝宋遗民赵秋晓生朝诗，感而赋此》（二首）。其一："今人爱古人，旷世寄瞻瞩。仗义昔从戎，遗民此著录。九龙访故台，六合惜残局。嗟我生不辰，仰天同恸哭。"黄翰华作《祀秋晓先生生日，诸公各有赓和，寓公亦赋长歌寄真逸，感而又作，时真逸瓜庐初成》。诗云："乾坤颒洞莽风尘，申浦香江两遗民。异代兴怀针芥合，一篇凭吊瓣香新。关河迢递增惆怅，身世飘零几苦辛。除却桃花源里住，更无乐土可逃秦。"苏泽东作《九月十七宋赵秋晓先生生日，九龙真逸集同人于宋王台下设像拜之，赋此纪盛》（四首）。其一："佳节登高后，宗臣览揆辰。花溪钦义士，茅屋祀诗人。心恋厓门关，身潜莞水滨。寒泉秋菊荐，清洁表遗民。"永恒作《九龙真逸惠寄龙门度牒，赋谢》（四首）。其一："故人怜我老无田，导人朱明旧洞天。从此不愁薇蕨尽，餐霞饮露足穷年。"梁树勋作《恭和九龙山居原韵》（二首）。

其一：“仰望高踪切景行，深情可证石三生。事艰直道悲禽父，赋卖长门让马卿。海外有天同日月，山中无历记阴晴。沧浪合濯龙湫水，我亦年来早解缨。”赖际熙作《登宋王台作》（二首）。其一：“九州何更有埏垓，小绝朝廷此地开。六玺螭龙潜海曲，百官墙壁倚山隈。难凭天堑限胡越，为访遗碑剔草莱。宋道景炎明绍武，皇舆先后总南来。”其二：“登临远在水之湄，岂独兴亡异代悲。大地已随沧海尽，怒涛犹挟故宫移。残山今属周原外，块肉曾无赵氏遗。我亦当年谢皋羽，西台恸哭只编诗。”黄佛颐作《宋皇台》。诗云：“海蔚移跸来，海角此台古。屼嵲荒烟中，御榻迷处所。欲乞思肖兰，遍莳数尺土。日暮多悲风，蛮村号杜宇。”祁正作《龙湫井赋呈真逸》。诗云：“鹤岭西坡下，人间第几泉。天留饮遗老，清结在山缘。”集后有黄翰华作《跋》云：“丙辰季秋，九龙真逸暨苏君选楼为拜赵秋晓先生生日之会，胜怀雅集，赓唱遂多，苏君并录真逸诸公咏怀古迹及山居赠答之作，附以己作，都为一帙，名曰《宋台秋唱》。当时以同人索阅，未遑编次，遂付排印。使当钞胥诸公见之，重为订定，厘作三卷。余因取付剞劂，俾永流传。卷端仍署苏君，编者从其旧也。原有梁君又农一跋，疏举真逸诸公姓名。闻诸公多不欲以姓名见诸世，兹不复载入。嗟夫！吴清翁之吟社，只赋田园；谢皋羽之登台，惟称甲乙，后之览者，幸无訾焉。时丁巳仲秋东莞黄翰华谨跋。”

[日]白井种德作《九月旬七，招西岩、刀冈二君，设小宴赏胡枝花，席上赋绝句三章》。其一：“招客园亭把一杯，映杯秋色也佳哉。轻风度处紫澜涌，千缕胡枝花尽开（结用藤井竹外句）。”其二：“丽色嫣然能侑杯，清容元不受纤埃。朝家古设芳宜宴，花品夙经宸赏来。（大日本史仁明天皇承知元年八月十二日曲宴清凉殿，谓之芳宜宴）”其三：“二客善诗兼善书，酒间所作尽琼琚。好留卷册供瞻玩，美景案头长自如。”

14日 《申报》第15688号刊行。本期《自由谈》“艺文余载”栏目含《沪上重九作，分寄耿伯齐、杨几园、沈平原、费龙丁、吴遇春、俞白华、张痴鸠、姜真愚、张韫斯诸君子》（鹓雏）。诗云：“先秋萧瑟入秋悲，强折秋花意可知。却忆飘零又重九，断无风雨亦相思。晴云江浦迷千雁，好月松风付一卮。最是年时泥酒地，昏灯暗巷夜归时。”

张謇作《刘亭》。诗云：“军山山路故歧分，山后梯云百级新。前度刘郎应一笑，后来乃属姓刘人。”又作《刘亭后诗》（二首）。其一：“满山灵药似天台，桃拟玄都观里栽。若为三生成故实，刘郎尚待一回来。”其二：“青山终古阅人多，客屐朝朝几两过。前度今番人换了，山云山月意如何。”

杨巨川作《丙辰九月十八日，千龄诗社兰园赏菊宴集赋此》。诗云：“岁月似奔轮，无射瞬届律。篱菊正敷荣，盍簪逢元吉。对此高洁品，欲赋久搁笔。或自如截肪，或黄如蒸栗。或赤如膝皱，或紫如衷袥。突兀终葵首，缬绁垂颖实。翘然舒翎鹤，反而舞羽鳦。叶叶自萦纡，花花自飘逸。景色诚多端，馨竹难具述。况复禀金行，严霜不畏栗。百卉俱衰零,琼英独标质。譬彼大丈夫,屯难操不失。又似隐君子,韬光藏于密。虽后百花开,较梅先时出。桃李艳阳春,视与舆台匹。凉秋玉宇净,点染益静谧。主人罗酒筵,长幼序甲乙。座中无俗客,群贤欣促膝。此酢彼为酬,拜百而献一。迨至无算爵,笑语声满室。醉中天地宽,胸中涤烦室。频年僻壤居,于邑同桔桎。今朝坐花间,眉宇喜扬溢。盛会复良辰,耿耿怀此日。"

胡适作《江上秋晨》。诗云:"眼前风景好,何必梦江南。云影渡山黑,江波破水蓝。渐多黄叶下,颇怪白鸥贪。小小秋蝴蝶,随风来两三。"

15 日 《申报》第 15689 号刊行。本期《自由谈》"游戏文章"栏目含《新乐府三章》(鹓雏):《徐州王》《国会开》《提灯会》。

[韩]《天道教会月报》第 75 号刊行。本期"词藻"栏目含《月夜散步》(香山车相鹤)、《雨后登常春园》(香山车相鹤)、《哭友人》(芝江梁汉默)、《兴仁门外》(芝江梁汉默)、《即事》(苇沧吴世昌)、《附芝江诗》(敬庵李瑾)、《秋晚牛耳洞》(凰山李钟麟)、《和〈秋晚牛耳洞〉》(汩堂刘载丰)、《和〈秋晚牛耳洞〉》(惺轩李台夏)、《述意》(墨山李斗勋)、《又》(墨山李斗勋)。其中,墨山李斗勋《述意》云:"后天天气运初开,极乐吾人在上台。俯怜世上多尘障,自是灵桥不上来。"

[韩]《经学院杂志》第 15 号刊行。本期"词藻"栏目含《泮水饮泉歌》(郑仑秀)、《光州乡校讲制时有感》(三首,李大荣)。其中,李大荣《光州乡校讲制时有感》其一:"蒙蒙春雨点青矜,课日黉堂竞寸阴。说翻横竖扶斯道,谁识先生一片心。"

王统照在济南出席"诸城旅济学生会"成立大会。随后,在该会所办《诸城旅济学生会季刊》创刊号上发表诗六首(《集定庵句兼寄疏言》四首、《残年》二首)、赋一篇、文言小说一篇。其中,《集定庵句兼寄疏言》其一:"浩荡离然白日斜,高言大句快无加。圣闻闭眼三千劫,醒又缠绵感岁华。"其二:"歌泣无端字字真,云烟万态马蹄湮。自今两戒山河外,可有拥书闭户人。"其三:"华年心力九分殚,何必沧桑始浩叹。洗尽狂名消尽想,霜毫掷罢倚天寒。"其四:"独往人间竟独还,亲朋岁月各萧闲。安排写集三千卷,指点吾徒梦里山。"《残年》其一:"西风急景送残年,忽忽居诸慨变迁。终岁凄凉歌宝剑,无端哀乐理冰弦。沧桑劫剩山河在,歌舞都成时世妍。难忘抚膺家国恨,恼人腊鼓未能眠。"其二:"岁月惊人劫后回,朔风吹雪雁鸣哀。忧心世变愁听乐,抚鬓年华独引杯。荏苒光阴催短景,乱离文字葬寒灰。一年生意流尘逝,客舍萧条万感摧。"

张素《胎石乞假省亲,相见里门,别后奉寄一首》刊于哈尔滨《远东报》。诗云:"久别重逢意惘然,为君执手里门前。一官羁绊曾谁恤,百辈揄扬只汝贤。乞假驰归勤色养,班荆坐话得朋缘。嗟予秃却苏卿节,尚拟鸣珂出九边。"

江子愚作《百字令·丙辰三秋望有四日,芋圃老人以词柬招饮蕙园,补重九也。

醉后有怀，因继其调》。词云："玉田衰矣，甚依样多病，多愁成癖。酒剩荑香犹眷恋，补作重阳佳节。比较黄花，今番更瘦，短帽吹还怯。凭阑无语，斜阳低晕芦雪。 一自桑海归来，再休提起，梦里生花笔。写就绿波春草句，才气尽都销歇。雁路云迷，鱼陂月冷，虫响西风急。江神知否，破帆今已收拾。"

杨杏佛作《贺新凉》。词云："少小轻离别。笑人间、柔肠儿女，悲秋怜月。万里关山门外路，不问东南西北。但付与、舟轮车铁。数茎蓬蒿栖莺鹩，五洲宽、不碍征鸿迹。飞去也，云千迭。 风尘未老情怀易。念当时、人归月在，黯然凄绝。不是年华消壮气，此意悠悠难说。算只有、秋风知得。流水高山千古恨，誓从今生死交金石。天地在，心难灭。"

江五民作《九月十九日同方逸侯、玉苍昆季游天童》（二首）。其一："春暖曾探舍利宫，今来结伴指天童。云林苍翠三秋后，殿阁庄严万壑中。给水供薪疑梦幻，咒龙伏虎亦神通。盘桓几日穷幽胜，旧迹犹能认雪鸿。"

［日］夏目漱石作《无题》。诗云："吾面难亲向镜亲，吾心不见独嗟贫。明朝市上屠牛客，今日山中观道人。行尽逦迤天始阔，踏残岭嵘地犹新。纵横曲折高还下，总是虚无总是真。"

16日 《申报》第15690号刊行。本期《自由谈》"艺文余载"栏目含《悼蕈子》（二首，汾南渔侠）、《双十节后一日，同汪允宗谒周慰丹先生墓，于华泾有作，呈稚晖、允宗两先生，并寄刘三北京》（鹓雏）。

吴昌硕应郑孝胥邀，赴古渝轩为洪尔振送行。

江五民作《次日游盘山》。诗云："朝发天童寺，篮舆西南行。逦迤折而南，渐入山峻嶒。新径曲如织，缘壁蚁兢兢。直去疑无路，一转忽前横。或遇险成凹，篮舆空中擎。既虑己身坠，又为同人惊。幸仗舆夫健，攀陟各逞能。旋登山脊上，翻见地势平。数椽结梵宇，俊哉开山僧（僧名广善）。乃挟殷勤意，一见致欢情。小坐瀹佳茗，山房幽且清。登峰期造巅，四望穷杳冥。北俯太白峰，南极沧海瀛。西顾罗众山，低小如阜陵。欲令眼孔大，置身须高明。此间难久留，夕阳西欲倾。依山乃东转，险过来时程。竹柏夹线路，秋意森苍青。缀以黄白花，袭裾留微馨。小盘出大盘，团团如绕楹。到寺已昏黑，光耀长庚星。"

［日］夏目漱石作《无题》。诗云："人间翻手是青山，朝入市尘白日闲。笑语何心云漠漠，喧声几所水潺潺。误跨牛背马鸣去，复得龙牙狗走还。抱月投炉红火熟，忽然亡月碧浮湾。"

17日 陈三立64岁生日，家人团聚祝寿，并至俞园合影，妻俞明诗与子妇辈衡恪、隆恪、寅恪、方恪、登恪、新午、安醴、黄国巽、龙姑娘、孙封可、封怀等咸集。

陈荦作《九月廿一日醒园展作重九，喜晤张茹辛（九维）。茹辛以燕京初归赋有

〈闲居〉十截出示，座客均和之，余亦率次其韵》。其一："醒园展作重阳会，邀我闲来就菊花。意外忽添如意事，故人京洛已还家。"其九："君归肯作园林主，朝右谁为柱石人。花木摒挡小经济，龙泉闲拭靖胡尘。"其十："云峦烟树郁丛丛，霜讯深传料峭风。十载寒暄九州事，不胜情话一尊中。"

[日] 夏目漱石作《无题》。诗云："古往今来我独新，今来古往众为邻。横吹鼻孔逢乡友，坚拂眉头失老亲。合浦珠还谁主客，鸿门玦举孰君臣。分明一一似他处，却是空前绝后人。"

18日　邓中夏与蔡和森等同学登岳麓山，作《登麓高待月》诗一首。诗云："山椒零露泫珠光，结伴登临两袖凉。出谷梵钟警落木，隔江星火照连樯。高垣晻暖生虚白，野径依稀认抱黄。省识青灯书味好，满庭何必月冬霜？"

[日] 夏目漱石作《无题》。诗云："旧识谁言别路遥，新知却在客中邀。花红柳绿前缘尽，鹭暗鸦明今意饶。石上长垂纨绣帐，岩头忽见木兰桡。眼睛百转无奇特，鸡去凤来我弄箫。"

19日　溥仪备办如意一柄、寿屏一轴、寿联一对作为生辰礼物，派耆龄前往民国大总统黎元洪府邸祝寿。黎赠耆龄二等大绶嘉禾章，并派礼官黄开文觐见溥仪以示答谢。是日，溥仪亲笔书写黄绢对联赠师傅梁鼎芬，上书："读书众壑归沧海；下笔微云起泰山。"

夏敬观与李宣龚邀宴于古渝轩，座有郑孝胥、李瑞清、朱祖谋、俞明颐、王允晳、郑孝柽。据《郑孝胥日记》载："候伯严（陈三立）自南京火车来，至九点三刻，伯严及其七子彦通同来，众乃命食。"

梅光迪致信胡适云："弟之所恶于今人者，非恶其'自由主义'，恶其自由主义行之太过之流弊也……足下崇拜今世纪太甚是一大病根，以为人类一切文明皆是进化的，此弟所不谓然者也。科学与社会上实用智识可以进化，至于美术、艺术、道德则否。"

符璋和刘绍宽（次饶）《五十自寿》一诗，又成绝句四首。

江南酒徒《台江竹枝词》刊于《南洋总汇新报》"文苑"栏目。其一："苍霞洲畔画楼藏，疑是吴宫响屧廊。毕竟登蛮风韵异，钗环犹学古时妆。"其二："万寿桥边画舫多，临流一片起笙歌。灯红酒绿花香处，欸乃声喧笑语和。"

[日] 夏目漱石作《无题》。诗云："门前高柳接花郊，几段春光眼底交。长着貂裘怜狗尾，愧收鹊翼在鸠巢。万红乱起吾知异，千紫吹消鬼不嘲。忽地东风间一瞬，花飞柳散对空梢。"

20日　《申报》第15694号刊行。本期《自由谈》"游戏文章"栏目含《纪事新唐诗》（十二首，醉六）。

《大中华》第2卷第10期刊行。本期"文苑·诗"栏目含《丙辰九月访明凤阳陵，游龙兴寺摩碑碣及所遗铜锅，瞻仰太祖遗像，不胜色空之感，大劫难逃，为僧与为帝一也，得二诗，谨题太祖像》（康有为）、《双十节偶成四首》（蝶仙）、《送张仲仁回国》（南湖廉泉）、《宿宝冢与冯守志夜谈》（前人）、《箕面道中示芝瑛》（前人）、《雨窗漫赋》（散原）、《枕上听蟋蟀》（前人）、《仓园酒集，喜子申自天津至，夷叔自上海至》（前人）、《杂诗》（纫秋）、《古意》（前人）、《杂感十七首》（陈衍）。

《学生》第3卷第10号刊行。本期"文苑·诗"栏目含《王彦章铁枪歌》（山西阳兴中学校四年生常乃德）、《玉台寺题壁》（广东新会城立第一高等小学校学生莫琴波）、《秋菊》（广东潮州韩山师范学校学生侯曜）、《桐阴小酌》（安徽贵池同文书社学生刘锦标）、《残菊》（江苏省第三师范学生许醒黄）、《衰柳》（江苏省立第三师范学生许醒黄）、《夜雨怀兄》（广东公立法政专门学校本科生钱燿）、《咏史》（江苏南通医学专门学校二年生潘士骥）、《枫江杂咏》（同里丽则女子中学校二年生殷同薇）、《申江夜月》（上海华童公学甲班生黄建勋）、《珠兰》（上海华童公学甲班生黄建勋）、《小诗杂存》（广东农林试验场附设讲习所毕业生张石朋）、《秋晚登望江楼》（南通县立第一高小毕业生陈智泉）。

王闿运卒。王闿运（1833—1916），字壬秋，又字壬父，号湘绮，世称湘绮先生，湖南湘潭人。少孤，为叔父教养。自幼好学，《清史稿》云："昕所习者，不成诵不食；夕所诵者，不得解不寝。""经、史、百家，靡不诵习。笺、注、抄、校，日有定课。"9岁能文。稍长，肄业于长沙城南书院。咸丰二年（1852）参加县试，以第一名入县学，同年组兰陵诗社，称"湘中五子"。咸丰七年（1857）乡试中举，周旋于湘军将领间，受曾国藩厚遇，只为清客不受事。咸丰九年（1859）赴京师应礼部会试落第，应肃顺聘在其家任教读，其间搭救左宗棠。十一年（1861）"祺祥政变"，肃顺等顾命八大臣被诛，王闿运撰《祺祥故事》，为肃顺被杀辩解。同治元年（1862）入曾国藩幕，所议多不合，乃离去，以贫就食四方，专事讲学。光绪五年（1879）应四川总督丁宝桢之邀赴成都，任尊经书院山长。后辞归湖南，先后主持长沙思贤讲舍、衡州船山书院。光绪二十八年（1902）主办南昌高等学堂，不久辞退回湘，在湘绮楼讲学授徒。前后得弟子数千人，有门生满天下之誉。光绪三十二年（1906），湖南巡抚岑春煊上书表其德行，清廷授其翰林院检讨职，宣统三年（1911）又加封翰林院侍讲。入民国后，1914年受袁世凯聘入国史馆任馆长，兼任参议院参政，后于复辟声潮中辞归。晚岁在家乡无疾而终，自题挽联曰："春秋表未成，幸有佳儿述诗礼；纵横计不就，空余高咏满江山。"卒后，总统黎元洪亲作神道碑文，湖南、四川等省均致公祭，享誉极盛。王氏门生众多，杨度、廖平、杨锐、刘光第、宋育仁、齐白石等皆出其门下。毕生以诗文大家名世，著有《湘绮楼诗文集》。汪国垣《光宣诗坛点将录》云："湘绮老人，近代诗坛老宿，举世所推为湖湘派领袖也……其诗致力于汉魏八代至深，初唐以后，若不甚措意者。学赡才高，一时无偶。门生遍湘蜀，而传其诗者甚寡。迄同光体兴，风斯微矣。”钱仲联《近百年诗坛点将录》以王闿运比“天败星活阎罗阮小七”，称“王闿运为近代湖湘派魁首，标榜八代，一意模拟，为世诟病久矣。然七古《圆明园词》，实为长庆体名作；五言律学杜陵，亦不仅貌似；七律学玉溪生者亦可爱，不能一笔抹煞也。”陈衍《石遗室诗话》云：“湘绮五言古沉酣于汉魏六朝者至深，杂之古人集中，直莫能辨。正惟其莫能辨，不必其为湘绮之诗矣。七言古体必歌行，五言律必杜陵秦州诸作，七言绝句则以为本应五句，故不作。其存者不足为训。盖其墨守古法，不随时代风气为转移，虽明之前后七子无以过之也！然其所作，于时事有关系者甚多。”其诗与邓辅纶并称“王邓”。亦工文，散文探贾谊、董仲舒，骈文揖颜延之、庾信。词希踪北宋，鄙薄浙派。又喜选诗、评诗，其《八代诗选》流传甚广，自云：“古之诗以正得失，今之诗以养性，虽仍诗名，其用异矣。故吾尝以汉后至今，诗即乐也，亦足以感人动天，而其本不同，古以教谏为本，专为人作，今以托兴为本，乃为己作。”其经学著作有《〈周易〉说》《〈尚书〉笺》《〈诗经〉补笺》《〈礼经〉笺》《〈周官〉笺》《〈礼记〉笺》《〈春秋〉例表》《〈春秋公羊传〉笺》《〈论语〉训》《〈尔雅〉集解》等十余种，二百多卷，近代罕见。叶德辉为撰挽联云：“廿一史林苑争传，若论系出文中，魏晋六朝无汉学；四十载云龙相逐，敢曰耻居王后，江河万古愧前贤。”又作《挽王湘绮年丈》其一：“噩耗传江海，文星陨上台。道穷麟也泣，家丧狗之哀。早岁鸣高躅，中原失史才。两楹先梦奠，重见泰山颓（早数月即传丈故）。”其二：“正值斯文丧，天胡不慭遗。礼行王史学，书问伏生迟。夺席吾何敢？操戈世岂知。牙琴今欲碎，何处遇中旗。”其三：“湘乡中兴相，功业冠吾清。附骥头颅贱，冥鸿羽翮轻。遗闻资笑柄，絮语拥孤檠。岂独湘军志，文章一世惊。”其四：“朱邸当年客，金縢事可疑。贞元朝士籍，同治党人碑。三见蓬瀛水，重来凝碧池。沧桑无限憾，心史出应迟。（咸丰末，丈客肃幕）”其五：“鸣鹿重逢宴，官僚作近臣。山中尊宰相，海内重人伦。游戏东方朔，纷纶井大春。衰颓还厌世，掩袂对郊薪。”其六：“春秋天子事，墨守发公羊。我岂争门户，人谁入室堂。新经疑祸宋，圣证莫评王。此谳今难定，千秋各主张。”其七：“犹子同乡举，通家已卅年。诸郎多白发，累叶尚青毡。陟岵同号泣，居庐废食眠。蓼峨今辍诵，哀感慰重泉。”其八：“沐猴哀楚霸，一笑去逃吴。岂意成龙卧，翻悲失凤雏。远方邻笛感（时余回苏），吾道祭尊孤（谓长沙阁学）。今日王皆素，云湖似鼎湖。”杨度撰挽联：“旷古圣人才，能以逍遥通世法；平生帝王学，只今颠沛愧师承。”又，世传王闿运随身老婢周妈与王关系暧昧，樊增祥乃代周妈戏拟一联挽王闿运云：“忽然归，忽然去，忽然向清，忽然亲袁，叹公百事无成，只有文章惊海内；是君妾，是君妻，是君义仆，是君良友，痛我一棺未盖，空留舆论待千秋。”

[日] 夏目漱石作《无题》。诗云:“半生意气抚刀环,骨肉销磨立大寰。死力何人防旧郭,清风一日破牢关。入泥骏马地中去,折角灵犀天外还。汉水今朝流北向,依然面目见庐山。”

21 日　康白情作《过黄河桥》。诗云:“万里阒无人,中夜过黄河。碧天秋月明,浊流激皓波。贯月架长虹,河水极东流。列车自南来,白练绾飞舟。车声自隆隆,河流自洋洋。上下相和鸣,天籁宏无双。天风割面寒,铁索凝青霜。铜甲耀金刀,悲凉古战场。汉子久沉沦,雄风何微茫!对此思古人,悠悠使我伤。我原如此河,来从西海西,万里五千年,长泻无穷时。我欲如此河,穷流东海东,黄波荡白流,大地浴薰风。举手属黄河:‘平流且莫哀!中国有少年,紫气函谷来。五洋为尾闾,门户为君开。少年气如虹,驭日摘天英;风马复云车,驰骋返昆仑。少年无东西,少年无古今。少年复少年,生子又生孙。’”

[日] 夏目漱石作《无题》(三首)。其一:“吾失天时并失愚,吾今会道道离吾。人间忽尽聪明死,魔界犹存正义癯。掷地铿锵金错剑,碎空灿烂夜光珠。独吞涕泪长踌躇,怙恃两亡立广衢。”

22 日　《申报》第 15696 号刊行。本期《自由谈》“游戏文章”栏目含《新乐府之一徐州王》(尘梦);“一串珠”栏目含《罗霄女侠弹词(十续)》(寄尘)。

冯煦至杭州,与陈三立、陈曾寿、俞明震等人游宴,作诗纪之。冯煦有《同散原、仁先游虎跑泉,次散原韵》(后载于 1917 年第 8 卷第 5 号《小说月报》);陈三立有《丙辰九月二十四日,车赴杭州访仁先、恪士,夜抵南湖新宅》《冯蒿庵老人后余二日至湖上,遂偕游虎跑泉,仁先领群从亦追赴,啜茗佛殿石壁下》《补松同年招同蒿叟、仁先、恪士,寻西溪,饮交芦庵,观所藏卷子》《观龙井同蒿叟、仁先》;陈曾寿有《散原先生来湖上,次日蒿老亦至,遂同游虎跑泉》《子修丈约同蒿庵、散原游西溪,饭于交芦庵》《同散原游龙井,蒿老先至》。其中,冯煦《同散原、仁先游虎跑泉,次散原韵》云:“酒半拂衣起,于于虎跑游。篮舆导前步,岚气横清秋。荒亭峙岩隙,漱玉鸣泉幽。深树高插云,灵液枯不流。嗟我同湘垒,北望何悠悠。仰睎慈仁松,俯瞰祟效楸。畴知沧江晚,身与鸥俱浮。一泓启明镜,鉴影增恧羞。况闻战蜗角,蛮触粤与瓯。丘壑虽信美,万象纷牢愁。兀坐面石壁,所思巢许俦。疑有云中君,缥缈来飞楼。彭殇一刹那,颜跖一髑髅。委怀任颓运,过足非所求。归来还叩舷,一和渔人讴。”陈三立《丙辰九月二十四日,车赴杭州访仁先、恪士,夜抵南湖新宅》云:“汶汶且没世,日闭窥园扉。微闻四海沸,抱颈迎杀机。毙莽悟王命,又仰刺天飞。孤竹歌何哀,易暴莫知非。文书铸顽钝,圣法疲绁羁。亲朋谂结舌,诱餐湖莼肥。跛者不忘起,谁谓千里违?星点映征篚,车尘扬依稀。一舸斗象罔,崇山莽相围。穿堤影篱壁,犬吠灯火辉。握手处士庐,学道供嘘唏。醉颜数灵窟,天风看振衣。”《冯蒿庵老人后余二日至湖上,遂偕游虎跑泉,仁先领群从亦追赴,啜茗佛殿石壁下》云:"老人独徇余,踵接骋奇游。两篚照霜髯,竹树风吹秋。坠叶苍山脚,满听鸣禽幽。止眺过溪亭,千岁隔俊流。丛岭泻云液,澄泓对悠悠。岩肩别有世,绀宇笼长楸。健步来蜡屐,影杂岚彩浮。平生济胜具,始觉老可羞。试泉依石壁,列坐薰茗瓯。如丝泄薜气,绵络亘古愁。砭骨噤且嘘,鬼瞰失国俦。起寻济颠祠,灵爽飒一楼。尊者睇过客,盈前舞髑髅。画沙示垢净,初向心地求。(时值扶鸾于楼头)迷途竟执觉,亲魄飘樵讴。"陈曾寿《散原先生来湖上,次日蒿老亦至,遂同游虎跑泉》云:"二老经岁别,世乱积幽疢。相逢在名山,一笑乃至矧。霜姿不改度,取证寒泉影。山光秋正浓,高树沃丹顶。涧流自磬钟,激翠上襟领。虚堂倚悬崖,削铁石骨整。岚气浮长廊,清寒入瓯茗。还寻济公塔,灵迹仰昭炯。为齐涂割观,遂壹冤亲等。褊心不能回,学道愧无忍。适野情暂移,随杖坐忘暝。依然广长舌,送客溪声冷。"《子修丈约同蒿庵、散原游西溪,饭于交芦庵》云:"欲雪未雪花冥冥,汉流四望迷烟汀。平生萧瑟梦魂处,扁舟一往如重经。交芦庵子水中诶,伊人不见余荒庭。年年秋菊荐芳馨,远山何许双冢青。闲居避世渊颖老,喜载旧友携樽瓶。呼陈僧藏玩图卷,恍出犀轴纷幽灵。欢娱朝野隔生事,何论风节垂高型。酒酣不忍叹家国,但说同辈多飘零。荒陬游过数不厌,略寻影事如江亭(京师陶然亭芦花略相似)。飞来成画唳寒雁,北向且破愁颜听。"

[日]夏目漱石作《无题》(三首)。其一:"元是贫家子,相怜富贵门。一朝空腹满,忽死报君恩。"其二:"元是东家子,西邻乞食归。归来何所见,旧宅雨霏霏。"其三:"元是太平子,宁居忘乱离。忽然兵燹起,一死始医饥。"

23日 赵藩为唐继尧作《题〈东大陆主人言志录〉二首》载于《义声报》。其一:"震动乾坤奋一椎,横摇诗笔万魔摧。老夫醉豁麻茶眼,金碧英灵见此才。"其二:"七律诗翁遍九州,骨羼气馁调呻吟。发挥大志风云噎,旷古吟坛放一头。"

胡适作《打油诗一束》,包括《寄叔永、觐庄》《答陈衡哲女士》《答胡明复》《和一百零三年前之"英伦诗"》。诗前有序:"打油诗何足记乎?曰,以记友朋之乐,一也。以写吾辈性情之轻率一方面,二也。人生那能日日作庄语?其日日作庄语者,非大奸,则至愚耳。"其中,《寄叔永、觐庄》云:"居然梅觐庄,要气死胡适。譬如小宝玉,想打碎顽石。未免不自量,惹祸不可测。不如早罢休,迟了悔不及。"《答陈衡哲女士》云:"不'细读来书',怕失书中味。若'细读来书',怕故入人罪。得罪寄信人,真不得开交。还请寄信人,下次寄信时,声明读几遍。"《和一百零三年前之"英伦诗"》云:"一阵香风过,谁家的女儿?裙翻驼鸟腿,靴象野猪蹄。密密堆铅粉,人人嚼'肯低'。甘心充玩物,这病怪难医!"

24日 《申报》第15698号刊行。本期《自由谈》"游戏文章"栏目含《时人新唐诗》(四首,天台山农):《龙大王》(仿崔颢《黄鹤楼》体)、《犉将军》(仿杜甫《登高》

体)、《霉道台》(仿刘长卿《江州重别》体)、《苦党人》(仿元稹《遣悲怀》体)。

魏清德《白衣送酒》(限阳韵)发表于《台湾日日新报》。其一:"衣白人来愿已偿,欣然就酌坐衔觞。名流黄菊堪同醉,从事青州不自藏。两晋河山余半壁,一篱宾主共重阳。大廉毕竟无须矫,浪把猪肝试较量。"其二:"解绶归还曲糵忙,那堪闷坐负重阳。来非问字真知己,饮不须钱最大方。人影隔篱花比淡,秋风载道瓮浮香。江州刺史今何在,我亦天涯一酒狂。"

25日 《小说月报》第7卷第10号刊行。本期"文苑·诗"栏目含《题潘兰史〈江湖载酒图〉》(散原)、《五月二十九日子申酒集胡园,分韵得德字》(散原)、《夕眺》(散原)、《寄胡梓方京师》(散原)、《陈善余征君撰〈西石城风俗志〉,复绘〈横山草堂图〉征题,横山即西石城先生隐居地,感赋十六韵归之》(舣斋)、《哭宋燕生》(舣斋)、《奉答左笏丈谢送泉诗》(仁先)、《李筑厂以钱南园、曹剑亭二公遗迹合装属题》(仁先)、《萧寥》(仁先)、《合肥刘景皋为作诗庐图赋谢》(诗庐)、《赠别刘大晦九》(诗庐)、《酬梁节庵先生见诒诗扇,即用其〈哭王镇江〉韵》(诗庐)、《贞壮辞官径归杭州,不及叙别,赋寄》(诗庐)、《杂书贻约堂》(大至)、《读〈史记〉》(子言)、《忆蜕庵语》(子言)、《挽何邕威》(彦通);"最录"栏目含《京师大学文科毕业纪事》(绂云)、《将赴昌延权署,别刘大咏沂》(绂云)、《金缕曲·五叠韵题邃盦〈云水洗眼图〉》(五芝)、《又·六叠韵自题〈吴中五老图〉呈图中诸老》(五芝)、《又·芸巢叠韵见赠,七叠酬之》(五芝)、《无题》(集定盦句四首)(刘佛船)、《无题》(又陵)、《遥和茸城耿伯斋农部东园消夏雅集韵,寄视了公兼呈简翁》(天民)、《灵园消夏集,用槁蟫〈小罗浮消夏感旧〉元韵,赋呈简翁正和》(天民)、《踏莎行·潘兰史索题〈桃叶渡填词图〉,借碧山、草窗词韵》(语石)、《菩萨蛮·题湄生〈粟香室词稿〉》(语石)、《沁园春·应奉贤友之征》(东园)。

康有为作《丙辰九月二十九夕,题麦孺博、潘若海为卢毅安写扇图》。序云:"毅安弟以孺博、若海合写诗词请题。盖自甲寅来沪,日与二子共事,而乙卯孺丧,丙辰若殂。谁与共天下事者?每念心痛,欲赋不能下笔,今乃揽笔哀之成词,老泪犹湿也。"诗云:"吾门房杜有奇才,次第沉埋委草莱。本是同心人合璧,痛看遗墨劫余灰。掣鲸碧海词犹壮,赋鹏长沙命可哀。吾道穷乎天丧予,酒将老泪湿青苔。"

26日 张震轩作《观温州师范学校运动会纪盛》。诗云:"易言天行健,自强故不息。地球八行星,循轨习其职。是大运动场,千秋无差忒。人生天地间,三才配两极。体魄与精神,联合乃繁殖。靡论黄白种,色分红棕黑。方趾与圆颅,秉彝皆天则。运掉苟不灵,所求安能得。譬之山径间,无人茅渐塞。譬之机轮锈,行行误晷刻。筋骸日以弛,血液日以涩。坐看优胜者,绝尘驰南北。涂穷辙返求,惟勤动则克。动多四肢舒,天癸解徽缠。愈动愈坚凝,风寒杜外贼。户枢性不蠹,流水质不洳。妙哉运动功,此理人罕识。世衰道浇漓,仕途趋倾仄。巧肆钻营谋,翻矜运动力。吮痔兼舐痈,罔顾声誉抑。骨骼脂韦柔,光阴桑榆逼。况加党派争,悬崖马勿勒。末路竟何之,一钱已不值。斯真儒林羞,虚名丧其实。顾我师范生,校风素整饬。学术遵孔颜,哲理思康德。希踪远大程,不屑谋衣食。云鹤刷修翎,溟鹏振健翼。锻炼金在镕,明镜尘屡拭。运动会重开,观者数盈亿。张幕缀千葩,悬旗交五色。竞技彩夺标,唱歌声和笛。按部复就班,不徐亦不激。运动谁最优,明珠选的砾。幽燕老健儿,巴达勇无敌。持较诸少年,殆如骥伏枥。乃知尚武风,教育有成绩。久视纪贯轮,习劳陶运甓。进步达天衢,腥膻快荡涤。蔚为大国民,威名慑戎狄。如斯言运动,运动真破的。作歌勖吾侪,泼墨疥素壁。"

27 日 沈曾植为张尔田饯行,曹元忠、王国维等在座。

[日]白井种德作《十月一日,重访士刚,同西严老人》。诗云:"忙里偷闲欲话诗,秋中两度访茅茨。红街才隔门庭静,灼灼胡枝花未衰。"

28 日 台湾栎社招外客洪以伦、黄子清、陈得学、陈若时诸氏,集社友赖绍尧(悔之)、陈湖(沧玉)、郑少艐(玉田)、陈怀澄(槐庭)、连横(雅堂)、林望洋(载钊)、林资修(南强)、张栋梁(子材)、傅锡祺(鹤亭)并会场主人灌园计12人会于莱园,作"早梅""喷水池""破屋""卖饼""纸鸢""酒债""汽车"等诗。连横作《卖饼》。诗云:"一篇梼杌楚春秋,粗粝饯饷价不侔。我注公羊能食否,充饥莫漫笑何休。"

《申报》第15702号刊行。本期《自由谈》"游戏文章"栏目含《飞行曲》(尘梦)。

符璋得家书、报纸及洪炳文(博卿)函并诗册,即答一械。

[日]水野疏梅返国,吴昌硕有诗三绝送行。疏梅亦有诗《重留别缶庐》留别,诗云:"零丁远梦草堂秋,又恋缶庐多别愁。一片飞帆沧海上,古吴天末几回头。"

29 日 《申报》第15703号刊行。本期《自由谈》"艺文余载"栏目含《十月二十五日有作》(二首,鹓雏)。

符璋为洪广文图题诗五首。

张克家作《大酺·丙辰十月初三,梦书楹联,亡妻为按纸。醒而苦雨终日,兀坐寡俦,感而赋此》。词云:"甚得千愁万愁绝,便把青天愁破。廉纤还渐沥,打窗闲、一例叶零枝堕。拥被思量,梦魂昨夜,半晌惺忪枯坐。寒衣凭谁寄,想长楸短草,妖狐野火。纵剪碎秋声,催开暮霭,纸灰风里。 浮云容易过。百年事、究竟先归妥。看镜里、头童齿豁,老入花丛,只教他、小娃眉锁。领取孤眠意,自检点、袁安高卧。须不用、卿怜我。空庭帘幕,冷雨阶前断续,似微闻道可可。"

30 日 国会参、众两院选举江苏督军冯国璋为副总统。

陈三立赴沪上淞社之集,缪荃孙等同集。

符璋发洪炳文(博卿)函,附诗五首。

31 日　《申报》第 15705 号刊行。本期《自由谈》"诗话"栏目，撰者"栩园"。

吴昌硕访郑孝胥并吃午饭。何维朴、左子异、王仁东、陈三立父子及王秉恩、朱祖谋、王乃征同席。

黄兴卒于上海福开森路寓所。黄兴（1874—1916），湖南善化（今长沙）人，原名轸，字廑午，后改名兴，号克强。1893 年入长沙城南书院读书。1896 年中秀才。1898 年由城南书院保送武昌两湖书院深造。1899 年赴日本考察教育。1900 年春回国。曾参加戊戌维新和自立军起事，相继失败后开始倾向革命。1902 年被张之洞选派赴日本留学，入弘文学院速成师范科学习。年底与杨毓麟等创办《游学译编》，"专以输入文明，增益民智为本"。旋又组织湖南编译社。1903 年与留日学生集会声讨沙俄侵略罪行，组织拒俄义勇队（后改名军国民教育会），教授枪法。不久回两湖策动反清革命。后在明德学堂任教，酝酿成立革命团体。1904 年和刘揆一、宋教仁在长沙组织华兴会，被推为会长。随后积极联络会党，运动新军，计划起义，事败逃亡日本。1905 年经杨度介绍与孙中山会晤，中国同盟会成立后被孙中山指定为庶务，居协理地位。年底离日经香港潜入桂林，发展革命组织，策动郭人漳、蔡锷反正。1906年转赴新加坡，协助孙中山在南洋各地建立同盟会分会。1907 年与孙中山、章炳麟等共同审定《革命方略》，因孙中山被迫离日，代理同盟会总理职务。1911 年与赵声在广州领导黄花岗起义，亲率敢死队进攻两广督署，伤右手。失败后潜往香港养伤。武昌起义后黄兴乔装赴鄂，指挥汉阳保卫战，苦战近月，促使各省次第光复。汉阳失守，辞职赴沪，被光复各省代表推为副元帅，代行大元帅职权。得悉孙中山回国，推辞赴宁组织临时政府。中华民国成立后任临时政府陆军部总长兼参谋部总长。临时政府北迁后任南京留守。1913 年任汉粤川铁路督办。"二次革命"中任江苏讨袁军总司令，失败后再次亡命日本。1914 年中华革命党成立，因与孙中山意见不合，拒绝加入。1915 年支持蔡锷策动护国战争。1916 年致电袁世凯，促其悔罪引退。著有《黄克强先生全集》《黄兴集》《黄兴未刊电稿》《黄克强先生书翰墨迹》《黄克强先生诗联选集》。11 月 1 日大殓，孙中山领衔组成治丧委员会，其他主丧友人为唐绍仪、蔡元培、柏文蔚、李烈钧、谭人凤。袁世凯曾在亲信中评比孙中山与黄兴："孙氏志气高尚，见解亦超卓，但非实行家，徒居发起人之列而已。黄氏性质直，果于行事，然不免胆小识短，易受小人之欺。"黄兴卒后，远在日本疗病的蔡锷作挽联云："以勇健开国，而宁静持身，贯彻实行，是能创作一生者；曾送我海上，忽哭君天涯，惊起挥泪，难为卧病九州人。"不久蔡锷亦病故，两人同葬岳麓山。相传章太炎外号"章疯子"即出自于盛怒中黄兴之口。章太炎极敬重黄兴，曾愿拥戴黄兴为同盟会领袖。在黄兴追悼会上，章太炎送挽联曰："无公乃无民国，有史必有斯人。"康有为作《挽黄兴联》云："十日死两贤，天下事可知矣；千钧系一发，后来者其鉴诸。"杨度作《挽黄兴联》云："公谊不妨私,平日政见分驰,肝胆至今推挚友;一身能敌万,可惜霸才无命,死生从古困英雄。"张謇作《挽黄克强联》云："中年遽折雄姿,呕血不挠翁叔节;大勇无如悔过,本心犹见秣陵书。"柳亚子撰《挽黄克强先生联》云："钝初殂谢,英士云亡,吾党数人豪,又见大星沉歇浦;十载同盟,五年南社,平生悭一面,哪堪交臂失荆州。"曹典球作《挽黄克强将军》联云："有拿破仑豪宕不羁之才,秉华盛顿纯洁无疵之行,横览宙合,仅见斯人。二十载远道神交,愧我亦秋士腐儒,忧国只杜陵诗草;当贾长沙痛苦流泪之后,捐谢太傅优游养望之年,历劫英雄,忍此终古。四百兆同声哀悼,盼公怀江篱薜芷,归魂先宝庆灵祺。"[韩]申奎植作《挽黄克强》联二副,其一:"继渔父英士血流黄歇,义烈千秋,泪洒难干,旧雨凋零悲故我;同逸仙宋卿志在共和,名齐一世,功成不竞,中原寥落哭斯人。"其二:"曩年第一订交,友如柽者,恸自不已;今日无双创业,人向逸公,情何以堪。"陈去病作《谒克强灵帏》诗云:"南社风流亦可吁,鹿门和靖邈云祖(庞芑庵、林寒碧先后下世)。千秋绝业今谁继,岂独酸辛旧酒垆。"程潜作《黄克强先生挽诗》云:"天地久横溃,明哲回世屯。所志惟胞与,于心绝垢尘。萍浏始发皇,钦廉历苦辛。广州奋威武,阳夏会风云。江表新建国,胡运自滋泯。功成谢轩冕,长揖居海滨。雄奸图篡窃,快意肆凶残。南风偶不竞,百谤一身攒。幽燕集氛雰,劝进饰妖言。义旗扬六诏,景泰终复申。首恶虽自毙,余孽尚逞顽。公从海外归,元元有欢颜。忽然梁木坏,宇内共悲叹。嗟予随雁行,雅范凤相亲。驱庞参谋议,讨逆预且艰。眷怀失楷模,沉痛摧肺肝。道行殆由命,形灭付之棺。存殁数所系,夭寿人无权。德音犹在耳,神理初未捐。作诔聊记哀,投笔泪潺湲。"唐群英在长沙作《哭黄公克强》诗云:"昔抱钧天志,东瀛幸识荆。雄风驱鞑虏,建国赖长城。民失擎旗手,我悲引路人。千秋遗爱在,遥奠泪沾巾。"[日]杉田定一作《悼黄兴,次其曾所赠我诗韵》。诗云:"慷慨平生击节歌,英雄事业奈蹉跎。秋风今日故人泪,洒向春申江上多。"

傅熊湘、陈栩园等人作《十月三十一夜联句》。诗云:"元二风流应尚存,江山微见有啼痕(钝安)。青灯络电照今昔,白眼看人无晓昏(栩园)。吐句渐怜声变徵,浇愁剩有酒盈尊(雪耘)。思量前事都无奈,日夕相逢与细论(芥弥)。"

[日]夏目漱石作《元成禅人自德源大会回钵到余家,淹留旬日,临去,需余画,余为禅人作墨竹三竿并题诗以赠》。诗云:"秋意萧条在画中,疏枝细叶不须工。明朝铁路西归客,听否兰竿墨竹风。"

本 月

蔡元培、吴稚晖、张一麟、黎锦熙等在北京发起成立国语研究会。会章规定"以研究本国语言,选定标准以备教育界之采用"为宗旨,主张"言文一致","国语统一"。

《浙江兵事杂志》第 30 期刊行。本期"文艺·诗录"栏目含《同秋叶、稚兰、少华游龙井，归赋长歌，以示同游》（林步瀛）、《和秋叶〈龙井〉韵》（林步瀛）、《登安庆迎江寺浮图》（樊镇）、《寄赠吴仲庄表弟》（樊镇）、《九月十一日与雨苍、志英、笃臣、雄霄登韬光作》（邹可权）、《是日为余生日，归途再赋一律》（邹可权）、《登六和塔》（邹可权）、《次韵答钱默庵》（邹可权）、《傅梅根来游西湖，越一日别去，赋送》（邹可权）、《次韵和默庵〈醉后有感〉二首》（邹可权）、《寄戴季陶》（黄元秀）、《堕车左手受创感赋》（诸宗元）、《晚步湖上，念曼殊在病，归成一诗寄之》（诸宗元）、《和秋叶、少华〈龙井之游倡和〉韵》（诸宗元）、《笙伯、仲姊来杭，相视感成一篇》（诸宗元）、《寄傲庐太原》（诸宗元）、《秋日登吴山有感》（顾乃斌）、《无题》（顾乃斌）、《重阳限韵》（陈景烈）、《前题》（陈光熺）、《前题》（姚慈第）、《游龙井奉和秋叶先生》（李光）、《感呈秋叶先生，仍用前韵》（李光）、《寿吴冠周母卢太夫人》（林之夏）。

《国学丛选》第8集刊行。本集"文类·文录"栏目含《亡室淑施事略》（丹徒王祖庚景盘）、《分湖旧隐记》（吴江柳弃疾安如）、《贞社小启》（歙县黄质滨虹）、《高君明哀词》（松江张本良景留）、《石交亭记》（禹航王毓岱海帆）、《〈红薇感旧记〉序》（无锡蒋万里伯寅）、《哀侄丰》（金山高煌望之）、《读〈伤昙录〉书后》（太仓王昀舒沪生）、《读高吹万先生〈哭丰文〉书后》（开平周明亮夫）、《吴先生祠堂记》（醴陵傅尃钝根）、《王仙学舍记》（前人）、《〈赠卢生〉序》（揭阳吴沛霖泽庵）、《观元佑党籍碑记》（前人）、《吴翰城哀辞》（昆山胡蕴石予）、《〈云间诗征〉序》（松江马超群适斋）、《祭顾贞献先生文》（金山高燮吹万）、《〈薛中离先生全书〉序》（前人）、《题亡儿六岁小影》（前人）、《〈春晖文社社选〉序》（前人）、《赠何茂如旅长移任上海序（代）》（前人）、《林保三先生家传》（前人）；"文类·诗录"栏目含《螾庵自都下南回，来草桥校舍夜话》（昆山胡蕴石予）、《比僧》（前人）、《百感》（前人）、《示诸儿五首》（前人）、《游仙诗》（前人）、《华子翔龙挽诗》（前人）、《悲观》（前人）、《续示儿诗》（儿子昌会、昌学来书述母病，感而作此）（前人）、《天上曲》（当湖钱怡红冰）、《不寐》（前人）、《闻笛有感》（吴县杨鸿年秋心）、《吹万以哭幼子文见示，诗以慰之》（金山朱秉彝退庵）、《慰高子吹万哭儿诗一首》（东莞邓溥尔疋）、《中秋前二日，金山高吹万先生以〈哭丰儿文〉邮示，悱恻缠绵，发乎至情，赋以寄慰》（嵊县邢朗诵华）、《题〈伤昙录〉》（金山金兆芬兰畦）、《奉题〈伤昙录〉后》（松江朱廷扬哲生）、《奉题〈伤昙录〉》（金山俞宝琛天石）、《吹万先生以〈伤昙录〉邮示，既为书后，意有未尽，再集定公句题之》（开平周明亮夫）、《书感，用吹万先生赠黄君自雄韵》（松江马超群适斋）、《赠吹万先生，倒用吴梅村〈慎池铙吹〉韵》（前人）、《秋柳》（宁波刘筠卍卢）、《和黄君伯钦〈六十述怀〉原韵二律》（金山叶秉常守仁）、《读吹万先生〈哭丰儿〉文，其叙孩提嬉戏时能得亲之，欢心若此，苟天假之年，何遽不及曾子之养志也，而先生之为父，亦传所云止于慈者，使天下之为人子为人父者读之，孝慈之心当油然而生矣，因题二绝》（前人）、

《读〈伤昙录〉率题二绝》（太仓朱翱瘦桐）、《旧作香奁诗感付一炬，为题四绝》（泰县仲中逵民）、《怀寒隐》（醴陵傅尃钝根）、《翠云寺，在石笋山半》（前人）、《立秋夜书感》（前人）、《长沙和醉庵见赠次原韵》（前人）、《叔乾用前韵见赠，叠和一首》（前人）、《席上示诸君之叠前韵》（前人）、《酒集天然台，赋示叔容、醉庵及同坐诸子》（前人）、《次韵答今希见过，王仙侬中留别八首并示约真》（前人）、《汉女六章》（前人）、《和吹万叔〈狂飙叹〉，用原韵》（金山高旭天梅）、《六月十六日暴风坏墙，漫成四首》（前人）、《怀君平余山》（金山高圭介子）、《不寂》（前人）、《芳墅赐示〈四十述怀〉诗，谨歌此祝之》（金山李铭训伯庸）、《吹万先生寄赠〈国学丛选〉，如快聆梨洲、亭林、船山诸前辈绪论，小窗枯坐时，手一编以开通知识者，不外此书，不揣固陋，率成七古一章奉题》（余杭王毓岱海帆）、《题吹万先生〈伤昙录〉》（前人）、《和马适斋先生〈四十自寿〉诗，用原韵》（金山高基君定）、《与君介论诗述意二首》（前人）、《集陈后山句寄吹万》（顺德蔡守寒琼）、《集陈后山句寄钝剑》（前人）、《自谀歌》（丹徒李寿铨劲臣）、《癸卯七夕》（前人）、《乙卯端午》（富顺雷昭性龚皆）、《将游闽海，留别内子》（泾县胡韫玉朴庵）、《赠小柳》（前人）、《答三弟寄尘》（前人）、《客中值亡姐周年，无以为礼，作此哭之》（南昌陶牧小柳）、《赠了公》（金山高燮吹万）、《赠屏之》（前人）、《吊王景盘夫人韩淑施》（前人）、《憩南以其先祖林保三先生丐装小像属题，谨赋两律》（前人）、《为天梅题〈风木西悲图〉》（前人）、《题费龙丁先德云楼先生纨扇遗诗手卷》（前人）、《乙卯秋患喉症，继以肝疾，得黄君自雄治之而愈，诗以谢之》（前人）、《狂飙叹》（高燮）、《诗韵为风雨所碎裂，戏作》（高燮）、《寿马适斋四十，即步原韵寄额穆》（前人）、《忆霞曲，为周亮夫赋》（前人）、《题钱景遽〈深山练剑图〉》（前人）、《题蔡哲夫画（并序）》（前人）、《题春晖文社社选》（前人）；"文类·词录"栏目含《浣溪沙·夜雨》（泾县胡怀琛寄尘）、《浣溪沙》（松江姚锡钧鹓雏）、《浣溪沙·集李义山句》（魏塘沈砺道非）、《浣溪沙》（南昌陶牧小柳）、《浣溪沙》（醴陵傅尃钝根）、《浣溪沙》（前人）、《浣溪沙·集定盦句》（前人）、《浣溪沙·辛亥闰六月初七夜，小树纳凉，遥想双星秋期迟阻，感而赋此，人间天上，各自悄然》（虞山庞树柏檗子）、《浣溪沙》（金山高燮吹万）。

《小说大观》第7集刊行。本集"短篇"栏目含 [补白]《北平璅谭》（《汪侍郎》《惇亲王》）（纳川）、《菡庵零拾：女郎诗》《霏琼屑玉：题〈携碑访旧图〉》（翁松禅遗稿）、《词林：杨叔峤先生遗诗》《吃饭难》《词林》《诗选》（徐世昌）；"长篇"栏目含 [补白]《诗话：筠碧巢诗话》。

傅增湘偕张元济、白栗斋、蒋竹庄同游雁荡山与天台山。张元济作《丙辰秋游天台四首》。其二序云："冒雨由华顶至上方广寺，答沉叔见怀，即步原韵。"诗云："山中晴雨事，今夕最开怀。恍入朦胧境，重闻淅沥声。夜寒乡梦促，地迥梵音清。便欲冲云去,相将笠屐行。"

吴昌硕为苏曼殊临石鼓文(四条屏)。又,王一亭作《瞎趣图》长卷,吴昌硕题识云:"眼无天日耳犹听,听到天河洗甲兵。天意斯文留一线,其间着个左丘明。心地光明我佛同,男争足赤女头蓬。诗成今日得谁赏,编入盲词擘阮中。蜗牛满地足跚跌,中有穷涂(途)识字夫。病足如予同调否,出门一样倩人扶。一亭画盲趣,诗以张之。丙辰秋杪,吴昌硕。"

章梫由青岛来上海,携吴郁生重摹《壬戌雅集图》并嘱沈曾植题诗。沈曾植题有《吴蔚若侍郎重摹〈壬戌雅集图〉属题》(四首)。其一:"绝岛书传宝轴云,两家图籍溯清芬。子孙世讲留蒙训,耆旧风流次国闻。公望蔚然当盛世,闲居太息录雄文。杏园事岂遭逢异,荡记辞为详略分。"

胡先骕往上海,拜谒沈曾植师于海日楼,出示海外所作诗词若干请益。11日,又往商务印书馆拜谒张元济,欲觅一编辑职位,未果。旋回里,在南昌与王易、王浩游。

陈隆恪赴萍乡外家过年,取道水路,从南京乘船至汉口,再转陆地过长沙抵萍乡。作《过汉口哭濮季成》《长沙哭龚炼百》。其中《过汉口哭濮季成》云:"乃祖坟前树合围,蒋山淮水接余辉。相期雏凤排霄上,何意游龙蜕骨归。踽踽污涂身不染,呴濡弱弟愿终违。重来对酒魂销地,又待浮生逐是非。"

古直应护国军第二军总司令李烈钧邀约,代撰《祭黄花岗七十二烈士文》和《奠护国军阵亡将士文》。

范韧庵生。范韧庵,名仁,字韧庵,以字行,别署茧翁。著有《范韧庵诗文集》。

周南生。周南,原名镇寰,江苏徐州人。著有《年轮集》《周南诗词选》。

天虚我生撰、顾影怜女士点评《潇湘影弹词》由中华图书馆刊印发行。

褚辅成作《挽陈仲权联》云:"肘腋伏豺狼,回顾中原,宗泽渡河终古恨;精灵贯金石,倘寻息壤,巨卿执绋几时来。"

叶景葵作《挽汤觉顿联》云:"居今日而有夷齐禹稷之思,即已是造物所弃;奋一身以与魑魅罔两相搏,吾且为未死者危。"

康有为作《登太白酒楼,济宁人士请写楼额》。诗云:"太白曾携玉杖游,城楼酒熟占千秋。我无谢朓惊人句,只为先生题酒楼。"

路朝銮作《丙辰九月纪梦,并寄怀尧老》。诗云:"昔有谪仙人,梦游天姥峰。云霓明灭变朝暮,连天秀拔青芙蓉。若有人兮呼我出,青鞋布袜遥相从。褰裳策杖度绝壑,空山寂历无人踪。清流见底漾寒荇,峭壁屹立悬长松。云是南宋琴师濯发处,摩崖奇字蟠苍龙。飞湍激石响天籁,疑闻琴语声淙淙。云梯直上凿幽险,两掖奋薄生清风。峰回路尽意惝恍,绝顶憩足祛尘蒙。眼前突兀见高栋,丹青图画开琳宫。何物老姬自肃客,酡颜鹤发方双瞳。茅庵为拓半弓地,读书劝我留山中。阿母几见桃实熟,麻姑一笑桑田空。俯视人间斗虫蚁,齐州九点烟冥蒙。唤起谪仙人,痛饮吞长虹。一醉千日不知醒,层云堕席舒心胸。觉来迷离失幽境,隔邻静夜闻霜钟。苦忆横溪老居士,万松深处支吟筇。君隐溪山我尘土,人生泡幻将毋同。出岫闲云本无意,抟沙聚散何忽忽。作诗记梦兼忆远,因风寄讯南飞鸿。"

王小航作《暮秋门前即景》。诗云:"残荷都敛尽,湖水静无波。小艇鱼叉试,横桥蟹簖罗。禅林明罨画,寒菜绿陂陀。最是佳时节,秋光属菊多。"

赵藩作《谢幼侯言不可无咏袁世凯诗,要余同作,戏占一律》。后载于本年12月12日《义声报》。诗云:"欺主愚民倏止戈,尽收败类入包罗。假公大抵为私尔,有术其如不学何?八十日君龟颈缩,五千年史鼠肠拖。孙杨劝进王符谶,名士金钱值几多。"

韩德铭作《读明季〈板桥杂志〉》《秋意》。其中,《读明季〈板桥杂志〉》云:"销金锅底湖山丽,南宋士夫缅风日。白雁乘秋江上来,铁骑攒蹄践珠玉。余风时弱时复苏,板桥再现明南都。当年忧国扶危士,旧苑清淮半酒徒。建酉生长风霜里,骤马扬鞭压江汜。连城瑜瑾抵刀挝,一击纷纷碎沙子。沃心尝胆越方强,姑苏台美句吴亡。王霸且然况多士,留侯忠武谁情郎。四海潮翻辟新世,咸谓得失方古异。义声呼转汉河山,多少伟人称快事。吁嗟乎!多少伟人称快事,几度升沉随倒置。连臂招歌尚都肆。"《秋意》云:"微生积长感,秋至惯酸辛。客岁愁王命,今朝听辨言。戊庚天变态,亥丑地翻澜。中论辞新旧,斯民别治安。鸿飞毛羽短,虫吊肺肝寒。质异澧兰弱,时丁蜀道难。古来风露底,何怪苦吟团。"

刘绍宽作《五十述怀百韵》。诗云:"一万八千日,流光蚁磨旋。始衰翁子岁,初度卯君年(余生丁卯)。桐井枝初长,萱闱荫乍捐,可怜在襁褓,未解抚栲栳。所后宗传重,靡他母志坚。恩勤躬拊我,鞠育德同天(戊辰生母见背,嗣母杨抚之成立)。尽室外家寄,矜孤诸舅偏。幼方资卵翼,长为授经篇。叨许后来秀,追随中表贤。炙冰晨共砚,刻烛夜分笺。自咏童觿佩,同搴鲁藻鲜。嬴骀俄伏枥,赋鹿让先鞭。未遂显扬志,偏遭坎壈缠。挽车悲昱训,捧砚泣乔涟(己卯癸未大母、大父先后物故)。溽暑秋为厉,高堂禩莫蠲。职亏人子憾,方误俗医延(己丑丧母)。时运频伤塞,纲维又裂乾。庭闱增哽咽,弟妹切攀挛。寒忍葛兼练,饥分粥与饘,相期惟竞爽,含笑慰重泉(壬辰生父捐馆)。沙壅沉舟久,风开弱羽便。偶治高密学,见赏伯牙弦(甲午岁试,受知徐季和侍郎)。腾驾初骧首,翘材许比肩。贡闱随骙骙,相骨误皋歂。变法时趋鞅,高歌市赴燕。濯磨争彀下,潦倒列茅前。名抑螭头奏,书因马足愆。未牵丝汲井,终见鼎沦渊(丁酉拔贡,戊戌朝考被黜)。梦断朝天骑,挝回入峡船。初衣飘白袷,旧业理青毡。国是凭巫蛊,兵仇起大袄。召戎京室陷,御侮梓桑联,坐镇机筹运,撄诛祸首骈。乌言通绁阁,雀讼解株连(庚子匪乱与治乡团)。新诏巍科废,鸿儒实学研。

佉卢文字重，周髀术家专。乡校初开讲，师资忝备员（壬寅平阳学堂成立）。索涂嗟杳渺，擿埴恐瞑踬。征路扶桑指，遗芳若木搴。诹询劳笔舌，弋获等渔佃。谬欲刍荛献，轻将梨枣镌。便思兴术序，庶得遍瀛壖（甲辰游历日本，著有《观学记》）。安固经师在，兰陵教泽绵，均钟识牛铎，采笛及柯椽。训为彪蒙著，书因劝学编。但求资矩镬，未可弃蹄荃（乙巳侍孙籀顾师温处学务总汇处任编辑事）。郡学旋相委，轻材愧独屋。巧炊难索米，挽满但空弮。（丙午任郡中学监督）邪许群公力，绸缪六载缘。傍山开栋宇，称树养楠梗。半夜舟移壑，扬尘海作田。干戈虚讲席，铅椠化鸣弦。径欲拂衣去，居然掉鞅还。同怀叨饮饯，赠语谢殷拳（壬子辞职）。敷佐乡邦治，提携教育权。周巡劳指划，勤海启愚颛（是秋为县教育科长）。騑服长途试，莺乔别树迁。三弹空剑铗，一割笑刀铅（癸丑调永嘉民政科长）。正乞元修菜，旋依王俭莲。折腰陶米贱，掣肘宓书怜（是秋委充省署科员）。惜别钱湖月，经行雁荡烟。大经瞻故宅，肃政访遗阡（甲寅委乐清教育科长）。叙旧常浮蚁，催归忽听鹃。俶装辞上浦，孤屿见中川。依旧鹪枝借，深惭鹜食牵（是秋辞职，复为永嘉教育科长）。敢云司笔牍，便可任陶甄。潜鸟知还矣，暖鱼盍舍旃（乙卯旋里）。十年衣化素，独说草晞玄。横屿诹风土，乡贤慕古先。手劳披卷万，文拟述秋千。采璞防收鼠，求珠倘贡蜎。理人资法鉴，索地得钤键。只惜前闻谫，难将汗简竣。所期输众力，相与造层巅（是岁与修邑志）。从此一经老，无心九品铨。功名蹉绿鬓，岁月迫华颠。论学都芒若，扪心更怃然。编韦从未绝，砚铁几曾穿。有宅难成相，为薪竟莫传。郯官昧龙鸟，亥步昧垓埏。正义周官订，微言墨氏诠。先生真许郑，弟子愧崇宣。溟渤鲲能运，榆枋鷃自翾。高山空业业，勺水只涓涓，瓠落服官日，栖迟岐海边，缟綦同祝健，井臼未辞胼。有子青箱继，雏孙翠葆娟。敢云跨灶望，聊得面墙渐。便拟开三径，闲居受一廛。秋川看浴鹭，春雨听呼犍。篘酒商栽秫，添衣待剥棉。行随南亩饷，醉倒北窗眠。泛渚移蓬艇，游山借竹笾。偶然供啸咏，宁复择娼妍，世事蛆甘带，群情蚁附膻。不教猜燕雀，何事较蘷蚿。顽鄙休讥老，栖皇欲问禅。何人信松柏，知我只荪荃。吕驾如相命，溱裳正愿褰。劳歌聊自写，遑为祝彭篯。"

张公略作《修学旅行纪事》。序云："民国五年十月，偕商业学校诸生至潮安旅行二日。古人云：'登高能赋'。予虽不敏，窃有所述，聊以泥痕鸿爪云尔。"诗云："为学在致用，能言贵能行。斗室徒呻唔，未免嗤目盲。况今学校中，科学各渊闳。非能勤考察，至理岂易明。博物在多识，鸟兽草木名。体育资劳苦，如钢百炼精。习商入廛市，习农访野耕。学成如用事，只此实践程。莘莘吾学子，殊方集群英。殚精而极思，苦学已有成。当兹秋气爽，共度海宇清。远足事游览，北道入郡城。言登庵埠市，汽车疾如驶。原野忽平开，村圩瞬息至。货物若云屯，市廛如栉比。攘往与熙来，贩商集遝迹。信步游郊原，风光亦可喜。稻粒垂黄金，菊花耀霜蕊。乘兴入枫溪，幽林秋色凄。工业称陶冶，谋生资庶黎。矩范规新土，钧陶振弱泥。品侔红玛瑙，质赛碧玻璃。凤城古重镇，屹立韩江湄。日斜秋风冷，城郭暮烟迷。胜游尽一日，已觉步履疲。停鞭且稍息，东升旅梦嬉。清晨出东门，危楼耀晴暾。车马辙迹乱，市廛尘嚣喧。陟登凤凰台，俯视大江奔。凤去台空在，惆怅对颓垣。凤凰塔孤悬，卓立水涯边。渡江漾中流，悠然思如渊。登临凭眺望，景物尽鲜妍。秋水明如镜，山花红欲然。韩山耸奇拔，三峰倒插天。瞻仰韩夫子，庙貌亿千年。贬由佛骨表，学垂原道篇。气节彰青史，边陲教化宣。郡北有金山，巉岩势莫攀。北临恶溪水，南接人烟寰。东南第一胜，雄伟信天关。小立峰巅外，仿佛列仙班。怪石起嵯峨，幽居秋意多。鸣蝉声断续，落叶影婆娑。未能追智叟，思欲藏拙窝。琳琅堆满架，把卷临风哦。北郊多墓田，闲步吊芳阡。英雄与儿女，赍恨深九泉。冷风砭肌骨，悄然思虑迁。贤愚奚足判，一例沟壑填。湖山峙碧天，湖水清且涟。小憩紫竹庵，参佛悟机玄。山僧似忘世，席地坐谈禅。更谒华佗医，国命谁为延？病将入膏肓，奇方尚未煎。问言犹未答，夕照已衔山。胜游难为继，只此命驾还。游期才两日，游踪百里间。虽非登泰华，景色亦斑斓。九州山水奇，因斯见一斑。即物悟真理，动与学识关。识小能见大，察隐以知微。昔人见煮水，因而悟汽机。求学非一道，殊途而同归。旅行以广学，纪游把笔挥。"

黄文涛作《自题采菊小影》（丙辰秋九月下浣摄于黄歇浦右）。诗云："扶藜缓步踏霜苔，得得篱东采菊回。何事不将形迹晦，尚留鸿雪遗人咍。"

刘善泽作《丙辰九月书事四首》（袁氏僭号洪宪）。其一："舆服金珠卤薄齐，新宫歌舞玉绳低。路人魏室知司马，竖子陈仓窃宝鸡。三恪会盟矜歃血，两朝恩幸脱燃脐。最怜同号长生党，床共东头梦辄西。"

郭沫若在日本作《游操山》。诗云："怪石疑群虎，深松竞奇古。我来立其间，日落山含斧。血霞泛太空，浩气荡肺腑。放声歌我歌，振衣而乱舞。舞罢道下山，新月云中吐。"

十一月

1日 《新青年》第2卷第3号发表陈独秀《宪法与孔教》。文章认为："盖孔教问题不独关系宪法，且为吾人实际生活及伦理思想之根本问题也。""盖伦理问题不解决，则政治学术，皆枝叶问题。纵一时舍旧谋新，而根本思想，未尝变更，不旋踵而仍复旧观者，此自然必然之事也。""孔教之精华曰礼教，为吾国伦理政治之根本。其存废为吾国早当解决之问题，应在国体宪法问题解决之先。""故今之讨论者，非孔教是否宗教问题，且非但孔教可否入宪法问题，乃孔教是否适宜于民国教育精神之根本问题也。此根本问题，贯彻于吾国之伦理政治社会制度日常生活者，至深且广，不得不急图解决者也。欲解决此问题，宜单刀直入，肉搏问题之中心。""其中心问题谓何？即民国教育精神果为何物，孔子之道又果为何物，二者是否可以相容是也。""惟明明以共和国民自居，以输入西洋文明自励者，亦于与共和政体西洋文明绝对相反之别尊卑明贵贱之孔教，不欲吐弃，此愚之所大惑也。"

《申报》第15706号刊行。本期《自由谈》载"诗话"栏目，撰者"栩园"。

《小说海》第2卷第11号刊行。本期"杂俎·诗文"栏目含《祭王垕生内翰文》（天民）、《辛亥八月十四日游金山寺，登塔望江，感而有赋》（四首，东园）、《秦淮》（善余）、《章君静轩归，为其父八十寿，诗以赠之》（善余）、《过王府园》（善余）、《再过朱村哭柳门》（默庵）、《题张悔翁〈独立图〉》（默庵）、《苦雨，寄徐二桂材》（默庵）、《题鲍梦星〈梅花〉画册》（默庵）、《小罗浮消夏集，座中多故人，子各用潘春生先辈〈岁朝访梅〉元韵赋诗，余成感旧一律，寄呈东园兼视天民》（施槁蟫）、《遥和施槁蟫〈小罗浮消夏感旧〉元韵，寄呈吴东园先生》（天民）、《灵园消夏第六集，用施槁蟫〈小罗浮消夏感旧〉韵，寄呈东园、诗圃兼示唷庵》（天民）、《玉京谣·秣陵感春，用易实甫韵》（东园）、《前调·君特昔谱此词，有客燕飘零之感，余则江关倦旅，万绪悲秋，按节寻声，凄怀殆相倍矣》（实甫）、《凤凰台上忆吹箫》（实甫）、《虞美人影》（实甫）、《采桑子》（实甫）、《逍遥乐·春草》（实甫）；"杂俎·弹词"栏目含《五女缘弹词（续）》（绛珠女史著，东园润文）。

《诗声》第2卷第5号在澳门刊行。本期"诗话"栏目含《霏雪楼诗话（五）》（伍晦厂）；"笔记"栏目含《水佩风裳室杂记（十四）》（秋雪）、《乙庵诗缀（五）》（印雪）；"词谱"栏目含《莽苍室词谱卷二（三）》（莽苍）；"词苑"栏目含《雪堂覆瓿集（三）》：《郊行即目》（会华）、《前题》（曳红）、《冬夜独坐》（二首，华生）、《晓行》（遂良）、《前题》（鹤雪）；"歌曲"栏目含《水调歌头》（宋代苏轼著，侠隐制谱）；"投稿"栏目含《胡卫金（续2卷2号）》（西樵如莲书屋）；"词论"栏目含《〈周止庵词选〉序论（五）（完）》；"诗论"栏目含《〈诗品〉卷上（五）》（梁代钟嵘）；"诗故"栏目含《雪溪友议（戎昱）（五）》（范摅）；"词苑"栏目含《中秋前夕雨》（五首，樊山）；另有其他篇目《雪堂第三十四课题》《征求第一卷〈诗声〉》《破天荒之〈诗声〉》。其中，《雪堂第三十四课题》为《送秋》，要求"古今体诗任作，卷寄澳门深巷十八号交雪堂收，准五年十一月二十号收"。《代邮》云："侠农君鉴，示悉，君慷慨匡助，敝社不胜铭感。香港收款处在上环东街廿一号周其兰烟店内，鸿雪君。该项可径交鸿雪便妥。雪堂诗社覆。"

况周颐与朱祖谋联袂观演《彩楼配》时联句为乐。据张尔田《词林新语》载："梅畹华演剧，一时无两；尝搬演《彩楼配》于海上之天蟾舞台。彊村、蕙风联袂入座。时姜妙香饰薛平贵，褴褛得彩球。彊村忽口占云：'恨不将身变叫花。'蕙风应曰：'天蟾咫尺隔天涯。'转瞬成《浣溪沙》一解，曰：'不足为世人知之。'"

方守彝作《十月六日，伯韦、渊如、季野、圣登、镜天、天闵见过，遂邀往时涵宅看菊，次韵酬镜天，并呈诸君。时连遭期功之戚，未免余音凄楚，有不能自禁者耳》。诗云："此是渊明篱下花，清贫对尔酒情赊。南窗日暖羲皇梦，白社风高巾带斜。千载古人思抗友，一时大雅接名家。诗来值我伤心日，泪雨苍苔草不芽。"

胡适作《江上》（十一月一日大雾，追思夏间一景，因此成诗）、《打油诗又一束》（四首）。其中，《江上》云："雨脚渡江来，山头冲雾出。雨过雾亦收，江楼看落日。"《打油诗又一束》其一《纽约杂诗》（新妇女）云："头上金丝发，一根都不留。无非争口气，不是出风头。生育当裁制，家庭要自由。头衔'新妇女'，别样也风流。"其二《纽约杂诗》（女教师）云："挺着胸脯走，堂堂女教师。全消脂粉气，常带讲堂威。但与书为伴，更无人可依。人间生意尽，黄叶逐风飞。"其三《代经农答"白字信"》云："保重镜中影，莫下相思泪。相思了无益，空扰乱人意。"其四《寄陈衡哲女士》云："你若'先生'我，我也'先生'你。不如两免了，省得多少事。"

2日　黄藻泮《杂词六首》刊于［马来亚］《国民日报》"文苑"栏目。其一："轻将纤笋拍郎肩，欲诉心情转赧然。笑指镜台双五影，前身定是并头莲。"

康有为作《丙辰十月七日，宿茅山陶隐居松风阁，怀仅叟侍郎年丈，并示勉甫弟》。诗云："犹记西湖共月明，画船檀板醉歌声。老年病疾忧之甚，旧事凄凉听未平。喜见重孙得聪令，追思故旧叹凋零。茅山高卧松风阁，南望钱塘秋水盈。（闻丈病，忧甚，即欲赴杭，后知病已，乃游茅山）"

3日　胡适本日至次日作《打油诗》（二首）。其二《纽约杂诗》（总论）："四座静毋叱，听吾纽约歌。五洲民族聚，百万富人多。筑屋连云上，行车入地过。'江边'园十里，最爱赫贞河。"

魏清德《恭祝立储典礼》、黄潜渊《扶桑引》发表于《台湾日日新报》第5869号。其中，《恭祝立储典礼》诗云："一系绵皇统，邦家重立储。前星辉耀极，青石榜宫居。壶切神灵剑，王羲帝范书。竹园多异端，空际五云舒。"《扶桑引》词云："重译尽来朝。遍扶桑国内，旭日旗飘。储定主君祧。天潢一系丑唐尧。　行祀礼天郊。天长佳节值，盛事史书标。启志相贤继禹，覃敷覆育同胞。"

［日］那智惇斋作《大正五年十一月三日行立储礼。拜皇太子入朝于二重桥下。恭赋》。诗云："鹤驾朝金阙，威仪灿远扬。群烟绕上苑，仙鹤翔昊苍。告庙亲传宝，觐宸优锡庆。鸿基重日月，钦仰大明光。"

［日］砚海忠肃作《十一月三日陪立太子盛典恭赋》。诗云："宗庙晓开天语闻，亲传宝剑立储君。典仪肃肃金铃响，仙鹤翩翩舞景云。"

［日］久保得二作《十一月三日，奉贺立太子盛典》（三首）。其一："去岁升恒今立储，蔼然喜气遍州间。旋看秋色净天地，正是枫宸降诏初。"

4日 陈宝琛与郭曾炘合撰《德宗景皇帝本纪》告成。溥仪传旨嘉奖有功人员:陈宝琛授太保职,并赏御书匾额一方;郭曾炘头品顶戴,并赏御书"温仁受福"匾额;监修总裁官世续从优议叙并赏匾额,裕隆赏清门二等侍卫,余均加衔并赏御书福寿字。同日,朱益藩到京请安,溥仪赏二品衔、紫禁城内乘坐二人暖轿,仍在南书房行走。

程应镠生。程应镠,江西新建人。著有《流金集·诗文编》。

张謇作《管仲谦挽词》。诗云:"百辈老人肥,三年院长赢。病淹儿孝友,丧出众嗟咨。斜日林环屋,凉风菜满陂。典型存庶物,惆望替人悲。"

张其淦作《十月九日徐园访菊,寄怀子砺一首。归来接书,知新筑真逸瓜庐,九月十七集同志祀秋晓先生生日,续成下篇》(二首)。其一:"古来晚节完人少,今日新花为我开。且共一樽开口笑,不辞双屐小园来。落英雾浥沉沉江芷,春树云深庾岭梅。问讯白衣谁送酒,门前五柳是君栽。"其二:"小筑瓜庐远俗尘,女儿香祀宋遗民。红羊劫换星霜改,朱鸟魂招涕泪新。孝菊喜逢人好事,梦粱重与话酸辛。覆瓿一集真千古,应笑扬雄著剧秦。"

邓中夏作《九日登岳麓山,次蠹屋〈九日柬白云上人〉原韵》。诗云:"徒倚山亭万里秋,漫同王粲赋登楼。风高衡岳回寒雁,日落长沙杳去舟。大地红羊悲旧劫,荒落黄叶怅重游。偷闲醉把茱萸看,且学卢家号莫愁。"

5日 《妇女杂志》第2卷第11号刊行。本期"杂俎"栏目含《闺秀诗话(未完)》(亘父)、《玉台艺乘(续)》(尊农)。

符璋清晨率佛、达两孙诣温州江心寺,题壁一首。

6日 吴昌硕赴郑孝胥所设生日会,为沈爱苍(瑜庆)祝寿。何维朴、王仁东、林贻书、郭南云、左子异同集。

7日 《申报》第15712号刊行。本期《自由谈》载"诗话"栏目,撰者"栩园"。

魏清德《送三惜长官挂冠养病》(二首)发表于《台湾日日新报》,后又刊于1916年11月20日《台法月报》。其一:"彩笔分题擘锦笺,鸟松阁上亦因缘。挂冠旧是皋陶职,伏枕今吟别府泉。佳句牛腰传一束,英姿鹤骨自千年。扶桑况有长生药,徐福当时此学仙。"其二:"三台黎庶颂仁声,惜别长亭复短亭。狱讼温舒无弊政,都官郑谷有诗名。书临草圣神尤绝,魄濯冰壶品共清。此去湖山凭管领,挂瓢随处看云生。"

张謇作《上海晤梅郎》。诗云:"吾衰霜雪半髭须,喜见梅郎颊稍腴。坐上清斟闻落叶,江南秋色与搴笑。闲情爱近初春气,说部频传绝代妹。有约听歌抛美睡,明朝万纸落江湖。"

黄濬作《立冬前一日风雨有成》。诗云:"定知薄雨不成雪,却为迟寒故酿风。天意沈冥尚如此,吾生兴感恐难穷。文章违世甘麟楦,功业看人尽马通。岁晚空斋自珍重,严霜正振九秋蓬。"

8 日　《申报》第 15713 号刊行。本期《自由谈》载"诗话"栏目，撰者"栩园"；"词林"栏目含《踏莎行·晓行》（筱渭）、《夜行船·秋兴》（筱渭）、《喝火令·秋海棠》（筱渭）。

蔡锷卒于日本福冈大学医院。蔡锷（1882—1916），原名艮寅，字松坡，湖南邵阳人。年十三中秀才，曾立誓"当学万人敌，不应于毛锥中讨生活"。1898 年考入梁启超、唐才常任中文教习之长沙时务学堂。1899 年赴日本，就读于东京大同高等学校、横滨东亚商业学校。1900 年随唐才常回国参加自立军起义。失败后改名锷，复去日本，先入东京成城学校，后在日本陆军士官学校学习军事，时在校与蒋百里、张孝准并称"中国三杰"。1904 年毕业回国，在湖南教练新军。1910 年调广西教练新军，因经费不足，考察学生决定是否能留读时，以考诗词歌赋文章试而非军事知识技能试，被认为偏袒诗词水准较高之湘籍学生，因此遭桂籍学生李宗仁、白崇禧等发动学潮驱逐。1911 年初调云南，任云南陆军第十九镇三十七协协统。1911 年与李根源等在昆明领导新军响应辛亥革命，被推为临时革命总司令。云南军政府成立，被推选为云南都督。"二次革命"爆发，奉袁世凯之命，镇压四川重庆熊克武发动反袁起义。旋被袁世凯调入北京，任参政院参政、海陆军大元帅统率办事处处员、经界局督办等职，并被封为将军府昭威将军。1915 年在梁启超影响下反对袁世凯称帝，潜逃出京，取道越南回云南。同年与唐继尧等人宣布云南独立，发动护国战争，任护国军第一军总司令。1916 年率部在四川击败优势袁军，迫袁取消帝制。袁病死，蔡任四川督军兼省长。同年 9 月因患喉头结核病赴日本福冈就医，旋病故。翌年 4 月 12 日，归葬于黄兴所葬之长沙岳麓山，首度享受民国国葬仪式。其遗著被编为《蔡松坡集》，含诗词和联语。袁世凯评蔡锷云："此人之精悍，远在黄兴及诸民党之上，即宋教仁或亦非所能匹。"孙中山挽联云："平生慷慨班都护；万里间关马伏波。"康有为挽联云："微君之躬，今为洪宪之世矣；思子之故，怕闻鼙鼓之声来！"梁启超挽联云："知所恶有甚于死者；非夫人之恸而谁为。"杨度作《挽蔡锷联》云："魂魄异乡归，于今豪杰为神，万里山川皆雨泣；东南民力尽，太息疮痍满目，当时成败已沧桑。"张謇作《挽蔡松坡联》云："国民赖公有人格；英贤无命亦天心。"袁嘉谷敬送挽联云："民族英雄威壮河山全无敌；国家元勋名震乾坤殁有神。"黄炎培挽联云："既用苦战争回人格，夕死可矣；能以道德爱其国家，先生有焉。"黄群作《挽蔡锷联》云："身虽服兵役，目不见战场，赐我以义名，维颖有泚；生可定危邦，死足范偷俗，问才子异国，亦首伏公。"赵藩撰书二联悼念蔡锷。其一："南滇两举义帜，强我周旋，回首下交成往事；东海顿惊噩耗，悲君殂谢，比肩中国几人才？"朱德挽联云："勋业震寰区，痛者番，向沧海招魂，满地魑魅迹踪，收拾山河谁与问；精灵随日月，倘此去，查幽冥宋案，全民心情盼释，分清功罪大难言。"朱德晚年回忆录中写道："蔡锷先生影响我整个前半生，而毛泽东影响了我的后半生"。方尔谦代小凤仙作挽联，其一："不幸周郎竟短命；早知李靖是英雄。"其二："九万里南天鹏翼，直上扶摇，怜他忧患余生，萍水相逢成一梦；十八载北地胭脂，自悲沦落，赢得英雄知己，桃花颜色亦千秋。"刘乃勋作《挽蔡松坡将军锷》。联云："骚雅联吟，阁笔让探骊，宝剑解贻惭壮士；共和再造，挥戈豪跃马，义旗回指慑奸雄。"李根源作《蔡松坡将军纪功塔铭词》。诗云："蔡公沉深有大志，短小精悍人莫测。甲兵百万蟠膈臆，十步百计机神疾。少小能文捷无匹，家本贫艰苦卓绝。孑身东渡海负笈，戛戛独造士官列。是时国事日殄瘁，思从根本大改革。同时诸子尽英畏，公独深心内蕴结。业成回国求经历，湘赣桂滇练兵术。辛亥鄂垣初起义，昆明相继重阳日。七鬯不惊易汉帜，千年重睹庆云瑞。清帝退位四海一，从容坐镇无敢贰。"钟动作《挽蔡锷将军》。诗云："一跃滇南蜀道开，战云斑驳烂成堆。回天幸已摧新莽，落日仍惊失霸才。寥落星辰三户恨，迷离风雨万民哀。魂归渺渺知何处？劫满昆仑火未灰。"袁丕钧作《挽蔡松坡》。诗云："一夜狂风树折枝，神州无望士林悲。独将危木支天下，不见长竿入钓矶。海外魂归思故国，局中人往剩残棋。岘山应堕羊公泪，愁绝襄阳没字碑！"赵式铭有诗悼云："公昔开府彩云乡，手殪猛虎驱封狼。我时衔恤病在床，延揽下逮趣行装。斩然缞绖点班行，走章驰檄排风霜。郑公去蜀讴思长，迢迢云海两相望。去年朱三僭称王，劝进者谁孙与杨，公独亡命来滇疆，望门投止何苍黄！同心早有东川唐，英雄握手心慨慷。悉锐属公赴沙场，力挥大帚扫秕糠。而我扶病送道旁，春寒中人冻欲僵。见公颜损神轩昂，长剑拄颐马腾骧。义师所至势莫当，妖腰乱领敢称强？元凶丧胆群阴忙，八十日君洪宪皇！众人何肥公何尪，飘然出峡航东洋。神山那有不死方，秦皇汉武终渺茫。昨宵惊电来扶桑，捶床大叫心惋伤。沧海横流狂浪狂，公不少留涕泪滂！澧兰沅芷惨不芳，何时归葬衡山阳？仲宣楼头山色苍，春风回首空断肠！"程潜作《蔡松坡先生挽诗》云："疾病不可医，荣华遂长已。我凭故人棺，泪落何能止！念昔革命时，公适在南纪。登坛群彦集，拔帜异军起。滇黔数百城，反正未移晷。俄然腥膻主，闻风解其玺。功成恶施伐，端己绝尘滓。党论徒嚣嚣，片言肯污耳。彼哉篡窃徒，勋业自摧毁。舜禹事如戏，韩彭谬相拟。吾钦智勇人，微行聊用诡。江海万里路，一夕入军垒。走也同心期，东归先举趾。讨逆独夫惊，首义四方喜。一呼山可撼，三战魂终褫。秽浊悉荡除，重见天日美。高名满人口，大事载国史。长歌侑清酒，魂兮倘来只。"周钟岳至汉口，闻蔡锷噩耗，作《挽蔡松坡将军四十韵》。诗云："豪俊天何夺？艰难世未康。海氛嘘蜃鳄，国事沸蜩螗。沉陆桓温叹，崩榱国子伤。乾坤谁整顿？风雨益悲凉！忆昔当宣统，维新肇武昌。滇中开幕府，公起镇封疆。阃土推庄蹻，分定兵夜郎。四邻敦辑睦，百度尽恢张。荫远将军树，甘留召伯棠。声威传异域，翼赞入中央。体国先经界，修兵重设防。吾谋适不用，时论竟如狂。大盗窥神器，元凶背宪章。赤符夸应谶，黄屋僭称王。夺玺噬袁术，挥戈奋鲁阳。脱身趋析木，濯足向扶桑。袍泽五华会，师徒六诏强。搴旗呼独立，修甲赴偕行。多士皆腾跃，元戎自慨慷。先锋提虎旅，扫境属龙骧。师过欢如沸，威行令若霜。黔军应桴鼓，蜀道迓壶浆。生死三摩地，崎岖百战场。义师得神助，大憝遂夭亡。约法还同守，佳兵儆不祥。玄黄欣再造，日月睹重光。持节归留后，铭功纪太常。贪天心所耻，浮海计殊长。一舸离巴蜀，孤床卧福冈。心犹轸饥溺，病已入膏肓。谁识笼中物，难凭海上方。相看频握手，絮语欲回肠。敦促趋戎幕，踌躇俶客装。天涯成永诀，汉上惨闻丧！遗憾深东海，衰亲念北堂。听猿愁入蜀，驭鹤倘还湘！零雨归何日？寒星陨有芒。济时功未了，知己谊难亡。泪坠羊开府，名垂葛武乡。人亡邦殄瘁，天意正茫茫！"

陈三立作《九月二十四日抵杭州南湖恪士宅，过仁先兄弟，坐中遇汉川谢石钦》。诗云："徂岁美遨游，兴展吟未歇。重寻符月日，依然忘机客。环庐斥废墟，梅竹稍次列。蔽亭红叶翻，明篱菰芦雪。澹泊得素抱，示疾谢天伐。邻墙好兄弟，故侣赏晨夕。数子湖上山，层层并秀发。犹梦回戈地，凝涕卷谈舌。至道无亏成，孝弟养奇骨。笑指岁寒柯，作杖探灵窟。"

9日　符璋游杨青之园林，作杨园看花诗三首。《陈子万（寿宸）同过杨园》云："五色皆备偏尚黄，有如倏忽尊中央。加身有袍任汝著，山人衣白方徜徉。种花杜门得高士，自辟畦町娱芬芳。荆枝棣萼好兄弟，诗中听雨同匡床。惠连康乐共晨夕，梦草不复生池塘。一丘一壑足自慰，小园举国皆知杨。安用豪华断金谷，差堪睥睨曾周张（三姓各有园）。千红万紫不挂眼，篱东一瓣陶公香。不知有汉何魏晋，桃源鸡犬忘沧桑。铁崖不仕乃家法，玉川被荐羁名场。三秋兴发飞吟觞，如虹酒气凌穹苍。纱笼在壁诗在卷，坐令过客搜枯肠。一年一度此间迹，黄花笑人头易霜。万事已矣不足道，拉得诗家陈子昂。"《又一首》云："十月杨园花始开，花间襟袖小徘徊。一畦晓露铺金待，三径西风曳白来。不是玉川当日屋（屋宇一新）。未忘汐社旧时杯（去岁旧宴于此）。号为晚节真无愧，肯似争春岭上梅。"《杨园看花有作》云："年年不负看花时，三径苔痕辨履綦。人影一帘秋瘦损，屏风九叠色迷离。莫矜晚节惭多负，足慰孤芳赏未迟。眼底今朝纷烂漫，馎糟正合蟹螯持。"

陈其相《霍溪竹枝词八首》刊于 [马来亚]《国民日报》"文苑"栏目。其一："大家门户平时局，寂寂金闺不胜情。忽听卖花声隐隐，珠帘卷起步娉婷。"

胡适作《戏叔永》。诗云："不知近何事，见月生烦恼。可惜此时情，那人不知道。"

10日　《申报》第15715号刊行。本期《自由谈》载"诗话"栏目，撰者"栩园"。

《东方杂志》第13卷第11号刊行。本期"文苑·文"栏目含《读管子》（陈三立）、《汪穰卿先生墓志铭》（林纾）；"文苑·诗"栏目含《题章直州〈铜官感旧图〉》（陈宝琛）、《次韵奉酬完巢老弟》（前人）、《海藏楼杂诗》（郑孝胥）、《秋分》（前人）、《丙辰重九》（前人）、《次韵酬剑丞〈过沪上旧居寄怀〉》（陈三立）、《重九日逸社诸公于哈同园登高，咏九言，属遥和一篇》（前人）、《灵石岩》（曾习经）、《过汪吏部故宅》（前人）、《雨后湖上》（俞明震）、《中秋日约同人饭于法相寺》（前人）、《九日一首》（陈曾寿）、《九日同人各携酒肴至龙井登高》（前人）、《庐江杂诗二首》（陈诗）；“文苑・词”栏目含《西河》（徐珂）、《锁窗寒・咏帘》（陈寅恪）、《破阵子》（前人）、《浣溪沙・早春作》（前人）；本期另有《石遗室诗话续编（续）》（陈衍）、《餐樱庑随笔（续）》（蕙风）。其中，“文苑”栏目署名陈寅恪词三阕，属误署。

《商学杂志》第1卷第9期刊行。本期“文苑・诗录”栏目含《秋夜星河过谈》（李世丰）、《晚阴舟坐》（旧作）（李世丰）、《杂诗》（蒋则先投稿）、《悼亡》（易艾先）、《闲居》（韩启明）、《题鹤亭二兄河头花园》（韩启明）。

叶昌炽为王安之作挽联云：“老年坡颍，同游湖上，初归葛岭，山光犹在抱；才子辛阳，崛起瀛环，未返泷冈，阡表待成名。”

刘善泽作《丙辰十月望夕，与诸文士饮江上》。诗云：“坐有车公好尽欢，酒船移动傍江干。枫当叶落知秋过，梅又花开感岁阑。山月未沉人恋别，水风初厉客禁寒。古弦宜与时殊调，莫谓今人可共弹。”

11日 《申报》第15716号刊行。本期《自由谈》载“诗话”栏目，撰者“栩园”。

张謇为沈雪君书联云：“绣缎报之青玉案；明珠系在红罗襦。”

王舟瑶作《杨定旉给谏、程梅卿茂才招游鉴洋湖，久未践约，今岁十月既望偕喻志韶、王鼎丞赴之，得晤梅卿诸君。而定叟他出未值，因纪以诗，并简诸君》。诗云：“久有鸥鹭盟，拟向菰蒲宿。愆期已二年，山水笑人俗。携手招良朋，买棹向河渎。长啸渡烟汀，卅里尚不足。古鉴忽开奁，照人须眉绿。千顷明琉璃，一碧漱寒玉。港溆互回环，波流妙往复。譬彼佳文字，意态具含蓄。十洲罗棋枰，四山张画幅。鸡笼势欲飞，马峰青可掬。孤鹜掠波横，群雁带烟沐。秋荻白已花，霜枫红欲秃。莎草闲寒篁，娟娟媚幽独。有如剡溪行，仿佛镜湖曲。中有一团焦，潇然烟屿筑。素心八九人，结社邻水竹。款客罗鱼虾，登盘杂蔬蔌。少长集群贤，谭笑有渔牧。就中晦真子（梅卿自号晦真子），高识尤卓荦。惜哉河西叟（定旉自号河西叟），未获同剪烛。三宿恋桑下，不忍遽回躅。吁嗟丧乱来，乾坤日局促。中原多虎狼，举足即虺蝮。何处水云乡，一洗清净目。不谓瞻枌榆，乃得此濠濮。一见心即开，万斛尘可扑。我欲老此间，临流结茅屋。”

12日 参、众两院坚持定孔教为“国教”之议员一百余人，在北京发起成立国教维持会，并通电吁请各省督军、省长给予支持。

天津法租界工人举行反法大罢工，直至次年2月止。

南社临时雅集于北京中央公园。到社员吴修源、茅祖权、田桐、陈匪石、吕志伊、张浩、陈去病、冯自由、田侨、张修爵、白逾桓、高旭、李作霖、宋大章、吴清庠、杨随庵、周亮、俞剑华、李中一19人。陈去病作《重上京华示诸同志》。诗云："香南雪北又重来，感逝怀人亦可哀。事有从违须佩玦，胸多块垒且衔杯。登高合赋《哀时命》，济世谁为大雅才？惆怅西山晴雪满，莫嫌双鬓已皑皑。"

《申报》第15717号刊行。本期《自由谈》载"联话"栏目，撰者宋焜。

张謇题中公园宛在堂联云："陂塘莲叶田田，鱼戏莲叶南莲叶北；晴雨画桥处处，人在画桥西画桥东。"

13日 《申报》第15718号刊行。本期《自由谈》"词苑"栏目含《浣溪沙》（泽芝）、《踏莎行》（前人）；《新自由谈》"弹词"栏目含《罗霄女侠第五回》（续前月三十号）（寄尘）。

张震轩作《寿永嘉陈子万先生六十，即步其自寿元韵》（四首）、《咏破枕》。其中《寿永嘉陈子万先生六十，即步其自寿元韵》其一："文坛健笔利如锥，青眼频邀哲匠知。家有元方推老手，句吟无已惯捻髭。太邱门第家余庆，杨子生徒字问奇。十载交群兼拜纪，飞觞敬颂介眉诗。"其二："苏季揣摩股刺锥，杜陵得失寸心知。惊人时局飘残梦，老我名场淡摘髭。室拥图书充隐逸，论翻瀛海总离奇。羡公已悟长生诀，阅尽沧桑只赋诗。"其三："西抹东涂沙划锥，巢痕回首渺相知。青萍曾刮徐陵目，白云翻添贺监髭。同调宫商推绝唱，一家兰玉况瑰奇。故交福命如公少，抒写情怀赖有诗。"其四："苞苴暮夜竞刀锥，清白公真凛四知。冰雪精神超月影，风尘面目拭霜髭。学无党派渊源正，文得江山结构奇。耳顺福还臻百顺，安排斑管和新诗。"

[日]夏目漱石作《无题》。诗云："自笑壶中大梦人，云寰缥缈忽忘神。三竿旭日红桃峡，一丈珊瑚碧海春。鹤上晴空仙翮静，风吹灵草药根新。长生未向蓬莱去，不老只当养一真。"

14日 《申报》第15719号刊行。本期《新自由谈》"诗囊"栏目含《梁溪雨泛图，为袁寒云题》（二首，南湖）。其一："老龙嘘翠湿云根，咫尺城闉隔寺门。一塔夕阳明画舫，四山寒色入清尊。浪传诗句动乡国，收泪新亭释怨恩。更挈朝云能解事，芸编为辟蠹鱼魂。"其二："寝唐馈宋且邀嬉，放艇江南问画师。笑唤雏鬟动歌扇，偶开书帙乱花枝。沉冥蓬岛能容我，叱咤风云更有谁。梦里清游留一笑，也同醉倒习家池。"

15日 安徽省学界欲组中华分局，夏敬观赴商务印书馆与张元济商议。

《申报》第15720号刊行。本期《自由谈》"诗选"栏目含《西湖杂诗》（四首，笠父）。

[韩]《天道教会月报》第76号刊行。本期"词藻"栏目含《夏日访朴友来弘》（香山车相鹤）、《庆会楼述所见》（香山车相鹤）、《夜登孟岘》（香山车相鹤）、《北汉山上口呼》（闵泳纯）、《又》（闵泳纯）、《晚秋与芝兄出紫芝洞》（敬庵李璀）、《又》（芝江

梁汉默）、《逾骆峰》（敬庵）、《见月照石上水》（泪堂刘载豊）、《观物有感》（泪堂刘载豊）。其中，泪堂刘载豊《见月照石上水》云："月临石上水，无石泪潭苍。石体是虽固，此泪能迁光。"

16 日 光绪忌辰，林纾五谒崇陵。同谒者有梁鼎芬、毓廉（字清臣，别号诗禅，满洲人）。林纾有《十月廿一日先皇帝忌辰，纾斋于梁格庄清爱室，五更具衣冠同梁鼎芬、毓廉至陵下》。诗云："模糊陵树尚如春，巷陌鸣鸡渐向晨。车马仍随残月影，衣冠竟类早朝人。依依先帝疑非分，孑孑余生恨不辰。五度隆恩墀下拜，失声恸哭两微臣。"

17 日 《申报》第 15722 号刊行。本期《自由谈》"游戏文章"栏目含《人形八景诗》（八首，老范）：《麻子》《驼子》《矮子》《黑子》《瘋子》《癫子》《觑子》《痂子》；《新自由谈》"弹词"栏目含《罗霄女侠第六回 (二)》（寄尘）。

吴虞《与柳亚子书》云："前读《南社》集，见有友人谢无量诗，后读《民信日报》，见有亚子《论诗绝句》，'郑、陈枯寂无生趣'云云，大为神契。不佞常戏说近人急于求名，而又惮于苦学，故托宋派以自救，犹言古文者之必假借桐城以装点门面。而去年《东方杂志》，陈石遗居然以数人冒《海内诗录》之名，得毋过夸！其录中诸人之诗，求能如黄季刚、叶荭渔之一二者且不可得，况海内作者之众乎？上海诗流，几为陈、郑一派所垄断，非得南社起而振之，殆江河日下矣。"（载 1917 年 4 月 28 日《民国日报》）

胡适作《〈孔子名学〉完自记》《纽约杂诗 (续)》（潭门内堂）。其中，《〈孔子名学〉完自记》云："推倒邵尧夫，烧残'太极图'。从今一部《易》，不算是天书。"《纽约杂诗 (续)》（潭门内堂) 云："赫赫'潭门内'，查儿斯茂肥。大官多党羽，小惠到孤嫠。有鱼皆上钩，惜米莫偷鸡。谁人堪敌手，北地一班斯。"

19 日 上海拥护孔教会成立，以陈润甫为理事长。

政学会于北京江西会馆开成立会。国民党议员三百多人到会，选张耀曾、谷钟秀、李根源、杨永泰、李肇甫、郭椿森等 13 人为干事。该会骨干多系原欧事研究会成员。

[日] 夏目漱石作《无题》。诗云："大愚难到志难成，五十春秋瞬息程。观道无言只入静，拈诗有句独求清。迢迢天外去云影，籁籁风中落叶声。忽见闲窗虚白上，东山月出半江明。"

20 日 《新申报》在上海出版，由席裕福创办。

《申报》第 15725 号刊行。本期《自由谈》"曲栏"栏目含《题〈秋闺梦影图〉》（天虚我生）。

《大中华》第 2 卷第 11 期刊行。本期"文苑·诗"栏目含《栖贤涧石歌》（哭庵）、《题第六泉，三首之一》（哭庵）、《青玉峡龙潭》（哭庵）、《和漱岩弟〈舟过乱礁洋〉元韵》(子裳)、《中秋后一夜对月偶成》(子裳)、《漱岩、半峰函寄悔叟北行留别诗，次韵奉和》(子裳)、《山居即事》(笃孙)、《槎上题姚志梁别墅》(兰史)、《南园补柳词，和乡人之作次韵》(兰史)、《书愿》(兰史)、《细数》(兰史)、《丙午伏日朱彊村先生重往湖上，过余述前游，赋诗纪之兼以志别》(子言)、《吾生》(子言)、《读陈伯严诗集赋此奉赠》(子言)、《赠桂伯华》(子言)、《夏日忆吴门景物寄内》(公达)、《楼居风雨有作》(彦通);"文苑·词"栏目含《望湘人·怀湘弟》(弘度)、《莺啼序·梅伶演嫦娥奔月，观者空巷，雨窗独坐，谱此写怀》(弘度)、《三姝媚·崇孝寺牡丹》(彦通)、《疏影·为王伯沆师题〈孤雁图〉》(彦通)、《浣溪沙·早春作》(彦通)。其中，陈方恪(彦通)《楼居风雨有作》云:"高楼风雨自忘年，恼乱西邻咽管弦。草木变衰江浦上，美人迟暮碧云边。书沉南图无鸿警，菊罢东篱有泪浅。谁念道旁任叔子，葛帔踟蹰未装锦。"《三姝媚·崇孝寺牡丹》云:"笼莺初唤起，撩晴丝芳菲。钿车如水，锦障街南，认翠翘金暖。绿烟垂地，玉蕊唐昌，应换却仙家尘世。风吹归来，潋滟韶华，好天沉醉。　　何似千娇罗绮。问第一昭阳，那人能比。稳护雕栏，对露晞妆镜，粉融香腻。梦觉倾城，偏误了平章门第。记取春风词句，闲情自理。"

《学生》第3卷第11号刊行。本期"文苑·诗"栏目含《秋花赋》(奉天凤城县立中学校二年级学生王德溥)、《乞丐行》(杭州浙江医药专门学校学生胡赟)、《秋兴》(安徽公立法政专门学校本科学生孙习崖)、《小病不寐口占》(北京郑永禄)、《感遇》(江苏省立第二中学二年级生曹志超)、《远望》(广东大埔中学学生饶笑云)、《秋虫》(京兆第一中学校学生于汉儒)、《游学校园偶吟兼怀玲琅叟》(福建上杭忠实学校毕业生邱岳雄)、《秋日同造凡兄看鹤》(福建上杭忠实学校毕业生邱岳雄)、《放生池》(盐城愿学书社学生沈槚图)。

[日]夏目漱石夜作《无题》。诗云:"真踪寂寞杳难寻，欲抱虚怀步古今。碧水碧山何有我，盖天盖地是无心。依稀暮色月离草，错落秋声风在林。眼耳双忘身亦失，空中独唱白云吟。"

21日　《申报》第15726号刊行。本期《自由谈》载"联话"栏目，撰者"东园";"诗选"栏目含《游古鸡鸣寺》(三首，醉蝶);《新自由谈》"词苑"栏目含《蝶恋花(岁岁留春春不住)》(成舍我)、《苏幕遮(曙星低)》(前人)。

吴芝瑛《题证人传票后三首，奉尘袁厅长一笑》刊于《时事新报》。其一:"讼因财产涉吴朱(传票曰:因吴戴氏等与吴朱氏财产交涉一案)，今日那知是阿姑。遗嘱分明应讯问，泥他传票到南湖(南湖为当日吴戴氏阿翁渭川老人遗嘱签名之一，故传票曰:'本厅认为证人，就本案事项应行讯问，务于十一月十四日下午一时到本厅第一法庭。'云云)。"其二:"朱印堂堂速置邮，法庭缴票莫轻投。届时不到或拘摄，川费批从被告收(传票曰:'若届时不到或发拘票拘摄。'又曰:'此票到庭缴消。'又批

中国现代旧体诗词编年史

二七六

曰：'川费向被告收。')。"

郑孝胥作《十月二十六夜作》。诗云："晓色微茫雾未收，夜珠郁郁对银钩。残宵谁待东方白，只有幽人独倚楼。"

22 日 姚文藻作《偕隐图》，并题诗及长跋。诗云："偕隐青山事有无，春深铜雀怨蘼芜。销魂三十年前梦，洹上秋风骨已枯。"跋云："朝鲜金玉均之乱，眷属均没入教坊。越两年，判书金允植择年稚者四送袁慰庭，琼玉、莲花有殊色，袁自取琼而以莲转赠唐礼舆。一日邀游北汉，揽景慨然，具出尘之想，谓安得与琼娘偕隐此。北汉枕王宫山景幽奇，僚友擅丹青者写《偕隐图》以进。属余题诗，却之。袁问故，曰：去题太远耳。越年，琼生子，旋香消玉化，固不及花蕊夫人之能入帝宫也。事隔三十年，偶忆之，以私意作图并题绝句。今天下滔滔皆是矣，其知所警醒也乎？丙辰小雪节，藏园老人姚文藻记。芷舫（朱文印）。"及至1918年秋，又题跋云："南海康长素见是图，题诗二绝，并录于此。破井胭脂出丽华，国已玉损孰为家。二乔分锁谁偕隐，铜雀分香先落花。(其一) 莲花已萎玉为烟，洹上南柯梦已完。早是深山偕隐去，英雄儿女是神仙。(其二) 观藏园老人画《偕隐图》感赋诗，康有为。戊午秋九文藻又记。芷舫（朱文印）。"

23 日 《申报》第 15728 号刊行。本期《自由谈》"诗囊"栏目含《吴娥歌》(小蝶)。

郁达夫《有怀碧岑长嫂却寄》载于上海《神州日报·文艺俱乐部·文苑》，又名《奉怀》。诗云："怅望中原日暮云，一声征雁感离群。行经故馆空嘶马，病入新秋最忆君。知否梦回能化蝶，记曾春尽看湔裙。何当剪烛江南墅，重试清谈到夜分。"

石凌汉作《丙辰十月廿八日，敬和剑尘老哥〈五十初度感怀〉七律四首元韵》。其一："羡君已值知非岁，寄我新词北地来。吐凤清才夸美丽，元龙豪气未隳摧。身行万里心应壮，胸有千秋意莫灰。何日闻樽同一笑，先呼南斗颂莱台。"

24 日 《申报》第 15729 号刊行。本期《新自由谈》载"诗话"栏目，撰者"栩园"；"联话"栏目，撰者"韵天"；"弹词"栏目含《罗霄女侠第七回 (三)》(寄尘)。

25 日 《小说月报》第 7 卷第 11 号刊行。本期"文苑·诗"栏目含《湖尽维舟吴城望湖亭下》(散原)、《孚侯至》(散原)、《同孚侯、剑泉饮沽肆》(散原)、《庭中花木盛开放歌》(姜斋)、《游理安寺》(瓻斋)、《游烟霞洞，赠学信长老》(瓻斋)、《次棕舲〈湖上雨饮〉韵并示涛园、筱云》(石遗)、《中秋对月作》(诗庐)、《泊舟运漕二首》(诗庐)、《感怀，赠守和》(又点)、《廿三日途中杂成四首》(又点)、《哀寒碧》(贞长)、《闻兴武病殁于天津，感悼有作》(贞长)、《感兴，叠前韵并投少华、秋叶》(贞长)、《和鞠裳丈，九叠如耕韵》(遁堪)、《寄拔可荔支并索示近作》(舜卿)、《咏史》(壶盦)、《西园即事》(长木)、《舟过松隐镇》(长木)；"丛录"栏目含《辛亥杂诗》(又陵)、《抵厅后作》(冶盦)、《偕友游红梅阁，次恽次远先生韵》(冶盦)、《笠山便道过访，喜极赋此》(冶盦)、《鹦鹉四首》(东园)、《绮怀六章》(茗柯旧主)、《金缕曲·叠韵赠五芝翁》(芸巢)、《前调·芸巢小病初起，赋此奉简叠前韵》(沤尹)、《水调歌头·舟次中秋，用坡老〈丙辰中秋怀子由〉韵，寄怀海上诸吟友》(诗圃)、《水调歌头·答诗圃〈中秋夕在屯浦舟次见怀〉》(槁蟫)、《百字令·感怀》(舍我)、《生查子·秋雨》(舍我)。

26日 《申报》第15731号刊行。本期《新自由谈》"曲选"栏目含套曲《新水令·黄花泪》(张令贻)；"弹词"栏目含《罗霄女侠第八回(二)》(寄尘)。

蔡元培由欧洲回国后去绍兴，是日在浙江第五师范学校发表演说。

张謇偶成拟建之马鞍山第二精舍联："王摩诘有菉畔华冈，足称麻源第三谷；陆务观因花明柳暗，寻得山阴又一村。"

符璋集成语为门对二联。其一："三径就荒，斯是陋室；众人皆醉，如登春台。"其二："归去来兮，风尘下吏；无能为也，江湖散人。"

翁斌孙作《挽洪朗斋同年思亮联》云："玉堂如梦，金阙生尘，苦忆沧江余白发；华表不归，新宫何处，那堪老泪洒西风。"又作《挽沈冕士母高太夫人联》云："林笋泉鱼重亲致养；机声灯影后起多贤。"

27日 《申报》第15732号刊行。本期《自由谈》"游戏文章"栏目含《咏海上时装妇女》(八首，义律)：《包腮领》《短膀衣》《棉脚裤》《踢足裙》《亲情索》《遮丑镜》《招尤袋》《撩人巾》；《新自由谈》"词苑"栏目含《月边娇·题〈新自由谈〉插画之一》(了余)、《疏廉淡月·题〈新自由谈〉插画之一》(放心)。

28日 溥仪传旨，师傅朱益藩、梁鼎芬，内务府大臣耆龄，赏穿带嗉貂褂；睿王、壮王、克王，赏戴二眼花翎。

《申报》第15733号刊行。本期《自由谈》"诗囊"栏目含《放鹤亭题壁一首示寒厓》(南湖)；《新自由谈》"词苑"栏目含《小重山(吹皱鸳纹昨夜风)》(徐仲可)、《喝火令·别后寄阿莲》(吴眉孙)。

魏清德《稻江话旧》(限先韵)发表于《台湾日日新报》。诗云："故国桑榆夕照边，一樽复此画楼前。稻江尽有闲风月，莫漫相逢各黯然。"

沈瑜庆、杨士琦赴沈曾植寓所作诗钟。

29日 《申报》第15734号刊行。本期《自由谈》载"联话"栏目，撰者宋焜；《新自由谈》载"诗话"栏目，撰者宋焜。

30日 《申报》第15735号刊行。本期《自由谈》载"联话"栏目，撰者"秋蕉"；《新自由谈》"词苑"栏目含《蝶恋花(百尺高楼连碧树)》(徐仲可)、《虞美人·题程子大丈〈湘蘋馆图〉》(徐仲可)。

闻一多《二月庐漫记》(续十四)、《读〈项羽本纪〉》《拟李陵与苏武诗》(组诗)

发表于《清华周刊》第89期,署名"多"。其中,《读〈项羽本纪〉》云:"垓下英雄仗剑泣,浧浧泪湿乌江荻。早知天壤有刘邦,宁学吴中一人敌?"《拟李陵与苏武诗》其一:"三载同偃息,参商在须臾。缱绻情难已,握手且踟蹰。长城界夷夏,飞鸟苦难逾。从兹不相见,老死各一隅。岂无盈尊酒,强欢留斯须。归期不可误,勉子慎征躯。"其二:"送子止河梁,日暮难前之。老马萧萧鸣,掉尾作长辞。明日行路难,便当长相思。路恶有时尽,相思无刹时。归时慰妻孥,团栾尚有期。"其三:"我识别离苦,一日如三秋。仰首思故人,白云空悠悠。举首胥非类,言笑难与酬。朝廷赏归使,讵知留者愁!人生有离合,崇德毋相缪!"

释永光作《丙辰十一月六日自长沙还景星寺,宿益阳宜园,感赋四绝句》。其一:"瓢笠还家欲雪天,眼中兵火自年年。团团弟妹依依坐,老衲无心破醉眠。(宜园为妹倩汤蛎贤旧宅,在益阳城东太平桥)"

本 月

徐世昌应黎元洪之请入京调停"府院之争"。以黎元洪为首之总统府集团与以段祺瑞为首之国务院集团自袁世凯卒后分歧不断。国务总理段祺瑞以北洋正统派首领自居,依附日本军阀,掌握军政大权,与大总统黎元洪分庭抗礼。

《重订南社姓氏录》出版。由黄昏老人题签,李叔同题耑,著录社员825人。集后有启示二则,其一云:"本社创始己酉,自辛亥正月起,至民国元年五月止,共编印通讯录三次。二年四月改编姓氏录甫出版,而赣宁兵败,元恶焰张,南北社友一时星散,遂无从继辑。今值共和回复,文教再兴,爰印斯册以饷同社。并拟仍依前例,岁刊一次或两次。凡录中所载各友名号籍贯以及通讯地址,如有舛误漏落,务乞随时函告本社主任兼书记,江苏苏州梨里柳亚子处,以便补正。实为大幸。此布。"其二云:"本社已故社友遗像除已印入社刊各集者外,余如陈治元、周兰客、刘仲蓬、张聘斋、仇冥鸿、戴誉侯、蒯啸楼、温雪篆、蒋洗凡、程韵苏、钱伯良诸君,均待征求。同人如有藏弄,务请即日挂号邮寄江苏苏州梨里柳亚子处,以便续印。原片如须寄还,并乞示知,当遵办不误,此布。"

《南社》第19集出版。柳亚子编辑,收文87篇、诗702首、词132首。本集"文录"栏目(八十七篇)含苏玄瑛(一篇):《与邓孟硕书》;黄节(一篇):《与陈术叔书》;蔡守(二篇):《雍和宫观阄密佛记》《与周芷畦书》;黄忏华(一篇):《与柳亚子书》;丘复(三篇):《〈后汉书〉注校补自序》《余十眉〈寄心琐语〉题词》《连城杨母李太夫人寿序》;傅尃(六篇):《张汉英传》《〈环中集〉序》《周芷畦游草序》《与柳亚子书》《再与柳亚子书》《三与柳亚子书》;刘泽湘(三篇):《文自芳先生暨德配张宜人六旬双寿序》《与柳亚子书》《与蔡寒琼书》;程善之(四篇):《〈胡氏族谱〉序》《〈九渊侄遗文〉序》《许母郑太夫人哀文》《与柳亚子书》;方廷楷(三篇):《程弁书先生墓志铭》《江君小传》《太邑缓征纪念碑记》；胡韫玉（十篇）：《郑司徒传》《陈君沈太君谏（并序）》《〈柳溪竹枝词〉序》《〈天南鸿雪〉序》《〈福建省会各学校第一次联合运动会报告〉序》《蕉雨楼记》《与柳亚子书》《与高吹万书》《再与高吹万书》《与方秋士论毛诗叚借书》；周斌（四篇）：《〈台宕游草〉自跋》《〈茗香馆印商〉小序》《〈燕游草〉自跋》《十眉〈神伤集〉序》；谭天（一篇）：《钝庵〈庼词〉弁言》；钱厚贻（一篇）：《〈分湖旧隐图〉序》；邵瑞彭（四篇）：《吴先生小传》《〈变雅楼三十年诗征〉序》《石门赞（并叙）》《铁井赞（并叙）》；陆曾沂（一篇）：《与柳亚子书》；邵天雷（一篇）：《胡女士淑娟哀辞》；姜可生（一篇）：《与柳亚子书》；汪文溥（一篇）：《上黎元洪书》；蒋同超（三篇）：《〈变雅楼三十年诗征〉序》《吴兴杨君伯谦哀辞（并序）》《公祭杨伯谦文》；冯平（十七篇）：《〈霏雪轩诗〉序》《〈面圃庐诗草〉序》《〈降骊山续志〉跋》《高福枬传》《朱莱庵小传》《代义武军募捐小启》《祝浏河商团毕业文》《代投笔生与刘女士书》《与高天梅书》《与狄君武书》《戒酒文》《醉乡游记》《世界皇室奇谈记》《〈心报〉序》《〈百年好合〉序》《顾震生〈高烈士传〉纠谬》《与柳亚子书》；庞树柏（一篇）：《〈变雅楼三十年诗征〉序》；杨济（一篇）：《〈变雅楼三十年诗征〉序》；胡蕴（十篇）：《贾谊论》《跋快翁墨梅》《闵孺人谏辞》《陈母沈太君谏辞》《企社弁言》《吴翰城哀辞》《外姑章孺人事状》《大通桥古银杏记》《纪王氏兄弟》《与柳亚子书》；余天遂（六篇）：《清五品衔国学生罗君静轩原配王宜人墓志铭》《项母言夫人谏辞》《赵节母陈太孺人传跋》《郑母刘太君家传》《闻樨馆印存弁言》《杨君伯谦传》；朱锡梁（一篇）：《书〈理寒石集〉后》。"诗录"栏目（六百八十四首）含杜衡（一首）：《夜坐》；刘超武（一首）：《寄怀蔡寒琼》；沈宗畸（一首）：《长歌行，题〈昭容集〉》；黄节（十三首）：《过岭学祠》《七夕寄海绡楼》《题〈黄叶楼图〉，为刘三作》《集抗风轩，呈节庵》《题莲韬馆》《中秋与术叔谭诗黄园，续去年吟迹，因忆树人新别海东，今夕应梦入湖艖，迢迢诗心，感旧怀远，吟成分寄》《乙卯九日江亭》《送诸贞壮南归》《无题》《闭门》《连夕观女优剧戏》《过公园，梅花未开》《挽黄诏平》；蔡守（一首）：《丙辰灯夕阮籹坐雨，答刘汉声（超武）、李绮仙（锦囊）伉俪，即次原韵》；黄忏华（九首）：《七夕》（二首）、《梦中作》《秋夜》《酬悟初赠别之作》《题瘦坡〈香痕夜影录〉》《悼淑娟女史，为余君十眉作》（三首）；邓万岁（四首）：《四游栖霞》《五游栖霞》《哭千秋容氏甥》《凤耳康岩之名，询土人无知者，穷搜得于桂岭之麓孔明台下桂林城中，诸岩开朗者以风洞为最，幽暗者以康岩为最》；林百举（六首）：《题〈桃花折枝双燕图〉》《暮春山行》（五首）；古直（二十二首）：《海防行》《西贡行》（二首）、《舟中书所见》《晓起望海》《槟榔屿呈芙裳先生》《滇越汽车中作》《游近华浦望滇池》《登西山怀古》《游西山四首》《黑龙潭谒薛尔望先生墓》《游龙泉山，访龙泉观梅花，作歌》《题〈七子图〉送林摄、陈仁》《李小川以戎装照片见赠，题其端》《群舞台欢迎会席上》《别簣公》《别翠海》《云南道中怀薛生》《陈七病齿，屡作归，与之叹，索余为诗，遂赋短章以破寂寥》；曾赜（五首）：《南征海道中》（二首）、《过台湾洋》（二首）、《赠苏理平，即用原韵》；黄澜（六首）：《鹓雏答亚子二首，即反其意，步韵寄亚子、梨里并简鹓雏》《题亚子〈分湖旧隐图〉，即用其己酉索长公昆季和诗韵》（四首）；邓家彦（一首）：《郊行》；陆峤南（一首）：《丙辰三月南社雅集，为社盟宋桃源先生殉国之四年也，怆然有作》；林景行（十二首）：《听永见视新篇，次韵却答》《斋中读书二首》《独归》《黄鹄山石台，偕王文东暝天话旧，慨然有作》《闻方沚亭丈卒于海上，哭之以诗》《归西湖，赋像生牵牛花感旧》《铸夫、味生、雨樵诸君子召宴图书馆楼，背山面湖，极饶草树之盛》《篮舆长行数里，草径裹湖，花篁入岫》《五月十二日薄晓，泛湖憩北亭，凝感有纪》《从北高峰下韬光庵外，憩石桥，倚栏看竹》《湖泛口占，示贞壮》；蒋信（一首）：《过申苦雨，朱古薇词老约游西溪不果，赋此》；丘复（九首）：《寄曹耐公汕头》《民国五年元旦作》《新筑念庐，迁居前一日，海山适以书来，有仿所南体〈今日之今〉四章，爰用其体，作迁居诗》《迁居之夕被窃有作》《旧除夕》《丙辰元旦》；张光厚（二十首）：《丙辰岁首感怀十八首，用张船山宝鸡题壁韵》《新鬼哭》《西征行》；张昭汉（十三首）：《白梅花，和先君韵》《绝句十二首，和先君韵》；龚骞（三十三首）：《桐花坡，与醉庵读书处》（四首）、《闲时》《感怀一首，奉寄秩庵师巴黎》《古意》（二首）、《喜劲甫归，漫成七律四章》《春柳四首，用渔洋〈秋柳〉韵》《枯旱谣》（三首）、《题匋庵〈山水画壁〉第一图》《题匋庵〈山水画壁〉第二图》《独游》《古风八首》《赠朱君日宣，即简吴淞章君笛秋，并示同学诸子》（三首）；龚尔位（一首）：《次韵酬钝根、约真寄赠之作》；骆鹏（一首）：《新柳》；傅尃（三十五首）：《寒夜被酒归，走林莽间，长歌破寂，因及亚子所送寄酒社诗，篝灯倚醉，次韵和之，并还寄为笑》（八首）、《夜行》《醉庵枉过王仙赋赠》《入县赠芸庵》《酒集玲珑馆，赋示醉庵、今希、芸盦、少连、竟心》《车中赠别醉庵》《万里枉过醴陵，即题其〈振素盦诗集〉》（二首）、《夜次渌江，与万里联句三十韵》《十一月廿八日，同万里、竺云游红拂墓》《梯云阁，同万里、今希、约真、芸盦分韵得苔字》《雪中行》《醉庵以〈章氏文始〉见遗，报谢二绝》《投雷僧墨大令兼寄吴悔晦》《寄醉庵长沙，即题所辑〈艺海〉》《挽张伯纯先生》《小除夕作，先数日，方辟地归，故有油衣之句》《除夕先一日，后山上墓作》《乙卯除夕》《丙辰元旦新历二月三日》《往过戚家，值梅花盛开，折枝寘篚舆中，清香扑鼻，今年重到，则繁英零落尽矣，为赋长句悼之》《夜行》《夜梦亚子编南社集，闵其劳也，为属寄尘书之》《题陈母沈太君行述，寄慰巢南》《寄梦蘧北京兼简芗荃》《真人山相传为谭真人得道处，有塚在大石下》《孤松行》；刘泽湘（一首）：《梯云阁，分韵得梯字》；刘谦（八首）：《梯云阁，分韵得春字》《口占》《咏史》《读〈王莽传〉》《为石予题〈近游图〉并丐石予书梅》（三首）、《同钝根韵寄醉庵》；刘鹏年（四十九首）：《有马》《送愁曲》《读钝师〈过钓月山房〉诗，怆然有莼鲈之念，依韵奉和，用写客怀》（二首）、《秋柳》（六首）、《病榻感赋》（二首）、《答民讦见寄次韵》《客枕》《乙卯十月既望，为予十九岁生日，赋绝句十九首自寿》（十九首）、《拟古》（三首）、《落叶，用蜕庵老人韵五首之二》《戈云从兄冥诞，诗以哭之》《感事六首》《送别涂、杨两君》《侠》《乙卯除夕》（二首）；陈沅（二十首）：《燕台杂诗，次渔洋〈秦淮杂感〉原韵》（二十首），程善之（一首）：《拟古》；胡朴庵（一首）：《和徵庐》；胡怀琛（一首）：《题钝根〈红薇感旧记〉》；胡惠生（六首）《题亚子〈分湖旧隐图〉》《南游吟》《赠王亦梅》《题二十二岁小影》《偶作》《次韵呈小柳》；陶牧（一首）：《戏叠剑华韵》；徐自华（四首）：《题芷畦〈柳溪竹枝词〉，集唐人句》（四首）；徐蕴华（二首）：《题芷畦〈柳溪竹枝词〉》（二首）；周斌（十六首）：《和皋言五十自寿诗二律，集元遗山句》（二首）、《题郭频伽手写徐江庵诗册二绝，即示寒琼》《访楚伧至民国日报社，写示一绝》《四十述怀两律》《春日游金库浜，访周师春霆》《由柳溪至魏塘即景二绝》《偶成》（二首）、《次韵答大觉，并示斜塘席间诸同志》《题寒琼〈杨兴息、惠胜诸造象拓本〉二绝》《次韵和康弼、大觉、亚子》；李云翼（十六首）：《哭刘甥无咎》（十二首）、《贺皋言五十双寿》（四首）；李拙（一首）：《大觉过访斜塘，录近作见示，读之恻然，为赋此诗》；戴德章（九首）：《咏古》（五首）、《题亚子〈分湖旧隐图〉》（四首）；余一（二十首）：《悼亡妻淑娟，集龚句》（二十首）；诸宗元（七首）：《夜过海藏楼，归纪所语，简太夷并示拔可》《元夕同浪公，菽民坐，洗红簃赋示》《徐州》《过京口有寄》《雨中夜发上海，晓晴达金陵，复渡江趋浦口，舟中感纪》《感近事》（二首）；徐道政（一首）：《柬亚子》；杨贻谋（三首）：《舟次富春》《赠鸳雏》《秋思》；周伟（六首）：《哭亡友实丹六首，用郭灵芬哭徐江庵诗韵》；陆曾沂（四十九首）：《题亚子〈分湖旧隐图〉》（二首）、《春闺》（四首）、《寄刘威孟南通，即索通海新报》（四首）、《补题姚石子〈浮梅草〉》（三首）、《次韵水月主人咏梅》（二首）、《堤上》《寄亚子》《晓起》《春寒》《答储芑孙，即题其〈红心草〉后》《登楼》《杂题社刻十五集诗录后》（十三首）、《王晋老设帐，牧圻书言近日苦风患咳，方倚枕读杜诗，即赋一律寄问》《简倪心谷前辈》《送黄怀慎、袁介超垦荒掘港兼呈王己劲表叔二首》《旧历三月三日谒先君子墓，泫然有作三首》《次亚子投李康弼、王大觉韵即寄》《次韵答心谷二首》《倒用前韵示心谷二首》《阅时报鲜灵芝案及〈金王崩御记〉笑易实甫》《观鹊巢有感》《江南春》；陈世宜（四首）：《秋柳，和渔洋》（四首）；李寿铨（二十一首）：《感怀》《偶成》《萍城道中口占》《感旧》《登芙蓉峰口占》《山居》《述慈训以教儿孙》《赏菊》（二首）、《十一月九日与黄绍山陪日本大岛藤田往高坑分矿，诗以纪之》《新晴看山》《自寿》（二首）、《咏菊》《长相思》（二首）、《山茶花》《读史有感》《菊花诗，赠王鸿卿》《邵阳魏午庄来游安源，诗以纪之》《游公园》；姜可生（一首）：《丙辰初春，探梅孤山，中途遇雨，为读东坡"细雨梅花正断魂"之句，感旧怀人，怆然涕下，惘惘归来，走笔足成一律，并寄亚子红梨》；汪文溥（一首）：《乙卯除夕感事》；蒋同超（四首）：《题昭萍宝积寺罗汉松》《访株洲资福寺分袂亭》《谒老莱子墓》《孤松行，和钝根》；姚锡钧（十八首）：《秋早似兰生》《正月二日试笔》《乙卯除夕作，即简沪上诸子》《丙辰元日作》《四日出游城西作》《王剑章挽诗》（三首）、《消息词四首》《病中作》《示了公》《题大觉〈乡居百绝〉》《有作》（二首）、《二月十六日作》；杨锡章（一首）：《送鹓雏之海上》；朱玺（三首）：《丙辰六日西林寺塔，同太时》《入春闭门数十日，得诗二首》；姚石子（八首）：《丙辰上元节，舅氏吹万招集梅花香窟，分韵得花字》《饯春》《听雨》《题龙丁、华书伉俪〈春愁秋怨词〉一首》《方瘦坡以〈香痕奁影录〉嘱题，余亦有〈销魂集〉之辑也，为占二绝报之》（二首）、《题钝根〈红薇感旧记〉》（二首）；俞锷（七首）：《和小柳答际公韵》《重九同子实、朴庵、小柳、亚韩合影，即题一律，倒用前韵》《和小柳〈思归〉韵》《过第一商场，忆一品红，次小柳〈送别〉韵》《海上》《朴庵、晦庵同远沪上，赋此志别并柬小柳》《戏叠更字韵示小柳、朴庵》；狄膺（一首）：《次韵一民〈社集归来感赋〉》；金燕（三首）：《赠心侠》（三首）；杨璠（二首）：《杭州赠亚子》（二首）；庞树松（十首）：《无题，示秋蔌阁主》（三首）、《海上逢钱湘伯》《示某》《题亚子〈分湖旧隐图〉》《重游梁溪杂诗》（四首）；庞树柏（三十六首）：《别馆即事四首》《病鹤避暑小云栖寺，挐舟访之，留赠一首》《过曹家渡酒垆怀张晓澄》《送别梅兰芳》（四首）、《报仰上人》《题蒋鹤年仿八大山人画莲》《哭孔生庆余》《郑药风邀观所演新剧，赋此赠之》《冬日葬阿琐作》《悼庐公耀》《甲寅人日寄沈丈石友》《君磐于岁暮赴湘，不及送别，赋此寄之，步前韵》《立春，和匪石韵》《朱舜水祠落成征题敬赋》《邀寒琼、滨虹、蜕公晚酌》《后夜集滨虹寓斋步前韵》《杭雪老人山水册子为侠飞题》《过沪西极司非而路》《久不得天梅、鹓雏消息，赋此分寄》《王君舒仲以其外祖哭女七哀吟征咏，敬赋短章》《寄怀随庵都门即步见示，和天梅韵》《徐园看梅，公宴孟硕先生》《无题，集义山二首，为东海作也》（二首）、《过让渔帆影轩题赠，用渔洋韵》《题天梅〈变雅楼三十年诗征〉》《题秦涤尘〈编书图〉，涤尘哀集先代遗文，历三十年成书四种十一卷》《梅郎重来，连夕观其演剧有悟，用前和亚子赠春航韵》《乙卯上巳海上休禊，分韵得兰字》《梦坡丈为尊慈董太夫人追写〈金刚经〉，毕建浮图于西湖理安寺外，刻石藏之，题曰董夫人塔，赋诗征和，即步原韵》；杨济（四首）：《题孙师郑〈诗史阁图〉手卷》《送青柳之汉，和潜父》（三首）；姚肖尧（二十五首）：《红楼杂咏，寄花魂》（七首）、《消息，寄天啸粤西》（三首）、《读〈泣路记〉，书示畹九》（四首）、《以棣溪小怪韵写示大慈、沧海》《寒夜不寐，倚枕成此》（三首）、《心侠函询近状，赋此代简》《天愤席次，书示歌者》（二首）、《赠亚子，集渔洋句》（四首）；胡蕴（八十七首）：《蟫庵南回，来草桥学校夜话》（二首）、《示儿子昌会、昌学、昌才》（四首）、《游仙诗》（六首）、《哭子翔》（四首）、《惭负》《初凉》《残编》《访某园》《晓步》《客里》

《题吹万〈哭丰儿文〉后》《题蓴农〈西神樵唱图〉》《又题〈四婵娟室填词图〉》《秋兴》《秋意十八首》《放鹊诗》《昏论财》《丧用乐》《万忧二首，柬亚子》《孤怀》《书感》《赠别涧云》《题天梅、冯柳东〈杨柳岸晓风残月图〉手卷》《消暑》《寄答翰城东庄》（二首）、《霜降节风雨数日，夜感而赋此》《秋老》《晓吟》《偶游》《在家作》《出门》《更悲二律》《客况》《排愁》《书灯》《拟左太冲〈招隐〉二首》《倚窗书所见》《李母朱太君七十寿诗》《钝根以〈孤松行〉索和，寄此答之》《双松篇，寄钝根》《十载》《故园》《冬闺词，应海门吟社之作》（四首）、《归途偶咏》（三首）、《辜负一首》《至菉葭滨，乘车望东庄学舍，忆亡友翰城》（四首）；余天遂（二十一首）：《阃外》《题松》《顿塘戏场杂咏》（五首）、《顿塘野眺》（二首）、《分湖》《望梨里》《花朝》（二首）、《二月廿八日为达摩渡江日，每有狂风，其实花信风也，感赋一律》《为顾悼秋画梅》《酒后偕梨中诸友游开监草堂》《滞雨梨中，喜见明月，思明晨解缆，书此留别亚子并示酒社诸友》《过某村庄，爱而赋之》《渡玄鹤荡》《送族妹佩皋之南洋婆罗洲》（二首）；吴梅（一首）：《题天香石砚室棋谱》；朱锡梁（二首）：《题亚子〈分湖旧隐图〉》《蓝关谒韩庙，访马迹井》；包公毅（十一首）：《上海竹枝词四首》《味莼园赛珍会杂咏七首》；周国贤（八首）：《新情歌》（八首）；卫嘉荣（一首）：《哭子美》；黄觉（一首）：《岁旃蒙单阏重九，南社第十三次雅集沪滨愚园，亚子函招未赴，赋此却寄兼呈同社诸子》；冯旭初（三首）：《偕越流、冥飞、不识、展庵同过小青墓口占》《留别西湖，呈越流、冥飞、不识、展庵》《忆孤山》。"词录"栏目（一百三十二首）含沈宗畸（二首）：《水龙吟·白莲，用玉田韵》《好事近·五月望日夜坐》；黄澜（一首）：《扬州慢（南国名都）》；陆峤南（六十八首）：《减字木兰花·咏絮》《十六字令》（四首）、《采桑子·题金娇墓》（三首）、《菩萨蛮·春恨》《望江南·十五夜月》（二首）、《江南春·落花》《望江南（春睡起）》《前调》（二首）、《凤蝶令·咏蝶》《南歌子·闺情》《浣溪沙·夜宿江干观潮社》《巫山一段云·烟霞洞》《满庭芳·湖上，用夔笙前辈韵》《醉花阴·秋蝉》《西江月·秋千》《踏莎行（苍翠粘天）》《小阑干（西风容易瘦）》《苏幕遮（枕鸳寒钗凤)》《后庭花·简邵次公》《捣练子·忆家》《长相思（雨潇潇）》《水调歌头·乙卯海上清明，用东坡中秋韵》《鹧鸪天·春游》《步蟾宫·题邵次公词卷》（二首）、《淡黄柳·夜雨不寐，怅然远怀》《风入松·夜雨凉生，悠然一梦》《卜算子·答木道人》《天仙子·钝剑词人以碧螺春见赠，赋此报之》《河满子·题小黄昏馆》《点绛唇·有怀，苏州梦窗韵》《玉楼春·咏荷》《离亭燕·绿嫛武》《锁窗寒·夏雨》《长亭怨慢·用白石韵》《连理枝·夔笙丈〈粤西词〉见录吾邑李若山前辈〈守仁词〉六阕，闻若山著〈红蕉词〉，都二百余首，为王竹一先生微新称许，此外有〈绮云词〉2卷，迭经变乱，稿多不存，良用惋惜，为拈此词，即用红蕉韵》《齐天乐（清阴，借得〈湘江曲〉)》《御街行·新秋》《兰陵王（抱吟膝）》《江月晃重山（人影瘦于残柳）》《浣溪沙

(红蓼花开水国寒)》《望江潮·灯花》《东风第一枝·乙卯七夕》《浣溪沙·酒家》《前调·渔家》《多丽·浊吾别余十年，近客琼岛，辱书存问，拈此答之》《折红英·六三园池上看鸳鸯，同蕙仙作》《摸鱼子·忆别哲夫，用玉田〈别处梅〉韵》《秋思耗·秋夜闻蟋蟀声作》《尉迟杯 (愁来路)》《木兰花·中秋微雨待月作》《高阳台·秋夜寄怀邵次公、高天梅、蔡哲夫、庞栋岩、杨寄园、何剑吴、谢抱香，用周草窗〈寄越中诸友〉韵》《浪淘沙 (如梦复如花)》《相见欢·用后主韵》《玲珑四犯·重九》《永遇乐·祝刘廉卿丈七十寿辰》《百字令·用程正伯韵》《河满子 (未必花前再见)》《浣溪沙 (一阵东风一阵寒)》《前调·送春》《莺啼序·用宋人韵赋绿波》；傅尃 (三首)：《虞美人 (目成怎得狂如许)》《相见欢·次韵和绍禹》(二首)；萧笃平 (一首)：《蝶恋花 (杜宇声声花乱落)》；周斌 (一首)：《临江仙·题更存〈绿波词〉卷》；杨贻谋 (四首)：《浪淘沙·秋柳》《鬓云松·春闺》《如梦令·柳絮》《卜算子·闺怨》；陈世宜 (三首)：《眉妩·赋河东君妆镜拓本》《桃源忆故人 (青青堤柳)》《浣溪沙·三月二十一日同檗子作》；叶玉森 (一首)：《眉妩·赋河东君妆镜拓本》；王蕴章 (十四首)：《花犯·春音社第一集赋樱花，依清真韵四声》《眉妩·春音社二集，赋河东君妆镜拓本》《高山流水·春音社三集，赋宋徽宗琴》《霜花腴·春音社四集，赋菊花》《烛影摇红·春音社五集，赋唐花》《高阳台 (腻逼琴纹)》《思佳客 (卜筑藤)》《庆清朝·题徐仲可女公子新华遗画》《桃源忆故人·遁初三周忌日，匪石赋词追悼，予亦继声》《喝火令·丙辰三月廿一日作》《八声甘州·别侯大戢盦久矣，今春两见于里门，并为介于凌大伯昇，同登东横山梅园望太湖，取道惠麓，买醉泉亭而归，翌日又为春申江之行，赋此却寄》《临江仙·返宁车中，所见满地皆菜花，杨柳中时露春旗一角，则戒严声之防务也，忏红内史曰农事荒矣，子盫为词纪之，感成一解》《六丑·丙辰春尽作日》《瑞鹤仙 (半规残月)》；俞锷 (八首)：《摸鱼儿·题芷畦〈柳溪竹枝词〉》《前调·喜小柳同居，赋示即次共游西湖韵》《菩萨蛮·九日，和小柳韵》《一剪梅·和朴庵》《一萼红·赠一品红，继小柳作》《倦寻芳·送小柳远歇浦并示朴庵》《蝶恋花·朴庵将赴申江，赋词留别，依韵报之》《齐天乐·酬小柳见贻韵》；狄膺 (二首)：《长相思慢·秋柳属题〈风雨梨花图〉》《过陂塘·题亚子〈分湖旧隐图〉，用郭频伽自题〈山阴归棹图〉韵》；庞树柏 (十六首)：《霜叶飞·挽沈职公母夫人赵节孝，用梦窗韵》《花犯·樱花》《点绛唇·别馆梦中诵梦窗"夜来风雨洗春娇"句，醒而闻帘外雨声感赋》《秋蕊香·为桂姬写桂花小帧题此》《眉妩·河东君妆镜拓本》《瑞龙吟·徐园春音词社雅集，用清真韵》《好事近·池亭见西湖柳作，花纤妍可爱，以小令赋之》《采桑子·立秋夜作》《霜叶飞·题钱塘丁竹舟、松生两先生〈风木盦图〉，用梦窗韵》《尾犯·乙卯除夕，用梦窗韵》《烛影摇红·唐花》《前调·元夜微有月，以闺人卧病未出，和梦窗韵记之》《桃源忆故人·遁初三周忌日，匪石有词悼之，即步其韵》《玉楼春（啼花恨絮）》《浣溪沙·三月二十一日作》《南柯子·春尽夜，卧病梦中，得"春花愿化作春星"七字，醒后足成此解》；姚肖尧（四首）：《满江红·偕笑云登高，感成此什》《醉落魄·秋容老去，一年佳境从此逝矣，怆然倚此》《金缕曲·依韵酬笑云》《蝶恋花·闲情》；余天遂（三首）：《小重山·题亚子〈分湖旧隐图〉》《高阳台·茸城钱剑得龙泉宝剑，因作〈秋灯剑影图〉，石予夫子代为索题，谨填此阕》《台城路（玉楼一夜）》；吴梅（一首）：《眉妩·赋河东君妆镜拓本》。"附录一"栏目含《陈英士先生事略》《杨性恂先生事略》（杨殿麟）、《仇冥鸿先生事略》（仇少刚）、《吴虎头先生事略》《陈仲权先生事略》（韦以黼、金燮）。"附录二"栏目含《哀陈英士先生》（叶叶）、《悼英士先生杂语》（叶叶）、《谨书黄克强先生》（叶叶）、《悼克强先生杂语》（叶叶）。"附录三"栏目含《长沙南社雅集，分韵得已字》（王竞）、《前题，分韵得上字》（郑泽）、《前题，分韵得山字》（谭觉民）、《前题，分韵得七字》（谭作民）、《前题，分韵得年字》（龚尔位）、《前题，分韵得千字》（彭斠雄）、《前题，分韵得成字》（骆鹏）、《前题，分韵得中字》（傅尃）、《前题，分韵得世字》（黄钧）、《前题，分韵得仙字》（朱德龙）、《前题，分韵得年字》（文启蠡）、《前题，分韵得去字，用六御全韵》（黄堃）、《前题，分韵得九字》（方荣杲）、《前题，分韵得求字》（张启汉）、《前题，分韵得方字》（孔昭绶）。"附录四"栏目含《五凤砖砚歌》（叶玉森）。其中，诸宗元《夜过海藏楼，归纪所语，简太夷并示拔可》云："海云钦月凉生芒，栝竹影地森成行。马蹄蹴踏若翻水，但惜损此寒琼光。打门夜半撼邻睡，主人延客先下堂。兼旬再见已足喜，况能坐对秋宵长。主人论诗得真理，近称米氏推欧阳。上规韩、白许永叔，出以简淡非寻常。老颠落笔不局曲，意境往往齐苏、黄。前闻沈侯语夏五，文字不可轻其乡。此言当为永叔发，我意若合衡与量。嘉祐、元祐在何世？纵有作者人谓狂。明星耿天露作霜，我归所止神旁皇。人间俗论成噍点，段拂岂果师元章。"姜可生《丙辰初春，探梅孤山，中途遇雨，为读东坡"细雨梅花正断魂"之句，感旧怀人，怆然涕下，惘惘归来，走笔足成一律，并寄亚子红梨》云："细雨梅花正断魂，揭来消息恸王孙。阴晴不定天心狡，歌哭无端往事论。香梦模糊枝影乱，层峦迢递暮烟昏。题名又上小青冢，青史青山万古冤。"林百举（一厂）《题〈桃花折枝双燕图〉》云："似笑无言耐我思，轻衫细剪也相宜。去年人面虽如旧，到处帘栊不忍窥。"

《浙江兵事杂志》第 31 期刊行。本期"文艺·诗录"栏目含《谒先武肃王庙敬题一律，次贞壮山字韵》（钱模）、《感事，再叠山韵》（钱模）、《湖上归后，携时儿至贞壮寓庐，与致虞、季聪夜饮，三叠山韵》（钱模）、《次韵报贞壮》（陈景烈）、《湖游限韵》（陈景烈）、《次韵答思声》（卢旭）、《国庆纪念日偶咏》（王荦）、《书感》（樊镇）、《庭花有绣球一树，春厄于风雨，方秋乃复盛开，它固所未见也，以诗宠之》（诸宗元）、《陈伯严来湖上主觚庵，赋投长句四韵并呈觚庵》（诸宗元）、《感事，叠汤字韵》（诸宗元)、《中秋雨，无月，赋示家人》(诸宗元)、《钱硕甫先生别四年矣，今秋由蜀归来，游西湖赋赠》(邹可权)、《硕甫先生出乃兄〈潜山诗存〉见示，内有先生〈题潜山新居〉两首，依韵奉和，即以赠别》(邹可权)、《咏菊限韵》(姚慈第)、《前题》(陈光熺)、《次韵报顾子才先生》(李光)、《感事，次知灿君韵》(李光)、《咏马》(胡大猷)、《暮至灵隐》(陈以璋)、《湖楼秋望》(陈以璋)、《读钟子瑜先生见示感时诗，率成七首》(隆世储)、《偕诸贞壮、李拔可游西溪归，贞壮嘱纪长句》(林之夏)、《悼松坡将军》(林之夏)、《贺后者生子》(林之夏)、《天赋赠菊四盆，用贞壮咏菊韵谢之》(林之夏)、《贞壮举金、石、丝、竹、匏、土、革、木八字，限每句首嵌一字，作七律体，同人诗成，走笔和之，并以志感》(林之夏)、《送驾针归闽》(林之夏)、《次韵答漱圃》(林之夏)、《答郑星帆先生》(林之夏)。

《妇女时报》第20期刊行。本期"诗话"栏目含《绿旄阁诗话(续)》(细叶)；"文苑·诗"栏目含《渔洋〈秋柳〉四章》(陈德音)、《十一月望观月》(前人)、《夏日即事，灵川作》(江阴谢祖憙)、《端午寄怀韵芝二姊，杭州辛丑》(前人)、《晓起》(前人)、《七夕》(前人)、《咏瓶梅，寄韵芝二姊》(前人)、《重过柳州》(前人)、《春日怀二姊韵芝》(前人)；"文苑·词"栏目含《浣溪沙》(繻兰)、《双头莲令》(闻歌)(繻兰)。

《民声杂志》第1卷第2期刊行。本期"艺林·诗录"栏目含《牯岭》(璧园)、《口号，赠刘幼云同年昆仲》(璧园)、《别刘幼云同年》(璧园)、《寄齐勋侯》(璧园)、《和答曹讷庵》(璧园)、《云峰山》(茗仙)、《四月》(茗仙)、《上亡儿传书坟》(茗仙)、《平野堂艳词》(八首，息园)、《怀人四绝句》(松藤)、《贾傅宅》(东溪)；"词录"栏目含《金缕曲·庚戌生日，倚此自寿兼示易三枚臣》(锷尘)、《水龙吟·同年生浏阳刘松夫家藏云雷刻石，东海塞冥氏手造也，因颜其居曰蛰云雷斋，属余赋之》(锷尘)。

萧瑞麟交卸四川彰明县事回云南。

冒亦诚生。冒亦诚，江苏如皋人。著有《冒亦诚诗词选》。

谈立人生。谈立人，原名谈正宗，河北直隶宁河县人。著有《春草集》。

郑临川生。郑临川，湖南龙山人。著有《苔花集》《宾居楼诗词存稿》。

陈夔龙撰《花近楼诗存》(续编，2卷)刊行。集前扉页有"丙辰十月刊于沪上，独山莫棠敬署"字样。本集共两卷，卷一《甲寅集》，卷二《乙卯集》。

康有为作《丙辰十月偕李明庶、杨啸谷、罗根登大茅山顶》。诗云："仙山楼阁倚嵯峨，茅许陶杨迹已过。天外三峰青未了，羽衣云盖可如何。华阳洞里无真逸，欲跨天风问上清。已就丹砂生羽翼，大茅绝顶好相迎。"

张其淦作《秋晓先生生日，赋此却寄》(丙辰十月)。诗云："选楼寄视自挽诗，鼠肝虫臂蒙庄词。二樗一世等一梦，流水似水吾安知。索我和吟为绝倒，自春迄冬未脱稿。珠江花傍战场开，宋王台畔多秋草。秋风秋雨迫人来，九龙山人莫酒杯。覆瓿一集寿千古，漫作异代遗民哀。令人哀亦令人喜，哀乐无峏人老矣。何妨酒屋听蒿里，狂饮高歌有吾子。君之吟馆名祖坡，寿苏遗集重摩挲。百岁神游亦来此，早识东坡死非死。秋晓生，将毋同，厓山漠漠来天风。诗人茅屋化归鹤，真逸瓜庐多酒龙（山人新构真逸寄庐）。君之祖是苏阁部，君臣碧血埋黄土，红羊黑劫几沧桑，俯仰乾坤泪如雨。吁嗟乎，长乐老人寿几何，人生七十容易过，长乐恰齐仲尼寿，纵齐彭祖亦刹那。爱君长歌聊当哭，乔松之寿为君祝。好伴山人寿逸民，岁岁寒泉荐秋菊。"

韩德铭作《丙辰孟冬，自京赴宁，火车汽船两日一夜而达，欣然命笔》（二首）。其一："生横四方志，老尚局燕梁。昏旦忽三易，江淮迅一航。川原出黄落，天地入青苍。转足醒闻见，炎凉序倒尝。"

王小航作《初冬即事》。诗云："即缘养疴避尘嚣，利害天然互抵消。厚着棉衣胜狐貉，静听药鼎似笙箫。三冬旨蓄聊堪慰，十月园林未尽凋。同井农人存古谊，赠来稻秸护芭蕉。"

施士洁作《曾陈祯母氏吴七十寿诗》（丙辰十月）。诗云："巴台丹穴郁嵯峨，寿母同赓燕喜歌。万树梅花开雪岭，一堂莱彩话星坡。河舟姜柏持家苦，海舶婆兰载福多。钟郝门庭犹继业，祝延珥笔遍嘉禾。"

陈鹏超作《丙辰十月东旋，留别星渊诸同志》（二首）。其一："数年踪迹屡南游，国事驱人总不休。大泽龙蛇仍暗斗，中原罗网讵全收。临歧恍受燕丹托，击楫宁添祖逖愁。皮骨尚存心不死，此身敢自付闲鸥。"

任可澄作《白水河途次，大雪晓行》。诗云："路绝人踪野绝烟，空明万景共澄鲜。鸦拳冻篆寒欲堕，马怯冰岩喋不前。远树笼烟疑在水，连峰带雪似粘天。琼楼我欲乘风去，更俯层城瞰大千。"

王瀣作《浣溪沙·丙辰十月，李息霜来金陵，以稚泉所写墨梅索题，匆匆又将旋浙矣》。词云："抱得冰心未忍闲。山烟湖水淡徘徊。萧郎点笔梦成堆。　　惜别莫辞金爵酒。清愁休奏玉笼哀。小屏天远袖香回。"

赵炳麟作《题黄漳浦遗墨》（丙辰十月。以下皆重赴国会，在北京作）。诗云："手泽传漳浦，堪为希世珍。文章关道议，生列系彝伦。珥笔天难问，麾戈日已沦。至今三百载，谁复继斯人？"

方守敦作《丙辰十月初旬，为吾兄清一老人七十寿。年年兹辰，兄必独游江山胜处，赋诗自遣。今杖履何方，尚未闻知。寄奉二律，俟兄归，一解颐焉》。其一："古柏千秋在，空山历劫春。艰难先世业，悲喜太平人。坐啸沧江晚，闲愁东海尘。百年有兄弟，相慰发如银。"其二："菊影寒犹艳，梅香远未浮。禅心清夜月，诗思白云舟。腰脚真难老，江山有胜游。应知寿者相，七十益风流。"

康白情作《吊黄兴、蔡锷二将军》。诗云："凭吊将军意，心伤敢自赊？贰臣犹根蒂；

四海未桑麻。我亦楚人子；弹泪祝灵娲！"

刘华钰作《丙辰小阳，蓓园菊花始开，漫赋一律，柬邀同好共赏之》。诗云："蜗居院小不禁荒，辟地栽花愿莫偿。借得闲园饶半亩，种成晚菊已千行。霜飞老圃初含艳，风过疏篱乱送香。如此秋容堪共赏，吟诗何惜满奚囊。"

[日] 田边华作《大正五年十一月恭赋大尝会盛典》。诗云："主基悠纪苇茅殿，白酒黑酒盛瓦瓯。天子亲里荐新谷，日本果是瑞穗州。"

[日] 白井种德作《初冬》。诗云："霜叶几株红已虚，入冬三径忽萧疏。怜他黄菊与松健，风趣宛然陶隐居。"

十二月

1日 中央公园召开黄克强、蔡锷追悼大会。高一涵、李大钊、林百举与国会议员参加。高一涵作挽蔡松坡将军联："创造革命者前推国父，继续革命者首赖先生，恨湘水无情憔悴奔驰同一死；去年十二月会议滇南，今年十二月追哀燕北，望蓬莱今见风流行雅自千秋。"林百举作《十二月一日中央公园作》。诗云："生多仇敌死偏亲，涕泪原来亦未真。行过唐花池馆后，怅无门入拜花神。"

《申报》第15736号刊行。本期《自由谈》载"联话"栏目，撰者"白云"。

《中国实业杂志》第7年第12期刊行。本期"文苑"栏目含《小吟七首，奉寿伯鲁先生七十生辰，并乞仲鲁先生双政》（吴芝瑛）、《虞美人》（肃元）、《虞美人》（嚼墨主人）、《虞美人》（金人富）。

《小说海》第2卷第12号刊行。本期"杂俎·诗文"栏目含《采莲赋》（东园）、《感怀》（蔡选青）、《丙辰病中作》（鹤僧）、《佘山登高放歌》（天民）、《唱庵以近作寄示，次韵奉酬》（天民）、《呈东园先生，即用先生〈送杨绍彭之徐州〉韵》（天民）、《新柳词》（绛珠）、《月夜舟行》（许贞卿）、《月夜听琴》（许贞卿）、《耕霞盟妹之蜀十数年，传闻已逝，赋以寄感》（许贞卿）、《丙辰秋九月述怀四律，寄老友吴君东园》（蔡云万）、《洞仙歌·偶见〈丰台花谱〉中有山阴王眉子词三，因步原韵，依调继声》（易实甫）、《浪淘沙·题〈柳塘诗思图〉》（东园）、《卖花声·题〈柳塘诗思图〉》（绛珠）、《吴山青·题〈柳塘诗思图〉》（暑仙）、《柳梢青·题〈柳塘诗思图〉，用竹垞韵》（琴仙）；"杂俎·弹词"栏目含《五女缘弹词（续完）》（绛珠女史著，东园润文）。

《诗声》第2卷第6号在澳门刊行。本期"诗话"栏目含《霏雪楼诗话（六）》（伍晦厂）；"笔记"栏目含《乙庵诗缀（六）（未完）》（印雪）、《雪堂丛拾（一）》（澹於）；"词谱"栏目含《莽苍室词谱卷二（四）》（莽苍）；"词苑"栏目含《秋日喜读秋雪君病中集〈诗声〉句，感事寄怀》（韦编）、《满江红·秋感》（韦编）、《雪堂覆瓿集（四）》：《感秋》

（用丘仓海《东山感秋》元均）（六首，秋雪）、《秋深见月》（二首，鹃声）；"诗论"栏目含《〈诗品〉卷上（六）》（梁代钟嵘）；"诗故"栏目含《云溪友议（六）（廖有方）》（范摅）；另有其他篇目《雪堂第三十五课题》《征求〈诗声〉一》《征求〈诗声〉二》《侠农君鉴》《阅报诸君乞介绍阅者》。其中，《雪堂第三十五课题》为《废园》，要求"诗词任作，诸君如需卷纸，示知寄呈。卷寄澳门深巷十八号交雪堂收，准五年十二月二十号收。"

杨杏佛作《菩萨蛮》。词云："银蟾自在穿云度。群星肃列无言语。林静屦声单，天风生暮寒。　　冰怀溶冷露，吐气成云雾。飞去代鸾笺，幽人应未眠。"

2 日　《申报》第 15737 号刊行。本期《自由谈》载"联话"栏目，撰者"饭牛""逸虎"；《新自由谈》载"诗话"栏目，撰者"墨稼"。

龚其伟作《丙辰十一月八日，偕姜君黎辉、施君芝培、魏君修甫游莫愁湖，追和杨君静子〈游莫愁湖〉韵》（二首）。其一："莺花旧梦怅零星，来访城西画舫停。十里湖迎双桨碧，一楼山送六朝青。秋风棋局芳尘散，落日钟声远树暝。只有郁金香不灭，萧梁乐府忍重听。"其二："十年弹指发星星，胜地重游半日停。儿女情多余旖丽，英雄神化剩丹青。风前花柳寒无态，劫后江山日易暝。更访残碑吊先烈，薤歌零落不堪听（湖西偏有辛亥烈士碑，碑前石栏已损坏矣）。"

3 日　中国留日学生陈启修、王兆荣、周昌寿等人发起成立丙辰学社，并在沪创办《丙辰杂志》，后于 1920 年 10 月在上海设总事务所，1923 年 6 月改名中华学艺社。该社以"研究真理，昌明学艺，交换知识，促进文化"为宗旨。李大钊参与筹建，后因归国而将此事托付陈启修和杜国庠。陈启修被推举为学社首届执行部理事，蔡元培、范源濂、梁启超等为名誉社员。学社成员有郭沫若、夏丏尊等留日学生。学社又于 1917 年 4 月在日本东京创办《丙辰季刊》，后改名《学艺》，自 2 卷 1 期起，由上海商务印书馆出版。《丙辰杂志》创刊号"艺苑·诗文类"栏目含《游灵洞山记》（公羊寿）、《平原村人词（未完）》（沈思斋）、《都门即事二首》（奚侗度青）、《移北新寓桥就学感赋》（前人）、《伏日二首》（前人）、《遣怀》（前人）、《津浦道中大水》（前人）、《梦次渔弟》（前人）、《秋晓》（前人）、《玄帝庙寓楼》（庙名玄帝，实祀真武神，十年前曾寓此）（前人）、《茬渔将之和县，会于下关江楼，清谈竟夕》（前人）、《黄、蔡二公哀挽录》（以所录先后为次序，未完），孙文大总统、王芝祥、夏寿华、张謇、平刚、程明超、温宗尧、马锦春、易次乾、郑立三、钟奇、徐乃璜、徐佩东、冯骏、吴性元、李震华、黄丙元、方汉、城星、李度、孙洪伊、邹永成、王守愚、廖昌祺、刘绍基、戴天球、民主报时功璧、梁冰（以上挽黄克强先生），汤化龙、籍忠寅、谷钟秀、吕公望、陈炳焜、朱庆澜、陆荣廷、唐继尧、陈树藩、熊希龄、刘显治、刘崇佑、刘显世、戴戡、罗佩金、徐佛苏、林志钧、曲同丰、蒲殿俊、孙光圻、陈宧、孙熙泽、孟森、夏寿华、周澌、陈十廉、黄锡铨、李增、周肇祥、夏同龢（以上挽蔡松坡先生）；《汤化龙祭松坡先生文》《胡鄂公祭松坡先生文》《罗纶挽松坡先生诗》《蔡松坡先生遗诗：游西山两绝》《周宗泽挽克强先生诗》《李逢年挽克强先生诗》《莫上楼诗余随笔（未完）》（黄瘦生）。

《申报》第15738号刊行。本期《新自由谈》载"征联揭晓"栏目。

王震五十寿。吴昌硕贺诗云："五十不自寿，登堂只拜七旬母。君子远庖厨，眉筵肆设胡为乎？小泉直一乌足宝，用不得所徒扰扰。籴粟盍鼓衰翁腹，贸布盍制孤儿服。疲癃残疾无野宿，少者老者酬酢熟。余事更缋流民图，今之郑侠谁谓无。歌以赠君君必喜，秀才人情仅有一张纸。一亭先生五十寿，诗以贺之。丙辰冬十一月，七十三叟吴昌硕。"

鲁迅因母亲六十寿，回绍兴省亲。

4日　《申报》第15739号刊行。本期《自由谈》载"联话"栏目，撰者"诗隐"。

陈宝琛《息力杂诗》（七首）刊于《振南报》"星洲诗词录"。其一："半旬凉吹换炎曦，地缩天移不自知。谁分穷冬搜篋笥，秋纨犹有报恩时。"其二："日日从人冷水浇，寸丹余热那能消？笕泉偏近征夫枕，无雨无风响彻霄。"其三："格林印度马来由，织路班兰各自求。老懒无心知四国，况能从汝学咿嘤？"其四："等闲一雨变炎凉，廛市园林本不常。奴价山中犹倍婢，新来椰子傲槟榔。"其五："女闾东国连檐至，利析秋毫信霸图。海外幸留邹鲁泽，吾宗雄杰一时无。"其六："千户家家货殖雄，斯人忍独坐诗穷？杜鹃北望年年拜，长剩风怀付酒中。"其七："天才雅丽黄公度，人境庐诗境一新。遗集可留图赞稿？南溟草木待传人。"其八："百万宾萌保惠难，只身跨海捍狂澜。卅年不是孙铭仲，群岛谁知有汉官？"

魏清德《寒山》（限微韵）发表于《台湾日日新报》。诗云："石骨嶙峋瘦不肥，空林雨雪客来稀。北风合倩刘褒笔，添写袁安卧掩扉。"

张元济作《挽蔡松坡》。联云："为争人格，不得已而用兵，败弗亡命，济亦引退，砥柱中流，先生庶无愧矣；既负民望，宜知所以爱国，首轻权利，更重道德，良药苦口，后死者其听诸。"

5日　《申报》第15740号刊行。本期《新自由谈》载"联话"栏目，撰者"亚云"。

《妇女杂志》第2卷第12号刊行。本期"杂俎"栏目含《闺秀诗话（续）》（亶父）、《玉台艺乘（续）》（尊农）。

6日　《申报》第15741号刊行。本期《自由谈》载"联话"栏目，撰者"栩园"。

胡适作《月诗》（三首）。后载于1917年2月1日《新青年》第2卷第6号，又载于1917年6月《留美学生季报》夏季第2号，改题《十二月五夜月》。胡适同日日记中记："数月以来，叔永有《月诗》四章，词一首，杏佛有《寻月诗》《月诉词》，皆抒意言情之作。其词皆有愁思，故吾诗云云。"其一："明月照我床，卧看不肯睡。窗上青藤影，随风舞娟媚。"其二："我爱明月光，更不想什么。月可使人愁，定不能愁我。"其三："月冷寒江静，心头百念消。欲眠君照我，无梦到明朝。"

7日　《民国日报》发表南社广告称："本社社友歙县程善之先生以文学大家为小说巨子，琴南而下，殆罕与抗手者。近更结束风华，皈依禅悦，自谓当慎守绮语戒，不复再作。品格之高，可以想见。"

吴用威作《大雪前一日行抵河东，次韵葆之都门赠行之作》。诗云："一丘三径已蹉跎，辟地看天且放歌。事往乍如吹雪散，路难犹喜见山多。百年来日同旋磨，千里驱车竟渡河。赖有故人勤好我，小诗微尚独相阿。"

[日] 冈部东云作《丙辰十一月十三日诣关兴寺，试法鼓妙味》。诗云："关兴梵刹古风禅，法鼓有灵名自传。淡泊菜根谭话后，一餐妙味结芳缘。"

8日　逊帝溥仪赏赐梁鼎芬阎立本画孔子弟子像1卷。

《申报》第15743号刊行。本期《自由谈》载"联话"栏目，撰者"江都啸虎"。

9日　《申报》第15744号刊行。本期《自由谈》载"诗话"栏目，撰者"李瘿梅"；《新自由谈》"词苑"栏目含《瑶花·题〈红梅花馆读书图〉》（温倩华）。

毛泽东从黎锦熙来信中得悉，其所谓卷入筹安会之风闻纯属误传，向黎锦熙驰函致歉。先是，黎锦熙被传卷入杨度为袁世凯称帝所组织之筹安会，毛泽东担忧黎锦熙中北洋军阀笼络之术，于1915年11月9日去信规劝："方恶声日高，正义蒙塞，士人于此大厄，正当龙潜不见，以待有时，不可急图进取。"

姚鹓雏《赭玉尺楼诗话》刊载于《民国日报》，表示不完全同意吴虞对陈三立诗之批评。诗话云："成都吴又陵邮示所著《秋水集》一卷。又陵诗宗中晚唐，论诗不主西江，尤诋今之为宋诗者，颇与亚子同调，而与余意微相左。然其诗故清超绵丽，尽脱恒蹊也。又陵又有《题〈散原精舍诗〉后》云：'宗派西江几废兴，诗流标榜信难凭。玉珧终恨生风病，浪拟涪翁恐未能。'此议伯严诗亦有是处，而未尽然。伯严诗高者沉雄恣肆，殆摩昌黎之垒，而少变其蹊径；惟微病琐碎，则过于好奇之病耳。"

10日　《申报》第15745号刊行。本期《自由谈》载"诗话"栏目，撰者"铁华"。

《东方杂志》第13卷第12号刊行。本期"文苑·文"栏目含《读〈韩非子〉》（陈三立）、《读〈鬼谷子〉》（前人）、《读〈吕氏春秋〉》（马其昶）；"文苑·诗"栏目含《海藏楼杂诗》（郑孝胥）、《高颖生求作环翠楼诗》（前人）、《题太夷〈海藏楼图〉》（陈宝琛）、《法相寺中老樟一株，双干挺出，皆大十围，其本殆不可量，不知何年物也，散原老人属同赋之》（陈曾寿）、《游西溪归来，湖上晚色极佳，散原老人属同赋之》（前人）、《同散原老人登六和塔》（前人）、《中秋日雨中，恪士约饭于法相寺》（前人）、《中秋约同人饭于法相寺，和仁先》（俞明震）、《丙辰重九，仁先招游龙井寺登高》（前人）、《登高一首，和仁先》（前人）、《题师曾〈槐堂图景〉，兼寄散原老人》（姚永概）、

《送陈石遗南归》(林纾)、《依韵酬和秋岳》(胡朝梁)、《奉谢诗庐见示近作》(黄濬)、《丙辰三月移家返杭,而心白卜居海上,心白索诗,写五言一篇寄之》(诸宗元)、《闻眉荪之丧后十日感恸有作》(前人)、《庐江杂诗》(陈诗)、《寄瓻斋湖上别业,兼怀仁先侍御,瓻斋青溪有楼,避地以来不归者两年矣》(李宣龚)、《洗儿歌,赠胡诗庐》(夏敬观)、《危楼》(前人);本期另有《石遗室诗话续编(续)》(陈衍)、《餐樱庑随笔(续完)》(蕙风)。

《商学杂志》第1卷第10期刊行。本期"文苑"栏目含《薄暮郊行即景》(李世丰)、《秋日郊游遇沈大》(李世丰)、《茉莉盛开,与琴鹤同作》(李世丰)。

菽庄主人林尔嘉暨德配云环龚夫人结婚二十五周年纪念日。是日,林氏府华灯焕彩,中堂高挂"SILVER WEDDING(银婚庆典)"横幅,中外名公八十余人参与其盛,所赠珍贶不计其数;拜赐宴饮既毕,合影留念。所得诗文由陈棨伦辑为《菽庄主人银婚帐词》,于丙辰嘉平(夏历1916年12月)刊行。辑录序文2篇、颂词2篇、诗69首、词2首、对联4副。陈棨伦作《菽庄主人银婚帐词跋》云:"余与菽庄侍郎交四世矣。侍郎年十七,以辛卯十一月娶于龚咏樵先生之女,余甥是也。是时,余以媒氏来观其盛,辄忻然为酌酒贺之。越今丙辰冬月,侍郎与夫人结婚二十五年周矣,西人名之曰银婚,于是中外人士既各致嘉贶,复作诗文以申颂祝。余旧媒也,又久馆侍郎家,获与其盛,益忻然为酌酒贺也。窃谓侍郎之絣福与群公之玮制均宜垂之永久,乃为之图,并辑其诗文,付之手民。独感念余家有糟糠,垂老无恙,与西人所谓金婚者年相若,而频年旅食,曾不获偕享安闲之福。观侍郎之盛举,弥增余歉也。过此二十五年,侍郎与夫人金婚期届矣。倘天假之年尚容,五十年前老媒新见其盛,其忻然酌酒贺者,正未有艾也,故乐书其简末以为之券。"龚煦作《叔臧妹倩与余女弟结婚二十有五年,西礼谓之银婚,事踵欧风,图披家庆,写成画帧,缀以小诗》。诗云:"银珰亲题浣露华,金裾玉佩艳仙家。瑶台富贵人间说,此是春风第一花。"周殿薰作《叔臧先生暨配室龚夫人银婚颂》。诗云:"锦瑟初调廿五弦,洞房回首忆华年。沧桑历劫情弥笃,黻佩辞荣眷似仙,桂树满垂秋后子,梅花爱取岁寒缘。霄来双照银蟾影,三百回经此月圆。"陈海梅作《菽庄诗家银婚志喜》。诗云:"银屏细看银河渡,岁岁秋期误鹊桥。好梦华年弹锦瑟,仙缘眷属匹文箫。童孙片玉天增胜,后会千金福更消。二十五年回首忆,洞房红烛可怜宵。"陈望曾作《叔臧姻世兄与其配龚夫人结缡二十五年矣,今者将踵美泰西行银婚礼,敬撰小诗四首,嘱吴江周君维新写意寄贺》,含《题画牡丹》《题画莲》《题画兰》《题画梅》四首。其中,《题画莲》云:"并蒂芙蕖出绿波,露裙缟袂映枝柯。鸳鸯对浴花如锦,未老莲房得子多。"施士洁作《菽庄林侍郎偕配龚夫人举行泰西银婚礼式》(丙辰十一月十六日。西俗:婚后五年行纪念礼曰"木婚式",十年曰"锡婚式",十五年曰"水晶婚式",二十年曰"瓷婚式",二十五年曰"银婚式",五十年曰"金婚式",六十年曰"金刚石婚式")(八首)。其一:"洞天福地洞房春,持较欧西此足珍。二十五年偕老者,何曾双鬓色如银?"其二:"一双银艾好门楣,佳话蝉嫣木锡瓷。最羡水晶婚里过,银花银烛少年时。"其三:"菊庄岁岁晚花妍,月到今宵分外圆。花好月圆人并寿,木公金母本神仙。"其四:"同牢银桉春长在,合卺银钟酒不空。连理结成阿堵物,头衔雅称富家翁。"其五:"骚人韵事说眉齐,天与梅花作老妻。鹭社喧传银伉俪,银光一纸一诗题。"

吴芳吉复信某生,谈诗人与诗歌之关系,略谓:先有诗人,后有诗歌,诗歌之产生,须具内美和外缘。作者"必其学道既深,识超于众,行笃于内,真知灼见,以泽于后世",此为内美;作者"遭际不辰,不得于上,不谅于下,虽竭忠尽智而不违,忍辱含痛而不怨",此为外缘。诗人蒙谤受侮,九死不复,为抒其抑郁穷愁之慨,乃不得已为诗。故诗非有意为之,乃功业之余,诗人功业未竟,以诗言志,"使人之读其诗者,瞻望发愤,以励其志焉"。所作诗皆竭平生心力赴之,有益于世道人心,"虽有数语足以垂世,而温柔渊博之思,蔚然昭见。其寄托风月,叹嗟黍离者,犹冀拳拳忠爱之心,感人丧乱之余也"。如杜甫、陆游等,虽境遇艰厄,然立身高洁,其人不朽,其诗亦不朽。今日诗歌之失,在于诗人无行,"学不足以明心,行不足以风世,袭人唾余,嚣嚣自得;或步前人之滥习,颠倒无伦;或俯视一切,而不自反;或沉酣于雕虫之技,恬不知耻"。

[日] 白井种德作《病中作》。诗云:"寂然真耐涤尘烦,个里何妨远酒樽。因病得闲殊不恶,古人早已代吾言。"

11日 《申报》第15746号刊行。本期《自由谈》载"联话"栏目,撰者"戚戚"。

洪尔振卒于扬州。洪尔振(1856—1916),字鹭汀,四川华阳人。光绪十五年(1889)副贡,十七年(1891)举人,官江苏溧阳、丹徒、丹阳知县,江苏候补道,为官有政声、屡得拔擢。洪"乃南皮尚书(张之洞)所得士",俞樾从孙婿、郑孝胥同年、吴昌硕挚友,辛亥革命后以遗老自居,寓居上海、扬州,入淞社,与王国维、郑孝胥、吴昌硕、缪荃孙、李瑞清、夏敬观、朱祖谋等往还颇密。俞樾为书《从孙婿洪鹭汀刺史五十寿序》,郑孝胥作《答洪鹭汀同年,鹭汀见赠预祝生日诗》、缪荃孙作《赠洪鹭汀,仍用杜集〈丽人行〉韵》。洪氏曾筑苏州鹤园(源自俞樾所书"携鹤草堂"匾)、创立丹阳县立初级师范。吴昌硕《挽洪鹭汀》略云:"无端大海翻,龙潜天地否。穷愁作寓公,攒眉复拊髀……沪上忽不乐,去饮邗沟水。书来状萧瑟,置案忍重视。痎疾药难疗,沉顿入骨髓。讯语记别时,有生不如死。"周梦坡作《鹭汀先生前有书来兼示近作和韵诗,乃书未及答,不数日而讣至,则已归道山矣,同人为之泫然,仍用前韵各赋二律以志哀挽》、李宝淦作《洪鹭汀卒于扬州,同社诸君皆以诗寄挽,即用其韵》、王仁东作《七律,愚园过洪鹭汀故居感赋》,作同题诗者尚有恽毓珂、李传元、钱绥麋、白曾然、施赞唐诸人,盖淞社集会追悼之。吴昌硕常寄诗供洪氏审阅,曾致函洪氏云:

"弟诗如孙菊仙唱二簧，直叫而已，豪无蕴蓄。自知病之所在，不能改腔，因读书太少耳。"洪氏辞官，吴昌硕非但"不为公惜也"，反道"知公卸差，于病体有益，卸之是也。时事如此，虽一人富贵亦无益，况我辈当差，亦未必能走入富贵之一途，卸之是也"。

12 日 《申报》第 15747 号刊行。本期《自由谈》载"联话"栏目，撰者"天铎"；《新自由谈》载"诗话"栏目，撰者"能寒"。

魏清德《黄金台》(限金韵)发表于《台湾日日新报》。其一："零落荒台返照侵，燕昭曾此置黄金。远吞九点齐州小，近瞰千寻易水深。末世倾囊惟买牝，论交行路孰知心。霸图怅已还归去，慷慨聊为表圣吟。"其二："拥篲昭王不可寻，霸图驱马试登临。贤才且应黄金召，高隐漫为白雪吟。易水风寒荒草合，蓟门日落阵云深。即今马骨谁师魄，烈士暮年感莫禁。"

郑孝胥作《十一月十八夜》。诗云："夜起久成癖，晦明观吐吞。苦寒知月味，衔恨敛霜魂。衾影曾何愧，荆凡定孰存？恶声闻最熟，不必蹴刘琨。"

13 日 《申报》第 15748 号刊行。本期《自由谈》"诗囊"栏目含《题梅兰芳饰〈黛玉葬花〉小影》(铁华)。

为恭贺母亲鲁瑞六十寿辰，鲁迅、周作人、周建人三兄弟在家祀神祭祖，设宴席，并请戏班唱花调、隔壁戏、平湖调。

14 日 《新世界报》在上海创刊。1919 年 6 月 17 日至 1920 年 2 月 5 日改名为《药风日刊》，至 1927 年 3 月，受北伐战事影响而终刊。《新世界报》为上海大型游乐场出报纸，始于新世界，故《新世界报》是现代中国第一份游戏场文艺报纸。编辑主任郑正秋。历任总编有奚燕子(莲侬)、杨尘因。五四运动期间，刊有小说、笔记、诗话、戏剧等。

15 日 《申报》第 15750 号刊行。本期《自由谈》载"联话"栏目，撰者宋焜。

[韩]《天道教会月报》第 77 号刊行。本期"词藻"栏目含《至月夜赋怀》(敬庵李瑾)、《酒后与友人相笑》(芝江梁汉默)、《岁暮有感》(汩堂刘载豊)、《秋怀》(香山车相鹤)、《秋怀》(朴来弘)、《月夜过钟街》(香山)、《自乡山至仁川途中：机池市(唐滓)》(凰山李钟麟)、《自乡山至仁川途中：暮泊汉津登舟》(凰山李钟麟)、《自乡山至仁川途中：舟中(带妻子)》(凰山李钟麟)、《自乡山至仁川途中：过连兴岛》(凰山李钟麟)。其中，凰山李钟麟《自乡山至仁川途中：过连兴岛》云："舟经桃李浪无声，浩海漫漫镜面平。此去江都知不远，帆前出没三郎城。"

朱自清在扬州琼花观朱宅与武钟谦女士行婚礼。

16 日 沈曾植作《赵文敏书天台山赋》七古一首。诗云："天台山古谁所开？仙耶释耶纷诞诙。五百大神昔焉宅，五百应真后方来。上真卿治应上台，桐柏控鹤仙遰哉！太极左仙演灵宝，上清玉平天昭回。卅六洞犹廿四化，巴西祭酒经多秌。兴公此赋一字无,定知鬼道初孳苙。杨许灵期书未布,三洞未有珠囊材。吴兴昔曾受洞诀,刘真人传紫阳推。庄书此赋诙无意,玉京洞寄仙都怀。皇庆二年公六十,羲献晚学元常赈。兹书犹存思陵体,雍容缓步纡层台。固因石经传楷法,仙源摹袭徙童孩。崑仑琵琶积习在,钟仪南冠土风情。时时老峰一蹉跌,得非怫郁逢三乖。海日楼中寒日曛,郁陶心与风轮颓。青鞋布袜那几分,黸魗居此蛮江偎。聊将书迹寄山思,病眼多眵劳摩挼。真手书欤攟录咍,望影了付通明裁。"

17日 《申报》第15752号刊行。本期《自由谈》载"联话"栏目,撰者"洗心";《新自由谈》"诗囊"栏目含《赠梅畹华六首选三》(蒋苏盦)。

方守彝作《十一月二十三日,同侄时晋祭谒太乙山庄》。诗云:"白头儿子壮年孙,出郭趋山到墓门。默唤爷娘碑下拜,绕看松柏翠犹屯。天云不动岩风息,酒气微香笾馔温。总是苍颜终古隔,万端愁恨满乾坤。"

胡适作《沁园春·二十五岁生日自寿》。后载于1917年6月1日北京《新青年》第3卷第4号,改题《生日自寿》。收入1920年3月亚东图书馆初版《尝试集》时,加小序,又改题《二十五岁生日自寿》。词前有序:"五年十二月十七日,是我二十五岁的生日。独坐江楼,回想这几年思想的变迁,又念不久即当归去,因作此词,并非自寿,只可算是一种自誓。"词云:"弃我去者,二十五年,不可重来。看江明雪霁,吾当寿我,且须高咏,不用衔杯。种种从前,都成今我,莫更思量更莫哀。从今后,要那么收果,先那么栽。　　忽然异想天开。似天上诸仙采药回。有丹能却老,鞭能缩地,芝能点石,触处金堆。我笑诸仙,诸仙笑我,敬谢诸仙我不才。葫芦里,也有些微物,试与君猜。"

18日 《申报》第15753号刊行。本期《新自由谈》"诗囊"栏目含《祇陀寺访玉京道人墓,感赋二首,寄上南湖居士、兰皋公、寒云楼主》(寒厓)。其一:"一梦清溪绿又波,何年跨鹤蜕祇陀。虎丘芳草真娘泪,乌柏秋风祭酒歌。同命幽兰空谷倅,伤心锦树夕阳多。荒原寂寂云林阁,高士美人共奈何。"其二:"拂袖吴津乍破瓜,黄衫峨髻戴莲花。情肠缕缕啼湘瑟,舌血针针写法华。入道鱼郎怜薄幸,校书蜀女泣无家。芙蓉山外东亭月,夜夜天风散碧霞。"

19日 《申报》第15754号刊行。本期《自由谈》载"联话"栏目,撰者"啸虎"。

徐世昌作《十一月十五日张珍午约同陈弢庵、樊樊山、郭春榆、周少朴、钱干臣榆园雅集》。诗云:"曲径深廊净绝尘,盆梅几上报先春。当门竹好能延客,沸鼎茶香最可人。久已山林甘遁隐,欲将书史伴闲身。坐中喜有诗翁在,烛跋炉温笑语真。"

[日] 白井种德作《病中刀冈见访》(十一月念五日)。诗云:"侑杯药炉畔,下物一枯鱼。多谢出尘话,病夫气自舒。"

20日 《申报》第15755号刊行。本期《自由谈》载"联话"栏目,撰者"义律"。

《大中华》第2卷第12期刊行。本期"文苑"栏目含《祭蔡松坡文》（梁启超）、《挽蔡松坡联》（梁启超）、《与孙中山书》（辛亥年作）（章太炎）、《萧氏修谱序》（王湘绮遗稿）、《挽黄克强、蔡松坡联》（范源濂）、《己卯元日叠韵东方子箴》（王湘绮遗稿）、《二日喜雪再叠韵》（王湘绮遗稿）、《题家书，咏衡湘两园花果》（王湘绮遗稿）、《三月二十九日，瘿公、暎庵见过，遂同诣高庙看牡丹，又徒步至净业、惠通二寺，晚饮城西酒楼，相约赋诗》（樊山）、《碧云寺》（魏忠贤葬衣冠处）（筱珊）、《为吉川卯三题〈芦雁图〉二首》（廉南湖）、《夜登布引山观瀑，寻去年旧题不得，怆然有作》（廉南湖）、《管领》（李审言）、《梦亡室赵孺人》（李审言）、《题黄公度〈人境庐诗集〉》（李审言）、《题周梦坡所藏〈岷山逸老图〉（有序）》（李审言）、《夏蔼如仁瑞榷婺源太白厘局，书来，告有孺人之丧，于是蔼如再赋悼亡，寄此慰之，即效其体》（李审言）、《宁海章一山棳以四诗见赠，依体酬之》（李审言）、《寄陈庸庵尚书杭州》（李审言）。

《学生》第3卷第12号刊行。本期"文苑·诗"栏目含《看菊口占》（福建省立第一中学校四年生叶俊生）、《白梅》（前人）、《雪意》（前人）、《雪花》（江苏泰县叶甸国文专修社学生秦绳武）、《红梅》（前人）、《野梅》（江苏省立第七中学校三年生孟津）、《感时》（四川谢泽华）、《感时》（安徽省立第二中学校三年生卜家铸）、《孝陵怀古》（安徽省立第二甲种农业学校学生黄逾白）、《哀岭南》（交通部上海工业专门学校中院四年生桂铭敬）。

胡适作《打油诗答叔永》。诗云："人人都做打油诗，这个功须让'榨机'。欲把定庵诗奉报：'但开风气不为师'。"

21日 《申报》第15756号刊行。本期《自由谈》载"诗话"栏目，撰者"寒塘"。

逊帝溥仪作《御制喜雪诗》。诗云："朕心思雪，祈之昊天，昊天乃降，下民悦焉。"十岁溥仪遂有"仁君"之称。

唐继尧进勋一位，被授一等文虎章一枚，一等大绶宝光嘉禾章一枚。

柳亚子复书徐思瀛，声明自是"主张倒孔之一人"，拒绝签名参与"国教请愿运动"。

朱清华作《五年十二月二十一号新雪，中央公园春明馆茶亭》。诗云："无边景物最关情，独绕栏干十二楹。万众肝肠谁先得？满天飞雪坐危亭。"

22日 [日]夏目漱石卒。夏目漱石（1867—1916），原名夏目金之助，别号漱石，庆应三年二月生于江户城中，17岁考入东京大学预科，22岁进入本科攻读英国文学。毕业后任教于东京高等师范学校、明治大学等，其间曾受命为文部省官费生，留学英伦二年。后辞去教职，专事创作。漱石以小说名世，被称为"国民大作家"。其作多译介中土，读者甚众。漱石精于日本古典及英国文学，于汉文化亦有极深造诣，16岁起即大量阅读汉籍，并撰作汉诗文，被誉为"和汉洋"三才兼备。漱石汉诗文生前未结集，殁后日本所出各版文集皆收录有汉诗文卷，其中以岩波书店 1995 年版《漱石全集》最为完备。华东师范大学出版社 2009 年出版殷旭民编译《夏目漱石汉诗文集》。夏目漱石在《木屑录》中曾言自己作诗文"或极意雕琢，经旬而始成，或嘬嗟冲口而发，自觉澹然有朴气"。好友正冈子规评其诗："意则谐谑，诗则唐调。"日人松冈让认为"从没有发表意图自娱自乐而作这一点来看，（汉诗）是漱石文学中最纯粹的"。江藤淳认为夏目漱石是"汉诗的优秀继承者"，"为以《怀风藻》为起点的日本汉诗史的终结增添了光彩（参阅汤俊峰《从修辞略窥夏目漱石汉诗修养》，收入《翻译与文化研究》第 9 辑）。

王雪澄、徐乃昌约消寒会于留春幄，夏敬观与缪荃孙、李瑞清、莫棠（楚生）、李宣龚、刘慧君同集。

王小航作《冬至日大雪，寄茅子贞二首（时子贞在沪）》（二首）。其一："神工特地起人惊，妆点乾坤照眼明。遍衬枝枝柳如画，分黏叶叶竹尤清。传林鸟语风无力，把酒蜗庐气独醒。悔上诗襟犹昨否，年年此际忆君情。"其二："十旬养疴避风尘，转盼阳生景色新。万里同云飘浩荡，一年今日振精神。絮漫城郭如生暖，粉托楼台入望真。老友几人堪共赏，恨难飞秉到春申。"

周岸登（癸叔）作《白苎·丙辰长至大雪，戏赋》。词云："帝车翻，众仙舞，天容欲墨。轻飞乱洒，做弄河山失色。问何年、玉京琼构碎寒碧。圭璧。散虚空，笑遇物、方圆无式。神州陆沉，唯见漫空一白。休扫除、任地留护袁安宅。　　思昔。深尊太学，寸铁无持，苦吟酣战，冰落陈东健笔。嗟此醉胡为，左徒呵壁。披云未远，奈当关虎豹，日光幽隔。路阻寒门，取潜人分，投畀穷北。漏点沉沉，梦想华胥国。"张丙廉作《白苎·丙辰长至大雪，和癸叔韵，仿千里和清真体》。词云："作寒威，峭风紧，层阴积墨。漫天素缟，顿令繁华易色。是谁教、玉龙酣战破空碧。圆璧。叹摧残，问甚日重完如式。冬心不温，衔恨冤禽莫白。知有谁、冒寒来访幽人宅。　　畴昔。争夸瑞腊，预卜丰年，染毫呵冻，霏玉梁园赋笔。嗟此际清寒，纸帘尘壁。穷檐困守，待天阍上诉，积冰横隔。眩眼生花，祇见寒光，难辨南北。梦冷瑶华，慨想青芜国。"

赵启霖作《丙辰冬至前日，节庵寄崇陵供果，恭志感怆》。诗云："上苑蘋婆事可嗟，陵园新供尔肴嘉。真疑王气传朱果，独对空山想翠华。玉箸金盘消息断，绳床土室岁年赊。君看清浅蓬莱水，谁谓冬青竟不花。"

23 日　邓尔慎挪用商业学校存款资助护国军军饷，被帝党黄孝觉指控入狱。邓尔慎时任广东蕉岭县县长。后经陈炯明、邹鲁等人力保，越年获释。狱中作《入狱三首》《得女儿祖燕来书，作此示之》《生日馌膳有加，戏作》《移系东巷，用隋虞绰〈婺州被囚〉韵》《得五弟季来书感赋，兼怀六弟季赫》《和师贯〈移狱〉韵二首》《杂感四首，示子婿志强》《闻复辟事起，京畿大乱，幽囚感秋，恤忧无已，用李东阳〈狱夜〉诗韵，书寄同志》《鬻宅》《别园中花草》《二憾》《送莲舫出狱》《桂宇以责逋入狱，与志强订车笠盟，为赋二首》《桂宇、志强盟成招饮，仿师贯体韵赋赠》《邵平同学有〈秋夜绝句〉，依和兼示师贯》《次韵和师贯〈秋夜狱室〉》《赠仇男，用师贯韵》《寄族侄玉波》《怀人二首》《闻二女兄因余狱事来汕宅》《叠九日糕字韵，送少平出狱》《闻雁》《入狱将及一年，门生故旧来相视者凡五十一人，作十咏诗以志弗谖》《次师贯〈久系〉》《次和师贯〈狱鼠行〉》《出系三叠糕字韵，柬师贯》《园林易主，旧时猿鸟不能无情，就园中所有者，各系以诗，得小乐府二十首》《园畜先有亡失者，追忆复成二十首》《次和师贯〈校园花木〉四十首》等。其中，《得女儿祖燕来书》云："能读缇萦传，书来欲替爷。至情流满纸，老泪落如麻。愿汝须勤俭，随娘勿叹嗟。且邀兄与妹，辛苦学当家。"《得五弟季来书感赋》云："迢迢双鲤至，一读一沾巾。国乱逢家难，年衰与病亲。燕京奔万里，羊石客兼旬。应识鸰原意，无言各怆神。"《杂感四首》其一："一车鬼载人情险，十丈魔高我道孤。不信少年文字孽，片言饮恨到今吾。"《别园中花草》云："阳条阴叶皆亲植，日日摩挲与护持。移竹每从经雨后，补梅多趁未霜时。宁因当户锄兰去，不碍窥墙任柳垂。如此园林今惜别，春来花事益凄其。"《邵平同学有〈秋夜绝句〉》云："不废啸歌容我辈，乾坤端合住诗囚。共君搁笔题黄鹤，尚识人间有豫州。"《闻雁》云："寒夜初闻雁，凄然感白头。能鸣翻惧祸，羁旅易生愁。内外方蛇斗，安危切鼠忧。衡阳音信杳，盼断楚天收。"《园林易主》其一："暮四与朝三，能令公喜怒。且莫笑而冠，楚人正当路。（猴）"其二："吠声原可厌，恋主亦有情。中原还多事，沉吟未忍烹。（狗）"《园畜先有亡失者》其一："敝帷犹余恩，骏足昔称快。世无黄金台，有骨未可卖。（马）"《次和师贯〈校园花木〉四十首》其一："交柯多嘉荫，销夏携朋坐。独昔今菜园，梦中羊踏坡。（双树）"其二："蝉鸣隔市喧，鸾栖爱庭植。新阴旧桃李，吾门有通德。（槐树）"其三："天半扬朱华，耀日独光被。奇材出南中，英雄不择地。（木棉）"其四："寓室伤薪木，郁郁成枯株。先生树如此，风景偏不殊。（柳）"

周传德《云南首义十七伟人歌（柏梁体）》载于《义声报》。诗云："会泽唐公人中龙，拔剑大怒惊天公，帝星下堕民国雄，黄天当立苍天终。幕下庾公能执弓，孙吴尉缭罗心胸，运筹帷幄参化工。（任可澄与鲁连同，义不帝秦冠发冲，弃官来赞老元戎）蔡锷上马气如虹，万骑云飞趋蜀中，将军金甲辉天宫。罗公佩金韬略丰，九地下伏九天攻，探囊底智奇无穷。长枪大戟刘云峰，三千健儿如腾空，叙州大战袍血红。赵军横扫顾军纵，两梯团如虚与邛，泸州一鼓坚城封。黄毓成军挺进雄，去如骤雨来如风，东西声应铜山钟。大旗闪出将军熊，老革命家矍铄翁，横空炮弹声隆隆。戴戡鼻火烧祝融，夜走綦江摧渝锋，十万北军化沙虫。李烈钧名雷霆轰，卷甲重来擒元凶，南挟桂军吞粤东。海内文豪由云龙，盾鼻草檄愈头风，八方响应星辰从。西江联络梁任公，能令滇桂声潜通，人力奇巧天无功。张公子贞桓侯宗，坐镇滇中山万重。狡哉龙匪来无踪，直袭个旧侵临蒙；刘祖武军翩惊鸣，擒斩渠魁如拨芊。叶荃名将今邓冯，架衣大战惊苍穹。"

熊希龄作《挽蔡锷联》云："鞠躬尽瘁，死而后已，薄葬有遗言，尚以未殁沙场为恨；推亡固存，邦乃其昌，誓师昭大义，曾无自利天下之心。"

24日 《瓯海潮》创刊。创刊号"艺文·诗选"栏目含《黄君吉人鄂游百日赋此赠别》（林浮沚）、《和吕戴之省长〈津门客感〉次韵》（黄公略菊裳）、《陈友谅墓》（前人）、《立言》（宋慈抱）、《咏饭》（宋慈抱）；"艺文·词选"栏目含《琴调相思引·和王六潭〈兰露词〉韵》（永嘉陈祖绶墨农）；"艺文·遗著"栏目含《留香阁诗集（未完）》（永嘉张凤慧香筠）。又，《瓯海潮》第1期开始连载洪炳文戏曲剧本《白桃花》，至第7期止，署名洪栋园。后有符璋、刘绍宽题词。其中，符璋《题〈白桃花〉传奇》其一："海陬庙貌遍三郎，谁是通天旧日王？馂尽丛祠新旧鬼，梨园血食剩明皇。"刘绍宽《洪博卿先生〈白桃花〉传奇题辞》其一："莫笑蹄涔琐琐谭，成王败寇亦奇男。描摹草泽英雄概，不数前朝施耐庵。"

25日 《申报》第15760号刊行。本期《新自由谈》载"联话"栏目，撰者"铁华"。

《小说月报》第7卷第12号刊行。本期"文苑·文"栏目含《宝井堂记》（畏庐）、《〈庐江诗隽〉序》（子言）；"文苑·诗"栏目含《登鸡鸣寺豁楼》（散原）、《雨止出眺庐外诸山》（散原）、《去西山道中得句》（散原）、《山居杂诗》（仁先）、《花朝再和伯严韵》（伯弢）、《同瀚才孙赴小还槽观农事》（姜斋）、《雨后见月》（姜斋）、《秋晚与诸子游公园》（哲维）、《中秋雨无月》（真长）、《同女甥及二女子晚步，自堤至孤山，呼艇归》（真长）、《湖上杂诗》（子言）、《庐江杂忆二首》（子言）、《沪渎中秋望月，赋寄友人津门》（子言）、《病起述怀》（旭庄）、《春忆二首》（彦殊）、《如皋即事》（彦殊）、《谢高颖生惠荔支》（映庵）、《赠王又点新解婺源任》（映庵）；"文苑·词"栏目含《百字令·沈李》（仲可）、《蓦山溪·许觉园〈洪涓耕钓图〉题辞》（仲可）、《寿楼春·散帙得朱，由登黄鹤楼旧稿断句，为足成之，时予辟地汉上》（子大）、《寿楼春·送王梦湘还武陵》（子大）；"最录"栏目含《家居》（章廷华）、《夜坐》（章廷华）、《赠吴紫蓉》（默庵）、《寄赠徐桂材野味附以小诗》（默庵）、《春兴》（默庵）、《赠赵书记官廷玉》（冶盦）、《叠韵和茗孙》（冶盦）、《赠殷亦平明经》（冶盦）、《清明日偕何检察官景韩游公园漫兴》（冶盦）、《张少泉先生以六十自寿诗索和，次韵奉寄》（冶盦）、《古意》（喟庵）、《碧桃花下作》（喟庵）、《春归》（喟庵）、《和人感怀韵》（喟庵）、《月夜山行，半途雾起，十步以外即不见人，绝妙一幅洪荒太古图也》（陈文孙）、《夜泊延平》（陈文孙）、《插柳》（了闲）、《挑菜》（了闲）、《摸鱼子》（庆霖）、《阮郎归》（庆霖）、《蝶恋花》（庆霖）、《桃源忆故人》（庆霖）。

［日］中尾充夫编《续椿花集》（1册，铅印本）印制。次年元旦发行。是集为日本汉文化圈庆贺中尾纯（靖轩）七十七寿辰所作汉诗集。集前有树德上田亲篆，集内分为文、诗、歌三部分；后附中尾靖轩诗文集。其中，三岛毅（中洲）作《中尾翁今兹七十七，赋七律自寿，求次韵。余不尽翁平生，甚难之。但末句曰"行寝无惭影与衾"，知其为内修君子人。因赋七绝贺之以塞责，幸甚》。诗云："外修虚饰世皆同，内省谁能疢疾空。天道果酬仁者寿，不惭衾影独此翁。"福原公亮（周峰）作《次中尾靖轩翁〈七十七自述〉韵赋赠》。诗云："敢道残生暮气沉，老而益壮惜分阴。大农经济祖宗业，今嗣慰安躬稼任。草体喜龄君自述，华颠米寿我将吟。相遭他日诞辰宴，满座春风吹绣衾。"土屋弘（凤洲）作《次韵中尾桃源翁〈七十七自述〉以赠》。诗云："笑看人世几浮沉，须拟彼苍晴与阴。厚报原知天所宠，余庆谁道德难任。无风月边归长啸，到处江山人短吟。想得全家皆好合，瑟琴鼓罢拥轻衾。"木村得善（择堂）作《次韵中尾靖轩翁〈七十七自述〉原唱，贺其荣寿》。诗云："文海沉身名不沉，七旬加七大椿阴。君家景福教人羡，拙叟典型当自任。龙岳秀荣供快醉，纪川清韵人间吟。悠悠惬适堪颐老，水上屡将岩上衾。"远藤大（周溪）作《贺桃源中尾翁七十七荣寿，次其原韵》。诗云："敢向江湖说陆沉，优游忘世老椿阴。古稀添七健谁比，大寿重千仙足任。陶醉屈醒嫌坐醒，阮箑写屐爱行吟。百花从是妆春色，无限青山着绣衾。"

龚其伟作《十二月一日，偕蓁辉、汉愚、厚甫游胡氏愚园，追和杨君静子游愚园韵》。诗云："萧疏风柳拂行衣，惆怅荒园过客稀。池为经秋知水浅，庭缘叠石有山依。词人彩笔留题旧，名士藤香雅集非。胜地沧桑增一慨，清游那不恋残晖（园中多同光间名人翰墨，相传薛慰农诸公恒觞咏于此，极一时之盛。薛有《藤香馆诗词集》）。"

陈荦作《冬月初吉张茹辛过访蛰存，蛰存招陪看云别墅，酒后有作》。诗云："龙工试手雪初催（午间微雪），绿蚁红炉合举杯。远客乍如天上降，好花犹向座边开（斋中秋菊数盆，花尚鲜好）。分题细检消寒事，觅句聊闲济世才（茹辛拟有消寒八题索咏）。太史明朝应有奏，德星同聚白云隈（座客又有徐茂才竹君、王明经荫庭）。"

张謇作《虚榭》。诗云："虚榭无人至，开门独坐时。水晴鱼聚糁，风鹊鹊拳枝。但觉孤怀迥，空饶逸兴滋。柳藤都老大，霜鬓不惊丝。"

26 日 黎元洪任命蔡元培为北京大学校长，次年 1 月 4 日就职。自蔡元培执掌北大后，"循自由思想原则，取兼容并包主义"，北大成为传播新文化阵地。

27 日 《申报》第 15762 号刊行。本期《自由谈》载"诗话"栏目；《新自由谈》载"联话"栏目，撰者"似春"。

蔡守作《丙辰十二月三日，三游罗峰观梅，与陵孟、微陵、去愚同游》。诗云："五年三入罗冈洞，今度偏迟判月来。壬子冲泥愁欲委，甲寅向暖惜全开。冬旸不雨为花崇，曩迹重寻与鹤猜。未得住山穷活计，宁辞岁岁一探梅。"

28 日 《申报》第 15763 号刊行。本期《自由谈》载"诗话"栏目,撰者"洗心";《新自由谈》载"联话"栏目,撰者"皇甫望之"。

王国维访沈曾植。近日王国维为沈曾植抄诗稿。《王国维致罗振玉札》云:"初二以后无事,为乙老写去年诗稿十八页,二日半而成。其中大有杰作,一为王聘三方伯作《鬻医篇》,一为《陶然亭诗》,而去年还嘉兴诸诗,议论尤佳。其《卫大夫宏演墓》诗云'亡虏幸偷生,有言皆粪土',今日往谈此句,乙云非见今日事,不能为此语。"《卫大夫宏演墓》(墓在县西南,与余家墓甚近)云:"荒草春茫茫,言寻大夫墓。两海风马牛,魂归自何所。散民怯公战,诡以鹤轩拒。懿公死社稷,玦矢志先谕。伤哉空国走,不见舆尸旅。刳天作黄肠,呼天心独苦。有臣乃如此,足以知其主。卫国君臣乖,十世余殃注。亡虏幸偷生,有言皆粪土。苌宏血在蜀,精卫翔漳渚。神化妙难量,吾言公尝许。"

29 日 《申报》第 15764 号刊行。本期《自由谈》载"诗话"栏目,撰者"忆梅";《新自由谈》载"联话"栏目,撰者"济航"。

周开忠《护国纪念述怀》(六首)载于《义声报》。其一:"庄严犹见旧山河,变幻烟云眼底过。天下为公知数在,万方多难奈愁何? 新华老泪悲羲驭,南省夕阳仗鲁戈。祸患自今须惩惩,不教群唱太平歌。"其二:"一声义獒起雷霆,形势西南踞建瓴。金筑千程钟洛虑,彩云万古碧鸡灵。楚山缥缈传烽警,泸水潺湲战血腥。独忆挥盘争草檄,只今遗句犹堪听。"

[日]白井种德作《送清冈一计赴秋田矿山》。诗云:"高才一计氏,沦塞几寒暑。世务日繁滋,投闲人岂许。膺选赴矿山,果然得其所。电气业夙成,半途遇龃龉。龃龉不足忧,艰难真玉汝。能鉴他覆辙,奚疑伟功举。行矣一计氏,矿业才就绪。自今事益殷,缓急应有叙。维时凛风雪,只须慎饮茹。"

30 日 徐定超偕夫人自沪上回温州。船出吴淞口,遇暴风狂潮,遂作《广济轮船遇风》以记其事。诗云:"昔至黑水洋,安稳渡蓬莱。今出黄浦口,雪涛若奔雷。祸福不可测,安危难预猜。晨兴风尤恶,刹那起喧豗。端坐绳床内,一浪突袭来。扑面湿衣袖,几及灭顶灾。我闻古贤达,履险百不回。顾我年既耄,而乃阅历该。伏龙缅禹德,骑鲸惜仙才。天命足自信,恐怖皆童呆。海若无雠隙,胡为欺衰颓。浮生如寄耳,于我何有哉。"

周开忠《云南首义护国纪念志盛》(八首)载于《义声报》。其一:"五色旌旗五色棚,沿街腊鼓正冬冬。游人处处纷如织,特庆共和拥护功。"其二:"电灯如日烛如霞,彻夜笙歌十万家;共道太平原有象,独夫从此不须夸。"其四:"还我共和靖鼓鼙,去年今日北征师。莫将俎豆忘先烈,两处祠堂演剧时。(咏城内外忠烈祠)"其五:"金碧交辉已有坊,爱群忠国更相望;彩云万里天开瑞,何似新华梦一场?(咏各道牌坊新加彩灯)"其七:"莘莘学子正青年,会办提灯风气先。秩序能遵行不乱,军门深处贯珠联。"其八:"曼衍鱼龙百戏陈,征歌选舞倍相亲。始知忧乐同民意,愁煞筹安君宪人!"

张震轩作《寿余林节母七十》。诗云:"白发慈颜笑语和,花朝戏彩奏笙歌。人钦苦节精神健,天与遐龄福分多。五夜机丝余涕泪,廿年箦火定风波。伫看绰楔儿郎建,丹陛恩纶耀绮罗。"

邓尔慎作《丙辰十一月二十九日与师贯被逮潮循道署。又明日即今历三十一日岁除,讼犹未解,作此以示,兼寄受儿》。诗云:"爆竹声喧闻笑语,衙斋相对转成愁。迎年渐既沿欧历,垂老翻教作楚囚。生有痴呆宁可卖,死非沟渎敢轻投。他时儿辈编家乘,当为南冠辑唱酬。"

31日 潘飞声招饮寿鹤堂雅集。潘氏作《腊月七日,招诗孙、仓硕、筱珊、语石、古微、志韶、积余、让三、梦坡、梅厂、一亭、弇群、醉愚诸子集饮寿鹤堂,各携书画传观,率赋一律,索诸子和》。同人和作:刘炳照《兰史假坐杨君叔英新宅觞客,各携名人书画真迹传观欣赏,赋诗纪事,率次原韵》、吴俊卿《兰老征士招饮寿鹤堂,有诗见示和韵》、姜凤章《家征君宴客寿鹤堂,有诗纪事,次元韵,呈梦坡、仓硕、语石三先生》、周庆云《和兰史寿鹤堂宴集诗韵》。其中,潘飞声《腊月七日》云:"金石琳琅列几筵,圭塘褉屐集群贤。重编刊上题襟集,似向襄阳泛画船。名药千年称特健,好花一曲拟游仙(是日,志沂出文征仲《拙政园图》,余出《苏台五美图》同赏)。琴尊分得湖山胜,奁艳珠光入锦笺(观《随园十三女弟子湖楼请业图》,梦坡拟录其题咏为一书)。"姜凤章《家征君宴客寿鹤堂》云:"剑气珠光萃绮筵,玉山何必让前贤。追寻菊卷莲裳句(家征君新得〈黄小松买菊〉卷,有乐莲裳题句,是日出以视客),醉泛苏家药玉船。甲帐卧游迟食具,鸥波眷属本神仙(志沂先生出观所松雪仲姬藏各印)。西园雅集成图画,想见高吟石作笺。"

《瓯海潮》第2期刊行。本期"艺文·文选"栏目含《〈王六潭唱和集〉序》(陈墨农);"艺文·诗选"栏目含《冬夜偶感》(林浮沚)、《题〈白桃花〉传奇》(符笑拈)、《首阳山夷齐庙》(黄公略);"艺文·词选"栏目含《少年游·春感,叠〈兰露词〉韵》(申翰周);"艺文·遗著"栏目含《花萼楼书钞(未完)》(永嘉周天锡)、《留香阁诗集(续)》(张凤慧香筠);"杂俎·丛话"栏目含《三十六鸳鸯楼联话(未完)》(默庐)、《剑庐诗话》(陈闿慧)、《墨池墨渖》(墨池)。又,本期刊登洪炳文《祝〈瓯海潮〉》。诗云:"爱读连篇绝妙词,朝朝屈指数星期。谁知沧海桑田日,犹有回泪砥柱时。下里歌谣劳采访,且瓯文化赖扶持。浊流会待清流挽,十万军声笔一枝。"

岳障东作《阳历丙辰除夕》。诗云:"一年都尽阴阳历,两地犹为去住身。南北风尘回倦马,乾坤劫火剩劳人。江东吟鬓早成雪,湘上梅花犹作春。遣我老怀醒复醉,自他岁腊旧兼新。"

本月

《小说大观》第8集刊行。本集"短篇"栏目含[补白]《词林:赠薛三》(玉嘉)、《词林》(鹓雏)、《定盦遗文:与吴虹生笺》(小蝶)、《诗余》(《瑞鹤仙·落梅》《摸鱼儿·小城晚眺》)(叔问);"长篇"栏目含[补白]《说诗解颐》(秋星)。

《浙江兵事杂志》第32期刊行。本期"文艺·诗录"栏目含《雨过约堂赋示》(诸宗元)、《同散原、觚庵、仁先游云栖,既归有作》(诸宗元)、《约堂携家人游杭,喜晤有述》(诸宗元)、《哀眉叟》(诸宗元)、《约堂将去杭,余极言西溪之胜,招同亮生往游,饭于交芦庵,遂入花坞,越桃源岭,循湖归,亮生既赋长歌,余乘兴依韵和之》(诸宗元)、《赠樊漱圃和见赠原韵》(姚慈第)、《哭蔡松坡先生》(樊镇)、《祝陆三英先生七秩寿庆》(陈景烈)、《余杭道中》(邹可权)、《富春怀古》(邹可权)、《春江第一楼题壁》(邹可权)、《谒严子陵先生祠》(邹可权)、《答樊村》(李光)、《阅亮生悼松坡将军诗,怆然有作,即次原韵》(李光)、《题瞻园旧主画册》(李光)、《过临安钱武肃王墓》(陈以璋)、《舟放端江》(隆世储)、《憩庵》(隆世储)、《过皂河战场》(徐思晋)、《柬刘钟藩参谋长》(黄赞华)、《吊葛星曙君》(黄赞华)、《送姚仲衡君》(胡凤览)、《和外舅之作三首》(周甘沉)、《重九日登吴山怀友》(吴钦泰)、《刘君英基有严州之行,黎明即发,余不及送,聊寄七律一首》(吴钦泰)、《雨后湖楼凭眺》(吴钦泰)、《湖楼凭眺,见有盘马不休者,因叠前韵成诗》(吴钦泰)。

《留美学生季报》第3卷第4期刊行。本期"诗"栏目含《七月八日偕陈衡哲女士、梅觐庄、杨杏佛、廖慰慈、唐擘黄诸友泛湖即事》(任鸿隽)、《七月三十日热甚,偕觐庄、擘黄游公共墓地一首》(任鸿隽)、《八月二十日慰慈、擘黄邀游陀甘露刻瀑布二首》(任鸿隽)、《留别美洲诸子》(啸园)。

鲁迅过"宙合斋"与黄宾虹晤谈。

瞿秋白离常州,溯江赴武昌,投奔堂兄瞿纯白。旋考取武昌外国语专科学校。

周学熙因其父周馥八十正寿,时南游,适至镇江祝寿,而津寓亦复称觞宴客。

刘三赴京,任教于北京大学,后又受聘为北京高等师范学校教授。

郑晓沧在美国哥伦比亚大学师范学院学习,1918年获教育学硕士学位。

汤佛仁生。汤佛仁,四川江津人。著有《野菊诗草》。

金武祥作《丙辰冬月游上海,李经畦提学假以自置人力车,由上海至江阴,适值骤冷,章琴石太史衣以狐裘》。诗云:"曾栖鸾凤白云隈,始信铜峰有异材。他日荆溪重放棹,此君扶我看山来。"

曾广祚作《丙辰十一月,宁乡刘君徽五与周夫人八十生日,其子力唐索诗,其孙柏荣与余子昭承、昭抡读书北京清华学校,今游美洲因赠》(三首)。其一:"驷驾申公迂，濛鸿曼倩逢。缁帷依圣泽，朱帨俪儒宗。金木仙曹隶，瑶芝瑞应秾。摄生惟孝让，扶老不需笻。”

陈篆作《环翠楼》。诗云："乙卯十月使绝域，万里荷戈歌敕勒。汗山东畔木城中，夜半叩关访荆棘。胡儿牵马指辕门，荜路荒凉黯无色。相将火伴卸征装，粪除枕藉资栖息。今年三月来薰风，伐木丁丁求良工。诛茅拓地城之东，高楼百尺扶层穹。华堂曲房相沟通，四面明窗开玲珑。更有长廊倚卧虹，响屧声中来归鸿。主人犹记落成日，宾从登临欣载笔。群山耸翠列如屏，塞草寒鸦秋瑟瑟。小池流水清且涟，压檐老树古无匹。有时击钵唱风沙，楼头落纸如飞花。有时退食百不事，高卧一室老烟霞。古来兴废各有数，河山谁主岂无故。匈奴突厥相递迁，依旧燕然置都护。窥边穷虏休得志，沧海桑田亦天意。因知得失本循环，且名吾楼曰环翠。"

曹广权作《苦寒吟，丙辰长至后作》。诗云："阴凝久潜斗，阳气欻披靡。嘘暖不应律，恒寒守长晷。晴宇昼无暄，羲驭行何轨。泽国成大漠，水腹坚浩弥。斧冰井日深，磬瓶叠共耻。村牛湖中走，林鸟渚边死。今岁淮水灾，湖田高岸圮。哀哀饥与寒，民命重罹此。枯瘠半鱼鳖，冻蛰甚蝼蚁。至日登高台，书云问太史。风多雪霰稀，淮海连千里。急征但为异，荒祲宁自弭。园居一老翁，观化昏旦里。重衾怯晏眠，闻钟复愁起。鹤语记尧年，敢告辌轩使。"

尹昌衡作《归去来行》。序云："昔渊明作《归去来辞》，然渊明归去，不复来也。予归隐不得，遂行至汉上，临流而返。伤幽燕之寂寞，望巴蜀而心悲，作《归去来行》。"诗云："我行至汉皋，归去复归来。归去此心慰，归来此心哀。小人有老母，小人无俊才。不堪侪卫霍，只可作老莱。昨宵清梦迥，飞上锦江台。皓月照寒姬，两鬓何皑皑。岂惟发皑皑，齿豁背复骀。思儿荆户阖，望儿荆户开。东北有征鸿，西南动飙风。风骄天路绝，羽翼谁为通。鸾凤翔九霄，那能惜飘蓬。昔日何堂堂，今日何空空。可怜百战士，不得效愚公。十月凛朔气，严霜凋赤枫。子卿思欲南，定远思欲东。素愿各不偿，郁陶此心衷。"

孙光庭作《赋孟氏秋兰（有序）》。序云："丙辰冬仲访吴子白治疾，坐定，闻幽香扑鼻。问之，云：'此居停孟君所蓄百盆秋兰也，今残矣。'余不谓然，搴帷审视者再，乃见新蕊一枝，秀苗于丛叶间，香由此出，乃叹宇宙间似此沉菀迟暮者，固不知凡几也。子曰：'移置几席，茗烟熏灼。'余又不谓然，赋此调之。"诗云："幽花与幽人，例不入尘块。而我胡为者，天风吹堕壤。鼻观杂薰莸，身世殊航脏。求医吴董奉，治我心神惘。故人重相逢，谈笑欢抚掌。喧声充屋间，幽香出轩楹。惊疑沅湘风，扶摇吹北上。君言花信阑，残英余盆盎。主人邹孟裔，九畹纷罗网。搴帷试目之，骈列诚恢广。旋坐香复来，沁彻心膈朗。腹诽君所言，面谩将人迃。低徊再三顾，瞥见一枝长。葳蕤正新鲜，馥郁方和昶。静女垂髫姿，谬蒙徐娘罔。君迷绮罗丛，对此翻忘象。移置卧榻侧，茗烟同供养。我知湘累魂，受宠益称枉。将勿怪饶舌，误托知音赏。诙谐语无择，我疾失若爽。乃知尘世羁，宜作天际想。宣尼操猗兰，千载同怏怏。今为花儴言，花勿慨以慷。"

余达父作《丙辰仲冬于友人斋中闻素馨，问之，云秋前所置，今残矣。余不谓然，搴帷视之，丛兰百盆，僵列窗下。寻视久之，忽见绿芽一枝苗于密叶间，幽香远闻，即由此出。乃叹宇宙间如此沉埋迟暮者，密不知凡几也。属其剔出，供之几案，并寿以诗》。诗云："幽花如幽人，例不入尘块。有力罗致之，万里去故壤。虽云失本性，聊得知者赏。长安花事繁，奇卉竞罗网。遂使海南香，阗咽燕市駔。兼金得一枝，香云动书幌。秋风零繁霜，奄忽委榛莽。韶华难久留，此语古不爽。昨日入高斋，幽香浸轩幌。颇疑沅湘风，扶摇吹北上。君言花信阑，残株堆盆盎。牵帷视所储，骈罗诚恢广。委积荒秽间，瞥见绿芽长。入冬竟不凋，馥方和昶。如此岁寒珍，穷朔岂梦想。固当贡玉堂，馨香万流仰。君置卧榻侧，茗烟同供养。得无湘累魂，受宠益称枉。枉闻日南天，泾暖蒸尘沆。深山大泽间，隆冬花十丈。此花生其乡，清芬世无两。迁地客幽燕，胜概已非曩。况复经顿挫，此物来何傥。宣尼操猗兰，千载同怏怏。骚人擗蕙櫋，不见天门荡。"

康白情作《寄全鉴修天津》。诗云："嘉陵山水秀，间气苗奇英。频年犹豹变，少小自龙文。倾心君弟久，何时更晤君？"

冬

福州南台发生大火灾，在京闽籍人士拟筹备义演赈灾，特邀著名京剧演员谭鑫培、梅兰芳等同台演出。梅兰芳表示不要酬金，只希望得到林纾所画扇面作为纪念。林纾随即为其画团扇山水画一幅，兴之所至，更在团扇上题诗一首："自写冰纨赠畹华，盈盈比玉更无瑕。最怜宝月珠灯下，吹彻银笙演葬花。"又，林纾画雪图后作感赋诗二首。其一："十年卖画隐长安，一闻时贤胆即寒。世界已无清白望，山人写雪自家看。"

梅兰芳在上海演剧，况周颐屡与朱祖谋往观，期间尝赋《满路花（虫边安枕簟）》《塞翁吟（有约无风）》《蕙兰芳引（歌扇舞衣）》《八声甘州（向天涯丝管）》《西子妆（蛾蕊鬈深）》《减字浣溪沙·听歌有感》（五首）、《莺啼序（闻歌向来易感）》等词以纪其事。又，况周颐在上海晤补园，为题王拯师之《婴砧课诵图》，赋《莺啼序·题王定甫师〈婴砧课诵图〉》。又，况周颐编《菊梦词》成，赋《浣溪沙·自题〈菊梦词〉》；徐乃昌为刻此集，况周颐赋《金缕曲·积余为刻〈菊梦词〉赋谢》。又，况周颐为康有为次室何枥理女士画册题词，赋《百字令 (仙槎东瀛)》。其中，《满路花 (虫边安枕箪)》序云："彊村有听歌之约，词以坚之。"词云："虫边安枕箪，雁外梦山河。不成双泪落，为闻歌，浮生何益，尽意付消磨。见说寰中秀，曼睩修娥。旧家风度无过。　　凤城丝管，回首惜铜驼。看花余老眼，重摩挲。香尘人海，唱彻《定风波》。点鬓霜如雨，未比愁多。问天还问嫦娥 (梅郎兰芳以《嫦娥奔月》一剧蜚声日下)。"

刘文典由日本回国，潜心学术。

胡雪抱回故乡江西都昌县，次年初赴老友黄锡朋老家凤山。胡雪抱读黄锡朋遗集《凤山樵隐遗诗》，作《题〈凤山樵隐遗诗〉，依其绝笔韵，以当追挽》吊之。诗云："折柳京衢眷昔恩，故人今已没丘樊。盆枝尚引冬青意，履迹空镌春翠痕。秘简清芬藏有待，同岑硕果数犹存。遗诗近古涵忠恻，晞发幽情忽共论。"

黄雨生。黄雨，原名黄遗，广东澄海人。著有《听车楼集》。

江五民撰《艮园诗集》(4 卷，铅印本)、《艮园诗后集》(4 卷，铅印本) 刊行。《艮园诗集》前有张美翊作序，江五民自序，辑自光绪三年 (1877) 至宣统元年 (1909)，收诗 324 首。卷一含《春声集》30 章，《南旋草》28 章，《野趣集》35 章；卷二含《锦溪集》60 章；卷三含《浃口吟》12 章，《龙津操》2 章，《甬北吟》4 章，《柏墅吟一》6 章，《柏墅吟二》47 章；卷四含《柏墅吟三》35 章，《柏墅吟四》55 章。江五民自序云："拙诗自丁丑至己酉录得 8 卷，经张让三先生赐叙，藏之箧衍，不欲问世。今及门诸君为予六旬生日醵资付印，予雅不愿而请之不已，坚持初志恐辜雅意，乃删节旧稿，加以庚戌、辛亥两年之诗，减并为 4 卷。诸君期予多存，北溟劝之尤力。予初学诗为之颇勤，《春声集》已达五六百章，今仅录百之五；其《南旋草》以下删去者或十之五六或十之二三；此外《竹枝词》《泪痕集》及时事杂感等又不下数百章，皆未录入。因稿已编定，不欲增益；惟民国以后诗积稿零星颇足成帙，取癸丑至今年诗，编为 4 卷以益之，题曰《后集》，庶有以塞诸君之意乎！予诗本不足存，录之以备家传而已。诸君欲以此寿予，予感之。诸君之不肯令予藏拙，予又未尝不憾之也。时中华民国五年小雪后三日。"《艮园诗后集》辑自民国二年 (1913) 至民国五年 (1916)，收诗 280 首。卷一含《投杖集》81 章，卷二含《征诗集一》93 章，卷三含《征诗集二》22 章，《末劫残生集一》28 章；卷四含《末劫残生集二》26 章，《玩易集》30 章。《卷末》为《艮园诗集题辞》，含《艮师六十寿辰，为醵资刊其诗集，既成，赋此志喜》(守业弟起鲲)、《艮园师六十，刊诗集成，谨述往事一首呈之》。其中，江内民《艮园师六十，刊诗集成，谨述往事一首呈之》云："大雅久不作，师道日陵夷。朝暮更所事，谊薄情亦离。我窃陋此习，服膺祇一师。忆自初识字，庭训即见违。吾家艮园师，设帐拥皋比。敬执弟子礼，薄具束脩仪。师曰有可造，讲授极精微。是时执经者，相聚多英姿。余齿居最少，声律始哑咿。阅岁学制艺，八股齐指挥。促赴童军试，藉以备驱驰。无如驽骀质，怯懦不受笞。城中有富室，厚币来致辞。师曰吾有弟，行矣须相随。步趋阅二载，周道溯逶迤。其时函丈侧，许书时窃窥。每于诵读暇，籀篆习临池。吾师览之喜，隐隐称好奇。载授《昭明集》，汉赋六朝诗。课读必烂熟，评文剔细疵。教人固无隐，爱我翻若私。道途苦跋涉，乃兴归与思。设砚旧家塾，同学欣相依。捷书报乡荐，桑梓发光辉。讲席不暇暖，驱车赴礼闱。时余已弱冠，家境益难支。乃别师门去，奔走衣食资。嗣是有请益，邮筒无虚时。师归主锦溪，斯文悦在兹。多士瞻泰斗，莘莘契针磁。月课增新例，著作烂然施。考古经史子，抒情古文词。更有天算学，周髀拾遗规。明州辨志会，先事无参差。余亦偶应课，驰书求析疑。宗风树方劲，时局忽转移。学问新旧阋，文字中西歧。卓哉吾夫子，消息炯先知。俨然倡改革，学校吾植之。龙津溯往哲，原傍文靖祠。谓余颇不固，命余共肩仔。展转十余载，人事亦颠危。我师起远瞩，幡然认依归。释迦原自在，李耳倘可追。余事勤搜辑，佳句拾珠玑。剡川诗续旧，晚绿稿镌遗。吟咏素所嗜，玉屑时霏霏。哀然成巨帙，删订手自披。前身本玉局，证果是耶非。嗟余百不进，徒呼负所期。问年尚彊仕，志气早已隳。琐琐徒哺馔，不复虑人讥。独有孤介性，所贵知音希。默默领师教，佛老原无为。五载客西湖，湖上任芳菲。懒惰随所适，藏拙亦忘机。今兹偶成忆，逸兴遂遄飞。介寿尚沿俗，溯往足永惟。况此古厚意，敦薄或庶几。并告读诗者，诗固有根基。绵绵感不绝，续述俟期颐。"

徐世昌作《初冬阴雨》《雨中答朱渭春并次其韵》《幽意》《习静》(频年耽习静)、《晴郊纵目》《曹理斋游苏门山归复小病，然寄诗甚多，作此答之》《简邓孝先》《袁静安自天津来访》《寄弟》《寄李季皋》《卫辉怀古》《雨中小酌》《初冬》。其中，《初冬阴雨》云："骤寒十月雨霏霏，深巷人家昼掩扉。沽酒苍头携榼至，冲泥赤脚买鱼归。诗成欲遣梅花发，衣薄惊看槲叶飞。向晚天边云渐散，西山缺处露斜晖。"《曹理斋游苏门山归复小病，然寄诗甚多，作此答之》云："偶来云水外，诗句满秋城。聊写峥嵘意，如闻太息声。山深知客冷，谭静照人清。遥忆相如病，吟肩对短檠。"《寄弟》云："闻道楼居好，移家近若何。窗开收远树，门敞俯平坡。入馔鱼虾贱，牵衣儿女多。明年春水涨，我亦买渔蓑。"

何藻翔作《丙辰冬腊，与美国海军少将巴力士队长、阿鲁士交通部沈技监，自石围塘汽车至萝冈洞，过莲潭墟植物场步入梅林，遂抵萝坑寺玉屏书院午饭，僧毓芳导游诸名胜题壁》(代朱子乔作)。诗云："未结荔枝缘(八月入粤，荔枝已后期矣)，且赴梅花约。微行屏驺从，乘兴出东郭。难得素心人，来自金山舶。好读种树书，旁宪养蜂学。郊原郁葱茜，萝冈几村落。世业托蔬果，余畦杂花药。莳棉土欲松，种橡胶苦薄(时购美国棉子、南洋橡种，颁各县试种)。时物各怀新，风土互商略。萑苻苦未靖，鸡犬时劫掠。自惭职拊循，何以安耕获。堂蠹笑简出，疾苦多隔膜。留莠害良苗，去棘护杜若。步登萝坑寺，洞口石崿崿。山搽含烟媚，老榄皴雪削。寺僧蒲馔献，鹿洞清泉酌。逝将买笠屐，著我宜岩壑。牛首夕阳下，湛公如可作（山高水长额，湛甘泉先生题）。"

刘绍宽作《自县城赴灵溪江上作》。序云："治南泛舟至鳌江，上江船到沪山，过陡换船，始抵灵溪。舟凡三易，盖鳌江至灵溪，水程四十里，沪山截水为陡，上溪下江，各二十里。往时上下船至此，皆待潮与溪平，开闸放行。后言水利者谓水泄妨农，请官禁之，舟行至此，须负以过坝上下。舟人惮于牵挽，将往来客货彼此交换，而行船值亦彼此相抵。盖上下道里均故值同也。其无船可换者，始负纤而过。"其一："夜上江船月落时，河舠睡起意迷离，关篷重复蒙头卧，行路难禁老力疲。一枕涛声魂屡怖，五更霜信脚先知。沪山又报溪桥到，催唤行人尽上陂。"其二："离离星斗满霜天，又唤行人上别船。不信川途五百里，竟携襆被作三眠。曾闻农产争潴堰，未许征夫逐利便。此去灵溪安稳到，起看晓色已苍然。"

孙介眉作《遗画》《风雪夜归人》（二首）。其中，《遗画》云："先野先生性太痴，兴来无禁乱吟诗。手中一卷名书画，遗落何时自未知！"

毓朗作《丙辰冬晴，绿杨别业散步》。诗云："一年风味属深冬，不尽生机触处逢。花木有情胎长足，昆虫无迹睡方浓。已无落叶飞蝴蝶，行见新枝解蛰龙。红日渐高天渐碧，盎然春意起疏慵。"

林毓琳作《闲居即事，呈蛰庵先生》。诗云："长镵一柄是生涯，回首冬青未见花。闲与遗民修汐社，略从野老数年华。"

黄濬作《冬夜读书》《冬晚偶成二十六韵呈石遗先生》。其中，《冬夜读书》云："观棋彻日意难平，夜对陈编境始清。药几渐疏偿病债，茶笙解事学吟声。因和开卷常有益，未悔作诗太瘦生。此意时人畴省得，蟹糖躁扰事功名。"

陈篆作《库伦衙斋即事》（四首）。其一："尽说高原势建瓴，天山早乙撤藩屏。开元盛世余残石（唐开元廿年，封外蒙阙特勒碑在额尔德尼昭），圣武遗编愧典型（有清经营蒙古事迹见《圣武记》）。安得长缨击胡虏，空劳小队驻郊垌。汉臣一把沧桑泪，夜夜成冰洒北庭。"其二："毳幕风光又一秋，筹边无策苦搜求。诛茅为拓三弓地（署中拓地建屋），叠木添修百尺楼（西比利亚一带俄人叠木筑屋，覆以铁瓦，署中环翠楼亦仿此）。两字刀环萦梦寐，频年塞月照欢愁。无端霜雪先侵鬓，那复还家尚黑头。"其三："不须解组已悬车，卓午关门报方衙。坐看楸枰争黑白，时逢高会斗尖义。讼庭鸟啄新添雪，铃阁蛛封隔岁花。日日登盘同苜蓿，依然风味是山家。"其四："辕门镇日雀罗张，长伴驼铃话夕阳。仆饿争随秋叶散（仆辈不能耐苦，求去已过半），官闲翻笑岭云忙。采风排日零星记，刻烛寒宵急就章。谁与高楼破岑寂，单于台上月如霜。"

罗章龙作《初登云麓宫联句》。序云："一九一五年杪，雪后与润之（毛泽东）共泛湘江，经朱张渡游岳麓，遂登云麓宫。"诗云："共泛朱张渡，层冰涨橘汀。鸟啼枫径寂，木落翠微冥。攀险呼俦侣，盘空识健翎。赫曦联韵在，千载德犹馨。"

陈衡恪作《同汤定之雪后至江亭》。诗云："晚寒踏雪到江亭，蹀躞明沙细可听。欲问野僧迷熟径，兀如双鹭立空汀。倚城薄雾闭新霁，出屋疏林失旧青。天与片时营画稿，柴门坐我未宜扃。"

成多禄作《春觉斋夜饮呈畏庐》。诗云："六街不动马蹄尘，来践吟窠酒约新。四坐梅花宜处士，一杯明月饷诗人。独留松柏寒中影，遍写溪山雪后真。劫火余生人更老，天涯何处不相亲。"

郁达夫作《席间口占》，又名《冬残一首，题酒家壁》，后收入小说《沉沦》中。诗云："醉拍阑干酒意寒，江湖寥落又冬残。剧怜鹦鹉中州骨，未拜长沙太傅官。一饭千金图报易，五噫几悲出关难。茫茫烟水回头望，也为神州泪暗弹。"

闻一多作《招亡友赋》。初刊于1917年2月16日《清华周刊》第95期，署名"多"。同年6月15日《辛酉镜》重载。1921年7月收入《古瓦集》时，文字稍有改动。赋曰："贾君觏君，以乙卯季冬殁于清华学校之医院。明年冬，走以同室罹剧疾，禁于是院，所以杜传染也。过杨侯之邱，多所记忆；挹黄公之酒，不无浩叹！其夕，素蟾韬耀，朔焱哀号，废书假眠，万籁寂然。恍恍惚惚，觏君来前，惊而延之，神定景逝；更寐而求，苦不交睫。起视牖外，疏星出没，月在树高；巡宇而呼，叩空而泣，踟蹰搔首，不知所措，乃赋以招之曰……呜呼噫嘻！子胡不归哉！辞毕，有声冥冥，不见其形；其言曰：'二人同心，幽明不乖，交子以神，匪以形骸；闵免崇德，勿复相怀！'"

夏宇众于北京高等师范学校学舍作《译美国朗斐罗〈雨天〉》（The Rainy Day By H. W. Longfellow），后发表于商务印书馆出版《英文杂志》1917年第3卷第1号。诗云："阴霾匿白日，寒气寒冰霜；愁肠已九回，况复风雨狂！嗟彼葛蔓藤，枯瘦攀颓墙；西风一披拂，僵叶纷飘扬。抚此感身世，幽晦何时光！青霞郁奇意，飘智摧高翔；独有夙昔心，慷慨时激扬；坎坷复坎坷，壮志余悲伤！悲伤竟何为？颠沛命所常；须知云雾外，丽日仍辉煌！闻达会有时，阴雨当复旸；但使心不移，宏愿终能偿！"

郑曼青作《丙辰冬访塍北马塍》。诗云："千里驱车访故人，武林风雪晚晴新。一湾湖墅霞飞处，十步池塘草欲春。老树有声吟好句，古庵无地着微尘（塍北有'读书老树下，结庐古庵旁'句）。柴桑直与桃源近，独拥书城得养真。"

贺次戡作《冬日感怀》。诗云："风窗酿雨扑飞尘，一叶飘零托此身。几点寒鸦集庭树，慰情呼酒亦宜人。"

[日]田边华作《冬晓即事》。诗云："大儿应募习戎行，驰突西郊演武场。数使老夫蹴衾起，五更金角一天霜。"

　　袁世凯称帝，改民国为洪宪。先一日，警厅强报馆奉行，违则不得出租界。日报公会深夜开会，议决"洪宪元年"用六号小字，"宪"字除第一点，"洪"字除末一点，"宪"字再除中心一点，以对付之。李右之《辛亥革命至解放纪事诗四十首》十一云："项城僭号集筹安，洪宪颁行儿戏观。沪报为难正朔奉，除头割脚挖心肝。"又，韩德铭作诗刺筹安会筹备帝制事，时趋风之士多上表劝进。《苏循售唐祚》诗云："苏循售唐祚，复行拜阙仪。哀章汉儒生，公为受命辞。试举前史质今日，丈夫畴曰当如是。谓汝行为若所为，懦者反唇强者詈。昨梦神游刘李天，哀苏亦解令人言。威福无如出神鬼，扳身运足行不然。不幸哉！受觊如风谤如雨，解嘲旧典无文舞。何若生当风化开，是非例得翻三古。最憾前梦灭，续之终古难。不见哀苏鬼，辨谤征鸿编。大都白昼辞生澜，有凛其容不少丹。"

　　黎元洪将尹昌衡特赦出狱。尹昌衡自此归隐，脱离军界，闲居中以诗文自遣。又，黎元洪任命反袁有功之党人李印泉为陕西省长，陈树藩通电拒绝，直至1917年2月李到任。上任后，陈百般阻挠并限制其行动。5月31日督军团作乱，李不附和，陈即将李拘禁，武力逼取印信。时薛正清在省长公署任秘书，联络同志，反对陈树藩。李被囚禁后，曹世英诸人在渭北起兵，陈见势不妙，送李出陕。薛正清随同李至北京，后以《李印泉省长去秦，诗以送之》述其事。诗云："三辅古雄都，终南饶佳气。悠悠数千年，治乎几变易。回飙破长乐，殷血流泾渭。河山岂复识，斯民独憔悴。李公今召杜，恻然不忍顾。乃大作褐衣，温给实先务。禾生正东西，附枝落桑树。小试庖丁刀，谁云竟展布。乾坤含疮痍，天意未可知。大厦今将倾，独木与谁支。夫惟大丈夫，贫富不淫移。我惟行我素，谁复知附夷。回忆云雷始，滇南早奋起。松坡与戮力，唐罗共襄理。袁氏思称帝，声讨功尤伟。两番翊共和，几度入生死。古今鲜真是，孰辨朱与紫？直道信难行，孰恤誉与毁？依依霸桥柳，沄沄清渭水。别意与之俱，到海非终已。国家方多故，百端待举错。起居善调摄，长途自爱护。"

　　丁氏兄弟（丁善之、丁辅之）发明创制"聚珍仿宋体"事成。丁氏弟兄创制"聚珍仿宋体"，源于拟将其父丁立诚《小槐簃吟稿》付印行世。因嫌当世流行宋体铅字轮廓呆板，遂广征宋版书籍，亲自仿写，刻制活字，名曰"聚珍仿宋"。起初，丁氏弟兄以黄杨木刻字，但工费太高，后决定易木为铅，并赴上海出资聘请当时名刻工徐锡祥、朱义葆2人合刻铅质活字，精制铜模，范铸铅字。创制"聚珍仿宋体"共经八道手续，丁善之特吟成《考工八咏》"追维始事之艰"："一辨体：北宋刊书重书法，率更字体竞临摹。元人尚解崇松雪，变到朱明更不如。二写样：敢将写韵比唐人，仿宋须求面目真。莫笑葫芦依样画，尽多复古诩翻新。三琢坯：祸枣灾梨世所嗤，偏教雕琢不知疲。黄杨丁厄非关闰，望重鸡林自有时。四刻木：刀笔昔闻黄鲁直，而今弄笔不如刀。及锋一试昆吾利，非复儿童篆刻劳。五模铜：指挥列缺作模范，天地洪炉万物铜。消息阴阳穷变化，始知人巧夺天工。六铸铅：一生二复二生三，生化源流此际探。轧轧如闻弄机杼，不须食叶听春蚕。七排字：二王真迹集千文，故事萧梁耳熟闻。今日聚珍传版本，个中甘苦判渊云。八印书：墨花楮叶作团飞，机事机心莫厚非。比如法轮常转运，本来天地一璇玑。"聚珍仿宋体"铅字铸成后，丁氏弟兄旋在上海创设聚珍仿宋印书局。1917年又积极筹划以"聚珍仿宋体"制铜模印书。不意功未及半，丁善之中途病故，长兄丁辅之承其未竟事业，其子珏（字阶平）及璿（字机平）亦共同参与其事。"聚珍仿宋体"以其字体秀丽古雅、极似宋刻而受到业界赞誉。起初，丁氏拟与商务印书馆合作，因商务印书馆欲取消"聚珍"二字，丁氏不肯。1919年起，中华书局确定盘并聚珍仿宋印书局。1920年6月，双方议定以正价26000元盘并金额。1921年始议妥全部条件，正式订立合同。是年6月6日《申报》刊登聚珍仿宋印书局启事："本局已并入中华书局总厂，以后关于法律上权利义务完全由中华书局代表。"中华书局正式收购聚珍仿宋印书局已铸成之头号、二号、四号、三号、三号长体夹注各欧体宋字共5种铜模铅字，和已摹写样本陆续刻铸之顶号、初号、三号、五号及头号、四号长体夹注及长短体字、西夏字体共8种铜模铅字。此据1920年8月26日内务部给聚珍仿宋印书局经理丁辅之注册批件。此外允准丁氏享有"聚珍仿宋体"专利30年。同时还与丁辅之订立10年合同，由其担任新设聚珍仿宋部主任。此据何步云《中国活字小史》。

广仓学会成立于上海，由姬觉弥和邹景叔发起组织，又称圣仓学会和仓颉学会。冯煦任会长，邹景叔主持会务。会址设在上海爱俪园（哈同花园）内，由犹太人哈同出资成立。会员遍布全国各地及海外，鼎盛期会员多达五六千人。主要负责人除邹景叔外，还有王国维、张砚孙、李汉青、费恕皆、罗振玉等。广仓学会下设研究中国历代金石书画的艺术学会和广仓学会古物陈列会。后者每年春秋两季举行例会，每月举行一次常会，请上海及各地收藏家将收藏古物送园内陈列，供观赏。此外多次举办各种美术展览会，如"上海书画善会展览会""海上题襟馆书画展览会""忍庵所藏书画展览会""女子手工绣品展览会"等。该会在邹景叔主持下编辑出版24期《艺术丛编》，以资料丰富、考证精细而闻名海内。会中规定，凡会员有志赴国外留学、研究文学美术者，可向会中申请补助费用。徐悲鸿加入广仓学会，当时拟留学法国学习美术，特申请补助。

鸣社由郁葆青在上海创立。严昌堉（畸盦）《鸣社二十年话旧集》序云："鸣社初名求声，始丙辰（1916）。其兴起后于诸吟社，盖郁餐霞姻丈贷殖余暇耽吟事，始焉集里中故旧有同嗜者十人，为求声社，不过如昌黎《南溪始泛》诗所云'愿为同社人，鸡豚燕春秋'者，非欲标榜为名高者也。迨后因友及友，来者遂加多。己未（1919）易今名。"鸣社从1916年至1935年一直在活动。《鸣社二十年话旧集》记云："社中诸老年龄由咸丰三年癸丑年数至民国二十四年乙亥得二十六人，自丙辰（1916）鸣社成立起至今乙亥（1935）已故社友计二十人载在感旧跋中。"社员有上海孙玉声漱石、上海郑永诒质庵、上海胡祥翰寄凡、上海郁葆青餐霞散人、绍兴周大封辨西、徐识耜、刘体蕃、姚景瀛、严昌埭、杭县竺大炘义庵、王鼎梅、奉贤朱敦良遁叟、海宁冯翼云苏翁、杭县许德厚舜屏、青浦项寰涵公、育浦徐公修慎侯、南汇叶寿祺贞伯、吴县姚洪淦劲秋、丹阳荆凤冈石梧、吴县张荣培蛰公、无锡张人鉴醉樵、嘉定顾汝澄毅卿、昆山陆天放忆梅、上海贾丰芸粟香、平湖袁潜翔海、惠来林鹤年寿荃、萧山王仁溥袖沧、青浦吴济诵袈、南通刘汇清仲泽、丹徒戴振声嚣兖、武进邓澍春澍、上海王燮功慕诘、南通徐鋆贯恂、上海庄毅敬亭、南汇季望畴禹伯、嘉兴朱奇大可、吴县朱钰润生、崇明邱心培镜吾、宝应尢绮爱梅等。

洋画研究会在杭州成立，由李叔同发起组织并兼任会长。会员在李叔同等留日美术教师指导下，进行中国美术史上首例人体写生活动。参加画会主要成员有刘质平、丰子恺、李鸿梁、黄寄慈、金咨甫、吴梦非、李增庸、潘天寿、吕伯攸、傅彬然等人。

乐石社在杭州成立。由经亨颐、夏丏尊、李叔同发起组织。李叔同任社长。该社是浙江省立第一师范学校内一个研究金石书法的小型团体，社员均是学校教师和学生。其中骨干有经亨颐、夏丏尊、李叔同、丰子恺、吴梦非、潘天寿、刘质平、黄寄慈、马一浮、张宗祥等人。"乐石社"后改名"寄社"。

松江修暇社在吉林成立。社员有雷飞鹏、栾骏声、郭宗熙、瞿方梅、王闻长、成本璞、李葆光、阚毓泽、成多禄、程嘉绂、范景荣、孙葆瑨、洪汝冲、胡大华等人。后有社作《松江修暇集》刊行。

小罗浮社由杨芃械在上海小罗浮吟馆成立。社员有施槁蟫、王鼎梅、刘炳照、周庆云、王承霖、吴承烜、朱家驹、汪渊、钱衡璋、程松生等57人。社友之间唱和颇多，后辑成《丙辰消夏集》。集含施赞唐《小罗浮梅花溪畔，昔尝与里中诸名宿筋咏其间，自潘春生、朱涤轩两孝廉，暨周钦甫师、杨相玉表兄后先凋谢，遂无问津者。今相玉后昆又集同志赓续良会，王生味羹用春生先辈〈乙巳元旦访梅〉诗韵倡咏一律，而余不胜黄垆之感矣，赋此以似瑟民、昆仲、乔梓》、王鼎梅《蟫师、盉鸣招结消夏社，于小罗浮口占一律，用潘春生〈从舅乙巳小罗浮探梅〉韵》《五月十六日先慈十周忌辰作佛事，毕招同人饮于小罗浮，叠前韵感赋》《三叠前韵赠诸同社》、杨芃械《小罗浮消夏，同槁蟫、味羹作》《命海儿绘墨梅巨幅，悬小罗浮壁，叠前韵题端》、金其堡《次〈小罗浮消夏〉韵，同盉鸣看雨作》、杨敷《小罗浮消夏，次韵不得句》、杨寿昌《次〈小罗浮同社消夏〉韵》、刘炳照《槁蟫先生以〈小罗浮消夏〉诗索和,次韵却寄》、周庆云《槁蟫以〈小罗浮消夏感旧〉述怀,用潘春生先辈〈访梅〉诗韵,赋成寄示次韵》《陆景骞(汶)〈三十初度〉诗来索和,拈此却寄》、陆汶《奉酬梦坡原韵》等。其中,施选唐《小罗浮梅花溪畔》云:"金乌玉兔走双盘,光景难饶一息宽。邻笛已成怀旧赋,子衿又缔忘年欢。梦中身世罗浮小,劫后心魂井渫寒。前度梅花前度月,几人曾伴老夫看。"同人和作:王眠梅《蟫师、盉鸣招结消夏社》云:"小隐幽居谷类盘,联吟得地不须宽。广征同好添新味咏,追忆承平拾坠欢。鸿印后先原许叠,鸥盟来往莫教寒。火云峰外清凉界,忍作罗浮梦纪看。"杨芷械《小罗浮消夏,同槁蟫、味羹作》云:"玉照堂前白玉盘,裁量花影数弓宽。每于此地萦清梦,直到今年续古欢。经过劫灰皆耐冷,漫题诗句不嫌寒。一池萍绿浓如此,未许旁人白眼看。"杨敷《小罗浮消夏,次韵联句》云:"人惟求旧记殷盘(庆),论到忘年例放宽。水面游鱼联队逐(政),枝头小鸟得朋欢。清流不厌吾侪俗(庆),热客群言此地寒。六月扶摇时适会(政),逍遥漫作大鹏看(庆)。(时适暑假)"

东华诗社在四川泸州朱家山创建。朱家山乃泸州开明绅士、诗人陶开永住宅,修建于辛亥革命时期。朱德时率部驻节泸州,先后达五年(1916—1920)。朱德驻任后,表示"既其处此区域,忧患安乐,当与民同",决心"以兵卫民",旋指挥所部平息匪患。先后作《军次云谷寺晓行书所见》《登长老坪》《战薄刀岭》《攻草帽山》等诗。其中有诗句云:"败屋参差幽径曲,垂杨稠密野堤长。出没匪徒无雅趣,争离美景鼠奔忙。""率队搜山过古林,一山更比一山深。""古塞皇城踞险关,负隅一拒匪凶顽。围攻直捣登陴堞,遁迹潜踪窜各山。""山名草帽目光遮,怪石嵯峨蕨透斜。断续枪声无动静,匪徒早遁散乌鸦。"彼时,泸州有开明绅士朱青长、温筱泉、艾承麻、罗小吟等,仰朱德将军之文韬武略,于诗词皆有造诣,遂相约朱家山"怡园",置酒排宴,大会江阳诸绅。席间,温筱泉言:"闻将军才思敏捷,余辈皆有不服,愿请将军一示当然,以快吾辈之耳目也。"朱德将军笑答:"此地有酒名泸州老窖,当以酒城为诗。"逐稍作沉思,吟道:"护国军兴事变迁,烽烟交警振阛阓。酒城幸保身无恙,检点机韬又一年。"众人感将军之德,议曰:"乎此间之乐,何不兴诗立社,以振中华!"遂举朱德将军为社长,怡园新辟,以作结社围炉之堂。朱德将军慨然提笔,撰"小引"并书赠"贺东华诗社小引"对联。在"东华诗社小引"结尾处,明确诗社宗旨:"……大力宣传,振兴东亚中华;高声呼吁,打倒西方帝国。方称联翰墨之因缘,永吟哦之乐事,惟求良友,无负河山。是为引。""贺东华诗社并罗小吟五十"联语云:"与朱穆结四海讴盟,诗以言志;同罗隐作残唐名士,天假之年。"东华诗社结成后,翌年朱德又在泸县云锦场一带发起组建振华诗社,取意振兴中华。泸县云锦烟霞阁是振华诗社主要活动场所。当年采取吃转转会形式,轮流做东,或登山览胜,或以文会友,一时间振华诗社在川南地区盛名远扬。期间，朱德曾三上云锦山，与泸州文士吟诗唱和，诗社成员们数年间积累大量诗稿。东华诗社成立于1916年，至1920年春朱德将军率部出川止，为时五年。时驻军首脑、滇军第二军军长赵又新亦时常参与诗社活动。

台湾嘉义县青年吟社（又称青年吟会）创立。1937年抗战军兴，社友星散，渐于沉寂。赖子清组织，成员数十名，主要有赖子清（鹤洲）、黄川（会嘉）、黄明火、罗渭章、林玉麟、朱靖安、蒲笃生、张清言、罗天力、陈春林、苏樱村、黄尔廉、林卧云、许紫镜、赖惠川、黄南薰、方辉龙等，悉为向学青年。青年吟社推行击钵，诗钟律绝并励。曾以社名"青年"为题，创作魁斗格诗钟。有《云淡风轻，双钩格》《乞丐，合咏格》《有、无，雁足格》《诗、酒，鹤顶格》等钟题，作品登载于《诗报》等报刊。

台湾台北县稻江诗钟会约本年创立。由大稻埕张孝侯、陈作淦、陈廷植、何云儒、陈篇竹、陈振荣，大龙峒陈培根以及加蚋仔庄陈春辉等人共同倡设。持续约一年，其后销声匿迹。稻江诗钟会成员二十余名，主要有张孝侯、陈作淦、陈廷植、何云儒、陈篇竹、陈振荣、陈培根、陈春辉、陈叔尧、陈清秀、张迪吉、张汉、黄宝树、吴茂如、谢尊五、黄宝鉴、谢雪渔、张思达、黄石衡、高树木、陈陶甫、林砚香、林近翁等。稻江诗钟会推行课题，由各成员轮流值东，专作诗钟。该会先后九次向全岛征募诗钟，所出钟题有《郑成功、地球，笼纱格（应为"分咏格"）》（第1期）、《出师表、电报，笼纱格（应为"分咏格"）》（第2期）、《香孩儿、蚁，分咏格》（第3期）、《苏、武，鹤膝格》（第4期）、《诗可以兴，四点金格》（第5期）、《钱神，合咏兼嵌鲁、褒二字》（第6期）、《龙舟、妓，分咏格》（第7期）、《仙洞，合咏兼题字鹤顶》（第8期）、《剪发、解缠，分咏；维、新，嵌第三字》（第9期），作品登载于《台湾日日新报》等报刊。其中，《郑成功、地球，笼纱格（应为"分咏格"）》云："两更寒暑环周一，百战烟尘岛据三（张补臣）"。《出师表、电报，笼纱格（应为"分咏格"）》云："长使英雄和泪读，几疑消息白天来（罗山樱）"。《苏、武，鹤膝格》云："赤壁两游苏子赋，祁山六出武侯谋（陈陶甫）"。据《台湾日日新报》第5997号载："稻江陈叔尧等氏续唱第三期诗钟，题曰'香孩儿、蚁'，已经闽省汪宗海孝廉评定，拟不日揭出。又第四期题目'苏武'二字嵌字格，亦寄呈闽省鄢少侯老拔贡评选，本期多一千二百余卷，拟选一甲三十名，二甲七十名。第五期继续未定也。"又，第6062号载："大稻埕第六期诗钟，凡得诗千四百卷，经得值东陈清秀汇送榕垣，托寓林阶堂、陈槐堂两氏，为之选择宗师。"

雪社于本年前后在澳门成立，乃澳门文学史上首个以本土作家为主体的文学团体。由冯平（秋雪）、冯印雪、梁彦明（卧雪）、黄沛功、刘君卉（抱雪、草衣）、赵连城（冰雪）、周佩贤（宇雪）等长期居澳者组成。最早有刊物《诗声（雪堂月刊）》出版。又曾出版6期《雪社》诗刊，后于1934年出版7人诗词合集《六出集诗钞》。文化局出版1套3册《雪社作品汇编》《诗声（雪堂月刊）》《雪社》《雪花》《六出集诗钞》及《绿叶》等。

春音词社第六集举行。王蕴章作《高阳台（腻逼琴纹）》。序云："瓦砚一，长尺半，阔八寸，中为瓢形，背隐起六隶字，甚清劲，曰：建安十五年造。与《容斋续笔》所载相同，明都元敬大书'铜台汉瓦'四字于上。两旁镌铭云：'昔为瓦，藏歌童及舞马；今为砚，侑图史承铅椠。'乌乎！其为瓦也，不知其为砚也。然则千百年后安知其不复为瓦也。盖豪雄武人不得而有之，子墨客卿固得而有之也。吾是以喟然有感于物也。乙卯冬日，得于海上。春音社第六集拟赋。"此词后改题为《高阳台·自题都元敬旧藏铜雀瓦砚》。词云："腻逼琴纹（偃曝谈余铜雀瓦砚，真者上有纹曰琴纹。又有白花曰锡花），润蒸雨气（何春渚咏雀台瓦砚诗'锡花封雨苔'。又，宋无'墨池蒸雨出沧溟'），隔林翡翠宵寒。化作鸳魂，东风野火烧残，苍苔玉匣前朝字，梦瑶台、捣麝成团。伴吟毫，横槊豪情，燃墨余欢（河朔访古记雀台北为冰井，台藏石墨可书，又燃之难尽）。　　一抔可是西陵土，但香分螺黛，怨诉糜丸。泪滴蟾蜍，向微凹处汍澜。江红丝不系珊瑚，网认镂华，金薤依然（《铁网珊瑚》《金薤琳琅》，均元敬著，此砚俱见著录）。镇依人，赋写登楼，诗写江关。"第六集中，另有徐珂作《高阳台·赋铜雀瓦砚》。

周庆云约同人为贞元会。一月三集，饮于酒家。每会以一人轮值，周而复始，取"贞下起元"之意。与会者有恽季申、恽瑾叔、徐积余、程定夷、林诒书、刘锡之、俞绶丞、夏剑丞、萧屺泉、李凤池、朱企晖、吴董卿、姚虞琴诸人。恽毓珂作《同人约为贞元会，自三月至今已六阅月矣，戏咏十绝句索和》。其一："残棋争恨劫难收，沈醉江山舞未休。可惜南朝鸣咽水，只今几复说风流（周君梦坡创设淞主于海上，自癸丑迄今已第三十集矣）。"其二："咫尺仍嫌会面疏，东陵重采灌园蔬。闭门十日闲风雨，闷必归来陶隐居（梦坡又约同人为贞元会，一月三集）。"其三："京华云树攀重重，惆怅南屏晚寺钟。闻得白头宫女说，大家闲坐听元宗（李菊农廉访以名翰林，陈枭浙江余需次杭州，久亲道范，今重遇于沪渎，互谈往事，相对感歔）。"周庆云和《恽瑾叔观察历数贞元会已过之事，成诗十章索和，借彼浊醪，浇我垒块，不自知其涕泗之何从也》（十首）。其一："入市无人识姓名，只余诗酒最关情。月泉主仿乡贤集。不数鸥寻海上盟。"其二："野心一片任云留，忍向高楼望九州。聊借荒园栽杞菊，新诗半在孟州酬。"其三："闻道衣冠辇路新，垂杨万点正愁人。交衢欲舞频回顾，食禄难为偃息民。"

刘翰怡（承干）、周庆云（湘舲）约王国维参加上海淞社。杨钟羲《雪樵自订年谱》云："翰怡与周湘舲主淞社，集者艺风、子颂、鞠裳、息存、梅庵、叔问、橘农、元素、聚卿、积余、金粟香、钱听邠、吴昌硕、刘谦甫、王旭庄、刘语石、汪渊若、戴子开、金甸丞、恽盂乐、季申、瑾叔、崔磐石、宗子戴、潘兰史、王静安、洪鹭汀、陶拙存、朱念陶、褚礼堂、夏剑丞、张孟劬、姚东木，选为主客，与乙庵论文。"

周庆云（梦坡）于沪杭间与文友酬唱雅集甚夥。吴庆坻作《偶过梦坡斋中，方手写〈浔溪诗选〉，已盈尺矣。嘉其用力之勤，为诗以叹美之，即用其愚园诗韵。诗成匆迫还杭，未及写上，今补录寄呈》，周庆云和《余辑乡人诗未半，子修先生见之，谬谓用力甚勤，赠诗奖借，弥增愧恧，率赋报谢，仍叠前韵》；又，吴庆坻作《旧圃，仍次前韵，录呈梦坡》，周庆云和《修老又示〈旧圃〉一律，叠韵奉酬》；又，周庆云作《偕钱君履樛至杭同访壶翁，以诗为刺》《昨来湖上，以诗呈壶翁，即晚步韵赐和，并示〈游南山诸胜〉绝句，捧诵再三，令人神往，晓起口占一律，仍叠前韵》《偕履樛游灵峰，补吟一首，仍用前韵》《壶翁、修老、履樛相约重游灵峰，予独后至，游后饮于杏花村，复循葛岭登初阳台，归途赋此》，同人和作：戴启文《梦坡自沪来杭，先以一诗为介，旋与履樛枉顾，率和原韵赋答》《梦坡偕履樛出游湖上，来诗仍踵前韵，叠韵应教》《补松招回梦坡、履樛探梅灵峰寺，仍叠前韵》《重至补梅盦，叠韵赋呈梦坡》、钱绥槃《梦老约游灵峰，次韵奉酬》《湖上再叠奉和》（二首）《壶园、补松两丈相约再游灵峰，仍叠前韵》、刘炳照《梦坡居士近客杭州，与子开、子修、履樛同游西湖，归出新诗见示，次韵书后》、汪煦《梦坡偕履樛同游西湖，归示各诗，奉和一律》；又，刘炳照作《三访梦坡不遇，叠韵奉怀》，同人和作：周庆云《语老三次枉顾，未获良觌，有诗索和，仍叠前韵答之》、刘炳照《湘公叠韵枉酬，再次奉答兼简修老》《再简梦坡叠前韵》《叠前韵再呈梦坡》（二首）；又，周庆云作《赠李经畦（宝泉），用村字韵》，李宝泉和《梦坡以诗见贻，依韵奉和》《叠村字韵，重呈梦坡》；又，周庆云作《无题，用鹭老〈杂感〉韵》（二首），同人和作：恽毓龄《梦坡和鹭老感事韵，并成〈无题〉二首，异曲同工，以三十六体和之》、恽毓珂《梦坡用鹭老韵作〈无题〉诗，余见而和之，诗成自视，觉体殊不似也》、缪荃孙《无题，和梦坡元韵》（二首）、施赞唐《晨风庐主人以近作〈无题〉二首见示，哀体悱恻，有小雅之遗音，叠韵奉和》（六首）、杨芃棫《无题，和梦坡作》、吴承烜《奉酬梦坡〈无题〉元韵》（四首）、王承霖《奉和晨风庐主人〈无题〉诗韵》（四首）、钱绥槃《和季申恽丈〈无题〉作，仍用前韵，录奉梦坡》（二首）、汪渊《无题，用周梦坡老韵，并呈槁蟫施先生》（四首）；又，潘飞声作《梦坡招饮小华园都益处，食蜀馔，即席作》，同人和作：周庆云《偶招同人集于都益处，兰史诗先成，依韵奉酬》、白曾然《坡老招同中泠诸君饮于小花园都益处，兰史征君诗成索和，次韵纪事》、汪煦《梦坡招饮都益处，出示画史索题，余以心悸旧疾复发，久无以报，会潘老兰首唱五言古，属同人和，勉成一首》；又，洪尔振作《对雨酿饮，呈同座诸子》，同人和作：周庆云《和鹭老〈对雨酿饮〉元韵》、恽毓龄《对雨酿饮，和鹭翁韵》、恽毓珂《对雨酿饮，步鹭翁韵》《小游仙，仍用前韵》、钱绥槃《和鹭汀〈对雨酿饮〉，并呈梦坡》、李宝泉《次韵奉和〈对雨酿饮〉之作》、刘炳照《丙辰长夏，奉和鹭汀、梦坡〈雨楼酿饮〉诗韵》、施赞唐《次和鹭汀先生〈对雨酿饮〉诗元韵，兼呈梦坡、语石》、蒋兆兰《奉和梦坡〈对雨酿饮〉，同用鹭汀韵》；又，钱绥綮作《席次以梦坡有事浏河未至，叠韵奉怀》，周庆云和《于役浏湄，履樛有诗见怀，次韵答之》；又，李传元作《梦坡置酒情钟校书寓见招，并赋新诗，依韵答谢，首句用原诗，瑾叔约也》，同人和作：钱绥綮、恽毓珂、恽毓龄、刘炳照、施赞唐（二首）、洪尔振《辱承宠饯，复赐佳章，率和元韵奉酬》《再和二律，从邗上却寄》（二首）；又，周庆云作《寿喻志韶太史六十》，喻长霖和《敬步元韵奉酬》；又，喻长霖作《感怀二律，录寄梦坡并淞社诸君子》，周庆云和《志韶寄示〈感怀〉诗，正拟奉和，适重来沪上并惠鲈鱼，因次韵酬之》；又，周庆云作《鹭汀先生前有书来，并示近作和韵诗，乃书未及答，不数日而讣，至则已归道山矣。同人为之泫然，仍用前韵，各赋二律，以志哀挽》，同人和作：恽毓珂（二首）、李传元（二首）、钱绥綮（二首）、李宝淦（二首）、施赞唐（二首）、刘炳照（二首）、白曾然（二首）、王承霖（二首）、沈焜；又，刘炳照作《重有感呈梦坡》，同人和作：周庆云《语老重有所感，作诗见示，次韵答之》、吕景端《语石丈顷示近诗，次韵为报，即以广之》、李宝淦《和语石近作》；又，周庆云作《消寒初集即事》（二首），同人和作：喻长霖《小诗奉和敬武原韵》（二首）、钱绥綮（二首）、刘炳照（二首）、缪荃孙（二首）、许湘祥（二首）、陶葆廉（二首）。其中，吴庆坻《偶过梦坡》云："百年绨帙理丛残，唤起吟魂续古欢。义取敬乡勤缉逸，功同收暴例从宽。苦心宜有通神笔，凡手谁寻换骨丹。宛雅越风前轨在，较量应叹后来难。"周庆云《昨来湖上，以诗呈壶翁》云："最爱高楼傍水村，每携良友共倾尊。飘萧暮雨尘为洗，断续荒城迹尚存。好景泥人春入梦，新诗赠我墨留痕。胜游也步先生后，蜡屐归来细与论。"钱绥綮《和鹭汀〈对雨酿饮〉》云："恼杀雨师亦竞奔，问天天醉竟彼昏。如何不饮忧沉灶，焉用为霖强合尊。云穴半旬占斗运，酒肠三峡泻词源。黄梅解唱方回句，泥滑扶归只鸟言。"喻长霖《感怀二律》其二："沪上离居已两周，深山鹿豕与同游。阳关三叠王摩诘，长笛一声赵倚楼。文有盛名穷后事，世无知己命难求。残生自分填沟壑，遗恨申胥愿末酬。"吕景端《语石丈顷示近诗》云："翻飞鸠鸟剧纵横，饥凤凌寒噤不声。骨自嶙峋难适俗，腹还空洞可容卿。辙鳞苦忆监河润，巢燕终忧大厦倾。坎止流行随地好，莫将孤愤叹劳生。"

李承祜卒。李承祜（1838—1916），字轩民，云南晋宁人。主讲象山书院，勤诲不倦。晚年选授沾益学政，革学署，擅受词讼恶例，俸满调元谋教谕。著有《偶然吟草》4卷。

张上龢卒。张上龢（1839—1916），字沚尊，号怡荪，浙江钱塘人。咸丰四年（1854）诸生，官直隶昌黎、博野、万全、静海、永年等县知县。著有《吴沤烟语》1卷，民国四年（1915）刻本。

王咏霓卒。王咏霓（1839—1916），原名仙骥，字子裳，号六潭，浙江黄岩人。光绪六年（1880）进士，与王棻并称"二王"。授刑部主事，签分河南司行走。光绪间随许景澄驻法国、德国、意大利、荷兰、奥地利、比利时等国，纪见闻为《道西斋日记》。自光绪二十二年（1896）起，先后署理安徽凤阳府知府、太平州知府、池州知府，又任安徽大学堂总教习，高等学堂、法政学堂编纂，皖政辑要局、存古学堂提调等。辛亥后还乡不仕。著有《函雅堂集》40卷，内诗14卷、词2卷、文24卷，光绪二十二年（1896）刻本。

刘清韵卒。刘清韵（1841—1916），原名古香，小字观音，行三，又称刘家三妹，江苏海州人。盐商刘蕴堂之女。自幼聪慧，工诗词，兼擅书画。18岁适沭阳钱梅坡。所居室曰小蓬莱仙馆，夫妇闭门吟诗作画，以为闺中之乐。钱才名甚著，然视古香则自愧不若。后因洪水泛滥，辗转流离于江南，得友人襄助以印行文稿，集资济困而返，晚景凄凉。周丹原为作传。作传奇24种，仅《黄春签》等10种传世，合称《小蓬莱仙馆传奇》。余皆为洪水淹没。《小蓬莱仙馆曲稿》皆刊于《著作林》。又有《小蓬莱仙馆诗钞》《瓣香阁词》行世。

郭筠卒。郭筠（1847—1916），字诵芬，晚号艺芳老人，湖北蕲水人。曾国藩次子曾纪鸿妻，翰林才子曾广钧母，清道光进士、两淮盐运使郭霈霖女。宣统二年（1910），曾广钧兄弟请刊刻母诗，郭筠命女曾广珊将其54年诗稿录一副本，又自将诗稿删改一遍，再录一清本，共录诗160首，分上下卷，送王湘绮、廖珠泉先生作序，并加评点，由鸿飞机器局代为印刷，名曰《艺芳馆诗存》。"艺芳馆"系郭氏自署书斋，取自陆机《文赋》"倾群言之沥液，漱六艺之芳润"之意。李登云《艺芳馆诗集序》云："独其为诗，意窈而深，韵雅而庄，论事不浮，谈理不腐，兴趣在陈白沙、庄定山之间。"王湘绮序评曰："皆纪事书怀之作，既不求工而自然见其性真，非有学识莫能为也。"廖珠泉序评曰："太夫人此集信可传后，为一代女宗之绝出矣。"

胡礼垣卒。胡礼垣（1847—1916），字荣懋，号翼南，晚号逍遥游客，广东三水人，生于香港。幼习举业，屡应童子试不第，乃改研西学，入香港皇仁书院，毕业后留校任教。光绪五年（1879）曾于王韬经办之《循环日报》馆任翻译，两年后赴上海，于郑观应主持之上海电报分局任翻译。其间两任驻美公使陈兰彬、郑藻如邀其随使任通译，皆婉拒。后返港任职于《粤报》，迨《粤报》停刊，乃从英商之邀赴菲律宾，辅佐苏禄国王条理国务，后因其有让国之意，遂托故返港。光绪二十年（1894）东游日本，甲午战起，清廷撤回驻日领事馆官员，胡氏乃被原驻日公使汪凤藻及侨民推举为神户领事馆代理领事，其间竭力维护侨民利益，至战事结束始返香港。辛亥后隐居香港，晚年倾心佛学，曾与黎和南合著《佛理哲学》。遗著汇为《胡翼南先生全集》60卷，其中35卷至45卷为诗卷，1920年香港铅印本。另有《新政真铨》《梨园娱老集》《诗集辑览》名世。

王存善卒。王存善（1849—1916），字子展，浙江杭州人。早年随父至广东，

一九一六年（丙辰）

三一九

光绪中署知南海，官虎门同知，并管理广州税局。与梁鼎芬、杨锐等相过从。光绪二十六年（1900）迁居上海。因擅理财而受盛宣怀赏识，主持招商局并任汉冶萍公司董事等职。家富藏书，宣统三年（1910）编书目《知悔斋存书总目》，民国三年（1914）编《知悔斋检书续目》。平生喜校书，主要有《南朝史精语》《辑雅堂诗话》等。其子王克敏，曾任北洋政府财政总长，1917年继承藏书，惜乎无心经营，后投靠汪精卫，任伪要职。抗战胜利后，部分藏书被充公。

胡善曾卒。胡善曾（1849—1916），字葆卿，号凤山，浙江慈溪人。著有《适可居诗集》5卷，附《凤山牧笛谱》2卷，民国五年铅印本。

沈韵兰卒。沈韵兰（1853—1916），字淑英，浙江钱塘人。沈子宜女。工诗词，善画。归阳湖瞿倬为继室，瞿君亦能诗，夫妇闺房酬唱，人艳称之。所作诗秀韵天成，逸情云上。小令则清妍成韵，时人比之于周、柳。著有《倚梅阁诗词集》，含诗4卷，词1卷，宣统三年（1911）排印本、民国六年（1917）铅印本。

童锡笙卒。童锡笙（1858—1916），字裘钦，湖南宁乡人。曾祖童翚进士，祖秀春进士选翰林，父光泽举人。锡笙为光绪十一年（1885）乙酉科举人。十九年（1893）分发陕西署蓝田县知县、补安塞县、调补永寿县，在任候补直隶州知州，钦加四品衔。二十八年（1902）调帘充山陕乡试同考官。思想偏保守，尝与起义军周旋，因革命党张殿梅死于县中，为革命党首领张凤翙记恨，陷狱数月。湘督谭延闿电救之，凤翙秘不出；县人黄钺罢秦州都督，过西安亟请于凤翙，始脱险归乡。此后以遗民自居，吟诗自娱。有诗入录《湘雅撷残》。著有《仲松堂诗集》。溥心畬1930年尝收藏《仲松堂诗集》，钤有"寒玉堂藏"朱色藏书印，题记云："庚午四月客天津胡琴初赠，以余求遗民诗也。心畬记"。傅熊湘尝记云："某君寄赠《仲松堂遗诗》二册，一以赠余，一庋省馆，宁乡童锡笙裘钦著。卷首刻梅英杰殿芗所为传，言：'锡笙以大挑知县发陕西，补永寿，适辛亥革命，屡历危踬，卒被械系，赖县人黄钺为请得释。既归柴门，绝人事，日与其弟锡筑怡怡白首，若将终身，益发愤为诗，憔悴行吟，自写幽怨。无何，锡筑病殁，锡笙痛悼不胜。时为营葬地，崎岖荒山荆棘中，日暮天寒，风声振林樾，仰天歌哭，茫茫然不知身世之何托也，闻者悲焉。'"（《傅熊湘集》）

方荣秉卒。方荣秉（1865—1916），字厚卿，又字子均，亦号蛰庵，湖南岳阳人。清光绪乙酉（1885）科拔贡，连捷乡闱。越己丑（1889），钦取内阁中书，本衙门撰文，逾十年，委署侍读，补中书。适父朝议公逝，母李太宜人年高，为禄养计，截取同知赴闽，补邵武同知。莅任三年，裁陋规，增膏火以养士，宽亩捐以惠民，曾因减抽田捐，自输廉俸五百缗以足其额。政声卓著，保升知府，军机处存记。未赴任，适闽抚张公曾敩迁浙，坚留治章奏诸要政。巡抚张公曾以"操履峻洁，学贯中西"荐于朝，得旨存记，诰授朝议大夫。诗宗杜韩，并承苏韵，所作多出入三家中。著有《诗小纪》4卷，

《汉书订注》8卷，《读书杂记》2卷，《求志堂诗集》7卷。因兵燹频仍，幸存者仅《求志堂诗集》，系日寇侵华时，晚辈攻石涉险寄赠北京图书馆得以保存，扉页有遗像。张翰仪编《湘雅摭残》评曰："其诗学杜，尝谓少陵运逸气于韵律之中，振符采于骨格之外，亦足见其所诣也。"

何震彝卒。何震彝（1880—1916），字鬯威，号穆忞，室名鞾芬室，江苏常州府江阴县人，生于扬州府甘泉县。清末与杨圻、汪荣宝、翁玉润号称"江南四公子"。曾国藩门人何栻之孙，直隶按察使何彦昇之子。自幼在瓠园中长大，年十二能诗，及长，可操英、日等外国语。光绪十五年（1889）己丑副贡生。光绪二十三年（1897）丁酉举人。光绪三十年（1904）甲辰恩科第三甲第28名同进士出身。先授内阁中书，后改捐道员，分发直隶候补未就。入民国后任北洋政府教育部佥事，协修《清史稿》。民国二年与袁克文、易哭庵、闵尔昌、步林屋、梁众异、黄秋岳、罗瘿公结吟社于南海流水音，请画师汪鸥客作《寒庐茗话图》，被时人目为"寒庐七子"。何震彝作有《寒庐七子歌》。同年撰《中华民国宪法草案》（即《何震彝宪法草案》）。因局势混乱致"狂易之疾"，精神失常，卒于北京。工诗文，尤擅骈文，旁通金石学，家学克承。著有《鞾芬室诗甲乙稿》《鞾芬室词甲乙稿》《一微尘集》《词苑珠尘》《八十一寒词》《鞾芬室近诗》《鞾芬室文稿》《骈文手稿》等。

周六介卒。周六介（1886—1916），原名光大，字六介，又名李光，浙江乐清县人。清邑庠生。早年就读于上海政法学校，入同盟会。辛亥革命后在杭州发动新军起义。民国初年任临海知县，继任杭县知事兼工程局局长，任满提升为苏州尹，因患疾未赴而卒。西泠印社社员，擅诗词。女诗人周素子、画家兼诗人周昌谷之大伯父。

[日] 河野通之卒。河野通之（1842—1916），日本宫城县人，字子明，通称宋贤，号荃汀。曾任仙台藩医学馆助教，明治维新后进入陆军省。与汉学家冈千仞交往密切，合译《米利坚志》（1873），又与人合撰《最近支那史》（1899）。藤野海南发起汉学社团"旧雨社"，为主要成员。著有日本汉诗文集《荃汀遗稿》2册。河野善汉文，亦通经儒，尤擅洛闽之学，且能参核乾嘉考据之学。诗2卷中多记日俄战事，故其诗颇能以诗证史。

[日] 小川果斋卒。小川果斋（1850—1916），日本岐阜县人。1885年在大阪创立雪花吟社，参加者有东京地区伊势小淞、宇田栗园、菊池三溪、福原周峰、谷如意、江马天江、草场船山，大阪地区藤泽南岳、土屋凤洲、小川果斋，另有大沼枕山、小野湖山、岩谷一六、森春涛、森槐南。部分中国学者或游日学人参加该诗社活动，中有黄吟梅、胡铁梅、姚子梁、王冶梅、王秦园等。该社出版《熙朝风雅》杂志，仅1年左右即废。

[日] 大江敬香卒。大江敬香（1857—1916），名孝之，以字行，号爱琴，日本德

岛人。16 岁入庆应义塾学习，经外国语学校，入东京帝大经济，曾参加改进党，后退出，专事汉诗文创作。1882 年创立爱琴吟社，主要教授政府官吏习汉诗，学习者有松村琴庄、福井学圃、野口宁斋、大久保湘南、佐藤六石、落合东郭、森川竹磎、谷枫桥等。又创立益友社，专事出版汉诗文杂志，先后发刊《花香月影》《学海》杂志、《丽泽杂志》等，《丽泽杂志》发行至 17 号与《学海》合并。清儒俞樾曾在《丽泽杂志》发表诗文。曾从菊池三溪学文，与日下勺水、松平天行等友善。诗喜白乐天、陆放翁、高青丘。著有《敬香诗钞》《吟窗余录》《双影游记》《明治诗坛评论》《明治诗家评论》等。

[日] 木苏岐山卒。木苏岐山（1858—1916），名牧，字自牧，号岐山（曾号僧泰、果斋），别号三壶轩主人、白鹤道人、五千堂堂主，生于美浓国稻叶郡。明治时期大力振兴汉诗，先是主持《东京新报》汉诗栏，其后主持《大阪每日新闻》诗栏，成为日本关西诗坛领袖，与小野湖山、森春涛、江马天江等汉诗耆宿唱和。与亡命日本之革命军何曾海熟识，曾游历中国满洲。著有《五千卷堂集》《五千卷堂诗话》。又注释其师梁川孟纬《星岩集》，有《星岩集注》（1928 年上海刊行）。梁川孟纬在清道光年间号称"日本李白"。

夏曾佑出任京师图书馆馆长。

陈篆拜外蒙册封使之命。

王揖唐出任内务总长兼督办京都市政。夏，辞职赴欧观战。

夏莲居卸任河南豫西观察使、汝阳道尹，辞职归山东故里，又被聘为总统府秘书。

任援道受孙中山先生命，至北京加入黎元洪大总统内阁。黎总统任命任援道为总统府侍官及陆军部掌印科科长。

陈树人毕业于日本立教大学，由孙中山派遣，往加拿大办理中华革命党党务。

古直于年初受钟动之邀到香港，共商讨袁之事。古直被任命为赴南洋筹饷讨袁专员，事毕返至昆明，被云南都督唐继尧聘为顾问。

潘赞化离上海，与李烈钧、方声涛入云南，联络"成城学校"同学唐继尧、蔡锷起义讨袁，任护国军第二军总司令部参议。东征途中，潘赞化作《东征道中同子白作》（二首）。其一："中原无地避强秦，沧海微尘寄一身。最喜滇南春意早，桃花万里送征人。"

陈衍受福建督军李厚基重托，回乡主持《福建通志》编纂。临行前，林纾以诗送别："明知行促故牵裙，门外新泥已溅车。名辈渐稀君愈贵，清贫能耐计非疏。灰心肯挂沧桑眼，索画仍描水竹眉。病起定饶相见地，风前不盼雁来书。"

林纾与姚华、李钟豫、汪鸾翔为"畏曙斋主人"王可鲁（绎和）同作纸本册页《畏曙图》。画由康有为、清道人题引首；绎和、林世焘、芷瓶、王德佩、补园、高钧、杨拱、左连奎、徐淮生、性顿叟、袁照藜、张志谭、袁祚异、潘龄皋、余宝龄、周绍易、曾然、陆维李等19家题跋。如"丙辰四月小满，为畏曙斋主人写图并赋乞教，小玄海夜窗贤筑，姚华茫父。""畏庐林纾并识。""丙辰正月，毓如李钟豫。""丙辰浴佛后二十日也，小作读我书斋中，巩庵汪鸾翔。""丙辰荷花生日后一日也，巩庵汪鸾翔并记。"汪鸾翔作《题〈畏曙斋图〉为王可鲁作》（四首）。其一："古木萧萧月堕廊，晚风飒飒动新篁。一斋万古摊书坐，纵使人间曙不妨。"其二："怪石生稜树有根，冷烟一抹护篱门。劝君切莫忧天曙，画里原无旦与昏。"其三："雨后云容黯淡青，挂林寒月半松惺。神仙万古为朝暮，莫学诗人感曙星。"其四："绕屋修篁翠作围，月光寒处一灯微。画家原有挥戈力，决使朝阳悄退回。"附记云："可鲁多疾，常有曙后星孤之感，故作此以广之。"

郑叔问应朱象甫请求，写松石闲意并题《越调水龙吟》以寄慨，为朱父方伯遗像补景。词云："感怀三十年中，酒炉咫尺山河异。生平四海，文章风义，如公能几。故国青芜，沧江白发，而今何世。伴长松怪石，空山独立，问谁识、苍茫意。 犹喜甘棠笏在，诵清芬、故人有子。东湖旧隐，草堂无恙，曾题高致。夜壑哀湍，尘梁落月，凄其对此。更山阳笛里，依稀坠梦，认须看是。"

王国维与钱塘张尔田、吴县孙德谦订交，二人于章实斋《文史通义》研究有盛名。故时人称为"海上三子"。《张君孟劬别传》云："居上海时，与海宁王国维、吴县孙德谦齐名交好，时人目为海上三子。国维或有创见，然好趋时，德谦只辞碎义，篇损自窘，二子者，博雅皆不如君。"沈曾植尝有诗云："三客一时隽吴会，百家九部共然疑。"

柳亚子为明遗民刘坊《天潮阁集》作序云："昔人有言，诗穷而后工，余谓穷亦视其人何如耳。里巷小夫，所志不出藩溷之外，所谋不越温饱之微，求之不得，沾沾然忧之，叹老嗟卑，怨天尤人，戁焉若不可以终日，自有识者视之，咥其笑矣，穷亦何必工哉！唯以嵚崎磊落之士，遭晦盲否塞之秋，国恨家仇，耿耿胸臆间，吐之不能，茹之不忍，于是发为文章，嚅吪铿鍧，足以惊天地而泣鬼神，斯其遇弥穷而其诣乃益工矣。知此意者，可以读上杭刘鳌石先生之《天潮阁集》。"刘坊《天潮阁集》（6卷，附诗余）刊行，前有丘复、雷熙春、林翰、柳弃疾《序》，又有李世熊、许荣、周鉴翁《原序》。

陈荣昌曾选陆游七律七绝而详批之，七律计选349首，七绝共选262首，名曰《晬盘陆放翁诗钞》。至今年村居，乃再次重抄，题序于卷首。略云："余学诗，本自放翁之手，后宗李杜，渐与放翁疏矣。今春病中，钞放翁诗三卷，夏四月，又取而批之，逐句逐篇，反复诵咏，乃叹放翁不但诗可法，其读书不辍，立言不腐，发为歌咏，情理两协，能学可法。历年久，阅世深，不越孔孟之准绳，而有壮烈之旷达，忧国如杜子美，进德如卫武公，则人可法，五体投地，其吾师也。"

陈去病作《论文二首》，推崇韩愈和柳宗元，继续反对依傍桐城派。其一："研精

仓邴绍绝学，韩、柳文章自老成。一扫町畦与琐碎，底须依傍到桐城！"其二："近儒
龂龂论文法，怕到文成已下乘。奚似屠刀一放手，茫茫彼岸立时登。"

高吹万作《以陈伯严、郑苏堪诗集赠马适斋，媵以一律》，对宋诗派健将陈三立
与郑孝胥致以仰慕之情。诗云："散原卓拔海藏雄，并世诗人数两公。白日放歌嗟老
大，黄钟振响起疲癃。撑肠郁勃干宵上，敛手江湖变态中。赠与故人千遍诵，天涯襟
抱问谁同。"

李详（审言）作诗怀沈曾植。诗云："一食清斋理鬓丝，隐囊斜倚纵谈时。麦根路
畔停东客，正赋新丰折臂诗。"自注云："嘉兴沈子培曾植，先生为海内学流广大教主，
视详尤至，每悼其不遇，形诸叹息。"

吴虞读吴之英《蒙山诗录》。记云："吴伯竭先生《蒙山诗录》最工。吴诗沉博郁厚，
独立绝代，而又非常入古，并世未见其匹也！"

黄侃在北京大学讲授词学。从周济《词辨》选录凡22首，称为"词辨选"，作
为讲义分发学生。又有讲稿《咏怀诗笺》。又为北京大学文科国学门出题三道："九
流皆六艺与流裔论"（出自《汉书·艺文志》）、"附辞会义总纲领说"（出自《文心雕
龙·附会》）、"《尔雅》以观于古说"（出自《大戴礼记》）。

陈师曾刻朱文印"五石堂"及白文印"义宁陈师曾之印章"。五石者，即石田（沈
周）、石天（沈颢）、石虎（蓝瑛）、石涛（道济）、石溪（髡残）。

汪兆镛过香港九龙，访东莞陈子砺伯陶，出示所著《胜朝粤东遗民录》。采获陈
文忠子壮、张文烈家玉、陈忠愍邦彦行状3篇。陈子砺招汪兆镛入罗浮酥醪观，注籍
为道士，授道牒，名永觉。

曹典球受谭延闿聘用，组织育群学会，与美国雅礼会合办湘雅医学院、医学专科
学校，并任育群学会会长。

柳诒徵回南京，应南京高等师范学校校长江谦之聘，就任国文、历史教员，又兼
河海工程学校教员。不久辞去河海工程学校教职，专任南京高等师范学校教员。

洪允祥应蔡元培之聘，赴北大任教。作《北征》。诗云："剑气霜花引北征，燕郊
衰草不胜情。客中亲旧犹诗酒，眼底河山尽甲兵。日落九边秋莽荡，月明双阙夜峥嵘。
荆高佳侠今何在，梦听萧萧易水声。"

沈其光与奉贤朱粥叟、朱遁庸两孝廉结文字交，有诗记曲水园红梅，宿田家。

王浩任江西省财政厅秘书。因文誉渐隆，与江西诗坛耆宿名流交游唱和。

吴梅在上海民立中学任教，作《石室学易图，为祝心渊丈（秉纲）作》《读〈舜湖
竹枝辞〉》（二首）、《读〈汉书·王莽传〉》诸诗及套曲【北越调·斗鹌鹑】《寿粟庐
七十》。其中，《石室学易图，为祝心渊丈（秉纲）作》云："葑溪溪水清且沦，溪上老
屋常闭门。中有一人饥鹤蹲，云是讲易穷天根。心渊行年正五十，意欲阖户搜乾坤。

吾闻易道至繁赜，太卜遗法嗟无存。汉儒象数杂谶纬，仲翔消息今独尊。读书所重在明理，知者见知仁者仁。君有绝艺校雠学，莪翁思适能传薪。经生事业非其伦，何事埋首羲皇文。西风一夕霜有痕，破窗纸吼时欠伸。青毡三尺不暖臀，乱书堆里藏此身。那有石室烟霞邻，岸巾咳吐生风云。平生本无大过论，吉凶悔吝安足陈。南湘尚有朱鸟魂，招之不得徒酸辛。（君随江标湘幕任襄校，故云然）"《读〈舜湖竹枝词〉》其一："文物江东艳舜湖，一编诗史托虞初。若从天水澄源里，盛寨犹沿吴赤乌。"《读〈汉书·王莽传〉》云："巨君创新室，得诸寡妇手。国贼即懿亲，太后作文母。师徒溃昆阳，至死依威斗。魏文托禅让，山阳掩面走。吾知舜禹事，文过颜益厚。历代劝进文，言之不知丑。狐媚取天下，笑破石勒口。天地何不仁，我生丁阳九。举世陈符瑞，川亦蒙垢。苟非大命倾，陆沉恐已久。紫色与哇声，史论足不朽。"

黄式苏寄居福州东街会馆，于庭前花木各系以诗，作《予来榕城寄居东街会馆，忽忽一载矣。庭前花木，以时开落，叹岁月之不居，慨繁华之易歇。感怀景物，各系以诗》（八首）。其一："未肯移家去，勾留为老梅。宁知枯树赋，无复暗香来。"其三："猗猗白玉兰，花开香似海。移之金屋傍，晓妆合笑待。"其四："憔悴池边竹，何人手所栽。托根盈尺地，未许出墙来。"其八："芳树篱边寄，经秋意已惝。冬青我羡汝，未改故时容。"又，故人刘厚庄五十寿，黄式苏赋七律四章致贺。《寿刘厚庄（绍宽）五十》（四首）其一："草堂长忆海东村，眼底峥嵘一士存。学礼早闻名父教，传经况及大师门（厚庄为瑞安孙籀顾征君弟子）。干戈抢攘今何世，闾里浮湛道自尊。甘忍饥寒商出处，肯将湖海换邱园。"其二："少日雄怀不受羁，中年京国倦征騑。刘蕡下第公卿过，子政雠书心事违。瓯骆江山堪小隐，长安棋局已全非。风尘忏尽浮名误，一卷华严识所依。"其三："海上三山稍可望，天风吹汝度轻航。瀛洲归客多篇录（厚庄游历日本，归著有《东瀛观学记》），石室谈经自学堂。晚阅沧桑思避世，旧栽桃李渐成行。东平莫更行藏问，料理丛残待补亡（乙卯予至京师，郭啸麓局长则沄屡询厚庄起居，时方家居修《平阳县志》）。"其四："南游曾过子云庐，一别沧江两载余。每诵移文羞薜荔，稍修书札问河渠。经生自古多长寿，高士从来爱隐居。惭愧危时犹远宦，何时归去就鲈鱼。"

圆瑛大师经缅甸回国，安奉舍利、玉佛、贝叶经于宁波永宁寺，受到黄文若司马、鄞县王志澄知事欢迎。时陆渔笙太史写诗赞大师功绩，圆瑛大师次韵奉酬："顶礼当年圣道场，浮槎破浪历重洋。莲华竺典传东土，贝叶玄文译远方。舍利瓶分甘露水，禅囊钵带曼陀香。晶莹圆满庄严相，稽首西来大法王。"

高旭在京与易顺鼎唱和。高作《赠哭庵》（二首）。其一："北地风华赖总持，十年倾倒慰相思。寄怀鞠部原非愿，转世张灵又一奇（君自署张灵后身）。惠、朔之间宜有坐，唐、宋而外岂无诗。天生自是多情种，橐笔看花著意痴。"其二："不是官人不是儒，泪成河海唾成珠。评量月旦听人便，放诞风流与俗殊。才比谪仙狂更甚，性耽尤物老堪娱。漫吟长句君休诧，依本高阳旧酒徒。"

袁克文友谭踽厂所恋女伶小桂红患病夭折，谭作《悼红集》12 章。其中有诗云："金栗飘香上至京，天衢高彻步虚声。鸟啼花落人长住，酒醒歌残月倍明。是色是空如梦幻，一生一死见交情。南朝本是伤心地，多少兴亡感送迎。"袁克文见之击节而叹，并为之作序云："人有至性，而后至情生焉，情发于纯，动于和，放弥六合，亘永千古。荡荡乎莫名，洋洋乎无极，斯乃谓之至焉。若夫悲歌喜怒爱恶乐怨，又生于情而幻乎情也，既生既幻，乃利文字而挥扬，而文字则利情以孕育，斯文字为情之牵，而情为文字之灵焉。世之历千万劫而光明不灭者，惟情而已，男女之情，情之大者也，惟贤者而后得善其归焉。吾友踽厂至于情者也，历幻而罔竭，随变而知归，始观而独洁，终哀而长痛，施于情者已亡，扬乎性者有托，此悼红轩之所由作也。文字得至情而益灵，至情策文字而弥固，相与刍狗绵貌扉尽，情斯善其归矣。嗟乎！踽厂诚善归其至情者也，是为序。"袁克文还为小桂红作小传。

吕碧城从撄宁道人学道。后作《访撄宁道人，叩以玄理，多与辩难，归后却寄》（二首）。其一："妙谛初聆苦未详，异同坚白费评量。辩才自悔聪明误，乞向红闺恕猖狂。"其二："一著尘根百事哀，虚明有境任归来。万红旖旎春如海，自绝轻裾首不回。"

侯鸿鉴视学淮扬，后至厦门，作诗一首纪行。诗云："划轻流急堕江干，黑夜泥涂带笑看（余偕臧君佛根视学扬属，由江轮下划至十二圩。黑夜堕江干，泥滓满面，衣履尽湿，不堪言状）。荒舍雨淋绳榻暖（视学淮属过后营遇雨，冒雨行三里，借宿荒村，与车夫及主人同卧芦床），破衙雪压纸窗寒（视学仪徵冒雪投宿县署，行装尽湿，以油纸覆体，以御窗外吹入之风雪）。鼓山游迹耿庄宴（余游福州鼓山，晚返，吴君增祺等招游公园夜宴，乘凉快谈。此园地址宽广，电光灿烂，名耿王庄，即昔日耿精忠之旧宅也），厦岛雄谈海景餐（余偕白君嘉祥同乘海轮至厦门，凡九日，演说五次。而以鼓浪屿青年会之演说，听者九百余人为最多。晚舟渡海，风景绝佳）。六月唐宗传赐橘（六月橘儿生，以是日为唐太宗赐橘日，故乳名六橘。以时方江南大水，故名毓灏，字希程），京华冠盖绮筵欢（同侪之长女生，余名以冠华，以其生于京华故耳）。"

黄荇鹗就职四川警备总司令部，寓居成都，后受命前往梁山。赴任路途中，所见所闻，皆入于诗。留存诗作：《川南滇军起义》（二首）、《川西土匪蜂起，官军无力剿平》（二首）、《川南行》《望江楼书感》《蜀中悯乱》（四首）、《送杨穆生回京》《谒骆公祠》《送张雪侯、叶伟民、杨梦德出蜀》《成都客感》（二首）、《之任梁山》（二首）、《感尹公昌龄知遇》（二首）、《巡游梁山诸寨》《令各团总修寨守夜》《高梁怀古》（三首）、《游蟠龙洞》（五首）、《喷雾崖》《过福利山》《高都山》《万石楼》（二首）、《垂云楼》。其中，《川南滇军起义》其一："竞逐中原鹿，烽烟聚益州。锄奸驰义檄，讨贼萃髦头。

泸水寒潮咽，岷江碧血流。可怜天府国，白骨满荒丘。"《川南行》序云："丙辰四月，帝制发生，滇军起义，川省首当其冲，时余就职警备总司令部，寓居成都，闻叙永一带居民惨遭涂炭，感而赋此。"诗云："毒雾溟濛天地塞，狂飙四起沙尘黑。一人称帝千人王，揭竿起义如虎狼。田单火牛纵奇阵，士卒前驱冒锋刃。城门失火及池鱼，千家蔀屋兆焚如。叙州白骨埋荒草，沪阳赤地涂肝脑。我闻辛亥革命年，川民罹祸最堪怜。满目疮痍犹待恤，编氓忍再遭锋镝。嗟彼猿猴效独夫，熏心王屋侈珍符。昆明志士争起舞，巴蜀南隅先用武。电掣风驰义阵横，欲立赵帜下齐城。风惨惨兮战云覆，天沉沉兮鬼夜哭。苻坚望气心先惊，卒使黄龙年号更。谁知覆水难收拾，护国诸君据城邑。将军虎威镇巴巫，鞭长不及救益都。天命不属人心失，大地干戈难统一。锦里云横不见天，回首岷江泪涌泉。"《之任梁山》其一："天怜涸辙困枯鱼，为借翁归一纸书。半载烽烟余战垒，一囊琴剑伴轻车。敢期叔度歌来暮，但愿亡秦法尽除。安得蜀中长偃武，三台民病立时舒。"《巡游梁山诸寨》云："书生文弱不知兵，固圉偏劳筑柳营。百里山川环作障，千墟壁垒各成城。蒐苗教练戎机习，雉堞严防夜柝鸣。共羡坞垣成铁瓮，四郊鼙鼓听无声。"《过福利山》序云："俗名狐狸山，在梁山县西北八十里，与大竹交界。光复初，尝有匪徒啸聚，今已扑灭。"诗云："此地王阳未敢过，我来不见硕人薖。化行鸟道消风鹤，路入羊肠少橐驼。穴靖萑苻资保障（清咸丰年间，匪徒窜扰，屏锦铺绅团在此堵御），险周树砦壮山河。于今民物欣安堵，古庙神功佑顺多（山顶有庙，清同治颁有'神功佑顺'匾额）。"

沈云有感于盛泽丝绸业遭受重创，作《绸贱伤民》。诗云："贫妇生涯靡有他，低头夜织不停梭。新丝价贵生绡贱，蠡损双蛾奈若何。"

太虚大师赠陈诵洛未刊稿《晚晚村杂诗》。

刘咸炘任四川成都尚友书塾塾师，钻研校雠学及史学，撰《蜀诵》，以政事、土俗贯论，述四川地方史古今变迁之大势。又撰《辞派图说》。

章嶔在北京高等师范学校任主任，于琉璃厂广求典籍，成《北京厂人诗》。

伍宪子取道津浦路离京。

方树梅任昆明师范学校学监，兼国文教授。

杨霁园留守家乡宁波余园，设帐客徒，讲授撰述。门生有周采泉、沙孟海等。

钱基博在吴江丽则女子中学任教。

李叔同在浙江省立第一师范教授音乐，兼授图画，并兼任南京高等师范学校功课。秋间将入山坐禅。偶读日文杂志，谓断食为身心更新之修养方法，遂入虎跑大慈山试验断食，兼旬而返。是年日者谓师有大厄，因刻一印章，曰："丙辰息翁归寂之年。"又，拟于杭州西子湖畔创建中华艺术师范学校，欲聘徐悲鸿、陈师曾、夏丏尊等来校任教。因李家"桐达银号"此际宣告破产，教育救国大业随之幻灭。又，对佛教兴趣渐浓，有辞去浙江省立第一师范学校、南京高等师范学校教职之意，两校均"坚留"不允。

夏丏尊任教于浙江省立第一师范学校，丰子恺在该校任校友会文艺部干事。丰子恺在习英文之余，又从李叔同、夏丏尊习日文。

吴湖帆始悬格鬻画，以山水为主。时人交口传道"此窗斋孙"，一时名动乡里。又，获董其昌刻《戏鸿堂法书》10卷，吴梅为之题《南北合套曲》10首，自此爱好词曲。

陈匪石由上海赴北京，先任《民苏报》记者，旋任上海《中华新报》《民国日报》驻京记者，并先后兼任《申报》《商报》特约通讯员，至1923年止。任记者期间，陈匪石不畏强权，撰文抨击袁世凯，文锋犀利，遭通缉，幸及时闻讯，逊避于亲友处，得免于难。"匪石"即从事反袁斗争时所用笔名，取义于《诗经·邶风·柏舟》篇之"我心匪石，不可转也；我心匪席，不可卷也"。

陈衡哲在《留美学生季报》上发表《月》《风》。《月》云："初月曳轻云，笑隐寒林里，不知好容光，已映清溪底。"《风》云："夜间闻敲窗，起视月如水，万叶正乱飞，鸣飙落松子。"其时，任鸿隽在美编辑《留美学生季报》，接到陈衡哲所投诗稿，认为自己在新大陆发现了一个新诗人。任鸿隽拿两诗去"献宝"，请胡适猜是何人所作，孰料胡适瞬间识出乃陈女士手笔，且大加好评，从此结缘。

陶明浚在沈阳创办《新亚日报》，宣传"三民主义"。

周瘦鹃在中华书局任翻译编辑。同时与民立中学教师孙警策、同学陆澹安加入南社。在书局时，与严独鹤、程小青等人合译出版《福尔摩斯探案全集》。

郑逸梅为《小说新报》写稿，多短篇，适用于补白，友人徐卓呆、姚民哀开玩笑，称郑逸梅为"补白大王"，且有"无白不郑补"之说。

吴钟善应友人吴增之请，执教于福建丰州南安中学。

李景康自香港大学毕业，获首届文学士学位。又，与岑光樾、张学华、朱汝珍、区大原、江孔殷、俞书文等遗老游。又，随赖际熙访陈伯陶，游宋王台遗址，作《奉陪荔垞师编修九龙宋王台兼访厉人方伯山居》。诗云："片云乱石出，孤鸟寒林还。野草人天末，清江明远山。古人独不见，岩壑空跻攀。阛巷郊原外，荆扉鸡犬间。先生有道者，白发犹朱颜。读易来玄鹤，添香劳绿鬟。追陪归旧径，回望掩重关。"

施蛰存之父虽执业工商，并未放弃诗书。施蛰存自述："（父亲）每晚总在昏黄的石油灯下，吟诵一些诗文，那时我便侍立案侧，倾听着，随时有心领神会的地方。后来，父亲因为业务繁剧起来，亲畴数之时愈多，事诗书之时日少，于是他的座位由我占据了。我从书箱中检出一些不甚熟悉的古书来，不管懂得不懂得，摹仿着他的声调，琅琅然诵读起来，这是我一生爱好国文学的开始。"（《我的家屋》）"年十二，大人授以诗古文辞，自杜甫《兵车行》、杜牧《阿房宫赋》始，遂渐进于文学。"（《北山楼

诗·自序》)

　　汤寿潜欲以三女琳芝许配马一浮,只因马"自甘长贫,冉冉及老",故"淹蹇累年,羔雁不进"。后琳芝病,其母忧其羸疾,将寝前命。乃奉书陈说,请毕婚,明不可"以疾废义"。然琳芝"痼疢日深,形神销陨",不愿成婚。既而琳芝病逝,马一浮作《遣悲怀》(三首)。其三:"残年知有极,幽夜何时光。徒倚步前庭,仰视参与商。参商永相错,飞鸟下成行。予情信堪忍,美疢定谁将,缘想成苦身,幻灭故无常。本自行路人,何为怀感伤。岂伊罄蜕思,结念在糟糠。感至既循性,泽教亦止坊。命也夫何书,沉忧力自忘。"

　　张恨水由上海到苏州,二次加入文明话剧团,在苏州参加演出。此时,刘半农离开出现财政危机之中华书局,随几位朋友来到苏州。而上海民兴社在苏州阊门外开办民兴新剧社,张恨水遂得以与刘半农相识。

　　杨匏安从日本回到家乡广东香山,在其母主持下和同县翠薇村吴佩琪成婚。其时,潘雪篆师之女潘景昭也由横滨回到广州,任道根女校校长,邀请杨匏安到道根讲授诗词。杨匏安教学生写作以"义取敦本务实,辞唯绝俗清高",认为"诗文一道,首贵无俗气……然欲诗文之无俗气者,必其人先无俗气,外欲其人之无俗气者,则举凡流俗所趋之事,非斥去不可"。他将这些诗学观点写成《诗选自序》,连同讲义分发给学生。

　　郁达夫将1915年(乙卯)所作旧诗编订成《乙卯集》(未刊,今佚),并作《自题乙卯集》(二首)。其一:"枉抛心力著书成,赢得清狂小杜名。断案我从苏玉局,先生才地太聪明。"其二:"著书原计万年期,死后方干尚见知。我亦好名同老子,函关东去更题诗。"又,郁达夫《致郁曼陀、陈碧岑》信中谈及:"近人樊樊山、陈伯严诸人诗则大抵为画虎不成之狗矣。沈归愚尚书最喜用好看字面,昔人之所谓至宝丹也。然女流诗人,正不可少此至宝丹,究竟堂上夫人,较庵中道姑为愈耳。弟诗虽尚无门径,然窃慕吴梅村诗格,有人赞'乱离年少无多泪,行李家贫只旧书'为似吴梅村者,弟亦以此等句为得意作也。曼兄再三戒弟以勿骄,前年弟曾有百钱财主笑人之习,近且欲对黄狗亦低头矣。前次狂言,唯向我亲爱之兄嫂言之,以示得意,决不至逢人乱道也。知念故及,余后告。"

　　吴芳吉约于本年作"弱岁诗"19篇。《吴芳吉集》收12篇:《儿莫啼行》《海上行》《江上行》《步出黄浦行》《巫山巫峡行》《曹锟烧丰都行》《思故国行》《赫赫将军行》《短歌行》《痛定思痛行》《红颜黄土行》《北望行》。其中,《儿莫啼行》云:"儿莫啼,儿啼伤娘心。啼多颜色减,心伤瘦不禁。朔风凛且烈,气凉夜已深。忆昨洪宪初,兵马来骎骎。驱男作俘虏,驱女作浮萍。父老惧为鬼,痛哭走风尘。愿为太平犬,勿作乱世民。为犬犹有主,为民谁与亲? 元旦弃家去,当汝弥月辰。十步三颠倒,梅花落鬓唇。行行忘所苦,夜宿黑水津。黄沙隐如雾,对面不见人。探手呼儿乳,但觉石磷磷。翁姑强作胆,卫我如城闉。怀愁不敢寐,蛟龙时一吟。人日逾岭表,匝道生荆榛。山深路险绝,草木气不驯。不畏虎狼食,惟恐野人嗔。黄昏落日黯,莽野俯无垠。谁家失墓鬼,闪闪飞寒磷?饥渴常累日,风雨亦浃旬。及我远来归,亲旧半已陈。入门鸡不叫,入户狗不猸。床头巢鼠穴,阶畔草如茵。出门临古道,犹觉兵马走辚辚。吁嗟儿莫啼,娘同失声。娘伤犹自可,翁姑难为情。汝父客海上,无家问死生。睡去寻阿父,容易到天明。"《海上行》云:"北风何烈烈,天寒阴且雪。棉衣破兮夹衣裂,寒气如闱横砭骨。手如冰兮足如铁,蒙头伏枕梦不发。侧耳墙头听,主人炊饭热。风送饭香上眉睫,空肠辘辘愁中结。愁中结,起踥蹀。墙内饕餮,墙外呜咽。主人一何愚,不知吾齿呐。出门聊直视,群儿迷藏戏。当日携手言,今日争趋避。主人见吾婆,藏其箕与帚。箕帚值百钱,防我暗伸手。邻犬见吾吠,张牙嫌我秽。吠我终贫贱,直道取辱败。车马何翩翩,江波何湜湜。海上百万人,幸无一人识。嚼得菜根,百事可作。百事可作,无菜根嚼。出门唏嘘,入门趑趄。典衣尽,还卖书。书中多古人,古人误今人。不是古人误,胡为万里路?"《曹锟烧丰都行》云:"曹锟烧丰都,难为女儿及笄初。何处阿娘去,荒田闻鹧鸪。阿爷死流弹,未葬血模糊。阿兄随贼马,伏枥到边隅。阿弟独不死,伴我两无虞。离乳百余日,餐饭要娘哺。失娘怒阿姊,入怀啼呱呱。满城灰飞尽,瓦砾无人除。故居犹可识,朽木两三株。狼狈丘陇间,十日头不梳。我欲从娘去,弟幼焉所徂?我欲弃弟去,骨肉痛不舒。阿娘如已死,魂魄夜来无?阿娘如未死,念我惨何如!"

朱大可游学日本,不久返回上海,与闽县郑太宜、衡阳曾子缉、吴兴朱彊村交游。又,朱大可骈语集联之作编为《梡鞠续录》。

叶荣钟深受台湾栎社诗人施家本影响,并随龙山寺日本人光明和尚习和歌,又随台湾鹿港举人庄士勋在文开书院读《左传》。

吴玉如为衣食计,随父挚友傅强先生赴吉林谋生。

王力遵父母之命,在广西博白县与同县龙树堂村秦祖瑛成婚。

金毓黻毕业于北京大学,回东北任教于省立奉天第一中学堂。

林语堂毕业于上海圣约翰大学。

周太玄毕业于中国公学,在上海《民信报》任翻译、编辑等职。

俞平伯在黄侃指导下,开始在课外习读周邦彦《清真词》。

萧劳考入北京大学中国文学门,与邓中夏、许德珩同班。

狄君武考入北京大学文科哲学门。

吴浊流毕业于台湾新辅公学校,考入台湾国语学校师范部。

武慕姚考入北京中国大学预科,后入国文系,就教于邵瑞彭、黄侃等名师。

范子愚考入北京中国大学预科。

顾毓琇赴北京清华学校求学。

王献唐在青岛于礼贤学院文科肄业。

夏承焘将本年所作诗词裒以为集《丙辰诗章》。其中,《落花》云:"玉魂是香终是祸,红颜多色总多愁。"《文丞相词》云:"一木难支宋社稷,三年空哭汴梁州。"《江山一览亭怀古》云:"西北花草英雄泪,南渡山河割据休。"此数联尤为陈啸秋、李仲湘等人激赏。啸秋曰:"此数句,予去年闻人诵者久矣。"仲湘曰:"仲炎(夏承焘少年时字仲炎)他日大家我不敢期,至于'名家'二字,予所逆料不差也。"

顾随始作词,对辛弃疾词别有倾心。《稼轩词说·自序》言:"意者稼轩籍隶山东,吾虽生为河北人,而吾先世亦鲁籍,稼轩之性直而率,戆而浅,故吾之才力、之学识、之事业,虽无有其万之一,而性习相近,遂终如针芥之吸引,有不能自知者耶。"

林散之在安徽历阳一寺庙与许朴庵、邵子退结金兰之交,时人誉为"乌江松竹梅三友"。

胡山源毕业于励实中学,开始步入文坛。

冼玉清在香港圣士提反女子学校读书。

潘伯鹰毕业于安庆第一小学。到北京入高师附中,后转入北京第一中学。

罗剑僧从四川合江县吴静亭先生学,同时受医术于祖父罗万象。

叶剑英在广东东山中学毕业,任教于横山新群小学。

钱仲联在家乡常熟从舅父沈棠(字企棠)习古文、唐诗,辨别四声,试作五绝。

邓白在东莞家乡读私塾,师从居巢、居廉弟子梁梅泉。喜读诗古文辞。

石凌鹤毕业于江西乐平县城模范小学。同年秋,升入育英高等小学。

朱荫龙入私塾,自4岁直至11岁,一直受私塾教育。

明旸生。明旸,俗名陈心涛,福建闽侯人。著有《明旸诗选》。

荒芜生。荒芜,原名李乃仁,安徽凤台人。著有《纸壁斋集》《纸壁斋续集》《纸壁斋说诗》《麻花堂集》。

叶芸生。叶芸,号馥然,别号福禅,浙江洞头人。著有《海屿山人吟草》。

管平生。管平,原名管于松,湖南常德人。著有《管平诗文集》。

贺苏生。贺苏,湖北武汉人。著有《荆山痕》《长夜集》《棠棣花诗册》。

陈昆庆生。陈昆庆,西文名 Victor Chan,自号环翠楼主,广东省中山人。著有《环翠楼集》《环翠楼诗笺》。

徐定戡生。徐定戡,号稼研,浙江杭州人。著有《依然静好楼绝句钞》《稼研七言唱酬律髓》《稼研庵词》《北驾南舣集》《居夷集》《余生赘稿》等。

陈大远生。陈大远,笔名胡青、大风,河北丰润人。著有《陈大远诗词选》《大风集》《匏尊集》《碎石集》。

刘西尧生。刘西尧,原名锡尧,祖籍湖南长沙,出生于四川成都。著有《愚痴诗集》。

王秉钊生。王秉钊,笔名魏放,山东桓台县人。著有《风云诗集》。

周光田生。周光田,笔名田夫,江苏金坛人。著有《夕明诗草》《茅山抗日诗抄》。

沙一鸥生。沙一鸥,江苏镇江人,出生于中医世家。著有《芜诗存稿》。

胡钟京生。胡钟京,安徽祁门人。著有《妙哉楼诗存》。

周策纵生。周策纵,字幼琴,号弃园主人,湖南祁阳人。著有《周策纵旧诗存》《弃园诗话》。

李竹园生。李竹园,原名嵩,又字仲岳,广东曲江人。著有《竹园诗选》。

章敬和生。章敬和,湖南湘乡人。著有《宜闲诗选》。

吴天任生。吴天任,初名郁熙,号荔庄,广东南海人。著有《荔庄诗稿》。

陈湛铨生。陈湛铨,字青萍,号修竹园主人,广东新会人。著有《修竹园诗前集》《修竹园近诗》《修竹园诗二集》《修竹园诗三集》《修竹园丛稿》。

曹大铁生。曹大铁,原名鼎,字大铁,又字若木,号若木翁、大铁居士、菱花馆主等,斋名"半野堂""菱花馆""双照堂",江苏常熟人。著有《梓人韵语》《大铁诗残稿》《大铁词残稿》《菱花馆歌诗》《半野堂乐府》等,又主纂《张大千诗文集编年》。

黄禹篇生。黄禹篇,生于湖北孝感,长居辽宁沈阳。著有《蓝青合集》(与马成泰合集)。

袁宝华生。袁宝华,河南南阳人。著有《偷闲吟草》。

王翘松生。王翘松,福建安溪人。著有《耄矣学吟》。

沈立人生。沈立人,湖南长沙人。著有《沈立人诗词稿存》。

杨秀峰生。杨秀峰,江苏溧水人。著有《秀峰诗稿》。

赵涛翰生。赵涛翰,湖南衡山人。著有《涓涓集》。

成应璆生。成应璆,又名应求,号慕梅,湖南宁乡人。著有《琅玕室诗词存》。与外子潘力生合著《诗联合璧》。

许键元生。许键元,广东揭阳人。著有《双伪斋吟草》。

庄幼岳生。庄幼岳,名铭瑄,笔名文儿,台湾彰化鹿港人。著有《莱园杂诗》《红梅山馆诗草》《红梅山馆诗草续集》。

凌文远生。凌文远,笔名文舟、余方,重庆江津人。著有《望海楼诗存》。

李昌邺生。李昌邺,湖南平江人。著有《窑湾吟草》。

胡惠溥生。胡惠溥,字希渊,四川泸州人。著有《半亩园诗钞》《素绚词》《胡惠溥诗词存稿》。

郑德涵生。郑德涵，字君量，号廑庐，浙江平阳人。著有《廑庐词剩甲稿》。

李国瑜生。李国瑜，字伯玉，四川成都人。早年受业于林思进。著有《伯玉词稿》。

欧阳克嶷生。欧阳克嶷，字乔岳，号迁叟，四川威远人。著有《焚余草》《寒灯诗话》。

丁福保辑《历代诗话续编》（铅印本）由上海医学局刊行。上续清人何文焕《历代诗话》，辑录唐、宋、金、元、明诗话28种。李详（审言）作序云："诗话之兴，源于作者渐夥，弟靡无制，遂昧流别。若防讹滥，必判雅郑，摄之检括，统为一书，则钟仲伟《诗品》是已。顾仲伟所举，意重比兴，故于即目所见，羌无故实，津津言之。颜延喜用故事，则云'弥见拘束'。又讥任昉'动辄用事，所以诗不得奇'。事变递更，诗人旨趣因之歧贸。意内言外，取镜世资，或有借古谕今，似反实正，条流既广，论者益异。自宋以还，此体大备。譬之变风变雅，稍乖本始，其于知人论世则一也。《四库》总论所标五例，虽不能外，优者为之，辄字殊出。其他直如屠沽市侩计簿中语，犹有一节可取者，以其略著本事，可以考见当时风会得失，亦有不可废者。《总龟》《渔隐》《玉屑》等书，卷帙甚富，而《渔隐》独展转摹刻，《玉屑》次之，《总龟》则自明月窗道人刻后，不闻别本。巨帙夥颐，且逐时尚，况畸零么么，沦于丛杂，至有终身侧欲一见，竟不可得。信乎都为一集，必赖好事，勇迈终古，使克有成。不然视为稗贩，将以折阅怯然沮矣。先朝高宗时嘉善何氏，有《历代诗话》之刻，诗二十八家，前世所称者略备焉。吾友吴锡丁君仲祜，既取何书石印，复辑为《历代诗话续编》一书，意在继何而起。若王元美之《艺苑卮言》，虽云少作，实仿仲伟。自钱、朱两选，奉为识志。何氏乃云'罗列前人，殊无足取'，此特其识有所未至。仲祜所辑，仍入此书，可以见其趋向之正，不随流俗，苟为异同。仲祜既以何为乡导，又举孤军搜岩剔薮，卷帙视何相若，其假钞移写，费实倍之。何氏自云：'诗话据《经籍志》所载，存者无几，就可考者付梓，弗嫌挂漏。'实则何氏挂漏殊多，旧志存者，朗若编贝，显示瑕璺，俾仲祜窒隙，补所未备。仲祜虽嗛然不以自足，即此已可与何氏为双鸾二离，颉颃上下，后之达者再有搜辑，殆不可以鼎足为谕。仲祜可谓善为其继矣。仲祜为南菁书院高材生，体弱善病，从事上古医书，参以东西经验药物，因持西医名世。而编定书籍，不中程不止，每日殆无少时为行散岸帻之乐，然仲祜颜色加润，不为之损，意者其以编书为服饵，具有道征，未可知也。仲祜喜购书，且购且读，丹黄烂然，悉举其要，吾特以明王宇泰、缪仲醇及先朝之陆其清、顾尚之比之。仲祜医近于道，其可传者不出于彼，必在于此。合二《诗话》观之，仲祜之正风轨，惩违失，六义之盛，其殆针盲起废，而泄其禁方，为途人正告之，救时之剂，所在取给。如相率为二竖子之谋逃，吾知仲祜谊不受咎，而余之过张是书，抑亦可慨然太息已。民国乙卯十月，兴化李详。"

胡君复编纂《当代八家文钞》（20册，线装本）由中国图书公司和记刊行。含《王湘绮文钞》《康南海文钞》《严几道文钞》《林琴南文钞》《张季直文钞》《章太炎文钞》《梁任公文钞》《马通伯文钞》。所选8家为王闿运、康有为、严复、林纾、张謇、章炳麟、梁启超、马其昶,共录文559篇,集前有胡君复序。胡序云:"昔左太冲作三都,自谓不谢班张。恐当世以人废言,念皇甫谧有高誉,造而示之。谧称善,为之序。自是盛重于时。嗟乎!文如太冲,顾不能无所借以为重,则世之真能识文字者盖寡。文人相轻,自古而然。魏文帝作《典论》开端,即发一痛喟。降及今世,精华凋敝,后生无所取,则闭门束阁,目空前辈,今与古,殆如一丘之貉矣。独幸之。数公者,其德业事功,既奕奕照耀人间,而文学且远过太冲,决无籍皇甫其人序而传之。即固陋如仆,于先民文字矩矱,仅仅涉其藩篱,窃不自揆,乃亦在私淑之列。仰卧床上看屋梁著书,平生志业未就,鬓发将白,文字结习,与为因缘。用是博综约取、斟酌钩校,穷岁月之力,成八家文钞一书。自谓见解颇与当时殊异,用以就质于文学家,而甚愿当世之不以人废。昔许敬宗性轻傲,见人多忘之,或咎其不聪,曰卿自难记,若遇何、刘、沈、谢,暗中摸索著亦可识其言。虽虐,顾无以易,然则即谓仆于数公之文以摸索得之也可。中华民国五年十月武进胡君复序。"

延清辑《遗逸清音集》(4卷4册,铅印本)刊行。本集收录光绪、宣统、民国年间满洲、蒙古、汉军八旗110多位诗人1100多首诗。集中每位诗人附小传。集前有王振声题署、朱篯瀛作序、沈宗畸作例言,集后有檀玑《题后》、李思永与刘尚之《附记》。王振声题词云:"休明启丰镐,鼓吹三百年。先哲慨隔世,时髦只任天。节操无堕斁,风雅有变迁。旧泽罔竭熄,余韵终流传。"朱篯瀛序云:"吾友延子澄先生,既于辛亥小除后阁笔不为诗矣,或百计请求,未一破例。比岁,同人于酒次见其颓放,竞劝之曰:'玉以璞完,而仍辉于山;珠以椟韬,而终宝于世。物难强闷,何况乎人?'昔有清嘉庆初,铁公保奏辑八旗人诗,法公式善踵成之,获名《熙朝雅颂》,矜式艺林,永焜旗翼。方今文教几湮,侪辈中之风雅笃实,足绍铁、法二公者,允维先生。自不为诗可也。若并一代文献所关,亦听沦诸草莽,则大不可。盍续辑一集,藉存往迹,兼以自娱。我等当同为赞助。先生谦让至再,久乃允任,于是发启征诗。经年余,辑未半,有私议者曰:'举世方尚欧学胡,专辑旧诗为?'又有面讽者曰:'旗籍旧僚,近视等亡国大夫。其言非世所重,恐祇供覆瓿耳。'先生举以质余,余谓:'王者之迹熄,则《诗》亡,固势所必至然。试问葩经三百,非传诸迹熄以后者乎?亡国非概由大夫,更非由诗人。今耻语官僚,而并湮其著作,将忍从暴乱,以竞逐于潮流乎?且正术之与异说,孰真孰伪?名节之与权利,孰重孰轻?'仆曩最爱宣统初汤蛰仙辞运使疏中语,云:'人竞欲输入新知识以作官臣,则惟欲保存旧道德以作人。'诗亦旧道德之一矣。先生意乃释然。顾距前选后阅道咸同光,迄今时又百年。诗当不止千家,乱后搜辑綦难。况上无当轴之提倡,外无阮文达其人为助刊刻。曩赞此举之文君竹坪、庆君博如，一困病魔，一羁馆职；定君可庵、爱君子修，均从事笔耕，不遑过问。目营手选，惟先生一人。若更待众擎，何时藏事？爱准前议变通，先就现存同人之诗，甄录若干首，附以己作，厘为四卷。倩王劭农同年署端曰：《遗逸清音集》。印资则藉赵次山制使所赠番饼六十，并拟鬻旧藏书画衣裘，勉足此用。噫，先生之意诚而心苦矣。夫吟朋犹昔，雅颂遽稀，先生岂独谓此并世诸人足与斯文哉！殆亦歌闻麦秀，幸及箕子之生存；伴结采芝，乐呼商皓而共语。俾蘧庐俯仰，恍置身山水间，聆此音而烦襟一廓也。印将竣，为志其颠末如右。至诗之时会既异，果否足与前选并垂，岁久自有定评，兹不复赘云。旧历丙辰仲秋，素园老人芷青弟朱骞瀛顿首拜序，时年七十有二。"沈宗畸例言云："一，是集初拟征有清一代八旗之诗，上接梅庵中丞所选《熙朝雅颂》。嗣因卷帙浩繁，深恐成功匪易。世变日亟，人寿几何？不得不变更前议，先就现存之人编起，殁者略后，作珠帘倒卷式，以期早日成书。一，是集定名曰《遗逸清音集》。所有官阶，自应以辛亥岁杪为断，并征之是年冬季缙绅。一，颂飏肇始有唐，遂成台阁一派，沿至今日应制诗，所以有抬写，不得不然也。是集凡遇颂飏处，概不抬写，蝉联直写，免堕俗例。一，名句流传，有闻必录。凡此唱彼和，录稿尤多，或展转传钞，间有讹误，不知出自谁手，一概照登，孰真孰伪，末由辨之。一，向来勋贵，原不待诗而传，以有事业征之，国史也。至于科第诸公，类皆以吟风弄月为公余消遣，乃征至再三，见寄者甚属寥寥。兹将未寄诸公姓氏详注于下，幸勿讥其疏略（诗已征，尚未寄到，诸公内如那桐、溥良、李家驹、载昌、文斌、傅兰泰、乐泰；外如锡良、贻谷、宝棻、尚其亨、杨钟羲、黄曾源、长绍、继源等是也）。一，未寄诗诸公，家计类多素裕，异日自刊专集，亦堪问世。唯自视太高，或存有差与侩伍之见，本馆自未便再三寄函催索。一，集内列名者，固宜一律通知，然又恐类于集捐惯习，致贻口实，本馆同人公议先任刊资，随即布告。如蒙慨助，本馆无任欢迎。一，是集将届告成，尚有源源寄稿者，编写已定，势难增入。他日或有友人拟辑续编，必当托其录存，以副雅谊。番禺沈宗畸太侔拟定。"檀玑《题后》云："子澄学士与余庚午、癸酉、甲戌三次同年，胸怀高旷，天趣盎然，喜吟咏，所作诗不下数千首，掉鞅词坛垂五十年，盖诗家老斫轮也。戊申岁余，重来都下，同人间事酬唱，辛亥后子澄口不言诗，自号阁笔老人。度其意，殆有不忍言、不欲言者乎？夫言者心声，诗又言之精也。近之，视一人性情之醇驳；远之，关一世气运之盛衰。《三百篇》中，大旨较然。《关雎》《鹿鸣》，风雅正音。及其变也，悲伤憔悴，千载下如闻其声焉。诗之感人微矣哉！壬子以来，子澄拟征集有清道、咸、同、光诗集，上续《熙朝雅颂》。惜无同志，不得已于去年春变计搜辑八旗近人古近体诗，迨今年秋得诗千余首，集赀付印。王劭农同年题曰：《遗逸清音》。自王公、卿大夫，以逮幕僚墨客、山泽之癯，作者殆百余人。意有如'家父'、《巷伯》《北门》、'贤者'、《考槃》《硕人》，感时愤俗，举子澄所不忍言、不欲言者，而缠绵恻怛以言之者欤。然则子澄前之阁笔,今之编诗,迹则殊,心则一也。后君子网罗文献于《熙朝雅颂》集外,取是编而拣择之。固清诗续别裁之资料,其亦可以观世变也。丙辰岁冬月朔日,年愚弟望江蜷道人檀玑题后。"

高燮编辑《春晖社选第一集》(铅印本)由著易堂书局刊印。吹万居士题签。本集前有吹万居士作《春晖文社社选序》、张增颐作《序二》、陈祚昌作《序三》、周明作《序四》、张作楫作《序五》、姚光作《序六》、王祖庚作《序七》、谢慎修作《序八》、高基作《叙九》、高圭作《叙十》。其中,高吹万序云:"自明初以八股取士,前清因之实学益鲜,中叶以降,士风愈陋,称八股为文章,鄙古文曰'散作'。功令所在,鹜走若狂,文社盛行,如蝇逐集。及其季也,八股变为策论而浅陋如故,而人之趋之也亦如古。盖学以殉时,久成风尚,志在干禄,厥道斯卑,策论岂异于八股哉。余年十七八时,亦各尝染指,顾心窃不好而莫由自拔。一日者与二三同志,方抵掌谈世务,慨然于帖括之无所用,乃悉取架上所有如闱墨试卷及一切角艺之册,举拉杂而摧烧之。塾师见而大骇,于是远近皆笑以为狂,不敢与余等谈文事。乃不数年间,科举之制竟废,而学校以兴,昔之如鹜,走而如蝇集者,则尽变。其殉时干禄之念而一注于学校,而当时盛行之文社遂寂然,无复闻焉。华亭张君景留创春晖文社于里中,今六年矣。张君尝请余任评阅之职,至是而人之应之者日益众,而积文日益多。张君复请将历次之卷择其尤者印以行世,名曰《春晖文社社选》。既藏事并索为一言,余欣然许诺。客有疑之者曰:'夫非犹是向者所取而拉杂摧烧之类耶,何既痛绝于前而忽爱护于后也。'余曰不然。夫工媚俗之文于科举之世者,以利禄为之驱也。理朴质之业于举世不为之时者,以道义为之先也。此中相去何啻霄壤。况维今之人不尚有旧,保存国学,此责谁肩?于兹而有乡僻伏处之士,相与砥砺文行,声应气求,久而不厌者,此亦空谷之足音也。岂非吾辈所当慎重而维系者哉。余尝观《几社壬申文选》,大抵一题之作,必有数人。当时盖亦会文类耳。然而其书至今世逾珍贵者,盖不特以其人其文之足重,亦以其志之超然特异,不肯徇时所尚为可重也。今春晖文社之选,其人其文虽皆未足以妄希前哲,而一则倡古学于时文陷溺之秋,一则振坠绪于国学衰亡之日,其志则有同焉者矣。张君方年少,其曩时所谓科举之习,固不得而知。又以身弱多病亦未尝入学校,准家居养亲,兀兀自守,读书求友,文采斐然,殆笃行而好学者。余故历述科举学校之变更,与夫文社盛衰之故,而进之以不惑时趋之学而。即以为序,且勖其不怠云。民国乙卯冬中吹万居士。"题诗者有:余杭王毓岱海帆、玉田赵黻鸿狷公、华亭倪上达幼菊、华亭耿道冲伯齐、奉贤周凤翔葶荪、奉贤朱家驹昂若、奉贤郁文盛隽甫、平湖张景镛翰生、华亭张增颐颂墀、华亭雷补同谱桐、平湖朱森焕炳卿、华亭杨锡章了公、华亭张宗华忍伯、金山顾鸿厚田、金山姜光炳、金山叶道根漱润、金山张廷选子良、金山高燮吹万、奉贤陈鸿翌泊庵、松江朱廷扬哲生、华亭蔡树萱嫒裳、吴江沈大椿志儒、金山高旭天梅、华亭耿善劻君镳、古娄张觸琢成、华亭姜文傅揆勋、金山卢淦讷钟、古娄吴光明遇春、吴县杨鸿年秋心、吴县徐均燨愚农、金山俞宝琛天石、华亭张尔泰痴鸠、华亭陆锡爵笛江、华亭姚锡钧鹓雏、蔡韬庐、华亭金惟一励生、华亭盛旦景葵、华亭张德昭学源、金山徐爽飐石庵、古娄张铭晋之、松江杨寿朋剑锷、金山倪廷硕健生、古娄陆洪生渔樵、金山朱德明君亮、金山高珪君介、金山叶雷默、张允中岭梅、张声铭云林、张端寅仲麟、张友骐凤鸣、张本华菊文、张本良我佛。题词者有：奉贤周凤翔尊荪、奉贤朱家骅云逮、金山高增佛子。又有《弁言一》（古华周尚惠璞华）、《弁言二》（金山王鸿逮杰士）、《弁言三》（张本良景留）、《社中〈八杰歌〉并序》（张本良我士）、《和景留张子〈八杰诗〉》（古华耿道冲伯齐）、《奉题〈八杰歌〉》（奉贤郁文盛隽甫）、《题〈八杰歌〉后》（古华杨锡章了公）、《奉和春晖社中〈八杰歌〉》（奉贤周凤翔尊荪）、《读〈八杰歌〉偶题》（青浦赵宗云吾仙）。正文《春晖文社社选》由金山高吹万先生选定。集后有马超群作《〈春晖文社社选〉后序》、张本良作《〈春晖文社社选〉跋》《附通告三则》《〈春晖文社社选〉勘误表》。

赵光荣撰辑《海门吟社初编六集》（铅印本）刊行。集前有叶玉森序、吴清庠序、《海门吟社同人姓氏》。其中，叶玉森序云："间尝泛扁舟陟狮岩之巅，俯瞰海门波谲而云诡，固天然之诗境也。而宅是邦者，不能发挕而光大之，使山水英灵，于焉歇绝，不其恫欤？曼珠不纲，极于辛亥某日，谒同里赵枚叟先生于百尺梧桐阁。枚叟愀然，诏予谓此变风变雅时也，若为诗，若鸠合一社，使众为诗，所谓不得已而以之鸣也。予力赞斯议，谋之于君，觉庐亦慨然以社务为己任。爰召诸友，奉枚叟为之长。枚叟抑然辞曰：'吾家芍亭，宜乃襮被'。渡江访芍亭丈于竹西，丈忻诺。枚叟亟驾舟归，中途遭风雨，飞浪及髯，几殆。而吾海门吟社于是乎立，甫三集而武汉举义，海内骚然，吾社乃诎然止。未几，芍亭丈亦逝世，同人呜咽之声，遂与海门潮相应答，伤已！共和既建，文质并重于时，黄发白眉之彦，先后立社于燕、于淞、于某郡邑，一倡百和，播之于报章，流之于简册，诗教之盛炳焉，与三代同风。枚叟乃拂衣而起，谓吾社当复兴，同人欢然复议，奉枚叟为之长。枚叟复抑然辞曰：'角艺结习，吾衰未忘，吾社当如华胥国制，不立长。'予乃延奚君度青、吴君眉孙、白君中磊迭主之，甫三集而滇黔变起，海内复骚然。吾社复出诎然止。嘻！何吾社之不祥若是耶。回忆吾社之兴，枚叟凌渡江之巨险，而一集题出，枚叟必速藻，或作二三卷，必然朝莫走索各友稿，往往唇为之焦，其苦心良不可没。因与觉庐谋编历集之卷付诸样，以慰之。而辛亥第三季卷已散失，枚叟闻之大戚，时方病齿，力索积卷去，忍痛编次于短檠下，支颐缮写，辄至深夜，勇哉叟也！予不文，顾不能无辞，爰略述颠末于尾。他日印成，将携一卷，从枚叟之后，陟狮岩，览海门潮之骆驿而联翩，用觇吾社之未艾焉。是为序。民国五年蒲节丹徒叶玉森。"第一集（宣统辛亥七月课）：《水灾叹》（六首）（奚侗、吴清庠、程鉴、赵光荣、叶玉森、于树深）；《镇江西门竹枝词》（三十八首）（吴清庠十首、叶玉森八首、赵光荣八首、于树深四首、姜若四首、邱锦堂四首）；《贺新凉·吊史阁部墓》（六首）（张承恩、陈世宜、黄咸泽、叶玉森、姜若、李翰祥）。第二集（宣统辛亥八月课）：《哀韩储》（五首）（奚侗、吴清庠、叶玉森、赵光荣、赵宗忭）；《凌云亭秋望》（四首）（赵光荣二首、于树深、阙名）；《别峰庵晚眺》（五首）（赵光荣二首、于树深、阙名二首）；《安公子·舟泊枫桥，游重建寒山寺，怀张懿孙》（四首）（吴清庠、叶玉森、陈世宜、阙名）；《惜红衣·莫愁湖残荷》（六首）（吴清庠、叶玉森、陈世宜、阙名三首）。第三集（缺）。第四集（乙卯十月课）：《金山观东坡玉带》（六首）（叶玉森、赵光荣、白曾然、赵清绥、张学宽、何希澄）；《拟左太冲〈招隐〉二首》（十八首）（叶玉森二首、赵光荣二首、白曾然二首、吴士荣二首、姚锡钧二首、茅乃煌二首、叶玉鑫四首、胡蕴二首）；《猩猩》（六首）（叶玉森、赵光荣、白曾然、韩元龙、闵可仁、于树深）；《无花果》（六首）（叶玉森、赵光荣、吴士荣、赵清绥、闵可仁、于树深）。第五集（乙卯十一月课）：《石龙歌》（七首）（白曾然、赵光荣、唐邦治、叶玉森、吴士荣、张学宽、闵可仁）；《岁暮感述》（三十七首）（赵光荣九首、叶玉森四首、赵清绥四首、吴士荣七首、闵可仁五首、陈钟器四首、赵宗忭四首）；《煤球》（十五首）（白曾然四首、叶玉森二首、颜泽祺、马振宪、吴士荣、赵光荣、杨正龄、闵可仁、茅乃煌、李保黻、庄树声）；《冬闺词》（七十八首）（叶玉森十七首、赵光荣十四首、陈钟器四首、吴士荣五首、赵臣傼四首、杨正龄四首、于树深三十首）；《浣溪沙·冬闺四阕》（八首）（白曾然四首、叶玉森四首）。第六集（丙辰二月课）：《滇池神马歌》（六首）（叶玉森、吴士荣、赵光荣、闵可仁、唐邦治、赵清绥）；《赋得何处生春草》（二十二首）（叶玉森六首、吴士荣六首、赵光荣六首、赵清绥二首、戴振声二首）；《唐花》（八首）（叶玉森、吴士荣二首、赵光荣二首、戴振声二首、陈钟器）；《春灯词》（二十首）（吴士荣四首、赵光荣四首、成园三首、薛传薪二首、颜泽祺五首、张寅清二首）；《清宫小乐府》（一百零九首）（叶玉森八首、吴士荣三十一首、赵光荣五十二首、张寅清十四首、薛传薪四首）。其中，姜若（胎石）《镇江西门竹枝词》其一："停船又见润州城，此是淞滨第几程？风雨三更惊客梦，江头汽笛一声声。"其二："金焦双峙碧斓斑，红粉青衫共往还。却笑口头成习惯，不知蒜岭是银山。"其三："平沙浅处架浮桥，咽住滩头来去潮。偶倚危栏窥北岸，瓜州艇子隔江摇。"其四："迎春楼外且停车，大嚼屠门意自如。到底江乡风物美，鲥鱼缠过又鲔鱼。"

刘炳南辑《鞠社诗草初刊》（铅印本）刊印。集前有刘炳南撰《〈鞠社诗草初刊〉序》、陈保棠撰《鞠社序》《在社同人》《来宾》。刘炳南《〈鞠社诗草初刊〉序》云："辛亥壬子而后，时局沧桑，都士人咸厌谭世务，日以文酒相过从。蒋逢午前辈时多旋里，陈潜庵世讲归自汴梁，予亦里居多暇，相与提倡斋盟，重修风雅，遍约吟侣，月数会焉。或簪聚汾溪之水榭，或雅集农会之竹轩，清簟疏帘，茶香灯影，钩心斗捷，拥鼻苦吟，游宴寻欢，谐笑都雅。而扬州修禊，金台题襟，先哲风流，固未敢希踪自诩也。顾此中境趣，有不足为外人道者。社集既数，篇什渐繁。自甲寅迄丙辰，衰而录之，积诗成帙，同人以驹影易逝，鸿印宜留，于是重加甄选，商榷去取，得若干首。颜曰：'鞠社诗草初刊'。惟入社有先后，与会有疏数，其存诗多寡，亦因而殊。依韵次编成之，以付手民。冀省写官笔役之繁，兼志里社墨缘之盛，非仿籍诗之例，求问世也。继此吟筋追寻，坛坫相续，则弹指再历三稔，而续刊之诗当不仅此数欤。买予余勇，敢与诸诗彦同勉之。丙辰初秋耀庭刘炳南。"陈保棠《鞠社序》云："甲寅闰五月下浣，风雨初霁，苦热懑暑。于汾阳王朝之西楼，迓刘耀庭年伯、郑惠庭前辈暨诸诗彦商诗事，即假此为消夏计。惠庭前辈后至，曰：'诸君适从树下习礼来乎？'盖溪旁风雨僵一树，来者咸俯而过，意谓鞠躬也。会散，耀庭年伯嘱定社称，保棠戏答曰：'斯社也，其鞠之乎？扬子《方言》，陈、楚、韩、郑之间，称养为鞠。《书》："鞠人谋人之保居。"亦训鞠为养。于时正群彦韬养之日，诗社亦养晦事也。抑更有说焉。诗之为物，所以陶写性情，发抒幽郁，各随其人之所触而诗境以异，要其感之愈深，则其发之愈明，理自同也。不观乎鞠乎？夫鞠，制革为之，搏之愈力则其跃愈高。诗人或以穷愁而写幽忧，或以激昂鸣其孤愤，言为心声，不可遏抑，其犹鞠也夫。'耀庭年旧伯笑颔之，曰可，即称为鞠社云。甲寅闰夏五潜庵陈保棠谨序。"其中，"诗"栏目（共三百六十八首）含：《不倒翁》（耀庭、潜庵、惠庭）、《溪声》（矞丹、逢午、仲珊）、《碧纱笼诗》（子衡、仲珊）、《冬笋》（元亭二首、潜庵、子衡）、《房老》（仲珊、潜庵、矞丹）、《避债台》（惠庭、耀庭、云洲）、《携妓校诗》（仲珊、南渠、谦丞）、《钟声》（寿若、惠庭、潜庵、仲珊、耀庭）、《蛎房》（仲珊、耀庭、南渠、惠庭）、《新婚别》（矞丹、惠庭、耀庭）、《一笑坠驴》（矞丹、耀庭）、《秋雁》（潜庵二首、仲翼、南渠）、《流妓》（戟艻、仲珊、元亭、潜庵、戟艻）、《镜听》（南渠、子衡、矞丹）、《韩文公驱鳄》（矞丹、耀庭、燮孙）、《渔家傲》（瑾如、耀庭、仲珊、仲翼）、《破蒲扇》（谦丞、潜庵、元亭）、《冬闱》（矞丹、仲珊二首）、《鱼市》（惠庭、云洲）、《茶当酒》（潜庵、耀庭、寿若、仲珊、元亭）、《诗钱》（南渠、子衡、惠庭、仲珊）、《虬髯客》（潜庵、矞丹二首、仲翼）、《雪里红》（惠庭、潜庵二首）、《酒券》（耀庭、云洲、惠庭、潜庵、功恺）、《卖汤丸》（矞丹、惠庭）、《文君当垆》（仲翼、潜庵二首、矞丹、仲珊）、《问鹤》（南渠、矞丹、仲珊、子衡、潜庵、惠庭、潜庵）、《东方朔偷桃》（耀庭、潜庵、矞丹）、《巧妻伴拙夫》（矞丹、潜庵、幼恺、仲珊）、《惧内》（仲珊、耀庭）、《加酒税》（元亭二首）、《南八乞师》（矞丹、云洲、潜庵）、《梦遇故人谈诗》（潜庵、矞丹、仲翼、仲珊）、《松竹守岁》（元亭、惠庭、潜庵、耀庭）、《姚广孝姊》（潜庵、仲珊）、《僵树》（潜庵、惠庭、耀庭、矞丹、仲珊、述斋）、《诗猜》（南渠、功恺、惠庭、耀庭）、《画蟹》（潜庵二首、耀庭二首、惠庭）、《白头富贵图》（仲翼、云洲）、《破蓑》（矞丹、南渠、仲翼）、《瓜战》（瑾如、仲珊）、《质琴》（南渠、仲珊、翥丹）、《茧虎》（功恺二首、仲珊）、《邻谇》（耀庭、元亭、潜庵）、《采茶歌》（耀庭、翥丹、仲翼）、《幕燕》（潜庵、翥丹二首、可卿、仲珊二首）、《武陵渔》（潜庵二首、翥丹）、《最皱眉事》（翥丹、功恺、仲珊）、《梅花不要诗》（潜庵二首、惠庭）、《邻女窥读》（南渠、潜庵）、《残书》（瑾如、潜庵、仲珊、耀庭）、《观女剧》（南渠、云洲、惠庭、仲珊）、《祝寿词》（仲珊、惠庭）、《就菊》（元亭、耀亭、翥丹）、《春灯画美人》（潜庵、瑾如、南渠、耀庭、翥丹）、《问菊》（惠庭、子衡、元亭）、《读画》（元亭、子衡、惠庭）、《郭汾阳拜织女星》（功恺、潜庵）、《苟有山房故址》（翥丹、潜庵、瑾如）、《还俗僧》（元亭、仲翼、仲珊）、《萧史携弄玉上升》（潜庵、元亭）、《新嫁娘》（南渠、耀庭、仲珊、翥丹）、《猩猩好酒屐》（翥丹、仲珊）、《楼东怨》（南渠、耀庭）、《农家乐》（仲翼、子衡、翥丹、仲珊）、《芦花》（耀庭、谦丞二首、寿若）、《石女》（潜庵、惠庭）、《水烟袋》（潜庵、南渠、元亭）、《蕉影》（翥丹、耀庭二首）、《竹枕》（子衡、耀庭、元亭）、《韩掾偷香》（潜庵、惠庭）、《杨贵妃洗儿》（瑾如、惠庭、仲珊、惠庭、潜庵）、《钟馗徙宅》（耀庭、翥丹、惠庭）、《诸葛草庐怀古》（仲珊、潜庵）、《邱嫂戛羹》（翥丹、潜庵）、《李陵别苏武》（鹤庵、南渠、仲珊）、《补齿》（翥丹、子衡）、《走马灯》（逢午、潜庵二首、惠庭二首、仲亭二首、耀庭）、《秃》（仲珊、燮孙、耀庭、潜庵、翥丹、元亭）、《米颠拜石》（功恺、潜庵、瑾如）、《相如题柱》（子衡、寿若、潜庵）、《鲁漆室女》（潜庵二首）、《肉糜》（翥丹、潜庵、惠庭、仲珊）、《束乞邻酒》（潜庵、瑾如、翥丹、元亭）、《猴戏》（翥丹、仲珊、耀庭、功恺）、《陈季常妻》（耀庭、仲珊）、《金刚多明旦》（潜庵、翥丹、功恺）、《查孝廉款丐》（仲珊、潜庵二首）、《岳王坟邻苏小墓》（惠庭、仲珊、瑾如）、《吴宫教美人战》（潜庵、仲亭、仲珊、元亭）、《假山》（惠庭、耀庭、元亭、翥丹二首）、《梁武舍身》（仲珊二首、潜庵）、《春饼》（元亭、潜庵、逢午）、《考知事》（仲翼、翥丹、仲珊）、《抟沙捏睡嵇康》（潜庵、仲珊、耀庭）、《朱序母》（耀庭、仲珊）、《武夷君宴幔亭峰》（仲珊、潜庵）、《湖上骑驴》（翥丹、耀庭）、《侍儿嗔吟》（瑾如、惠庭、云洲）、《墦间齐人》（仲珊、子衡）、《千金报漂母》（翥丹、潜庵、仲珊）、《观奕》（潜庵、南渠、云洲、仲珊）、《刘先生种菜》（潜庵二首、子衡、仲珊）、《瓶桂》（仲翼、惠庭）、《女伶演〈祢衡骂操〉》（翥丹、元亭）、《赤壁吹箫》（寿若、耀庭）、《旗亭画壁》（南渠、元亭）、《百钱看杨太真袜》（潜庵、翥丹、元亭）、《梁鸿赁舂》（仲珊、子衡）、《韩熙载乞食歌姬院》（南渠、耀庭、潜庵、翥丹）、《琴操参禅》（耀庭、仲珊、翥丹、惠庭、元亭二首）、《郑监门绘流民图》（仲珊、逢午）、《华清池月石》（子衡、瑾如、元亭）。

金和撰《秋蟪吟馆诗钞》（5 册，7 卷，线装刻本）由上和金氏再版刊行。陈宝琛、郑孝胥题签。卷一为《然灰集》，卷二为《椒雨集》上，卷三为《椒雨集》下，卷四为《残冷集》，卷五为《壹弦集》，卷六为《南栖集》，卷七为《奇零集》。梁启超作序，陈衍、金还作跋。其中，梁启超序云："昔元遗山有'诗到苏黄尽'之叹。诗果无尽乎？自

《三百篇》而汉魏，而唐而宋，涂径则既尽开，国土则既尽辟，生千岁后，而欲自树壁垒于古人范围以外，譬犹居今世而思求荒原于五大部洲中，以别建国族，夫安可得？诗果有尽乎？人类之识想若有限域，则其所发宜有限域；世法之对境若一成不变，则其所受宜一成不变。而不然者，则文章千古，其运无涯，谓一切悉已函孕于古人，譬言今之新艺新器可以无作，宁有是处？大抵文学之事，必经国家百数十年之平和发育，然后所积受者厚，而大家乃能出乎其间。而所谓大家者，必其天才之绝特，其性情之笃挚，其学力之深博，斯无论已；又必其身世所遭值有以异于群众，甚且为人生所莫能堪之境，其振奇磊落之气，百无所寄泄，而壹以迸集于此一途，其身所经历、心所接构，复有无量之异象，以为之资，以此为诗，而诗乃千古矣。唐之李、杜，宋之苏、黄，欧西之莎士比亚、戛狄尔（歌德），皆其人也。余尝怪前清一代，历康、雍、乾、嘉百余岁之承平，蕴蓄深厚，中更滔天大难，波诡云谲，一治一乱，皆极有史之大观，宜于其间有文学界之健者异军特起，以与一时之事功相辉映。然求诸当时之作者，未敢或许也。及读金亚匏先生集，而所以移我情者，乃无涯畔。吾于诗所学至浅，岂敢妄有所论列？吾惟觉其格律无一不轨于古，而意境、气象、魄力，求诸有清一代，未睹其偶；比诸远古，不名一家，而亦非一家之境界所能域也。呜呼！得此而清之诗史为不寥寂也已。集初为排印本，余校读既竟，辄以意有所删选，既复从令子仍珠假得先生手写稿帙，增录如干首为今本。仍珠乃付椠，以永其传。先生自序述其友束季符之言，谓其诗他日必有知者。夫启超则何足以知先生？然以李、杜万丈光焰，韩公犹有群儿多毁之叹，岂文章真价，必易世而始章也。噫嘻！乙卯十月，新会梁启超。"
陈衍跋云："近人之言诗者，亟称郑子尹、郑子尹。子尹盖颇经丧乱，其托意命词又合少陵、次山、昌黎，镕铸而变化之，故不同乎寻常之为诗也。上元金君仍珠以其尊人亚匏先生遗诗刊本见惠，读之仿佛向者之读子尹之诗也。至癸丑、甲寅间作，则一种沉痛惨淡阴黑气象，非子尹之诗所有矣。夫举家陷身豺虎之穴，谋与官军应，不济，万死一生，迟之又久，仅而次第得脱，岂独子尹所未经，抑少陵所未经矣。经此危苦而不死，岂乏其人？不死而又能诗，且能为沉痛惨淡阴黑，逼肖此危苦之诗，无其人也。先生与子尹同时，子尹名早著。然知子尹之诗，不知先生之诗，欲不谓之贵耳而贱目也，岂可得邪？乙卯人日，侯官陈衍书于京师。"金还跋云："谨案：先君诗集，粤匪乱后所作，自题曰《秋蟪吟馆诗钞》。捐馆以后，丹阳束季符先生允泰垂念金石至契，力图传播，属仁和谭仲修先生献选成一本，于光绪戊辰序刊杭州。用先君自署词稿之名，题曰《来云阁诗》，板存金陵书局。经辛亥、癸丑两次兵事，不可踪迹。嗣还与家兄遗商定，仍用《秋蟪吟馆诗钞》旧题，覆印束本，加入词稿、文稿，以活字板排行，以饷世之欲读先人遗著者。时与新会梁任公启超同客京师，承于先集有'诗史'之目，详加厘订，复以纪事巨篇，谭选尚有未尽，加入数首，属还付手民精刻，并许刻后覆勘。会梁君南返不果，还敬捡手稿及束本校读，并就仁和吴伯宛昌绶、长洲章式之钰一再商榷，是为今七卷本。告成有日，用志颠末。丙辰五月，第二男还敬记。"

张之杲撰《初日山房诗集》刊行。卷一为《浮湘草》，卷二为《槐忙草》，卷三为《白沙江上草》，卷四为《淮海楼头草》，卷五为《竹鲇集上》，卷六为《竹鲇集下》。集前有史梦兰作序，集后有张尔田作跋。史梦兰《初日山房诗集序》云："《记》称声音之道与政通，安乐怨怒可以验政之和乖，此谓乐之声也。况诗为人声之精微，发于心而比于乐者乎？春秋列国，卿大夫往往于宴会赋诗见志，因以别其邪正休咎，此取他人之诗而赋之也。况诗由自作，贞淫正变，假物以鸣，尤有莫知其然而然者乎。古人审乐以知政，诵诗而知人，盖有道矣。钱塘张东甫先生以明经筮仕江左，历宰华亭、嘉定、阳湖、长洲诸剧邑，所至有声。长洲为苏郡首县，政务殷繁，先生措之裕如，大兵过境，供亿不缺而民不扰。林文忠公奇其才，擢升泰州牧。泰为里下河门户，清积案，筑湖堤，未半年而颂声顿起。咸丰三年，粤匪踞扬州，与泰相距百余里，势甚危。先生练团勇、守要害，屡挫贼锋，贼不敢东窥州境，下河十余邑得以保全，而先生亦遂以积劳致疾。殁后，士民追念前勋，胪事迹，申请入奏，得优邮，赠道员。光绪戊寅冬，兰以事至抚宁，喆嗣子纯明府方宰是邑，出先生所著《初日山房诗集》属序。兰受而卒业，见其诗澄心渺虑，爽朗清华，有和平蔼吉之风，无凌厉叫嚣之习。其《拯灾》《劝农》《望练湖》诸篇，悼民隐，伤物力，恻然有元次山《春陵行》、杜子美《枯樱》《病柏》遗意。而咏古诸作，尤肫肫于发潜阐幽，表彰忠义，不禁作而叹曰：'有是哉！诗之与政通也！'先生于官为循吏，于国为劳臣，故其于诗为正始之音、仁人之言。吾今因其人益重其诗，后之人读其诗如见其人，亦即无不可想象其为政也。或曰：'先生当未仕时，曾以诗受知于曾宾谷节使，故诗有渊源。'然此犹止以诗论先生，亦浅之乎论先生矣。光绪戊寅仲冬年愚侄乐亭史梦兰顿首谨撰。"张尔田《初日山房诗跋》云："先大父遗诗六卷，先伯胥石公所编次，家藏手稿数番，有毛生甫、邓湘皋诸先生评点。蠹蚀大半，惟此本特完。赭寇之变，楹书尽弃，先君护持于灰烬之中，置大半箧，转徙必自随。吾杭丁丈松生修杭郡诗三辑，征诗族人，曾借刻数首。先君尝以此为怼，屡欲絜行，卒未果。辛亥俶扰，恐手泽又将湮佚。尔田始请于先君而刊之。杀青甫竟，先君见背，竟不获亲睹厥成。孤露余生，眷述祖德，可哀也已。先大父所著尚有《说文集解》一百卷，乱后稿已失传，《泰州保卫记》一卷，附刻《名宦录》，后杂文数篇，藏于家。丙辰冬孟孙男尔田谨识。"

徐寿兹撰《济游词钞》（1卷，铅印本）刊行。王以敏序云："温柔敦厚，诗教也，词亦何独不然？词祖诗，而宗骚、乐府，与古律绝同源异流。其体较古律绝为丽，而其径益幽折往复而不可踪。惟言之不足，故长言之。长言之不足，故反复嗟叹之。自非性情中人，具芬芳悱恻之忱，而有宏深美约之思者，殆未易敷畅襟灵、神明律吕也。敏少客济南,性嗜倚声。七桥烟柳间,挈舟独往,行吟憔悴时,与沤鹭为伍,久之,得徐君袖芝。君体挈心远,散朗不群,生长东南石湖邓尉,为古词人游历之乡,又渐于戈顺卿、沈润生诸先辈之绪论,故其为词清旷绵渺,一如其人。及与敏遇,俱过盛年,哀乐所伤,歌哭相答,且以两人胥疏湖海,端忧寡,谐酒楼,踪迹益增凄眷。间尝高秋并骑出南郊,登千佛岭,眺鹊华、药山诸胜,雁语天碧,螀啼草黄,俯仰身世,骚屑谁语。及寻柳絮泉、白雪楼遗址,冷风送响,古泪盈抱,瑶轸一弹,睇笑如接。时复船唇捉月,水香送秋,座中家令,故人何惄?酒酣以往,铁笛横吹,至乃鬖发易素,微波靡托,灯焰香消,百感交沸,不无慰藉之语,半皆迂轸之音。君尤悒怏不聊,不自知其情之一往而深也。先是孙子蕴苓、张子采南均敏旧交,又俱与君同里,先后来历下,文宴尤盛。蕴苓凤不填词,采南偶涉笔,亦不多作。故唱和之什,两人为夥。弹指今年,蕴苓墓草宿矣。采南偕敏,同官京邸,宦情萧瑟,相见殊稀。君官汴中,政声著河洛间,谓宜栖心案牍,渐远风雅,犹复不忘旧游。暇缉《济上词》一卷,邮寄索序。翻阅数过,前尘黯然。时敏甫游泰岱归,归而梦登尧观台、探黄花洞、踏飞瀑,看仙人影,行天入镜,摘星为粮。溪谷窈冥、风涛怒撞、翩天龙与神鬼,出六合而入八荒。若有人兮相视而笑,夺我手中五色笔,飞绝顶而高咏,韵天风以流浪。觉而思之,新词在枕,霜月流光,畴昔之夜,入我梦者,其君也耶。光绪丁酉祀龟后三日,武陵弟王以敏,序于宣武城南之寓斋。"

程宗岱撰《梦艻词》(2卷,铅印本)刊行。扬州大成印刷纸号。吴肖仙题签。袁镛作《梦艻词叙》云:"昌黎云:'余事作诗人。'词为诗余,好高者多小之。然妙解音律亦可被之管弦。余弱冠时学倚声者二年,从岳忠武《满江红》入手,有句云:'问将军,阃外得专,无疑难阙。'故性喜苏辛一派而不能至。见者每笑其语多生硬,遂弃而不为。兄紫纹晚喜为之,尝谓程少华乃后来之秀也。时少华寓吾乡,余萍浮南北,不克常相见。今复见于邗上,得读其《梦艻词》二册,哀感顽艳,凄然动人。其表弟张寿庭谓如春竹啼烟,秋棠泣露,中有幽魂啷啷私语,谓非古之伤心人别有怀抱者耶。吾乡以词传者甚鲜,如周麟之、马东皋、储紫墟诸公集中,皆未附以词。近惟程丈羖庵工此体,极似草窗。少华云文伯先生亦擅,则未之见也。先外氏赵渔叟有《晓风残月图》,王小梅画,而《晋砖室诗存》正续集后词均不存。蒋鹿潭尝赠句云:'恨西风吹瘦,倚楼人知。'外氏固精于雅令者,仅记其为余族祖后山题《西湖放棹图》,有'昨夜苏州、今夜杭州'之句。他如黄荻生,专学温飞卿者,其稿亦放纷,远不如真州之詹石琴,得吴谷人祭酒序而传之矣。少华复以词名,则柳耆卿之流风余韵其在斯乎!其在斯乎!丙辰五月秦州袁镛。"程宗岱自序云:"余词学未深,好作艳语,阅者多以风流自赏目之,而不知余固古之伤心人别有怀抱者也。余自幼而壮而老,伤心事多,家国之恨,身世之感,辄寄于诗词,又不欲显言,往往托诸劳人思归、吊月悲花以寓其意。芬芳悱恻，窃比于美人香草之遗，宵渺荒唐，亦近乎山鬼女萝之旨。余何敢僭妄拟骚，姑取譬于此，庶不为法秀道人所诃。嗟乎，区区敝帚，真赏难期，落落孤琴，哀音独奏。或有知我者，必能相喻于语言文字外乎？乙卯季秋青岳自叙。"程镜清有《满庭芳》题词云："撷得江花，裁成锦字，个中曾擅心情。咀含宫徵，随意制新声。诗酒余闲不负，参音律、拍数分明。高歌起，阳春曲调，难和复难赓。　　殷勤，翻旧谱，铜琶铁板，金管银笙。助清才倚玉，绮语雕琼。芳草天涯寄恨，扬州梦，记取三生。知何处，今宵柳岸，风月忆耆卿。"

　　徐熙珍撰《华蕊楼遗稿》（1卷，刻印本）刊行。周庆云、吕凤岐、曹镶、王廷相作序。其中，周庆云序云："光绪壬辰秋，从弟紫垣丧其妇。徐既卒，哭而犹写哀。或慰之，紫垣曰：'吾非不达也，顾念亡妇，温柔敦厚，无世俗儿女子态者，非惟有德，抑亦才焉。'呜呼！温柔敦厚，乃其所以为诗也欤？今年夏，余有《浔溪诗征》之辑，紫垣录示数首，仅鳞爪耳。越一月，紫垣妻弟徐君贯云，袖弟妇《华蕊楼遗稿》来谒，属为甄采，得窥全豹。大都流连光景之作，然行间字里，俊逸清新，不斤斤规模唐宋，而自有蕴藉宜人者在。向使天假以年，秉其温柔敦厚者以进窥风雅之源，卓然有以自鸣于世，宁非吾宗巾帼之光乎？余既逐录如干首，又虑吉光片羽，久而易湮，爰付手民刊为单本，冀谋不朽，且以塞紫垣锦瑟之悲，并以抒贯云谢庭之感云。乙卯九月，乌程周庆云。"吕凤岐序云："余老友曹小芸大令，岁在癸亥，与余同膺直隶学使夏大司寇之聘，随棚襄校，时以诗古文辞互相质证。迨癸酉秋，余奉天子命，视学晋西，适小芸补授石楼县令，同官一省，寅僚中尤为心契之友。今余掌教莲池，小芸起假赴晋，道出保阳，勾留数月，旧雨重逢，纵谈诗文，不禁有抚今追昔之感。小芸出示《华蕊楼诗稿》一编，谓余曰：'此予中表侄女徐熙珍作也。惜乎才女为造物所忌，辛卯春归周紫垣表侄婿，夫妇唱和，贤淑和平，居然韵友。不及两载，遽赋悼亡。'小芸乞序于余，以代周子之请。余读一过，稿中诸作，好句如珠，一种秀雅温柔之致，溢于言表。无他，情之所钟，即性之所近也。如使天假之年，精其所造，博其所学，则古之谢道韫，今之席佩兰，安得让其专美于前，啧啧名媛于不置也哉！是为序。岁在癸巳孟秋月中浣前山西督学使者旌德吕凤岐瑞田氏撰。"

　　张茂辰撰《蝶宾馆诗存》（铅印本）刊行。集前有雷补同、耿道冲作序。其中，雷补同序云："身之所及，耳目之所接，以思之所寄，发天籁，抒性情，无不可形诸吟咏，以合于赋比兴之旨。则诗之为道似易，俗者求其雅，隐者达之，显陈腐者化为新奇，同写一景而工拙殊，同举一辞而妍媸别，推敲研炼，虽呕血镂心，犹未惬焉。则诗之为道实难。余谓作诗似易而实难，必知其难而后可以至易。所谓成如容易却艰辛者，即由难至易之一境也。丙辰夏，张子定九以其大父良哉公所作《蝶宾馆诗存》见示，且云将付剞劂，索一言为序。余受而读之，其诗如白云在空，舒卷无心；又如好鸟枝头，宛转悦耳，可谓极挥洒自得之乐矣。而风骨高华，意境幽远，晚唐气韵，悠然如见。知其致力于古人者深，且至非贸然操觚辈所能企及。信乎吾所谓由难至易之境也。公为吾邑诗龛尚书哲嗣，尚书以三绝名海内，所著《小重山房诗词集》为艺林宗仰。公渊源家学，熏陶者深，及居京师，看长安之花，赏春明之月，俯仰景物，开拓胸襟，且出则与当世文学士宴游酬答，退而一门之内父姑姊弟擘笺拈韵，乐也融融。由是诗乃益进。然则昔人所谓欢娱之言难工，其然岂其然乎？公少负大志，治经济兼攻古文，然惜天不永年，中道遽殁。其丰于才而啬于寿若此！藉令假以岁月，文章功业必有彪炳当世、昭示来兹者，岂仅仅以诗见耶？即以诗论，又岂止此区区一小册邪？噫嘻！是可慨已！岁在丙辰嘉平月雷补同。"

俞稷卿撰《紫花菾馆诗剩》（1册，1卷，铅印本）刊行。集前有郭福衡作《俞稷卿先生小传》《青浦县志本传》。集中收诗98首，后附补遗20首，计118首。集前署江苏青浦俞廷飏稷卿著，邑后学徐公修慎侯编校。集后有金咏榴跋。跋云："余家旧藏俞稷卿太夫子《紫花菾馆遗诗》二十首，先君尝录以示德清俞曲园先生，先生最喜'人孤灯影瘦，春足月光肥'二句，采入《春在堂随笔》。去冬，徐慎侯谱兄搜求太夫子诗剩，付之排印，咏榴适自皖归，获读校雠之本，而《春在堂随笔》所载之二句转无焉。尤奇者，徐君所搜得之十八首与余家旧藏之二十首无一相同，乃叹零缣断锦之益可珍惜，而后人之搜采之不易尽也。因检旧所藏剩稿，尽赆徐君。以前诗排印竣工，不及更动编次，只得附于其后。书成，爰述数言于简末。民国四年旧历乙卯孟陬上瀚小门生金咏榴谨识。"

吴重熹撰《石莲闇诗》（6卷）、《石莲庵乐府》（1卷）刊行。《石莲闇诗》自序云："石莲幼多病，十龄前恒经冬不出户，不知所谓学，不知所谓诗也。后随先人任，而粤、而豫、而燕、而黔、而秦，七年岁月半销磨于船唇马足之间，不知所谓学，不知所谓诗也。咸丰甲寅归里，未一载迭抱风木之伤。读礼家居，更不知所谓诗也。己未服阕，年二十二见同人为诗，私好之，始提笔效之。迨一行作吏，见有以性耽词翰被劾者，且以戒诗为宗旨，故卒以无所成就。昔彭瞻庭先生言士子束发受经以逮通籍，帖括在前，簿书在后。虽雅意汲古之儒罕能卒业，况诗学广大，尤非敢轻言。第人各有心，心各有声，古来忠臣、孝子、劳人、思妇，各声其心之声，固不豫存一体格与宗派心也。惟念古今之存诗者，如恒河沙数，大率随世变而淘汰无存。唐李磎有诗八百篇传诵于时。卢殷能诗，可传录者在纸凡千余篇。裴迪与王维赋辋川诗载于维集，此外更无存者。唐《艺文志》别集，数百家无其书，其姓名亦不见于他人文集中。元宗简著格诗一百八十五，律诗五百九，今世知其名者寡矣。诗之不能幸存，固易知也。顾鸟鸣于春，虫鸣于秋，有不知其然而莫能自已者。宋释德洪谓：'譬如候虫鸣鸟，自鸣自已，谁复收录？'王濬南则譬乐天如'柳阴春莺'，东野如'草根秋虫'。明侯一元谓：'如春虫秋蚓,宣写和气,自得而止。'俞实谷谓:'虫之薨薨,鸟之嘤嘤,机动籁鸣,岂得已而不已?'袁中道又谓:'存其绪言,以当雁之一唳。'吾郡杜文端亦谓:'翳叶之蝉,伏窦之蚓,值夫清风朝飒,明月宵临,则不禁自鸣。凡皆出于自然,不事勉强者也。'又云:'君子读书,论世尚友。古人即学为诗文,亦自适性天,无限乐事,终不成为仕宦功名一齐耽搁。舍其所自有而用心于不可知,亦为不善择矣。'予生薄祜,早年失学,'帖括在前,簿书在后'二语遂束缚一生。今景迫崦嵫,来日无多,卒使读书论世、尚友古人者,无一成就,徒叹茧破蛾飞,丸成蝉蜕,能无歉焉?邵青门云:'余素引和凝事宋以前诗文,无自镂板者。老境侵寻,所存止此。听其零落,未免伤神。虽敝帚,吾有之,吾自享之,聊用自娱,亦情所难已也。乃自录其诗,略存梗概。'范东生沏所谓尽刊甘醲肥厚、献酬佣雇之作者,愧无能为役焉,则又自惭无地者矣。宣统二年(1910)庚戌石莲自叙。"

周茂榕撰《晚绿居诗稿》(铅印本)刊行。集前有江五民作序,陈继聪题词;集内含诗4卷,词1卷。其中,江五民序云:"《晚绿居诗稿》,镇海周野臣先生作也。余所见先生手抄本曰《晚绿居诗稿》,曰《问心居诗稿》,曰《杂著》;凡三种杂著,附录杂文、诗余,而诗居其半。检阅一过,凡《镇海县志》及《蛟川诗系续编》选录诸诗皆在焉。按其作诗次第,亦略有先后可寻,盖所遗缺者固少矣。先生之从孙曰兆龙,余于民国之初遇之;镇海公署一见如旧识。寻令其子明政(肄业培玉学校)以先生之诗来,盖有谋刊之意,而丐余论定之,余则何敢然。藉是以读先生之诗,未始非快事也。先生诗能切合事情而绝去雕绘,吐弃凡近而不务刻深,盖师事复庄而格韵之萧洒似之,心折清容而风神之婀娜过之,殆弓燥手柔、纯任自然之诣欤?方君式如朝夕过我,见是诗,读而爱之,并重先生之名,谓宜付诸枣梨,免忧散逸。张幼棠文学与兆龙最笃好,亦屡从臾付印,以艰于资斧,稍请缓图。今年夏,方君晤我,重申前议,谓果付梓,当出百金为助;兆龙闻之,乃欣然愿任其余。余因与方君出先生诗,编次写定,分为四卷,后附诗余一卷,付之手民,而定名为《晚绿居诗稿》。印将竣,式如君之从侄稼孙,鉴于兆龙筹费之艰,又复慨助五十金,俾圆其事。于是零笺残墨一朝飞腾,以何因缘而能得此。昔人谓刻人文集视掩埋枯骨,恩德尤深。吾不知先生在地下当如何感激涕零也。夫诗人怀抱一世,触景抒情不能自已;甚且呕心铢肾,视此为不朽盛业。而一念知己茫茫,抑郁苍凉,感慨欲绝,有不禁废然颓放者,古今来不知凡几。人得是稿而读之,其庶可自壮矣。然则人之得传于后,固有其不可磨灭之精神,而方君是举之有裨于诗人者,夫岂小也哉!余因编先生之诗并著印行之缘起,有出于望外者如此。先生讳茂榕,字霞城,清咸同间廪贡生,即用训导。尝预修《镇海县志》。野臣,其别号云。中华民国五年(1916)中秋日奉化江五民序于镇海方氏培玉学校。"陈继聪题词云:"智过于师,可以传道也。私淑复庄,本师不足道也。少陵方死而昌陵代兴,坡老并世而山谷争霸。有志之士在乎自强努力为之。今日四明词坛之长，当有所归。光绪戊寅仲春月小弟陈继聪拜读。"

释太虚撰《昧盦诗录》(排印本)刊行。孙文题签。集前有释太虚《丙辰夏杪自题》云："一扇板门半开闭。六面玻窗龟藏曳。棺材重歌《薤露》篇。死时二十有八岁。"又自题出家二年影像云："十分相似幻耶真，普印千江月一轮。我不是渠渠即我，身离于影影同身。几时剃染成僧相，何处丹青着色尘。万法了知皆意象，不妨呼作假名人。丙午冬初自题。"道士亦颠作《题太虚一影》云："不识太虚真面目，闻名知有大雄才。今观小影忽然笑，好像初钻牢洞来。"江五民、倪承灿、戴章、陈诵洛、憨头陀志圆、郑卓、梁鸿为之作序，八不头陀道阶、昱山懒石、湛庵聊叟豁宣、陈诵洛、方卫珍为之题词。其中，陈诵洛序云："长日无事，读《昧盦诗稿》，觉朴茂渊懿，尽扫纂组雕镂之习，以视蝇声蛙唱，效蚍蜉之撼大树者，真刍狗不灵也。呜呼！尚矣！夫诗者，性情之和也，蕴之于性。诗为无声，发之于情；诗为有声，闷于无声。诗之精，得诗之精，即知其人之志，宣于有声；诗之迹，得诗之迹，即知其人之行。盖诗之为义，情感于八埏，化动于六合，苟非会吾心于一贯，必不能收天地于一掬也。自世之衰，六义尽弃，大雅不作，识者悲之。独太虚以涉大道之余，毅然为诗。性之所藏，既奥而颐，情之所寄，更畅而和。虽其瑰奇之姿，殆不欲以风流自见。然质而不野，宛而不直，如春草怒生于雨后，如秋月孤明于空山，古趣盎然，横溢纸外，是则其为人也，谓非为古之诗人得乎？犹忆三年前，与太虚把臂越中，纵酒高吟。每醉，予辄仰天而歌曰：'我醉自眠君自颠，路人往往指作仙。此辈何曾识此乐，识与不识俱可怜。'言已，相视而笑。今太虚已诗盈寸矣，而予则仍并进步而无之。握笔之下，头岑岑然矣。或曰：'太虚之诗，于古孰为近？'则应之曰：'是天赋清才，而又参以韩之排奡，苏之纵宕者也。'中华民国五年七月，古会稽陈诵洛谨序。"梁鸿序云："予俗人也，每于钝闷苦寂，学雅人登山临水，聊拓胸襟。凡值一丘一壑，固不敢轻轻放过，即荒山破寺，亦必徘徊瞻顾而后返。盖以山林为荒凉岑寂之地，其中必有清虚高旷达道之真人也。美哉！普陀山水之清丽，冠苏而甲浙中。有安禅著书籍，吟哦以救世，如寒山、拾得其人者，昧盦是也。昧盦精于佛，而其诗故说理精确而闷，遣律虽不工，而其辞自雅。此所谓能得清空自然之韵，而不同粉饰谄人者也。予本不识昧盦，因读其诗，而想其为人。乃叹天下名山多为不知风雅、工于周旋之僧所占。如昧盦者，庶对名山之灵无愧矣。丙辰秋七月丹清梁鸿草。"昱山懒石作《题〈昧盦诗录〉》："法界奏大音，群响为之应。廓若浩荡风，元力弥动静。南溟蟠翼龙，红尘那伽定。觑破祖师机，吞却佛三乘。驾以奇迈才，微咏寄清兴。文章建法幢，引入曹溪径。名山遇方子，独倾慧耳听。假手绣梓人，惠泽天下赠。"昧盦太虚《跋语》云："予不知学问为何事，凡书一观辄置。未尝能诵文一篇、诗一章也。顾呓语谰言，随败笔破纸而飞，往往流落人间。

顷年伏居山室，追踪空石，不独胸中无字，抑且目中无物矣。日者，方君稼孙来游补怛洛伽山，寓盘陀庵，与予锡麟禅关相邻。乃昕夕垂访，谈诗终日，亹亹不倦，固私识为佳士也。君盖日寝瞆于当世才人骚客之文字，谓尝睹予诗，竖欲得全豹以归，予无以却之。然予最懒钞写，短笛无腔，信口而吹，所作又无一足录，故遗失者十六七矣，搜之故箧，检取其弃馀，自乙巳至乙卯，集得古今体诗若干首，覆而视之，鼻为之棘然，姑以贻君。固知君携归一览，将作三日呕矣。丙辰季夏下浣八日昧盦太虚识。"

周斌撰《柳溪竹枝词》（1卷，续1卷，铅印本）、《汾南渔侠游草》（3卷，铅印本）刊行。《柳溪竹枝词》集前有钝安（傅熊湘）题署，柳亚子、陈去病、蔡寅、沈昌直、袁锡麟、叶楚伧作序，周斌自序，高旭题词；集内含《柳溪竹枝词》100首、《续柳溪竹枝词》50首。其中，柳亚子序云："分湖汪洋数十里，为吴越间巨浸，环湖而居者村落以十数。若南之柳溪，若北之胜溪并其一也。余家旧宅胜溪，自高祖粥粥翁留心文献，托意风骚，曾有竹枝词一卷行世。余髫年受读，率琅琅能上口，迄壮岁未忘。今吾友周子芷畦复撰《柳溪竹枝词》百首，将付剞劂，从此一湖南北棹歌相闻，雨艇烟蓑互为酬答，又岂让鸳鸯湖畔金风亭长独擅千古哉。抑余考柳溪今名陶庄，由宋保义郎陶文幹居此得名，而'柳溪'二字则流连千百载莫诘其所自，盖数典而忘其祖者亦已夙矣。记曩游魏塘过所谓柳洲亭者，颓垣败壁，掩映芦花秋水间，因笑语同游，此自吾家故物。今柳溪之称毋乃类是。余自移家以来，水草风絮，飘泊靡根而鹭聚鸥盟，犹时时萦绕吾魂梦间，他日或以因缘相值，泛棹南来愿受一廛为氓，且与周子唱酬以终老，则此柳溪者，亦庶几刘文叔所谓安知非仆云尔。周子闻之，将笑我为争墩积习否耶？民国四年（1915）六月，分湖旧隐柳弃疾序。"陈去病序云："分湖介江浙间，一水中流，天然户限。峙其南者曰陶庄，古柳溪也，属嘉善县，吾友芷畦周君居之。峙其北者曰芦墟，昔钱德钧所谓水村者是也，属吴江县，余祖若父居之，且营业焉。风涛云树，浩淼微茫，固名人逸士之所宜盘桓而啸傲也。余家以遭水患，迁同里，且六十一年，而周君以久居之故，独能习谙其风土，日夕嬉娱歌咏之而弗厌。乌乎！是可慕已。分湖固有《竹枝词》，为先辈柳古楂翁所著，摅怀旧之蓄念，发思古之幽情，诚有如班氏所称者。今周君又以柳溪一隅，拈成百咏，甚矣其才之富而情之长也！盖君子务本，微特其敦宗睦族也。而在乡言乡，实为安分之常。诗有之曰：'维桑与梓，必恭敬止。'周君殆深维此义欤？且也钟仪因晋，乐操土风；庄舄呻吟，不忘越缦。乃知君子之于其乡，夫固不以穷达而去诸怀也。不佞别分湖久矣，曾未暇流连咏叹，一泄天地之奇。以视周君，负惭多矣！顾所深愿者，且晚归去，渔钓其间，则必将遥吟俯唱，与周君相应和于芦漪之畔，周君倘亦许我为同调否乎？中华民国四年中秋，盟弟吴江陈去病拜手谨序。"叶楚伧序云："《柳溪竹枝词》者，汾南渔侠，避世放怀，婆娑风月之作也。闻之王渔洋青溪独往，有栖鸦流水之思；杨铁崖白版移居，深日下云间之叹。而渔侠则又别有感焉。红桑换劫，白袷愁春。当士衡入洛之年，正本初横刀之日。回车穷巷，嗣宗痛歧路之多；掩袂长江，洗马觉愁来之甚。而乃黄虀独拥，青山自锄。春来伯舆，登琅琊之山；老去杜陵，洒夔州之泪。此其始也。若夫珠帘十里，感张翰之重来；红粉两行，付司勋之刻意。画楼银烛，亲进叵罗之盏；湘管乌丝，偶溅燕支之水。花间惜别，则铅泪成冰；江上闻琴，则轻衾似水。而乃梨花满地，独对酒而当歌；鸿雁在天，思伊人兮不见。丁此时也，盖桓伊身世之感，汉武秋风之辞，并入朱弦，自然绝唱矣。况复稻风作阴，牧笛成韵；豆棚瓜架，白酒瓦盆；跂脚自眠，岸巾独立。呜呼！虽欲无作，其可得哉！丙辰初春吴江叶叶小凤。"高旭《题〈柳溪竹枝词〉，为周芷畦》云："何处琼楼寄所思？瑶华采采有谁知？棹歌未许夸朱十，水调真当唱草枝。大好湖山供画本，最宜风土入弹词。怪侬十载留溪住，浅醉闲吟得句迟。"《汾南渔侠游草》集前有余天遂题署，高旭作序；集内含《台宕游草》《燕游草》《燕游续草》，《台宕游草》集前有杨了公题署，沈砺作序，集后有周斌跋；《燕游草》集前有蔡寅题署，姚锡钧、万以增作序，集后有周斌跋；《燕游续草》集前有高吹万题署。其中，高旭序云："自竹垞、初白、太鸿、圣征没，浙中清响阒然无闻久矣。余友周子芷畦，生数百年之后，有志振兴浙派，其志诚伟，其才足以副之。平日所为诗不下数千首。每一篇出，传唱旗亭，蜚声艺苑。嗣入南社，工力益精进，卓尔成家。当满清末造，曾一遇之武林，相与买舟，访孤山，吊岳坟，分笺拈韵，剧饮狂谈，欢然若旧相识。逮民国初建，正式议院告成，旭滥竽其间，僕游京华，又与周子遇。同时有邵子次公者，亦浙中之秀也。三人志既相同，道复相合，每值公务之暇，召吟朋，结俊侣，听曲看花，间事征逐。诗酒风流，可谓极一时之盛。旭尝谓：邵子之诗，以俊逸胜；周子之诗，辄以流丽胜。邵诗雅近甘亭，而周诗颇与随园相似。浙派之绝而复续，我于数子期之。时周子寓宣南旅馆，与余所居不下二里许。顾每得一诗，必走视余，且必强余指摘其疵。余曰：必欲言其疵，君诗之疵其在太易乎！易则流于率与泛。然此非特君之疵，实亦随园之疵也。周子深以余言为然。其好学虚怀，洵乎超人一级矣。余与周子对酒论诗，意甚相得。未几，而秉国钧者有帝制自为之侈心，蔑视民意，摧残政党，解散议院，悍然独行而不顾。周子见时事之不可为，拂衣而去，而余亦浩然以归。当年朋侣，云散风流。一时良会，顿成泡影。盖举目河山，有不胜今昔之感矣！余既息影衡门，索居养晦，因是有《变雅楼三十年诗征》之作，索周子寄所述造，以为斯集光宠。旋获其覆缄，发之，则《游草》一卷，殷殷索为序言。余每神游于天台、雁荡，而燕北之别，亦三年于兹矣。今读其诗，不啻一一身历之焉。广西独立后三日，喜而为之序。丙辰仲春高旭钝剑。"

薛钟斗撰《永嘉诗人祠堂丛刻札记》刊行。后收入民国二十年（1931）黄群刻冒广生辑《永嘉诗人祠堂丛刻》最末一种，不分卷，刘景晨题签。《札记》有薛氏小序。

略云："如皋冒鹤亭先生监督瓯海关，官橐之暇，网罗吾邦文献，编刻《永嘉诗人祠堂丛刻》凡若干种。余以文字缘，承先生见贶一部。盛暑无事，发箧读之，录成《札记》一卷，以为后之人读丛刻者，作他山之助。然校书如扫落叶，随时而有。大雅君子，尚望匡其不逮焉。丙辰长夏记。"黄氏补版本《丛刻》刘景晨跋云："民国四年（1915）如皋冒君鹤亭为瓯海关监督，汇永嘉先哲遗著十四种为《永嘉诗人祠堂丛刻》，版藏旧温属图书馆。后数年，瑞安薛君储石为《札记》一卷，亦雕版，附藏馆中。十九年（1930），馆长王君希逸初受事，检所藏版共缺三十叶。是时，余在上海，同里黄君溯初校印《敬乡楼丛书》甫成，闻希逸言，为语溯初，以此版本残佚之故，相对感叹。季冬，余归里，溯初书来，任补刻之费，并寄其所辑《二黄先生集》补遗一卷，属为附刊于是书之后。因告希逸，亟以镌版之事属怀古斋叶君墨卿。议甫定，余又有秣陵之行，而顾君丹夫适归自燕台，乃以校勘之责托与希逸共任之。风雪载途，匆匆就道，倚装书此。喜兹刻之缺而获全，且有所增益也。二十年（1931）二月，永嘉刘景晨。"

庾容海辑《悔晦称觞记》刊行。长沙周介裪题，君剑署检，含楹 2 首、联 107 首、诗 7 首、铭 1 首、启 1 首、序 1 首。庾容海作序云："袁世凯死之第四月，内国粗安，氓庶熙熙。维时，吾师吴悔晦先生适届六十，亲姻称晬，门人弟子先事会集，幸大局之已定，庆国老之巍存。无论在官在野，无不奔走号召，相携偕来，争奉一觞，为长者寿。吾师顾而乐之，刲牡氽羔，日未有已。大总统黄陂公亦复玺书下畀，曲加褒扬，观听所逮，诧为未有。盖以布衣而上邀殊宠，以匹夫而奔走多士，诚不可谓非千载一时之异数。顾容海有说焉。夫文以系道，一国之粹，天必为一国保之。故即晦盲否塞，沧海横流，尝若有人焉，起而握绝续之枢。假非当国大人屈尊隆礼，如严光、桓荣辈之故事，亦不足以鼓舞万类，使国人皆有所矜式。今日之事，元首纡尊，齿及匹士，因观生感，影响巨大。吾中华学派前途经此无形之提倡保障，或不至随时波谲，终于不复。然则吾师以未经之年日憔悴，专一以国学媒介后进，穷老尽气，诲人不倦，而口耳所衍，即储为当时政、刑、兵、农众伟人之导师。造始即简，收效定钜。倘亦韩昌黎氏所谓存千百于什一者欤。黄陂公负政教之总，厚俗成化，责皆系焉。寿吾师特神其操，一狁蹄之作用，浅见者乃诧为礼士之非常。呜乎，上下之交，夫果若是乎哉。抑又论之，吾师之在县悠悠者，固相与目为怪物，诡辩者也。吾师不之恤二三十年，力与群盲挑战，今谤焰熄而颂声作，昔之树矛戟、矜门户者，皆破其故见而称愿交。吾师果何由罗而致之？师群客敌国同舟，此又不得不惊为异数者矣。嘏祝既讫，容海为门人长，辄笔录。黄陂公以下各文言为一集。颜曰《称觞记》，并僭序之。海内君子言儒效者，试一加批评焉其可。中华民国五年（1916）十二月门人庾容海谨叙。"

陈匪石选辑《今词选》刊载于《民国日报·艺文部》。涵盖词家有：况周颐、刘恩黻、郑文焯、张鸿、程颂万、王闿运、朱祖谋、陈锐、夏敬观、刘炳照、张仲炘、李世由、庄棫、谭献、蔡宝善、杨世谦、文廷式、洪汝冲、端木埰、冯煦、吴保初、江标、沈宗畸、成肇略、易顺鼎、王以敏、宋育仁、夏孙桐、谢章铤、陈如升、张鸣珂、沈景修、林纾、徐珂、王鹏运、邓嘉纯、张祥龄、庞檗子、俞廷瑛、何维朴、宗山、曹元忠、沈世良、杨葆光、叶衍兰、吴唐林、勒方琦、程澍、何兆瀛、宗源瀚、马宝文、杨长年、易顺豫、刘毓盘、吕耀斗、应宝时、许宗衡、张京祁、罗惇曧、王尊农等。

雷瑨、雷瑊合辑《闺秀诗话》(8册,16卷,石印本)初刊于上海扫叶山房。后又有1922年、1928年上海扫叶山房重刊本(8册)。

钱溯耆辑《沧江乐府》由太仓钱氏听邠馆刊行。

袁克权撰《偶权馆诗集》《苫庐诗集》约于本年刊行。《偶权馆诗集》收诗乙卯迄丙辰,凡41首。《苫庐诗集》收丙辰年诗,凡58首。

樊增祥撰《樊山集七言艳诗抄》(10卷,石印本)由上海广益书局刊行。

高旭撰《丙辰燕游草》(铅印本)刊行。

李详撰《李审言丙辰怀人诗》(铅印本)刊行。

沈韵兰撰《倚梅阁集唐》(铅印本)刊行。

李大钊作《书赠杨子惠联》。联云:"铁肩担道义;妙手著文章。"

赵炳麟作《挽盛杏荪宫保》《挽王壬秋先生》。其中,《挽盛杏荪宫保》(民国五年,撰于上海)联云:"唐刘晏青史齐名,一代计臣光后世;汉梅福丹心犹昔,九原为我告先朝。"《挽王壬秋先生》联云:"恢谐惊失东方朔;史事伤残蔡伯喈。"

李鸿渐作《挽蔡松坡(锷)、黄克强(兴)两先生》。联云:"衡岳钟灵,挺生名世,五年内两造共和,赢得主人翁依旧还我;中原板荡,陡坏长城,期月间频传噩耗,撑持天下事更赖阿谁。"

黄文涛作《八六生朝即事偶成》(三首)、《寿儿于六月下浣乞假归省,今将赴都书示》《改旧作书志》。其中,《寿儿于六月下浣乞假归省》云:"归来将两月,至乐在团栾。世变嗟胡底,枝栖幸可安。卫身能止酒,努力已加餐。今又别予去,离怀强自宽。"

方观澜作《五年丙辰八十五岁》(二首)。其一:"海国风云无二天,岁除惊见月光圆。共和强合中西历,洪宪聊分新旧年。人世岂无经世学,出山还作在山泉。标名自有凌烟阁,误煞当时一辈贤。(俗云年三十见月圆,以阳历验之,不为怪矣。是岁初颁历,本曰'洪宪元年',既而改为'民国五年',袁大总统即于是年午月薨,当时劝进之人获罪,有差甚矣,富贵之不可强求也)"其二:"一春花事太阑珊,献岁人来泪不干。咒笋园中成竹少,(咸三、师闵皆不禄)落梅风里返魂难(孙媳梅氏殁于北京)。松筠愿托东山老(门内亲族相依为命),星月还依北斗寒(咸五供职北京)。苦我衰年生死别,挥戈驻日乞平安。(元旦马姑太太殁,自去秋病,久不能另徙,以大厅假之治丧,至二月十八日孙妇殁,二十五日曲弟妇殁,三月三日(师闵)殇,四月十九日平弟妇殁，家运迍遭，与国是相因，可胜诧异）"

王闻长作《和章（梫）一山〈游万泉河〉元韵》《又代聘之学士（锡钧）作》《贺雨诗三十韵（并序）》。其中，《又代聘之学士（锡钧）作》云："东归皂帽久居辽，坐看秋原草木凋。已愧丹砂迟未就，忽逢青鸟远来邀。景山气自馀松柏，虚殿人犹荐荔蕉。自顾老夫原未髦，十年傥得杖于朝。"

张謇作《景云复作栖韵诗见示，次答》《寿王拾珊八十》（拾珊前内阁中书）《寿前知州赵楚香七十》《柬浣华》《浣华寄影片，以诗答之》（二首）、《晓起海上行堤》。其中，《景云复作栖韵诗见示》云："大出小山隐君宅，东林西林方外栖。往代流传有遗响，衰翁真妄成殊蹊。岩峦与为栩栩蝶，风雨亦察嘐嘐鸡。筑庐会买小羔特，饮涧哪得痴虹霓。"《寿王拾珊八十》云："甲第清门最老成，当年公子有声名。江淮黎献归前史，岁月公车耗上京。城郭相忘丁令鹤，风尘自远子乔笙。即论诗格犹苍秀，老寿应须待伏生。"

朱祖谋作《醉翁操·劳玉初避地劳山，赋此寄怀》《千秋岁·效连咏体，夔笙得前拍，予继声》。其中，《醉翁操·劳玉初避地劳山》云："嶕峣。单椒。诛茅。托而逃。谁招。千年故丘还其巢。白头心国飘萧。歌且谣，把臂旧渔樵。说此中几人我曹。　令威去后，无梦归辽。幼安涕泪，消与白衣皂帽。山有木而风号。海有涯而波滔。思君无暮朝。心同媒何劳。斗柄带招摇。望京楼望天沉寥。"《千秋岁·效连咏体》云："玉宇琼楼，绿尊翠杓。不分伤春蹙眉萼。花辞故枝忍烂漫，萍黏坠絮仍飘泊。宝奁金，锦衾铁，总成错。　昨夜梦沉情事各。今夜梦回思量著。那惜行云楚台约。当初莫愁愁似海，而今瘦沈腰如削。四条弦，五纹绣，浑闲却。"

张慎仪作《金缕曲·七十生日自述》。词云："七十平头矣。记少年、零丁孤露，不胜况瘁。食指伙颐难一饱，笑杀昌黎五鬼。处处是、歇欷滋味。自愧鼠蛙生计拙，误穷涂、莫下万双泪。恐挫了，元龙气。　关河浪迹寻知己。但凭着、随身竿木，逢场游戏。幕府栖迟绵岁月，老我瑀琳书记。瞬息沧桑如鼎沸。那更有、桃源可避。道不如、长作平原会。消块垒，曹腾醉。"

陈宝琛本年至次年作《秋深寄内》《青岛题〈潜楼读书图〉》《次韵答旭庄》《钱文端陈群〈夜纺授读图〉》《叠前韵和樊山腊八日见赠》《再叠答匏庵并柬珍午、熙民》。其中，《青岛题〈潜楼读书图〉》云："三年一面九回肠，楼外沧尘恐又扬。四海曾无床可坐，群书容有壁能藏。玄黄龙战今方始，潇晦鸡鸣古所藏。大好家居犹自坏，枝栖萍寄事寻常。"《次韵答旭庄》云："大患吾侪正有身，异于禽兽始为人。忧来老我难归隐，书至知君又食新。未死发肤终自惜，平生肺腑几相亲？乱棋满局须看竟，万一残年作幸民。"《钱文端陈群〈夜纺授读图〉》云："乌私何意达宸聪，盛世堂廉骨肉同。一德赓歌彰圣善，百年慈孝见流风。累传犹食诗书旧，余绪曾褒缋画工。辉映机声灯影卷,卷施福泽孰如公?"

杨晨作《丙辰岁暮苦寒,和玫伯韵》。诗云:"岁暮怀人正倚阑,信来踏雪路迷漫。卝檐处处悲遭劫(里中连患火灾),杵臼家家说送寒(乡俗皆捣年糕,以送岁迎年)。火碗常思饮燕市(昔在都门,常与同人作消寒会),冰床犹记走桑干。新书有味堪娱老,坐对青灯漏欲残。"

施士洁作《去年六十初度,与东海弃民约为生祭之诗而未果,今又一年矣。弃民诗来,如韵和之》(二首)。其一:"岁星方朔本非仙,游戏尘中不计年。浪屿一尘迁客感,怡园两世雅人缘。身经坎壈生何恋?眼见琳琅喜欲颠。吊我以诗真寿我,狂奴故态总依然。"

韦绣孟作《味梅诗伯惠赐大集,感赋四律,用志景慕》。其三:"使君风范信端凝,名播鸡林纸价增。妙境旧参珠海月,宦情清似玉壶冰。气吞梦泽歌骊渡,目极衡峰盼雁登。怪底乾坤任陶冶,朗吟时露笔崚嶒。"其四:"我记蓬莱上再三,未观海市转滋惭。事成泡影心弥热,诗遇名篇眼更贪。小憩恍亲彭泽柳,艳香如唉洞庭柑。骚坛牛耳从推执,肯附群公扪虱谈。"

康有为作《茅山陶贞白》《答梁节庵赠诗扇,叙吾访之于钟山书院旧事》。其中,《答梁节庵赠诗扇》云:"花落花开三十年,江南柳色已吹绵。星岩泛棹拨云入,烟浒联床听雨眠。晚对松筠喜青翠,中多风雪隔山川。鹤归城郭皆非故,共话沧桑只惘然。"

吴敬恒作《印度洋口占》。诗云:"涉海漫不似,荡空拟行陆。忽立山之巅,忽坠陵之谷。黑风戴白莎,万岫纵遥目。实无鱼龙戏,亦稻鹰隼扑。骄阳自炙肤,风沫织疏箔。浮云积叠外,剩此一微粟。一粟含世界,世态无不足。头尾平民居,腰部居贵族。平民嚼酸盐,贵族余粱肉。一级开跳舞,二级弄弦索。三级洁帏衾,四级委草蓐。草蓐何所有,虫蚁走逐逐。隙牖纳光气,光昏气尤浊。浪高闭左隙,目眇悲将哭。壁灯闪鬼影,入夜强辍读。谣浪久寡味,喟唱不成曲。猝闻碎器声,盆盎相击搏。瘠仆揩眼起,掏水声阁阁。客睡苦未稳,两足麻绳缚。狱吏未知状,四等对走役。料知客囊悭,绝望行鄙薄。穷思多设禁,怒目时相瞩。奉以阎王号,小鬼名余仆。君子谴不虐,反嘲嫌太酷。嗟哉亦人子,同是陷黑狱。半日涤秽厕,终夜卧壁角。笑颜媚羊尉,耸敬遇狗督。寡气无所泄,幸有客相属。暂亦使颜色,两月相持续。客亦无所吝,忍受赠少乐。终古海内外,到处成一局。"

牛兆濂作《五十自警》。诗云:"四十年前一老翁,神昏头眩眼朦胧。齿将几瓣零如栗,须有数茎白似葱。膂力渐从愁后长,襟期不减少时雄。无多岁月难抛掷,提命还须比幼童。"

童保暄作《三十述怀》。诗云:"民国五年吾三十,国家幼稚吾壮立。幼稚全凭壮者扶,颠连搀上共和级。中华国寿四千年,三十之吾何渺然?多少英雄随水逝,钱塘江上月初圆。万人辟易气吞斗,剑光落处贼授首。平生最爱是梅花,风雨丛中争胜负。世变风云孰转坤,战功羞与故人论。中原遍染征衣血,戎马何曾出国门。辽东箫鼓振西山,严日旌旅出玉关。百万貔貅齐努力,平城勒石振师还。立马昆仑唤主翁,腾云无首见群龙。长江一泻数千里,大地河山指顾中。"

熊英作《由戎圩赴苍梧道中口占》(二首)。其一:"暂脱兵间役,翻为道上人(四月二十二日克复高凉,司令李海云解兵,取道梧州还澳门随行)。林风初入夏,江水漾雨春。游子惊新候,乡音认比邻。苍梧何处是,为说此通津。"其二:"夹岸青峰起,空江翠霭浮。渔烟淡行色,汀草系离忧。落日催城角,愁云拥戍楼。干戈殊未厌,跃马愿成休。"

万选斋作《丙辰馆退思山房杂兴》(三首)。其一:"蹇驴策趁夕阳斜,春满乾坤入望赊。断送六朝堤畔柳,迷离双蝶涧边花。听鹂客去凭柑酒,叱犊人归唱晚霞。何处声声频聒耳,池塘深浅乱鸣蛙。"其二:"雨余曙色耸层霄,徙倚长亭又短桥。划断遥山烟半缕,顿增新水涧分潮。花飞贴地红侵屐,柳袅横空绿到腰。何处怡情消永昼,黄公炉畔酒旗招。"其三:"四山回合绕柴荆,春水潺湲足钓耕。鸟到忘机工避世,花开野寺不知名。松声静听仍弘景,蓬蔂常遮忆蒋生。自分己甘麋鹿友,一天孤月比心明。"

劳乃宣作《咏史》(四首)。其一:"帝位徐从假变真,颂声册万一时新。惭台犹道天生德,强项终殊阆茸人。"其二:"当涂高势已凌云,犹托周家服事殷。毕世不居炉火上,胜他公路冒符文。"

程宗岱作《阮郎归·拟唐》。词云:"梦回鸳帐半惺忪。春愁似酒醲。杏花消息问东风。画楼深几重。 眉岫蹙,鬓云松。妆台临镜慵。一川烟水碧溶溶。凭栏惆怅中。"

唐受祺作《谈诗》《伤足经旬,夜梦先室》《即景口占》(二首)。其中,《即景口占》其一:"占得溪山胜,闲窗悟化机。砚枯鸲鹆隐,书毁蠹鱼肥。亭菊黄拖绶,阶苔翠染衣。席珍毋自衒,所贵在知希。"其二:"有此闲闲乐,惜无十亩桑。酒依箫局(即古之熏龙)暖,花共墨床香。锄迹耕烟细,砧声捣月忙。要知作百事,先得菜根尝。"

周葆贻作《减兰》。序云:"丙辰岁,于役奉贤沙田局,局设县署藤龙厅。浙江实业厅长广东云韶,字海秋,时宰奉贤,手书真、草、篆、隶短屏四幅赠予。予命同、闰两女绘采水画四幅报之,并赠外国花子多种,赋此以媵。"词云:"藤龙夭矫。花落讼庭余一笑。别后怀思。重展蛮笺十幅词。 文章巨手。十万才人齐俯首。蜂蝶参筋。且种河阳一县花。(厅前紫藤一架乃百余年物,夭矫如龙,因名之曰藤龙厅。海秋世家子,凤擅文名,能诗工书。录示五、七言多首,相与推敲)"

金武祥作《丙辰之腊,雪见三白,可兆丰年。严寒久而不解,栩园方伯屡有羊羔美酒之惠，亦如挟纩，不必陶家风味并论也）。诗云："老而不老为遗老，孙复生孙宜尔孙。五代一堂年八十，介眉春酒又开尊。"

吴道镕作《丙辰端节后感赋二首》。其一："黄屋非心且自娱，惊心一局陡全输。术穷室鬼皆争瞰，事去钱神亦受愚。如虎如龙能几日，自埋自掴畏千夫。不须身后留疑冢，生见渐台莽诳诛。"其二："鼠熏狐逐社城忧，风鹤声中杂喜愁。龙战已看成浩劫，鳞潜何处有安流。迷离乡梦频欹枕，怅望余春强倚楼。天意茫茫穷拟议，尊前且尽酒盈瓯。"

殷葆诚作《岁在癸丑，张君尔常有〈六十自慨〉之作，以歌当哭，情见乎词，荏苒三年，迟未赓和。今次原韵，藉以书怀，不作寻常寿辞，谅亦张君所乐与也》（四首）。其一："苍苍误我是儒冠，巢破逞言卯幸完。几度归耕空有愿，一般家食竟难安。忘年自古徵高谊，来日而今总大难。江海萍飘三十载，赚人头白是双丸。"其二："旖旎风光转眼过，淳于一梦醒南柯。从知得失归前定，妄冀文章到不磨。依旧山河王气尽，崭新事业伟人多。剧怜忧患饶经验，两度苍皇听楚歌。"其三："八百灵椿寿莫量，厌赓天保颂陵冈。新吟欲呕三升血，旧事空回九曲肠。了彻尘因参法祖，久联香火证空王。休伤老大悲零落，多少青年送北邙。"其四："垂老同为海上游，佣书鬻字度春秋。聊当冀北愚公谷，屡上河东处士楼。笑我情怀如病鸟，怜他身世等浮鸥。行藏日后殊难卜，欲倩留侯借箸筹。"

宋伯鲁作《述怀诗六首》。其二："惊飙动赤岸，游子欲何之。道傍众芳草，一一饶春姿。问子何阿那，怜子无所知。日暮飞鸟合，欢然高树枝。人生处忧患，日日乘险巇。富贵不足慕，贫贱甘如饴。彭城有老叟，可望不可期。"

魏元旷作《六十自寿》。诗云："廿年前已薄功名，姓字无嫌俗眼轻。案积诗书饶世业，园栽梅菊寄闲情。渐看朋辈青年少，差幸头颅白发生。婚嫁已完吾愿毕，漫劳亲故祝长庚。"

曾廉作《六十生日饮关市》《六十用李司马诗韵》（四首）。其中，《六十生日饮关市》云："五十生日沅水上，六十生日邪姜下。邪姜之山横南天，烟雾飞驰如奔马。蒸水西出武水东，人生东西似飘蓬。但看落手一枝杖，十日越山千万重。衡阳家家有美酒，若不痛饮骨已朽。牛豕大烹杂寒菜，倾盆倒盏复添缶。天不可问莫问天，北望不周犹苍然。共工之头今安在，粪壤迸散沉寒渊。星辰不动山岳静，蠢蠢虫沙漫不省。移时自有女娲来，补就青天云大开。老夫龙钟幸不死，持杯再上轩辕台。"

赵启霖作《蔚邻见示丙辰元日诗及俯山和作，次韵呈两君》。诗云："童冠喜春骀荡天，旧游飘忽卅二年。人间汹汹今如此，物外堂堂各自贤。燕市梦痕余草厂（予昔与两君居京师湘潭会馆，其故址在草厂十条胡同），麓宫风景亦桑田。椒觞序齿吾能省，只是蜂腰愧后先。（予兄事蔚邻，弟蓄俯山）"

萧亮飞作《世变》《李山园五十诞辰，置酒饮客，以七律二章嘱咏，赋此祝之》《题黄彝山〈破浪图〉》《赠崔四介夫》（三首）、《春夜雨中饮酒，示凯夔》《竹侯赠诗，赋此酬之》。其中，《世变》云："事变竟如此，苍苍那可知。一愁天地窄，万劫古今奇。匡济谁筹策，纷更甚弈棋。人生羡鸡犬，犹见太平时。"《赠崔四介夫》其一："赴约城南醉一尊，偏来老友叩蓬门。归家姓字留残纸，二十年前忆梦痕。"

成多禄约本年作《澹堪杂诗十首》。其四："京华有故人，招赏西山雪。吟鞭逐寒影，遂与吾庐别。人皆喜清凉，我独畏炎热。自惜洁白衣，常恐缁尘涅。何如老圃花，寒香争晚节。曰归复曰归，聊以守吾拙。"其八："别厂而曰堪，实一土屋耳。有古陶复风，此意差可喜。白发老诗人，萧然水云里。荒经长菊松，小园遍桃李。兰成与彭泽，前身毋乃是。白水寄神交，长怀古君子。"

李经钰作《阙题》《过薛次申旧居》。其中，《阙题》云："虎旅云屯日，鸿嗷遍野年。国征敲骨税，吏索捻鬓钱。列阃纷酬爵，群黎望息肩。那堪蛮徼外，烽火日相煎。"

易昌楣作《羊山草木颂十四首（有序）》。序云："年来困居长安，频得家书，历述余手植花木近状，意在促归；时却未可。因为草木之颂以谢山灵。"含《红豆》《丹桂》《皂荚》《荼蘼》《秋海棠》《芭蕉栀子》《水茜》《月季》《红蓼》《盆兰》《夜来香》《棠棣丛竹》《当归》《尾声》。其中，《红豆》云："每拈红豆记前因，南园相思劫后身。愿得年年多结子，人间遍撒播芳春。"《丹桂》云："桂花馥郁耐人攀，月射幽窗树影斑。久别故园应似昔，倦飞孤鸟几时还？"

何振岱作《五十生日避客凤冈，梅花盛开》。诗云："停篒即问花，徘徊到日暮。五更闻寒香，披衣天欲曙。鸡声出篱落，蝶影导闲步。小溪接柴桥，千花耿回互。水光潋红雪，人影裹晴雾。停筇初一村，映目又几树。旋转益无穷，幽深如有遇。我生属穷冬，冷襟谐野趣。原非钟鼎姿，或得江山助。黍酒谢殷勤，折枝压归路。"

邹永修本年至次年作《丙丁杂感二十四首》。其一："青史累累胜负棋，辘轳转劫更无疑。九州鼎革成常例，五色旌旗焕一时。罢帝共抛传国玺，存孤犹与旧朝仪。白山朱果都无恙，回首前明却可悲。"其七："粤西响应震渔阳，师直天教士马强。陆胤恩威孚桂管，边僧狼狈遁湖湘。分驱桀犬凭山越，可笑猪龙欲海王。画阁论功分位次，自同褒鄂有辉光。"

曹家达作《和顽道见寄》。诗云："别风淮雨送东行，江海迢遥两地情。便尔买鱼传尺素，可如烧烛话寒更。怆怀宫府皆新主，被发林泉有旧盟。乔木烽烟今七载，可怜通道塞夷庚。"

陈懋鼎作《无梦》《送周熙民赴太原幕僚》《送汪伯唐使日本》。其中，《无梦》云："也知测海也谈天，不了吾生擘画年。月面山河终古影，云中鸡犬几家仙。奋髯抵几诚多事，敛子推枰或是贤。举世方争炊黍顷，岂应无梦已蘧然。"

高燮作《浣溪沙》（五首）。其二："碧玉年华瘦可哀。家常衫子称身裁。为伊憔悴十分该。　　薄病恹恹愁似织，芳情脉脉泪成灰。心头起落一千回。"其三："料峭春寒别恨新。传来消息没缘因。几多情泪搵红巾。　　解得颦眉心最苦，猜他深意话难真。奈何天亦断肠人。"

闵尔昌作《春雪》《沧县车中》《偶占》《送董卿之任河东》。其中，《春雪》云："昨见层冰解，初看弱柳生。春愁连碧海，朔云逼清明。陋巷无车辙，穷边尚甲兵。梨云和杏雨，千里梦江城。"《沧县车中》云："征车萧爽似虚舟，窗外秋云静不流。支枕长吟吾意倦，行程又报过沧州。"

曹炳麟作《哀孝定景皇后》（四首）。其一："外家戚里旧姻昏，椒殿春寒岂负恩？匪感龙鸾留女孽，为伤燕啄尽王孙。眼前常见房州帝，梦里空游洛水魂。廿载长门花自落，恶姑声急有啼痕。"

韩德铭作《阴雨》。诗云："阴云洒凉雨，一晕万家秋。寒暑衰年急，乾坤老宿愁。虫声翻激厉，霜气鲜淹留。羡杀暄妍世，莺花总盛游。"

傅锡祺作《新居四首》。序云："卜筑于潭子墘，三年而未有诗以纪其概，近以诸友赠诗者渐多，爰成四律。"其一："面山依水处，小筑野人家。列屋茅兼瓦，环庭果间花。春郊眠起较，官驿往来车。乡校常邻近，弦歌不厌哗。"其二："薄田求数亩，种秫艺新蔬。莱竹添肥笋，清流引小渠。香闻邻肆酒，乐羡曲潭鱼。夹岸桃花杳，江村且定居。"

曾福谦作《自述》。诗云："荣悴年来祇自知，偶闻田水过吾师。著书已负穷愁日，焚券难逢市义时。一事无成今老矣，八方多难欲何之。双轮日日长安道，万转千回总不辞。"

王棻林作《葛生雨粲属题闺扇》《扇中绣小雀当喜鹊，借音取意耳。谛视并非小雀，更申一首》《老马喜我外家东垆文氏水草，每临东垆歧路，必直驰入文氏。今文氏已分居，而马仍恋旧栈，感赋》（二首）、《肇卿、荔轩、绥卿、庆霄偕至山中，有咏志快》《赠刘营长允侯》。其中，《扇中绣小雀当喜鹊》云："裁成明月晚生凉，剪就梅花早有香。鸟不知名都报喜，侬家愿作是鸳鸯。"《肇卿、荔轩、绥卿、庆霄偕至山中》云："泥絮岑苔不是萍，跫然喜得足音听。高轩相约来今雨，穷巷可容聚德星。庭借草深添酒绿，座移山近染衣青。忘形无复分宾主，领取清谈即道经。"《赠刘营长允侯》云："国土共将越石推，一腔忠愤人箫吹。论交到我惟心印，颂德逢人是口碑。杀贼金刚曾怒目，爱民菩萨又低眉。潢池已扫清如镜，朗朗福星照颍湄。"

陈夔（子韶）作《好事近·丙辰小祥后作》。词云："春意故迟迟，帘外峭寒犹力。只有梅花一树，透春风消息。　　驱寒能饮一杯无？斜日澹将夕。莫厌十分斟酌，怕酒醒愁人。"

梅际郇作《咏陇畔禺人》。序云:"方播种时,农人支竹陇畔,覆以笠,横竹为臂,其下悬绳系箨,得风动摇,常若舞手者,借以驱鸟雀,名误人子。古谓之禺人,讹为偶人,禺即寓也,言寄寓人形也。郊游时时见之,戏成此咏。"诗云:"得食相呼乌鹊喜,阒然人影忽惊猜。心肝不具惟盲动,指臂能胜夹隽才。常似竞竞严主守,可怜草草此形骸。窃脂啄粟真侥幸,竟免王孙挟弹来。"

易孺作《宴清都·次梦窗韵,寿人母》。词云:"旧会群仙路。班香在,古芸东观幽处。琼天十六,奇蜕孕璩,福岑天姥。分馨宴暖慈恩,佐斫鲙、蓬池丽渚。蘸妙墨、洒向螭头,金闺润蓄芳露。 文鸾报熟蟠桃,玉枝金蕊,同赋宫羽。银明汉影,凉添彩戏,堂墀永固。人间羡有宣文,便唤作、西池瑶圃。记玉虹、电绕珠胎,骊驱凤御。"

张公制作《旅夜忆兄》(五年在济闻邑城之变作)。诗云:"旅夜思乡泪,严城听鼓挝。梦回犹是客,书到已无家。空急在原难,如闻行役嗟。几时风雨共,拥被话桑麻。"

李宣龚作《伯父邮寄丁香海棠十数株,新种都活,喜而作此》《倚伏》《雪中游大明湖,归途过趵突泉,听侉大鼓》《扰扰》。其中,《伯父邮寄丁香海棠十数株》云:"园花排日各先开,北卉逾春始远来。急骑数程劳望岁,老怀垂眷过亲栽。稍看雨后嫣红出,顿觉风前暖翠回。待与绕阶勤护惜,明年花底覆深杯。"

居正作《西江月》。词云:"四十年前落草,曾往石叻拈锤,波旬外道竖降旗,往事不能回忆。 世界依然幻化,当头一棒谁提? 好音惠我觉园诗,报李羞贻白纸。"

高燮作《赠了公》。诗云:"非儒非佛亦非仙,烂漫犹能识汝贤。心热护花如护国,情空谈色等谈禅。兴来扫笔人争羡,老去填词虫可怜。毕竟奇怀总流露,悲欢谁复了诸缘。"又作《浣溪沙》(五首)。其二:"碧玉年华瘦可哀。家常衫子称身裁。为伊憔悴十分该。 薄病恹恹愁似织,芳情脉脉泪成灰。心头起落一千回。"其三:"料峭春寒别恨新。传来消息没缘因。几多情泪揾红巾。 解得颦眉心最苦,猜他深意话难真。奈何天亦断肠人。"

柳亚子作《题芷畦〈水村第五图〉》(四首)、《题芷畦〈燕游续草〉》(四首)、《哲夫属题北魏李映超、杨兴息造象二残拓》(二首)、《次韵分寄李康佛、王玄穆》《宵来》《题〈昭容集〉,为沈太侔、刘幼狂作》(四首)、《哭陈英士烈士》《酒边一首,为费一瓢题扇》《王道民挽诗》《哭顾锡九烈士》《哭杨伯谦同学》《哭华子翔同社》《〈苦女儿〉弹词,为郭景卢题》《有以李定夷〈小莲集〉征题者,为赋一绝》《〈寰中集〉题词,集龚,为钝根作》《将去海上有作》《销夏社即事,次黄病蝶、凌昭懿联句韵》《蒯啸楼招饮开鉴草堂,次病蝶、昭懿联句第二首韵》《题〈饮冰室集〉》《答陈微庐》《为李息翁题扇》(二首)、《悼林寒碧》《悼庞檗子》《题昭懿〈分湖晚棹图〉》(二首)、《赠一瓢》《感事》《海上赠刘三》(二首)。其中,《次韵分寄李康佛、王玄穆》云:"二士堂堂信美哉,飘零鸾凤可胜哀。君看世事如棋局,我已经年负酒杯。莽荡乾坤回涕泪,槎枒肺腑走风雷。学书学剑成何济,闲煞屠龙倚马才。"《哭陈英士烈士》云:"披发呼天那可闻,从知人世有烦冤。十年薪胆关青史,一夕风雷怒白门(建业未下,知君死不瞑也)。生负霸才原不忝,死留残局更何言。苌弘化碧宗周烬,忍向黄垆检断魂。"《将去海上有作》云:"百劫余生万念灰,拂衣径去敢徘徊。明知出处无长计,谁遣风云误蛰雷。厝火终劳年少哭,忧天未尽杞人哀。承平歌颂吾何与,忍断离肠付酒杯。"

林一厂作《〈落叶〉六首,游中央公园归作》《前题四首,和芙裳丈韵》(后附饶芙裳《落叶四律》)、《前题二首,步叔野韵》《题王寿山先辈画帧》(后附柳亚子诗《和一厂题画四绝即寄燕市,画为梅州王寿山先生遗墨,今藏邑人黄篦如所》《再题王寿山先生画卷,即送一厂归粤》,叶楚伧诗《题画赠一厂》)。其中,《〈落叶〉六首,游中央公园归作》其一:"策策辞柯下御沟,纷纷又卷上城头。谁令众木皆如此,应为多风不自由。响杂吟蝉轻倍远,影随过雁乱难收。苍茫最是斜阳里,落叶无边动客愁。"《前题四首》其一:"金浮日冷古台空,黄叶萧萧惯惯战风。带雾千丝飞井干,和烟一缕旋蒿蓬。君王谱入哀弦里,画士描成粉本中。倘护轻微免漂泊,秋光欲夺万花红。"《前题二首》其一:"水国山村古戍楼,飘零未识几经秋。都如旅雁伤心色,每覆栖鸟在上头。破晓成堆添雾淞,深宵各散伴星流。应知思妇离人恨,对此茫茫隘九州。"

陈鹏超作《星洲海傍》《过星洲十字路旧读书处》《业师赵鲁庵先生逝世已十二年矣,缅维师范,凄然有作》(四首)、《星洲夜起》《问天》。其中,《星洲夜起》云:"中夜起而行,慨然百感生。家思千里繁,国难一心惊。灯火卢堂静,星辰碧落明。倚阑频侧耳,钟磬几回鸣。"

陈尔锡作《游颐和园偕澧蘅》。诗云:"宫阙群山锁不开,翠华当日此裴裴。三千铁弩供帷笑,十二今人上废台。黎降夏庭龙已去,王非孺子莽胡来。可怜太液池边望,不见芙蓉见草莱。"

胡汉民作《游西湖》。诗云:"我与西湖初识面,新交缔定可无诗。淡妆浓抹君都好,布袜青鞋我敢辞。前辈风流多胜迹,近人事业有丰碑。相看容与中流便,不为风波舣棹迟。"

于右任作《君马黄》《津浦道中》。其中,《津浦道中》云:"绮阁琼楼别有春,青青草色与时新。如何脯凤醢龙后,尚祝齐州产圣人。"

籍忠寅作《金陵晓发之南昌舟中》。诗云:"昨夜犹闻白下歌,今朝已逐楚江波。吾生泛泛原如此,尽日滔滔奈尔何。四海知交生死半,廿年羁旅苦甘多。舟人报到匡庐近,莫放扁舟草草过。"

赖雨若作《雨晴对菊偶咏》(丙辰)。诗云:"风雨来时菊正开,雨风过后半凋摧。篱边尚有迟开蕊,新向秋晴擎玉杯。"

陈天倪作《京游八咏》(八首)。其一:"瓴水行高屋,坤灵此驻幡。九重环魏阙,百六俯周原。山势依天尽，河流竟海浑。祇愁无锁钥，不必诮多门。"

庄嵩作《偕献堂访草山温泉，山中清流四注，芳草芊绵，桃花无虑万树，世传刘省三中丞曾一游此地，真名邱也》。诗云："驱车百里不辞劳，言访灵邱兴致豪。芳草缘坡知土润，溪流溅石觉泉高。眷怀渔父初来径，满目刘郎去后桃。纱帽山头一惆怅，夕阳流水古亭皋。"

郁葆青作《咏菊》《秋柳》《冬山》。其中，《咏菊》云："莫嗟岁华晚，秋高气萧爽。众芳摇落尽，篱菊恣幽赏。坐对一丛花，瘦影侵虚幌。傲霜励晚节，浊世自俯仰。每怀柴桑人，悠然涉遐想。白衣携酒至，应有新诗奖。"《冬山》云："疏林幽壑静如眠，吹尽秋风又一年。夜月霁开千岭雪，晓霜寒锁半溪烟。危崖溅瀑疑猿泪，瘦石停云冷鹤颠。最是野人饶逸兴，寻梅直到翠微巅。"

杨庶堪作《归国赴英士约，寄内日本》（丙辰）。诗云："九死犹能为国谋，全家绝岛独归舟。已堪壮观偿宗悫，无复平生忆少游。海上明月孤枕梦，天南风急故山愁。高堂弱息同荒远，落日凭轩涕泗流。"

高肇桢作《寿星明·四十自寿》。词云："牧豕公孙，读书下帷，晚学春秋。算词堆锦绣，句铿金石，熏香摘艳，茹恨工愁。矞凤长才，雕虫小技，求剑何须学刻舟。儒冠误，问少陵绿鬓，几许风流。　　登楼。往事悠悠。只赢得、繁霜飞上头。怅题桥意气，着鞭怀抱，等闲强仕，悔觅封侯。劫外琴书，花边杖履，丝竹东山谁与俦。凭消受，尽寻诗划句，呼酒添筹。"

程潜作《将去湘告同志》《梁父吟》。其中，《将去湘告同志》云："吾湘崇节义，先哲留经纶。迩来习贪偷，正谊渐沉沦。今予诛巨憝，拯溺责在身。治乱典用重，明法救其偏。超俗俗难移，激浊浊愈纷。砥砺平生志，不能清雾氛。国侨严郑治，诸葛厉蜀民。岂其尚严厉，实以止惰顽。世既不解此，吾宁久随人。澳涊凤所鄙，势位何足论。"《梁父吟》云："步出历城门，泱泱壮表里。黄河漾东流，岱宗峙南鄙。北望通幽野，西行旷千里。土产积如山，文物汇成海。邑有饭牛人，市多弹铗子。夷吾恢远略，田单雪其耻。歌咏随风来，缅怀谁足跂。笑傲梁父巅，慷慨从中起。"

马一浮作《鸣雁四章，和金叟》。序云："来诗贵其音操，以喻贤者矫世之志，兹乃推言气化之自然，明万物皆有所受。虽微禽，其至以时，各循其性，莫非一理之流行也"。其一："天既阴霜，北雁南翔。载飞载鸣，不乱其行。下民用嗟，恤彼稻粱。哲人维思，候其阴阳。"其二："维彼鸣雁，感气知时。维此君子，缘物兴诗。物则有常，思亦应机。民之瘼矣，靡音不悲。"其三："雁鸣伊何，言慕其俦。或渐陵陆，或止汀洲。乘化逾遥，孰与孰求。无曰胫短，续之则忧。"其四："鸣雁何自，自于雁门。俟天之运，复反其根。来则有往，如彼朝昏。相尔宾鸟，莫匪道存。"

胡雪抱作《再题〈樵隐诗钞〉寄吴重卿太守》《答熊圜桥丈叠韵见寄二首》《读黄

伯子《去秋诗》》《忆友七章》。其中，《读黄伯子〈去秋诗〉》云："死别空悲子敬琴，遗诗遥会浣花心。金英岁昨犹亲剪，瘦语笺秋韵满林。"《忆友七章》其二："吟龛墨妙二王词，熊李分曹老嫩宜。曾语说诗凌叔子，远山眉格数吴痴。"

魏毓兰作《西江晚眺》。诗云："一叶泠然下，江空老树秋。团焦瓜蔓水，扎哈蓼花洲（扎哈，舟名）。主事亭犹在（海粟亭在旧藏书楼，前清嘉庆间银库主事西清建），将军泊不流（城西门外官沟，清将军傅玉凿渠引江水灌之，亦名西泊，今废）。英雄淘尽矣，古月又当头。"

黄申芗作《月夜归舟》《冷斋》。其中，《月夜归舟》云："乡月迎人满，归帆夜不停。浪花湖破白，风索岸回青。雁落天空字，鱼吹草际星。板桥知未远，灯火隔前汀。"

汪兆铭作《鸦尔加松海滨作》《蝶恋花·冬日得国内友人书，道时事甚悉，怅然赋此》。其中，《鸦尔加松海滨作》云："朝行松林中，初阳含芬芳。晚行松林中，新月生清凉。林外何所有？白沙浩如霜。沙外何所见？海水青茫茫。远山三两重，淡如纸屏张。明帆四五片，轻若沙鸥翔。海风以时来，松籁因之扬。和我读书声，空谷生琅琅。藉此碧苔茵，如在白云乡。清游不可负，哦诗惭孟光。"《蝶恋花》云："雨横风狂朝复暮。入夜清光，耿耿还如故。抱得月明无可语，念他憔悴风和雨。　　天际游丝无定处。几度飞来，几度仍飞去。底事情深愁亦妒，愁丝永绊情丝住。"

刘师培作《赠吴彦复》。诗云："平生壮气凌湖海，卧对西风感鬓丝。谏草耻留青史迹，骚心潜付美人知。更无大地容真隐，为写新愁入小诗。好待尘寰炊黍熟，劫灰影里辨残棋。"

秦更年作《寿萧无畏》《洞庭舟中》《扫花游·题红叶题诗侍女画帧》。其中，《寿萧无畏》云："故山风月久相输，输与寒松野菊俱。千里思君初度近，廿年剩橐杀青无。独寻坠绪冶春社，最远游踪西子湖。尽是闲居贫亦好，未闻败兴有催租。"《洞庭舟中》云："五年十度洞庭间，一度烟波一换颜。好景当前吟不得，舵楼欹枕看君山。"《扫花游》云："井梧乍落，又蛩竞寒吟，雁传霜语。怨丝万缕。甚秋光染得，冷红如许。一片伤心，黯黯魂销几度。苦吟句。仗断叶浅流，为写凄楚。　　醒眼看醉舞。问露馆云廊，月明何处。长门待赋。怅葳蕤闭锁，岁华迟暮。密字珍珠，尽是啼痕泪雨。怎知否。御沟头、阿谁收取。"

黄侃作《朔风篇》。诗云："燕歌继胡笳，听者皆白头。朔风扬沙尘，一晌拓九州。城门坐虎豹，暾日为之幽。怪哉蛟璃气，成此空中楼。丹壁动光采，楹桷皆雕镂。下视王路堂，一何隘以湫。人心有变化，神鬼齐谋犹。黄灵独长啸，西上昆仑丘。四序改凉温，非春复非秋。漂山藉众响，江汉皆横流。嗟尔戚施者，发言信和柔。岂闻鲁阳人，能令倾羲留。微生遭害气，尽室同萍浮。升皇冀瑶象，化胡想青牛。梁鸿与郦原，旷然非我俦。中夏数千年，崩坏盖有由。狂泉众重嗜，耍驾谁能收。修蛇出通邑，

一九一六年（丙辰）

无角仍成虮。我欲免吞咀,惜无长棘钩。区区何足论,但为横目忧。"

程文楷作《水龙吟·观潮》。词云:"钱塘八月潮来,万人空巷争先睹。银浪排空,势凌凫赭,气吞吴楚。石破天惊,半江飞雪,千山笼雾。看轻舟一叶,随波上下,飞潜处、蛟龙舞。　　淘尽英雄千古。挽狂澜、谁为砥柱。射将铁弩,军声撼地,钱王赫怒。倏忽云开,胥旗招展,乘风西去。慨中原莽莽,波涛汹涌,问天无语。"

王树楠作《病中》(三首)、《病起》(二首)、《寿张屏丞》《赴京》《书愤》《郊外》《夜行》。其中,《病中》其一:"十日不出户,椿阴已过墙。魔深缘渐浅,身弱病偏强。乱世生为赘,雄心死肯僵。凭栏一俯仰,秋雨正迷茫。"《赴京》云:"山势西来气象尊,龙蟠虎卧万山屯。云边猎火明樵径,日下钟声出寺门。秋柳半黄围断戍,晴沙一白接遥村。芦沟自昔东流水,不洗铜驼旧泪痕。"

杨钟羲作《庸庵六十生日》《为元素题元陈仲美〈清溪耕乐图〉》《彊村校词图》《倪鸿宝、黄石斋、瞿稼轩三公墨迹,为子戴题》《同日题万年少〈扶要图〉》《九日集海日楼,次刚侯病起诗韵》(五首)、《〈潜楼读书图〉赋,为黔筜作》《樊山诗来,次韵寄怀》。其中,《樊山诗来》云:"依旧宫云照北池,垂杨全折雨中枝。秋衾永夕余尘梦,长帽经年念鬓丝。语默都为重茧缚,唱酬喜见六虫诗。桐江不负临歧诺,孤月心明世岂知?"

符璋作《赠杨园主人》《杨园主人以〈元旦喜雨〉诗乞和,次韵答之》(四首)、《杨园主人屡有诗赋此柬答》。其中,《赠杨园主人》云:"杨园游屐喧城北,缚茅为屋花为国。玉川洛阳只数间,此中已与嚣尘隔。千红万紫年复年,看尽春光赏秋色。种成老圃傲霜花,不管西风入帘隙。丹黄绚烂纷庭阶,罗列盆罂过千百。尚嫌拓地少三弓,麃眼编篱疏枳棘。城南花事称叶家,五亩畦町同逼仄。锦屏绣幄对南山,三径徘徊空岸帻。瓯江自昔多名园,水石怡园推第一。而今绝少看花人,败篲寒苔拥萧瑟。更有相传漪绿园,破屋犹悬旧题额。平泉绿野尽豪奢,如画楼台弹指灭。何似君家筑数椽,久存杨子谈经宅。花开酒熟蟹螯肥,不速频来餐秀客。拈题结社吟舫飞,四壁瑶笺黏醉墨。对花几辈不成诗,罚盏应浮三大白。子猷看竹来叩门,散诞襟怀今似肯。留诗愧谢主人翁,陶令柴桑归未得。"《杨园主人以〈元旦喜雨〉诗乞和》其一:"祥霙几处雪飞绵,独兆和甘海角天。如梦似疑春黯澹,放晴易快日暄妍。仰窥阊阖非无路,后饮屠苏又一年。谁引谢公双屐出,吟垆自拥颂椒筵。"其二:"九垓膏泽需云霄,且把天浆负酒瓢。画本人居茅屋好,诗筒局赴草堂邀。田家汐社编新咏,宫样唐人和早期。试听六街箫鼓闹,承平雅颂抵钧韶。"其三:"寿母擎觞戏彩堂,蓬壶爱日正添长。王春凤历颁新政,羁国驹摇念旧疆。占得杨园三亩大,送来花信一家祥。山林钟鼎何分别,鹏鹦寰中看并翔。"其四:"借箸无才愧寸筹,柴桑下喂问田畴。尘埃岁月飞梭疾,人海宾朋刺纸稠。复旦难逢赓纪缦,是乡可老负温柔。感君无限春风意,聊为梅花一唱酬。(承以梅红一枝见赠)。"《杨园主人屡有诗赋此东答》云:"瑶华一再枉诗筒,海上因缘志雪鸿。二陆才名喧洛下,四灵宗派续瓯东。栽花地仄弓难拓,看竹人闲屐易通。何碍玉川吟破屋,韩公有日荐卢全。"

徐自华作《题潘兰史〈江湖载酒图〉》(四首)、《题潘兰史〈惠山访听松石图〉》(二首)、《题亚子〈分湖旧隐图〉,集玉茗句》(六首)、《题芷畦〈柳溪竹枝词〉,集唐人句》(四首)、《秋心楼晚眺,口占示佩忍》。其中,《秋心楼晚眺》云:"秋心楼上晚风凉,万柄芙蕖雨后香。隐隐渔灯藏岸曲,飞飞萤火乱星光。云罗卷碧千峰秀,湖影涵青一水长。同倚栏干谈往事,十年尘梦耐思量。"

雷铁厓作《梦迪出星海狱,北航饯别》。诗云:"本是英雄非是佛,何须领略到桁杨。半年黑狱沈冤海,五夜青燐痛故乡。好涉蛟鼍诛猰㺄,莫嗟犴狴困鸾凰。樽前惜别宜豪饮,此亦黄龙预祝觞。"

陈隆恪在萍乡作《大雪与闺人对酌,戏为一绝》《和外舅咏清溪八景》(八首)、《偶成兼示喻相平》《外舅为胡瘦唐题谢文节画像,依韵奉和》《雪夜独酌感愤》。其中,《大雪与闺人对酌》云:"噤到墙头鸟语空,朔风吹雪拨炉红。传杯谢汝回天手,胜有飞花醉眼中。"《外舅为胡瘦唐题谢文节画像》云:"侍御孤愤何所托,画像惟珍谢叠山。大块文章留轨范,忠臣风骨自屠颜。摩霄鸾鹤千秋后,抗节夷齐一念间。地老天荒到今日,梦回乡国泪潸潸。"

吴虞作《游武乡侯祠》(二首)。其一:"名士风流去不回,凋零羽扇使人哀。伤时莫更吟梁甫,如此山川少霸才。"其二:"垂老偏安亦苦辛,后来王孟尽成尘。柔桑到处如车盖,谁是当年织席人。"

丘菽园作《唁南海先生新丧副室何旃理女史(有序)》《报社年假口号示同人》。其中,《报社年假口号示同人》云:"冬气闭藏如处子,笑扪胸腹教痻雷。剧怜蠢蠢谋周社,不及寒嫠恤纬哀。"

王海帆作《丙辰感事》《山中寺曰栖霞,夜宿望月》《途中晚霁》《帝制议起,余持议反抗。家居三载,县令张思义思罗织未得间。丙辰秋洪宪帝薨,议会重开,始赴省》《哀家健侯观察》(二首)、《哀孝廉刘汝彪》。其中,《丙辰感事》云:"持旄塞北生吞雪,绽井所南死抱枝。立尽千年终化石,下差一着怎收棋。无人更饱蕨薇翠,有客犹吟禾黍诗。苍狗白云春已老,我思昧昧问希夷。"《帝制议起,余持议反抗》云:"北马南船足系思,何曾禄养报毫丝。大椿千岁输胲爱,宿草廿年痛母慈。投弃未妨天有意,沉思只觉我无奇。杜门三载行吾素,篡取弋人莫再疑。"《哀孝廉刘汝彪》云:"随州本是仙人姿,久擅生花笔一支。蕊榜珠名醒眼见,草堂春梦绮怀披。闲情究累韩光政,才气终怜杜牧之。触我文章知己感,十年门馆几迟思。"

王绍薪作《书事》《录别》《三十六茎水仙》《十八茎水仙》。其中,《录别》云:"烛渐成灰酒泻泉，离人对此总凄然。当筵记曲抛红豆，别泪封绡泣紫鹃。此去自知非逝水，再来未识是何年。依依垂柳江头路，记取销魂解缆前。"

胡宗楙作《五十初度》（二首）、《五十口占》。其中，《五十初度》其一："回头四十九年非，坐使行藏与愿违。尘世几经蛮触斗，故交渐觉雁鸿稀。愁工平子知难疗，腰幸休文未减围。却喜北堂春景驻，翩跹好著老莱衣。"

钟广生作《丙辰有举硕学通儒代立法院解决国体之命，感赋》。诗云："学究从来见侮谩，几闻溲溺到儒冠。问名真觉同麟角，知味何须论马肝。投阁扬雄聊复尔，焚膏龚胜莫相干。个中谁负龙头誉，终愧辽东管幼安。"

瞿宣颖作《杭州南湖夜起作》《净慈寺》。其中，《杭州南湖夜起作》云："不寐月明楼，起泛南湖桨。参差云树度，静得空明象。微馨借露气，万荷争俯仰。屡惊宿鸟飞，叶拂双舷响。是时季夏末，生衣隔肌爽。不待晨钟鸣，方惜岁序往。即领清凉境，无劳尘外响。"

李相钰作《望潮中晓雾》《腴弟因病回家，作此问之》。其中，《腴弟因病回家》云："君归卧故居，相望渺愁予。九日黄花酒，能来共饮无？"

姚光作《听雨》《题龙丁、华书伉俪〈春愁秋怨词〉》《方瘦坡以〈香痕妆影录〉嘱题，时余亦有〈销魂集〉之辑也，为占二绝报之》《题钝根〈红薇感旧记〉》《题芷畦〈水村第五图〉》《题刘筱墅〈沙湖烟波钓月图〉》。其中，《听雨》云："小楼春雨听声声，恻恻愁生梦不成。最是系依心事处，碧桃满树涴风尘。"《题芷畦〈水村第五图〉》云："诗卷钓竿孔巢父，笔床茶灶陆龟蒙。闲情逸兴谁能并，百载分湖又遇君。"

姚寿祁作《次韵句羽〈夏口早春见雪〉》（附徐韬原作）、《句羽赁屋蔡店，为辟暑计，要余同止，句羽有诗，因次其韵》《用前韵赓和句羽汉口寓楼初夏之作》。其中，《次韵句羽〈夏口早春见雪〉》云："琼楼玉宇参差见，雪色春光次第开。薄霁辉辉浮远树，回风点点着疏梅。熟知芳讯因寒滞，祇觉孤吟触绪哀。赖有多情徐孺子，肯携尊酒觅诗来。"徐韬原作云："北风一夕作喧豗，破晓楼窗忍冻开。寒雨远兼春外雪，高花清照屋头梅。出门荦确多歧路，对酒嵯峨生剧哀。官柳若无远绿意，江湖满地有谁来。"《句羽赁屋蔡店，为辟暑计，要余同止，句羽有诗，因次其韵》云："卓尔襟期出辈流，更寻庐舍近汀洲。棋声寂历消长日，诗思缠绵支破楼。正好当风安小簟，漫从逃暑得清秋。客途各有羁栖感，为借讴吟却旅愁。"

萧觉天本年至次年作《青州从事二首》《过井陉娘子关》《太原赠孙省长》《兼权阳曲》《怀庐柳斋师》《喜家君莅晋》《导汾至录石》《募建傅青主祠》《刻〈晋阳行政纪实〉十卷》。其中，《导汾至灵石》云："天地平成大禹功，河渠沟洫马班同。但闻瓠子河愁决，谁信宣房塞要通。两岸竭渔蔺竹石，下游枯济断杯弓。凿疏岂尽西门豹，廉让犹存三代风。"

刘尔炘作《雨中郊行》《闰欢雅集,怀竹民寄赠》《雷》《游人》。其中,《雨中郊行》云:"树不摇风鸟不鸣,高高下下绿云横。人间万籁归何处,天地苍茫一雨声。"《闰欢雅集》云:"难得人中蕴藉人,书生面目宰官身。剥心蕉叶诗才隽,上脸桃花笑语真。燕市秋高云出岫,锦江春暖月为邻。飞鸿报我归来日,白露苍葭哄采蘋。"王烜和诗《和刘晓岚师寄闰欢雅集见怀原韵二首》。其一:"名山曾作从游人,嘉会当时一侧身。置闰应知天定数,联欢聊寄物真情。四时佳日成吟事,百里文星聚德邻。偏是我来经战伐,今年踪迹又飘蘋。"《游人》云:"白云扶我上楼台,画稿分明眼底开。流水声中杨柳外,游人都傍绿阴来。"

王理孚作《无题四首,用前韵》《答马季洪》《黄胥庵之官闽中,道出平阳,以〈东溪送别图〉嘱题,作此应之》(图为胥庵官遂安时别朱复戡作)(二首)。其中,《无题四首》其一:"玉镜何年下太真,洞房帘幕一时新?暗弹珠泪迟圆月,巧画宫眉谒后尘。红豆忽生南国恨,绿杨犹滞白门春。可怜梦醒花无语,依旧云英未嫁身。"《答马季洪》云:"江南春似海,愁绝杜樊川。洒泪疑无地,逢人怕问年。奇谈生马角,异相说鸢肩。风雨今如晦,天寒且拥毡。"《黄胥庵之官闽中》其二:"清浅来时路,舟行见树根。钟声云外寺,人语水边村。落日依归雁,西风急暮猿。江南黄叶满,未断只诗魂。"

林损作《何干夫哀辞》《宁波道中作》《人群》《客舍》。其中,《宁波道中作》云:"得志只如此,何须问百年。万金散未足,一饭报无线。屈指疑推命,低头让执鞭。犹怜多意气,不肯学神仙。"《客舍》云:"幽州淡白日,客舍不知春。忽讶花争发,方怜意独辛。佛说终无据,人生莫复陈。冤亲纷满眼,何处问前因。"

金问洙作《怀质卿海宁》(丙辰)。诗云:"往事燕云道,酒楼笑语豪。连天惊鼓角,蔽地长蓬蒿。我遂安孱懦,君今久作劳。何当重把臂,共话曲江涛。"

郭沫若于日本冈山作《寻死》。诗云:"出门寻死去,孤月流中天。寒风冷我魂,挛恨摧吾肝。茫茫所处之,一步再三叹。画虎今不成,刍狗天地间。偷生实所苦,决死复何难!痴心念家国,忍复就人寰。归来入门首,吾爱泪汍澜。"

王统照作《怀人》。诗云:"霭然云树暗,淡月照离人。天末思之子,行行贮苦辛。"

张恨水作《静坐》《舟泊公安,将入长江,赴武昌》。其中,《静坐》云:"新萝才得上柴扉,小院无人碧四围。镇日尽看春事去,柳花如雪满帘飞。"《舟泊公安》云:"月落沧波暗,堤横去路回。市声穿岸柳,灯火隐楼台。"此诗后载1926年5月2日北京《世界晚报》副刊《夜光》,署名"恨水"。

吴芳吉作《送绍勤赴渝》《迟雨僧久无书至,因讯赴美程期》《已寄一片,雨僧犹无书至,再寄问之》。其中,《已寄一片》云:"独有黄杨木,冬来犹故枝。翘翘生雨露,郁郁覆阶墀。燕雀寒辞主,春华远报期。堂前松与柏,坚苦或能知。"

陈寅恪作《寄王郎》。诗云："泪尽鲥鱼苦不辞，王郎天壤竟成痴。只今蓬埒无孤托，坐恼桃花感旧姿。轻重鸿毛曰一死，兴亡蚁穴此何时。苍茫我亦迷归路，西海听潮改鬓丝。"

吕思勉作《脊生过沪相访，赋诗见示，次韵答之》《偕研蘅、钟英、志坚游徐园》《代外舅题程青佩画像裸而执尘》。其中，《代外舅题程青佩画像裸而执尘》云："昔闻子桑简，今见祢衡狂。岂以居夷想，而为适越装。庶几无长物，所适任徜徉。挥麈手如玉，清淡或未忘。"

王仁安作《次幼梅韵》《寄寿民》《得寿民书，感赋》《张玉裁以诗见诒，次韵答之》《寿民示近作，有"荣枯无与沙鸥事，自向烟波阔处飞"句，不禁有词》《次韵答寿民》。其中，《张玉裁以诗见诒》云："谁能海上学琴音，常抱忧怀千载心。安得仙人同把袖，且从词客结题襟。空山归鸟浮云淡，老树栖鸦落照沉。生长津沽烟水窟，行将散发作狂吟。"《寿民示近作》云："泽畔哀鸿亦可伤，几番长唳对斜阳。天涯何事逢缯缴，为向人间觅稻粱。"

赵圻年作《纪游六首，同空山人》《丙辰雨中五祭二杨》（二首）、《苦旱得雨》《偕空山人适赵城访"谁园"主人》（二首）、《山城》。其中，《丙辰雨中五祭二杨》其一："霜叶红黄炫锦城，高秋风雨似清明。魂随南雁来何晚，泪圮西台恨未平。愈变愈奇天下事，一生一死故人情。今年五奠黄花酒，同是销沉身后名。"其二："高踞层霄瞰九幽，灵旗卷起一天秋。人疑谢朓为山贼，我本钟仪尚楚囚。老泪纵横丝霰密，故关迢递暮云愁。国殇几载非新鬼，空剩青山笑白头。"

王易作《得步曾书并诗》。诗云："相怜往日柳依依，憔悴年光觉渐非。诗酒伴狂吾岂敢，风云自奋子能希。群龙野战悲神陆，一雁孤飞下落机。省识忧天怀旧意，知君重减沈腰围。"

陈昌作《诗二首》。其一："同舟共济尚仓皇，大海茫茫渡未遑。兄弟阋墙先御侮，凯歌高奏太平洋。"其二："唯有强权足自豪，兴邦雪耻属吾曹。称戈直渡朝鲜峡，爱国头颅等弁毛。"

徐嘉瑞作《哀青岛》《哀吏治》《哀国防》《哀隐士》。其中，《哀国防》云："侏儒儿，不可使，使之不当诚国耻，于思于思弃甲走，攫腓不如徐子狗。君不见，临武君，本秦孽，咫尺涵函不能越。又不见，萧娘李姥歌塞耳，不听空奈何！"

林伯渠作《香江感事》（经香港时作）。诗云："去来忽复岁时改，月下寒蛩犹有声。对面青山非吾土，谁家锦瑟弄清音。独怜湖海千行泪，解释人群一片心。未必寓形同野马，高楼负手一沉吟。"

曾仲鸣作《游波尔多公园》《望山》《渔父》。其中，《渔父》云："残云带雨绕山飞，沈寂寒江鹭影稀。应是晚来渔父醉，孤舟容与竟忘归。"

柴小梵作《哭先君子》（四首）。序云："哭父诗，非礼也。哀痛之至，藉此咽泪。"其一："蓬室风占主有灾（六月二十五日，先君子病危。请风角占验，谓'四卯之命，不过月晦'），顿教涕泪化琼瑰。新新鸿爪犹前日（一切书札，梵皆敬护，以留先迹），寂寂鱼灯忽夜台。五秩光阴弹指去，几回悲恨上心来（先君子实有隐恨，口不得而言）。不堪细绎弥留语，忆恋家山倍足哀（二十四日，自分不起，嘱梵须将弟妹爱护，且欲连夜迁家回里。梵以舟车碌碌，恐疾加危，待稍瘥即摒挡行李为言，而不料溘然之速也）。"其二："容枯体瘠认难真，倚榻连番问苦辛（梵以六月十二日抵家，先君子病虽未发，而面目臞瘁，喘咳不已，询问梵途中情形，不觉两皆之泫然）。深恃庸医原易误（病初起，惑于众口，就某诊视，误热为寒。及更换，已无及矣），为求珍药尚辞频。扁舟仓卒来千里，病室周旋只二旬（梵以十二日归，而先君以二十九日终，今计之，尚不及二十日）。手足舞摇犹强起（二十五日，病笃，即发肝风），丝丝残喘暗伤神。"其三："最早牵怀未敢忘，奔波赢得鬓成霜（勤苦终身，抵死才息）。生涯惟托一樽酒，力食常空五斗粮。闵说赵衰是□□，□□□知老江乡。道山驾返心多恨，两目狂张不闭眶（逝后两目不闭）。"其四："孙枝娇小二龄余，也自看同掌上珠。孰料浮生成幻梦，忍将弱息弃江湖。情难瞑目千回认（病笃失声，惟摩挲梵兄弟三人头，两目注视，泪潸潸流眥），事太伤心半语无（二十五日昏哑，从此不能出片言）。拜树望云都画饼，从今生怕说姑苏。"

常燕生作《偶感四首》《结婚二周纪念日，书此以示娴清》《戏拟〈自君之出矣〉九章》。其中，《偶感四首》其一："历历星河影，拈花一笑中。几闻成败住，尽说世时空。我欲弹长铗，飘然御远风。微尘十万众，何处辨鸿蒙。"其二："一灯伏静鹭，万念剥梦丝。蚁斗牛鸣夜，参横斗转时。吾身方虱处，此理与心知。长笑亏赢迹，纷纷未可思。"其三："悲知弥以太，宙合充能仁。到眼无余子，盈街走圣人。偶闻心即佛，翻与世初亲。人我端倪处，苍茫证此因。"其四："小历人天劫，须臾已忘言。亦知三界假，耻负大群恩。此日诸魔瞰，前途百战存。敢辞螳臂力，挥手望元元。"《结婚二周纪念日》云："画堂春夕忆前年，屈指光阴又二迁。慰我方知居室乐，为卿才不让人先。遥知衾枕应单薄，可有情思正绕缠。此后还须各努力，他时携手碧窗前。"其妻娴清《答前诗》云："南北迢迢喜相逢，深闺佳色烛影重。情景变迁原无定，光阴迅速已二冬。日事笔墨犹寂寞，终朝含情向谁溶。思君忆及花烛日，画堂春夕可念侬。"《戏拟〈自君之出矣〉九章》其一："自君之出矣，惨然静不欢。思君如玉镜，日夜照容颜。"其二："自君之出矣，孤衾冷如铁。思君在抱时，煦然不胜热。"其三："自君之出矣，夜半起拥衾。思君风雨夕，何处觅谈心。"其四："自君之出矣，如失左右手。思君如我箸，每饭不离口。"其五："自君之出矣，弥复望家乡。思君携手日，从不羡鸳鸯。"其六："自君之出矣，思君频入梦。梦君在我侧，梦醒翻成空。"其七："自君之出矣，咄咄自书空。思君含薄怒,不胜酡颜红。"其八:"自君之出矣,夺我自由魂。思君求一见,一见转无言。"其九:"自君之出矣,挑灯写所思。思君吮素管,续我未完诗。"娴清《戏和燕生〈自君之出矣〉九章》其一:"自君之出矣,形单影复痴。望彼双飞雁,增我长相思。"其二:"自君之出矣,梦魂常颠倒。探手搂君颈,空搂不在抱。"其三:"自君之出矣,风雨正凄凄。惊魂无人定,展转盼晨鸡。"其四:"自君之出矣,空衾畏独眠。忆昔同床日,夜夜偎君肩。"其五:"自君之出矣,魂魄如相照。思君钟情语,独坐犹含笑。"其六:"自君之出矣,无意整青丝。思君同对镜,怨我轻点脂。"其七:"自君之出矣,疾痛谁见怜。思君抚我膝,痛止君始眠。"其八:"自君之出矣,日见罪债多。忆君谆戒时,颜色如春和。"其九:"自君之出矣,使侬心如焚。惟将满腔血,凄凄绕我君。"

谢玉岑作《醉花阴·赠许紫盦》。后载于《苔岑丛书·纫秋轩词钞》庚申刊本。词云:"湖海元龙楼百尺。寥落屠沽客。十载醉江南,拍碎铜琶,多少伤漂泊。　　送君风冷离亭笛。烟蓼秋江阔。沧海易沉沦,记取重逢,未必如今日。"

顾佛影作《丙辰杂感》(二首)。其一:"手拨红云忏紫阍,愿赍箫剑试仇恩。河山沉溘胎灵气,宇宙葳蕤锁国魂。万劫千生作情尉,痴风顽雨掠香樊。笔花舌血都无恙,如此苍生敢惮烦。"

海灯法师作《感怀》。诗云:"非命非天是我宗,神鹰背上听秋风。潮声不息群岩响,剑术合当毕世工。秋水惊心生妙腕,雪花夺目耀长空。公孙弟子今何去,可畏后来器似虹。"

张维翰作《个旧突围负伤回省,疗养数月始愈。应召入蜀,顺道回大关故里省亲》《将应召入蜀,陈兰卿世丈设饯于其翠湖寓园,并赋诗赠行,敬次原韵》。其中,《将应召入蜀》云:"眼中桑海几回更,一老天留待世清。杖履幸从论掌故,湖山高咏寄心声。章侯善画耽禅隐,卧子雄文以赋鸣。胜饯难忘三叠曲,轻尘朝雨别滇城。"

李采白作《内子墓经雨微陷,诗以悼之》。诗云:"墓门经雨草茫茫,廿六年来鬓已霜。回首自伤苟奉倩,秋风无雨立斜阳。"

何曦作《梦湖楼》《花下》。其中,《梦湖楼》云:"树阴暗处隐红楼,有客思家楼上愁。莫向黄昏频怅望,青山无数带江流。"《花下》云:"悬灯花下看花影,墙上真成画折枝。萤过灯边光不见,随风飞去欲何之。"

李笠作《春日有作》《偶成》《别业闻蟋蟀声》《采莲词》(二首)。其中,《偶成》云:"流水斜阳噪暮鸦,子真谷口野人家。耕耘自种桑麻树,不识人间桃李花。"《春日有作》云:"蝴蝶纷纷过短墙,三分春色在垂杨。长堤马踏王孙草,古陌人攀帝女桑。细雨江村莺语滑,落花时节燕泥香。可怜客子酺歌日,思妇楼头正断肠。"

黄征作《四和香·感兴》(丙辰)。词云:"不了春心时轳辘,暗里眉山蹙。也愿朝云偕玉局,愁没个黄金屋。"   粉殢香柔都要福,恨不修来夙。假若秦楼连郑谷,忍割舍人如玉。"

贺履之作《行路难》(十六首)、《游南河泊即事六首》《滁州纪游》。其中,《行路难》其一:"劝君一卮酒,听我歌路难。我初释褐上长安,眼见威仪犹汉官。周德虽衰命未改,问鼎轻重谁放然?人事一朝异,桑海变无端。神州竟陆沉,巢覆卵不完。狐鼠凭陵据城社,中原涂炭沦衣冠。援琴发长歌,哀弦冷冷和泪弹。"其二:"君不见黄鱼化玉乌衔珪,天降符命非人为!又不见目有重瞳胸四乳,生负奇表绝俦侣。古穴何物石龙藏,媚子拜陈麻祥。此儿素本无大志,忽夸隆准窥神器。华盖缥缈嵩灵呼,瑶草琼芝生墓墟,君家佳气夜充闾。"《游南河泊即事六首》其四:"三尺乌鱼跳浪高,网丝无力又潜逃。细编蒲华护鱼子,莫仁并吞恣老饕。"

李焕章作《丰州漫游即景》(五首)。序云:"余为二竖所扰,历十余年,参术无灵,扁卢束手,计惟选胜寻幽,嘘吸清气,或可苟延余生。而涸集市廛,甚嚣尘上,觅一雅静之区,殊觉寥寥。丙辰岁,授官绥远,此间碧水环域,绿阳夹岸,凉风披拂,清气往来。公余之暇,偶出城散步,心神顿觉豁爽,由是每晨往游,藉以服气。久之身体渐健,非复畴昔之支离,遂率成数章,以志欣慰。"其一:"居然城市类山林,鸟语泉声萃柳阴。到此勾留消世虑,何劳蜡屐远攀寻。"其二:"清流芳树绕城边,独步脱巾势欲仙。十丈软红飞不到,绿阴深处听鸣蝉。"

王瀣作《叶棣如侍郎画牡丹,何青耜通政题,藏者仇涞之大令属赋诗》。诗云:"妖红万片沸如海,默默愁随火新改。眼明忽睹绝代范,诗老风流宛然在。霞肤月额千金难,羡君对酒纵横看。谁言富贵空尺纸,谁比长安烂熟官。"

许承尧作《方圃夜坐》。诗云:"老树一庭静,凝然生夏寒。窥墙上微月,摇影似轻澜。永夜成孤忆,明星耐久看。此心何处善?浓梦已徐阑。"

刘之屏作《丙辰主讲徐氏家塾,寄怀郑澹如》。诗云:"偶寄东皋塔下居,终朝闭户看藏书。轩辕坟典仓斯字,花木亭台水月庐。课罢频询钟打未,(耳微聋) 客来恰值酒醒初。菊花时节增惆怅,每忆旧游泪渍裾。"

任传藻作《次和任寿国观察韵 (并序)》(三首)、《由鲁返津,旧游诸友招饮,即席赋诗》。其中,《次和任寿国观察韵 (并序)》序云:"我族迁湘之支蕃盛,只以道途修阻,音问鲜通。昨岁春间,湘支寿国先生观察来赣,旋诣丰城,访族展墓。时余滞迹山左,未获把晤。兹得读先生《丰城谒墓》诗,其拳拳先茔殷殷旧族之情,充溢楮墨间,因次韵寄之。"其一:"乔木枝敏本自深,同声同气细推寻。舍分南北都称阮,世守诗书胜有金。祖泽千年弥永厚,江流万派不浮沉。从今族谊联湘赣,共仰荷塘桂树林 (宋时始祖仙桂公卜居荷塘,手植桂树犹存)。"《由鲁返津》云:"重逢恰在岁寒天,踏雪相招到酒筵。欢饮不辞长夜醉,看花犹是旧枝妍。眼中岁月惊三易,海上风云感几迁。

满拟稍留申别绪，骊歌又唱倍悽然（时余又将旋赣）。"

施淑仪作《四十自述十二律》。其一："搁管沉吟每泫然，田园荒落销寒烟。禅机参透心无累，弱骨支离病为缠。云鬟渐添新白发，尘缘未脱老青毡。不堪柳下重书谍，自对残春数逝年。"其二："少小光阴乐来厌，闺中长日伴牙签。雕床午梦抛书卷，绣阁青灯刺线拈。镜里有花匀粉薄，窗前留月斗眉纤。偶然博得双亲笑，道我新诗满镜奁。"其三："不辞千里赴潇湘，曾共双栖玳瑁梁。助我耽吟常和韵，爱他清课为焚香。玉箫喜按双声谱，妆阁居然翰墨场。三载别离人不返，泪痕犹满旧罗裳。"

杜衡作《闻松坡走滇起义，次韵任师》《同门蔡君松坡发难讨袁，诗壮其志》。其中，《闻松坡走滇起义》云："几会疏越叹朱弦，旧调重弹太没端。狂喝雉卢辄十掷，怒呵狗脚帝三拳。杜蘅香后能驰马，豆蔻春前强拜鹃。一部笙歌南国史，左兵东复闹胡圆。"《同门蔡君松坡发难讨袁》云："谔谔同门彦，云南起义兵。羽书风走檄，刁斗月屯营。正气横河岳，雄军压项城。破秦三户霸，诛纣一夫轻。杖策参戎幄，梁师负令名。武豪连郡起，洪宪假王惊。愿决胡猿首，共和奠太平。"

黄咏雩作《古今》。诗云："哀乐无端总是痴，古今俄顷了何期。群经都在荒芜里，有史偏多变乱时。白日与人同一梦，青灯与我独相知。好修自是峨眉性，兰茝芳心托楚辞。"

徐礼铭作《南浔竹枝词七首》。序云："南浔为吴兴之一镇，丙辰、丁巳间馆此，有竹枝词多首，皆丙辰作。"其一："水乡鱼米旧繁华，肇启官商八大家。盐笑茧丝兼典当，陶朱事业遍天涯。（庞、顾、金、张、邢、刘、周、邱诸族富各以千万计，名园映水，巨厦联云，称为八大家）"其二："楼栏夹岸晓窗开，柳色撩人日几回。一夜东风好消息，满帆柔橹送郎来。（浔溪四栅，环水而居，民多行商苏沪，无家居坐食者，亦地势然也）"

孙汴环作《栈宿夜作四律纪之》。其一："九天刁斗夜分明，茅店鸡声动旅情。红豆秋风诗思苦，孤灯夜漏客心惊。推敲世上缘因果，怅触人间病死生。万事无求安可语，留题京国愧书城。"

王光蜀作《丙辰生日感怀》（二首）、《偶占》（二首）。其中，《丙辰生日感怀》其一："岁月悠悠老大身，漫将后果证前因。相看冷眼谁知己，欲觅同心少解人。种竹满园聊免俗，拥书千卷未为贫。浮生领得闲中趣，何惜衣悬百结鹑。"

林资修作《洪宪改元感赋》。诗云："当涂象魏矗嵯峨，八柄何年劫太阿。伯益竟成迁禹业，重华犹唱赞尧歌。二陵风雨攀髯近，九鼎神奸变相多。今日路人心共见，不堪回首话铜驼。"

刘冰研作《丙辰乱后寄京中诸友》（四首）。其一："白发高堂在，相逢似梦中。只余双泪血，犹染半江枫。邻犬哭寒月，啼乌噪晚风。为怜小儿女，同话一灯红。"

杨尔材作《丙辰年感作》。诗云："世人轻道义，结交尚黄金。床头黄金尽，便自交不深。平生莫逆契,安必有真忱。偶因妒心起,遂生秦越心。嗟我贫穷客,竟遭白眼侵。得鱼尔忘筌,衔环不若禽。我非管幼安,未忍绝华歆。只为不平语,孤愤发狂吟。嗟尔么么辈,难逃壮士擒。不见羊左事,命人千古钦。愧我命途塞,欲诉谁知音。世态付一叹,炎凉古至今。"

陈闿慧作《翠微山》《巢居阁题壁》。其中,《巢居阁题壁》云:"不见林逋仙,独坐巢居阁。阁外野风来,梅花纷自落。"《翠微山》云:"苍苍城西岑,连嶂迭巘崿。访景散烦襟,攀藤度绝壑。古寺依云峰,幽人狎猿鹤。山雨欲来时,松声满高阁。"

陈雨村作《幽斋闲兴》(回文)。诗云:"空水滴檐障木群,昼晴新燕语纷纷。风生细竹垂珠露,月碍长松挂片云。红映薄纱春幔下,碧抽徐焰冷灰分。工吟短句思阑倚,东院一声残笛闻。"

陈公孟作《雪中乘车,归自秣陵》《偕陈燕伯表丈(元康)、君俞弟(昌言)同游惠山,酌第二泉》《题印水心夫人〈海棠轩诗集〉(有序)》。其中,《雪中乘车》云:"天公幻玉戏,剪水作絮舞。晓起推窗看,白门成瑶圃。归装夙已戒,冲寒计未沮。登车拥毡坐,倏听机轮鼓。修涂何漫漫,纵目无由睹。噫气长风号,转毂春雷怒。疾若赴壑蛇,猛似出柙虎。群仙骑鹤来,纷纭堕白羽。瀛尘百万斛,抖落知几许。迤逦江南山,窈窕失眉妩。茫茫南徐镇,渺渺九龙屿。冥漠烟雾中,名城越四五。飙驰五百里,自晨才过午。行客冻欲僵,有若再命伛。蚁附逐名利,谁怜行役苦。笑我亦何为,不惮风云阻。归来解征裘,烂漫倒芳醑。"

吴研因在苏州作《北京教育部三次电促入京编纂小学国文教科书,却之》《息夫人》《悼杨师月如》《桃花步韵》《寒山寺》《灵岩咏古八首》。其中,《北京教育部三次电促入京编纂小学国文教科书》云:"自笑空怀蹈海心,苟全岂更慕千金。况无吐凤才人笔,有负求凰贵客琴。风露三朝劳速驾,菲菲一叶感知音。只怜学语非鹦鹉,未敢高飞傍上林。"《桃花步韵》云:"春归桃叶渡,谁在木兰艭。人面宜倾国,仙台望隔江。几家明照水,一路笑当窗。雨点枝三两,风情燕一双。未随流浪去,可为夕阳降?与惜芳园晚,无言秉夜釭。"《寒山寺》云:"未谙张继诗中意,来抚寒山寺里碑。霜月客船何处是,禅房曲径等闲窥。江头枫叶如花簇,林际钟声与鸟随。如此姑苏终老得,奈何一宿便衔悲。"

黄兰波作《登望耕亭》(二首)。序云:"福州岛石山之阳有巨石,镌'望耕台'三大字,旁署郡守李拔题:'石上有亭,曰望耕亭。俯临南郊,平畴万顷。'"其一:"山半危亭势肚哉,平畴烟树画图开。农夫耕作胼胝苦,郡守可曾望得来?"

方雅琴作《游横云山,同松奴、瘦东》。诗云:"横云山上着游踪,身在嶙峋白石峰。共向松林延爽籁,石梁深涧水淙淙。"

[日]内藤湖南作《芳山廿绝》。序云:"芳山绝句,藤井竹外、河野铁兜兼用萧韵,

遂成故事。今兹丙辰,青厓山人游此,作卅二绝,亦皆用萧韵,郁为艺林钜观。读之技痒顿发,乃率赋廿绝,亦用萧韵。依样葫芦,适取人笑耳。"其一:"廿年游迹梦迢迢,每到花时魂欲销。记取霏微烟月夜,酒醒灯炧赋南朝。"其二:"幽禽啼歇落花飘,缭乱春光半已销。剩得楼台烟雨在,青山如梦忆南朝。"其三:"高低楼阁倚山椒,回合风云拱斗杓。剩有樱花千万树,年年艳雪护南朝。"其四:"中兴鸿业已萧条,遗恨难同云雾消。千古诗人忠厚意,哀歌题遍吊南朝。"其五:"歌人题咏遍岧峣,阅到军书肠亦焦。当日埶栽樱万树,长令游客哭南朝。"其六:"梵宇层层起丽谯,塔宫曾此举征镳。君王若记从龙日,不使枭雄挟北朝。"其七:"一自君王弃百僚,南风不竞恨难销。至今日夜西流水,不泛飞花向北朝。"其八:"云间仿佛韵琼箫,犹向旧都驰桂轺。太息依然弓剑在,空山风雨又三朝。"其九:"摧残梵阙草萧萧,莴树如云拥翠峣。还有催归乌鹊否,花开岁岁似前朝。"其十:"才情宋玉姓名标,因赛湘灵荡画桡。行在遗臣多故旧,乱山深处访南朝。"十一:"孤臣抽笔度残宵,易烬灯花手自挑。长忆先皇恩泽厚,遗闻和泪写南朝。"十二:"中兴将相想风标,横槊边城鬓发萧。夜夜篝灯呼纸笔,大书正统到南朝。"十三:"君臣仓卒托僧寮,王土纷纷群鹏鹍。不有楩楠遮帝座,残山缘底保南朝。"十四:"祝聃一箭贼兵骄,龙血玄黄鳞甲飘。一体君臣皆敌忾,莫将成败贬南朝。"十五:"戎马匆匆岁月销,又看余事曼辞雕。暮年手笔进新叶,风调何曾输北朝。"十六:"脱卸簪缨执斗刁,延元龙种气腾超。贺兰博戏书辞壮,鳞介还应识本朝。"十七:"西鸟东鱼是谶谣,前狼后虎亦群妖。到头猿犬称雄后,赤土茫茫似六朝。"十八:"泪堕芳山鸟语娇,魂惊京洛百花飘。访来东阵又西阵,吊自南朝到北朝。"十九:"半壁青山禁采樵,居然陵寝认南朝。谁知十叶花亭址,荒草寒烟永寂寥。"二十:"神皇正统日星昭,史笔千秋论已销。长见风云严庙貌,偏安何必叹南朝。"

[韩] 申奎植作《奉悼罗公弘岩神兄五章》。其一:"百玉其心黑铁肝,愁然忧国十分殚。义声兴问渝盟罪,剑事归诛缔约奸。入狱那堪众生苦,现身替受重刑安。妖氛晦塞尘嚣上,不出斯人世道难。"其二:"天来喜报复苏还,岳降先生试大艰。灵性工夫通帝侧,妙香顾使救人间。了来庶众归神市,祖述三桓降震坛。斩棘披荆寻旧迹,翩翩道杖白头山。"其三:"河行北陆复南韩,铎我全球将辙环。恶魔频谋加十字,大雄何畏达三观。人间万事伊谁赖,天上灵音遽忽颁。泰岳其崩梁木坏,不堪回首阿斯山。"

方守彝诗系年:《酬伯韦五叠前韵之作》《伯韦近日酬叠诗篇以强仆,圣登见而以绝句二章来投,讽耶嘲耶,不可知也,次韵报之》《和天逎〈读长庆集〉之作》《伯韦赠其太夫人手制扬州面饼盈一太盘,简谢》《谢再赠金铃、水仙》《纶士示〈风雪渡太湖沙河〉绝句》《符曜今年三十初度,槃老人有诗,当时未能属和。岁暮兴怀,亦喜闻明正来皖，寄此长句，以致倚杖之思》《即事，纮士和韵，亦和纮士》《吴少耕去年五十生辰，里中知友爱其人，投诗篇为寿者二百余。兹来皖城，玉山提学有诗颂祷，仆亦自有难已者，遂亦和其介弟首唱原韵》（二首）、《清一斋题句》（六首）、《过天逭，因得尽读岁首十叠韵之作，归而和之》《天逭酬和愈高，亦因之引兴三叠》《读渊如、天逭酬叠诗中〈扬雄篇〉有感》《天逭投示〈独游郊外〉叠韵诗，因约同赴地藏庵访慧明上人。归过圣登，读近作诗文，即事成韵》《和韵天逭〈江上望彭泽，有怀陶公〉之作》《前韵赋水仙花一首，简伯韦（并叙）》《季野暂来，雪楼忽去。酒楼小集之后，季野连投诗篇，寥落情怀，几无以报。和其莱字韵，兼简雪楼》《和韵诗涵〈催海棠〉诗》《次韵王冠石枉赠之作》《季野以"晒网"名轩，题句征诗见及，作此调之》《季野和诗，意高韵远，相感于微，前韵再答》《风雨海棠，戏和伯韦一律，圣登见之题绝句，依韵报答》《海棠巢迎予看风雨海棠，会有所感，酒阑人散，归而托兴，录示时涵》《时简君干供白碧桃二盆于栏前，赋一律》《檐风忽下，白碧桃花纷然洒地沾衣，笑成一绝》《雪楼将随统部马公军幕赴金陵，置酒登楼，赋诗留别。交情世难，纵横杯酒之间；深语奇怀，感慨杜陵之叟。依韵送行》《前韵再送之，反复重言，略本风人之旨也》《雪楼索予影相，题句赠之》《奉怀乙盦先生上海，托兴代简》《寄怀子翔上海》《去年冬游浔阳甘棠湖，有所题咏。吴君镜天见于圣登几上，归而和之，语重匪所当也。镜天于杜韩苏黄诗用功，颇有岁月，出示诸作，沉静清邃，骎骎乎入于古。勉酬枉篇，慨焉申感》（二首）、《月前与徐君律昀议集赀印行铁华诗，适馁庵自皖北来，亟欲吊铁华之墓。乃置酒大观亭，邀集二君暨诸徒友，抵暮而散。律昀有句，次韵》《伯韦失去湘妃竹子烟袋，以为多年旧物，患难相依，情见于讽咏，犹不能已，乃强仆和》《寄怀敬庵黟县》《奉怀蒿叟先生宝应。先生去年冬于寄伯韦书内垂问衰劣，又嘱伯韦写去唱和诗，久阙修状，遂以代简》《季野出先德霁卿先生〈白云归岫图〉卷子属题。卷内先生自赋十绝句，乡先辈姚伯昂、徐咏之、马元白、吴蝠山、光栗原、方鹤泉六先生有题咏》《简镜天》《次韵张基生枉赠之作》《通伯寄示方水崖先生隶书〈东坡和陶诗〉，先伯父仪卫、方拳庄、朱歌堂、光栗园、吴蝠山、马元伯六先生题诗卷子，属系以篇》《燕巢》《乳燕》《伯韦索句，赠六言二绝》《渔洋山人〈砚铭〉诗》《次韵酬客》《同日读仲勉和慎思句，依韵简仲勉》《落叶五首，和天闵韵》《季野中秋登校楼看月，越日和慎思诗，遂有"苍茫客意自登楼"之句，题于后》《写怀一首，题时涵呈〈看菊〉诗后纸》《槃君以予七十生日寄句写怀和答兼订后约，用发一笑》《时涵于任家坡赁宅，内编篱种菊，菊盛开其旁，西府海棠乃亦于老枝败叶间疏疏著花。而菊中麒麟角一种独未放，诸君过赏作诗，渊如顷复投句》《时涵折篱菊数枝来，入瓶供养，复袖出某将军挽词，对花思人，慨焉题句》《慎思将返芜湖，郑子谊将返长沙，两人者皆先后别去，咸索予诗，追寄二君》《戏句奉还伯韦前借与上官竹庄、吴牧皋两先生画幅》

《昨以诗还伯韦画幅,伯韦酬句,怨仆不为题咏,仆自有说》《弢庵自六安来,邀至涵宅看菊。承赠雨前茶,又辱名句,两皆吾好,次韵两谢之》《江干晚步》《寄怀子谊长沙,追谢笺毫前赠》《伯韦蓄梅四盆,分二盆见赠,媵以长篇。愧未能和,成一律报谢》《附一绝句》《七十岁生日后纵笔三首》《以笺纸一百片赠伯韦,戏题绝句于上》《有感而作》《酬表弟苏毅叔,见和回字韵》《酬季野枉过投见,和回字韵》《次韵岐生见怀》《槃君寄和回字韵并为予订句,作此报之》《田鲁儒大令枉过,手一册子语仆曰:"吾乡老儒段蔗叟先生,年八十余矣,有〈秋林习隐图〉征题,愿子赋之"》《后有感而作》《天闵枉过,写示〈岁暮书怀〉一律,感题其后》《深夜孤诵,忽伯韦投〈大醉〉短篇,走笔戏成次韵》《偶吟》《读罢槃君诗卷题句》。其中,《和天遒〈读长庆集〉之作》云:"老爱香山诗,独契谓无两。举似天遒子,不言神已往。归读以诗来,语语背搔痒。相视成一笑,空谷答清响。春花深径迷,蜂蝶结音赏。宁知风雨冥,龙吟江海广。唐虞渊明心,稷契杜陵鞅。白公皈老禅,迹异情不爽。微独新乐府,余篇多慨慷。民艰政阙失,讽闻朝宁上。缠绵忠友思,语以约含谠。外尘略似同,中峻那可仰。太息当时英,公独群不党。未肯文艰深,平易写浩荡。《国风》二《雅》间,定当邀圣奖。遣忧何所寄?琴酒意可想。吁嗟天厄贤,垂老珠失掌。倘不近人情,岂非大奸罔?风雅矜俊才,崎岖堕榛莽。或者主性灵,儿童许效仿。梧檟两失之,惜哉小者养。相期华岳巅,云气吞沆漾。出作近人月,清光天地朗。"《季野以"晒网"名轩》云:"褒裒琳琅卧晒腹,何如无弦虚张琴。湖海浩浩鱼詈詈,斯人晒网是何心。架上旧书手翻破,伏几诗句流清音。一轩风日无所用,笑人运甓惜分阴。去年江潭得数尾,饱供一饭喜不禁。却恐鸥疑鹭猜忌,渔家事业未宜今。长日迟迟檐寂寂,巢居幻想妙相侵。箸苓挂竿惊鸟雀,破云满地午阴森。我闻向空起语雀,何曾真纲水沾淋!撑肠文字苦作怪,傲睨意寄高人襟。莫冀余腥纵尔啄,嘤鸣正好在高林。回思不用弃去可,一晒吾欲窥其深。银鳞味美蔬盘阙,寒网顾盼殆难任。要觅先生索杯酌,仍将踪迹水边寻。所怨有轩无网在,徒使我辈呕肝吟。"《奉怀蒿叟先生宝应》云:"萧条江上居,缅想国中老。蹚屣临洪波,照此颜鬓槁。鬓槁匪所惊,所惊洪波森。隐隐盼高山,苍然矗云表。中函太古雪,常与峰月皎。欲往不得前,遗音感飞鸟。蜷局仰止怀,踽踽白头矫。长蛟太欺人,阴森盘深窅。腥风四面吹,丑类长牙爪。白日无精光,频疑睊失瞭。草树受披靡,生意渐觉少。虎躩狼复啸,鬼物闹昏晓。中流万斛船,板荡忧心悄。西来雷雨声,轰腾若可扫。灵龟惆怅言,争奈城狐狡。吁嗟纲维绝,谁续千丈绞?纵使老蛟遁,遍地皆潢潦。造化大衰歇,神禹宁再兆?奠定不可期,泪洒春花摞。东南几黄发,人间留国宝。拭眼望淮滨,喃喃致私祷。会当浮小艇,拜瞻颜色好。"《简镜天》云:"密雨冥冥至,莓苔暗暗添。湿云雷力重,积水浪花颠。坐忆耽诗友,高吟枉赠篇。意长何以报?惆怅美人弦。"《通伯寄示方水崖先生隶书〈东坡和陶诗〉》云:

"水崖先生明遗民，尚友柴桑采菊人。长公和陶诗作隶，矫矫鸾鹤翔天群。桂林子孙重手泽，天意未许一家珍。江山屡经劫火改，宝墨流人抱润轩。五月江城江水大，时有轻寒润长夏。贲初居士喜临池，用作安心禅课假。故人忽枉鲤鱼书，致此要予题卷罅。搁笔拂几抽玉签，十丈横云落毡藉。云里闪灼刺昏花，星宿列行明露夜。联翩文字亦何精，百年老辈乡耆英。风烈仪型传胜国，赞叹往迹垂诗声。就中先德元白公，及我伯父仪卫翁。手笔炯若照绢素，精灵往矣望昭融。应得分藏两家宝，并州快剪行清风。"《七十岁生日后纵笔三首》其一："采薇歌动岁阳回，老骥槽头千里哀。五夜青灯呼剑起，一天黄叶挟风来。孤斟浊酒深杯杓，醉拥高愁撼斗魁。世未太平书欠读，宁容大錾便生堆。"《深夜孤诵》云："风声怒号欺懦儒，酒索床头空有壶。君从何处得大醉，得非偷窃凭刁狐？夜半高歌神惝恍，忽惊明月堕吾庐。又来狡狯弄诗句，急纤肝肺呼千夫。"

沈曾植诗系年：《若海邮示元旦诗，和答二首》《再和若海》《简若海》《寿吴仲怿侍郎》《寿张让三六十》《寄伯严》《一山录示近诗，和其一章》《〈松寿堂诗话图〉为庸庵题》《静安和诗四章，辞意深美而格制清远，非魏晋后人语也。适会新秋，赋此以答》《陈庸庵〈丙戌同年雅集图〉》《题曾节母〈柏石图〉》《赠曹君直二首》《绝倒》《潘若海水部挽诗二首》《此夕》《寒日》《夜坐》《寒柝》《雪意》《林色》《和甸丞香严庵落成诗韵》《题画四首》《题画》《积盦观察以所藏〈常丑奴墓志〉索题，此志平生凡再见，皆羽琌山馆物也。覃溪极称此书为欧法，今拓渤浅，无以证之，意世间尚当有精拓本》《赵文敏书〈天台赋〉卷》《题葛煜珊同年遗像三首》《樊山寄诗相讯，和韵答之二首》《前章二三韵误押，更和二首》《前稿几失去，觅得之已醉司命日矣。复题二首》《寄叔言五首》《和张让三二首》《以诗代简，寄答余尧衢提刑》《夜》。其中，《简若海》云："春色来天地，春心窃若何？且回催拍笛，重按缓声歌。果熟时当惜，枝披语未讹。新阳风日美，步屦趁相过。"《一山录示近诗》云："萧摵荒林鸟不栖，报恩经字阃金泥。仙人道忍鸺鹠饿，公子魂归野豸啼。观化有来同腐草，清谈相谒食蒸梨。海翁无复穷愁志，剩共沧江老祝鸡。"

林纾诗系年：《咏史》（八首）、《感事》《偶成》《马来半岛白、李二君忽以书来询余年书。言社中人有谓余年三十者，有谓倍者，纷争不决，实则余年六十有五矣，既以书报二君，作此解嘲》《寄石遗福州》（三首）、《晨起写雪图有感，因题一诗》《又一首》《毓廉至陵下》《谒陵礼成，视毓清臣（廉）》《〈平台春柳图〉，为诗社诸君斗诗而作，即题其上》《雪中怀石遗却寄》《周松孙下世六年矣，停棺萧寺。余为经纪其葬事，饬其子尔龢送归，临奠怆然赋此》《少帝颁御书"烟云供养"春条，纪恩一首》。其中，《马来半岛白、李二君忽以书来询余年书》云："海外迢迢致尺笺，六身二首众疑年。回头颇惜青春远，无计能逃白发鲜。敬俨受征偏未仕（《元史》敬俨六十，请老寻征为学),巫炎粗健不求仙(《神仙传》巫炎对武帝臣年六十五,后得道以来,乃如壮时)。静中但学安心法,扇奖由他一莞然。"《寄石遗福州》其一:"长安扇暑风,市尘翳寻丈。儿女趣园游,偶出意颇强。时彦集若猥,聒耳故扇奖。尘状挟伧语,白日接魑魅。触之辄头痛,戢足禁交往。石遗书斗至,令我发遐想。明月照流水,夜击西湖榜。雏柳才敷阴,尺苇若成荡。亭榭固非多,受月颇宏敞。脱衣去靴袜,船卧至萧爽。闭目拟蹇态,幻境出俯仰。妒绝诗人福,羁客岂堪仿。"《少帝颁御书"烟云供养"春条》云:"琳琅宸翰出重城,感激衔恩涕泪横。雨露那曾偏小草,烟云今足养余生。从来天语不轻锡,自问布衣无此荣。检得同光旧衣顶,望空泥首响乾清。"

陈三立诗系年:《雨望》《雨夜写怀》《舫庵园看梅》《行园戏占》《晓暾、公约相过》《仁先、觉先兄弟由沪过访,次日同伯沆、舫庵往登扫叶楼》《舫庵园梅盛开,夕风起,未及往视》《雪夜伯沆、晓暾、舫庵过饮》《病山同年开岁有汉上之行,江舟来去未及视,我既还沪,寄诗相讯,酬以此篇》《过剑泉鉴园出示新作赋赠》《用前韵答剑泉》《寿张让三六十》《答伯弢自常德乡居寄示之作》《夜读放翁诗集戏赋》《看孺人移种芭蕉东窗下》《赠学佛人欧阳镜芙(并序)》《孚侯至》《访周处读书台》《次韵答乙盦寄怀》《同孚侯、剑泉饮沽肆》《范秋门客死济南,悼以此诗》《晨起望循江诸山,旋抵九江,易舟渡湖,泊姑塘》《湖尽维舟吴城望湖亭下》《发吴城,取江路指南昌,凡百八十里》《渡江入西山,晚抵墓所》《崝庐楼居五首》《楼夜听雨》《冷水坑谒罗氏外姑墓作》《雨止出眺庐外诸山》《去西山道中得句》《唐元素同年所藏山水画为国初遗老八九人联缀成幅者,属题》《为李健甫题白阳山人、大涤子合画册》《〈彊村校词图〉,为沤尹题》《答补松沪居见寄》《法相寺古樟,同仁先、恪士作》《冯蒿庵老人后余二日至湖上,遂偕游虎跑泉,仁先领群从亦追赴,啜茗佛殿石壁下》《补松同年招同蒿叟、仁先、恪士寻西溪,饮交芦庵,观所藏卷子》《雨中诸真长携瓶酒邀偕仁先、恪士游云栖》《观龙井,同蒿叟、仁先》《泛舟湖上,晚景奇绝,余与仁先各以诗纪之》《同仁先登六和塔》《李庄小楼晨望》《廉庄夕照亭》《白云庵》《步隔溪野岸》《挽潘若海》《雪中楼望》《雪晴步后园》《雪夜倚楼看月上》《雪后溪上晴眺》《晴昼对残雪》《步郭外郊望》《鉴园寻剑泉不遇》《复成桥晚眺》。其中,《孚侯至》云:"枕肱同罕出,出必笑相逢。子有京房易,吾哦杜甫松。论交千万恨,窥坐两三峰。兴到成来去,非关听暮钟。"《观龙井》云:"佛阁清且严,碧岩四堆拥。先登蒿庵翁,元精牖凿空。深坐据孤罘,面壁听曳踵。入笑把茗椀,吾亦贾余勇。兹山夙未历,小儒信一孔。疗渴出寻逐,荦确掠邱垄。树皆石上生,坚瘦并骨耸。下有潜龙湫,避世自矜宠。灵淙但娱客,洗镜冷铅汞。溢流韵琴筑,情盈营魄动。接构写天倪,万象删其冗。品泉一大事,戒谁笔南董。"

陈衍诗系年:《春寒,和樊山次韵》《樊山以〈雪意〉词索和,和之以诗》《赠赖生筹》《题李西涯诗横卷》《归家杂诗》（八首）、《次棕龛〈湖上雨饮〉韵，并示涛园、筱云》《敏生招同人夜泛西湖，耕煤有诗，次韵》《耕煤复迭前韵，再次之》《哀寒碧五言一首》《暑夜泛舟西湖，达晓不睡》《题白莲居士画白莲》（四首）、《题〈胥庵诗稿〉》《将至界首，回望泰山》《汽车上望华不注》《晤雁南三甥，题其诗卷》。其中，《春寒》云："落灯风急似家林，天际轻轻易弄阴。留恋重衾多梦后，蹉跎十日出游心。狐裘颇厌蒙茸甚，兽炭犹煨榾柮深。一帖余寒亲写就，阳春属和俊难禁。"《题〈胥庵诗稿〉》云："永嘉诗派本清幽，况子饶为山水游。莫更忧时增感喟，井梧幕府正高秋。"《将至界首》云："突兀奇峰次第过，太山西面最嵯峨。方知正笏垂绅坐，不及雄冠剑佩多。"

许南英诗系年：《丙辰灯夕与杨励斋扶乩》《和菽庄主人〈灯夕〉原韵二首》《健人公子正月二日寿辰，适余回家度岁归来，读陈迂叟、施耐公寿诗，望尘弗及，强作此篇》《和厦门李子德原韵三首》《寄汪杏泉并贺其纳宠》（三首）、《即席和山尾先生原韵》《赠许梓桑》《赠谢石秋》《浴佛节过开元寺》《赠连雅棠》《四月二十一日南社同人小集》《吊梅》《感事》（三首）、《追悼陈瘦云》《赠黄旦梅》《游开元寺小集，同云石、籁轩分韵得鱼字》（二首）、《重拟小游仙四首》《喜晤谢星楼暑假归省》《南社小集，集〈归去来辞〉字成五律一首》《十六晚游公园与茂笙、石秋、景山各口占数诗》（三首）、《又五律一首》《二十五日为五妃殉节日，同云石祭奠，成诗二首》《临别写墨梅赠黄茂笙》《留别南社诸君子》《秋燕》《秋雁》《秋蝶》《秋虫》《驹荣曲，赠日本驹荣女史》《和菽庄临别赠韵》《和林少眉见赠原韵》《再叠前韵》《三叠前韵》《四叠前韵》《五叠前韵》《六叠前韵》《七叠前韵》《八叠前韵》《步张杜鹃原韵》《再叠前韵》《赠张杜鹃》《和杜鹃〈旅南杂感〉》（八首）、《和徐贡觉原韵》《感怀，和张公善领事用前韵》《自感，呈张公善领事用前韵》《落叶，和公善领事用前韵》《漫与，和贡觉用前韵》《和公善〈游仕武兰园〉用前韵》《落花，和贡觉原韵》（七首）、《咏梅八首，和贡觉原韵》《萧惠长先生以四十一寿诗见示，和韵祝之》《送张杜鹃从军云南》《和贡觉〈除夕〉原韵》（二首）。其中，《丙辰灯夕与杨励斋扶乩》云："函三楼上月新妍，顶礼香花待众仙。四海已无人可语，半生渐与道为缘。亡羊踯躅双歧路，失马仓皇六十年。未熟黄粱心已死，少时翻悔梦邯郸！"《赠谢石秋》云："五年又踏台城路，风俗人文忽改观。触目河山犹有感，惊心风雨不胜寒！逢场作戏嗟垂老，隔座闻歌惨不欢！寥落晨星天欲曙，披衣起坐夜漫漫。"

陈夔龙诗系年：《杭州杂咏》（二十九首）、《简子修》《晚过净慈寺》《二龙山展于晦若侍郎墓》《光绪乙酉仲春，与晦若订交于西川丁文诚公节署，匆匆阅卅载，而蜀中亦已多故矣，叠前韵》《丙戌以后，余官戎部，晦若时随李文忠公入京，樽酒过谈至足欢也，三叠前韵》《丁未移官西蜀，由苏入觐，访晦若于京师龙树寺，时将往泰西考察宪政，小聚旬余，各赋诗言别，前尘昔梦，如在目也，四叠前韵》《宣统己酉移督直隶，乃晦若旧馆、文忠地也，津京咫尺，书牍时通，未几而时局变迁，国不可为矣。五叠前韵》《壬子以后，晦若移居青，日德之役，囊书来沪，旋避地昆山，遂成永诀，六叠前韵》《题劳玉初京卿〈劳山归去来图〉》（四首）、《寄亭秋杭州，问讯归期》《浴佛后二日，柬约止庵、紫东、澄如、节庵、乙庵、伯严、铭伯、琴初花近楼雅集，以饭后钟为起句，各赋一律，得句呈诸公教》《节庵和章两至，再酬一律，仍叠前韵》《春尽日和答琴初太史，即用其韵》《六十自述》《寿亭秋杭州》《乙庵索诗赋赠》《寿止庵协揆》《寿徐植甫五十》《节庵归自焦山，并订游山之约，作此酬之》《止相斋中偶谈黔湘近事，有悼黄再同同年》《寿徐太夫人八十》《寄怀周玉山尚书丈，即用见寄各诗韵》（四首）、《内子亭秋夫人之丧，余暨作〈百哀诗〉志恸矣，寒夜不寐，偶阅〈敬业堂集〉，内有"平原旅社梦亡妻"诗语，极凄婉。余侨寓武林，无殊旅舍，感成此章，即用查韵》《子修同年出示己庚消寒唱和诗卷子，率成一律，即用卷中韵，并悼湘绮老人》《亭秋夫人卜葬有期，作此志恸》《送亭秋夫人灵柩之右台山，口号焚寄》《右台山中感事》（二首）、《和酬子修同年赠行一首》《少石大兄来杭会葬，临别出示游湖长古，依韵和之》。其中，《春尽日和答琴初太史》云："五柳青青上绮疏，阶蓂开落悟盈虚。看花纵好非前度，覆辙宁忘鉴后车。无计留春仍缱绻，有时破涕一轩渠。逢君莫道长安事，棋局纷纷著子初。"

瞿鸿禨诗系年：《昨过庸庵尚书，知其夫人、公子皆返杭州旧庐。君新岁独居，未免清寂，戏简》《题吴蔚若侍郎大父棣华先生〈壬戌雅集图〉。是科睿庙御制，有壬戌御殿传胪诗原注："今岁鼎甲三人，皆系江苏状元。"吴廷琛则会试第一名及第。廷琛，即君大父也》《和乙庵题宋僧传古〈出洞龙画〉》《寿张让三六十》《怀庸庵、补松杭州》《简怀葵园山居，时方著〈新旧唐书合注〉》《简贺次远同年抱元孙》《次庸庵吊晦若墓韵》《和泊园咏杜鹃花，仍用"望帝春心托杜鹃"句韵》（七首）、《寿庸庵六十》《和庸庵饭后钟诗原韵》《送伯严还金陵散原精舍》《庸庵以贱生日，枉赠诗扇，次韵答谢》《节庵和前诗至，并饷桂味荔枝，答谢》《节庵归自焦山，属为海西庵僧慧松写诗，因作此》（二首）、《庸庵有悼再同诗，予感而和作》《酬李菊农见赠》（二首）、《题陈庸庵〈徐园雅集图〉，皆其丙戌同年也》（二首）、《题张幼樵同年所藏吴丈子俊同年遗墨册》《和完巢〈病起〉原韵》《题王旭庄所藏其兄可庄同年家书遗墨》《左逸民六十生日诗》（二首）、《朱古微六十生日诗》《答章吉人大令》《送蒿叟归白田》《庸庵至自杭州，枉示新诗，即次其韵答和》《岁晏盛寒，泊园枉过，纵谈有感》。其中，《简怀葵园山居》云："秘宝藏山手自珍，高松云卧后凋身。旄期不辍千秋业，方驾知无并世人。唐鉴范公真老宿，汉书颜监是忠臣。精庐净洗巢由耳，清绝凉塘碧水春（翁所居名凉塘）。"《庸庵以贱生日》云："我生衰晚百忧集，旧梦追寻一泫然。安世每惭持橐后，通明终负挂冠前。空磨黑土残灰劫，懒习黄庭内景篇。槁木无春犹骨立，肯将珠玉渥余年。"《庸庵至自杭州》云："塔铃喧急朔风颠,雪后归舟发剡川。冻折天关工部感,晚吟冰柱大苏篇(近日极寒)。银灯忆草三千牍,锦瑟孤鸣五十弦。徙倚危楼瞻斗转,春回应与暖残年。"

陈通声诗词系年:《夜坐》《十三日》《八声甘州·题魏羧叔画扇》《十五日》《十六日》《十八日》《二十三日》《二十四日》《二十七日》《二十九日》《鞠人太保为余书圹碣并题诗,酬以长歌》《复徐太保书》《晚晴》(五首)、《游荐福寺》(四首)、《读史有感》《有客》《看梅》(四首)、《读书》(三首)、《题老莲先生诗册,即次其韵》《放船》(二首)、《宿东城旅社》《携红衲君、圆照女游西湖,晚遇雨》(三首)、《游吴山》《登吴山第一峰》《泛西湖》(二首)、《宿西湖舟中》(二首)、《晓过旗营啜茶,西园买舟至三潭渡湖,小泊行宫前,不上岸,由里湖入城访吴修老,得诗四首》《渡钱塘江》《晓出凤山门,渡江经萧山、钱清、柯亭、梅墅,过会龙桥,入西郭,得诗十首》《访周湘浦》《晓出常禧门,泛鉴湖,游南镇,石笋逾九里,至破塘,复绕道兰亭,过千溪桥,至家已上灯矣,得诗十四首》《读书》(二首)、《读书六首》《读书四首》《题兰亭壁》《感旧诗十首》《古博岭》《花街》《天章寺》《泛若耶溪,夜泊南郭》《水村》《杭城纪事》(四首)、《舟中看山》《自石门至嘉兴》《泊茸城》《船至黄浦》《吴淞舟中偶忆》《吴淞暮发》《送友避兵西溪》《小集高庄》《舟过郡城》《若耶村中》《山阴道上》《村居》(二首)、《咏兰》《东原》(四首)、《题斋壁》《送友至京》(时在郡城)、《书蒋山佣(顾亭林别号)〈明都督吴志葵死事传略〉后》《村居即事》(十二首)、《读元遗山〈车驾东狩后即事〉诗,有"干戈直欲尽生灵"之句,喟然有感》《题明崇祯弘光宫祠后》《小园芍药盛开》《种田》《打丝》《刈麦》《种菜》《罪言》《县城纪事》(省变后二日)、《遣兴十首》《自题〈沧桑集〉后》(四首)、《田家女》《田家儿》《三更》《玉蕊花》《石榴花》《瓜棚》《新荷》《五月初四日》《初八日》《自题小像赞》《十四夜校〈后汉书·光武纪〉,怦然有感》《书〈后汉书·刘圣公传〉后》《书〈刘盆子传〉后》《书〈卢芳、王昌传〉后》《书〈隗嚣传〉后》《书〈公孙述传〉后》《书〈光武帝纪〉后》《书〈窦融传〉后》《书〈党锢传〉后》《书〈逸民传〉后》《书〈魏志·高贵乡公纪〉后》《书〈新唐书·藩镇传〉后》《书〈司空图传〉后》《读〈新五代史·唐本纪〉书后》《书〈唐六臣传〉后》《书〈宋史·张邦昌传〉后》《书〈宋史·苗傅传〉后》《书〈明史·徐有贞传〉后》《书〈魏忠贤传〉后》《书唐陆龟年〈笠泽丛书〉后》《书韩偓〈香奁集〉后》《书宋王炎午〈吾汶稿〉后》《书宋郑起〈清隽集〉后》《书宋〈真山民诗集〉》《书汪元量〈水云诗集〉后》《书宋龚开文丞相、陆君实二传后》《书宋谢翱〈晞发集〉》《书〈月泉吟社〉后》《书〈谷音〉后》《书元吴莱〈桑海余录〉序后》《书明卢德水〈龙川二书〉后》《书金元好问〈中州集〉后》《题房祺〈河汾诸老诗集〉后》《书刘祁〈归志〉后》《书金王若虚〈滹南诗话〉后》《书元好问〈新乐府〉后》《书元王逢〈梧溪集〉后》《书元顾瑛〈玉山遗稿〉后》《书县志〈勾无山樵宋汝章传〉后》《题元陶宗仪〈沧浪棹歌〉后》《读元杨维桢〈东维子〉书后》《书元王冕〈竹斋诗集〉后》《书钱谦益〈国初群雄事略〉后》《前题》《书明李忠文〈邦华文水集〉后》《书邓汉仪〈燕市酒人编〉后》《书高承埏〈稽古堂诗集〉后》《书吕季良、吕留良兄弟诗后》《书孙奇逢〈取节录〉后》《书钱谦益〈投笔集〉后》《书余怀〈板桥杂记〉后》《前题》《书明叶绍袁年谱后》《书明张煌言〈奇零草〉〈采薇吟〉后》《前题》《书魏〈上尊号〉〈受禅〉二碑后》《书〈梁书·侯景传〉后》《读〈左传〉书申包胥事后》《书〈赐姓始末〉后》《书〈行在阳秋〉李定国事后》《过化城寺》《题唐子畏〈雪山灵感图〉》（六首）、《寒夜杂诗》（四首）、《题王若水〈杏花春燕〉小轴》（二首）、《题李今生〈匹鸟夫容图〉》（二首）、《题宋商丘画马小轴》（二首）、《题明中上人〈王峰坐雨图〉》（二首）。其中，《有客》云："有客异乡至，欲与叙寒暄。忽闻山鸟鸣，踏枝花翻翻。涧泉流阶砌，泠泠沙筑根。悠然若有会，适意遂忘言。"《访周湘浦》云："镜水溶溶艳一庐，先生教读面城居。客来留饭无鸡黍，老妪携篮出剪蔬。"《水村》云："山光笼水水笼烟，骀荡春阴抱不圆。红雨润犁驱犊出，绿云堆箔待蚕眠。才收小麦除场圃，又插新秧满水田。父老不知离乱苦，干戈丛里望丰年。"

张良暹诗系年：《答宾谷赠诗》《读史偶成》《读山谷诗偶成》《题〈大复山人诗集〉三首》《再和宾谷〈登高〉诗二首》《宾谷以〈赠燕〉诗见示，拟作二首》《早春登城晚眺》《仿刘文贞公〈藏春集〉，读遗山诗四首》《辍耕吟》《纪梦》《追和啸湘〈题横溪草堂〉二首，次原韵》《春日怀宾谷三首》《酬周啸湘见赠之作，次原韵四首》《邀遁叟小酌》《游仙词二首》《拟张曲江〈感遇〉三首》《余生平慕胡文忠之为人，私推为中兴勋臣第一。丙申秋道出鄂垣，与蔼廷大兄、犀之三弟同登黄鹤楼拜公遗像。今忽忽已二十年矣，时移世易，感慨系之，因补题长句以写向往之忱》《春日忆津门旧游》《孔明庙前柏，用李义山原韵》《寄遁叟，用太白〈赠崔秋浦〉韵》《其二，用太白〈赠孟浩然〉韵》《暮春读史杂感十首》《追和柯宾谷〈秋草〉十首》《题光州姚烈女绝命诗后（有序）》《书感》（时西北各省亦拥兵独立）、《天宝宫词四十首》《寄怀魏星五同年》《啸湘、宾谷三叠前韵见赠，仍依韵答之》（四首）、《余前作哀邓，亦知诗有"牛医正有佳儿"句，伧父谓语含讥讽，因作此示之》《喜梦莲归里过访》（二首）、《宾谷解馆归，出近作见示，因题其后》（二首）、《岁杪喜鳞兄自鄂归里》《和李梦莲〈衰柳〉八首，用原韵》。其中，《辍耕吟》云："辍耕吟陇上，兰芷袭余芳。皓首丹心在，黄沙白日曛。鸥枭思毁室，鸿鹄尚搏云。洒尽灵均泪，东皇竟不闻。"《游仙词二首》其一："三千弱水问津难，十二层城被眼谩。华表归来惟有鹤，瑶池信杳已无鸾。秦楼跨凤天风冷，缑岭吹笙夜月寒。乞借金人仙拿露，洛阳何处觅铜盘。"《书感》云："芳草萋萋合，黄沙漠漠平。烽烟连海岛，鼙鼓撼山城。地轴东南折，天山西北倾。狂呼飞屋瓦，一柱岂能攀。"

王小航诗词系年：《城中望雪，寄某君二首》《题邓和甫令姊〈古山孝女行状〉》《访净湖别墅主人，不遇。小僮传主命，以前日共饮所余之老绍酒相饷。适陈明侯、左慰农继至，相劝畅饮，赋此留呈主人》《湖上偶成》《缄古叠去夏唱和韵寄示，因叠复之》《寄呈六叔父（式之）》《湖居即景》《次韵李彰久》《于德胜门晓市见赵纯溪乙未年书〈品茶看画亦不俗，饮酒食肉自得仙〉一联，以十钱购得。上款系某仁弟挖补填小航字，以句记之》《闲步入高庙》《刘聿新及某将军邀南北军界政界名流二十余人共饮于长安饭店，老朽得与陪焉，即席口占》《自长安饭店独归航泊轩途中作，戏赠某将军》（二首）、《某君以江湖一联书赠，感其意而貂续成之》《晓晴独酌》《书窗静坐，观德胜门楼》《雨中静坐》《晨起喜见湖涨》《赠常稷生、邓和甫，因二君托余购湖滨地，将营别墅也》《晴晓》《晓市》（德胜门外）、《步某君再寄〈中元节湖上感事〉韵》《五更早起》《题廉仲偓所赠未毁断之〈精忠柏图〉》《晴晓》《和甫约重九登煤山，与之商，改在高庙》《赠周熙民》《醉语》《自警》《和甫遣人送药来，折菊花二朵回寄之》《五弟昊将赴江北，来书自表其字，曰政臣。余嫌其不雅，函劝即用其乳名五章二字为字，既为之说，复系以二诗》《题武峙东先生遗稿》（四首）、《座客触落菊蕾》《因臂伤自悼，函告子畏。子畏来书，略云："我兄中年以来，诸艰百忧，历尝苦境，无一非为国家社会。今此区区清福，何至遭造化小儿嫉耶？"读之触悲，遂成篇答之》《晚照中望和甫别墅》《感事》《寄赠张荆璞》《和和甫》《赠日本友人井上一叶》《步茅子贞寄韵》《调寄〈鹧鸪天〉·闲窗遣兴》。其中，《某君以江湖一联书赠》云："江湖有遗逸，沧海睹横流。行住皆萍梗，沦胥共杞忧。浊醪不可醉，匣剑向谁酬。与子临风别，苍茫气已秋。"《晴晓》云："秋水吞平地，秋云排远天。隔城扬汽笛，对岸起墟烟。白鸟风前戏，金乌雾外悬。明窗观晓汲，树底浪花旋。"《调寄〈鹧鸪天〉·闲窗遣兴》云："远近鸣蜩迭送声，浮空云影弄阴晴。小斋镇日明窗启，不待迎秋气自清。　　同鹤梦，共鸥盟，坐观垂钓水盈盈。荷香趁暝来寻我，藤榻初眠未掩荆。"

沈汝瑾诗系年：《养浩送徽茶侑以新诗赋谢》《病鹤杭州信来索诗却寄》《自题〈研林六逸〉卷子》《病鹤和前诗再寄》《养浩送绿梅瓣点茶，可平肝阳，赋谢》《倦渔以重摹王圃烟本〈娄东十老图〉属题》《题紫藤画》《研背镌小像，自题二绝》《冰山》《木瘿歌，和缶庐，同养浩作》《题高江村研》《苦雨》《十四夜对月寄缶庐》《〈明季百一诗〉书后，同养浩作》《题许有介澄泥研》《古澄泥研面背均琢圭式，背镌"锡山王氏仲山永用"小篆一行，侧刻分书五言绝句，款"时敏"，盖西庐老人所藏也，题拓本》（二首）、《丙辰生日亲旧拟置酒为祝，赋此辞谢》《〈白茆保婴善堂微信册〉书后》《题徐芥龛遗画》《寄米昌硕，诗以代柬》《题高江村研》《师米遗古砖拓本，因题》《独坐》《昌硕将游山左，应友人之招也，先以诗送之》《题荷叶研》《题〈北堂侍膳图〉》

《昌硕画松祝我生日，赋五言奉报》《丙辰生日昌硕来祝志感，兼以自寿》《题画荷》（二首）、《送内之吴门就医》（二首）、《寄内》（时在医院）、《造蛊行》《鸡鸣歌》《丙辰生日》。其中，《养浩送徽茶侑以新诗赋谢》云："新诗侑春茗，惠我胜嘉肴。烹以腊雪水，淡如君子交。白云带黄海，秀句压寒郊。石鼎联吟夜，共商推与敲。"《倦渔以重摹王圃烟本〈娄东十老图〉属题》云："圃烟摹写十老真，一卷又见身外身。星移物换再易代，读画犹识明遗民。儒衣僧服同隐沦，最老八秩少五旬。商山皓合竹溪逸，如睹汉唐千古人。地饶泉石人凤麟，娄东水接琴川春。何当尚志慕前哲，写入丹青德有邻。"《题高江村研》序云："原铭八分书'侯女即墨，封女万石。以女为田，可以逢年'十六字。"诗云："铭署江村体八分，侯封研亦说承恩。星移物换乾坤老，莫问当年帝制尊。"《寄内》云："路隔一百里，肠回十二时。艰辛惟尔共，憔悴更谁知。身比梅尤瘦，心无药可医。吴门非远道，早晚望归期。"

林苍诗系年：《苦雨叹》《次味秋海上见寄元韵》《奉呈涛园文》《见端》《有愧》《韵珊归，书此却寄》《失笑》《观黄忠端、曹忠节手书长卷二首》《读闽世家》《寿聿睢四十》《憔悴》《题环翠楼，即用郁离述德诗元韵》《友人招饮耿王故庄感赋》《讬社自壬子成立，每岁凡数十集，以一二人司其事，周而复始，今十周矣。此中朋旧离合之迹，身世沧桑之感，均于诗见之。爰成七律一首，示同社诸君子，邀同作焉》《得味秋海上诗，依韵奉答》《爰独归自兵间，相见喜甚，略询近况，身世之感，自不能已，然社事则有益也，书奉》《春尽》《沈公祠丁香盛开，忆涛园未归》《癸丑甲辰间与观生同在还社，得读〈饮翠楼诗稿〉诸多言情之作，喜其年少有此真实语，爰不忍释，近复共襄吾闽志事，暇则相与论诗，益令心折，书此奉赠》《春日湖上》《次韵味秋〈寒食即事〉》《西湖忆味秋》《闻漫公病，以诗见之》《夏夜乘凉河上，诵渊明〈移居〉诗，闻有素心人乐与数晨夕，意为怅然；时家人谋欲他徙，盖不能无恋恋云，书示还爽》《亚公归自海上，行复入粤，喜与一晤，诗以送之》《赠可三丈》（二首）、《和次道〈十五夜西湖〉韵》《荷亭》《次韵郑棕舲〈十八夜西湖〉》《敏生招饮荷亭感赋》《食荔支》《赠棕舲》《癸卯下第，值陀庵海上招我同寓，相从累日，资送还乡，自是东西南北不相见者七八年，沧桑换局，故我依然，偶与谈及，垂询旧作，无一字存，感赋二首》《石遗丈见和前诗，叠韵再呈》《前诗辱石遗丈、陀庵、棕舲、观生各和二首，再叠前韵奉答，并寄呈涛园丈海上》《陀庵以余病懒，劝略事著述，感作》《曩退密〈送平冶赴浙〉诗，有"莫谓杭州抛不得，吾乡也有小西湖"之语，余见之甚不以为然。近陀庵诗亦称为"小西湖"，作此示之并乞改正》《三十日书所见》《闻次道将远行，作三日恶，书感》《叠前韵与次道》《见平冶山水画扇，题其上》《夜归露坐河上，五更始就寝有感》《梦游仙》（十六首）、《再叠前韵，寄次道杭州》《河居早秋》《寿梁伯通同年六十》《廿七夜同爰独、平冶泛西湖》《初六日与同社诸子往西湖，饭于开化寺，夜分各散去，归途作》《傍晚卧河棚上乘凉》《闻亮公凶问，示同社诸子》《风急》《石遗丈招祭西湖宛在堂诸先辈，以病不果赴，奉呈五言一首》《卧病数日，同社诸君子以时过问，感荷之余，良用忻慰，率成一首》《寄高卓为石城》《黄昏》《漫公久不作诗，书此乞和》《昨见老可，甚郁郁不得志，作此广之》《书感》《石遗以〈重九日秋祭宛在堂〉诗见示，敬步元韵》《送石遗丈北行并讯都中诸同乡》《登高》《秋日有怀味秋、次道》《黄落》《洪江泛舟》《三弟归自烟台，不数日又携家告别，作此示之》《读〈西湖志〉，有〈西湖社图〉并〈新建西湖社记〉，感作》《寄畏庐京师》《新寒》《感事》《寄呈芝南丈》《题剑冶〈历代宫闱诗歌选粹〉》《呈拾穗丈》《十八夜归自范屋家，不寐却寄》《哭俞亮公挽词》《前诗辱范屋次韵见和，书答并示观心》《闻城北吴氏园菊花盛开，间多异种，还乡数年未往一观，感作》《任庐以东坡送沈逵作诗自嘲，并以见寄次答》《近兴》《冬日书怀寄任庐》《与春士》《同平冶城上望风》《昨以诗呈涛园丈，邀公和同作。辱涛园丈见和，而公和未也，因叠前韵催之》《呈涛园丈》《任庐以连年得孙作诗见寄，道衡坐石，留待薛收，而伯喈遗书，倘归羊祜，因次元韵并以致贺》《次韵任庐〈雪中见怀〉》《送涛园丈觐家海上》《虚谷以绝句五首见示，用其意和之，不专为论诗言也，然即谓之论诗亦可》（五首）、《次韵老可〈岁暮述怀〉》《天晚微雪，僵卧至晓，书示老可》《雪夜口占》《连日雨雪，畏寒不出，蚤起还爽以诗见质，话及壬辰大雪，木庵、癹庵诸先达均有诗倡和，爰成七言长句索答，并简同社诸子》《岁暮感怀示天放》《与陀庵》《屯庵归，重入托社，喜而有作》《元彊以〈西湖杂诗〉见示，公和约各以己意和作，率成十首》《漫成，与虚谷并简竹曾》《屯庵见和前作，叠韵奉谢》《与范屋》《昨谈还社事，忆及亮公，简屯庵》。其中，《憔悴》云："憔悴行吟托兴孤，路人谁识老潜夫。招魂岂待沈湘后，一卷残诗即死符。"《托社自壬子成立》云："汐社风流此嗣音，身居城市志山林。百哀未罄生平泪，九死难移我辈心。世事浑如更白发，诗人已惯见春阴。一杯故借清明日，回首开山感又深。"《虚谷以绝句五首见示》其一："欧九何曾少读书，撑犁不识未空疏。诗家自有工夫在，来历谁云盖子虚。"其二："万卷丹铅鬓几残，未经涉猎不知难。寻章摘句终无当，大事胡涂剧可叹。"其三："事出南华费忖量，大都数典祖先忘。东涂西抹人多少，赢得当前獭祭忙。"其四："五经高阁束多年，史学源流更漠然。目录填胸夸掌故，算来元不值文钱。"其五："宋人理语古谁传，何取陈编隶事周。解用不留糟粕迹，羌无故实笑时流。"《癸丑甲辰间与观生同在还社》云："男儿生不江海游，丹铅万卷空白头。闭门得句诧妻子，自谓气已无曹刘。君诗一出走不胫，压倒侪辈鸣风流。区区井蛙妄自大，对此颜汗惊无俦。乃知家法在经史，一门作述追韩欧。乌衣马粪富子弟，驹齿未落皆骅骝。还乡相识恨不早，快睹草稿如珍馐。社人星散各天末，往来水递时相酬。山堂与子共晨夕，白云碧树相遮留。啸声半岭答鸾凤，坐疑此景非阎浮。江东独步属年少，早衰多病吾其休。他年一诗寄君集。姓名庶与同千秋。"

郑孝胥诗系年:《陈叔通求题袁爽秋、许竹筼遗札》《祷天代夫图》(郑道干母吴太淑人事)、《朱象甫求题〈海天梦月图〉》《书事》《杂诗》(八首)、《高颖生〈环翠楼诗〉》(其大父弃官归养,筑楼藏书)、《恭题御书,为刘澂如京卿作》《刘幼云〈潜楼读书图〉》《左子异求题文襄公二十九岁小像》《徐积余属题〈常丑奴墓志〉》《唐元素属题〈清溪耕乐图〉》(元人陈琳仲美所作)、《题史督师墨迹》《〈江阴赵焕文茂才殉节纪〉书后》《送升吉甫东行》。其中,《书事》云:"天柱犹倾况地维,堪嗟造物太儿嬉。鳌灵岂望归鹃魄,燕哙公然得子之。一乱五年应共尽,孤怀历劫独难移。案头宣统官邪记,会铸神奸与世知。"《题史督师墨迹》云:"鸷鸟翻飞自有时,图功布局不妨迟。驽骀四镇终俱败,太息扬州史宪之。"《送升吉甫东行》云:"蜁志厌厌久厌看,巍然达道出江干。祈天可恃孤忠在,复辟谁言国势难。动地波涛送残岁,伤心关陇话严寒。因公雪涕陶斋语,只许留侯解报韩。(匋斋尝语余:'友朋中惟升吉甫异于众人。')"

俞明震诗系年:《夜坐》《睡起》《雨后湖楼晓起》《登高再和仁先一首》《子纯丈诗来,和新居次韵奉酬》《湖居,与仁先结邻,赋呈四首》《吴子修丈约游西溪》《游西溪归,泛舟湖上,晚景奇绝,和散原作》《游云栖,谒莲池大师塔》《六和塔》《大雪后,偕苍虬入灵隐寺同赋》《钱厚斋投诗,赠梅二树,次韵奉答》。其中,《子纯丈诗来》云:"编篱除草屋新成,真乐翻从寂寞生。喜就高人课盐米,卧听山鸟卜阴晴。沟容积水通荷路,树卷秋风作雨声。乞得甘泉留茗饮,夜瓶音里隐龙泓。"《游西溪归》云:"西溪暝烟送归客,艇子落湖风猎猎。芦花浅白夕阳紫,要从雁背分颜色。颓云掠霞没山脚,一角秋光幻金碧。欲暝不暝天从容,疑雨疑晴我萧瑟。忆看君山元气中,沧波一逝各成翁。请将今日西湖影,写入生平云梦胸。"《大雪后》云:"灵山一夜雪,万象立于定。入门玉交柯,负重松愈静。冻溜不挂檐,万瓦皆明镜。石佛垂白眉,披烟露寒胫。滉漾洞牖开,幽极得鸟敬。掩关千层云,破寂一声磬。上接惟鸿蒙,俯瞰穷究竟。见净不见土,所见非佛性。拄杖我归来,无土亦无净。(苍虬诗有'我来真空回,见净不见土'之句)《钱厚斋投诗》云:"连阴四海昏,一雪千山洁。冻鸦如我闲,朦胧戢双翼。故人赠双梅,高与冰檐接。锄根去泥滓,挂影补篱壁。春意破鸿蒙,花气通山脉。心从冷处求,室有幽香入。灭尽少年迹,毋为烟景惑。窗寒一人晓,天空万花寂。皎然丘垤平,何处寻荆棘? 避世全吾真,日醉孤山侧。"

严修诗系年:《三河汪大令君硕寄示近作,次韵奉和》(三首)、《张年伯母吴太夫人八十寿诗》《挽周效璘》《和言仲远韵》(四首)、《题李星冶先生画像镜》《为顾浩佳题所藏翁文恭师书画遗墨》(二首)、《游明陵杂诗》(四首)、《张家口》《题方伯根所藏沈文忠为伯根令祖勉甫先生亲书诗册》(二首)、《和幼梅见赠原韵》(二首)。其中,《三河汪大令君硕寄示近作》其一:"使君偶现宰官身,黍雨能回万象春。已播循声入舆颂,不妨馀事作诗人。听泉小驻灵山麓,踏雪亲巡错水滨。我与使君缘不浅,为君絮絮话前因。"其二:"晚岁抽簪得乞身,甬江好访故园春。移居远在国初日,占籍久为沽上人。旧宅空留慈水曲,君家亦徙太湖滨。乡亲二百年前事,忽复相逢是凤因。"其三:"吾祖吾亲逮我身,洵阳曾阅几年春。生予忆在咸阳岁,溯始原为京兆人。惠政今逢龚渤海,儒风何减蔡洨滨。受廛此地经三世,愿作编氓事有因。"《挽周效璘》云:"国粹当今日,将成希世珍。况居新学界,又是北方人。议论能砭俗,文章不疗贫。夜窗检遗稿,一读一沾巾。"《和言仲远韵》其一:"君文虚谷字虚舟,诗境烟霞万古楼。莫问军谟兼政略,但论笔下已千秋。"其二:"海浪掀天打漏舟,火山迸地撼危楼。经春已分无生理,不道偷生又一秋。"其三:"击楫纷乘祖逖舟,筹边竞上赞皇楼。莫嫌凡手支危局,今日何从觅弈秋。"其四:"博望频乘海上舟,仲宣屡上异乡楼。归来还觉吾庐好,一簇黄花共晚秋。"《游明陵杂诗》其一:"天寿诸峰接太行,一身吉壤盛铺张。长陵若与长城比,未免文皇愧始皇。"其二:"祖训煌煌侈靡惩,盛朝家法谨相承。焉知一百余年后,更有金楹起后陵。"其三:"思陵宫殿昼沉沉,塞径蓬蒿一尺深。读遍昌平山水记,亭林此地最伤心。"其四:"雄关万里捍天骄,仅抵英京建一桥。不是祖龙曾好事,更无名迹属中朝。"

叶德辉诗系年:《夜宿阊门客舍口占》《移居曹家巷》《桃花坞访唐六如故宅》《雨后游虎邱》《题吴江三贤祠爰遗亭图像记册》《吴江陆画师廉夫先生,二十年前旧识,国变后,吾数还吴,必相过访,今年重晤于吴门,追忆往事,作歌赠之》《谒二十三世祖吴西公祠》《鹏鸟行,闻湖南近事作》《为敬之宗人题其祖调笙公〈重见故山楼〉图像卷》《题二十五世祖姑琼章仙媛〈广寒返驾〉图卷》《寄怀湘中诸子二十五首》(粟谷青、黄麓翁、许季尃、郭曼丌、黄仲庭、松崎鹤雄、易吟村、雷恭甫、怡甫兄弟、粟麦生、罗予云、刘廉生、任九鹏、杨遇夫、徐剑石、王翊钧、杨云峰、陈葆生、郭子南、丁子桢、黄桐阶、曹孟淇、劳勉丞、程子大、胡少卿、沈让溪、邓次宜、王雁舟、王静宣、黄子遧、黄少云等)、《竹添井井新有黄门之痛,寄诗唁之》《赋得鹰化为鸠》《赋得腐草为萤》《题宗人印濂大令〈岭南诗卷〉四首》《题二十九世祖兰潭公香玉馆手书〈瘦红诗册〉,诗为伎冬菱作,瘦红其字也,册藏印濂宗人所》《城南沧浪亭,宋苏子美谪居时故宅,池馆非昔,蹊径略存,景仰昔贤,作歌一首》《同家印濂丈、苏宙忱游拙政园》《家印濂丈招饮城西园,即席作兼呈同坐金松岑、孙伯南两茂才、家咏霓丈》《赠曹赓笙太守允源,时主江苏图书馆事》《吴江谒三贤祠》《吴江三高祠,祀越范蠡、晋张翰、唐陆龟蒙,今废为学堂,龛前作寝室矣》《吴江平望驿,在流虹桥西汾湖,二十六世族祖元礼公遇酒家女子处,为赋五绝句题壁》《吴俗以八月十八夜泛舟石湖看月,是夕陪印濂丈歌席归途作》《左子异廉使同年六十生日》《为陶念乔校〈宫治元题年谱图〉》《题前巷叶巷支三十三世族祖偶渔老人像》《题汾湖三十一世族祖戟甫公〈诵芬绮年丈》《惠耕渔茂才属题先德〈四世传经图象册〉,为作七古一首》《白岩子云龙平别八年矣,来苏相访,赋赠四首》《题赵学南诒琛辑〈清芬录〉》《除夕王严士招饮,即席和韵》。其中,《桃花坞访唐六如故宅》云:"入市嚣坐半废垣,桃花零落暗消魂。风流第一真才子,博士无双老解元。玄草荒凉扬子宅,屐声沉寂谢公墩。丹青流俗传闻失,不及孤坟拜远孙。"《鹏鸟行》云:"长沙卑湿多鹏鸟,行者惊魂居者扰。日斜始出鸣舍隅,弋人不肯施增缴。我闻孔雀有毒有文章,苍鹰攫食图一饱。尔独阴贼似茅鸱,屋角宵深撮人爪。羽毛衰落强奋飞,日逐西山众年少。贾生痛哭苦不闻,更引飞鸦集林杪。安得凤凰一出朝阳升,群鸟相从天日晓。年年日至煮尔作枭羹,先赐商山白头颢。"《竹添井井新有黄门之痛》其一:"岿然东国鲁灵光,老至无端赋悼亡。从此检书无内助,不堪举案失相庄。玉徽寒夜惊弦断,珠泪衰年费斗量。我却鼓盆犹壮岁,孤云翻觉海天长。"其二:"一席名山属稿砧,笑他左癖当书淫。山梁得意朝飞雉,池树低徊独宿禽。续命难将灵药觅,伤心空对落花吟。刘纲仙偶寻常事,只占千秋著作林。"

徐世昌诗系年:《题黄穀原画册十二首》《为严范孙题〈重缋水西庄图〉二首》《题张今颛〈独立君山看洞庭图〉二首》《题吴湄洲馆卿小像长卷》《张弢楼书来,有伤姬之感,作此诗以释之》《读李恕谷〈阅史郄视〉》《灌园》《弢园雨后》《退耕堂晓起》《午睡起遣兴》《读〈恕谷后集〉》《视葉盦病》《新竹》《高槐》《涸池出鱼,复以清泉灌之,鱼获安居焉》《晚晴登楼》《雨后偕九弟瓜农至淀北园》《野兴》《感逝》《村晚》《春秋佳日亭晚坐二首》《韬园消夏》《幽栖》《急雨》《客至》《水竹村写景》《种菜》《晚晴》《习静》《小园》《〈春明梦余〉载燕京八景,李茶陵〈怀麓堂集〉咏京都十景,题字各有不同》《琼岛春阴》《太液秋风》《玉泉垂虹》《居庸叠翠》《西山晴雪》《卢沟晓月》《金台夕照》《蓟门烟树》《题宋芝田〈新疆建置志〉》《题〈贺松坡文集〉》《春秋亭夜坐》《雨后偕九弟携两女至淀北园经营园事》《赠张珍午同年》(二首)、《西山》《阅武楼》《大有庄》《长河》《感时》《和樊樊山前辈〈消暑二绝句〉韵》《连日热甚,得樊樊山前辈诗,次韵答之》《次樊山前辈〈暑窗即事〉韵》《次韵酬樊云门前辈》《对月次韵,酬柯凤孙学士》《弢园即事,简凤孙学士》《租领鸣鹤、镜春两废园,经营农圃,适得少朴诗,次韵奉报》《题画》《次韵答张珍午同年》《今夏京师雨少酷热,仿"何处堪消暑"四首,目想神游,如入清凉世界也》《由京师至天津途中作》《天津雨中》《将有河朔之行,往视梧生病》《夜过保定,曹仲三将军率师来谒》《偕庞、樊两县令洳河上晚眺》《过比干墓》《由山彪西行作此》《过潞王坟》《抱山楼小坐》《竹隐楼午卧》《听雨》《百泉宴集》《双溪桥》(俗呼为马家桥)、《苏门山》《逸园看菊》《闸放池涸,乡人送鱼至》《山居》《农家》《日西出郭,到水竹村附近,相度修渠凿井》《晚眺》《野兴》《忆昔三首》《水竹村看斫竹》《连日沈阴骤寒，颇有雪意，赋此遣兴》《唐冈》（在卫辉郡城西北四里许，先茔在村之东北）、《将回京师，寄理斋、啸麓》《将往都门，效泉置酒饮于逸园》《山行》《仙山》（山与山彪村相对，上有葛仙祠）、《哭六弟二首》《由唐冈至顿坊店途中作》《顿坊店》（先伯祖茔在顿坊店之东北）、《过卫辉逢李敏修》《赠席相圃书锦》《初归哦园》《和郭春榆前辈韵》《和柯凤孙同年韵》《题〈箧谷图〉二首》《周少朴招饮泊园，用云门前辈韵》《与张珍午论东山西山红叶黄叶之胜，越日珍午有诗来，余亦作此答之》《程恭甫寄黄精》《与张珍午论诗十首》《病起至哦园》《哦园老梅初开忆梧生》《周少朴、汪伯棠、钱干臣、陆闰生冒雪来晚香别墅小饮，即送少朴归沪上》《连日大雪将盈尺，数年所未有也》《雪后》《哦园雪霁，怀张韬楼》《雪夜与十弟小饮》《凤孙馈牡丹》《题项易庵画松》《题瑶华道人画山水》《新月》《寒夜》《哦园杂咏，效遗山体六首》《樊山前辈以尖义韵咏雪诗见示，奉步二首》《和友梅寄诗韵》《雪夜》《春榆前辈用樊山韵赋喜雪诗见示，依韵答之》《先太夫人弃养今二十年矣，昔守槟于观音院，风雪岁除，今忆及犹怆恻于怀》《题〈东坡笠屐画像〉》《风雪中怀朱渭春》《溥仲璐赠诒晋斋画兰竹二小幅，答以二诗》《闻柝》《看剑》《与赵湘帆孝廉衡论文》《雪夜怀严范孙》《岁暮》《周玉山制军年已八十，吟诗不辍，寄示近作，有感时怀旧之意，依韵奉和四首》《岁暮简宋铁梅》《和樊山前辈〈岁暮独吟〉韵》《易实甫岁阑简诗，次韵奉答》。其中，《张哦楼书来》云："春阴黯黯海西头，双鲤重缄万斛愁。杨柳垂丝牵画阁，梨花无语堕妆楼。悼云篇什通禅理，弄月笙箫入梦游。闻道彭鎈跻上寿，帷房几度感凉秋。"《晚晴登楼》云："急雨楼头过，空明夕照边。遥天黏绿树，近水飐红莲。凉润侵帘幕，尘埃洗市尘。郊原含乐意，秋稼正耕田。"《水竹村写景》云："红压墙头放石榴，绿蒲沟满接桑畴。鸡孵塒底方槐夏，蚕老筐中正麦秋。半水半山花外路，宜晴宜雨竹间楼。卜邻数里梅溪近，从古名贤此钓游。"《卢沟晓月》云："皎月妒沙白，疏灯澹市楼。驼铃摇不定，清梦落卢沟。"《连日热甚》云："列市层城沸人海，何堪日烁与云蒸。喜闻荷院三更雨，满贮瓜盘六月冰。古鼎添香初炷麝，画屏误点已成蝇。帖临快雪能消暑，翦取湘波十丈缯。"《将有河朔之行》云："恻恻难为别，秋风病榻前。支离怜鹤瘦，困顿似蚕眠。宇宙苍茫感，文章契合缘。艰难扶圣学，苦语致缠绵。"《将回京师》云："一秋强半宿山家，来饮流泉餐落霞。天外寄书闻过雁，村边择木有栖鸦。蹉跎歧路成榛莽，冷淡诗怀惜岁华。净扫退耕堂外雪，与君相约看梅花。"《周少朴、汪伯棠、钱干臣、陆闰生冒雪来晚香别墅小饮》云："雪里添离绪，梅花笑我侪。酒怀殊缱绻，诗语费安排。松竹寒逾瘦，池台冷更佳。明年春草动，我亦制芒鞋。"《和友梅寄诗韵》云："萧萧白发两兄弟，多病方知药引年。蓬户豆羹能健饭，山城风雪且安眠。津沽鱼美红桥路，河朔人归碧草天。省识农家风景好，春旗社鼓满村前。"《为严范孙题〈重缋水西庄图〉二首》其一："诗坛酒垒压江湖,眼底纵横见此图。花月多情如梦幻,川原有恨入榛芜。客来关辅三霄路,臣本烟波一钓徒(用初白句)。使者采风今已矣,秋田野圃断瓜壶。"《病起至弢园》云:"蜂狂蝶懒漫相猜,花下扶筇病后来。帘外东风今日暖,小鬟为报海棠开。"《题张今颇〈独立君山看洞庭图〉二首》其一:"百年忧乐范希文,雨晦晴明景自分。秋水荡胸尘不染,我来吟看洞庭云。"《灌园》云:"畦陇经营界画平,灌园日日闭柴荆。泉分屋角滋瓜蔓,水引墙阴长竹萌。红药飐风翻短砌,紫藤经雨上高棚。斜阳晚饭闲亭畔,石首鱼肥白苋羹。"

许咏仁诗系年:《和周颂武六十自遣》(次原韵,惟第五首未次)(六首)、《送辅实女校校长李薇靓女士回美国》(四首存二,代张女士作)、《花月吟》(二首)、《虞美人花》(七排二十韵)、《和〈红楼梦〉〈菊花诗〉十二律》(用原韵)、《邵姬生第四女》(二首)。其中,《和周颂武六十自遣》其一:"海屋筹添六十春,金针度尽世间人。擅将韩柳能文手,留得松乔不坏身。潇洒直追唐杜牧,升沉休问汉严遵。躬逢禅让生非晚,不是尧民即舜民。"《送辅实女校校长李薇靓女士回美国》其一:"余杭移讲席,莅我古蓉城。女学资提倡,星霜两度更。"其二:"蛮触风云起,全欧作战场。不愁航路梗,稳渡太平洋。"《花月吟》其一:"有花无月少精神,有月无花地不春。击鼓催花登月殿,飞觞醉月坐花茵。花前待月常忘倦,月下看花恐失真。早起惜花宵爱月,花应为主月为宾。"《和〈红楼梦〉〈菊花诗〉十二律》其四《对菊》云:"同心有利胜兼金,得意忘言意转深。如我固宜常接洽,为君何事独沉吟。秋容淡雅申良契,寿相庄严惠好音。红日坠西明月上,不妨终夕坐花阴。"

章梫诗系年:《和听邠老人〈除夕招饮小翠家〉韵二首》《和韵酬曹东寅学士丈和〈咏雁〉二首》《游无锡荣氏梅园二首》《和宗子戴同年(舜年)〈无题〉诗,用听邠老人〈除夕〉韵》《和朱琇甫前辈韵》《寿吴子修提学年丈夫妇七十生日二首》《岛上赠王觉生侍郎前辈(垿)》《赠素庵尚书》《岛上赠高孟贤主政》《岛上赠德国儒士尉希圣》《盛京》《聘之学士前辈(锡钧)招游万泉河》《岛上赠叶鹤巢主政,用顾亭林赠郝将军诗韵》《怀朱聘三编修(汝珍)同年京师二首》《石门沈醉愚茂才(焜)之母钮太孺人七十二首》《恭和锡晋斋主人〈中秋对月〉韵》《岛上赠张叔威民部(允方)同年》《寿金息侯太守同年之母钱太夫人七十二首》《劳山人曲阜书来,欲售貂挂,赋答二首》《怀章吉臣观察同年(锡光)会稽称山,兼柬鹤汀司马四首》《郑叔问舍人(文焯)欲卖古琴》《和杨定敷给谏前辈,赠刘翰怡京卿韵》《郑苏戡布政招同冯梦华中丞、朱古薇侍郎、王病山布政、杨志邨太守、唐元素大令、郑绩臣主事、郑尧臣文学及元素之世兄,饮海藏楼,看菊花,和元素韵》《答赠李审言明经(详),兼柬唐元素大令、刘葱石参议、曹君直舍人四首》《洪幼琴观察同年,以所辑先世〈四洪年谱〉见贻,赋答二首》《和定敷前辈〈黄岩鉴湖〉诗韵》《鹤汀宗人续修〈章氏会谱〉告成,赋赠三首》

《答赠黄岩、王漱岩二首》《和漱岩韵》《和刘葱石参议同年消寒四集筵字韵》《题吴钝斋侍郎前辈重摹〈壬戌雅集图〉二首》。其中，《和朱琇甫前辈韵》云："十年同馆故人稀，跌宕荒江共采薇。陌上新愁驼偃卧，社前旧主燕翻飞。蓼虫食苦如甘蔗，塞雁衔芦脱祸机。为感元宵灯树语，拂尘开箧晾朝衣。"《岛上赠王觉生侍郎前辈（垿）》云："绝海移家独鸟栖，旧巢回首渺梁泥。尘生京国狐争穴，云锁江南鸦乱啼。自写酒肠摩茧素，为留春意护棠梨（侍郎每于酒楼作书，诸校书为司纸墨）。满山灯火潮初定，梦上东华听晓鸡。"《岛上赠张叔威民部（允方）同年》序云："丰润张安圃制军之第五子，国变后屡却征聘，独居青岛。"诗云："独宿荒江破屋中，寒潮呜咽鉴孤忠。太常有梦来仙蝶，故国无痕去塞鸿。未老年华消面酒，只谈风月种秋菘。相韩世守君家法，桥畔应逢黄石公。"《答赠黄岩、王漱岩二首》其二："空林萧撼乱鸦啼，松杏归来我听鸡。一语伤心谁会得，中原人影夕阳西（末句君赠其家六潭太守诗）。"

姚永概诗系年：《客有言，近时谈文颇尚"梁体"者，戏成一绝》《题画》《赠臧硐秋（荫松）》《合肥段公将枉顾敝庐，余以僻远，先往待于林畏庐家以止之。因成二十韵，奉酬高谊》《题徐相国（世昌）〈水竹村图〉》《次韵寿陈弢庵太保七十》《题吴温叟（涑）〈青溪夜泛图〉》《周养安（肇祥）〈簑灯纺读图〉》（二首）。其中，《赠臧硐秋（荫松）》云："京师号人海，求友各有曹。轻车载年少，意气丰英髦。硐秋何为者，独喜亲霜毛。吾文偶一见，嗜若左手螯。敦劝印千本，传之天下豪。校雠骄阳中，却扇汗黏襱。愧非扬马作，胡以称子劳？昔涂经芒砀，龙虎气未韬。会当起真人，一钓十五鳌。六合尽清宴，重瀛息奔涛。发抒万古愤，鸿文纪禹皋。吾甘牖下老，子应云间翱。兹编奚足言，只配秋虫号。"《合肥段公将枉顾敝庐》云："猷壮资元老，才微愧大贤。虚传车骑觊，自觉屋庐偏。世已轻荀孟，时方尚慎田。道谋争筑室，横议各张拳。踊跃客分部，吁嗟民倒悬。鱼游沸鼎水，鳄吐吮人涎。论昔艰无匹，惟公敬所先。栋支侨不压，梁在楚终还。往岁风尘起，崇朝历数迁。大波秋盛汉，寒日晚颓燕。甘守山林拙，长怀金石坚。柳眠辞露湆，花落任风颠。坐拥辽东榻，家余子敬毡。白头今日恨，青眼古人编。问字群童集，针诗故侣联。潜夫无论著，处士有王前。斗将东西海，佳兵南北天。何当销畛域，从此免戈铤。行止关天命，存亡托仔肩。万方回泰运，一亩愿终焉。"《周养安（肇祥）〈簑灯纺读图〉》其一："廉吏不可作，妻孥寄万山。当时微母力，应早化夷蛮。灯影临机杼，书声动阛阓。夜乌啼不息，催取鬓丝斑。"

叶心安诗系年：《题画花果数种》《风尘三侠》《饲蚕图》《题画〈春景山水〉》《金粟花》《兰，牡丹》《兰，桂》《兰，菊》《兰，紫芝》《罗星洲池荷忽开并头莲一朵，诗以志异》（四首）、《珠藤》《胡郯卿画马，王一亭补景，吴昌硕题诗云："郯卿画马才，韩干已过半。一亭补枯树，境移沙漠外。谁作天山行，先我着鞭快。拳毛嘶长风，只恐神龙幻"》《胡郯卿画二虎，王一亭补景》《题画米山》《杭州灵隐道上》《题金德孚画梅于虎跑寺壁》《恭谒岳坟》(二首)、《苏小小墓》《秋林读易图》《山泉》《春景山水》《五柳居》《山水》《陆廉夫为宗瑞甫画〈寻亲闻耗图〉》(四首)、《诸葛武侯》《钓台怀古》《懒残煨芋》《孟尝君门下士》《反韩愈〈送穷文〉》《李陵》《读王守仁〈瘗旅文〉感作》《钱塘乞食诗人之墓,诗云:"性僻偏教似野牛,日长携杖过街头。饭盂向晓啼残月,鼓板临风唱晚秋。两足踏翻尘世界,一生历尽古今愁。从今不食嗟来食,村犬何须吠不休。"戏赓二章》《芙蓉花,芙蓉鸟》《老少年,鸡》《挽金德孚》。其中,《风尘三侠》云:"天下纷纷扰扰,英雄半属风尘。筮卜后来事业,惜无红拂其人。"《兰,桂》云:"绿荫福德门,有草皆书带。须知子孙贤,黄金不能买。"《罗星洲池荷忽开并头莲一朵》其二:"水中一朵并头莲,分映湖光两面圆。姊妹现身无叶地,麻姑伸爪散花天。鸳鸯交颈都成眷,牛女双星巧欲联。空即色香无即佛,姻缘本自十分全。"《杭州灵隐道上》云:"泛舟访西子,容与在中流。一泓证影泡,百年若梦浮。浮生既若梦,胡不快我游。咫尺三天竺,舍舟茅埠头。追踪谢公屐,踯躅于道周。有寺曰灵隐,灵境分十洲。有峰曰飞来,飞处幻蜃楼。楼下何所闻,奔泉若雷駉。颜亭曰壑雷,取义良有由。左亭曰春淙,勺水胜玉瓯。右亭曰冷泉,苏予宦迹留。周遭三亭畔,林茂竹又脩。登山更拾级,杯湖粟海沤。惜哉级累百,两足负双眸。天竺上中下,逶迤穷山陬。策扶我留憩,安步抵鸣驺。斜阳照古道,催我解维舟。同游者五子,归复唱酒筹。斗酒能醉月,一觉梦杭州。"

赵熙诗词系年:《江楼留别》(五首)、《杂记》《寄伯英》《赠朱玉阶将军》《齐天乐·荣德山》《侧犯·登华阳山》《壶中天·此君轩》《齐天乐·乾龙洞》《迈陂塘·宋坝》《木兰花慢·虎洞》《台城路·涅槃楼》《贺新凉·九霄顶,北山第一高处》《水龙吟·龙洞,唐开化寺也》《红情·凤仙》《声声慢·荷池清晓》《台城路·蛇衣,端午翌日作》《木兰花慢·寄休庵》《壶中天·壶庵师自题六十七岁小像,次韵》《前调·镜香亭》《前调·沈巡抚遗相》《摸鱼子·风琴,和约叟韵》《声声慢·雨》《百字令·石门,是胡节憨乡居路》《金缕曲·寄约叟》《惜红衣·红练》《祝英台近·白练》《凤凰阁·蝙蝠》《红娘子·红蜻蜓》《眼儿媚·道旁树》《清平乐·石笋,城西七十里》《兰陵王·题唐写〈金光明最胜王经·坚牢地神品第十八〉卷子》《琐窗寒·凉篷》《木兰花慢·竹夫人》《清波引·豆粥》《琐窗寒·纸窗》《满庭芳·蚊烟》《探春·问休庵消息》《霓裳中序第一·清时官翰林院在成都者,群出宋前辈芸子后,八月摄影,命曰〈五云秋褉图〉》《尉迟杯·以荞为千丝汤饼,成都治之最精,顾无表微者,赋之诒好事者品焉》《月华清·眼镜》《惜秋华·白秋海棠》《薄幸·八十松风馆海棠最胜,吟者多尚白,盖标其好之清也,余有讥焉。补红秋海棠词》《露华·黛黛花,吴淞茗也,青城石室约赋》《迷神引·题胡高甫墓石》《齐天乐·成都雨夜》《征招·薛涛井,和瓠庵送归之作》《翠楼吟·江楼送别三十九人,怆然赋此》《夜行船·江楼未晓南发》《渡江云·彭山道》《秋霁·玻璃江》《斗百草·过中岩》《透碧霄·江中望峨眉》《三姝媚·下平羌峡》《秋宵吟·嘉州》《金菊对芙蓉·抵家》《甘州·寺夜》《烛影摇红·翠笔山》《望湘人·得芷孙学使书》《疏影·黄叶》《五福降中天·生日》《烛影摇红·答青城石室》《金菊对芙蓉·复约叟》《情长久·和休庵见寿》《石湖仙·林子山腴见寿，赋谢》《疏影·帘》《水龙吟·题路瓠庵〈仙山濯发图〉》《秋宵吟·醉和石帚韵》《大圣乐·题霁园》《法曲献仙音·雨中闻乐铮铮然，京都声也，去国五年，人老矣》《秋思耗（霜降明朝节）》《绮罗香·红叶》《绿意·破蕉》《渡江云·于铁华所作安书》《庆春宫·和壶庵师见寄》《疏影·自题〈万松深处〉卷子》《高山流水·怀冀州赵湘帆衡，是名能古文辞者，自宣统后不相见。用梦窗韵》《阳春曲·熏笼》《庆春宫·得芦墟师书，感十八年之别，赋寄此词》《阳台路·戏咏汤婆子》《庆宫春·寄山腴》《瑶花·雪》《齐天乐·香篆》《喜朝天·饯灶》《疏影·〈春人擎镜图〉》《万年欢·长乐花》。其中，《寄伯英》云："内美修能如子少，相思蓟北复江南。天将无意定乡国，吾自一邱终雪龛。老母白头应健饭，新花碧玉卜宜男。峨眉山半君家地，采药何年筑小庵。"《赠朱玉阶将军》云："只有人心能救世，西南半壁赖扶持。读书已过五千卷，一剑曾当百万师。"《水龙吟·题路瓠庵〈仙山濯发图〉》云："一官凉到秋光，苏髯举似都曹句。依然秋士，一床秋梦，一灯秋雨。绝顶茅庵，七签云笈，瑶池阿母。只一瓢一笠，一般云水，何地访，万松树。　　即此万松瀑布。把荣州，画成天姥。杳然仙碧，听风听水，泲盘今古。劫换红羊，身骑白鹿，是君归路。定寻秋约我，七弦山响，认摩崖处。"《征招·薛涛井》云："春风一井桃花水，离亭古今南浦。人到画栏秋，吊香魂何处。漂零卿未苦。付身世唐家节度。世外埋愁，草间偷活，乱山无主。　　前路。汉嘉程，人归也，风声水声无数。莫唱桂华词，剩月中田土。蘋洲渔笛谱。羡君在锦江头住。尚重对，茗碗花笺，念白头开府。"《齐天乐·荣德山》云："是谁锯下苍龙角，晴空一坪秋广。万古无风，小池不涸，青入四禅天上。鳞原一掌。指贴地婆城，药膏圆样。影落东南，天台四万八千丈。　　唐年祠庙尚在，薛碑今蚀尽，苔翠无恙。州以山名，寨犹宋建，老去希夷安往。洪荒坐想。定绝岛孤撑，海浮千嶂。倘扣玻璃，日球空外响。"《木兰花慢·虎洞》云："古来荒可想，只城角，似岩乡。入石户深深，云阿寂寂，玉溜锵锵。洪荒。自融气母，想风吹、一泡裂崖冈。留作茇裘佳处，六时心地清凉。　　焚香。小步禅堂。消夏气、领秋光。叹碧玉壶中，黄斑径里，此亦沧桑。苍茫。放翁著句，甚无人，镌字绿苔旁。不用飞霞题壁，我生已似云将（洞一名飞霞）。"《木兰花慢·竹夫人》云："青奴扶正了，仗清节，擅专房。喜入眼玲珑，回文织就，好梦相将。温香。有人到老，守冰肌、无分配冬郎。箪展一家眷属，情根节节潇湘。　　书床。瘦并琴张。高枕卧，北窗凉。学碧玉回身，绿珠入抱，颠倒鸳鸯。新妆。小红慢妒，盼银河、一点没心肠。岁岁从他薄幸，秋来惯撒秋娘。"

江五民诗系年：《游阿育王寺》（六首）、《泠泉》《游育王寺归寄钱三照》《用前韵寄育王晦谷方丈》《卓雨亭以〈倦还庐诗稿〉见质，次韵集中〈论诗〉二绝奉答》《和叶霞仙〈感怀〉韵》（二首）、《观农人登麦》《为倪曙洲题其妻〈金宜人哀词〉》（六首）、《落花》（用东坡〈送春〉韵）（二首）、《拟东坡〈水车〉诗用韵》《锦堂校长诸漆傭以修到〈梅花图〉索题，次韵奉和》（二首）、《校中杜鹃盛开，得长句一首》《义妇冢》《郑蕊舫六十，索生挽诗》（二首）、《渠流清，为方君式如作，君镇海柏墅人，同办培玉学校者也。去年五十，省去筵席，以潴近村河渠，约费数千金，为作是以美之。凡四章，章九句》《闻蔡松坡病将痊，用前韵志喜》《侠农书来，附近作甚多，次韵二律答之》《次韵答玉叟并谢劝印〈艮园诗集〉》《早起闻木樨香》《式如乘风雨见过，得长句一章》《盘山礼摩诃塔》《玲珑岩》《题冷香塔苑》（寄禅塔）、《小天童》《天童道中，用辛巳年韵》《和孙诗螾〈六十自挽〉韵二章》。其中，《观农人登麦》序云："时校中由叶霞仙君发起'非想吟社'，此后多同社唱和诗。"诗云："古来民食即民天，谁是蓬瀛辟谷仙。却喜南风催刈获，独无兵祸扰农田。来牟应塞兰成瓮，饼饵行开玉局筵。为爱黄云收未尽，凭栏不觉夕阳偏。"《和孙诗螾〈六十自挽〉韵二章》其二："前尘历历记同经，和似莺求急似鸰。莫问贤人年在巳，却怜初度岁偕丁。仙家风味胡麻黑，文字因缘汗简青。能死即生谁解此，为君试进昨今铭。"

王锡藩诗系年：《丙辰寓江城省垣，民报馆征"写经换鹅"四诗，因写以应》（《写经换鹅》《孤山放鹤》《彭泽种菊》《钟期听琴》）、《月夜偕郭云英女士东湖泛舟》《春夜闻笛》《春水》《山村》《水乡》《种菜》《菜花》《江村晚眺》《杜鹃》《杂忆》《咏〈喜荣归〉》（三首）、《咏〈女起解〉》（三首）、《感时》（丙辰袁项城称帝、滇军起义）、《送别》《吟癖》《登滕王阁》《改杜诗二首，袁项城帝制取消》。其中，《春夜闻笛》云："独坐房栊正寂寥，同人玩月约春宵。不知玉笛谁家弄，一夜清声入碧霄。"《水乡》云："江村风味近何如，柳插门前草盖庐。客到不嫌城市远，笑将河水煮河鱼。"《杂忆》云："一树杨桃不肯红，盈盈抢扇立当风。梦回楚岫云何处，西望瑶台路已重。"《登滕王阁》云："早年曾读三王赋，今日来登赋里楼。帝子才人俱渺渺，西山南浦自悠悠；连云舟聚千乡客，如练江湖万古流；槛外独凭心独醉，分疆此处是吴头。"《改杜诗二首》其一："君子骂名垂宇宙，不臣徐段自清高。三宫盘踞抒筹策，万亿生灵等羽毛。伯仲之间见挈路，指挥莫定失陈曹。运移帝祚终难复，志决身危会议劳。"其二："伪主征滇向三峡，取消夜半出皇宫。龙袍永叠空箱里，玉玺长抛废殿中。六子远飏如水鹤，三军残暴捉村翁。胜朝幼帝长邻近，一体君臣退让同。"

童春诗系年：《同人分咏樱花，拈得醲字》《答越川亲家》《槐夏初旬赴慈邑运动会即事》（四首）、《蚕山》《颂吴启鼎学士》（四首）、《东山种竹》《玉荷花，次雪崖韵》

《益山楼漫兴，和雪崖》《百禄索句，率成二首》《贺修到梅花生（雪崖）悬弧》（二首）。其中，《同人分咏樱花》云："产自仙瀛种不庸，伴依窗外影重重。春来风信催行顺，雨后花容养到醲。求友嘤鸣听好鸟，及时采取看群蜂。满庭桃李齐称盛，省识瓜山秀气钟。"《蚕山》云："满腹经纶具，乘时便出山。功成龙女巧，神助马娘还。香草排千叠，云梯试一攀。工夫同覆篑，衣锦要知艰。"《东山种竹》云："入山不在深，东山亦乐土。山下人烟稠，山上炮台古。青青竹新栽，萌芽未尽吐。嘉种从何来，五磊山中取。方今讲森林，贤哉推地主。鸠工理荒芜，即此作场圃。四围编疏篱，拒绝樵子斧。转瞬瞻猗猗，抽高竿无数。昔时有二山，徂来及新甫。松柏何森森，读诗犹怀鲁。竹筠松柏心，同耐雪霜雨。此君不可无，俗得医之愈。计非止十年，侯直封千户。我客锦堂校，相距数百武。仿佛游淇园，亦复比鄂社。凭君报平安，吟哦不知苦。"《玉荷花》云："底须航海索蛮琛，我爱琪花放满林。洗得十分瑕点尽，自无一缕俗尘侵。高擎不让华山种，淡罩难分月夜阴。白社同来修净土，枝头朋友报嘉音。"

张肖鹍诗系年：《寿谢石钦，依郑南溪韵》《江楼风雨》《去北京，同苏斐然车中作》（二首）、《西山访蔡幼襄归来庵》（二首）、《上虎头岩，同蔡良村竞登》（二首）、《登居庸关南口》《谒十三陵成祖墓》（用刘沧《咸阳怀古》韵）、《游颐和园》《游万牲园同蔡幼襄、徐凤梧、蔡良村》（四首）。其中，《寿谢石钦》云："容易光阴感逝波，当年讨贼奋天戈。列侯久矣薄功狗，今世难乎免祝鮀。斫地王郎孤剑在，渡江名士楚囚多。斯人不出苍生泣，望鲁终伤旧斧柯。"《江楼风雨》云："急从震屋瓦，挟以风之威。天昏不可辨，乱云堆四围。器声抚清睡，凉意侵我衣。摇摇斗室间，吾心聊自期。匪天不可霁，匪日失其晖。清明时一蔽，不得为天非。鸡鸣不容已，安忍与时违？嗟彼风雨声，积此悠悠思。"《去北京》其一："笑声宁止怒涛鸣，圣世何曾浊浪平。远自天来趋海去，难凭人寿俟河清。"其二："卢生枕上大槐安，世事都归梦里看。莫问黄粱今熟否，匆匆一醉过邯郸。"《西山访蔡幼襄归来庵》其一："驴背挂斜阳，轮蹄得得忙。野烟笼树黯，山色接天苍。新月出尘境，秋风何处乡？此身飘泊惯，清兴未妨狂。"其二："八处旧名胜，匋斋偶寄情。庵依禅意寂，山入客心清。松月飞霜影，荷风挟雨声。一窗自幽赏，猿鹤漫猜惊。"《上虎头岩》其一："奋翮凌云志未休，拊须履尾旧同仇。何当一贾登山勇，险厉巉岩上虎头。"其二："胜心俯首让君先，赌酒围棋记往年。今日笑君输一着，凌风我立最高巅。"《登居庸关南口》云："一径冲关去，斜阳山万重。峰形回立马，车影蜿犹龙。天限华夷界，城遗秦汉踪。谁云疑可守，凭险困居庸。"《谒十三陵成祖墓》云："锦屏山下趋神道，伟业丰功帝业兴。故国衣冠恢汉胄，秋风禾黍泣明陵。漠南功绝王庭迹，蓟北魂归漆宅灯。千载英雄一抔土，峰峦隐隐树层层。"《游颐和园》云："香国细缊佛相开，排云小殿点苍苔。湖山真意怜幽禁，台沼余功妙独裁。春色一家娱彩戏，秋风万户速鸾回。昆明池水旌旗影，太息当年教战来。"《游万牲园同蔡幼襄、徐凤梧、蔡良村》其一："贵胄豪华谬绝伦，万牲矜异百花新。到门已觉园奇胜，惊见司阍两巨人。"其二："国困民贫外患深，王孙日夕肆骄淫。禽鱼花木罗珍品，远胜乘轩养鹤心。"其三："那拉后日恣游观，新筑楼台画里看。有色无香邀特赏，海棠林畔独凭栏。"其四："文王台沼乐民同，贝子园林独赏中。今日居然教解放，始知天下重为公。"

江起鲲诗系年：《寿张让三师六十，用家后村师韵》（二首）、《同襟友林侠农归自金溪遇雨》《李子衡四十初度》（二首）、《与襟友林侠农同客外家，次韵四首》《游苏纪行，寄林侠农》（二十五首）、《示绍祖儿》（二首）、《次韵孙翁轩蕉〈六十自挽〉》（二首）、《再次前韵答轩蕉先生》（二首）、《次孙丈玉叟〈六十一岁小照自题〉韵》（二首）、《云甥以〈红豆〉诗来并示之以实物，次韵得二绝》。其中，《寿张让三师六十》其一："屡过鳣堂听说法，慈悲始见如来。福缘寿者知无量，经列传人愧不才。持世独贞冰雪操，废诗同抱蓼莪哀。数筹六十我差七，愿被春风学舞莱。"《同襟友林侠农归自金溪遇雨》云："倾盆大雨强留宾，行止由天不任人。敦趣如君应速驾，淋漓累我亦濡身。松阴夹道凉生午，花气迎舆暖似春。一日阴晴千百变，沧桑谁欲问苍旻。"《李子衡四十初度》其一："四十年华正自强，莪莱奚事细评量。为君写照诗宜雅，容我诙谐语类狂。径寸目光生就短，坦平心印度来方。蒲团疑是前身物，静里参禅躁气藏。"《与襟友林侠农同客外家》其一："访旧同来岭外村，恼人风雨乍侵门。诗因秋到偏枯寂，酒为神闲任醉昏。篱竹拂云凉意逗，庭花滴乳古香存。维驹好共永朝夕，烟树苍茫暗锁魂。"《游苏纪行》其一："沪宁车疾箭离弦，万丈晴光一瞬天。羡煞黄金铺满地，秋禾到处庆丰年。"

黄节诗系年：《寅正九夜，梦中子贤示予楹帖，"极昭风云允，后至名德高"十字。书者杜晴。寤而弗遗，续成是篇》《观剧夜归遇雪示栽甫》《生朝早起作》《夜读陶子政先生〈颐巢诗〉题后》《武林兵起，有怀贞壮湖上》《读简岸先生诗敬题》《题汤定之画约》《不眠》《社园茗座，迟瘿公不至》《雨中过天如不值，遂造瘿公寓斋》《晨过社园，将夕乃归》《送马夷初南归》《对菊》《得贞壮书并见怀之作》《雪中与刘三、天如、宪子登江亭作，并寄贞壮》《雪夜过剧园，已辍唱，归途口占》。其中，《观剧夜归遇雪示栽甫》云："随处追欢强汝行，宵深何惮叩重城。午前风起吾初料，曲罢人归雪已生。国事只堪娱爨弄，芳膏能不恨灯明。却从摇兀巾车里，换蜡张帷过短更。"《武林兵起》云："离乱真成一日俱，念君吾未计须臾。奈何去国留吴下，又值流亡起具区。负尽花时春过社，忆曾题句水沉湖。投书旧里应难至，便语平安岂不迂！"《题汤定之画约》云："贞悯丹青不百年，已如云日丽中天。顾兹文采犹余烈，尚有孙曾足继贤。一事能名遑自暇，三缣为报殆无惩。平生风义宁论价，亦似霜红卖药钱。"《社园茗座》云："苍然栝栢杉松地，得与游人坐夕凉。六月将秋仍病暑，众嚣宜莽一浇肠。晚来栖息能相过，举国劬劳自未央。到此不无林木叹，士夫名节独寻常。"《送马夷初南归》云："十月尚未霜，北风振林卉。坐有南行者，对此志菲菲。去秋送吾子，雪后腊无几。兹来别尤速，匝月弗及舭，栖栖子何就，意耻貂续尾。吾徒达是非，举世已不趡。经冬岁恒燠，天道亦所匪。子归湖上居，怀子在葭苇。"《雪夜过剧园，已辍唱，归途口占》云："蜡尽弦僵叹此城，街南寒柝不成声。吾才乃与天争道，风雪驭车逆北行。"

骆成骧诗系年：《古从军行》（二首）、《送人东下》（二首）、《剑》（二首）、《咏剑绝句》（四首）、《闻袁世凯死》《义军追悼会》（二首）、《三子凤峤生》《久雨》《送蔡督军松坡赴沪就医》《送熊济舟江行赴沪》（三首）、《送人游峨嵋》《学生巫翼之官古蔺》《留客》《感昔》（二首）、《五云秋禊》（三首）、《陈九公墓》。其中，《闻袁世凯死》云："手操钓饵宰山河，衮冕无情换笠蓑。再起陶渔知孰是？不成耕钓奈公何？即真到死惭新莽，窃号于今见尉佗。零落交游余鹿豕，几回踯躅听樵歌。"《义军追悼会》其一："投袂奸公路，回旗问子阳。血流金马道，神降碧鸡坊。主帅尊人格，男儿殉国殇。神州心不死，生气日轩昂。"其二："滇蜀军三合，今朝大义明。鬼雄如可作，私斗肯相争？孕育坤维气，恢张益部声。晶莹余故剑，留待斩长鲸。"《送蔡督军松坡赴沪就医》云："乾坤惨未清，忍泪送公行。蜃气重黄浦，犀光烛锦城。恨长江水短，忧重雪山轻。留住知无计，哀时且卫生。"

傅锡祺诗系年：《新居四首》（卜筑于潭子墘，三年而未有诗以纪其概，近以诸友赠诗者渐多，爰成四律）、《萧孝子诗》《张良》《哭长孙拱壁》《黄君石衡见访不遇，依韵呈政》。其中，《新居四首》其一："面山依水处，小筑野人家。列屋茅兼瓦，环庭果间花。春郊眠起牧，官驿往来车。乡校常邻近，弦歌不厌哗。"其二："薄田求数亩，种秫艺新蔬。菉竹添肥笋，清流引小渠。香闻邻肆酒，乐羡曲潭鱼。夹岸桃花杳，江村且定居。"《张良》云："逐鹿归来不受封，一生智勇异凡庸。椎车家为君雠破，进履貌于老父恭。肯共韩彭悲走狗，早从刘项识真龙。功名利禄知何物，岂必仙人有赤松。"

冯开诗系年：《寿张謇叟六十》（二首）、《送虞含章》《梦中作》《感怀》《何甘茶（其枢）自奉天寓书，言客中人心变幻，使人不敢不匿其真性情，而以假面目相见，其言绝痛，赋一诗寄慰之》《题〈含章文稿〉》《喜句羽自鄂至》。其中，《寿张謇叟六十》其一："眼中一老信堂堂，人海归来发渐苍。自掬肝肠照寥廓，每将谈笑出悲凉。龙蛇岁月犹堪玩，玉雪儿孙已作行。天遣清流存野史，劳君扶杖看沧桑。"其二："拾队钩沉意可唏，寥寥副墨有光辉。中州耆旧资元裕，吴地山川记广微。耳目聪强都不废，文章天矫亦能飞。千春天福从渠享，可但陈芳说古稀。"《梦中作》云："倚袂万山顶，天风生睫眉。酒悲峰气突，诗思月来迟。石冷云荒地，霜清木落时。回肠闲料理，寸寸作离奇。"《何甘茶（其枢）自奉天寓书》云："苦随群碎逐腥膻，俗物何堪与作缘。掬此肺肝方寸地，匿之帘幕十重天。委蛇客况成虚幻，真挚家山隔眇绵。他日光明有回复,归来验取酒樽前。"

陈去病诗系年:《湖上怀贞壮》《江上迟烈武》《烈武邀集江楼》《江楼与烈武别》《湖上闲游,箫剑并载过西泠桥,见者几疑白石、小红再世也》(三首)、《秋心楼晚眺》《避雨照胆台,晤季陶、孟硕,因同谒香山公于湖舫》《陪香山公西湖秋泛,回集秋心楼有作》《会稽游,应孙公教》《象山港即事》《普陀两首,呈香山公》(二首)、《唐继兴灵榇南旋,诗以吊之》《英士归葬吴兴,为赋挽歌送之》(四首)、《谒克强灵帏》(五首)、《重上京华示诸同志》《北出居庸关》《宣化道中》《少年行四首,张绥道上作》《自阳高县抵大同》(二首)、《大同怀古》《赠孔庚,时为大同镇守使》《晚抵丰镇》《丰镇车站长崔君语余明妃冢所在,余考之旧志良是,并闻蒙语归化城为青城,尤可异》《崔君又语余,丰镇西去十里为德胜口,古紫塞也。戏成一章示之》《丰镇见雪》《归棹》《家居杂诗》(六首)、《和冯秉钧五十寿诞》。其中,《湖上怀贞壮》云:"南山隐约北山昏,晓色初明雾尚存。小艇纵横疑欲渡,春花灿烂却无言。凭栏拟作沧溟想,入耳惟闻鸟雀喧。奚事故人长落寞,深深帘幕不开门。(时在朱将军幕,数谒之,竟不见)"《江楼与烈武别》云:"送君泉唐江上行,送君此去展生平。他时握手重相见,我任参军子拥兵。"《湖上闲游》其一:"西湖六月水生寒,荷雨荷风搅碧滩。独我扁舟自摇荡,轻妆不厌百回看。"《秋心楼晚眺》云:"向晚一凭栏,湖山恣共看。心情粗自在,儿女小团栾。渐觉浮云幻,还惊夕露寒。月明迟未上,惆怅越罗单。"《英士归葬吴兴》其一:"慷慨陈惊座,高怀迥不群。谈兵多智略,讨虏建奇勋。鬼蜮终难御,膏兰忍遽焚。霸才今已矣,挥涕一怜君。(用温庭筠诗意)"《归棹》云:"归棹一身轻,时时浊酒倾。故书征越绝,乡梦绕吴羹。老去诗还健,慵来眼独撑。江湖多旧历,应与白鸥盟。"《和冯秉钧五十寿诞》(刊载于《百和集诗钞》)云:"西序筵开值诞辰,家传尊古泽犹新。端凝自在宜呼锦,道德堪师好树人。弹铗与歌曾市义,闭关却扫许交亲。芝兰竞秀当前事,快举瑶觞祝大椿。"

金天羽诗系年:《桃源行》《乌生八九子》《饮马长城窟》《将进酒》《杨叛儿》《嵩山高》《寄友》《春日石湖寻隐者》《淮上吟》《重登黄楼》《济宁重登太白酒楼》《自微山湖放舟过台儿庄作,示馨航索和》《勘沂赴芦口坝不克至,折宿邳城,示武霞峰(同举)》(二首)、《访胡孟云于清江旅司令部,地为前河督署,内有清宴园,是日淮阴官绅公宴馨航等,余辞不赴,席散乃入之》《淮阴吊台》(三首)、《三过扬州》《瓜洲晓发》《金陵与戈梓梁别》《绮怀》(或评余诗多激楚之音,而乏缠绵之致,盖寡于情者。岂其然耶?爰赋绮怀四律,以为强作解人云耳)。其中,《饮马长城窟》云:"饮马长城窟,马头跌落长城月。长城之下斿裘处,小儿骑胡羊,弯弓射大鼠。胡羊长成不跪乳,戴角垂耳作胡语。朝闻汉营吹觱篥,胡兵夜半来深入。拔剑向胡天,胡地雪深没马鞯。橐驼万帐何连连,霜威冻折吴郡绵。铁骑蹴碎层冰坚,血花开上鹡鸰泉,乃逐单于出穷边。穷边宣尉无人使，胡羊窜雪山，泣愬雪山大狮子。狮子北地雄牙须，旃裘之王帐下趋。端坐不语朝群胡，夜来红烛烧穹庐。生刲獐鹿开行厨，挏酒千钟牛饮如。琵琶丁丁伎乐殊，摩登如花红氍毹。乃云佛种天生渠，垂项百八摩尼珠。我思汉胡思深比兄弟，北戍江山矢带砺。左纛岂容汝娱乐，输心况在罗刹帝。波旬魔王工惑媚，非我族类心终异。问胡不筑朝汉台，翻开北户迎獏豾，胡行如鬼长城隈。"《嵩山高》云："碧丛丛，高极天，吹笙王子冠列仙。腾龙跨鹤嵩高巅，下观尘世三千年。白水真人地下眠，黄袍不上太尉肩。嵩高王气今萧然，上不生高光，下亦不生曹与袁。鸿名神器一暗干，渐台之水沦为渊。西陵歌吹送老瞒，妓衣空向高台悬。分香卖履烧纸钱，会有瓦砚铜爵传。铜爵之台临漳起，即今亦作当涂视。盖棺未到难论定，晚节竟被千人指。千人指，一朝死。南面王，东流水。五岳骏极嵩当中，愿天不生帝子生英雄。"《寄友》云："百舌唤春来，橘花江上开。思君不可见，吟上吴王台。乞米书成帖，当歌满酒杯。邮诗须急和，莫等鹧鸪催。"《重登黄楼》云："到此江南尽，高楼有旧题。黄河天上去，红日酒边低。坏堞鸦争树，寒塘马饮泥。欃枪宵贯斗，慎莫骇蒸黎。"《淮阴吊台》其二："淮水东滔滔，钓台高几尺。台下钓船多，翻起浪花白。"《绮怀》其四："龙女何因嫁善才，簸钱声里眤人来。发痕腻组茴香髻，茶味甘尝药玉杯。钏动钗横春有信，天荒地老烛成灰。冷仙不语冰宵坐，白石清泉花自开。"

傅熊湘诗系年：《往过戚家，值梅花盛开，折枝置筤舆中，清香扑鼻。今年得到则繁英零落尽矣，赋此悼之》《真人山有冢在大石下》《山居即事》《寄梦蘧北京兼简艻荃》《题陈母行述寄慰佩忍》《夜梦亚子编〈南社集〉，闵其劳也，为属寄尘书之》《环中与诸生夜坐》《外舅墓上》《述交一首赠约真》《和孔攘夷〈春游麓山〉》《饮王仙醉归，戏赠剑横》《醉时歌》《瓶花歌》《雨望大屏》《题〈吴悔晦集〉》（三首）、《宁楚禅过访并贻所著，因赠二首》《次韵和芸盦〈游水帘洞〉》《题芸盦〈韵荃诗集〉二首》《石子既得余〈孤松行〉，又得余君天逐所赠高旭画松，因作〈双松篇〉，即次其韵》《次韵和张生放歌》《哲夫自广州寄书画并赠碑拓，报谢一首》《题哲夫画二首》《三狮洞与芸盦联句》《石龙联句》《续梦中五平五绝句一首，悼太一并寄亚子》《自虎溪移石环中》《途中漫兴》《山居杂咏》（十一首）、《种蔬二绝句》《环中雨望》《乡谈小乐府四首》《稿人行》《悔晦叠韵见和，复次原韵答之》（二首）、《前韵再答悔晦，并简僧墨》（二首）、《感事》《南社雅集琴庄，得中字》（四首）、《次韵和雪耘》《次韵答李洞庭见赠》《〈大公报〉周年征题》《送竟心之洪江》《晚报题辞》《将韵酬汪兰皋见和，即寄太山石室刻拓》《南社雅集枣园，上海亦同日雅集，分韵得数字》《赠姚大慈》《答姚大愿见赠》《答谢霍晋见赠》《题雪耘所撰〈湘娥泪〉小说，述陈女事作也》《答谢秉璋见赠》《馆夜与雪耘》《鼎芬招饮县署并示新作》《和鼎芬游王仙，观余所立太山石室刻辞》《寅先、湘芷置酒麓山望湘亭，作示同社及麓校诸生》《馆夜偶书》《五年岁尽作》《山中对雪》《废诗四十日矣,方主报事,得戒甫、大慈作,漫赠一首》《田星六知事次均寄示,还赠一首,并简个石》《姚大愿、大慈兄弟见过,联句》(二首)、《酒后又为联句四首》。其中,《赠姚大慈》云:"姚郎知我遂五载,把袂今朝始一存。湖海归休销远志,江山劫外郁吟魂。摇摇残抱与终古,落落孤吟有独尊。渐欲雕虫成壮晦,撑胸芒角共谁论?"《和鼎芬游王仙》云:"名山愧乏千秋叶,古洞犹回长者车。偶为北平移石虎,漫劳叶县止飞凫。摩挲碑字留香久,往复诗篇照眼姝。所惜公迟侬去早,不然坐对亦仙乎?"

姚华诗词系年:《季常入都,必假馆于我小玄海,旧图劫地也。师曾补图,更貌敝斋,回首前劫,不禁慨然。季常好谐,尝以其姓调之。一病经年,不良于履,自悔语谶,更赋一绝》《"伊予小子"二首,为女子师范生毕业作歌》《"四序成平",为女师运动会歌》《题〈王孝禹山水画册〉》《再题〈王孝禹山水画册〉一绝》《马平王可鲁绎和属作〈畏曙图〉因题》《暗香·〈画梅〉,枣华遗墨也,雨甥属题,凄然赋此。依韵拟石帚》《疏影·再题前墨,依韵拟石帚》《点绛唇·题枣华〈凭阑仕女〉遗稿》。其中,《季常入都》云:"已怜小海何堪煮?醉倒葫芦火便红。早识图中有仙李,沧波四壁绘天龙。"《暗香》云:"倩春着色,尚压寒弄影,迎人横笛。画了索诗,一纸灯前许雕摘。不算年光似水,空依约研冰调笔。怨落月、独秀幽姿(东坡《雪中赏梅》诗:'独秀惊凡目。')无语接瑶席。 京国。夜阒寂。待诉与近怀,旧臆如积。堕钗暗泣,妆阁凄清有人忆。和靖江乡住处,魂梦冷、千山笼碧。便讯遍、烟共水,也难探得。"《疏影》云:"人间片玉,恨佩环已渺,云去难宿。一朵疏红,如有还无,枝枝怨写斑竹。东风问讯罗浮冷,望翠凤、灵旗天北。更待将、月意昏黄,向夕短檠摇独。 回顾当时旧课,喜神夜按谱,红里描绿,十度京尘,两载春灯,称汝绸缪林屋。年来怪底如花瘦,便楚调、落梅闻曲。怕展图、痛折中郎,老眼泪痕盈幅。"

高旭诗系年:《寄钝根醴陵》《集梅花香窟,分韵得诗字》《吹万家叔招饮梅花香窟,吹叔生圹在焉,感而赋此》《梅花香窟之集,以"梅花香窟题诗"六字分韵。余初拈得诗字,既又成香字韵一章,归途又得题字一联,因足成之》《和沈太侔〈感事〉四首,用梅村〈滇池铙吹〉韵》《鸦雏属题所撰〈春声〉杂志》《石子属题蔡哲夫画册》《题〈春晖社社选〉为张景留》《题奚生白〈燕子吟〉》《南社集中央公园之上林春,拈韵得郎字》《南社再集徐园,分韵得麻字》《题蔡哲夫〈寒宬校碑图〉》《题周芷畦〈水村第五图〉》《赠黄克强先生海上》《哭庞芑庵》《次韵示佩忍》《次韵答孟尊生》《吊黄克强先生》(六首)、《次韵和张蔚西见赠之作》《广德楼观鲜灵芝演剧,归途示易哭庵》《蓬莱春与易实甫、黄履平、胡湛园联句》《次哭庵赠胡湛园韵》《寿秋浦周玉山先生八十》《广德楼观鲜灵芝演〈家庭祸水〉与哭庵、履平联句》《履平招至中和园观刘喜奎演剧,兼示张天石、汪剑萍》《赠哭庵》《偕哭庵、履平、刘三游公园,雪中摄影,即题其上》《赠履平，即题其诗集》《次韵酬宋寰公》《次韵答景梅九》《咏裴孟伟骏马，即以为赠》《雪夜酒楼与哭庵、刘三、履平联句》《四十自寿》《谒杨忠愍公故宅》《过秦良玉驻兵处》《大雪，谒文文山祠》《黄金台歌》《赠汪叔子，即题其诗卷》(二首)、《次韵答刘三》《题盛春浪〈峰顶诗标图〉》《题黄颖传〈绮窗看剑图〉》(二首)、《题邬伯健〈松阴看弈图〉》(二首)、《题朱仲篁〈幽篁独坐图〉》(二首)、《六月十七日暴风作，前墙倾倒漫成》(五首)、《暴风坏墙及大门，感而作此》《伤秋》《简刘三即次其〈答兰史老人〉原韵》(二首)、《寒琼索题魏杨兴息造像》(二首)、《园梅初放，携酒赏之，吟成一律》《赠天健》《吊胡淑娟女士，为余十眉作》《将至都门，火车中口占》《张尘定工北魏书体，离奇变幻，得未曾有，爰赠二章》《赠易实甫》(三首)、《偕亚君登陶然亭》《访鹦鹉冢，与亚君偕》《偕亚君游万生园，登畅观楼》《易实甫招至广德楼，观鲜灵芝演剧，成四首以示之》《哭庵步韵见答，再叠前韵和之》(三首)、《三叠前韵示哭庵》《题易哭庵〈张灵后身〉卷子，次原韵》《寒夜，与田梓琴、黄履平联句》(三首)、《次前韵，示天石、剑萍》。其中，《寄钝根醴陵》云："南云莽荡竟如何？闭户频将一剑磨，感子高歌出金石，有人流涕对山河。非关病酒豪情减，每觉看花幽恨多。澧芷湘兰烦折赠，芳馨满抱我蹉跎。"《次韵示佩忍》云："鲍鱼腥里我还来，收拾河山赋大哀。莽莽燕云磨短剑，团团碧月醉深杯。万重帝网成何世？变雅诗人要此才。便尔饭牛歌一曲，西山石烂总皑皑。"《吊黄克强先生》其一："辛苦艰难百战身，移山倒海叹劳薪。风霜草木无恩怨，经济天人自古今。愤世忧时苌叔血，老谋硕画鲁公心。几多浩荡灵修感，应有菩提转法轮。"《次哭庵赠胡湛园韵》云："一脚翻将鹦鹉洲，铮铮侠骨几生修？才人忽遇吹笙侣，明月同登变雅楼。春去桃花珠涕泪，天生芝草玉歌喉。霓裳叠叠情无那，为住声闻色相留。"《雪夜酒楼与哭庵、刘三、履平联句》云："燕市几屠狗，(黄) 荆高无处寻。狂歌余我辈，(易) 暴谑杂乡音。(刘) 祸水春犹活，(黄) 繁花梦又深。楼高寒气重，安用苦沉吟。(高)"《偕亚君游万生园，登畅观楼》云："登临狂唱大刀环，几辈沙场奏凯还。把酒天高何处问？黄金难铸旧河山。"《三叠前韵示哭庵》云："横是瀛寰竖万年，断无才子受人怜。高吟大句惊天帝，失笑诗狂李谪仙。"

陈曾寿诗系年：《往金陵视散原老人，因读近诗，夜过俞园看梅，翌日同游扫叶楼，归寄一首》《拟渔洋读〈三国志〉小乐府》(七首)、《六月十五日夜同九兄、四弟、五弟步至飞来峰看月》《中秋日，恪士邀饭于法相寺》《湖上寄怀治芗，即祝九日四十初度兼讯苕雪、季湘、子安》《题南园画瘦马》《九日同俞觚庵、其侄伯刚、朱棣卿、马卓群、陆澍斋、徐肖研、许姬传、七伯父、觉先弟、儿子邦荣、邦直共十二人携酒肴至龙井登高》《和觚庵》《同觉先、询先、儿子邦荣、邦直游陶庄》《散原先生来湖上，次日蒿老亦至，遂同游虎跑泉》《同散原老人登六和塔》《法相寺中，老樟一株，双干皆大十围，其本殆不可量,不知何代物也,散原老人属同赋之》《子修丈约同蒿庵、散原游西溪,饭于交芦庵》《游西溪归湖上,晚景绝佳,同散原作》《同散叟游龙井,蒿老先至》《雨中诸真长约同散叟、觚庵游云栖寺》《散叟去后独游云林寺二首》《湖上杂诗》《大雪后同觚庵至灵隐寺二首》。其中,《拟渔洋读〈三国志〉小乐府》其一:"来时正伏魄,窈窕魏宫娥。凄绝分香语,空悲更事多。"其五:"不仁与不孝,异等皆遮罗。新宣崇礼让,礼让奈公何。"其七:"同流必合污,末路安可避。君不徇虚名,臣食得空器。"《同散原老人登六和塔》云:"当年建塔镇江湖,万弩难胜一柱标。昔览烽烟愁饮马,今荒榛莽任栖鸮。老怀凭远余悲健,寒籁回空振悴凋。欲向檐前问铃语,冀州丧(平)后更萧条。"《雨中诸真长约同散叟、觚庵游云栖寺》云:"昔来暑晴中,白日疑幽月。今晨对秋雨,寒琼化我骨。修修不见天,山鬼所宅窟。踱影迥碧间,自照寒光佛。衣单暖樽酒,嚼雪笋新掘。酌不及公荣,主客笑通脱。香光写经卷,笔势瞻秀发。了知功德无,报母资津筏。千载旦暮心,虚堂证超忽。僧寮足深严,但惜少轩豁。空负竹万竿,不见青排闼。禅修屏闻见,游赏恣林樾。何当雪后来,支筇屐同没。"

林志钧诗系年:《〈对酒图〉为蹇季常题》《〈梅窗琴趣图〉,费晓楼为双湖女士作,定之属题》《题汤雨生先生手写诗卷》《瘿公、复盦约同绂老、晦闻、孝觉、师曾、默园、次公修禊坝河,复盦有诗,和原韵》《携子几东渡留学感赋示之》《舟出塘沽口号,赠张仲仁、蹇季常》《七发岛,朝鲜海湾最险处也,船经此遇大雾,停二日方行》(二首)、《东游经月,偶尔得句,归舟中辄足成之,得小律诗十二首》《哀寒碧》《吊觉顿》(二首)、《得哲微书并示病中见忆之作,次韵和答》。其中,《〈对酒图〉为蹇季常题》云:"披图何荒荒,子非避世人。胡为坐此屋,四顾空无邻。昔同沧海游,意气陵八垠。归来值清谧,接武东华尘。休沐辄还往,深巷车辚辚。高谈薄雕龙,卑论或借秦。纷纷列是非,追想皆足珍。中间暂阻隔,子去游梁陈。声华动当时,斗转天下春。朝京课第一,两袖如我贫。一病忽经岁,世事亦日新。因免征拜劳,宁非祸福均。兀者申徒嘉,遗形乃完身。酒瓮高于人,是中含天真。相对情太孤,吾请为子宾。"《瘿公、复盦约同绂老、晦闻、孝觉、师曾、默园、次公修禊坝河》云:"一欢款款赴嘉辰,检点闲身物外春。柳意宜人寒欲尽,诗心对水迹惧陈。深游竟日谁能识,懒性年来已自驯。我与主人同是客,好逢清景莫顿呻。"《哀寒碧》云:"今年六七月,东游将戒程。倚装得君书,劝我江南行。兼复寄新句,累纸连珠璎。纸尾字略辨,淡墨斜相萦。云作书至此,钟鸣已四更。悄悄灯影子,远闻荒鸡声。眼昏腕复疲,投笔不复赓。我时正私念,宴眠实劳精。况君体非健,无以勤伤生。孰知一蹶间,遽致性命倾。不死于疾病,不死于刀兵。宋(钝初)黄(远庸)君挚交,飞弹成碎琼。时乱多杀机,而君昔弗婴。奔腾截鬼车,杀我绝代英。我初闻君死,时方在东京。初闻不敢哭,恐使邻人惊。又疑死非君,或者同其名。溯初自沪至,告我君死情。已矣今信然,天道诚难明。士衡文藻美，叔宝神骨清。君才用未竟，蕴蓄多恢宏。高瞩涵众象，抗志谢世荣。方秉诛伐笔，欲持世议平。波澜浩肚阔，肝胆何峥嵘。惜哉命相妨，竟死终何成。面彼不死者，攘夺复纵横。"《吊觉顿》其一："平世非无法，张弓切隐忧。耻从东库徙，甘作北人投。藏蛰情多愧，嘤鸣声可求。鲁连天下士，气尽海珠头 (海珠在广州，觉顿遭难处也)。"

关赓麟诗系年：《夜自浦口渡江，恶风忽作，小轮几覆，巨浪入窗，衣裘尽湿》《所见》《登金山寺》《观端忠敏所施文衡山手卷感题》《苏文忠玉带》《妙高台》《渡江至焦山》《雨中登焦山峰顶》《肇方生》《观杨忠愍手书真迹》《焦山戏作》《泛舟至惠山》《酌惠泉》《山塘道中》《苏州街道狭小，其尤窄者，衡财并肩，望疑无路，舆者掉臂入壁，诘曲可通，洵奇观也。口占》《鸳鸯坟》《前题》《寒山寺》《将赴邓尉，或以地僻不靖，见尼而止，赋以志憾》《三潭印月》《湖船对弈》《孤山怀林处士》《苏小墓口占》《观岳坟铁囚杂感》《素园早起楼望》《葛岭》《灵峰寺》《自灵隐上韬光，赋赠何翁庚生》《杖折口占》《韬光观壁题》《湖上坐雨》《䌹斋自城中远致珍馔小饮书谢》《龙井寺》《偶成》《自龙井至烟霞洞》《烟霞洞远眺》《洞口故祀财神，陈蓝洲、汤蛰先毁之而刻坡像，戏成》《观钓》《理安寺》《登六和塔》《望钱塘江》《题何翁庚生〈意园灌菊图〉》《劫火》《灵泉》《寄内》《南翔游古漪园》《昆山怀古》《有赠》《吴淞晓望》《海病》《初归》《举世》《偶书》《刘裕》《董昌》《归粤后得诗尚多，有三日三日招集粤中诗人珠江修禊分韵赋诗，及天山草堂拜何端恪公维柏五言古诗数章，稿并散佚，容俟访补附记》《挽王湘绮 (闿运)》。其中，《渡江至焦山》云："已分颠风能断渡，神山惆怅引船回。却看江雨霏霏下，终遣春帆缓缓来。屿远乍疑鸥出没，云归应有鹤徘徊。峰峦似解相迎送，洗尽烟岚笑面开。"《偶成》云："雨霁归途万绿繁，沿溪一曲过荒村。村人不识佳山水，厌听泉声且掩门。"《吴淞晓望》云："晚上轮舟得熟眠，侵晨坐对晓霞鲜。侧帆千片虚浮水，远树分行密接天。腾跃浊流趋大海，昏冥寒日掩浓烟。可怜河坝横如带，不障戈铤万斛船。"《肇方生》云："又报熊占慰老亲，居然四叶第三人 (余祖父及余行次皆居第三，故余亲盼三索为男甚切)。黑貂岁事初更汉，黄鹄家居岂帝秦。选梦云居前日忆 (以游上方山后得子，命名曰方)，聆呱绣褓来年新。可能福泽真胜我，吉语当筵谢众宾。"

李豫曾诗系年：《滇中》《无畏生日》(二首)、《因雨忆滇》(二首)、《萧斋题壁，时值雪斋师祭日也》《咏冶春后社诸子。无畏寿五十，已赠句二律矣，自馀诸子，觞咏风流，于时称盛，各系以诗，以志景仰，或有漏列，容续补焉》(所咏诸子为马伯渠、凌仁山、郭叔瑛、张云门、王蓉湘、吴召封、焦傅丞、叶诒榖、赵倚楼、孙犊山、孔剑秋、林小圃、严聘卿、董逸沧、姚尔畊、汪馨一、汪功甫、彭楚秋、胡显伯、陈履之、陈亦明、张庚廷、潘栋臣等 23 人，计 23 首)、《哭秋蝶》《阻雨叠韵》《甘泉山》《白洋山》《致丁□云》《黄莺》《恼雨》《东陵道中》《同病骥往寻铁佛寺》《病骥有访铁佛寺诗，属和韵》《与病骥、诒榖游何（子戣）园》《雨过绿洋湖》《淫雨》《夜晴》《严鹿溪先生有同州圣教序拓本，以遗我雪溪师，师藏之十年，殁后，家不能守，以鬻诸市，同社萧无畏得之，属句志感》《赠王元善》《余家阪渡江》《吊汪一丈小尊》《答田孔彰》。其中，《滇中》云："点苍云气变阴晴，百雉滇城拥重兵。已报前旌飞蜀道，甚烦内苑凿昆明。生民沿路殊哀乐，腹地随时起战争。一雾燎原星火散，四郊风动鼓鼙声。"《东陵道中》云："黄莺上树学调簧，雨过飞泉溅石梁。独看晴云穿日脚，随车风送野花香。"《淫雨》云："盲风挟雨过江城，打屋敲窗作怒声。鸦雀失巢鸣突兀，龙蛇上陆战纵横。平原十日留泥饮，群盗潢池议息兵。闻说稻田俱泽国，自春徂夏误农耕。"

方守敦诗系年：《车过德州，西望枣强县境有感》《雪楼将随军幕移往金陵，置酒赋诗留别，次韵赠行二首》《夏初雨后，约通伯、庆云、艺叔、季可、孟超饮城外仙姑庵，登观野岩，即事赋诗》《章公墩怀旧，偕艺叔》《夏夜读季野、艺叔二君诗集，时风雨甚狂，即次集中唱和韵赋感》《次韵仲勉、慎思鸠江月夜泛舟之作，即以奉怀》《贲兄以七十生日纵笔诗见示，次韵和呈》《深侄前月于霄汉楼集菊花诗会，为清一老人祝寿，有诗来速我往聚，次韵答之》《丙辰暮冬，访仲勉、慎思芜湖，尽欢累日，赠我长篇，归舟风雪，口号四绝句和答，兼怀光炯》。其中，《车过德州》云："北地风光昔侍游，先公吏绩广川留。废兴欲向遗黎问，桑海惊心四十秋。（枣强，古广川地也）"《雪楼将随军幕移往金陵》其一："抚剑莫雄夸，诗篇愁正赊。离亭黯分手，江雨湿春华。远浦王孙草，悲风战国笳。太平何日事，搔首白云家。"其二："交情百年数，旧谊与君赊。共醉杯中物，相看鬓各华。遥遥千里梦，扰扰五更笳。钟阜当乘兴，名山便是家。"

盛世英诗系年：《五十七生辰作此寄慨并谢亲知》《赠缪筼翁》《偶成》《感事》（四首）、《题吴上徽（昌）〈纤时杂论〉后》（二首）、《钱武肃王》（二首）、《过李培生同年故宅》（四首）、《古意》（六首）、《壮夫》《定军山》《对酒漫成》《读宋文恪〈壬子秋过元故宫〉诸作书后》《鲁庄公》《再醮妇》《儒生》《自喻》《荣华》《过故贡院》《和缪筼孙口占之作，步元韵》《题荣昌郭其章悼亡诗后》（六首）、《示朱生昆弟》。其中，《过李培生同年故宅》其一："昼长书室静，如听履声来。薄暮经门巷，故人安在哉？"《古意》其二："白骨无人收，豺狼犹在野。肝人肉作靡，造物亦聋哑。"《自喻》云："少年鼓箧误趋时，中岁才知道在斯。十不固穷难立命，人无至性莫言诗。锦衣玉食痴顽福，璧月玦花侧艳词。天与清寒彻心骨，抛空万象足雄奇。"

汤汝和诗系年：《雨中偶成》《浙中旧友时蓬仙已亡七年矣，去岁及今正两次入梦，成诗二首纪之》《予性好饲鸟，近年公侄辈自其舅吴稚侯家乞来白燕三，又自购得画眉一、麻雀二置之东西屋，终日啁啾之声不绝于耳。顾而乐之，为赋长句》《鹦哥为桂岭所无，近有自陇中来者，购得一只，与各笼鸟同置中庭。绿衣慧舌，殊别致也，喜志以诗》（四首）、《感事十二首》《夏夜寓目》《五月望日游伏波山，谒新息侯遗像》

《夜吟一首》《遣兴》《漓江晚眺》(三首)、《与闺人纳凉》《薄暮远眺》《六月二十四日偕侄辈游风洞,次壁上袁简斋太史韵》《晨起出郭门,游漓山,憩水月洞》《桂林苦热行》《游隐山老君洞》(三首)、《绿鹦鹉》《游仙三十二首》《佛手柑》(二首)、《谒景丽山太夫子墓》(五首)、《闻嘉树先生新就桂山中学校长即赠》(二首)、《韦崿芝先生惠题拙集四章,次韵奉酬》(四首)。其中,《绿鹦鹉》云:"绿毛绮丽敌文鸳,陇客翩跹李昉园。下笔惊传才子赋,前轩不碍美人言。啄来香稻多余粒,解诵金经具慧根。惆怅琵琶曾误听,闻声却为一销魂。"《游仙诗》其一:"天路微闻笃耨香,驭风若士共回翔。版题东海钓鳌客,座等红云识玉皇。"《谒景丽山太夫子墓》其一:"当年为我说诗文,舌本澜翻至夜分。座侍荷衣惭李贺,裙书章草赠羊欣。元亭载酒疑前世,绿树擎云荫大坟。今日知公泉下叹,小门生也鬓丝纷。"

陈衡恪诗系年:《谢程穆庵馈橙橘》《题〈金拱北拓印图〉》《为陶仲眉画〈春红洗砚图〉》《题〈万壑松声一木鱼图〉》《题汤贞愍公画〈日下连枝图〉》《题萧屋泉画梅》《次韵虞博士赏菊之作》《题姚崇光之长女銮临薛素素兰花卷子》《题萧屋泉山水画》《题陈伯皆〈仙岩十八景图〉》(十八首)、《题山水扇面》《题茧庐〈摹印图〉》(三首)、《画〈溪居感旧图〉》(二首)、《题汪伏生弃画》《题石谿山水画》《题萧尺木山水画》《自题山水画》。其中,《谢程穆庵馈橙橘》云:"足音久不到槐堂,献岁南包远寄将。顾我一身忙为口,怜君千里苦思乡。金盘按酒知何味,玉尘谈玄老未忘。却怪洞庭三百颗,无人尝摘满林霜。"《题山水扇面》云:"几曲溪山淡墨皴,大痴家法太陈陈。何人破壁能飞去,始信金刚笔有神。(爱山先生正之,衡恪并题)"《题茧庐〈摹印图〉》其一:"文何圆洁意雍容,傅粉搔头误俗工;继起西泠成峻折,一时风靡露刀锋。"其二:"吴邓精严出汉碑,流传伪体愈卑卑。牧翁复古趋方雅,始信汪萧有导师。(吴让之、邓完白得力于禅国山开母庙及汉碑额,当时号称徽派。效其体者,益为修削,遂至俗恶。黄牧甫亦徽人,专尚方整,摹秦汉印。泉唐汪鸥客、衡阳萧屋泉皆师仿之)"《画〈溪居感旧图〉》其一:"高柳萧疏水绕庐,小窗遥对一峰孤。旁人指我双栖处,知有伤心在画图。"《题汪伏生弃画》云:"初从石田人,此似石骼翁。拔俗心无馁,寻师日有功。须知成浑碎,终拟到沉雄。爱汝留残稿。毋嗟爨下桐。"《题石谿山水画》云:"平生孤愤便逃禅,并代清湘合比肩。欲向老师参半偈,乱云深处听流泉。"《题萧尺木山水画》云:"五岳峥嵘太白楼(尺木曾采石太白楼下,画《五岳图》),当时落笔气成秋。知君丘壑无穷意,犹在痴翁腕底收。(尺木画得力于黄子久)"《自题山水画》云:"异代高僧是我师,离一切相任天机。请看带水拖泥处,正是迷时即悟时。"

江子愚诗系年:《谷日》《生日感怀》《少城即景》《悲感》《城南老兵行》《拉夫行》《和仲坚燕京遗怀六首》《遇友人家》《忆江乡旧游》《聚饮休庵兼赠赵侍御香宋》《奇礓园醉归,呈问琴阁》《饮少城酒楼》《锦城道中》《和问琴阁社作元韵兼怀香宋三首》《送吉占北游兼怀向二》《闭门》《登楼》。其中,《城南老兵行》序云:"吾邑城南有彭叟者,业于冶。庚子之变,曾从岑帅勤王于陕。年六十矣,能道当日事,历历可听。为作老兵行。"诗云:"城南老兵年六十,曾随上将长安陌。惯骑生马五陵间,挢鞭直走无羁勒。关柳萧萧野草黄,银蹄蹴蹴青门霜。健儿三千气如虎,将军有令须勤王。繇来健儿重胆气,虽未读书明大义。两宫今日尚蒙尘,何忍纷纷告蕉萃。记得迎銮道路间,万人丛里瞻龙颜。杭州锦袍蔚蓝色,淋漓泪点犹斑斓。百官遮道请驻跸,行宫正对终南山。秦祠月黑狐鸣苦,灞水云黄雁语酸。铁石心肠悲恻恻,雄师何日收燕北。谁知宵旰更辛劳,不是忧民便忧国。议和宰相李合肥,殷勤表请銮舆归。銮舆一去行宫闭,旧时宿卫歌采薇。解甲归来复何恋,柳阴好学嵇康煆。百炼千锤且自豪,无心再造干将剑。时光迅疾如飞梭,十七年华转眼过。白头醉卧茅檐底,梦里犹闻唤渡河。"《拉夫行》云:"锦衣入乡间,畏彼盗贼徒。褴楼入城市,又畏兵拉夫。遇盗剥衣犹自可,遇兵拉夫急于火。昨日堂中生,今日推车行。昨日田间农,今日走道中。书生文弱无气力,未行十里肤流血。踝没污泥面扑尘,容颜忽作苏秦黑。背汗胸喘不敢停,有人操鞭督其仄。青青者苗,无人为薅。匪无人为薅,薅者多逃。薅者逃矣,惟莠骄矣。米价初减,今又高矣。吁嗟乎,锦衣则畏盗,褴楼则畏兵。乡中城中无可行,不如持枪为兵或为盗,犹得横行乡与城。"《忆江乡旧游》云:"五年不作扁舟客,每到秋风苦系怀。红树半林山一角,隔溪撑出酒船来。"《聚饮休庵兼赠赵侍御香宋》云:"残暑初清酒易醺,一帘花月夜论文。群鸦争树冲黄叶,孤雁临江斗白云。海国尚传真御史,灞陵谁识故将军。年来历尽飘零感,拟共名山读典坟。"

吴闿生诗系年:《流水音禊集诗》《前诗既成,已而分韵得锵字,乃约前旨,别为一首以明之》《题臧硐秋(荫松)〈校史图〉》(二首)、《张少溥(伯英)以戴南山先生为其先世骠骑将军胆所作墓铭稿本属题,为书一律》《张仲仁(一麐)母夫人寿诗》《得规庵公子寄诗,颠倒元韵奉酬》(二首)、《周玉山丈(馥)八十寿诗》(二首)。其中,《流水音禊集诗》云:"晴日卷阴霾,乾坤豁开朗。壶觞招雅集,宿抱欣一旷。瀄瀄水初流,娟娟花欲放。软浪活鱼腮,暄风回鸟吭。眒睐仰琼楼,坐感千载想。疑有弄笙人,临风披鹤氅。灵缔契真悦,高驾超尘鞅。众嬛绝跻攀,泠然清韵上。自笑爱居陋,未识钧天响。眩视念江湖,愧此太牢飨。猛眇有天游,坛陆非鸟养。何当被濯余,溟涬追银榜?"《题臧硐秋(荫松)〈校史图〉》其一:"大业千秋事,高文百代崇。微言通胕蜦,坠绪接鸿蒙。夫子金闺彦,收功败叶丛。卷书翻太息,八表正蒙戎。"

夏敬观诗系年:《寄题邓尉山梅》(二首)、《花朝作》《淮上见杏花》《行春桥赵氏园桃花,邀贞长同赋》《花坞》《西溪》《李拔可新宅白藤花》《欧阳南雷以〈代白马王彪答陈思王植临别赠诗〉见示,辄书数语还之》《夜过拔可新宅纳凉》《寄题高向瀛福州环翠楼》《为合肥李晓耘国柱题其先德〈滋树堂遗集〉》《高颖生寄荔枝》《洗儿歌,赠胡诗庐》《拟寒山、拾得九首》《哀林亮奇》《赠张菊生》《题徐复庵先生〈觅句图〉》《赠王又点,时新解婺源任》《题〈彊村校词图〉》《初冬,示任心白》《题徐随庵〈小檀栾室勘词图〉》《赠徐又铮》《晚入江宁城中》《济南遇雪》《南归过淮上喜雪》《哭从兄达斋》《达斋殁后,过义袋角旧居》《题姚叔节西山精舍、慎宜轩两图》《挽潘若海》《赠林畏庐》。其中,《挽潘若海》云:"郁郁沉哀独在胸,不因易代换章缝。九原谁为归君骨,五载无由识汝踪。未死定欺瓜种谷,及亡方睹木生淞。高文自古输风义,足愧扬雄与蔡邕。"《赠林畏庐》云:"畏庐谈天方,远绍《搜神记》。同时严几道,抗手极能事。严书语太玄,久且蠹生笥。吾意窃与子,刻骨妙讽刺。忆我初入吴,燕见南皮师。极口诋严书,忧深洪水至。抗言谓不然,径取见真义。转贩来扶桑,始非国家利。帅时务遣学,缪奖同文字。终竟最所归,进退惶失次。抱冰堂上客,至今拾牙慧。书此聊告子,且宜嗤以鼻。(时有诋畏庐著书隳俗者)"

曾广祚诗系年:《莫愁湖上怅望》《闺怨》《展视亡女昭瑗遗像》《悯李雨农书告失偶》《寄罗顺循提学正钧》《吊故宫》《海上观西人出游》《访伯严金陵散原精舍》《赠胡孝廉(子清)》《开福寺送海印往沩山》《黄鹿老赴寺斋,诗以调之》《曲园闻乐归,市得〈瑜伽论〉》《赠从兄广銮》《小玉》《客燕述梦》《暮游公园,游者甚众,值某相国》《小海》《送戴勋安下第还湘乡》(二首)、《江南惜别》《就蜀宗人少卿谈,作二长句》《与兵官同瞻莫愁及徐王曾侯遗像感赋》(二首)、《颂遵道会女校》《咏轻薄少年》《伤避兵者》《观涛》《游天津公园登楼赋》《王湘绮丈挽词》《遣意》《坐愁》《上巳过湖口》《中书》《过菊市》《记当阳客述》《夜听歌弹》《夕别辞》《乍逢》《都坛愁悲》《游藏书馆》《见寓卫辉旧家》《留行曲四首》《代昭抢题陈贞妇诗十首》《吊客死者》《赠小涛》《丹诀十首》《悼宁炼师羽化》《和关颖人〈重阳日不出〉诗》《和关颖人〈客问篇〉》《和易季服〈与人同登江亭〉》《莲娃》《秋夕与客自舟登江亭醉月,兼忆陈考功金陵》《代题画松》《园林赋怀》《题〈高士传〉后》《听枫香调》《听怀风琴曲》《送朱生往游益州》《南陌吊古》《舍骑泛舟赋》《农妇》《势盛》《咏旧供奉走马》《舟中寄赠》《寄妓》《闻乐纵歌》《江关遇兵官夜谈》《送真空禅师往眉州》《苏台吊古》《秋夜书怀,时同人方责内务部抵湘矿于日本》《游汉上商市》《书变》《镌金楼碗》《论儒将》《慨交》《辟尘》《远帆》《妙莲庵咏佛髻》《暮赋堤杨》《机中叹》《客舍蕉叶》《海滨登舟夜感》《望鸡笼山怀古》《咏武侯庙》《海上赠清道士》《答程六兄颂万赠诗》《客秋留滞长沙,今北行,走笔留别诸同舍》《旅鄂渚书所见》《丙辰旅燕,重遇故人李亦元刑部之子长洛归自日本,屡索书,赠予。怆念庚子旧事,作长句二首》《过彰德府吊魏武帝》《丙辰秋医士欧阳方圭索题画像》《仲子昭承读书北京清华学校高等学级,选充图书部长兼一甲国文班长,赐诗勖之》《忆寄国史馆纂修、协修诸君》《忆寄罗顺循提学一首。昔游金陵,赋诗逷上,国变高隐,遂以罗横拟之》《兵间》

《仙佛》《听藏僧诵〈楞伽经〉》《归宅》《昆仑》《隐忧》《江舟眺景述意》《散忧》《涟艇暮吟》《题近人所作〈名媛传〉九首》《赠萧桂初一首（并序）》。其中，《莫愁湖上怅望》云："云似高鬟月似梳，衣香细细钓红蕖。冰弦惊凤频翻曲，翠釜烹鱼未得书。吴下玉妃沽肆出，洛阳娇女对门居。微情转恨微波隔，但见褰帘驾钿车。"《闺怨》云："妆台腾曼睩，璀璨五铢衣。晕月随灰缺，香云出石微。桑枯筝甲卸，梅落笛声飞。愁向山隅步，无人感宓妃。"

陈莘诗系年：《竹君得莘前作，顷叠韵见贶，亦叠韵酬之》《再书广福庵壁》《火绣歌，为汉存侄作》《汉存欲广征题，再为歌此》《题〈江湖行乞图〉，为（江苏崇明）张惕庵（佛慈）作》《次汤济武议长（化龙）〈清泉寺感赋〉》《题江苏曾泣花菊蝶小影》（二首）、《次韵张劭皋县长〈两湖纪游〉》（四首）、《醒园半山亭晚眺，同毕皋言、家愚栖》。其中，《次汤济武议长（化龙）〈清泉寺感赋〉》云："田天随在见兼飞，先后时教两弗违。龙自克伸尤善屈，羊嗤穀是与臧非。逃禅偶伴维摩诘，示世聊施杜德机。雨已崇朝天下遍，岱云何碍暂时归。"《次韵张劭皋县长〈两湖纪游〉》其二："一碧光连两岸莎，亭亭万柄有高荷。个中菡萏粉红白，画影横陈夕照多。"《醒园半山亭晚眺》云："万木带斜阳，山山叶尽黄。绕亭青不断，古树郁千樟。野阔晴逾回，天高晚益凉。不知闲话久，暝色上衣裳。"

吴用威诗系年：《送蘜意辞彭泽令还里二首》《王瘦湘用山谷答黄冕仲诗韵见赠，依和报之》《再叠韵答瘦湘》《伯严自江宁归过访，越日即省墓西山，以诗报谒》《题雒庵遗画三首》《再题雒翁画，与曹东敷二首》《宫亭舟中对庐山有作，示伯远、瘦湘》《叠前韵再寄瘦湘》《〈庾楼饯别图〉，为王果亭题二首》《题石谷芦花钓船册子二首》《游野狐泉，看丰中将张县令会猎》《偃柏》。其中，《送蘜意辞彭泽令还里二首》其二："江城十日雨，南浦乍添潮。诵尔柴桑句，如闻桂树招。故人满湖海，心事怯云霄。日与扁舟远，将诗慰寂寥。"《伯严自江宁归过访》云："才从江上愁风色，旋向山中纪岁华。家祭告翁余一恸，春心望帝极三巴。旧栽松竹应无恙，晚剩云泉悦有涯。到及花朝还小别，薄寒为勒二分花。"

沈其光诗系年：《曲水园红梅》《春雨》《崧村》《村夜》《〈秋坟吊鹤图〉，为嘉善程达卿（兼善）题》《芳郊》《赠震泽庞小雅进士（庆麟）》（二首）、《宿田家》《幽事》《郊外散步，遂饮塔泉居，和懒渔、葆荪，限绛韵》《绩溪汪丈诗圃（渊）以所业诗词见贻，赋此奉报，时客休宁授徒》（二首）、《寄奉贤朱遁庸孝廉（家驹）》《闻鹧鸪》《立夏日，葆荪、石年、慎侯、鹤楼、行百来饮半野亭，时城中有戍卒》《海上新世界醉歌》《荷钱》《游仙诗》（八首）、《曲水园题壁》《寿朱遁庸先生六十》《秋雨凉甚》《葆荪话钱塘观潮及西湖之胜，诗以纪之，次〈病起〉韵》《赠印上人》《赠指禅上人，即题其〈石上翻经图〉》《夜饮，和葆荪》《冬日题书斋壁》（四首）、《藏花》《瓦雀》《冻蝇》。其中，

《崧村》云："村路泥新旭日明，远峰如画政初晴。野梅得地花先拆，修竹无风叶自鸣。闲觅溪翁评美醖，时从田父话春耕。醉余一枕华胥梦，顿觉胸中垒块平。"《幽事》云："江村政喜客踪稀，幽事频来问钓矶。天际青山排雾出，道傍芳草伴春归。萧闲自挈双芒屩，拓落人呼大布衣。自是心情耽懒僻，不关孤傲与时违。"

刘慎诒诗系年：《喜贞长至，次其湖上诗韵，柬之》《叠前韵答民父兼示贞长》《莫伯恒招游灵峰寺看梅，次贞长湖楼诗韵》《木公四十生日赋赠四首》《汪文端〈松泉图〉卷子，为樊稼田题》《五月偕潘力山、曹民父、李亚横泛舟西溪，集饮交芦庵，次民父前游诗韵二首》《亚衡将归蜀，叠前韵赠别二首》。其中，《叠前韵答民父兼示贞长》云："樊南义法在涪翁，门户论诗有异同。爱汝近来长句好，忧时偏落冷曹中。收灯城市连山雨，吹笛楼台昨夜风。更喜移家心迹共，商量旧学得宗工。"《亚衡将归蜀》其一："金马青蛉俗旧谙，穷边吏舍静于庵。东游骄将憎长揖，西笑京门慨宴酣。巫峡乡心照烽燧，越山旅迹遍伽蓝。清歌斗酒花如雪，记取湖楼一夕谈。"

孙树礼诗系年：《忆杭州，叠仲兄观字韵》《积雨叹》《仲春朔日五孙（增芳）生，感赋》《洗三日又赋》（二首）、《贺海昌周遽夫七十寿》《谢玉仙孙同年赠〈剡川诗钞〉》《责朋孙》《读痴兄〈哭约园〉诗，即用兄韵挽约园》（六首）、《沈君澓僧惠酥糖、年糕、杏仁酥、橘、巾、笔，各赋一绝申谢》。其中，《积雨叹》云："北地昔恒旱，今何不放晴。民穷天亦哭，世乱命犹轻。野马日无影，哀鸿夜有声。伊谁躬燮理，何以慰苍生。"《谢玉仙孙同年赠〈剡川诗钞〉》云："剡川老友未婆娑，赠我诗书积案多。沧海波涛惊变幻，先朝文献亟搜罗。耆年固喜亲山水，硕彦宁容在涧阿。西蜀苍生正穷蹙，希文忧乐近如何（叟昔仕蜀）。"《沈君澓僧惠酥糖、年糕、杏仁酥、橘、巾、笔》其一："与君隔院共晨昏，知我含饴喜弄孙。一捻不须咀且嚼，分甘绕膝笑言温。"其二："帝京景物重年糕，自昔谐音意取高（帝京景物略元旦食黍糕为年糕）。愧我残年早知止，敢希非分秩增叨。"其三："杏酪匀调粉作酥，斩新花样昔时无。感君一片圆全意，写入团栾家庆图（丙戌壬辰两次北来，尚未有此细点）。"其四："累累嘉宾满承筐，稚子争怀效陆郎。绝胜洞庭好秋色，谢君好我咏周行。"其五："唾面曾闻忍自干，存心学到古人难。留兹拂拭咸阳镜，照我平生心胆肝。"其六："除夕相传岛祭诗，我诗脱稿弃如遗。尽教赠以生花笔，下里巴人只见嗤。"

董伯度诗系年：《重庆蓝忱厂以长文见质，即题纸尾》《寄吕砺颖京师》《怀梦因》《贺李章民新婚（代作）》（二首）、《寄内》《与姚渐伯》《赠扬州柴芷湘》《继述寄诗索和，即次原韵》《闲兴》《渐伯有愁思之句，戏题一绝》《感怀》《春闺词》《望远》《与友人小饮》《得梦因诗》《寄昇初》《与柱尊》《索渐伯诗》《春暮》《次渐伯韵》《小园春晚》《送熊祥》《哀广东林若履》《漫兴绝句》（三首）、《昇初书介程、王二君却寄》《暑甚遣闷》《柱尊赠〈呜咽吟〉告别，感赋为赠》（二首）、《送忱厂归蜀》（二首）、《重返》（二首）、《感书》（二首）、《空山》《长歌示梦因》《琴酒》《闲居》《久雨》《昇初至》《溪上》《不入》《空谷》《放鸟》《读史感书》《水阁》《寄忧厂》《感怀示梦因、昇初》《雨后》《海上》《赠姚渐伯、曹志先》（五首）、《报叔度》（八首）、《客怀》（八首）、《晨起，示同学》《寄梦因》《寄炳文》《岁寒有怀》《梦因、昇初枉顾》《读钱梦鲸先生〈名山集〉》（三首）、《再示梦因、昇初》。其中，《感怀》云："天意使吾非弃物，人间何处少奇才。十年书卷从头数，万里风云逼眼来。草色入帘含晓露，潮声撼枕吼春雷。生平百事知谁补，欲说心灰肯便灰。"《空山》云："空山多古木，鸣鹤栖且翔。霜旦晨光薄，万壑烟苍苍。紫宵腾怒沫，峭壁飞泉凉。欲登最高峰，远望江流长。云深不可上，还卧山之阳。"《昇初至》云："君似访梅人，骑驴来空谷。自言思我心，夜梦恒忘觉。云溪咫尺间，相过讵云速。溪头日落双鸥飞，空阶雨足菡萏肥。夜光明珠不足贵，与君把竿上钓矶。得鱼多少君莫计，临流且听新吟诗。"《读史感书》云："悲鸣孤鹤归空山，云雾万里长漫漫。独披青史短檠暗，掩卷长叹生民顽。如上绝壁履危石，前者颠扑后者相追攀。佳兵相寻无已日，兼弱攻昧如无人。长魑巨魅筋力富，手持寸铁日铲造化之灵根。日落崦嵫潮归海，蜃楼转盼失光采。七国八王迹已陈，六朝五代人安在？茫茫千载留者谁，愤王乍败黥王醢。勒铭图貌动华虚，鼎移玺掷名物改。寒林秋雨枭怒号，宵深鳞火游蓬蒿。战场年年堆白骨，上与云岭同争高。万人膏血被原野，一时歌颂腾云霄。蜉蝣争光不及夕，胡为仆仆空焦劳，嗟哉四方正多难，苍生生命如鸿毛。"

王舟瑶诗系年：《林朴山明经筑居思草堂成，寄诗索和，次韵奉答》（四首）、《子辛许赠古梅，媵以新诗，诗来而花未至，作此速之》（三首）、《诗去不二日而梅来，谢答四首》《谒杜清献公墓》《题胡石予（蕴）〈近游图〉》《赠罗卣三（敏之）》《湖墅杂感》（八首）、《宿鉴湖赠梅卿兼简定叟》《岁暮大雪》（二首）、《夜起书怀》。其中，《谒杜清献公墓》云："沧桑何处问邱墟，弹指年经七百余。不见空山留断碣，惟存正气在遗书。故乡人物今谁继，南渡衣冠已不如。陵谷变迁斯道熄，补题碑记累欷歔（余近撰《修墓记》）。"《题胡石予（蕴）〈近游图〉》云："大地已无干净土，桃源何处武陵津。胸中别自具丘壑，世上安知是汉秦。好水好山得真趣，独来独往如有神。可能置我丹青里，同避人间万斛尘。"

太虚大师诗系年：《病中得聊叟咏留二绝，次韵却寄》《赠了意禅人》《和陈师竹述怀》《赠润州吴云亭（桂林）入都》《赠昱山禅兄，即次圆关原韵》《和陶答却非兼示定法》《和昱山赠清虚阁》《赠杨一放次原韵》《赠方瘦梅》《答方瘦梅次原韵》《赠方稼孙》《赠别方瘦梅、方稼孙》。其中，《赠了意禅人》云："让王千古有遗风，游侠延陵世所雄。一笑桑门还断发，人天长揖付鸡虫。"《赠昱山禅兄》云："人在永嘉天目间，点红尘亦不相关。三年牧得牛纯白，清笛一声芳草闲。"《和昱山赠清虚阁》云："菊逸渊明宅，莲清惠远庐。香光澹花月，三昧醉何如！"《赠杨一放次原韵》云："出天莫怪冰能热，入地应怜世已贫。造化小儿何足责，还须自傲自由人。"《答方瘦梅次原韵》云："秀毓灵钟古甬东，仙才谪自蕊珠宫。班姬史笔光华国，庞女禅机夺道公。诗魄水含孤皎月，琴心论契不真空。兰因絮果都无著，一洒清言万绿丛。"《赠方稼孙》云："泛泛吾生一叶轻，听曾培玉读书声。藏山已觉浑忘世，遇子何期尚识名！海上梵音通磬欵，室中晴翠绝将迎。谈诗不厌频垂访，也爱才华异样清。"《赠别方瘦梅、方稼孙》云："缘证三生石，交深两卷诗。相知原自早，良觌怅偏迟。旖旎风怀好，殷勤意气奇！明朝闻汽笛，别恨一丝丝。"

吴宓诗系年：《送锡予（汤用彤）归省》（三首）、《感赋》《偶成》（二首）、《又成》《偶题〈阿狄生文报揣华〉》（二首）、《感事》《佳人》《十载》《偶又作诗，先成一首》《忘忧》《见菊作》《答真吾〈重游颐和园见怀〉》《寄示仲麟》《叔巍自檀岛舟中来书，报以二诗》《赠淑楷》《偶成》（问年入世已成人）、《挽蔡松坡》（二首）、《挽林君兆儒》《中宵对月作》《得友人自美国来书》《自况》《寄碧柳》《对雪，同季龄、卓寰作》《丙辰岁暮感怀》（四首）。其中，《送锡予（汤用彤）归省》其一："皇皇何所事，风雪苦奔波。堂上亲情切，斑衣孝思多。江山舒秀色，文字遣愁魔。劳我无端感，十年客梦过。"其二："毋为伤短别，已有岁寒盟。远举图鹏奋，深心耻鹜争。结庐云水好，励志箪瓢清。沧海行暌隔，悬怜怅望情。"其三："一卷青灯泪，斑斓着墨痕。嘱君慎取择，与世共临存。古艳名山阎，斯文吾道尊。平生铅椠业，敢复怨时繁（《清灯泪传奇》，锡予乡人蒋公作。闻名有年矣）。"《感赋》云："浪转孤身环巨鲸，危樯断缆几纷更。我心独念覆亡惨，举世犹为燕雀争。地坼天崩嗟此日，忘餐废寝怅余生。操刀未善常轻割，廿载歧途误尽卿。"《十载》云："十载航瀛梦，临歧愿终虚。空自伤匏系，莫更话鹏图。壮志成坎轲，人事感艰虞。博望难浮搓，班生竟佣书。触境一回思，热泪满襟据。"《见菊作》云："霜艳千林紫，西风又一年。此中堪啸乐，秋色自澄鲜。牢落飞腾意，蹉跎去住缘。篱边旧种菊，闲淡对人怜。"《中宵对月作》云："推枕忽然起，冲寒看月华。丹诚贯碧落，生意动龙蛇。命运何常事，荣名未足夸。晴光期自满，莫更较亏差。"

胡先骕诗词系年：《壮游，用少陵韵》《得晓湘书，杂赋》《杂感，集定庵句》（二首）、《蝶恋花》（四首）、《虞美人·贺友人新婚》。其中，《壮游》云："束发毕经史，薄誉腾文场。下笔摹古健，颇欲追班扬。一时冠盖侪，交口称麟凤。庞眉比长吉，锦句充奚囊。冥契接虞夏，廓我刚柔肠。轩轩寡俗韵，逸兴凌穷苍。遗世每独立，人海空茫茫。二十事壮游，万里浮轻航。坐揽落机春，旷目小扶桑。胜游不具数，林石穷幽荒。乔松人云汉，杂卉繁清香。骇鹿走层巘，翩鸿戏横塘。间亦棹兰舟，渔歌声浪浪。归梦接华胥，遐心溯羲皇。陶中郁奇气，垒涌成文章。雕镂到肝肾，语意时苍凉。日夕追古欢，忧患能相忘？欢乐未终极，悠然怀故乡。风木增悲怀，松菊荒门墙。尺波伤电谢，岁月空堂堂。人事如转烛，剩此吟身狂。归云杳无尽，泪眼穷高冈。中夜益凄恻，天半鸣哀鸽。乡心日千转，归路万里强。奔走空皮骨，还家及炎阳。相持杂啼笑，愉乐轻侯王。耳悦亲旧言，情亲灯烛光。呼汤事栉沐，换我旧巾裳。久别喜忽聚，宁暇商行藏？平生不解饮，至此亦尽觞。三年改朝市，邱墓多楸杨。追思辄弹泪，坐觉去日忙。频年苦兵燹，万姓横罹殃。陇亩不得耕，稂莠侵稻粱。间阎满疮痍，民意思偕亡。丧乱迄未休，后顾日方长。箫鼓咽秋空，烽烟远相望。北指战云黑，西耀欃枪黄。治道久弃置，徒知竞戎行。何从觅麟凤？所遇多豺狼。群雄肆争夺，小丑亦跳梁。国情讵可问，譬疾濒膏肓。拊髀空慨叹，壮志徒飞扬。肉食无远谟，何从抚痍疮？身每思奋飞，辄苦病在床。昊天何梦梦，曷禁此如伤。但免沟壑苦，便安粗粝康。胡为此犹靳，祸乱仍未央。我方铩倦羽，遄返从遐方。目击此烦冤，衷心为低昂。因思遁穷谷，披萝撷群芳。或从鸱夷游，一棹浮沧浪。世乱勋业贱，转眼添鬓霜。何如没草莽，饮啄随寻常？脱然解世网，宇宙供翱翔。"《蝶恋花》其一："寒雁归来秋又半。秋影如潮，一壁秋灯暗。四砌秋蛰声不断。夜阑倚枕秋心黯。　　班雅已去天涯畔。水远山遥，水外山尤远。泪渍冰绡千万恨。菱花镜里朱颜换。"其二："水精帘外西风紧。四起砧声，敲彻秋宵冷。万叠流云横半岭。夜深月照房栊静。　　行坐相随形共影。挑尽兰膏，守定孤凄境。百转相思还自省。陆郎消息如萍梗。"

李思纯诗系年：《晚坐》《有感》《晚闻蝉作》《感事》《答人见赠，叠韵赋谢》《早起》《赋呈赵尧生先生乞教》《再呈尧生先生一首》《奉怀尧生先生荣县》《丙辰生日二十三初度》《岁晚》《上尧生先生叠前韵》。其中，《晚坐》云："乍看黄月一钩出，稍喜微飔数夕凉。蕉叶夏寒未知暑，荼蘼春尽压留香。吾生不乐耽杯酒，终古闲愁在夕阳。却看飙轮忆光景，西阑无语坐相忘。"《有感》云："寒蕉婀娜雨中肥，樱笋鲥鱼计已非。四月渐知浓绿长，一年初见舞红稀。极知世局同薪火，为抉先机到隐微。聊复烽烟闭门坐，苍茫天地叹无归。"《晚闻蝉作》云："无聊中酒人方静，漠漠轻阴听晚蝉。春树瞬惊成夏木，寒花无语照清眠。从知忧患今何世，坐觉心情损去年。且放闲愁看风物，丝丝雨弄荷钱。"《赋呈赵尧生先生乞教》云："十年心折武昌顾，今喜荣州存雪堪。天为乡邦树风雅，却教霜鬓老川南。近欣退笔姜芽敛，晚爱新诗蔗尾甘。愿奉奚囊资一得，秋城疏雨夜醰醰。"《丙辰生日二十三初度》云："少愧无才强近名，有生为累百何成。孤行乞食宁长计，上策求田亦世情。尽放古今供涕泪，未容天地作峥嵘。盛年流水行看逝，坐爱微茫雪意生。"

黄濬（秋岳）诗系年：《奉呈弢庵师傅》《寄诸贞长杭州》《直退》《林季武、梁众异同游公园》《亭午独步公园二首》《青春一首》《师曾、晦闻、宰平、次公约同崇效寺赏牡丹，是为诗社第二集》《挽何鲳威》《初伏偶成》《谢诗庐见示近作》《世论一首》《挽亮奇》（三首）、《病院口占》《病中作》《雨》《病中寄呈石遗师》（三首）、《寄宰平》

《客多劝病中勿作诗，占此答之》《病中，众异枉存手录近诗，持去，明日谢以一律》《曰归》《晓起》《小至日雪，柬又点丈》《夜雪愈甚，偶念畹华昨日新归，遂成小诗，乞天琴老人填词》《大雪夜归》《挽潘若海二首》。其中，《师曾、晦闻、宰平、次公约同崇效寺赏牡丹》云："长楸卓立皆老苍，下有篱卉流天香。诸贤胜约转后至，恣我凌晓寻花光。年年作诗向僧寺，举杯应念山河异。修罗修罗尔何世，吾侪宁有逃禅地。请君摩榜倚荒阁，回心试会西来意。"《病中》云："好我梁夫子，能来写小诗。安心翻赖此，破梦偶为之。霜气朝妨枕，风声夜卷帷。忽怜吟力减，再拜乞君医。"《小至日雪》云："骑月干晴胜晚春，薄裘还贷病余身。谁知添线怜长夜，便有飞花衬冷晨。贞岁应教菑渗尽，索诗聊趁景光新。先生白战原无敌，挑垒吾甘失步人。"《夜雪愈甚》云："梅花快雪恰相期，缀玉俄看换万枝。明日凤城同浩浩，今宵鼍鼓最迟迟。故应春脚回兰袂，似有云鬟迓桂旗。端是归来主红萼，翠尊先为乞新词。"《大雪夜归》云："长安连雪极漫漫，飚乱风灯逼夜关。忍踏寒琼谋薄醉，坐怜孤策入荒寒。骏狼日驭宁知返，冻雀枝栖恐未安。归对家人合遭谩，哦诗不管地炉残。"

王浩诗系年：《次前韵答屦斋》《前诗意未尽，更成一律》《次梦庐韵，申其孝思之情》《题〈疑雨集〉》《与东敷论诗续简》《寄喭端任丧弟》《酬艾畦见讯》《雨窗与伯远及大兄联句》《灯下书呈伯远，且志癸丑诗钟之会》《送屦斋之任鄂岸鹾政》《月夜访伯远，明日得其和离韵诗。时董卿有武昌之行，伯远亦将赴东瀛，感思会合，念不久聚，因并及之》《柏庐以绘事述其先人，顷为绘二纨扇，怆然赋谢》《酬熊园丈》《为百愚题张船山〈幽亭独坐图〉》《观汪山公遗扇墨绘柳屯田"晓风残月"词意，感怆赋题，即简梦庐昆季》《寄东敷京邸》（三首）、《寿马云门丈六十》《寄赠胡梓方北京》。其中，《题〈疑雨集〉》云："王郎秀句杀春葱，十八小姬妆靥红。能令伽黎心暗动，自生灾怪入诗翁。"《与东敷论诗续简》云："小团初破成清坐，每有说诗匡鼎来。目下全牛批会窾，胸中野马静尘埃。浮名世上无兼美，缩手吟边觉见才。今日已知他日事，何因怀抱不为开。"《灯下书呈伯远》云："百岁倦来无计划，一灯稍得见支离。盱衡高会犹能忆，理乱相逢究亦奇。杯酒江湖天下士，夜窗风雨此何时。明知湔祓朝朝意，不用春心强索诗。"

朱清华诗系年：《出济木乃》《重渡宰桑湖》《泊乌斯提丏面诺弗雅尔斯克城》《过贝佳尔湖志喜》《读张仲仁先生游东诗作并赠》《登公园西南小山作》《新华宫外感作》《用杜工部"汉文皇帝有高台"韵，同明甫、无闷陶然亭咏事》《陶然亭即景》。其中，《出济木乃》序云："即迈哈尔布奇，盖中俄交界处也，间一丈许宽之小河，西为俄，东为华，俄有卡，而我则无之。"诗云："回头五十年前事，此地犹为草昧乡。今日驱车亲过此，人民城郭暖斜阳。两地皎然分乱理，边疆最易见邦情。存亡兴废原人力，奴主何曾有定评。"《泊乌斯提丏面诺弗雅尔斯克城》云："映眼楼台洗耳涛，乌斯春色倍添娇。夹洲沙柈红为帽，对岸云山绿作袍。斜挽单髻俄女倩，怒驰赤马鞑儿豪。漫言僻陋无人地，日午当天塔正高。"《登公园西南小山作》云："登山一望了无垠，新作园林近水滨。当是帝王魔力大，楼台宫殿四时春。"

郁达夫诗系年：《寄养吾二兄》《寄曼陀长兄》《寄浪华，以诗代简》（四首）、《无题》（三首）、《病后寄汉文先生松本君》《日本竹枝词》《定禅》《犬山堤小步见樱花未开，口占两绝》《由柳桥发车巡游一宫犬山道上作》（三首）、《大桃园看花》《野客吃梅，赋此却之》《题〈山阳外史〉》《出晴雪园赋寄石埭》（四首）、《梅雨连朝不霁，昨过溪南，见秧已长矣》（二首）、《不知》（两首）、《懊恼》（两首）、《夜归寓舍，值微雨，口占一绝》《佩兰雅集，予不果往，蝶如君意予赴会也，寄诗至，和其三》《日暮湖上》《梦醒枕上作》《王师罢北征》《论诗绝句寄浪华》（五首）、《梦登春江第一楼严子陵先生钓台，题诗石上》。其中，《寄养吾二兄》云："与君念载鸰原上，旧事依稀记尚新。苜蓿未归蜓驿马，烟花难忘故乡春。悔听邹子谈天大，剩学王郎斫地频。来岁秋风思返棹，对床应得话沉沦。"《寄曼陀长兄》云："悔将词赋学陈琳，销尽中原万里心。书剑飘零伤白也，英雄潦倒感黄金。三年铅椠貂裘敝，一服参苓痼疾深。闻说求田君意定，富春江上欲相寻。"《日本竹枝词》云："不负荣名拥绣衫，仙郎才调本超凡。辛勤十载寒窗课，换得肩书博士衔。"《佩兰雅集》其二："兰亭盛会等闲过，谷底悲风泣女萝。何日江城吹玉笛，共君听唱莫愁歌。"其三："四山风雨惹新愁，无分同登古石楼。杜牧年来尘累重，烟花梦不到扬州。"《论诗绝句寄浪华》其一："驿楼樽酒论文日，意气飞扬各有偏。记得小桥明月否，落花闲煞李龟年。"其二："遗山本不嫌山谷，无奈西昆学者狂。欲矫当时奇癖疾，共君并力斥苏黄。"其三："少陵白也久齐名，诗圣诗仙一样评。读到离骚伤怨句，始知空阔谢宣城。"《定禅》云："野马尘埃幻似烟，而今看破界三千。兰生幽谷初无恨，居近蓬壶别有天。梦里功名蕉下鹿，淮南鸡犬望中仙。拈花欲把禅心定，敢在轻狂学少年。"《王师罢北征》云："一自王师罢北征，单于来主受降城。可怜百二秦关地，无复三千汉将营。南渡中流思祖逖，西风落日吊田横。何堪重说长安事，兄弟操戈议未平。"《犬山堤小步见樱花未开》其一："寻春我爱着先鞭，梢上红苞吐未全。一种销魂谁解得，云英三五破瓜前。"其二："归帆森森拥云烟，江上朝来霁色鲜。东望浣溪南白帝，此身疑已到西川。"《由柳桥发车巡游一宫犬山道上作》其一："田塍来往七香车，宛曲西行路几叉。今日始知春气息，一宫四月祭桃花。"其二："麦苗苍翠柳条黄，倒挂柔枝陌上桑。天意不教民逸乐，田家此后正多忙。"其三："春游无处不魂销，抄过苏川第二桥。白帝城头西北望，青山隐隐雪初消。"《病后寄汉文先生松本君》云："大罗天上咏霓裳，亦是当年弟子行。今日穷途余一哭，由他才尽说江郎。"《不知》其一："王粲登楼伤此日，卢生逐梦悔当年。不知群玉山头伴，几到须弥第一天。"其二："红豆秋风万里思，天涯芳草日斜时。不知彭泽门前菊，开到黄花第几枝。"《懊恼》其一："生太飘零死亦难，寒灰蜡泪未应干。当年薄幸方成恨，莫与多情一例看。"其二："百丈情丝万丈风，红儿身上可怜虫。荼蘼零落春庭暮，九子铃高倩影空。"《出晴雪园赋寄石埭》其一："自是寻春独占先，看花未及二分妍。情钟我辈原应尔，听到鹃啼便可怜。"其二："雅约看花枉订期，花开正是我归时。先生若到休问驾，寻我花间怨别诗。"其三："风前怜我复怜花，仙配凤才璧意瑕。我怕见花花怕我，低擎纨扇上争车。"其四："怨花心是恋花心，情到真时恨亦深。欲学征鸿留爪印，行装成后更长吟。"《无题》其一："草堂春梦绝孤凄，悔放游槎到海西。正是牵衣伤去国，疏帘风过午鸡啼。"其二："绿波容与漾双鸥，触我离怀万里愁。春水长天回首望，白云堆满海西头。"其三："书生风骨太寒酸，只称渔樵不称官。我欲乘风归去也，严滩重理钓鱼竿。"《梅雨连朝不霁》其一："草满池塘水满汀，江村无月雨冥冥。昨宵沽酒溪南去，远见秧田一片青。"其二："分秧时节黄梅雨，飞燕梳妆赤羽衣。不信春归花事尽，野篱到处落蔷薇。"《梦登春江第一楼严子陵先生钓台》云："帽影鞭丝去，红尘白雾来。自惭投笔吏，难上使君台。客计随年改，蒲帆向日开。明朝黄浦渡，一步近蓬莱。"《梦醒枕上作》云："床前凉月夜三更，帘外新霜雁一声。梦到阑珊才惜别，秋到我辈独无情。私家礼乐麟毛少，乱世文章马骨轻。惆怅此生闲里过，洛桥愁听杜鹃鸣。"

冯振诗系年：《游铜石岭》《邑城怀感》《登铜石岭最高顶》《送柱尊》《咏怀》《游会仙岩》《书颜鲁公裴将军诗卷后》《答友人》《中秋望月寄柱尊》《题山水画》《夜宿故人庄话旧》《登楼》《晚眺》《读岳武穆、文文山诗有感》。其中，《邑城怀感》云："六年飘泊在天涯，此日重临百感非。坐看青山如走马，欲倾江水注金卮。得月亭中月尚在，景苏楼上苏长辞。我来事事堪惆怅，思向山林便拂衣。"《登铜石岭最高顶》云："攀藤还附葛，抗志凌浮云。立出青天外，来看世上人。戈兵悲满地，戎马又残春。回首苍梧野，临风一怆神。"《咏怀》云："京华当路子，意气一何豪。怨怒发睚眦，恩爱生羽毛。肆意快所欲，呼吸报雠仇。自谓一世间，邈尔无其俦。势位艰久恃，富贵生疮疣。时事一朝异，华屋化山丘。念此心凄恻，啜嗟增烦忧。不随鸿鹄举，宁与鷦鹩游。栖身固已足，皇皇何所求。"《中秋望月寄柱尊》云："思君无时已，中夜凉风起。怅望苍梧云，美人隔秋水。展转不能寐，披衣步霜雪。明月满庭除，清光为君发。鸿雁正南度，道过鸳江浦。凭寄一纸书，为报相思苦。遥知君见月，君情定如此。月照两心明，无论隔千里。"《题山水画》云："远望青山尽云烟，近见乔木上参天。纸窗竹屋傍山立，渔舟无数散平川。山尽未必水亦尽，杳杳定与桃源连。茅茨隐约烟树里，仿佛如闻鸡犬喧。牧童樵子竟不见，无奈山客犹高眠。细看无限好云山，远在参差落照间。攒天拔地错杂出，惜哉可望不可攀。我今岁月风尘里，南北东西不自闲。洁身绝俗知何日，一看此画一长欢。"

张质生诗系年:《奉酬少堂见赠》《再叠前韵酬少堂》《即事酬慕少堂》《酬少堂见示夜吟》《过昭君墓,和慕少堂韵》《赠慕少堂五排五十韵》《送文凤阁入都》(四首)、《送慕少堂省亲兰州,即用见示留别元韵》(四首)、《送梁梅庄之任盐池》(四首)、《再叠前韵送少棠》(四首)、《酬苏性庵》(二首)、《赠陈三洲(必淮)观察五言排律五十六韵》《酬焦澍恩(沛南)重九登西塔韵》《代王勉庭(景沂)柬谢葆灵威凤》《少堂诗询近作,依韵酬之》(二首)、《少堂诗送实斋并以示余,即为次韵》《马母韩太夫人权厝新城双渠口,舆机奉安已有日矣,爰成偶句,聊当挽歌》《焦澍恩以乃弟澍恂重九登塔城鼓楼诗见示,依韵和之》(二首)、《澍恩再叠前韵见示,依韵和之》(二首)。其中,《再叠前韵酬少堂》云:"十载江湖负好春,半生误踏软红尘。至今烟墨常磨我,从古勋名最腻人。剩有琴心堪自遣,除非剑胆与谁亲。风云合并聊征逐,漫向桃源访隐沦。"《即事酬慕少堂》云:"不斩楼兰志不休,誓将豪气扫旃裘。干戈满眼风云壮,针芥同情桃李投。鸿宿平沙留雪爪,雕盘大漠侧霜眸。驯狮搏象擒狐兔,未负三边万里游。"《酬少堂见示夜吟》云:"平沙莽莽接天黄,古雪终难冷热肠。名士由来输战士,酒场才过又诗场。眼前似我真余子,塞外惟君数智囊。席地幕天同一醉,莫将面目笑清狂。"《过昭君墓》云:"琵琶出塞断新恩,遗恨千年郁九原。地下若知杀延寿,君王还是解温存。"《少堂诗询近作》其一:"櫜笔江湖愧散才,书生戎马九边来。眼光恰似琉璃照,心事羞同蜡炬灰。老我沙场工檄草,多君驿使赠春梅。茂陵风雨情何极,不为相如意不开。"《少堂诗送实斋并以示余》云:"金戈铁马送流年,胸有风雷目有天。鸾掖文章压元白,龙门家法爱谈迁。故人情思浓于酒,良友针砭猛着鞭。知道使君新病起,澄清不负在山泉。"

沈昌眉诗系年:《简董亦庐(书城)》(三首)、《再用前韵,简亦庐》(三首)、《有与邻女订啮臂盟者,事泄,讼累匝月,幸谐好事,赋此贺之》(二首)、《目疾》《和弟颖若(昌直)》《题董亦庐五十小影》《题许盥孚(观曾)〈武陵游草〉》《愁》《瘦》《和陆鸥安(拥书)先生〈早梅〉诗韵》《杂忆乾嘉以来诸先哲,各系以诗》(十一首)、《香汗》《砧声》《秃笔》《徐氏两节母题辞(并序)》《次张鼎斋韵,即以赠之》(二首)、《改诗,用前韵》《魏塘诸君为灵芬遗址建坊征诗》《又次魏塘诸子韵》《题许氏〈寿萱图〉》《题〈月宜楼百截句〉后》《前题自嫌柔靡,更作五古》《题颖若〈红豆赠柳子〉诗后,即用其韵》。其中,《愁》云:"蓦地声声唤奈何,伊谁犹唱莫愁歌。沈渔颜色春光老,洗马文章秋气多。心绪乱于三月絮,眉痕皱作一池波。也知浊酒能排遣,那得朝朝醉里过。"《杂忆乾嘉以来诸先哲,各系以诗》其二:"滇南曾上万言书,拂袖归来池上居。认取草堂临水筑,倚栏自钓一竿鱼。"其八:"扁舟重过养余斋,一片荒苔绿上阶。旧隐绘图忘不得,移家仍住水之涯。"《题颖若〈红豆赠柳子〉诗后》云:"子由笃交游,眷眷柳子厚。赠物既风雅,赠诗亦清秀。求物惟求新,求人惟求旧。草角一相交,贞盟订白首。琼瑶亦非珍，木桃亦非陋。托物寄相思，恍见古人又。红豆生南国，采采相分授。朝入黄叶村，暮登白云岫。采之不盈掬，藉以通问候。当日故人情，卜夜复卜昼。游子今归来，冰断朔风吼。前路问征夫，处处归途谬。以此增相思，相思不相觏。魂梦乍相逢，似叹沈郎瘦。邻鸡催梦回，一灯红若豆。"

沈昌直诗系年：《寿冯康升五十》《游梅园》《寄叔度红豆》（四首）、《偶检旧箧，得戊申年与亚子同摄小影，亚子丰神俊逸，眉宇间渐露英气，而余枯槁憔悴，无疑山魈木魅，不类生人；一帧中荣瘁各殊，菀枯迥绝，是可感也。爱书一绝于其上》《寿陆鸥安老人》（四首）、《归家，喜长公已先我而至》《又呈长公二十八字》《忆分湖》（八首）、《寄亚子红豆》《寄亚子红豆未到，赋此》。其中，《忆分湖》其一："侬家门外即分湖，十里湖光入画图，最爱芸台旧诗句，四围春水一芦墟。"其三："伊余生小最情真，每到湖滨怅触频，雾鬓云鬟依约处，似曾相识在前身。"《寄亚子红豆》云："柳子我故人，夙昔相亲厚。记得少年时，尔我各耸秀。一言相契合，欢若平生旧。高谈与大噱，一日几聚首。挥手一为别，独学遂孤陋。回首褉湖滨，此聚不可又。迢迢二百里，惠麓远讲授。登高望故人，云树迷重岫。去年我归来，风雪残冬候。与子一相见，情话欢清昼。荏苒又经年，猎猎寒风吼。急景欲凋年，归期尚乖谬。故人复何似，相隔不相觏。一夕数怀君，转辗令人瘦。何物寄相思，赠之双红豆。"

周钟岳诗系年：《携家至江户，夔侄及诸亲旧来迎，欢然有作》《榕轩护川督叠电来邀松坡疗病福冈，复再三敦促，勉为一行》《重庆镇使熊君锦帆派兵护送赴成都》《岁暮抵成都，简罗榕轩督军》《围城三首》《蜀祸三首》《唐蓂庚将军电邀还滇，复从军东下》《由釜山航海至马关》。其中，《携家至江户》云："微服才过宋，间关独避秦。何期万里外，复此一家亲。鸿雪当年迹，莺花异国春。蓬莱今又到，几见海扬尘。"《榕轩护川督叠电来邀松坡疗病福冈》云："东瀛养拙乐闲居，屡枉旌招到海隅。敢谓安危关出处，却缘感激许驰驱。依严且向将军幕，难蜀先腾父老书。排患解纷思自效，茫茫天意竟何如。"《岁暮抵成都》云："雨雪霏霏载客程，轻装重到锦官城。幅巾长揖将军客，负弩前驱子弟兵。一事代筹容借箸，三年相见与飞觥。成都自古荣持节，好继韦皋镇蜀名。"《唐蓂庚将军电邀还滇，复从军东下》云："大盗承资国事纷，兴师初与廓重氛。淮淝跋扈移威柄，巴蜀分张起战云。草檄陈琳思讨贼，整装王粲复从军。奋身岂有铅刀用，但冀平戎早策勋。"《由釜山航海至马关》云："丁岁曾从三岛归，九年重到梦依稀。鲁连蹈海心犹壮，徐福求仙顾恐违。天末远帆晴鹢去，雨边深树早莺飞。无端又过伤心地，抚景空令叹式微。"

高宪斌诗系年：《登南城楼十六韵》《璧成兄见赠石拓岳武穆书〈出师表〉文四十幅，观后题献》《南五台行》《太乙顶遇雨有作，柬寄协和》《题柏沣先生读书处》《题张筱村〈南五台记游诗〉后》《送二弟北归》《北伐》。其中，《登南城楼十六韵》云："风云亘五洲，霹雳震全球。大地成争鹿，吾生岂泛鸥？寂寥频看镜，浩荡独登楼。树影浮秦阙，河声蹴晋流。飞腾云出岫，突兀剑鸣钩。碧眼胡儿炽，黄昏画角愁。防边怀赵将，投笔忆班侯。搏击鹏千里，古今貉一丘。漫怜年少小，甘逐世沈浮？宇宙讵如寄，烟尘壮此游。腥膻任满目，谈笑却吞欧。拂袖余长叫，凭栏更少留。苔青蚀女堞，水绿涨濠沟。落日千山月，凌空万里眸。归情催戍鼓，诗兴动村讴。长啸一挥手，苍茫四海秋。"《题柏沣先生读书处》云："临岩百尺结双楹，槛外苍松似盖倾。惆怅怀贤劳想像，万山风雨读书声。"《北伐》云："北伐自奇谋，旌旗出叙州。愁云连白帝，杀气动黄牛。炮火初交战，泸滨次第收。伊人才破胆，减膳欲谁尤（蔡锷出兵四川后，报载袁氏惊悸得疾，食不下咽）。"

　　张素诗词系年：《立春日饮曜丞寓》《得小柳书却寄一首》《杂感》《耳鸣一首，病中作》《四十一岁初度》《除夕寄明星大师》《元日饮阿瑛所》《喜季珊见过一首》《送兰老南归》《丙辰新岁和小宋作，用元韵》《再用前韵二首，寄小宋龙江》《再用韵奉酬明星》《题阿瑛肖像三首》《踏雪夜归，用聚星堂诗韵》《题〈会真记〉后》《苦心一首》《再题阿瑛肖像》《懊侬歌》《喜明星至自龙江》《酒楼感赋》《回肠》《送毅居士赴长春》《一作》《感侯生事，为赋二绝句》《无情一首》《本事诗，为阿瑛作》《自由》《乍闻》《答阿梦一首》《滨江宴集，同阿梦韵》《说愁二首，吟寄明星》《夜归一首》《道行书所见》《前意未尽，归后再赋一诗》《管弦一首》《风絮一首》《春游》《春日感书》《抚旧制印章有感》《惆怅词四首（并序）》《为梦羽题〈佛光集〉》《以近事书告明星，并题二绝句》《别意一首》《絮冬自长春来，为赋长句以赠》《人言》《夜不成寐，枕上口占一首》《别意一首》《自题近日所作诗稿后》《即事一首，书奉明星》《拟义山〈锦瑟〉》《吾心》《春夜偕梦公会饮某所，即席赋呈》《得晶抱消息，却寄一首》《纪梦诗二首》《解嘲二首》《清明》《月夜闻歌》《邮亭二首》《答阿梦一首，用来韵》《楼望》《阿梦谓予病癯，以诗见调，奉答二首》《绮筵有作》《三月三日》《客初听歌回》《出愁入亦愁》《影事一首》《病中作》《春感》《黎青重见滨江》《赠黎青别》《阿梦以〈本事诗〉见示，却和一首》《读〈杜根传〉》《饮酒楼醉甚，由人挟持而归，口占一首》《即事一首》《答明星公〈无怒篇〉次元韵》《十日九日吟和阿梦见示之作，用元韵》《春阴》《即席和梦公一首，用元韵》《醉歌一首》《孤踪》《示云娘一首》《春感一首，写呈明星》《用前韵却寄亚兰》《喜得力山扬州书，因寄一首》《清明杂忆六首》《观凤娘演〈鸿鸾禧〉杂剧有感》《娶妻一首》《客有闻谈笑》《歌楼感赋》《春日闲居》《春寒，感宋子京事而咏之》《席间有所感，书示某君》《敬和佩公见赠韵二首却寄吉林》《阿梦以诗留别，次韵四首》《为梦坡题〈香痕奁影录〉一首，用亚子韵》《阿梦遽归京师，临分黯然，因赋二律以赠》《雨中宴集雅君所，为梦老钱行，用前韵》《南岗送梦老登车，感赋二章，仍用前韵》《炎公见访寓庐三首》《塞外春迟》《人奴》《雨夜口占》

《寄亚兰一首，兼述归思》《却寄月舟太平》《用石隐同年韵二首，即以奉呈》《雨夜》《滨江喜晤明星一首》《江堤晚眺》《旅夜一首，次阿梦韵》《江城一首》《寄明星北都》《春风》《有感》《重有感》《〈绿窗红泪记〉题后一首》《夏序已临，始有春意，遂作此诗》《亚兰病矣，乞假南归，为口占一首》《归思三首》《平生》《得亚兰书却寄》《妾薄命》《用阿梦韵题黛娘小像》《杂忆诗》《代彦埋寿谭母许太夫人》《和阿梦韵四首》《次阿梦韵》《再出塞，口占寄里中诸友》《闻力山有足疾，诗以讯之》《暝坐》《车过徐州口占》《暮归》《俗吏》《哭林寒碧》《寄亚子一首》《一瞥》《足病久不愈》《胎石乞假省亲，相见里门，别后奉寄一首》《夏日家居》《喜晤某君一首》《十月十日观剧作》《秋思》《阿梦书来多作禅语，因赋此寄之》《赠纯熙一首》《雨中作》《滨江对雪》《为雅君题画一首》《即事》《题阿湘肖像》《履舄一首》《独有》《绝域》《五日过访杏痴、梦羽海上寓楼》《妇病一首》《悼蘖子》《今年一首，和阿梦》《雨坐》《调阿梦》《衰病一首，和阿梦》《当年》《阿梦好画梅，戏赠一绝》《呈兰老二首，用小宋韵》《述近况答梦老人见怀二首，用元韵》《再用前韵，寄梦老人》《女子从一终，为朱节母作》《听剧杂感》《佣书一首，赠某君》《华筵》《读史一首》《夜归》《与客言西湖风景》《骥侯得菊数种，为赋一诗》《寒汛一首，和阿梦韵》《徐妃》《简阿梦》《马戏场口占三首》《客被》《倒用前韵》《微行》《骤寒一首》《雪中偕友人饮傅家甸酒楼》《夜寒》《夜饮二首》《幸福》《岁暮寄亚兰二首》《杂诗六首，书寄阿梦龙江》《再用前韵答阿梦》《美人四咏》《拈笔而叹，和鹓雏》《和小柳见寄元韵》《纷纷，和小柳韵》《小柳以过中州诗见示，感怀旧游，率成六绝句奉题其后》《耳病复发》《雪夜独归》《晨起见雪》《闻力山有越行，却寄一首》《梦登冶城》《心民书来，为予述阿同跳跃状》《食蟹口占一首》《斯人》《粗粝一首，和元素》《愚园宴集得诗一首》《金缕曲·自题〈闷寻鹦馆填词图〉乞诸同人和》《水龙吟·题钝根〈红薇感旧记〉》《东风第一枝·和小柳除夕词韵》《东风第一枝·丙辰元日即事用前韵》《满江红·四十一初度作》《百字令·乙卯岁除，用甲寅旧韵，并寄生公》《汉宫春·元夜即事》《金缕曲·忏悔词》《蝶恋花（多事东风吹绿鬓）》《浣溪沙（拟与消愁更觉愁）》《满江红·惆怅词》《百字令·瑛娘嫁矣，妆楼再过，不能无词》《高阳台·花朝》《百字令·即事赋呈梦公》《喜迁莺·过阿瑛旧居》《洞仙歌·座中有为吴歌者，因赋一词》《浣溪沙·立夏日作》《踏莎行（马上衣单）》《鹧鸪天（弱柳丝牵侧面风）》《卜算子（柳岸水边村）》《百字令（梦老人枉赐和章，用前韵赋酬一阕）》《百字令（世间男女）》《生查子·花朝》《双调江南好·中秋夜，京奉车中作》《十六字令·扶病出关，于途中寄示亚兰，共得五首》《点绛唇·至馆后得阿梦书，赋此却寄》《浣溪沙·和小柳韵》《八声甘州·重九日江楼晚眺》《被花恼·用紫霞翁韵》《青玉案（阑秋一例伤风雨）》《念奴娇·阿梦为〈本事词〉二十阕，意有未尽，属予足成之，盖为某某二姬作也》《菩萨蛮·简阿梦》《荔枝香近·寄亚兰》《祝英台近·即席有赠》《解蹀躞·用梦窗韵》《蝶恋花（刻骨相思侬与汝）》《更漏子（碧帘垂）》《减字木兰花（玉樽绮席）》《清平乐（浓香百和）》《调笑令（消瘦）》《满江红·阿梦病目，词以慰之》《调笑令》（四首）、《菩萨蛮（衣裙钿尺裁量处）》《秋蕊香·为骥侯赋盆桂》《朝中措·寒夜》《谒金门（寒汛早）》《好事近（花与折枝宜）》《诉衷情（麝薰绣被覆兰簧）》《绛都春·南楼坠燕词，和梦窗韵》《解连环（片灯迎碧）》《满江红·寄小柳郑州》《金缕曲·感某姬事》《绛都春（飘空笛怨）》《水龙吟（雪窗寒透明灯）》《后庭花·题梅郎小像》《卜算子·跳舞会感旧》《千秋岁·即席寿季侯初度》《阮郎归（恼人何处夜乌啼）》《菩萨蛮·寒信》《浣溪沙·冬至日作》。其中，《一瞥》云："软风吹梦独何心，晌向天涯换绿阴。影外华灯刚一瞥，病余蜡屐试重寻。疏寮宛转花当面，旧事模糊泪湿襟。下谷迁乔随处是，几番睨皖罢春禽。"《滨江对雪》云："今日霜始降，如何雪已飘。山川当北纪，节候异南朝。径没胡儿马，寒生座客貂。际天心事在，往复怒于潮。"《满江红·四十一初度作》云："四十华颠，弹指过、又逾其一。仍自向、侯门曳履，倡楼挟瑟。入世惟知交食粟，送穷兼趁坡生日。叹十年、览揆在他乡，饥驱出。　　谁与讲，长生术。谁与采，灵山术。但文人老去，书空咄咄。旧梦待寻丁令鹤，病怀早契维摩室。算岁除、知是在明宵，灯花苗。"《绛都春·南楼坠燕词》云："南楼坠燕。苦相待竟夕，风帘斜卷。暗惹艳情，流入湘波谁长短。抛人琼瑟凄无伴，剩断梦、春随天远。记牵车箱，如花拥去，陌尘寻见。　　吟馆，低徊何极，想垂柳、踠地犹回青盼。月子横墙，未诉当初眉痕浅。重逢依约呈娇面，似传语、教郎休看。小屏衣趁香薰，晚寒又散。"《卜算子·跳舞会感旧》云："携得散花人，同看天魔舞。绝爱娇慵趁月归，未断更楼鼓。　　今夕又闻歌，歌在人何许。风动檐花落珮环，想极翻成误。"《千秋岁·即席寿季侯初度》云："冬松攒翠，新雪还呈瑞。催剧饮，欢今岁。昼清冠盖集，夜永笙歌沸。君一笑，跻堂祝叚词都费。　　抱膝能鼾睡，使酒能长醉。身自健，心无累。未须劳服食，岂必夸官位。闲淡处，行年五十知非贵。"《菩萨蛮·寒信》云："朔风劂面如刀快，层层冰雪胡天外。垂敝黑貂裘，关山吾倦游。　　地炉安置妥，榾柮新笼火。怪底被池寒，衣簧香烬残。"

刘伯端词系年：《高阳台·春雨，和伯阳》《踏莎行·少筼丈赠诗，赋此答之》《寿楼春（春茫茫何之）》《浣溪沙·春日看赛马》《菩萨蛮》（三阕）、《西江月》（二阕）、《浣溪沙（恻恻轻寒试夹衣）》《临江仙（天上一弯斜堕月）》《沁园春·赠小云》《眼儿媚·答季装丈》《踏莎行（柳嫩颦眉）》《鹧鸪天（前度来时月正中）》《一剪梅（玉醑金杯满满斟）》《玉楼春（寄情在竹应怜汝）》《踏莎行（姜艳如花）》《虞美人（少年心似花含露）》《苏武慢·残荷》《踏莎行·月夜车中偶赋》《临江仙·秋夜感怀》《前调·其二》《霜花腴（旧游梦断）》《虞美人·秋星》《前调·秋雨》《前调·秋江》《前调·秋山》《前调·秋曙》《前调·秋夜》《前调·秋旅》《前调·秋闺》《前调·秋寺》《前调·秋苑》《前调·秋砧》《前调·秋扇》《前调·秋柳》《前调·秋叶》《前调·秋燕》《前调·秋虫》《氐州第一·和六禾韵》《点绛唇（旧事重重）》《忆江南（无人处）》《月下笛·一朵红梅，和六禾》。其中，《高阳台·春雨》云："水晕轻波，山迷浅翠，韶光如梦如烟。柳困桃慵，十分春意缠绵。天涯易倦登临眼，算飞来、还住愁边。最关心，冷落金铺，隐约珠帘。　春衣昨夜催裁剪，道明朝绮陌，好趁游鞭。怎禁东风，无端暗损华年。等闲又负看花约，问乱红、却为谁妍。试殷勤，写入新词，寄与蛮笺。"《踏莎行·少筠丈赠诗，赋此答之》："烛穗飘红，瓶花堕紫。乌丝细写泥金纸。只今湖海老诗人，当年浊世佳公子。　险韵难酬，新声独倚。天涯同醉东风里。落花门外又春深，相逢莫问人间世。"《临江仙》云："天上一弯斜堕月，江头露白风清。画舫同倚看双星。悄无人处，罗袖暮寒生。　暗里不知云鬓乱，芳心如梦如醒。香肩无力少人凭。问君知否，残漏已三更。"《临江仙·秋夜感怀》云："昨夜楼台灯火，今宵风露阑干。罗衣殢酒不禁寒。可怜花底月，娟好教谁看。　断续城头更箭，凄凉笛里关山。西风吹梦几时还。嫦娥如解事，应悔照人间。"《虞美人·秋星》云："楼台灯火人初静，上下相辉映。空庭独立意苍茫，万里寒云疏处漏孤光。　一弯眉月成心影，冉冉惊秋信。斜河无色雁飞寒，不觉天涯北斗又阑干。"

李澄宇诗系年：《儿时篇》《雀台蟾梦曲（并序）》《唁彭德安母丧》《深山辞》《綵楼歌》《京津道晓占》《黄海》《夕发上海》《彭泽》《发汉上并悼天孟》《过新堤》《岳州晓发》《与友》《宁乡县作》《自宁乡复至长沙，示大知》《楼夜喜雨》《题钝庵〈太山石室刻辞〉》《〈红薇感旧记〉题辞，为钝庵》《作〈彭烈士传略〉跋此》《寄内，五仄体》《崂山四景诗》（四首）、《昏辞，赠王淮君、陈洁殊》《枣园宴集，次啸苏韵》《遇葆畴作》《王湘绮先生挽辞》《读柳湄生先生遗著三种，示亚子》（四首）、《见西女垂辫口占》《读陆剑南诗集》《题〈浔阳琵琶图〉》《雪望一首》《读宋遗民〈真山民诗集〉》《岳州过冰饮宅，遂至其墓》《酬大知有酒不饮诗》（二首）、《酬亚子苏州梨里》。其中，《岳州过冰饮宅》云："青发朱颜同把手，此欢已断八年前。房栊寓目添离恨，墟墓横胸数剩缘。到此人生何骨肉？媚君长夜只山川。荒寒万象城西路，欲传无文独泫然。"《楼夜喜雨》云："大旱望云夏六月，好风骄拥万云呼。绕楼雷电逼愁去，避雨星辰压座无。帘槛豫容秋气满，湖山深护夜灯孤。明朝死稻应都活，我醉欲歌捶酒壶。"《读宋遗民〈真山民诗集〉》云："风云犹自护山林，弹泪神州已陆沉。一卷别延皇汉祚，千秋从论晚唐音。并时正气无多让，历劫明珠总耐寻。谥号西山苗裔在，岛人翻重蕨薇心。（日本本董师谦序谓山民盖西山曾孙）"

杨杏佛诗词系年：《蝶恋花·送秋》《念奴娇（问君何意）》《蝶恋花·耶节前一日》《贺新凉·岁暮寄朱经农》《短别离》《雨中落叶》《查尔斯河畔》《鲜池秋眺》《怀擘黄》《寻月》《感恩节前一日，气候转温，颇似阳春》《寄张奚若纽约》《南站（波士顿车站)即事》《节中三士歌》(罗墩作)。其中,《蝶恋花·送秋》云:"日盼书来书又误。枫叶无情,落尽江头树。秋色也如人意苦,低头欲去还稍住。　　永□天涯芳草香。一抹残阳,魂断秋归路。明岁花前相遇否,羡他燕子能来去。"《蝶恋花·耶节前一日》云:"谁道人间容尔汝。枢尽心肝,翻被秋娘妒。莫怨人情新异故,于今沧海成黄土。　　一点灵犀今在否,魑魅欺人,好共冤魂语(用杜甫赠李白诗意)。一事告君君记取,今生不悟他生悟。"《贺新凉·岁暮寄朱经农》云:"朱二休凄楚。甚年光、忽来忽去,把人轻误。乱世文章头白事,纸上苍生何祸。且料理、停辛伫苦。屋漏谁能高枕卧,好江山、处处惊风雨。鸡正唱,催君舞。　　念年岁月同尘土。到明朝、一年又尽,此怀难诉。眼底功名儿戏梦,耻学城狐社鼠。更不管、人间毁誉。惟有国家恩未报,按心头尚有情千缕。郁郁意,为君吐。"《短别离》云:"虚室生遐想,独居来暮凉。一日不见君,思之九回肠。草木既黄落,征雁亦南翔。而我独何为? 歧路空彷徨。我有明月珠,无由置君旁。九衢尘障天,常恐灭辉光。我有岁寒松,坚贞耐霜雪。可怜君不顾,一夜变颜色。南山有女萝,北山有兔丝。道路修且远,不阻长相思。人情有盛衰,世事安可期。不畏他人言,但恐君心移。君心不可知,人言多是非。夜长苦梦短,明月入窗帏。"《节中三士歌》(罗墩作)云:"荒村冷落稀人迹,无乐无花圣诞节。何以遣此可怜朝,斗室盘桓忘晨夕。冰海雄谈意气豪,言泉喷涌无时竭。忽然兴书发怨歌,抑扬哀怨撼魂魄。志道支颐目有神,点头不语能生春。倾听终日无倦容,渴若东海吸百津。中有一士号杏佛,倾耳鼓舌两仆仆。鞅掌风尘多苦颜,此时放怀笑可掬。窗外青松傲白雪,窗内人怜白日速。客里相逢且尽欢。心宽一任乾坤戏。"

黄瀚诗系年:《五十感言四首》《午日放假,晨梦欲醒,得项联阻雨不得回家,再促成之》《寄余雨农兼呈周丈》《种竹》《谕蚊》《雨农和诗,在周丈处口诵一过,久未迟到,以此速之》《戏代雨农作答》《阅旧时稿作并柬雨农、维中》《雨农和韵,有"城北徐公美"句,殆报"短绅"两字之怨也,叠前韵答之》《雨农再和,以予骈书中有"败兴"两字,益一绝句以贾勇,因并叠奉答,直欲向周、蔡二公挑战乞援矣》《连日得雨农唱和,为前此所未有,书以志快》《镇儿录和友人〈惜别日本〉诗来,用其韵偶作》《西孤岭》《挽叶少堂》《闻杨少庭讣,泫然作》《徐悦麓女士三韵诗和赠》《戏代徐女士赠叶郎》《代叶答》《又代叶赠徐》《又代徐答叶》《大暑后二日宴集古普照寺》《宴集普照寺,周丈诗先成,雨农首和,次韵志愧,并示儿镇》《答徐女士》《八夕五十生日招友》《二十七日,周丈五十招饮诸人订期致祝,忽患肠澼,度不克与》(二首)、《二十六日病少瘥,越日勉行赴约》(二首)、《偶作》《踵韵和陈游六剪发》《又和感咏一首》《家朴斋母赵七十四寿》(二首)、《咏菊》《戏作》(五首)、《雨农长少君腊前成婚,未克走贺,爰遣长句代行,时儿镇亲事亦初议定也》《出门行》《过白石炮垒访齐中尉树德)。其中,《雨农和诗》云:"云笺断盼一旬周,珍重明珠吝暗投。法曲尊严应自贵,春光漏泄已难收。齿牙讵要刘郎惜,格律宁防元相偷。但许九天闻欬唾,随风未肯落荒陬。"《戏代雨农作答》云:"一旬赚得一篇诗,捱过三秋未有期。迟我远书开检日,视君古锦满囊时。龙行已把全身现,犀照谁操只眼窥。诗卷流传能自必,不思骥附后尘随。"《咏菊》云:"萧疏随意短篱编,满贮黄金不值钱。细蕊自圆犹带傲,高华难赏肯求怜。夜邀对月容愈淡,晚耐经霜节更全。只许梅花推后起,岁寒雪重独鲜妍。"

贺次戡诗词系年:《思家》《喜得书》《寄怀家琸十六弟》《思亲》《见鸟巢有感》《诵程颐先生"视、听、言、动"四箴》《午寐》《忆旧游》《即景》《落叶》《梦》《不寐》《夜燕惊醒口占》《赠达之、桐卿》(四首)、《元韵奉和仁己从兄》《寄法天》《鼓山听水斋小坐》《调寄〈菩萨蛮〉·近怀》《调寄〈浪淘沙〉·前题》《调寄〈谒金门〉·代达之寄桐卿》《调寄〈风光好〉·赠桐卿》《调寄〈鹧鸪天〉·哭尚之》《调寄〈浪淘沙〉·思家》。其中,《诵程颐先生"视、听、言、动"四箴》云:"星斗文章十万千,四箴开昧尽人前。诵来受益先生训,恨我迟生几百年。"《调寄〈浪淘沙〉·前题》云:"残雨已沉声,细雨丁宁,芳心终许念乡情。回首当年歌舞地,泪洒旗亭。   异地恨长征,身世飘零,传书只道盼归程。已过清明时节雨,犹滞花城。"《调寄〈谒金门〉·代达之寄桐卿》云:"时时忆,无日不悬消息。私愿生平路未识,嫦娥何处觅。   风前柳枝无力,雨后梨花有迹。各寄一方同寂寂,断肠泪痕碧。"

[日]木苏岐山诗系年:《南村探梅》《梅花手卷》《漫兴》《竹涧小隐图》《送别》《闭门》《渔隐图》《苏峡》《水乐亭(并序)》《梅雨新霁》《次村上如云〈华甲自寿〉韵》《漫兴》。其中,《梅花手卷》云:"断桥流水野人家,席地余寒草未芽。待看黄昏新月上,疏花数点一枝斜。"《送别》云:"病客常畏寒,春城雨复雪。一夜落梅花,又与故人别。"《漫兴》云:"无德无才百不成,天教老子外枯荣。人生莫若平平过,世上何劳陆陆名。玉局厄穷因口祸,半山诗句与墩争。畴能百载聊乘化,濯足沧浪复濯缨。"

[日]白水淡诗系年:《上寺内总督》《祝〈朝鲜时报〉创立廿五年》《次青井俊法师见寄》《寿赤井翁八十》《留别》《同寺内总督上弹琴台》《过鸟岭》《偶成》(二首)、《花月楼酒间即事》《长津途上》《宿长津》《江界途上》(二首)、《著中江镇》《发中江镇》《入新义州》(二首)、《寄寺尾兄》(二首)、《茂山道中》《过葛蒲岭》《清津港》《送井出台水》《赋井口将军》《送井口将军》《龙山闲居》(二首)、《上寺内首相》(二首)、《独逸帝》(二首)、《战祸》《军马》《寄小仓氏》。其中,《祝〈朝鲜时报〉创立廿五年》云:"三寸舌锋扬紫烟,一枝灵管弄坤乾。龙头山下苍龙窟,吞吐风云廿五年。"《送井口将军》云:"将军台上彩霞横,汉水桥边月色清。征马明朝东海道,当知芙岳笑相迎。"

[日] 冈部东云诗系年：《远藤又玄居士二十五回忌法会，呈赋灵前，居士兼修佛老两教，颇有所悟。尝当野衲购求〈大藏经〉，诚意援助，故及》《送赴友人露国》《涅槃会三首节录》《七十七岁自寿》《谨奉贺立太子式盛典》。其中，《远藤又玄居士二十五回忌法会，呈赋灵前，居士兼修佛老两教，颇有所悟。尝当野衲购求〈大藏经〉，诚意援助，故及》云："居士齐家遗德馨，尝援贫道购藏经。五千余卷何时阅，惭我疏慵已老龄。"《涅槃会三首节录》其一："余寒犹妒春，连日雪花新。山寺涅槃会，寥寥诣几人。"《七十七岁自寿》云："七十七龄喜寿筵，野翁所喜何为先。不喜功名与富喜，独喜身心两健全。吟杖游屐未闲却，方外喜寻岩穴贤。茶鼎共喜诗禅味，书窗共喜萤雪缘。喜听花林春莺啭，喜见松上秋月圆。避暑喜叩云间寺，纳凉喜乘江上船。疏笼喜伴枫林路，逢农喜谈稻粱田。清癯自喜烟霞疾，幽情自喜泉石颠。乡党赖有后学存，老来喜让家塾权。更喜老妻六十五，裁缝不倦侍机边。最喜儿孙十七人，团乐笑语胜管弦。"《谨奉贺立太子式盛典》云："丙辰十月第三日，立储盛典卜元吉。皇灵祭祀最为先，仪场一一随古律。御秘宝剑传东宫，明示圣嗣不动实。须知神国威德基，天壤无穷存皇室。瀛海波静旻天澄，蜻洲风和瑞气密。丰年亿兆咸讴歌，仁政鳏寡皆救恤。吾社今日举贺杯，欢娱谈笑休刀笔。"

[日] 关泽清修诗系年：《黑宫楠窗（白石）华甲寿言》《寻梅，分韵》《哭松原瑜洲（新）》《香国翁见寄日金山写像及登十国岭诗次韵》《蕉阴茗话，分韵》《郊外晓步，分韵》《香山楼席上，香国主干见赠〈仙寿山房诗文钞〉，分韵赋此道谢》《秋暑，分韵》《题菊圃女史〈国风残菊集〉》《寄落合侍从，扈驾在日光山》（二首）、《咏泉，贺中野贯一翁七十寿》《题金鱼台》《题〈佛手柑画〉》《题〈平郊老牛〉》《题〈飞瀑图〉》《悼望山牧野（忠毅）贵爵》《骤寒，分韵》《晚秋野兴，分韵》《次遽泽菖水近制诗韵，却赠》《挽大江敬香》《赠高桥午山（范），曩起后兰社，鼓吹诗学，故及》《佐藤猊岩（衡）见赠猊鼻溪所产紫云石砚，赋谢》《岁晚书怀，分韵》。其中，《寻梅》云："小桥流水傍茅茨，一路东风香暗吹。春在野人篱落下，先从竹外认横枝。"《香国翁见寄日金山写像及登十国岭诗次韵》云："海色苍茫万里宽，芙峰白雪照人寒。读诗初有登临想，十国风烟掌上看。"《郊外晓步》云："岭云林月望微茫，一路南郊趁晓凉。忽有香风吹度远，藕花无数满湖塘。"

[日] 德富苏峰诗系年：《丙辰试笔》《舞儿湾》《山阳途上》《鹊巢居》（二首）、《辞鹊巢居》《过兴津》《观澜亭所见》（二首）、《好墓田》《京都》《谒菟道稚郎子祠》《菟道所见》《仁川舟中》《传灯寺》（二首）、《严岛赠友》《一瞬》。其中，《丙辰试笔》云："睡起初阳满大虚，已看贺客到幽居。先生别有一年计，欲作维新兴国书。"《舞儿湾》云："波际翠松千百株，晓烟如梦罩平芜。春帆细雨舞儿驿，隔水淡山茫欲无。"

[日] 森川竹磎诗系年：《黑宫楠窗华甲寿词》《即事》《碧云湖棹歌，次石埭翁韵，

集词句》《风雨》《春去》《即目》《即事》《初夏即事》（草有名夏雪者）、《丙辰生日》《次韵西井蓝水》《识字》《代柬寄竹居士》《入夏颇消瘦，戏成一绝》《梅雨杂诗》（六首）、《夜坐》《荷亭看雨》《悼岐山人》（十日前手书报近日入都相见）、《绝句》《秋夜曲》《越中漆闲千亩赠枯鱼，名冲之娘者，戏咏》《寄秋渚》。其中，《丙辰生日》云："鬓丝一榻绿阴前，难得茶烟替药烟。生比荷花先十日，情关丝竹逼中年。晚途常被沈痾困，乐事曾经短梦牵。独自杜门足强意，相疏却有故人怜。"《次韵西井蓝水》云："钩帘小阁傍东湾，日坐南宗图画闲。雨过一天浮卵色，青青泼眼米家山。"《悼岐山人》（十日前手书报近日入都相见）云："不见山人久，相思梦寐间。昨书理囊橐，几日访柴关。竟未入京洛，如何归道山。自云空缥缈，良晤憾天悭。"《越中漆闲千亩赠枯鱼》云："三寸枯鱼美，呼为沧海娘。妆成脂粉淡，炙得绮罗香。滋味和春脆，烟波人梦长。过河何肯泣，得意托容光。"

［日］白井种德诗系年：《鲵山翁二十年祭，赋而奠》《长野县立小县蚕业学校卒业生胥谋作校长三吉君铜像，今兹四月行除幕式，并举其在职二十五年祝贺式，请余一言，乃赋绝句二章以赠》（代佐藤农林校长）、《寄天海云涛》《次樱井噩堂见寄诗韵》《梦成斋博士》《题〈菅公幼时咏梅花图〉》《再禁酒》《不寐》《次佐藤东华〈五十自述〉韵》《华甲十六人，胥谋开寿宴于原君邸，曰丙辰会，寄诗以贺》《题清狂上人画像》《题在原中将〈望富岳图〉》《常盘雪行图》《次竹香、噩堂唱和韵》《寿田口运甓七秩》（三首）、《吊雨田师墓，次西岩韵》《次谷将军〈游西山〉诗韵》《次猊岩题〈猊鼻溪胜志〉诗韵》《丙辰天长节祝日恭赋》（三首）、《晴天鹤》（立太子礼和歌御题）、《次噩堂见寄韵》《福田三川嫁长女于泽池某，赋绝句五首记喜，余次其一以贺》《丙辰岁晚卧病》《木更津》《鹿野山》《九十九湾》《大东崎》《清澄山》。其中，《鲵山翁二十年祭》云："握手都门卅岁前，回头一梦迹茫然。杜陵今日会修祭，如见童颜华发仙。"《寿田口运甓七秩》其一："百龄献寿未为迟，健若元昌岂有疑。门下今开古稀燕，也忻诚实尚其师。"其二："贺君并唱太平歌，国运隆隆万物和。平日喜哦杉子句，人生七十近来多。"其三："予善识君君识予，往来廿载不曾疏。寿筵聊寄诗三首，毕竟交情是淡如。"《次噩堂见寄韵》云："谢君为我翰频飞，远境幸忘亲故稀。多岁官游无寸绩，思乡情切未容归。"《福田三川嫁长女于泽池某》云："鞠育劬劳十八年，一朝归嫁是前缘。夫妻相肖俚言在，果见所天司马贤。"

［日］久保得二诗系年：《魁春楼题壁》《山中杂诗》（五首）、《日下勺水（宽）招饮，席上赋似》（二首）、《寄佐藤六石（宽），次韵达泽菖水》《町田香雪园看梅》《又赋十绝似同游蓄堂、菖水、卖剑诸君》《芳野看梅》（十首）、《又次伊东聿水（祐忠）韵》《四日与五城同学诸友饮，仍叠前韵》《寄草间天葩》《鹰野氏夫妻婚娶五十年贺词，为令嗣止水（勇雄）嘱，集唐四句》《初晡伊东晨亭枢密，席上赋呈》《杏花词三十首》《西

井松涛（仓吉）七十寿词,集杜四句》《与好文会诸子岳熊谷看花,以事不果》（二首）、《与平松豪溪（市藏）、工藤日东（铁男）、结城蓄堂饮》《访森川竹磴,次其近作诗韵,赋三首》《寄况夔笙（周颐）在沪上二首》《访日下水,次其近制诗韵》《次竹磴〈小病口占〉韵乃寄》（二首）、《僧房夜坐》（限韵）、《赠福田眉仙（周）,题其西游画册,并索瞿塘、剑阁两图》《与好文会诸子饮大森旗亭》《归途步至铃森得月》《访伊东聿水,酒间同赋》《挽木苏岐山（牧）》（三首）、《访阪川翠涛（岩彦）,席上次上村卖剑诗,赋似》（二首）、《横川唐阳（德）数见贻其集,赋此为谢》（二首）、《游息山房小集,次草间天葩韵》《次天葩翁〈山房秋兴〉韵》（三首）、《次汤河远洋韵,乃呈主翁》《补知伊东聿水曩赠主翁之作》《武富蹢堂藏相（时敏）命予校〈苍海先生全集〉,累月卒业,偶得七律五首,并呈藏相》《次达泽菖水韵乃寄》《草云书屋雅集,次伊东聿水韵,并似汤河远洋》《席上限韵》（四首）、《香山楼小集分韵,同大泽铁石（真吉）、胜岛仙坡（仙）》（二首）、《次仙坡韵,并似铁石》《长井金风（行）见访赋似》（二首）、《闻欧洲战报》（二首）、《航海》《闻高桥月山（作卫）罢官赋寄》《骤寒》《土居香国（通豫）见贻〈仙寿山房诗文钞〉,赋此为谢》（三首）、《次大江因是（天也）〈七十自寿〉韵乃赠》《鸥社大会,席上次三宅真轩（少太郎）诗韵》（四首）、《送今关天彭游禹域,次其留别诗韵》（三首）、《次汤河远洋〈卜居杂咏〉韵乃寄》（五首）、《高桥月山招饮诸同人于芝浦双鱼阁,酒间次上村卖剑诗韵》（二首）、《游三溪园》（八首）、《寒夜》（二首）、《七台诗,追和李退溪》（七首）、《次岩溪裳川（晋）〈岁晚书怀〉韵》。其中,《山中杂诗》其一:"四山积翠带朝暾,缕缕烟腾泉气温。但是板桥霜尚白,早行谁印马蹄痕。"《杏花词三十首》其一:"酥雨才晴凝露匀,张萱画笔恐难真。隔窗一瞥欲相语,数朵红酣恼杀人。"《寄况夔笙（周颐）在沪上二首》云:"卷地烟尘戎马忙,离忧偏入楚歌长。一腔新调张春水,满架奇书鲍夕阳（鲍廷博有《夕阳诗》盛传于时,人呼为鲍夕阳,见阮云台《定香亭笔谈》）。论到过秦嗟浩劫,志关济世岂伴狂。吴淞何日抽帆访,万里沧波恨渺茫。相思畴昔梦空牵,眉隐楼高沪渎前。四海苍黄避兵日,半生韬晦著书年。凤知周党收踪远,终信陶潜守节坚。殊域如今赏音在,尽从文字结深缘（囊见序拙集,故云）。"《闻欧洲战报》其二:"叹息苍黔性命轻,何来铁骑忽纵横。连年惨祸红羊劫,绝代雄才青史名。不怪春秋无义战,可怜蛮触衡纷争。几时能挽天河了,日月重光廓太清。"《鸥社大会》其一:"昨雨痕干欲起尘,帆光鸥语墨江滨。微喧不负小春节,堤树著花狂似人。"其二:"塔影桥姿画里新,高楼百尺水之滨。一筵相见多生面,但道能诗是可人。"

[日] 高须履祥诗系年:《新年二律》《谢三野春耕惠大盆春兰》《雨中岚峡看花》（三首）、《鸭涯客舍听雨》《长乐寺吊山阳竹外墓》（二首）、《祇园夜樱》《拜紫宸殿》《须磨》《过菟道忆十三年前游有作》。其中,《新年二律》其一:"往事升沈且莫量,任

他满髯已成霜。竹经积雪凝寒玉，梅入新年吐古香。岂道俸钱时告乏，却怡椒酒又堪尝。春风一脉庭闱暖，八十慈亲健在堂。"《雨中岚峡看花》其一："冶屐游裙影渐稀，翠岚含雨晚霏微。大悲阁畔春偏静，一簇樱云湿不飞。"《鸭涯客舍听雨》云："七年重踏京华土，旧梦依稀凫水浒。谁识锦城歌吹中，春宵静亭帘前雨。"《拜紫宸殿》云："南阶咫尺拜尧仁，右橘左樱千古新。伏想我皇登极日，紫云霭霭绕枫宸。"

[日] 田边华诗系年：《过仓敷似三桥圣川》《三原》《赞岐舟次》《抵广岛途上》《广岛拜大本营址》《广岛》《游衣波水阁》《衣波谣》《尾道客中，鹤秋赚余作玉浦谣》(二首)、《题亦梦庵壁，似海鹤、鹤秋二友》《题紫雪楼》《谒明治神宫》《广岛保田氏可乐园口占》《题画》(杂录)(七首)、《赤马关怀古》《石人山》(在久留米)、《唐津》《博多宿能势思轩宅》《熊本》(二首)、《长子绫夫被征入第一师团》。其中，《三原》云："江天渔笛晓萧萧，堠树苍茫古意饶。无复大旗摇落月，金吾城郭只寒潮。"《唐津》云："千章松色引歌人，京国明妆照水新。忆昔春帆赍蜀锦，白波翠嶙是唐津。"《熊本》其一："百战归来鬓已皤，托孤寄命奈君何。城楼银杏秋萧飒，想见英雄老泪多。"《长子绫夫被征入第一师团》云："新衔学士见征时，细柳营前铁马驰。浅色黄衫三尺剑，身材如汝步兵宜。"

[韩] 金泽荣诗系年：《寄河茂才》《和沈耻堂》《遥题文寿峰章之新筑广居堂》《酬许卯园》《和柳生》《寄赵复斋》《升平二弟歌》《晚夏题水木明瑟亭，有怀啬翁参政凡七首》《清道芮求诗文，作此二首塞之》《姜梅山自上海寄诗奉和》《和啬翁〈石壁仙人歌〉二首》《和啬翁〈林溪精舍诗〉》《后隐翁辞寿歌》《孙朦蝘有诗题拙集，用其韵和之》。其中，《和啬翁〈石壁仙人歌〉二首》其一："公言石壁似神仙，我道神仙是公类。庄周蝴蝶无定形，称谓曷不任吾意。我虽未睹石壁颜，以公想像得一二。崒然独立名山中，势与江海争其雄。摩空欲决鸟雀呲，映江直瞰鱼龙宫。濛濛佛香飘昼日，隐隐仙乐来天风。莓苔色骄藤蔓喜，瑞光长发云霞红。于乎试问汝石壁，古来合欢凡几客。圆泽悟生厌僧气，元章呼丈羞颠癖。归来今日逢伟人，乐哉翱朝又翔夕。况又铿锵好颂词，墨花怒卷江流碧。愿将坚骨分与公，共抱明月游无穷。使我得沾残酒沥，直随鸡犬升青空。"《和啬翁〈林溪精舍诗〉》云："惊见佳题咏，林庐辟数间。杖鸣临近水，衾湿梦名山。谷口新征惧，词人旧而还。达官从古有，几个老妇闲。"《孙朦蝘有诗题拙集》云："未见圆君野鹤姿，高邮山水毓清奇。傍人不学齐门瑟，忧国长吟杜老诗。短棹几时成远访，冻云无际入相思。如何覆瓿糊笼物，题品叨经幼妇辞"《姜梅山自上海寄诗奉和》云："汉阳春草极天愁，有客伤心泣道周。龟策安能知此事，江山祇可恣清游。丸都城上云飞笠，黄歇家边雨打舟。老病未携琴访去，春风白浪恨悠悠。"

【一九一七年（丁巳）】

1 日　《新青年》迁北京出版。胡适《文学改良刍议》发表于《新青年》第 2 卷第 5 号。胡适认为文学改良"须从八事入手"："一曰，须言之有物。二曰，不摹仿古人。三曰，须讲求文法。四曰，不作无病之呻吟。五曰，务去滥调套语。六曰，不用典。七曰，不讲对仗。八曰，不避俗字俗语。"关于"须言之有物"，胡适指出："吾国近世文学之大病，在于言之无物"，而"吾所谓'物'，约有二事"：一曰情感，"情感者，文学之灵魂。文学而无情感，如人之无魂，木偶而已，行尸走肉而已"。二曰思想，"吾所谓'思想'，盖兼见地、识力、理想三者而言之"，"思想之在文学，犹脑筋之在人身"。文章指出"近世文人沾沾于声调字句之间，既无高远之思想，又无真挚之情感，文学之衰微，此其大因矣。此文胜之害，所谓言之无物者是也"。胡适认为"欲救之弊，宜以质救之。质者何，情与思二者而已"。关于"不摹仿古人"，胡适指出"文学者，随时代而变迁者也。一时代有一时代之文学。周秦有周秦之文学，汉魏有汉魏之文学，唐宋元明有唐宋元明之文学。此非吾一人之私言，乃文明进化之公理也"。"试更以韵文言之。击壤之歌，五子之歌，一时期也。三百篇之诗，一时期也。屈原荀卿之骚赋，又一时期也。苏李以下，至于魏晋，又一时期也。江左之诗流为排比，至唐而律诗大成，此又一时期也。老杜香山之'写实'体诸诗（如杜之《石壕吏》《羌村》，白之《新乐府》），又一时期。诗至唐而极盛，自此以后，词曲代兴。唐五代及宋初之小令，此词之一时代也。苏柳辛姜之词，又一时代也。至于元之杂剧传奇，则又一时代矣。凡此诸时代，各因时势风会而变，各有其特长。吾辈以历史进化之眼光观之，决不可谓古人之文学皆胜于今人也。左氏史公之文奇矣。然施耐庵之《水浒传》视《左传》《史记》，何多让焉。《三都》《两京》之赋富矣。然以视唐诗宋词，则糟粕耳。此可见文学因时进化，不能自止。唐人不当作商周之诗，宋人不当作相如子云之赋。即令作之，亦必不工，逆天背时，违进化之迹，故不能工也"。"既明文学进化之理，然后可言吾所谓'不摹仿古人'之说。今日中国当造今日之文学，不必摹仿唐宋，亦不必摹仿周秦也。"关于"须讲求文法"，胡适指摘"今之作文作诗者，每不讲求文法之结构"，"尤以作骈文律诗者为尤甚"，"不讲文法，是谓'不通'"。关于"不作无病之呻吟"，胡适谓"今之少年往往作悲观。其别号则曰'寒灰''无生''死灰'。其作为诗文，则对落日而思暮年，对秋风而思零落，春来则惟恐其速去，花发又惟恐其早谢。此亡国之哀音也。其流弊所至，遂养成一种暮气，不思奋发有为，服劳报国，但知发牢骚之音、感唱之文。作者将以促其寿年，读者将亦短其志气，此吾所谓无病之呻吟也。国之多患，吾岂不知之。然病国危时，岂痛哭流涕所能收效乎"。关于"务去滥调套语"，胡适称"今之学者，胸中记得几个文学的套语，便称诗人。其所谓诗文处处是陈言滥调"。而"吾所谓务去滥调套语者，别无他法，惟在人人以其耳目所亲见、亲闻、所亲身阅历之事物，一一自己铸词以形容描写之。但求其不失真，但求能达其状物写意之目的，即是工夫"。关于"不用典"，胡适区分"广义"与"狭义"之典，又具体分析何谓用典与非用典："（一）广义之典非吾所谓典也。""（甲）古人所设譬喻，其取譬之事物，含有普遍意义，不以时代而失其效用者，今人亦可用之。""（乙）成语"，"成语者，合字成辞，别为意义。其习见之句，通行已久，不妨用之。""（丙）引史事，引史事于今所议论之事相比较，不可谓之用典也。""（丁）引古人作比，此亦非用典也。""（戊）引古人之语，此亦非用典也。""以上五种为广义之典，其实非吾所谓典也。若此者可用可不用"。"狭义之典吾所主张不用也。吾所谓'用典者'，谓文人词客不能自己铸词造句以写眼前之景，胸中之意，故借用或不全切，或全不切之故事陈言以代之，以图含混过去，是谓'用典'"。"上所述广义之典，除戊条外，皆为取譬比方之辞。但以彼喻此，而非以彼代此也。狭义之用典，则全为以典代言，自己不能直言，故用典以言之耳。此吾所谓用典与非用典之别也。狭义之典，亦有工拙之别，其工者偶一用之，未为不可。其拙者则当痛绝之。"关于"不讲对仗"，胡适以老子、孔子之文为例，认为"此皆近于言语之自然，而无牵强刻削之迹；尤未有定其字之多寡，声之平仄，词之虚实者也"。"至于后世文学末流，言之无物，乃以文胜。文胜之极，而骈文律诗兴焉，而长律兴焉。骈文律诗之中非无佳作，然佳作终鲜。""今日而言文学改良，当'先立乎其大者'，不当枉废有用之精力于微细纤巧之末。此吾所以有废骈废律之说也。即不能废此两者，亦但当视为文学末技而已，非讲求之急也。""今人犹有鄙夷白话小说为文学小道者。不知施耐庵、曹雪芹、吴趼人皆为文学正宗，而骈文律诗乃真小道耳。"关于"不避俗字俗语"，胡氏表示："吾惟以施耐庵、曹雪芹、吴趼人为文学正宗，故有'不避俗字俗语'之论也。盖吾国言文之背驰久矣。自佛书之输入，译者以文言不足以达意，故以浅近之文译之，其体已近白话。其后佛氏讲义语录尤多用白话为之者，是为语录体之原始。及宋人讲学以白话为语录，此体遂成讲学正体（明人因之）。当是时，白话已久入韵文，观唐宋人白话之诗词可见也。及至元时，中国北部已在异族之下三百余年矣（辽、金、元）。此三百年中，中国乃发生一种通俗行远之文学。文则有《水浒》《西游》《三国》之类，戏曲则尤不可胜计（关汉卿诸人，人各著剧数十种之多。吾国文人著作之富，未有过于此时者也）。以今世眼光观之，则中国文学当以元代为最盛，可传世不朽之作，当以元代为最多。此可无疑也。当是时，中国之文学最近言文合一。白话几成文学的语言矣。使此趋势不受阻遏，则中国乃有'活文学'出现，而但丁、路得之伟业（欧洲中古时，各国皆有俚语，而以拉丁文为文言，凡著作书籍皆用之，如吾国之以文言著书也。其后意大利有但丁诸文豪，始以其国俚语著作。诸国踵兴，国语亦代起。路得创新教始以德文译旧约新约，遂开德文学之先。英法诸国亦复如是。今世通用之英文新旧约乃一六一一年译本，距今才三百年耳。故今日欧洲诸国之文学，在当日皆为俚语。迨诸文豪兴，始以'活文学'代拉丁之死文学。有'活文学'而后有言文合一之国语也）凡发生于神州。不意此趋势骤为明代所阻，政府既以八股取士，而当时文人如何李七子之徒，又争以复古为高，于是此千年难遇言文合一之机会，遂中道夭折矣。然以今世历史进化的眼光观之，则白话文学之为中国文学之正宗，又为将来文学必用之利器，可断言也。以此之故，吾主张今日作文作诗，宜采用俗语俗字。与其用三千年前之死字（如'于铄国会，遵晦时休'之类），不如用二十世纪之活字。与其作不能行远不能普及之秦汉六朝文字，不如作家喻户晓之《水浒》《西游》文字也。"同期又刊发陈独秀致吴虞信云："又陵先生足下：久于章行严、谢无量二君许，闻知先生为蜀中名宿。《甲寅》所录大作，即是仆所选载，且妄加圈识，钦仰久矣。兹获读手教并大文，荣幸无似。《甲寅》拟即续刊。尊著倘全数寄赐，分载《青年》《甲寅》，嘉惠后学，诚盛事也。窃以无论何种学派，均不能定为一尊，以阻碍思想文化自由发展。况儒术孔道，非无优点，而缺点则正多。尤与近世文明社会绝不相容者，其一贯伦理政治之纲常阶级说也。此不攻破，吾国之政治、法律、社会、道德，俱无由出黑暗而入光明，神州大气，腐秽蚀人，西望峨眉，远在天外，瞻仰弗及，我劳如何！独秀谨复。"

《澄衷学报》创刊。创刊号"文苑"栏目含《叶君家传》（孙诒让）、《题某君集鄂岳王书，五月九日国耻纪念后》（章太炎）、《项母言夫人哀词》（张謇）、《慈溪葛芍亭先生诔词并序》（余天遂）、《清浦赵传璧新编小学手工范本序》（葛祖兰锡祺）、《胡母韩太夫人六十寿序》（曹慕管）、《樊君时勋行状》（虞辉祖）、《赠樊先生时勋》（蒋汝藻）、《先室言夫人事略》（衡方代夫人作）、《贵阳尚书贻所著〈逸社诗存〉〈花近楼诗存〉〈郑征君遗著〉》（朱宝莹）、《水仙花》（朱宝莹）、《梅花》（朱宝莹）、《示洪生燕京》（朱宝莹）、《答赵明经雨夜话旧》（朱宝莹）、《阃外·吊某将军》（余天遂）、《为魏塘周芷畦写〈第五水村图〉》（余天遂）、《家藏先子遗箑，为陶诒孙先生所画，唐右泉先生兆淇所书，又有横幅一为张问樵先生诵芬书。陶先生名满江东可无赘述，唐先生书亦娟好，张书学鲁公，卓然成家，惜皆未著。今阅陶先生所辑〈贞丰诗萃〉，乃知唐、张亦贞丰人，想皆先子避难时所得者也。诗以纪之》《高阳台·茸城钱剑秋得龙泉宝剑，作〈秋灯剑影图〉征题，为此阕》《壶中天》《忆昔·咏开后牡丹也》（力仲辰）、《曙色》（力仲辰）、《辛亥十月二十七日革命先烈追悼会》（力仲辰）。

《申报》第15767号刊行。本期《新自由谈》载"联话"栏目，撰者"荆沙过客"；"词话"栏目，撰者"似春"。

《中国实业杂志》第8年第1期刊行。本期"文苑"栏目含《迟明发万隆车中作》

（陈宝琛）、《自吉隆车行至威雷斯雷，近八百里》（陈宝琛）、《十一月十五夜舟行缅甸海》（陈宝琛）、《自巴达威海至茂物》（陈宝琛）、《和静仁先生〈白露黄粱熟〉原韵》（胡韫玉）、《秋月感怀》（胡韫玉）、《游西湖》（胡韫玉）、《游林文忠公读书处吊古》（解利民）、《甲寅十一月送蓝秀豪兄之北京，取道鼓山感赋》（解利民）、《舟过殖民海峡》（林辂存）。

《诗声》第2卷第7号在澳门刊行。本期"笔记"栏目含《雪堂丛拾（二）（未完）》（澹於）、《乙庵诗缀（七）》（印雪）；"词谱"栏目含《莽苍室词谱卷二（五）》；"词苑"栏目含《和澹园主人得明锦尺幅》（墨尚堂主人）、《春日游马交石即事》（瓦佛庵主）、《怀苍雪》（看云楼）、《雪堂覆瓿集（五）》〔含《忆江南·夕阳》（冰雪）、《水龙吟·夕阳》（秋雪）、《春雨不寐》（璧华）、《暗香·九月十八之夕，独步中庭，闻曲感赋》（印雪）〕；"诗论"栏目含《〈诗品〉卷上（七）》（梁代钟嵘）；"诗故"栏目含《雪溪友议（七）：冯道明、陆畅、捧剑》（范摅）。另有《雪堂紧要启事》《雪堂诗课启事》《征求〈诗声〉》《阅报诸君之责任何在乎》《破天荒之〈诗声〉》。其中，《雪堂紧要启事》云："同志诸君鉴：雪堂捐册前定于阴历年底暨所捐得款项一律收回，早已通告。然依约交回者固多，而未缴到者亦不少。兹再行通告，乞于月内将捐册及捐款即行付下为感。"《雪堂诗课启事》云："雪堂诗课暂停一会，盖社中多未将34、35各课佳卷交到，恐诗课堆积，有妨印务，停课乃不得已之办法。望社友诸君，速将前述课佳作示下至要。"

孙中山应陈去病之请，撰《陈母倪节孝君墓碑铭并序》。

高旭作《元旦试笔》。诗云："居然民国六年矣，血泪头颅换得来。来日大难去日易，风饕雪虐炼真才。"柳亚子和《民国六年元旦次天梅韵》。诗云："铁铸已教成大错，是谁卷土誓重来？头颅血泪都孤负，闲煞中原旧霸才。"

傅熊湘作《六年元日丙辰十二月八日》。诗云："旧时门巷人何在？风景依稀认未真。吉语觥觥聊自写，重阴黯黯恐非春。相依斯世成印蜃，羞说人间有凤麟。枕鼾初醒揩眼看，庭除渐觉雪泥新。"

赖雨若作《丁巳元日初咏》（在东京）、《丁巳元日（阳历）蒙乡友叶君清耀邀饮于东京旅次，即景咏呈》。其中，《丁巳元日（阳历）蒙乡友叶君清耀邀饮于东京旅次》云："历数阴阳两判然，初逢汉腊便新年。酌君元旦葡萄（共饮葡萄酒）酒，听我中原赵楚弦。半日倾谈含醉意，一生知己证前缘。拥炉料理葱和肉，未许盐梅让昔贤。"

连横作《丁巳元旦》。诗云："莽莽星球又一旋，人间何处得春先？新蒲细柳皆争长，冶燕痴莺亦可怜。三海屠龙成浩劫，中原跃马待明年。椒醑醉后婆娑舞，快读腊蛇烈士篇。"

邵森作《六年元日对雨》。诗云："却又逢元日，腾欢拜帝麻。山河新甲子，风雨旧春秋。世态观难尽，韶光去不留。干戈寰宇急，小立百端忧。"

胡适在美国作《沁园春·过年》。词云："江上老胡，邀了老卢，下山过年。碰着些朋友，大家商议，醉琼楼上，去过残年。忽然来了，湖南老聂，拉到他家去过年。他那里，有家肴市酿，吃到明年。　　何须吃到明年。有朋友谈天便过年。想人生万事，过年最易，年年如此，何但今年。踏月江边，胡卢归去，没到家时又一年。且先向，贤主人夫妇，恭贺新年。"

[日] 津田英彦作《大正六年元旦》。诗云："旭影珊瑚冉冉生，欣迎五十七新正。纷纷红刺随春至，的的鲜霞绣晓成。柏叶小觞香在手，梅花深院雪无声。双柑好俟侍儿劈，隔树珠喉早有莺。"

2 日　魏清德《丁巳元旦》发表于《台湾日日新报》。诗云："春满堂中酒满筵，青松绿竹在门前。寄语东宁诸杰士，移风易俗过新年。"

张謇作《连番》。诗云："连番江上雪，一去汉皋人。远道迷荆树，寒潮涩渚轮。病余裘尚薄，忧至酒宁嗔。待有书来日，应知月色新。"

叶昌炽作《覃溪学士〈四库全书提要〉稿本歌，为刘翰怡京卿作》。诗云："苏斋学士承明筵，校书经进日百篇。星精下烛夜不眠，闭门著录思覃研。亭疑学案平不偏，与两文达 (河间、仪征) 相后先。溯昔盛时际雍乾，海内文物归陶埏。《天禄琳琅》《宛委》编，《崇文总目》体例沿。次者明钞上宋镌，缪篆诘屈摹印鲜。阁装叶叶回风旋，谒者陈农奉使还。访书归献圣主前，鸿都门下车阗咽。壤流谓可庳山渊，大典传自永乐年。山潜冢秘恣渔畋，提其要亦钩其玄。条别篇目既井然，手雠目勘无乌焉。即今遗稿卷溢千，文字正定皆可传。沧桑劫火峤南天，过眼幸未嗟云烟。山阴书法嗣晋贤，盘珠错落簪花妍。蛟螭郁律筋脉联，国门一字千金悬。得一足夸珍珠船，而况二十四箧手迹皆完全。嘉业堂在浔溪边，手收百宋庋一廛。藏家不数毛与钱，子政流略开孟坚。贡父七经著小笺，君家墨庄在砚田。得此足征文字缘，名山之藏浮玉巅。非如鐢舟夜可迁，勒诸贞珉留真诠。兼有三绝如郑虔，双钩其字异廓填。袭以重绨拓以毡，石寿亦复如彭篯。"

胡适作《沁园春·新年》赠江冬秀。序云："蒋竹山 (捷) 有《声声慢》一词，全篇韵脚尽用声字。以吾所知，此为创体。自竹山以来，似无用之者。今年元旦，吾病中曾用此体作《沁园春》一阕，全篇以年字押韵 (兹不录)。明日，复用此体作此词。皆'尝试'也。"词云："早起开门，送走病魔，迎入新年。你来得真好，相思已久，自从去国，直到今年。更有些人，在天那角，欢喜今年第七年。何须问，到明年此日，谁与过年。　　回头请问新年，哪能使今年胜去年。说少做些诗，少写些信，少说些话，可以长年。莫乱思谁，但专爱我，定到明年更少年。多谢你，且暂开诗戒，先贺新年。"

3 日　《申报》第 15768 号刊行。本期《新自由谈》载"联话"栏目，撰者"襄阳午峰""纪韵庵""韩光煦"；"词话"栏目，撰者"似春"。

王国维访沈曾植，近日王国维仍为沈曾植抄诗。

闲散石虎墓移碣既竣，连横集友人数辈携酒以祭，作《华寺畔有闲散石虎之墓，余以为明之遗民也；将遭毁掘，乃为移葬梦蝶园中。为文祭之，复系一诗》。诗云："草长鹃啼事渺茫，残山剩水更悲伤。姓名未入遗民传，碑碣空留古寺旁。梦蝶客归园月冷，骑鲸人去海波荒。南无树下优昙畔，寸土犹能发异香（园中有南无十数株，又有优钵昙花，则葬于此）。"

张謇作《精舍独宿》。诗云："冷逼空斋夜早眠，壁光闪动火炉然。拥衾忆远堪谁语，满耳山风泻暴泉。"

方守彝作《丙辰嘉平十日之夜，江山积雪，明月中天，挑灯题刘石遗〈寒灯课读图记〉，盖石遗述母德也》。诗云："积雪山河明，青天悬夜月。褰帷立寒阶，大千皎可咄。上有千丈寒，群宿稍稍暖。独见长庚星，剑芒光四出。下有无数冰，闪闪凹兼凸。几多僵龙蛇，庭树落拗折。兴来还入房，拨火恣披阅。窗纸透清晖，白昼真一律。快读刘侯记，字字响金铁。微讽又纵声，中情摇瑟瑟。嗟哉母也慈，惴惴孤儿劣。送儿晓就傅，望儿倚日昳。伴儿一灯青，教儿书衣揭。经传古文字，章句听音节。儿勤饲儿果，儿惰挞儿帕。喜儿为加餐，笑颜生百缬。怒儿径登床，拥被语呜咽。一母一儿子，相濡以泪血。想当三冬时，呵冻暖相熨。庭院堆寒盐，鸡声和讲说。阴阳催寸茎，百尺才一瞥。儿今已老大，颇闻竖脊骨。岩岩文与行，高视俯一切。收名满东南，合辙望圣哲。洵无忝所生，子道得圭臬。萱凋衣线残，回首为儿日。洒涕画短檠，漆室照白发。抱书睨饼饵，永永依母膝。儿成自母恩，母今指不啮。悠悠视苍天，何以解明发。嗟哉孝子情，感我难尽述。夜深月西堕，风吹四墙雪。忽忆昔山居，从母困颠越。天寒衣裳湿，为儿烧榾柮。"

康白情在北京作《东城根口号》。诗云："骄风砭骨寒，雪泥扑肤紧。重裘不禁风，犹有无衣者！"

4日 沈曾植约同人宴集。郑孝胥、升允、章梫、王式通、姚文藻在座。

蔡元培正式就任北京大学校长。不久，沈尹默拜访蔡元培，提出三点治校建议："第一，北大经费要有保障。第二，北大的章程上规定教师组织评议会，而教育部始终不许成立。第三，规定每隔一定年限，派教员和学生到外国留学。"

张素《寄怀胎石》刊于哈尔滨《远东报》。诗云："衔烛三条尽，君应罢簿书。俗颜谁更丑，年事已云除。曩别临官道，今归惜故庐。不堪风雪夜，数与问相如。"

5日 《小说海》第3卷第1号刊行。本期"杂俎·诗文"栏目含《春江花月夜赋》（以题为韵）（东园）、《癸丑九月，旅寄白门，时乱事初平也。与客谈近二年事，夜不成寐，得七律廿余首，敢言诗史，聊志吾哀而已》（善馀）、《平淮曲》（东园）、《十样花十阕》（有引）（东园）。

《妇女杂志》第3卷第1号刊行。本期"文苑·诗"栏目含《癸丑暮秋偕陈子鸿璧漫游长江，歌以纪事》(张默君女史)、《张寅研琢老人象肖瓶庐舅氏感赋》(归安钱云辉女史)；[补白]《然脂余韵》(西神)。

王国维致罗振玉书札。略云："连日苦寒，砚池皆冻，以火炙之，始得作书，而抄寐叟诗得五十纸，壬癸甲三年诗已毕，乙卯诗前已写出，嗣拟编壬癸诗为一卷，甲乙诗为一卷，每卷各得三十余页，故乙卯诗尚须再录一过，如此则与此次所抄一律。此稿如不刻，即付石印亦可也。乙老拟仿小字本《玉台新咏》式刊之，然此老不自收拾，此稿录得后，拟与之对校，并补所缺字，决不付之，恐又失之也……乙老言，董授经得周草窗诗集六卷，乃宋末所刊，以百八十元得之……前日在乙座，忽见素存，不知何时来此，乙颇与之作梦后之谈。渠述康成见解，谓颇与之大同，然其学说颇谬甚，乙颇与之作王肃之净。然招梦谈何容易，此梦若来，亦出于事势之必然，与人力无与，惟却虑为人力所坏耳。素本长者，乙亦书生，康成乃郑通、伍被之流耳。乙前作绝句云：'乱世人才可易论，英多雄少浪批根，辙穷漫堕驱车泪，地胜难招自古魂。'所恨方叔、吉甫不可作耳。"本月王国维为沈曾植编辑诗稿。同月，王国维应罗振玉函招，乘轮船赴日本。

7日 《光华学报》第2年第1期刊行。本期"艺苑·诗"栏目含《见牺楼遗诗(续)》(方与时撰，陈冠冕辑)、《除夕顺庆旅店即事，兼述所怀》(梵生)、《寒鸟行》(沈观)、《过邹氏废园》(前人)、《旅寓坐雨》(巢耘)、《秋怀四首》(拙庵)、《秋日偕诸同学登伯牙琴台》(百言)、《黄叶》(前人)、《岁暮书怀》(前人)、《哀黄善化、蔡邵阳两上将》(前人)、《书怀》(前人)、《春郊晴望》(前人)、《野行》(前人)、《送林一足之燕京》(负生)、《江南春》(前人)、《舟过城陵矶，望家山作》(筑耘)、《舟过长湖，逆风作》(前人)；"艺苑·词"栏目含《夜雨·解连环》(养格)；另有《书学指南(续)》(祝维祺)。

《瓯海潮》第3期刊行。本期"艺文·文选"栏目含《永嘉徐星墀先生十秋寿叙》(侯官郭则沄啸麓)；"艺文·诗选"栏目含《感书》(洪佛矢)、《教授生理学终，漫题》(前人)、《酬夏楚狂》(王金镛)、《赠难言》(姜门)、《苦念亡儿，书此代哭》(前人)；"艺文·词选"栏目含《琴调相引思·无题，用前韵》(申翰周)；"艺文·遗著"栏目含《花萼楼书钞(续)》(永嘉周天锡)、《石帆山堂诗稿(未完)》(古括苍许一钧)、《留香阁诗集(续)》(张凤慧香筠)。

9日 一元会消寒，夏敬观与缪荃孙、王雪澄、李瑞清、莫棠、李宣龚、刘健之、刘慧君、徐乃昌同集。

10日 《商学杂志》第2卷第1期刊行。本期"文苑·文"栏目含《琴南先生见寄〈畏庐续集〉，书其后》(冯眴)；"文苑·诗"栏目含《怀人七绝句》(冯眴)、《汉上别内》(易艾先)、《旅情》(易艾先)。

上旬 自上一年底至本月上旬,李叔同利用年假,在杭州大慈山虎跑定慧寺试验断食,由校役闻玉陪侍,共历时三周。断食期间,李叔同每天或练字刻印,或调息静坐。三周中,共作书法一百多幅,刻印数枚,并作《断食日记》。回校后,李叔同书写横额"灵化",落款言:"丙辰新嘉平,入大慈山,断食十七日,身心灵化,欢乐康强,书此奉稣典仁弟,以为纪念。欣欣道人李欣叔同。"下加盖二印,一为"李息",一为"不食人间烟火"。断食成功,加剧李叔同归依佛门决心。断食间,"文思渐起,不能自已","精神世界一片灵明","法喜无垠"。直至断食第七日:"空空洞洞,既悲而欢。"从此,李叔同对外改称"李婴"。断食后,李叔同与马一浮交往甚密,全心学佛。马一浮介绍友人彭逊之往居虎跑,就法轮长老修习禅观。正月初八日,彭君即于虎跑出家,李叔同目击现场,旋即皈依虎跑退居老和尚了悟为在家弟子,取名演音,号弘一。

12日 苏东坡生日,日本文学界设宴于圆山之清风阁开寿苏会。与会者有富冈铁斋、上野有竹、小川简斋、本山松阴、榊原铁砚、籾山衣洲、矶野秋渚、山本竟山、江上琼山、高野竹隐、桑名铁城、西村硕园、罗雪堂、内藤湖南、狩野君山、上村闲堂、罗公楚。长尾甲编成《丙辰寿苏录》。集前有纪事,罗振玉题署,内藤虎题识,长尾甲题耑。其中,内藤虎题识云:"东坡居士少年中上科,连见知于人主,亦尝思以才奋当世,及屡更磋跌,忧谗畏祸,动避要地,亦素喜内典,不拘于名利,所作诗文多安分语,非退之辈躁进干求者比。然其一生不能免忌者之锋,不独王介甫、刘华老诸人改之,乃名相若韩雅圭、司马君实,既阻之于治平,复怒之于元祐,噫!天之降才,千载间出,不能常有,而人之厄之如此。其弟子由谓之临事必以正,不能俯仰随俗。盖其自爱惜命于天者至深,不忍以人间荣辱易之,虽取挫败竭蹶,不敢恤也。后之称东坡者,多慕其风流绝世,而悲其不遇者,亦不遇。愤诗案窜谪之酷毒耳。彼绚命于天者,而不拘世之所趋之隐衷,鲜或之知矣。长尾子生与富冈君挟谋,始自乙卯岁设寿苏之燕于东山,招诸同人谈居士遗事,又录其事于册,岁以为例。子生抱怀高才,不求遇于世,岂非知其绚命于天者之隐衷耶?及于寿苏录第二编成,乃弁以此言云。大正七年一月内藤虎。"《丙辰寿苏录》卷一含:衣洲籾山逸也《丙辰寿苏会予忝陪席末,赋此志感,即请雨山、君挟两君教正》、秋渚矶野惟秋《东坡先生生日,雨山、桃华二君依例招同诸友于春云楼席上观陈老莲〈坡公笠屐图〉,图系雨山插架》、竹隐高野清雄《东坡生日,长尾雨山、富冈桃华招同东山清风阁同诸君作》、硕园西村时彦《东坡生日,子生、君挟二君招饮见征文诗,因赋呈乞正》、雨山长尾甲《东坡生日邀诸友宴于东山酒楼,予以陈老莲画公笠屐象、元祐党籍碑、柳侯庙碑及自所摄逍遥堂、百步洪照片陈列座上,敬为公寿,赋此以求同座诸大吟坛正和》、邑庵神田喜《夏正丙辰十二月十九日坡公生辰,长尾雨山、富冈桃华二先生招饮一时名流于东山清风阁为寿苏会,喜侧闻感事,赋此即请二先生诲改》、静斋牧野谦《读〈乙卯寿苏录〉》。其中,籵山逸也《丙辰寿苏会予忝陪席末,赋此志感,即请雨山、君扐两君教正》云:"老莲绘像妙入神,疑公骑龙下苍旻。会似永和群贤集,馔供江鲈千里珍。远从身后祝诞日,憾不并世同黄秦。覃溪灵岩后先逝,那知东瀛有替人。"矶野惟秋《东坡先生生日,雨山、桃华二君依例招同诸友于春云楼席上观陈老莲〈坡公笠屐图〉,图系雨山插架》云:"东黎归途风雨快,笠屐行行笑亦怪。余韵千载人争传,托将丹青入嘉话。彝斋砚阴空磨砻,人间所剩总凡画。一幅写真陈悔迟,射座奎宿光离离。绘神绘形元气湿,独往独来生面开。不问龙眠鸥波笔,俨然此图神护持。适值丙辰寿苏会,并斫松江四腮脍。公之灵爽应来享,瓣香拜象致清醑。竟日欣赏憺忘归,金曰百年墨缘最。尤物所归非无由,绝代风流何远楼。"《丙辰寿苏录》卷二含:支那罗雪堂君藏《宋米元章画山水长卷》《明刻完庵祝枝山合璧赤壁图赋卷》《明文五峰、文去盈合璧赤壁图赋册》《明钱叔宝、张伯起合璧赤壁图赋册》;内藤湖南藏《庆长活字本君臣图像二卷》《金泽文库本旧拓圣迹图二卷》《旧拓历代君臣图像一卷》;山本竟山君藏《苏文忠公书小字表忠观碑》《苏文忠公书诗赋并帖》《拔粹苏东坡绝句分类一本不分卷》;大西见山君藏《清改七芗画苏文忠公像》;辻道仙君藏《铁斋翁画苏文忠公笠屐像》;富冈桃华藏《旧拓苏文忠公撰书司马温公神道碑》《旧拓苏文忠公书如意轮陀罗尼》《明仿宋本历代地理指掌图一卷》《元椠本吕大临撰考古图十卷》《墨海图二卷》《莳石斋诗集》;长尾雨山藏《明陈老莲画苏长公像》《旧拓苏文忠公画柳州罗池庙迎送神辞碑》《旧拓元祐党籍碑》)。

成多禄作《丁巳生日,宋铁梅、魁星阶两兄,徐敬宜弟以尊酒为寿,赋呈二十七韵》。诗云:"我生苦不辰,久失舞衣彩,兀此飘泊身,频见山河改。俯仰商山芝,四皓今安在? 诸公携酒过,尘窝生异彩。铁老人中龙,文章富肴醢。矫矫徐先生,奇语落珠琲。星阶如德星,和光乐恺恺。深杯互笑言,食谱及调鼐。促坐忘主宾,酒巡乱亦每,醉观八乘昏,金革医冻馁。同此作寓公,蒸幕逾三载,今日获良宴,清风散兰茝。侧闻古君子,拨乱心力倍,燕台筑黄金,师事请从隗。易水风萧萧,气早夺秦亥,快剑芟风尘,六合成爽垲。公等造龙沙,凤为天下宰,胡不振衣起,再接再厉乃。苍生祝霖雨,我亦企踵待,所伤蒲柳姿,浪迹满湖海。平生歌舞场,从人戏傀儡,歌诗一发狂,少作常自悔。乐与素心人,相知不相罪,及时抚家国,痴念动危殆。无言寒阁梅,对人发蓓蕾,相看头尽白,人天雪皑皑。努力崇明德,桑榆愿收采。"

赵圻年作《丙辰东坡生日,集"归来馆"》(二首)。其一:"兹地兹辰会五年,梅花香里岁寒天。自怜老杜在三峡,人笑东坡无一钱。病后琴尊如嚼蜡,静中诗画即参禅。昨朝新得余杭茗,雪井敲冰手自煎。"其二:"传闻太白是前身,天使仙才历劫尘。园笠大瓢犹有像,紫衣腰笛更无人。峰头姑射明冰雪,儋耳群夷识凤麟。莲炬风光虽一梦,凤城今日有何春!"

胡适作《四言绝句》。诗云:"月白江明,永夜风横。明朝江上,十里新冰。"

13 日 教育部任命陈独秀为北京大学文科学长。此前,沈尹默曾向校长蔡元培推荐陈独秀任北大文科学长,蔡元培答允,并支持陈氏将《新青年》迁到北大办刊。胡适、刘半农等《新青年》同人先后被聘执教北大。

《申报》第 15778 号刊行。本期《自由谈》"游戏文章"栏目含《代表棒赞》(闻野鹤)。

魏清德《题〈高帝斩蛇图〉》(限虞韵)发表于《台湾日日新报》。诗云:"丰西之泽荒榛芜,雨昏往往啼狸貙。大蛇昂首横当途,眼如闪电腰围粗。谁为七尺挥湛卢,赤帝因之奠雄图。想见被酒奋神勇,山精木魅供鞭驱。剑光忽起蛇身断,碧血十丈射模糊。何人写此挂堂上,腥风满纸元气俱。淋漓笔墨寄豪迈,斗胸降准神魁梧。当时逐鹿竞权术,季也大言世所无。贺钱书万空手谒,望气亦足诒顽愚。斩蛇毕竟何人见,老姬独哭还虚诬。伤胸不幸若洞背,史家一律附诸篝火狐鸣徒。"

胡适作《采桑子慢·江上雪》。词云:"正嫌江上山低小,多谢天工。教银雾重重。收向空蒙雪海中。 江楼此夜知何梦,不梦骑虹。也不梦屠龙。梦化尘寰作玉宫。"词后跋云:"此吾自造调,以其最近于《采桑子》,故名。"此词原载 1917 年 6 月 1 日《新青年》第 3 卷第 4 号,后收入 1939 年上海亚东图书馆出版《藏晖室札记》卷十五。

14 日 张謇回长乐。归后作门联:"与客共成真率会,看兄仿写度人经。"

15 日 《申报》第 15780 号刊行。本期《自由谈》载"诗话"栏目,撰者"戊戌生"。

《东方杂志》第 14 卷第 1 号刊行。本期"文苑·文"栏目含《陈止庵〈冬暄草堂遗诗〉序》(陈三立)、《陈墨庄先生传》(林纾);"文苑·诗"栏目含《腊月十八日雪感赋》(陈三立)、《除夜得诸真长韦题以寄兴》(陈三立)、《丙辰元旦阴雨逢日食》(陈三立)、《正月三日立春过觚庵宅》(陈三立)、《雨望》(陈三立)、《雨夜写怀》(陈三立)、《觚庵园看梅》(陈三立)、《山居杂诗》(陈曾寿)、《感事》(沈瑜庆)、《过醴泉喜晤宋芝栋侍御即赠》(俞明震)、《过邠州》(前人)、《寄石遗福州》(林纾)、《晓耘饷雨花石,因畀侄琦,诗以报之兼送游燕》(陈诗)、《遣僮杨漕种树》(曾习经)、《和芝庵〈春阴〉韵》(前人)、《题盛伯义祭酒遗墨》(前人);"文苑·词"栏目含《高阳台·清明渝楼同梦华》(朱祖谋)、《六么令》(朱祖谋)、《浣溪沙·松江重九作》(徐珂)。

[韩]《天道教会月报》第 78 号刊行。"词藻"栏目含《阳岁丙辰除夕》(敬庵李瓘)、《中谷书怀》(李瓘)、《除夕》(汨堂刘载豊)、《新年》(汨堂刘载豊)、《咏梅》(汨堂刘载豊)、《元旦》(椿坡金凤国)。其中,汨堂刘载豊《新年》云:"东天旭日转红轮,大地含灵生气新。路上道人振警铎,四邻同归一家春。"

梅光迪《我们这一代的任务》(英文)发表于《留美学生月刊》第 12 卷第 3 期。

文中直言,过于猛烈之挣脱易导致中庸之丧失。

张謇作《梦诣学权久谈,因字之曰希可,寤后成二诗,亦作偈观,书寄之》。其一:"南山林雪散髯鬚,煮药键门玉貌僧。一卷楞严看未了,松边留照一窗灯。"其二:"一行本是曲江儿(唐一行僧为张九龄子),大颠乃与昌黎故。不为有为是慧定,无可不可且当住。"

鲍心增作《嘉平月二十日,元恺侄孙放学,仍勉以诗》。诗云:"夙兴曾不避寒暑,资拙能勤可进修。东西南北儿记取,天廿八宿地九州。"

16日 徐世昌作《丙辰祀灶》。诗云:"红烛照耀罗酒浆,今年祀灶无黄羊。父老献酬儿童喜,岁事将阑又将始。仓囷储偫家室安,坫有鸡鹜栅有豕。陉突旧制今尚存,周官《月令》重禳祀。终岁勤动此暂闲,饴饧果瓜欢邻里。通明夜奏五云章,奔走灶婢与厨娘。祈报齐肃非云媚,有髻之状出蒙庄。金吾禁夜无爆竹,香烟云绕如炊粱。但愿千家万家日日洁,羞膳鸡豚丰腆奉高堂。一粟半粒当珍惜,穷檐不能饱秕糠。齐祝来年丰且穰,含哺鼓腹乐而康,九州四海慕陶唐。"

张素作《祀灶日口占》。诗云:"腊月二十有三日,灶神返驾天帝乡。随俗饯送吾自念,惧遂不获供黄羊。聪明正直那容媚,善恶施报应能详。莫笑客居枯淡剧,一樽玄酒一炉香。"

胡适作《病中得冬秀书》(三首)。其一:"病中得他书,不满八行纸。全无要紧话,颇使我欢喜。"其二:"我不认得他,他不认得我,我总常念他,这是为什么?岂不因我们,分定长相亲,由分生情意,所以非路人?海外'土生子',生不识故里,终有故乡情,其理亦如此。"其三:"岂不爱自由?此意无人晓,情愿不自由,也是自由了。"

17日 《申报》第15782号刊行。本期《自由谈》载"诗话"栏目,撰者"韵秋"。

18日 廉泉发表《拟办吴芝瑛美术馆宣言》。略谓:"所藏历代剧迹及明、清两朝名人字画、扇面千余叶,择相当之地,设馆陈列,而以芝瑛所写楞严经附焉。""欲将小万柳堂出售,助成此举,并为芝瑛五十生日之纪念。"

张謇为陆叟作挽联:"本天随子家风,遁迹为农,亦课儿孙栽杞菊;辈叶道人年纪,端居坐化,不令神异说旌幢。"

19日 柳亚子致函吴虞,引为同调,陈述自己提倡唐音、反对同光体之一贯主张,动员其加入南社。

《瓯海潮》第4期刊行。本期"艺文·诗选"栏目含《雪窗偶咏》(林浮沚)、《酬原韵》(符蜕庵)、《酬原韵》(黄牖民)、《酬原韵》(杨淡风)、《题冷生著小说〈昙影〉》(宋慈抱);"艺文·词选"栏目含《浣溪沙·题陈圆圆小影,叠前韵》(四首,陈祖绶);"艺文·遗著"栏目含《花萼楼书钞(续)》(永嘉周天锡)、《石骊山堂诗稿(续)》(古括苍许一钧)、《留香阁诗集(续)》(张凤慧筠仙);"杂俎·笔记"栏目含《愿花室丛缀》(姜门)、《春在庐诊暇录》(薛立夫)。

魏清德《门松》(限庚韵)发表于《台湾日日新报》。诗云:"栖鹤千年华岳情,分来老干照柴荆。幢幢夹峙双龙立,一样桃符共岁迎。"

翁斌孙作《题徐花农殿试策卷》(仅前廿四行)。其一:"当年献策奏明光,墨彩沉沉笔有芒。掇拾蠹余留半纸,胜看玉版十三行。"其二:"清俊才华老健身,近闻汤饼又延宾。好将一卷匡时策,付与芝阶第五人(花农十月得第五子)。"

20日 陈宧被北洋政府授予明威上将军。

《学生》第4卷第1号刊行。本期"文苑·诗"栏目含《题画红梅》(江苏第七中学校学生季忠琭)、《题鸡冠花》(江苏盐城愿学书社学生沈樋图)、《题同学录后》(浙江省立第十一中学校学生黄淑墀)、《雪夜》(江西省立第一师范学校学生查文辉)、《登城》(江西省立第一师范学校学生查文辉)、《腊梅》(安徽贵池启化学校学生吴月庭)、《读两出师表》(湖南第七联合县立中学校一年生朱家声)、《学舍早起》(广西北流高等小学校三年生杨诗荣)、《路中即事》(广西北流高等小学校三年生杨诗荣)、《都门岁晚怀鹤柴先生》(北京中华大学二年生李晓耘)、《咏史五首》(泰县坂埨市叶甸国文专修社甲班生周育秀)、《斋中观木匠造作,率成七绝四首自励》(广东东莞中学校四年生何嘉贻)、《寄慨》(直隶丰润中学校三年生朱士林)、《新制眼镜囊,遂题一绝》(佚名)、《游上方山诸寺》(京兆第一中学校学生于汉儒)、《看云》(京兆第一中学校学生于汉儒)、《观雁》(浦东纳氏学塾学生姚三多)。

张謇作《寿钱翁七十》。诗云:"贵重最农夫,钱翁识字殊。岁功排菽麦,家世长枌榆。训子出求学,言商仍向儒。田间无暇日,七十只须臾。"

胡适作《论诗杂记》(三首)。其三:"'学杜真可乱楮叶',便令如此又怎样?可怜'终岁秃千豪',学象他人忘却我!"此组诗在作者留学日记中共有四首,题作《论诗杂诗》。其一:"三百篇诗字字奇,能欢能怨更能奇。颇怜诗史开元日,不见诗人但见诗。"

21日 钱溯耆作《小除夕葱石消寒,花下走笔,奉寄并索同社和章》。同人和作:刘世珩《听邠老人口占一律见示,时(珩)正北归,作消寒第四集,依韵奉答》、周庆云《葱石招饮花丛,未及与宴,赋此报谢,仍叠前韵》。其中,钱溯耆《小除夕葱石消寒》云:"胜流高会敞瑶筵,我伴寒梅蹋壁眠。甲子无征笺当历,病辰将尽鼓催年。崔符到处成通数,舟楫何人济大川。羡煞刘郎真健者,双雷一枕乐陶然。"刘世珩《依韵奉答》云:"回首舵棱忆讲筵,归途风雪不成眠。酒杯在手且高会,爆竹惊心又送年。人事纷纭催日月,天公爱惜旧山川。阳生大地春光转,炉火寒灰自复然。"吴昌硕为潘飞声、志沂行书《鹤寿堂共饮和韵》。诗云:"华烛高烧敞绮筵,客来端为主人贤。印香和鲜幽兰操(志沂藏宋元人印章甚多),叠拓张疑拓酒船(壁间悬两叠旧拓甚精。

拓酒船，帖名）。莫问草元谈道德，不知有汉是神仙。紫云一片天容割，却好诗成当锦笺。"诗后跋云："兰史、志沂先生正之。丙辰腊不尽二日，吴昌硕草草。"

黄节作《武林乱后，未得贞壮书，赋此讯之，丙辰小除夕》。诗云："书发临安乱，焉知投不虚。报吾疑疾置，遇客问湖居。往事余心力，寒尊作岁除。寻常饥饱计，相念不为书。"

傅熊湘作《长沙小除夕》。诗云："不知今夕为何夕，已觉小年如大年。入手酒杯聊暖夜，阗城爆竹竟喧天。岁阑客困征文债，世乱人争卖国钱。安得骑驴溪上去，梅酥雪腻扬轻鞭。"

22日 吴昌硕访潘飞声，对酒谈诗，潘飞声作《除夕，仓硕叟枉过谈诗，是夜对酒得雪，欣然成诗》。诗云："翳郁逾旬冷，寒扉静不开。岁除仍作客，家远罢登台。雪逐高人至，春从大海回。老夫怀抱异，豪欲纵千杯。"吴昌硕作《除夕兰老赠诗，依韵请正》以和之。诗云："欲漫谈诗去，闲愁拨不开。真龙腾骨相，幻屋失楼台。晴雪帖翻刻，古春梅酿回。书空常咄咄，天仄海如杯。（丙辰除夕，兰老赠诗，依韵请正，丁巳元旦剪灯，老缶顿首）"同人和作：姜凤章《除夕家征君主人有诗，谨和元韵，呈仓硕、梦坡两先生》、周庆云《兰史以除夕与缶庐对酒得雪成诗却寄，走笔和之》。其中，姜凤章《除夕家征君主人有诗》云："万象趋残夜，寒梅殢未开。诗能小天地，玉已琢楼台。为客家千里，怀乡首一回。屠苏明日酒，准备万年杯。"又，吴昌硕作题《清湘白阳花卉册》诗。

钱溯耆作《丙辰除夕，仍叠去岁韵，录呈淞社诸子》（二首）。同人和作：刘炳照《和邠老饯岁叠韵诗》（二首）、施赞唐《次和听邠吟丈〈丙辰除夕〉，用乙卯年〈翠楼饯岁〉韵》（二首）、周庆云《邠老除夕有诗，次韵奉和》（二首）、钱绥棨《敬步家大人除夕原韵，并呈晨风庐主人》。其中，钱溯耆《丙辰除夕》其一："红楼今夕例开筵，我任花枝笑独眠。阅世荣枯真草草，磨人寒暑自年年。欲求灵药思壶叟，安得丹砂遇稚川。终岁无诗应罢祭，粜盆茶铫火初然。"

刘炳照作《丙辰除夕七十告存诗》（二首）。同人和作：恽毓龄《和复丁老人〈七十告存诗〉原韵》（二首）、恽毓珂（二首）、吴庆坻（二首）、许淮祥（二首）、戴启文（二首）、施赞唐（二首）、周庆云（二首）。其中，恽毓龄《和复丁老人〈七十告存诗〉原韵》其一："魏晋何论更汉年，翻身历劫地行仙。自甘饘粥遵三命，早脱尘缰赋七蠲。白发老偕鸿案少，青箱世隔鲤庭传。清贫即是无涯福，莫羡冰山仰怨天。"

陈三立作《除夕作》。诗云："羁海四除夕，泪眼为之枯。犹媚饯岁盘，过存列仙儒。醉面掀吟髭，家家如画图。引去再改火，抚我溪上株。草玄笑无雄，聊拥寂寞区。世中复何物，坊录送歌呼。一灯定万态，谁主而谁奴。老有所谓道，哀乐灰洪炉。诗书信祸始，成就雏心孤。江城又飞雪，寒压七尺躯。盆枝坼微馨，流庭气昭苏。鸡唱恋煮饼,明月非今吾。"

陈夔龙作《除日感逝,用朱琇甫太史见寄韵》(二首)。其一:"拟伴逋梅遣暮年,重寻蜡履浦江边。鬓余寒带双峰雪,眼底春回万灶烟。谁识韦郎能早达,剧怜秦女竟升仙。茫茫尘海无遮岸,剩有心如不系船。"其二:"残灯挑尽梦都无,故剑恩深我独辜。难续唱酬晴雪句(往在苏州除日晴雪,与内子唱和有诗),空张欢庆岁朝图(旧藏《阖家岁朝欢庆图》现仍张之壁内)。松排寝庙初成荫(梁鼐函云崇陵种松都活),冀长宫阶渐效莘(北客南来,知宫中近事)。泉下有知应破涕,也拼一醉办屠苏。"

叶德辉作《除夕王严士招饮,即席和韵》。诗云:"白日堂堂去,残年此夕除。三家高士宅,一纸故人书。小饮招良友,幽栖爱隐居。入门诗味足,非笋亦非蔬。"其二:"白发笑迎宾,藏书手泽珍。无田留负郭,不药健吟身。高躅驹空谷,清谈麈辟尘。一年诗一祭,岛佛有来因。"又作《除夕怀人绝句四十七首》。其中,《松崎柔甫》云:"不居蓬岛作神仙,来向扬亭看草玄。尚恨眼中奇字少,客囊多费买书钱。"《胡子靖》云:"入世模棱悟地圆,箴言劝我学寒蝉。中朝党禁时翻覆,风浪同舟十七年。"

俞明震作《丙辰除夕》。诗云:"改岁天无异,窥人烛有情。骈枝五除夕,冥想一儒生。雪尽门初启,巢危鸟不惊。寺钟不停响,谁认隔年声?"

陈遹声作《丙辰除夕诗二十二首》。其一:"滇粤烽烟万里连,兵戈何似广明年。御衣血染供猿泪,乐府诗传冻雀篇。函谷阴犁关百二,巢车望断路三千。勤王不见边师至,欲哭秦庭老病缠。"

陈伯澜作《丙辰除夕,西安客舍》。诗云:"沈沈清夜孤灯光,墨池冻结秃笔僵。突兀几案理文牍,自谓守岁惜年芳。久厌梦中闻金鼓,却喜爆竹动屋梁。蜡梅山茶趁时节,春盘新荐椒花香。围炉儿女圈簇坐,谁家骨肉情何长。我已三年在道路,岭云并树秦关霜(甲寅粤,乙卯晋,今年陕,俱因部饬调查勋欢,俱在冬间)。世乱家贫怜宗武,雪盐风絮感谢娘。谁能抛得强出户,作客何似居咸阳。向来未是远曲蘖,岂因病肺谢杜康。帘栊不动院宇阔,坐听早鸦鸣东方。"

徐世昌作《丙辰除夕》《京师度岁寄友梅二首》。其中,《丙辰除夕》云:"衢巷逢逢鼓应鼍,一年容易又经过。间阎岁事期丰稔,庭院春光酿太和。此夜人应贪睡少,今年我喜得诗多。灯前一盏屠苏酒,幼女喧言已半酡。"

陈曾寿作《喜迁莺·丙辰除夕,次梦窗〈福山萧寺岁除〉韵,寄呈寐叟》。词云:"风朝雨暮。笑经岁、梦稳湖波轻橹。赍酒邻村,分斋萧寺,恰称六桥淹旅。为问几家汉腊,依旧春声万户。更持烛,照梅妆,深夜微酲醒否?　　佳处。晴雪映。儿女画堂,不夜花光午。工部灯辉,太平鼓奏,回首鬓年过羽。四十明朝已是,空咏少陵诗句。耿相忆,整朝衫,东老重梳斑缕。"

张元奇作《丙辰除夕》。诗云:"不卖痴呆不逐贫,闲中又送一年身。乡风讵为流离改，腊祭还当拜跪亲。灶下杯盘勤饯岁，灯前童稚渐成人。屠苏换得酣腾睡，一任悠悠世态新。"

陈篆作《丙辰除夕》。诗云："三年马饮图拉水，此夕杯分蒲类春。好觅林泉供笑傲，明朝四十过来人。"

蔡守作《丙辰除夕和笛公韵》。诗云："了无人解痴呆好，独顾痴呆年复年。世事幻于魂梦里，腊灯红接混茫先。共谋浅醉都清福，娟捝尘拘即简缘。还欲祭诗赊酒脯，忆翁已笑锦为钱。"

许南英作《除夕》。诗云："共和民国五周年，犹有深忧抱杞天。月朔缘何更夏正，岁除随俗写春笺。不夷不惠行吾素，无害无灾且自怜。世外桃源忘甲子，且浮绿铠醉尊前。"

黄节作《岁暮吟》（丙辰除夕作）。诗云："闭户十年壮乃出，一别云林老僧室。三年订史江上楼，五稔南归谈学术。栖迟以迄辛亥秋，作始攘胡至是毕。风云廿载一过眼，世变如宫志则律。甘陵部党同时兴，坐视资瑻若滂睢。举国寒心贾生奋，西行解祸虞不疾。尔来遂客宣武南，由癸数今已逾乙。伤心贾育岂无勇，逆睹莽诛不终日。时流百变害亦随，我辈遂为天下失。吾焉能从屠沽儿，亦似正平气横溢。忧来听歌暮亦朝，胜舆俗子相比昵。秋娘妙曲响遏云，敛气入弦泪如梳。嗟予两耳何所闻，视若为娱若为恤。强年借此足自娱，渐解不调到琴瑟。奈何三日遽辍歌，使我无诣岁云卒。"

朱执信作《六年归广州寓居海幢寺，岁除日作》。诗云："暂得还乡仍作客，猪肝一累愧前贤。僧容桑下过三宿，身在兵中近十年。抱蜀不知千载远，放怀翻畏五浆先。何时得税王尼驾，对此横流一怅然。"

邓尔慎作《丙辰旧除夕》。诗云："又是催年尽，劳生感所遭。无由醉司命，独与祭皋陶。山鬼仍披荔，乡傩执削桃。何时得如愿，为赋反《离骚》。"

傅熊湘作《丙辰除夕》。诗云："山庄岁晚静无喧，江海行归自款门。别久妻孥聊共语，劫余风物一相存。酒杯自暖残宵梦，梅萼能苏太古魂。未惜寒炉灰冷意，冬晴已觉万家温。"

高旭作《新除夕感怀》（六首）。其一："年华苒苒客愁新，大厦飘摇托此身。事业未成书未著，萧萧风木倍思亲。"其三："东劳西燕太匆匆，凄绝清霜压断蓬。三十年来身世感，一齐奔赴此宵中。"

张素作《岁除》《除日寄亚兰》（二首）、《高阳台·丙辰除夕，和阿梦韵》。其中，《岁除》云："岁事忽已除，登楼见余雪。天高地清旷，一雁下戈壁。世乱斥候疲，山寒笳鼓绝。客行老将至，迅若驹过隙。蹉跎年四十，去日足可惜。自念发近幡，短不受新镊。不如饮田家，翻倒隔年历。蟋蟀鸣在堂，嗟予可憩息。"《除日寄亚兰》其一："别意无多日，尘劳又一年。津梁吾已敝，井臼汝能贤。累重憎儿女，天寒断粥馆。独伤贫困久，逋负大官钱。"其二："塞北行人少，江南驿使频。有言相慰问，此夕倍逡巡。馈岁宾筵集，传柑礼数亲。客窗方待旦，一剪烛华新。"《高阳台·丙辰除夕》云："别院呼灯，比邻赛鼓，岁华衮衮惊心。酿雪声中，昏雅犹恋重阴。如椽画烛催遥夕，渐瞒人、白发愁侵。意无聊、步向幽斋，一味闲吟。　　美人头上春幡袅，忽开帘顾笑，艳缀钗金。问夜迟迟，断肠更漏谁禁。莺啼未许春先入，又年芳、怊怅而今。待同归、万里江南，赏雪园林。"

狄君武作《丙辰除夕》（二首）。其一："六街人静夜钟微，酒入愁肠事事非。案上有诗惭岛瘦，镜前无语忆环肥。廿年心血骚人集，万里孤寒游子衣。岁岁今宵发清醒，悠悠天地欲安归。"

沈昌直作《除日，和长公作》。诗云："我也少孤露，上赖有阿兄。讵惟原与隰，一一仰厥成。即作文苑游，亦足慰生平。兄才实天授，下笔轻且清。少日更力学，坐拥书百城。我也百不似，未足肩随行。亦谬得虚誉，谓与兄齐名。奈何饥来驱，坐席不得宁。岁岁与兄别，行役百里轻。登同一以望，山程与水程。空念对床约，风雨愁肠萦。独于岁晚时，人事正纷营。而我却清暇，与兄还柴荆。一日几往复，每以诗相鸣。不作牢愁语，不为激楚声。潇洒与淡泊，各自舒性情。往往一篇出，惊喜抵瑶琼。座间二三子，或亦为心倾。慨自世衰敝，道丧文凋零。黄茅与白草，到处逢群盲。幸我一门内，尚有青毡青。父书未厌读，教子有一经。奇文共欣赏，兄弟逾友生。即此诗书业，已足进一觥。况复逢除夕，厨有酒与羹。愿一为兄寿，笾豆侔家庭。一觞复一咏，要使杯不停。拼共坐此夕，酬和到天明。"

张质生作《丙辰除夕》。诗云："岁月堂堂送逝波，每逢除夕客中过。绮窗梅鹤欣无恙，边塞云龙会若何。双蕊灯花明灼灼，千声爆竹喜多多。楸枰一局占优胜，伫听三军唱凯歌（守岁无事，与实斋、澍恩赌棋，是日子寅出师，故及之）。"

廖道传作《次刘靖君曼〈丙辰除夕〉韵》。诗云："凝神用巧懒承蜩，梦堕江湖独艇摇。粤调鹧鸪行不得，骚魂湘女怨偏遥。漫斟浊酒浇蟆尾，趁买钟花玩竟宵。知道坡仙吟守岁，可应禅理印参廖？"

陈隆恪作《除夕》。诗云："峥嵘岁月等闲去，惘惘情怀坐此宵。想象高堂分枣栗，逍遥游子狎渔樵。哄村爆竹饥腹转，得食雏鬟阵马骄。偶共樗蒲轻一掷，暖围红烛酒痕销。"

李思纯作《除夕》。诗云："初阳节候异冬寒，残腊心知百事难。短榻挑灯愁正永，风炉觅句夜将阑。微生偃仰同深负，终岁评量得少欢。且放清杯成浅醉，坐看菜甲上春盘。"

刘伯端（景堂）作《临江仙·除夕》。词云："有酒莫辞今夕醉，明朝便是明年。

五更风急晓寒天。乱鸦啼后，人意寂如禅。　　一刻韶光看易尽，眼前犹自缠绵。重帘不锁博山烟。锦屏春透，花气滞人眠。"

林伯渠作《游花市》(初到广州，除夕游花市)。诗云："初到岭南地，果然天一方。看人除夕晚，争市吊钟芳。店悬三蛇酒，庙烧六祖香。如何能惯习，运会早开张。"

[日] 内藤湖南作《大正六年一月廿二日，木内京都府知事招饮席上，率赋一绝呈吉甫尚书。尚书尝有库伦诗传诵于我邦士大夫间，莫不为之揽涕。今用其韵，徒增兼葭倚玉树之丑耳》。诗云："文武全才尹吉甫，风云未会鬓幡如。直须兴复周宣业，特笔加圈档子书 (太祖命额尔德尼依蒙文制满字，尚无圈点，其后太宗又命达海加以圈点。尝观盛京崇谟阁藏有无圈点档子、加圈点档子数百卷，并系国初起居注之类)。"

[日] 白水淡作《丙辰除夜》。诗云："马头欺雪几千峰，却喜溪村酒味浓。五十壮心犹未减，岁除枕剑梦芙蓉。"

23 日　杨霁园作春联两副。其一："丁香人咏江头事，丁开春茗供诗话，丁部大家杜诗韩笔；巳日听琴太学心，巳象秋蛇人篆书，巳日修禊兰亭蓬池。"其二："丁家梦松客，丁男得震开三索，丁年远志归弧矢；巳节采兰人，巳气乘乾化六爻，巳日闲情付酒杯。"

吴庚作《丁巳春联》(二首)。其一："冰作头衔人与空山同冷落；铁封心史谁知本穴有阳秋。"其二："空山无人流水夕阳自今古；大块假我落花啼鸟皆文章。"

周庆云春节与沪上诸老唱和。许滧祥作《丁巳元旦诗，仍用乙卯年韵》，周庆云作《狷叟元旦有诗，集古和之》；又，钱溯耆作《丁巳元旦口占》，同人和作：钱绥槃《次韵谨和家大人〈元日口占〉之作》、周庆云《和邠老元旦原韵》；又，施赞唐作《丁巳岁朝，雪霁偶成》，同人和作：汪煦《和施槁蟫元日试笔韵》、周庆云《和槁蟫元日诗韵》；又，汪煦作《丁巳元日述怀，录呈梦坡》，周庆云作《和符生元日咏怀原韵》，汪煦又作《梦坡和予元日诗韵，再叠奉酬》。其中，钱溯耆《丁巳元旦口占》云："滴水成冰腹泽坚，盦梅巩雪得春先。书云怕说维新运，祈穀欣占大有年。犹是古风存汉腊，竟无美语颂尧天。蜩螗羹沸真儿戏，国事奚由策万全。"施赞唐《丁巳岁朝》云："春还尚距十三朝，未许春光泄柳条。遥夜冻云侵晓破，隔年积雪向晴消。神州板荡粗偷息，海国烽尘竞长骄。花甲过头犹住世，越添一岁越无聊。"周庆云《和符生元日咏怀原韵》云："相看暮暮又朝朝，枉说归云钓雪苕。影瘦同怜梅易老，天寒未解雪还骄。打窗有竹浑无赖，对酒何人却费招。我爱桃潭千尺水，不曾逐浪入江潮。"

康有为赋长诗二百三十五韵，题为《开岁忽六十篇》。康有为自戊戌蒙难，流离异域 16 年，三周大地，游遍四洲，经 31 国，行 60 万里，一生不入官，好游成癖，而今老矣。沈曾植言古人最长诗一百五十韵。《开岁忽六十篇》云："开岁忽六十，元日岁丁巳。除夕饮团栾，群儿闹鼓吹，爆竹声震雷，红梅丽繁蕾。雪花大如片，飞来遍阶所，池台铺瑶玉,林树缀琼珥。天姥舞羽衣,来献新年瑞。严服事上帝,酒醴祀祖妣。灯烛烂廊槛,儿女欢饔膳。俯仰易元正,感慨进我史。长途行漫漫,犹记当童龀。视彼耆旧翁,相隔远莫比。岂料亲吾身,及此花甲纪。长江夜大浪,扁舟渡杨子。避雨苏台屋,瓦飞立无堕。华德里落砖,掠面过从耳。假砖移半寸,中脑遂已殪。《大同书》未著,中国人无此。廿八患头风,半载痛不止。群医束手谢,自计亦永已。苏村延香屋,瞑目将不食,令妻与寿母,旁观泪沘沘。海外有良方,书架得数纸。拼死妄尝药,首疾居然弭。海通大势变,万国进猛鸷。中华犹守旧,沉沉若鼾睡。上自马江败,下迄割台议。不忍吾国危,七上书投匦。遭逢尧舜君,采纳及葑菲。震雷驰霹雳,变法除痈痏。维新甫百日,昭苏动万汇。牝晨构吕武,谗慝遇宰嚭。毒雾噎尧台,冤云惨柴市。竟遭甘露祸,逮捕三千骑。闭城三日索,铁路中断毁。津沪并大搜,惊涛立海水。兵舰走飞鹰,严电驰远迩。密诏命吾行,仲发歌变徵。戒吾易僧服,北走蒙古寺。幼博长跪请,过津难自秘。吾生信天命,自得大无畏。经津登芝罘,拾石罔忌讳。到沪得伪诏,正法着就地。惊闻上大行,舍身投海汜。英吏力抱我,劝言宜少俟。朦胧多巨舰,护我驱涛主,十死亦不足,幸免皆天意。己亥港省母,高楼夜遇刺。开门正对贼,隔岸仅尺咫。大呼吾闭门,惊奔贼走避。乃改炸药焚,买邻穿地隧。吾适图南行,阖户免于萎。悬金五十万,购我头颅贵。横地浩茫茫,视天梦瞢瞢。庚戌居星坡,又为敌所忌。健贼夜斩关,车夫痛断臂。吾先及晓行,破浪已远致。天幸何多逢,湘累尔何恃。廿年亡海外,时时办一死。遗嘱系衣带,恒干付仆婢。君危莫济扶,母病归难侍。忧国惊溺渊,思家轸病姊,祭先顾无后,望乡归无自。浮云漫长空,飞扬惟尔企。频繁叹绝粮,质物尽簪珥。印度居绝域,交通艰邮寄。生儿大吉岭,瘗儿亦于彼。小坟向中华,后顾无有嗣。囊余十四钱,自分沟壑委。峨峨须弥雪,天半横峻峙。望岳歌采薇,金石吟拥鼻。英雄方时来,霸王自高视。丈夫惯饿死,佣保亦何耻。巀嶪鸡足山,伽耶塔尚岿。方塘十七龛,有斋挟女季。山道夜深行,白牛车缓弛。山僧挟二挺,防盗出与倚。危径闻狼嗥,深林忧虎咥。驱马哲孟雄,荒山行日四。径仄路又滑,日黑驿未莅。下临万丈涧,轰轰浪声恣。林密杳无见,山瞑行弥邃。前则忧虎豹,后则忧蛇虺。长啸愁猩猿,一脚惊山鬼。同壁投我怀,挥刀扪壁卉。尺寸扶服行,一步汗惴惴。出林见星光,据石听流驶。枯坐待天旦,篝火露垣垝。喜心乃翻倒,得生倒酒卮。在德遭目疾,延医无药饵。腹痛摩洛哥,不敢入郊鄙,洪涛渡西洋,巨浪泛其屁。吾道其非耶,旷野多虎兕。生嗟人道绝,死葬蛮夷殪。岂天降大任,拂乱苦心志。险阻与艰难,重耳久历试。大地环三周,四洲足曾履,那发日不落,北极看薆薱。游三十一国,行六十万里。十九年于外,子卿已暮齿。竟逢唐虞禅,已知舜禹事,新室善诈符,曹社阴谋鬼。谬假共和名,只为篡盗计。四海饮泉狂,九洲惨鼎沸,生民哀涂炭,百物尽更始。九关布虎豹,白日走魑魅。学校禁读经,天孔废礼祀。僬僬睹飞舞,攘攘争权利。荃蕙化为茅，芳橘变为枳。神社与神帝，风晦泣坛壝。鬼妾与鬼马，色悲供娱使。神州忧陆沉，须磨悲憔悴。龚胜辱频征，管宁卧不起。东海吹鼍浪，风木哀陟岵。白首奔丧还，朝市久变置，重入黄浦江，若隔人间世。重望白云山，毁垄难为祭。重返银河乡，见塔若梦寝，重上澹如楼，摩挲七松翠。怆然化鹤归，人民似非是。萧萧茂陵树，风雨注荆杞。卧棘铜驼伤，入河金仙泪。旧俗既迁移，教化亦沦坠。大好旧家居，纤儿撞破碎。神器既折散，谁能造神器。我归一不识，若异域人贵。闭门未暇论，无贤愚恶美。欧战莽风云，申江遽迁次。沁园艳池台，书画饶清闷。藏书廿万卷，四百画在笥。欧美亚珍物，博搜集环异。少文为卧游，华胥梦醄肆。山谷芳杜若，牵萝从园绮。漱松饮石泉，搴芳采兰芷。岁晏孰华予，种菜犹附髀。巨君怀大欲，托名置金馈。蹇然起巨波，洪宪图帝制。吾时游西湖，看管几囚纍。翩举脱樊笼，悬赏犹密伺。吾本淡荡人，鲁连义不帝。发愤呼义徒，奔走易赵帜。碧海掣巨鲸，大力曳厥勚。蚩尤旗已灭，啧室议尚嘤，五年三大乱，虫沙可歔欷。君子为猿鹤，小人为蝼蚁。四海嗟困穷，杼柚空筐篚。机枢已停转，邦国无活理。中原试睨望，澄清待揽辔。蒲轮迎申公，洪范访箕子，执政虚旁求，却曲未敢诣。崆峒多风云，横天射长彗。鲲鹏负九万，千里假翼翅。披艰扫紫氛，太清澄翳滓。渺渺兮予怀，天乎胡此醉。补天犹未能，炼石负惡愧。贤严几历劫，兰菊戈代递。新者日以亲，旧者日以徙。帝王与将相，亲戚及友纪。山邱多零落，吾生观何为。古人多遭变，无如我所被。过眼烟云中，收拾色空里。维吾揽揆辰，五日月维二。大火赤流屋，子夜吾生始。戊戌亦流火，蓝焰祸先悸。父老动色惊，奔走成怍异。书香再世延，吾祖赋诗慰。时秉钦州铎，名余钦为志。摩顶受教告，趋庭训垂鲤。康叔刘康公，未知所受氏，代传青箱业，十三世为士。十一龄能文，十二览传记。连州观竞渡，古诗二百字。耆宿惊传诵，神童谬誉拟。长受九江学，大道唏其藏。以圣为可学，豪杰能仰跂。虹气摩青苍，长剑碧天倚，生性本淡泊，握卷穷日晷。幽幽云洞奥，峩峩樵山峙。万木下拥书，瀑流听弥弥。故乡银河桥，故国七桧址。淡月筛叶影，落花满衫履。金山望红棉，花埭种茉莉。蓬馆日游行，绿暗闹红醉。究极天下略，研究诸教旨。著书遂等身，发真除糠秕。讲学得英才，循陔奉甘旨。虽尝窃科第，无情求禄仕。一生不入官，好游有癖嗜。乐丰草长林，行山颠水涘。松霞弄晖变，花鸟献天媚。漠沙山海巨，雄奇入目眦。造物妙文章，千红更万紫。吾既生其中，乐天受蕃祉。前哲竭心思，制礼乐工技，吾幸生共后，美乐略大备。合沓翕受之，济众用博施。若生太平时，独乐吾几几。岂肯预人国，历险冒诋诽。无如哀民艰，又痛国事毁。猥以不忍心，百难遂集矣。亡身及其亲，戮尸及先妣。三魂易断丧，廿载歌琐尾。临崖足垂外，蹶坠下无底。仰涎见鳄鱼，磨牙遇封豕。假能临国强，身殉亦乐只。回观中国势，坠渊日倾否。空自覆吾家，危身其余几。胡不为燕雀，稻粱饱豢饫，胡为慕巨鳌，戴山竟流徙。丧乱俗反谪，置罘陷老疕。

见人鲜佳妙,睹物博欣意。林泉送日月,岂不得乐恺。含旃复含旃,避世永断弃。入山恐不深,友鹿衣荷芰。人外天海阔,逍遥无歆冀。斯人既吾与,同患应大庇。万物皆一体,诸天并同气。发愿救疾苦,《华严》现弹指。中天俯云雨,大旱待一溉。瓦砾与腥膻,不厌人世味。往返曾八千,来此偶示现。戮辱与谤攻,皆吾凤蘖遗。于天固不怨,于人亦不恚。化人之烦恼,热口亦何似。世界自无量,国土本蕞尔。陶轮曾一掷,天地为倾坧。八表虽经营,仅若治邻比,天宫游汗漫,地狱入恻悱。岂敢惮患难,但发吾悲智。撚须白成丝,断发短以眊。观河面迁皱,嗟余共老矣。唯吾满腔春,赤子心尚稚。假年百二十,吾志自强冀。形容日衰艾,浩气日壮厉。纵浪大化中,不忧亦不喜。江海几浩荡,天人自游戏。"

张謇作《以诗侑梅赠雪君,慰其新愈》。诗云:"春如有讯渡江来,病起停针对镜台。弱质已知愁盏药,新机急与致盆梅。栏前月且哉生见,砌下花须特地栽。濠雪尽消波渐涨,翠眉应为好山开。"

沈曾植作《丁巳元旦试笔,题元朱玉摹唐人〈灵武劝进图〉》《和留垞〈元旦试笔〉韵》。其中,《丁巳元旦试笔》云:"天回地转中兴图,披卷如闻万岁呼。国有君矣民儌苏,是曰日月重光乎。白云在天白鹤趋,奇祥异瑞集征应,未若前后兹謹鼗。孝宣之孝史具疏,禅位议在兵兴初。贵妃街块事以寝,马嵬复有传宣摅。遮道留行曰天意,分龙厩马无踟蹰。灵武南楼涕欷歔,复复指期期不需。前甲后甲六旬耳,威声已撼东西都。唐家再造斯权舆,趣取大物何言欤?上笺裴冕杜鸿渐,授玺见素房琯俱。图中班联杂父老,太子有蹙颜非愉。不得已怀画史喻,邺侯表意同慺慺。图后亭池大官厨,凭栏有美容庄妹。固知少游供张盛,宝鞍良娣初安居。天生民而立之君,王在春秋帝典谟。孰非尊号克戡乱,戏论我不冯新书。涪旛诗袭小宋余,次山颂美无加诸。拾遗洗兵有正议,今周后汉昌于胥。及樱桃荐遍归欤?中兴新数年强梧。"

王树楠作《元旦》(二首)。其一:"元日抱镜走,黎明雪风峭。空城阒无人,但闻鸡犬叫。西北天气白,或谓洪水兆(勇敷案,谚云:'西北白,水入屋')。巫咸不再世,凶祥讵可料。且去吟屠苏,醉谑不为暴。嗟哉白发翁,先杯愧年少。"

陈三立作《丁巳元旦雪晴》。诗云:"天光新雪屋,一白说年丰。已静溪山气,初高雁骛风。城陴寒角动,影事醉吟空。倚阁哗儿女,晴霞井口红。"

陈曾龙作《元日书怀,用除日韵,呈少石兄》(二首)。其一:"历头犹是义熙年,万户春声入耳边。问字门余三尺雪(旧日列门墙者仍循例来贺),瓣香心奉一炉烟(适购得王阳明先生画像手卷,杨忠烈、赵忠毅、黄忠节、陈忠端四忠遗墨,盥手焚香,敬谨展视)。观人有术先观我(洪幼琴观察谈清淮旧事),学佛无缘且学仙(旧藏旨酒垂三十年,开瓮与林诒书共饮)。才逊马工与枚速,思如上水强撑船(兄诗先成)。"

叶德辉作《元日》。诗云:"喜逢元日放新晴,未晓花飞雪满城。三统历行存汉腊,千年朔奉讳秦正。无王置闰春偏久（万年历书今年闰四月，新历今年闰二月，颇相错连），似我荒时岁易更。玉步已随天步改，阶前蓂却应弦生。"

沈瑜庆作《丁巳元日，为培老题元人摹本〈灵武劝进图〉，邀同社诸君同作》。诗云："四海为家无客礼，吾君之子讴歌启。龙飞晋水颂河清，蛙陋蜀山入井底。耄期西狩正倦勤，间气中兴厚根柢。乞留太子系人心，那复角巾归旧邸。当时物论已卜枚，何物腐儒妄测蠡。况复劝进出父老，从此勤王皆子弟。浯溪臣结词琼琚，兵马臣甫歌净洗。事有至难诚天幸，神之所予惟恺悌。仓卒宁缘攀附心，军旅犹可忠恕济。一时拥戴方鼓行，万里起居烦急递。翰林供奉罪长流，朔方老将肉生髀。吞声凝碧客题诗，浪游淮南人问米。迎銮天子本纯孝，移宫旧官有流涕。六军往日怨杨妃，四摘他年咎良娣。我谓宰相得其人，行见宫府皆一体。太平气象再朝元，曼衍鱼龙排角牴。君从岁暮得摹本，我念班行趋殿陛。本朝宽大迈前古，历史功过许相抵。"

王小航作《新年》。诗云："秋菊尚有花，春梅更舒萼。家人营岁除，儿童甚欢跃。香楮荐鸡豚，爆竹惊燕雀。跪拜事无余，饮福肆大嚼。"

徐世昌作《丁巳元日》。诗云："元日清明万事宜，关心民业在东菑。铭来柏叶方呼酒，暖入梅花合有诗。三代敦庞谁复古，九州寒燠各分时。苍黎何日同康乐，风转阳和百卉滋。"

杨钟羲作《丁巳元旦试笔寄节庵》。诗云："余雪晴光照海壖，敝貂折叠罢朝天。圣人避殿仍今日，首宪程期已九年。瑶水未须巡穆满，岐阳终见颂周宣。鳌峰龙翰先型在，帝学勤思《保传》篇。"

陈遹声作《丁巳元旦》。诗云："鹤语分明雪里传，尧天景物故依然（除夕大雪，天明日升，亦瑞征也）。老臣思洒秦庭泪，竖泽犹胶汉水船。事去朝鸡忘叫旦，春来野犊候耕田。岁朝尚有承明象，宣统纪元第九年。"

顾震福作《丁巳元旦步襄虞韵》。诗云："岁朝寒尚重，风景已清妍。鸡犬安宁日，龙蛇嬗代年。梅花新酒漉，桃梗旧符悬。正朔何曾忘，家家爆竹燃。"

林苍作《除夕谢平冶惠梅花》。诗云："春光未动意先新，雅致如君信绝伦。除夕他年添故事，天遗家有送梅人。"

王舟瑶作《元日》《和俌周〈元日〉韵》。其中，《元日》云："五十九年如梦过，匆匆又见斗杓更。纪元合仿唐天祐（唐社既屋，而晋岐淮南仍用天祐纪元），献岁仍遵夏小正。短鬓渐凋悲日暮，壮心犹在望河清。可同昨夕潇潇雨，洗净余腥始放晴。"

黎承礼作《丁巳元日坐镜衢楼，检朋旧诗札，见翰屏去腊酬和三律，仍叠前韵奉寄》（四首）。其一："人事已随新腊改，椒觞犹及岁朝陈。五更曙警闻鸡枕，十里晴开放犊原。架阁雨余花笑客，添盘蔬足芥生孙。西楼永日高扃暇，得诵清诗止睡昏。"

严廷桢作《丁巳元旦》。诗云："除岁有声闻爆竹，春光犹未醉屠苏。祥霙夜兆丰年瑞，暖日晨开奁画图。百戏翻新喧社鼓，千家依旧换桃符。临安风雪柴门霤（丙辰除夕梦中得句），物我相忘道可娱。"

吴昌硕作《丁巳元日》（二首）。其一："天与诗穷相，人言聋寿征。黏涂听亦好，身世损何曾。猎喜模姬碣，诚思拜孔陵。今年七十四，扶老未须藤。"其二："研炙漫临帖，雪晴贪倚阑。梅心舒郁勃，老味咽酸寒。天子无家别（闻将游学），麻姑见海干。可邻仙不羡，满意祝平安。"

傅熊湘作《丁巳元旦一月二十三日》。诗云："起看晴日隔窗明，人意翻从节序更。乐事中年付儿女，岁辰先兆稔蚕耕。江湖倦识行吟意，栏槛遥传徙倚情。未觉青山便摇落，向春万木已峥嵘。"

连横作《丁巳元旦》。诗云："莽莽星球又一旋，人间何处得春先？新蒲细柳皆争长，冶燕痴莺亦可怜。三海屠龙成浩劫，中原跃马待明年。椒醑醉后婆娑舞，快读螣龙烈士篇。"

俞陛云作《丁巳新春，和啸麓韵》。诗云："末途已分裂儒巾，谁信文章尚有神。渡海未闻朱舜水，沉河深愧顾宁人。天荒下瀫仍为客，花发蕃釐又及春。箫鼓自喧心自寂，掩关未觉岁华新。"

林之夏《元旦雪晴，同知渊登吴山，是日知渊赴京师。其来杭为丙辰除夕，相聚仅一日也，书此示之》（四首）、《钱模出〈丙辰除夕〉之作索和次韵》。其中，《元旦雪晴》其一："柴门风雪闭天涯，置酒张灯纪岁华。相见弟兄忘在客，成行儿女便为家。绝裾江海微名累，荷锸田园旧愿差。自是介推愧狐赵，空山寂寞数龙蛇。"其二："不因衣食走风尘，祝汝能为胜我人。党祸谁开难了局，战瘢自惜幸存身。宾朋沦落河梁远，寇盗纵横岁序新。咄咄严陵竟何用，布衣胶漆只雷陈。"《钱模出〈丙辰除夕〉之作索和次韵》云："疏灯初度腊，薄酒不成春。来日方多事，中原未有人。君真好身手，我欲倦风尘。孤愤都为罪，相看一怆神。"

许南英作《元旦，用贡觉〈除夕〉原韵》。诗云："正是和风旭日天，咚咚腊鼓闹春前。除年爆竹催寒尽，迎岁梅花得气先。行乐女儿欢彩胜，宜春门户贴红笺。他乡度岁闲无事，有酒提壶酩酊然。"

杨晨作《又和〈丁巳元旦〉诗韵》。诗云："昨宵滴沥晓开晴，世事匆匆一岁更。甲子何人书晋士，春秋有笔纪周正。可怜下土思膏泽，争奈浮云蔽太清。覆雨翻风犹未定，苍茫独立不胜情。"

王乃征作《丁巳元旦》。诗云："流人无岁月，春至复何如？世事忍终古，予生犹信书。闭门残雪后，薄酒易辰初。睇昐阳回早，非关冻一庐。"

濮贤姐作《丁巳元旦试笔》（四首）。其二："齐眉人羡室家和，荐岁团栾乐趣多。儿女新妆承色笑，重门深处听弦歌。"其三："声声爆竹喜迎年，偶渡蓬瀛别有天。但盼春来膏雨足,丰收禾稼乐陶然。"

邓尔慎作《丁巳元旦》。诗云:"六年一月廿三日,刚过秦正旧丙辰。腊尽俗犹思故朔,朝来愁既入新春。遣怀渐觉闲吟少,乍见还闻吉语频。拼醉屠苏容午睡,幸无投刺候门人。"

徐继孺作《丁巳元日书感》。诗云:"丁巳之年吾以降,倏忽又见丁巳年。阳九百六君不信,何以东海犁为田。我欲稽古阅世变,上溯唐虞歌复旦。可恨祖龙老不死,载籍俱随秦火烂。"

汪兆铨作《元日,用〈祀灶〉韵》。诗云:"卧听巡檐乾鹊声,起看晴色遍三城。桐阴值闰应添影,兰蕊向人空复情。广乐旧闻天帝醉,湿灰谁识地文萌。屠苏老去应婪尾,独醒谁能效屈平。"

沙元炳作《元日试笔》。诗云:"新日温暾满曙窗,昨宵雪气渐能降。斫冰墨试时晴帖,续醉醪添守岁缸。贺客笺稀忘旧俗,教儿诗就换春腔。翛然一榻天机足,忧乐无心到老庞。"

丁立中作《丁巳元旦》。诗云:"元辰景物已妍华,瑞雪农占大有夸。春喜贺诚无燕雀,夏时历正换龙蛇。桃符新焕诗人宅,梅信犹藏处士家。努力三余期不负,莫忘炳烛恋烟霞。"

赵熙作《宣清·元日》。词云:"天在山中,六换年光,依然千门送喜。似儿时,还祝岁丰,愿人间,普销兵气。燕子生涯,桃花世界,钧天梦里。领全家,贺新春,尊前心事提起。 念正朔随人,衣冠易代,不才今老矣。自紫陌朝天,乌台削草,历定哀间,一一中华麟史。到余生,斜川无地。舍陶潜,义熙谁记。一杯酹长命,问此后东风,过丁年是谁丁巳。"

周岸登作《燕山亭》。序云:"丁巳元日,车过金鳌玉蝀桥。圆殿琼岛,参差盈望,岁华转换,风景不殊。怆然动念,因调此解。"词云:"椒酒迎曦,梅萼破寒,丽日千门光烂。琼岛镜空,太液冰澌,回合望中圆殿。岁首年芳,抵多少、羁人心眼。谁管。嗟旧雪犹凝,旧尘轻换。 轻换离梦重重,问天上人间,赋情何限。金勒竞飞,绣幰齐开,争夸早莺新燕。旧扫巢痕,是高处、寒多春远。归晚。和泪饮、冻醪杯浅。"

蔡守作《丁巳元旦,和〈菊衣花〉韵》。诗云:"忍把年时论旧新,年新依旧岁寒人。奇花自抱孤芳意,一尘思除万古尘。只守幽窗求独乐,未容专壑著闲身。冬心那解东风暖,霄壤皆春非我春。"

沈昌眉作《元旦试笔,示颖若》。诗云:"我生壬申九月底,迄今丁巳正月始。阅岁四十益以六,四十五回元旦矣。齿摇发秃暮境迫,此后元旦知有几。忆自甲申遭孤露,茕茕母子相依倚。薄田不足供一饱,饔飧赖有母十指。梦梦者天不可问,己亥又丧我母氏。遗容在堂馨歆杳,每逢元旦色不喜。就中一事差解怀,有弟能文声鹊起。纵使饥驱离别多，年年年底归乡里。柴米油盐置不顾，一灯相对谈文史。此乐亦足傲王侯，世间富贵浮云耳。今年风雪岁朝寒，且复围炉浮绿蚁。一杯兄弟互为寿，父母遗体同毛里。少年苦乐两人知，此意未可喻妻子。人生百年会有尽，十年以长当先死。达士非贪生后名，一篇墓志宁容已。出自弟手无虚辞，后之读者咸称趣。家人谓我语非祯，元旦岂宜口出此。不知歌斯哭亦斯，古人颂祷有深旨。生不饥寒死不朽，更有何事邀天祉。"

张素作《丁巳元日过苌卿官舍，见盆盎中牡丹已开，二株作粉红色，为自来塞外所未有，苌卿属予赋诗赏之》《阴历岁首，饮与忱斋中》《水龙吟·丁巳元旦，和阿梦韵》《望江南·丙辰度岁词》《定风波·丁巳新岁作》。其中，《丁巳元日过苌卿官舍》云："重台新破牡丹芽，出塞天寒吐赤霞。不信冰霜余晚艳，犹疑京洛见名花。香风拂拂檀心暖，粉雨濛濛蝶翅斜。况值岁朝供宴赏，两行宾客口争夸。"《水龙吟·丁巳元旦》云："画竿晓日参差，晴光一片冰花碎。有人待旦，同开镜匣，宿妆新洗。室暖回春，帘清泼水，了无尘翳。且相携点笔，双蛾自绿，纤纤处、眉痕退。　　因念客居失意，人尚恋、瓶花香气。早莺一啭，东风待问，何如去岁。小供辛盘，微酣卯酒，又教沉醉。拥炉薰绣幄，氤氲不散，袅沉檀瑞。"《定风波·丁巳新岁作》云："慰藉年华在客中，黏鸡贴燕太匆匆。卯酒乍醒人乍起，曾记。手拈彩笔与书红。　　陌上车尘摇绣幰，楼头烛影□珠栊。入夜倍教肠断处，箫鼓。满城人正闹春风。"

包千谷作《丁巳元日，喜晴作》。诗云："风和日暖早晴天，祝到共和万万年。欲壮国威培国脉，勉开民智振民权。百般实业能提倡，四顾邻封自保全。翘首喜瞻新气象，光明世界乐无边。"

张质生作《和焦澍恩〈元旦试笔口占〉元韵》。诗云："等是从军客，青云附雁行。年来霖雨志，可要及时偿。"

陈隆恪作《丁巳元日遣怀》。诗云："叠嶂开晴照，寒丛孕早春。杯深人意远，村隘鼓声频。变俗知何世，埋忧有细民。襟期聊自许，终负鬓毛新。"

郁达夫作《元日题诗寄故里》。诗云："又从宾馆度新年，回首中原路几千。甲子排来惊久客，鹧鸪典后恋春眠。也知白发高堂意，奈少青山小隐钱。欲报亲恩无别物，商量还是寄红笺。"

瞿宣颖作《丁巳元日》。诗云："清漏重帷透晓寒，元辰初雪瑞争看。庭柯纵目瑶华缀，家酿开怀碧盏宽。岁序渐知随鬓变，人生难得是亲欢。儿童尽解娱翁媪，笑索当筵饤果盘。"

黄征作《万里春·丁巳元日》。词云："莺娇燕姹，报道新春来也。算人间、一片欢声，满金门玉榭。　　问客胡为者，尚依旧，寄人篱下。望家园、隔断关河，甚欢怀堪写。"

胡骏作《丁巳元日试笔》。诗云："命宫磨蝎坐生年，往事思量辄惘然。遭谤乐羊书一箧，卖文司马牍连篇。浮云玉垒能遮日，流水金汤自隔天（金汤桥为中国地 5 租界分界处）。集泮鸦音容易格，津门留彼好音传。"

[日] 德富苏峰作《丁巳新年》。诗云："等闲五十五新年，勋业文章两漠然。祗剩青春狂态在，新篇写出笔如椽。"

[日] 松平康国作《丁巳元旦拜伊势神宫》。诗云："神宫穆穆蔼晨霞，五十铃川澹不波。草莽微臣何所祷，曾无一语及身家。"

[日] 白井种德作《丁巳岁旦杂诗》（四首）。其一："微醺椒柏酒，韶气动茅庐。赋得远山雪，东方欲白初。"其二："晓天飞雪霁，初日射明窗。送客又迎客，朝来亲酒缸。"其三："试笔同儿女，贺正并寅笺。墨香薰四壁，乐意个中深。"其四："虽尔醉屠苏，进修何可止。先抽书筒中，皇典记兼纪。"又作《丁巳新年，次堤前知县见似诗韵却寄》。诗云："疏梅幽竹绝纤尘，缅想悠然此迓春。应有经纶胸里熟，待君仕进与年新。"

[日] 服部辙作《丁巳一月一日，月村老樵来访，此夜留宿席上分字得年，同赋》（二首）。其一："与君同醉又同眠，春在椒尊纸帐前。一世论交持此例，不相逢日即驴年。"其二："家风淡若日常然，一笑供宾煮玉砖。咀嚼借他诗味美，齿牙春色又一年。"

[日] 砚海忠肃作《丁巳元旦》。诗云："一掷乾坤斗虎龙，欧洲山野战云浓。日东赖有圣天子，亿兆迎春喜肃雍。"

[日] 内藤湖南作《丁巳新春感怀，次西村子俊韵》。诗云："天地犹龙战，念灰麟阁名。难追晁错故，聊伍杜田生。守缺寻微谊，起衰仍细评。时翻荒外帙，抽笔志虞衡。"

[日] 白水淡作《丁巳元旦》（二首）。其一："客身无恙遇佳辰，仰见东天初日新。最喜韩山千里外，慈亲八十一回春。"其二："一袭戎衣重岁新，他山战祸只堪怜。东风不隔樱花园，八道臣民共祝春。"

[日] 石川贤治作《丁巳元旦二首》。其一："晨曦杲杲上岩松，瓶里梅开春意浓。起启西窗何皎洁，天边白雪玉芙蓉。"其二："栈云台上瑞霞殷，贺客来稀鸡犬闲。时闻朗朗高吟响，人在茅檐松竹间。"

24 日 上海地震，沈曾植有《地震》一首纪之，陈三立亦有《开岁二日，地震后晨起楼望》。其中，沈曾植《地震》云："祸福谁选择，灾祥愗莫论。曹谋逢弋雁，晋霸怵偾豚。海动连鳌荡，巫依小鬼尊。悲翁思地苦，负仗入江村。"陈三立《开岁二日，地震后晨起楼望》云："梦醒屋壁响轰豗，床榻浮槎骇浪摧。方郁杞忧天折柱，竟危禹域地擎雷。横楼旋改风云色，啼郭微传鹅鹳哀。儒学纷纭劳志怪，只依钟籁领深杯。"

廖道传作《丁巳元月二日北京大学同人吴鼎新在民、黄嵩龄藻甫、伦叙达如、吴爕梅鹤川、关翰昭柳亭、谭崇光崧岳、黄式渔樵仲、程祖彝吉孙、高珵佩芝、蔡润云涛、冯宝璀述农、冯启豫逸农、张枢士希、卢颂芳熙仲、王斌聚之、刘靖君曼、麦棠召芨、李伯贤、刘泽垓畅水团拜于珠江东坡楼，即席成咏》（十二首）。其一："戊岁精庐惊浩劫，壬年讲树复春荣。神州泱漭人才薮，日观天鸡第一声。"其二："师范班联大学科，后来百派此先河。横经末座青衫客，十五年中鬓欲皤。"其三："休论遭际有云泥，魏阙江湖忧乐齐。国士三千身手好，挥戈同挽日轮西。"其四："东西学艺饶雄辩，楚越英才共举觞。岁始风光足游赏，醉余谈笑尽清狂。（程吉孙，从美国回来。刘君曼，湘人。王聚之，浙人）"其五："春宵对酒复当歌，粤白京黄侑叵罗。根触旧游燕市饮，萧萧易水感怀多。"其六："当筵尚武气桓桓，曲坴俄成战壁观。笑比祢衡工骂座，三挝羯鼓捉曹瞒。"其七："娉婷吴艳按琵琶，宛转珠喉唱粤娃。掩映清奇兼绮丽，水晶屏拥牡丹花。"其八："家家罗绮斗筝弦，江柳江云淑景妍。无限春台同乐意，万重烟火海珠前。"其九："三五少年泡电过，东涂西抹漫妍娥。而今花样翻新剧，满眼卢家织锦诗。"其十："十年簪盍粤东西，戎马劳生国子师。犹胜草玄人寂寞，连床风雨话常时。"十一："重蹑麻鞋到镐京，辟雍钟鼓不胜情。云龙师友从头认，真觉前人畏后生。（乙卯入都，重过大学，校长教授多旧同学，两粤门人亦多肄业者）"十二："曾记《园桥饯别图》，霓裳同日咏琼琚。珠江此夕群仙会，妙画谁能续畏庐？（林畏庐师有《大学毕业饯别图》及《序》）"

陈通声作《正月二日游见大亭》。诗云："退老营幽墅，乡贤骆缵庭。林泉长不改，杖履昔曾经。鬓为劳尘白，山犹故国青。扶筇寻旧路，卅载负松苓。"

黄瀚作《元月二日周丈枉过村舍》（十三日始立春）。诗云："空谷先春十日期，晨朝怪有好风吹。蓬门久已经年闭，茗椀相将半晌时。作客惯多疏作主，谈心未了促谈诗。情长话短匆匆别，难挽花砖晷刻移。"

林鼎爕作《丁巳元月二日，同邱伯纯、林博莘登吴山品茗，望江楼有怀秀渊、仲纯因寄》。诗云："故人只隔数重烟，乌石吴山共一天。每向僚交谈酒后，常疑笑谑对君前。楼光远纳江波白，鸟影高盘岸树圆。朴学区区同自后，人间沧海是何年。"

25 日 《小说月报》第 8 卷第 1 号刊行。本期"文苑·诗"栏目含《晴步驻防城，循故宫闲眺》（散原）、《雪夜伯沆、晓暾、觚庵过饮》（散原）、《游山归，泛舟出里湖待月》（恪士）、《晓发邠州》（恪士）、《陇头》（恪士）、《暑夜纳凉》（姜斋）、《同后者谒钱王祠》（真长）、《题画》（叔节）、《客有言，近时谈文颇尚梁体者，戏答一绝》（叔节）、《题赵玫叔村居》（温叟）、《金笠村途中口占》（又点）、《至村倒叠赠守和》（又点）、《清凉山望远》（诗庐）、《己酉岁与陈慧安相见苏州，三年复相见江宁，慧安时为江宁令，赋诒二律》（诗庐）、《扫叶楼与星悟上人闲话》（诗庐）；"文苑·词"栏目含《惜红衣·秋晚与莘农游李文忠祠，用白石韵同作》（仲可）、《西平乐·寄云隐翁申江》（子大)；"杂俎"栏目含《陇南山馆诗话（未完）》（侯官魏秀仁子安）。

方守敦作《丁巳开岁三日，寄和三兄清一老人，即以为寿》。诗云："忆昨寻兄向江郭，大雪飞花片片虐。檐前冰柱悬寒晶，时落瑯琳韵垒阁。呼鱼煮酒暖未足，索取诗篇开橐钥。兄诗大卷富江海，弟篇萧索才一勺。评诗题句不嫌夸，斗室双髯兴磅礴。江空无声月色霁，浩荡寒光照帘幕。龙蛇作影树枝横，忽发高吟神错愕。此乐归来不可忘，岁除顿使怀抱恶。缄诗又见来驿使，腊酒还思共斟酌。沧桑岁月远代谢，老矣心情若寒雀。哦诗那可步兄尘，日盼春光转岩壑。六合烽烟扰未已，杖藜谁子空焦灼。童颜驻世古有闻，要看河清人极乐。龙眠故山药可采，岩花开胜雪花落。兄倘鼓兴归乎来，囊诗弟更随芒屩。"

苏大山作《丁巳正月三日感事》（二首）。其一："正饮屠苏酒，突来风鹤惊。黔黎亦何罪，炮火太无情。但觉兵威横，真成民命轻。可怜好城邑，豺虎任纵横。"其二："召募本乌合，何会纪律娴。凭陵深伏莽，屠戮等锄菅。匿饷激成变，闻灾惨不欢。谁为祸首者，马谡尚登坛。"

王舟瑶作《正月三日叠前韵》。诗云："新年又见月初三，老去诗情似剑南。过眼浮云何意恋，攒眉时事怕人谈。身当长隐名宜晦，心到无求梦亦酣。独立小庭数梅萼，淡烟微雨一枝涵。"

胡适作《寒江》。诗云："江上还飞雪，遥山雾未开。浮冰三百亩，载雪下江来。"

26 日 《申报》第 15784 号刊行。本期《自由谈》"游戏文章"栏目含《度岁四咏（有序）》（枫隐）：《迎穷》《送富》《祝诗》《罥灶》。本期《老申报》"杂录"栏目含《别琴竹枝词（并序）》（癸酉二月初五至十九日，洗耳狂人阳湖杨少坪）。

恽毓鼎作《自壬子以后，元旦及试灯日，东北向乾清宫行礼。今岁晨起望拜后，感赋一律并柬延子澄学士，即次其三十三天诗韵》。诗云："玉宇琼楼别有天，春风不越禁墙边。邃初误辟重华例，老去空希建武年。旧俗屠苏仍夏正，遗民文字岂前缘（余自庚子后酷好晚唐、南宋末诗词，含思凄婉，读之若有余味，亦不自知其所以然也）。最怜野史亭中客，一卷中州集逸篇（学士近辑《遗逸清音集》，皆八旗近人之诗）。"

27 日 京师图书馆开馆。夏曾佑主编出版 4 卷《京师图书馆善本简明书目》。

《申报》第 15785 号刊行。本期《自由谈》载"征联披露"栏目，撰者有艾亚通、芬女史、选宜女士、饿鹤、拙庵、袁帅南、绁兰女士、李蔼骚、黄官记、侯垫、陈湘吟、湘槎、四明市隐。本期《老申报》"杂录"栏目含《别琴竹枝词（续昨）》（二十五首）。

白坚武录龚定庵成佛入道诗一首以自励。诗云："道力战万籁，微芒课其功。不能胜寸心，安能胜苍穹？相彼鸾与凤，不栖枯枝松。天神倘下来，清明可与通。返听如有声，消息鞭愈聋。死我信道笃，生我行神空。障海使西流，挥日还于东。"

28 日 周梦坡邀集五松琴斋。潘飞声作《丁巳开岁六日，梦坡邀集五松琴斋，赋谢并索同座诸子赐和》。同人和作：恽毓龄、恽毓珂、钱绥綮、周庆云。其中，潘飞声《丁巳开岁六日》云："五松琴静榻无尘，压岁辛盘醉未匀。一雪乍晴楼入画，百花初放客沾春。昔人漫作江头感，我辈都为世外身。报道风光共流转，登高明日莫嫌烦（谓人日登高也。沪上新筑：新世界、楼外楼、天外天、绣云天、劝业场，皆为行乐地）。"恽毓龄和云："华镫绮席拂芳尘，欬唾珠玑笑语匀。晴雪寒倾桑落酒，客星远带草堂春。近名毕竟难谐俗，历劫终成不坏身。惆怅朱明尚奇节，摩挲遗墨倒觞频。"周庆云《六日集敞斋小饮，同座均有诗，次韵奉酬》云："东风吹暖六街尘，梅鹤红舒醉魇匀。褉集共忘沧海劫，朋簪难得眼前春。遨游酒国三蕉饮，跋扈诗坛百战身。明日封题应更好，草堂有约不辞频。"

章士钊在北京创办《甲寅》日刊，上海亚东图书馆印行。2月17日改为周刊，6月19日停刊，共出150号。章士钊特邀李大钊、高一涵等人参加编辑工作。

《申报》第15786号刊行。本期《自由谈》载"征联披露"栏目，撰者有竹居氏、唐养侯、啸、杨同书、聘三、汪凤来、罗逸尘、徐桢初、巢父、佩蘅、南轩、顾兰坡、蔡选青、化民、寄蜗。本期《老申报》"杂录"栏目含《别琴竹枝词（三续）》（八首）。

林纾《自徐州看山至浦口》载于《公言报》，自署"畏庐"。诗云："心上江南日往还，今朝真个破愁颜。通宵诗思偏无月，数里徐州早见山。颓绿尚饶秋望美，片云如傲旅人闲。群喧静后潮初上，坐听江声过下关。"

王理孚作《生日（元月六日）》。诗云："万丈黄尘两鬓烟（成句），不堪又见海成田。未容生日居人后，初放新年到客边（客中度岁，此为第一次）。风物犹存传坐酒，亲知争索买春钱。北山猿鹤应腾诮，勾漏丹砂误稚川。"

沈其光作《岁朝后五日宴集，赋似社中诸子》。诗云："斗柄离离又挂东，一尊今日喜相同。诗兼岛瘦郊寒态，人有庄襟老带风。竹叶浮篘春盏碧，松枝篝火地炉红。斜川胜集犹堪继，背郭溪山罨画中。"

29日 刘世珩人日招饮。坐中有吴昌硕、缪荃孙、王秉恩、刘承干、李士道、陶葆廉、钱绥綮、王乃征、恽毓龄、毓珂兄弟。

《申报》第15787号刊行。本期《老申报》"杂录"栏目含《别琴竹枝词（四续）》（十二首）。

陈三立作《人日过仓园，观仇来之同年新营初堂》。诗云："胜日风温梅蕳殷，照园新竹过闲闲。曾围尊俎闻歌处，更起楼台插水湾。抱柱小鱼初可钓，觅巢旧燕误飞还。主人谈舌疏名理，浸影茶瓯一角山。"

严复作《人日呈橘叟》。诗云："乡里情亲四十年，共留老眼阅桑田。已登东岱宾初日，旋向西山问玉泉（公尝登泰山观日出，游玉泉山，有'垂老尚临孤塔迥，无尘能浣此泉清'之句）。旧学圣功时蛾术，小诗才语总蝉嫣。草堂人日题诗去，报道人间有地仙。"

周馥作《丁巳人日家宴口占》。诗云:"四十三人同介寿,八十一叟庆长生。陋儒不作蛇年梦,乱世尤欣人日晴。"

陈遹声作《人日》。诗云:"桃符门巷斩新时,扶杖嬉游与老宜。檀板春灯扮社戏,梅花人日草堂诗。再经兵燹吾衰矣,三见沧桑某在斯。闲与乡民轮劫数,屋庐陵谷半迁移(咸丰、辛酉、宣统、辛亥,吾浙被兵。光绪庚子,京师扰乱,吴越安然。故有再经三见之别)。"

许南英作《人日杂感》(二首)。其一:"淑气晴光脉脉舒,先春二日到吾庐(初八立春)。世多危局时方亟,客有新诗兴不孤。南微经年萦旅梦,东洋万里得儿书。小楼兀坐招新月,斜影当窗众籁虚。"其二:"人海蠕蠕一裸虫,静横老眼看英雄。维新志士群而党,守旧迂儒泥鲜通。仗马不鸣开国会,沐猴自诩亮天工。小朝廷又争门户,未卜何时气始融。"

沈汝瑾作《丁巳人日寄昌硕》。诗云:"乾坤尚甲兵,节物似承平。已历沧桑劫,犹多鹬蚌争。卅年数知己,三绝得高名。想见身尤健,挥毫感慨生。"

叶德辉作《人日寄怀白岩子云东京》。诗云:"天门诀荡望蓬莱,中有仙人住玉台。弱水三山青鸟断(久不得书信),神宫七曜赤乌回(日本新历为一月廿九矣)。客中送客离歌席,人日怀人对酒杯。我欲乘桴泛东海,为迟花信正徘徊(约看樱花时尚未至)。"

张慎仪作《探春·丁巳人日,集浣花草堂》。词云:"残冻初销,轻阴欲暝,又见蓂开七叶。惆怅草堂,当年杜老,犹剩梅边吟魄。曳杖来重访,算行乐、无如今日。一般选石安棋,一般倚竹吹笛。   欲问旧游踪迹。奈林鸟池鱼,已都不识。十里柳风,几条莎路,惟有软尘犹昔。往事不堪忆。知此后、韶华易掷。俯仰兴怀,沽春浮一大白。"

魏元戴作《丁巳人日喜逸兄过庄居》。诗云:"君守邱园我遁荒,老年相见不寻常。即今健在双蓬鬓,乘兴来游一苇航。野有春秋严乱贼(兄近著多私史),世无石勒抗高光。一尊暂得开襟抱,不用题诗寄草堂。"

李思纯作《人日有草堂游约,以雨不果,赋寄尧生先生》。诗云:"年少心情百不宜,入春掩抑倦为诗。清游有约看人日,琢句无因近太夷。江右流传宗派别,杜陵风雅古今师。却因小雨迟佳会,梅柳当阶识后期。"

张维翰作《人日出游至工部草堂》(二首)。其一:"笋舆偶出碧鸡坊,万里桥西谒草堂。肹蠁千秋徒怅望,梅花数点荐寒香。"其二:"人日探梅雪满廊,巡檐树树半含芳。锦城花事今方始,来月重游看海棠。"

30日 李大钊《孔子与宪法》发表于《甲寅》日刊。文章云:"孔子者,数千年前之残骸枯骨也。宪法者，现代国民之血气精神也。以数千年前之残骸枯骨，入于现代国民之血气精神所结晶之宪法，则其宪法将为陈腐死人之宪法，非我辈生人之宪法也；荒陵古墓中之宪法，非光天化日中之宪法也；护持偶像权威之宪法，非保障生民利益之宪法也。此孔子之纪念碑也。此孔子之墓志铭也。宪法云乎哉！宪法云乎哉！孔子者，历代帝王专制之护符也。宪法者，现代国民自由之证券也。专制不能容于自由，即孔子不当存于宪法。今以专制护符之孔子，入于自由证券之宪法，则其宪法将为萌芽专制之宪法，非为孕育自由之宪法也；将为束制民彝之宪法，非为解放人权之宪法也；将为野心家利用之宪法，非为平民百姓日常享用之宪法也。此专制复活之先声也。此乡愿政治之见端也。"

《申报》第 15788 号刊行。本期《老申报》"杂录"栏目含《别琴竹枝词（五续）》（八首）。

潘秋舫《元旦杂咏》（四首）刊于［马来亚］《国民日报》"诗苑"栏目。其三："万历投荒类楚囚，班超投笔志难酬。客途无限沧桑感，对酒当歌也是愁！"

许南英作《谷日感怀，和贡觉》（二首）。其一："邮筒来往日交驰，累我春宵捻断髭。数典忽忘独梦梦，煅诗未就故迟迟。回肠待索枯如是，俭腹无酬愧在斯。七步天才才八斗，可能汉魏借陈思。"其二："殖民天辟此神区，闽粤乡音听忽殊。客馆开情聊戏雀，冷官乡味不思鲈。金钱若命羞酸子，肝胆论交友市屠。忘却本来真面目，胭脂粉墨任人涂。"

31 日　《申报》第 15789 号刊行。本期《自由谈》"游戏文章"栏目含《新年竹枝词》（九首，枫隐）。本期《老申报》"文苑"栏目含《新年杂咏》（三首，洪味经，见本报癸酉年正月八日）：《状元筹》《揽胜图》《霸王鞭》；"杂录"栏目含《别琴竹枝词（六续）》（八首）。

林志钧作《正月初九晚，法学会席间，闻胡仰曾在杭州病逝之讯》。诗云："刻肌凄寒风，短晷已入暮。今日闻君丧，即在别君处。君年方壮盛，少我以十数。斐然述作才（君著有《国语学》草创刊行），宁坐高才误。狠愚世所畜，聪明天所妒。颜夭而跖寿，讵不以此故。往者同挈先，问疾造君寓。三人我仅存，旬日接二讣（挈先得暴疾。先仰曾数日下世）。何物得牢强，落月薆上露。人生如败军，此僵而彼仆。谁能悬两眼，永不睹墟墓。江郎伤友篇，陆子叹逝赋。块独此时心，已尽生人趣。"

本月

张东荪正式接替张君劢任《时事新报》主笔。《时事新报》1911 年 5 月 18 日由张元济、高梦旦等筹组创办，由《时事报》和《舆论日报》两个小报合并而成。《时事报》1907 年创刊于上海，主编汪剑秋；《舆论日报》1908 年创刊，为早年维新派宣传机关。民国初年《时事新报》以编译中外报章、介绍西方学术文化为主要内容。该报坚决反对袁世凯复辟，发表许多倒袁文章。1915年黄群主持笔政时，与北京《国民公报》相呼应，公布袁世凯企图复辟帝制密电，在舆论界声誉鹊起。梁启超称上海《时事新报》为护国军时期"唯一之言论机关"。1916年张君劢从欧洲回国，兼任《时事新报》主笔，讨袁态度坚决，言论激烈，《时事新报》日益成为上海报纸喉舌。年底，张君劢北上，将此职交付张东荪。

《寸心》创刊。第1期"文苑"栏目含《黄润卿小史》（恢恢子）、《请早颁恤典条例呈大总统文》（海鸣）、《龚诗集联》（孤鸿）、《眼枯集（未完）》（何海鸣）、《鮀江杂诗》（血痕）。"文苑·寸心词选"栏目含《倦寻芳·送徐负天之保定》（邝摩汉）、《齐天乐·送俞星海、温漱君之暹罗》（邝摩汉）、《花游·有赠，和王血痕韵》（邝摩汉）、《潇湘夜雨（如此苍茫）》（邝摩汉）、《蝶恋花·二阕赠苏妓素娥》（赖波民）、《前调》（赖波民）、《满江红·北京天安门雪中怀古》（赖汝民）、《百字令·题潘诚别业》（何冠英）、《桃源忆故人·怀人，乙卯秋作》（颜秉临）、《关山月·中秋忆父》（蔡突灵）、《鹧鸪天·见二弟锐霆殉难惨像，哭而诔之》（蔡突灵）、《壶中天慢·为盖月楼作》（王血痕）、《百字令·都门怀姑苏李惜侬有作，时丙辰秋月也》（王血痕）。

《丙辰杂志》第2期刊行。本期"艺苑·诗文类"栏目含《胡益云施蜀山水纪行序》（鹤望）、《族弟齐耿小传》（鹤望）、《黄剑秋〈度陇吟〉序》（鹤望）、《梁廷栋、梁廷樾同时死难节略》（梁冰）、《平原村人词（续）》（沈思斋）、《黄、蔡二公哀挽录（续）：章宪钧、李执中、徐森、虞延恺、陈国祥、吴涑、凌文渊、王振廷、张通诰、陈时铨、方镇秉、唐理淮、许翔、邓毓怡、张树森（以上挽蔡公者）、孙武、赵世瑄、蓝天蔚、王萱堂、陈嘉会、刘彦、邹云、徐少秋、黄云、葛荫春、彭允彝、马酿馨、薛锟、徐渊、黄胄、张有余（以上挽黄公者）》《孙中山、唐少川、岑云阶、章太炎、李协和、柏烈武、谭石屏、陈竞存、胡展堂等祭克强先生文》《前同盟同人祭克强先生文》《南通学校挽松坡先生歌》；"诗文类·诗录"栏目含《柏林旅次》（楚禅）、《重登乌拉山》（楚禅）、《道西伯利亚》（楚禅）、《望毕士马克铜像有感》（楚禅）、《登拿破仑墓》（楚禅）、《北都寄友》（黄瘦生）、《三十有感》（黄瘦生）、《家寄熏鱼鱼松，因赋二律》（黄瘦生）、《陶然亭》（黄瘦生）、《送文友南归》（黄瘦生）、《除夕有感》（黄瘦生）、《桃源行》（鹤望）、《饮马长城窟》（鹤望）。

《复旦》第3期刊行。本期"文苑·文"栏目含《送伍秩庸先生就任外交总长序》（陈定振）、《送伍秩庸先生就任外交总长序》（吴政玑）、《送乡人汪君夔龙游学美洲序》（金山陈光辉）、《发起友谊会藏书部启》（陈光辉）、《送同学入志愿军序》（徐敬勋）、《谢赠书启》（前人）、《弈后小言》（吴兴陆思安）、《厌原山游记》（程学愉）、《春游白丹山记》（梁溪秦光煜君壳）、《游熙春园记》（戚其章）、《菊圃记》（童逊瑗）、《义虎记》（吴政玑）、《游秦山记》（吴政玑）、《黄克强先生哀辞》（李瀛）、《吊蔡松坡将军文》（曾宪浩）、《祭蔡松坡先生文》（闵宪章）；"文苑·诗"栏目含《吴娃歌》（梁溪秦光华）、《感事杂咏》（梁溪秦光华）、《余客板村，将束装归，过蔡蜕庐表兄得读宁太一遗书，中载某名公效香奁体咏某大员云云，戏仿其意，以咏同友》（梁溪秦光华）、《春怀一律，奉和家兄孟亚，即步其元韵》（梁溪秦光华）（《附家兄孟亚元诗》《并附家大人赐示和诗》）、《古皇山中口号》（梁溪秦光华）、《秋夜》（梁溪秦光华）、《登毕家桥南阜》（梁溪秦光华）、《舟次吴门述怀》（梁溪秦光华）、《酒侠行》（刘慎德）、《危机卧月》（刘慎德）、《秋感》（刘慎德）、《自鸣钟五咏》（选四，刘慎德）、《续自鸣钟》（选四，刘慎德）、《送非非君南归》（刘慎德）、《雨余赏菊兼简任隽、宜山、亦藜、剑鸣诸子》（刘慎德）、《久雨》（恽震）、《落花》（恽震）、《伍子胥》（恽震）、《江亭晚眺》（恽震）、《出塞新声》（恽震）、《杨柳枝》（恽震）、《七夕词》（恽震）、《春晓词》（恽震）、《玉阶露》（恽震）、《赴金陵有感》（程仲瑾）、《莫愁湖啜茗》（程仲瑾）、《白鹭洲》（程仲瑾）、《无题》（程仲瑾）、《惜花吟》（程仲瑾）、《采莲曲》（程仲瑾）、《甲寅除夕杂感》（罗家伦）、《春江一碧，春草凄凄，黯然销魂者，非别也耶！不才寓都村六阅月，忽别故旧去，惆怅良深，急书四绝，以志鸿爪》（罗家伦）、《得友人书，书中事不胜感慨，口占一偈，漫书其后》（罗家伦）、《乙卯双十节感赋》（罗家伦）、《吴淞望海兼吊熊烈士成基》（罗家伦）、《舟过樵舍》（罗家伦）、《题同学季瑶携手小照并赠，时值中日交涉失败后》（贺芳）、《感时》（乙卯岁）（贺芳）、《春日怀亲》（贺芳）、《题〈刘阮入天台图〉》（贺芳）、《旅中除夕》（贺芳）、《新闺饰》（四首，贺芳）、《乙卯秋送别启愚侄卒业还乡》（贺芳）、《对菊》（贺芳）、《院中秋夜杂感》（时肄业大同学院）（贺芳）、《丙辰春日多风雨，感而赋之》（贺芳）、《感怀》（贺芳）、《旅中清明，兴味萧然，兼故园兵祸，音书久绝，满怀愁思无由遣除，祇得托诸韵语》（贺芳）、《丙辰上巳、清明两节同值一日，是日天朗气清，日迟风暖，校中午餐后，二三同学相邀作龙华之游，旋校后追溯游事，次而赋之》（贺芳）、《暮春感咏》（贺芳）、《夏秋之交自题小影》《薄暮散步，校外口占即景，步恽君赠徐君诗原韵》（吴兴陆思安）、《与萧君菊狂夜坐联句》（吴兴陆思安）、《有感》（步菊狂原韵）（吴兴陆思安）、《小斋兀坐，方夜闲吟，戏以盟友邢君菊潜、萧君菊狂、朱君菊豪、徐君菊梦及鄙人菊魂等字样嵌入句中，率成一绝聊以遣兴》（吴兴陆思安）、《咏菊》（仍用前章嵌字格）（吴兴陆思安）、《题吴滔〈潜园图〉并序》（吴兴陆思安）、《春日偶占》（吴兴陆思安）、《春日雨后游校图》（谢季康）、《戏赋个侬三首》（谢季康）、《即事》（谢季康）、《步金冷公〈龙游普陀〉原韵即寄示》（谢季康）、《吴淞》（谢季康）、《今秋息游社重行组织，喜而赋此并赠社长憨侠先生》（谢季康）、《题社兄江东味榭化装照一绝》（谢季康）、《题〈三子游草〉》（谢季康）、《普陀晚眺》（金明远）、《普陀寄澹然室主》（金明远）、《校园闲步》（金明远）、《七月望饮罗星洲，月上返棹》（金明远）、《丙辰重九作》（金明远）、《秋山》（二首，陈子蒨）、《秋水》（陈子蒨）、《秋风》（陈子蒨）、《秋虫》（陈子蒨）、《秋蝉》（陈子蒨）、《秋燕》（陈子蒨）、《咏白莲》（张致厚）、《艺菊》（张致厚）、《虞美人歌》（张致厚）、《四时读书乐》（张致厚）、《蔡公松坡挽诗》（沈飚炜）、《夏日乡居，用山谷韵》（程学愉）、《回家纪事》（司徒昂）、《秋夜》（司徒昂）、《冬夜即事》（司徒昂）、《杨柳》（司徒昂）、《晓起见雪》（司徒昂）、《月夜感怀》（司徒昂）、《题画山水》（司徒昂）、《采莲曲》（司徒昂）、《中秋节》（洪辂）、《金陵怀古》（洪辂）、《山居》（洪辂）、《古渡闲眺》（洪辂）、《从军行》（洪辂）、《春游》（四首，王人麟）、《莲花》（沈桐茂豫丞）、《杨花》（沈桐茂豫丞）、《送春》（沈桐茂豫丞）、《中秋梦月》（沈桐茂豫丞）、《雨中送春》（王躬良）、《时吾浙继滇黔独立，余夜乘轮下灵江有感》（王躬良）、《秋夜怀故乡》（步李白三五七言原韵）（王躬良）；"文苑·词"栏目含《一箩金·闺怨》（刘慎德）、《一痕沙》（刘慎德）、《应天长第一体·深夜归雁》（刘慎德）、《玉珑璁·读史有感》（刘慎德）、《江南春》（秦光华）、《乙卯七月感事·调寄水调歌头》（罗家伦）、《清平乐·春暮偶感》（王人麟）、《沁园春·题冒辟疆、董小宛填词砚拓本》（王人麟）、《梦江南·秋夜》（恽震）、《清平乐·春暮》（恽震）、《鹧鸪天·哭蜀西邓伯勋》（陈光辉）、《如梦令·春闺》（王躬良）、《如梦令·别怨》（王躬良）。

《国学杂志》第 8 期刊行。本期"文学"栏目含《张文襄公骈文（续）》（张之洞）、《训纂堂遗稿》（贵筑杨调元）、《于香草先生传》（李邦黻）、《桐城三家论文书牍集录（续）》（徐彦宽）、《张苍水集外诗词》（明代鄞县张煌言著，周怡然钞）、《国朝闺秀续录》（续《闺秀摘珠后集》）（四素老人选评，金嗣献重编）、《裁云阁词钞（续第 6 期）》（秦云肤雨）。

《浙江兵事杂志》第 33 期刊行。本期"文艺·诗录"栏目含《海月一首，芝罘作寄剑丞京口》（诸宗元）、《同亮生、拔可游西溪，晚越桃源岭，循湖归》（诸宗元）、《题云台二十八将（有序）》（林之夏）、《柬黄鞠生参谋部》（林之夏）、《读史杂感》（林之夏）。

[韩]《新文界》第 5 卷第 1 号刊行。"御题"栏目含《远山雪》（三首，梅下崔永年）；"春祝"栏目含《万年松》（梅下崔永年）；"中央学校教师"栏目含《元旦所感》（五古四十韵）（姜荃）。其中，崔永年《远山雪》其一："东风吹送春消息，一夜六花飞琼屑。万峰刚成玉芙蓉，三千世界光皎洁。万岁宫中新岁首，御歌题出远山雪。"崔永年《万年松》其二："黄芽骨相绿须眉，寿世金丹拥兔丝。老大犹沾新雨露，天风吹动万年枝。"其三："一叶祥冀烂瑞辉，蓬莱咫尺五云飞。苍然不改长春色，千尺攀天戴紫微。"姜荃《元旦所感》云："金鸡晓唱罢，大地丽景新。东皇初按节，德施无疏亲。仁化被群汇，和气薄海滨。阖境千万户，络绎贺礼宾。苍松杂翠竹，门楣记良辰。儿女笑相语，彩服恰称身。画像桃板碧，执烛火城红。兽樽设殿上，椒颂献宫中。苏回

观物态，更始代天功。自古帝王家，饰喜率相同。惟我儒素辈，除贫且送穷。笔织爱日永，砚耕占岁礼。教学斯习舞，度厄复湔裳。人情与俗惯，今古堪可方。欲识春风面，起立寒梅榜。花神如相诉，清标冠众芳。虐雪忽无威，瑞日更有光。迨兹四之始，人人总不忘。耿耿劳方寸，半喜又半忧。三百六旬余，从此将一周。再难遇青年，容易到白头。努力须前进，刻期遂所求。士农与工商，纵别各家流。尽由学问上，实绩乃可收。磨玉励志气，焚膏而继日。狭书济济士，学业较得失。春耕将以告，风雨躬沐栉。岂止为小农，赖君仓廪实。运意凿慧窦，物货是产出。分事乃为工，精巧弹技术。殖货多妙理，阅智又观时。有无资通商，范蠡云是师。利用兼厚生，万事最先居。立身裨世道，拮据谁敢迟。况值一年首，准备各事为。恍如登远程，发轫亶在兹。拟向同胞望，聊作自家警。回顾添一矢，依旧对短檠。风俗因仍久，随人吃汤饼。忆弟愁分荆，怀友叹泛梗。往岁悔无成，今朝加猛省。满酌屠苏酒，豪气谩驰骋。"

柳亚子编《孙烈士竹丹遗事》毕，作跋，并为南社社员陈子范编《陈烈士勒生遗集》毕，作序追忆交往经过，望有人继起，刲刃于"民贼之胸"。《陈烈士勒生遗集》由醴陵傅尃题签。篇前有柳弃疾序与邹遇一序，亚子撰《陈子范传》，并与高旭、陈去病作挽诗，林森、林知渊、林学衡、张子良诸家挽联，潘寿元录《艺风谈苑》一则。遗集共5卷：卷一古近体诗，卷二杂文，卷三时论，卷四短评，卷五小说。书末有柳亚子跋文。其中，柳亚子序云："昔太史公传刺客而曰：'自曹沫至荆轲五人，此其义或成或不成，然其立意较然，不欺其志，名垂后世，岂妄也哉。'旨哉言乎，可以与日月争光矣。革命建帜，若史坚如、吴樾、温生才、陈敬岳、彭家珍、张先培之伦，庶几近之。光复功成，元凶肆虐，以利禄奔走一世，枭獍小夫，不惜自贸其身，歼我良士，盖自宋教仁、陈其美之死，而刺客遂为世诟病。五年以来，杀人如麻，唯陈芯宽之刺袁世凯（陈芯宽，闽人，北京骑巡队队长。民国二年十月十日袁世凯行就任式，陈谋乘机行刺，事泄被害），钟明光之刺龙济光，王小峰、王铭山之刺郑汝成为能无愧先民耳，剥床硕果可哀也已。勒生以爆裂弹失慎自毙，疑未得列于刺客，然其悲歌慷慨，固荆聂之俦也。况一瞑不视之志，可信之于平素哉。今权奸擅国命，群盗割据方面，倒行逆施，危我华夏，祸烈于唐藩汉宦，而处士又敢为横议，日操纵横捭阖之策，以历抵诸侯，迎合当路，孟子舆所谓率兽食人，人将相食者也。昔人有言，谈仁说义之徒百，不如鸡鸣狗盗之雄一，世变亟矣。倘亦有扶义而起，刲刃民贼之胸，伏尸数人，流血五步，使沉沉大陆万汇昭苏，收震雷一击之功者乎。斯勒生之所志也。余目望之矣。中华民国六年一月吴江柳弃疾序。"柳亚子跋云："勒生殉国之岁，余即哀其所撰诗文杂见于《南社》集者，写为一帙。思与《宁太一遗集》合刊行世，盖宁集最初之稿，亦同时出余手写也。嗣湘中诸子，先后以宁稿相属，无虑十余种，余为次第印行。而勒生遗著，寥寥数纸，嫌于附庸之与大国，不得不离之两美矣。去夏南社雅集海上，番禺叶竞生复倡议为勒生刊集，顾竞生寻北上，卒卒未有所成，而揭橥报纸，征集遗文，又迄无应者。荏苒岁晚，始得阳羡邹秋士邮寄杂稿若干页，乃为重事排比，成古近体诗一卷、杂文一卷、时论一卷、短评一卷、小说一卷，颜曰《陈烈士勒生遗集》，将寿诸梨枣焉。勒生为人，慷慨任侠，居恒以实行自许，不屑屑于文字间，故诗文未遽深造昔贤之堂奥。然清商变徵，高亢有燕赵烈士风，要非乡里小儿批风抹月者所可梦见。论评小说诸作，则曩主《皖江日报》时所草定，哀多微辞，尤不足以窥其底蕴，过而存之，聊贤于放失云尔。世有知勒生者，当在彼不在此也。勒生与余，初无一面之雅，岁在己酉，余始倡南社，其明年庚戌，勒生自芜湖移书抵余，谓闻声相思，请隶社籍。又明年辛亥，余访勒生海上，立谈之顷，欢若平生。赠余晋明帝太宁三年砖砚，云曩时手剔苔藓获诸江干者，石交郑重，所期许可知矣。革命事起，勒生奔走国难，余亦偃蹇扈淞，时相过从，益沆瀣无间。桃源既殒，勒生激昂异平昔，一夕过余，为言天下汹汹，脱有缓急，多上马杀贼，下马草露布，君意中倘有其人耶，余唯唯谢未遑。自兹一别，余归卧荒江，抚膺时事，感慨唏嘘，未数月而勒生恶耗至矣。追念旅邸前席之词，永负良友幽明之谊，定文敬礼，但有馀惭；后死巨卿，卒乖凤诺。兴言及此，掷笔茫然，不知吾涕之何从也。六年一月弃疾再跋。”

施士洁入聘福建省通志局，寓福州荔支园。

姚华辞北京女子师范学校校长职，专事学术研究并创作书画。

汪东离京，南下赴任浙江会稽道尹公署秘书长。

成舍我入《民国日报》社，任《杂俎》栏编辑。

瞿秋白经周君亮介绍，结识国画家李笠，并赋赠《离家杂赋》诗云：“风风雨雨太颠狂，万种心酸叹倍尝。酒肆灯前增懊恼，草桥茅屋旧村庄。伤心到处皆荆棘，愁绪都疑似虎狼。珍重秋来零落候，片英好护女儿箱。”

夏承焘在浙江省立温州师范学校就读期间结识邻居钱家妹钱蘅青。又，作《高阳台·杨花》，中有句云：“钟情难觅飘零梦，枉匆匆转队成毡。”又作《菩萨蛮·有寄》云：“酒边记得相逢地，人间更没重逢事。辛苦说相思，年年笛一枝。　吟成江月碧，吹作秋潮咽。无泪为君垂，潮平月落时。”琦君《三十年点滴念师恩》回忆云，“昨夜东风今夜雨，催人愁思到花残”是夏氏少年时在温师的得意之作。

廖道传作《六年一月五日、十三日两奉嘉禾章之命，书示儿辈》。序云：“黎大总统命也。时教育总长及广东省长分保，故奖两次。”诗云：“縻粟长惭国子师，策勋章组叠葳蕤。休征果应禾双颖，善政何来穗两歧？巽命重申辉荜户，稻香再熟获经菑。昌黎翻向妻孥笑，稼多年丰莫怨饥。”

汪兆铭作《六年一月自法国度海至英国，复度北海，历挪威、芬兰至俄国京城彼得格勒，始由西伯利亚铁道归国。时欧战方亟，耳目所接皆征人愁苦之声色。书一绝句寄冰如》。诗云："野帐冰风冷鬓须，鄜州明月又何如？天涯我亦似离者，莫话深愁且读书。"

二 月

1日　陈独秀《文学革命论》发表于《新青年》第3卷第6号。文章认为："今日庄严灿烂之欧洲，何自而来乎？曰：革命之赐也。""近代欧洲文明史，宜可谓之革命史"。中国"政治界虽经三次革命，而黑暗未尝稍减。其原因之小部分，则为三次革命，皆虎头蛇尾，未能充分以鲜血洗净旧污。其大部分，则为盘踞吾人精神界根深蒂固之伦理道德、文学艺术诸端，莫不黑幕层张，垢污深积，并此虎头蛇尾之革命而未有焉"。"孔教问题，方喧哗于国中。此伦理道德革命之先声也。文学革命之气运，蕴酿已非一日。其首举义旗之急先锋，则为吾友胡适。余甘冒全国学究之敌，高张'文学革命军'大旗，以为吾友之声援。旗上大书吾革命军三大主义：曰推倒雕琢的阿谀的贵族文学，建设平易的抒情的平民文学；曰推倒陈腐的铺张的古典文学，建设新鲜的立诚的写实文学；曰推倒迂晦的艰涩的山林文学，建设明了的通俗的社会文学。"陈独秀认为"国风多里巷猥辞，楚辞盛用土语方物，非不斐然可观，承其流者两汉赋家，颂声大作。雕琢阿谀，词多而意寡。此贵族之文、古典之文之始作俑也。魏晋以下之五言，抒情写事，一变前代板滞堆砌之风。在当时可谓文学一大革命，即文学一大进化，然希托高古，言简意晦，社会现象，非所取材，是犹贵族之风，未足以语通俗的国民文学也。齐梁以来，风尚对偶，演至有唐，遂成律体。无韵之文，亦尚对偶。尚书周易以来，即是如此"。"东晋而后，即细事陈启，亦尚骈俪，演之有唐，遂成骈体。诗之有骈，皆发源于南北朝，大成于唐代。更进而为排律，为四六。"陈独秀认为韩愈"变八代之法，而宋元之先，自是文界豪杰之士"。但"吾人今日所不满于昌黎者二事"，"一曰文犹师古"，"二曰误于'文以载道'之谬见"。陈独秀直言"今日中国之文学，委琐陈腐，原不能与欧洲比肩"，其罪魁祸首即为复古派各类"文坛妖魔"："此妖魔为何？即明之前后七子，及八家文派之归方刘姚是也。此十八妖魔辈，尊古蔑今，咬文嚼字，称霸文坛"。"若夫七子之诗，刻意模古，直谓之抄袭可也。归方刘姚之文，或希荣慕誉，或无病呻吟，满纸之乎者也矣焉哉。每有长篇大作，摇头摆尾，说来说去，不知道说些什么。此等文学，作者既非创造才，胸中又无物，其伎俩惟在仿古欺人，直无一字有存在之价值。虽著作等身，与其时之社会文明进步无丝毫关系"。"今日吾国文学，悉承前代之敝。所谓桐城派者，八家与八股之混合体也。所谓骈体文者，思绮堂与随园之四六也。所谓西江派者，山谷之偶像也。求夫目无古人，赤裸裸的抒情写世，所谓代表时代之文豪者，不独全国无其人，而且举世无此想。""际兹文学革新之时代，凡属贵族文学、古典文学、山林文学，均在排斥之列。以何理由而排斥此三种文学耶？曰，贵族文学，藻饰依他，失独立自尊之气象也。古典文学，铺张堆砌，失抒情写实之旨也。山林文学，深晦艰涩，自以为名山著述，于其群之大多数无所裨益也。其形体则陈陈相因，有肉无骨，有形无神，乃装饰品而非实用品。其内容则目光不越帝王权贵，神仙鬼怪，及其个人之穷通利达。所谓宇宙，所谓人生，所谓社会，举非其构思所及。此三种文学共同之缺点也。此种文学，盖与吾阿谀夸张、虚伪迂阔之国民性，互为因果。今欲革新政治，势不得不革新盘踞于运动此政治者精神界之文学，使吾人不张目以观世界社会文学之趋势及时代之精神，日夜埋头故纸堆中，所目注心营者，不越帝王权贵，鬼怪神仙与夫个人之穷通利达，以此而求革新文学、革新政治，是缚手足而敌孟贲也。""吾国文学界豪杰之士，有自负为中国之虞哥、左喇、桂特、郝卜特曼、狄铿士、王尔德者乎？有不顾迂儒之毁誉，明目张胆，以与十八妖魔宣战者乎？予愿拖四十二生的大炮，为之前驱！"同期《新青年》刊发钱玄同来信云："顷见五号《新青年》胡适之先生《文学改良刍议》，极为佩服。其斥骈文不通之句，及主张白话体文学说最精辟……具此识力，而言改良文艺，其结果必佳良无疑。惟选学妖孽、桐城谬种，见此又不知若何咒骂。"同期还刊登吴虞《家族制度为专制主义之根据论》以及胡适《白话诗八首》[《朋友》《赠朱经农》《月三首》《他》（思祖国也，民国五年九月作）、《江上》《孔丘》]。其中，胡适《赠朱经农》序云："经农自华盛顿来访余于纽约，畅谈极欢，三日之留，忽忽遂尽。别后终日不欢，作此寄之。"诗云："六年你我不相见，见时在赫贞江边。握手一笑不须说，你我如今更少年。回头你我年老时，粉条黑板作讲师。更有暮气大可笑，喜作丧志颓唐诗。那时我更不长进，往往喝酒不顾命。有时镇日醉不醒，明朝醒来害酒病。一日大醉几乎死，醒来忽然怪自己。父母生我该有用，似此真不成事体。从此不敢大糊涂，六年海外来读书。幸能勉强不喝酒，未可全断淡巴菰。年来意气更奇横，不消使酒称狂生。头发偶有一茎白，年纪反觉十岁轻。旧事三天说不全，且喜皇帝不姓袁。更喜你我都少年，'辟克匿克'来江边（辟克匿克者 Picnic，携食物出游，即于游处食之之谓也）。赫贞江水平可怜，树下石上好作筵。黄油面包颇新鲜，家乡茶叶不费钱。吃饱喝胀活神仙，唱个'蝴蝶儿上天'。"胡适《孔丘》云："知其不可而为之，亦不知老之将至。认得这个真孔丘，一部《论语》都可废。"

林纾《论古文之不宜废》刊于天津《大公报》"特别记载"栏目。文章批驳陈独秀、胡适之，提出文无所谓古今，只有优劣之别。林氏云："呜呼，有清往矣，论文者独数方、姚，而攻掊之者麻起，而方、姚卒不之踣。或其文固有其是者存耶？方今新学始昌，即文如方、姚，亦复何济于用？然而天下讲艺术者仍留古文一门，凡所谓载道者皆属文言，亦特如欧人之不废腊丁耳。知腊丁之不可废，则马、班、韩、柳亦自有其不宜废者。吾识其理，乃不能道其所以然，则此嗜古者之痼也。""民国新立，士皆剽窃新学，行文亦泽之以新名词。夫学不新，而唯词之新，匪特不得新，且举其故者而尽亡之，吾甚虞古系之绝也。向在杭州，日本斋藤少将谓余曰：'敝国非新，盖复古也。'时中国古籍如皕宋楼之藏书，日人则尽括而有之。呜呼，彼人求新而惟旧之宝，吾则不得新而先殒其旧。意者后此求文字之师，将以厚币聘东人乎？夫马、班、韩、柳之文虽不协于时用，固文字之祖也；嗜者学之，用其浅者以课人，转转相承，必有一二钜子出肩其统，则中国之元气尚有存者。若弃掷践唾而不之惜，吾恐国未亡而文字已先之，几何不为东人之所笑也。"

《诗声》第2卷第8号在澳门刊行。本期"笔记"栏目含《雪堂丛拾（三）》（澹於）、《乙庵诗缀（八）》（印雪）；"词谱"栏目含《莽苍室词谱卷二（六）》（莽苍）；"词苑"栏目含《南湾即景》（瓦佛庵主）、《读〈诗声〉题七绝一章并柬雪堂吟坛哂正》（前人）、《寓澳一年感赋》（前人）、《冬夜客中》（三首，看云楼）、《中秋感赋并示鸿雪》（二首，冷枫）；"诗论"栏目含《〈诗品〉卷中（一）》（梁代钟嵘）；"诗故"栏目含《瑶宫花史小传（未完）》（尤侗）；另有其他篇目《雪堂第三十六课题》《阅报诸君之责任何在乎》《破天荒之〈诗声〉》。其中，《雪堂第三十六课题》为《除夕书感》，要求"限作七言诗，准民国六年二月十五号收齐。注意：社友诸君乞依期交卷。"

刘炳照卒。刘炳照（1847—1917），原名铭照，字伯荫，又字光珊，号蘦塘，又号语石词隐，晚号复丁老人、泡翁等。江苏常州府阳湖县人。县学出身，捐纳五品衔候选训导，诰封奉政大夫。一生飘荡，郁郁不得志。能书画，工诗文，尤擅倚声。光绪二十一年（1895）与夏孙桐、郑文焯、费念慈、张上龢、陈如升、褚德彝等于苏州城西艺圃结"鸥隐词社"。又与俞樾、谭献、朱祖谋、叶衍兰、吴昌硕、朱鸿度、金武祥、恽毓巽、李宝嘉、李宝泉等往还唱酬，是谭献之后江浙词坛尊宿。著有《无长物斋诗存》六卷、《留云借月盦词》九卷，后又重编《梦痕词》二卷、《焦尾词》二卷、《春丝词》一卷，凡五卷，总称《无长物斋词存》。卒后，周庆云、施赞唐、杨芘棫、王承霖、王鼎梅、汪渊、吴承烜、吴放为其作挽诗。其中，周庆云作《正月十一日，刘语石先生病殂，用其〈七十告存诗〉韵以挽之》（二首）。其一："藜火相亲越五年，买邻况复近癯仙。词场自昔推三影，赋手于今记七觥。银烛清尊金缕梦，红笺佳句玉杯传。如何挥手匆匆去，欲遣巫阳一问天。"其二："藏富名山数作家，此才原合主风华。高轩有客门书凤，急景催年堑赴蛇。怕听清歌传白雪，欲寻绮语问朱霞。春归不见留题者，愁煞东风第一花（君殁于立春前二日）。"吴放作挽诗《悼刘语石先生》。诗云："歇浦茫茫斜日沈，燃藜火灭感人琴。岁寒松柏高年节，诗谶龙蛇除夕吟。撰述名山称绝调，唱酬希社少知音。江流长此生呜咽，珂里亲朋泪满襟。"

符璋作和瑞安王小牧《七十自寿》诗五首。

成舍我《天问庐诗话》本日至 4 月 9 日陆续刊载于《民国日报》。

廖道传作《丁巳立春前三日偶成》。诗云："碧瓷盆里养幽兰，白石盘中供牡丹。晴日黄鹂林外啭，早传春意到栏干。"

鲍心增作《正月十日寻乡贤王梦楼先生墓纪事》（四首）。其一："碑版腾辉照九垓，百年遗墓委榛莱（墓在城南七罜砖桥廖家村）。城南铁轨如相导，七里砖桥得得来。"

林苍作《正月初十日拜扫先君墓下，归途作》。诗云："家居六载奉先祠，方寸无忘旧岁时。誓墓在心从不说，读书非计近才知。百年风木虚生魄，一泪山丘后顾悲。野祭伊川容设想，沧江坐了白头期。"

2 日 《申报》第 15791 号刊行。本期《老申报》"文苑"栏目含《洋场新年竹枝词》（甲戌正月二十一日）（十首，藤阴歌席词人）；"杂录"栏目含《别琴竹枝词（七续）》（十二首）。

杨杏佛作《江城子·正月十一》。词云："云笺珍重写离忧，劝无愁，誓心头。纸短情长，欲诉苦无由。闻道梦魂轻似絮，风正急，入君楼。 君情不共泪痕留，漫凝眸，泪空流。物换星移，何处泊孤舟？检点来书无一字，当日意，更悠悠。"

3 日 《申报》第 15792 号刊行。本期《老申报》"文苑"栏目含《除夕竹枝词》（十二首，映雪老人，见本报壬申年十二月二十七日）；"杂录"栏目含《别琴竹枝词（八续）》（十二首）。

翁文灏经大总统黎元洪批准，任农商部佥事。

张謇为于翁作挽联："是先君子辈行，生后八年，殁后廿三年，闻讣犹存蒿蔚痛；具乡祭尊名德，子习士业，孙习农亩业，观型永守梓桑恭。"

4 日 逸社同人集于海日楼庆祝万寿节。雅集者有沈曾植、沈瑜庆、瞿鸿禨、陈夔龙等。同人有诗词作：沈曾植《正月十三日立春，同人集海日楼寓斋，分韵得新字》、沈瑜庆《正月十三日海日楼宴集，分韵得余字》、瞿鸿禨《丁巳正月十三日立春，同人集海日楼，分韵赋诗，予得新字》《万年欢·立春日社集灯词，用乙庵韵》、陈夔龙《试灯日立春，止庵协揆、乙庵方伯海日楼社集，分韵得纳字，余以病未赴，越三日补作录正》、沈曾植《万年欢·丁巳正月十三日立春海日楼小集，分赋灯词，用赵介庵体并用其韵》。其中，瞿鸿禨《丁巳正月十三日立春》云："九会元复凤历新，斗维东转天下春。日月光华烂星陈，协气圜煦灵觌甄。大盛于丁繄昔闻，在巳火始昭人文。吉日瑞应丰璘彬，惟泰元尊厘媪神。提执大象回洪钧，青旛帻具迎郊闉。杂立土牛旁耕人，柏酒上寿铛鬎银。金鉴千秋逾贡珍，龙蟠于渊蛰存身。阴疑阳战云雷屯，周九鼎在宁终沦。子黎濡沫沧溟濑，嗫伏冰穴蜷寒鳞。东风昭苏气始振，高会畫款欢连茵。盯盘生菜罗五辛，隐侯楼居清绝尘。海日五色升金轮，卢牟万象开寅宾。纵横文雅飞纷纶,声于钟宜发铿訇。宫商谐和无夺伦,有洽故书师郑君。有说奇字从扬云,体或清拔成吴均。辞或妍美推王筠,螯弧旗先沸鼓錞。苍头特起翩异军,凭轼寓目雌雄分。大斗交错饮策勋,余勇剸诗扬藻芬。喜动眉宇谈生津,灵台旧史眠褪氛。野人心丹美其芹,愿敷德泽滂纨黉。时和岁丰谷盈囷,朝阳凤鸣薮游麟。青只效祥景福臻,喤喤群生熙归仁。康衢负杖行吹豳,老遇太平吾幸民。"沈曾植《万年欢·丁巳正月十三日立春海日楼小集》云:"瑞露承囊,重光照镜,春江花月芳辰。火树银花催试,月与人新。数列九华枝上,庆清朝、歌动梁尘。天长乐、吹转东风,千门万户春声。　　尽道竹宫太一,飒灵风飘帐,吉语频闻。一霎金轮涌现,花雨身亲。相见山棚父老,话今年、晴雪调均。还凝望、五色云来,银桥共许朝真。"陈夔龙《试灯日立春》云:"我抱黄门戚,生趣苦摧拉。营葬圣湖滨,寒日射双塔。已分作侨民,山寺友裟衲。一夕烽燧警,移此栖枝鸽。重作海上游,偃卧幼安榻。闭关值岁晚,只知漠家腊。新年喜得雪,缤纷九地匝。十日不出门,避俗谢噂沓。鸡黍故人招,海日朋簪盍。适抱采薪忧,神驰花下槛。九十春方来,灯火满楼阁。悬知刻烛欢,吟成互赠答。缘病藏我拙,海水不污纳。何图飞笺至,传钞捷于擖。分韵各赋诗,诗体不妨杂。勉酬主人意,兴勃房星駊。譬跛不忘履,游屐阮孚蜡。所嗟诗笔退,江梦感衰飒。努力爱春华,宝兹良会合。得句谁与商,西望增鸣唈(往日得句辄与内子商之,今无及矣)。"

　　周庆云招饮海上诸老于小花园都益处雅集,并作《上灯节立春,招管仙裳、汪符生、白石农、王尊农饮于小花园都益处,迟徐鲁山不至,赋短歌一章,并要同座和章》。同人和作:王蕴章《立春节梦老席上赋呈》、管鸿词《立春节梦老席上赋呈》、白曾麟《和梦坡立春日宴饮诗韵》、汪煦《和梦坡〈和仙裳〉韵》、徐子昇《立春节承晨风庐主人折柬招饮,余适以事他出。翌日走谢,始知是夕在座皆属诗人,开筵坐花,飞觞醉月,颇极一时韵事,感而赋此,聊以遣怀》、许湘祥《立春节梦坡诗家设筵宴客,闻各有所作,颇极一时之盛,汪符生刺史示读五古一章,率题于后》、周庆云《立春节宴饮,予既作长歌,复次仙裳韵》。其中,王蕴章《立春节梦老席上赋呈》云:"琳琅满目槃云烟,重与追陪敞夜筵。痛饮坐中惟我辈,劫灰海外是何年。藏钩花击三番鼓,斗韵人飞十样笺。如此春宵忘不得,六街灯影月将圆。"许湘祥《立春节梦坡诗家设筵宴客》云:"第一春宵月满楼,东山丝竹尽风流。琼筵上客耆英管(仙裳先生年七十),玉局后身望族周(谓主人)。吴郡诗新团锦绣,蜀州物美佐觥筹(饮于四川菜馆)。桃花潭水情深甚,示我吟笺当共游。"周庆云《立春节宴饮》云:"平头七十客毡寒,酒户还能抵海宽。细咬菜根原有味,自余秀色不堪餐。新诗脱稿资弦诵,艳曲销声尽夜兰。太息劫灰燃海外,军容荼火尚桓桓。"

　　《申报》第15793号刊行。本期《老申报》"文苑"栏目含《调寄意难忘·岁暮感怀词》(问梅主人,见本报癸酉正月二十八日)、《前调(大笑苍天)》(天河生)、《前调

(酒地诗天)》(海香阁主)、《前调(把酒呼天)》(醉生);"杂录"栏目含《别琴竹枝词(八续)》(七首)。

张元济约宴于家中。同至者夏敬观、高凤池、张廷桂、张蟾芬(桂华)、王莲溪、俞志贤、陈培初、包文信、鲍咸昌、顾晓舟、李宣龚等十余人。

太虚大师在普陀寺出关,当即遍访山中好友,有《丁巳立春出关》诗纪之。诗云:"出关刚值立春日,却为立春方出关。山后山前雾时遍,春风浩荡白云闲。"

魏清德《春日杂咏》(四首)、《谢谢傅为翁,赋此奉答》(四首)、《寄怀心光上人》《画竹寄陶村子》发表于《台湾日日新报》。其中,《春日杂咏》其一:"消息东风又一年,城西尺五蔚蓝天。道人心事闲如水,不管鹃啼独自眠。"其二:"瓶笙花影午烟飞,十尺风漪野竹肥。下马莫寻黄石拜,薄言采采是红薇。"其三:"问谁佳日思公子,剩有芳心惜美人。零落堪怜园十亩,梨棠花发旧时春。"其四:"门外嫣然花乱开,是樱是杏是红梅。期君静坐三杯酒,话尽春愁复劫灰。"《谢谢傅为翁》其一:"忽承迢递五云笺,诗笔风流孟浩然。何日三山相对处,一樽复共酒楼前。"其二:"故园转眼又经春,绿树红花意可亲。旧着征衫成一笑,归来还是卖文人。"其三:"萧斋春雨一灯青,夜课楞岩十卷经。似上鼓山山上路,听泉寺畔水冷冷。"其四:"闽江风月未能忘,名士东山老益强。净扫襄阳低首石,相期花下醉壶觞。"《寄怀心光上人》云:"长记相逢广复楼,与师共散古今愁。别来不是闽江景,卧看梅花过一秋(师以画梅见赠)。"《画竹寄陶村子》云:"怀我陶村子,描成青竹竿。苍茫烟雨意,似在剑州滩。"

陈三立作《立春日口占》(二首)。其一:"土脉微扶春气醒,验占鷇卵峙亭亭。迎年博得儿童笑,那解生愁柳渐青(交立春某刻,以鸡卵立土中不仆)。"

王树楠作《立春》。诗云:"社稷无灵作弄田,游人踏遍先农坛。今年立春春苦晚,禁中空望鞭牛鞭。句芒乘龙忝人面,放身青帝高无权。东风落拓不受管,冰雪亘地春犹悭。东坡老人戴幡胜,生不宜时今更颠。闭门自写宜春帖,无知莺燕休喧填。"

王小航作《立春日》。诗云:"正月十三立春日,盆菊苗条尚著花。病体静持似禅定,湖居清旷如山家。梅樽小酌葡萄酒,竹窗闲试龙井茶。儿童放学添喧扰,满墙满地字涂鸦。大儿唱歌小儿和,名词可厌肆咿呀。乃翁情怀近老妪,颦蹙不忍呵叱加。狺狺小犬忽遭暴,蒙头倒抱露尾巴。有时跳跃出门去,纸鸢挂树线横斜。冰床之戏渐冷落,日暖泥融喜噪鸦,风光流转念岁华,默尔关心牡丹芽。"

章梫作《丁巳正月十三日千秋节,乾清宫随班行礼》。诗云:"趋陛重瞻尺五天,依稀成旅少康年。春容似海光初动,玉案如山稳不迁。钟鼓虞韶留雅奏,衣冠汉制缀群仙。微臣伏处田闲久,欣上宣王江汉篇。"

吴用威作《立春日偶成》(二首)。其一:"市声寂似再眠蚕,官阁清于入定龛。只有中条山色好,泼天浓翠满城南。"其二:"春到人间百可怜,弄晴作雨费周旋。黄鹧闲杀无句当，坐看花情柳思天。"

傅熊湘作《立春日登馆楼，与万里》。诗云："暂趁晴暄与放眸，江城风物在高楼。万山待醒春初动，一水自澄天欲浮。筦鼓稍喧灯市气，鱼龙遥接海天愁。人间息息堪惆怅，短景何须问土牛。"

张素作《立春，和阿梦韵二首》《清平乐·丁巳立春》。其中，《立春》其一："一路春风烘染遍，忽传迤逦向边城。钗梁乍拂双栖燕，柑酒频听百啭莺。促坐红妆饶韵事，瞒人白发逗闲情。醉归独自沉思处，又入邻家鼓笛声。"其二："念我投荒垂十载，墨书磨盾事全非。异邦冠剑留苏武，乱世文章贱陆机。敢向将军嗔夜猎，但随儿女作春衣。此时乡味夸煎饼，雨过东园韭叶肥。"《清平乐》云："寅回斗柄，春上东风鬓。佳节但教酬茗苣，觅取韭芽煎饼。　客游心事谁知？匆匆又是灯期。连夜钗光鬓影，满城看闹蛾儿。"

徐炯作《丁巳立春》。诗云："苍松翠竹归三径，细雨斜风尽一杯。檐外梅花应笑我，年年春至送愁来。"

[日]森川竹磎作《立春日，细贝香塘赠栗子，戏赋》。诗云："阳和新布意迟迟，栗子爆来灰欲吹。似妒飞葭调暖律，尽教狙见却相疑。"

[韩]申奎植作《丁巳年自寿诗》。序云："正月十三日，余之生旦，感题三十八句自寿诗。诗云乎哉，纪实而已。"诗云："法轮常转运，前土几变迁。不知为何物，三十八祀前。庚辰是月也，降于钟山巅。云最灵最贵，曰人格人权。神圣谁敢犯，人人自保全。呱呱如昨日，踽踽到今年。抚躬愧七尺，不若百足蚿。孤愤谩浮海，悲歌忽起燕。剑心磨霍霍，苇力撑戈戈。江河日夜下，旧恨犹未湔。虽生等死日，顾影极凄然。我亦为人子，劬劳情暗牵。暌违依闾望，时诵蓼莪篇。今日乾清殿，孤儿正可怜。同情无限泪，不觉下涟涟（前清宣统诞日与余同，报载今日在乾清宫做寿）。明朝柏公子，解甲登寿筵（接柏文蔚招东，明后两天在什刹海做其堂上七旬双寿）。吾翁今八耋，何日彩衣旋。我闻大椿树，能享寿八千。丛桂家何在（家在桂山），白云天一边。惟有精一棣，秘密设弧悬。探囊无余物，绕膝擦空拳。侦知禁不得，苦在其志坚。竟谋诸厨子，生日并布宣。玉盘称肴菜，璞橐沽酒钱。二价守古礼，罗拜克颙颙（厨子玉崑，自备数碟菜，茶房宁璞纯，持酒两瓶，来前跪拜称寿，照前清旧式，今人不敢当，且呵且愧）。普本赠灵草，殷勤祈寿筵。丹生理高曲，白雪自翩翩。独醒能勇迈，皆一时俊贤。少年豪气发，一唱大朝鲜（坡弟并招丹生、醒庵、普本、迈堂、郑俊、禹豪、诸益共饮三巡，轰笑杂歌，颓然放然，禹豪君以爱国歌，散席夜已深）。睨观强欢笑，几亡在迍邅。神兄曾活我，何以报埃涓。缧绁非其罪，友在抚松县，金珀白日暮。魍魉肆黠儇。无端思崇替，辗转不成眠。人生诚不偶，先哲语真诠。既在人世间，万事担双肩。景光须自爱，夜起题新笺。岁德春方希，天心月未圆。"

5日　《申报》第15794号刊行。本期《老申报》"文苑"栏目含《调寄沁园春·新年四咏》(二十二鸥馆主人,见本报癸酉年二月十二日):《拜年帖》《传座酒》《状元筹》《升官图》。

《妇女杂志》第3卷第2号刊行。本期"文苑"栏目含《毛贞烈诔》(并序,辛亥夏)(虞山萧蜕蜕庵)、《沈节母传》(甲寅冬)(虞山萧蜕蜕庵)、[补白]《碎佩丛铃》(湘累);"杂俎"栏目含《女艺文志(续)》(江山渊)、《闺秀诗话(续)》(亶父)、《玉台艺乘(续第2卷第12号)》(蕈农)。

《小说海》第3卷第2号刊行。本期"杂俎·诗文"栏目含《竹西军中曲》(东园)、《寻春》(绛珠)、《忆春》(绛珠)、《留春》(绛珠)、《送春》(绛珠)、《秦淮舟中晚酌》(杨介清)、《乙卯春过贡院有感》(杨介清)、《游莫愁湖》(杨介清)、《本事诗(为倪女士作)》(黄华瘦)、《歌舞冈春游》(胡超球)、《流花桥春望》(胡超球)、《题戴维明女士水阁纳凉小影》(胡超球)、《水调歌头·题京江友人〈乘风破浪图〉》(东园)、《水调歌头·答汪诗圃渊〈屯浦舟中见怀〉》(槁蟫)、《水调歌头·舟次中秋,用坡老丙辰中秋怀子由韵,寄怀海上诸吟友》(诗圃)、《洞仙歌·伤逝》(诗圃)、《双韵子·春闺,用张子野韵》(诗圃)。同期开始连载方廷锴《敝帚赘言》,载于"笔记"栏目,至第3卷第3号止。共2卷68则,卷一22则,卷二46则。《敝帚赘言》开篇云:"余本不能诗,特慕诗人之名而攀附之耳。其实余何尝能诗哉。忆十年前与友人罗古青郡试,归途宿琴溪旅店,时值上旬,月明如画,醒疑天晓,披衣起视,才夜半耳。因于枕上占一诗,有'自笑吾人归兴切,月明多半当天明'之句,是为余一生吟咏之始。"《敝帚赘言》所录诗多为七绝。如《哭郑荔村诗》云:"梅溪看月同携手,板石观涛共赋诗。今日思量难再得,惊涛谈月助余悲。"又如赠好友姜逸园诗:"六年情事够寻思,一一难忘尽付诗。可记看山与临水,相逢总在夕阳时。""每对银灯有所思,可堪重忆夜谈诗。自从一别姜夔后,又到黄花欲笑时。""曾约时时互寄诗,花晨月夕慰相思。从此不信随园语,但肯遥鞭有到时(屡欲偕程南园、项菊霜造访,辄因事未果)。""牢愁无事则吟诗,消息传来不可思。豪富本来多作态,收帆幸趁顺风时。""忧时词客罢吟诗,陡起风云匪所思。万里海天无净土,龙争虎斗正酣时。"《题〈蜕庵集〉》云:"蜕庵一集足千秋,万丈光芒笔底收。海内共传狂与侠,谁知此老亦风流。"

《学生》第4卷第2号刊行。本期"诗"栏目含《百花生日,我级旅行镇江,登北固山,游甘露寺,天风冷冷,大有仙意,作歌纪之》(南京第一农业学校三年生顾宪融)、《慕韩玉印歌》(广东三都学校王师愈)、《书怀》(上海同济华德实业学校德文预科一年生董春洋)、《咏鹤》(江苏省立第五师范学校本科二年生姚之璧)、《腊月念日送子华返里》(南通代用师范学生张梅盦)、《纸鸢》(江苏省立第二中学校学生黄意周)、《集定盦句赠萧君公弼》(湖南省立甲种农业学校学生于伟)、《寒食》(甘肃省立第三中学校学生景尔刚）、《晴窗》（福建省立第一中学校学生刘永清）、《四时船家乐》（浙江省立第二中学校学生邹桐初）、《读史近作》（吉林毛列三）、《读〈史记〉有感》（保定陆军兽医学校第五班学生黄锡璨）、《春日野外游行》（直隶正定中学校二年生孙矗泉）、《朝发朗江》（湖南第八联合中学校二年生周子美）、《集唐》（上海同济华德学校德文豫科生董浩然）、《别江子》（南通师范学校豫科生梦湘）、《浪淘沙》（龙州乐群诗杜学生吴英）、《浣溪沙》（前人）、《浣溪沙·泛舟红桥》（扬州左虎孙）、《玉漏迟·天宁寺看红叶》（扬州美汉中学校学生张庆霖）、《喝火令·过许恭慎旧居》（前人）。

王国维由日本返抵上海，是日访沈曾植。

胡适作《小诗》。诗云："空濛不见江，但见江边树。狂风卷乱雪，滚滚腾空去。"

6日 罗振玉以复辟事致函沈曾植。

周梦坡元宵节张宴，沪上友人小集。陈诗作《元宵梦坡张宴花丛，即席有赠》。同人和作：管鸿词《即席和颖园韵》、周庆云《予宴饮花间，颖园、薇阁各有诗见赠，次韵答之》。其中，陈诗《元宵梦坡张宴花丛》云："瞥眼新年一半过，琼楼依旧月明多。不须白日寻红友，同约黄昏访秦娥。欢对醇交倾美酒，快聆妙伎奏清歌。与酣狂击唾壶碎，如此迢迢良夜何。"管鸿词《即席和颖园韵》云："春来两日已经过，招饮琼楼逸兴多。人日圆时怀素素，莲花深处爱娥娥。筵前旧雨兼今雨，席上清歌又艳歌。如此良宵如此兴，不妨拼醉夜如何。"

朱祖谋作《戚氏·丁巳沪上元夕》，索况周颐同作，朱氏并以此词简沈曾植。《戚氏·丁巳沪上元夕》云："月明中。人间无主是东风。火合银花，绮交琪树锦成丛。珑璁，好帘栊，歌莺舞燕惜匆匆。沧江倦客吟晚际，此三五几心同市，暖蛾闹林暄鸦起，茜霞倒影仙蓬。算金钱换得，流水宵短，扑地春空。　　回首帝里游惊。鳌驾凤吹，迤逦趁青骢。瑶台路、翠娇红妩，管叠丝重。万芙蓉，绀蕊镜里，衣香尺咫，步绮西东。岁华转烛，悄拍阑干，把盏北望朦胧。　　未是闲情绪，催霓唱彻，作弄春工。问取嫦娥见否，便临花对酒恁忡忡。年时笑语传柑，醉沾镐宴，一饷华胥梦。费念奴、憔悴清歌送，终古恨、萦损渠侬。胜夜窗、寸蜡衰红。念芳节、袖湿泪龙钟。甚春寒重，蕃街画鼓，曼衍鱼龙。（寐叟吾师正拍。孝臧写上）"

陈三立作《上元夕又雪》。诗云："看看灯挂树，壮雪又成围。射影阶除乱，生烟梅桂肥。独斟浮气象，娱老有欷歔。不绝传街鼓，惊鸟何处飞。"

徐世昌作《丁巳月夜寄友梅天津》。诗云："衢巷传箫鼓，高城夜漏长。敲诗风月夜，忆弟水云乡。镜里看双鬓，灯前累十觞。何时来瀹茗，甘苦共君赏。"

傅熊湘作《上元夜雪》。诗云："永夜鱼龙寂不喧，风饕雪虐撼当门。新年渐逐春灯尽，寒意犹依宿酒温。旧梦银蟾千里暗（谚云：云掩中秋月，雨打上元灯。甚验），儿时竹马几人存。孤衾此意难抛却，欲情飞鳞寄泪痕。"

张素作《生查子·滨江元夕出游》《浣溪沙·元夕有怀》。其中，《生查子》云："入市拥灯山，隔巷鸣箫鼓。无限踏歌人，行向铜沟去。 多分酒怀孤，梦作惺松雨。不信小楼西，月又明如许。"《浣溪沙》云："病酒中年力不胜，连裾记玩凤城灯。条条门巷罥朱藤。 炉篆暗消千万结，绣帷虚照两三层。传柑寄语我何曾。"

邹永修作《丁巳元夕，饮西藩叔宅。菊花一枝，插木假山旁，生气勃勃，喜赋》。诗云："盆花盎草偶相寻，菊挺孤芳月未阴。休讶重阳是元夕，真看秋色酿春心。山从木假生奇趣，琴到桐焦响妙音。岂但卓为霜下杰，罗含宅里可长吟。"

乔尚谦作《丁巳上元，为姊丈渠筱洲先生七秩晋五双庆，诗以祝之》(二首)。其一："喜得元宵列寿筵，依然钲鼓太平前(是岁津沽街市庆贺元宵与乱前无异)。山中乔梓留高节，堂上椿萱得大年。海鹤筹添忘岁月，红羊劫后见神仙。木公金母如相晤，话到沧桑漫惘然。"

周岸登作《宝鼎现·丁巳灯节，再和须溪》。词云："鸣珂千骑。电烁星转，铜街歌市。浑不见、鳌山箫鼓，彩胜春人芳树底。寒月晕，料嫦娥深锁，也怨钧天沉醉。唤酒去，新愁未止。又把旧愁句起。 记否元夜烧灯事。马如龙、车更如水。金粉斗、胭脂都丽。万态千姿难品第。竞艳冶、贱人闲罗绮。卷上珠帘十里。似画出、散花仙子。扑簌蓬壶影碎。 惟见九陌依稀，还怕偻、麻姑纤指。且归来、携醉扶醒，拥重衾自睡。暗烛背、暮云愁髻。泪滴心同坠。纵赋笔、能醒春魂，难写今宵梦里。"

邓尔慎作《上元》。诗云："阛门深锁市声遥，月影微窥上柳梢。等是放灯好时节，自扶残梦过元宵。"

陈继训作《丁巳元夕对月》。诗云："鱼龙曼衍街鼓喧，九城月色寒当门。离人辗转不能寐，一灯相对思湘沅。月明兮如水，人隔兮千里。高堂白发金樽开，此夕殷勤念游子。"

范问予作《海上侨居初逢元夜》(二首)。其一："异地东风拂面来，桃符瑞雪映堦苔。浊醪几处香生柏，灯火盈城暖破梅。"

贺次裁作《元宵》。诗云："高楼灯火满窗纱，皓月融光斗丽华。赏罢元宵天欲曙，游人犹自不还家。"

7日 《申报》第15796号刊行。本期《自由谈》载"联话"栏目，撰者"南铮"。本期《老申报》"文苑"栏目含《高阳台·无题》(香海阁主人，见本报癸酉年三月二十五日)、《前调·和香海词人》(不愁明月尽馆主人，见本报癸酉年三月二十九日)、《前调·和香海词人》(漱玉生，见本报癸酉年六月二十一日)。

据梁鼎芬日记载，溥仪"常笞太监，近以小过前后笞十七名，臣宝琛等谏不从"。

胡怀琛《波罗奢馆诗话》刊载于《民国日报》，署名"寄尘"。

张謇作《正月十五日农学校棉作展览会成而雪》。诗云："江城昔竞元宵灯，大庙小庙各有称（南通十余年前元宵庙灯甚盛）。火珠中莹上下瑳，画幛柱绮墙壁绫。下至坊鬼社公社，纸糊竹缚事若应。金闑鼓咽彻衢巷，攒头万点膻厨蝇。风俗几年顿消熄，城人冰冷乡人铁。少年惟解博簺豪，僧徒支门游侣绝。城南农校出新意，劝农利用佳时节。陈棉一种画一区，一茎一旗红擎擎。最以亩获两石棉，蹋地作牛头背雪。群农嬉嬉奔走来，侧耳争听技师说。有鸡有兔猪与牛，亦有戏钲助嘈呫。观者云有四千人，人给一函函百粒。农欢且去天尚晴，农归到家霰忽集。诗言先霰雨雪将，入夜雪盛淆月光。万事称意不须足，犹晴一日天之康。愿农今年种棉满田白，一亩所得过寻常。即不一牛亦二羊，明年吹豳来会场。"

魏元旷作《丁巳正月十六日作》。诗云："长者不分传文字，小者相随资独异。篇章上口水下船，之无入目云空翳。物理心情触处通，象言义解闻斯记。三岁未有二岁余，倜傥不兴群儿俱。碁籌罗列作戏玩，左右八卦兼图书。老夫有时北窗卧，传言应客皆雍如。时时辩论屈兄嫂，矫矫意气轻琼珠。遭逢世变幸遭此，造化乘隙狭须臾。满前非无壮兴幼，住世亦知人白首。岁月虽更痛不忘，入门悯悯神移守。揽揆辰逢雨雪天，亲朋争祝杖鸠年。孰知暗落尊中泪，不见扬乌拜膝前。"

8日 林纾《论古文之不宜废》重刊于上海《民国日报》。

《申报》第 15797 号刊行。本期《老申报》"文苑"栏目含《申江元夜踏灯词》（十首，龙湫旧隐，见本报癸丑年正月十六日）；"杂录"栏目含《牌舞灯词》（覃怀官廨旧谱，见本报癸酉年二月十六日）。

张謇作《初闻百舌》《庸生来晤，示所作诗。诗至沉惋，因其重有哈尔滨之行，赋此送之》。其中，《初闻百舌》云："濠风激雪宵寒峭，试弄朝爨百舌叫。传春喜得鸟先知，幽梦不嫌惊早觉。梦中犹自爱溪山，老子百忙求者闲。闲昧正如吃橄榄，年来服役几屡颜。"《庸生来晤》云："诗思亦畏寒，去冬大凛栗。有若山蕨根，拳冻不得苗。孟生过江来，正当立春日。与谈哈滨事，语带胡天雪。袖中出新诗，意境颇不窄。岂必有禁防，愤痛蓄喉臆。君习法家言，乃尔中绳律。阿兄好任气，往往奋直笔。间作危苦语，幽转愈剡刻。人间好兄弟，天赋各有特。夷路策骥足，神俊不在疾。君昔勇趋农，京师谢官职。遁荒泥水间，力田复屈诘。良惜志士劳，亦愿尽始卒。今至四五年，道远终有迄。君既爱吾土，吾正营林窟。偻指君归时，吾事庶几毕。辋川尚有村，剡溪或置宅。和歌南山陲，可以共晨夕。吾诗当息壤，因君一启发。"

9日 《申报》第 15798 号刊行。本期《老申报》"文苑"栏目含《海上十空曲》（香鹭生，见本报癸酉年正月十六日）：《青楼》《游客》《女堂烟馆》《女书》《戏馆》《花鼓戏髦儿戏》《茶馆》《酒馆》《花烟》《烧香》；"杂录"栏目含《牙牌曲·集〈牡丹亭〉句》（吴梅史，见本报癸酉年正月十八日）。

张謇作《怡儿二十生日示训》（二首）。其一："昔父年二十，正殷忧患时。汝今当诞日，娶早已生儿。励志宜防俗，诚身在不欺。十年能自立，未到学宣尼。"其二："吾衰犹未甚，汝学尚须求。先业农为分，虚名士所羞。毋忘经训熟，要共国人忧。弧矢宁论远，游乎念美洲。"

10日　《申报》第15799号刊行。本期《老申报》"文苑"栏目含《骰子诗》（四首，钱唐梁晋竹，癸酉年正月十七日）；"杂录"栏目含《陈珊士先生牙牌词》（陈珊士，见本报癸酉三月廿九日）。

《斯觉》第1期刊行。本期"文苑"栏目含《蠛庵拾尘录》（毕节余若琼）、《愫雅堂诗集》（余若琼达父）。

《寸心》第2期刊行。本期"文苑"栏目含《拿破仑文选（未完）》（宗正）、《拟遵照教育纲要创设经学会启》（船山存古课艺）（孤鸿）、《眼枯集（续）》（一雁）、《忆梦辞》（大荒）、《沧州集（未完）》（王血痕）、《觳音集》（罗一士）、《奈何词（未完）》（一雁）；"小说"栏目含［补白］联语：《衡州雁峰寺联》《衡州莲湖书院联》《衡阳高真寺戏台联》（孤鸿）、《挽同学谢君邦俊》；"艺术"栏目含［补白］联语：《挽罗生芳棣》（何龙祥）、《某挽妓女生春》（何龙祥）。

《商学杂志》第2卷第2期刊行。本期"文苑·文"栏目含《致王君式如书》（易水王浴民来稿）、《安居赋》（冯眈）；"文苑·诗"栏目含《遣仆》（李世丰）、《月夜与秉端游鹭鹚桥，遂同访蔡二》（前人）、《〈圣林图〉题诗二十六首》（冯眈）。

赵熙作《瑞鹤仙·正月十九成都词社展寿苏之会，用韵和之》。词云："锦城灯又歇。南飞鹤，过了苏门一月。岷峨此高节。借松醪三奠，香通奎阙。多时战血。坐中人、都换素发。似仇仙命否，经八百年，一般磨蝎。　　悽绝。金莲玉局，孟博渊明，梦痕重叠。风波片叶。三生影，托禅窟。望西眉下拜，上元春暖，梅花同社尽发。记熙宁丁巳，公正济南咏雪。"

11日　《申报》第15800号刊行。本期《老申报》"文苑"栏目含《沪上新咏·仿七笔勾体（并序）》（海上双鸳鸯砚斋，见本报壬申年九月二十四日）；"杂录"栏目收录无名氏、警世子、益益斋、醉经居士、稻香老农等人所对壬申十二月十一日《申报》出句"因火成烟，若不撇开终是苦。"

蔡守作《丁巳正月廿日，雨中过六榕寺，看梅花重放，次西航原韵二首》。其一："坠欢重拾胜前时，绿叶成阴花满枝。宛似梨云春带雨，罗浮仙境绝矜奇。"其二："不期姑射逐春回，珠带琼花更势裁。应与师雄缘未了，月明再见美人来。"

［日］白井种德作《丁巳纪元节，盛冈寻常高等小学校长笹森君，为文部大臣所选奖，赋以贺》。诗云："恪勤廿余载，教育善全任。果见遭旌赏，誉高君子林。"

12日　《申报》第15801号刊行。本期《自由谈》"游戏文章"栏目含《老申报歌》

（枫隐）。

沈曾植以题《灵武劝进图》诗示郑孝胥。后三日，郑孝胥为沈曾植题《灵武劝进图》，沈曾植以绝句酬之。《郑孝胥日记》云："为沈子培题《灵武劝进图》，送与之。有顷，子培以绝句来，曰：'争论义边销异相，他心智在会圆通，山僧芋熟山人饱，剑首唐年一映风。'谓余申涪翁义而能圆彼说也。"郑孝胥《沈子培属题〈灵武劝进图〉》云："君父有危急，臣子当自效。事成福宗社，不成死忠孝。玄宗不先请，此语实知要。奈何裴冕等，首务上尊号。名利驱天下，岂免害名教。肃宗继玄宗，惭德在少躁。史臣论黄巢，用意颇深妙。涪翁识太子，大义堪止暴。乙盦赋此图，尊王警群盗。丁年卜中兴，吉语解众懊。所执吾虽殊，相视真同调。"

13 日 《申报》第 15802 号刊行。本期《老申报》"文苑"栏目含《蝶恋花·申江感事》（六首，扬州梦觉人，见本报壬申年五月二十四日）；"杂录"栏目含《牙牌词》（三首，枫伯居士，见本报癸酉年四月初三日）。

沈汝瑾作《丁巳正月廿二日又接昌硕书却寄》。诗云："懒散惟公可起予，新年两度寄双鱼。跛行正道常贞吉，重听嚣尘自屏除。爱国艰难同浩叹，看人奔走曳长裾。寒梅绽白春蔬绿，乘兴当来访敝庐。"

14 日 《申报》第 15803 号刊行。本期《自由谈》"诗囊"栏目含《写南湖居士所赠千秋万岁笺，八叠放鹤亭韵，寿南湖梁孟》（梁孟年皆五十又同月生）（兰皋）。本期《老申报》"文苑"栏目含《新年杂咏》（梦花词人，见本报癸酉年正月二十四日）：《拜年帖》《传坐酒》《状元筹》《升官图》。其中，兰皋《写南湖居士所赠千秋万岁笺》云："同为始满百年欢，举案鸿光对画阑。早岁珊瑚连理贵，异时松柏后凋寒。几回尘劫超超度，十部因缘种种看（南湖居士将为万柳夫人营美术纪念馆，馆有十名所）。我是汉家老方朔，蟠桃待摘倚栏干。"

盛静霞生。盛静霞，字弢青，江苏扬州人。著有《频伽室语业》，与夫婿蒋礼鸿合著《怀任斋诗词·频伽室语业合集》。

魏清德《春日访遂园未叟途中》（三首）发表于《台湾日日新报》。其一："柳嫩秧新太可怜，轻车访友艳阳天。绿阴一路闻啼鴂，直到当门水护田。"其二："修竹人家半掩扉，野情诗思与云飞。断桥尽日无人过，春水生时鹅鸭肥。"其三："浓云簇簇海西生，半壁春山夕照明。细雨桃花归路晚，酒旗风送短篷轻。"

15 日 《申报》第 15804 号刊行。本期《老申报》"文苑"栏目含《沪北十景》（古月山房薪翘氏，见本报癸酉年正月十日）：《桂园观剧》《新楼选馔》《云阁尝烟》《醉乐饮酒》《松风品茶》《桂馨访美》《层台听书》《飞车拥丽》《夜市燃灯》《浦滩步月》。

《东方杂志》第 14 卷第 2 号刊行。本期"文苑·文"栏目含《振绮堂丛书序》（陈三立）；"文苑·诗"栏目含《节庵以崇陵祭余羊果见寄，感赋》（陈宝琛）、《游旧劝业场公园》（陈三立）、《雨中别临川李博孙，往当涂田舍取逋租》（前人）、《湖居，与仁先结邻，赋呈》（俞明震）、《舒彬如（鸿义）宜园本克勤郡王物，残于庚子之乱，彬如购而葺之，自为之记》（姚永概）、《散原先生来湖上，次日蒿老亦至，遂同游虎跑泉》（陈曾寿）、《子修丈约同蒿老、散老游西溪，饭于交芦庵》（前人）、《九月六日偕林怡书、胡琴初游湖，访高庄，邀陈仁先、俞恪士，棋罢聚饮，明日刘香孙招游文澜阁、南屏寺，饮楼外楼，吴䌹斋复订八日游韬光，余以重阳社集与培老有成约辞，先归留诗索和》（沈瑜庆）、《完巢席上口占，赠吴巽仪大令》（前人）、《董询五属题先德乐闲布衣画册》（前人）、《题张红桥砚拓本》（陈衍）、《同汤定之雪后至江亭》（陈衡恪）、《散原大丈来湖上主瓠庵，奉投长句四韵并投瓠庵》（诸宗元）、《庭花有绣球一树，春厄风雨，方秋乃复盛开，他园所未见也，以诗宠之》（前人）、《题〈彊村校词图〉》（夏敬观）。

《民彝杂志》第 3 号刊行。本期"杂俎"栏目含《追悼黄克强、蔡松坡两先生感言》（爱华）、《回忆阳夏之战以追悼黄兴将军》（英魄）、《烈士何克非行略》（英魄）、《湖南同乡会祭黄克强先生文》（梅园）、《湖南同乡会祭蔡松坡先生文》（张定）、《留日学生总会祭蔡松坡先生文》（界民）、《留日各界同人合祭黄克强、蔡松坡二先生文》（界民）、《留日学生总会祭黄克强先生文》（界民）、《诔黄克强先生》（谢真）、《宝剑篇》（无怼）、《秋暮感怀》（无怼）、《粤中石井战线夜口占》（罴士）、《发东莞，马上口占》（罴士）、《留别界民、梓材二首》（行健）、《仙姑祠晚眺》（梅园）、《葛民东归，赋此赠之，并寄怀其兄梦》（平一）、《寄怀陈披荆》（平一）、《水龙吟》（平一）、《游越南废京》（陈其尤）、《莺啼序·颐和园（有序）》（梅园）、《水调歌头·哭黄克强先生》（梅园）、《大江东去（有序）》（界民）、《大江东去·次韵赠界氏由朝鲜归国》（梅园）、《吾友袁君子纯，生子名小纯，诗以贺之》（随生）、《秋日偶成》（随生）、《反无家别》（醉生）、《〈腾越杜乱纪寔〉跋》（章炳麟）、《故清腾越镇中营千总李君墓志铭》（章炳麟）、《鼎湖山游记》（章炳麟）、《叶匡传略补遗》（玄楼）。

［韩］《天道教会月报》第 79 号刊行。"词藻"栏目含《立春日拈唐人韵》（敬庵李瓛）、《又》（香山车相鹤）、《又》（凰山李钟麟）、《上元即事》（敬庵）、《又》（凰山）、《又》（香山）、《又》（洇堂刘载豊）、《元旦》（悟堂罗天纲）、《与芝友咏雪》（敬庵）、《又》（凰山）。其中，敬庵《与芝友咏雪》云："俯仰银台上，逍遥玉海中，厚坤祗一色，孤鹤立天风。"

16 日 总理段祺瑞力主加入协约国，总统黎元洪表示反对。

《申报》第 15805 号刊行。本期《老申报》"文苑"栏目含《沪北竹枝词》（二十二首，海上逐臭夫，见本报壬申年四月十二日）。

17日 《申报》第15806号刊行。本期《自由谈》载"联话"栏目,撰者"南铮"。本期《老申报》"文苑"栏目含《百字令·题〈红楼梦〉》(二首,金华山樵陆叙卿,见本报癸酉年九月十二日)。

升允至上海访沈曾植,商谈复辟事。

张謇邀约丁禾生、沙健庵、金沧江等郊游,作《因视林溪工,约丁禾生、沙健庵、金沧江、潘葆之、张景云同游,遂憩精舍》(二首)以纪之。其一:"两载南山役未终,更营西崦与东峰。周防辟地教通港,火急担泥事种松。莲社已谐元亮约,辋川疑待右丞逢。水云佳处吾堪共,高兴还来策短筇。"其二:"破费工夫未是痴,得劳犹胜在官时。书生能买山原小,褊壤思逃世可知。螺蚌频看麻谷变,鹤猿应免草堂疑。只怜朋辈皆苍老,正要春风劝酒卮。"

洪应百生。洪应百,福建泉州人。著有《洪应百诗集》。

杨杏佛作《醉落魄·正月廿六》。词云:"凄凄索索,是谁惹我情怀恶?多情终被愁寻着。待不思量,又忆当时约。 朝朝夜夜神离合,无眠休怨罗衾薄。算来都是天生错。见了人人,抵死难抛却。"

胡适作《落日》。诗云:"黑云满天西,遮我落日荚。忽然排云出,团栾堕江里。"

18日 蔡元培、梁启超、严修等在北京发起成立中华民国国语研究会。

《申报》第15807号刊行。本期《自由谈》载"诗话"栏目,撰者"黑子"。本期《老申报》"文苑"栏目含《续沪北竹枝词》(二十四首,海上逐臭夫)。

魏清德与台湾日日新报社共济团成员一起赴草山赏樱,作《纱帽山》。诗云:"昔贤抗志思高蹈,何时抛却大纱帽。其傍硫烟缕缕青,宛似仙人筑炉灶。丹成鼎圮万山空,至今纱帽犹当中。宿雾未收衣带白,晨暾斜吐朝珠红。海南五指名黎母,如欲相招莫飞去。誓将结茆来相从,纱帽纱帽吾语汝。"又作《草山温泉》。诗云:"草山泉滑洗凝脂,绝胜华清太液池。夜半素娥来浴此,山魈木客漫偷窥。"

周庆云作《戴壶翁、鬲皋乔梓招予及陈桓士(家熊)、陈少英(希曾)、李兰友(润堂)、张振之(善铎)、邵小棠(承翰)宴饮甚欢,归纪以诗》(时正月二十七日)。诗云:"昨宵转朔风,暖意消俄倾。晓窗弄词翰,冻又呵毛颖。寒思借酒浇,宁畏霜蹄冷。多情太小戴,近局煮佳茗。客来半新雨,共把尘事屏。陈传今祭酒(桓士年七十六),腰健目光炯。津津谈星命,以此娱暮景。元龙志高尚(少英自江右宦游归来,有三子均已出山),早将豪气泯。笋争滕薛长,云衢分驰骋。更有张长史(振之有子十人,女十人,目九子已成立年,仅六十有二),多子谁与并。辛苦过半生,悬知饶晚境。谪仙我夙好(兰友曾绾黄岩场篆十年),把臂良欣幸。调梅曾建勋,不愧古令尹。邵子筑行窝(小棠精医理),悬壶到市井。著手即生春,春满林中杏。清谈坐高斋,珍馐逾九鼎。酒方毕三巡,雪花向窗打。得无动吟兴,诗成当喤引。归来拥寒衾,宵深万籁静。明朝旭日升，一望湖山迥。好景不可留，闲身载小艇。袁安我神交，冷趣心同领。生绡付画师，乞绘雪山影。征题到群公，流传亦足永。"

孙树礼作《丁巳正月二十七日芝弟神回，远不能赴，赋此哭之》（十二首）。其一："人日传来双鲤鱼，自言腊杪病新除。岂期从此音尘杳，彼岸同怀绝命书。"

19日 《申报》第15808号刊行。本期《自由谈》"游戏文章"栏目含《赋得周瘦鹃新婚》（四首，天虚我生）。本期《老申报》"文苑"栏目含《百字令·题〈红楼梦〉》（二首，金华山樵陆叙卿，见本报癸酉年九月十二日）。

黄吉云《巴城元夜竹枝词》（十六首）本日及次日刊于[马来亚]《国民日报》"诗苑"栏目。其一："蛮风吹梦落天涯，漂泊年年不忆家。欲唱渭城谁载酒？且将一曲当莲花。"其六："不甘雌伏学雄飞，扮着男装亦可儿。塞上春酥遮不住，有人长爪试杨妃。"

胡适作《"赫贞旦"答叔永》。诗云："'赫贞旦'如何？听我告诉你。昨日我起时，东方日初起。返照到天西，彩霞美无比。赫贞平似镜，红云满江底。江西山低小，倒影入江紫。朝霞渐散了，剩有青天好。江中水更蓝，要与天争姣。休说海鸥闲，水冻捉鱼难。日日寒江上，飞去又飞还。何如我闲散，开窗面江岸。清茶胜似酒，面包充早饭。老任倘能来，和你分一半。更可同作诗，重咏'赫贞旦'。"

20日 符璋编定《蜕盒续稿》2卷，抄成2册，起甲寅夏，讫丙辰冬，除删去外，存诗640余首。

张謇作《泽初自海上以雁与尖沙鱼见饷，既饫其美，适会所感》。诗云："昔贤慕鱼鸟，汝本适飞浮。绝远人间世，何知几上羞。江湖归鼎镬，粱稻落罾罘。天地谁云大，微生苦未休。"

赵熙作《彩云归·正月廿九日懿姬生日感赋，用休庵前韵》。词云："麻姑到海贩红桑。便蓬莱、不算仙乡。思十年、此日长安去，愁病在酒后灯旁。劳生味，遍餐黄蘖，是羞郎怨郎。奠一滴纸钱风里，可认王昌。　　神伤。当年奉倩，到如今悟尽凡亡。玳梁燕子，含去花片，落水无香。自别来扬州一觉，处处萤火雷塘。神京事，春风春雨，梦冷昭阳。"

21日 《申报》第15810号刊行。本期《自由谈》载"联话"栏目，撰者"南铮"。

周树人堂叔祖周椒生卒，次日入殓。周作人往拜，撰挽联云："白门随侍，曾几何时，忆当年帷后读书，窃听笑言犹在耳；玄室永潜，遂不复返，对此日堂前设奠，迫怀謦欬一伤神。"

释永光集苏东坡诗句书对联"有子才如不羁马，知君心似后凋松"赠沧澄先生。

22日 《申报》第15811号刊行。本期《老申报》"文苑"栏目含《无题四首》（蟾香阁主，见本报甲戌年七月二十三日）、《送远曲》（如兰女士，见本报甲戌年正月初九日)、《寄远曲》(前人,同上)。

呆汉《狱中竹枝词》(三首)刊于[马来亚]《国民日报》"诗苑"栏目。其一《咏窗户纸》:"长夜呼呼笑我寒,临风薄幸倚窗栏。世间亦有薄于尔,末世人情乱世官。"

张良遛作《正月初二日至二月初一日连次地震》(二首)。其一:"地道原宜静,胡为屡动摇。殆因乾失位,故使震连朝。虩虩崩岩石,隆隆类鼓妖。横天飞白气,兵象未全销(是日,白气横天空中,隆隆有声)。"

23 日 张勋联合16省区督军、省长致电北京政府,要求"速定孔教为国教",否则即"以简当手续,直接取决于多数民意",或"另组制宪机关,作根本之解决"。

《申报》第15812号刊行。本期《自由谈》"游戏文章"栏目含《撑腰糕歌》(观钦)。本期《老申报》"杂录"栏目含《牙牌词》(见本报癸西年五月二十六日)。

郁达夫在日本名古屋第八高等学校读书,作《望仙门》。词云:"昨夜相思梦未成,过三更。今朝两眼不分明,漠难醒。 莫问愁多少,量来叠叠层层。恨他樊素忒无情,与春行。剩我苦零丁。"

张睿作《讼愚》。诗云:"吾宁木石徒,决起负山趋。钱亦同兹癖,邱从买得愚。衡林春觅种,画水夜更图。尚欲山灵问,憎眉混沌无。"

24 日 《申报》第15813号刊行。本期《自由谈》载"联话"栏目,撰者宋焜。本期《老申报》"文苑"栏目含《上海洋场四咏》(慈溪酒坐琴言室芷汀氏,见本报癸西年三月二十二日):《轮舟》《马车》《地火》《电线》;"杂录"栏目含《旧联新偶》,撰者有明辨主人、睡狮、姚江厕生、顾兰阶、勇众、觉痴、谢逸云、碌生、王可章、孙戊荪、睡王、丁仁甫、守一斋、胡超、勇灵、艾亚通、梁子膺等。

刘承干治具招饮叶昌炽。喻长霖、钱铭伯、钟伯诠、张青士、杜肇纶、沈醉愚同座。

吴芳吉读《聊斋》。评曰:"士不展其材而托于鬼怪以终,其意则深,其情可哀焉。"

顾震福作《记蛙异答蔗叟》。诗云:"丁巳二月日丁酉,步出联城寻旧友。道左池蛙忽跳踉,抱持衔接满郊薮。斯时雷声未惊蛰,坯户百虫巢穴守。蛙黾由来怀故土,易地复还习常狃。胡为他徙忽争先,适彼乐郊随所偶。爱如蛤蚧行相随,窘若驱虩负而走。路人信手即掩捕,承以筐筐贯以柳。父老惊疑重叹嗟,竟向陈编验休咎。或言蛙与虾蟆斗,汉将出征遭击掊。又闻晋阳灶产蛙,城邑漂流若拉朽。无端跳梁何眹兆,厄运无乃丁阳九。我愧拘墟见不同,愿质先生一辨剖。蒙庄昔状蛙赴水,接腋持颐说已久。两蛙相负故坚牢,唐代眉州亦曾有。独怪井蛙不识时,赫然一怒雄赳赳。狼狈为奸互利用,鹬蚌争持更纷纠。官乎私乎那得知,番番大腹鼓如缶。纡紫拖青结队行,痱磊蹒跚不知丑。一朝失水离窟穴,玩弄直死竖子手。天壤何时无鞠灰,绿衣一脱悔已后。蛙兮蛙兮善自藏,不见肉芝千万寿。"

25 日 《小说月报》第8卷2号刊行。本期"文苑·文"栏目含《〈畏庐文续集序》(叔节)、《金仲远别传》(子言);"文苑·诗"栏目含《秋日同樊山、笏卿游枣花寺,看〈红杏青松〉卷子》(泊园)、《和樊山〈赏菊〉韵》(泊园)、《絜漪园四十韵》(友卿)、《观音粉谣》(友卿)、《丙辰三月三日,坝河修禊,呈弢老暨同游诸子》(敷庵)、《寿刚甫先生五十》(敷庵)、《题李西崖画》(石遗)、《咏史》(子言)、《寄童茂先丈湘上》(子言)、《自唐牖归别墅,马惊覆车,劳知好慰问,赋此报谢,兼写近怀》(啬庵)、《破睡》(啬庵)、《月明》(啬庵)、《二日雪后泛湖登公园后山亭子,遂访雪蝶大师,饮归赋此,用东坡〈除日孤山〉韵》(贞长)、《雨过约堂赋赠》(贞长)、《晚步白堤,遂趋孤山,放船归,女甥问懿、二女子怡和从焉,赋此示之》(贞长)、《乙卯七月读史》(义门);"记事"栏目含《赵伟甫先生庚申避乱日记(未完)》《旅行菲律宾见闻录(未完)》(拳拳)、《雁荡纪游(附图)(未完)》(蒋维乔)、《上海报纸小史(未完)》(姚公鹤);"附来稿最录"栏目含《怨情四绝》(缪邠生)、《初夏病起》(缪邠生)、《仲秋至张家口》(缪邠生)、《初夏登画山楼》(缪少初)、《六十自述》(章钟亮)、《和〈自述〉原韵》(张之纯)、《十二月初四夜雪,用东坡尖叉韵》(拙巢子)、《咏岁》(拙巢子)、《独夜》(拙巢子)、《秋日南园》(默庵)、《秋夜南轩玩月》(默庵)、《春尽日有感》(心与)、《怀陈叔毅》(梅生)、《燕京怀古》(陈文孙);"杂俎"栏目含《陇南山馆诗话(续)》(魏子安)、《板桥杂记补(续)》(金嗣芬楚青)、《美人剑新剧(未完)》(陈大悲)。

《瓯海潮》第5期刊行。本期"艺文·诗选"栏目含《除夕》(许乙仙)、《登华盖山有感,和冒瓯隐》(陈子万)、《万象山访秦淮海废祠,和朱复戡》(陈子万);"艺文·词选"栏目含《长相思》(陈墨农)、《一斛珠·和深仲〈有忆〉,用李后主韵》(陈墨农)、《满江红·闻京师及辽东兵警》(陈墨农)、《贺圣朝·深仲来笺有"阮郎归"语,因戏作此词,代天台仙子问刘郎》(陈墨农);"艺文·遗著"栏目含《花萼楼书钞(续)》(永嘉周天锡)、《石帆山堂诗稿(续)》(古括苍许一钧)、《留香阁诗草(续)》(张凤慧女史香筠);"杂俎·笔记"栏目含《愿花室丛蕞》(姜门):《联謇》《留云亭题句》《瓜子壳》;"杂俎·丛话"栏目含《三十六鸳鸯楼联话(续第3期)》(默庐)、《鲍系斋诗话(未完)》(宋慈抱);"余波·浪语"栏目含《冷板凳》(冷生)、《大衫袖》(冷生)、《去职之美人》(笑)、《离奇之楹帖》(笑)、《诙谐之挽联》(笑);"余波·江上残钟"栏目含《芙渠吟馆诗钟选(未完)》(疏影)。

夏敬观访郑孝胥,请为继室左淑人书墓志铭,墓志铭后为陈三立所作。

魏清德《首发至草山十二绝》发表于《台湾日日新报》。其一:"晓起星河影动摇,楼台万瓦夜迢迢。汽车北过圆山路,渔火东回明治桥。"其二:"士林竹树黑模糊,远近人家半有无。似此观樱太奇绝,群山如梦月痕孤。"其三:"山色曙如睡起人,却从雾里露全身。鹭鸶先我辞巢至,一道寒光白似银。"其四:"喔喔灵鸡报晓晴,半林薄霭有人行。真个山静如太古,惟闻泉水响淙琤。"其五:"倚杖岩头听鸟啼,水田漠漠与云齐。安得仙人王子晋，吹笙为我下鸾栖。"其七："路傍遍种相思树，岭上初抽薇蕨芽。尽有相思向何处，试沿山径访桃花。"其八："佳人桃叶与桃根，空谷幽居是处村。每到花时人迹遍，草山不比武陵源。"其九："当门笑脸寻常见，夹岸泫妆几度情。正是台阳好时节，草山二月又逢卿。"

曾广祚作《曲园宴集三首》。其一："燕月如钩匹马回，繁弦飞雨集池台。两朝陵谷留诗卷，万古江河落酒杯。踞虎遥知神剑化，探龙谁得宝珠来。碧桃满洞春依旧，应忆仙人笑口开。"其二："娇婢追还学阮痴，荒唐指点至今疑。楼中鸣凤婚秦后，岩畔翩鸿赋洛时。灵草连房将共献，名花倾国总相思。二妃环佩披图见，雁塔羞题有逸姿。"

26日 《申报》第15815号刊行。本期《自由谈》载"联话"栏目，撰者蔡选青。本期《老申报》"文苑"栏目含《鸳湖竹枝词》（十首，鸳湖映雪生，见本报癸酉年二月二十四日）。

康有为60岁生日。梁鼎芬拟奏闻逊帝溥仪，请加崇典，后未果行。沈曾植、瞿鸿禨往康有为寓斋祝寿。康有为作《丁巳二月五日览揆诗付善伯、苹漪》。诗云："久拼万死碎微尘，岂意余生非寿人。北海归来如梦幻，东山兴罢整乾坤。同民不离人间世，忧国犹存劫后身。老子婆娑思揆日，乡中扶杖物皆春。"沈曾植作《康长素六旬寿诗》（二首）。其一："樱笋厨开闿杏新，知常复命此元辰。破除二万一千日，政尔黄农虞夏身。浩浩春光过上巳，堂堂庙合见天民。筵前政语烦勾对，更舞南阳乐一巡。"其二："早向公车识岁星，万波远道一波生。人言奇出苏黄外，天假年为郑楚行。光景君当苍帝使，孑遗我已白须兄。春秋据乱今何作，起为新周致太平。"陈三立作《康有为六十寿联》。联云："广道遥游，身行六十万里；证菩提果，手援四百兆人。"此前，严复22日作《寿康更生六十》（原题《康更生六十》，载1917年2月24日《公言报》）。诗云："五十已过六十来，先生年寿天所开。昌期五百觏名世，下视余子犹舆台。初闻发挥邵公学，微言大义穷根荄。箴膏发墨说三世，儒林传宝如玉杯。河汾乐旨比洙泗，陶铸薛魏为骞回。泰山不数孙明复，亦有石介称徂徕。揭来光范上封事，陈十二策驱风雷。鸿毛遇顺古何为，不待六月风背培。岂料违天作衮叔，碧血危使后人哀。乘桴浮海适异国，廿载邱庐方重回。喜马势横落机直，足迹所掩吁艰哉。嫠妇不恤身已殒，未荷赦诏终愁猜。麻姑云车指阳路，莽莽东海方扬埃。家居纤儿共撞坏，经始谁识桷与榱？声嘶口沫诉不忍，鲛人泪落皆琼瑰。今年悬弧逢闰月，仁气蕴积基恢台。述惟踔过二百韵，炙輠犹见诗人才。鄙夫六十又加五，发背久已成黄鲐，平生所学哀所用，末路潦倒尤堪咍。相望南北跂丰采，抠衣梦想趋隅限。国家殷忧野多垒，甘陵北部今谁魁？心之精征岂能尽，聊助小雅赓台莱。"张元济有寿联贺寿："形其量者沧海；何以寿之名山。"

吴昌硕赴谒叶昌炽。喻长霖、刘承干在座。

叶昌炽本日至 28 日为秦绶章整理笔识《灵香室骈文》。

魏清德《纱帽山》《草山温泉》《题寄山印伯雾中庵》《顽石山房悬吴昌硕墨梅》《故宫川一水翁草庵》《白水真人拾苔石》《竹仔湖观樱花》发表于《台湾日日新报》。其中,《题寄山印伯雾中庵》云:"前峰纱帽如盆石,坐拱幽人恰两三。尽日闲云与流水,去留不管雾中庵。"《顽石山房悬吴昌硕墨梅》云:"草篆入梅高古,流泉峭壁难攀。顽石山房得此,此间不是人间。"《故宫川一水翁草庵》云:"头白空山结草庐,青藜想象照玄书。如何一旦成仙去,孤负苍松花落初。"《白水真人拾苔石》云:"清流苔石趣盎然,读古山庄几得拳。他日听经齐点首,传灯不怕少人传。"

郁达夫作《春夜初雨》。诗云:"小楼今夜应无睡,二月江南遍杏花。笑我浮生真若梦,年年春到苦思家。"

27 日 《申报》第 15816 号刊行。本期《老申报》"杂录"栏目含《无名氏廋词》(见本报癸酉年四月初七日)。

28 日 张元济访章炳麟。章"因本馆印《八家文钞》有伊文字在内,不以为然,来信诘责"。张元济"今日面往道歉",又谈《章太炎文集》出版等事。

汪普庆生。汪普庆,笔名菲士、南父,江苏泰兴人。著有《东溪散曲缀集》《普庆诗词》。

本 月

商务印书馆发行第二届师范讲习社讲义。师范讲习社是中国最早一所函授师范学校,1910 年由郑孝胥、严复、伍光建、王季烈、夏曾佑、罗振玉、张元济发起,商务印书馆创办。

《浙江兵事杂志》第 34 期刊行。本期"文艺·诗录"栏目含《二日雪后泛湖登公园后山亭子,遂访曼殊,小饮归,用东坡〈孤山〉韵赋纪》(诸宗元)、《一日雪未出,念去年今日纵游湖上诸山,因用联句韵成一篇》(诸宗元)、《蝦斋先生寿五十,其弟漱霞征诗侑觥,赋寄京师》(诸宗元)、《冬晓循湖入山作》(诸宗元)、《寒夜不寐感书》(诸宗元)、《明日酣卧达旦,叠前韵纪之,时雪后大晴》(诸宗元)、《读亮生乙巳至丁未三年旧诗,叠韵书其册端》(诸宗元)、《贺后者生子》(陈景烈)、《用贞壮韵追忆腊八夜赋此》(陈景烈)、《杂感》(钱漠)、《狱中》(钱漠)、《送馨山之南洋》(钟浩生)、《东游寄诸同志二首》(钟浩生)、《新岁偶成》(钟浩生)、《欧战感占十首》(钟浩生)、《岁暮》(钟浩生)、《危城岁晏,积雪初晴,同贞壮、少华泛舟西湖,登孤山摄影,访曼殊于陶社留饭,贞壮归,纪以诗,用东坡〈孤山〉韵索和奉答》(林之夏)、《此屋》(林之夏)、《赠天赋》(林之夏)、《甲寅夏日,同介人将军游石屋寺,将军语寺僧曰:"窗纸尽破,胡不略事补饰?"今日重游,丹垩一新,而将军逝矣。怆然纪一诗》（林之夏）。

陈衍自北京返归福州故里，家住文儒坊大光里，其后院名匹园，花光阁即在匹园中。"花光"二字取自陈衍妻、晚清才女萧道管诗"挹彼花光，熏我暮色"。此阁落成时，陈衍撰联云："移花种竹刚三径；听雨看山又一楼。"陈宝琛书。郑孝胥书"花光阁"匾。林纾亦从北京寄诗来贺，诗题《匹园图并诗》。诗云："卷帘处处是青山，目力应无片晌闲。何用四时将竹轿，居然万绿满紫关。我短清福归前定，天许先生隐此间。一事最教人健羡，看山兼看鸟飞还。"首句套用陆放翁诗意。陈衍见赠诗甚喜，随即和作《畏庐寄诗题匹园新楼次韵》。诗云："敢云隐几日看山，只拟千忙博一闲。联匾分书已坡谷，画图传本待荆关。谁知五柳孤松客，却住三坊七巷间。循例吾家悬榻在，何妨上冢过家还。"此诗流传开后，其中"谁知五柳孤松客，却住三坊七巷间"点睛之句，让福州"三坊七巷"之名号闻名海内外。

冒鹤亭读朱竹垞《风怀》诗（朱竹垞尝与其妻妹冯寿常相恋，冯因之而死，朱赋《风怀》诗二百韵，以记其事，其诗哀丽动人），撰成《风怀诗案》一卷。又，新得朱竹垞铭砚置案上，"胆瓶插蜡梅、红梅各一，梅新摘带雨，雨消砚田，觉满纸香艳，可呼起词客英灵也"。遂口占一诗云："摘梅带雨供军持，雨点时时落砚池。我有风怀谁省得，竹垞砚注竹垞诗。"

王一亭为庭蓉题石涛《春笋图》。诗云："读画馋涎口满滋，江干苦笋配莼丝。涪翁一咒谁同调，想见清湘下笔时。丁巳暮春之初，为庭蓉仁兄雅属，白龙山人王震题。"

圆瑛法师当选宁波佛教会会长。

蔡守拟在广州六榕寺设立南社广东分社，发函募捐。

高一涵接母病重电报。母病故后，高一涵作《先母胡夫人行述》。

胡先骕往江西省实业厅求职，被派任庐山森林局副局长。自归国后，胡接连遭遇工作挫折，郁郁不得志，游览庐山山水，时常作诗以遣怀。是时诗作有《由庐山东林往黄龙纪游》《东林山居杂咏》（九首）、《溽暑由九江步还东林》《还东林寄杨苏更》《书感》（三首）等。其中，《东林山居杂咏》其一："绝顶登临万虑灰，庐山灵秀郁崔嵬。十年行迹半天下，赢得如今始暂来。"其二："鸟道跻攀兴倍赊，讲经台上白云遮。画眉声里薰风暖，开遍山山白芨花。"其三："尽日天风浩浩吹，望中云物自清奇。几回鸟语兼蝉语，催送残阳度水湄。"《还东林寄杨苏更》云："十年湖海走万里，归卧匡山听鼓鼙。镜里头颅空白惜，园中桃李已成蹊。难将出处问龟卜，且抚琴书对鸟啼。寄语人寰杨伯起，未须燕赵苦栖栖。"

张恨水应好友郝耕仁邀同出游，两人遂动隐居青山专事著作之念。张恨水后来有诗《偶怀兼示郝三》记述云："江南家住碧萝村，村外丛山绿到门。一别早忘猿鹤约，十年犹忆水云痕。"此诗发表于 1928 年 12 月 27 日《世界日报》副刊《明珠》。

陈方恪回南京过春节，作《南旋旬日，中庭栏槛已多春意，作此却寄穆庵仁兄，切希正和》。诗云："江南十日换缁尘，手试庭花已破春。乍可光阴消净叶，偶拈诗句半怀人。远来衣带真忧缓，别久溪山倍眼新。忽忆西华仍葛帔，相从京国最情真。"

冯振离家拟赴沪复学，路过梧州。挚友梧州中学校长陈柱尊留任教席，遂未返沪。

林英仪生。林英仪，字少逸，别号天风海涛斋主，福建晋江人。著有《风涛集》。

张石秋生。张石秋，河南罗山县人。著有《卿云集》。

柯敦厚生。柯敦厚，安徽歙县人。著有《拥翠山房吟草》。

蔡知为生。蔡知为，湖北蕲春人。著有《秋菊山房诗草》，编有《思源集》。

沈曾植作《初春，和病山韵》（四首）。其一："年光还绽腊梅枝，那便新妍说故媸。青帝有来须换眼，春王书罢一轩眉。身观龙蠖存求后，视极鲲鹏变化为。箫鼓声催逃九九，北辰常定不曾移。"其二："后饮屠苏检食单，底须忌苦与论酸。天心何处春先到，雪候犹疑旦极寒。七日题诗寻蜀故，群臣上寿录周刊。玉蟾蜍畔频年泪，要挽天河一洗乾。"

李光炯作《丁巳正月自枞阳归，宿湖上，忽忆方槃君丈前月雪中过访，用集中〈游潘木厓先生河墅〉韵奉寄，兼题凌寒亭》。诗云："我行殊未遥，只影适莽苍。暝色隐寒山，黯黮将焉仰。稍侍圆景升，顿令微明长。妄动古所戒，熟路迷榛莽。已迫蒋径仄，始觉沙堤广。昨共庞公游，清梦犹惝恍。烟尘满天地，对雪神一爽。空宇正寥寥，大山复郎朗。跫然足音至，风竹摩清响。孤鹤舞寥天，清唳落尘块。昔贤赋山鬼，孤怀寄魑魅。夫子屈宋徒，精灵通朏朒。发匣示新诗，使我怀畴曩（初设芜湖公学，赠诗有'杳暝云容山鬼泣，迢遥蚕路蜀丁开'之句，近偕阮仲勉先生游滴翠轩见怀，诗云：'往事云龙追逐时，重来忽是十年奇。掉头不住思巢父，一舸沧江埋钓丝。'滴翠轩在芜湖赭山寺中，是山谷遗迹，吾尝习静于此）。窈窈滴翠轩，娱嬉自吾党。亡没宿草生（谓邓抱园先生），存者今安往。惟独老祭酒，风雅赖宏奖。寂寞草玄亭，梅花荫间敞。何当载酒来，孤芳期共赏。"

吕碧城作《邓尉探梅》（十首）（1917年2月苏州）。其一："玉龙喷雪破苍烟，蹑屩人来雨后天。不惜风霜劳远道，佩环同礼九嶷仙。"其二："湖光如镜山如黛，雪簇花团照眼秾。辟作美人汤沐邑，春风十里画图中。"其三："山河无恙销兵气，霖雨同功泽九垓。不是和羹劳素手，那知香国有奇才。"其四："晓风残雪斗娉婷，萼绿仙姬竟体馨。底事灵均浑不省，只将兰芷入《骚经》。"其五："冷眼人间万艳空，前身明月可怜侬。人天小劫同沦落，群玉山头又一逢。"其六："十年清梦绕罗浮，物外因缘此胜游。欲折琼枝上清去，可堪无女怨高邱。"其七："清标冰雪比聪明，呼鹤青城证旧盟。为感芬芳本吾道，山阿含睇不胜情。"其八："仙源不让武陵多，疏雪才抽十万柯。色相窥来销未得，心头常贮玉嵯峨。"其九："笔底春风走百灵，安排祷颂作花铭。青山埋骨他年愿,好共梅花万祀馨。"其十:"征衫单薄冷于秋,徙倚疏芳且暂留。后夜相思应更远,一襟烟雨梦苏州。"

陈懋鼎作《灯社,次韵和郭啸麓》。诗云:"少年涂林事休论,看榜千门梦尚温。老借春灯占利市,闲寻故纸役精魂。月泉社是新题目,榕荫堂非旧酒尊。最羡羽毛能济美,君家凤阁有巢痕。"

赖雨若作《雪后野眺》(丁巳初春,在东京)。诗云:"近岩远岫皆含雪,富士玲珑积雪多。第一雪峰云起处,白云舒卷雪嵯峨。"

刘大白作《恩仇》《春闺》(三首)、《夜坐》《心花》《西湖水》等诗。后收入1935年4月开明书店版《白屋遗诗·西泠小草》。其中,《恩仇》云:"吾身底事戴吾头,此间天公敢答不。白刃黄金两无分,却从何处觅恩仇。"《心花》云:"多谢春皇宠有加,裁将桃李比云霞。冬心一寸坚于铁,也被东风剪作花。"

吴之英作《丁巳春正,由书院过罗春圃小酌,见素心兰茂郁秀苗,有怀》。诗云:"短干新苗蔚小阴,美人韵远气沉深。《骚经》落落成玄解,清操绵绵入素琴。苦我忘情观色界,劳君到处写春心。从来香国无闻性,漫说《关雎》不是淫。"

胡适作《寄经农文伯》《迎叔永》。其中,《寄经农文伯》云:"日斜橡叶非常艳,雪后松林格外青。可惜京城诸好友,不能同我此时情。"《迎叔永》云:"真个三番同母校,况问'第二故乡'思。会当清夜临江阁,同话飞泉作雨时。"

[日]关泽清修作《早春新晴,分韵》。诗云:"东风吹骤暖,晴日照柴扃。篱落梅花白,池塘草色青。兴催何逊阁,诗想谢家庭。乍梦醒留迹,挥毫如有灵。"

[日]久保得二作《早春新晴》。诗云:"帘前晴日午,莺语乍喈喈。古竹高过屋,初梅斜傍阶。衰年剩诗酒,大块载形骸。乘兴时移屧,逍遥野水涯。"

三 月

1日 《新青年》第3卷第1号刊登钱玄同致陈独秀信,再次声援胡适《文学改良刍议》。钱玄同说:"文学之文用典已为下乘,若普通应用之文尤须老老实实讲话,务期老妪能解,如有妄用典故以表象语代事实者,尤为恶劣。""惟用典一层确为后人劣于前人之处,事实昭彰不能为讳也。""文中所用事物名称,道古时事自当从古称,若道现代事必当从今称。""一文之中,有骈有散,悉由自然。凡作一文,欲其句句相对,与欲其句句不相对者,皆妄也。""语录以白话说理,词曲以白话为美文。此为文章之进化,实今后言文一致之起点。此等白话文章,其价值远在所谓'桐城派之文''江西派之诗'之上。"钱推举梁启超"实为创造新文学之一人","输入日本新体文学,以新名词及俗语入文。视戏曲小说与论记之文平等。此皆其识力过人处。鄙意论现代文学之革新，必数梁君"。"至于当世所谓桐城巨子，能作散文，选学名家，能作骈文。做诗填词，必用陈套语，所造之句，不外如胡君所举旅美某君所填之词。此等文人，自命典瞻古雅，鄙夷戏曲小说，以为猥俗不登大雅之堂者，自仆观之，公等所撰皆高等八股耳（此尚是客气话，据实言之，直当云变形之八股），文学云乎哉。"

《政法学会杂志》在北京创刊。陈钟秀主编。《发刊词》云："国家独立之精神，即视学问独立之程度。"第1期"文苑"栏目含《钝庐诗话（未完）》（曹薇）。

《太平洋》杂志在上海创刊。李剑农任主编。第1卷第1号"文苑"栏目含《龙舟会杂剧（未完）》（附谢小娥传）（船山遗著）、《湘绮楼论诗文法》（王闿运遗稿）；"诗录"栏目含《秋柳（用渔洋韵）》（四首，萍斋遗稿）、《除夕放歌》（梅园）、《日京送莘、齐归长沙》（四首，梅园）、《莺啼序·南雅将自鸡林返粤，索题〈塞上雪痕集〉，同南雅、秋莘、根齐作，用梦窗韵》（梅园）、《浣溪沙》（三首，梅园）、《庆宫春·癸丑秋，自上海归潜龙河，感赋》（梅园）。

《申报》第15818号刊行。本期《自由谈》载"词话"栏目，撰者"佩青"。本期《老申报》"文苑"栏目含《琼儿曲》（秦肤雨，见本报癸酉年正月二十日）。

《中国实业杂志》第8年第3期刊行。本期"文苑"栏目含《翠藤馆吟草》（罗蕙屏）、《五十自挽二首示寒厓》（廉南湖）。其中，廉南湖《五十自挽二首示寒厓》序云："渊明自作挽辞，秦太虚效之，或谓：渊明之辞了达，太虚之辞哀怨。开岁新春，余与芝瑛同为始满，寒厓孙先生将以楹帖为寿，诗以止之。怀没世无闻之惧，抒伤逝自悼之情，古人可作，其许我乎？"其一："浮生千劫百年身，面皱观河付笑鼙。重叠音书余汝在，萧疏鬓影复谁亲。由来好事宁知死，况乃穷途更累人。物外是非天不管，眼看沧海欲扬尘。"其二："蔚淞阁上日斜时，依旧撩人万柳丝。梦窄春宽留一笑，天荒地坼去何之。买山巢父岂真隐，后世子云欲待谁。东望求仙仙可即，荡愁歌吹拥灵旗。"

《诗声》第2卷第9号在澳门刊行。本期"笔记"栏目含《雪堂丛拾（四）》（澹於）、《水佩风裳室杂记（十五）》（续2卷5号）（秋雪）、《乙庵诗缀（九）》（印雪）；"词谱"栏目含《莽苍室词谱卷二（七）》；"词苑"栏目含《丙辰中秋看月》（看云楼）、《牡丹迟开，戏题一绝》（瓦佛庵主）、《雪堂覆瓿集（六）》（续2卷7号）：《蝶恋花·春感》（蕴素）、《前题》（连城）、《前题》（曳红）；"诗论"栏目含《〈诗品〉卷中（二）》（梁代钟嵘）；"诗故"栏目含《瑶宫花史小传（二）（未完）》（尤侗）；"词苑"栏目含《岁暮园居杂感》（四首，俞明震）；另有其他篇目《雪堂社友公鉴》《捐助本社诸君鉴》。其中，《雪堂社友公鉴》云："本社诗课汇卷二十八课，而后全未汇刊发出，屡承函问，感愧莫名。兹特拨冗刊发二十九、三十两课。其三十一至三十六六课，拟赶于月内清发。故不得不将本月诗课暂停一会，特此布告。雪堂诗社启。"

2日 《申报》第15819号刊行。本期《自由谈》载"联话"栏目，撰者夏寿垲。本期《老申报》"文苑"栏目含《记否词》(十二首,梦花生,见本报壬申年八月十六日)。

夏敬观与汪东、诸宗元登灵峰寺看梅。诸宗元作《二月九日灵峰寺看梅,遂过烟霞洞,则梅已半落矣。是日同游为映庵、旭初》。诗云:"我昔知西湖,以梅甲天下。故者摧为薪,新者仅盈把。荒区能久留,天意不容假。兹游同慕此,有客曰汪夏。北山踏芝坞,灵峰扣兰若。飘香三百株,柯萼森斥厉。积缟俯泉素,丛丹列岩赭。吾行目为眩,陟亭倦腰髁(寺后有亭曰'来鹤',是日未登)。还径趋烟霞,余春已倾泻。岂因来游人,日夕相持扯。颇闻寺僧言,利不及揪槚。岁岁惟花时,过此憎丑魗。踞廊石为温,意不乐他舍。何当遣东风,一夜换娇妊。惟佛高出世,如士逊在野。此花将毋同,忍使媚觞斝。重寻期隔年,书此告游者。"

张謇作《剡溪〈王芷香传〉题句》。诗云:"剡溪郗氏地,摩诘辋川湾。佳传征吾友,闻声若是班。豌才龙尾研,潜曜鹿胎山。林杏犹能世,春风岁岁还。"

3日　成舍我《明七子》发表于《民国日报》,批评明七子学唐弊端。略谓:"明七子极力学盛唐,而神味绝不相似。盖彼辈法古,专在腔调字面上用工夫,至于神味若何,则绝不之计,殆如优孟衣冠,徒供人睄噱而已,岂真有古人在哉!腔调字面极易摹仿,若欲得其神味,则非潜心不能,知非力学不能似。明七子之病,正坐心不能潜,学不能力耳。此王湘绮所以有无内心、无苦功之定评也。"

沈钧儒经张耀曾推荐,任司法部秘书,时梁漱溟亦在司法部任机要秘书。

张謇作《独宿精舍》。诗云:"自爱山同寂,宵来虑更融。石虚风落响,岩陡月凌空。坐与炉香走,挝听与鼓终。明朝犹有事,记树问奚童。"

4日　章太炎在上海发起成立亚洲古学会,是日开第一次大会。该会以"欲联同洲之情谊""沟通各国之学说""研究亚洲文学、联络感情"为宗旨。

《申报》第15821号刊行。本期《自由谈》载"诗话"栏目,撰者"天虚我生"。

5日　《申报》第15822号刊行。本期《老申报》"文苑"栏目含《迎送花神词》(郑心珠,见本报癸酉年正月初八日)。

《妇女杂志》第3卷第3号刊行。本期"文苑"栏目含《祭曹氏姊文》(虞山萧蜕蜕庵)、《湘韵楼诗存》(南洋女子模范学校文科毕业钱塘戴贞慧)、[补白]《女学要闻》;"杂俎"栏目含《女艺文志(续)》(廉江江山渊)、《闺秀诗话(续)》(亶父)、《玉台艺乘(续)》(蕈农)。

《小说海》第3卷第3号刊行。本期"杂俎·诗文"栏目含《题钱韵庵〈听雨听风写竹图〉》(睫盦)、《泥涂鸡(有序)》(槁蟫)、《集亦庐,食泥涂鸡,同槁蟫作》(陋莽)、《前诗意有未尽,复成绝句四章,赠百痴》(陋莽)、《李君百痴手制泥涂鸡,携至亦庐饷客,余因病未得共尝异味,蟫师、陋莽各有诗纪事,戏成八绝,借遣病魔》(半青)、《蟫公、虬公以泥涂鸡七排见示,细腻熨贴,蒦以加矣,勉成四律》(醉六)、《凤凰台题壁》（胡超球）、《度岐岭》（胡超球）、《静夜不寐，寻思有得，率成短篇》（胡超球）、《移居》（胡超球）、《高阳台·秋夜怀人》（东园）、《高阳台·京江怀古》（东园）、《高阳台·怀沪江饮中四仙》（东园）。

《学生》第4卷第3号刊行。本期"文苑·诗"栏目含《读杜甫诗，有"检书烧烛短，看剑引杯长"二句，为制一歌，以申其义》（泰县叶甸国文专修社学生钱骥）、《辰州晚眺》（奉天省立第三师范本科二年生曹谟）、《登楼》（奉天省立第三师范本科二年生王杜章）、《咏古七律四首》（安徽休宁县立第二师范学校本科一年生谭诚）、《寄友人告水灾》（江苏省立第七中学校三年生蔡林）、《舟泊南通石港市土山下》（江苏省立第七中学校三年生蔡林）、《自勗》（浙江第七师范学校二年级生翁一清）、《闻鸡》（扬州美汉中学校学生张庆霖）、《附上巳水明楼修禊诗》（如皋师范学校一年生冯赞元）、《清明旅行》（泰县县立第三高等小学校二年生王卫真）、《春花》（浙江省立第八中学校三年生汪凤来）、《春游》（九江同文书院学生谢腾蛟）。

姚鹓雏《浣溪沙·题〈庞檗子遗集〉，即呈古微词长》刊于《民国日报》。词云："嗅遍江梅更惘然。灯楼筝语黯相怜。回车腹痛是今年。　　谁写江南肠断句，落红门巷雨如烟。又吹愁讯到鸥边。"

魏清德《春妆》（萧韵五律）（二首）发表于《台湾日日新报》。其一："欲践三春约，先成半面娇。眉痕新柳曲，黛影晓山遥。燕草裙边色，桃花颊上潮。乐游都驻马，相送为魂消。"其二："国色无人识，春闺不自聊。几人神骨媚，举世绮罗娇。对镜怜浓抹，临风想白描。妆成期姊妹，拾翠上云轺。"

赵熙作《绛都春·花朝，双溪看桃花》。词云："明霞照涧，向春水弄妆，镜中人面。细雨乍晴，高阁横溪香风远。瑶池仙子芳华宴。醉琼靥，仙源红茜。禊潭佳地，王家洞壑，宋朝坊院。　　天暖。花朝正午，浓艳处，燕子莺儿俱懒。绣陌劝耕，芳树催人春光半。年年心上玄都观。翠苔路，崔徽愁看。更堪前度龙华，绛河泪浣（壬子上海看花龙华寺，正国变后）。"

江子愚作《探春·丁巳花朝游花市》。词云："官柳轻鞲，野桃初笑，半雨半晴时节。翠鬓疑云，钿车似水，留住踏青词客。奈数残花蕊，浑未抵，惊鸿一瞥。料他病后疏慵，下帘须自将息。　　尘世几番灰劫。便海上三山，怎禁鳌掷。白鹤亭空，青羊肆古，难问游仙踪迹。容易韶光换，凭探讯，燕羞莺怯。醉了归来，月轮低砑梨雪。"

蔡守作《丁巳花朝暗记》（二首）。其一："山瓶乳酒下青云（借杜句），小阁春阴带夕曛。密幅新欢倦入艳，红潮登颊褪湘裙。"其二："璧人帐里呼如璧，名字高华出卫风。蝉附凤翔师李女，衾池春暖浪翻红。"

何曦作《丁巳花朝，雨，小集清安室》。诗云："春色平分二月天，百花生日月应圆。看人雨里鏖诗句，着我樽前厌管弦。烛影漾红风剪袂，丛香绕座酒倾泉。何如闲咏园中趣,翠竹潇潇忆去年。"

6日 胡适作《生查子(前度月来时)》。载1917年6月1日北京《新青年》第3卷第4号。词云:"前度月来时,仔细思量过。今度月重来,独自临江坐。　风打没遮楼,月照无眠我。从来没见他,梦也如何做。"同日,作《艳歌三章》,载1918年1月15日《新青年》第4卷第1号时,将题目改作《景不徙篇》。诗前有序:"《墨经》云,'景不徙,说在改为'。经说云,'景。光至景亡;若在,尽古息。'《列子》公子牟云,'景不徙,说在改也。'《庄子·天下》篇曰,'飞鸟之影未尝动也。'今用其意,作诗三章。"其一:"飞鸟过江来,投影在江水。鸟逝水长流,此影何曾徙?"其二:"风过镜平湖,湖面生轻皴。湖更镜平时,此绉难如旧。"其三:"为他起一念,十年终不改。有召即重来,若亡而实在。"

周岸登作《梦横塘·丁巳惊蛰日书感》。词云:"病余疏酒,梦里惊春,琐窗尘暗瑶瑟。短约无凭,悄不记、铜驼坊陌。神镜霾云,药娥归海,晚烟愁碧。但零歌剩舞,断续犹闻,朝元路、层霄隔。　衡端燕雀争平,聒鞮人倦耳,冷泪偷滴。怪煞东风,偏误却、彩鸾消息。更谁与、敷红写翠,斗草筹花竞春色。雁羽差池,子规啼恨,满江南江北。"

7日 《申报》第15824号刊行。本期《老申报》"文苑"栏目含《有赠四律》(延清女史钱丽侬,见本报癸酉年六月二十二日)。

《光华学报》第2年第2期刊行。本期"艺苑·诗"栏目含《见牺楼遗诗(续)》(方与时撰,陈冠冕辑)、《山引杂咏》(沈观)、《冤家》(姜斋)、《清明鹤楼遇雨有感》(觉民)、《和负生〈春日杂感〉原韵》(百言)、《登黄鹤楼大风感作》(前人)、《偶作》(前人)、《大风与子毅渡江》(前人)、《立春前一日,登抱冰堂》(前人)、《八月渡扬子江广陵观潮》(拙庵)、《落花》(前人);"文苑·词"栏目含《高阳台·剑侠》(拙庵)、《浪淘沙》(前人);另有《书学指南(续)》(祝维祺)。

陈三立自邓尉观梅归,过陈夔龙花近楼作诗钟。

沈汝瑾作《二月十四夜,月色甚朗,忽微雨,蒙蒙不绝,殊可喜,再纪以诗》。诗云:"云起月光隐,雨吹风力微。膏腴回土脉,菜麦得生机。弱国强无日,屠民死不饥。催科济军饷,闻有典春衣。"

黄侃作《戏和会其诗韵》。诗云:"闲馆月窥枕,行云落远空。市繁灯粲烂,窗隐树蒙笼。燕得前村草,凰栖近户桐。衣裳沾暮雨,帷幕动轻风。旨鹣思余美,游龙见狡童。斗移宵细细,星暗雾蒙蒙。犀帖钉油幔,螭文押绮栊。温羸人比玉,天娇气疑虹。夜合工躑忿,宵炕得守宫。触怀衣綷縩,垂手佩丁东。语拙心迟连,情遥意早通。香囊随帐掩,袑复借衾濛。菱弱波欺梗,兰嫣露浥丛。已教销蝎血,真合锁鹦笼。今夕应迢递,芳春复泄融。脂凝肤小滑,霞映颊微丰。腕碍如蛴领,腰妩似磬躬。进珠光玓瓅，堕髻态蓬松。翠被欢难足，铜壶漏易穷。街碑言更讻，转毂恨无终。卷发缄深恨，明珰表寸衷。拗莲丝不断，剖竹节还同。庭有惊栖鸟，爇无赴焰虫。天开初颢颢，暾出已瞳瞳。毛女翻归华，浮丘亦上嵩。著衣花未落，留席泪仍仁。决绝怜沟水，呀嗟叹转蓬。危弦弹别鹤，尺素盼来鸿。泛汉舟须槎，图南羽待翀。谁知牛女事？私谶古诗中。"

狄君武作《丁巳花朝后二日感旧有咏》（二首）。其一："严寒琐蕊沙笼树，二月京华不见花。异地忘情成薄幸，花朝错过自嗟嗟。"其二："江南扑蝶事成尘，拾翠递红误此身；万里投荒难解脱，天涯同是可怜春。"

王舟瑶作《花朝后二日俌周招饮，即席口占》。诗云："一春沮雨渐成别，难得今宵同举杯。人喜新晴如病去，天教明月破愁来。酒逢老友不辞醉，花过奇寒能怒开。拔剑当筵吾欲舞，扫除云雾莫徘徊。"

8 日 陈夔龙花近楼社集。沈曾植、陈三立、冯煦、沈瑜庆、王乃征、林开謩、杨钟羲、张彬、胡嗣瑗、朱祖谋等同集，瞿鸿禨、缪荃孙招而未至。同人有诗作：陈夔龙《花朝后三日，花近楼社集，适陈伯严同年至自邓尉》、冯煦《庸庵尚书同年招集花近楼，适伯严至自邓尉，尚书先成柏梁体一章，予亦得五言一章，录示正句，并上同社诸老，一腔孤愤，不自知其辞之激切也》、缪荃孙《庸庵尚书招饮，以盐韵长歌见示，因作咸字全韵诗以答之》、沈曾植《伯严诸君自邓尉探梅归，庸庵尚书招集花近楼唱诗竟日，尚书次日赋七言长篇，止相和之，留垞、病山诗继出，余在诸君子后矣》、瞿鸿禨《庸庵尚书招同社集饮，予以病不赴，见示新诗，辄次韵答和并柬同人》、陈三立《花朝后三日，花近楼社集，留别主人暨同社诸公》、沈瑜庆《偕伯严邓尉观梅归，庸师招饮花近楼，补花朝社集，敬和韵并呈同社诸公教正》、王乃征《花朝后三日，花近楼社集，时偕伯严诸君自邓尉观梅至》、林开謩《丁巳花朝后三日，庸庵尚书招集花近楼，适伯严至自邓尉，尚书先成柏梁体一章，次韵奉酬》、杨钟羲《伯严至自邓尉，庸庵尚书招集花近楼，即事有作》、张彬《花朝后三日，社集花近楼，适伯严至自邓尉，赋奉庸盦尚书钧诲并祈同社诸老教正》、胡嗣瑗《花朝后三日，花近楼社集，适与伯严诸公至自邓尉》、王仁东《久病新愈，补作花近楼社集诗呈正》、陈夔麟《春寒未消，因时生感，虽有雅集，无聊特甚，庸庵弟以花朝后三日长句见示，即次其韵答之》、朱祖谋《蓦山溪（野鹍啼后）》。其中，陈夔龙《花朝后三日》云："层阴迢递阳和潜，剪刀二月东风尖。沧江一卧岁月淹，双轮辊辘驰乌蟾。今年花朝冷更添，嫣红姹紫皆闭钳。但见浅草绿纤纤，花近开筵询谋佥。越有三日张酒帘，传笺速客驰邮签。相公贞吉不受贴，掩关早谢调羹盐（止相因病未到）。昨日江上逢冯髯（梦华到已数日），今日孟公车驻瞻。偕来四友如鲽鹣（病山、爱苍、诒书、琴初同游），握手大笑乐无厌。满身尚觉香雪黏，云从邓尉骋游瞻。梅花清瘦夫何嫌，多君冷僻却歆炎。促席飞觥酒令严，时鱼登俎韭新腌。钟声戛击韵同拈，吟成一字酬一缣。明星有烂月开奁，红烛飞花扑帽檐。一醉遑恤夜恹恹，此会耆英九老兼。番风次第入疏帘，春花赏遍溯秋兼。江南作客德星占，兴阑一枕梦黑甜，乡心又逐黔山黔。"陈三立《花朝后三日》略云："寻梅游侣兴未衰，车箱挟我海浦驰。并日争据乙公榻，烧灯断句忘饥疲。花近主人续治具，强留作社娱佳期。午晴廊庑列群屐，毡几犀轴惊纷披。"沈曾植《伯严诸君自邓尉探梅归》略云："散原先生闭关客，折柬招来急如律。遒紧篇章逾百首，明丽青阳足三日。归来竞病诮曹家，还道军书十为一。袖中携得寒山钟，钟声横与吴潮东。海日楼晚小从容，花近楼午剟栈镛。"

《申报》第 15825 号刊行。本期《自由谈》"游戏文章"栏目含《道情十首》（懒真子）。本期《老申报》"文苑"栏目含《遥和钱丽侬女史原唱》（四首，楚襄挹翠楼主人，见本报癸酉年七月二十六日）；"杂录"栏目含《联句汇集》，撰者为双鸳鸯砚斋、观事散人、海上瞀目山人、徐逸生、白下散人、春酣花醉词人、白下稻香老农、无名氏、云亭外史、品兰主人、梦草塘主人、若愚道人、沈梅居士、莫厘散人、海阳醉霞主人、醉经居士、白下痴道人、海上商人、无名氏，餐霞馆主人。

吴昌硕饮于立雪闇，与王震合作《岁朝供养图》（补梅）并题。

宋伯鲁作《沣西先生祠堂落成，二月十五日，同门七十余人往祭礼成，感赋四律》（祠在冯吉村先生旧居之后）。其二："横渠千载后，卓荦绍前修。履道周程侣，康时管乐俦。天心殊莫莫，人事总悠悠。犹记谈经处，当时已白头。"

贺竺生作《丁巳二月十五日，随李印泉省长入潼关》（四首）。其一："云气渡崤函，苍茫落照闲。河声播华岳，形式壮潼关。竦峙仙人掌，遥瞻玉女颜。放牛归马后，鸣凤忆岐山。"其二："两戒分鹑首，河山百二雄。黄流回砥柱，紫气自关东。日望烽烟息，民嗟杼柚空。昭苏傒我后，霖雨望冥蒙。"其三："老柏郁青苍，森岩旧宇堂。巡方从古有，祀典迄今亡。断瓦埋圭璧，穷碑历汉唐。感通山泽气，先用慰农桑。"其四："已望朝玄阁，还过坝上屯。兴亡征楚汉，连约耻仪秦。氛祲延汧陇，烟蓑梦渭滨。春来才几日，杨柳一时新。"

[日]白井种德作《我师范黉，行雪橇竞走会于岩山，时丁巳二月十五日》。诗云："雪橇竞先郊又峦，健儿三百气桓桓。淋漓流汗衣皆湿，凛冽寒风不识寒。"

9 日 《申报》第 15826 号刊行。本期《自由谈》"游戏文章"栏目含《双凤曲》（枫隐）。本期《老申报》"文苑"栏目含《花朝即景》（见本报甲戌年二月十三日）、《上海小乐府》（见本报壬申年六月二十七日）。

梁庶鸣《和吉云〈巴城竹枝词〉七首》刊于 [马来亚]《国民日报》"诗苑"栏目。其一："年年惆怅客天涯，雨雨风风梦传家。未必欲归归不得，与君且暂斗莲花。"

10 日 潘飞声召集沪上友人探梅甘氏非园。周庆云作《二月十七日，兰史招予探梅甘氏非园，予更约仓硕、古微、一亭、子昭同往，归时复饮于酒家，仓硕诗先成，次韵继声》。同人和作：吴俊卿《坐甘氏寒趣亭，醉后听梦坡、子招弹琴，用兰老韵》、潘飞声《甘氏非园探梅，仓老首唱一诗，次韵和作》、李德潜《非园探梅归，梦坡属为图以纪之，图成滕以小诗》（二首）。其中，吴俊卿《用兰老韵》云："浮云柳絮隔轻尘，琴段梅花簇簇匀。寂寞天容寒作趣，离奇人面酒为春。听心那用雠双耳，依佛还愁篆反身。眼底景光留不住，启期行乐莫辞频。"潘飞声《次韵和作》云："纸窗竹屋绝纤尘，槛外寒香作雪匀。积雨园亭疑泛水，落花门巷不知春。狮林突兀图元镇（园中新筑假山），鸟篆苍茫辨敬身（梦坡携来古琴，雷池上印为漆渍不可辨）。犹有昆山元墓约，笋舆棕帽往来频。"

《申报》第 15827 号刊行。本期《自由谈》载"联话"栏目，撰者"素公"。本期《老申报》"文苑"栏目含《申江行》（琴冈居士，见本报壬申年六月二十九日）、《募设路灯小引》（见本报壬申年十二月初四日）。

《商学杂志》第 2 卷第 3 期刊行。本期"文苑·诗"栏目含《杜泛尘以至道相教，蘧然觉省，悟十八年之非，人一反夫正念，其惠不能已，作诗谢之》（冯轺）、《为学口占》（冯轺）、《和冯君眈近体原韵》（易艾先）。

《寸心》第 3 期刊行。本期"文苑"栏目含《祭黄、蔡二公文》（代中央公园追悼会作）（王血痕）、《先府君伏龙岗墓志铭》（胡鄂公）、《眼枯集（续）》（一雁）、《指佞诗草（未完）》（孤鸿）、《飓蠹集（未完）》（冯若飞）、《怡凫庵词》（黄钺）；《寸心诗联揭晓》含《叶农生律诗二首》《冯若飞律诗二首》《冯若飞绝诗二首》《林端甫联》《笑生联》（六联选三）、《待佞联》；[补白]《诗剩：叶农生万象诗》；"小说"栏目含《寄呈一雁》（冠年阁主）；"艺术"栏目含 [补白]《广告诗：求凤诗》（刘少少）。

尤一郎《俗语诗二十六首》刊于《南洋总汇新报》"俗语诗"栏目。其一："今日不知明日事，几家安乐几家愁？晴天要想阴天到，快活须防祸到头！"其四："吃辛受苦历寒酸，苦尽甜来味蔗甘。趁水行舟忙里去，却如顺手挽狂澜。"

11 日 起因于数日前胡先骕致函柳亚子，称赏同光体，本日柳亚子在《民国日报》新辟"文坛艺薮"栏目发表答胡先骕诗二首《妄人谬论诗派，书此折之》，尖锐指责以黄庭坚为鼻祖的江西诗派。其一："诗派江西宁足道，妄持燕石诋琼琚。平生自有千秋在，不向群儿问毁誉。"其二："分宁茶客黄山谷，能解诗家三昧无？千古知言冯定远，比他嫠妇与驴夫！"胡先骕反应平静，认为："亚子狂妄自大，毫无学者风度，既属无理可喻，也就不加反驳。"孰料柳亚子认为"胡先骕先生读书养气的工夫是好极了"。然南社其他成员抱不平，朱鸳雏、成舍我、王无为、闻野鹤等纷纷著文，与柳亚子大开笔战。

《申报》第 15828 号刊行。本期《自由谈》载"联话"栏目，撰者"书癖子"。本期《老申报》"文苑"栏目含《沪城感事诗》(五首,无名氏,见本报壬申年六月十八日);"杂录"栏目含《孟兰醮坛楹联》(见本报壬申年七月十一日)。

《瓯海潮》第6期刊行。本期"艺文·诗选"栏目含《题妙智寺拜法幢大师像》(师姓林,名增志,瑞安人,明官礼部尚书,国变后去为僧)(钱伯吹)、《寄王君九天津》(徐素庵)、《寄尚性石永强》(徐素庵)、《柬法忍》(昙鸾);"艺文·词选"栏目含《少年游·送小湘侄回里》(洪栋园)、《减字木兰花·瓯隐园送春》(洪栋园)、《长相思·在郡寓作》(洪栋园);"艺文·遗著"栏目含《花萼楼书钞(续)》(永嘉周天锡)、《石帆山堂诗稿》(古括苍许一钧);"杂俎·笔记"栏目含《孤芳馆随笔(未完)》(冷生)、《愿花室丛菠》(姜门):《唐代化妆》《端木小鹤遗诗补》。

恽毓鼎作《昨见〈金匮〉医金疮方,有蒴藋叶,不详何草,举质蒙坡给谏同年。给谏为征验异同辨种,图形详尽数纸。诗以谢之》(二首)。其一:"长沙药品笼(上声)中储,蒴藋乌头性迥殊。考得神农灵草木,说是应胜陆玑疏(蒙坡谓此'疏'字应作去声)。"其二:"如家重理轻名物,野老分形昧性功。何似拾遗朝下撰,倚锄披卷对春风。"

12日 唐文治、王丹揆、吴稚晖等在沪发起组织"扶持民德社",是日发表简章,声称该社"以发达国民道德心为目的"。

《申报》第15829号刊行。本期《自由谈》载"联话"栏目,撰者蔡选青。

13日 《申报》第15830号刊行。本期《自由谈》"游戏文章"栏目含《聋总长歌》(少芹);"联话"栏目,撰者"警众"。

张謇作《僧徒湛若为辟溪种树甚勤勉,书二诗予之》。其一:"若说真空已累身,既然著我合观人。当家看尔承师祖,战却修罗扫四尘。"其二:"成佛生天也要勤,三千种树即名勋。双林我亦称居士,但不参禅不断荤(近名军山为东林,黄马二山为西林)。"

方守彝作《二月二十日,集三数知友饯天闳于长啸阁,寒春细雨,难胜折柳之情;浊酒深杯,再作临歧之句》。诗云:"一尊斟酌酬贤人酒,共醉江天风雨时。聚散浮云等闲尔,清盈潭水正如斯。白驹空谷嗟今夕,青眼高歌送所知。我有河梁无限意,播为春柳万千枝。"

江子愚作《百梅亭长歌,寿玉津老人》。诗云:"百梅亭前花如雪,百梅亭长心如铁。蓄廉煽威草木枯,傲骨棱棱摧不得。法身偶示维摩病,天女散花同入定。两月蹒跚不出门,手著新书高一寸。奇才入世非偶然,三生石上谭因缘。悬弧日是分龙日,硗跷头角人中仙。春霖早需东西川,秦中膏泽分甘泉。挂冠今已六七载,父老犹说龚黄贤。厄运当年值阳九,青丝白马中原走。笑渠下策用火攻,一线余生离虎口。碧难坊畔回征车,小园庾信仍天涯。洗桐拭竹人未倦,醉中带月锄梅花。填词高追自石老,红箫吹梦霜天缟。铜仙铅泪湿铢衣,孤怀惟许梅花晓。人似梅花花似人,得天气足疑有神。扶桑变海月桂死,虬枝万古无冬春。剡水稽山渺何处,鲸波冥冥阻归路。美人魂断苎萝村,杜鹃血洒冬青树。兰亭已矣敬亭荒,百梅亭子犹如故。安得搜罗神禹书,燃藜照夜同笺注。"

14日 北京政府宣告对德断绝外交关系,收回天津、汉口德租界,停付赔款与欠款。

《申报》第15831号刊行。本期《自由谈》载"联话"栏目,撰者"警众"。本期《老申报》"文苑"栏目含《海山蜃楼词》(六首,见本报壬申年七月二十四日)。

梁百衡《元宵竹枝词》(二首)刊于[马来亚]《国民日报》"诗苑"栏目。其一:"东山低处月徘徊,顷刻花灯万蕊开。一队鼓声深巷出,儿童争避火龙来。"其二:"好景良宵乐不穷,灯光未减月当众。香车率逐队街头转,侥幸何人在下风。"

陈懋鼎作《新历三月十四日作》。诗云:"寇嬛无常信所施,挈瓶智及守难移。诸君熟视越人瘠,甚事相干春水吹。九域果然归有道,夹攻谁得谓非时。天心厚薄休轻测,细甚猢狲树一枝。"

15日 俄国二月资产阶级民主革命胜利。末代沙皇尼古拉二世被迫退位。

《新国民杂志》(月刊)创刊于上海。新国民杂志社编辑,中华书局发行,现存最后一期为1917年5月15日出版第1卷第3号。主要栏目有"图画""祝词""论说""时评""纪事""丛录""诗选""小说""法令""论丛""文苑""调查""通讯""艺苑(文选、诗选、词选)""杂纂"等。主要撰稿人有吴敬恒、一粟、楚伦、刘祖章、吴翔永、李怀霜、诸筼、魏纫秋、向天笑子等。创刊号"诗选"栏目含《百尺楼吟草(未完)》(叙永余一仪)。

《南洋华侨杂志》创刊。第1卷第1期"艺苑·文选"栏目含《〈素行室经说〉序》(章太炎)、《自题造相赠梦殊师》(章太炎)、《水竹村记》(徐世昌)、《费鉴清先生墓志铭》(林纾)、《大总统祭黄克强文》(林纾)、《大总统祭蔡松坡文》(林纾);"艺苑·诗选"栏目含《秋柳,和渔洋》(倦鹤)、《哭孺博八首》(任公)、《春日晚眺》(精卫)、《次韵赠少眉妹夫》(公善)、《夜雨遣怀》(芙裳)、《赠杜鹃》(芙裳)、《大宛驹》(杜鹃)、《旅南杂感》(杜鹃)、《宝珠屿,为渔父作》(哲卿)、《同上,步原韵》(哲卿)、《游太平河即景》(梅庵)、《游极乐寺》(粤乡)、《留宿极乐寺》(粤乡)、《红豆》(粤乡)、《四美咏,时人芬华藻丽,佳构云如,余见猎生心,戏成俚句,效颦之诮,知所不免》(昭九)、《挽庄碧天女》;"艺苑·词选"栏目含《金缕曲》(子大)、《浣溪沙》(佛慧)、《谒金门》(彊村)、《更漏子》(彊村)、《菩萨蛮·榴花》(去病)。

《申报》第15832号刊行。本期《自由谈》载"联话"栏目,撰者"警众";"诗话"栏目,撰者"竹轩"。本期《老申报》"文苑"栏目含《无题十律》(忆翠山人,见本报壬申年十月初四日）。

《东方杂志》第 14 卷第 3 号刊行。本期"文苑·文"栏目含《王君墓志铭》（陈宝琛）、《墨庄记》（姚永概）；"文苑·诗"栏目含《渡江入西山，晚抵墓所》（陈三立）、《寄仁先，戏问汇刊同人西湖纪游诗》（陈三立）、《挽潘若海》（陈三立）、《挽潘若海》（沈曾植）、《题汤贞愍诗墨》（陈衍）、《志局，答献恭同年》（前人）、《为黄胥庵题〈东溪送别图〉》（前人）、《往金陵视散原老人，因读近诗，夜过俞园看梅，翌日同游扫叶楼，归寄一首》（陈曾寿）、《云林寺》（前人）、《云林寺晚望》（前人）、《吴子修丈约游西溪》（俞明震）、《游西溪归，泛舟湖中，晚景奇绝，和散原作》（前人）、《同拔可、亮生泛舟西溪，遂入花坞，登桃源岭，下视江湖，赋此记游》（诸宗元）、《同散原、觚盦、仁先游云栖，还赋一诗》（前人）、《挽潘若海》（罗惇曧）、《喜桂十、东原至自海外》（罗惇曧）、《题萧屋泉山水画》（陈衡恪）、《月夜》（前人）、《越雪篇》（陈诗）、《挽何乪威》（前人）、《题姚叔节〈西山精舍〉〈慎宜轩〉两图》（夏敬观）；"文苑·词"栏目含《国香慢·为曹君直题〈赵子固凌波图〉》（朱祖谋）、《喜迁莺·和陈子纯韵》（沈曾植）。

[韩]《天道教会月报》第 80 号刊行。"词藻"栏目含《同张友西城对酌》（敬庵李瑾）、《竹侬君邀我乎骆峰之往来园》（凰山李钟麟）、《和（前题）》（香山车相鹤）、《次安谷四贤影阁落成韵》（敬庵）、《又》（玉坡李锺一）、《又》（凰山）、《又》（洇堂刘载豊）、《又》（芝江梁汉默）、《贺崔震阳寿筵》（香山）。其中，《同张友西城对酌》（李瑾）云："我有闲愁日万尘，半生勤买掇青春。西城月上明残雪，更劝深杯得故人。"

叶昌炽为吴郁生题《壬戌雅集图》，作《吴蔚若前辈属赋〈壬戌雅集图〉，图凡十五人，皆壬戌同谱。是科殿撰为吴棣华先生，即蔚若之祖也。闻图中诸老各自有图，图各不同。此图从华阳卓文端公家借摹，庚子拳匪之乱，卓氏原图已佚》（二首）。其一："墙东昔见《五同图》（旧从蒿隐同年处见其先明王文恪公《五同图》），诸老须眉傥可呼。人望同舟如李郭，家传遗笏本崔卢。登朝到处施行马，瞻屋于今叹止乌。海上藜床喜无恙，从游我亦愿乘桴。"其二："五朝遗事识宸垣，毕竟醴泉自有源。清静山居邻畏垒，升平朝士话贞元。东迁岂必无还辙，北梦相传剩琐言。莫谓岩阿可高卧，今天下溺待公援。"

夏敬观赴杭州葬陈夫人、左夫人于法华山心凉亭之阴，作《二月二十二日葬陈、左两淑人于杭州法华山心凉亭之阴，书此示儿辈》。诗云："照山松炬缞双棺，线泪真沦九地宽。自是念头垂老断，亦拼骸骨异乡安。指涂溪定江流合，啮月林愁雨过寒。及此身亲封树事，要令儿辈识峰峦。"

16 日　《申报》第 15833 号刊行。本期《老申报》"文苑"栏目含《无题四律》（悲秋山人，见本报壬申年八月二十五日）。

楫澄《槟城闹元宵八首》刊于 [马来亚]《槟城新报》"文苑"栏目。其八："荡游子弟气豪华,不忆妻儿不忆家。红帕纱笼殷眷恋,春街踏遍又寻花。"

17日　张謇作《无锡辛氏〈寒螀诗稿〉〈寒梅馆遗稿〉题句》(二首)。其一:"梁溪有二儒,辛氏之所祖。子孙抱遗书,有俨对尊簠。其书皆名寒,寒色入苦语。较然见章逢,真意揭肺腑。虽云窘边幅,要为因科举。迩有吴野人,远有归熙甫。冬春各有诗,出位非吾与。"其二:"明无东林党,其社亦必屋。瞀儒见眉睫,不寐怪衾褥。阉祸燎中原,士气向萧索。顾高振之起,白日是非烛。岂与豺虎辈,意气竞伸缩。二儒先后尊,一夔分一足。狂澜日东倾,障柱赖讲学。谁钦儒者徒,寒光炳空谷。"

18日　《申报》第15835号刊行。本期《老申报》"文苑"栏目含《渔舟女儿行》(湘花亭主人,见本报壬申年十月初九日)。

19日　《申报》第15836号刊行。本期《老申报》"文苑"栏目含《调寄〈水调歌头〉·醉后感怀》(二首,无名氏,见本报癸酉年五月初八日)。

叶昌炽作诔词两联,其一挽李振唐之母,云:"有子如苏长公,试吏峤南,渡海板舆登洞酌;其家出胡安定,作嫔江右,表闾彤管炜泷阡。"其二挽伯英表弟,云:"幼而来学,晚而同居,海上赁春犹昨日;寿不随仁,命不副德,山阳闻笛恸平生。"

20日　《申报》第15837号刊行。本期《自由谈》载"词话"栏目,撰者"竹轩"。本期《老申报》"文苑"栏目含《怅怀词》(四首,见本报壬申年十月初五日)。

胡适作《读报有感》。诗云:"挥金如泥,杀人如蚁。阔哉人道,这般慷慨!"

21日　协约国驻京各公使照会外交部,谓中国加入协约国后,各国将以善意与中国商量所提条件。

曹广权作《丁巳雨水节,散原以题赠〈南园图〉长歌见寄,春分后次原韵酬之》。诗云:"江淮衣带一水间,道阻累年无一面。我有衷语君发之,得书诵诗日千遍。双鱼跃冰江水碧,江上群山青十县。就中诗律果通神,苍帝乘权黑帝禅。南园几日气温燠,花阵冲寒欻酾载。春分无雨社日雷,乐岁胡农占古谚。不信唐宫羯鼓催,岂闻黍谷筒声变。嗟我与子皆劫余,狂歌高卧著微躯。沐猴跳踉虽已矣(原唱有'是时大盗据九鼎,衣冠匍匐媚受禅。髯之痛恨几过我,痴心敢冀齐一变'之句。谓余与一山书云,宣统帝被幽恭邸在青岛,可起兵也。丙辰五月,袁世凯被蔡锷讨伐,自愿去帝制,求不下野,蔡终不准,遂羞愤死),蜗蛮么么胡争驱。陆海但产害苗富,禹甸遑云非种锄。莫惊宗教嘲鲁儒,须知海外多虬须。舆台恐是勋华后,兰芷宁芳逐臭夫。先生阔领且盖缨,我思撰杖为祝哽。一室早悬仲举榻,三径未荒元亮井。洗耳牵牛请泛颍,落帆中泠待煎茗。便倩金焦遮海潮,南风送客扁舟影。"陈三立原作《寄题曹东寅〈南园图〉》题序云:"南园在宝应,为曹移家躬耕之所。"诗云:"曹翁寄我南园图,出映茅屋故人面。历沿胜迹脱窠臼,自状风物征题遍。当时大盗据九鼎,怙恃凶威横宇县。巧煽力取附爪牙,衣冠匍匐媚受禅。欲列稗史载歌咏,凭几眦裂举腕战。倏忽南戈起扫除，莽卓坐陨改谣谚。翁之哀乐几过我，痴怀敢冀齐一变。嗟翁早计颠覆余，食力没世全微躯。射阳淤壤利垦播，大男负耒为先驱。听雨有弟挈俱往，兼辟小圃躬芟锄。萧然东南一臞儒，狎玩千劫雄眉须。瞻由过迈聚户闼，祇今看作耕田夫。世难犹教怒生瘿，嬴项蹶兴博酸哽。匡床知汝仍掉头，灌花好护苏耽井。况邻二老托箕颍，岁时写句佐煮饼。环溪纵棹莫问渠，终古认此桃源影。"

22日　《申报》第15839号刊行。本期《自由谈》"游戏文章"栏目含《送芙蓉君归身毒国赋》（懒真子）。本期《老申报》"文苑"栏目含《和补萝山人〈怅怀词〉》（四首，海上女史陆也筼，见本报壬申年七月十二日）、《遥和补萝山人〈怅怀词〉》（四首，龙湫旧隐，见本报壬申年十月十五日）。

王国维陪同日人富冈谦藏再访沈曾植，沈属富冈谦藏访日本所传唐代乐谱。

余达父作《丁巳二月晦日雪》。序云："丙辰二月晦日大雪，余有'劫灰倒凿扬昆海，星火横飞出建章'之作，于今感昔而成此。"诗云："去年二月晦日雪，九关虎豹冻欲死。西南刹气冲槎枒，倒戈舆尸屠封豕。今年二月晦日雪，春风忽昧犹如此。连日尘霾不见天，群阴鼓荡昏蒙氾。海水群飞万里同，东龙西虎扶摇起。破鳞残毛漫天飞，错被狂童欢玉蕊（时梁启超有《贺瑞雪》诗）。西山老鸹饥啄人，千岁骷髅生牙齿。粉饰铺张能几时，安见白帝作天子。诗成已觉阳气复，阶前荡荡成逝水。我今白战无寸铁，冲寒呵冻害银纸。要使万象回春熙，和风甘雨秾桃李。"

23日　尤枞斋《丙辰杂咏》（十二首）刊于《南洋总汇新报》"词林"栏目。其一："八旬洪宪运难绵，宝座虚悬御袜潜。赢得史家劳特笔，共和专制载连翩。"其二："神猿六月命其衰，星陨燕台惨夜台。忙煞一般龙凤翼，须髯莫拔抱弓哀。"

24日　上海商务印书馆印刷、排字两部工人200余人为争取结社集会自由，反对无理解雇工人，举行罢工。越三日，罢工波及中华书局，人数增至700名。

《申报》第15841号刊行。本期《老申报》"文苑"栏目含《庚申纪乱新乐府》（比玉楼主，见本报壬申年十月十八日）：《姑苏灾》《丹阳溃》《晋陵哀》。

冯煦赴苏静安招饮。冯作《闰二月二日，静庵招集酒楼，纵谈世事，悲愤填膺，夜不能寐，起赋长句，即次〈花近楼社集〉韵奉酬》以纪之。诗云："煦也就效潜夫潜，与公弦诗角叉尖。今年二月春尤淹，层阴竟夕骎冰蟾。坐觉衰鬓新霜添，有口如受金人钳。春波初绿晴云纤，且谋一醉累臣金。"

张謇作《置梅郎小像于林溪精舍》。诗云："闲中时复忆情亲，天与声名累俊人。桧密谁知常味苦，罗衫著意正娇春。夔龙粪土犹消息，文绣牺牲孰主宾。坐汝山斋无是事，却将吾意视为真。"

康有为作《题张伯桢德配蔡夫人墓道》（丁巳闰二月二日）。诗云："浩风无星劫，所历知几舍。三十有二相，现示随变化。偶披垢腻衣，来税人间驾。说尽千万偈，漆灯明暗夜。"

25日 南社广东分社于广州六榕寺举行第一次雅集。参与社员有：蔡守、方声涛、谢祖贤、陈耿夫、孙璞、张开儒、汪精卫、铁禅和尚、陈沔芹、杜之秋、卢博郎、李孟哲、杨鹤廉、谭炳堃、黄永、刘景初、凌鸿年、刘筠、邓章兴、朱念慈、徐绍启、陈大年、邓寄芳、张远煦、萧锡祥、朱克昌、李沧萍、莫凤孙、陈湛纶、姚礼修、蔡少牧、罗志远、周松年、梁宇皋、刘凤锵、吴履泰、尹燡、叶敬常、张柱、胡熊锷40人。

《申报》第15842号刊行。本期《老申报》"花丛谈屑"栏目含《女弹词新咏》(十二首，吴郡醉月馆主，见本报壬申年五月三十日)：《王丽娟》《袁云仙》《朱幼香》《王幼娟》《严丽贞》《陈月娥》《朱素兰》《徐雅云》《钱雅卿》《徐宝玉》《施月兰》《陈爱卿》。

《小说月报》第8卷第3号刊行。本期"文苑·文"栏目含《诗庐说》(几道)、《蒋少颖先生墓志铭》(畏庐)；"文苑·诗"栏目含《辛亥九日作》(沤尹)、《赠陈星南》(缶庐)、《妙智寺拜法幢大师像》(师姓林，名增志，瑞安人，明礼部尚书，国变后为僧)(鹤亭)、《公园即事》(诗庐)、《南康赖潇侯学于陆军，饮诗庐，有诗赋答》(诗庐)、《立秋日作》(诗庐)、《丙辰初春即事》(憨公)、《少华枉诗，奖饰过当，掬告吾心之所愿言者，依韵为答，并索秋叶和》(真长)、《余居近涌金门，晨晡出入辄过之，叠前韵漫系以诗，为武林存一故实也》(真长)、《九月一夜大雷雨作》(真长)、《寒碧将行，叠山韵贻之并为书扇》(真长)、《谢人赠菊》(真长)、《读〈海藏楼诗集〉》(元素)、《和段蔗叟》(温叟)、《朝见东海废寺》(彦殊)、《秋怀》(彦殊)、《对雪》(湛园)；"附来稿最录"栏目含《本事十四首》(穆广)、《和穆广〈本事〉诗》(刘仁胤)、《又》(谭荔衫)、《又》(孙益钦)、《又》(成柱南)、《厦门鼓浪屿》(冶盦)、《泉州道中》(冶盦)、《抵南安后呈沧粟》(冶盦)、《南安杂诗》(冶盦)、《枯坐》(冶盦)、《病中》(冶盦)、《元日偕章沧粟大令登莲花峰不老亭同作》(冶盦)、《郑忠节焚青衣处》(冶盦)、《晋南道中作，呈沧粟》(冶盦)；"杂俎"栏目含《陇南山馆诗话(续)》(魏子安)、《板桥杂记补(续)》(楚青)、《藤花馆诗话》(酉云)、《美人剑新剧(续完)》(陈大悲)。

《瓯海潮》第7期刊行。本期"艺文·文选"栏目含《〈寿邱诗草〉序》(鄞县张世镰织孙)；"艺文·诗选"栏目含《短歌，用杜少陵〈同谷歌〉韵，寄黄岩杨定夫》(陈寿宸子万)、《春日杂感，次姜门韵》(杭县凌凤墀明德)；"艺文·词选"栏目含《摊破浣溪沙·和外唐宫怨，叠兰露词韵》(天台屈蕙缠女史)；"艺文·遗著"栏目含《花萼楼书钞(续)》(永嘉周天锡)、《石帆山堂诗稿(续)》(古括苍许一钧)；"别录"栏目含佚本《大鹤山人年谱(未完)》(端木百禄手订)。

[韩]《经学院杂志》第16号刊行。本期"词藻"栏目含《保宁郡蓝浦乡校重修韵》(崔成集)、《又》(白荣昶)、《又》(李承仪)、《又》(李象善)、《又》(金宽喜)、《平壤府

文庙参拜有感》(朴昇东)、《又》(郑凤铉)、《又》(成乐贤)、《箕宫参拜后吟》(朴昇东)、《又》(郑凤铉)、《箕子陵参拜后吟》(郑凤铉)、《又》(成乐贤)、《崇仁殿参拜后吟》(郑凤铉)。其中,成乐贤《平壤府文庙参拜有感》云:"拜参圣庙警儒林,讲讨遗经卫道深。须识西都文化振,极天不坠秉彝心。"

26 日 梁启超致函国际政务评议会,主速对德奥宣战。29 日,章太炎、谭人凤致电北京政府,斥梁参战主张。31 日,康有为致书黎元洪、段祺瑞,反对对德宣战。

《申报》第 15843 号刊行。本期《老申报》"文苑"栏目含《题〈拈兰图〉为树翁赋》(山石逸客,见本报壬申年九月初六日)。

谢晋(霍晋)作《次和洞庭〈春野晚眺〉》。诗云:"乘兴探春意,千山落日暄。鱼虾迎野濑,芜蔓莽郊原。望陌人如怨,偎篱犬自喧。归欤咏〈梁父〉,志事可胜论。"洞庭乃李澄宇,《春野晚眺》云:"散步越阡陌,夕阳方自暄。硬黄明岫岭,嫩绿满川原。烟动遥村媚,人归古渡喧。舞雩风咏意,代远与谁论?"

27 日 靳云鹏等联合平社、澄社、宪政会、新民社、衡社、静庐、正社、友仁社、宪法协议会、苏园、尚友会 11 个政团组织"中和俱乐部",支持段祺瑞政府,主张对德宣战。

《申报》第 15844 号刊行。本期《自由谈》载"联话"栏目,撰者"警众"。

《通俗周报》第 2 期刊行。本期"文艺"栏目含《胡适君文学改良刍议》(录《新青年》)、《塞上》(六首之三,培荄)。

柳亚子致函吴虞。函云:"曩于《新青年》杂志中,得读先生与陈独秀书,甚为倾倒。独秀亦旧相识,弟未入社,其驳孔教论篇,可谓绝作。唯近信胡适之言,倡言文学革命,则弟未敢赞同,尊意如何,倘能示我否也?"

姚鹓雏《懒簃杂缀》本日至 4 月 25 日陆续刊载于《民国日报》"谈荟"栏目。提倡以"体格高简,风度矜庄"为论词标准。

康有为作《丁巳闰二月五日,吾六十寿,携家人宴游圣因寺各洞为寿也。松樵开士招游香雪海,追思旧游赋诗,憾未成行》《六十自寿联》。其中,《丁巳闰二月五日》云:"十里白光香雪海,五年三度我曾游。秋风玄墓闻樨悟,春水西淹听棹讴。客醉梅花犹索唄,我留寿洞亦思休。一庵弥勒何时去,代购繁花满半舟。"《六十自寿联》云:"傀儡曾遭登场,维新变法,备尝险艰,廿年出奔已矣。中间灰飞劫易,几阅沧桑,寿人笙磬忽闻,北海归来如梦幻;歌舞业经换剧,得失兴亡,空劳争攘,一世之雄安在?顿时雾散烟消,徒留感慨,老子婆娑未已,东山兴罢整乾坤。"

28 日 《申报》刊登《海上题襟馆开会记》。报道:"四马路三山会馆隔壁海上题襟馆画会创设有年,久为名人荟萃之处。辛亥以还,萍踪星散,顿失旧观。今春同人等重行提倡公学,举吴昌硕为该会会长,哈少甫、王一亭为会董,吴待秋由京来沪,留驻会中。"

《南社》临时增刊《南社小说集》编成。本日,《民国日报》发表社员王文濡所作《〈南社小说集〉跋》。次月出版。

29日 《申报》第 15846 号刊行。本期《老申报》"花丛谈屑"栏目含《赠女弹词诗》(十二首,见本报壬申年六月十二日);《袁云仙》《王丽娟、王幼娟》《严丽贞》《陈芝香、陈黛香》《徐宝玉、徐雅云》《吴素卿》《朱静香、朱幼香、朱素兰、朱品兰、朱素卿》《陈月娥、汪月娥》《胡兰芬、胡桂芬、姜月娟、张秀娟、王月琴、胡丽琴》《陈爱卿、钱丽卿、唐云卿、张云卿、钱雅卿、姜月卿、汪秀卿》《陈月贞、施月兰》《俞翠娥》。

[日] 芥川龙之介自田端致松冈让信中附诗一首。诗云:"山阁安禅客,经床世外心。空潭烟月出,处处听春禽。"

30日 两广巡阅使陆荣廷在养心殿觐见溥仪,溥仪赏在紫禁城内乘坐肩舆。

[日] 竹添井井卒。竹添井井(1842—1917),名光鸿,字渐卿,通称进一郎,号井井,生于日本九州。自幼随父母习汉诗文经籍,后师从名儒木下犀潭。明治时期肩负藩命,锐意改革。1876 年来华,曾任日本驻天津领事、北京公使馆书记官等职。驻华期间自称"日本闲人",曾深入四川,用诗文记录沿途风光与见闻,撰成《栈云峡雨日记》,1879 年在日本刊行,名噪一时。在此期间还曾携眷游历苏杭,并访问文坛老辈俞樾等人,酬唱诗文、探究学术。1878 年将日本救灾款呈交直隶总督兼北洋大臣李鸿章,并与其商讨中国赈灾。李鸿章欣然应邀为《栈云峡雨日记》作序。1882 年改任日本驻朝鲜公使,其间与朝鲜开化党人共谋"甲申政变",事后引咎辞职。1893 年出任东京帝国大学教授,讲授汉学。两年后因病去职,在海滨城小田原隐居,建读书楼名曰"独抱楼"。晚年潜心著述,相继完成《左氏会笺》《毛诗会笺》《论语会笺》三部力作。1914 年被授予文学博士,并获帝国学士院赏。晚年隐居后,老友伊藤博文常登门造访,共忆往事,谈诗论文。作为日本近代汉学大师,竹添著作等身,被中国文士誉为"人中之龙文中虎"。诗文集有《栈云峡雨稿》(内含《栈云峡雨日记》《栈云峡雨诗草》,附录《乘槎稿》《杭苏诗草》《燕京游草》等集)及《沪上游草》等,最后结集为《独抱楼诗文稿》(6 卷)和《井井剩稿》。李鸿章序其集曰:"其诗思骞韵远,摆脱尘垢,不履近人之藩,岂非以所阅者博,得山川之助者多耶?夫亦其襟抱廓然,异于人人,故能蹀躅远邀,若是之勤且果也。"叶德辉作《挽日本竹添井井先生光鸿》(四首)。其一:"海外经神众口传,忽闻甲马赋游仙。东方儒宿今寥落(欧风东渐,中日两国治经之儒存者仅矣),南阁师承有后先(吾国光绪以来,县人王闿运以公羊之学炫动一时,治《左传》者惟南皮张文襄之洞及吾与先生三人,余皆靡然矣)。早岁张苍亲奉手(先生于光绪初元来游吾国,奉旨与文襄订交于都门文襄邸舍),中朝王肃耻随肩(先生著有《春秋左传会笺》,与王氏公羊之学异帜)。怆怀弟子浮湘去,

噩耗惊疑各泫然（先生门人松崎鹤雄寓书来苏，始闻先生骑箕之信）。"其二："八儒三墨久纷擎，独抱麟编老岁华。秘阁鉴书邀米芾（先生精于鉴赏，家藏吾国宋李唐手写《汉书》残卷、元明人书画、恽南田画迹，有《十宝斋记》寄余），玄亭问字有侯芭。束刍酿奠人千里，植楷经营冢万家（先生门人甚众）。执绋未能因道阻，畏听邻笛和悲笳。"其三："春秋大义炳尊攘，立国奚关变法强。学海中流资砥柱，迷津后学失舆梁。遗书规杜谁抄撮，正朔从周自主张。一卷微言须借镜，中原改制误公羊。"其四："隔年曾赋悼亡诗，天上于今乐倡随。家有尹咸传父学（先生令嗣能传其家学），世无荀爽愧人师。曾劳洒泪酬诗简（先生悼亡，余有诗唁之。先生寄答诗翰墨沈尚如新也），欲为追魂写墓碑。他日黄垆重感逝，樱花时节最凄其（先生卒于今年日历三月三十日，即中历闰二月初八也）。"

31日 《申报》第15848号刊行。本期《自由谈》"游戏文章"栏目含《烟鬼赋》（拟江淹《恨赋》）（观钦）。本期《老申报》"四十年前之游戏文章"栏目含《村馆赋》（仿《阿房宫》体）（拜经书屋主人，见本报壬申年六月二十九日）；"文苑"栏目含《无题八律》（梅花仙子，见本报癸酉年十一月初十日）。

汪东赴任浙江会稽道尹公署秘书长，途中在杭州与夏敬观、诸宗元游灵峰寺看梅。

董必武参加东京私立日本大学法科考试合格，正式结业。

沈汝瑾作《丁巳清明前五日寄昌硕》。诗云："闻讯鱼书往返频，虞山歇浦似比邻。不时冷暖怜同病，有限芳菲惜好春。感慨难言身后事，艰辛尤念眼前人。客游应比家居乐，携酒看花互主宾。"

宋伯鲁作《如梦令·海棠。丁巳闰二月初九日，归醴泉扫墓，赋平园海棠》。词云："行到翠帘深处。一笑嫣然相许。软绣衬弓腰，莫是玉妃初舞。延伫。延伫。祗欠半庭疏雨。"

本 月

段祺瑞辞职出走天津，"府院之争"愈演愈烈。段祺瑞为抵制孙中山在广州召开国会非常会议和操纵本年9月总统大选，指使亲信徐树铮、王揖唐、曾毓隽等在北京安福胡同梁式堂住宅内组织俱乐部。因在安福胡同开会，且本部设于此，故名安福俱乐部。该俱乐部组织具有国家全部官制雏形，实已形成派系，故称安福系，是皖系军阀政治中坚和核心力量。

赵熙、宋育仁、林思进、邓潜、邓鸿荃、路朝銮、胡宪铁、江子愚、李思纯结春禅词社，有《甘州》十二忆组词，即忆来、忆去、忆眠、忆食、忆坐、忆立、忆愁、忆笑、忆起、忆醉、忆行、忆浴，赵熙为和已故成都词界耆宿胡延而作，余人皆和赵熙之作。次月，《春禅词社词》（铅印本）刊行。集前赵熙题识云："成都胡延长木，清官江苏粮储道，卒十逾年矣。著《苾刍馆词》,中与樊山唱和,有《甘州》十二忆。戏和之,寄锦城词社,社中八声竞作,独林子山腴里手曰:'我乃不成一忆,群诅其惰,末之能改也。'已而宋芸子前辈出闰花朝词,仍寄《甘州》旧调,自谓禅心冷定,不复作绮语。然则绮语特不冷不定耳。固亦禅心也。客有哀斯作者,因题曰《春禅词社词》。丁巳三月三日赵熙。"本词集含《八声甘州·戏和苾刍馆》(十二首,赵熙)、《八声甘州·沈休文〈六忆〉诗仅存其四,今以忆去忆立足成,而倚声传之》(十二首,胡延)、《八声甘州·和香宋》(十二首,邓潜)、《八声甘州·奉和香宋和苾刍馆〈前后六忆词〉》(十二首,邓鸿荃)、《八声甘州·香宋和苾刍馆〈前后六忆词〉,依调赋寄》(十二首,路朝銮)、《八声甘州(忆来时得宝唱宏农)》(十二首,胡宪铁)、《八声甘州·奉和十二忆》(十二首,江子愚)、《八声甘州(忆来时宛转出帘栊)》(十二首,李思纯)等。其中,赵熙《八声甘州·戏和苾刍馆》其一:"忆来时蟢子未收丝,重霄下天仙。喜缸花乍笑,玉扉敲处,苔剔金莲。且坐胜常休道,对月影先圆。才等风声里,犹怯空言。　昨夜珊珊迟了,得今番早降,小别尤怜。有黄衫入命,一日也千年。四无人,花梢颤影,爱乌龙、见惯只安眠。来宵驾,自瑶池发,青鸟先传。"其二:"忆去时惘惘送春归,春如梦中过。是当归药性,将离花色,无计留它。立地寨裳一步,山隔万重多。从此相思藁,提起婴哥。　个里云情犹在,认行云行处,空认云窠。算非烟未远,香奈博山何。也明知,渡江暂别,恁回波、栲栳命奔波。人天事,有黄姑处,处处银河。"其三:"忆眠时呵欠到郎边,香衾欲生春。正已凉天气,不言心事,金鹓氤氲。苦说丁丁漏永,红豆烬三分。门外栖鸦笑,裁过黄昏。　睡也何曾睡著,信比花能活,比玉能温。做海棠春困,蝴蝶现变身。九梁钗,自然交股,问巫阳、可是梦中人。蛟帱角,听珊钩响,弟一销魂。"其四:"忆食时先饵九华丹,天台熟胡麻。看香樱动处,鹦镂红豆,凤啄桐花。酒是女儿同岁,餐尽劝郎加。比下瑶池宴,桃子红些。　不要仓庚切肉,只专房莲子,脆响双牙。乍春葱放箸,呼进雪坑茶。笑海西,雄蜂雌蝶,银光布、一色亮刀钗。朝饥甚,只诗人苦,穷想餐霞。"邓潜《八声甘州·和香宋》其一:"忆来时消息报刍尼,佳期约黄昏。有明虹送喜,圆冰照路,怎样逡巡。燕子似曾相识,休便隔帘瞋。甚好风吹下,一朵鬘云。　乍近灯前絮语,看眉重贴翠,首半低蓁。颤墙阴花影,小犬故狺狺。破工夫,来宵早到,月儿高、曾有素娥奔。何须向,赵家图里,唤出真真。"其二:"忆去时一曲彩云归,翩翩渺惊鸿。度香泥径滑,钗弯防溜,鞋凤兜松。转过屏山一角,路便隔千重。劳燕栖初定,怎又西东。　枉著留仙裙子,并鲛鲻枕畔,泪点淹红。只苍苔解意,痕尚印双弓。记临行,喁喁私语,道相离、争似莫相逢。还应对,镜中花影,省时春风。"其三:"忆眠时取次卸残妆,漏声促鸡筹。尚玉虫灯剪,锦鸳鞋换,作态佯羞。莫似前宵爱月,松下尽淹留。悄把罗帏放,风飐银钩。　记否客中孤另,对影妻椅妾,瘦不关秋。怕数声啼鸟,惊梦五更头。正春寒,香衾嫌薄,有玉奴、身化作熏篝。长偎傍，黑甜乡好，何况温柔。"其四："忆食时香稻熟红莲，分红上唇脂。怕情郎久等，饱餐山色，犹自忘饥。休把荔支多啖，病齿肖杨妃。饭是家常好，纤手亲炊。　　不嗜人间烟火，嗜伊蒲精馔，算到斋期。话东方风趣，割肉笑归遗。倚瓜筵，春葱代擘，戏问他、里许有人儿。娇羞甚，味甘梅子，佯说嫌伊。"邓鸿荃《八声甘州·奉和香宋和苾刍馆〈前后六忆词〉》其一："忆来时有信似宾鸿，春愁扫眉山。过回阑百折，劳他纤手，轻扣连环。侥幸前番折柬邀，得可人怜。因甚心情懒，不整花冠。　　兀自徘徊林下，问梅梢明月，今为谁圆。怕苍苔蹴损，小歇又兜莲。算无须、千呼万唤，祇衣香、人影忒珊珊。还低问、是空言否，不是空言。"其二："忆去时判醉不教醒，离情注红螺。算终须回辟，便如奔月，过影姮娥。软语万千珍重抵，唱渭城歌。送客频频唤，劳动婴哥。　　子夜平时惯咏，笑三更机底，摸著谁梭。听今番杜宇，门外即天河。者相思、从头又起，定重逢、缘会复如何。空凝望、隔花人远，一转秋波。"路朝銮《八声甘州·香宋和苾刍馆〈前后六忆词〉，依调赋寄》其一："忆来时绛蜡拜双星，翔鸳启冰奁。是云英初嫁，迎人新月，眉态纤纤。却扇佯羞不语生，就宝儿憨。惊定犹疑梦，梦也同甘。　　此际瑶扃重叩，似锦江春色，又绿江南。诉经时别苦，梁燕共呢喃。是耶非、几回潜听，误风声、竹影数开帘。还延伫、订来宵约，早早鸾骖。"其二："忆去时软语忒匆匆，深情握荑苗。似江家南浦，绿波春草，魂不禁销。何法将卿绊住，心上柳千条。只赤天涯路，絮转萍漂。　　约定花开陌上，奈归期缓缓，难信春潮。道一声珍重，婉约过风箫。尽徘徊、隔花临水，最撩人、背后见纤腰。频回眸、眼圈红处，应湿鲛绡。"胡宪铁《八声甘州》其一："忆来时得宝唱宏农，推帘入阿环。似新年燕子，远衔春色，飞落屏山。望处皎于初日，端照屋梁间。一溜风前影，如此珊珊。　　苦唤夜来名字，为青鸾信杳，赤凤心悬。算明珠买路，少也费千箪。胜平生，故人风雨，再些儿、侬已就卿前。天仙样，鉴凡心苦，真降灵坛。"李思纯《八声甘州》其一："忆来时宛转出帘栊，飞琼降人间。本匆匆约定，衣香鬓影，爱好天然。彩伴休招素手，密意省人看。想露灵金缕，步也应难。　　乍近才闻笑语，认旧添眉翠，新点唇丹。有知心小婢，延伫画阑前。问良宵，拂墙花影，甚窥人、明月像人圆。樊南句，是侬家集，愁惯空言。"江子愚《八声甘州·奉和十二忆》其一："忆来时秋水望将穿，无言更情痴。忽月明林下，珊珊影动，缓缓春归。关得猧儿何事，花下戏衔衣。遮掩酴醾架，怕有人窥。　　握手犹疑是梦，记梦中识路，寸寸相思。倩檀奴灯畔，鞋底剔香泥。怪今朝，呀呀鹊噪，信心人、消息未游疑。频央及，好风吹度，宋玉墙西。"

《青年进步》创刊。第1期"杂俎·文苑·文录"栏目含《〈檀岛纪事〉序》（皕诲）、《〈商业教本〉序》《读〈基督教与大国民〉书后》《古欢室诗存（未完）》（皕诲）。

《说丛》第1期刊行。本期"文苑"栏目含《赠汪笑侬先生序》（顾实）、《山居纪事》（节庵）、《怀菱湖诸子》（节庵）、《乞病纪恩》（节庵）、《上巳清明郊游》（诗庐）、《戏题墨合》(诗庐)、《读〈顾亭林诗文集〉》(梦鸊)、《闭门自理书籍,适值大雪,因赋》(梦鸊)、《留别许君指严》(涛松)、《赠陈小桃》(涛松)、《居庸关车中怀詹天佑》(涛松)、《留别晋中友人》(抱石)、《题〈乞食图〉》(抱石)、《早寒》(指严)、《无端》(指严)、《题〈乞食图〉》(指严)、《喜晤赵子敬先生并听按歌》(指严)、《留别内子》(指严)、《丙辰岁暮出都,乘汽车返里》(指严)、《云起轩词钞(未完)》(萍乡文廷式)。

《中论杂志》第1期刊行。本期"文苑"栏目含《〈诗经异文补释〉书后》(宋育仁)、《为前四川民政长张培爵协请优邮文》(代四川国会议员某某作)(潘大道)、《与潘立三书》(大渊)、《题〈峨嵋记游〉,为楼庽庵同年作》(宋育仁)、《旧游资中,今放还山,过逆旅,见壁间留题,率书二绝句》(宋育仁)、《乙卯秋尽,泛舟西溪,芦中望法华山,同游诸子咸有咏歌之思,予亦聊出兹篇,申其兴寄潘子立三,雅共斯集,因书以遗之,兼请属和》(马浮)、《哭杨锐》(马浮)、《庚寅秋,闻富顺孝廉陈元睿崇哲病》(马浮)、《答曾阆君天宇》(吴虞)、《过图书馆赠林山腴思进》(吴虞)、《赠潘法曹诗一首》(大渊)、《溪南老翁行》(为纳溪金叟作也)(潘大道)。

《浙江兵事杂志》第35期刊行。本期"文艺·诗录"栏目含《得癭公京师书却寄》(大至)、《二月十八日,雨中同海秋游灵隐,先三日,张伯翔朝镛往游,昨以诗来,依韵遂成此篇》(大至)、《寒雨晨出》(大至)、《后者见和昨诗〈小阁坐雨〉,叠韵报之》(大至)、《闻近事感书,叠前韵》(大至)、《丙辰重九游石莲阁感赋》(田应诏)、《丙辰秋日偕幕僚登八角楼感赋》(田应诏)、《谢廉州绅商学界修建竹坡学舍诗二十二韵》(隆世储)、《旅感》(张鼎南)、《太湖舟中闻笛》(张鼎南)、《〈第二团退伍同袍录〉题词》(杨超)、《题〈曲溪画稿〉》(济时)、《临江晚眺》(济时)、《不寐》(济时)、《和梁一斋〈松防杂感〉,即次其韵》(济时)、《感呈贞壮、秋叶》(思声)、《丁巳元旦雪晴,同知渊登吴山,是日知渊赴京师,其来杭为丙辰除夕,相聚仅一日也,书此示之》(秋叶)。

《留美学生季报》第4卷第1期刊行。本期"文苑·诗选"栏目含《别绮色佳三首》(任鸿隽)、《中秋纪事》(任鸿隽)、《秋柳(附后序)》(胡适)、《秋声(有序)》(胡适)、《孔丘(有序)》(胡适)、《他,思祖国也》(胡适)、《江上》(胡适)、《中秋》(胡适)、《黄克强先生哀辞》(胡适);"文苑·词选"栏目含《贺新凉》(江亢虎)、《水调歌头·今别离(有序)》(江亢虎)、《沁园春》(胡适)。

圆瑛大师创立宁波普益学校。

王国维日本友人内藤虎次郎及高桥、稻叶、富冈谦藏等来上海,王国维介绍内藤博士等与刘翰怡相见。后又介绍富冈谦藏与徐乃昌相见。

胡汉民自北京往游明陵及张家口,作《游明陵》《由张家口归》。汪兆铭闻此,作《闻展堂游张家口云泉寺》。其中,胡汉民《游明陵》云:"高王三尺定中原,燕子飞来啄汉孙。白帽奉王先有意,王鱼埋地更何言! 东陵已窃前朝树,日夜谁招弟子魂。怪是卧龙呼不起,万山如睡又黄昏。"胡汉民《由张家口归》云:"但见千山雪,谁知三月春。树枯仍入画,月冷故依人。归路衣裘薄,迷途仆竖亲。笑他趋热者,何事候风尘。"汪兆铭《闻展堂游张家口云泉寺》云:"关外春深似暮秋,半鞭残雪此清游。奇愁突兀如山起,密意回环似水流。一勺云泉茶易热,千年冰泊展难留。独怜老树余枯干,尽日霜风撼未休。"又,汪兆铭作《游昌平陵》。诗云:"昌平园寝郁参差,想见尘清漠北时。地老天荒终有恨,山环水抱亦无奇。铜驼魏阙芜仍没,石马昭陵汗已滋。索与虬松同醉倒,不须惆怅读碑辞。"

苏曼殊自西湖返上海,撰《送邓、邵二君序》。

古直在藏书楼修葺整理完毕后撰二联悬"抱瓮斋"。门联云:"量力守故辙;悬车敛余晖。"客座联:"诗书塞座外;桃李罗堂前。"然后返回云南都督府。

鲁迅多方推荐周作人,最终向北大校长蔡元培推荐成功,即书告周作人,周作人于本月离绍兴,经上海,于次月1日抵北京。

钱文选经滇督唐继尧特别保荐,请以盐运使交涉员先简用奉,大总统令交国务院存记。旋奉令以简任职,交盐务署任用。钱文选作游滇纪事,于名胜风俗出产,言之綦详。

萧植蕃(萧三)和毛泽东联名致函日本大陆浪人白浪滔天(即宫崎寅藏)。其时宫崎来长沙参加黄兴葬礼。函云:"先生之于黄公,生以精神助之,死以涕泪吊之,今将葬矣,波涛万里,又复临穴送棺。高谊贯于日月,精诚动乎鬼神。""植蕃、泽东,湘之学生,尝读诗书,颇立志气。今者愿一望见丰采,聆取宏教。"

周学熙回籍南京祭扫,购得风水吉地数处,归途至上海、无锡,游邓尉观梅,作《丁巳仲春游邓尉,先宿玄墓寺,次晨冒雨观梅,匆匆而归二首》。其一:"柱天勋业等云烟,喜得名山姓氏传。十里香花千载伴,几生修到郁公缘(墓在寺内,为晋青州刺史郁泰玄也)。"其二:"笠屐匆匆破晓烟,万株香雪不虚传。花枝有尽情无尽,留与名山结后缘。"又,无锡杨翰西创办广勤纺织公司,举周学熙为董事长。

胡雪抱行游江西都昌凤凰山黄村,读书山林中,赋得《林居得诗,呈漱唐侍御》。诗云:"开门百卉扬青春,槛外桃花肥似人。老山山态素非媚,远插十里涵丰神。深林读书留易久,裌衣已净行路尘。流观物理足异趣。忽令脏腑为鲜新。晓莺试歌燕交舞,迄晚不识怒与嗔。古贤得力傥在是,芬吐四照胥天真。东皇侍史旧知我,盈怀淑气澹可亲。黄冠种树日初暖,阳阿晞发其无伦。"

瞿碧君生。瞿碧君,别名王白石,四川彭州人。著有《梅岭诗集》《轸怀集》《碧君艺苑》)。

王树楠撰《陶庐诗续集》(12卷,陶庐丛刻本)陆续刊行。前5卷为1册,本月先期付梓。集前有吴闿生作序。集有注"男勇敷校刊"。本集共分12卷：卷一《鹤征集》（癸卯年）；卷二《省方集》（甲辰年至乙巳年）；卷三《出塞集》（丙午年）；卷四《北庭集》（丁未年至己酉年）；卷五《北庭集》（庚戌年）；卷六《休否集》（辛亥年）；卷七《休否集》（壬子年至癸丑年）；卷八《休否集》（甲寅年至丙辰年）；卷九《休否集》（丁巳年）；卷十《斜街花市集》（戊午年至己未年）；卷十一《一默集》（庚申年至癸亥年）；卷十二《野言集》（乙丑年至丙寅年）。吴闿生《〈陶庐诗续集〉序》云："新城王晋卿先生，以所为《陶庐诗》八卷示闿生，属为序。三十年前，先生则既以文学闻天下矣。当是时，畿辅方修通志。贵筑黄子寿方伯主其事，而先生以黄公高弟从事编辑。先公在冀州，优礼延聘先生为冀学者师。先生于时，实专精经子考订之学，亦间为骈古诗歌杂文。以其所学提倡号召，英髦俊彦骠起云蒸，冀土文教之兴，先生有力焉。已而以州县吏，由蜀入陇，踬而复起，移官新疆，溽擢方面，闻誉震襮，文游指目，谓且坐大，而先生久滞藩条，卒不得建牙开府，藉手一展其所为，郁郁来归，年已六十矣。当先生之在官，著述不辍，尤锐意当世有用之学，遍考欧西诸国方言、史乘，察其种族盛衰强弱，纂著论列，积书盈案。又熟习西北形势，户口蕃耗，财赋丰绌，及文治武备所宜张弛赢朒，条列粲如，见者皆叹服，推为名论。察其意，岂愿以诗文见者，而遭时不偶，祸乱繁兴，炎炎庸庸，遂肇鼎革之大变。平居怀抱，既噤遏不得施措，而眷怀家国，悼往思来，其殷忧殆非寻常所能测度！今老矣，尚以食贫养亲之故，怀握铅椠与少年后进相周旋。搜考前朝故实，供职史官，虽名字熙曜，远近无不闻而慕之者，其生平之困顿，为何如也。士固有所赢，有所绌，使先生遭际事会，得大柄用于时，将必憔悴颠蹶，以赴无涯之祸难。海涵山崩，固非人力所可挽，而当朝之术业，亦必不暇冥探邃讨。环玮特出，荦荦如今无疑矣。挈彼校此，果孰得而孰失者？且诗之为道，其能事必有出于计数之外者而后工，非可以吟哦讽诵而尽之者也。古之作者如陶潜、阮籍、李白、杜甫之伦，其襟期意量，曷尝以诗人自命？千艰万厄，不得已凭藉文藻以抒写其悲愤，而其作遂高出千载，不可企及。吾读先生《秦陇》《甘凉》诸什，及《眺朱圉》《登崆峒》《出嘉峪关》《望博克达山》等作，山川盘郁峨崔之气，与篇章相映发，矍焉芒焉，不知身之在何所也！然则先生之遇，所以坎坷而不遂者，乃其诗之所以雄欷？吾又愧乡者感喟之浅也。丁巳春日，桐城吴闿生谨撰。"

林纾汇编《畏庐笔记》由上海中华图书馆出版。署名林琴南。

钱基博编订《衣钵集》，收入钱基博"少时问业之作"44篇及钱基厚所作120篇。

方守彝作《丁巳仲春，一夕天闵见过，告天津之行，袖出诗卷示仆，又留赠句。知好不常聚，世难年衰；寂寥无穷之感，成句赠别》。诗云："为君起舞商声放，飒飒寒江带雨黄。掩户诗篇嚼冰雪，照人星月下天光。眼前大地横流远，心念孤征细梦长。

竹色萧疏梧老秃,可怜无凤伴朝阳。"

曹广权作《丁巳二月,散翁寄示〈西湖纪游〉诗,即用其〈泛舟湖上〉韵题辞》。诗云:"湘娥鼓瑟江朝落,六朝尽扫青山脚。百灵踯躅西子湖,微曳晴云护万壑。幽人僵卧梦中笑,玉女频颊怒容簿。昨夜南园梅半开,水边疑有孤山鹤。唤起凝魂一嗅作。"

康有为作《丁巳二月题北京龙潭寺西岸袁督师庙头门联》。联云:"其身世系中夏存亡,千秋享庙,死重泰山,当时乃蒙大难;闻鼓鼙思东辽将帅,一夫当关,隐若敌国,何处更得先生。"

赵熙作《莺啼序·闻成都川滇军警,用梦窗韵纪痛》。词云:"何辜锦江万户,涨滔天祸水。战尘起,腥色斑斑,溅血红绽花蕊。遍郭外、衰杨挂肉,惊风乱刮城乌坠。叹无边空际冤云,尽叠秋思。 三月春浓,正好载酒,泛花潭艇子。二更后,芒角天狼,万千珠弹齐至。自皇城鳞鳞破屋,火龙挟金蛇东指。放修罗、刀雨横飞,问天何意。 奇哉去日,被甲川南,共枕戈不寐。应记取、纳溪力战,誓死前往,唤鹤声中,路人挥泪。妖烽荡净,刀瘢合缝,回头啼鸠千山响,唤同袍、互酹军容悴。如何自伐,中宵画角频吹,乱尸无担山里。 西南大局,化作芜城,剩鬼灯照翠。问此世、花卿知否,豆煮萁燃,海外鲸牙,怒涛方起。迁辛羹苦,今应无恙,峡山遥数春树影,忍双亲、怀远门闾倚。千秋认此残灰,大劫昆明,万魂在纸。(案:一九一七年三月,川军第二师刘存厚与督军滇军罗佩金,在成都巷战,半月后,罗败走川南。迁辛,谓辛圣传,时在邛崃)"

王新桢作《咏书中干蝶五首》。序云:"丁巳二月,读《耕乐堂诗草》中此题,甚有逸致,前后共十一首,心羡焉,因效其体赋之。"其一:"笑他蝶子竟何知,欲学书生亦太痴。李谧百城有佳处,庄周一梦无醒时。篇中朽蠹同怜我,肆上枯鱼更索谁?真个登仙看羽化,脱胎换骨尚留皮。"其二:"花香不恋恋书香,个里常眠作睡乡。为有百年千古恨,间披万卷一身藏。照来萤火光犹灿,吐尽蚕丝体已僵。不似蛾焦灯影下,犹余剩粉杂丹黄。"

王大觉作《丁巳二月,与亚子作客斜塘,联床夜话,颇往复于乐道直躬之学,别后怅念,弗能置也,追纪一律,即柬亚子》。诗云:"愁边说剑酒边歌,知我如君已不多。此夕雄谭劲寥廓,横天灵雨吊蚊虻。本无京洛三官服,各有江湖一钓蓑。掷笔空山功罪了,只应商略到烟萝。"

张履阳作《丁巳二月,游白鹤山,拜先大母龚太恭人墓》(四首)。其一:"扪萝凌绝顶,剔藓认行踪。瞑色沈孤阜,残阳媚远峰。云慵无竞意,松老作颓容。一啸长天碧,应空芥蒂胸。"

春

颐园诗社在四川泸州创建。由朱德发起倡议，川南道尹赵钟齐，以及泸州文士陈铸、温筱泉、陶开永等 29 人共同组织。当时诗社同人吟诗活动地址在泸州城朱家山陶家院内，其宗旨在以文会友，以诗言志，评论时政，采访民风。朱德作《颐园诗社联》云："园可颐情，倘好河山，肯假我作小周旋，笑羽扇纶巾，许谁是风流人物；诗堪结社，是真名士，要将他来暂羁旅，任桑田沧海，幸俯陪诗酒神仙。"社员们时有唱和，经数年而诗稿盈篚，后与泸州东华诗社、振华诗社社员诗作一道，辑为《江阳唱和集》（二册）。计有拟杜工部"秋兴""秋月""秋水""秋雨""秋桂"5 个诗题，共载有诗社同人 29 人 159 首诗作。其中收录"蜀北武夫"朱德将军诗十八首，以其所作"秋兴"七律八首为上佳。此集后收藏于中国革命历史博物馆。朱德在《秋兴》《苦热》《拟杜甫〈诸将〉诗》《征人怨》等诗中写道："年年争斗逼人来，如此江山万姓哀"，"久受飞灾怜百姓，长经苦战叹佳兵"，"伟人心事在争城，扰攘频年动汉旌"，"举国人人作政客，何人注意在商农"。

黄文涛卒。黄文涛（1831—1917），江苏江宁人，原籍安徽婺源（今属江西），后迁居上海，字语松，号幼亭，别号半醒道人。由诸生中副贡就职教谕，加内阁中书衔。光绪十六年（1890）任广方言馆中学教席。三十年（1904）任江南制造总局翻译馆编校。旋以年老谢事。能诗，著有《其余集》（又名《海棠巢小隐吟稿》）4 卷。

林纾作绢本《平台春留图》，题诗四首。其一："平台柳色绿冥冥，柳外还施九子铃。华殿流尘长日掩，偏生婀娜向人青。"其二："琼岛春阴袅万丝，感春却值我来时。无情烟日萧寥地，自拔长条读御碑。"其三："移盘无泪洒铜仙，脑木浮图尽日烟。再起渔洋定惆怅，灵和全不似当年。"其四："五龙亭外数经过，亭下游鱼唼小涡。飞絮岂关荣悴感，化萍去就掖池波。"

冯煦与陈夔龙同游苏州。陈夔龙又作《梦华有杭州之役，诗以送之，叠佳字韵》。诗云："湖滨二老贻好句，颇怪九佳韵不佳。我今叠韵赠君行，心逐布袜兼青鞋。杭州本是旧游地，轻装仅携一仆偕。八十老翁健腰脚，性复倔强绝诙谐。同谱论交四十载，胪唱当年递绿牌。阳城自署下下考，羡君高第跻玉阶。迩时寰海正清宴，绝少触蛮争角蜗。伪学佳兵适召乱，陆沉执咎张乖厓。击碎黄鹤翻鹦鹉，潮卷东南半壁皆。君已厌看皖公色，早辞铃阁归茅斋。闭门万事不挂眼，园邻纵棹夸吾侪。我作北地焦烂客，羽书火急走官差。金瓯一掷玉步改，雪耻何年空式蛙。朅来穷海共栖遁，看山腊屐先安排。入杭日程判前后，回溯同舟吊馆娃（丁巳春同游姑苏，登灵隐寻馆娃宫遗址）。君来湖上春已晚，乍雨乍晴寒暑乖。蒋径赏花吟芍药（下榻蒋庄），龙井烹茗爇松柴（君来为妹氏上塚，在龙井左近）。下车先访陈无已（伯严），诗稿成堆湖蛰埋。水云往岁传衣钵（颂年为戊子湘闱所得士），白头师弟忘形骸。咏怀突过山舟老，细楷绳头妙折钗。倘到临安寻九折，锋车依旧驰长街。不然余杭探水窟，洞霄宫观谿烟霾（传闻拟至余杭探南湖水利）。无论遥山与近水，定有题句扬清哇。同时元白齐压倒，高冈一凤鸣喈喈。莫嗟俯仰成陈迹，俊游差足慰老怀。我诗不过凑韵耳，布鼓雷门聊献俳。"

梁鼎芬迎养庶母何太宜人来京，太宜人遽感疾不起。梁鼎芬悲痛致疾，请假扶枢至塘沽，由海道归葬，时已苦病足，然犹努力销假。

况周颐为吴隐重订再刊《遁盦集古印存初集》题词，撰《水调歌头》云："臧印癖秦汉，爱古信情多。薄今亦近于隘，胡不并搜罗。近自丁黄而降，几辈标奇骋秘，遗绪接文何。委竟源斯在，吾赵即先河。　　拓芝泥，纡艾绶，重摩挲。精力各有独到，争忍付消磨。六百年来高矩，十二时中清课，针度妙无遇。解意西泠月，相伴坐烟萝。"

冒鹤亭刻成《永嘉高僧碑传集》8卷，附录1卷，均刊刻于《冒氏丛书》。序云："癸丑（1913）春至永嘉，欲撰三记：一山水、二学术、三高僧。而《高僧碑传集》先成，嘉兴沈子培见之，以为可入续集也。因以授梓人。梓成，遂作为序。"

连横笔削《台湾通史》之余暇，从事《台湾诗乘》之纂辑，集古今之诗，凡有系于台湾之历史、地理、风土、人情者罔不采入。又，连横求蔡廷兰遗诗，久而无获，会陈瑾堂录百十五首邮示，而《请急赈歌》不在其中。吴德功亦尝抄示蔡德辉遗诗与连横，亦经载其若干首于诗乘。连横就德功借读其《瑞桃斋诗稿》，录数首入诗乘，以志景行。

陈荣昌向云南村农购得破屋三楹，自题其楼曰墨波楼，堂曰屏山堂，井曰於陵井，园曰灌园。亲故皆来祝贺，题诗以志盛，老友如赵藩、孙先庭、王玉麟、施有奎等，门人如袁嘉谷、秦光玉、蒋谷、李增、李坤、王灿等三十余人皆有诗，陈荣昌均用大字楷书于墨波楼壁间。施有奎作《墨波楼歌，赠陈困叟》云："困叟自困如槁木，心则已死身犹留。守元处晦暂人世，河滨高筑墨波楼。黄冠野服弄柔翰，征车累顾不掉头。去秋谒来一相见，鬵出辛苦形绚缕。笔耕代禄古亦有，右臂尚存书不休。书不休，八方殊气来相求。朝朝洗砚溪尽黑，异气结成烟雾浮。前途如墨不堪问，对此顿觉生百忧。山河变迁陵谷易，独有此楼足千秋。"王仲瑜作《题困叟墨波楼》云："孔璋举檄墨痕新，犹有余波入顿滨。志洁西山依百斗，诗题甲子止庚申。九烟匿迹成通隐，五柳闲情醉彼怜。最是纵横好笔阵，万方多难此藏身。"

郑叔问致书程渰并赠抒怀诗一首。诗云："云容海思人初年，残酒残灯倍悄然。故国几逢春再闰，沧州一别月三圆。江楼佳茗留清沽，溪舍寒梅耐晚妍。倘及花时寻旧约，定饶高咏寄吴笺。"跋云："丁巳春上番，寄怀秋心楼主，大鹤山人郑文焯稿上。"

曾习经在杨漕田居命小僮种树,作有《遣僮杨漕种树》。诗云:"每逢春到遣栽花,准备尧夫小小车。未往外人知此意,客来与吃赵州茶。"

牛兆濂偕同张果斋、米养纯等同道出游各地,赴山东曲阜邹县拜谒孔孟庙林,以偿平日仰止之忱,并作祭孔《曲阜告至圣文》,祭孟《邹县告孟子文》。南至金陵,东抵上海,溯江而上。至武汉,以装饰违时,为世人讥笑匆匆返里。此后主讲于芸阁学舍。聚有秦、晋、豫、鲁、冀、皖、陇、鄂、苏、滇以及朝鲜等国生徒。

徐自华来广州,有词《台城路》,题下小引云:"别广州三十年矣,重来不胜沧海之感。会蔡君哲夫,以所获城砖见示,皆南汉以来古物。其一有'成城'二字,尤与君别号相印,因填此解奉贻。"词云:"颓垣衰草羊城路,重寻旧游何处。镇海楼荒,昌华苑冷,胜迹凭谁认取。中郎嗜古,将断甓携来,苔斑拂去。汉篆摩挲,小名巧合更珍护。 陶斋无此雅趣。拓云蓝素纸,偏征题句。簏下裁桐,柯亭削竹,一样知音相顾。好修砚谱。便铜雀端溪,而今休数。水榭帘垂,粉奁添画具(淑配倾城夫人,工画,居寒琼水榭)。"

汪辟疆自上海归南昌,寓王易宅,不久任教于南昌省立二中。汪辟疆在王易寄胡雪抱书中附致问候,胡雪抱以《笠云主王寓附书见讯,叠王大韵并寄》答之。时,汪辟疆亦有诗赠王易、王浩及胡先骕,《重来章门,晤晓湘、瘦湘、道旧感叹,辄成长律兼示步曾》云:"交盖春风一笑馀,烘人花气散襟裾。跨山度水宵能共,拨酩烧灯月上初。语入心脾吾自失,论关骨肉泪先储。从今记取涪翁句,见面真能敌百书。"其时,北洋军阀蜗角相争,胡雪抱作《感事》以寄慨。诗云:"菡萏香凄太液池,未应儿戏旧宫墀。是非尽待原心论,伦纪犹逢结舌时。翠羽葳蕤名将泪,黄冠憔悴罪臣思。义根真性休磨灭,风俗淳浇卜此知。"

陈隆恪携妻由萍乡回南京,岳父喻兆蕃送女同行,取道长江水路,作《三月携妇归金陵,外舅以十载未出山,亦乐偕行。江行数日过九江偶作,兼呈外舅》。诗云:"云边昨见岳阳楼,碧树晴沙又逐流。千里涛声随水鸟,一时人语过江州。开颜蚁瓮传纤手,容膝蜗居对白头。自有山林安立处,偶来谁识气横秋。"又作《春游》《梅花二首》。其中,《春游》云:"雨了熟梅子,风吹黄菜花。物犹私造化,吾亦恋春华。转径山容改,回车日照斜。此行三十里,长啸落归鸦。"《梅花二首》其一:"看花春日无不好,霜雪破颜尤不同。色相偶然谁挽得,罗浮今古梦相通。"

刘景晨经武昌,王理孚有诗寄怀:"不为伤离始倦游,深深春色独登楼。偶逢惠远成三笑,闲与张衡咏四愁。江汉至今有东道,西湖所在即杭州。乡山未必风光好,说到莼鲈又怕秋。"此诗后收入《海髯诗》,作者改题《寄怀刘贞晦武昌》。

陈方恪回京,"旅居京师,自秋徂春,不无羁泊之感。偶经城西,水侧夭桃两株,临风姽婳,对之凄然。为赋此解,不自知音之悲也。"因有词《南浦》云:"柳外驻轩车,有轻盈、并倚内家标致。相见凤城西,吹笙去、掩抑玉人春袂。羞红弄蕊,破妆十日轻阴里。犹是天涯,同照影零乱,一身清泪。 汉宫帘卷春明,正杨花如梦,沉香人起。浅醉酌流霞,玄都恨、还问仙娥知未。千山万水,家园唱彻今无地。直到旗亭,啼杜宇魂返,故溪环佩。"

王揖唐自欧洲归国。

廖道传奉命赴日本、菲律宾考察师范教育,归而成考察报告书万言。

吴玉章重办留法预备学校。附设于宣武门外储库营民国大学内。

汪东自杭州赴宁波,道出海上,遇旧友应德闳,时汪东欲谋鬻画偿债,德闳作书为介,并偿代其债。

刘半农等人在蔡元培支持下改革北大预科课程,实行白话文教学。

叶圣陶应吴县甪直镇县立第五高等小学校长吴宾若、教员王伯祥之邀,开学前与吴宾若、王伯祥同舟到甪直任教。其时始任北京大学国文研究所通讯处研究员。

周太玄因《京华日报》停刊,至北京《中华新报》工作。

王光祈继续在清史馆任职,兼任成都《群报》驻京记者。

叶剑英回广州,考入两广海军学校,后适逢云南讲武学校招生,又报考,被录取为云南讲武学校第12期炮兵科学生。为明投笔从戎心迹,叶剑英将名字由"宜伟"改为"剑英",号沧白,取意"剑胆英武"。

徐世昌作《春风》《春云》《春雨》《春雷》《与秦袖蘅论书》《董季友元亮请题其太夫人〈吟香室诗草〉二首》《春灯曲》《初春微雪》《新春》《退耕堂二咏》(《宋版〈尚书〉》《宋拓〈西楼帖〉》)、《寒夜》《次韵和王晋卿去冬三首》《春日行》《初春淀北园》《山人劝酒》《初春雪后约马通伯、姚叔节、柯凤孙、吴辟疆、王晋卿、徐又铮、王荫南、贺性存宴集晚香别墅,赵湘帆回里度岁未至》《玉壶吟》《樊山以烟九诗见示,晋卿以立春诗索和,作此诗答两诗翁》《题周容斋先生墨迹册子二首》《春日寄程恭甫》《登高丘而望远海》《独漉篇》《张弢楼以新诗寄,名〈香来〉,作二绝句答之》《古朗月行》《北上行》《鸣雁行》《题〈赵祐眉诗集〉》《白纻辞三首》《偕九弟、十弟出郭寻春》《淀北园午坐》《关山月》《阳春歌》《对酒行》《长歌行》《江山吟》《折杨柳》《紫骝马》《少年子》《树中草》《千里思》《拟古》《陌上桑》《长相思》《林园即事,寄家弟友梅》《退耕堂独坐,简柯凤孙》《幽居》《郊原游眺》《枕上闻雁》《望西山》《挽张弢楼》《李季皋由沪上至邓尉观梅,纡道来京师,相访小饮于退耕堂,明日即南归》《送十弟游日本》《春气渐暖,治理林园》《村居言志》《春雪骤寒》《偶然作,六首》《潍上四贤咏》(《孙京卿》《宋京卿》《柯学士》《徐忠勤》)、《园中漫兴,简陈弢庵太保》《和周少朴〈见怀〉韵》《锄花》《种梅》《柯凤孙过访韬园》《闰春陈弢庵前辈、伊仲平同年招饮羲庵园中，羲庵索余近刻书籍》《简秦袖蘅》《白山茶》《和严范孙〈郊行〉韵》《镇日风狂，惜花有作》《春来多风，晓起盼雨》《春寒梨花未开》《渔》《樵》《耕》《牧》《曹理斋以初八、九日之月当昼，而见人无咏者，作诗示余，余次其韵二首》《卧佛寺，用吴莲洋韵》《碧云寺，用吴莲洋韵》《宝珠洞，用吴莲洋韵二首》《小病初愈，羲庵携新印东坡书来访》《园花盛开，简王晋卿》《春深无雨，忆村中竹园荷池》《春日病起》《晓步园池》《羲园闲兴二首》《王晋卿同年招饮不朽堂，并简马通伯、姚叔节》《过丰台》《过杨村》《天津新居》《孟庄访周玉山》《河楼闲望》《朱经田招饮》《金华桥》《金钟桥》《沽上逢赵祐眉》《海上与钱干臣、华弼臣会饮》《渔船》《偕少笙弟约乡人李嗣香、刘幼樵、高彤皆、张仲佳、赵祐眉、华弼臣会饮，时设局修〈天津县志〉，诸君皆与其事，严范孙游西湖富春天台未归》《游海河岸上种树园》《游孙氏园》《得家书，知韬园牡丹盛开》《晚游北园》《余至天津，严范孙南游西湖天台未归，作诗寄之》《春暮留天津，读〈绵津诗钞〉二首》。其中，《春风》云："春风几日入疏篱，澹荡晴光满绿陂。梅柳吟怀初动候，乾坤噫气乍舒时。嘘来波面鱼龙起，暖入花须蜂蝶痴。门外积尘三万斛，何时吹尽未曾知。"《春云》云："霭霭春云覆九垓，春城端为护花来。团如柳絮飞难起，搅入梨花拨不开。非雾非烟迷巷陌，半阴半霁暗楼台。何时泰岳油然作，霖雨苍生赖此才。"《春雨》云："细雨如丝湿纸鸢，郊原清润早春天。知时有意舒群卉，润物无声遍八埏。红杏池台寒欲晓，绿杨城郭密于烟。小楼有客诗初就，梦绕江南夜泊船。"《春雷》云："隐隐雷声杂晓钟，舒窗唤醒梦痕浓。云来高树惊栖鸟，雨洗空山起蛰龙。解箨时看栏外竹，舒鳞欲动涧边松。郊原宿麦芃芃发，东作还须问老农。"

沈汝瑾作《春日得病鹤杭州书却寄》。诗云："湖上谁堪共主宾，岳王苏小迹都陈。英雄儿女皆千古，杨柳桃花又一春。泛月几时同载酒，买山何处可为邻。子规应解催归棹，莫负三桥上巳辰。"

舒昌森作《赞成功·丁巳春日自题〈补天图〉》。词云："天何倾陷，大造悠悠。人多缺憾在心头。一般世界，几许春秋。不平如此，谁为担忧。　　娲皇炼石，煞费绸缪。居然五色化云浮。秖怜鳌极，震动无休。伤心今日，遍地潮流。"

俞明震作《丁巳初春至狮子峰》。诗云："山居适山性，趣与游观别。斟酌物外情，阴晴含悱恻。峨峨狮子峰，匿影万山窟。瓮底海潮音，烟中古苔色。泉响不到门，顿觉声闻灭。山僧惊我老，惘惘成今昔。龙泓荇藻横，人生事如发。自性本不存，去住空皮骨。忍作无情游，拄杖随所适。谷口渐通樵，人家枕斜日。春风入云隙，炊烟相与白。暝色认茅檐，厨香笋可食。"

许南英作《春日次蝉窟主人原韵》（四首）。其一："一从君返后，寂寂病无诗。远道思公子，轻帆送少眉。乡音春札在，旅况夜灯知。昏嫁慰吾愿，山荆怅别离。"

其二:"万里飞轮去,行装万卷诗。浮云游子志,新月女郎眉。琴剑壮行色,关山结故知。鸳鸯生并命,风雨不相离。"其三:"伏枥局辕下,闲吟魏武诗。易朝存气节,乱世此鬃眉。文字千秋定,恩仇一剑知!异时埋傲骨,筑冢近要离。"其四:"垂老翻局客,牢愁始作诗。劳劳缘寿骨,寂寂且低眉。世局直如幻,前途暗不知。午窗紫短梦,睡起转迷离。"

田桐作《燕京法源寺赏丁香》。诗云:"元龙湖海惯徜徉,春满都门兴倍狂。人去三山繁甲帐,天留一局看丁香。步兵无意侯关内,节度何妨纵范阳。千载兰亭振奇响,水流花放悟禅堂。"

林之夏作《春居杂兴》(四首)、《郑肖岩丈奋扬,自号饮井老人,为先大母之侄,隐于医,工书画。所居近粥瓢山,曰"怡园",去吾乡仅三里。先大夫在日,与丈情亲最笃,往还书札,今犹藏于遗箧。余少婚黄氏,时家贫费不给,丈举钱贷之。甲申中法之役,丈与先大夫治团练,捍卫乡里,余时甫六岁,追忆犹历历也。今岁春,还闽三日,谒丈于双江借庑;丈谓近岁为先人祠墓,已完夙志,吾子孙多,余事可付儿辈矣。别既踰旬,丈赋四诗见寄,感旧述德,用成四律》《春日居杭遣兴百韵》(联句)、《春晚,和贞壮次韵》。其中,《春居杂兴》其三:"少年袴褶便能军,绛灌何缘亦论文。赁庑客踪惟自识,杜门人事渐无闻。日高花静过鸢影,水积林低出鸭群。持此闲情付萧散,所思缥缈碧云天。"其四:"木笔花开燕子飞,蒌蒿叶长鳜鱼肥。炊厨熄火传朝食,汲井分泉瀚宿衣。鸡犬图书生事简,风尘车马故交稀。湖山岂有终身约,放眼南云未得归。"

吴用威作《春事》。诗云:"高斋春事在吟瓯,巾屦萧闲称醉侯。读画评碑两清课,玩鸥调鹤一良谋。邻园借树添幽籁,晚径巡花当远游。倦数归禽成独悟,海棠如梦月平楼。"

梁澤作《丁巳春,偕选楼重登宋王台感赋,并呈真逸先生》(二首)。其一:"七百年来气郁蟠,尚留台址壮游观。遗民有恨海天老,帝子不归山石寒。官富场空莽何处,景炎事往感无端。凭君莫话沧桑局,数尽兴亡心已酸。"

乔尚谦作《丁巳春送锦堂弟还乡》。诗云:"津门烟树绿初齐,浅草如茵没马蹄。乡梦不关程远近,随君飞渡魏榆西。"

刘大同作《丁巳春谒鲁仲连故里》。诗云:"谢绝鬼金甘蹈海,清风亮节一平民。当年六国人多少,唯有先生不帝秦。"

金鹤翔作《丁巳春感》(二首)。其一:"隔墙莺燕竞争春,乱蹴飞花损绿茵。漫说醉吟浑不管,激风长笛动西邻。"其二:"昆仑佳气溷烟花,会看春来转物华。谁道难调鹦鹉性,侍儿还请炼灵砂。"

郑家珍作《感怀二首》《哭陈伟亭六绝》(伟亭以丁巳廿六日逝世)。其中,《感怀二首》其一："闲来咄咄屡书空，话到伤心眼欲红。年少风流多自误，家贫菽水惧难供。扫愁有帚奈瓶罄，避债无台况路穷。却累慈亲肠百结，夜深老泪湿双瞳。"《哭陈伟亭六绝》其一："德星坠地暗心惊，噩耗风传到柳城。剩有西溪呜咽水，夜深犹作断肠声。"其二："身世沧桑感冶城，为霖犹冀霈苍生。如何未遂东山志，遽断敲棋赌墅声。"

陶先畹作《丁巳暮春，和梅修夫人〈寄怀〉原韵》。诗云："唱罢骊歌已隔年，传来丽藻嫩寒天。情殷旧雨人偏远，风卷浮云月再圆。几首新诗惭我后，一枝彩笔让君先。春深彼此吟怀健，莫负西窗短榻前。"

吕碧城作《探梅归后，谢苏州朱镇守使琛甫》。诗云："管领幽芳到远林，旌旄拥护入花深。虬枝铁干多凌厉，中有风雷老将心。"

张默君作《丁巳春，邓尉探梅十首》。其一："卅里驾窅云远封，烟岚乍展碧天容。春泉空自瘦灵药，惆怅何缘觅赤松。"其二："桃源何必羡仙乡，石瘦松奇鹤梦凉。斯境绛云飞不到，那知山外有沧桑。"其三："西溪十载梦无痕，未许尘缘误凤根。为惜人间生意尽，故将冰雪炼春魂。"其四："几度高丘动短吟，徽音绵邈寄清琴。调和鼎鼐人何在，负尔春回天壤心。"其五："嶙峋玉骨蕴天馨，自有庄严未娉婷。幽怨清愁都忏尽，应同兰芷在《骚经》。"其六："远岫嘘尘翠乱飞，馨魂袅袅堕人衣。雨丝风片催诗急，坐爱孤标未忍归。"其七："苍松翠篆远连天，长护湘嶷第一仙。我亦软红空万恋，愿从世外静参禅。"其八："节高群卉足奇矜，色相空明最上乘。莫慨人天同浩劫，澄怀共证玉壶冰。"其九："幽居光福绝纤尘，遥瞰东南独怆神。名尉雄图惊逝水，玉梅犹簸汉家春。"其十："放眼乾坤动艳哀，冰心劫后未全灰。孤芳万本商量遍，好句何会酝酿来。"归后，其母何承徽作诗相和，《丁巳春默儿探梅邓尉，得诗甚多，归以示余，爱和二绝》其一："独立苍茫一怆神，和羹妙手属何人。入山十里香如海，轮与孤芳自作春。"其二："冷艳奇芬次第寻，几人驴背费沉吟。临风索笑浑闲事，别有春回天地心。"

萧瑞麟作《华阳鼠》。序云："丁巳春，华阳市白昼鼠斗，千百成群，逾时始散。未几，兵燹遂作。天下鼠以蜀多，此尤仅见也。"诗云："硕鼠硕鼠夸林总，胡不昼伏而夜动。竟效蜗角蛮触争，前者伏尸后接踵。不斗之穴斗之市，观者如山行者拥。物类感应犹鼓桴，我闻此事心先恐。古有方相逐疫法，不如今之堪惕悚。一鼠一钱陈司暴，除疫端须歼厥种。否则买鱼聘衔蝉，俘尔丑类斩作俑。况复掘穴有张汤，黠奴慎勿好小勇。"

陈去病作《大雹后有感》。诗云："春雷一震黯然昏，闾巷惊呼妇孺喧。何似栖霞山馆里，盲风横雨打柴门（时闻有人谋危秋社）。"

易昌楲作《以物为诗四首》《儿书》。其中，《以物为诗四首》其一："管窥难见豹，斗穴厌闻牛。以吠斯成犬，而冠乃类猴。嘶风刚过骏，唤雨又来鸠。已失平安鸽，聊为泛水鸥。”其二：“瞻庭有悬貆，千山泣杜鹃。官仓肥硕鼠，蜀道瘦哀猿。不绝穿堤蚁，空鸣饮露蝉。若为忧夜狸，长愧作囚鸾。”其三：“过市皆肥马，迎宾侈爰猳。一丘长聚貉，两部竞吹蛙。几个突围豕，千堆结窟蛇。渐暝添飞蝠，何堪噪晚鸦！”其四：“劫后惊心鸟，城中结队狐。愁来楼作蜃，祸至国其鱼。横道看豺虎，歧途听鹧鸪。可堪余病鹤，只伴夜啼乌。”

杨振骥作《丁巳春仲，偕丰济泽、刘筱允两君同游岚山》（二首）。其一：“十里樱花接翠微，双峰高矗彩云飞。松关开处霏红雨，瀑布声中荡夕晖。春在他乡容易老，吟成曲水顿忘机。寻芳客子知多少，踏遍花蹊乞醉归。”其二：“桥影如虹贯碧溪，樱红松翠望中迷。径随山势沿滩曲，泉隐雷声杂语低。渡口小舟招客泛，枝头好鸟向人啼。清游不辨来时路，惟见飞花送马蹄。”

章圭瑑作《丁巳春初至杭州》。诗云：“吾本心如不系船，西湖小住复欣然。半生屈指谁知我，到处为家似学禅。毕竟光阴催老大，又留文字作因缘。回头历下城边月，南北风尘又一年。”

张良暹作《春夜书怀二首》《伤春二首》。其中，《春夜书怀二首》其一：“内省无惭屋漏中，开缄笑对夜灯红。嫏嬛福地随缘住，桃李春官过眼空。身世已醒蕉鹿梦，毁誉不问马牛风。存心悟澈如冰释，半亩方塘一鉴融。”《伤春二首》其一：“小园花木又成阴，岁岁伤春感不禁。辟地三弓栽五柳，报恩一饭值千金。钟仪适晋操荆语，庄舄思吴动越吟。抱膝聊为《梁父》曲，草庐高卧自甘心。”

徐樵仙作《丁巳春日书感》。诗云：“春阴方黯黯，世局更茫茫。官众民生贱，兵骄敌势张。伤时无凤鸟，当道有豺狼。北望中原叹，铜人泪几行。”

陈昌任（公孟）作《忆旧游》。序云：“制科罢废，忽忽十余年间，金陵试闱已鞠为茂草。丁巳春暮过此，追怀畴昔，感慨系之。”词云：“记低帘鹭宿，矮屋蜂攒，过去年光。短烛三条灺，笑浮名枉赚，席帽逢场。十年细省何事，曾咏几槐黄。叹旧梦依稀，前程蹭蹬，误我文章。　　苍凉。试凝眺，只院锁寒烟，桥圮斜阳。易饼残砖尽（吴梅村诗：‘易饼市间皇殿瓦’），剩栖鸦丛树，鸣蟀颓墙。朅来又值兵后，人事感沧桑。怆倦客重临，东风尽日开野棠。”

韩德铭作《丁巳晚春喜逢崔子余兄》。诗云：“此日重逢便足多，病缘尘劫几消磨。诚思阎（瑞庭）李（备六）墟中眼，不见京华陌上驼。三度兵戈资将相，千秋哀乐织婆娑。春风且趁暄妍节，莫问余年定若何。”

傅熊湘作《次韵和巽卿〈春感〉》。诗云：“帘幕东风乍破寒，小池新涨漾微澜。山容渐冶春将放，野色初回绿未看。永夜一灯犹自媚，中年孤注向人难。早知沧海成桑意，即任横流处处安。”

张素作《金缕曲·春日感阿瑛事而咏之》。词云：“风絮今谁怨。怨只怨、轻心付与，月温花软。盟誓百年谁负得，澈底爱河犹浅。却转瞬、弃同秋扇。一二戏言宁足恚，便阁门、开处杨枝遣。眉黛结，几曾展。　　送春春向天涯远。问此去、萧郎陌上，怎生重见。笛谱相思无限泪，进入吴歌凄咽。更洒向、红梅庭院。觉得中年知忏悔，诉风情、许托南归燕，帘押重，且低卷。"

陈衡恪作《访白君于城北高庙》。诗云："棠梨开后牡丹红，僧院重来坐午风。为有城南诗约在，花前莫怨酒杯空（瘦公有诗索酒食，是日遂饮于白君斋中）。"

陈篆作《库伦春日》。诗云："九九光阴又一遭，喜看冻雀渐生毛。低檐冰箸装璎珞，大地阳春到节旄。薄雪犹能教路没，微云终不碍天高。盈虚消息安排好，何事营营枉自劳。"

蒋叔南作《丁巳春暮，灵岩即事》。诗云："又是灵岩三月时，闲居忽忽一年期。春深野草多花意，日暖悬崖尚雨丝。锄笋归来忙煮酒，采茶歌里好吟诗。倦游倚石即高卧，天老地荒总不知。"

江子愚作《高山流水·丁巳春日怀仲坚北京》。词云："暮云一片水悠悠。峭东风、难解离愁。天际雁飞残，猩红点上帘钩。销魂处，独自登楼。遥思想，京华倦容，未解貂裘。正围炉煮雪，细数少年游。　　回头津桥听鹃语，烽燧紧，莫话刀州。尘劫梦中休。别来只伴闲鸥。漫重提，海上归舟。笙歌里，忍住英雄恨泪，强自温柔，问丰台芍药，似否旧风流。"

林损作《一宿》。诗云："一宿抵幽燕，晨曦逗眼明。拥衾寻断梦，雪涕望神京。鹤有乘轩禄，人无遗母羹。自怜天下士，负米每宵征。"

黄濬作《丁巳感春，用昌黎〈东都遇春〉韵》。诗云："层城沸哀笳，严鼓郁难竞。丝杨挂兵气，颓照黤相映。残花解人事，晚服谢闲靓。恶风驱春华，八表遂同病。可怜伤春笔，疲腕不能横。终晨厌家食，缘恨畏明镜。已甘疏简编，岂曰敢讥评。大圜循无穷，焉究衰与盛。独忧心声变，噍厉不可听。正宫既永绝，明茎罢照暝。修途遂如漆，孤啸未遭省。吾生勤俯仰，斗室叹悬磬。籠虚那劳障，席破不遑正。愀然对哀匏，曼尔避语阱。延之昔好咏，望古托龙性。此朝信多乱，此土蹇靡骋。未能遏横流，复用思潜泳。浊漳亦可涉，裳佩要鲜净。世间多纤儿，秉杼不布经。机钳始交触，毒矢积一迸。素鞲成前驱，党属互吞并。呜呼士大夫，贵贱系赵孟。尔曹致足僇，天王复明圣。陆梁望淮蔡，沧景亦剽劲。奈何相损之，群帅讵受令。政当略烦苛，先务百僚敬。补苴定何谓，刻意颂休庆。明夷旦未融，琐尾活余命。春轮终奔催，已矣无究竟。"

孙介眉作《春阴初晴》。诗云："春阴连日困愁城，梦里忽惊雾转明。湿鸟刷翎争曝暖，饥蛛续网趁新晴。光迎雨柳珠垂亮，响动风檐铁作鸣。零落群芳香满地，天公底事太无情。"

李思纯作《春夜雨中》《春日独游工部草堂》。其中，《春夜雨中》云："不成春服怯余寒，放眼佳晴事大难。检点农桑知节到，裴回风雨得心酸。自安酒意终为德，无计花时强觅欢。收取烦冤亲短榻，细听檐滴到更阑。"

高宪斌作《春游》。诗云："何处去寻春，春在野人家。结伴出城去。晴光处处嘉。山青天接水，有树尽开花。麦垄间菜畦，桃李艳如霞。小憩柳影下，谈笑卧平沙。野色尽可餐，不羡安欺瓜。欲待久盘桓，炊烟起暮鸦。归来日已暝，一路踏月华。"

徐吁公作《题〈春明梦影〉》（丁巳春，陈君汉存、汤君绮霞、张君佛慈，同来都门，文酒交欢，其乐无艺，乃约施君禹勋合影于中央公园）。诗云："侧身天地亦蹉跎，太息中原泣紫驼。乱世英雄岂尔我，黄金年少属谁何。文章有价时偏贱，歌哭无端笑转多。记取春明烟景里，乌衣游侣几经过。"

李鸿祥作《丁巳春，偕李子畅、黄斐章赴长沙吊蔡松坡》。诗云："正义伸天地，英雄意气豪。人亡悲国瘁，志决感身劳。星陨神山黯，魂归华表高。湘江秋水碧，手摘荐溪毛。"

陈夔（子韶）作《西河·西湖饯春》。词云："歌舞地。西湖自古多丽。探春却又送春归，落花溅泪。采芳老去倦登临，飘零休问桃李。　　断桥畔，愁独倚。韶光与共蕉萃。长堤柳下听残莺，感红怨翠。夕阳冉冉恋南屏，钟声摇荡云际。　　以今视昔尔许事。也依稀、芳讯能几。寂寞西泠秋水。更伤心、为问当年，谁会风月平章，南园记。"

贺次戡作《春柳》《春寒》。其中，《春柳》云："万缕千条绾别情，楼头少妇怅归程。东风南陌寻常事，怕听阳关三叠声。"《春寒》云："屠苏饮罢又新年，时序伤怀感万端。生平最爱春光好，丽日融和花鸟欢。今岁东风不解冻，空林树杪未抽芽。墙桃二月红犹勒，砚水凝冰碍墨华。连朝欲雨偏无雨，阵阵轻寒袭酒家。山野尚留严肃态，南飞雁字失横斜。春深仍盼春常在，已届清明未采茶。明日当飞红杏雨，家家庭院尽看花。"

[日] 森川竹磎作《阳春·新春对雪赋》。词云："炙鹅笙、添兽炭，闲倚绣屏无力。仙梦杳芳蕤，瑶波渺望断湘浦冷云隔。替他怜惜。清欲绝梅心凄恻，轻透淡薄斜阳影。依微峭寒帘隙。　　看银麝余薰金炉底，刘郎去后，春风依旧。夕阳无主。　　鸳渡，潮生潮落。化尽相思，泪痕谁数。天涯倦旅，知有梦也无绪。尽镜鸾长掩，鬓蝉孤剐。帘轴双钩暗妒，剩绣屏一片愁红。蝶魂守住。"

[日] 久保得二作《迎春》《春寒》《郊外寻春》（二首）、《春阴》。其中，《迎春》云："迎春底事少欢娱，形貌依然山泽癯。愧仿扬雄甘薄俸，枉随阮籍哭穷途。关心白眼雠何速，脱手黄金侠已无。看到梅花愁可解，枝头挂得酒钱粗。"《春阴》云："药烟吹断梦初回，时有春寒脉脉催。一院浓阴晚来黑，珠帘跐地影红梅。"

[日] 田边华作《春深》。诗云："春深门巷柳丝丝，勾住斜阳晚较迟。人与流莺相

对坐,落花风里读唐诗。"

四 月

1日 《言治》杂志复刊,改为季刊。第1册"文苑"栏目含《郁君振冈传》(林纾)、《郁府君墓志铭》(丙辰)(郁嶷)、《送闻展民之慎南序》(黄旭)、《沔阳署中杂感》(旧作)(万宗乾)、《感遇》(万宗乾)、《呈赵芝山师》(万宗乾)、《浩歌行》(万宗乾)、《游中央公园作》(万宗乾)、《贺新郎·冬日重游中央公园》(万宗乾)、《筱舫、寿山将往阿尔泰,诗以赠之》(李大钊)、《前意未尽,更赋一律》(李大钊)、《丙辰春再至江户,幼蘅将返国,同人招至神田酒家小饮,风雨一楼,互有酬答,辞间均见"风雨楼"三字,相约再造神州后筑高楼以作纪念,应名为神州风雨楼,遂本此意,口占一绝,并送幼蘅云》(李大钊)、《幼蘅行未久,相无又去江户,作此送之》(李大钊)、《乙卯残腊由横滨搭法轮赴春申,在太平洋舟中作》(李大钊)、《题〈言治〉季刊》(郁嶷)、《忆景二首》(刘钟藻)、《暮春杂感》(用杜子美《青阳峡》韵)(王惕)、《自遣》(王惕)、《客中》(王惕)、《有感》(卢象渊)、《中日交涉起后寄赠李君大钊》(黄旭)、《次韵卢君雨卿见寄》(黄旭)、《和黄健评〈登黄鹤楼〉之作,次韵》(卢郁)。其中,李大钊《筱舫、寿山将往阿尔泰,诗以赠之》云:"一声笛咽一腔泪,万里城环万仞山。最是多情今夜月,共君犹自出边关。"《前意未尽,更赋一律》云:"策马玉门关,不为儿女颜。悲歌辞易水,壮志出天山。白草千层雪,黄河九曲湾。遥知断肠处,应有雁飞还。"

《申报》第15849号刊行。本期《自由谈》载"联话"栏目,撰者"素公"。

《太平洋》第1卷第2号刊行。本期"诗录"栏目含《湘绮楼丁未后未刻诗(未完)》(据手写本移录)(王闿运遗稿)、《白燕庵诗集(未完)》(壁中集)(避袁氏难作也)(湘阴陈嘉会宏斋)、《登岳阳楼》(狷公)、《和梅僧一宫〈观海〉元韵》(狷公)、《述一宫海滨歊暑一首》(狷公)、《登常德德山孤峰顶》(狷公)。

《中国实业杂志》第8年第4期刊行。本期"文苑"栏目含《翠藤馆吟草》(香山芥樵罗蕙屏)、《感怀》(伴石)、《书感》(汉民)、《秦中杂感》(梅九)。

《瓯海潮》第8期刊行。本期"艺文·诗选"栏目含《蜕庵未刊稿(未完)》(宜黄符璋笑拈)、《玉环郭曜亭先生七旬寿诗(未完)》(瑞安洪锦龙幼园)、《泥涂鸡,和施君槁蟫韵(未完)》(林甄宇);"艺文·词选"栏目含《退思斋近著(未完)》(赠答类)(瑞安王岳崧啸牧);"艺文·遗著"栏目含《花萼楼书钞(续)》(永嘉周天锡)、《武林游草(未完)》(归安奚愚虚白);"杂俎·笔记"栏目含《愿花室丛蕊》(姜门):《〈明福寺浮图记〉跋》《留别士民诗》。

《政法学会杂志》第2期刊行。本期"文苑"栏目含《钝庐诗话(续)》(曹蘅)。

《诗声》第2卷第10号在澳门刊行。本期"笔记"栏目含《雪堂丛拾（五）》（澹於）、《水佩风裳室杂记（十六）》（秋雪）、《乙庵诗缀（十）》（印雪）；"词谱"栏目含《莽苍室词谱卷二（八）》（莽苍）；"词苑"栏目含《读瓦佛庵主〈牡丹迟开诗〉，善之，因步元均赋牡丹》（冷枫散人）、《庭花摇摇欲坠，似有浩然归去意，诗以泥之》（前人）、《秋雨》（看云楼）、《沉沉》（前人）、《读散原〈鬼趣诗〉》（俞明震）；"来稿"栏目含《胡卫金（未完）》（续2卷5号）（如莲书屋）；"诗论"栏目含《〈诗品〉卷中（三）》（梁代钟嵘）；"诗故"栏目含《瑶宫花史小传（三）》（尤侗）；另有《雪堂第三十七课题》《雪堂诗课汇卷消息》《征求社友广告》《捐助本社诸君鉴》。其中，《雪堂第三十七课题》为《村居》，要求"限作五言诗，本课准民国六年四月二十号收齐，社友诸君务依期交卷为幸。"《雪堂诗课汇卷消息》云："雪堂诗课由第三十一课至三十六课共六卷，兹已刊竣，随同本号《诗声》发出。凡属社友，祈为注意。"《征求社友广告》云："本社出世，于今四年，发刊自报，亦将二载。订阅者日益加增，而入社者除关尚志、李树枬二君外，竟有空谷足音之叹。兹特再行广求，阅报诸君有愿为本社社友者，乞函示敝社。须知为本社社友，有益无损，经费分文不须担负，而得观摩之益。诸君又何乐不为哉？雪堂诗社启。"

燕石（韩志正）撰《北京女伶百咏》由都门印书局印刷刊行。集前有燕石自序，老丰、莲公题诗，自题诗三首，《凡例》。其中，燕石自序云："昔苏子瞻作《放鹤亭记》，谓清远闲放如鹤者，而卫懿公以亡其国；荒惑败乱如酒者，而刘伶、阮籍之徒，以全其身而名后世。夫玩物之情一也，而古人之得失判焉，则岂不由于所处哉。今夫拥高爵，享厚糈，呼吸分凉燠，赏罚出喜怒，炙手可热，承下风而伺颜色者，肩摩而趾错，此世俗之所谓荣也。然位尊则怨丛，足折则铼覆，措施一不当，责备若猬毛。即幸而兢兢，有以自保，而樊笼富贵，衣冠拘囚，束缚于簿书期会之中，不得一快意，非不甚荣，而未足以为乐也。若夫逸民野老，墨客骚人，隐居放言，侣屠沽而杂渔钓，纵酒无敌，高歌有神，一编出而万人传，一言和而诸天喜，此其人虽甚贫贱乎，然而放情恣意，有非南面王所能易者矣。京师固政客之渊薮，而亦沉沦不得志者之所会萃也。或卖文为活，或赋诗自见，或设君平卜肆，或挟米家画船，虽所事不同，而皆有所托，以抒其豪宕淋漓之气。又其下者，乃取诸伶人之技而评品之。都中梨园甲天下，而女伶势力尤盛绝。新闻纸无虑数十，类辟评菊一门，为此辈铺张扬厉。或辑为专集，如杜云红、刘喜奎之流，一编风行，满城纸贵，此其丧志劳神，疲精力而事无用，君子奚取焉。然伟人大业，旋乾坤而光日月者，既自顾有所不能为，而攘权攫利，患得患失之行为，又夷然在所不屑意。惟是萦情于歌舞，寄心于娟妙，行诸吟咏，以陶冶其性灵，于世俗为无忤，而于风雅为有合，此亦各适其适，而非向者势位富厚之所谓适也。燕石子旅京三年，未尝一日谋进取，独嗜剧成癖。往往夜以继日，而于女伶观之尤数，择其尤者，都为百人。人系以七言绝，八字评语，并详其色艺事迹，命曰《北京女伶百咏》，特出以公同好。夫我之诗不足以传诸婵也，而我或借诸婵以传，则笔墨之事，与有荣焉。世有坡老其人，读我此编，得勿有相视而笑者乎。"燕石自题《女伶百咏成，自题四十字》云："已脱新诗稿，旗亭壁上词。喧传万众口，捻断几茎髭。三昧聊游戏，群芳得主持。未能除结习，潘岳鬓如丝。"《凡例》云："编中诸伶，以在京演过者为限，其未曾来京，及昔来京而予未尝见者（如恩晓峰、金月梅等），皆不及焉；在京虽负盛名，而其人已死（如金玉兰），或已嫁者（如小翠喜、孙一清等），皆不及焉；去取之际，以一心为权衡，或有名而见遗，或无名而转收，我之所见，不能尽与人同，然一皆本良心而出，非有意故为轩轾，识者谅之。显微阐幽，秉笔者之素志，故除大栅栏东安市各大园外，如天桥，如西城，如平则、西直、德胜、斋化等门，所有小园，皆旁搜博采，铁网所罗，遗珊实少。伯乐一过，马群几空。固是嗜戏成迷，要亦爱才若命。按图索骥，或失飞黄；入海求珠，或遗照乘。竟谓所取外绝无可取，亦不敢自信，且后生可畏，继起多贤，剔抉爬罗，更俟异日。性情好恶，易有所偏。怨李党牛，是洛非蜀，自古已然，于今为烈。是编知同己之善，又知异量之美，弃短而取长，多褒而少贬，主于兼爱，不尚求疵，一榜尽赐及第，一人不使向隅，区区此心，乃无遗憾。附记之角，技艺稍逊，异日精进，或突过名流，则当再编续集，力加揄扬，以示不没厥善，非谓其限于此也。优伶组合，以社为主（社即昔日之班），如男伶之双庆社，女伶之维德社是也。兹惟记某园某楼者（如丹桂园、广德楼等），演剧之地，人所易知，亦从俗之意。所咏诸伶，名次虽有先后，榜中实无甲乙，大约前列多名，皆系上选，余则以次递降，而以最爱之小翠凤、宋玉秋二美，作为殿军，示后劲焉。男伶名角，皮黄如谭（鑫培）、刘（鸿声）、梅（兰芳）、杨（小楼），秦腔如郭（宝臣）、王（喜云）、崔（灵芝）、薛（固久），皆以奇才绝技，领袖梨园，女伶不能望其项背。又童伶后起，亦饶俊彦，佳者可以颉颃女伶。而武功一门，较女为胜，但苦人才无多，未若女伶之美不胜收耳。他日有暇，当一一搜集而表彰之，使未聆京戏诸君，得以先睹为快。"

2日 《申报》第15850号刊行。本期《自由谈》"消闲集"栏目含《旧联新偶》（第二次揭晓），撰者为鲍系主人、丽华轩主、何晏、过迟、星堂、陈镜波、己酉生、余侯煌。

严修与卢木斋联名致信副总统冯国璋，并访菊相（徐世昌）。

3日 《申报》第15851号刊行。本期《自由谈》载"诗话"栏目，撰者"栩园"；"联话"栏目，撰者"化诚""琴薰"。

张謇作《寿熊太夫人八十生日》。诗云："旧邦新命溯周京，骥子骞腾第一卿。达识本膺羊琇母，同时愧齿郑侨兄。喜闻自发神弥王，惯受黄金拜不惊。家庆或先开国祚，称觞一笑待升平。"

王舟瑶作《闰花朝日邀志韶、子绥、少眉、备周、子辛、蓉垣暨季幼两弟集饮草堂，即送志韶沪江之行，并简一山）。诗云："最难佳节闰花朝，草草被盘慰寂寥。少日友朋都老大，故乡耆旧日萧条（六潭太守、簫云大令相继逝世）。及时行乐宜长醉，晚节相期重后凋。惆怅故人江海去，为吾寄语讯章樵。"

吴用威作《闰花朝二首》。其二："两三点雪不成腊，七十日春偏做晴。柳眼花须焦欲卷，请天空忆束先生。"

4 日 《申报》第 15852 号刊行。本期《老申报》"花丛谈屑"栏目含《赠丽娟诗》（十二首，玉皇香案吏，见本报癸酉年五月二十日）。

徐世昌作《寒食春望》。诗云："长安春望极清妍，流水车尘又一年。且以诗篇消永昼，莫将春色负华颠。绿杨城郭初祈雨。红杏楼台正禁烟。多少名蓝云树里，西山池馆夕阳边。"

赵熙作《扫花游·寒食，用清真韵》。词云："冷烟社日，又梦里清明，雁归南楚。柳条细缕。记燕山绣陌，纸鸢晴舞。巷口饧箫，送老临安夜雨。醉春去，指一色酒家，红杏花处。　　城外知里许。叹墓草凄凄，百年归路。翠蒿荐俎。听啼鹃唤客，泪沾衣素。杏酪催人，那识家乡更苦。暗延伫。闰花朝、锦城钟鼓。"

龚其伟作《丁巳寒食节留滞金陵寓斋，无事展读许君苏民去年冬赋赠同袍之作，即次原韵奉答》（二首）。其一："先生丁卯诗人裔，郁郁孤怀百感重。坐看乾坤双泪眼，欲回风气一吟筇。苍茫时局新亭景，歌哭文章清夜钟。别有岁寒相葆意，肯分冰雪贮吾胸。"其二："骊歌高唱情如昨，过眼流光倍黯然。谋国似闻羞肉食（君素食已久），著书何术惠农田（君主任第一农校）。一春原隰忧无雨，二月江城报禁烟。太息吾曹来此地，虚将岑寂度芳年。"

林苍作《寒食日独至湖上》。诗云："黄昏余意在沧波，极望春光去我多。官柳风流迁地异，夕阳刹那送人过。今年寒食身如故，一发中原事奈何。吾土喜多干净处，隔林烟散有夷歌。"

康白情作《天津桥忆家》。诗云："春阳冶雪江潮浪，细雨湿花燕子衣。凄绝天津桥上客，凭栏不听子规啼。"

5 日 《申报》第 15853 号刊行。本期《老申报》"四十年前之游戏文章"栏目含《劝妓从良词》（仿《归去来辞》体）（淞城逸史，见本报壬申年十一月十七日）。

《小说海》第 3 卷第 4 号刊行。本期"杂俎·弹词"栏目含《扬州梦弹词（未完）》（东园）；"杂俎·诗文"栏目含《新安江上怀人，用沈休文〈新安江贻京邑游好〉韵》（东园）、《七夕》（东园）、《拟司空表圣〈诗品〉四首，应諆园之征》（东园）、《槁蟫邮示泥涂鸡诗，并邀继声，步韵却寄》（东园）、《槁蟫丈寄示泥涂鸡，云此味为李百痴君新制，从东坡与乞儿语诗得来，余闻而好之，爰成步韵三章》（睫盦）、《世情》（杨介清）、《夏日感怀》（杨介清）、《乙卯冬日游雨花台，见新坟遍野，立碑纪念，皆癸丑阵亡军士掩埋于此，慨然有感》（杨介清）、《木兰花·酒醒日暮》（集成）（汪诗圃）、《前调·馋春》（集成）（汪诗圃）、《西江月·用赵元父体》（集成）（汪诗圃）、《踏莎行·春夜》（集成）（汪诗圃）、《一萼红·红梅》（二首，诗圃）。

《妇女杂志》第3卷第4号刊行。本期"文苑·诗"栏目含《湘韵楼诗存》（九首，钱塘戴贞慧女史）、《听邻家读书》（昌黎张纫茮兆檀）；"文苑·词"栏目含《菩萨蛮》（武进吕弃疾女史）、《蝶恋花·秋蛩》（武进吕弃疾女史）、《扫花游·崇效寺看牡丹》《贺新凉·消寒初集》《金缕曲·得研新、逸新两妹书，填此以寄离怀》、[补白]《诗中有画、词中有画》（广陵徐元端女绣间集）；"杂俎"栏目含《合浦珠传奇（未完）》（畏庐老人填词）、《玉台艺乘（续）》（尊农）。

《学生》第4卷第4号刊行。本期"文苑·诗"栏目含《鹤守梅赋（有序）》（江苏省立第五师范学校三年生戴玉华）、《次仁侠张寿君〈冈州杂咏〉》（新会县城立第一高等小学校学生莫琴波）、《春夜泛舟》（广东省立惠潮梅师范学校本科一年生侯曜）、《看月》（广东省立第二中学校学生李克穆）。

胡以谨卒。胡以谨（1886—1917），名显扬，字伯宜（亦作百宜、百愚），一字慎斿，号湛园，江西安义县人。幼承庭训，力穷经史，擅诗文，素有才子之誉。宣统元年（1909）己酉科拔贡，又先后肄业于江西高等农业学堂与江西政法学堂。民国元年（1912），李烈钧督赣时，历任都督府秘书厅秘书、《江西民报》编辑、乐平县知事。1917年赴天津，候选直隶县知事。在天津病故，年仅32岁。《江西省人物志》云："其诗幽忧悱恻，奇警苍凉，近于宋诗风调。"著有《百愚诗草》《求一是斋诗词初稿》《湛园诗文钞》《湛园诗钞》等。其后人胡百隆编有《胡以谨诗词辑存》。

陈遹声作《清明》（三首）。其一："清明箫鼓异兵前，寂寂莺花禹庙天。麦饭悲于元佑日，柳枝长似义熙年。梨花野渡初过雨，杜宇江村合禁烟。短楫乌篷绕堤去，人人说是鹿门船。"

徐世昌作《清明遣兴，寄朱古微》《白云观》《题王麓台画》《题董东山画》《丁巳清明，偕九弟出西便门谒始祖墓前拜扫》。其中，《清明遣兴，寄朱古微》云："牡丹芽嫩海棠娇，徙倚林园破寂寥。麦陇峭寒将谷雨，药栏妍日闰花朝。开樽欲泻金鹅酒，隔帘曾听紫玉萧。拈得新诗还寄远，碧天情绪晚迢迢。"《丁巳清明，偕九弟出西便门谒始祖墓前拜扫》云："春草萋萋遍陌阡，墓门展拜礼惟虔。云礽似绩十二世，邱陇巍峨三百年。家守诗书能启后，世传清白懔光前。白云宫观浮图影，村郭周回碧树圆。（白云观楼阁在墓田之左，天宁寺塔在墓前之右）"

赵熙作《踏青游·清明，用王晋卿韵》。词云："明日花朝，今朝百花晴晓。纸钱飞，秧水霁，山山啼鸟。爱俊影，新裁凤皇绫子，溪上夹衣齐照。　　一碧烽烟，茫茫十洲三岛。事万种，愁肠先绕。上河图，春社醉，新亭人少。梦未稳，明年海棠红候，惟有杜鹃知道。"

王理孚作《清明节行植树礼有感》。诗云："仿佛兰亭修禊日，独无弦管会群贤。相逢海上春双闰，借取城南尺五天。千亩在胸造林壑，十年回首长风烟。莫嫌栽种规模小，已费官家六万钱。"

吴用威作《清明有怀二首》。其二："新林山色碧回环，编枳诛茆事亦艰。放鸭陂成鱼计熟，老夫判得一春闲。"

周岸登作《摸鱼子·丁巳上巳，禊饮陶然亭，同沈南雅》。词云："问江亭、阅春多少，依然天际韦杜。盲风吹老莺花劫，惟见坠沙如雨。怀旧侣。怕梵字、霓裳难认楣间谱。前游记否。只柳絮尘心，桃花圣解，犹逐乱红舞。　　平生恨，诗酒年涯暗度。西山眉黛非故。残僧莫话开天事，一掷顿成今古。寻梦处。指壁上、冰苔半蚀销魂语。闲愁浪苦。尽曲水流觞，临河作叙。身世几谈尘。"

陈隆恪作《清明夜半骤雨，不寐感近事作》。诗云："反侧惊悬溜，烦忧并一嘘。乾坤蛮触战，风雨梦魂孤。苟活输螳臂，危机捋虎须。未能安枕席，灯焰已模糊。"

邓尔慎作《久系重狱，四序非有闻，囚言今日清明，怆然有作，用沈佺期〈狱中无燕〉诗韵》。诗云："天日不可见，漫漫如夜台。怨多虫自怪，气惨燕无来。刚禁人间火，应燃死后灰。倘教归再晚，桃李定相猜。"

邵森作《高阳台·丁巳清明》。词云："舞蝶黏丝，飞花撩梦，等闲又是清明。十里芳堤，垂杨低袅烟青。多情欲买春如海，算多情犹有旗亭。尽销磨鸿迹模糊，莺语叮咛。　　东风不把愁吹散，枉哀吟微叹，浅醉狂醒。似水韶光，廿年影事堪惊。平生多少恩和怨，盼长天吀字斜凭。最伤心燕子归来，又话飘零。"

贺次戡作《清明》。诗云："离家已七载，仆仆走风尘。时节客中换，沿堤柳色新。鸠鸣寒食近，竹箬并松筠。俯仰多幽怨，思亲入梦频。荆棘在前路，欲语倍伤神。底事长羁旅，何日作归人。"

6日　冯煦招作花近楼社集，同人并观陈夔龙藏王阳明画像。陈夔龙作《清明后一日，蒿庵假坐花近楼社集，观余所藏阳明先生画象，得句呈教》。诗云："阳明先生天人姿，独阐良知气充养。我昔芙峰拜崇祠，曾瞻大小二画象（贵阳芙峰山有阳明祠，祠中奉先生大小二画象。大象侯服高六七尺，为云贵制府百菊溪所藏；小象燕服席地坐，有龙溪、绪山等赞，为贵州巡抚贺耦庚所藏，今尚完好）。一别乡邦三十载，神州陆沉感畴向。安得先生大智勇，凭借道学消板荡。今获此卷重披拂，摩挲审是黄家物。少壑笔妙龙溪赞，持较黔画差仿佛。至交齐年有二子，黄童无双冯公伟。一伤薤露一头白，旧雨零星更无几。冯公近作春申游，春时过我花近楼。我出此图豁君眸，君更开筵楼上头。坐客尽是珊瑚钩，传观四座风飕飕。先生端居一儒修，不有奇勋能破贼，谁知功与德言侔。远隔黔山七千里，侨居乃近公桑梓。已过清明上冢时，老妻墓草今宿矣。行往西湖供麦饭，便渡姚江办行李。遥知祠庙尚岿然，正恐学术趋谲诡。卷图长喟发三叹，继往端赖诸君子。"瞿鸿禨作《丁巳清明后一日，蒿叟饮同社花近楼，瞻阳明像，各题一章》。诗云："蒿叟客里开清尊，招就孟公窥小园。不知许事且纵饮，散写肠结舒情澜。探筹行酒视律令，剧谈醉语交腾喧。花近楼前花已繁，辛夷半落桃斑斓。娇红媚绿态自得，清阴四幂当亭轩。明窗展对文成象，神观清穆峨儒冠。龙场投谪乐都讲，立命穷厄恢根源。研几圣域蹑姬孔，余枝怪变蛟鼍翻。书生胸兵果办贼，霆电催扫锄凶藩。雍容羽扇五旬定，七闽不动金瓯完。疆臣戡乱有如此，利赖社稷悬忠肝。低徊今昔坐长忾，运极不返哀元元。兹图出自少蓥笔，平生亲炙姚江门。传神妙肖炯阿堵，巍然道气弥乾坤。公瑕初获色狂喜，服膺宝庋矜玙璠。再归庸庵护残劫，到眼微辨云烟痕。黔人赣籍又侨浙，公所游处灵长存。清明改火家上冢，麦饭纷趋东郭墦。里祠密迩失驰谒，大招空感离骚魂。流风扇被动吾党，良知具在馨幽兰。佳题多恐负叟意，浮一举白觯为掀。"

《申报》第 15854 号刊行。本期《自由谈》载"联话"栏目，撰者"天虚我生"。本期《老申报》"文苑"栏目含《沪城杂咏八首》（韫玉居士，见本报癸酉年十二月四日）。

姚光作《闰二月十五夜坐月》。诗云："今年春比去年多，可奈劳生百感何。墓碣无情空怅惘（今日葬绍儿），湖山有约况蹉跎（春初拟探梅邓尉，不果）。花朝纵得重重遇（前三日为闰花朝），寒食谁教冉冉过（前二日为寒食，用东坡语意）。徒倚阑干欲何事？只应对月一悲歌。"

7 日 《申报》第 15855 号刊行。本期《自由谈》载"联话"栏目，撰者"素公"。

张元济出任江苏教育会地名人名译音委员会主席。

8 日 南社于杭州葛荫山庄举行临时雅集。

亚洲古学会召开第 2 次大会，通过章太炎所拟"暂定简章"。翌日《时报》载："亚洲古学会昨日假虹口日本人俱乐部开第二次大会，到会者有：西本省三、柏田忠一、筱崎都香佐、小川尚义、植村久吉、南井几久司、大西斋中、世古梯次、波多博、平川清风、章太炎、童亦韩、朱少屏、周越然、严潛宣、顾企渊及某某等国数人。二时开会，首由西本省三报告开会宗旨，次为章太炎君逐一朗读暂定简章，征求与会诸人意见，并由西本省三君译以日语，周越然君译以英语，结果全体通过，略加修改而已。"

《申报》第 15856 号刊行。本期《老申报》"花丛谈屑"栏目含《赠金秀卿校书》（十首，太原公子，见本报甲戌年六月十四日）。

《瓯海潮》第 9 期刊行。本期"艺文·诗选"栏目含《蜕庵未刊稿（续）》（宜黄符璋笑拈）、《夜过钓台，醉后放言》（乐清朱鹏复戡）、《舟中暮眺》（乐清朱鹏复戡）、《泥涂鸡，和施君槁蟫韵（续）》（林甄宇）、《书怀》（徐识超）、《郊行》（徐识超）；"艺文·词选”栏目含《退思斋近著（续）》（瑞安王岳崧啸牧）；“艺文·遗著”栏目含《花萼楼书钞（续）》（永嘉周天锡）、《武林游草（续）》（归安奚愚虚白）；“别录”栏目含《江苏观学记（续）》（逖庐）、《大鹤山人年谱（续第7期）》（端木百禄手订）；“杂俎·丛话”栏目含《桃花闲（续）》（宋慈抱）、《匏系斋联话（续第5期）》（宋慈抱）、《谐屑》（章安狂士）；“余波”栏目含《本社诗钟披露》《文虎揭晓》。

9日　《申报》第15857号刊行。本期《自由谈》“游戏文章”栏目含《自由谈部人名对》（嫉俗）。本期《老申报》“四十年前之钜案”栏目含《感事诗》（十首，沪上见人闻，见本报癸丑年十一月十五日）。

吴昌硕偕况周颐赴六三园看樱花。吴昌硕作《闰二月十八日六三园看樱花，同阮闇》云：“沧江流八荒，名园开一隅。樱花媚古春，云气光腴腴。杏失故态娇，桃羞静女姝。绿玉初含苞，大美天所拘。携手素心人，蹑级苔径纡。鉴水清澈骨，观瀑寒缀须。应门无一僮，迎客鹤立癯。客至如会盟，点缀盘敦盂。茶味苏筋骸，郁散四体舒。摆脱万虑并，跌宕群物娱。笔岂江富文，寿等庄笑樗。大雅非词仙，谁顾江头庐。转眼即上巳，修禊事勿孤。不闻花外鸟，时时唤提壶。”张尔田作《花犯·六三园赋樱花》云：“倚云栽，琼蕤坠粉，明霞艳成绮。锦娇天醉。偏暖霭辉迟，嫣破凝睇。炫空浴日交珠佩，倾城人第几。正隔箔、恼春如火，香台沈梦里。　玉娥为谁斗新妆，狂蜂眼，错认胡天胡帝。窗外见，浑不似、旧红千子。轻阴乞、紫丝步障，颠倒任、东风桃并李。但祗恐、韶光归海，蛮愁萦绛蕊。”

胡适致陈独秀信：“顷见林琴南先生新著《论古文之不宜废》一文，喜而读之，以为定足供吾辈攻击古文者之研究，不意乃大失所望。”次月一日又致信陈独秀：“‘吾识其理，乃不能道其所以然’，此正是古文家之大病。古文家作文，全由熟读他人之文，得其声调口吻。读之烂熟，久之亦能仿效。却实不明其‘所以然’……林先生为古文大家，而其论‘古文之不当废’，‘乃不能道其所以然’，则古文之当废也，不亦既明且显耶？”

10日　《申报》第15858号刊行。本期《老申报》“四十年前之钜案”栏目含《申江近事七古》（吴兴铁道人，见本报癸酉年十一月十七日）。

《寸心》第4期刊行。本期“文苑”栏目含《送谢石云先生南归序》（胡鄂公）、《答职业函授学校辞文科教授书》（求幸福斋主人）、《〈丁壬烟语〉叙》（守玉生）、《落花赋》（张庆霖）、《易一广最近诗词》（张庆霖）、《眼枯集（续）》（一雁）、《沧洲集（续第2期）》（血痕）、《飓蠡集（续）》（若飞）、《春来词》（张庆霖）；寸心诗联二次揭晓：《待农诗二律》《登初诗二律》《李孔联》《良心联》《螾仙联》；[补白]《小文苑：康南海之谢笺（上黎大总统）》；“艺术”栏目含[补白]《广告诗之应征者：寄刘少少先生》（白阿素）。

《通俗周报》第4期刊行。本期"唱歌"栏目含《穷汉子十叹（未完）》（调仿《叹十声》）（尘因）；"文艺"栏目含《胡适君文学改良刍议》（节录《新青年》）、《泰山吟》（辛白）、《燕市寄海上故人》（辛白）。

《商学杂志》第2卷第4期刊行。本期"文苑·文"栏目含《孔子颂》（曾戡冯葆祺）、《原道篇》（曾戡）；"文苑·诗"栏目含《夜梦葛孝子》（曾戡）。

叶昌炽得张元济寄贻《涵芬楼秘笈》2集5种。其中《蓬窗类稿》《山樵暇语》《消夏闲记摘钞》3种皆为苏州先哲著作，尤为叶氏所珍视，称"吾郡仅存硕果，访求未得，掩骼埋胔之功，幸类吾友，且感且愧"。

鲁迅赠陈师曾《三老碑》。

11日 严修致刘旦华信，略谓："台端经学湛深，兼洞明当世之务，恫古学之将坠，思贯串以喻后学，以保周、孔二三千年道统之尊，体大思精，孰逾乎此？惟修愚见，以为周、孔之尊，自有其不可磨灭者在，不必事事与西学相吻合而后得称为圣人之言。群经中惟《周官》一书，其綮然者多与西政相近，其他诸经不谋而合者，亦时时有之。必谓凡东西国之新政、新艺，靡不包孕于某经某经之中，将不免穿凿附会之嫌，修则期期以为不可也。"

林之夏作《苦雨（四月十一日，〈浙江民报〉载湖南独立）联句，与诸宗元联句》。联句云："沅湘传说祀东君，（林之夏凉笙）门蚁移巢自引群。行雨何缘呼李靖，（诸宗元贞壮）乘车共笑客田文。潮来看没西兴树，（凉笙）溜急疑沈北固云。厌赋愁霖喜春睡，（贞壮）黄昏帘外尚纷纷。（凉笙）"

12日 《申报》第15860号刊行。本期《老申报》"文苑"栏目含《书所见五首》（鹅湖居士，见本报癸西年四月二十七日）。

林之夏作《四月十二日，与诸宗元、钱模联句二十二韵》（去年今日为浙江反对帝制、宣告独立之日）。联句云："压城云覆墨，拊枕雨悬廊。阅岁事犹昨，逢人语莫忘。奔呼溢衢巷，颠倒著衣裳。（诸宗元贞壮）朱雀桁无恙，文狻帜已张。童谣先吕姥，风力助周郎。（钱模后者）双剑奇能识，三刀梦有祥。嵩瀍王气尽，瓯越我师扬。（林之夏凉笙）休谓投孤注，相期竭智囊。列州惊猘虎，当道厄豺狼。（贞壮）白梃坚能挞，黄钟毁可伤。急潮平铁弩，半壁固金汤。（后者）共逐狐升座，偏逢鬼啸梁。坐沙方息语，击柱复夸强。（凉笙）多难谁筹策，纷争竟阋墙。先秋闻蟋蟀，不夜见鸳鸯。（贞壮）幕静巢鸟喜，民疑市虎狂。至今歌偪侧，是处感流亡。（后者）春向湖山老，行嗟道路长。竹香齐咒笋，花白乱飞杨。（凉笙）时可河清俟，身将雾隐藏。论才原寂寂，谈往亦堂堂。（贞壮）文物余今昔，风雷接混茫。（后者）"

13日 《申报》第15861号刊行。本期《自由谈》载"诗话"栏目，撰者"栩园"；"联话"栏目，撰者"佛初""书癖子""快人"。本期《老申报》"花丛谈屑"栏目含《媵兰词》(情余香客，见本报甲戌年正月十六日)。

邓潜作《摸鱼子·丁巳闰花朝，又小寒食也，问琴前辈招游花市》。词云："数花风、几番吹遍，花朝吹不回去。天公作美新晴展，春色浓于前度。花解语。道此日韶光，百六平分取。两三旧雨。为宋玉招携，青羊转过，沉醉浣花路。　繁华梦。提起少年情绪。如今零落非故。玉堂旧事群仙禊，春到燕山无主。春且住。算上冢庞公，各有乡关赋。别寻乐处。待春水方生，小蛮花榼，浇上薛涛墓。"

陈隆恪作《闰二月二十二日，偕相平陪同外舅过饮长塘田庄》。诗云："放晴天似斩，断断云峭出。吾徒襫襏子，冲泥恣往还。鸠声藏湿树，牛鼻浮荒湾。四顾藩垫响，一屋青葱环。推扉面蓬壁，元气存其间。健男出耕作，洒扫奔雏鬟。天真寓动息，感遇欲泪潸。豪华竞末务，举世支痈癏。道旁委饿殍，酒肉分群奸。拥戈两三心，冤毒腾九关。力食仰不愧，贫贱焉足患。栖迟复斯须，把酒春盘颁。主客无机心，松风换酡颜。出寻绿箨笋，觙觙披丛菅。参差拱修竹，抵涧鸣淙潺。丈人百世士，謦欬从追攀。渊抱收万态，谈笑驯愚顽。翩翩凤鸣续，下笔期扬班。尽觞不知醉，举体轻如鹇。进退乐可掬，礼数相忘删。三春气无私，玉烛和村阛。决眥注林表，忽感峰峦殷。振衣问归途，眺赏心闲闲。"

14日　《申报》第15862号刊行。本期《自由谈》载"联话"栏目，撰者"书癖子"。

吴虞作《与柳亚子论文学书》，后于《民国日报》16日至17日连载。书略云："弟少从名山吴伯竭师学七言古诗，大抵以鲍照、吴均、薛道衡、卢思道、江总、李白、杜甫、吴伟业为宗，而参以伯竭师之体。戊戌以后，则不甚拘泥，时时入眉山、遗山。七言律诗则喜杜少陵、刘长卿、刘梦得、李义山、温飞卿、陆龟蒙、皮日休、吴融、韦庄、韩偓、陈卧子、吴梅村十二家。昔年以《唐文粹》诗不录近体，曾取《全唐诗》近体，细加圈识，数年之中，成《唐文粹诗补遗》十卷。又取汉、魏、六朝及唐之李、杜，清之梅村七言古诗，为《杂言诗录》七卷，唐诸家七言古诗为《杂言诗别录》一卷。刘申叔游蜀时，持以示之，叹为向来未有此选者。先生品目为梅村、渔洋一辈，奖借逾量，无任愧悚！然弟诗宗派，在先生法眼中矣。弟非儒著于文字，始自乙卯《新青年》杂志，出于丙辰。弟之《辛亥杂诗》已多经独秀君选入《甲寅》杂志七期，而易白沙谓王充、李卓吾外，恒抱孔子万能思想，不知弟之学说，于满清时已累受风潮，故为独秀一言，且述明弟十年来以新旧两派比较对勘之法，冀学者由此悟入，则攻孔方有切实把柄也。胡适所为白话诗，弟不敢附和，曾致书《小说月报》恽铁樵论之。盖弟于文，常分词章家、非词章家二派。如乐毅、李斯，非词章家也，事至为文，苟无其事，虽终其身无一篇文字也。徐、庾、王、杨、卢、骆，词章家极意为文者也。二派之中，又分理文与美文二种。如荀卿《解蔽》、墨子《非儒》，理文也；宋玉《九辨》、枚叔《七发》，美文也。大抵理文多近于笔，美文多近于文。理文是桑麻菽麦，应需适用，而不尽美观；

美文如芍药樱花，悦目怡情，而无关饥渴。若植桑麻菽麦于庭园，种芍药樱花于农圃，则诚赵景真所讥'蒂华藕于修陵，表龙章于裸壤'，二者交失矣。弟平昔于文，恒分此二派，求之冬裘夏葛，各得其宜；菜苦饴甘，各存其味，不偏废也。若胡适君之白话说，则不免如杨升庵所举《张打油》：'我有心中事，不向韦三说'，'昨夜洛阳城，明月照张八'；王渔洋所举'鹤声一一飞上天'之作，而'黄狗身上白，白狗身上肿'，'时挑野菜和根煮，旋斫枯柴带叶烧'诸句，皆实写派之上乘，《天雨花》《玉钏缘》，尤文学之正宗矣，恐未必然也。在吾国浮夸虚伪之文，如《子虚》《上林》《王命》《典引》之类，诚宜屏除，然如刘季大风之歌，项王垓下之作，景宗'竞病'，斛律'牛羊'，信口成篇，何关古典！钟嵘曰：'至乎吟咏性情，亦何贵于用事？'思君如流水'，既是即目；'高台多悲风'，亦惟所见；'清晨登陇首'，羌无故实；'明月照积雪'，讵出经史。'此则'古今胜语，多非补假，皆由直寻'，而深恶鄙悖，咸戒俚俗，何得尽如胡氏之作乎！夫美人香草，兴象深微，寄托幽远，可以意会，难以迹求，不仅常寓微言，亦且多含哲理。文学者，一国之精神，心之灵，国之华也。脑纹单简，则言必拙陋；心思繁密，则语极高深。故求教育普及，晓喻社会，则通俗白话为宜（教育普及，欧美尚难言之，见今年《东方》第1号）；保先民之精神，写高妙之理想，则自来文学似未可尽废。二派兼综，视其才力；但成一派，亦足名家。若是丹非素，强定一尊，则其弊甚大。昔年在日本，读马君武译《新文学》，服其精妙，可以言文学革命，固不用古典，然正非鄙俚之谓矣！"

15日 南社于上海徐园举行第16次雅集，到社员柳亚子、郑瑛、黄复、朱锡梁、叶楚伧、余天遂、奚囊、汪文溥、朱少屏、蔡璇、丁三在、顾平之、孙鹏、周斌、余十眉、郁世羹、朱宗良、王文濡、刘筠、邵力子、汪洋、吕碧城、张焘、张默君、成舍我、张光厚、沈次约、闻宥、姚焕章、姚肖尧、李中一、丁上左、丁以布、沈文华、沈琬华、郁世为、郁世烈、邵元冲、吴干等39人。

《申报》第15863号刊行。本期《自由谈》载"联话"栏目，撰者"书癖子""警众"；"诗话"栏目，撰者宋焜。本期《老申报》"文苑"栏目含《观西人赛马歌》（见本报壬申年三月二十五日）。

《东方杂志》第14卷第4号刊行。本期"文苑·文"栏目含《刘裴村〈衷圣斋文集〉序》（陈三立）；"文苑·诗"栏目含《开岁忽六十》（康有为）、《丁巳元日赋长篇后意未尽而韵已将尽，乃再赋此二章》（康有为）。

《新国民杂志》第2期刊行。本期"文苑·诗选"栏目含《百尺楼吟草（续）》（余一仪）、《闹杏轩诗稿》（冯儒重）、《龢龕室诗存》（东莞叶苴兰纫阁）、《将渡海留学，寄何剑泉》（陈公民）、《寄谢明哲》（前人）、《夜泊痘子》（前人）、《观梅》（前人）、《作于东京之客舍》（前人）、《故众议员林文英临刑时口占》（前人）。

《瓯海潮》第 10 期刊行。本期"艺文·诗选"栏目含《蜕庵未刊稿（续）》（宜黄符璋笑拈）、《曾氏怡园看绣球花七古》（永嘉陈寿宸子万）、《题洪博卿〈无根兰〉传奇》（永嘉陈寿宸子万）、《桐江早发》（乐清朱鹏复戡）、《重到遂安有作》（乐清朱鹏复戡）、《雪衣悼亡》（王石艺）、《秦淮访古》（寄鸥老人）、《玉环郭曜亭先生七句寿诗（续）》（瑞安洪锦龙幼园）；"艺文·词选"栏目含《花信楼词存》（瑞安洪炳文栋园）；"艺文·同调集"栏目含文录：《书黄叔颂绍第前辈〈瑞安百咏〉后》（宋慈抱墨哀）、《赠胡复园》（宋慈抱墨哀）、《或有问杜诗风骨者，口占》（宋慈抱墨哀）、《泛舟游飞霞观》；"杂俎·笔记"栏目含《愿花室丛蕊》（姜门）（《挽汤烈士联》《佞花词》《陶渊明》）、《匏系斋诗话（续）》（宋慈抱）；"余波"栏目含《诗钟披露》（无隐）、《征求东嘉新竹枝词》（冷生）、《悬赏诗钟》（墨池）。

《南洋华侨杂志》第 1 卷第 2 期刊行。本期"艺苑·文选"栏目含《瀛海名人颂》（懋庸）、《〈夕阳红泪录〉序（叠韵两首）》（鸿鉴）、《游安达斯山记》（希传）；"艺苑·诗选"栏目含《时运》（观云）、《巴黎观油画》（咏霓）、《哀黄克强先生》（用杜老送谢巢父韵）（红冰）、《交友难》（粤乡）、《国耻两首》（困斋）、《槟城临海楼即景》（红冰）、《咏史》（前人）、《逸趣》（叠韵两首）（前人）、《题石涛和尚山水真迹》（前人）、《清明有感》（粤乡）、《清明日祭戴伯厚君》（粤乡）、《前题，次原韵》（哲卿）、《前题，次原韵》（梅庵）、《谷日感怀》（漱石）、《惜绿鹦鹉》（前人）、《秋夜独坐》（钝民）、《寒食日作》（慧侬女士）、《寒食日作》（倩侬女士）、《落花六首》（前人）；"艺苑·词选"栏目含《水龙吟》（蕈农）、《疏帘淡月·秋帘》（庆霖）、《雨霖铃·秋铃》（庆霖）、《深院月》（景骞）、《满江红·题〈浣溪沙图〉》（汉凌）、《风蝶令·春日偶感》（锦霞）。

[韩]《天道教会月报》第 81 号刊行。本期"词藻"栏目含《早春会斋洞宅》（莲游尹龟荣）、《又》（泽庵罗龙焕）、《又》（香山车相鹤）、《又》（我铁郑广朝）、《是日又赋》（于泉李会九）、《又》（莲游）、《又》（芝江梁汉默）、《又》（敬庵李瑾）、《寒食日壮游常春园》（汨堂刘载丰）、《贺涛庵洪道师寿宴》（正庵李钟勋）、《又》（凰山李钟麟）、《又》（柱庵韩贤泰）、《又》（李君五）、《又》（金庚咸）、《又》（李楚玉）、《又》（楹庵金案实）、《牛耳洞观樱》（仁庵洪秉箕）、《又》（敬庵李瑾）、《又》（莲庵张基濂）、《又》（星轩李台夏）、《又》（琴台朴鲁学）。其中，尹龟荣《早春会斋洞宅》云："欲成九仞山，万劫侵其间。有心坚不拔，独自见天还。"

黄兴归葬于岳麓山。章炳麟撰墓志铭。铭曰："南纪维衡，上摩玄苍。厥生巨灵，恢禹之疆。发迹自楚，命畴大荒。行师龙变，阖开不常。广宣汉威，莫我抗行，十叶之虏，若炊而僵。国难未艾，神奸猖狂。元功中圮，何天之盲。中兴虩虩，宠赂犹章。颁怒喷血，瘼此献萌。死为鬼雄，以承炎黄。"

曾习经赴上海访康有为，乞为伯兄述经年底六十寿辰赐联，未遇。明日有函致康。

16日 《申报》第 15864 号刊行。本期《自由谈》"游戏文章"栏目含《自由谈人名诗》（六首，枫隐）；"联话"栏目，撰者"警众、书癖子"。本期《老申报》"花丛谈屑"栏目含《和张少卿〈虎阜题壁〉四绝句》（惜花逸史，见本报壬申年十一月十八日）。

金松岑登八达岭至长城之巅，作《重过居庸，遂登八连岭至长城之巅》以纪之。诗云："惟国有重险，长城屹巨防。自入居庸来，步步踏高嶂。八达岭在顶，耸若兜鍪样。严关掌锁钥，西来不相让。井底窥居庸，连山走奔浪。山川势就下，石角尽南向。我从大隧过，未称探险量。及兹复跻巅，前行绝依傍。蹑足履高梯，临危心枪硇。下瞰千仞谷，上阻百叠障。数里一亭楼，势如帷幄张。前山巅既穷，后岭势逾亢。断墙循岖偻，缺甃敛奔放。竟踞天下脊，遂扼神京吭。宣辽通呼吸，妩蔚恣眺望。飙轮地底来，攫身白云上。长啸宇宙宽，四顾神采王。平生解忧国，穷理观得丧。坐恐长城鬼，夜来方散仗。城尖旌旆愁，鼓角声凄怆。雕鹗盘空过，忧来诗欠壮。莫碎长城砖，筑城功未忘。"

陈师曾赠鲁迅《强独乐为文王造像》新拓本。又作《题姚崇光山水画》（二首）。其一："好山到眼散千忧，草稿真能尽意搜。此境旁人不投足，荒湾野水似同游（此喻崇光画孤峭生硬，与我同趣）。"其二："石桥跨水似江南，胜境荒寒得二三。闲笔出棱山共瘦，不须师法较青蓝。"

17日 张元济、王清穆、范源濂、蔡元培、黄炎培、杨廷栋、唐文治等 21 人联名在《申报》刊登《南洋公学二十周纪念图书馆募捐启》。

《通俗周报》第 5 期刊行。本期"文艺"栏目含《蜗庐札记》（语罕）：《柏烈特演说》，《闭门》（辛白）、《寄豸青东京》（辛白）、《薤露歌》（辛白）。

胡适作《沁园春·新俄万岁》。序云："俄京革命时，报记其事，有云：'俄京之大学生杂众兵中巷战，其蓝帽乌衣，易识别也。'吾读而喜之，因撷其语作《沁园春》词，仅成半阕，而意已尽，遂弃置之，谓且俟柏林革命时再作下半阕耳。后读报记俄政府大赦党犯，其自西伯利亚召归者，盖十万人云。夫放逐囚拘十万男女志士于西伯利亚，此俄之所以不振而'沙'之所以终倒也。然爱自由谋革命者乃至十万人之多，因拘流徙，挫辱惨杀而无悔，此革命之所以终成，而新俄之前途所以正未可量也。遂续成前词以颂之，不更待柏林之革命消息矣。"词云："客子何思，冻雪层冰，北国名都。想乌衣蓝帽，轩昂年少，指挥杀贼，万众欢呼。去独夫沙，张自由帜，此意于今果不虚。论代价，有百年文字，多少头颅。　　冰天十万囚徒。一万里飞来大赦书。本为自由来，今同他去，与民贼战，毕竟谁输。拍手高歌，新俄万岁，狂态君休笑老胡。从今后，看这般快事，后起谁欤。"此词后载 1917 年 6 月 1 日《新青年》第 3 卷第 4 号。

[日] 田原天南作《大正六年四月十七日，寄怀石川望洋，在镰仓》。诗云："奔走风尘二十年，无多短发有谁怜。堪钦明丽湘南地，炼药养神人欲仙。

18日　《申报》第15866刊行。本期《自由谈》载"诗话"栏目，撰者"栩园"。本期《老申报》"文苑"栏目含《白桃花诗四律》（见本报壬申年十月十九日）；"花丛谈屑"栏目含《张少卿〈题虎阜寺壁〉四绝句》（见本报壬申年十月初八日）、《玉峰樵客后游虎阜，拂拭新题，殊为惆怅，而芳踪莫可追矣，因和四绝句》。

19日　《申报》第15867号刊行。本期《老申报》"文苑"栏目含《新柳》（十四首，秣陵寄萍子，见本报甲戌年三月初八日）。

叶昌炽作挽联云："瞻望父兮，瞻望兄兮，倦倦鲤庭闻，遗经早付三珠树（季明有三子矣）；适来时也，适去时也，茫茫龙汉劫，旧话犹存万柳溪。"

20日　《申报》第15868号刊行。本期《老申报》"文苑"栏目含《水调歌头·别意》（白门青溪生，见本报癸酉年十一月二十一日）；"花丛谈屑"栏目含《张素琴校书挽诗》（四首，浙西丽水生，见本报癸酉年七月十九日）。

刘铁冷撰《铁冷碎墨续编》6卷刊行。1919年4月再版。卷一《绣帏佳日记》含《秋愤遗事》《风月尺牍》《玉台新语》；卷二《谐薮》含《游戏文章》《滑稽谭荟》《也是文话》《谰辞丛拾》；卷三《谭丛》含《绮窗识小》《清芬诗话》；卷四《志林》含《醒迷续录》；卷五《酬世文编》；卷六《金闺第一宵》。

21日　《申报》第15869号刊行。本期《自由谈》载"联话"栏目，撰者"书癖子、警众"。本期《老申报》"文苑"栏目含《金陵怀古》（八首，不愁明月尽馆主人《小游仙》未定草，见本报癸酉年十月二十二日）。

吴祖光生。吴祖光，祖籍江苏武进，生于北京。著有《枕下诗》。

心圹《入湘寄浙中诸友》（十首）刊于《南洋总汇新报》"文苑"栏目。其一："湖光十里净无尘，一带垂杨送远人。赢得年年离别恨，岸旁桃李为谁春？"

22日　南社于长沙半园举行临时雅集。

《申报》第15870号刊行。本期《老申报》"花丛谈屑"栏目含《扇头集古诗》（十首，惜花馆主，见本报壬申年八月十四日）。

《瓯海潮》第11期刊行。本期"艺文·诗录"栏目含《甄宇海上归，晤谈之下，联诗志喜》《蜕庵未刊稿（续）》（宜黄符璋笑拈）、《和林甄宇〈游雪山歌〉》（施槁蟫）、《拟李太白〈庐山谣〉》（刘朴存匡庐）、《赠浮汃》（许炳黎乙仙）、《近事杂兴》（李骧仲骞）；"杂俎·丛话"栏目含《匏系斋诗话（续）》（宋抱慈）；"余波"栏目含《墨池墨沈》（墨池）、《温州拣茶词（未完）》（寄鸥老人）。

张謇作《裁废树根为翠微亭坐具。贪者不欲，窃者不便，毁者不易，得三善焉，与亭共守百年之器也。记以二绝》。其一："柏桑斩后仅残根，天赋槎枒有用存。教伴茅亭岩石案，不然樵舍野薪燔。"其二："假使为薪得几何，偷儿恶客漫相过。但无人祸天应赦，日月舱江与汝磨。"

23日 旧历上巳,陈夔龙与逸社成员聚于沪上海日楼修禊集会。瞿鸿禨有诗《庸庵招同社集饮,予以病不赴,见示新诗,辄次原韵答和》云:"沧溟可用流人潜,春望不见浮屠尖,载雨四颓云脚淹。出海久渴金背蟾,重裘晨减暮持添,卧病因如遭楚钳。食少啬甚周人纤,孟公止客舆议金,自渷美酝招青帝。而我食指排如签,深室攻战喧痎痁,诗来刻画羞无盐。诸老高会蓬而髦,夺立赤帜塞彤襜,等比肩翼摩蛮鹣。百觥倒尽未渠厌,壮采山高蚝相黏,夷塞井灶马首瞻。刻烛恐冒愆时嫌,撞钟大鸣摇霜炎,妍文秀语麠精严。鲜如笋蒩绿新腌,前生子美信手拈,端济时用珍轻缣。决胜雄飞黑白奁,夜阑北斗高挂檐,酹酊无归浃恹恹。主宾才艺千夫兼,孤吟寂下君平帘,玉枝亭亭惭倚兼。筳篿不用灵氛占,但道佛言如蜜甜,度苦莫愚黔首黔。"后又作《病起简同社诸公》诗云:"春来吾始病,良已春去半。闲置瓮牖间,顿忘时物换。中和逢闰节,犹及韶光烂。烟搓柳丝娇,杂花苞怒绽。初起似羁禽,得飞脱笼绊。洒然欣所遇,纵目余幽玩。从来商歌室,早绝阴阳患。奈何昧养生,自扰失深算。蛮驱相负走,切身急同难。被发救乡邻,于我终一闲。纠纷争蛮触,何缘受其乱。宁为灶下养,肯作沟中断。谁欤孤注掷,乃尔咄嗟办。适成持蚌鹬,奚止笑蜩鷃。庸公近局招,败兴尼燕衎。诸君一何阔,坐负友声唤。散原还精庐,懒眠知罢锻。补松久简出,独嗜抱瓮灌。菁蒉最忧天,视屋怒仰叹。谓将蜡山屐,孤往游汗漫。欢会每不常,索居念云散。玄悟希老坡,聊涉法界观。"

严复、郭曾炘、樊樊山、易顺鼎、罗惇曧、杨圻等人重集京师什刹海修禊。严复作《上巳日同樊山、罗瘿公十刹海修禊,得渡字》(后发表于5月8日《公言报》)。罗惇曧作《丁巳三月三日十刹海修禊,分韵得磴字》。诗云:"今年上巳迟,稍觉春气迥。选客多旧人,夙约屡延颈。去年高会辍,苦遭兵事梗。节已负重三,天不私一姓。犹留好风日,依然共游骋。长安艰得水,十刹湖渌净。春光浓十分,黄鹂更三请。菭满嫩芽长,柳出高枝亲。相从俯清流,安用蹑危磴。客散我归迟,高楼连树暝。"杨圻作《相见欢·丁巳三月三日什刹海修禊,樊山老人主席,得思字》。词云:"画楼烟柳丝丝,动芳思,玉勒金堤犹似去年时。 飞花乱,春将半,总销魂,日落千山把酒话中原。"关赓麟作《上巳修禊十刹海,分韵得俨字》。诗云:"东风约余寒,皱波绿如染。积旬得暄霁,麹尘扬奄冉。选胜城北游,高楼倚崖崄。拾欢仍旧地,林外酒帘飐。宾客百十人,联翅造门俨(用《难蜀父老》文)。谈笑各为朋,科头绝拘检。传罃颜未酡,赋诗腹忧俭。酒阑沿堤步,回塘蹙微溦。高柳翳鱼窝,新蒲没鹭点。日斜车骑散,遥山暝烟敛。年年勤禊事,星霜催苒苒。群贤尽胜流,临河此何忝。余怀但私祝,一被洗忧慊。春愁重如山,困人不可襳。归来独惆怅,寂寂空房掩(时新失偶)。"黄濬作《上巳十刹海禊集,分韵得京字》。诗云:"佳会犹能趁晚晴,故湖烟柳不胜清。年年被尽新亭泪,赢得才人满旧京。"高闻仙作《丁巳同樊山、掞东诸公约十刹海修禊,以事先去，拈得岩字》。诗云："百年几上巳，良会驾凤严。小驻忽驰去，怅怅中心衔。遥思众仙人，綷縩寒春衫。列坐对流水，葳蕤绿可芟。聚散安有常，悬解乃不凡。去年国论变，几辈思商岩。云雨倏翻覆，世味殊酸碱。彭殇理固齐，丹素口欲缄。君看水云外，明灭付远帆。"

周梦坡（庆云）在京师宣南举行遥集楼修禊。周庆云作《丁巳上巳，予游宣南，假畿辅先哲祠之遥集楼修禊，用杜工部〈丽人行〉韵，到者为赵子衡、吴眉孙、陈匪石、溥西园、赵子敬、王麟卿、朱杏卿、张云卿、白也诗、诸季迟、邵次公、庄泽轩、高蟾伯、俞瘦石、李善甫及予甥俞濬明、予婿邱涕怀、儿子延礽共十有九人，赋此以志一时兴会云尔》。同人和作：诸以仁（《上巳修禊次韵奉和》）、吴庠、徐鸿宝、邵端彭、白曾然、高濂、施赞唐（《梦坡自宣南客邸以〈遥集楼禊饮，用老杜《丽人行》韵〉诗见示，口占驰和》）、杨芃械、吴承烜、王承霖、李详（《梦坡见示京师修禊之作，有羡嘉会，敬赋此诗》）。其中，徐鸿宝诗云："下斜街里花事新，后游几辈风流人。招朋修禊情话真，年纪次第分停匀。金叵罗酌梨花春，臑羔蒸豕脯撋麟。雅弄忽吐蛟龙唇，君山伯牙来前身。主人乐与宫徵亲，不用此舌苦说秦。歌声涌若波振鳞，四弦转拨茧抽纶。二客妙技惊绝尘，短笛合奏齐宠珍。西园翩翩王我神，佯狂巧入庄惠津。复弹古调断酒巡，飞花零乱填车茵。人生推移类藻苹，相顾幸保儒酸巾。祓除何事在吾伦，从今永濯贪痴嗔。"邵端彭诗云："三月三日天气新，斜街芳讯愁煞人。荒祠景物妍且真，海棠照眼何停匀。永和禊事修暮春，祇今倦客叹谪麟。执手黯无语？对华莫惜酒入唇。登楼复何见？山色不离清净身。离乱交游骨肉亲，阿房人去哀咸秦。东风狡狯不成雨，微波生绉水鼍鳞。癸丑旧游一弹指（四年前曾修禊此地），沧桑老泪空纷纶。数客高歌韵绕尘，酒罢谈笑如数珍。主人诗笔妙入神，壮游不惮疲梁津。珍丛静绕百千巡，咳唾何心污锦茵。乡心一夕思白苹，烂醉休辞垫角巾。穷涂哀乐谁此伦，付与迷离莺燕嗔。"

林尔嘉招集菽庄吟社社侣在厦门菽庄花园举行上巳修禊。

黄式苏赴泰宁县任知事。金炳南（崐生）、吴孟龙（云啸）、张道镕（赞卿）、张武（云秋）等人饯行南园，兼修禊饮。黄式苏以五古记实，《上巳日之官泰宁，金崐生丈炳南、吴云啸孟龙、张糺卿道镕、黄宪伟成一、陈素度同、张云秋武诸子送别南园，兼修禊饮却呈》云："往予宰遂安，开樽作重九。朱大暮婺游，离席借萸酒。谁为写作图，江南黄子久（甲寅九日，朱子复戡将去遂安作兰溪之游，予饯之东溪，豫章黄起凤写为《送别图》）。予今佐幕府，投荒心阻忸。三月初三日，戒仆将出走。故人送我行，驱车莅郊薮。禊饮兼饯别，前事信有偶。城南古王庄，大不逾数亩。水边多丽人，琵琶唤商妇。虽无曲江乐，却唱阳关柳。莲炬照绮筵，筝歌出朱牖。座中齿谁尊，跌宕东园叟。子野与后山，论交故杵臼。吾宗有东发，池馆相卧守。季子久契阔，相见沧桑后。张生昔及门，遭乱脱虎口。为言湘中事，时复扪其首。客星聚左海，一堂快邂逅。酒酣恣挦战，谑笑忘谁某。惜别歌河梁，多感意深厚。嗟予亦何能，敢夸印悬肘。投老就一官，惭为饥寒诱。臣朔饥犹可，高堂尚有母。乞近予量移，此事今安有。从兹山中去，折腰为五斗。溪山虽云美，能似永嘉否？回首越王城，渺渺沧波友。岂无云树思，梦魂绕君右。他年投牒归，三山重携手。补作禊别图，倘附名不朽。"

柳亚子致书杨杏佛，载 1917 年 4 月 27 日《民国日报》。《与杨杏佛论文学书》云："三月十六日手教敬悉，甚慰甚慰！某某（指胡先骕）处弟曾以两诗报之，恶声必反，殆亦行古之道耳，渠遂从此反舌矣。其实诗文派别，千百载犹难定论。某某不过江西派中一小卒，摇旗呐喊，所作亦未见高明，何苦遽作山膏之骂耶？思之真不值一笑也。胡适自命新人，其谓南社不及郑、陈，则犹是资格论人之积习。南社虽程度不齐，岂竟无一人能摩陈、郑之垒而夺其鳌弧者耶？又彼倡文学革命，文学革命非不可倡，而彼之所言，殊不了了，所作白话诗，直是笑话。中国文学含有一种美的性质，纵他日世界大同，通行'爱斯不难读'（世界语 Esperanto 的音译），中文、中语尽在淘汰之列，而文学犹必占美术中一科，与希腊、罗马古文颉颃，何必改头换面，为非驴非马之恶剧耶！此不关南社事，以论及此人，聊一倾吐耳。《新青年》陈独秀弟亦相识，所撰《非孔》诸篇，先得我心，至论文学革命，则未免为胡适所卖。弟谓文学革命，所革当在理想，不在形式。形式宜旧，理想宜新，两言尽之矣。又诗文本同源异流，白话文便于说理论事，殆不可少；第亦宜简洁，毋伤支离。若白话诗，则断断不能通。诗界革命，清人中当推龚定庵，以其颇有新思想也。近人如马君武，亦有此资格，胜梁启超远甚。新见蜀人吴又陵（吴虞）诗集，风格学盛唐，而学术则宗卢（梭）、孟（德斯鸠），亦一健者。诗界革命，我当数此三人。若胡适者，所谓画虎不成反类犬，宁足道哉！宁足道哉！弟本不为彼辈而灰心，惟是非不可不明辨，特晓晓于兄前耳。兄其何以教我？"

《申报》第 15871 号刊行。本期《自由谈》"游戏文章"栏目含《自由谈人名再对》（嫉俗）；"词话"栏目，撰者"秋梦"。

《沪北十景》（《桂园观剧》《新楼选馔》《云阁尝烟》《醉乐饮酒》《松风品茶》《桂馨访美》《层台听书》《飞车拥丽》《夜市燃灯》《浦滩步月》）（佚名）刊于《南洋总汇新报》"文苑"栏目。其中，《桂园观剧》云："相传鞠部最豪奢，不待登场万口夸。一样梨园名弟子，来从京国更风华。"《浦滩步月》云："万里长空一镜磨，楼台倒影入江波。此邦亦有清凉镜，搔首何人发浩歌？"

王闻长作《上巳日，栾佩石厅长邀集瞿根约厅长、郑从云局长、雷筱秋秘书同泛松花江》。诗云："昨从江北望江南，诸峰罗列萦烟岚。今在江南望江北，倒影楼台浸寒碧。乃知一水向背间，变态瞬息动千百。栾君好古兼好奇，荡桨松江胜渼陂。日暖风和好容与,青蛾皓齿相提携。袖中示我新诗本,佳句联翩润枯吻。步屧寻幽正及时,绿岸穿林不知远。斯须返照武陵溪,人在中流日在西。万顷光含金锁甲,一江风绉碧琉璃。此游汗漫良称快,修禊芳辰追晋代。会当作序列时人,摄影一一入图绘。"

萧亮飞作《夏历丁巳上巳,小兰亭修禊,和黄道人集禊二律》。其一:"老怀不殊昔,修禊又今年。风静引林竹,地幽无管弦。相将期盛会,随遇得群贤。宇宙形骸寄,彭殇听自然。"其二:"揽时足感慨,暂作永和春。曲水乐犹在,兰亭迹未陈。情文托觞咏,俯仰悟天人。世事日云暮,兴嗟天有因。"

陈逢源作《丁巳春莺吟社同人竹溪寺修禊》。诗云:"城南春暖草斓斑,来赏郊光意自闲。诗酒风流追往事,古今兴废问青山。花丛日瘦残春节,竹径阴浓碧水湾。修禊年年成俯仰,那堪重扣旧禅关。"

沈汝瑾作《丁巳上巳饮锦峰别墅,赠季玉》。诗云:"上巳邀修禊,樽开细雨天。书多藏善本,交喜结忘年。白版临流屋,红箫载酒船。明春再来此,一醉附群贤。"

徐世昌作《丁巳上巳寄泊园主人》《榆园二首》《两次蒙赐乾隆御制墨,纪恩恭赋》《畿辅先哲春祭毕,北学堂宴饮》《上巳,绍越、千耆、寿民招饮,余将有天津之行》。其中,《丁巳上巳寄泊园主人》云:"长安三月花如织,泊园主人来何迟。瘦石偃蹇如贪睡,稚松掩抑如含思。园门昼闭无人启,花开花落人不知。主人汗漫江海上,叱咤海若呼支祁。高楼不寐看日出,云霞恢诡入帘帷。此时独坐骋妙想,下窥秦汉上轩羲。读书万卷挂肠腹,饮酒十斛沁肝脾。古恨今愁无可说,奇文险句发于诗。诗成寄我为鸾笺,淋漓醉墨光陆离。开缄展读意飞越,如游太华登九嶷。何时倦游归园卧,起张画屏扫罘罳。明灯华烛照夜饮,高堂深幕围花枝。名园更得主人贤,好春偏与佳客期。樊山诗叟翩然来,相逢一笑花开时。"《上巳,绍越、千耆、寿民招饮,余将有天津之行》云:"轻车有客试春游,依旧长安市上楼。十万人家花满眼,二三朋辈雪盈头。金樽酒熟催歌管,箬笠船归理钓钩。海上生涯谁管领,侧身天地一沙鸥。"

林苍作《三月三日镜湖亭晚眺》。诗云:"隔水风暄一片苔,小舟三五破湖来。绿阴城里如村落,诗意春前在草莱。瓯茗中多桑海泪,瓣香了尽古今才(是日,宛在堂春祭)。青山满地无归处,独立花时老更哀。"

吴用威作《上巳》。诗云:"三月三日闻雨声,一咏一觞空复情。执兰解禊昔游散,斗草踏青何处行。未害参军作蛮语,却思太学坐儒生。分朋走马少年事,老我能闲修太平。"

蔡守作《丁巳上巳北郊修禊》。诗云:"去岁清明逢上巳,不堪孤阁寄危城。连峰戊垒经年劫,流水浮杯此日情。却信佳人能癖洁,旋愁今世未宜清。秉兰太息锄将尽,郊北招魂泪一倾。"

谢家田作《暮春风雨登楼》(四首)。其一:"奔腾龙虎吼东风,上巳芳辰困雨中。

春画昏昏楼上酌,碧桃花向醉颜红。"

24 日 《申报》第 15872 号刊行。本期《老申报》"花丛谈屑"栏目含《挽王翠云录事联并系一绝》(梦芜香馆主,见本报癸酉年六月十六日)。

《通俗周报》第 6 期刊行。本期"弹词"栏目含《新木兰从军(未完)》(欧战记事)(秦侠);"文艺"栏目含《白话诗四首》(胡适):《赠朱经农》《月》(三首)。

[日] 田原天南作《大正六年四月念四日,侵雨访石川望洋于镰仓三首》。其一:"细雨萧萧冷海风,飞花乱点绿苔丛。降车先认故人宅,高阁耸然鹤庙东。"其二:"海光山色一楼风,秋菊春兰百亩丛。此里晴耕还雨读,湘南即是五湖东。"

25 日 《申报》第 15873 号刊行。本期《自由谈》载"联话"栏目,撰者"天虚我生""南铮"。本期《老申报》"文苑"栏目含《灿花馆主人词》(见本报甲戌年五月初十日):《调寄〈鹊踏枝〉·春日偶题》《调寄〈西江月〉·晚坐》《调寄〈踏莎行〉·晚坐》《调寄〈别银灯〉·新柳》《调寄〈临江仙〉·新柳》。

《小说月报》第 8 卷第 4 号刊行。本期"文苑·诗"栏目含《庚戌十一月出都口占》(瓠斋)、《宿新安县,示子言》(瓠斋)、《丙辰除日即事述怀四首》(憙仲)、《题萧屋泉画梅》(师曾)、《题杭州太守林迪臣〈孤山补梅图〉》(师曾)、《丙辰除夕》(子言)、《读胡憙仲〈丙辰除日述怀〉诗赋赠》(子言)、《眼中》(众异)、《录诗自遣》(彦殊)、《雪晨寄妇并忆幼子》(彦殊)、《丙辰春暮读晋人诗,惨然有作》(南眉)、《读海藏先生近诗,归而献此》(审言)、《邺都行,写呈海藏先生正之》(审言)、《同铁庵法源寺、枣花寺看花,约次日为公园之游,因雨而止》(金镦)、《赋轩前藤花、葡萄》(金镦)、《四月五夜风早起,过崇效寺看牡丹,约同游诸子作》(晦闻)、《雨夜读〈韦苏州集〉》(晓耘)、《扬州杂诗》(晓耘);"附来稿最录"含《游接叶亭记》(姜灵)、《复儿诔辞》(衡山陈韬)、《追悼复儿》(衡山陈韬)、《山居杂兴》(用药名)(四首,徐孙阆仙)、《阑干》(徐孙阆仙)、《汴京怀古》(徐孙阆仙)、《送人还湘南》(徐孙阆仙)、《蝉》(徐孙阆仙)、《题周大荒〈华胥幻影〉》(封紫珑)、《题周大荒〈华胥幻影〉》(王胡玉)、《无题四首,步穆广元韵》(香梦楼主人)、《闺怨四首,用王渔洋〈秋柳〉韵》(华侬);"杂俎"栏目含《陔南山馆诗话(续)》(魏子安)、《板桥杂记补(续)》(金嗣芬楚青)、《袁了凡〈斩蛟记〉考(未完)》(心史)、《蜀鹃啼传奇(未完)》(林纾)。

26 日 林纾《春日过清华园,至园明殿墓徘徊久,凄然有作》(又名《过圆明园》)、《丁巳春日闲居偶成》发表于《清华周刊》第 106 期。其中,《过圆明园》云:"清华水木丽,圆明台殿渺。同居春气中,风日忽荒悄。草根枯黄瓦,仍见重垣缭。怪石尚历落,僵柏自夭矫。寒灰坏殿基,怆恻数回绕。清漪久干枯,那复偃茭蓼。显皇昔驻跸,千官侍清晓。西师捣析津,南寇窟江表。劫火联畅春,三辅被窥扰。鼎湖悲甫杀,颐和构台沼。高楼上切云,云端王母笑。兴亡亦转眼,遗民忍临眺。闭门如连昌,永日闷风筱。残状较胜此，狐鼠夜腾啸。掩泪上马行，回头望残照。"

27日 《申报》第15875号刊行。本期《老申报》"文苑"栏目含《上金眉生廉访五十韵》（幼节蒋纶，见本报癸酉年十二月二十三日）。

叶昌炽作挽联云："王夫人饶林下风，作郡归来，湖山偕隐；班氏女垂闺中诫，闲家有则，里党称贤。"

28日 《申报》第15876号刊行。本期《自由谈》载"诗话"栏目，撰者"天虚我生"。本期《老申报》"尊闻阁笔记"栏目含《滦阳女子题壁诗》（见本报壬申年六月十七日）；"文苑"栏目含《贞女行》（古盐官耕石农人，见本报壬申年六月初五日）。

张震轩参与洪岷初、黄溯初在温州发起组织"丁巳俱乐部"。该组织含瓯括十六属，结一团体为将来扩充。参加者有姜伯翰、刘次饶、潘鉴卿、叶少坡、冯地造、杜子俞、王子迪、吴益生、王鸣卿、崔笛泉、林子明、叶晓楠、徐缉之、唐玉甫等20人。地址在蚕桑学堂。

严修返杭州，作《登钓台》七古云："吾家支祖宗八公，当明之世家慈东。五传至我迁津祖，时在昭代康熙中。天津是时号曰卫，卫城西有文昌宫。宫之迤西来卜宅，更传七叶逮我躬。浙东燕南久隔绝，曾无一纸通邮筒。慈溪县有马鞍山，我识此语方幼冲。马鞍究是何状态？每涉冥想心憧憧。光绪初载丁戌间，吾父半百吾成童。浙有族父（筱舫阁学）宦畿辅，小长芦馆主人翁。二老相逢证谱牒，南北自此初沟通。留车河畔起祠宇，二老斥金完巨工。迨余使黔还渡海，遂诣桑梓修敬恭。冠带谒祠且展墓，马鞍山下马鬣封。童时耳详今日见，此时此乐真融融。或言追远当上溯，祖无远近尊则同。严滩旧有垂钓处，至今名并崇台崇。希文昔撰祠堂记，异姓犹慕先生风。矧余小子好搜访，焉可数典忘祖功？今年览胜来西湖，恰有富阳章子从。伴我舟行溯江上，由钱之富而之桐。富春桐庐两奇绝，环山一色皆青葱。诘朝买舟趋严濑，江流曲曲山重重。钓台临江高百丈，石壁峻削仍玲珑。褰衣直造台绝顶，茫茫四顾皆危峰。静如太古罕人迹，江名曰富山则穷（原注：用卢木斋语）。当年若非处穷山，难免矰缴随飞鸿。嗟余及身逢丧乱，未能避地逃虚空。今日登高怀祖德，但有慨慕难希踪。此意难为外人道，可与言者惟吾宗。吾宗孰最可与言？慈湖渔隐字辟庸（原注：辟庸，家渔三弟别号，先约同游，以事未果）。"

成舍我在《民国日报》发文指责新文化运动，支持柳亚子"格调宜旧，理想宜新"的文学主张。其文《余墨》云："今之少年，因未窥国学门径，遂放言无忌，妄肆诋毁，甚者且欲并中国文字而废之，此真妄人不足教也。亚子论文学，谓格调宜旧，理想宜新，此诚不磨之论。譬之于国，中国格调也，专制共和，理想也。谓中国须由专制改共和可也，谓中国须改为英国，或改为法国，则又乌乎可哉！此足与亚子之论互相发明也。"

29 日 《申报》第 15877 号刊行。本期《自由谈》"游戏文章"栏目含《续〈自由谈〉人名诗》(六首,喋琐)。

30 日 清逊帝溥仪赏赐梁鼎芬《唐宋名臣像》1 册。

《申报》第 15878 号刊行。本期《自由谈》"诗囊"栏目含《蒻淞阁示座上诸客》([高丽]吴孝媛)、《奉和南湖居士与少坡女史唱和原韵》([高丽]闵泳璇)、《听吴孝媛女史弹瑟,呈潘兰史、廉南湖两诗伯》(小蝶陈蘧)。其中,[高丽]吴孝媛《蒻淞阁示座上诸客》序云:"是日万家春宴集,主人为天虚我生及小蝶,客则蒻淞阁主潘兰史、王钝根、廉南湖、徐悲鸿及余凡七人,佐藤女史因迷路未到。王君席散先归,主客送余归邸,过蒻淞阁,兰史命余鼓瑟,为奏高丽惜别之曲。因徐君今夕将赴巴黎也,夜归赋此,用志鸿雪。"诗云:"啸歌一室井中天,逝水韶华廿八年。人物多钟灵秀地,云山可奈别离边。于今四海皆兄弟,畴昔三韩已变迁。欲托朱弦写怀抱,思亲忧国路绵绵。"[高丽]闵泳璇《奉和南湖居士与少坡女史唱和原韵》云:"幽居地僻散烦忧,管领春风上画楼。零落桃花红满地,横斜杨柳绿同流。西湖留约心先醉,书剑陶情梦不愁。自古名园忘主客,商量一舸镜中游。"陈小蝶《听吴孝媛女史弹瑟,呈潘兰史、廉南湖两诗伯》云:"冰弦十二柱,柱柱起商音。寒蛩夜啼孤月沉,低鬟弹绿秋阴阴。有时琅然作天语,鸾凤引吭苍龙舞。有时喁喁复饮泣,瓶花欲堕罗袂湿。么弦忽动层云开,辚辚腕底奔春雷。灵山会像五百尊(所谱曲名《灵山会像》,为崔孤云先生遗制),一一展笑旃檀喷。曲中仿佛闻禅悦,令人想见崔孤云。别有兴亡寄深意,泓泓泪湿丝难理。一弹再弹不成声,隔座相如为愁死。"

本 月

川军与滇军在成都混战。

《艺文杂志》创刊。上海艺文函授社社刊。倪轶池任社长兼主编。上海国光书局印行。该社"以保存国粹,承先启后,返朴还真,立为本刊"。开设三科:词章、说部、函牍。词章科专授散文、骈文、诗词、歌曲;说部科专讲小说、传奇、弹词;函牍科讲解公文、状词、尺牍。该刊分设散骈文、诗词、歌曲、小说、传奇、弹词、公文、状词、尺牍、同学录数栏。

《学生周刊》(半月刊)在上海创刊。该刊系上海中华编译社附设中国学生联合会会刊,上海中国学生联合会联合发行。苦海余生(刘哲庐)编辑,自谓本刊是"研究文学之机会,自修之良导师"。第 1 至 3 期分设"社说""名著""文艺""日记""小说""碎锦"等栏。第 4 期起改良,栏目有增减,以发表名人名作为主。主要作者有林纾、蔡子民、梁任公、沈家桢等。

《学艺》创刊。创刊号"杂俎·诗"栏目含《诸葛铜鼓歌》(林思进)、《九月十日江楼集饯奉别雪生》(林思进)、《无题二十首》(吴虞)。

《宗圣学报》第 18 号刊行。本期"艺林"栏目含《丙辰至圣先师大成节，全晋各界庆祝词》（高翔藻拟稿）、《南海先生祭蔡松坡先生文》《南海先生祭潘若海先生文》《桂林孔教会祭姚菊坡、黄克强、蔡松坡诸君子文》《易岭孔子庙碑》（林传甲）、《请愿国教感赋》（林传甲）、《梁任公先生祭蔡松坡先生文》《全晋士绅公诔谷芙塘先生文》（郭象升）、《公祭谷芙塘先生文》（郭象升）、《春泉第三十三初度，书箑寿之》（郭象升）、《杨沙浦先生传》（夏德渥）、《与赵曙湖》（伯丹夏德渥）、《徐节妇传》（希社稿）（谢允燮）、《萧节孝妇传》（谢龙山）、《赠美国博士益德》（廖道传）、《丙辰新年归里纪事》（廖道传）、《〈中等国文指南〉序》（喻长霖）、《连珠诗（续）》（张之洞）、《开岁忽六十篇》（康有为）、《新乐府》（赵城张瑞玑）、《仲秋始学，从有司率诸生释奠礼毕，偕登麓山，慨然有作》（长沙刘宗向）、《咏怀九章》（桐城方侃）、《题张贞孝事略》（福建黄枝欣）、《哭庄育才烈士》（陈熙亮）、《赠清献中学毕业生刘学逊、钟斌、张诠等七古一首》（柯骅威）、《字芷题辞》（滕传先）、《谒二烈士祠》（居凤诏）、《青岛叹一首，星琴庄先生哂政》（甲寅秋作）（铁盦）、《至圣诞日，释奠礼成，恭纪和姚都转诗》（番禺潘飞声兰史）、《次韵奉和东木先生孔庙释奠诗》（番禺邬庆时伯健）、《谒青浦孔宅至圣衣冠墓，次姚东木先生韵》（寿春洪人纪晓岚）、《圣诞纪事》（四首，冯延铸）、《挽朱烈妇诗七律四首并小序》（吴钧才）、《恭纪孔子生日祭礼告成》（周孚先）、《白鹿洞怀古》（七言律，不限韵）（佚名）、《有感》（常赞春）、《越南阮鼎南来书订交，并寄其所著〈桑海泪谈·南枝集〉，为题四律》（张瑞玑）、《岳王墓怀古》（八首录四，徐公修）、《冬夜月中蘅斋望雪山，时在陕北安定》（王荣官）。其中，张瑞玑《越南阮鼎南来书订交，并寄其所著〈桑海泪谈·南枝集〉，为题四律》其一："破窗风雪夜萧森，远道书来百感深。湖海无家多逐客，文章亡国有哀音。残山剩水遗民泪，倒日回天壮士心。旧史不堪回首读，中原霸业久销沉。"其二："落拓穷途百劫余，琼江风雨近如何？四方奔走张元节，一卷沧桑龚圣予。战史陈黎余血泪，功名阮郑半丘墟。死灰总有飞燃日，盼断天南报捷书。"

《浙江兵事杂志》第 36 期刊行。本期"文艺·诗录"栏目含《克威将军和胡幼腴盐运使留别次韵》《酉山中表判襫廿年，相见于五茸军次，以诗见示，依韵和之》（济时）、《出清波门，迤逦入烟霞洞，大饱山蔬》（海秋）、《江阴军次》（海秋）、《搜军》（海秋）、《半山亭》（隆世储）、《庆云寺》（隆世储）、《飞水潭题石》（隆世储）、《晓晴，和贞壮韵》（后者）、《和秋叶〈春居杂兴〉次韵》（后者）、《和秋叶〈春居杂兴〉四首次韵》（问因）、《雨窗无事，偶检旧箧纪感》（问因）、《既和思声前诗，意有未尽，依韵书之并示秋叶》（贞壮）、《答少华次韵》（秋叶）。

《妇女时报》第 21 期刊行。本期"诗话"栏目含《绿蓰阁诗话（续）》（缃叶）；"清芬集·诗"栏目含张默君诗：《自题〈美人倚马看剑图〉》《丁巳春江湾观史天孙女士航空》《白莲》《水仙》《丁巳仲春，偕陈鸿璧、吕碧城、唐佩兰诸君探梅邓尉，率赋十三章以志鸿爪》《至司徒庙》《尤墓山道中》。

《说丛》第2期刊行。本期"文苑"栏目含《陆君颂炳传》(参观前粤容遇盗记)(赵更生)、《谢清史馆馆长征聘启》(指严)、《小居有感》(梦鲡)、《鸿蒙一首》(梦鲡)、《寄内》(梦鲡)、《读陈师道〈后山集〉》(梦鲡)、《途中有感》(梦鲡)、《寂居有感》(梦鲡)、《晨起秋雨绵凝，寒意侵逼，因赋》(梦鲡)、《读郑所南〈心史〉书后》(梦鲡)、《有见感赋》(梦鲡)、《人间》(梦鲡)、《闲居即事》(梦鲡)、《徐和甫七十寿代跋》(梦鲡)、《与朱韫初乔梓同游南海》(梦鲡)、《怀夏直卿长沙》(抱石)、《晋中杂咏》(抱石)、《关山月》(笑笑生)、《客里思家，口占寄内》(怡厂)、《踏莎行·纪梦》(抱石)、《寿楼春》(抱石)、《疏影·调汪剑秋纳姬赵湘云》(抱石)、《读家书杂感》(指严)、《吾独》(指严)、《但愿》(指严)、《赠问逵》(梦鲡)、《春日过丰台有感》(梦鲡)、《过琉璃厂书肆感赋》(梦鲡)、《一醉》(指严)、《云起轩词钞(续)》(文廷式)、《鹿川田父词》(宁乡程颂万子大)、《槐荫书屋诗钞》(历城楚航李湘)。

《青年进步》第2册刊行。本期"杂俎·文苑·文录"栏目含《辑十三经汉注叙录引言》(皕诲)、《古欢室诗存(续)》(皕诲)。

[韩]《朝鲜文艺》第1号刊行。本期"文苑"栏目含《大正五年元朝雨中饮屠苏有感，戏成百酌排律，偶添十韵并寄茂亭郑侍郎》(梅下崔永年)、《阳历元朝病卧，又值雨不得出，正自无憀，荷梅下庚兄寄示一千一百言排律读之，岁时记、风俗通、师友录合为一篇，何其盛而，谨步以呈下里之酬、东家之效，可愧也已，聊供一粲》(茂亭郑万朝)。其中，梅下崔永年《大正五年元朝雨中饮屠苏有感，戏成百酌排律，偶添十韵并寄茂亭郑侍郎》云："岁华云已徂，万户饮屠苏。忽听任堂蟋，尽知当隙驹。东溟腾瑞旭，北陆驻天枢。大正五年始，新春四海隅，岁时仿荆楚，日月乐唐虞。万里山河霁，一天雨露濡。民安皆乐土，年稔是康衢。满目新惟旧，同胞物与吾。风行偃似草，化布捷于桴，鲽域同元日，蜻洲望帝都，风云净海岳，氛祲洗刀铁。元始祭灵殿，四方拜衮愉，公私咸祝贺，少长并欢娱。花片溢门巷，叶书遍闾阁。植松祈苑茂，张藁辟挪揄。喜色三元至，欢声万岁呼。人人将福履，户户上云需。镜饼撑薇笋，金柑杂木奴。赤须蟠海老，玉缕脍松鲈。别有三层盏，非比一例盂。跪斟香气发，擎进礼容愉。饮者执如玉，吞之浓似酥。清心同沆瀣，灌顶等醍醐。去疾应返寿，启窗返大愚。嘉辰虽炜炜，良士当瞿瞿。东亚习相近，中华俗不渝。椒花彩上帖，香栢子薰醑。遗戏妆鹅燕，流光赋兔乌。被祥鸣竹爆，希泰换桃符。百鬼禳蓝尾，五香涅白须。瑞图花彩胜，精饭米雕胡。夺席君臣说，湔裳士女酺。放鸠兼放鲤，于貉彻于貙。辛菜五熏炼，辰门六畜艘。土风遐迩别，云物古今殊。茶礼享先庙，曼头烹小厨。彩衣拜长老，椒酝乐妻孥。远自高丽降，今犹除夕须。或疑差会受，不是管隆污。尧历象天度，

夏时仰圣谟。甲先占扰斗，寅出命羲峿。正月卦回泰，孟春星任诹。青阳龙衮御，苍辂鸾旗幠。蔼蔼光辉发，津津和气煦。百虫将启蛰，万象尽昭稣。千祀人皆惯，四时天亦乎。人时忽凿枘，天道何稜觚。南至旬才怡，嘉平月又逾。黄钟动龠匀，青琯吹葭莩。业已换新燧，缘何违旧模。巷言聊复尔，年统孰知乎。天吏循寰宇，太阳有轨涂。朔前月已出，冬内春先输。七政同璇玉，六音齐箎竽。周天推运会，成岁笑锱铢。天步京房解，星图康节摹。青台颁凤历，黄道验骊图。西哲明推算，东洲叹守株。地球公一转，日闰岁三迁。举世征惟足，旁论见太肤。殷周各自异，项顼不相拘。正朔从皆敬，淳风自不痛。民滋而岁熟，教讫又文敷。今值赤龙历，自斟白兽斛。人无芟叶警，地有桃花租。四境睡鼇犬，一家乐藻凫。知时好雨降，镇日嚣尘无。茗熟蹲猊鼎，香凝睡鸭炉。怀缘交历落，老可离须臾。寅釰韬金鞘，片冰信玉壶。雨三白雪市，太半黄公垆。历数人间世，谁为君子儒。灵均已感楚，季札竟归吴。家业种书带，名声咏鹧鸪。蓬莱鸾有族，乔木凤将雏。清标美瑚琏，高才握瑾瑜。袍光凤沼柳，笔势龙门梧。素志凤怀玉，英年早点朱。金莲归院宿，玉署趁朝趋。潮海多榕橘，江州晓竹芦。机云称古陆，轼辙见今苏。水阔东西瀼，山青大小姑。何望钟子识，不是樊生谀。同甲齿并序，接邻德不孤。昂昂卓立鹤，蠢蠢下乘驽。誉重仰梁楚，壤偏比莒邾。放眸何冷淡，举足太崎岖。量小朝三狙，才菲技五鼯。萍蓬漂浪迹，风雨伴残躯。学乏英华畜，禀悝胆气粗。求晨鸣鹍鹍，在市隐蜘蛛。循抱遄人析，求非终氏繻。佳悰觅枣栗，晚景在桑榆。宿志空云鹄，钟精岂野狐。龁残恋栈豆，梦远负江湖。傲情常睥睨，讷言不嗫嚅。只能对世警，非复待时沽。型土那容铸，粪墙不可圬。酒如饮河鼹，诗似学言鸲。交信人过爱，范非我所躯。何嫌太放浪，自喜小睢盱。丛桂花三径，小滇书一橱。裴洋知者孰，晨夕与之俱。榆叶分相佩，藜筇互更扶。芳桥期自饭，香馆觅青刍。晴雪同歌郢，暮春且舞雩。三庚饮菡萏，九日佩茱萸。伴侣希无恙，光阴且莫辜。愿同延鹿玉，长共探骊珠。一树梅花下，高吟一老夫。"

苏曼殊月初至日本，月底返上海，重晤柳亚子夫妇，住霞飞路宝康里，与伶人小如意、小杨月楼游。

圆瑛法师创立镇海僧立国民学校。

董必武由日本返武汉，与张国恩合办律师事务所。

李锐生。李锐，原名李厚生，湖南平江人。著有《龙胆紫集》。

邹恒琛生。邹恒琛，字宝山，福建连城人。著有《心玉斋诗联稿》。

谢无量撰《实用美文指南》由上海中华书局出版。《绪言》略云："易教精微光大，无所不包，惟孔子文言合于丽辞，诗乐本一。故美文之源，盖取则于诗教也。其后诸体枝条渐广。陆机《文赋》，述文凡十体，曰：'诗缘情而绮靡，赋体物而浏亮。碑披文以相质，诔缠绵而凄怆。铭博约而温润，箴顿挫而清壮。颂优游以彬蔚，论精微而朗畅。奏平彻以闲雅,说炜晔而谲诳。'晋世已有文笔之分,既名文赋,则以上十体,宜并是美文,故继之曰:'其为物也多姿,其为体也屡迁;其会意也尚巧,其遣音也贵妍。暨音声之迭代,若五色之相宣。'此为论美文也,审矣……有在古世为美文,而今人罕为之者,是亦无取。论其法式,今世通行美文,惟诗词最盛。故兹所论,以诗词为主。骈文变为四六,体制亦有古今之殊,今尚不乏为之者。惟论其法度,鲜简要之书,辄于末卷仿同一之体例而为之,可以考焉。若夫西方言文学者,以戏曲小说,同列美文。盖瀛夏殊尚,小说命意,诚有美者,而其文体,未尽美也。吾国戏曲,元明间作者颇多,要未及西方之盛,故咸靡得而论矣。"《实用美文指南》共三卷。卷上第一编为《诗学指南》,举凡三章:第一章《诗学通论》,含诗之渊源、诗体论、诗法论三节;第二章《古诗》,含乐府及古诗体势论、古诗实用格式二节;第三章《律诗》,含声韵与韵体之渊源、句法、律诗实用格式三节。卷中第二编《词学指南》,举凡二章:第一章《词学通论》,含词之渊源及体制、作词法、古今词家略评、词韵四节;第二章《填词实用格式》,含小令、中调二节。卷下第三编《骈文指南》,举凡二章:第一章《骈文通论》,含骈文之渊源、骈文研究法二节;第二章《骈文体格及变迁论》,含齐梁以前之骈文、永明体、徐庾体、唐骈文、宋四六、元明四六之不振及清代诸家略论六节。

吴昌硕作《潘兰老(潘飞声)六十寿》。诗云:"樊榭筑楼名月上(月上,樊榭姬名),俯看南苕落寒涨。兰史坐月好楼居,月子侍侧生芙蕖。后先词客有同调,此楼此月助清啸。敢云读书鲜知己,上达天听征之起。坐观时局玄又玄,螫人手足人万千。利之所在争必先,何必曰利谁大贤。干时挟策从我权,静言思之殊厚颜。何如载月乘好风,颦笑不减先施工。移山力竭来翦淞,赁庑且习梁鸿春。春声忽止吟声发,不问是吴还是粤。脱粟饭啖菜根龁,余日苍凉晞短发。六十耳顺谁同群,白鸥海上来狎君。君其顾我遵彼濆,俯仰今昔中心焚。不如竟拔酸寒帜,辟谷之谈诳刘季。明月为珰兰为佩,我学古狂着君醉。"

陈夔龙作《闰二月杪入杭,省内子墓》。诗云:"夙约相寻日几回,今朝特挂片帆来。螺鬟隐隐云千叠,马鬣荒荒土一抔。不分春时伤宿草,曾陪月夜赋寒梅。宁知寄庑齐眉侣,垂老翻成《五噫》哀。"

舒昌森作《高阳台·丁巳暮春,同社王惠生招饮,即席赋呈周苕丰咏茗及酒丐》。词云:"北里繁华,南城僻静,几忘旧日兵氛。故我重来,一枝筇杖随身。王郎避世墙东隐,拂茅檐、花影缤纷。更相宜,四壁藏书,一席清尊。　　主宾欢饮微酣后,尽形骸放浪,意挚情真。自笑萍踪,廿年留滞吴门。无端忝列耆英会,喜招邀、胜友如云。又今宵,醉把荼蘼,同惜余春。"

汪曾武作《齐天乐·丁巳暮春,偕浣芸南旋,同游西湖,忆别杭州已十年矣》。

词云："雨湖却比晴湖好,朝来更多清景。远岫涵青,空林滴翠,山色湖光相映。天然画境。看垂钓渔矶,笠簑人影。一櫂烟波,划开苹藻净如镜。 苏堤依约记取,认泥痕十载,鸿爪堪证。胜地重游,劳生久倦,身世还同萍梗。尘襟浣净。待古寺钟残,冷潭月印。莫负春宵,共拏烟外艇。"

方守敦作《丁巳季春之初,登中校爱景亭有感,次闻源原韵》(二首)。其一："人才莫艳海东西,故国江山气不低。花鸟三春空怅望,光芒六合竟尘泥。良才要自成斤斧,六鹤终当别鹜鸡。黯淡时危悲老大,坐迟狂狷慰云霄。"其二："连朝万象喜尘清,经雨园花尽有名。郭外晴岚山更好,池边新绿树难成。弦歌中抱尘州感,溪水遥通大海声。闲上高亭一俯仰,摩挲黄石不能平。"

曹广权作《黄笋山乙卯冬寄赠四绝,丁巳谷雨后,始为长句奉酬》。诗云："忆昔燕台侍坐初,满堂哄然常绝倒。重逢各见双鬓秃,班荆始觉谈诙少。二十年来只如梦,后先尘迹歘已扫。湖海论交复几人,数点流星散侵晓。新诗惠然能好我,琅琅展诵开怀抱。瑶华珍重兔儿年,不道龙儿年更好。沐猴看罢恶作剧(丙辰五月,袁世凯死,欧战激烈,中国武装中立),武装如梦槐安道。赤蛇内斗风雨急,劫灰未许胡僧了。乐国何适渔父笑,泽畔行吟亦枯槁。淮南春水涸于冬,怅望湘江空浩杳。墨池奋髯饮渴鼠,久阙报章聊草草。山中故人音书断,因君为告随阳鸟。倘问南园亦学翁(自号亦学道人),懒惰不如农圃老。"

陈宝泉作《丁巳闰年三月游农事试验场,春事过矣,而牡丹犹繁,因赋二截句》。其一："柳絮纷飞花事残,堂堂春日去无端。今朝重踏西园路,五色斑斓放牡丹。"其二："赋力中人抵十家,一丛深色最堪夸。海棠亭畔春如海,富贵人看富贵花。"

林思进作《丁巳三月成都杂感十首》。其一："兵火无虚岁,辛丁亘六年。虎嵋时斗穴,蛙并不窥天。岂谓壶浆意,翻成釜豆煎。两川古来重,置将莫徒然。"其二："黩货闻罗尚,流民拥赵廞。贪残人共疾,骄悍祸相寻。昔假中流楫,今惭上堵吟。人生只如梦,斗印误黄金。"其三："惨急西门战,哀声断入空。层城九里墨,一炬万家红。弹雨迷宵析,金河见故宫。当年父老说,蓝李尚从容。"其四："鼓角咽危闉,重围气不振。几家生并命,三月欲无春。覆折伤巢卵,仓皇哭路人。秋来御街净,应有夕飞磷。"其五："消息来东北,传闻杂信疑。括金尽簪珥,推刃到睚眦。一城角孤旌飐,腥风四面吹。安危托他族,民命仅如丝。"其六："倚任多无赖,凭依自宠王。不思投鼠忌,空作涸鱼殃。鲁难今谁已,凡亡兆豫张。提封本兄弟,何苦阋萧墙。"其七："久懦难为主,从来惧客兵。羽书争激电,节钺待专城。止沸悲前覆,贪天惜旧盟。只今骨肉痛,游士漫纵横。"其八："蜀乱先天下,时平独后人。顾瞻五尺道,酸恻锦江滨。谁启佳兵衅,宁知近死身。竖儒吾不恨,日诵铸金频。"其九："上巳忘佳节,惊魂召几回。尘昏石镜暗,笳响少城开。蜀碧年年血,昆明历历灰。恩仇休快意,风急海潮来。"

其十："辛苦筹荒改，民嗷不为饥。余生天幸免，谩语太平歊。琐尾同嗟命，燃脐或噬肥。无心论青史，愁掩杜陵扉。"

唐继尧作《丁巳暮春游黑水祠，归途偶成》（二首）。其一："剑马无功又一年，忧时敢笑杞人天。秋蚊群力山犹拔，精卫真诚海亦填。白眼英雄宁傲世，素心泉石忍求仙。老龙见惯沧溟水，波浪兼天也自然。"其二："烟树苍茫锁翠微，云山有意倩人归。心同白日知今是，睡醒红尘悟昨非。事业驹光怜蝶梦，乾坤蜗角笑龙飞。明知世事终无补，何处江湖访钓矶。"

江子愚作《浪淘沙·丁巳闰二月，成都兵变有感》。词云："回望少城东。春梦匆匆。火云连夜彻天红。无限温柔金粉地，一例沙虫。　把酒问天公。孤愤填胸。椎埋屠狗尽英雄。只算书生无福分，岁岁途穷。"

黄侃作《游积水潭》。诗云："春阑散幽虑，挈侣适城隅。澄陂匝高柳，圆墌围低蒲。神丛踞坡陀，飞观临闉阇。云移日埃曀，风定波萦纡。赏惬忘久痗，情慵得还途。岂厌尘事劳？但惜芳华徂。欣戚亮无准，恒充俄顷娱。齐物义在我，安辨菀与枯？"

刘大同作《星星点》。序云："丁巳春三月，留青养疴，邀友人乘桴游田横岛，归得一石，琴形，声亦如之，质坚润异常，可制砚，宝物也，因镌铭其上以记之，名之曰'星星点'。"铭云："一片石，数点星。润如玉，光如晶。静则无他技，动之辄有声。此所谓天地之精，河岳之灵，不管他风驰电掣，石裂山崩，历百折千磨而不变，长与古今文字，结生死之交情。"

刘伯端作《蝶恋花》。词云："九十韶华添百二。（闰二月）才过清明，又送春归矣。芳草连天花满地。几番辜负凭阑意。　娄尾风光留一醉。怪底连宵，雨做离人泪。欲避闲愁无好计。晓来叠损眉山翠。"

黄濬作《晚春》。诗云："漠漠风沙损却春，丛愁如发复撩人。吹残柳絮初欹帽，落尽榆钱不计缗。永日诗囊成左计，全家药裹供清贫。旧棋可覆谁能手，奕事长安感慨新。"

庞俊作《仓皇》（二首）。其一："一夜惊弓杜字号，虚怜战血染春蒿。仓皇漫欲夸身手，便听城隅唱董逃。"其二："只觉芜城赋易哀，颓垣坏壁又蒿莱。摩诃池上黄昏月，未忍分明照劫灰。"

郁达夫作《寄浪华南通》。诗云："重闻消息反潸然，别后飘零又几年。世上人谁知子直，井中蛙但识天圆。订交犹记红兰谱，说怨曾通白雪弦。我亦江湖行役倦，商量回马梦游仙。"

［日］久保得二作《暮春杂兴》。诗云："雨后三春尽，予怀正郁陶。江湖余醉梦，花鸟秃吟毫。暗水萦新竹，微风落晚桃。揭来鬓丝冷，偏悔少年豪。"

　　1日　《新青年》第3卷第3号刊行。本期刊发陈独秀《旧思想与国体问题》、胡适《历史的文学观念论》、刘半农《我之文学改良观》、胡适与陈独秀通信等。陈独秀《旧思想与国体问题》略谓："如今要巩固共和，非先将国民脑子里所有反对共和的旧思想，一一洗刷干净不可。因为民主共和的国家组织、社会制度、伦理观念，和君主专制的国家组织、社会制度、伦理观念全然相反，一个是重在平等精神，一个是重在尊卑阶级，万万不能调和的。""分明挂了共和招牌，而学士文人，对于颂扬功德、铺张宫殿、田猎的汉赋，和那思君明道的韩文杜诗，还是照旧推崇。偶然有人提倡近代通俗的国民文学，就要被人笑骂。一般社会应用的文字，也还仍旧是君主时代的恶习。"胡适致陈独秀信云："适所主张八事及足下所主张之三大主义者，此事之是非，非一朝一夕所能定，亦非一二人所能定。甚愿国中人士能平心静气与吾辈同力研究此问题。讨论既熟，是非自明。吾辈已张革命之旗，虽不容退缩，然亦决不敢以吾辈所主张为必是而不容他人之匡正也。"陈独秀回信云："改良文学之声，已起于国中，赞成反对者各居其半。鄙意容纳异义，自由讨论，固为学术发达之原则；独至改良中国文学，当以白话为文学正宗之说，必不容反对者有讨论之余地，必以吾辈所主张者为绝对之是，而不容他人之匡正之。"其后，《新青年》第3卷第6号刊发钱玄同致胡适信云："玄同对于用白话说理抒情，最赞成独秀先生之说，亦以为'其是非甚明，必不容反对者有讨论之余地，必以吾辈所主张者为绝对之是而不容他人之匡正'。此等论调，虽若过悍，然对于迂谬不化之选学妖孽与桐城谬种，实不能不以如此严厉面目加之：因此辈对于文学之见解，正与反对开学堂，反对剪辫子，说'洋鬼子脚直，跌倒爬不起'者见解相同；知识如此幼稚，尚有何种商量文学之话可说乎！"《新青年》第5卷第5号刊发胡适复汪懋祖信中说，陈独秀"答书说文学革命一事，是'天经地义'，不容更有异议……这话似乎太偏执了。我主张欢迎反对的言论，并非我不信文学革命是'天经地义'。我若不信这是'天经地义'，我也不来提倡了。但是人类的见解有个先后迟早的区别……舆论家的手段全在用明白的文字，充足的理由，诚恳的精神，要使那些反对我们的人不能不取消他们的'天经地义'，来信仰我们的'天经地义'"。本期胡适《历史的文学观念论》云："居今日而言文学改良，当注重'历史的文学观念'。一言以蔽之，曰：一时代有一时代之文学。此时代与彼时代之间，虽皆有承前启后之关系，而决不容完全抄袭，其完全抄袭者，决不成为真文学。愚惟深信此理，故以为古人已造古人之文学，今人当造今人之文学。至于今日之文学与今后之文学究竟当为何物，则全系于吾辈之眼光识力与笔力，而非一二人所能逆料也。""夫白话之文学，不足以取富贵，不足以邀声誉，不列于文学之'正宗'，然卒不能废绝者，岂无故耶？岂不以此为吾国文学趋势，自然如此，故不可禁遏而以昌达耶？愚深信此理，故又以为今日之文学，当以白话文学为正宗。"刘半农《我之文学改良观》谓："除于胡君所举八种改良，陈君所揭三大主义，及钱君所指旧文学种种弊端，绝端表示同意外，复举平时意中所欲言者，拉杂书之，草为此文。"刘半农断言通信、颂词、寿序、祭文、挽联、墓志等酬世之文为"文学废物"，认为文学实际上"只诗歌戏曲、小说杂文二种也"。他强调"文学为有精神之物，其精神即发生于作者脑海之中。故必须其作者能运用其精神，使自己之意识、情感、怀抱，意义藏纳于文中。而后所为之文，始有真正之价值，始能稳立于文学界中而不摇。否则精神既失，措辞虽工，亦不过说上一大番空话，实未曾做得半句文章也"。又云："自造新名词及输入外国名词，诚属势不可免。然新名词未必尽通，亦未必吾国竟无适当代用之字。若在文字范围中，取其行文便利，而又为人人所习见，固不妨酌量采用。若在文学范围，则用笔以漂亮雅洁为主，杂入累赘费解之新名词，其讨厌必与滥用古典相同。"

《同德》杂志创刊。共出2期。第1期"文苑·文"栏目含《樊云门寿叙》（王湘绮）、《张选青先生墓志铭》（章炳麟）、《大总统祭蔡松坡文》（章炳麟）、《大总统祭黄克强文》（章炳麟）、《副总统祭蔡松坡文》（章炳麟）、《副总统祭黄克强文》（章炳麟）、《名有我说》（铁文）、《糊窗记》（铁文）；"文苑·诗"栏目含《感怀八首》（尹昌衡）、《奉和硕权都督〈感怀〉原韵八首》（张药岩）、《偕同司诸君游十刹海，时在兵部作》（四首录三，李心地）、《秋兴八首》（用杜子美原韵）（陈彝训）。其中，尹昌衡《感怀八首》其一："百炼纯钢绕指柔，八溟犹忌一虚舟。明珠暗落伤青眼，宝鉴高悬待白头。廉颇不堪重作将，邵平空令早封侯。富春独许严光钓，归去羊裘愿不酬。"其六："莫怪司农仰屋号，诸军环伺迫连敖。长才有策能剜肉，巨室无知吝拔毛。海上渔盐愁管晏，关中罗掘困萧曹。野人百计图封燠，枵腹宵宵敝索绹。"

《申报》第15879号刊行。本期《自由谈》"游戏文章"栏目含《自由谈人名新酒令》（独一）。本期《老申报》"旧联新偶"栏目含《第三次揭晓》。

《丙辰杂志》第3期刊行。本期"艺苑·诗录"栏目含《感怀二十首》（陈独秀）、《印度洋舟中口占》（吴稚晖）、《译佛老里安寓言诗》（汪兆铭）、《楚禅过访因赠》（傅钝安）、《游西溪》（马一浮）、《答演生》（马一浮）、《永福寺禅房怀无量、万慧》（马一浮）、《和一浮〈游西溪〉之作》（谢无量）、《和一浮〈永辐寺见怀〉之作》（谢无量）、《斋中卧起》（程演生）、《龙湾探梅，和慎兄原韵》（程演生）、《过宜塘旧墅呈乙兄》（程演生）、《仲冬渡江来秋浦别业，赋〈过懒沉思〉二首》（录一首，程演生）、《约曼殊龙华看桃花，久待不至》（程演生）、《彦通自金陵辱书，词意哀感，赋此慰之》（程演生）、《汽车行》（徐铁华遗稿）、《天津考工厂歌》（徐铁华遗稿）、《观王之春中丞阅兵》（徐铁华遗稿)、《碎石叔辱赠序文,低徊今昔,情溢乎辞,因括其意,为长句报之》(徐铁华遗稿)、《三月十二日晨,铁华简告病笃,附诗二章,为诀别嘱后之词,并嘱传示诸旧好乞和,读之惘然,次韵以慰》(方伦叔)、《再次韵,下一转语,以当灵药之投,冀铁华一笑失疴也》(方伦叔)、《开岁忽六十篇》(康更生)、《海日楼联句》(康更生)、《归家书感》(沈乙厂)、《初园夏读》(初我)、《程柏堂招游白云栖席次赋赠》(初我)、《双骖园暑居闲咏(未完)》(李振堃);"艺苑·词录"栏目含《瑞龙吟·重过拙政园,用清真韵》(刘弘度)、《南浦·京师初见桃花,凄然赋此》(陈彦通)、《蝶恋花》(陈彦通)、《征招·寄杭州吴宜斋,和白石》(沈思斋)、《翠楼吟·简姚雄伯》(沈思斋)、《浣溪沙》([越南] 绵仲渊遗稿)、《沁园春·过故公主废宅》([越南] 绵仲渊遗稿)、《更漏子》([越南] 绵仲渊遗稿)、《虞美人》([越南] 绵仲渊遗稿)、《迈陂塘·晚起》([越南] 绵仲渊遗稿)、《踏莎行·秋意》(龙继栋遗稿)、《临江仙》(龙继栋遗稿)、《青玉案》(龙继栋遗稿)、《江城子》(龙继栋遗稿)、《南乡子》(龙继栋遗稿)、《念奴娇·春寒》(龙继栋遗稿)。其中,陈独秀《感怀二十首》其一:"委巷有佳人,颜色艳桃李。珠翠不增妍,所佩兰与芷。相遇非深恩,羞为发皓齿。闭户弄朱弦,江湖万余里。"其二:"春日二三月,百草恣妍美。瘦马仰天鸣,壮心殊未已。日望苍梧云,夜梦湘江水。晓镜览朱颜,忧伤自此始。"其三:"得失在跬步,杨朱泣路歧。变易在俄顷,墨翟悲染丝。人心有取舍,爱憎随相欺。八骏虽神逸,绝尘犹可追。"其四:"美哉武灵王,梦登黄华颠。女娃挟赵瑟,歌诗流昒妍。变服习胡射,宗族害其贤。奇计竟不成,美人空弃捐。"其五:"昔有梁孝王,风流歌吹台。西行见天子,侍从多贤才。相如虽未至,得见邹与枚。旷世无伯乐,骐骥为驽骀。"其六:"筑墙非过计,邻人乃见疑。忠言戮其身,哀哉关其思。周泽即云渥,爱憎谁能期。奈何婴逆鳞,福祸岂不知。"其七:"鲧死于羽邱,乃因窃息壤。义士与顽民,周师异诛赏。圣贤秉至公,曲直应无枉。人心无是非,是非徒自网。"其八:"木鸣响焦杀,怪星党天居。人情有忧乐,天意亦惨舒。穆王得造父,八骏供驰驱。如何致千里,辟马驱毁舆。"其九:"取士必取骨,相马莫相毛。淮南养宾客,所重斗与筲。照蝉不明火,振树将徒劳。哀哉蒙鸠子,托命于苇苕。"其十:"东邻有处子,文采何翩翩。高情薄尘俗,入海求神仙。归来夸邻里,朱楼列绮筵。今日横波目,昔时流泪泉。"十一:"古人重附民,后世重兵车。鲛革与铁鏇,兵败于垂沙。田野有饥色,千金购莫邪。将军不好武,守身龙与蛇。"十二:"列星昼殒队,华灯耀疏堂。杂布夺文锦,欲语回中肠。鸱枭岂终古,惊散双鸳鸯。美人怀远思,中夜起彷徨。"十三:"威凤敛羽翼,众口誉焦明。焦明与威凤,异命不同声。西巢三珠树,振翮一哀鸣。王母不可见,但忆董双成。"十四:"猛虎长百兽,梧斗轻重围。群鸟待凤凰,摩天能高飞。人王御万众,勇武世所稀。蛟鞾与弥龙,乌足养其威。"十五:"力父佩璇玉,被服妖不妍。背人傅脂粉,巧笑尾群仙。玉台谒王母,心醉天子篇。高邱一回首,众女空婵娟。"十六:"魂魂昆仑气,洛洛清溪流。琅玕出西极,光采粲九州。鸾凤一朝去,宫馆颓山邱。崦嵫不可望,望之令人愁。"十七:"女娲为精卫,衔石堙东海。东海水未堙,女娲心已改。夸父走虞渊,白日终相待。奈何金石心,坐视生吝悔。"十八:"峚山多丹木,其下有丹水。中产白玉膏,食之长不死。哀哀世上人,果腹任鞭棰。栖迟尘网中,局蹐待销毁。"十九:"天路绝泥滓,人世终苦辛。一念脱尘网,双足生青云。云中发箫管,悦耳何缤纷。回瞰所来地,泣下为人群。"二十:"百川深自回,噭焰坐相失。饮羽及石梁,九载甘肃瑟。八表问阴霾,虚白自盈室。十日丽芜皋,光明冀来日。"这组诗作于诗人居杭期间。王先生时任《民立报》编辑,在陈独秀将稿件交付后,将其中第十七、十九首选刊在1911年1月5日《民立报》"小奢摩室诗话"栏中,署名"陈仲甫"。王以"大哀"笔名撰编者按云:"吾友怀宁陈仲甫,弱冠工属文,往曾访予扬州,相得甚欢。此后,君即留学东瀛,去岁归国后,隐居杭州,日以读书为事,所作诗日益精进,今春以《游山》诸作见示。予性善忘,都不省记,昨又得近作《感遇诗》(五古)二十余首,皆忧时感世之作。说者有陈伯玉、阮嗣宗之遗。"又,刘弘度(刘永济)《瑞龙吟·重过拙政园,用清真韵》云:"香洲路,依旧暗苇通波,瘦藤萦树。兰舟闲泊烟深,听鹂载酒,伊人甚处。　　小留仁,曾见素腰临水,澹妆窥户。遥怜绛蜡铅华,风流斗尽,梅村怨语('千条绛蜡照铅华,十丈红墙饰罗绮。斗尽风流富管弦,更谁瞥眼闲桃李。'梅村《咏拙政园山茶花》诗也)。　　十载结邻前地,软红遮断,层城歌舞。还恐梦回青山,团扇非故。南桥夜月,词客伤心句。何堪更、霜花照眼,关河迟步。雁忍将秋去。凭阑不是,当时意绪。羞减华簪缕,斜照敛、潇潇连江寒雨。习池倦客,独悲萍絮(光绪丙午,小住苏州,寓庐适邻名园。十载重来,亦不禁梦窗团扇青山、南楼夜月之盛也)。"

《太平洋》第1卷第3号刊行。本期"诗录"栏目含《湘绮楼丁未后未刻诗(续)》(据手写本移录)(王闿运遗稿)、《白燕庵诗集(续)》(壁中集)(避袁氏难作也)(陈嘉会宏斋)。

《政法学会杂志》第3期刊行。本期"文苑"栏目含《钝庐诗话(续)》(曹蘅)。

《诗声》第2卷第11号刊行。本期"笔记"栏目含《雪堂丛拾(六)》(澹於)、《水佩风裳室杂记(十七)》(秋雪);"词谱"栏目含《莽苍室词谱卷二(九)》(莽苍);"词苑"栏目含《废园》(韦编)、《送秋》(前人)、《郊行书所见》(朝云)、《雪堂覆瓿集(七)》(续2卷9号):《中秋》(第二年月课)(二首,澹於)、《清明》(第二年月课)(鸿雪)、《郊行即目》(第二年月课)(苍雪)、《冬夜独坐》(第二年月课)(二首,乙厂);"诗论"栏目含《〈诗品〉卷中(四)》(梁代钟嵘);"诗故"栏目含《六如居士遗事》(唐仲宽);另有《雪堂第三十八课题》《雪堂诗社启事》《关万起、李树柟二君鉴》《征求社友》等。其中,《雪堂第三十八课题》为《晓起》,要求"限填《清平乐》,本课准民国六年五月廿五号收齐。"

黄群赴浙江省立十师演说。又，出席丁巳俱乐部成立会，当选为部长。

2日 《申报》第15880号刊行。本期《自由谈》"游戏文章"栏目含《新叹孤》（八首，徐励吾）、《自由谈人名新酒令》（嫉俗）；"诗囊"栏目含《和吴少坡女史〈翦淞阁示座上诸公〉原韵》（南湖）、《得栖园先生书，招入仓圣万年耆老会，即用孙太夫人〈示宝来禅师〉韵》（四首，东园）。

唐受祺作《记海隅雹灾》（时阴历三月十二日，为阳历五月二号）。诗云："海角忽闻雷，风云挟雨来。为霖方属望，雨雹乃成灾（松太两属凡近海处皆波及）。寒自层冰沍，阳迟大地回。那能转天意，泽润遍埏垓。"

3日 曾福谦作《叶玉甫（恭绰）招集同人于陶然亭，作展上巳之会，分韵得一字》。诗云："修禊净业湖，偻指刚旬日。诗人惜余春，有约江亭集。晓雨洒廉纤，亭午开晴色。芦漪水不注，苇泊风如栉。选馔屏腥荤，伊蒲供饱食。摄影托容成，真面肖一一。登高恣睇盼，岚翠西山挹。兹亭昔屡游，胜侣携六七。重来如隔世，过隙驹何疾。陵谷感变迁，鸡虫论得失。积忧渐成痗，湔波知乏术。行乐须及时，莫待芳华歇。"又，高阆仙作《丁巳三月上巳修禊十刹海，后十日，叶玉甫招集江亭，作展上巳之会，不克赴，友人代拈漏字》。诗云："勾芒驭龙去何骤，劝汝顿辔进春醑。十日酺饮从平原，流波羽觞事如旧。相期日午临江亭，春阴匝地野花秀。颇怪天公阻清兴，向晓淅沥闻檐溜。须臾扫云炫阳乌，始见车毂来辐辏。说诗应属梦得工，分韵讵嫌景宗后。击钵有声转战酣，开筵无肉不妨瘦。人生乐事会有几，如斯良宴信难觏。笑我碌碌守簿书，如剔爪牙縶槛兽。空闻逸少叙兰亭，不见参军来屋陋。明年雅集逐群贤，定采幽兰缀襟袖。"又，杨圻作《蝶恋花·丁巳三月展上巳，春雨彻夜。同社招饮，集陶然亭，以事未赴，拈简近字》。词云："百计留春春已困。如此烟花，消息无人问。旧日亭台今日恨。故人大半非玄鬓。　燕子归期还未准。怕上层楼，怕见春光尽。中酒风前花絮紧。可怜人远天涯近。"黄濬作《玉甫招集江亭，作展上巳未至，分韵得初字》。诗云："乱后江亭屦久疏，拥愁唯对半床书。禊游多汝勤相展，世患如今未易袪。想借佳辰倾白堕，傥搜新作过黄初。耽眠阻雨吾成悔，更负樱厨佛影蔬。"

陈去病作《立夏前三夕纪异》。诗云："丁巳三月十三夕，丰隆震惊间列缺。俄焉飞雹大于拳，铮鏦打窗胜金铁。琉璃破碎奚足论，四野摧残至堪惜。回飙疾卷去复来，瞬息中庭积冰雪。心知天变必有因，况值南郊迎夏节。阴阳相搏太离奇，鬼气森森剧萧瑟。江南兹日正苦旸，太湖水枯底龟坼。深愁蝻子将蔽天，或者秋霖成泽国。何期灾沴遽相侵，豆麦桑秧尽戕贼。茫茫浩劫眼前来，吁嗟蛮触争犹烈。"

4日 《申报》第15882号刊行。本期《自由谈》载"诗话"栏目（未署名）。

严修（范孙）游陶堤、陶庄，复登舟至禹陵。徐世昌作《余至天津，严范孙南游西湖天台未归,作诗寄之)。诗云:"我来津海上,君入湖山深。待君久不归,烟树莽沉沉。江上风雨急,倦鸟争投林。筑庐市尘外,晨夕共清吟。春风几十度,微凉透衣襟。好花开自落,结交无古今。迢迢双鲤书,聊寄一寸心。"

5日 《小说海》第3卷第5号刊行。本期"杂俎·笔记"栏目含《京华尘梦录》(子余):《提牢琐记》《松筠庵》《亭林尺牍》,《携榼看云录(续)》(王小隐)、《习静斋词话(未完)》(仙源瘦坡山人辑);"杂俎·弹词"栏目含《扬州梦弹词(续完)》(东园);"杂俎·诗文"栏目含《游六榕寺记》(汪济才)、《和默庵〈游平山〉之作次韵》(东园)、《题〈默庵诗钞〉,四叠〈游蜀冈〉韵》(睫盦)、《荷花生日,槁蟫以小罗浮三字分韵作诗寿之,诗成寄示,次韵奉酬》(睫盦)、《前诗意有未尽,再次虿鸣韵足成》(睫盦)、《次和伯匡见示之作》(睫盦)、《和薛储石见赠之作次韵》(二首,槁蟫)、《夏日即事》(杨介清)、《沁园春·题梦窗〈剪红十二词〉》(东园)、《渔父曲·春暮,用张志和韵》(东园)、《渔父曲·暮春有怀,叠前韵》(东园)、《浣溪沙四阕》(睫盦)、《踏莎行·新秋作》(槁蟫)。其中,《习静斋词话》连载至第6号"笔记"栏止。方廷楷自序云:"《习静斋诗话》中间有诗余之选,吾友武进恽铁樵见之,以为词入诗话,虽前人偶有之,然嫌与词话骈枝,似可删去。所论极当,爰从其说,尽数汰下,写于别纸。约可一卷,不忍弃去,强名之曰《习静斋词话》云。"《习静斋词话》与诗话同体例,分条编次,共27则,品评27位词人,录78阕词作。《习静斋词话》大都一则只评一位词人及其词作,也有一则兼论两位词人,如第7则将社友柳亚子和姚鹓雏词合论:"连日得柳亚子、姚鹓雏词数十阕,鹓雏长于写艳,亚子长于言愁。鸳雏秾丽似梦窗,亚子俊逸似稼轩。余于鹓雏爱其小令,亚子取其长调。"第8则合评社友庞檗子和王蕴章词:"南社同人,长于倚声,足与柳、姚逐鹿词场者,复有虞山庞檗子树柏,梁溪王莼农蕴章。"

《妇女杂志》第3卷第5号刊行。本期"文苑"栏目含《锡山杜太夫人家传》(蒋维乔)、《顾贤母杜太君墓碣铭》(钱基博)、《与蔡寒琼书》(论书法也)(香山李锦襄绮仙)、《湘韵楼诗存》(钱塘戴贞慧女士);"杂俎"栏目含《合浦珠传奇(续)》(畏庐老人填词)、《玉台艺乘(续)》(莼农)。

《学生》第4卷第5号刊行。本期"文苑·诗"栏目含《燕京八景》(北京第一中学校学生于汉儒)、《惜花》(京师公立第三中学校学生周守懿)、《芙蓉花下偶得》(江苏省立第一农业学校学生顾宪融)、《杂感》(前人)、《新柳》(江苏省立第六师范学校三年生徐一鹏)、《白桃花》(江苏省立第七中学校二年生季忠琢)、《落花》(兴宁兴民中学校二年生陈维新)、《燕》(滦县县立中学校三年生刘世昌)、《暮春》(前人)、《偶成》(前人)、《咏杨花》(泰县萧万钧)、《咏风》(前人)、《春燕》(安徽省立第一中学二年生刘宪曾)。

康有为作《丁巳三月十五日访兰亭》。诗云:"禊序昭陵劫几经,二千年迹剩兰亭。

清流修竹相映碧，峻岭崇山犹自清。大宙形骸已陈迹，同时裙屐并高名。春和天朗吾来咏，怅望萧条几换星。"

曾广祚作《丁巳三月朔，自京还湘乡墅，既望病起，步杉桥至曾堨，坐四子昭扬墓下作。余首女昭湲家在硖石，与兹邱相望，故有金瓠之句》。诗云："南方闻凤鸣，来舞横宇前。双翮凌紫氛，只翼堕黄泉。尧台不负图，轩阁不巢颠。吾生德已衰，子死忍相捐。佩玦在崇朝，带剑俄历年。游侠满京华，隐士独归田。今归岂怀楚，昔游宁恋燕。卧伤赢博坎，居向西河迁。偶婴孟轲疾，倏见望舒圆。倚仗出荆扉，履石破苔钱。丛杉依夕风，孤灯染春烟。虹梁通路歧，鱼藻逝波间。高坟气郁郁，隆碣思绵绵。遨魂竟何之，遗书徒自传。金瓠还连冢，玉草近辉山。弱质亦含灵，厌世并升仙。中肠转车轮，悲泣当歌篇。"

[韩] 申奎植作《弘岩先生追悼文》《维》《挽章》。其中，《维》云："呜呼邦国殄瘁兮，世道何其凌夷。逖矣教化颓废兮，民气徒以萎靡。帝遣天使谪降兮，大宗复活于兹。适值妖氛涨天兮，魔障牢不可破。排万难历千劫兮，吾教稍有端倪。师曰余诚未至兮，入山修道有年。闻苍生之疾苦兮，三日斋沐祷天。坛村民病俱苏兮，偕来咸拜天真。皇祖眷佑四方兮，神化远被西邻。回首故国山川兮，眼前狐狸纵横。哀我民族呼冤兮，日月惨澹无光。三圣词堂亲诣兮，为民赎罪自戕。噩耗忽传内外兮，仲秋节日罔极。比耶稣之磔列兮，其情尤可侧怛。异域亡命余生兮，闻其耗而痛切。大教中兴未艾兮，吾师易箦何速。后死者之无依兮，望仙驾而莫及。大东民气未灰兮，继其志者不乏。在天之灵阴助兮，神邦赖以光复。白山若砺碧海如带兮，灵魂千古不灭兮。来聆哀文兮，普天同声一哭。"《挽章》云："前朝五百年间无双国士，大教四千载后第一宗师。"

6日 中华职业教育社在上海成立，黄炎培为办事部主任。萨镇冰致开幕词，沈恩孚、黄炎培等作报告。会议通过中华职业教育社《宣言》和《章程》，推定聂云台、张元济、史量才、王正廷、杨廷栋、郭秉文、沈恩孚、朱葆康、黄炎培9人为临时干事。

《申报》第15884号刊行。本期《老申报》"文苑"栏目含《和忠赵节公〈绝命辞〉原韵》（四首，龙湫旧隐）。

白坚武口占一绝："销沈王气黯燕门，陵迹犹闻野老论。驴背纵谈兴替事，万山无语看中原。"

贺履之作《泰山纪游》（丁巳三月十四日，偕唐君郛郑、刘君少柟、陆军藕生前往泰安，十五日登泰山，夜宿玉皇顶，十六日下山，作纪游诗一百二十韵）。诗云："千里控云车，莽莽赋遄征。朝出都门东，夕近泰安城。岱宗挺神秀，矫首入苍冥。薄暮且驻足，明发促登临。良朋惟两三，邀约惬平生。红门日初晓，宿雾开重扃。舆夫挈腰笋，郭索成蠏行。洞道累万石，四壁风泠泠。上有万仙楼，铃铎鸣鏦铮。平桥记高老，素霓跨渊泓。想见雷雨时，飞瀑天为倾。水帘障古洞，崖石撑孤棚。前为四马岭，礌砢何不平？磴道绕西北，虎豹势狞狰。黄岘益劖削，奇鬼森逢迎。我仆皆喘汗，返顾尤兢兢。导者指相语，路转张云屏。中有快活三，履坦畅夷庚。降舆欣缓步，骋望何恢宏？州城大如斗，万户栖林坰。锦绣各成段，黄绿弥芳塍。登岱未及半，势已侔嵩恒。齐鲁诸名山，对此无抗衡。傲徕素雄诞（傲徕峰名，言其高峻，可傲徂徕也），俯首亦称臣。天风激众籁，万壑酣竽笙。视听入寥廓，延伫移我情。稍进路复峻，行经御帐坪（宋真宗驻跸处）。怪石若飞来，古木互支擎。岚光乍远近，葱翠满衣襟。俯窥朝阳洞，仰跻半山亭（半山亭，一名振衣亭）。两峰忽高耸，西上度长径。红栏自缭绕，千级扣壶阆。五松虽云古，秦封毋乃盲。谁欤觊封禅，袭此大夫称？烹茶暂憩止，引睇接曾青。群隒忽西走，仙窦现珑玲。隐隐松千万，上级云英英。贾勇成徒御，直上趋嵚崟。龙峪越大小（遇五松岭为大龙峪、小龙峪），蜿蜒如可乘。回环十八盘，所遇皆崚嶒。绝峡两相束，并作刀剑棱。言是对松岭，虬枝高下撑。拂袖落云片，冷意肌肤侵。云梯计已尽，决定一身凌。下视万山松，点点青浮萍。群峰更在下，倚伏如孩婴。据石稍盘礴，喘息犹未宁。仰视复错愕，千仞峰峥嵘。龙门一坊阻，仙侣跨飞升（过龙门坊，为升仙坊）。高高南天门，突兀何由登？危蹬石齿凿，环铁垂长絙。舁者惨不骄，力尽惟吞声。予亦瞑目坐，齿击心怦怦。徐升逾十里，项踵互磕碰。岳际渐平易，炊烟起岩阮。庐音百余家，商贩杂居氓。褚帛炫金宝，香火事元君。碧霞接东岳，轮奂崇宫廷。秦篆半蚀损，古碣苔藓凝。峭壁宇飞动，鸾凤翔千寻。开元纪全盛，留此磨崖铭。秦观俄在望，奋臂招吾朋。举头已天外，咫尺隘八纮。北顾揽燕蓟，东眺数青营。淮栝在其南，平芜浩无垠。极西无数山，阻隘认三秦。河朔诸州郡，棋布共一秤。黄河天际来，湾环衣带萦。汶泮泗济□，拖练影纵横。远天微晃漾，吾欲穷沧溟！斜日倏西匿，阵云起层阴。朔风动地吼，万象皆晦暝。雪花忽乱舞，顷刻堆琼英。俯仰无所见，一白烟沉沉。无天亦无地，何以安此身！进步趋庙庑，严寒不可禁。重裘犹未暖，况我仅绵缯。围炉烘烈火，呼酒倾巨觥。抵掌恣高谈，身热春气盈。启户且出现，雪霁天宇清。是夜月十五，皓魄当空明。举手如何攀，素蟹翻水晶。檐角明珠垂，错落千万星。周天二十八，眩目光荧荧。夜景固奇绝，还卜朝旭升。连床暂欹枕，相约期五更。兀兀不成寐，时觉天鸡鸣。揽衣冒寒出，浓云积千层。茫茫堕玉海，何处测寰瀛？久立仍注望，云涛渐翻腾。顷臾态万变，纷郁无留停。四山如列阵，龙虎驰相争。长风振旗鼓，驱之西北行。万峰齐涌出，势若洪涛惊。曦景已东上，树杪挂铜钲。睹此亦叫绝，画意充我心。我闻后石坞，异境尤幽深。积雪不辨路，寂寂锁烟岑。朝食还命舆，逶迤循归程。斗绝三万丈，直下如长绳。竿篷张两翼，翛捷随飞禽。命本重泰山，此若鸿毛轻。偶憩壶天阁，深峪寻石经（经石峪在歇马崖东）。豁然十余亩，磨砻发晶莹。大书皆卧地，一字千黄金。金刚几千字，强半留芳型。煌煌此巨观，椽笔伊何人。晚近夸毗子，狂题辄留名。狡狯安足道，能无辱山灵。何如无字碑，千古意常新（无字碑高二丈余，在玉皇顶）。亭午谒斗母，候客惟女僧。询我昨日游，景物为具陈。南天门上雪，南天门下青。跬步即异状，寒暖恶可凭。一笑了然悟，钟磬传清音。茗罢且言别，齿颊有余馨。涧泉忧丝竹，山花语流莺。余兴殊未已，此境空红尘。回瞻日观峰，云气复弥纶。重游倘有期，感曰病未能。吾当勤料理，布袜青行縢。"

7日　《光华学报》第2年第3期刊行。本期"艺苑·诗"栏目含《见牺楼遗诗（续）》（方与时撰，陈冠冕辑）、《次韵李百之〈石我园〉古体五首》（拙庵）、《姑苏》（坤符）、《夜泊枫桥》（前人）、《拟〈吁嗟篇〉》（寒云）、《兀坐》（前人）、《四月》（百言）、《线步》（前人）、《题画山水》（前人）、《荆门道中》（巢耘）、《寄涵茹、仲剑两君》（云仙）、《游君山作》（负生）；"艺苑·词"栏目含《和南唐后主词·丁巳六月朔，与余姚符君伯坚、嘉乐陈君仲勉相聚于临桂朱葆真君、刘采蓉女史贤伉俪之秋思馆，酒余多兴，约分和后主词，夜午为限，余不谙声韵，兼乏座上群彦之才，勉成七阕，颇愧弗如重光，聊志良朋吟赏之乐云尔》（负生）。

白坚武出南口经居庸关，口占一绝："叠嶂层峦联辔行，高原渐上瞰神京。秦皇一代千秋业，夷夏雄关万里城。"

魏清德《次韵题友鹤君画梅》发表于《台湾日日新报》。诗云："石火光中大有人，吾生虽寄岂无因。何须重礼天台忏，修到梅花不着尘。"

8日　《申报》第15886号刊行。本期《自由谈》"诗囊"栏目含《题明姚广孝为中山王徐达作山水卷》（潘老兰）。本期《老申报》"文苑"栏目含《青村新乐府》：《饿虱沿，警乱民也》《草里花，悯女功也》《守童身，斥奇谈也》《花烟灯，戒荡子也》（四首，十梅吟窝主人，见本报壬申年四月二十五日）。

张謇作《记梦》。诗云："珠帘锦幕绣屏风，衫影条苗鬓影松。所见似愁还似病，自言非困更非慵。灯花消息闲笼鹉，香雾温凉缠础龙。多少情怀缄芍药，奈何连到玉芙蓉。"

9日　《申报》第15887号刊行。本期《自由谈》载"词话"栏目，撰者"竹轩"。本期《老申报》"文苑"栏目含《无题四首》（苏台居士，见本报壬申年十月二十一日）。

[日]白井种德作《丁巳立夏后三日作》（二首）。其一："立夏后三日，天寒恰若冬。缩头火炉畔，诗就把毫慵。"其二："苦寒人不至，门径转萧然。风雨晚交雪，谁知初夏天。"

10日　《寸心》第5期刊行。本期"文苑"栏目含《寸心词选》：《金缕曲·自题剑影楼》（王血痕）、《扫花游·有赠》（王血痕）、《庭院深深·暮春有感二阕》（王血痕）、《壶中天·乙卯病中怀啼红、波民之作》（邝摩汉）、《瑞鹤仙·乙卯悼蔡烈士起蛰》(邝摩汉)、《长亭怨慢·香江赠别惜侬》(邝摩汉)、《水龙吟·题小照》(蔡突灵)、《玉京秋·寄友》(颜丙临)、《壶中天·九日登高怀摩汉》(何冠英)、《寸心诗联第三次揭晓》:《则予联》《泽苍联》《吴越王孙联》《一峰联》《炙輠客联》;"札记"栏目含[补白]《佛批才子诗》(眇公)、《红楼梦赋:贾宝玉梦游太虚境赋》(沈青士)、《雅言:爱与恋》(槁士)、《红楼梦赋:滴翠亭扑蝶赋》(沈青士);"艺术"栏目含[补白]《好诗:赠朝鲜刺客》(汪笑侬)。

《商学杂志》第2卷第5期刊行。本期"文苑·诗"栏目含《释语》(冯葆祺)、《释诂》(冯葆祺)、《题画美人》(冯葆祺)、《夜不寐口号》(李世丰)、《郊行,寄泛辰》(李世丰)、《读〈中庸〉》(李世丰)、《闰二月十日秉端来约游山,晚饭升平酒肆》(李世丰)、《大观远眺》(怀宁十二景之十)(李世丰)、《感怀》(菊苏来人)、《重九将近,客中感怀》(菊苏来人)、《感怀,和姜笙楼原韵》(易艾先)。

京剧表演艺术家谭鑫培卒于北京。樊增祥闻信作挽联一副:"声音具稀世之长,于今南内无人,偏又是落花时节;沧海下扬尘之泪,从此广陵绝响,再休提天宝当年。"

陈去病《书高天梅诗后》(二首)发表于《民国日报》。其一:"渐离击筑我哀歌,燕市相从奈老何。赢得一编游草在,伤今怀古泪痕多。"

11日 《申报》第15889号刊行。本期《自由谈》"游戏文章"栏目含《自由谈人名新酒令》(翟振亚);"词话"栏目,撰者"黑子"。本期《老申报》"文苑"栏目含《申江杂诗》(十首,茗上野人,见本报壬申年八月十一日)。

陈曾寿作《三月二十一日雨中奉母游七里泷》。诗云:"天然大青绿,画稿芰荒寒。我来春雨中,白云正未闲。连环锁碧流,上扃白玉关。濛濛入瓮底,舟外无人寰。至人道非一,或潜或在天。动静偶殊迹,精诚原往还。事业一竿重,黾勉无穷年。徒然诧高隐,安窥龙德全。我愧介推风,奉母乐清涟。夷犹更何事?饭香篷底烟。"

14日 宪法审议会否决"孔教"为国教,将《宪法草案》有关条文撤销,并将第十一条改为:"中华民国人民有尊崇孔子及信仰宗教之自由,非依法律不受限制。"陈焕章就此发表《敬告全国同胞书》,呼吁孔教信徒"抵死力争,务使宪法规定孔教为国教而后止"。

徐悲鸿偕蒋碧微乘日本轮船由上海赴日本。

张镜清《芙蓉竹枝词》(三首)刊于[马来亚]《国民日报》"诗苑"栏目。其三:"相逢无语诉相思,如此佳人不自持。去后恐归沙咤利,凝眸痴立已多时。"

15日 《申报》第15893号刊行。本期《自由谈》"游戏文章"栏目含《自由谈人名诗钟》(守拙子)。本期《老申报》"花丛谈屑"栏目含《题沈文兰小像诗》(江苏外史稿,见本报甲戌年九月初六日)。

《东方杂志》第14卷第5号刊行。本期"文苑·文"栏目含《张文襄公奏稿叙例》（许同莘）；"文苑·诗"栏目含《仿玉溪体》（沈曾植）、《仿衣云阁体》（约真长同作）（前人）、《题胡愔仲唐人所写〈金光明胜经〉卷子》（前人）、《题胡愔仲〈金光明胜经〉卷子》（王潜）、《题胡愔仲〈金光明胜经〉卷子，用若海韵》（朱祖谋）、《倪鸿宝、黄石斋、瞿稼轩三公墨迹，为宗子戴题》（杨钟羲）、《高幼农属题〈宋芝洞画册〉》（前人）、《为吴蔚若前辈题其祖棣华廉使〈壬戌雅集图〉》（前人）、《游元墓圣恩寺》（陈曾寿）、《登天平山，同病老作》（前人）、《六和塔》（俞明震）、《大雪后复偕苍虬入灵隐寺同赋》（前人）、《田居春感》（曾习经）、《题宝瑞臣侍郎〈上元夜饮图〉》（前人）、《二月九日灵峰寺看梅，遂过烟霞洞，则梅已半落矣，是日同游为映庵、旭初》（诸宗元）；"文苑·词"栏目含《喜迁莺·和韵寄仁先》（沈曾植）、《蝶恋花·读〈訒斋词〉》（沈曾植）。

《新国民杂志》第3期刊行。本期"艺苑·诗选"栏目含《借眠草堂吟稿》（绍兴谢文达护复遗著）、《百尺楼吟草》（叙永余一仪遗稿）、《维园诗钞》（伍平一）、《冷玉斋未是草》（天贶）；"艺苑·词选"栏目含《灵凤楼词钞》（谢仰厂）、《西江月·和仰厂韵》（魏纫秋女士）、《减字木兰花·和仰厂韵》（魏纫秋女士）。

《南洋华侨杂志》第1卷第3期刊行。本期"艺苑·诗选"栏目含《在觉》（红冰）、《风雨有感四首》（前人）、《赠杜怜雪》（前人）、《无题》（前人）、《送白鹭洲归里》（前人）、《元日喜兰盛开，口占自志》（漱石）、《感事》（前人）、《咏史》（梦良）、《初度感怀》（哲卿）、《题蔡子朋医士玉照》（前人）、《怀归》（前人）、《残春》（慧侬女士）、《海棠》（前人）、《莲花》（倩侬女士）、《感怀》（前人）、《落花，次倩侬女士韵》（粤乡）、《游霹雳南道院石洞》（前人）、《游极乐寺》（前人）、《秋感》（钝民）、《病中感怀》（前人）、《和时若、镇南二君〈有感〉原韵》（前人）、《步罗蔚南君〈观海〉原韵》（前人）、《残霞》（前人）、《雨夜闺情》（前人）；"艺苑·词选"栏目含《雨霖铃·秋铃》（庆霖）、《玉山枕·秋枕》（前人）、《绿意·秋痕》（前人）、《声声慢·秋声》（前人）。

［韩］《天道教会月报》第82号刊行。本期"词藻"栏目含《牛耳洞观樱》（我铁郑广朝）、《又》（香山车相鹤）、《又》（临汕李教鸿）、《又》（于泉李会九）、《又》（凰山李钟麟）、《又》（洌堂刘载豊）、《又》（凰山）、《步出彰义门外》（我铁）、《又》（古友崔麟）、《又》（仁斋金泽铉）、《满洲车中：奉天》（源庵吴知泳）、《满洲车中：营口》（源庵吴知泳）、《满洲车中：旅顺》（源庵吴知泳）、《满洲车中：哈尔宾》（源庵吴知泳）、《满洲车中：鸭绿江》（源庵吴知泳）；"中央总部汇报"栏目含《(附) 寿诗：寿韵》（游庵洪基兆）、《又》（芝江梁汉默）、《又》（漳庵吴荣昌）、《又》（泓庵罗仁协）、《又》（潼庵李钟奭）、《又》（我铁郑广朝）、《又》（苇沧吴世昌）、《又》（忧堂权东镇）、《又》（溙庵张南善）、《又》（仁庵洪秉箕）、《又》（湋庵罗龙焕）、《又》（渊庵林礼焕）、《又》（香山车

相鹤)、《又》(鳳山崔士岷)。其中,吴知泳《满洲车中·奉天》云:"路入奉天又见天,平圆大陆浩无前。中有一车通世界,春风得意我乘先。"

17日 杨钟羲赴会宾楼一元会。李审言、王叔用皆入会,朱古微、王聘三、唐元素、何擎一、章一山皆至。

《申报》第15895号刊行。本期《老申报》"文苑"栏目含《洋泾浜竹枝词》(二十四首,龙湫旧隐稿,见本报壬申年五月初八日)。

胡适作《绝句》。诗云:"五月东风著意寒,青枫叶小当花看。几日暖风和暖雨,催将春气到江干。"

18日 英文《京报》刊登该报主笔陈友仁《出卖中国》一文,揭露段祺瑞与日本商议中日借款一亿元密约。次日,陈被捕,旋被处刑4个月。6月4日,黎元洪令特赦陈友仁。

《申报》第15896号刊行。本期《老申报》"文苑"栏目含《后竹枝词》(十首,海上忘机客,壬申年五月初七日)。

魏清德《敬次有贺春波翁瑶韵》(二首)发表于《台湾日日新报》。其一:"寒月吟龙笛,宵深鹤梦还。画梅灯影下,一曲念家山。"其二:"芳草南天路,连旬风雨催。明知有离别,相送更徘徊。"

19日 成舍我在《民国日报》发表《余墨》一文,认为"今之倡文学革命者,其文学定不高妙,犹之倡社会革命者,其家产定不丰富"。

叶昌炽作《题张弁群宋拓四宝》,含《十七帖》(二首)、《黄庭经》(二首)、《禊帖》(二首)、《小字麻姑仙坛记》(二首)。序云:"弁群富于藏弆,此宋拓四本尤为铭心绝品,去冬至求恕斋携示属题,留箧中半载矣。文园消渴,今年闻其病浸笃,归浔溪,病中不忘结习,犹惓惓问讯,欲一见题字以瞑目。闻之心恻,力疾各书二绝以慰之。"其中,《十七帖》其二:"蜀事曾闻赋子云,多奇何似太冲文。讲堂盐井诸名迹,一一山川问使君(内八帖皆与益州刺史周樆论蜀事,中间阙'汉时讲堂'一段,冯鱼山云在全文一本之上)。"《黄庭经》其一:"漫持遗教比《黄庭》,妙楷台原有典型。但惜人间潭绛本,琵琶总是隔帘听。(朱西厓跋云:'陶贞白曰:逸少有名之迹,《黄庭》第一。'重拓叠橅,几乎隔帘听琵琶矣。见此,正所谓减墨迹一等者。右曾)"

鲍心增作《拜乡先哲法西坪先生墓》。序云:"在西乡铁炉村曹王山麓,去前寺先茔约二里,丁巳三月廿九日,特步访焉。"诗云:"曾是通家谊(先生为海门征君诗友),如何凤德衰。空山乔木尽,市地野花开。坛坫风骚主,旌麾大将才。箕裘曾累叶,零落使人哀。"

20日 《申报》第15898号刊行。本期《自由谈》"游戏文章"栏目含《自由谈人名新酒令》(罪我)。本期《老申报》"文苑"栏目含《豫园杂咏》(十二首,平阳凌云子,见本报壬申年七月十四日）。

杨度《东洲行·送程载传还衡阳》《避难中作》刊于《甲寅日刊》。其中，《东洲行》云："衡阳郭外有东洲，左右平分湘水流。洲上彭公营矮屋，更为湘绮筑高楼。楼前精舍诸生宿，日听康成讲经熟。我昔从游问字余，爱此山川旷心目。一时师友劳攀仰，更兼云物宜清赏。风浪相期万里怀，文章各有千秋想。此后离群二十年，中原时局几推迁。乱离王粲《登楼赋》，呜咽江淹饮恨篇。世事由来任人作，人生得失谁能度。昔爱云山未隐沦，今愁湖海长飘泊。况悲湘绮就长寝，更伤陈廖归冥漠。东洲故旧半凋零，海内文章遂萧索。湘渚春鸿正北还，此时程子向湖南。归舟莫傍洲边宿，室在人亡何可堪。"《避难中作》云："去岁遭世变，逃遁栖海隅。依托外租域，存此亡命躯。乱世轻人命，苟命古所誉。官吏索我缓，容我使读书。文史为吾友，应接在一庐。有时歌以啸，天风若与俱。优游既卒岁，阳春倏以敷。林花次第开，好鸟时相呼。往来二三子，皆复患难余。喧寂无异趣，穷达理一如。"

童春作《禹历三月晦日偕同人访吟仙剧承优待，次日赋谢》。诗云："宅傍湖山景万千，来游好在暮春天。八言楹帖增惭愧（室悬乙卯赠联云：'齐晏子居不妨近市；晋陶令宅聊可衔觞'），七载萍踪话后先（客东山已七年，公先二年云）。孔座宴宾樽必满，郇厨近市味尝鲜。鹤皋散步公前导，斜日催归兴未阑。"

21日 《申报》第15899号刊行。本期《老申报》"文苑"栏目含《拟题壁诗》（二首，韫玉居士，见本报癸酉年十二月初四日）。

沈曾植访郑孝胥。时升允自青岛至上海。

周岸登作《齐天乐》（二首）。其一："碧鸡初祭行人去，荒江倦邮归晚。树点鸦犀，林烧凤蜡，千尺珊瑚光烂。蓉城路远。正旌节鸾回，锦标霞建。赋笔文园，自研丹露写琴怨。　攀枝还忆旧赏，叹蛮花瘴草，星鬓都换。泪洒红桑，烟生紫玉，消得年来肠断。交柯恨蕞。怕珍翼惊飞，万灯虫泫。罢舞锅桩，茜绡随梦展。（会理木棉）"其二："碧浔残醉扶难起，霞飞梦云千树。赤雅风谣，朱鸢草木，裁入南强花谱。瑶空昼午。正丹嚼偷窥，半零红露。细点赢杯，酒边和泪写芳句。　蛮春消息未款，换巢鸾凤杳，愁染香絮。怨惹赪桐，词工绛雪，赢得天涯羁旅。胎禽绀羽。甚鲛室珠惭，荔宫人妒。照眼繁灯，背城催暗鼓。（浔州木棉）"

22日 《申报》第15900号刊行。本期《老申报》"文苑"栏目含《沪城城内竹枝词》（二十首，见本报壬申年七月十一日）。

余达父作《丁巳四月二日，哭伯彪先生》。诗云："寄生忧患余，衰老皆成叟。复不能相聚，欸忽仍出走。暌离经五春，南北各分手。惟恃走尺书，一月一拜受。近忽淹旬月，不见函琼玖。私心方惕惕，报书梗何久。梦中接赴书，哭倒惊童妇。醒来强自宽，梦凶吉或后。今日闻电来，骨战神惊踬。开函译未终，痛切心如剖。早知遂永诀，老死长相守。栖遑人事乖，漂泊孔怀负。平生同气人，兄尤顾我厚。少壮不胜达，中更婴灾咎。猛虎生两翼，雄虺摇九首。叫阍术既穷，蹈海事亦偶。终乃脱犴狱，菽水同将母。颇幸余生乐，闲闲终十亩。岂知海水飞，艰运丁阳九。我落风尘中，萍蓬随藓苔。燕市长悲歌，余生甘速朽。今更罹此毒，我生复何有？九原不可作，安用乔松寿。"

23日　北京政府免国务总理兼陆军总长段祺瑞职。

章太炎致函吴承仕。略谓："每见欧阳竟无辈排斥理学，吾甚不以为是，此与告季刚勿排桐城派相似。"

24日　张勋致电黎元洪，陈述徐州会议各督军反对免段职令，声称"凡任免官吏，向由国务院发出，非经国务总理副署，不能发生效力"，"如无持平办法，必将激生他变"。

胡派源《乘凉闲眺杂咏》（七首）刊于［马来亚］《国民日报》"诗苑"栏目。其一："避暑乘凉吸晚风，呼童移椅坐楼东。门前绿影阴生地，两树参差蔽日红。"其二："炎威初罢降和风，坐厌嬉游碧海东。天际船飞穿雾过，烟霏云敛落霞红。"

25日　《申报》第15903号刊行。本期《自由谈》"游戏文章"栏目含《〈自由谈〉人名与药石》（罪我）、《〈自由谈〉人名与药石》（郭衍蕃）。

《小说月报》第8卷第5号刊行。本期"文苑·文"栏目含《〈陶庐文集〉序》（叔节）、《故妻陈淑人墓碣》（映庵）；"文苑·诗"栏目含《次韵樊山〈喜雪〉》（桔叟）、《次韵和樊山前辈〈喜雪〉诗》（匏庵）、《大雪两昼夜，势犹未已，喜赋》（樊山）、《丙辰九月二十四日，车赴杭州，访仁先、恪士，夜抵南湖新宅》（散原）、《法相寺古樟，同仁先、恪士作》（散原）、《游西溪归舟望云作》（止存）、《同散原、仁先游虎跑泉，次散原韵》（蒿庵）、《重九日宛在堂秋祭作》（石遗）、《春寒，和樊山次韵》（石遗）、《大明湖，和吴辟疆》（彦殊）、《长圩沙夜步》（彦殊）、《青春一首》（秋岳）、《师曾、晦闻、宰平、次公约同崇效寺赏牡丹，是为诗社第二集》（秋岳）、《挽何邕威》（秋岳）、《湖上杂书》（贞长）、《题徐随庵〈小檀药室勘词图〉》（映庵）、《大风》（映庵）；"附来稿最录"含《接叶亭记》（廮伯）、《广陵杂咏》（一百韵有引）（东园）、《挽刘语石先生，即次〈丙辰除夕七十告存〉韵》（睫盦）、《风栗，和醉六》（睫盦）、《赠姚哀民，步拙巢原韵》（张之纯）；"杂俎"栏目含《陔南山馆诗话（续完）》（魏子安）、《板桥杂记补（续）》（金嗣芬楚青）、《蜀鹃啼传奇（续完）》（林纾）。

章士钊在东京中国留学生组织的神州学会发表演讲《欧洲最近思潮与吾人之觉悟》。后载于《东方杂志》第14卷第12期，署名"行严"。

严修访徐菊人，遇诸途。徐世昌《范孙过访，闲话感赋》云："碣石今何处，苍茫大泽隈。论盐能富国，分野见奇才。一水邻堪接，三山事可猜。昭王遗迹在，落日照金台。"

郁达夫作《记梦二首》。其一《夜泊西兴》云:"罗刹江边水拍天,山阴道上树含烟。西兴两岸沙如雪,明月依依夜泊船。"

丘尚彬《望加丽杂咏》(二首)刊于[马来亚]《国民日报》"诗苑"栏目。其一:"地浮大海海围山,长终一带水潺湲。东家茅屋西家宅,却在椰丛乳树间。"其二:"徙倚层轩豁远眄,斜阳影里数归舟。采兰正是春三侯,芳草如天缘上楼。"

26 日 俞明震作《四月初六夜,同病山泛舟鉴湖》。诗云:"柔橹轻鸥外,花明柳暗天。一春能几日?双鬓各衰年。欹枕山如幄,推篷月满肩。渺然沧海思,清夜断桥边。"

杨晨作《丁巳四月六日,同人合摄镜影,次柯辅周前韵》。诗云:"一棹飘然入鉴阳,尘歊弹指变清凉。松篁夹路阴如许,樱笋开厨乐未央。酒量恰同荷叶小,诗怀偏爱楝花香。凭君各有千秋想,搔首何须问彼苍。"

27 日 北京留法俭学会预备学校开学。蔡元培、吴玉章发表演说。

《申报》第 15905 号刊行。本期《老申报》"文苑"栏目含《花间纪事诗》(十首,梦芜香馆主人,见本报壬申年六月二十四日)。

《公民周刊》第 1 卷第 1 号刊行。本期"文苑"栏目含《康乾生先生墓铭》《挽吴象三先生》(陈督军)、《挽吴象三先生》(雷溥、李梦华、刘吉士、张铭龄)、《张翔初先生哭张聚庭先生继室夫人诗》《南枝集(未完)》([越南]河内阮尚贤鼎南)、《拟秦人答晋吕相绝秦书》(养秋)。

符璋诣周仲明、朱眉山、陈谱孙、陈子万。集成诗钟 50 卷。

王闻长作《丁巳四月七日,同人登山,大风败兴,围棋一局而归》。诗云:"孟夏不雨旱隆隆,良苗半槁二麦空。徂山默祷雨其濛,车行打头多北风。眼前有景谁得见,黄沙飞管迷西东。入寺不过双方瞳,但闻檐铎声铮鏦。我欲振衣千仞上,又恐高处缥缈无际踪。吁嗟乎,虞陛挥弦不得见,唯见调调刁刁怒气发作大王雄(时黎、段相争甚烈)。风兮风兮尔何聪,不知我辈痴迷且聋。东山丝竹聊相从,赌墅一局且未终。"

28 日 《申报》第 15906 号刊行。本期《老申报》"文苑"栏目含《申江竹枝词》(十首,青溪月圆人寿楼主,见本报壬申年十一月十一日)。

陈三立作《浴佛日,雨中发南昌,抵崧庐,上冢三首》。其一:"临江雨濛濛,犯渡私帆幅。洲转咽岸欹,苍霭涨原陆。新泥腻深轨,影积道边木。吐秧画罢畦,娱听叱黄犊。阵鸦切此心,迎诉啼觜曲。宿昔所昵山,瘗之云岚腹。想象服气曜,手披灵文读。拾梦老却人,魂曙村坞熟。华表隔炊烟,社栎已插目。捷径迷羊肠,指投围蛙屋。"

29 日 云南、贵州、广东、广西、浙江、四川、湖南、江西八省宣告与政府脱离关系。

《申报》第15907号刊行。本期《老申报》"文苑"栏目含《沪上青楼词二十首》(鸥湖居士,见本报壬申年十月初七日)。

30日　《申报》第15908号刊行。本期《自由谈》载"词话"栏目,撰者"病凤"。

31日　《申报》第15909号刊行。本期《自由谈》"游戏文章"栏目含《自由谈人名新酒令》(半仙)、《自由谈人名新酒令》(秋梦)。本期《老申报》"文苑"栏目含《洋泾浜竹枝词》(十首,古明州来游客,见本报甲戌年九月初六日)。

郁达夫作《相思树三首》。其一:"吐雾含烟作意娇,好将疏影拂春潮。为谁栽此相思树,远似愁眉近似腰。"其二:"江水悠悠日夜流,江干明月照人愁。临行栽取三株树,春色明年绿上楼。"其三:"我去蓬莱觅枣瓜,君留古渡散天花。他年倘向瑶池见,记取杨枝舞影斜。"

本　月

于右任为了回应孙中山护法运动,北上北京,又南下经开封、洛阳归至陕西,与胡景翼、井勿幕、张钫、宋元恺、茹欲立、李元鼎、刘守中、曹世英、樊钟秀、于鹤春、李春堂等秘密筹商呼应南方护法大计,共起讨逆。后以陈树藩之阻挠,于右任复黯然返沪。于右任在陕西时曾为辛亥以来死难诸烈士纪念碑题词,词曰:"大野伤麟,朝阳落凤;目极神州,忧来复恸。哀哀三秦,前后百战;垂老还乡,陵谷几变!凭高吊古,惟念国殇;但为君故,泣下数行。雨雪北门,天道宁论。山南山北,何处招魂?英雄万骨,塞潼关道;咸阳原上,膏血野草。万劫周回,万灵环绕;万朵黄花,香连岭表。丰碑参天,人伦此爱;岳色河声,并峙千载。诚铸国魂,血化时代,西北人豪,精神如在。"返沪后,偶亦鬻书自给。其海上寄怀京友诗云:"画采云车梦里春,输君冷眼看京尘。天荒地变神州泪,闲煞江南卖字人。"

《浙江兵事杂志》第37期刊行。本期"文艺·诗录"栏目含《次和贞壮〈感事六章〉并示济时、秋叶》(海秋)、《次韵答秋叶〈春居杂兴〉四首》(海秋)、《和秋叶〈春居杂兴〉次韵》(济时)、《春居杂兴,和秋叶次韵》(贞壮)、《次韵答思声》(贞壮)、《春居杂兴》(秋叶)、《春日居杭遣兴联句百韵》(秋叶)。

《国立北京农业专门学校校友会杂志》第2期刊行。本期"文艺"栏目含《菊花小传(并序)》(边汉杰)、《拟劝同学惜阴书》(马元恺)、《与刘倩梅书》(何豫祥)、《种瑞香赋》(范缉光)、《肄业农校林科,作此志感》(杨龙保)、《游万里长城口占》(张仁任)、《海中寄怀津门友人》(集唐)(张上苑)、《读史杂感》(尹巨崧)、《游南海即景》(廖显模)、《无题四首》(魏崇亢)、《乙卯夜雪感怀,次友人均》(范缉光)、《读〈春堂诗草〉》(熊寿春)、《东篱诗草》(陈锡獬)、《秋色》(凌毓璜)、《月下远眺》(金张銮)、《杂兴》(徐承镕)、《学农》(周维京)。

康有为游兰亭,探禹穴,泛舟数十里,山水秀绝。作《丁巳三月十五日访兰亭》《游柯岩》《探禹穴》《绍兴城外泛舟，数十里山水秀绝》。其中，《绍兴城外泛舟》云："镜水稽山旧梦游，千岩万壑秀争流。山阴道上接不暇，百里春溪一叶舟。"又，左子异以左文襄少年像属题。又，康有为自《甲寅除夕感逝》诗起，至丁巳（1917）三月，所作诗哀以为集，曰《纳东海亭诗集》，凡117首。

苏曼殊在沪，柳亚子时相往返，是为与曼殊最后晤面。"最后仍晤君沪渎，时为英士归葬碧浪湖之前数日，握手道故，形容憔悴甚。"（柳亚子《〈燕子龛诗〉序》）

王光祈、周太玄在北京结识李大钊，相谈投契。

夏承焘以近作《闲情》（十首）寄投《瓯括日报》，有"年年无限东风泪，岂为伤春独断肠"句。

高福永生。高福永，广东番禺人。著有《云湄楼诗词集》《炉边诗话》。

严复作《欧战感赋》。诗云："三年西宇战天骄，海上金银气尽销（只以英计，每日费金钱殆五百万镑，今则六七百万镑矣）。入水狙攻号潜艇，凌云作斗有飞轺。壤长地脉应伤断，炮震山根合动摇。见说伤亡过十万，不堪人种日萧条。"

圆瑛大师作《四十母难上堂》。诗云："人生三界一浮沤，百岁光阴似水流。识得本生真面目，不随寒暑与春秋。"跋云："诸上座，会么？色身虚幻，毕竟非实，假四大以合成，逐四时而迁变，刹那刹那，新新不住。虽臻百岁期颐，亦同瞬息，何足宝贵！果能向躯壳里，亲见本有真身，不落数量，不受生死，先天地而有，亘尘劫常存，证无量寿之寿。为人天师范，作末劫津梁，方足庆贺！圆瑛窃计，人世四十载，出家廿二年，虚度时光，未明佛法，辜负四恩，惭愧万状，何足称庆！今有信心护法，深明佛法，不离世法，欲以真谛而作世谛流布，特请上堂，宣扬法要。现前佛法世法都不问，且道色身真身究竟是一是二？顾左右云：你不是你，我不是我，于中见得真切，自然长生不老。"章亦伊于圆瑛大师四十母难之辰题赠一律，圆瑛大师次韵奉酬云："如洗新诗不受蒙，词林大雅沐清风。才追郊岛声名重，思入江山气象雄（借句）。时事五洲罗眼底，秋涛万顷起胸中。论交不厌祇园客，共剪西窗腊炬红。"

杨圻作《丁巳首夏寓斋，恽澄公来谈》。诗云："谢时独洒扫，艰苦赋闲居。高柳客吹笛，落花人读书。焚香微雨里，宴寝自清虚。春尽意犹永，忘言思遂初。"

裴景福作《丁巳三月尾还新店》。诗云："避地无安宅，还乡及暮春。牛羊知跪拜，蜂蚁有君臣。扶杖儿童喜，开樽兄弟亲。躬耕吾所愿，何日作尧民。"

程潜作《燕京杂诗四首（并序）》。序云："予去冬离湘，所部交谭督军延闿改编，赴沪吊黄、蔡之丧。年终来燕，时当路因参战事交恶，数月间闻见多感，成杂诗四首。"其一："高台何崔嵬，仿佛生丹霞。楼前接瀛海，墙外长蓬麻。平旦多悲风，薄暮栖游鸦。本期芟秽杂，可奈斧无柯。张目快积愤，即耳来哀笳。皎皎春夜月，粲粲春日花。今日乐俄顷，明日徒咨嗟。"其二："晨登西山巅，举首观域中。春风吹广野，一望眇无穷。

信美此河山，物饶土亦丰。奈何凭权者，日夕起内讧。昏迷不知止，虎狼瞰西东。粉饰自谓美，回谲以为工。岂有朝颜花，亭午尚丹红？"其三："九衢鸣长毂，尘埃起高车。行道共侧目，乘者自豪华。相彼车中人，服饰一何奢。谁知飞盖下，蠢蠢如橐驼。东园爇桃李，日暮多落花。西园蓄狐兔，夜半起清歌。耳目岂不快，失势将如何！"其四："蜉蝣乐无涯，楚楚振其衣。荣耀须及时，朝露殆将晞。夏虫亦啾啾，朱明尚未移。蟋蟀最得意，五夜声相催，云何当涂士，与物竞光辉。且炫九衢道，暮饰三彤闱。努力事争夺，谁能计安危！"

李澄宇作《无题二首》。其一："华妆独步楚云空，初近妆台便不同。解佩汉皋盟白水，移花阆苑管东风。凤楼日暮箫方罢，鸳被春寒梦未通。望断鹊桥波浪远，天孙织锦几时工。"

[日] 关泽清修作《初夏池亭，分韵》。诗云："花落池亭绿树清，疏帘钩尽倚新晴。嫩荷出水才三两，早有鱼儿作队行。"

[日] 冈部东云作《大正六年五月游新潟归来，会平等寺精合法筵，赋一律》。诗云："孤筇千里拟游仙，忽尔归来列法筵。客舍数宵供酒肉，梵台三日禁荤毡。昨寻北港美人迹，今结南山古佛缘。非俗非僧老居士，风流自在乐余年。"

[日] 橙阴正木彦二郎作《丁巳初夏游宇治川》。诗云："俯仰沈吟思几回，昔时此地战尘堆。长流依旧水声激，二将后先仿佛来。"

[日] 白水淡作《龙山初夏》（二首）。其一："远望长江千里船，近收秧马半村烟。晚来浴罢神如水，杜宇啼过新绿天。"其二："疏雨晴来柳色新，半塘草绿不留尘。沈吟最爱风檐下，似语青衣黄帽人。"

[日] 久保得二作《初夏函山杂吟》（十首）。其一："舒啸倚雕栏，诗情方畅适。林端宿雾残，鹃后山逾碧。"其二："芙蓉媚新霁，当面峡天开。独作凌虚想，振衣望岳台。"

[日] 加藤虎之亮作《丁巳四月，辞幼年学校晋京，途过乡里》。诗云："宦学多年继此身，赏心尝负故园春。故园春异洛阳陌，啼鸟野花依旧亲。"

六 月

1日 黎元洪召张勋入京共商国是。

直隶督军曹锟、省长朱家宝等通电宣告直隶独立。

《小说画报》（月刊）创刊。中华书局创办，包天笑主编，钱病鹤作画，沈知方发行。包天笑在第 1 期发表《例言》，主张"小说以白话为正宗"，"文学进化之轨道，必由古语之文学而变为俗语之文学"。

《菲律宾华侨教育丛刊》第1集刊行。创刊于马尼拉（小吕宋），小吕宋华侨中西学校编辑、发行，上海商务印书馆代印，总编辑主任颜文初，现存最后一期为1919年2月1日出版第2集。主要栏目有"题词""序言""图画""发刊词""言论""演讲""学艺""专件""调查""学校成绩""记载""文苑""杂纂""小说""附录""名著""论说"等。主要撰稿人有蔡元培、林翀鹤、蒋维乔、黄炎培、傅增湘、汪兆铭、张元济、蒋梦麟等。本集"文苑"栏目含《一九一七年菲律宾嘉年华会第十周观》（附图）（颜文初）、《曼里腊杂诗》（小吕宋首府）（陶庐）、《曼里腊除夕》（陶庐）、《客中有以历牌赠者，画为〈美人吹箫图〉，戏题三绝》（陶庐）、《题画赠许君松泽（并序）》（刘渊源）、《留菲雅典学校中国学生许松泽君等以玉照见赠，率题二绝勉之》（梅花旧盟）、《沙礼君六秩寿言（未完）》（梅花旧盟）、《诗钟汇录》：《中西学校欢迎中华考察教育团歌》（慕鸿）。

《申报》第15910号刊行。本期《自由谈》"游戏文章"栏目含《自由谈人名与词牌名对》（济航）。

《丙辰杂志》第4期刊行。本期"艺苑·诗词类"栏目含《古意》（赵纶士）、《送长春句》（赵纶士）、《烈士墓在大观亭迤北，墓上起亭翼然，墓下临古冢，翁仲断首，勋颙陷胸，古王侯贵人墓也，不辨谁何矣，因有感作》（赵纶士）、《夜长》（赵纶士）、《洛神》（赵纶士）、《去年残腊，偶作沪游，多燕剧之乐，弹指正一年矣，山庐无俚，长句自遣》（赵纶士）、《与演生约同至大龙，演生不告而行，将追其迹，寻复不果，因寄温公长句》（赵纶士）、《初秋夜雨》（赵纶士）、《正月二十后侍四叔枢归，人事率率，捐除绮习矣，春深小病，多所怅怀不已，辞辞辄复成此》（赵纶士）、《春阴》（赵纶士）、《暮春之初，燥热可衣绤葛，继雨乃欲披裘，积阴闷损有作》（赵纶士）、《四年秋，侍李太姑母同寿叔、琬姑、荃姑、彩侄游惠泉。隔年复至，则寿叔东游，荃姑物化矣，怆然有作》（赵纶士）、《吴游归后醉歌》（赵纶士）、《双骖暑居闲咏（续完）》（李振塈）、《讨蚊》（徐铁华遗稿）、《感春》（徐铁华遗稿）、《慎兄以"不系舟"名其寓轩，属胡子渊如书题并为之跋，予过而读之，深慨乎其意，爰赋二十八韵奉赠》（程演生）、《放鹤亭断》（程演生）、《有寄》（程演生）、《丙辰季秋来秋浦别业，同三兄漫游溪上，时日隐深树，水光云影，禽鱼溪花，明媚若画，作二绝句志之》（程演生）、《和铁华病中诗》（方盘君）、《和铁华病中作》（姚叔节）、《断肉诗》（金甸臣）、《少年游·巢燕》（沈思斋）、《浣溪沙》（沈思斋）、《归自遥·题画》（沈思斋）、《好事近》（沈思斋）、《太平时》（沈思斋）、《点绛唇》（沈思斋）、《满江红·羁栖京邸，况味无聊，俯自生涯，触槐身世，哀感无因，词索于意》（龙继栋遗稿）、《荆州亭》（龙继栋遗稿）、《秋千索》（龙继栋遗稿）、《虞美人》（龙继栋遗稿）、《唐多令》（龙继栋遗稿）。

《同德》杂志第2期刊行。本期"文苑·文"栏目含《展上巳江亭修禊序》（樊云门)、《为杭州天竺灵隐残疾乞丐建院收养启》(康长素)、《夏叔轩先生墓志铭》(王湘绮)、《刘康侯先生之碑》(王湘绮)、《先府君伏龙岗墓志铭》(胡鄂公)、《先府君伏龙岗墓志铭》(蔡子民)、《故众议院议员徐子鸿先生墓碑》(胡鄂公)、《陈太保寿文》(林纾);"文苑·诗"栏目含《自苏门归荥阳,适逢生日,赋示诸弟子》(樊云门)、《即事,限盐韵》(樊云门)、《冬夜围炉成咏,同竹延、绣漪》(樊云门)、《敬之过荥阳夜话有赠》(樊云门)、《岁除喜雪》(樊云门)、《荥阳县署守岁,同竹延、绣漪》(樊云门)、《明妃引》(樊云门)、《惜春诗》(徐菊人)、《开岁忽六十篇》(康有为)、《伤春》(梁鼎芬)、《寒庐茗话图,为抱存题》(王式通)、《海藏楼诗》(郑孝胥)、《寒宵饮,慰大贞》(尹昌衡)、《鬼赠人》(尹昌衡)、《人答鬼》(尹昌衡)、《春日登山得诗一首》(朱峙山)、《喜晴》(朱峙山)、《薄暮山行遇雨》(朱峙山)、《秋色》(陈彝训)、《秋声》(陈彝训)、《秋日》(陈彝训)、《秋月》(陈彝训)、《杂忆七首》(黄湘云)、《汉江秋晚》(黄湘云)、《晓行》(齐铁忱)、《暮春自遣》(齐铁忱);"文苑·词"栏目含《适斋词话》(邝摩汉)。其中,尹昌衡《鬼赠人》云:"骨肉委尘土,神气托风云。妻子走不顾,兄弟非所亲。上德入虚寂,孔道阒声闻。悲喜永无涉,贵用全我真。吾子方役役,触物自忿忿。登山迫虎豹,游水畏沉沦。尚洒招魂泪,可吊孰如君。"《人答鬼》云:"赋性各有托,委顺终自宁。茶虫不知苦,蓼虫不知辛。偶此落藩溷,而亦有纯仁。逆旅视虚壳,妙契发精神。有形岂足累,无闷征在心。顾我若蹩躠,与子同一身。感谢殷勤意,百岁暂为宾。"

《新青年》第3卷第4号刊行。含胡适《采桑子·江上雪》《生查子(前度月来时)》《沁园春·生日自寿》《沁园春·新俄万岁》,刘半农《灵霞馆笔记》。刘半农《灵霞馆笔记》内含译诗《缝衣曲》("Song of the Shirt", Thomas Hood),共11首。其一:"指痛无人知,目肿难为哭。贫女手针线,身上无完服。一针复一针,将此救饥腹。穷愁难自聊,姑唱《缝衣曲》。"其二:"缝衣复缝衣,朝自鸡鸣起。缝衣复缝衣,破屋星光里。我闻突厥蛮,凶悍无人理,岂我所缝衣,竟裹耶稣体。"其三:"缝衣复缝衣,脑晕徒自恼。缝衣复缝衣,遑恤双睛痛。既纫袖上边,复合襟头缝。倦极或停针,犹作缝衣梦。"其四:"人亦有姊妹,更有母与妻。乃取生人命,当作身上衣。百我针线力,无补寒与饥。直如自缝袭,庸裹贫女尸。"其五:"胡为遽言死?死实实足畏。支离数根骨,身与死魔类。问何以致之?饮食难充胃。血肉信当廉,面包信当贵!"其六:"缝衣无已时,得值能有几?衣食不周全,破屋聊蔽体。结草以为床,椅案多窳坼。多谢墙上影,终身一知己。"其七:"缝衣复缝衣,此曲已疲哷。缝衣复缝衣,狱犯有时纵。既纫袖上边,复合襟头缝。手脑多麻木,念此我心痛。"其八:"缝衣复缝衣,冬日昼如晦。缝衣复缝衣,春色何娟媚。双燕将育雏,檐下时襮背。呢喃如责我,枉在春光内!"其九:"出观莲香花,聊以娱我意。上有蔚蓝天,下有碧草地。明知欢不常,姑抑伤心泪。抛却酸与辛，莫提饔飧事。"其十："欢娱诚不常，片刻亦欣恋。希望与爱情，此生恐难见。独念忧患多，小哭聊自喑。又恐泪珠儿，湿却针与线。"十一："指痛无人知，目肿难为哭。贫女手针线，身上无完服。一针复一针，将以救饥腹。宁望富贵人，听此《缝衣曲》。"

《诗声》第2卷第12号在澳门刊行。本期"笔记"栏目含《雪堂丛拾（七）（完）》（澹於）、《乙庵诗缀（十一）》（印雪）；"词谱"栏目含《莽苍室词谱卷二（十）》（莽苍）；"词苑"栏目含《杜鹃》（瓦佛厂主），《雪堂覆瓿集（八）》含《新月》（第一年月课）:《苏幕遮》（看云）、《摊破浣溪沙》（冰雪）、《踏莎行》（冷枫）、《锦缠道》（顾影）；"诗论"栏目含《〈诗品〉卷中（五）（卷中终）》（梁代钟嵘）；"诗故"栏目含《李贞丽》（俞怀）；"词苑"栏目含《雨过山中晚步》（陈仁先）、《念衣约游洪山不果，枉赠一首，次均留别》（同前）；另有《〈诗声〉第三卷之大革新》《雪堂第三十九课题》《捐助本社诸君鉴》《雪堂征求社友》。其中，《〈诗声〉第三卷之大革新》云："本月刊出版，已历三年，迭次改良，流传日广。兹第二卷经已刊完，续于阳历七月一日出第三卷第一号，改用五号铅字排印，较用钢笔，自有上下床之别。内容增加图画一门，字数比前多三分之一。惟邮费向廉，远近通计外，时需津贴，兹同人议定，于三卷一号起，邮费累为加增。爱阅诸君定能原谅，兹将新订邮费表列之下。订阅者将款（邮票可代）寄交澳门深巷十八号转雪堂收，得收后定当按月照寄不误。雪堂诗社启。"《雪堂第三十九课题》为《野泊》，要求"诗一首（古今体任作），准民国六年六月廿六号收齐。"《捐助本社诸君鉴》云："前认捐助本社推广印刷部费诸君，其未交者，望即行将款汇交。今印机已运到，所欠者购置铅字之项，万一谈捐款未全集，致误刊期，反负爱我诸君之盛意，区区之心，乞为鉴察。雪堂诗社启。"

胡适作《文学篇·别叔永、杏佛、觐庄》。序云："吾将归国，叔永作诗赠别。有'君归何人劝我诗'之句。因念吾数年来之文学的兴趣，多出于吾友之助。若无叔永、杏佛，定无《去国集》。若无叔永、觐庄，定无《尝试集》。感此作诗别叔永、杏佛、觐庄。"后收入1920年3月亚东图书馆初版《尝试集》，有注云："吾初至美国，习农学一年半，后改入文科习政治经济，兼治文学哲学，最后乃专治哲学。"其一："我初来此邦，所志在耕种。文章真小技，救国不中用。带来千卷书，一一尽分送。种菜与种树，往往来入梦。"其二："匆匆复几时，忽大笑吾痴。救国千万事，何事不当为。而吾性所适，仅有一二宜。逆天而拂性，所得终希微。"其三："从此改所业，讲学复议政。故国方新造，纷争久未定。学以济时艰，要与时相应。文章盛世事，今日何消问。"其四："明年任与杨，远道来就我。山城风雪夜，枯坐殊未可。烹茶更赋诗，有倡还须和。诗炉久灰冷，从此生新火。"其五："前年任与梅，联盟成劲敌。与我论文学，经岁犹未歇。吾敌虽未降，吾志乃更决。暂不与君辩，且著《尝试集》。"其六："回首四年来，积诗可百首。做诗的兴味，大半靠朋友。佳句共欣赏，论难见忠厚。如今远别去，此乐再难有。"其七："暂别不须悲，诸君会当归。请与诸君期，明年荷花时。春申江之湄，有酒盈清卮。无客不能诗，同作归来辞。"又作《朋友篇·寄怡荪、经农》。诗云："粗饭还可饱，破衣不算丑。人生无好友，如身无足手。吾生所交游，益我皆最厚。少年恨污俗，反与污俗偶。自愧六尺躯，不值一杯酒。倘非朋友力，吾醉死已久。从此谢诸友，立身重抖擞。去国今七年，此意未敢负。新交遍天下，难细数谁某。所最敬爱者，也有七八九。学理互分剖，过失赖弹纠。清夜每自思，此身非吾有。一半属父母，一半属朋友。便即此一念，足鞭策吾后。当今重归来，为国效奔走。可怜程、郑、张，少年骨已朽。作歌谢吾友，泉下人知否？"

2日 徐树铮策划独立各省在天津成立"各省军务总参谋处"，以徐世昌为大元帅，雷震春为总参谋长，并宣布另立"临时政府""临时议会"。

《申报》第15911号刊行。本期《老申报》"文苑"栏目含《沪上游女竹枝词》（十八首，泾左碌碌闲人，见本报壬申年九月十七日）。

3日 吴承志追悼会在温州举行，到者百余人，刘绍宽作《公祭吴祁甫学师文》。午后开项雨农先生追悼会，到者300余人，刘绍宽作《挽项雨农师》（四首）。其一："阅尽沧桑劫，俄惊作古人。剧悲舟易壑，谁得火传薪。问难执经日，追随佩鞶辰。卅年犹故我，辜负诲谆谆。"其二："自设西河教，抠衣数百人。渊源槐市接（师尝从学杨愚楼先生），指授草庐亲（又从吴祁甫师）。架插牙签富，书披手泽新。祇伤罗昭谏，席帽未离身。"

《申报》第15912号刊行。本期《老申报》"文苑"栏目含《和人〈赤壁怀古〉》（粤东何伯沅，见本报乙亥年八月初三日）、《和人〈落花篇〉》（前人）、《和〈采莲歌〉》（前人）。

《公民周刊》第1卷第2号刊行。本期"文苑"栏目含《挽吴象三先生》（郜立丞）、《挽吴象三先生》（康季尧）、《挽吴象三先生诗》（寇立如）、《挽聚亭先生继室卢慧卿夫人诗》（吴敬之）、《南枝集（续）》（[越南]河内阮尚贤鼎南）、《骊山旅行记》（第三中校学生于绍苏）。

李子磐生。李子磐，原名振基，山东济宁人。著有《玉壶遗稿》。

郁达夫作《记梦二首》其二《登春江第一楼》。诗云："风月三年别富春，东南车马苦沙尘。江山如此无心赏，如此江山忍付人。"

4日 自本月初起，北京《民国新闻》《共和新闻》等8种报纸先后停版。是日《中华新报》亦以"时局濒危，纵言无益"宣布停刊。

叶昌炽赴刘翰怡之约。钝斋外，尚有佩鹤、子培、彊村、履樛、夒一、益庵，宾主共9人。主人出宋椠书共赏。

符璋谒赵道尹,谈良久,出家藏石印诗 1 册见赠,皆其曾祖、祖父手泽也。又赠符璋《思贻堂集》2 册,秀水金衍宗岱峰撰,系金桂门总宪曾孙。

沈汝瑾作《四月十五日微雨即止》。诗云:"亢旱阴阳气不和,又惊内哄动干戈。茫茫大陆苍生泪,万倍檐头滴溜多。"

5 日 《申报》第 15914 号刊行。本期《老申报》"文苑"栏目含《感怀集古三十绝》(沪寓淑娟女史,见本报同年月十四日)。

《小说海》第 3 卷第 6 号刊行。"杂俎·诗文"栏目含《题钱南屿〈听雨听风写竹图〉》(槁蝉)、《蝶阵》(树云)、《蜂衙》(树云)、《莺邻》(树云)、《燕叠》(树云)、《落花》(汪梅痴)、《高阳台·题钱南屿〈听雨听风写竹图〉》(东园)、《高阳台》(睫盦)。

《妇女杂志》第 3 卷第 6 号刊行。本期"文苑·诗"栏目含《秋日感怀(并序)》(胡韫玉女士)、《向烈妇篇》(慈利陈大纲伯常);"杂俎"栏目含《合浦珠传奇(续)》(畏庐老人填词)、《玉台艺乘(续)》(蓴农)。

《学生》第 4 卷第 6 号刊行。本期"文苑·诗"栏目含《木兰櫂歌》(福建洞湖培英高等小学校四年生陈楷)、《清明即事》(江西省立第一师范学校学生徐衍芬)、《春日杂咏》(江苏省立第三中学校学生曹庆善)、《游迎江寺偶作》(安徽第一农业学校林本科一年生汪凌汉)、《久雨喜晴》(盐城愿学书社学生殷鸿杰)、《池上观荷》(前人)、《题放生池》(前人)、《秧针》(江苏泰县坂墹市叶甸国文专修社学生周育秀)。

6 日 华侨集资创办《民国大新闻报》在上海出版。该报"以保障共和国体"为宗旨。

汤寿潜卒。汤寿潜(1856—1917),原名震,字蛰先、蛰仙,浙江山阴人。早年撰《危言》,主张变法。光绪十八年(1892)中进士。1905 年任浙江铁路公司总理。次年与张謇组织预备立宪公会,任副会长。1909 年授云南按察使,旋改江西提学使,均未赴任。1911 年杭州新军起义,被举为浙江都督。次年南京临时政府成立,任交通总长。旋托故去南洋游历,不久回国,与张謇、章炳麟等组织统一党。1915 年致电反对袁世凯称帝。病逝于临浦本宅。其遗言"竞利固属小人,贪名亦非佳士"为乡人称道。著有《尔雅小辨》《理财百策》等。徐定超作挽联云:"十年以长惭兄事;一月相离即故人。"

陈遹声作《四月十七日纪闻》。诗云:"枭獍向来拟凤麟,一朝委蜕越江滨。黄巢不第覆唐祚,苗传当年是宋经。几见词林有青犊,托言钩党结黄巾。盖棺史传无伦比,也算千秋第一人。"

7 日 张勋率辫子军 3000 人自徐州北上进京。次日,张勋抵天津,所部定武军 12 营 4300 余人,直开北京,分驻天坛、先农坛。

中华全国学生救亡会发布《宣言书》,斥段祺瑞等"媚外以自固,瘠民以自肥",

宣称当前是"国家存亡之关键",号召全国学生救亡会同国人一起拯救国家。

《申报》第 15916 号刊行。本期《自由谈》"游戏文章"栏目含《〈自由谈〉人名与列仙对》(枫隐)。本期《老申报》"文苑"栏目含《帝钩诗四首》(锡山杜季英,见本报癸酉年正月二十八日)、《屈戌诗四首》(前人)。

8 日　褚辅成应总统黎元洪之召,与吴景濂、王正廷入府商危局,反对解散国会。

沈曾植致函升允。晚,郑孝胥、升允来,沈曾植出示刘廷琛来信,欲与二人同赴天津,参与复辟之议,陈曾寿、曾矩、曾言兄弟在座。陈曾矩《丁巳复辟记·附记》云:"诸人有所密议,恒集沈乙厂师寓中。乙师高年多感,每事机不顺,无所措手,辄涕泗横颐,满座凄惶,不能仰视。及袁逆既毙,乃有可乘之势,诸人奔走益勤。丁巳四月某日,余从伯兄诣乙师处,坐甫定,师喜动颜色曰:'晴初新自徐州归,消息绝佳。'因为述其详。逾数日,伯兄遂同晴初北上。"胡嗣瑗、陈曾寿北上后,沈曾植有与两人书,另附函致刘廷琛,并代拟《复位奏稿》《第一月行政大略》《第一诏书》三稿。《复位奏稿》:"为沥陈国情,叩请复位,以拯万姓事。窃惟国于天地,必有与立。所以立者非他,则君臣大义、尊卑上下定位而已矣。有史以来,吾中华国民以五伦五常建邦保也,而父子、夫妇、兄弟、朋友之达道,要必借君臣道立,而后四者得有所依而不紊,五常得有所统而可推。民彝自天,欧亚殊性,犹目睛肤色之不同,不能削趾以适履者也。廿载以来,学者醉心欧化,奸民结集潢池,两者相资,遂成辛亥之变。我孝定皇后,大公博爱,徇中外之请,让政权于袁氏,冀以惠安黎庶,止息干戈,至仁如天,万邦倾仰。而袁氏云云,继之者复云云,五载于兹,海内沸腾,迄无宁岁。生民凋瘵,逃死无门,在国者思旧而不敢言,在野者徯苏而无由达。臣等蒿目时艰,病心天祸,外察各国旁观之论,内察国民真实之情,靡不谓共和政体不适吾民,实不能复以四百兆人民敲骨吸髓之余生,供数十政客毁瓦画墁之儿戏。非后胡戴,穷则呼天,臣勋等请代表二十二省军民真意,与臣元宏(洪)公同监督,环叩宫门,恭请我皇上升太和殿,收还政权,复位宸极,为五族子民之主,定统一宇内之基。臣等内外军民,誓共尽命竭忠,保义皇家,以安黎民,以存黄种。惟我皇上,大慈至德,俯允所请,则天下幸甚,群臣幸甚。臣勋等诚惶诚恐,昧死上奏。"

《申报》第 15917 号刊行。本期《老申报》"文苑"栏目含《落花诗》(十首,太仓邵谨斋,见本报癸酉年三月十四日)。

9 日　闻宥(野鹤)《惆篴诗话》发表于《民国日报》。引录郑孝胥未刊诗六首,誉其"清神独往,一扫凡秽,零金片玉,诚可珍也"。24 日,闻宥继续发表诗话,认为嘲笑江西诗派中人是"执蝘蜓以嘲龟龙"。他不同意吴虞批评陈衍《海内诗录》,指其"失言"。

胡适从纽约起程回国,结束在美 7 年留学生活。舟中,胡适记述柳亚子《与杨杏佛论文学书》，认为"理想宜新"是正确的，但"形式宜旧"则错。《留学日记（四）》：
"（柳书）未免有愤愤之气。其言曰：形式宜旧，理想宜新。理想宜新，是也；形式宜旧，
则不成理论。若果如此说，则南社诸君何不作《清庙》《生民》之诗，而乃作近体之诗，
与更近体之词乎？"

10日　《瓯海潮》第12期刊行。本期"艺文·诗录"栏目含《寿林耀卿五旬》（林
浮沚）、《永嘉诗人祠襫集，次符笑拈先生韵》（李卓剑青）、《西湖吊古》（李卓剑青）、
《过清溪吊陈后主》（李骧仲骞）、《台城》（李骧仲骞）、《舟过郭溪，哭徐伯超墓》（李
骧仲骞）、《寄王廷玉朝瑞先生》（李骧仲骞）、《述怀兼赠邵心侠》（宋慈抱墨庵）、《读
林霁山集》（用集中〈书放翁诗卷后〉韵）（宋慈抱墨庵）；"艺文·词录"栏目含《满庭
芳·题薛守拙绮语》（宋慈抱墨庵）、《水调歌头·奉怀王啸牧大令，用陈同甫〈送章
德茂使虏〉韵》（宋慈抱默庵）；"艺文·遗著"栏目含《武林游草（续第9期）》（归安
奚愚虚白）；"杂俎·丛话"栏目含《匏系斋联话（续第9期）》（宋慈抱）。

《公民周刊》第1卷第3号刊行。本期"文苑"栏目含《康乾生先生挽联》：《一》
（郭蕴生）、《二》（宋子贞）、《三》（寇立如）、《四》（张联济）、《五》（吴维祖）、《六》（郑
予侨）、《七》（申汝璠）、《八》（张民权）；《挽慧卿卢夫人诗》（张民权）、《南枝集（续）》
（[越南] 阮尚贤鼎南）、《临潼旅省同乡录序》（王绥群）、《和〈公意报〉主笔陈鲁斋〈中
秋玩月二律〉步原韵》（王绥群）。

11日　郁达夫作《赠隆儿二首并附记》。隆儿即后藤隆子，是郁达夫在名古屋
求学时结识之女友。附记云："右二首为隆儿作也。隆儿小家女，相逢道左，一往情
深，动于中不觉发乎外，谓之君子之思服可，谓之旷夫之狂言亦可。要之，出乎情性，
止乎礼仪，如天外杨花，一番风过便清清洁洁，化作浮萍，无根无蒂，不即不离，所谓
兜率宫中文箫梦影者，非耶？达夫附记。"其一："几年沦落滞西京，千古文章未得名。
人事萧条春梦后，梅花五月又逢卿。"其二："我意怜君君不识，满襟红泪奈卿何！烟
花本是无情物，莫倚箜篌夜半歌。"本月26日又作《别隆儿》。诗云："犹有三分癖未忘，
二分轻薄一分狂。只愁难解名花怨，替写新诗到海棠。"

12日　黎元洪被迫解散参众两院。

林一厂有感于国会解散，愤然南返，在上海作短暂居留，作《到上海》。诗云："又
是吹箫远入吴，当年市骏愿全孤。而今逼侧之何所，剩有轮囷胆尚粗。成败在天亦
在己，计量为祢与为儒。茫茫来日愁难度，拼醉江头酒百壶。"

万宗乾作《民国六年六月十二日，政府违法解散国会，议员中有欲南下集会者，
诗以送之》。诗云："卷土重来又一年，那堪盛暑去幽燕。群言庞杂将谁怨，诸将骄横
竟自专。乱命已曾经九折，旧都何必惮三迁。坚持正义摅公愤，破镜南中可再圆。"

13日　《申报》第15922号刊行。本期《老申报》"文苑"栏目含《游仙诗》（四首，

支机石畔人,见本报癸酉年三月二十六日)。

14日 《申报》第 15923 号刊行。本期《老申报》"文苑"栏目含《鉴湖柳枝词》(十二首,白华峰主人,见本报癸酉年三月二十七日)。

符璋编成诗钟 90 卷,交谢秋团校。

15日 《东方杂志》第 14 卷第 6 号刊行。本期"文苑·文"栏目含《〈陈芰潭翁遗诗〉序》(陈三立)、《〈慎宜轩文集〉序》(林纾);"文苑·诗"栏目含《叠韵答樊山腊八日见赠》(陈宝琛)、《再叠答匏庵见和并柬君常、熙民》(陈宝琛)、《雪霁,叠前韵再呈樊山》(郭曾炘)、《同樊山、竹笀寻龙树寺不得,遂过龙泉寺小憩,既荋刍上人导往龙树,则楼宇荡然,惟双槐离立榛莽中,相与徘徊,嗟叹而已,樊山感而成咏,予亦继作》(周树模)、《题孙师郑〈诗史阁图〉》(前人)、《为默存中丞题张力臣〈符山堂图卷〉》(沈瑜庆)、《哀弥甥林亮奇》(前人)、《题蔡韶九先生〈慕陶图卷〉》(前人)、《正月十四日游半山寺,次伯严韵》(俞明震)、《游半山亭》(前人)、《焦山松寥阁夜坐》(前人)、《示仁先》(前人)、《柏因社观柏》(陈曾寿)、《石湖山》(前人)、《同人访韩蕲王墓碑,予陪散叟他游未果》(前人)、《同散叟重游天平山》(前人)、《太湖石壁》(前人)、《凉夜,和沈观院长并次元韵》(张元奇)、《重九日宿山海关》(前人)、《游理安寺,憩九溪桥上作》(周达)、《壑雷亭晚坐》(前人)、《病二日,感书五言二篇》(诸宗元);"文苑·词"栏目含《御街行·乙卯元日,与董询五、赵伯英游也是园,时中日交涉甚亟,谈次感触》(徐珂)、《瑞鹤仙·寄怀刘达泉申江》(程颂万)。

《太平洋》第 1 卷第 4 号刊行。本期"文苑·诗词录"栏目含《湘绮楼丁未后未刻诗》(据手写本移录)(王闿运遗稿)、《白燕庵诗集(续)》(壁中集)(避袁氏难作也)(陈嘉会宏斋)、《天啸忆稿》(梅园)。

清华辛酉级同学编辑《辛酉镜》印行。闻一多任总编辑。全书分 13 类:班次、课程、教员、级友、课艺、论著、艺林、译丛、辩论演说、体育、美术、乐剧、大事记。系统扼要记述辛酉级同学在中等科四年学习与生活。书中收录闻一多作品,文章有《致友人书》《招亡友赋》《发刊词》《陈涉亡秦论》《生于忧患死于安乐论》《松赋》;古诗有:《拟李陵与苏武诗三首》《读〈项羽本纪〉》《春柳》《月夜遣兴》《七夕闺词》《马赋》(古体译诗)和自撰小传《闻多》。其中,《春柳》诗云:"垂柳出宫斜,春来尽发花;东风自相喜,吹雪满山家。"《月夜遣兴》云:"二更漏尽山吐月,一曲玉箫人倚楼。为怕海棠偷睡去,多心蟋蟀鸣不休。"《七夕闺词》云:"卐字回文绣不成,含愁泪滴杏腮盈;停针叹道痴牛女,修到神仙也有情。"《马赋》系闻一多根据美国诗人郎菲乐(亨曼长卿)纪事诗改写而成,其序曰:"古罗马爱部鲁洲之艾阙城中,有巨钟焉。民间有冤滥者,则鸣钟以闻诸县令。约翰王时有武士,垂老,贪婪货利,尽市其鹰犬甲胄以取资。畜马一匹,旋弃之。马食蔓触钟。钟鸣,县令至,则见老马,左右言属武士,乃亟召武士至，重责之。武士大惭，复携马归。美人亨曼长卿以诗纪之。兹译其意，广其辞，而为之赋。"诗云："若有人兮居艾阙，被犀甲兮执戈钺，善游猎兮畜鹰犬，每好奇兮赴巇脆，性倜傥兮崇侠义，软者扶兮强者伐。緊爱马兮千金，与壮士兮同心；体散花兮颅削出，璧象月兮巅县日，髻孤起兮龙颡，耳双蠹兮朋歕，踮金镳兮弄影，控铁衔兮啮膝；郁风雷之壮心兮，思扬步于嶕崒；幸伯乐之垂青兮，愿瘁躬而不恤。白云飞兮秋马肥，关月圆兮壮士悲，闻觱篥兮夜惊，悄寒风兮生帏，拔剑兮四顾，抚爱马兮依依。羽书倏至兮干戈急挥，奕奕貔貅兮萧萧骍騤；冰坚兮度足冻，飙烈兮嘶声稀；力蹙兮势穷，渐车兮裂帷，负甲胄兮千钧，奋腾骧兮欲痱；短兵接兮鲕陵，霾两轮兮折帜徽；壮士一叫兮马争先，杀群敌兮阐王威。高歌兮凯旋，日暮兮旆旌归。鸣白珂兮拥翠盖，趁趋兮返王畿；叠影欣顾兮纷瑞霭，凝威欲嘶兮嚼玉靰；膺荣赏兮富且贵，人与马兮相光辉。夫何韶华兮冉冉，齿徒增兮雄威敛。主人衰兮壮志颓，靡黄金兮不足慊，弛弓兮藏矢，求善价兮沽鹰獡；醇酒兮妇人，老大兮忘绳检；曰老马兮素餐，秣资粮兮不驮鞍，任女风餐兮露宿，余宁得鱼兮忘筌。嗟娇质兮翩翩，讵不识兮饥寒？朝徘徊兮阡陌，夕躅踟兮阑干；食雈芃兮嗓破，吸燥埃兮鼻酸；鬣焦萧兮屙敝，脊伶俜兮卦刊，麾蚊蝇兮尾秃，舐疮疥兮舌干。将翘足以惊陆兮，忽蹒蹒而欲颠；渴饮水于明溪兮，对枯影而自怜。偶攀蔓兮触钟，钟鸣兮马恟。县令至兮匆匆，见老马兮遰遰。俄众辑兮如云，竞相语兮讻讻。驰黄纸兮召武士，聚丹墀兮亨疑究。主人含羞兮携马归，日斗粟兮餐骍骝，华厩兮洁槽，缱绻兮如始；人马兮一心，亘千古兮无已。乱曰：飞鸟尽兮良弓藏，淮阴醢兮彭越烹。马得钟兮返高厦，人不幸兮畴知者？厩焚兮子问人，余何惜兮斯马！"《松赋》云："伊名园之珍植，挺雄姿于峦岗，缀工字之华厅，侣古月以登堂，倒鳞影于荷池，掀羽盖于乌旸，枝映波而上下，叶偏反以阴阳，集九仙之仪翩，接五凤之焜煌，亦秉彝之特粹，故干巍而柯昂。于时斗杓建亥，日驭移房，朔风弸彊，雨霰霈雾；屏翳弭节，曜灵韬光；莳卉零而闶丹，阶草凋而黬黄；柳落叶以逐下，蓬振絮而飞扬；万木椿杌，兹松郁苍。杂康千与飞节，友贞梅与幽篁，卷残飙之欻吸，积寒雪之严芳，经千霜而弥劲，带冰澌而益强；修柯椮爽，利颖犛纆，紫鳞流腻，翠粒含香；既叫阜如鹘峙，亦连蜷如龙翔，度神飔而流响，协清钟以铿锵，斧钺斗而铁鸣，溟渤焱而潮狂；惟群植之俱谢，羌高曲其畴勷，收俊节而莫贵，蔚奇文而独彰。嗟肆帝之造物，尚何别于否臧，此奚为而独荣？众不幸而罹殃。讵后凋以自喜，愿同类之胥昌；使四时无春秋，斯万物何存亡？惜芝苓之虚顾，怨桃李之易僵；虬拳爪而月白，鹤引颈则露瀼；无春风之伟力，矧韶华之不长，览众山之萧条，倏呜咽而凄伤。重曰：入梦兮丁君，起喻兮叔夜；思古人兮不可任，悲独栋兮难以兴厦！"

[韩]《天道教会月报》第83号刊行。本期"词藻"栏目含《饯春》(香山车相鹤)、《又》(南隐卢宪容)、《又》(泀堂刘载豊)、《常春园》(莲游尹龟荣)、《又》(于泉李会

九)、《紫芝洞射亭》(星轩李台夏)、《又》(凰山李钟麟)、《又》(泂堂)、《感师恩》(檀庵辛精集)、《偶吟》(星轩)、《众香亭》(沃坡李钟一)、《柳絮》(香山)、《散步至龙山》(香山)。其中,辛精集《感师恩》云:"满天和气似其仁,廿四番风好借人。美木千章恩雨洽,心花一朵万年春。"

顾荩臣来符璋处,诗钟又成10卷,合成百卷。

16日 前清两江总督、南洋大臣张勋秘密进宫,在养心殿觐见清逊帝溥仪,溥仪同意其复辟计划。自上年以来,张勋以定武上将军、长江巡阅使、安徽省督军名义,连续召开四次徐州会议,串联各省军阀,讨论复辟计划,并确定盟主地位。

《申报》第15925号刊行。本期《老申报》"文苑"栏目含《春日行,秀州道中》(六首,李慈铭,见本报癸酉年三月二十九日)。

17日 《申报》第15926号刊行。本期《老申报》"文苑"栏目含《姑苏道中杂诗》(七首,震川生,见本报癸酉年三月二十八日)。

《公民周刊》第1卷第4号刊行。本期"文苑"栏目含《辛亥以来吾泰死难者踵相接,同人筹建议纪念碑于省议会前,适于君右任自沪归,遂就商之,于君乃为之铭》《南枝集(续)》([越南]阮尚贤鼎南)、《丁巳暮春旅行记》(第一中学二年生姚永龄)、《王介臣君赴北山禁烟,至宜郡焦家坪遇匪被害,同人开会追悼,因赋七古一章志哀》(绥群)、《王定伯先生元配芳卿杨夫人行实》(王荣镇谨述)、《挽王定伯先生元配杨夫人诗》(寇立如)。

张震轩在浙江省立十师第六届毕业生毕业典礼上讲话。略谓:"中等毕业如行路之在中途,涉江之方半渡。中途而不鼓勇气,一遭挫跌,即难达于前途。半渡而不急扬帆,一遇逆风,即不易登彼岸。望学生努力前途,庶可雪耻而杜弊。"

18日 《申报》第15927号刊行。本期《自由谈》"词话"栏目。本期《老申报》"文苑"栏目含《春闺六咏》(兰台苏韵雪,见本报癸酉年二月二十九日)。

张謇为王鹿鸣、白振民作挽联。其中,《挽王鹿鸣》联云:"助下走兄弟,后先育千八百婴,至诚可信于朋友;为他人父母,怙冒方四五十里,食报当在其子孙。"《挽白振民》联云:"仕为贫乎,仕与曹部为迁流,不贫有几;死犹归也,死于道涂之况瘁,其归可伤。"

[日]德富苏峰撰《苏峰诗草》印制,20日由成簣堂文库发行。编者草野茂松、并木仙太郎,发行者德富万熊,印刷者渡边为藏。集前有唐人韩偓诗云:"缉缀小诗抄卷里,寻思闲事到心头。自吟自泣无人会,肠断蓬山第一流。"集后有草野茂松作《后序》云:"苏峰先生非世所谓诗人也。但少小喜诵诗,凡东西古今之什,殆无一不经眼,而其能诵于口者,实不知几千百篇也。乃如其近业杜甫、弥耳敦论,适足以窥平昔蕴蓄之一端耳。先生天趣渊冲,加以素养如此,故虽不为诗人,亦好自赋诗,然概止绝句,

所作亦不多，自谓'眼高手低，奈不能如意何！'盖谦辞也尔。设令先生专于诗，李、杜、韩、白、苏、陆之垒，岂难摩哉？先生本领别自有在，诗固不过绪余，视诸寻常人士之花鸟风月、酒前茶后题咏是耽，徒供忔惕之用者，夐然不同矣。先生之诗，皆有所触而发，非躬亲历其境，若有不能已乎怀者，决不作，故内之言志，外之叙景，无一字虚构，无半句作伪，天真流露，不求工而自工。古人云：'惟真故新。'先生之诗是而已。其词句平易，不炫新奇，而自有寄托深远，兴趣超逸者，善读者知之也。予亲炙先生，奉教三十余年于今矣。窃惟先生之识见、学问、文章，与其经纶抱负，固当征之其等身著述，然苟欲知苏峰其人，莫其诗若焉。何则？乱头粗服，不事矫饰，真情毕露者，于此乎可以见矣。是谓先生小照可，又谓其自传可，谁曰寥寥短章，不足以抵他长篇大作乎哉？虽然先生于诗，犹匪其本色，故作辍无常，随赋随散，或一年数十首，或数年不见一首，旧稿如落叶，纷不可寻，恐久之，或悉佚亡，是为可甚惜，因请于先生，收拾之，始自明治十四年在熊本东郊大江村塾时，迄今兹大正六年之作，抄录成一卷，庶足防佚亡乎？循年代而排列之者，欲并传其人与事焉也。先生之创大江塾也，年齿少壮，志气旺盛，是时诗作尤富，不特绝句一体，古诗律诗，若西欧译诗亦有之，他体今姑不录焉。排印已成，不揣不敏，聊记所感，以谂大方云尔。大正丁巳首夏，门人草野茂松拜撰。"

陈遹声作《五月二十九日，晨出门，循田塍至东园，稍憩，折而北过采仙桥，循溪行，上小天竺，薄暮归家得五古一首》。诗云："暑夜眠蚤醒，星澹天欲曙。开户纳凉风，鹊噪高柳树。呼童起扫门，扶杖信吾步。依依见田畴，遥遥指村渡。芃芃长黍苗，渐渐开烟雾。竹翠露滴襟，稻香风满路。迤逦至东园，桑麻影交互。瓜蔓如络璎，蔬果错牙蚌。沙脚蟠红薯，塘角栽紫芋。葵心向朝阳，花蕊含宿露。佣工挈瓮锄，灌培随所务。我足行已倦，藉草稍休驻。惭愧青门侯，饶有绿野趣。风景似斜川，趣我向前去。纡折绕畦塍，飞引有沤鹭。路转见板桥，绿阴周回护。树密莺初藏，水清鱼可捕。过桥陟街衢，市摊罗酱醋。檐矮黄茄覆，酒熟青帘酤。村屋错高低，溪流曲沿溯。小阜面我前，灼灼山花吐。拾级到山门，闻杖栖鸽怖。花影摇四檐，一磬澄万虑。野寺无住持，唯见青裙妪。应客煮春茶，一啜销沉痼。向午枕石眠，清风生腋胯。山鸟唤我醒，檐头日已暮。觅杖寻归路，苔痕黏芒履。茅屋接层檐，庐墓都聚处。小妇收晒衣，村童唤嚼馎。牛羊下山来，莺燕隔林呼。树顶只鹤翔，沙角一鸥据。二叟荷锄来，须眉似溺沮。居人皆力农，勤俭无外慕。吾生老风尘，所至与世忤。垂白罹干戈，奔走备艰苦。桑梓为龙蛇，缙绅半蝯狙。宗社叹播迁，行路防劫肫。蒿目慨黍禾，全生似栎瓠。在昔广明时，巢温犯跸辂。司空隐王官，周朴甘刀锯。人生幸不幸，此中有天数。侯官汨罗沉，钱唐盘古住。我友完忠节，千古垂令誉。予老得还乡，残生天所付。妻孥俱无恙，溪山亦如故。尚友陆天随，绝交危太素。耕田学老农，种蔬问老圃。豆棚阴晴话，蔬餐男女饫。饭牛叩角歌，栖鸡筑栅哺。新谷既已登，官税有余裕。春秋掠社钱，近局邻翁酿。赤脚折简来，有约我必赴。醉后击缶歌，呜呜杂妇女。暇笺未耘经，兼置渔钓具。有时弄丹铅，操管笑秃兔。编缉遗民诗，含咀经史注。耕读各传家，乡邻庆团聚。心契谁与同？郊居良可赋。邠乡生立碑，右军晚誓墓。乐死得所归，娱生适所寓。萧然无所营，得闲且暇豫。归家卧北窗，羲皇庶几过。凯风应时来，枕上和陶句。"

19日　《申报》第15928号刊行。本期《自由谈》"游戏文章"栏目含《〈自由谈〉人名对》（以《红楼梦》人名为偶）（实秋）、《又》（似春）（不受酬）、《又》（寒松）；"联话"栏目，撰者"知白"。本期《老申报》"文苑"栏目含《沪北竹枝词》（二十首，花川悔多情生，见本报壬申年八月初七日）。

20日　南明杨廷枢抗虏殉国270周年忌辰，柳亚子偕吴江县令李暶庐前往杨公祠致祭。席间，柳亚子与芦墟籍南社社友沈长公等提议，在南栅切问书院旧址改建"分湖先哲祠"，祀奉分湖流域陆大猷、陆行直、袁黄、叶绍袁、洪祖烈、李枝芳、陆耀、郭频伽8位先哲，春秋致祭，供人钦仰。归后十余日，柳亚子作《杨忠文抗虏殉国忌辰追赋》。序云："旧历五月二日为杨忠文先生抗虏殉国忌辰，李暶庐、沈长公诸子诣芦墟祠堂致祭，余亦与焉。归后十余日，追赋此什。世难仓皇，不自知其言之悲矣。"诗云："椒浆亲奠水云湄，慷慨成仁志未违。拒虎引狼天已醉，泣麟悲凤道全非。河山万劫仍多难，俎豆千秋倘可依。我亦愿为宗围死，草间偷活愧前徽。"

《申报》第15929号刊行。本期《老申报》"文苑"栏目含《同梦游仙史至松江》（龙湫旧隐，见本报癸酉年三月十三日）、《寓斋夜话叠前韵》（前人）、《游沈氏废园》（前人）、《瑟希馆主招集同人小宴》（前人）。

符璋得洪博卿函，以《七十征诗启》来，为成五古一首。

21日　[日]冢本源三郎携女于本日至次月13日游历朝鲜、满洲，途中作《满洲朝鲜杂咏（并引）》。序云："古人曰：'百闻不如一见。'予尝记此语矣。今兹大正丁巳夏，女儿德子毕女学校之业，乃携之游历朝鲜、满洲。六月二十一日发程，由下关驾船，先抵朝鲜之釜山，过京城平壤，渡鸭绿江而入满洲，至奉天、辽阳、大连、旅顺等处。七月十三日返家。此行阅日二十三，虽行李倥偬，不能详观风察俗，亦实历目睹，得益甚多。乃知古人不吾欺也。途上得诗二十余首，聊以留雪泥之鸿爪耳。"诗含《途上口占》《玄海船中》《京城途上》《访阿部允家君不遇，乃题一诗而去》《浮碧楼》《清流壁》《乙密台战迹》《途上所见》《箕子陵》《渡鸭绿江，时有张勋复辟之举》《辽阳》《辽阳白塔》《奉天北陵》《金州城》《大连》《常安寺》《星浦》《老虎滩》《旅顺》《白玉山》《尔灵山》《黄海船中》《海上日出》《过三日月堂村庄，怀梧竹先生》《严岛神社》。其中，《玄海船中》云："生来五十未成功，往事回头梦一空。翻作玄洋船上客，钓鳌万里驾长风。"《辽阳白塔》云："高塔云间耸,塔头群燕飞。晚烟笼远树,塔下一僧归。"《奉天北陵》云："北陵山月苍烟封,祖庙荒凉送暮钟。春雨秋风三百岁,国亡犹有万年松。"《乙密台战迹》云："当年百战想神谋,乙密台边鬼哭啾。石气松氛人不返,江云莽莽夕阳愁。"《渡鸭绿江,时有张勋复辟之举》云："万里鸡林州尽头,铁桥跨水大江流。偶闻次日传邻警,独领清风入满洲。"《旅顺》云："虎掷龙拏新战场,将军横槊咏斜阳。王师所向皆连捷,古塞唯看草色芳。"

孙介眉作《立秋暮归遇雨》。诗云："群山迷乱暮烟丛,满耳潮声噪草螽。车韧胶轮鞭骤马,灯明汽火绕飞虫。天阴月避云垂黑,雷远声迟电射红。雨夜归来人不觉,扣门高叫小儿童。"

22日 吴昌硕为摄山绘《梅花图》并题识云："茅亭势揖人,顽石默不语。风吹梅树花,著衣幻作雨。地上鹤梳翎,寒烟白缕缕。摄山先生雅属。丁巳先端午一日,偶然作画,七十四跛叟吴昌硕。"

陈逎声作《端午前一日雨中》。诗云："端阳时节似重阳,风雨满城尽日狂。病里膏肓难用艾,海边田土久栽桑。榴红故友多应梦,蒲绿明朝又荐觞。待与邻翁谋一醉,休将国事问兴亡。"

23日 《申报》第15932号刊行。本期《老申报》"文苑"栏目含《雨窗遣闷》(鹤槎山农,见甲戌三月十五日)、《前题,次鹤槎山农韵》(龙湫旧隐)。

康有为招集端午。左子异、张菊生、林诒书、龚怀西、况夔生、蒋孟苹、杨钟羲等应招。

吴昌硕与王震、吴征、吴涵为《钟进士三面像》联句题诗。诗云："冒雨归来酒已醒(一亭),曲肱老赖宿邮亭(老缶)。憹腾一梦黄粱熟(臧盦),仙乐随风耳尚听(待秋)。缶书。"

王闻长作《赠章一山》。序云："丁巳端午日,都门相遇,时张天帅勋到京复辟,事尚未发表。"诗云："客里昔相遇,同游潘水滨。风波不可渡,南浦停孤云。蓬莱清浅处,顷刻扬微尘。阴晴既靡定,昏晓谁能分。常恐日移晷,暮霭多纷纭。鲁阳三舍戈,此说宁非神。伏枥骥已老,千里志未伸。茫茫宇宙间,彼苍鹭下民。未来不可测,既往岂无因。"

陈夔龙作《端午述怀,和酬琇甫太史乔梓,即用其韵》(两首)。其一:"江深草阁薄寒天,蒲绿榴红荐几筵。续命有丝增缱绻,浇愁藉酒暂留连。微风细雨疏帘外,余挂孤琴素壁边。眉案年年酬令节,不堪凄断是今年(与内子结褵近三十年,每届端阳蒲觞共醉,今则独酌无亲矣。读来诗'景物三吴似去年'句,不禁怃然)。"其二:"倦飞如鸟早知还,诗酒生涯自在闲。楚粽偶看江上系,越罗曾荷禁中颁。移情板渚平桥水(午日得顾渔溪通政白下书,约作秣陵之游,为之神往),归梦芙峰绕郭山(黔俗,端午日黄童白叟咸出郭冶游，云可却百病。贵阳绕郭皆山，芙峰尤佳胜，是日游人如蚁）。惭愧儿曹井升犬，论交群纪慰衰颜（来诗奖及豫儿非所敢承，每忆君家乔梓辄为欣然）。"

陈通声作《端阳》。诗云："乡村景物杂芳菲，麦饵远香豆荚肥。南村风雨闻姑恶，西子溪山叫姊归。家倚青门筑瓜圃，僧来白社扣柴扉。端阳近局邀邻叟，不识天涯有是非。"

汤汝和作《端午日杉湖小憩》。诗云："幽径闲行任所之，城中亦有鲁连陂。几家爆竹喧成市，一客杉湖静觅诗。故土岂无桑梓恋（时将有湖南之行），孤怀谁许水云知。高楼如旧人千古，十子才华继者谁？"

徐世昌作《丁巳端阳》《端阳微雨，坐友梅海亭上偶作》。其中，《丁巳端阳》云："桐阴清润晓风和，乳燕低飞点绿莎。深院榴花红潋滟，曲廊槐叶绿婆娑。编蒲居士能勤学，蓄艾人家待起疴。两部蛙鸣池畔听，不知鼓吹为谁何。"《端阳微雨，坐友梅海亭上偶作》云："桐花庭院雨丝丝，正是端阳啜茗时。开边石榴红欲笑，何人解诵玉溪诗。"

赵熙作《三姝媚·端午寄锦江词社》。词云："春心攒万苦。又菖蒲花开，彩舟龙舞。咫尺前尘，尽华阳奔命，庾兰成句。乱叶争风，偏更搅、漫天飞絮。未省余生，江北江南，几回盘古。　思向云中横步。奈正则如今，梦天无路。大局文楸，念去年今日，祖龙何处。历劫群仙，聊共醉、澡兰香雾。破子家山重按，铜琶断谱。"

杨杏佛作《六年六月廿三日午餐误食不消化物，午后以目疾觅医。既至，坐约一小时，忽吐泻交作，头重如巨石，僵卧医生家二小时。归后犹恍惚如中酒，拥被大睡，醒而有作》。诗云："恶病如恶仇，国弱身宜强。男儿非不死，割胫固其常。身当填沟壑，何能老卧床。急弦无柔声，虽断终激昂。小子亦有志，临危不敢忘。生当为国瘁，死当为国殇。"

刘伯端作《南乡子·端午》。词云："榴火艳端阳。彩线家家角黍香。碧浸菖蒲浮玉醑，传觞。水殿风来爱日长。　往事费思量。十载天涯各一方。时序惊心依旧是，难忘。鼓响龙船似故乡。"

林孝图作《端午即事》。诗云："时闻蝉噪更无莺，点点池荷出水生。不尽家庭欢乐事，欣逢端午又初晴。"

林耀亭本日前后作《丁巳端午前，学樵词人过访》。诗云："骚坛风雅久闻名，邂逅于今始识荆。别有横行新画法，堪同科学共昌明。"

邓尔慎作《重午家人馈角黍，各事偶成》。诗云："狱室值佳节，每各纪以诗。忽焉又重午，尤不能无词。家人善颂祷，纷馈续命丝。腰以益智粽，谓能增新知。吾今在樊笼，有生非逢时。不如愚且鲁，犹免为世嗤。传语将归去，一笑姑置之。"

24日 周梦坡招饮沪上诸老雅集。许湹祥作《五月六日梦坡招饮,即席和李君韵,索同人和,依韵效颦》。同人和作:缪荃孙《蒲节卧病,湘龄招饮,不能赴,顷以诗见示,谨次原韵》、吴俊卿《梦坡招饮,以病足未与会,嗣以大作见示,和韵写呈》、施赞唐《丁巳长夏,梦坡以〈午日蒲觞小集〉诗见示,未遽作答,顷间忽有所感,次韵和之》。其中,许湹祥《依韵效颦》云:"重三重五将毋同,采兰浴兰皆古风。周子方自宣南返,榴花红忆桃花红。乃泛蒲觞谈往事,招邀朋旧尽同气。宣南风景今昔殊,如洒灵均一掬泪。太白(谓审言)作歌慨以慷,盱衡时局女争桑。主人和章思泉涌,才大何须索枯肠。尊酒留连不忍去,众宾都是吟诗侣。一觞一咏畅幽情,不让永和兰亭序。于嗟乎!人生行乐数十春,磨牛之迹转眼陈。况复浮云苍狗幻,不如且作醉乡人。"吴俊卿《梦坡招饮》云:"却至足躄吾从同,涉趣更欲趋长风。吴娘醉我一樽酒,遮面不减珊瑚红。蒲觞漫感屈子事,簇簇楼台嘘蜃气。王孙且住哀谁吟,金人已仆眠无泪。周郎琴韵何慨慷,天风来处飞枯桑。雁且落兮龙不翔,泠泠之音冰我肠。不琴而诗向谁去,除却鸥群寡俦侣。理安寺侧盘谷同,敢作昌黎送君序。甲子且纪夏复春,道咸天日嗟陈陈。冬青树古画不出,厓山毕命思其人。"

《申报》第15933号刊行。本期《老申报》"文苑"栏目含《沪南竹枝词》(十二首,龙湫旧隐,见本报壬申年六月初三日)。

《公民周刊》第1卷第5号刊行。本期"文苑"栏目含《西香书屋吟稿(未完)》(青门邵楷式之)、《南枝集(续)》([越南]阮尚贤鼎南)、《短歌》(霞洲)、《丁巳暮春旅行记》(第一中学学生钱应选)。

廖道传作《游日本琵琶湖》(丁巳端午后一日)(六首)。其一:"海东佳境数琶湖,四面青山入画图。三百里余飞艇过,此身真觉在蓬壶。"其二:"湖光万顷荡轻烟,朝南初晴嫩旭天。正是星期休沐日,满堤裙屐影翩翩。"其三:"古寺千年锁绿苔,镰仓遗塔尚崔嵬。兴亡几阅观音佛,犹自拈花笑口开。"其四:"湘管抽来节节高,钓丝扬处紫鳞跳。先生别触豪情思,欲向神仙掣六鳌。"其五:"水亭斫鲙响银叉,故园莼鲈味并夸。麦酒半酣佳果进,琵琶湖上擘枇杷(古'琵琶'二字亦作'枇杷')。"其六:"樱花落尽子留红,掩映丹枫与碧松。橹唱数声神社寂,半湖鸦点夕阳浓。(湖在滋贺县,周围七十三日里。名山寺、观音堂建于天平胜宝元年,迄今一千一百七十余年。又有木塔,建久元年镰仓将军赖朝公建,迄今七百四十余年。有客垂钓,出竹管尺许,节节插之,遂成长竿。阪本之樱枫、唐崎之松,皆湖畔名。沼岸神社佛阁,著者数十所)"

25日 《申报》第15934号刊行。本期《老申报》"文苑"栏目含《上海竹枝词》(十首,酒坐琴言室主人,见本报壬申年八月十八日)。

《小说月报》第8卷第6号刊行。本期"文苑·诗"栏目含《冯蒿庵老人后余二日至湖上，遂偕游虎跑泉，仁先领群从亦追赴，啜茗佛殿石壁下》（散原）、《同陈尚一游高、刘二园，次散原〈夜抵南湖新宅〉韵》（蒿庵）、《彀丈、熙民枉过，各示近诗，再叠前韵简榆园》（瓠庵）、《游云楼谒莲池大师塔》（瓻斋）、《书庐江陈子修事》（掞东）、《薛道人〈秋幢赞佛图〉，为澄意题》（敷庵）、《人日即事》（敷庵）、《赠公湛》（师曾）、《画松，为刚甫先生寿，即题其上》（师曾）、《得瘿公京师书却寄》（真长）、《同沤尹、病山、瓻厂、苍虬游云栖，赋寄伯严丈江宁，去年秋曾与丈同游也》（真长）、《检得故人诗志感》（彦殊）、《二月二日感赋》（彦殊）、《立冬前一日风雨》（秋岳）、《冬夜读书》（秋岳）、《杂述》（子言）、《太湖冰》（子言）、《丁巳正月初三日闻鸠声》（子言）、《闻秦皇岛冰冱忆旧有作》（子言）、《过瓻斋先生茗话赋赠》（子言）、《雨中挈妇舆行，逾桃源岭，赴天竺寺》（映庵）、《法相寺古樟》（映庵）、《自留下镇还至墓上》（映庵）；"附来稿最录"含《乙卯长至日，石头潭遇暴风雨》（吴江沈昌直）、《寄龙圣江西》（前人）、《久不得龙圣信，又寄一律》（前人）、《立夏前六日赴锡，时锡邑兵事甫平，里中喧传予被难，作此追记之》（前人）、《挽王圣游四首》（吴虞）、《居燕》（百衲）、《张蔷庵丈林溪精舍落成，以诗命和》（澹庐）、《可圃》（前人）、《偶成》（前人）、《中冷泉》（前人）、《自浙过镇江，继聃、穆卿邀揽名胜，最后至鹤林、竹林等寺，尤惬幽赏》（澹庐）、《二月十四日海上大观楼宴，古微、梅庵、苏戡、昌硕诸丈醉，闻邻笛不胜身世之感》（澹庐）、《秋兴，和王韬庵，用杜韵，在日本作》（浴蘅）。其中，陈师曾《画松，为刚甫先生寿，即题其上》云："不因臃肿养天年，托命长镵已自贤。一枕松风忘甲子，煮茶仍汲在山泉。"

是我《三发埠竹枝词》（六首）刊于［马来亚］《国民日报》"诗苑"栏目。其五《中流戏水》："江畔高楼倚晚霞，门环绿水板桥斜。群儿裹体呼新浴，扑入中流逐浪花。"

叶昌炽作《题朱五楼〈归去来兮词意图〉》（含《三径就荒松菊犹存》《抚孤松而盘桓》）。序云："余于五楼不相识，由翰怡为介，云五楼商于吴市，今辍业矣，自营生圹金盖山南，又筑精室于苕溪之上，颜其轩曰'归牧'。喜读渊明诗，节《归去来兮》词意，顾鹤逸为绘十二图，遍征同人题咏，分赋得二律。"其中，《三径就荒松菊犹存》云："归来寻壑又经邱，金盖山中事事幽。自占逸民如绮夏，偶邀侍客即羊求。恍从薜苈逢寒故，无待逍遥赋远游。缚帚呼童剃榛莽，小园大好作菟裘。"

林苍作《五月初七日湖上》。诗云："不到西湖近一旬，湖神笑我太因循。岂知老去多憎意，故把佳辰别让人。今日来还清净债，青山照见本元身。烟波终是诗家物，好借渔舟与写真。"

26 日 教育部决定将国史馆并入北京大学，改为国史编纂处，以蔡元培校长兼任处长。国史编纂处分纂辑与征集二股，纂辑股纂辑民国史及历代通史，征集股掌征集一切史料。不久，蔡元培聘刘师培、屠寄、钱恂、张相文、叶瀚、沈兼士、周作人等为纂辑股纂辑员。

《申报》第 15935 号刊行。本期《老申报》"文苑"栏目含《无题四律》(醉里信缘生,见本报壬申年十一月初六日)。

吴芝瑛与吴昌硕、潘兰史、陈蝶仙、王钝根、廉泉等 8 人作《高丽女诗人吴小坡女士鬻书例》,介绍其人其诗,推崇备至。

27 日 《申报》第 15936 号刊行。本期《自由谈》载"诗话"栏目,撰者"芰隐"。

沈曾植等至天津,陈曾寿来见,遂同入京师,张勋派人接至法华寺。

郁达夫暑假中离日本名古屋回国省亲,归途赋诗,合题为《西归杂咏》(十一首)。其一:"干戈满地客还家,望里河山镜里花。残月晓风南浦路,一车摇梦过龙华。"其二:"绿树青山数十里,思亲无计且西征。明朝应逐沙鸥去,独上楼船泣雨声。"其三:"绿树荫中燕子飞,黄梅雨里远人归。青衫零落乌衣改,各向车窗叹式微。"

康有为作《丁巳五月八日,偕沈子培尚书、王聘三侍郎及善伯,乘津浦铁路北行,九日至丰台望西山。呈诸公,示善伯。去国廿载,不意生入国门也》。诗云:"廿载流离逐客悲,国门生入岂能知?长驱津浦有今日,大索长安忆尔时。朝市累更哀往劫,天人合应会佳期。西山王气瞻葱郁,风起云飞歌有思。"

顾保璐作《丙辰五月念七日,为丰儿亡后二周之期,诗以哭之二十韵》。诗云:"二载经长别,思儿无日忘。如芽方苗发,斯疾竟夭殇。襁褓常多患,艰难亦备尝。关心勤药饵,着意慎温凉。慧质花为貌,灵机雪作肠。孩提知世故,孝友出天良。玩具从头理,蒙书自手藏。爱猫躬抚育,惜物性慈祥。一病缘何染,微疴难预防。七龄同溢露,半月竟黄粱。痛剧频呼父,临危尚恋娘。盼兄情切切,唤姊已茫茫。月暗鹃仍叫,星稀萤有光。小魂应不昧,冥路在何方。弱骨埋黄土,冰肌瘗白柳。形容空宛在,迹象总堪伤。幼境沧桑变,新阡宿草长。浮生真梦寐,厌世欲徜徉。倘有轮回报,能参因果详。几时重抚汝,相与话家常。"

28 日 《申报》第 15937 号刊行。本期《老申报》"文苑"栏目含《和申江女史、补萝山人〈怅怀词〉原韵》(四首,蛟门玉琴女史,见本报壬申年十月二十三日)。

柳亚子《质野鹤》发表于本日至次日《民国日报》。柳亚子文中云:"国事至清季而极坏,诗学亦至清季而极衰。郑、陈诸家,名为学宋,实则所谓同光派,盖亡国之音也。民国肇兴,正宜博综今古,创为堂皇乔丽之作,黄钟大吕,朗然有开国气象,何得比附妖孽,自陷于万劫不复耶!其罪当与提倡复辟者同科矣!政治坏于北洋派,诗学坏于西江派。欲中华民国之政治上轨道,非扫尽北洋派不可;欲中华民国之诗学有价值,非扫尽江西派不可。反对吾言者,皆所谓乡愿也。"

29 日 《申报》第 15938 号刊行。本期《老申报》"文苑"栏目含《遥和补萝山人〈怅怀词〉原韵四章》(酒坐琴言室主人,壬申年十月二十六日)、《惆怅词四律》(环香氏，见本报壬申年十一月十三日）。

林之夏作《六月二十九日出署留示贞壮，用贞壮〈端午〉春字韵》，诸宗元作诗和之。又，林之夏作《再示贞壮，用前韵》，诸宗元再和之。其中，林之夏《六月二十九日出署留示贞壮》云："同过四十载青春，曾笑安仁拜路尘。戎马蹉跎他日事，湖山路拓再生人。茗瓯脱手文无敌，蒲扇科头语有神。此去渐疏黄叔度，一廛妻子绊闲身。"诸宗元和诗云："四海皆秋一室春，何能溅泪说芳尘。吹竽南郭终成客，陛楯东方欲避人。举世半为儿女子，我会直似影形神。中心自卷非凡卉，留证芭蕉是此身。"

30 日 张勋、康有为偕其同党潜入清宫，与陈宝琛举行"御前会议"，决定当晚发动政变。深夜，辫子兵占领车站、邮局等要地，并派代表劝黎元洪"奉还大政"。

《申报》第 15939 号刊行。本期《老申报》"文苑"栏目含《无题六首》（司香小史，见本报甲戌年一月十八日）。

《小说大观》第 10 集刊行。本集"短篇"栏目含 [补白]《为愚室诗稿：感怀二首》（鹓雏）、《为愚室稿：浪淘沙·有感》（大拙山人、彭年译）、《凤子新韵》（小青）。

闻宥本日至次月 3 日发表《答亚子》，称誉郑孝胥、陈三立、陈衍为"近日诗界巨子"，表示"誓为西江派及郑、陈张目"，即使"刃临吾颈，吾亦惟有如是而已"。

魏清德《谢吴石卿先生画〈折枝琵琶〉扇面》《少涛君嘱题琯樵〈兰石〉》发表于《台湾日日新报》。其中，《谢吴石卿先生画〈折枝琵琶〉扇面》云："海上之仙锦衣黄，团团化作金䃔香。珍禽偶语山南国，大叶毵毵横路傍。吴君笔下折枝好，玉盘争欲荐庙堂。赠我辟暑坐西牖，天风吹腋三石梁。"《少涛君嘱题琯樵〈兰石〉》云："兰艳殊堪友，石顽最可人。无须多笔墨，只此见精神。岳岳森芒角，猗猗照水滨。诗成幽意远，怀矣碧崖春。"

齐白石受樊樊山之邀抵北京，借住郭葆生宅中，同樊樊山不期而遇。樊氏为齐白石删定《借山吟馆诗草》并作序，齐白石为樊氏刻"增祥长寿"印以报。适逢张勋复辟，一夕数惊。齐白石随郭葆生转赴天津。避乱天津时，再为杨度刻"南无阿弥陀佛"印，上刊云："丁巳五月，余重来京华，避乱天津。晳子先生令刻佛家语。齐璜记。"

林之夏作《留别饭后社同人》。诗云："行间心血认分明，社事能生小别情。宾客江山龙虎气，干戈淮海蟋蛄声。沧桑几易诗无恙，梨枣留痕愿易成。遮莫乡关传艺苑，与君横剑话生平。"

本 月

张勋进京，特邀京师昆曲名角至江西会馆，演戏 3 日。袁克文跻身其间，与溥侗合演【倾杯玉芙蓉】《千忠戮·惨睹》（又名《八阳》）一曲。袁克文唱时声调激昂入云，词曰："收拾起大地山河一担装，四大皆空相，历尽了渺渺程途，漠漠平林，垒垒高山，滚滚长江，但见那寒云惨雾和愁织，受不尽苦雨凄风带怨长。雄城壮，看江山无恙，谁识我一瓢一笠到襄阳。"表弟张伯驹《续洪宪纪事诗补注》云，袁寒云"体消瘦，貌清癯，玉骨横秋，若不胜衣"，其样貌正合落魄王孙亡命天涯之像。故凡识此唱者，皆谓其自为寒云之曲——寒云自号寒云主人，除喜爱北宋王晋卿名画《蜀道寒云图》外，确与倾心此曲有关。袁克文自题一联曰："收拾起大地山河一担装；差池兮斯文风雨高楼感。"张伯驹感慨系之，为其赋《续洪宪纪事诗补注》云："慷慨淋漓唱《八阳》，悲歌权当哭先皇，眼前多少忘恩事，说法惟应演刺汤。"袁克文剧照登于《游戏新报》，范君博题诗其上云："有脚不踏河北尘，此身即是建文身。闲僧满腹兴亡史，自谱宫商唱与人。"张瑞玑作《寒云歌》（都门观袁二公子演剧作）（十九首）。其一："宣南漏静月皑皑，鼓板声沉箫管哀。万手如雷争拍掌，寒云说法亲登台。"其二："苍凉一曲万声静，坐客三千齐辍著。英雄已化劫余灰，公子尚留可怜影。"其七："阿父皇袍初试身，长兄玉册已铭勋。可惜老谋太匆遽，苍龙九子未生鳞。"其八："输著满盘棋已枯，一身琴剑落江湖。横槊赋诗长已矣，燃萁煮豆胡为乎。"张伯驹《红毹纪梦诗》可做注解："项城逝世后，寒云与红豆馆主溥侗时演昆曲，寒云演《惨睹》一剧，饰建文帝维肖。寒云演此剧，悲歌苍凉，似作先皇之哭。后寒云又喜演《审头刺汤》一剧，自饰汤勤。回看龙虎英雄，门下厮养，有多少忘恩负义之事，不啻现身说法矣。"

薛钟斗与曹陶成邀集旅杭温州籍友成立晦明社。薛钟斗自称"社旨在于振起朴学，砥砺名节。前明几、复之所以独脍炙人口者，不在于风流文采，而以辨贤伪、好节义为可称耳。……今惟南社尚能号召一时，亦非其文章足以信今传后，由社中革命事业多所尽力，以文人为烈士也。晦明社之建，于学术言之，以从前上海国学保存会之事业为楷模，编辑文字须关于朴学，决不以恛钉为贵。"

《心声》杂志（月刊）在上海创刊。李祖模编辑，梁含章校订，心声杂志社发起，江左书局发行。仅出1期。主要栏目有"文苑""小说""诗话""诗选""杂俎"等。主要撰稿人有祖模、尘榛、诗癯、尘隐、隐名、耀文、安圃等。

《浙江兵事杂志》第38期刊行。本期"文艺·诗录"栏目含《和马君蜕蜉〈秋吟四律〉，即次其韵》（济时）、《赠秋叶》（陆曾沂）、《寄思声》（陆曾沂）、《病困》（海秋）、《饭罢惘然有作，示大至、秋叶》（海秋）、《赠友》（漱圃）、《湖游，和碧华先生》（漱圃）、《军署值宿》（漱圃）、《湖上遣兴》（大至）、《前韵示秋叶》（大至）、《济公有湖游近诗，余久不泛湖，诵诗佩羡，和韵奉教》（大至）、《庭前绣球花》（大至）、《题海秋诗卷》（大至）、《步池廊上》（大至）、《病二日感书》（大至）、《叠韵奉贞壮、秋叶》（思声）、《次韵答秋叶》（思声）、《湖心亭晚归》（后者）、《次韵再答思声》（秋叶）。

《留美学生季报》第4卷第2期刊行。本期"文苑·诗录"栏目含《月》（任鸿隽）、《题印度诗人塔果儿之〈园丁〉》（任鸿隽）、《感谢节闻歌，怀绮色佳》（任鸿隽）、

《晚眺》(任鸿隽)、《重游新池》(任鸿隽)、《寒月》(陈衡哲)、《西风》(陈衡哲)、《尝试篇(有序)》(胡适)、《蝴蝶》(胡适)、《十二月五夜月》(胡适)、《寒江》(胡适);"文苑·词录"栏目含《蝶恋花·送秋》(杨铨)、《菩萨蛮》(杨铨)、《贺新凉·除日寄经农》(杨铨)、《贺新凉·丙辰除夕》(任鸿隽)、《采桑子近·江上雪》(胡适)、《沁园春·生日自寿》(胡适)、《沁园春·新年》(胡适)。

《青年进步》第4册刊行。本期"杂俎·文苑·诗录"栏目刊发崔孔昭、贺次贇、贺恩慈、杨复生等人诗作。

吉亮工卒。吉亮工(1859—1917),字柱臣,一作住岑,别署莽书生,号风先生,江苏扬州人。与吴恩棠、陈霞章有"扬州三狂士"之称。吉亮工为冶春后社重要诗人,著有《诗律传真》《亮工吟草》等。卒后葬于扬州便益门外江家园。诗友秦更年作《风先生挽词》悼之:"潦倒生涯一笑空,讳言贫病诡言风。作书宁为垂名计,纵酒能收却粒功。世未可逃狂亦得,古而无死恨何穷。若从乡里论畸行,合传应同若木翁。"

丁善之卒。丁善之(1880—1917),名三在,又名三厄,号不识,浙江杭州人。杭州藏书楼"八千卷楼"主人丁申之孙,丁立诚次子。清末附贡生,授江苏县丞。西泠印社早期社员、南社社员。精于金石书画,师承吴隐、王海帆等,又精于版本目录之学。与其兄丁辅之创制"聚珍仿宋体"。1915年柳亚子、高吹万、姚石子等南社友人同游杭州,丁善之、丁上左、丁宣之昆仲殷勤招待。又曾在西泠印社举行南社杭州临时雅集,并在孤山冯小青墓畔为春航勒碑纪念,一时传为佳话。工诗词,著有《丁子居剩草》《西湖散记》。缪荃孙《〈丁子居剩草〉序》云:"典籍数十万卷,不劳而理。余益知其能。同客江宁数年,过从甚密。余观其志,不屑屑于当世之富,若贵顾暗然,不自表暴。"周庆云赞其"不沾沾于规唐模宋,而春容大雅有太原公子褐裘风度。词则小令最工,如《浣溪沙》《罗敷媚》诸阕,直可追踪饮水。吉光片羽,卓有可传。岂必牛腰大集之为贵哉?"(孙文光《中国近代文学大辞典》)

沈曾植函催何藻翔与温毅夫北上,何藻翔以南北布置尚未就绪,仓促未行。

樊增祥致函黎元洪,望在总统府谋一差事,未果。据刘成禺《世载堂杂忆·樊樊山之晚年》载:"洪宪推翻,黎元洪继任,樊山以同乡老辈资格,遗书元洪,求为大总统府顾问之流,呈一笺曰:'大总统大居正位,如日方中,朱户重开,黄枢再造,拨云雾而见青天,扫欃枪而来紫气,国家咸登,人民歌颂。愿效手足之劳,得荷和平之禄。如大总统顾问、谘议等职,得栖一枝,至生百感。静待青鸟之使,同膺来凤之仪。'元洪接此函,遍示在座诸人曰:'樊樊山又发官瘾。'咸问元洪何以处之,元洪曰:'不理,不理。'樊山之函,元洪久置不理。樊山每次托人进说,元洪仍严词拒之,且加以责难。樊山等恚甚,又函致元洪,大肆讪骂。函至,元洪出函示在座诸人,其警语有:'将欲责任内阁,内阁已居飘摇风雨之中;将欲召集议员,议员又在迢递云山之外。自惭无德，为众所弃，唯有束身司败，躬候判处。大可获赦罪于国人，亲可不贱辱于乡邦。药石之言，望其采纳。'函中云云，全暗指当时段内阁组织未成，府院已生意见。在京参、众两院议员，正群集在北京云山别墅，谈恢复国会两院之条件也。或有劝元洪每月致赠若干金钱，元洪仍不允。故予《洪宪纪事诗》有'老成词客渭南家，赐坐龙团富贵花。青鸟不归朱户闭，茂陵春雨弄琵琶。'即咏此事。"

严修创办南开中学13周年，正值第10届毕业同学离校之时。本届毕业生周恩来作南开学校《第十次毕业同学录序》。

吴镜渊、镜彝、镜予昆季之母程太夫人七秩大寿，发起征诗，曾熙作颂以祝。曾熙作《颂吴母程太夫人七秩大寿》诗云："神珠韫重渊，灵耀腾九霄。繄母抱淑修，蒙难在垂髫。黄尘昏东南，志地伤飘摇。负母犯霜露，褰裳涉江潮。至孝格明神，嘉德荐芳椒。琴瑟既百年，荼茶匪一朝。昔年机下泪，今听舆人谣。寒衣母手缝，釜粥母亲调。五鼎不自甘，白发虑常焦。养生贵黜明，形蔽全其昭。况持普照心，能使百眚消。作歌颂懿德，清风播管箫。伯母吴母程太夫人七秩大寿，愚侄熙顿首拜颂。"

齐白石为郭葆生绘《雁塔小景扇面》，上题识："壬寅春客长安，一日雪霁，与正阳五弟亲家游雁塔坡，归路马疾如飞，余与亲家于马上皆大叫：'今日必堕死也。'余思亲家之声音如在顷刻间，今日看亲家之毛发萧疏似我，回画雁塔赠之，我公亦必太息也。丁巳六月，弟又同客京师，余将先归，并以志别，兄璜。"又，齐白石作《夏日高卧》云："闭门睡有真滋味，孤僻衰年更妙哉。凉气入窗知雨至，清香到枕觉荷开。怀人却喜山僧话，逐客不妨诗友来。晞发据床君且去，更移茵席卧庭苔。"

刘景晨逗留沪上，展阅清乾隆项佩渔《柳花图》，因题七绝三章。《题〈柳花图〉》序云："图为乾隆壬午年春小溪生项佩渔作并题。民国壬子年夏，余得之城西旧货摊上。光复之后，四方异书名画散亡至多。此图不知旧藏谁家，先后题咏者杭世骏、宋苏淳等二十有六人，及道光朝，海盐俞浩题跋云：'小溪生工诗善画，是图借花喻人，犹义山之"锦瑟无题"。'证以项氏自题二绝，不为无据。展转流传百五十载，乃落余手，殆亦有凤缘欤！袭藏忽复六年，今日展观，为题三绝，不胜惘然。"其一："丛台何处著纤腰，断梦零欢不可招。最是有情忘□得，一回把笔一魂消。"其二："不独飘零悼此花，等闲粉本亦天涯。流传到我翻惆怅，知是人间第几家？"其三："多少新诗点缀工，惜花心事古今同。美人名士都何在，悟彻人天一例空。"（丁巳浴佛后六日，书于海上寓楼）

赵熙自去年来专意填词，六百日中，得三百余首，友人林思进辑刻为《香宋词》。又，赵熙作《龙山会·九日雨中怀任父，用梦窗韵》《烛影摇红·答休庵》等词指斥张勋复辟。其中，《龙山会》云："一雨青无罅。满郭秋光，卜字苔痕亚。闭门温宿酒，诗性冷、浇向惊鸿弦下。天铸古今愁，合彭泽、彭城一冶（时徐州多愤议）。战场花，香丛缀泪,凉珠露洒。 垂老尚梦燕云,万翠天西,走太行如马。五噫人到否。经岁里、身世漫漫长夜。心上洞庭波,付蓝水、玉山齐泻。数年华,半霜木叶,夕阳红挂。"《烛影摇红》云:"秋老诗心,无多黄叶敲窗雨。荒池半月过重阳,人比青荷苦。两处愁如一处,念家山、残念乐府。一千亩竹,八百株桑,有生全误。 白者声中,寻君月底修箫谱。似闻夜啸有寒鸥,碧火徐州路。不久西风又去,劝江淹、休吟恨赋。此中差乐,一瓮摇天,羲农终古。"

陈方恪困居玄武门寓所,某晚应邀至罗瘿公宅聚饮,观赏庭栽夜来香花。陈方恪信笔填词《贺圣朝·夜来香》。词云:"遥怜可可窥人乍,伴风廊琴谢。好将空谷比幽姿,合泛人姑射。 吴舲初到,纱橱睡起,定绿珠无价。几回偷眼避游蜂,又夜凉如画。"

溥儒至青岛省亲,嫡母为其完婚,妻为前清陕甘总督升允(字吉甫)之女罗淑嘉(清媛)。本月24日,溥儒携夫人回京,于戒台寺拜见生母项太夫人,后即在寺中读书。

吴芳吉读《岭云海日楼诗钞》,对丘逢甲推崇备至,认为其是杜子美、陆放翁以来第一人,赞"其峥嵘豪放奇气,前无古人,后无来者。至情而为至人,至人而为至文,足以挽流俗、匡末运,日月经天,江河行地之作也"。

胡适从哥伦比亚大学归国,杨杏佛作诗送别。其诗曰:"遥泪送君去,故园寇正深。共和已三死,造化独何心?腐鼠持旌节,饥鸟满树林。归人工治国,何心慰呻吟?"

赖和返回台湾彰化,开设赖和医院。

饶汉祥作《后出都四首》。其一:"含枢摧荡万方幽,海外琼田岂有州。去国竟遗鸲鹆恨,非时何事凤凰游。中原将帅思张轨,北地兵戈痛魏攸。回首霸图销歇尽,故乡白骨未全收。"其二:"白马青丝卷地来,欲夷乡校作污莱。河中歌板谋何误,阙下盟书事可哀。急水自防犹骤决,颎阳纵在岂重回。怡神思道原无累,辜负文公撰册才。"

沈昌眉作《民国六年六月,一厂自燕归粤。道出吴中,集亚子磨剑室,纵谈时局,慨然成此,即题其携寿山人山水卷,为贵籙如藏》(二首)。其一:"岭南如此好山水,不学臣佗奄有之。却向桃源避秦乱,个中天地没人知。"其二:"一厂壮志今犹在,携此图归定有思。寄语籙如好将护,江山半壁要撑持。"

许承尧作《彼黍四首》。其一:"彼黍离离殷社墟,沧桑百感入微吁。先机昔已征曹鬼,妖梦今应恕杞愚。一姓再兴原不许,万方多难更谁纾?独怜白发遗臣在,毁室声中沮点枯。"

程潜作《丁巳五月纪事》。诗云:"公府持名号,岳牧攘威权。谬矣诸藩镇,信使集幽燕。问彼意何为,国计渺无关。势利结一时,营营互攀援。庸愚务专用,倏忽兴波澜。岂知燕雀争,徒尔长凶残。一朝虎狼来,势将斩本根。吾怀覆巢惧,命驾速南辕。"

王大觉作《丁巳五月远近喧传盗警,予避莘溪妇家,宿秋影楼,夜望斜月横江,林野苍莽,慨然有作》(四首)。其二:"银汉如剑月如襟,酒后凭阑奈此心。谁遣吾徒终寂寞,仰天俯地发哀吟。"

海天吟社在厦门成立。吟社由施士洁门徒、海天楼主人钱丕谟(文显)发起,"集同志友于其楼为诗社",邀请施士洁主其事,周墨史左右其间,社侣李时熙、徐思防、柯征庸、陈杰、陈桂琛、洪焘生、许梓溪、许廷慈、徐铭庆、陈桂琨、陈乾、陈桂珸、周殿薰、黄瀚、余焕章、杨振衡、陈熙堂、陈健堂等亦时常唱和其间。先后得诗作500余首。嗣因闽粤军阀交战,吟社活动中辍。壬戌(1922)年夏,施士洁卒,该社所作经同人略加甄选,由钱丕谟辑为《海天吟社诗存》,1923年在厦门刊行。集前有周墨史作《厦门〈海天吟社诗存〉序》,内含《海天吟社诗存》《海天吟社唱和诗》《施耐师挽诗》,后有钱丕谟题识。其中,周墨史《厦门〈海天吟社诗存〉序》云:"岁丁巳钱子文显集同志友于其楼为诗社,即以楼名名之曰'海天吟社'。请予主其事,予于诗未尝学问,偶有所作,亦以文为诗耳,何敢当。爰介绍于沄舫施先生,以施先生善为启发,而诸诗之兴高采烈。予左右其间,亦日获其益,而不谓施先生之遽归道山也。两年之间,社中得诗共五百首,多施先生命题而复为之点定其辞句者也。钱子诸人讽吟旧作,怀念前型,不忍自没其诗以没先生之教,录得百余首名曰《诗存》。将付印刷,请序于予。夫风雅沉沦,后起之英欲歌咏性情,苦无门径,而老师宿儒,复日伤零落,斯则斯文之一大厄也。是诗之存,谓为存吟社诸友之诗也可,谓为存施先生之诗教也可。愿诸友寻绎旧绪,益自致力以各成一家言,施先生虽没,有施先生之老友在,当亦为之快慰也。癸亥秋厦门周殿薰墨史甫。"《海天吟社诗存》含李时熙、徐思防、柯征庸、陈杰、陈桂琛、洪焘生、许梓溪、许廷慈、徐铭庆、钱丕谟、陈桂琨、陈乾、陈桂珸等13位同学诸君子诗作。既有共同诗课,又有自拟习作。诗课有"久雨书怀""雨后闻蝉""花影""蒲葵扇""日本刀歌""自由车""泥美人""斗蟋蟀""斗龙舟竹枝词"等。《海天吟社唱和诗》前有仲永氏题,系周墨史首唱,杨振衡、施沄舫、黄瀚、陈桂琛、许廷慈、余雨农等师友唱酬,共13首。周墨史首唱诗题为《海天吟社雅集并柬杨振衡先生》。诗云:"删除俗嗜少交游,整顿骚坛叶应求。夏日行师鏖笔阵,汉书下酒作诗钩。朋簪共结忘年契,匠斧能将缺月修。独惜盈川旧令尹,临行惟有影堪留。"《施耐师挽诗》前有壬戌五月陈桂琛题,内含陈桂琛、许梓溪、许廷慈、钱丕谟等所作挽诗。《海天吟社诗存》后有钱丕谟识云:"丁巳夏,谟与前辈及同学诸君子结社学诗,得施耐公主讲其中,每周一集,月凡四课,先后阅十月,得课四十。未几,闽粤事起,风鹤告警,吟朋星散,因是中辍,同人每以未得赓续为憾。今岁夏,施师耐公遽尔仙逝,

五
八
六

噩耗传来，同深哀悼。时翻旧稿，点窜犹新，手泽所存，何敢弃置。爰谋之同人，略为选择，刊诸梨枣，题曰《海天吟社诗存》，计古近体诗都若干首，聊以表师泽之不忘，非敢以其诗之可存之也。至于佳夕良辰，周墨史、黄雁汀两夫子，及余雨农、杨钝坚诸先生亦时常聚会，兹并将唱和诗附之于此，聊以志一时师友之盛云尔。壬戌秋八月上浣山阴钱丕谟谨识。"

李瑞清接连收到"维良会""中国道教会"敲诈勒索信。

曾习经于初夏回广东揭阳老家服侍慈母。家中长期自制菩提丸、甘露茶等便药赠送乡人，有《偶述》诗纪之。诗云："九十慈亲免杖扶，六旬兄弟一灯俱。夜闲小婢教和药，日起诸孙与上书。后院雨余抽竹箭，南塘水满放凫雏。较量前哲经千品，惭愧新名署特夫。"又，游于棉湖进士第湖楼，作《湖楼坐夏》。诗云："乱后未曾盐酱缺，病余方觉水云亲。坐收山翠临飞鸟，俯借湖光数过人。止澶心情还澹泊，爱闲踪迹只因循。杨漕剩有新畬地，一夏虚过是幸民。"又以湖楼作画，作《题自画〈南塘西南一角图〉》。诗云："一树垂垂午荫凉，楼扉开处俯南塘。不夸万里昆仑水，清艳沧浪是故乡。"

况周颐应吴隐访求先世遗著之约，翻检旧藏《百名家词》，得词四家，俾合为一集《州山吴氏词萃》付梓。

冒鹤亭撰成《戏言》一卷。内容偏重温州南戏，兼及温州地方戏曲逸事。

刘大白举家至杭州广化寺小住休养，作《六年夏，移寓孤山广化寺》。诗云："鉴湖不住住西湖。十五年来此愿孤。今日孤山容我住。挈妻携子傲林逋。"

沈尹默填写入南社自愿书，介绍人刘三。

刘半农受蔡元培邀，出任国立北京大学预科国文教员，在北大文科研究院承担诗、小说、文典编纂法、语典编纂法教学工作。

周学熙赴北戴河逭暑，奉其父周馥携恩、谦两儿及塾师倪瀚章同往。

徐世昌作《长夏归黻园》《晚兴》《听雨》《归黻园，简凤孙》《无事》《积雨》《偶题》《雨后偕斡臣诸君游淀北园》《野鸥亭看荷》《新晴》《途中雨后》《书斋晓晴》《和赵祐眉〈夏日闲居〉韵》《渔父诗，简范孙》《夏夕对月》《看云，寄曹理斋》《为友梅画梅题二十八字》《夏日晓起》《黄村道中》《水竹村闲题》《雷雨》《晚夏闲兴》《村墅晚晴》《偶书》《怀村居》《夜坐纳凉》《书怀》《晚夏村居，一日之间晴雨无定》。其中，《长夏归黻园》云："绿阴庭院荫乔柯，门巷深深隐薜萝。池面萍花风影动，窗前梧叶雨声多。茶经欲试炉初火，书谱闲临墨乍磨。解却尘装幽兴发，晚凉新放数枝荷。"《晚兴》云："幽意无穷极，闲亭坐晚霞。微风梳药草，疏雨落桐花。石铫煎云液，铜瓶汲井华。裁诗聊寄远，烟水渺天涯。"《听雨》云："入夜雨潇潇，青灯伴寂寥。墙疑颓薜萝，窗悔种芭蕉。秋涧幽人语，江滩午夜潮。不知尘海上，几辈话渔樵。"《归弢园，简凤孙》云：“老怀兀兀转如痴，蓬户归来睡起迟。海燕引雏穿曲径，园花结果上高枝。眉山父子多奇气，皮陆朋交有好诗。深巷雨余泥没骭，何时著屐过疏篱。”《无事》云：“萝径松棚处士家，药囊书卷足生涯。神农大业分禾黍，抱朴何年炼汞砂。深巷关门听夜雨，闲亭拄杖看朝霞。朅来无事藤阴坐，溪畔儿童理钓车。”

陈夔龙作《夏夜百感交集，有怀补松杭州》。诗云：“北窗梦不到羲皇，风雨怀人夏夜长。只以中兴期郭李，莫因靖难罪齐黄。千金子有垂堂失，一局棋嫌打劫忙。却费松庐揩泪眼，剑南佳句苦评量。”

瞿鸿禨作《丁巳初夏，偕山妻挈治儿、贶孙至杭州，即日游西湖》。诗云：“斑斑衔尾车，挟我从风驰。晨暾饮黄浦，午及钱塘炊。湖山排闼来，契阔轩须眉。老稚塞窄艇，摇影纡明漪。众峰龙蜿蜒，抱水纷下垂。空翠镜中落，荷动流云迟。化工秘丹青，妙运意匠为。依林俯新构，金碧浩迷离。鱼鸟自飞泳，池台改未知。余情幻阅世（别西湖二十年矣），暝色沈幽思。”

严复作《喜雨》。序云：“仲春以还，北方苦旱，首夏炎歊，殆同三伏。乃率家人斋三日求雨。发愿之晨，晓雨霡霂；次日雨稍大；其三日，雷雨沛然，诗以纪之。”诗云：“海水群飞不族云，方田槁起龟背文。禾枯豆死麦苗焚，沟车遍蹋劳骸筋。阴阳隔并古常闻，祷请有事吏与君。匡居闵然忧耕耘，仰天叩头断腥荤。微意乃为神所勤，晓凉泛洒云氤氲。迨三之日沛无垠，家人妇子交欣欣。退之默祷开衡氛，耳目虽悦私殷勤。岂若吾意关黎元，华阳乖龙方策勋。作诗聊以张吾军。”

成多禄作《北山雅集，同郭侗伯使君、雷筱秋、瞿非园、栾佩石诸君作》。诗云：“尘羁才脱便轻身，巾屦萧然野意生。杰阁栖烟涵远树，大江摇镜抱孤城。画图不减前游乐，丝竹难为此日声。独羡九天珠唾落，冷泉心比在山清。”

方泽山作《奉和丁鉴堂〈七十述怀〉》（四首）。其一：“六十征诗尚眼前，催成七十转茫然。东山丝竹无聊赖，南渡衣冠有变迁。曼衍鱼龙方戏海，承平鸡犬已升天。义熙甲子凭谁记，输与扬雄草太玄。”其二：“烂漫春归杖履中，秋光不惜与尘同。平生自爱元真子，晚岁人呼矍铄翁。佛性早参无我相，庞眉未解入时工。商量旧学追余赏，衮衮英豪在下风。”其三：“战胜灵台道义肥，闲官初服早来归。西湖堤上千回梦，北海樽前万事非。末路沧桑堪掩涕，故家乔木自成围。赢将老健骄年少，叉手诗裁玉屑霏。”其四：“群从联翩五凤皇，乌衣王谢久堂堂。频惊花萼消春雨，剩有桑榆话夕阳。磊落应嗟青眼少，扶携犹喜白眉良。为君歌舞君当笑，及取坡田共一觞。”

杨圻作《丁巳仲夏，各督军举兵发难，士民倾巷迁避，既而道路梗塞，相率入京西山谷中。余与妻子闭门坚卧而已》。诗云：“隐几遗天下，高斋草木间。宁能休众动，所贵独幽娴。开卷落花至，闭门新月间。数峰青未了，梦见故乡山。”

姚光作《夏日杂兴》。诗云：“俯俯夏日铄流金，不染红尘是此心。间与闺人棋一局，更来诸妹句频斟。解衣磅礴摹宣碣，挥麈支离弄素琴。夜为儿曹说三国，无端虎啸又龙吟。"

沈昌直作《丁巳消夏杂咏》（十二首）。其一："闲将文献细商量，三两书痴友会忙。隐约葛衫笼字纸，阿兄又著好文章（日与兄长公及二三同人搜考文献，兄每有所撰，辄置之衣袋中，葛巾稀疏，隐约可辨也）。"其二："先人世德诵请芬，代远年湮剩旧闻，十首新诗谱家乘，居然吾欲亦云云。"其三："等身著作皆千古，六代文章聚一庐。饱阅袁家书几种，卅年不负北浜居（于长公处，见袁氏书稿及家乘，得悉菊泉先生至若思六代著述，余所住北袁家浜系袁氏祖墓所在，浜即以此得名）。"其四："一编借得万川书，录副连朝手拮据。乡里蓝闻情独挚，五篇以外尽删除（抄作万川文，殊不耐烦，仅录有关乡里旧闻者五篇）。"

赵金鉴作《自丙辰十月至丁巳五月不雨》。诗云："南风吹红云，烧山作赤铁。赫赫穷崖垠，飞焰无缀灭。炎官张火伞，截然高周彻。焦虑地维断，镕愁天柱折。海水不上天，蛟龙眠其穴。薄云挟微润，杲杲赤曦烈。掉尾挂碧霄，老蜺翻为孽。蟹稻剧枯萎，龟田纷坼裂。圭璧空仰瞻，农民雨泣血。我欲叩天关，陈诉愤所切。历岁遭歉荒，生事日琐屑。十室嗟九空，菜根竞采撷。穷黎色非人，饥肠转内热。方期秋稼熟，俯仰足哺啜。岂谓旱魃虐，深泽涸鱼鳖。种粒未入土，禳祝满簪列。饿莩行载道，遗黎恐靡孑。慈爱识天心，胡不沉云结。雨送千峰雷，沛若江河决。膏泽浃退尔，穷檐遍忻悦。我亦饱晚饭，社醉春秋节。微愿非难偿，造物仁岂竭。作诗代呼吁，庶其望无触。"

朱鹏作《寄怀贞晦沪上》。诗云："诗人例合遭穷谴，吏道于今异所尊。白水宁知心可誓，青蝇竟使璧成冤。艰难身世怜蓬鬓，忧患文章借酒樽。避地狂歌黄歇浦，元龙豪气应犹存。"又，黄式苏作《寄怀刘贞晦沪上，次复戡韵》。诗云："三年避地音书绝，知汝难忘狱吏尊。龚遂但为平贼计，曾参竟有杀人冤。穷愁天遣工诗笔，怒骂人争避酒樽。入道倘从忧患始，未应狂态故犹存（贞晦旧字潜庐，现改今名）。"

孙介眉作《江村消夏》。诗云："宿雨晓烟收，江边弄钓钩。佐餐得虾鳖，高卧笑王侯。题句蜂染墨，学诗鸟点头。调琴南薰至，把蕊余馨留。坠英珊瑚碎，漾波水晶浮。晴红日如沸，浓翠山欲流。穿径扰梦蝶，击楫傍飞鸥。滩清鱼儿见，影悬石上游。"

毛泽东作《游学即景》（残句）、《云封狮固楼》（残句），又与萧瑜合作《赠刘翰林联句》。其中，《游学即景》（残句）云："骤雨东风过远湾，滂然遥接石龙关。□□□□□□□，□□□□□□□。野渡苍松横古木，断桥流水动连环。客行此去遵何路？坐眺长亭意转闲。"《云封狮固楼》（残句）云："云封狮固楼，桥锁玉潭舟。"《赠刘翰林联句》云："翻山渡水之名郡（毛泽东），竹杖草履谒学尊（萧瑜）。途见白

云如晶海 (萧瑜) ，沾衣晨露尽饿身 (毛泽东) 。"

吴宓作《太平洋舟中杂诗》(四首)。其一："天风吹海水，吾舟日夜东。渐觉蓬莱近，难与故国逢。浩浩太平洋，其实与名同。波涛无惊扰，客意殊从容。茧足凭栏立，四顾畅心胸。水天接圆线，渺渺尽长空。海云自出没，不见一飞鸿。波面平若砥，古镜磨青铜。初未见鲸鲵，何得有鼍龙。入夜悬明月，奇景更无穷。舟行百事备，人巧夺天功。居处既整洁，饮馔皆精工。兹行承优遇，因之感故衷。少小固陋隘，壮岁忧患重。人生几暇日，端居思磨砻。此游难再得，吾志期始终。哀哉无舵舟，莫作马耳风。诗成自鞭策，匪以耀行踪。"

常燕生作《丁巳夏满，来都后怅然有忆，书此以寄之》。诗云："平时漫遣韶光过，别后方知意味深。两月温存犹在眼，几人谈笑可如心。深思已负千寻极，远念还劳万里临。碎骨粉身何所益，岳云天月鉴此忱。"其妻赵娴清作《答燕生》。诗云："惊君海誓感君恩，勾起离情复泪痕。远念已堪劳梦寐，新诗何尔又温存。同情原誓常比翼，妇职当然又何论。惟嘱珍重休远虑，他日功成振家门。"

孙汴环作《将归娶，赋成两律，分柬诸亲友》(一九一七年夏北京)。其一："剡水同心好定居，京华负笈北游初。樽开辛卯称多士 (余初来都习医，与友赁屋同居，题曰辛卯书舍，盖指实也)，道学黄农愧不如。远客频看三五月，归庐伴读七千书 (吾家薄有藏书楼，题七千卷藏书之楼)。羡将此夜烧红烛，二十情怀莫笑余。"

顾佛影作《丁巳长夏，香光楼宴集兼祭邑中前辈诗人，赋此记事》。诗云："绣佛楼头启网轩，清流满座共倾樽。庶羞再拜诸灵笑，沙雁孤弹此味玄。竹叶杯浇名士冢，藕花香颤女儿魂。可怜鸿爪千秋会，记取银塘旧月痕。"

[日] 久保得二作《夏晚雨后》。诗云："白雨驱雷去，余炎划地收。一天凉欲月，万木韵于秋。赖有琴尊好，殊兼枕簟幽。佳期星夕近，河汉鹊桥浮。"

七 月

1日　张勋换上清朝冠服，率文武群丑 300 余人涌入清宫，拥溥仪"登极"，接受朝拜，连续发布"上谕"，改民国六年为宣统九年，易五色旗为龙旗，恢复前清官制。中央设议政大臣、内阁，各省督军改称巡抚或总督。张勋自封议政大臣兼直隶总督、北洋大臣，集军政大权于一身，并通电各省，劝告响应。溥仪派梁鼎芬前往总统府，劝黎元洪退位，遭拒。陈宝琛奏请赐黎自尽，溥仪不允。陈曾矩《丁巳复辟记》略云："十二晚，张赴同乡会之招，往会馆观剧，至十二钟始归。归后，以电话约王士珍、江朝宗、吴炳湘、陈光远四人至，散坐院中。……张语毕，以一言断之曰：'此事余志在必行，诸君赞同，则请立即传令开城，放余天坛兵队入内，否则请各归布置，决一死战。'王、江等皆唯唯。遂立开城调兵，遍布各处。张及诸人均入宫，吁请皇上登殿。是时朝见者：文臣有刘廷琛、胡嗣瑗、陈曾寿、章梫、陈毅、商衍瀛、顾瑷、张镇芳；武臣有张勋及其部下四统将。某某颂登极诏，布告天下。此诏乃伯兄（陈曾寿）所拟也。设议政大臣，以张勋、王士珍、陈宝琛、梁敦彦、刘廷琛、袁大化、张镇芳充之，以胡嗣瑗、万绳栻为阁丞。恢复宣统元年官制，授各部尚侍。外务部尚书梁敦彦，左侍郎李经迈，右侍郎高而谦。度支部尚书张镇芳，左侍郎杨寿楠，右侍郎黄承恩。陆军部尚书雷震春，左侍郎田烈文，右侍郎崔祥奎。民政部尚书朱家宝，左侍郎吴炳湘，右侍郎张志潭。学部尚书沈曾植，左侍郎李瑞清，右侍郎陈曾寿。海军部尚书萨镇冰。法部尚书劳乃宣，左侍郎江庸，右侍郎王乃征。农工商部尚书李盛铎，左侍郎钱能训，右侍郎赵椿年。邮传部尚书詹天佑，左侍郎阮忠枢，右侍郎陈毅。理藩部尚书贡桑诺尔布。以张勋为直隶总督，冯国璋为两江总督，陆荣廷为两广总督，余各督军皆改授巡抚。"

张勋复辟，诗家多以诗纪之。陈夔龙作《无题》。诗云："又见宣光致太平，转因喜极泪纵横。星辰上将纡筹策。车马东都振旆旌。井底子阳销伪号，帐前回纥缔新盟。孤臣卧病沧江晚，头白徒殷恋阙情。"林纾作《五月十三日纪事》。诗云："衮衮诸公念大清，平明龙纛耀神京。争凭忠爱苏皇祚，立见森严列禁兵。天许微臣为父老，生无妄想到簪缨。却饶一事堪图画，再盼朝车趣凤城。"又作《阅报有感》。诗云："仪同端首各分官，起废除新印再刊。孤注一拼博卢雉，大家共梦入邯郸。据鞍忍效杜荀鹤，凭虎仍成梁伯鸾。日夜神灵盼高庙，莫教烽燧近长安。"高旭作《猛虎行》。诗云："天降戾气淮徐间，川流忽浊山忽屦。山中有猛虎，其色何烂斑。壮士曾把强弓弯，当年一纵去不还。卵翼群丑害行路，饥则摇尾饱则顽。咆哮奋怒，天地震动。狼贪豺狠，各为所用。攫食不均，交相哄。嗟哉猛虎，阴受愚弄。彼愚者虎，犹自逞其雄。张牙舞爪向前去，偏欲争长诸毛虫。嗟嗟猛虎，尔欲何为？尔自谓安，而我独为尔危。尔独不见旁有一物兮，正思借尔以居奇，誓必食尔肉而寝尔皮。愚哉猛虎，知乎不知。嗟尔何愚？何不一思。为人作嫁何太痴，甘投罗网计难施，看尔强梁凶暴能几时！"曾广钧作《纥干山歌》长诗纪之。诗云："纥干山头冻杀雀，生处何如此间乐。冰井银床五月秋，肯向华严觅楼阁。南看已定波汹涌，北望徒惊雪垠崿。何事金楼一斛珠，偏献君王万年药。别殿仙人号丽华，连天姓氏出兵家（点明其人姓张）。天教艳极还招妒，地为恩殊（张勋驻守徐州，乃天下形势之地，利于进攻南北）每自夸。十二玉书逢内召，三千犀甲拥如花。新妆竞羡宫衣好，深抱谁知春带赊。水殿阿姨随水佩，云廊彩伴逐云车。笙歌未彻霓裳月，浮白犹喧九酝霞（五月十二日之夜，江西会馆宴会，演剧）。争知事势朝来异（五月十三日晨，复辟出现），河婺星娥满元会。红粉初披雉扇开，紫袍已捧鸾舆至。瑶电俄通四大洲，签名最近重瞳字（张勋自为议政大臣)。耆旧中原见朔风，园陵东郡还佳气。喜极鸥夷酒作肠，悲来驼狄铅为泪。婑婧鬟长弹绿云，倾城争学盘蛇髻。飞旐依然舞两螭（复用清代之黄龙旗为国旗），邮筒仍是镌双鲤（仍用清代之邮票，上刻双鲤鱼）。老子西行去不回（李经羲退走，离京），山人南海闻风起（康有为入京，参加复辟）。寺主鸳鸯且等闲（清宣统帝尚未聘定皇后），侍郎碧落先除拟（《海日楼诗集》作者沈曾植，清代原任学部侍郎，久为遗老，热心图谋复辟。此次亦赶来参加，升任学部尚书）。一经两海旧封疆，八座三貂议宪章。广召散仙登秘殿，还将十赉宠华阳。顷刻桃花求圣解，逡巡枣果觅灵香。只言天上光阴好，流浪人间抵十霜。谁知天上乌蟾速，更比人间钟漏促。逡巡造酒酒难香，顷刻开花花不馥。几处黄旗举未成，几家丹灶烧初熟。海上星羁献荔龙，陇头雪隔衔芝鹿。南国当熊旧绿娥，鲛绡未到珍珠幅。西殿阿婆老令萱，雁飞尚滞关山曲。记得春风燕子楼（燕子楼指徐州会议），一群娇鸟河阳谷（河阳谷指彰德会议。此是本年四月诸军阀之会议，实亦张勋所发动并主持者）。素女为师态万方，红绡结约胸三覆（此言诸军阀皆加入盟约，赞同复辟）。自矜白日可回中，自信黄河可西出。日不能中水不西，青琴绛树斗腰肢。卫贾相争因五可，尹邢互妒为偷窥。明明如月言犹在，暮暮为云梦更迷（此言段祺瑞本欲自己举行复辟，而为领袖。今见张勋已举事，将成功，故以忌嫉之心，违背盟约，转变方向，反而出兵攻打张勋，破坏复辟。其目的，全为个人权利之争。其手段，则大不合道德也）。羽书迫处鼙双翠，粉镜抛时杀一围（此言李长泰军既入城，张勋只得应战）。朱雀桁头星火急，翔鸾阁上纸鸢飞（敌军用飞机）。浊泾姊妹参商恶，清渭君臣去住悲。还君昨夜香罗带，着妾来时黑蝶衣。珠帘甲帐成焦炬（七月十九日，张勋宅被围攻，全毁），永巷长门泪如雨。宝扇迎归驭气车（指汽车），罗帷拥入清虚府（七月二十日之晨，避入英国公使馆）。只隔宫墙一道红，凄凉便断仙凡路。隐隐犹闻长乐钟，依依正对昭阳树。烟岫浓边指泰陵，平芜尽处明鄠杜。独立自怜倾国人，凭阑细共余香语。寥廓何心逐海鸥（张勋决不出洋，决不肯逃往外国去），衷情无计瞒婴武。罗绮从风任作灰，钗钿经乱抛如土。屡散万金何足惜，长垂双玉谁为主。绣枕斜欹晓到曛，银缸坐照今非古。恨海经过仔细思，情天影事从头数。锦帕封题密密藏，花笺细字层层贮。海月苍凉照蜃楼，春星华艳排鸾柱。安息氍毹没翠翘，扶南媚子安钗股。优婆色鸡曲项筅，答腊都昙细腰鼓。多谢摩登孔雀裙，蒲桃劝酒胭脂舞。舞经泪眼损横波，酒入愁肠蹙眉妩。此错原非铸六州，重来未必无三户。精卫虽填尚渌波，重华不见空瑶圃。当时不杀任蛮奴，至今枉恨韩擒虎。黛谢红零觅赏音，人间只有稽延祖。"

李岳瑞作《五月十三纪事之作》《先皇玉几言如昨，弓剑桥山痛不胜》。同人和作：周庆云《和孟符近作》、白曾然《梦老见示孟符元先生近作，次韵志感》（二首）、邵端彭《中磊词兄见示和人近作，有匪风下泉之思，旅店索居，怒焉寡欢，走笔次韵，即效其体。予与中磊趣舍未必从同，其为穷愁则斠若画一，景纯游仙、嗣宗咏史，辨析之功，有俟知言》（二首）、缪荃孙《敬和孟符元韵一首》。其中，李岳瑞《五月十三纪事之作》云："中夜星文正玉绳，非烟非雾霭觚棱。哀时已分终离乱，垂老犹能睹中兴。定难晟瑊劳翊赞，群凶谦振敢凭陵。"白曾然《次韵志感》其一："系日西飞竟有绳，九阍虎卧耸威棱。时艰未了唐天宝，王业虚传汉建兴。渍泪铜驼埋洛下，伤心石马战昭陵。六州昏垫苍穹意，铸错休疑理不胜。"

景耀月潜返山西，集晋、陕、豫革命旧人组成"两河讨逆军"，被推为总司令，准备讨逆。后又公开著文，主张铸张勋铁像跪于中华门前，以泄民愤，以儆效尤。

《新青年》第3卷第5号刊载刘半农《诗与小说精神上之革新》。略谓："现在已成假诗世界，其专讲声调格律，拘执着几平几仄方可成句，或引古证今，以为必如何如何始能对得工巧的……近来易顺鼎、樊增祥等人拼命使着烂污笔墨，替刘喜奎、梅兰芳、王克琴等做斯文奴隶，尤属丧却人格半钱不值，而世人竞奉为一代诗宗。又康有为作《开岁忽六十》一诗，长至二百五十韵，自以为前无古人，报纸杂志传载极广，据我看来，即置字句之不通押韵之牵强于不问，单就全诗命意而论，亦恍如此老已经死了。"

《申报》第15940号刊行。本期《老申报》"文苑"栏目含《武林竹枝词》（十八首，钱塘梦花仙子，见本报甲戌年十月初八日）。

《中国实业杂志》第8年第7期刊行。本期"文苑"栏目含《留别三十首》（集句）（李文权）。

《公民周刊》第1卷第6号刊行。本期"文苑"栏目含《西香书屋吟稿（续）》（邵楷式之）、《南枝集（续）》（[越南]阮尚贤鼎南）、《冀州疆域》（养秋）。

《寸心》第6期刊行。本期"文苑"栏目含《祭吴若龙文》（胡鄂公）、《龚子皋先生寿序》（袁翯鸿）、《眼枯集（续）》（一雁）、《重谪仙人楼乐府》（夏绍笙）、《沧洲集》（血痕）、《咆蠡集（续）》（若飞）、《春来词》（张庆霖）、《寸心诗联第四次揭晓》：《何隽卿诗》《何隽卿联》《垫马联》；"小说"栏目含 [补白]《山歌：台湾女子歌》（沈青士）、《红楼梦赋：海棠结社赋》（沈青士）、《（哀情小说）巫山梦》、《广告诗之酬答者：复白阿素女士》（刘少少）；"艺术"栏目含 [补白] 诗剩：《题〈寸心杂志〉即赠何一雁》（尹昌衡）、《前题》（二首，野马）、《前题》（微阁）、《前题》（啸匏）。其中，尹昌衡《题〈寸心杂志〉即赠何一雁》云："将军本天人，昂首出风尘。拔剑信无敌，落笔如有神。结交知重义，为国便轻身。相见徒嗟晚，何妨作酒宾。"

《瓯海潮》第13期刊行。本期"稗乘"栏目含《木鹿居传奇》（洪栋园）；"艺文·诗录"栏目含《阅〈申报〉，中有快意词，爰广其意，再作数题》（炳文栋园）、《感时事》（陈寿宸子万）、《和陈君墨农未甘》（陈寿宸子万）、《题曾氏〈春园叙乐遗图〉》（陈寿宸子万）、《送别朝鲜金起虞先生》（李骧仲赛）、《黄迪夫姊丈赴杭从军，赋此志别兼勉迪夫》（宋慈抱墨哀）、《甥女汾甫周晔卒，作诗哭之》（宋慈抱墨哀）、《恢庐诗钟揭晓，拈此示客》（符璋笑拈）、《戒诗有律，将并诗钟戒之，姑成一诗，以堂息壤》（符璋笑拈）；"余波"栏目含《东嘉新竹枝词披露》（冷生值课）。其中，《木鹿居传奇》后附薛钟斗、符璋题词。薛钟斗《题〈木鹿居传奇〉》云："木鹿困居一草堂，五云深处有韬光。躬耕尚有遗民在，毕竟罗阳是首阳。"符璋《题〈木鹿居〉》云："冥鸿天外子遗民，助尔千秋大有人。此日巢由原不少，纷纷只拜马头尘。"洪炳文《阅〈申报〉》其一《如意》云："脱离世网住红尘，架有图书此不贫。我佛有灵称宿业，老天特许作诗人。笙歌到处思盈耳，著作今生要等身。百岁团圆偕伉俪，子孙绕膝一家春。"其二《快意》云："射猎归来匹马骄，锦筵烛照海棠娇。远寻灵药穷三岛，高驭飙轮历九霄。猴岭秋风看放鹤，扬州明月听吹箫。毡裘斗笠探芳信，万树梅花雪未消。"

林之夏作《别后第一日，寄调贞壮，并讯饭后社同人》（四首）。其一："北谚原传麦补脾，踰淮枳橘究非宜。知君今日应思我，又到钟声午饭时。"其二："拓地墙阴一武宽，终朝凭几镇相看。芭蕉新种才三尺，遮日无功听雨难。"

2 日 黎元洪被迫抱总统印玺逃入日本公使馆避难。

上海《民国日报》发表《讨逆檄》，宣布张勋、康有为已成民国叛逆，"再有言调和者，国民当以国贼视之"。上海《时报》《中华新报》《民国大新闻报》《新闻报》亦纷载各界声讨张勋通电。

研究系《晨钟报》暂移天津出版。北洋派和交通系各报如《公言报》《民言报》等停刊。

刘慎诒作《五月十四日程炳钦邀偕张易吾、袁烈青、李范之出城纳凉。晚过地藏庵，与慧明和尚谈禅，漫赋二首》。其一："炎氛围马足（余与炳钦策骑出城），祠阁荫高丘。恨骨供群蚁，深江养片鸥。山多云善幻，风满汗初收。宾主知谁是，欣然尽酒瓯。"其二："入暮消烦渴，寻僧问寂寥。疏钟人兀兀，老屋竹萧萧。冥念忘千劫，分甘酌半瓢。无言终罢去，归路沸螳蜩。"

3 日 段祺瑞偕同徐世昌等在天津组织讨逆军，由天津马厂率师迅速攻入北京。

冯国璋在南京召开特别紧急会议，致电各省督军、省长，反对复辟。同时派军队一旅开往徐州，控制张勋老巢。

周庆云作《五月十五日，为春宵楼主人芳辰曼词褾之，聊循俗例，非贡媚妆阁也，写呈同社一粲》。同人和作：汪煦（《和梦坡韵》）、白曾然、缪荃孙、李传元、恽毓龄、恽毓珂、施赞唐、冯祖荫、潘飞声、许渖祥。其中，周庆云《写呈同社一粲》云："沉沉哀乐付歌弦，料理疏狂到酒边。孤愤信陵聊自放，闲情陶令未妨贤。良宵倚玉疑春暖，沧海生珠照月圆。花好漫赓人寿曲，可能长是绮罗年。"李传元和云："乞与新诗胜管弦,春光如海海无边。香严国土宜多寿,裙屐风流会众贤。烬暗欢应怜细细,月明人合字圆圆。偶然一曲筵前顾,便许相偎到百年。"

《申报》第15942号刊行。本期《自由谈》"游戏文章"栏目含《新艳诗》(十二首,枫隐)。

吴昌硕夫人施氏病殁,于湖州会馆设灵堂供吊,吴昌硕赋《夜不成寐,书二绝句》悼亡。其一:"桐棺一去隔浮云,来梦轻裾旧布裙。色笑承欢应似昔,缪家窝畔舅姑坟。"其二:"溪堂同赋竹深深,往事低徊思不禁。诗戒已持心是佛,双眸观我当长吟。"

白坚武乘舟过烟台,卧舱不食,神思闷结,口占一律:"浮海今安事,余生夜未央。滔滔流不尽,恻恻意何方?白浪排云立,丹心浴日长。莽苍烟数点,一梦已微茫。"

沈昌直作《七月三日风雨大作,晦明一室中,俯仰乡里人物,溯往昔、述当今,得诗八首》。其一《陆季道》:"风雨思君子,湖天佚老堂。夕阳红蓼岸,秋水白云乡。小幅图苍石,闻情问海棠。卿卿何处墓,北珝草荒荒。(陆季道,有《碧梧苍石图》及《致仕归问讯海棠诗》,皆为姬人卿卿作也,卿卿葬北珝)"其二《袁了凡》:"风雨思君子,奇才袁赵田。口碑留海甸(公治宝坻政绩卓著),足迹到朝鲜。学贯天人奥,门承祖父贤(公高祖顺,即靖难时之祀山先生也。曾祖颢、祖祥、父仁均有高行,著作甚富)。传家有令子,政绩亦超然(子伊,字若思,令高要,有治行)。"

胡适作《百字令·六年七月三夜,太平洋舟中见月有怀》。词云:"几天风雾,险些儿把月圆时孤负。待得他来,又还被如许浮云遮住。多谢天风,吹开明月,万顷银波怒。孤舟载月,海天冲浪西去。 念我多少故人,如今都在明月飞来处。别后相思如此月,绕遍地球无数。即可疏星,长天空阔,有湿衣凉露。低头自语。吾乡真在何许。"

4 日 段祺瑞、梁启超在天津宣布讨逆。

溥仪谕命各督抚分别推举三位精通法理、清悉国情之议员,来京议宪法、国会事宜。

《申报》第15943号刊行。本期《自由谈》"游戏文章"栏目含《〈自由谈〉人名与诗品对》(郑琴薰)。本期《老申报》"文苑"栏目含《沪北西人竹枝词》(二十四首,见本报壬申年四月二十三日)。

5 日 《小说海》第3卷第7号刊行。本期"杂俎·笔记"栏目含《京华尘梦录》(子余)、《琴庵漫录》(欧东谷)、《携楛看云录(续完)》(王小隐)、《习静斋诗话(续)》(仙源瘦坡山人辑);"杂俎·诗文"栏目含《九日惠山游记》(甦盦)、《宝山施老次和梦坡同社宣南遥集楼十九人禊饮诗,用杜少陵〈丽人行〉韵见视,因依体韵,赋寄京都》(东园)、《舒州早发》(喟庵)、《登皖城楼》(喟庵)、《登大观亭,谒余忠宣墓》(喟庵)、《江舟口占》(喟庵)、《访梅仙洞》(喟庵)、《自梅河至岐岭,夜宿鲍闾甫书斋》(喟庵)、《奉和槁蟫〈四春咏〉,寄呈东园、遁庵、蝶庵敲正》(青浦天民)、《蝶恋花·秦淮饯春,用欧阳永叔〈春晚〉韵》(颂陀)、《蝶恋花·和颂陀作》(槁蟫)、《蝶恋花·次和颂陀〈秦淮饯春,用六一翁《春晚》韵〉,同槁蟫作》(睫盒)。其中,方廷锴(仙源瘦坡山人)《习静斋诗话续编》(2卷)连载至第3卷第12号止。共77则,卷一28则,卷二49则。柳亚子序云:“余惟文章盛衰,与世运相维系。诗虽小道,胡独弗然。亦尝见夫世之称诗者矣。少习胡风,长污伪命,出处不臧,大本先拔。及夫沧桑更迭,陵谷改观,遂觍然以夏肆殷顽自命,发为歌咏,不胜觚棱京阙之思……呜呼!廉耻灭而仁义亡。文人无行,宁让沈约、王伟,独有千古哉。吕晚村先生曰:‘今日之文字,坏不在文字,其坏在人心风俗。’痛哉斯言。三百年来,慷慨系之矣。今方子为此编,其亦致意于人心风俗之微,别裁伪体,摧陷而廓清之,毋徒屑屑于文字之末,则吾言或不虚发,而方子且为吾道干城,吾愿方子之勉之也。”

《学生》第4卷第7号刊行。本期“文苑·诗”栏目含《丁巳仲春,偕同学游采石矶,放歌寄慨》(安徽省立第二甲种农业学校农科二年生方燕适)、《村居无事,夏假多闲,拈上平韵成五律十五首,意有所得,辄拉杂为诗,聊遣永昼耳》(江苏省立第七中学校三年生季兆琢)、《初夏书事》(安徽法政学校学生孙习崖)、《立夏偶题》(南通师范附属小学校学生瞿振缨)、《蒲剑》(泰县坂埨市叶甸国文专修社学生钱寅伯)、《何处堪销暑》(效白香山体四首)(江苏省立第三中学校学生秦之济)、《夏夜》(广西北流新墟四里高等小学校三年生龙锡寿)、《暑日往茂林》(广西北流新墟四里高等小学校三年生潘兆昌)、《大暑》(前人)、《夏日雨霁,偕严韵笙晚步南湖堤上,归途得二绝句,越日录示并索和》(浙江第一师范学校学生高卓英)、《艾虎》(泰县坂埨市叶甸国文专修科学社秦绳武)、《秧马》(前人)、《寄怀海上刘述轩》(江西省立第四中学校学生阳贻经)、《春夜江上望月》(上海市立和安小学校高等二年级生陈琦)、《晚霁》(前人)、《晚望赤山》(奉天两级师范学校学生卞鸿儒)、《题背阴洞》(前人)、《题龙凤顶》(前人)。

《妇女杂志》第3卷第7号刊行。本期“文苑·诗”栏目含《湘韵楼诗存》(钱塘戴慧贞女士);“文苑·词”栏目含《壶中天·俞钱寄沤师示史剑尘女士〈海棠轩遗稿〉并命题词》(金陵周钟玉);“杂俎”栏目含《合浦珠传奇(续)》(畏庐老人填词)、《闺秀诗话(续第3卷第3号)》(宣父)、《玉台艺乘(续)》(蓴农)。

林纾将夫人杨道郁及子女遣往天津避难,独自留守北京,坐观事态发展。临行前,林纾作《送道郁》。诗云:“忆昔我避兵,尔态何舒适。呼车驻深巷,趣我检载籍。西开楼五楹,柴门涵水色。依窗理针线,米盐自区画。今年再避兵,汝澜不如昔。意似怜我老,双鬓已垂白。我自恋积书,聊且守故宅。寄食久依我,况有贫窭戚。我晨亲画幛,晚亦事移译。得钱市薪米,为若儿女力。定武言尊王,心本异谋逆。建威不嗜杀,念念在苍赤。虽处围城中,镇静若磐石。乱定不经月,尔且安眠食。"

6日 孙中山偕朱执信等发起护法运动。

冯国璋在南京宣布就任代理大总统,任段祺瑞为国务总理。

《申报》第15945号刊行。本期《自由谈》"词苑"栏目含《三犯渡江云(绿阴初过雨)》(长木)、《前调·和四川胡研孙先生次韵》(东园)。

王国维致函罗振玉云:"今日情势大变,北军已多应段,战事即将起于京津间,张(勋)军中断,结果恐不可言。北行诸老(按:指康有为、劳乃宣、刘廷琛、章梫、沈曾植等)恐只有以一死谢国。曲江之哀,猿鹤沙虫之痛,伤哉!"

姚鹓雏《论诗示野鹤并寄亚子》(四首)发表于《民国日报》,认为郑孝胥等自成风气,和江西诗派无关;作诗不必"主唐奴宋";并以钱谦益、张溥为例,说明作家节操和文采是两回事。《论诗示野鹤并寄亚子》其一:"闽派年来数郑陈,豫章风气不相邻。无端拦入西江社,双井还应笑后人(闽派二三百年来,殆自成一种风气。海藏、散原杂出于北宋,与宛陵、荆公为近,于山谷实不奉为师法也,亦但可目之为同光体而已)。"其二:"诗家风气不相师,春兰菊秋自一时。何事操戈及同室,主唐奴宋我终疑。"其三:"虞山投笔终降虏,草莽跶蹉有太仓。奇节高文原两事,论才怀古总茫茫。"其四:"十年京洛忆风尘,偶把枯禅入论文。黎里先生劳寄语,谈诗磨剑太纷纷(曩岁旅京,多与闽士过从,因盛举海藏诗,年来和者颇不乏人,吹万、几园、芷畦、鸳雏皆是也。是天下纷纷,我实为戎首矣)。"又,自本日起,柳亚子长文《再质野鹤》陆续发表于《民国日报》,全面反驳闻宥(野鹤)观点,劝其不要作陈三立、郑孝胥之"驯奴",摒弃宋诗和清人学宋之作。文中略谓:"诗文与气运相关,盛衰消长之理,原于自然,有未易为浅人道者。苏、黄盛而宋南,钟、谭行而明烬,此论不自今日始矣。陈、郑为亡国之音,不足以衰飒危苦四字尽之。""宁如野鹤童騃,为陈、郑穿鼻,奔走其大纛之下,附翼攀鳞,甘为舆台而不悔哉。大丈夫作事,当磊磊落落,所谓特立独行,适于义而已,安用计他人之毁誉为?""抑仆犹有欲为野鹤进忠告者,以野鹤之才之美,使能去骄且吝,尽弃其所学,举平日所迷信之宋诗,以及所谓清人学宋之作,一概摧烧而夷灭之,使荡为灰尘,不复丝毫留于脑蒂,然后下帷闭户读书十年,取汉、魏、六朝、三唐诸贤之作,下逮金、元、明、清诗派之纯正者,简练揣摩,浸淫锻炼,然后出而问世,奚患不压倒元白。"

7日 讨逆军与张勋定武军在廊坊开火。当日,紫禁城内落下三枚炸弹。溥仪密遣梁鼎芬和耆龄前往日本公使馆谋退路。同时,经陈宝琛、王士珍、张勋商议,又拟一道上谕给张作霖,授其东三省总督,命其从速进京勤王,但上谕被讨逆军拦截。

柳亚子《感事四首》发表于《民国日报》,谴责张勋复辟。其一:"箓子坡前碧血腥,复仇九世负麟经。胡雏谁遣留三尺?爝火居然现一星。杂种旃球天久弃,旧邦姬汉地终灵。仁看轵道牵羊出，一炬咸阳戮子婴。"其二："十万横磨曳落河，白头作贼计全讹。六年芒砀逋穷寇，百里燕云恣恶魔。失笑深闺愁抉目，定知率土尽操戈。渐台郿坞须臾事，传首行看辫发拖。"其三："五经符命国师公，浪以成周望犬戎。早识奸儒能发冢，遂教大盗竞弯弓。无君三月心难死，披发百年恨未穷。剖腹屠肠司隶职，谓他人父此元凶。"其四："安乐无能举世知，最怜首鼠两端时。唐宗谁召朱温入？汉祚终教董卓移。降表趑趄徒自苦，瀛台幽闭欲何之？虎皮羊质终难假，地下元勋悔已迟（谓武昌首难诸先烈）。"

《申报》第15946号刊行。本期《自由谈》"游戏文章"栏目含《新乞巧词》（十首，枫隐）。本期《老申报》"文苑"栏目含《沪城竹枝词》（二十八首，南仓热眼人）。

8日　徐世昌闻张勋兵溃败，已释戈不战，认为"张勋、康有为诸人愿取消复辟，为自保计。如此儿戏，鲁莽灭裂，置国家、幼主于不顾，殊堪愤恨"。（《韬养斋日记》）

林苍作《五月二十日晨起感事》。诗云："今昨阴晴事不同，分明天意厌南风。出门一步多忧畏，会见湖光没雨中。"

9日　段祺瑞统率各路军队五万七千人包围北京各门。张勋明知寡不敌众，却拒绝交出军队，也未避居他处。是日，王士珍和商衍瀛入宫值班。王请溥仪降旨，照辛亥逊政办法，将大政归还民国，但溥仪不允，并将拟好之《退位诏书》弃置一旁，不予发出。

南社社员朱玺（鸳雏）《平诗》发表于《民国日报》。《平诗》云："石遗、海藏、散原诸家之为同光体，以时代言也。若谓其生际逊朝，便为亡国之音，则今之作诗者，须自民国元年学平平仄仄起，然后避此嫌疑矣。世有诟石遗、海藏、散原诸家为旧官僚者，遂并弃其诗，不知诸家之对于清廷，未尝迎合干进，反噬同种。若果为官僚恶习所薰染者，歌功颂德不暇，亦何至穷愁抑郁，苦语满幅？试细味其词，语意之间，莫不忧国如焚，警惕一切，世奈何其不谅耶？凡人作诗，须以真性情出之。若处厄苦之境，必欲以纷华为藻饰，是自贼其心矣。世间竟有狂暴之徒，日以嚣竞为正声，而鄙深淡者枯寂，若欲尽纳一切于热闹场中，始为快意，然亦可笑矣！今江南诗人，竞言南社，不知其中翘楚，亦多信服北宋者。诸贞长、黄晦闻，均可成家。姚鹓雏清苦如宛陵，傅钝根突兀学山谷，沈半峰、王漱岩、胡寄尘，兼能接武，而高吹万、周芷畦之流，近亦同其趋向。又若刘季平、林浚南、林亮奇、庞檗子等，我得以宋诗列之。尤有侈言非宋者，犹同室操戈也。近来言新派者，便欲依托定庵，不知定庵淹通九流，何等渊博，窈呻殊吟，皆出至情。世间既无定庵之高学，又无定庵之奇情，而自谓能步趋者，我哑然笑之矣。惟散原有似定庵处，能耳食定庵，而交臂失散原，直自矛自盾矣。吴又陵《秋水集》小具聪明，便欲自附名作，本不足道。柳亚子太丘道广，竟为所愚，则甚惜之。"

《申报》第15948号刊行。本期《老申报》"文苑"栏目含《青田湖竞渡词十首》（霞川生，见本报癸酉年四月初九日）。

吴庚卒。吴庚（1871—1917），字少兰，晚号空山人，山西乡宁人。清光绪二十九年（1903）癸卯进士，官任陕西临潼知县。善书钟鼎、篆、籀文，与杨笃齐名；诗文常与张瑞玑、赵坼年唱和。和赵坼年纂有《乡宁县志》《山西书法通鉴》。著有《空山人遗稿》4卷（1918年鄂城刻本）。张瑞玑《空山人墓志铭》云："其为文雄健排奥，意之所至，笔拗折旋转以赴之，不为桐城、阳湖所拘。不多为诗，然偶有所作，亦隽逸可喜，盖其所蓄者深也。"

10日 孙中山率"应瑞""海琛"军舰自上海抵汕头。

柳亚子发表《论诗五首答鹓雏》，认为闽派与赣派本一丘之貉，不必强为区别；钱谦益、吴伟业虽有失节行为，但盖棺论定，和今日清朝"遗臣"不能同论。《论诗五首答鹓雏》其一："撞钟伐鼓几人知，玉尘清言世已非。多事姚郎成谢女，青绫来解小郎围。"其二："闽赣纷纷貉一丘，何劳宗派费搜求。经生家法从来异，渭浊泾清肯合流！"其三："不相菲薄不相师，斯语平生我亦疑。谁遣魏收轻蛱蝶，龟龙螃蜓漫嘲讥。"其四："腊丸书奏意殷勤，绝命词成语苦辛。失节钱吴终晚盖，宁同腥秽虏遗臣！"其五："自甘戎首复何尤，十载京尘苦未休。太息云间诗派尽，湘真憔悴玉樊愁。"

成舍我在《民国日报》发表《余墨》。劝柳亚子、闻宥二人"何必淘此闲气？倘有佳兴，何不多做几篇大文章，替《文坛艺薮》生色？"

11日 《申报》第15950号刊行。本期《老申报》"文苑"栏目含《吴门画舫竹枝词》（二十四首，暧溪梅花庵主人，见本报癸酉年三月初九日）。

山阳《赤关戏作》（四首）刊于[马来亚]《国民日报》"诗苑"栏目。其一："垒垒春帆破海烟，意中人到定今年。明眸一样凝秋水，姐望丹铅妹越船。"

12日 段祺瑞之讨逆军收复京师。张勋复辟失败，逃入荷兰使馆，溥仪再次宣布退位。连横有《一电》七律四首咏其事。其一："一电传来复辟文，道傍争说蔡张勋。岂真丹穴求明主，也学朱虚夺北军。祸水弥漫通皖水，妖云惨憺蔽燕云。共和两度遭摧折，国本飘摇未忍论。"其二："长白山头水倒流，冥冥王气已全收。虞宾幸免遭衔璧，周主犹闻拥缀旒。落日昆池及早死，秋风故国发长留。东华门外垂杨老，忽见龙旗在上头。"其三："马厂仓皇起誓师，纷纷直北羽书驰。可知玉弩惊天日，正是金瓯坠地时。十道新军齐敌忾，两朝危局赖扶持。段公慷慨饶忠勇，驱遣貔貅逐魍魉。"其四："捭阖纵横说异同，那堪一国实三公。十年豹变藏妖雾，万里鹏搏待好风。功首罪魁今已定，圣人大盗本相通。白鱼朱鸟荒唐事，莫再吹采劫火红。"

孙中山在汕头各界欢迎大会上演说，认为共和"非一蹴可致"。究其变乱原因，"在于新旧潮流冲突"，"新人物有新思想，新希望"，凡事"步步往前"；旧人物则"步步退后"。复辟乃由"旧潮流造成",不会长久。许多"新人"实属"旧流人物","今日反对复辟是假","争后来势力是真"。他号召国民为"除尽假共和、实现真共和"尽力。

《申报》第15951号刊行。本期《老申报》"文苑"栏目含《苏城园妙观竹枝词》(十四首,平江散人,见本报壬申年八月二十四日)。

张謇作《五月二十四日会饮公园与众堂,席罢有作示诸子》。诗云:"亦有城南尺五天,不堪畿辅尚烽烟。本初入冢苔生骨,正一求丹雪满颠。老子都忘江海隐,诸君犹论菌椿年。聊欢暑饮谁宾主,差胜惊筋十刹边。"

陈懋鼎作《五月二十四日槐楼感事》。诗云:"不去何因滞鲁连,围城胆已落飞鸢。犬鸡论命难相直,虫豸乘时各自先。敢谓勤王非作贼,极知卖友胜违天。小楼只当巢车望,一阕分明在眼前。"

林志钧作《七月十二日书事》(1917年张勋复辟时)。诗云:"遍声遽动事莫测,潢池弄兵成自焚。宿卫何人留镇骑,中书几日坐将军。六州铸铁情终悔,九局观棋势已分。灞上棘门儿戏耳,宅家成败不须闻。"

13 日 清室急致函段祺瑞,云:"所有7月1号以后谕旨,自应一律撤销。"段表示:"敬当视力所及,以尽保护之责。"

《申报》第15952号刊行。本期《老申报》"文苑"栏目含《山塘竹枝词十二首》(邓尉花农,见本报壬申年十月十三日)。

14 日 段祺瑞重新执掌政府大权。张勋复辟闹剧前后仅十二天,即告失败。

《申报》第15953号刊行。本期《老申报》"文苑"栏目含《都门竹枝词》(十六首,醉里生,见本报壬申年十月二十一日)。

姚华作《丁巳都门杂诗十二首》。序云:"六年五月二十四日纪事之作也。浮生半日,战史千秋。庾兰成之赋《枯树》,人何以堪;杜子美之吟《北征》,事与古别。欲资稗乘,聊记琐言。途说道听,所闻多市井之辞;形赠影答,共意在文字之外。得失之数,又何知焉!"其一:"十日龙旗已成虚,惊雷梦里事何如?疑闻爆竹迎朝旭,细把榴花认岁除。"其二:"仓皇未暇南郊议,万马环立列幕平。闉阓初开成巷战,不曾石破只天惊。"其三:"何人残墨记金銮,逊国重闻走木兰。寂寞大清门外路,南池昨夜会千官。"

15 日 《申报》第15954号刊行。本期《老申报》"文苑"栏目含《甬江竹枝词》(十六首,白下痴道人,见本报壬申年十二月十九日)。

《东方杂志》第14卷第7号刊行。本期"文苑·诗"栏目含《丁巳初春重至狮子峰》(俞明震)、《同潜道人登会稽山谒禹庙》(俞明震)、《月上,同陈子大、俞恪士移棹三潭观荷》(陈三立)、《花朝,旭庄招饮贻书新居,并约道路稍通归省庐墓,止相、散原亦将有湘赣之行，留识小别》（沈瑜庆）、《几士、惠亭同游小雄山，听水第二斋一宿而返，作诗寄弢庵师傅并赠同游诸公》（前人）、《题白莲居士画白莲》（陈衍）、《和伯严》（陈锐）、《舟望寄黎九》（前人）、《晚行湖上，记与友人语》（诸宗元）、《闭户》（前人）、《师曾槐堂》（罗惇曧）、《酬程穆广》（前人）、《至长沙主于左太傅家，忆壬寅与淑人居甥馆，今且十六年。而淑人殁已七年矣。感怆书五十字示寄内弟良生、南生，兼答南生喜予至之作》（夏敬观）、《重谒贾太傅祠》（前人）。

《太平洋》第1卷第5号刊行。本期"诗词录"栏目含梅园诗八首、杨次崖遗诗九首、樊山诗四首、碧园诗五首、梅园词六首；"莎氏乐府谈（一）"栏目，撰者"东润"。

[韩]《天道教会月报》第84号刊行。本期"词藻"栏目含《泛舟乎汉江》（凰山李钟麟）、《又》（南隐卢宪容）、《又》（洌堂刘载丰）、《舟中即事》（凰山）、《又》（我铗郑广朝）、《端午节三清洞即事》（香山车相鹤）、《贺议事员李楚玉春堂寿辰》（临汕李教鸿）、《又》（凰山崔士岷）、《又》（崔宗河）、《又》（金河俊）、《又》（金应旭）。其中，凰山李钟麟《泛舟乎汉江》云："几度招呼暇此游，压江烟雨晚来收。荡舟更向龙山去，杨柳东头尽酒楼。"

耿道冲作《丁巳五月廿七日松风开社首唱》。诗云："落梅花里笛声残，日暮方长兴未阑。还听松风来鹤径，复依茶社启骚坛。天瓶铜鼓怀前烈，冰簟晶帘生夏寒。印订温和旧诗集，墨香披拂气如兰。"

16日 《申报》第15955号刊行。本期《自由谈》"游戏文章"栏目含《自由谈人名与美人对》（似春）、《自由谈人名与葩经对》（辰伸）。

丘尚彬《实叻班让即景》（二首）刊于[马来亚]《国民日报》"诗苑"栏目。其一："万树椰椰照眼青，月明时现影娉婷。道旁更有多情柳，时放霉儿啭语惺。"其二："到处参天绿树多，笑啼衰草感铜驼。哀丝嚎竹穿云去，时为国亡一放歌。"

符璋作七律一首。又，《符璋日记》云："阅报，瞿鸿禨辨明未曾疏请复辟电及梁士诒、李经羲反对复辟，痛詈张勋各电，旧官僚之人格无不毕见。不有上年袁氏之帝制、本年清廷之复辟，尚不能尽见旧官僚之为人。又云清廷拟取消复辟之文无人办理，盖已鼠窜一空。如是情形而欲举事，岂非儿戏。又云屡次恳邀，徐世昌拒绝不理，其于清帝如是，何况张勋。冯国璋于七号就代理总统职，段祺瑞为内阁总理。下午顾荩臣来，云省电，北京于十二号完全收复，已布告。"

高宪斌作《七月六日夜雨戏作》。诗云："野鹤填桥七夕前，天孙渡罢已经年。先将一载相思泪，洒向人间并蒂莲。"

17日 孙中山乘军舰由沪抵穗，倡导"护法运动"。

溥仪派世续向两日前回京之徐世昌赠送洗尘之馔。徐对世续表示，他可竭力维持优待条件，但宣统必须明文将统治权归还民国，应有公函出示。当日公布段祺瑞签署"大总统令"，其中裹挟清室内务府推卸复辟责任之公函，云："张勋率领军队，入宫盘踞，矫发谕旨，擅更国体，违背先朝懿训，冲入深居宫禁，莫可如何。"

《申报》第 15956 号刊行。本期《老申报》"文苑"栏目含《游历美国即诗二十八首》（陈荔秋，见本报壬申年十二月二十六日）。

王国维致书罗振玉云："报纸记北方情形惟在军事一面，而寐叟等踪迹均不一一纪，惟一纪陈（宝琛）、伊（克坦）二师傅，一投缳，一赴水。又谓黄楼（张勋）赴荷使署，报言系西人迎之，殆信。又言其志在必死，甚详，此恰公道。三百年来乃得此人，庶足饰此历史。"

叶昌炽《缘督庐日记钞》云："午后，心葵、仲侯同时而至，始知复辟大举，已如石火电光，一瞥即逝。皇上行遁于外，圣人伐檀削迹，不知所往。张绍轩蛰居荷兰使馆，党人求之甚急。又闻师傅有殉者。呜呼，节庵死矣。但未知乙庵何如，一山诸君何如耳。"

18 日 《申报》第 15957 号刊行。本期《自由谈》"游戏文章"栏目含《自由谈人名诗》（独一）。本期《老申报》"文苑"栏目含《沪北竹枝词》（二十首，慈湖小隐，见本报壬申年七月初九日）。

谢玉岑《春醒十忆词十阕，代唐鼎元作》（十首）本日至 21 日载于常州《晨钟报》。其中，《沁园春》云："凤阁深深，花影摇摇，篆息微微。问秦娥梦好，缘何不许，何郎烛暗，底事难栖？欲叩芳怀，偏差花信，消息巫山路讶迷。真无奈，这流苏如雾，断送依伊。　　怜他愁倒罗帏。更说着、明珠双泪垂。道罗敷今日，不堪做主，玉箫来世，愿化双飞。　　一点冰心，千重密誓，天帝痴聋可许之。浑难信，有愁城如海，争出泥犁？"《南歌子》云："梅帐香如雾，莲腮泪似珠。今生忘得此时无？最是罗衫半臂、褪红酥。　　钗影依人处，刀环密约初。纤腰不肯任郎扶。为泌香泉清沁、饮相如。"

张震轩作《寿洪博卿先生七十》（代南湖叶菊秋撰）。诗云："武林揽胜棹初回，春值师门寿宴开。文学家传驹父派，长生曲谱昉思才。辟雍论乐追韶濩，讲舍谈经辟草莱。我本洪崖顽弟子，群仙会上晋霞杯。"

19 日 《民国日报》刊发陈去病《论诗三章寄安如》，支持柳亚子批判江西诗派和同光体。诗前小序云："明七子教人不读唐以后书，虽甚激切，然余颇谅其恳直焉。自后世拨西江之死灰而复燃之，由是唐音于以失坠。闽士晚出，其声益噍杀而厉；至于今，蜩螗沸羹，莫可救止，而国且不国矣。柳子安如独能挥斥异己，挽狂澜于既倒，余甚壮之，因为诗三章以寄，庶几益自勖励而勿懈其初衷乎。"其一："冠履一倒置，中原无是非。豺狼当大道，狐鼠任横飞。弘奖今难语，元音世本希。黄钟还自宝，弹射力终微。"其二："不见范文穆，浯溪有诮词。独勘鲁直误，宁免一灵嗤。蠹管应无忤，门墙要自持。骚坛旗鼓在，高唱莫嫌迟。"其三："亦有慎交社，枫江道自尊。猖狂吴季之，傲岸笠东门。一集秋筋健，中朝变雅存。汪（峰尧）尤（堂西）徒碌碌，人物漫同论。"

[韩]《学之光》第13号刊行。本期含诗:《春日偶吟》(松山)、《怀春五首·春行》(云庵道人李仁)、《怀春五首·春尽》(云庵道人李仁)、《怀春五首·忆人》(云庵道人李仁)、《怀春五首·偶吟》(云庵道人李仁)、《怀春五首·饯春吟》(云庵道人李仁)、《初夏述怀》(四首,金昌汉)。其中,松山《春日偶吟》云:"年年芳草来空山,古木春风何日还。有时歌笑肠寸断,但祷神明梦寝间。"

陈夔龙作《六月朔日为亭秋夫人生辰,命儿辈入杭诵经,作此遥奠》。诗云:"一庵灯火忆论文,三尺俄惊宿草坟。周甲筵开难共饮,爱花人去惜残芬。余生衰病谁怜我,大局披猖忍告君。勉爇心香荐冥福,五中镇日已如焚。"

20日 孙中山在驻粤滇军欢迎大会上演说,指出复辟派中分为两派:一曰"激烈复辟派",以张勋为首,康有为副之;一曰"稳健复辟派",以徐世昌为首,段祺瑞、冯国璋、李经羲副之。段祺瑞等与张勋之战争,可谓"稳健复辟派与激烈复辟派之战争"。段氏逐张,纯为巩固北洋势力,免为民党推倒。

陈独秀组诗《水浒吟》刊载于《中华新报》"谐著"栏目,署名"仲子"。其中,《白衣秀士》云:"三年造反竟难成,死重生轻辨不清。大好梁山竟拼火,秀才到此误平生。"《卢俊义》云:"居奇罔利富家身,口口声声大宋名。我笑黔驴无技甚,绰名枉唤玉麒麟。"《吴军师》云:"军师才识竟如何?上应天星号智多。挑拨好凭三寸舌,看他同室又操戈。"《李铁牛》云:"天杀星原不可当,亦思反哺费奔忙。须知作贼终愚孝,莫向荒山笑老娘。"《林教头》云:"五虎声名丈八矛,今为上将昔为囚。假名公义销私憾,功首尤推豹子头。"《清道士》云:"叛教离宗大不该,恨成千古费人猜。三清殿上齐都冷,那管青生染指来。"

康有为作《二十夕入使馆,住美森院,有老木,步月口占》。诗云:"小院回廊月色微,森深乔木息尘机。孤臣白发明灯下,侧望觚棱事已非。"

21日 周作人有感于张勋复辟,作七言绝句两首。其一:"天坛未洒孤臣血,地窖难招帝子魂。一觉苍黄中夜梦,又闻蛙蛤吠前门。"其二:"落花时节无多日,遥望南天有泪痕。槐茧未成秋叶老,闲翻土偶坐黄昏。"

22日 《申报》第15961号刊行。本期《自由谈》"游戏文章"栏目含《〈自由谈〉人名射覆》(非我)、《〈自由谈〉人名瘦词》(杨介清)。

林纾寄李拔可数首七律,李拔可转示郑孝胥。郑孝胥作《风雨过》。诗云:"楼中独夷犹,坐阅千帆过。向夕风掀天,何人歌楚些?天公办一雨,巧与吾意合。倚柱复哀吟,风霆殷相答。"

张謇作《汤君挽词五首》。其一:"吴会齐名域,营丘旅食年。得修土见礼,因赋帝京篇。隼翼羁林共，龙文历块先。当时亲并老，宦兴各萧然。"其二："江邑喧初政，山城压九华。归休捐上考，文字拓生涯。潜隐更名记（君初名震），梁噎辟难加。罪言过十万，按剑大官哗。"

23日　《申报》第15962号刊行。本期《老申报》"文苑"栏目含《沪北竹枝词》（十九首，龙湫旧隐稿，见本报壬申年七月二十日）。

24日　段祺瑞通电各省，征求召集临时参议院意见。其时临时参议院被安福系控制，主要任务是修改民国元年所定有关国会之各种法规，以便组成有利于皖系之正式国会。

郁达夫作《舟中读德诗人海涅集》，又名《舟中读德诗人海纳全集》，载于日本《新爱知新闻》第9352号。诗云："嬉歌怒骂生花笔，泪洒青衫亦可哀。苏小委尘红拂死，谁家儿女解怜才。"

胡派源《夏夜纳凉兴感》（三首）刊于[马来亚]《国民日报》"诗苑"栏目。其三："飘零海外叹凄凉，涸迹炎荒岂养藏？自愧不才莫问世，暂同鸥鸟聚江乡。"

王海帆作《兰俗六月六日妇女往游四墩坪，不知所始。是日傍晚过之，亦观风问俗之意也》。诗云："城南四墩坪，云是嫖姚置。妄言姑听之，我疑殊无据。无论何代筑，筑者已长逝。至今四墩上，唯有累累墓。墓中知为谁，长呼不我顾。多少墓中人，往来墩上步。眼前大河横，浪淘前朝去。隔河汉时关，即通西域路。汉武开疆土，臂断匈奴惧。纵竭天下力，外攘仰雄度。嫖姚战皋兰，当在黑水渡。译语沿相讹，强索乃失故。后王昧远略，俗儒埋章句。遂因议论疏，致令风气痼。我来夕阳天，千秋触深慕。欲摅望古情，暮色苍然布。"

25日　《小说月报》第8卷7号刊行。本期"院本"栏目含《无价宝传奇（未完）》（长洲吴梅填词）；《浣溪沙》（集玄机诗）（三首，吴县曹元忠君直）、昆山王德森严士题词四首、长沙叶德辉焕彬题词六首；"弹词"栏目含《子华使于齐章弹词》（贾凫西）、《齐人章弹词（未完）》（贾凫西）；"文苑·诗"栏目含《偶成》（畏庐）、《怀人三首》（畏庐）、《寄宰平》（哲维）、《客多劝病中勿作诗，占此答之》（哲维）、《题徐积余〈定林访碑图〉》（鉴宧）、《和钱听邠丈〈女间钱岁〉》（前人）、《叠前韵呈邠老》（前人）、《梁节庵廉访倡修亭林先生祠墓，刘翰怡郎中助金成之，将作既竣，敬为长歌，以侑神筵》（子岱）、《杨叔峤先生遗诗（未完）》（子岱）；"诗话"栏目含《闺秀诗评（未完）》（淮山棣华园主人编辑）。

符璋作七律、五律各一首。为龚母刘太孺人撰寿序一篇。

丘尚彬《麻坡即景》（二首）刊于[马来亚]《国民日报》"诗苑"栏目。其一："山因种树偏多绿，地为铺泥到处灰。携手牵巾郊外去，白衣扑遍黄衣回。"其二："春风秋日自年年，无地藏身访水仙。世事看来愁一字，笑他劳碌钻营钱。"

张謇作《怡儿游学美洲将行，诗以策之》（三首）。其一："大道炳六籍，散著区宇间。未尝限中国，蛙井拘墟观。道不在言语，知鲜行尤艰。履之必有始，岂不在忧患。儿生今二十，堕地覆载宽。恒虞纨绔气，薰入毛发端。便旋习应对，俯仰求为官。儿志殊落落，耻为时诟讪。知耻者生气，遂若春葫菅。驾言适异域，求览方员还。谁谓世味劣，正要行路难。"其三："少日苦贫贱，父不及儿福。儿所不及父，正坐苦不足。父当辛苦时，但觉分所属。归来父母怜，摩抚看垢服。伯父相慰藉，儿母共委曲。忘苦一家事，熙熙有和乐。今惟伯父存，白首谊弥笃。助父赍儿行，望儿养头角。爱众而亲仁，语为弟子录。欲得众尊贵，行止勿自辱。毋徒效大言，高举奋黄鹄。"

杨巨川作《丁巳荷月七日，溽暑困人，闷座斗室，读〈李义山诗集〉，忽忆时局阽危，有同幕燕，掩卷怅然者久之，因集义山句以奇慨》（六首）。其五："虎踞龙蹲纵复横，禁门深掩断人声。徒令上将挥神笔，欲举黄旗竟不成。"

26 日 《申报》第 15965 号刊行。本期《老申报》"文苑"栏目含《书院月课吟》（十六首，古娄许淞渔，见本报壬申六月十五日）。

谢玉岑《绮语焚剩》（七律，十六首）本日至 30 日载于武进《晨钟报·盐藻》，署名"莲花侍者"。其一："翡翠帘栊绣幕深，轻携姊妹笑谈频。敲棋作意停纤指，羞客偏教掩翠嚬。涡晕双回红上颊，银屏半掩俏藏身。如烟如梦今难觅，隔断红墙又几春。"其二："豆蔻春风怯不支，最玲珑处最娇痴。画堂灯火随娘小，绮阁添妆对镜迟。薄晕正宜红烛下，回眸却趁背郎时。刘桢此日仓狂甚，醉倒筵前不自知。"其三："欲忘情处未忘情，多少春愁诉乳莺。未断红丝心一点，烧残绿蜡夜三更。怕从紫蝶求新侣，可许青鸾续旧盟。恨极瘦残眉与骨，由来福薄是书生。"其六："落花何处泣残春，情绪人前诉不清。喜切正锥今日恨，形疏转悔昔年亲。迷离蝶梦无聊想，宛转蚕丝未了因。数遍愁红与恨翠，可怜心事不堪论。"

27 日 《申报》第 15966 号刊行。本期《自由谈》"游戏文章"栏目含《〈自由谈〉人名诗钟》（化诚）。

柳亚子在《民国日报》（本日至 30 日）连续发表《斥朱鸳雏》，批评朱玺《平诗》一文。略谓："论诗原不尽以时代为限。若同光体之诗，怫郁悖乱，为天地戾气所钟，恰足以代表所处之时代。而主其事者，又与索虏有关，安得不谓之亡国之音耶？……人各有真性情，惟性情不同，各如其面耳。亡国大夫之性情，与共和国民之性情，天然不同。今之鼓吹同光体者，乃欲强共和国民以学亡国士大夫之性情，宁非荒谬绝伦耶！……南社之作为海内言文学者之集合体，其途径甚广，其门户甚宽，譬如群山赴壑，万流归海，初不以派别自限。第谓'社中翘楚多信服北宋者'，则又不然。诸贞长、黄晦闻雅近宋派，然亦自有其真，孑孑独造，非拾陈、郑唾余，奉同光体为帝天者比。姚鸳雏始以闽派自矜，顾有时亦阑入晚唐，尤长于七绝，骨格近定庵，而风调过之，视所知枯槁窒塞者，真微之识铢铁矣。傅钝根熟精《选》理，汪汪若千顷之波；沈半峰、王漱岩颇得唐音三昧；胡寄尘深思苦吟，不落前人一字；高吹万冲淡和平；周芷畦出入随园、灵芬间；刘季平一代奇才，尤饶英气；林亮奇自言以谢、柳为归；林浚南、庞檗子均学唐有得者。何尝尽属宋派？若辈乃欲概以宋诗目之，此与盗贼被捕，诬攀良善何异？况社中翘楚，何止此数人，此外宗唐非宋者，犹大有贤杰在。偻指数之，更仆不能终耶。妄谓'同室操戈'，欲以挑拨恶感，又何言之悖也！"

魏清德《次韵送袖海祠宗东归》《奉送馆森袖海先生归东》发表于《台湾日日新报》。其中，《次韵送袖海祠宗东归》云："夕阳影里共衔觞，别意真如淡水长。省识莼鲈秋尚早，布帆何事急归装。"《奉送馆森袖海先生归东》云："少小授经史，抗志在班扬。斯文先生名，雷贯蚤浪浪。尔来城南间，或叩高人堂。赐诗勚共励，感激铭中肠。别离具樽酒，坐对各茫茫。欲为葛陂赠，未申神先伤。台湾沧海隔，远客困炎荒。几人流寓来，卜筑成家乡。遥知五色笔，归去浴扶桑。闭门红叶深，开卷白云长。故山虽可爱，此地宁相忘。大观青不断，持祝寿而康。"

郑孝胥作《风雨过》（1917年阴历六月初四）。诗云："穿径独依竹色凉，松涛渐觉到虚廊。雨余鸥队矜翔舞，风际蝉吟恣抑扬。忍道长安浑似奕，哪知沧海又生桑。忽忽一枕槐根梦，未抵狞飙半日狂。"

28日 《申报》第15967号刊行。本期《自由谈》载"诗话"栏目，撰者徐哲身。本期《老申报》"文苑"栏目含《沪北新乐府》（四首，味灯室主人，见本报壬申年八月十九日）；《红风兜》《蓝昵桥》《靴鞋》《金戒指》。

冬友《感怀》（四首）刊于[马来亚]《国民日报》"诗苑"栏目。其一："对酒当歌百感侵，欧风亚雨剧惊心。睡狮虽醒何时起？大好神州看陆沉。"

张謇作《雪宧主人以画绣送怡儿，书此诗于怡儿之扇》。诗云："雪君割绣赆儿行，多少工夫绣始成。闻道三年如刻楮，世间哪有浪收名。"

29日 《申报》第15968号刊行。本期《自由谈》载"联话"栏目，撰者谢仰厂。本期《老申报》"文苑"栏目含《沁园春·洋场咏柳》（四首，滇南香海词人，见本报壬申年八月初二日）。

陈子曼以七律两首见示，符璋作诗答之。

王闻长作《六月十一日，休暇第一集，雷筱秋携酒登山兼呈郭侗帅》。诗云："世内有佳境，登临一豁然。江流绕芳甸，云影幻高天。入座山逾静，夺窗风放颠。围棋随谢傅，归路月娟娟。"

30日 陈懋鼎作《六月十二日自集灵圃归寓》。诗云："吟蝉未办作清秋，马足泥深世事稠。经乱小楼如或护，得钱新竹更须求。收身不住鱼千里，到眼无分貉一丘。犹有玉河旧荷柄，风香能为老夫留。"

31日 《申报》第15970号刊行。本期《自由谈》"游戏文章"栏目含《新乐府》(四首选二，峥渔)：《双夺印》《三政府》。

朱玺在《中华新报》发表《论诗斥柳亚子》，赞誉郑孝胥、陈三立诗，嘲笑柳亚子不识诗坛派别。其一："当年派别未分明，扪烛原来是一盲。如此厚颜廉耻丧，居然庸妄窃诗盟。"其二："海藏翛游自俊流，散原诙怪亦无俦。竖儿枉自矜蛮性，螳臂当车不解羞。"其三："连篇累牍说优倡，丑煞人前唤阿郎。若使陆冯真有眼，肯将异味请君尝。"其四："华冈月夜狗声豪，撼树蜉蝣笑尔曹。万古江河原不废，区区蝘蜓漫相嘲。"其五："毛瑟三千意有余，比肩并起尚难如。可怜寸步须提掖，尚说横磨事远图。"其六："笑煞纷纷貉一丘，囚形废物尽同俦。井蛙也学谈天士，我为风骚一代愁。"

郁达夫游杭州，作《西湖杂咏》三首（又名《湖上杂咏三首》）。其一："歌舞西湖旧有名，南朝天子最多情。如今劫后河山改，来听何戡唱渭城（西湖面目近来大有改变。西子凌波亦作时世变矣）。"其二："细草红泥路狭斜，碧梧疏柳影交叉。荷风昨夜凉初透，引得麻姑出蔡家（湖上仕女乘晚凉出游者颇众）。"其三："绿波容与漾双鸥，莲叶莲花对客愁。明月小桥人独立，商量今夜梦扬州（六月十三夜月颇洁，余漫行西泠桥，谒苏小小墓而归）。"

本　月

七月以来，中国北部普降大雨，京畿、直隶各河水陡涨，泛滥成灾。至九月，直隶灾区105县，灾民430余万，为数十年所仅有。山东、山西、陕西、奉天、吉林、热河、河南、江苏、安徽、湖北、湖南、四川、广西、贵州等10余省均遭水灾。

春音词社举行第十集，地点为嘉兴鸳鸯湖烟雨楼，题为"七月七夕鸳鸯湖所歌"，调限《新雁过妆楼》。本集留存词作有：徐珂《新雁过妆楼·春音词社第十集，席次闻歌，歌者为素娥楼、春宵楼二校书，梦坡所招以侑酒者也》、李岳瑞《新雁过妆楼·丁巳六月薄游沪上，梦坡招饮春宵楼听小鬟歌，惨睹一曲，感赋，用君特韵》、周庆云《新雁过妆楼·酒楼闻歌》、朱祖谋《新雁过妆楼·和梦坡》、夏敬观《新雁过妆楼·春音社席上闻歌》（夜海移星）。其中，徐珂《新雁过妆楼·春音词社第十集》云："倦旅江关。魂消处、襟痕烛泪频年。赏音谁是，凄断掩抑弦弦。压槛行云笼舞袖，隔窗淡月照低鬟。斗婵娟。素娥影怯，春尽宵阑。　　惊心丝繁革咽，便倚娇误拍，一梦钧天。薄嗔佯笑，哀乐蓦又无端。殷勤渭城唱彻，问何日旗亭寻坠欢。惺忪语，比听歌还胜，身世相怜。"李岳瑞《新雁过妆楼·丁巳六月薄游沪上》云："雨细风寒。霓裳奏、青娥旧恨年年。往时清漏，旧梦望断刀环。玉琬吹残三叠曲，翠花信寂五云闲。黯无眠，凤城淡月，还照江干。　　销魂秋娘去日，怅靓妆素质，浅黛娟娟。弄梅影事，钗细密誓人天。星桥笑看夜度，乍双湿、凉宵香雾寰。琴心情，问女床山上，何处栖鸾。"周庆云《新雁过妆楼·酒楼闻歌，用梦窗韵》云："翠管吹寒。闲情绪、无端尽入中年。

懊侬声里，肠断九折回环。荡魄东风欹枕外，照心皓月倚屏间。莫愁眠，几番刻烛，拍遍阑干。　　低徊兰成赋笔，向画筵选墨，醉写便娟。楚云一片，流恨不到吴天。宫娃漫歌旧事，有多少、吟魂消翠鬟。风怀减，伏浣襟题燕，扶袖飘鸾。"朱祖谋《新雁过妆楼·和梦坡》云："网户昏黄。飘灯近、盈盈蘸甲觞光。曼声不起，尘麝暗歛空梁。莫倚蛾眉怜短鬓，未秋镜影已先霜。少年场。奈何唤彻，沈恨周郎。　　天风无端应拍，便暮云驻得，肯驻斜阳。望京旧梦，沈醉不换悲凉。筝心更移更促，怕零落、十三金雁行。沧江晚，费个侬分付，今夕回肠。"

　　《南社》第20集出版。柳亚子编辑，收文121篇、诗1042首、词163首。"文录"栏目共收录121篇，含叶叶（八篇）：《〈龟年清语〉序》《〈落花梦传奇〉引》《〈青箱集〉序》《〈柳溪竹枝词〉序》《〈民鸣〉序》《五年国庆纪念日祝辞》《为范鸿仙、徐血儿两先生募集赙金启》《祭黄克强先生文》；王德钟（三十篇）：《〈青箱集〉自序》《〈扬风雅唱〉自序》《〈镜里桃花图〉序》《〈静春堂诗集〉序》《〈惜秋花馆诗草〉序》《〈分湖晚棹图〉序》《〈柳溪竹枝词〉序》《〈乡居百绝〉自序》《重刊〈松壑间合刻〉序》《〈周芷畦游草〉跋》《淀湖泛雪记》《范母金孺人像赞（并序）》《陈母沈太君传》《叶母王太君传》《嫂氏陈孺人家传》《胡淑娟女士别传》《万先生传》《万履新传》《讨袁贼檄》《与柳亚子书》《再与柳亚子书》《三与柳亚子书》《四与柳亚子书》《五与柳亚子书》《六与柳亚子书》《七与柳亚子书》《八与柳亚子书》《九与柳亚子书》《与姚鹓雏书》《与胡石予书》；王德锜（一篇）：《〈青箱集〉跋》；陈其槎（一篇）：《〈柳溪竹枝词〉序》；陈去病（十一篇）：《〈蚬江陈氏家谱〉自序》《西岩先生〈七十五岁述怀〉诗序》《〈芦漪怀旧图〉序》《〈广印人传〉序》《〈青箱集〉序》《〈柳溪竹枝词〉序》《王逸、姚勇忱合传》《先嗣继妣沈太君行述》《林亮奇哀词（并序）》《蔡松坡哀词》《与沈志儒书》；蔡寅（七篇）：《陈节孝君倪太孺人诔》《西北协进会〈回文报〉序》《〈柳溪竹枝词〉跋》《祭陈英士先生文》《题画三则》；孙延庚（一篇）：《〈上海民立中学校友通讯录〉序》；沈昌眉（三篇）：《吴抗云〈分波行吟草〉序》《冯康升寿序》《与柳亚子书》；沈昌直（八篇）：《〈课余丛钞〉序》《〈柳溪竹枝词〉序》《重锓〈午梦堂集〉序》《复字阿存说》《与沈龙圣书》《与夏应祥书》《与凌莘子书》《周子牧七十寿序》；丁逢甲（一篇）：《〈青箱集〉序》；柳弃疾（二十五篇）：《先考钝斋府君行略》《宁烈士太一传》《陈烈士勒生传》《〈阮烈士梦桃遗集〉序》《〈青箱集〉序》《〈柳溪竹枝词〉序》《〈销夏录〉序》《李母朱太君七十寿序》《〈春声〉序》《〈春愁秋怨词〉序》《余十眉〈寄心琐语〉序》《〈江苏癸丑以来殉国先烈事略〉序》《〈庞檗子遗集〉序》《〈天潮阁集〉序》《〈孙烈士竹丹遗事〉跋》《〈陈烈士勒生遗集〉序》《〈陈烈士勒生遗集〉跋》《〈销寒社录〉序》《王海帆先生七十双寿序》《孤山小青墓题名》《与汪兰皋书》《与洪白蘋书》《与姚鹓雏书》《与高吹万书》《与徐梦鸥书》；黄复（二篇）：《〈柳溪竹枝词〉序》《〈金沙寻梦图〉记》；朱霞（二篇）：《游孤山记》《与顾悼秋书》；朱慕家（三篇）：《〈酒社诗录〉序》《与柳亚子书》《再与柳亚子书》；顾无咎（七篇）：《西湖游记》《〈青箱集〉跋》《〈宛怀韵语〉跋》《徐寄荪先生小传》《蒯仲诒先生小传》《征求里人遗诗启》《酒社小启》；陈洪涛（一篇）：《〈青箱集〉序》；凌景坚（五篇）：《书〈九畹轩诗稿〉后》《〈近代闺秀诗话〉序》《〈寄心琐语〉序》《〈分湖晚棹图〉记》《上沈师颖若书》；周麟书（一篇）：《〈吴江周氏诗乘〉序》；沈毓源（一篇）：《哭翔儿文》；沈毓清（一篇）：《钮凤生诗序》；陈蜕（一篇）：《王辛益先生事略》；金光弼（一篇）：《送弟光旦之沪序》。"诗录"栏目共收录1420首，含叶叶（十七首）：《秋兴八首，用杜韵》《题亚子〈分湖旧隐图〉》（二首）、《自题〈陈大夫移宫记〉》《步周梦坡〈经塔〉原韵》《一瓢袖扇属书，见亚子先题一律，即次原韵》《送右任行》《题芷畦〈水村第五图〉》（二首）、《寿柏执卿先生暨太夫人》；王德钟（二百四首）：《和范茂芝韵，赠凌郎怜影》（五首）、《题〈悼秋盦图〉，赠顾悼秋》《秋风》《秋夜》《重过梅花馆》《晤楚伧》（二首）、《送楚伧》《乙卯新春》（五首）、《春夜辞》《予患疟经旬，天寒微雨，暖酒取温，亚子忽来书，云陆郎子美死矣，子不可无辞以吊之。予毛骨为之悚然，掷杯而起，狂走室中，而疟疾复大作，神经昏乱不能构思，颓然而卧，半夜而醒，挑灯起草，率成三律。冷雨敲窗，灯昏似豆，仿佛陆郎在吾目前也》（三首）、《过禊湖遇四君子》（四首）、《遇亚子》（二首）、《亚子招饮，别后追柬》《乙卯首夏，陈君洪涛来江东作十日留，合摄一影，即题一律于后》《舟行遇雨》（二首）、《海上观剧，苦忆陆郎，写成长歌即柬亚子》《寄亚子，即以为赠》《为亚子作〈分湖旧隐图〉附题二绝》《十九岁述怀十章》《亚子以酒后之作见示，谨步原韵报之》《和悼秋〈醉后〉之作》《奉和朱剑芒〈述怀〉两律，即用原韵》（二首）、《书感十章》《柬陈巢南》（三首）、《渔村消夏四绝》《禊湖登中立阁》《中秋泛灯词》（四首）、《酒社第六集，次亚子韵》《酒社第七集》《酒社第八集》（二首）、《即事一绝》《酒社第九集，醉后放歌》《醉后游罗汉寺，与亚子、悼秋联句》《将归东江，赋此留别酒社诸子》《柬亚子》《亚子寄〈太一遗书〉至感题》《次韵答悼秋》（四首）、《乙卯重阳南社社友雅集于愚园，予以事羁身，弗克躬逢其盛，赋此为寄并示亚子》（四首）、《酒社十一集》《酒社十二集，次亚子韵》（二首）、《留别亚子，时君方患足疾》（二首）、《继长、悼秋、病蝶、剑锋、洪涛诸君送行，赋此谢之》（二首）、《译英吉利诗贺朱剑芒婚》《亚子惠题〈乡居百绝〉，读之慨欲泣，答以四绝，即次原韵》（四首）、《题钟赓虞〈深山抚琴图〉》《题朱剑芒小影》《赠周君志伊狱中》（四首）、《草檄既竟，自题一绝》《乙卯除夕书感》（四首）、《次韵赠项均岳先生》《少牧舅氏介予交余君十眉，夜吟大醉，翌晨赋此》《游嘉禾醉仙祠》《烟雨楼晚眺》《鸳鸯湖即事八首》《纪事》《夜宿平湖》《平湖返棹》《题东园梅花》《呈十眉并示席间诸同志》（二首）、《次韵答李康弼》《斜塘小集联句》《鹓雏惠题〈乡居百绝〉并寄语亚子，辱相问询，赋此报之》《〈红薇感旧记〉题词》《丙辰春作客斜塘，得新交数辈，别后追赠，人各一绝》（七首）、《和徐慎侯元日试笔之作，即步原韵》《答陈五柳》《项均岳寄示沈雪门〈五十年述怀诗〉索和，为赋二绝》（二首）、《为彤九题芦蟹画幅，大陆苍黄，慨乎其言之矣》《表兄朱璧人（汝珏）述其先德酉生公博学高才，屡上春官不第，潘芝轩（世恩）主试时欲得之而不惬于分校，报罢后，芝轩复赠以诗，深为惋惜，公亦自此绝意名场，作〈黛湖隐图〉以见志，卒潦倒以终。百年来世阅沧桑，而诗与画俱存，装成手卷，永为传家玮宝，今璧人出示，读其画，哦其诗，慨焉兴感，为题二绝》（二首）、《钝根惠题〈乡居百绝〉，读之忽有所感，赋一律报之》《题芷畦〈水村第五图〉》（二首）、《惜美曲，同周芷畦作》《伤春》（四首）、《观昆剧〈哭像〉〈当巾〉，口占二绝》（二首）、《寄亚子海上》《〈香痕奁影录〉题词》《乞石予社友画梅，戏柬二绝》《题石予〈近游图〉》《石予为予画梅，自谓喜画巨幅，纸小便无用武地，戏占一绝报之》《次鹓雏韵并示亚子、楚伧、芷畦、十眉诸子》《鹓雏自言今后当暂束风华，赠以一绝》《〈台宕游草〉题词》《新游仙诗八首》《禊湖酒家即席分韵》《草堂无恙，客重来，开鉴草堂联吟，病蝶首唱句也，续成二首，即示同座诸子》（二首）、《酬病蝶并别消夏社诸子》《次亚子韵并柬楚伧》《〈沙湖钓月图〉题词，为刘筱墅作》（二首）、《立秋夜有作，索了公、鹓雏和》《芷畦寄示〈秋夜〉一律，次韵答之》《叠前韵》《再叠芷畦韵寄柳溪》《消息一章，三叠芷畦韵》《惭愧一章，四叠芷畦韵》《八月初十夜，梦中忽得一诗，醒后诵之，郁而能畅，起而写诸扇头》《八月十四夜金镜湖画舫即席》《禊湖中秋词》（六首）、《呈屋庐师》《呈屋庐、无涯二先生并赠别楚伧、亚子、巢南诸子》《叠韵答屋庐师》《寒夜有作，再叠前韵，分寄亚子、悼秋、莘子、芷畦》《赠姚民哀，同亚子作》（四首）；陈去病（八十六首）：《丁未八月海上藏书楼夜作杂感》（十首）、《今岁来海上，与顺德黄节同居藏书楼者甚久，忽急电自粤来，谓君令嗣得暴疾，及遄归，已弥留矣，一见而诀。君凡四丈夫，子其三，皆不育，独此长且贤，而又遽丧，人匪槁木，讵能忘情，君之悲怆，自不容已，然余之见解正复不同，故诗以慰之》《昼寝杂感》（八首）、《戊申五月既望，余自诸暨来游五泄西龙潭，穷极幽险，入夜醉眠僧房，忽梦身若在海上，高子吹万携其从孙小剑来顾余，言笑极欢，无何有二女郎至高前，一年可二十许，毛发垂肩，披离左右，谓是吹万眷属；一年仅十七八，亦静婉多致，俱招吹万与谭良久，即促吹万行，吹万遂偕二女登车去。余方踯躅，以返于室，忽天梅翩然而至，余语以吹万适间别去，君遇之否，天梅曰然，行复返矣。未几，吹万果返，而佛子亦偕焉，抵掌欣谈，俨然荀陈之会，岂非生平得未曾有之快哉。忽复梦无畏伉俪及冶民，而余独与一大蟒相狎，其长殆逾百丈，颇极驯扰，未知是何祥也。书寄高氏诸子并作山中掌故》（二首）、《湖上闲游，箫剑并载，过西泠桥下，见者几疑白石、小红再世也，即简病红梁溪》（六首）、《惜别词八首》《自兖州过曲阜，谒圣朝孔林四首》《陋巷》《去鲁》《题郭频伽手写〈徐江庵诗册），为寒琼作》（三首）、《哭黄摩西》（二首）、《哭徐子鸿》（二首）、《梦季高》《梦刘三》《重游北固山》《夜过分湖，一路看月出谷水》《泛舟碧浪湖，因游道场山，登绝顶骋望》《嘉平望日，自吴兴放舟至鸯脰湖，月色皎然，遂过梨里访亚子》《吊张伯纯》《重过逸庐》《民国四年除夕饮切公家》《述怀二绝》《次韵酬初我》（二首）、《家居杂诗》（六首）、《湖上怀贞壮》《烈武邀集江楼》《江上迟烈武》《江楼与烈武别》《谒克强灵帏》（五首）、《重上京华示诸同志》《少年行四首，张绥道上作》《自阳高县抵大同》（二首）、《晚抵丰镇》《丰镇见雪》《自居庸关南骑行入口漫成》；蔡寅（五十首）：《舞蛟石歌》《日本爵邸，谷益道法学士导游泷川飞岛并观红叶，诗以谢之》（四首）、《丙午岁除，时客日本》（二首）、《大森观梅，步四明高云麓韵》《麦秋风雨，市冈寓舍，柬石门朱立人》《游上野博览会》（二首）、《题〈琉球竹枝词〉》（四首）、《丁未岁除》（四首）、《题费仲笤〈东游日记〉》（二首）、《戊申岁除》（四首）、《歌者王凤卿、梅兰芳来沪，纪以一律》《题梅兰芳小影》《题费孝子元谦像》《寿陆鸥安先生七十五初度》《虞山观竞漕》（二首）、《悼范子宗城、高子丰，分寄兰畹、吹万两君》（二首）、《秋感三绝》（三首）、《僦居墨肆，即事口占》《题芷畦〈柳溪竹枝词〉》（二首）、《答赠了公并步原韵》《叠韵赋赠陶公之塞外垦殖》《示酒社诸子，再叠前韵》《酒社第六集，次亚子韵》《酒社第八集，次大觉韵》《切公嘱题袁节孝君〈风雨勤斯图〉》《天梅书来，嘱索克强字，并问病状，不知克强已于半日前易箦矣，怅惘无以为答，赋此志感，即步天梅韵》《丙辰岁除》（二首）、《丁巳上元叠前韵》（二首）；沈昌眉（三十二首）：《鼠》《悍吏行》《正月十七日颖若与应祥、龙圣诸君为邓尉之游，余以病未与，作诗送之》（四首）、《五月六日决拉颖若来梨，口占小诗，预报亚子》（四首）、《梦中得七律一首，仅缺末句，醒足成之》《题芷畦〈柳溪竹枝词〉》（四首）、《和弟》《一厂一别两年，得其近作，如见故人，嘱和题画诗，率成两绝，天寒日暮，藉通音讯，不计工拙也》（二首）、《颖若有〈寄亚子红豆〉之作，步原韵和之》《元旦试笔示颖若》《和十眉〈悼亡十二绝〉》；沈昌直（五十三首）：《寿陆鸥安老人》（四首）、《清明日由家至锡，途中口占》（四首）、《端阳前七日还里，预与亚子及长公约迂道过访，既而不克，至舟中作两绝分寄二公》（二首）、《归家喜长公已先我而至》《又呈长公二十八字》《与内子纳凉谈国事》《应祥买灵芬馆旧址构成新舍，赋赠四绝》（四首）、《长至日至苏，经石头潭，遇暴风雨》（二首）、《久不得龙圣信，寄怀一律》《寄龙圣江西》（二首）、《丙辰立夏前五日赴锡，时锡邑兵事甫平，里中宣传予已被杀，作此追记之》《题〈美人对舞图〉》《题樊少云画〈米颠拜石图〉》《题〈沈纪常传〉》《赠董蓉生》（二首）、《寿冯康生五十》《游梅园》（四首）、《寄亚子红豆》《寄叔度红豆》《除日，和长公作》《和董蓉生〈元日杂咏〉》（四首）、《和陆鸥老〈劲菊〉四绝，即步原韵》（四首）、《寄亚子红豆未到赋此》《亚子赠诗有"二陆才名乡国秀"句，不才兄弟讵足当此无已，惟"次公狷介长公狂"七字差为近似，所谓君知我胜我自知也，本古人受飨返璧之意，占此报之》《裁之侄习医六年业大进，今有梨花里之游，赋此赠别》（五首）、《立春后九日，长公率裁之至梨，余亦赴锡，赋此寄怀》（二首）、《柬亚子》；夏麟（九首）：《寄颖若》（二首）、《赠颖若》《昨夜》《寄幼云》《题芷畦〈柳溪竹枝词〉》（四首）；柳弃疾（一百七十三首）：《祝丹阳姜石琴先生六旬双寿》《酒痴招饮，醉后赋呈兼示悼秋诸子》《海上剧场感赋示心侠》《五月九日晨起偕旦平赴愚园社集，车中口占》（二首）、《湖上为石子伉俪题扇》《答秋叶》《赠春航》《赠小云》《观剧有感》《五月十八夜招漱崖、半峰、复苏、虑尊、越流、不识、展庵、吹万、石子偕饮湖上酒楼，即席分得真韵》《过秋墓作》（二首）、《中日条约签字之日，适见所谓〈圭塘倡和集〉者，感题一绝》《闻王季高、姚勇忱遇害有作》（二首）、《春航将去杭州，诗以招之，兼柬小云、天声》《寄少华甫上四首，即效其体》《寄白丁、不识、展庵杭州》（四首）、《哭子美》《哭勇忱》（二首）、《少年一首》《哭冥鸿》（二首）、《寿春航二十七初度》《为苌碧题小影》《题〈莽男儿〉说部，为巢南作》《酒楼联句》（二首）、《酒后有作，用联句第一首韵》《席上分韵得人字、寒字两首》《孤愤》《题〈西湖散记〉，为冥飞、不识、展庵作》《题〈风木庵图〉，为白丁昆季作》（二首）、《剑胡自如皋来访诗，写赠一律》《答秋心》《酒后忆子美》《酒社第一集》《酒社第二集》《酒社第三集》《酒社第四集》《酒社第五集》《酒社第六集》《酒社第七集》《酒社第八集》《中秋泛灯词，同大觉作》（四首）、《送大觉归里，即次其留别韵》《次韵柬大觉》《酒社十二集，病足未赴，写示大觉》（二首）、《题冯柳东〈杨柳岸晓风残月〉卷子，为天梅作》（二首）、《足疾就医吴门有作》（二首）、《题大觉〈乡居百绝〉》（四首）、《钝根以〈崂山四景词〉见示，为题一绝》《阴霾》（二首）、《题〈天荒画报〉，为阿瑛作》《纪梦二什》（二首）、《再题〈圭塘倡和集〉》（二首）、《民国五年元旦》（二首）、《题芷畦〈水村第五图〉》（五首）、《题芷畦〈燕游续草〉》（四首）、《寒琼属题北魏李映超、杨兴息造象二残拓，拓为李是庵、俞滋兰、吴小荷、李莲性诸名媛旧藏，寒琼曩游武林时，槜李陆四娘贵真于碑肆搜得者也》（二首）、《次韵分寄康弼、大觉》《宵来》《题〈昭容集〉，为沈太侔、刘幼狂作》（四首）、《哭英士》《酒边一首，为一瓢题扇》《王道民挽诗》《哭龚铁铮烈士》《哭顾锡九烈士》《哭杨伯谦同学》《哭华子翔同社》《〈苦女儿〉弹词，为郭景庐题》《有以李定夷〈小莲集〉征题者，为赋一绝》《〈环中集〉题词，集龚，为钝根作》《将去海上有作》《销夏社即事，次病蝶、莘子联句韵》《啸楼招饮开鉴草堂，次病蝶、莘子联句第二首韵》《咏史四首》《题〈饮冰室集〉》《答微庐》《为息翁题扇》（二首）、《悼林寒碧》《悼庞檗子》《题莘子〈分湖晚棹图〉》（二首）、《赠一瓢》《感事》《民国六年元旦次天梅韵》《钝根贻我玲珑馆主玉影，为题四绝》《和一厂题画四绝，即寄燕市，画为梅州王寿山先生遗墨，今藏友人黄篪如所》（四首）、《寄洞庭岳州、大慈长沙》《〈留痕记〉题词，为瘦

中国现代旧体诗词编年史

坡作》《痛哭八首》《检旧稿得酒后忆子美之作,追赋一首叠原韵》《次韵和冶公》(二首)、《寄大觉》《颖若寄赠红豆并滕短歌,眉公亦有和作,赋此奉报》(二首)、《追挽蒯啸楼》《剑芒自周溪返梅花堰,同舟一女郎,丰姿绰约,与春航有虎贲之似,书来索诗纪之,卒卒未有应,倏忽两载矣,箧得书,追赋一律》《妄人谬论诗派,书此折之》(二首)、《夜梦钝根、一厂、楚伧,赋此分寄》《和天梅〈四十自寿〉诗,即次其韵》《莘子别后书来拈韵索诗,为赋两律》(二首)、《题民哀近著四绝,即以为赠》(四首)、《寄钝根》(二首)、《〈花魂蝶影图〉题词,为花魂、蝶影伉俪作》《答大慈四绝》《〈沙湖钓月图〉题词,为筱墅、梅痕伉俪作》(四首);费公直(三十四首):《为天梅绘梅花四帧,各题一绝,时在民国二年》(四首)、《乙卯中秋,梨里即事》《丙辰元宵,吹万招集秦山梅花香窟,分韵得窟字》《题〈风木西悲图〉,应天梅属》《题天梅藏冯柳东〈杨柳岸晓风残月图〉》(二首)、《海上遇刘三,归寄一绝》《春暮感赋》《初夏山居二首》《海棠零落,作诗吊之》《题瘦坡〈香痕奁影录〉二首》《题亚子〈分湖旧隐图〉》《哭英士》《丙辰燕游杂诗》(四首)、《豆囊一绝》《和十眉〈悼亡十绝〉集唐》(十首)、《珠儿席上索诗》;蒯贞干(三首):《酒社第一集次亚子韵》《丙辰中秋夜画舫即事》(二首);王汾(四首):《题亚子〈分湖旧隐图〉》(四首);黄复(六十三首):《题亚子〈分湖旧隐图〉》(四首)、《淮上客次,得亚子来书,惊悉子美以病卒于海上,哀感填胸,百无聊赖,枕上集定公句成五绝,夜起挑灯写之,以代一哭,并简亚子梨里》(五首)、《题芷畦〈柳溪竹枝词〉并简亚子》(四首)、《别雪抱三载矣,乙卯秋君自明州归淮,辱蒙枉顾寓斋,阔别数年,无端欢聚,酒酣纵谈前世,惘然若不胜情,因赋七绝四首以志感慨,即送其返车桥乡,时七夕前二日也》(四首)、《酒社第一集,次亚子韵》《酒社第三集》《酒社第六集》《酒社第七集》《大觉为诗,哀伤幽咽多变徵之音,今之伤心人也,赋此慰之》《亚子招饮海上酒楼,即席赋呈,用筱墅支字韵》《又联句一首,用芷畦愁字韵》《开鉴草堂即事》《大觉来游梨中,招集开鉴草堂,用小饮即席联句》《次韵和大觉》《饮酒歌,为大觉作》《送大觉归江东,并约重见之期,中心多感,不自知其辞之凄怨也》《大觉归东江,赠五律一首,意有未尽,再赋此章》《草堂闷坐述怀联句》《六月二十六日偕莘子集开鉴草堂,杂谈时事,并忆亡友子美,联句简亚子二首》《赠亚子一首》《八月十四夜金镜湖泛舟联句》(二首)、《喜晤芷畦,即席赋赠》《即事示同座》《漫兴一首示亚子》《癫词,集龚联句》(二十四首);朱霞(十七首):《题亚子〈分湖旧隐图〉》(二首)、《中秋踏灯词》(三首)、《题画》《题苏小墓》《西湖泛舟》《春郊即景》(二首)、《即目》《小病读〈渔洋集〉》《听雨》《题黄君守成遂园摄影》《过成园作》(二首)、《成园联句》;朱慕家(四十二首):《为亚子绘〈分湖旧隐图〉附题一绝》《春暮之梅花堰,途次口占一绝,不自知其言之悲也》《感怀》(二首)、《次酒社第一集韵,寄亚子》《亚子书来,询余归期,率吟五十六字报之,即次其赠剑胡作原韵》《天心》《客感一律，寄亚子》《莺湖酒楼联句》《归舟》《客况一章》《大觉来梨，招饮酒家，即席分韵》《过开鉴草堂作，用联句韵》（二首）、《忆亡友子美，即次病蝶、莘子联句韵并柬亚子》《题大觉〈乡居百绝〉》（二首）、《芷畦属〈绘水村第五图〉，为题一绝》《题瘦坡〈香痕奁影录〉》（二首）、《送春一首，柬内子湘英》《写怀两什，索同社和》《春暮有感四律，次大觉韵》（四首）、《集周实丹烈士句》（四首）、《感怀一绝，再集实丹烈士句》《过成园作，次悼秋韵》（二首）、《白燕，用悼秋韵》《梅花堰》《闺词》（二首）、《十眉悼其亡室胡淑娟女士，成诗二十绝，一字一泪，不堪令人卒读者，为书两绝于后，荡气回肠，亦几忘其言之悲矣》（二首）、《徐铸生先辈有咏兰句："却笑梅花清绝世，骚经从未一评量"。悼秋尝非之，因吟梅花一绝，以反其意，有"毕竟风流高格调，不随众卉入离骚"两语。余谓两诗各有偏见，非公允之论，为吟二十八字以解之》《美人口》；周云（九首）：《开鉴草堂消夏作》（四首）、《又集古一首》《雨后过隐花小筑，用壁上剑霜衣字韵》（四首）；顾无咎（七十首）：《哭子美》《三月十九日酒痴招饮胜家酒馆，记同子美过此已三年矣，感念存没，不能去怀，醉后赋呈，同亚子表叔作兼示同饮诸子》《立夏后四日，南社雅集于海上愚园，社长亚子表叔将赴焉，赋诗送之》《重题亚子表叔〈分湖旧隐图〉，即次〈索子美画图〉诗原韵》（四首）、《亚子表叔命画〈分湖旧隐图〉，画竟，题诗一绝》《醉后适有人持〈圭塘唱和集〉一卷投赠者，遂掷之地，并占五十六字呈南社诸子》《哭宁太一烈士（调元）并题其遗集》《酒社第一集，次亚子表叔韵》《酒社第二集》《酒社第三集》《酒社第四集》《酒社第五集》《酒社第六集，次亚子表叔韵》（二首）、《又七绝一首》《酒社第七集》《酒社第八集》《中秋踏灯词，同剑锋作》（四首）、《即事一绝，次大觉韵》《酒社第九集》《酒社第十集》《次韵送大觉归里》《酒社十一集》《酒社十二集》（二首）、《把酒对菊，有怀亚子表叔病足，剑芒谱兄旅况，赋此分柬》《酒社十三集，用天遂韵》《寄怀内子琼仙》《寄亚子表叔海上》《题大觉〈乡居百绝〉》（二首）、《五月四日酒后感怀寄南社诸子》（二首）、《夏日汗出，余颜比寻常稍白而润，人疑为饰粉，赋此答之》《过开鉴草堂呈消夏社诸子》《即席口占》《夏闺词》（四首）、《开鉴草堂即事》《开鉴草堂坐雨，叠病蝶韵》（二首）、《纳凉作》《湘帘》《忆梦一首》《大觉来梨，招饮酒家，即席分韵》《即席联句》《大觉来梨，过开鉴草堂，同人咸以病蝶"草堂无恙客重来"七字为起句，余亦赋得一律》《小极》《芷畦命绘〈水村第五图〉，余不谙画理，聊赋三绝以代画意》（三首）、《尤君同叔自吴门来，偕周君荷生过访，因招剑锋共饮酒楼，即事赋此》（二首）、《梅》《兰》《美人口》《成园消夏社茗次口占》（二首）、《见成园红蕉花开，用剑霜肥字韵》《题纨扇，集定公句》《白燕》；沈次约（十八首）：《题亚子〈分湖旧隐图〉》《酒社第八集，次大觉韵》《放歌联句》《春日杂诗》（八首）、《吴门道中》《寄剑芒梅花堰》《过成园作》（二首）、《登金山望江》《晚霁》《雨后偕琬君游双清别墅》；蒯文伟（二十六首)；《题亚子〈分湖旧隐图〉》（三首）、《哭宁太一烈士即题其遗集》《酒社第一集，次亚子韵》《酒社第二集，次亚子、悼秋韵》（二首）、《酒社第三集，次病蝶韵》《酒社第四集，次亚子韵》《酒社第五集，分次亚子、悼秋韵》（二首）、《酒社第六集，次亚子韵》《酒社第七集》《酒社第八集，次大觉韵》《酒社十一集，次大觉韵》《开鉴草堂消夏八咏》《草堂消夏吟》（二首）、《开鉴草堂避暑作》；吴家骅（三首）：《酒社第一集，次亚子韵》《酒社第二集，次悼秋韵》《酒社第四集联句》；黄元琳（一首）：《酒社十一集，次大觉韵》；陈洪涛（十六首）：《题亚子〈分湖旧隐图〉》（四首）、《哭宁太一烈士即题其遗集》《和亚子〈酒后忆子美〉之作，即次原韵》《酒社第一集，次亚子韵》《酒社第二集，分次亚子、悼秋韵》（二首）、《酒社第三集，次病蝶韵》《酒社第四集，次亚子韵》《酒社第五集，分次亚子、悼秋韵》（二首）、《酒社第六集，次亚子韵》《酒社第七集，次一斐韵》《酒社第八集，次大觉韵》；凌景坚（一百首）：《题亚子〈分湖旧隐图〉》（四首）、《示酒社诸子》《酒社第六集》《酒社第七集》《酒社第八集，次大觉韵》《即事一绝》《集定庵句》《乙卯八月集磨剑室联句》（十一首）、《次大觉韵留别亚子、悼秋、病蝶》《开鉴草堂偶作，示治民》（三首）、《消夏社诸君招饮醉中偶赋》《旋里未果，诗以志之》《次病蝶、介安联句韵》《别梨中消夏社诸子》《席上晤大觉喜赠》《画舫即目》《集定公句，分赠席上诸友》（七首）、《禊湖中秋词，同大觉作》（三首）、《呈沈颖若师》《寄十眉》《小病二首，寄大觉江东、十眉胥塘》（二首）、《杂诗示病蝶》（六首）、《偕病蝶、啸楼之海上，留别梨中诸友》《赠吴鸣冈，集龚》《玉峰道中，集龚示病蝶》《海上示病蝶》（四首）、《愚园社集归赋，集龚》《海上晤姚石子，赋此为赠》《访楚伧、鹓雏、秋心〈民国日报〉社不值，偶成一绝》《将去海上，别兰皋、楚伧、石子、鹓雏、秋心、力子、红冰、亚子、芷畦、少屏》《吴门道中，示病蝶》《社集归来，感赋一首，寄钱红冰》《柬亚子》《答啸楼》《题芷畦〈水村第五图〉》（四首）、《为余十眉挽其夫人胡淑娟女士五首》《梨花里归棹寄亚子》《醉后柬亚子兼示病蝶、悼秋、继长诸子》《闻笛，悼雪庵二首》《悼虞山庞檗子八首，即题其遗著，集定公句》《夜窗杂兴》《作客平望，于兹匝月，过舅氏旧宅，怆然赋此》《西岑晚眺一首寄大觉》《东江留别亚子、病蝶、楚伧、十眉、佐梅、大觉诸子兼呈巢南》《吴门归棹寄曾泣花》《寒夜枯坐有怀啸楼一首》《丁巳立春日，偕悼秋、病蝶过磨剑室访亚子，赋此一章》《试灯节将去梨里，偕悼秋、病蝶集亚子磨剑室联句一首》《又偕亚子、病蝶联句得三首》《上元后一日阻风梨里，解缆未果，雪大如掌，鸟寂无声，倚窗展吟，率成二律，即以赠别亚子、病蝶、悼秋诸子，倘亦见而赐和乎》；范光（一首）：《遇亚子即席赋长歌一首》；释永光（一首）：《丙辰夏日琴庄雅集，南社诸子待傅大不至，得诗一首兼呈座客》。"词录"栏目（一百六十三首）含邵瑞彭（九十二首）：《减字浣溪沙·偶然作》《满庭芳·析津旅次》《齐天乐·自题〈斜街惜别图〉，图中予与天梅等七人，盖癸丑去国时摄景》《风蝶令·重至沪上》《望江南 (思往事)》《捣练子 (双燕去)》《相见欢 (相思豆)》《应天长 (横波蹙损愁看镜)》《浪淘沙 (枕畔泪潺潺)》《浪淘沙 (聒耳玉龙哀)》《虞美人 (相思似债原难了)》《虞美人 (游仙人去春波绿)》《玉楼春 (春明门外华如雪)》《天仙子 (山下燕支)》《阮郎归 (春浮树倚碧)》《采桑子 (金铃黄耳)》《卜算子 (檐角月波横)》《定风波 (未必情禅怕入魔)》《菩萨蛮 (流莺啼碎杨花梦)》《清平乐·湖上索居即事》《百字令·月夜湖上泛舟》《柳梢青·六月自沪上至杭州》《一枝春·本事》《玉漏迟 (惺忪花外雨)》《烛影摇红·寄天梅》《桃源忆故人 (琼窗遥映秋痕浅)》《减字浣溪沙·塘上》《高阳台 (听罢吴歌)》《清平乐·柳花》《齐天乐·题更存〈绿波词〉》《明月生南浦·山中听雨》《临江仙 (谁道懊恼时节)》《宴清都·空山卧病, 节物惊心, 怀人感事, 情见乎词矣》《青玉案 (绿窗关住闲烦恼)》《清平乐·为人题照》《步蟾宫·次更存见怀韵却寄》《苏幕遮 (月微微)》《减字浣溪沙 (漠漠平林小小村)》《如此江山·莲房》《凤凰台上忆吹箫 (放下帘钩)》《尉迟杯·怀天梅, 用清真韵》《木兰花慢·中秋》《梦江南·拟皇甫松次元韵》《菩萨蛮·拟韦庄》《醉公子·拟顾琼》《菩萨蛮·拟牛峤》《喜迁莺·拟冯延巳》《多丽·长秋多病, 万感毕集, 用蜕崖韵寄兴》《甘州 (正吴宫听罢)》《水龙吟·红叶》《减字浣溪沙·旅思》《莺啼序·怀天梅》《临江仙》(四首)、《减字浣溪沙》(二首)、《一尊红 (碧帘寒放)》《浪淘沙 (春水晚来添)》《醉花阴 (天半朱霞飞到晚)》《月下笛 (瑟柱移情)》《南柯子 (红叶千林尽)》《尉迟杯·和片玉》《瑞鹤仙 (玉丝弹别怨)》《子夜》(二首)、《减字浣溪沙》(二首)、《南浦·折枝梅花》《二郎神·用徐幹臣韵, 按杨西村和徐词第五句之作五字, 今从之》《绛都春·用觉翁韵》《莺啼序 (潇湘一江恨水)》《玲珑四犯 (玉簟浮香)》《锯解令 (琐窗残梦唤初醒)》《望江人 (向斜阳尽处)》《减字浣溪沙 (细细薰风)》《清平乐 (红绡几尺)》《临江仙 (十里香街双玉鞚)》(二首)、《清平乐·题方瘦坡〈香痕奁影集〉》《长亭怨慢·亚子〈分湖旧隐图〉, 曾以三截句题之, 意有未尽, 再成此词》《摸鱼子·武强溪上赋竹筏》《曲游春·予最爱萧斋〈曲游春〉词, 因忆壬子春间流连湖上情事, 追填此解, 即步其韵》《齐天乐·牡丹》《瑞龙吟·和清真》《踏莎行·孙尔安小照》《甘草子 (将暮)》《虞美人·题余十眉〈寄心琐语〉》《临江仙·八月徐园雅集》《点绛唇·用觉翁韵》; 叶叶 (一首):《眉妩·春音社第二集, 题河东君妆镜拓本》; 王德钟 (六首):《点绛唇·题〈拈花微笑图〉》《捣练子·题〈踏雪寻梅图〉》《念奴娇·题十眉〈瓜山忆梦图〉》《诉衷情·题十眉〈南泓寻诗图〉》《六么令·题芷畦〈柳溪竹枝词〉》《滴滴金·寄酒社诸友》; 陈去病 (九首):《念奴娇·丁未清明虎阜谒张东阳祠不果》《虞美人·五人墓》《天仙子·重谒张东阳祠》《念奴娇·由山塘泛舟过野芳浜, 游留园及戒幢寺有慨》《减兰·席上有感》《惜分飞·欲游支硎未果, 戏代船娘谱此阕》《念奴娇 (韶华苒苒)》《蝶恋花 (寒食清明都过了)》《摊破浣溪沙 (月殿云廊)》；蔡寅（五首）：《行香子·次韵和天梅、亚子》（二首）、《高阳台·送友归国，即事偶成》《忆汉月·为沈丈养和题宫女旧影》《洞仙歌·吊金宫芸女士》；黄复（一首）：《金缕曲·寄怜影海上》；朱霞（二首）：《清平乐·成园消夏作》《如梦令·即事》；朱慕家（十九首）：《菩萨蛮（东风吹落花无数)》《南浦·别西子湖》《采桑子·旅夜感怀》《十六字令·闺怨》（录三十阕之十四）、《三台令·成园消夏即景》《梧桐影·月夜纳凉》；周云（二首）：《望江南·读〈白门悲秋集〉书后》《满江红·开鉴草堂消夏即事》；顾无咎（二十一首）：《十六字令·书斋秋景》《十六字令·秋夜不寐，填此排闷》《大江东去·写怀》《南歌子·黄梅即景》《酷相思·夏晚》《忆秦娥·夏夜即事》《罗敷媚·咏秋柳》《诉衷情·即事》《渡江云·寄怀剑芒梅花堰》《忆秦娥》（二首）、《罗敷艳歌·集定庵句为某书扇》《酷相思·疏雨初过，填此遣兴》《浣溪沙（疏雨初过月渐明)》《误佳期·纳凉》《风蝶令·开鉴草堂消夏作》《相思引·过成园作》《眼儿媚·前题》《月晓·白荷花，自度腔》《偷声木兰花·成园吹笛》《减字木兰花·七夕作》；沈次约（三首）：《醉吟商·用白石韵寄怀剑芒》《罗敷媚·席上赠某姬》《御街行·纳凉》；陈洪涛（一首）：《望江南·海上寄亚子》；沈毓清（一首）：《金缕曲·题芷畦〈柳溪竹枝词〉》。附录一：《与柳亚子书》（景定成）。附录二：《为〈王梦仙女史遗稿〉征题启》（姜可生）、《题王梦仙夫人遗稿，为赵念梦作，时中华民国六年七月五日也》（柳亚子）。附录三：王漱芳（二十八首）：《有感》《寄外》《白荷花》《芝妹出阁有赠》《闻芝妹避兵至申，作此寄之》（两首）、《露坐闻雷》《寄怀瑞妹》《素芳盟妹周年，感而作此》《偶翻旧集，见有素芳小照》《丹阳回舟，与素瑛姊别》（二首）、《赠董梨魂八妹出阁》（二首）、《咏盆莲》（二首）、《游绍隆寺》《金鸡岭上白梅花》《悼萧彦殊盟妹》（八首）、《归宁时复登延清楼》《病起有感》。附录四：《梦仙内子逝周岁矣，百忧棘心，万愁销骨，披衣急起，挑灯欲昏，长歌仰空，以当痛哭，时丁巳四月廿六日中夜》（赵逸贤）。附录五：《余母阮太夫人六秩寿辰征诗文启》（吴修源）。其中，凌景坚《〈近代闺秀诗话〉序》云：“今日之号称诗人者，大都出处不臧，觍颜房廷，及夫沧桑更迭，失所凭依，往往赞颂旗裘，诋諆民国，实华夏之罪人，亦炎黄之逆子。其尤无耻者，谄媚当途，揄扬权要，视共和之公仆，如专制之帝皇。大义不明，根本先拔，何况风骨猥鄙，吐属淫哇，虽有文采，宁堪称述耶？”陈去病《自居庸关南骑行入口漫成》云：“从容一骑蹴平沙，崱屴群山夹道遮。岁晚晴云烘笠屐，西风黄叶露槎枒。漫矜驴背饶诗思，直欲龙堆卜住家。多少乌尼频报喜（碛中多鹊），防秋应莫动悲笳。”柳亚子《题〈饮冰室集〉》云：“逐臭吞膻事可怜，淮南鸡犬早成仙。荒江却有鸿文在，饱死蟫鱼不值钱！”

《浙江兵事杂志》第 39 期刊行。本期“文艺·诗录”栏目含《赏荷，用东坡〈雪后书北台壁〉韵》（济时）、《再叠前韵》（济时）、《次韵和思声》（知灿）、《偶成二首》（顾乃斌)、《民国三年冬,会办海州军事归,参谋静吾赋诗赠行,次韵答之》(周昌寿)、《游韬光》(陈琮)、《旅晋书怀》(鼎九)、《共和一首》(徐思晋)、《窑湾野外散步,见尸骨狼藉有感》(徐思晋)、《移军高邮,濒行有作》(徐思晋)、《龙泉舟行东下》(徐思晋)、《螺蛳岭》(徐思晋)、《哭黄、蔡二公》(徐思晋)、《韩、王、孙、李将军合咏》(鼎南)、《龙城旅邸楼上偶成》(鼎南)、《从军行》(鼎南)、《咏剑》(鼎南)、《富春晚眺》(鼎南)、《悼静山》(鼎南)、《病二日,感书五言二篇》(贞壮)、《缀秋叶近作,得绝句三十首》(思声)。

《宗圣学报》第 19 号刊行。本期"艺林"栏目含《贞女行》(石农人)、《题〈明遗臣南汇王守信公靖难诗〉后》(徐公辅)、《宋王台歌》(梁士贤)、《书〈江阴江仁之烈士事略〉后》(徐公修)、《杨孝子歌》(徐公修)、《仓圣万年耆老会歌》(徐公修)、《诗酒乐》(盛大勋)、《春日怀晋中旧友》(盛大勋)、《挽朱烈妇》(吴钧才)、《军门感事四首,次黄楚樵师韵》(天觉)、《京兆怀古》(林传甲)、《天津怀古,示任生维屏》(林传甲)、《历城怀古,柬吴生绍元茂才》(林传甲)、《太原怀古,柬柯生璜》(林传甲)、《开封怀古》(林传甲)、《南京怀旧,示张生雨田》(林传甲)、《安庆怀古,和陈知白》(林传甲)、《〈易学进阶〉序》(林传甲)、《青浦尊孔社成立志喜》(徐公辅)、《读上海姚子梁都转〈广仓学会演说文〉,系之以诗》(徐公辅)、《圣会会主迦陵夫人》(徐公辅)、《与杭州蘋幕诸友泛舟西湖,用王方伯耜云先生〈游湖〉元韵》(徐公辅)、《游内湖,登文澜阁》(徐公辅)、《用孤芳集〈斋居自遣〉韵,赠高太痴先生》(徐公辅)、《书〈练溪杨孝子伯庄茂才事略〉后,寄呈仲和先生敲正》(徐邃)、《读〈江阴江义烈仁之先生殉难事略〉系之以诗》(徐邃)、《寄徐伯匡学博青浦》(陆润庠)、《〈归高士遗集〉跋》(侯鸿鉴)、《论尊孔宜知好礼》(陈朝爵)、《〈中道诗集〉后叙》(叠珉刘固岩)、《纪邗江朱母殉夫事,应东园老人之征》(徐公辅)。

《复旦》第 4 期刊行。本期"文苑"栏目含《〈半山楼诗稿〉序》(狄侃)、《与友人论宗教书》(程学愉)、《听施君颂百弹琵琶记》(程学愉)、《杨镇访胜录》(居懋第)、《牖民新校落成序》(吴政玑)、《游云湖记》(吴政玑)、《铁岭纪游》(吴政玑)、《陈通传》(吴政玑)、《拟梅聘海棠书》(陈定振)、《拟海棠却聘书》(陈定振)、《答友人书》(陈子蒨)、《拟苏子由贺长公胶西筑台落成书》(陈子蒨)、《梅聘海棠书》(陈子蒨)、《应友观剧启》(陈子蒨)、《辞友约赴梨园听曲书》(陈子蒨)、《送友出洋游学序》(陈子蒨)、《〈婴砧课诵图〉题辞》(陈子蒨)、《约友餐菊食蟹启》(陈子蒨)、《述村人语》(陈子蒨)、《春日游味莼园记》(陈子蒨)、《中秋赏月记》(陈子蒨)、《哑孝子传》(陈子蒨)、《斗蟋蟀记》(吴毓骧)、《为胡淑珍女士颂黄秋毫女士医学毕业文》(关富昌)、《报任雪君书》(秦光灿)、《与某君书》(秦光灿)、《清明纪游》(鲍思信)、《清明纪游》(张喆)、《清明扫墓游登冈山记》(戚其章)、《书通草纸应商任远》(金明远);"文苑·诗"栏目含《故国三千里,集唐人句》(刘慎德)、《岁暮感怀》(刘慎德)、《除夕雨雪》(刘慎德)、《元旦雪霁》(刘慎德)、《寓言》(刘慎德)、《无题》(刘慎德)、《擎云歌》(刘慎德)、《送秋岩君东渡,集唐人句》(刘慎德)、《杂感,集次回句》(刘慎德)、《悍妇行》(孙镜亚)、《陈英士先生挽辞》(孙镜亚)、《乙卯国庆,和蒋梅笙夫子》(孙镜亚)、《再题〈丹心拌死恋苍生〉篇》(孙镜亚)、《招魂》(罗家伦)、《吊龚汇初烈士》(罗家伦)、《步昂青〈梳头〉原韵一章》(谢季康)、《丁巳季春下澣饯别雪鹭社兄》(谢季康)、《无题》(选二,秦光华)、《哭亡友盛蔻庵(有序)》(秦光华)、《松冈湾别墅》(秦光华)、《春阑》(秦光华)、《村居,集板桥句》(金明远)、《容中有见,再集板桥句》(金明远)、《题南洋兄弟烟草公司〈美女载纸烟泛舟〉月份牌》(陈子蒨)、《题〈时装美女弄洋琴图〉》(陈子蒨)、《题〈美女摘果江干图〉》(陈子蒨)、《遣兴》(陈子蒨)、《春晴》(陈子蒨)、《校园看菊》(陈子蒨)、《荷花生日》(陈子蒨)、《题李文忠公祠》(陈子蒨)、《村庄晚步》(陈子蒨)、《送春》(陈子蒨)、《春暮感怀》(陈子蒨)、《春晴即事》(陈子蒨)、《登龙华塔有感》(陈子蒨)、《游杭湖,回文截句两首》(陈子蒨)、《七夕感怀》(陈子蒨)、《同学陈君咏书以〈美女祖胸图〉索题,赋此塞责》(陈子蒨)、《赠内》(陈子蒨)、《游杭州定慧禅寺题壁(有序)》(陈子蒨)、《丙辰除夕大雪》(沈雨尘)、《春郊》(沈雨尘)、《题画帐三绝》(沈雨尘)、《春日杂咏(有序)》(王躬良)、《清明感怀》(陈鸣东)、《友人以〈花朝偕诸知己饮酒〉一首见示,爰次其韵,率成三首》(选二,徐竹君)、《夏日读书偶咏》(关富昌)、《新秋》(关富昌)、《秋感》(关富昌)、《重九日宴滕王阁》(关富昌)、《乙卯中秋夜与友舟泊黄浦江观月蚀》(关富昌)、《桃》(关富昌)、《柳》(关富昌)、《燕》(关富昌)、《广陵行(并序)》(何寿嵩)、《人日诗,步家外祖原韵》(何寿嵩)、《咏水仙》(何寿嵩)、《咏梅》(何寿嵩)、《咏促织》(何寿嵩)、《拟闺怨》(何寿嵩)、《无题》(何寿嵩)、《咏秋海棠》(何寿嵩)、《金陵台城晚眺》(何寿嵩)、《咏火榴》(瞿偶冈)、《读〈淮阴侯传〉》(瞿偶冈)、《读〈宋史,喜虞允文采石之捷》(瞿偶冈)、《赠校中同学诸君》(陈钟棠)、《遣怀》(陆思安)、《清明后二日,课余无事,散步荒郊,于丛冢间,有白骨累累,殊觉触目,赋此以志感》(陆思安)、《风筝美人》(陆思安)、《暮春晚眺书怀》(陆思安)、《落花》(陆思安)、《冬夜即景》(陆思安)、《有感》(陆思安)、《清明》(洪辂)、《美人影》(洪辂)、《春日杂咏》(洪辂)、《咏史》(叶洪煦)、《题水彩画扇》(吴毓骧)、《午睡》(吴毓骧)、《端阳遇雨》(吴毓骧)、《游醉翁亭》(马人樵)、《望家山感作》(马人樵)、《重游白云庵》(马人樵)、《新正感怀》(司徒昂)、《即景戏作》(司徒昂)、《游金山有作》(司徒昂)、《寓镇江万全楼题》(司徒昂);"文苑·词"栏目含《误佳期》(刘慎德)、《鹧鸪天》(刘慎德)、《梧桐影》(刘慎德)、《满江红》(刘慎德)、《虞美人》(刘慎德)、《江城梅花引·落花》(余愉)、《虞美人第一体·清明》(余愉)、《月上海棠·秋夜》(余愉)、《月上海棠·本意,用陆放翁韵》(余愉)、《春草碧·题〈扶郎上马图〉》(余愉)、《送春·调寄〈忆江南〉》(陈子蒨)、《闻莺·十六字令》(陈子蒨)、《蝶恋花·春闺》(甘沄)、《金缕曲·春柳》(甘沄)、《摸鱼儿·咏红豆》(甘沄)、《菩萨蛮·送别》(甘沄)、《菩萨蛮·题团扇》(何寿嵩)、《忆秦娥·秋砧》(何寿嵩)。

《青年进步》第 5 册刊行。本期"杂俎·文苑·诗录"栏目含《荒郊》(何君肥)、《辛亥都门感怀》(何君肥)、《磨墨歌》(何君肥)、《山海关大雨》(何君肥)、《道经汤河口占一绝》(何君肥)、《子枚丈以〈墨菊〉二首索和,依韵成之》(何君肥)、《登扫叶楼》(程昨非)、《游清凉山》(程昨非)、《台城吊古》(程昨非)、《忆闽鼓山休夏》(贺次荪)、《过黑水洋》(贺次荪)、《喜抵胶州》(贺次荪)、《哭曾心汉》(贺次荪)、《咏桃梨》(贺恩慈)、《不寐口占》(贺恩慈)、《登佛香阁口占》(贺恩慈)。

陈介石卒。陈介石(1859—1917),名黻宸,浙江瑞安人。与宋恕、陈虬并称"东瓯三先生",曾与宋恕、陈虬等人结求志社,提倡经世之学。1879 年始,任教于瑞安书院。1898 年任上海速成学堂教习。1900 年任杭州养正书塾教习。1902 年率马叙伦等生员离校,在上海主编《新世界学报》。1903 年中进士,授户部贵州司主事,旋任京师大学堂师范科教习。后任京师编译局总纂、京师译学馆教习、旅京浙学堂正总理。1906 年任两广方言学堂监督,兼两广优级师范学堂教务长。后任北京大学教授。著有《中国通史》《诸子通义》《老子发微》等,辑有《陈黻宸集》。卒后,章太炎叹曰:"浙东今无人矣!"马叙伦从杭州匆返瑞安吊唁并撰祭文。刘景晨作《挽陈黻宸联》云:"平生所谈,记学征迁固,行辨陆王,百感茫茫,可堪士论同悲日;旧游如梦,溯雪满金台,涛生珠海,十年历历,忍忆师门最盛时。"杨青挽联曰:"廿年前从蛰庐读《救亡》《心战》诸篇,谓天下文章那有此老?千秋后于止斋溯主敬、集义事业,叹永嘉学术又失传人。"钱熊损作挽联云:"九州奇才,当代首推同甫,道高召谤,才大难用,生迟暮感焉。天下论英雄,唯越国山川,有此霸者;千秋讲学,起衰复见王通,自燕台北,迤珠崖南,皆铅椠地也。及门储将相,怅河汾衣钵,谁是传人?"张震轩作《挽友人陈介石先生》云:"经济同甫,学行仲弓,广交豪俊若元方,教育英才似文节,君子具三乐之全,福大如公,足使寒儒齐吐气;时局沧桑,世途荆棘,国粹摧残于豸虎,党争祸起夫龙蛇,变局乃千秋未有,生何足恋,忍为老友赋招魂。"黄式苏亦作挽诗四律悼之,其一:"河汾水咽岱云愁,一代儒宗失太丘。人物昔称宋南渡,风流犹见浙东瓯。诸家学派止斋异,夫子文章同甫俦。怆绝后堂丝竹冷,那堪二老雪盈头(时太夫子暨太师母犹在堂)。"其二:"昔年射策诣明光,一日才华动帝乡。朝贵同声称得士,名流自古屈为郎。出开南粤谈经席,归领西泠议政堂(师自通籍后,岑西林制军奏调赴粤办理学务。浙省咨议局成立,复被选为议长)。棋局长安真未料,人间转眼海生桑。"

康有为避居美森院，作《丁巳夏五六月间蒙难，避地美森院即事二首》。其一："深倾张裕葡萄酒，移植丰台芍药花。且擘蟹螯写新句，已忘蒙难得莲华。"其二："庭阴南柯方觉梦，几摊〈大藏〉读〈楞伽〉。吾生自有安心法，所遇皆欣即是家。"又，沈曾植因复辟事败避居美国使馆半月，康有为作《乙庵尚书避居美森院半月，于其行也，赋此以赠》《赠乙庵尚书四章》，沈曾植亦有《更甦院长口占四章见赠，依韵和之》。康有为《赠乙庵尚书四章》其一："解带论交三十年，同舟郭李望如仙。尽通文史儒玄学，证入慈悲喜舍禅。庄惠相忘在濠濮，马龙无碍戏人天。无生已了得大慧，出世聊为入世缘。"其二："诸天出入四飞扬，国土熏闻想众香。下界梦回惊蚁斗，宰官身现看鸾翔。哀民疾苦同不忍，忧国倾危共救亡。雪馆雨窗频纬缲，篝灯促膝几回肠。"其三："海外分携十六年，五年黄浦慰缠绵。酒炉再展论文话，丈室重谈品画禅。大盗革除救移国，故人忧念力回天。驱车北赞中兴业，留记春官未了缘。"其四："人言经国称房杜，我信同心比范韩。偌大乾坤偕负担，生平襟抱共艰难。鞠躬岂计遭蹉跌，钩党何能害错槃。上有皇天鉴忠悃，祝公颐寿共弹冠。"沈曾植《更甦院长口占四章见赠》其一："绿阴成幄日斜曛，正有渔樵问答思。六合外宁无圣处，百王运乃有穷时。移山志自愚公奋，射日弓冯筈族持。人定有成天退听，毗沙门与助王师。"其二："人海沧桑三十年，抽思轧轧用绵绵。我观黑白喻诸老，君与玄黄战起乾。万世有人知旦暮，四洲共业识烽烟。"其三："风雨凄凄先去秋，津亭谁送庾公舟。都天变相期来世，老圃生涯送故侯。鼠穴牛车占噩梦，先庚后甲数前筹。凌云一笑魂归夜，影起升龙九练旒。"其四："香火因缘定几生，百年忧患饱同更。先号后笑占宁妄，百巧千穷意不平。囊底智犹吞拓跋，席间筹与借文成。觉阿吃饭隆师饱，那必云台有姓名。"

林纾应梅兰芳之邀，绘《柳窗修谱图》，同时作题画词《一剪梅》。《一剪梅·为梅郎制图并填小词赠之》刊载于本年 8 月 11 日《公言报》，自署"畏庐"。词序云："孝钦训政时，德和园征歌无虚日，即所谓湖班也。供奉王瑶卿进御最久，闻其追述先朝，尚泣下沾襟，想畹华当日必有奏技于是间者。呜呼！水云老矣，满目苍凉，怅触故时情事，往往无因而悲。今年两见梅郎于酒座，征余画甚力，为制是图，并填小词赠之。丁巳六月。"词云："斜日凭窗旧修谱。香篆风柔，竹晕凉收。绿杨绾住笛家楼。到一分秋，添一分愁。　　朵殿当年忆旧游。曲按梁州，人似房州。许多前事聚心头。擎上轻瓯，放下帘钩。"又，林纾致信金梁，讲述自辞京师大学堂讲习至袁世凯称帝一段经历，曰："时局纷扰如乱丝，而天又炎酷，过于南省。吾终日杜门不面一客，亦不闻一事，由他颠倒到何时，吾即于何时了局也！不惟可悲，尚亦可笑。"

蔡元培在张勋复辟后从北大出走。沈尹默联络同人依靠评议会维持北大秩序。

景梅九（定成）赴广州参与孙中山所倡导之护法运动，后转上海，创办《国民日报》，宣传革命。张勋被驱逐后，景定成又回京，恢复《国风日报》。

刘永济应长沙私立明德学校校长胡元倓邀请，回母校任国文教员。

陈方恪悉散原老人"病血下泄"，大舅俞明震亦"卧病沪滨，皆几死"，遂于张勋拥溥仪复辟闹剧中悄然离开北平。杨云史有诗《自五月十七与彦通共居围城，北京陷，彦通南归，来言别，余方昼卧，时五月二十九日》（二首）。其一："五岳出方寸，荒哉隐几时。别来无旧业，归去有新诗。绝调悲中散，高台感伯之。功名非爵禄，此意有谁知？"其二："花落风亦歇，千门怨日斜。寇深犹在客，国破独还家。去矣悲箫鼓，苍然感物华。长镵堪托命，愿种邵平瓜。"

胡适留学归国，道经上海，与黄宾虹相晤。旋北上，就北京大学教授职。托南下过沪之马小进，带印石与润金请转求篆刻家徐星洲为之治印。

曾一生。曾一，湖南临湘人。著有《对影集》。

刘逸生生。刘逸生，原名日波，乳名锡源，广东香山县人。著有《刘逸生诗词》。

赵玉林生。赵玉林，别署佛子明壁，福建福州人。著有《玉林诗选》《玉林诗文集》。

徐昭生。徐昭，别号自明，福建闽侯人。著有《秋光集》。

王国维应张尔田之约撰《〈玉溪生诗年谱会笺〉序》。序略云："孟子之言诗也，曰'说诗者不以文害辞，不以辞害志。以意逆志，是为得之'。顾意逆在我，志在古人，果何修而能使我之所意不失古人之志乎？此其术，孟子亦言之曰：'诵其诗，读其书，不知其人可乎？是以论其世也。'是故，由其世以知其人，由其人以逆其志，则古诗虽有不能解者，寡矣。汉人传诗皆用此法，故四家诗皆有序；序者，序所以为作者之意也。毛序今存，鲁诗说之见于刘向所述者，于诗事尤为详尽。及北海郑君出，乃专用孟子之法以治诗，其于诗也，有谱有笺，谱也者，所以论古人之世也；笺也者，所以逆古人之志也。故其书虽宗毛公，而亦兼采三家，则以论世所得者然也。……信乎论世之不可以已也，故郑君序诗谱曰：'欲知源流清浊之所处，则循其上下而省之；欲知风化芳臭气泽之所及，则旁行而观之。'治古诗如是，治后世诗亦何独不然。余读吾友张君孟劬《玉溪生年谱》，而益信此法之不可易也。有唐一代，惟玉溪生诗词旨最为微晦，遗山论诗已有无人作郑笺之叹。三百年来治之者近十家，盖未尝不以论世为逆志之具。……君尝与余论浙东西学派，谓浙东自黎州、季野、谢山以迄实斋，其学多长于史；浙西自亭林、定宇以及分流之皖、鲁诸派，其学多长于经。浙东博通，其失也疏；浙西专精，其失也固。君之学固自浙西入，而渐渍于浙东者。故曩为史微，以史法治经、子二学，四通六辟，多发前人所未发，及为此书，则又旁疏曲证，至纤至悉，而熟知其所用者，仍先秦两汉治经之家法也。"

李刚己撰《李刚己遗集》（1册，5卷，刻本）刊于都门。徐世昌题署，集前有吴闿生序。集后有李葆光跋。卷一含诗109首、词4首，卷二含文20篇、函牍10篇，卷三、四、五为《西教纪略》。吴闿生序云："刚己既殁，求其书，得文廿篇，诗词百十三首，函牍十篇，西教纪略三卷，以付其子刻之，乃为之序曰：嗟乎！如刚己者，信所谓不世出之豪杰者也。其大者既已契乎前圣，达乎幽眇，区区求之于语言文字之间，则其人之精微，固已隐矣。虽然，古之圣哲君子，所自得以待于后者，莫不如是。世有豪杰之材出，因其文以求之，固可以通其意，惜多散佚，不得睹其全，然苟不相知，即尽传何益。陆士龙曰：‘文章诚自不贵多。’此不可以为凡人言者也。昔王介甫之论王回，以为可几扬雄、孟轲；而韩退之盛推李观，侪之李白、杜甫之列；李长吉死，杜牧、李商隐之属争叹之。三子皆不幸早逝。今回所为不大显，观之才虽足有为而未极其至。长吉之诗则至矣，世亦不甚知之。士之难知也如此。嗟乎！如刚己之文，岂观之徒所可望。其诗亦不下长吉，至其意量之所存，则介甫之所以称回者，顾可以当之而无愧也。惜乎独不得如退之者而论定之也。民国六年六月桐城吴阎生序。”李葆光跋云：“先君体素弱，复困于吏事，平生所为诗文甚少，迭更变乱而稿册散失者又五六焉。兹由知好搜求所得，辑而存之。诗集中丙戌诸作皆从日记录出，时先君年才十五耳，吴、范诸先生均绝叹，谓不可及。惜生平论著不尽存也。《西教纪略》本四卷，前三卷经先君手自点定，稿本具在，惟末卷已佚。先君在时，葆光尝请暇时补入以成完书，先君谓末卷率抄录公牍成案，佚不足惜，勿须补也。故通行章程一卷遂缺。云吴辟疆丈，知言士也，间论文于当代作者，少所许可，独推重先君，以为旷世未有。此次刻集，开示款式，校勘讹误，吴丈之力为多，附缀数语以志感焉。民国六年四月男葆光谨述。”

朱兆蓉撰、天虚我生编《染雪盦遗稿》（5卷，石印本）由中华图书馆代印。傅专题签。集前有天虚我生作《〈染雪盦遗稿〉序》云：“人生至不幸事，以等身之著作，未能及身而刊，零缣断素，付之后人，其能免于草木同腐者，盖几希矣。然吾友朱君芙镜则犹大幸。今其夫人及公子竟以君生平所著，悉以付予，嘱为编印矣。君诗冲淡如其人，而蕴藉处亦颇雅近晚唐。曩仆与君共昕夕，有所作辄见示，推敲一字恒苦不自安，则商适而易之。惟今编其遗作，余殊不敢妄易一字。盖人生作诗，即所以自道性情，岂容他人参赞其间。文章所贵在惬心当意。吾不能起九原而问之，得其同意而可否焉。故吾不敢蹈选家积习，辄以己意擅易一词。大抵诗人赋诗，实大异于文人作文。作文者恒拈一题，就题为之。诗则即景生情，发于情之不能自已，仿佛含辛贮乐充满于中，必一倾吐而后快。当其握笔着纸之时，固不必索解人于百世后也。是故，古人作诗每每无题。苟不知其所以作此一诗之故，故则其妙处，亦莫能名。孔子删诗，特不过删其芜秽耳。而于言情怨悱之作，亦复并存。初不为三百篇病，则吾编辑遗篇，又何可以一己之爱憎，增删损益之哉。综君生平四十六年，而遗稿仅此数页，不啻一字一滴血也。君今已矣。然读君之诗，亦可想见君之为人。观其《长安转运记》一篇内附各诗，则知凡君所作诗类皆有触而发，初非沾沾于寻声摘句，求于五七字中博声誉者比也。故吾谓其冲淡如人，以视矫揉造作、描头画角之诗，直不可与同日而语矣。集中绝句如：'一抹斜晖挂杨柳，隔湖人倚看山楼。多少离情在何处，月随帆影过江楼。'律句如：'院无杂树蝉声少，砌有新花蝶影忙。瑶席熏香宜佛手，银铛沃雪试君眉。'五言如：'山月钟先得，江风帆最知。'拗句如：'花飞堕瓮酒初熟，朱颜半醺鸦鬓低。开轩帆影落烟浦，钟声出楼日卓午。'等，不较吴江枫冷为多耶？君于词不恒作，然有所作亦复清丽绝伦，大似其画。君画花卉宗南田、草衣，而尤工于设色。尺素之绢，一经藻缋，丽如蜀锦，活色生香，使人对之忘倦。且复缀以小诗，娟秀明靓，遂觉所画花枝一一能语。惜其画都不自存。今存者，惟题画诗耳。摩诘'诗中有画、画中有诗'二语，殆可以赠君。人读其诗，亦可以想见其画，故不存画而存诗。全稿都为五卷，凡诗一卷、词一卷、题画偶存一卷、联语一卷、长安转运日记即《鹿门游草》一卷。编辑既竟，感慨系之，爱志数语以抒胸臆。至若君之为人，则予为墓志铭中已详言之，可勿赘。今其夫人且为撰启征题，则赖文章而为藻饰，借品题以增声价，又当大有人在。固毋庸不佞为阿谀之辞矣。丁巳三月天虚我生志于栩园。"

陆翰文有联刊于《回浦学校》第 1 期，见该期朱月升口谈、兄朱月望笔述《民国五年之国庆纪念》一文。同年 10 月，该文转载于第 1 期《回浦杂志》。联云："汉江波静，黄鹤楼高，半幅好图画，此是共和出产地；景星符祥，石龙兆瑞，一场大笑话，看他帝制取消时。"本期《回浦学校》另刊有陆翰文所作《回浦学校校歌》（二首）、《回浦学校校园落成歌》《回浦学校四周（年）纪念歌》（二首）、《安重根歌》。其中，《回浦学校校歌》其一："莽莽中原逐鹿场，登高感慨长。回浦波平赤城赤，壮哉吾故乡。山水清奇毓灵秀，英豪应运生。愿养锋锐歼强梁，蔚为我校光！"其二："灵江江水碧回环，秋高星斗寒。大好年华如逝水，容易换朱颜。及时为学兼修养，浩气薄云端。乘槎直向广寒游，摘得北辰还！"《回浦学校校园落成歌》云："吾校成立三余载，形式精神粗已备。今秋又见校园新，水木皆清丽。当时极目尽荒芜，课余休息悲无地。苦心筹划赖吾师，落成原不易。"

张謇于月初作《伤所见》（二首）。其一："去水从来不返池，残花堕溷过春时。伤心昔日吴公子，旖旎教吟七字诗。"其二："天若无情物不生，颠蜂狂蝶哪知情。从来粪壤无苏合，色界高高在上清。"

闵尔昌作《七月一日京兆之变，家人先后避之天津，感赋一首》。诗云："烽烟一夕照幽都，振策东来我马瘏。败篋琴书委尘蠹。夜窗灯火慰妻孥。浪传臣靡曾兴夏，见说梁鸿更入吴。自古争端起朝市，扁舟何事不江湖。"

况周颐作《百字令·题罗聘〈古寺鸣钟〉画轴诗堂》。词云："眼前丘壑，溯钟陵法乳，冬心高足。旧论桐阴神品重，看取溪藤尺幅。聒耳松声，荡胸云影，绀宇层霄矗。鲸铿数杵，有时飞度林麓。 遥忆僧课花天，烟岚渲染，宝谛参金粟。鬼趣昔闻工谲幻，仙境更无尘俗。香积禅心，寒山客梦，入画谁能读。三台妙迹，碧琳合付装轴。"

姚永概作《丁巳六月作》。诗云："深宵一诏太仓皇，挽日虞渊意可伤。余烬未全归有崿，真人不比起南阳。扼吭孤旅输心腹，覆手诸侯自肺肠。太息西南消息异，可能终免作螳螂。"

杨度作《题齐山人〈借山图〉》。诗云："数年扰扰羁城市，每忆江南采兰芷。昨宵一梦到家山，犹似渔樵洞庭里。今晨盥毕闻叩门，忽见故友齐山人。问君几日别湘渚，却乘兵乱来京津？当今群帅方争战，飞机直达乾清门。九陌惊传复辟诏，四郊骤见共和军。山人仓猝遇锋镝，青鞋草笠奔风尘。嗟尔平生浪游士，酷爱名山耽画里。暮泊黄河吊日斜，朝登少室看云起。淋漓风雨入纤毫，洒落烟云归片纸。箧里寥寥几画图，胸中无数奇山水。落拓江湖老画师，晚遭兵燹更支离。十五年来一相见，各讶苍颜非昔时。湘潭已没樊山老，夏大通亡郭五赢。昔与游山题画者，今日披图一泪垂。世事苍茫谁料得，六年五见兴兵革。群雄战斗任纵横，吾辈诗歌莫萧瑟。白日苍苍照海头，当前行乐更何求。君无山隐借山隐，我未游山借画游。眼底山川能适意，乱离身世听悠悠。"

陈衡恪作《题画》（二首）。其一："两岸深林雨意濛，大江轻转一帆风。苍茫几许烟波路，回首前山失梦中。"其二："稍趁东风又转帆，江程真比世情谙。扁舟何处无惊浪，顷刻安流便不凡。"此诗后发表于 1918 年 1 月 14 日《大公报》"文苑"栏目。

吕碧城作《登庐山作》。诗云："绝嶂成孤往，弯靴破藓痕。放观尽苍翠，洗耳有潺湲。秋老风雷厉，山空木石尊。烦忧渺何许，到此欲忘言。"

刘伯端作《浣溪沙·山居六月，已有秋意，岂今年逢闰，时序较早耶》。词云："风约重帘不上钩。轻阴如水浸高楼。晓寒天气似新秋。　　丝雨织成词客泪，素霜催上老人头。登山临水暂勾留。"

陈桂琛作《荔枝词》。序云："岁丁巳且月游岭南荔枝湾，为赋《荔枝词》五绝。"其一："岭南匝月滞飘蓬，倦眼欣看荔子红。取次饱尝香色味，此行端不让坡公。"其三："丽质偏教产海隅，天公此意不模糊。平章粤蜀谁能定，莫遣杨妃笑彼姝。"其五："绛绡轻裹水晶丸，写入丹青下笔难。拟仿香山图序例，携归权当粤装看。"又作《香港愉园》。序云："园在香江跑马地，山水明媚，中陈设各种恩物、动植物、影戏、中西菜式、诗画清唱以娱客，洵消闲胜景也。丁巳六月偕仲弟实甫游此。"诗云："我生愿选天下胜，底事蛰身守柴门。幽斋昼永寂无俚，偕弟出游香江之愉园。僦居虽有十里隔，电车迅捷逾高轩。市外扑尘三斗热，园中把盏众宾喧。红男绿女踵相接，奇花异石癖所存。金谷平泉不足道，选胜有此敢惮烦。我生局促苦尘鞅，到此无异驹解辕。鹦哥和百舌，引颈向我言。大虫与斑豹，俯首似含冤。幽囚入狱生气尽，蠢物受制悲声吞。兽不能抉踽，鸟不能脱樊。爪牙羽翼成玩具，谅哉人为万物尊。相将偶泛湖中棹，红叶斜阳画本翻。琉璃世界灯光佛，澈宵电火明朝暾。手谈或设局，拇战或飞樽。下箸争夸易牙味,浣襟不数杭州痕。池鱼静入化,园草灵蟠根。清唱何激越,遥指绿阴屯。丝竹中年多感慨,琵琶幽怨不堪论。色即是空空是色,秋千傀儡华灯魂。鲥生眼福固不薄,恨不飞身上昆仑。低头视下界,醍醐虱处裈。吁嗟乎! 天下巨观不知几,游踪何日遍乾坤。"

黄仲琴作《海磷》。序云:"丁巳六月某日,自马江航海南归。夜近泉州湾时,见楼船破浪,现两道黄绿宝光,盖磷虫也,作诗纪之。"诗云:"曾闻世界巨萤产天竺,光能照乘满山谷。又闻大瀛海底水如墨,惟有磷虫照颜色。怪哉磷从佛国降虬宫,夜气昏黄助烛龙。欧亚澄波万里路,竭来幻影乘长风。我驾楼船下闽海,夜半神光竟相待。闻声乍觉银涛翻,望气几疑瑰宝在。开阖直凌星斗寒,离合直扑须眉间。璘石无端摇紫翠,珊瑚枉自点朱殷。万马排空自辟易,巨鳌撞碎琉璃碧。弹指诸天现华严,航头惊起浮丘伯。人身磷质本有余,问谁跋浪掣鲸鱼。会摄神光照海表,归来一为补萤书。"

毛泽东作《露宿》。诗云:"沙滩为床,石头当枕。蓝天作帐,明月为灯。"

郁达夫作《谒岳坟》。诗云:"拂柳穿堤到岳坟,坟前犹绕阵头云。半庭人静莺初懒,一雨阴成草正薰。我亦违时成逐客,今来下马拜将军。与君此恨俱千古,拟赋长沙吊屈文。"

八 月

1 日 柳亚子以南社主任名义,布告驱逐朱玺出社。

《新青年》第 3 卷第 6 号刊载陈独秀《复辟与尊孔》、蔡元培《以美育代宗教说》。陈独秀《复辟与尊孔》略谓:"愚固反对复辟,而恶张、康之为人者也,然自'始终一致主张贯彻'之点论之,人以张、康实行复辟而非之,愚独以此而敬其为人,不若依违于帝政共和自相矛盾者之可鄙。夫事理之是非,正自难言,乃至主张之者之自相矛盾,其必有一非而未能皆是也,断然无疑。譬如祀天者,帝政之典礼也。袁世凯祀天,严复赞同之。及袁世凯称帝,严复亦赞同之。其事虽非,其自家所主张之理论,固一致贯彻,未尝自陷矛盾,予人以隙。若彼于袁世凯之祀天,则为文以称扬之,及袁世凯称帝则举兵以反对之,乃诚见其惑矣! 张、康之尊孔,固尝宣告天下,天下未尝非之,而和之者且遍朝野。愚曾观政府文官试题,而卜共和之必将摇动(见前《旧思想与国体问题》),今不幸而言中。张、康虽败,而共和之名亦未为能久存,以与复辟论相依为命之尊孔论,依旧盛行于国中也。孔教与共和乃绝对两不相容之物,存其一必废其一,此义愚屡言之。张、康亦知之,故其提倡孔教必排共和,亦犹愚之信仰共和必排孔教。盖以孔子之道治国家,非立君不足以言治。"

《申报》第 15971 号刊行。本期《自由谈》"游戏文章"栏目含《自由谈人名与聊（〈聊斋志异〉）目对》（魏半仙）、《自由谈人名与西湖十景对》（金辰伸）。

《中国实业杂志》第 8 年第 8 期刊行。本期"文苑"栏目含《美人十二咏（有序）》（匏园杨枕溪）。

谢玉岑《绮语焚剩》（七绝，十二首）本日至 3 日载于武进《晨钟报·盐藻》，署名"莲花侍者"。其一："乘凉团坐小窗头，低弄云鬟不解愁。多少同行佳姊妹，爱渠脉脉笑渠羞。"其五："荼蘼花好上头余，争蹴香球笑不如。爱煞仙家风度好，不将莲瓣约双趺。"其八："画堂帘幕几经过，今日相逢正奈何。何忍竟忘当日事，醉心言语入心多。"其十："欲寻机石访仙槎，入眼风花总是差。万种销魂无着处，晶帘咫尺便天涯。"

2 日　上海南汇城厢镇荷花坞北岸香光楼举行"祭诗会"。此会为庆黄协埙编选《海曲诗钞三集》藏而举行。与会者凡 31 人，除黄协埙外，有黄报廷、胡世桢、胡祥清、秦始基、倪绳中、谢其璋、王荣黻、胡洪湛、费毓麟、徐守清、叶寿祺、朱家让、宋家钵、严惟式、顾宪融、陈橪、陶元斗、唐斯盛、王绍祥、徐素娥、徐耐冰等名流。或抚琴吹箫，或垂钓对弈，或歌诗填词，或泼墨作画，各献其艺，洵为一时盛会。黄协埙辑诸人所作诗词曲为《香光楼同人唱和诗》一卷，收录 28 家 30 篇 65 首，附于《海曲诗钞三集》后。

《申报》第 15972 号刊行。本期《自由谈》"诗囊"栏目含《暮登洛伽山灯塔》（太虚）、《抒怀一律，上伍祐知事庐君守之》（蔡选青）。

黄景棠《星洲即事》（十首）刊于 [马来亚]《振南报》"杂录"栏目。其一："踏尽沧溟路九千，斑衣来戏锦堂前。客中自制团圆曲，字字欢声上四弦。"其二："椰林深处出炊烟，一笑相逢又十年。尚忆儿时亲手植，绿荫如盖已参天。"其三："年少诗坛屡策勋，鸡林声价早传闻。试将团扇描君影，生比梅花瘦几分。"其八："故乡赤地成千里，十万哀鸿尚告饥。中有热场人不识，故载白苎作冬衣。"

陈隆恪作《六月十五夜，舅氏俞园水阁坐月》。诗云："月出南楼云可拣，一时万物遭奇变。青溪吞咽不成声，宛若游龙附鳞片。蒙眬睡起东北山，拥髻披纱羞自荐。扶掖风流三百年，相逢造次何留恋。兴亡况乃踵接来，王气其间绝一线。繁华散尽乌择栖，风雨飘摇鬼相炫。搅肠触景不可思，习习清凉生扇面。更看萤火入烟丛，睥睨未觉微生贱。"

3 日　柳亚子发表《再斥朱玺》，指责朱玺为"陈三立、郑孝胥之门徒"；后一日，胡朴安发表《与柳亚子书》，支持柳亚子对同光体的批评，但劝他不必过于重视；后两日，姜可生发表《与柳亚子书》，自称"视亡清遗臭，如土苴粪蛆"，指斥陈三立、郑孝胥为"鬼之下流"，"其所谓诗，绝饶鬼趣"。

《申报》第 15973 号刊行。本期《老申报》"文苑"栏目含《洋场咏物诗》(四首,龙湫旧隐,见本报壬申年七月初九日)。

魏清德《蛙鼓》(限庚韵) 发表于《台湾日日新报》。诗云:"高张弩眼腹盈盈,风雨灵鼍避此声。作气非关无理闹,为公敢惜不平鸣。乾坤井底皆摇动,蛮触蜗头助战争。一怒曾蒙勾践式,蝉琴蝶板枉凄清。"

雪斋《山居即景四首》刊于 [马来亚]《槟城新报》"文苑"栏目。其一:"小园僻处辟蜗居,剪草灌花乐有余。静驾高车食风去,芭蕉椰树满山隅。"

4 日 《申报》第 15974 号刊行。本期《自由谈》含"词话"栏目。本期《老申报》"文苑"栏目含《新乐府》:《开村学》《招神巫》《庸医叹》《租吏谣》(四首,味灯室主人,见本报壬申年十一月初七日)。

成多禄作《和非园〈闻寺檐鸣虫〉韵》。诗云:"孤雨照廊鸣,洞寮诗意生。饥肠出奇句,残局斗危兵。山果静还落,野鸥闲与盟。晚凉趁归路,稍觉葛衣轻。"翟方梅原诗《闻寺檐鸣虫》云:"檐端蝈蝈鸣,凉意望秋生。感遇刘文学,乞官阮步兵。也来逐飞盖,相与证前盟。一舸松江月,昨宵千虑轻。"

郁达夫作《春江感旧四首,用吴梅村〈琴河感旧〉韵》。其一:"故人门巷只栖鸦,杨柳扶疏影尚斜。蓬岛归来天外使,河阳凋尽镜中花。杜鹃此日空啼恨,烟月春宵忆驻车。泥落可怜双燕子,低飞犹傍莫愁家。"其二:"仙山春梦记前游,不把亡情怨莫愁。小婢曾通花里约,老奴难耐镜边羞。绝无消息传青鸟,认得啼痕在玉钩。闻说侯门深似海,绿珠今夜可登楼。"

5 日 《小说海》第 3 卷第 8 号刊行。本期"杂俎·笔记"栏目含《习静斋诗话(续)》(仙源瘦坡山人辑);"杂俎·诗文词"栏目含《赠王履青先生》(东园)、《渔父曲·春暮,用张志和韵》(东园)、《渔父曲·暮春有怀,叠前韵》(东园)、《杨军门少彭移镇徐州,和东园韵》(槁蟫)、《和虱鸣〈丙辰忆辛亥〉之作,次韵二首》(东园)、《和王生味羹〈怀睡庵〉之作,次韵兼赠二王》(东园)、《和东园"曾经眼底好花多"之作次韵》(绛珠)、《偕诸女史游百花洲,题柳茵精舍》(贞卿)、《游三村咏桃花》(贞卿)、《游平山,次黄默庵山人韵》(睡盦)、《丙辰元日试笔》(槁蟫)、《寄李公木斋盛铎京都》(东园)。

《妇女杂志》第 3 卷第 8 号刊行。本期"文苑·诗"栏目含《述弟妇曾氏殉节事略》(衡州周盛丙);"文苑·词"栏目含《百字令·听雨有感,寄倩君姊》(虞山姚茞)、《金缕曲·述怀,赠闺友秀松》(虞山姚茞)、《慰天乐·吊严烈妇》(虞山姚茞)、《烛影摇红·新正二十八日,倩君姊乘轮至沪,即行赴吉,余有小恙未克亲送,爰填短阕以志感,即用前寄赠倩姊本调原韵》(虞山姚茞)、《满江红·惜别》(虞山姚茞)。

《学生》第 4 卷第 8 号刊行。本期"文苑·诗"栏目含《杂诗五首》(广州公立法政学校学生莫培壤)、《闻蝉鸣有感》(浙江第八中学校学生汪凤来)、《凤仙花》(扬州安徽旅扬甲种商业学校学生钱树长)、《玉簪花》(前人)、《避暑》(浙江第十中学校学生倪国虬)、《喜雨》(前人)、《夏夜纳凉》(龙岩中学校三年生吴连奎)、《题斋壁》(前人)、《新秋》(广东女子中学四年生潘桐卿)、《新秋》(安徽法政专门学校本科生孙习崖)、《新秋雨后》(江苏第一师范学校二年生王吕垂)、《秋窗夜雨》(前人)、《初秋别意》(北京高等师范学校手工图画专修科郑永禄)、《夏夜》(前人)、《秋燕》(前人)、《秋蝉》(前人)、《秋鹰》(前人)、《秋雁》(前人)、《赠慰慈》(苏州圣公会中学校学生张君一)。

6日　陈鹏超作《入海防港口》。诗云:"山势列如牙,江流浊带沙。潮生轮缓动,水曲岸频遮。远树迎三面,浮荇荡雨涯。举头一遥望,楼阁隔烟霞。"

7日　成舍我反对柳亚子驱逐朱玺,发表《南社社员公鉴》,宣称"似此专横恣肆之主任,自应急谋抵制"。次日,柳亚子发表《报成舍我书》于《民国日报》,表明文章、品节不能判然两途,自己憎恶陈三立、郑孝胥之为人,亦憎恶其诗作。文末云:"自足下主《民国日报》笔政以来,社中侪侣,不满意于足下者实繁有徒。有诋为草包者,有谓见之当作三日恶者,几于谤书盈箧。仆每为足下疏通而解释之,不图足下乃以是反噬也……今以简单之词警告足下曰:仆南社代表也,朱玺者南社公敌也。足下如服从南社,则速绝朱玺,自拔来归,仆初不为已甚。如其否也,仆亦将以逐朱玺者逐足下。七日为期,视此哀的美敦书可也。中华民国六年八月六日,柳弃疾白。"随即成舍我在《民国日报》发表告白,宣布与《民国日报》脱离关系。

《申报》第15977号刊行。本期《自由谈》"诗囊"栏目含《题吴观岱〈觚庐画萃〉二首》(南湖)。

刘尔炘为杨巨川撰《梦游吟草》作序。序云:"吾友杨济舟巨川,归自鄂,出所著《梦游吟草》,问序于余。余窃谓诗之为道,浅之则里巷歌谣,不遗于宣圣;深之则雅颂篇什,概出于鸿生。济舟壮负侠气,遍走江湖,连遭世变,学识日增。拂郁愤懑之怀,歌泣之致,皆于此草见之。是固风人之旨,而亦性情之不容己者也。若夫魏晋以来之径途,近世之派别,千歧百出,家有特长。后之尚吟咏者,当入乎其中,超乎其外,撷百家之精,以成一家之诣。济舟年未艾,学加勤。余又将濡笔以俟诸异日。五泉山人刘尔炘识于拙修山房,时丁巳夏六月立秋前一日也。"

魏清德《蛙鼓》(限庚韵)发表于《台湾日日新报》。诗云:"阁阁真同坎坎鸣,骤闻恍惚万雷轰。雨昏青草池塘夜,烟敛黄梅野墅晴。六代文章无俗韵,三挝金石有清声。怜渠满腹公私恨,调掺何如弥正平。"

8日　《申报》第15978号刊行。本期《老申报》"文苑"栏目含《六馆闲情》(六首,南仓热眼人,见本报壬申年八月二十三日)。

徐世昌作《丁巳立秋遣兴》。诗云："别馆深堂暑尚侵，立秋天气动清吟。画屏午梦回金锁，瓷盎秋花放玉簪。半亩余粮留饲鹤，数行硬纸写来禽。闲庭今日无人到，阶下槐花一寸深。"

沈汝瑾作《立秋日早起》。诗云："沉疴淹半载，勿药得生机。肮脏人谁惜，艰难道是依。危时兵祸亟，旧学士林稀。瘦骨迎朝爽，西山对掩扉。"

陈遹声作《立秋日夜坐》。诗云："瑟瑟梧桐百尺长，宵深一叶响虚廊。虫鸣豆架秋声碎，沤梦荷塘夜气凉。星出柳梢悬北牖，月移花影上东墙。前身应是庐鸿一，偃息嵩山旧草堂。"

冯文洵作《晚步》(二首)。其一："瑟瑟晚凉天，徜徉意适然。断虹插云际，归马啸风前。此地惊鼙鼓，何时化管弦。寸心无所祝，秋获补灾年。"其二："苍狗惊时变，红羊叹劫灰。筹边应有策，济世愧无才。落日荒城寂，西风画角哀。雨余凉意重，知是送秋来。"

李思纯作《立秋》。诗云："时序代谢不可留，一叶有知堕木末。依依金飙消息吹，渐渐银汉波浪阔。微怜暑气逐丝退，绝胜朝凉被轻葛。更办清秋好诗笔，披弄霜月兴难遏。长谣冉冉老将至，却念修名矜作达。吾生偃蹇百何为，年少吟诗了生活。"

9日 柳亚子以南社主任名义发表紧急布告，逐成舍我出社。成舍我在《中华新报》发表启事两则，再次宣布退出《民国日报》，同时指责柳亚子"霸占南社，违背社章"，宣布"与现在之南社断绝关系"。又，柳亚子在《民国日报》发表《与胡朴庵书》，拒绝所谓"气盛"之批评，指责朱玺"不知自量，横来挑衅"，以"秽恶之辞，乖张之语"相攻击，不得不进行惩戒。

饶宗颐生。饶宗颐，字伯濂、伯子，号选堂，又号固庵，广东潮安人。著有《清晖集》《选堂诗词集》《固庵诗词选》《固庵文录》《选堂集林》等。

姜可生《题〈涩庐采药图〉》《别茳溪》《读〈梦仙夫人遗稿〉，次翁丈韵》刊于《民国日报》。其中，《题〈涩庐采药图〉》云："黄石仙踪着意寻，白云悠邈入山深。江南行尽成孤往，故里归来付短吟。旷世不逢医国手，此君独具活人心。披图省识当年景，手把灵锄霜满襟。"《别茳溪》云："江上迢迢千里情，青山欲笑送人行。风怀不让当年壮，肝胆今逢知己倾。只合调筝共燕语，是谁拔剑与龙争。个中更有伤心客，冷月花魂暗自惊(时念梦悼亡)。"《读〈梦仙夫人遗稿〉，次翁丈韵》云："几见红颜寿百年，笠翁旧句已怆然，无端风雨摧兰蕙，忍谱商声到管弦。绝代才华谢道韫，不凡风格藐姑仙。一从返斾瑶京后，彤史流传淑女贤。"

陈懋鼎作《六月二十二日集灵囿作》。诗云："风景居然是直庐，花阑柳倦入吹嘘。全生偶得侪鸣雁，作计无嫌似磨驴。官事缘痴知易了，体中随俗问何如。一炊黍顷谁非梦，只奈琼华未划除。"

郁达夫作《立秋后一夜富春江畔与浩兄联句》。诗云："秋月横江白,(浩)渔歌逼岸清。众星摇不定,(浩)一雁去无声。山远烟波淡,(浩)潮来岛屿平。三更群动息,(浩)好梦满重城。"

10 日 叶楚伧在《民国日报》发表启事,说明成舍我离开民国日报社的原因。《楚伧启事》:"成君舍我之入社,本为代姚鹓雏而来。以后姚因事不能逐日到社,而仆又贪懒溺职,不能自任此役,致一再开罪于阅者,此则仆所外负同志,内负同社,耿耿不忘者也。积痗既深,前日又发生论诗起衅事,爰得成君同意,请其出社。昨见成君启事,全为借题发挥,用特申明。至于中间一切,则仆虽不敏,尚佩绝交恶声之戒,不忍为成君发也。"

汪兆镛携媳孙避至澳门,寓蕉园。在澳至卢氏娱园,有亭池竹石之雅。汪赠亭联云:"人间何世,海上此亭"。又于竹石佳处撰联云:"竹屋词境,石林文心"。并仿宋方孚《南海百咏》例,作《澳门杂诗》数十首,汇录一卷。

11 日 云南督军唐继尧通电护法。

朱玺本日至 12 日发表长文《斥妄人柳亚子》,反驳柳亚子指责,声称郑孝胥辛亥革命后能"敛迹自好",陈三立"晚节无恙",攻击亚子、吴虞为"狗党狐群,物以类聚"。

《申报》第 15981 号刊行。本期《自由谈》"游戏文章"栏目含《自由谈人名与县名对》(苏台逸民);"诗囊"栏目含《次南湖韵自题小楷影本》(息庵)、《雨后遐想帆影楼风景,叠韵奉寄南湖》(息庵)、《酬息盦老人》(南湖)、《用前韵简东海相国》(南湖)、《题芝瑛所书外舅鞠隐公墓碑》(南湖)。本期《老申报》"文苑"栏目含《申北杂咏七律五首》(华清一叟,见本报壬申年十一月十四日)。

姜可生《登韬光绝顶,有遗世想》刊于《民国日报》。诗云:"扶病登台气索然,放头欲枕万山眠。悠悠满眼云来去,黄鹄孤飞落照边。"

敦素《有赠》(六首)刊于[马来亚]《国民日报》"诗苑"栏目。其五:"瑶台谪降掌书仙,苦抱琵琶对舞筵。竟日卷帘愁不语,闷人昏晓奈何天?"

12 日 柳亚子本日至 20 日在《民国日报》连续发表《磨剑室拉杂话》,反驳王无为等人的观点,认为:"宋西江派之诗为不佳,陈、郑学宋之诗更不佳,而民国之人学陈、郑之诗尤为下劣不堪。"他表示,既为"民国时代",自应有"民国之诗",自己虽不能做诗界之拿破仑和华盛顿,但也要争取做陈涉、杨玄感,为诗歌发展扫清道路。

胡朴安在《民国日报》发表《再与柳亚子书》,指朱玺为"小卒",不必"大兴挞伐之师","既已逐之出社,即可置之不论不议之列"。又称:"夏夜不寐,蛙声聒耳,既无术以止之,任之可已。必大声疾呼,与之较量长短高下,足下思之。真无谓耳。"

成多禄作《大水渡江,寻秋农场,颐庵节使先有诗,即用诗中"一棹晓横江,诗人自来去"十字分韵,得自字》。诗云:"冲晓棹叶舟,秋色背人至。诗影动遥天,颇得微茫意。放闲适农圃,餐秋先一试。方愁秋丽深,雁声尔奚自。"

13日 柳亚子以南社主任名义发表《第三次紧急布告》,反驳成舍我《启事》。

《中华新报》发表南社社员公羊寿《来函》,指斥柳亚子开除朱玺,要求柳亚子辞去主任职务,另行选举。

《申报》第15983号刊行。本期《自由谈》"诗囊"栏目含《惜别》(三首,许重平)、《逸琳上人结诗画社,余羁留海滨,不获预,因示以诗》(二首,冷禅)。

林浮沚以诗来见符璋。次日,符璋作诗以和。

14日 北京段祺瑞政府正式通告对德意志帝国、奥匈帝国宣战,废除中德、中奥条约,收回天津、汉口德奥租界。

南社社员郁佐梅、余十眉等8人在《民国日报》发表启事,支持柳亚子,要求同人表示意见。

成舍我在《中华新报》发表启事,要求南社社员发表意见,公开讨论。

《申报》第15984号刊行。本期《自由谈》载"词话"栏目,撰者"竹轩"。

吴芝瑛《病暑不聊,坐卧帆影楼上,日夕相对,以楞严自课。适爱俪园主梁孟七月七日双寿征文,爱联二绝奉之》刊载于《中华新报》。其一:"化身来此现金刚,慈爱仙音遍十方。福德二人正无异,位登菩萨转轮王(《楞严经》曰:'二人福德,同等无异')。"其二:"发研圣果未曾有,开阐无遮畏爱兼。远嘱林园绝人境,寿千万岁证楞严。"

郁达夫作《游莫干山口占》。序云:"早膳后独行竹里,缘溪直进,竟忘路之远近,因口占一律而返。"诗云:"田庄来作客,本意为逃名。山静溪声急,风斜鸟步轻。路从岩背转,人在树梢行。坐卧幽篁里,恬然动远情。"

15日 王无为在《中华新报》发表《三与太素书》,反驳柳亚子《磨剑室拉杂话》,分析北宋诗之短长,赞誉陈三立、陈衍诗作"叹为观止",主张论诗"不以时代,不以身世",不"以人废言"。

余十眉在《民国日报》发表《论诗四首》,自称"平生不拾江西唾",同时嘲笑朱玺为"乞养儿"。本日《民国日报》还刊发叶楚伧文,追忆南社历史,不点名地指斥成舍我"破坏南社"。

《东方杂志》第14卷第8号刊行。本期"文苑·文"栏目含《〈刘镐仲文集〉序》(陈三立);"文苑·诗"栏目含《雪夜倚楼看月上》(陈三立)、《复成桥晚眺》(前人)、《开岁二日地震后晨起楼望》(前人)、《连日读杜诗有题》(陈衍)、《哭李文石》(前人)、《次棕龛〈湖上雨饮〉韵并示涛园、筱云》(前人)、《唐元素属题吴让之画像》(包慎伯名之曰《如愚图》)(郑孝胥)、《梁耋招饮,属题全谢山先生像》(沈瑜庆)、《述哀》

（俞明震）、《笺纸》（曾习经）、《题黎潞苑所藏黄石斋〈赤壁后游图〉》（前人）、《自题〈蕉桐凉月〉画扇》（前人）、《郭五夜吹箫，余方被酒偃卧，讶曰："此何声而休和若是？"郭五曰："正宫调也。"予醉中喟然叹曰："神之听之，终和且平"》（前人）、《咏史》（陈诗）、《赠李晓耘》（前人）、《丁巳闰花朝独酌，怆怀故人潘若庵》（前人）、《挽张殻楼丈》（前人）、《桃花谢后作》（夏敬观）、《雨中出吴淞溯江》（前人）、《春江》（前人）、《车中望太行山》（前人）、《重至春明馆》（前人）；"文苑·词"栏目含《安公子》（陈锐）、《倒犯·饮集潜园，秋箨含苞，素兰连婉，赋赠何少仙翁兼呈同社》（程颂万）、《花犯·樱花》（徐珂）。

《太平洋》第 1 卷第 6 号刊行。本期"诗词录"栏目含《索梦四首》（梅园）、《杂感二首》（梅园）、《送吴森阁之汴梁》（梅园）、《送黎之三之五常，即席口占》（梅园）、《辽阳见日俄战地感赋》（梅园）、《踏青词》（梅园）、《泛舟洞庭西湖，即景口占》（梅园）、《东京杂咏六首之一》（梅园）、《仙姑殿晚眺》（梅园）、《除夕杂感四首》（一厂）、《刘无双曲》（一名《四声猿曲》）（梅园）、《黄花》（宁太一遗著）、《官吏行》（宁太一）、《七夕三首》（宁太一）、《塞上曲》（集唐）（宁太一）、《除夕叹》（宁太一）、《古别离二首》（宁太一）、《解脱吟五首》（宁太一）、《后解脱吟五首》（宁太一）、《东风第一枝·春雪，用梅溪韵，同秋根、白溪、勇公作》（梅园）、《念奴娇·为浙江孙子鹗题〈海天孤立图〉》（梅园）、《瑞龙吟·清明后一日，松花江冰泮，感而赋此》（梅园）、《金缕曲·题沈钧平〈吉林纪事诗〉》（梅园）、《一萼红》（梅园）、《水龙吟·祝〈吉林自治日报〉出版》（梅园）、《水龙吟·与之有归志，赋此慰之》（梅园）；另有《莎氏乐府谈（二）》（东润）。

[韩]《天道教会月报》第 85 号刊行。本期"词藻"栏目含《与秦琴士翠云亭避暑》(敬庵李瓒)、《又》（香山车相鹤）、《又》（泀堂刘载豊）、《月夜登孟岘》（敬庵）、《又》（泀堂）、《中庚即时》（敬庵）、《又》（香山）、《又》（凰山崔士岷）、《江行至龙山》（香山）、《闲吟》（香山）、《和李文顺公〈山僧汲月〉韵》（芝江梁汉默）、《又》（敬庵）、《又》（泀堂）、《田家即事》（凰山李钟麟）、《祝凌庵申光雨氏花甲》（凰山李钟麟）。其中，香山《闲吟》云："城市嚣尘远不听，百花深处掩松扃。客散高堂春昼永，清风一几读黄庭。"

符璋发上海卢由凤、兴化许笑予各一函，皆应征诗钟卷。

陈隆恪作《六月二十八日游胡氏园作》。诗云："夏日挥扇余，兀兀坐成癖。偶凉洗心脾，腰脚猛鞭策。发兴及妇孺，牵率侍杖舃。驱车指城南，电泻闷督释。名园闾幽奥，浩劫迷今昔。萧艾滋九畹，蚊蚋扶两腋。阅世疲楼台，半卸支待责。荷乃应时生，奈何如病疫。委靡倚涟漪，弄光万点隙。裙裾辟绿丛，气夺蛇鼠魄。蹀影循危栏，喘息穿邃石。座接翠盖翻，香色并一掷。伊优俄顷间，借境无主客。天遣骨肉亲，饰此兴亡迹。侧睨鸟绵蛮,立命竿百尺。高飞避金丸,不碍浮云白。归心鏖夕曛,莲柄束矛戟。剪房娱目前,甘苦味无斁。"

[日] 芥川龙之介自田端致池崎忠孝信中附诗一首。诗云:"心静无炙暑,端居思渺然。水云凉自得,窗下抱花眠。"

16日 余十眉发表《与成舍我书》,主张"士先器识而后文艺",认为柳亚子令朱玺退社"亦无不可",同时,驳成舍我轻视戏剧艺人的观点。

《中华新报》发表南社女社员丁湘田《来函》,自称反对江西派,但认为"思想自由,人所同具",柳亚子驱逐朱玺的布告"酷似袁皇帝之命令"。

《申报》第15986号刊行。本期载《自由谈》"诗话"栏目,撰者"竹轩"。本期《老申报》"文苑"栏目含《销金窟歌(有序)》(忏情生,见本报壬申年六月初八日)。

黄漱岩《所见四首》刊于《南洋总汇新报》"诗界"栏目。其一:"短袖轻笼衬碧霞,春风无语倚栏斜。别郎记赠双条脱,当面休遮半臂纱。"其二:"纤腰一握束荷裳,怕曳湘裙六幅长。剪取合欢襦短短,可人罗旅白如霜。"

17日 吴江黄复、顾无咎、朱剑芒、周云、沈剑霜、凌莘子、朱剑锋、蒯一斐、王达庵、王咏青、吴介安、陈洪涛、黄稚鹤与青浦万继常等14人,在《民国日报》发表《南社全体社友公鉴》,指斥成舍我谬登启事,淆惑视听,表示"誓不与此獠并立"。

姚鹓雏在《民国日报》发文,自认为"南社之罪人",希望参与"诗讼"同人能消除意气。《余墨》云:"南社诗讼之端,实发始于鹓雏,鹓雏南社之罪人也。酒余睡后,偶然兴到,高谈唐宋,自谓知诗。二三少年,如朱鸳雏辈,又居然从而效之,凌铄叫呶,全局纷然矣。南社为几、复之遗响,系民国文献之存亡,使因是而破坏,鹓雏之肉,尚足食乎?鹓雏负疚之余,敢为一言以告同社:凡我同人,商量文字,原属寻常。即使间涉意气,终有涣然冰释之一日。若以社外小夫,妄来参与,假托同气,利其分崩,岂惟南社,天下弃之!倘须诛锄,厉刃以待。若夫正气所系,魑魅潜消;纠纷既解,气谊仍笃。敢告亚子,幸善自爱也。"其后,柳亚子发文,对姚鹓雏表示谅解。之后,成舍我、王无为等人与"拥柳"社员余十眉等进行拉锯笔战。

《申报》第15987号刊行。本期《自由谈》"游戏文章"栏目含《续自由谈人名诗》(半仙);"诗话"栏目,撰者"竹轩"。

沈曾植出京,移居天津,月末自天津归上海。

朱大可《时事新连珠八首》刊载于《天津益世报》。其七:"盖闻列鼎烹人,曾闻古史;作汤醒酒,又见新方。是以告示高悬,警厅长茹毛饮血;电文四布,财政官盐脑烹肝。"其八:"盖闻世降道衰,都成无耻;时危势迫,尽可从权。是以半老徐娘,还想嫁人而出阁;重来冯妇,不妨从众以下车。"

张謇作《雪君发绣谦亭字,为借亭养疴之报,赋长律酬之》。诗云:"枉道林塘适病身，累君仍费绣精神。别裁织锦旋图字，不数回心断发人。美意直应珠论值，余光犹厌黛为尘。当中记得连环样，璧月亭前只两巡。"

18 日 孙中山在广州黄埔公园宴请南下国会议员，协议在粤召开非常会议。

段祺瑞"讨逆军"入主北京，张勋夺门而逃。黄侃赋《七月一日作》以嘲之。其一："巨壑移舟夜觉轻，夺门前例使人惊。便从有扈追臣靡，漫效平陵立子婴。熏穴辛勤终有主，置棋反覆太无名。孝经请为临河诵，万一南风变死声。"其二："冠冕谁令等弁髦，诿人侥幸使君劳。尧心岂必贪黄屋，商野犹烦举白旄。凡楚存亡同有尽，触蛮争竞一何豪。胜朝让德标彤史，今日颠危为尔曹。"

成舍我发表《答客问》，攻击柳亚子，自比为诗界讨袁护国之西南义师。翌日继续发表《答客问》，声言"人人有天赋之权"，"诗宗何派，任人自由，干涉之者必反对之"。

《申报》第 15988 号刊行。本期《老申报》"文苑"栏目含《托意词》（青溪渔父漫稿，见本报壬申十月初六日）。

王国维致罗振玉书云："近作《游仙》一首，系补前年断句，录呈尊鉴。"诗云："如盖青天侍杵低，方流玉水旋成泥。五山崎海根无著，七圣同车路总迷。员峤自沉穷发北，若华还在邓林西。含生总作微禽化，玄鹤飞鹑自不齐（唐写本《修文殿御览》残卷引汲冢《纪年》：'穆王南征，君子为鹤，小人为鹑'）。"

19 日 《申报》第 15989 号刊行。本期《自由谈》"诗囊"栏目含《题中洲太傅绘原村庄》（南湖）、《落花吟》（四首，侯燕宾）。

朱大可《郁波罗馆丛话》刊载于《大世界》报，所评词人为沈蒙叔、顾佛影。

张謇作《谦亭杨柳》（二首）。其一："记取谦亭摄影时，柳枝宛转绾杨枝。因风送入帘波影，为鹣为鹣哪得知。"其二："杨枝丝短柳丝长，旋合旋开亦可伤。要合一池烟水气，长长短短护鸳鸯。"

20 日 《申报》第 15990 号刊行。本期《老申报》"文苑"栏目含《红庙烧香竹枝词十首》（见本报癸酉年闰六月十五日）。

《船山学报》第 8 期刊行。本期"文苑·凝粹堂诗"栏目含《〈凝粹堂五图〉咏（有序）》（彭政枢）、《船山学社〈凝粹堂五图〉，次菽原原韵奉和》（廖名缙）、《船山先生生日雅集浩园恭述》（廖名缙）、《和廖子笏堂〈浩园雅集释菜诗〉二十一韵》（彭政枢）、《凝粹堂销寒会，分韵得销字（有序）》（彭政枢）、《叠前韵》（彭政枢）、《菽原先生招集凝粹堂消寒，分韵得韵字》（刘瑞潞）、《次通叔韵奉和》（彭政枢）、《菽原社长招同笏堂、仲恂、腴深、通叔于凝粹堂为销寒会，分韵赋诗，得寒字》（曹佐熙）、《凝粹堂销寒会，次摅沧元韵奉和》（彭政枢）、《菽原先生招饮凝粹堂作销寒会，是日与者共六人，分韵得堂字》（刘善泽）、《凝粹堂销寒，敬次菽原先生大诗家元均》（刘善泽)、《凝粹堂销寒会,和刘三腴深元韵二首》(彭政枢)、《感事,再叠前韵柬腴深》(彭政枢)、《感事,三叠腴深销寒阳字韵一首》(彭政枢)、《葂原先生招同㧑沧、仲恂、腴深、叔通诸同社集凝粹堂,为消寒之会,分韵得分字》(廖名缙)、《筦堂先生以销寒分韵诗见视,次韵奉和》(彭政枢)。

张元济改定《四部举要》书目,带至商务印书馆总务处,交夏敬观复核。

21 日 《申报》第 15991 号刊行。本期《自由谈》"游戏文章"栏目含《自由谈人名与论孟二十七篇对》(半仙);"联话"栏目,撰者"杞庐"。

[日] 芥川龙之介自田端致菅虎雄信中附诗一首。诗云:"即今空自觉,四十九年非。皓首哈秋霁,苍天一鹤飞。"

22 日 《申报》第 15992 号刊行。本期《自由谈》"诗囊"栏目含《屡经岳墓志感》(二首,瘦鹤)、《舟中采莲怅望》(二首,瘦鹤)。

23 日 《申报》第 15993 号刊行。本期《老申报》"文苑"栏目含《江南秋感》(四首,吴门冯歌鱼,见本报癸酉年十月十三日)。

王国维致信罗振玉云:"缪种 (此名系孙益庵所加,与公不谋而合) 近作数诗,为桀犬之吠,(其如桀不承认何?) 其仿李义山《重有感》诗中有一句云浑如梦呓,然又有数句似有稷黍之感者,此人末路乃不异中将汤,阅者人人捧腹。闻其近售宋元版书十六种于刘翰怡,得万一千元。又闻欲以《元丰宫制》等抄本四种售诸哈园,索二千元而不成。"是时,王国维颇轻看缪荃孙为人,称之为"缪种"。

毛泽东致黎锦熙长信,探讨救国救民之"大本大源"。毛泽东认为可用"伪而不真""虚而不实"两言概括吾国几千年来之思想与道德。

姚大慈发表《诗叙》,自述由唐而宋之学诗经过,称誉陈三立七律源于江西诗派,而又自成一家。

姜可生《疏影·题〈红薇感旧记〉,简钝根长沙》刊于《民国日报》。1919 年收入《〈红薇感旧记〉题咏记》。词云:"龙吟剑泣,数平生恨事,唾壶敲缺。莽莽苍苍,惨惨凄凄,酒底肝肠俱裂。秋风吹堕征车梦,早报道美人消息。记当年、乞食韩郎,抵得千金市骨。 念汝晨昏万里,相思浑不见,音尘悬绝。负了筝琶,铲尽风华,玉影心头难灭。灯昏驿路维摩病,伴药榻伊谁护惜。便此恩、终古应酬,愁杀一天凉月。"

徐世昌作《丁巳乞巧前一夕》。诗云:"漠漠水云覆院墙,新凉天气斗诗忙。晚风茉莉雕栏曲,夜雨梧桐画阁旁。鹊尾炉香千缕结,龙须锦褥几丝凉。人间莫漫看牛女,说到神仙事渺茫。"

郁达夫作《龙门山题壁》。诗云:"天外银河一道斜,四山飞瀑尽鸣蛙。明朝我欲扶桑去,可许矶边泛钓槎?"

24 日 王德钟《莲禅室余墨》发表于《民国日报》,分析唐宋诗艺术上之异同,批评宋诗和清人学宋弊病，认为陈三立不能与龚自珍相提并论。同日，姚光与胡朴安之通信发表于《民国日报》，声言崇尚唐音，指斥陈三立、郑孝胥。姚光《南社通信》略谓："朱、成无理取闹，呶呶不休，今既解除社籍，弟意可置之不理。若论诗，则弟亦终斥陈、郑为枯寂而尚唐音也。夫有以人存文者，有以文存人者，陈、郑则两无可取。彼辈宗宋诗，则奉一宋人可矣，何视卑鄙之徒为神圣不可侵犯哉？识者有以知其气类之相感也。"

《申报》第 15994 号刊行。本期《自由谈》"游戏文章"栏目含《乞巧辞》（小孤山人）。

吴荫培访杨钟羲，赠其所刻《义门集》。

况周颐为吴隐《遁盦秦汉印选初集》题诗。诗云："集印为谱古未有，自宋宣和开其端。王（子弁）赵（文敏）而还吾邱（子行）继，余子数十各编刊。大氐沿袭务增益，熟昭心擘勤讨删。延年罗氏香印统，推助顾（汝修）项（子京）之波澜。秦朱汉白数千纽，庶几印林无抗颜。独惜竞胜骋赅博，未免玟斌淆瑶玕。谱印之难在选印，唯有选者知其难。延陵王孙逐盦叟，所居六桥三竺间。耆古金石尤耆印，八体四法凤研钻。日积月累溢箧衍，节衣缩食搜市阛。多多益善乃麇集，累累相映而螭蟠。字源遥遥溯蝌蚪，篆势一一骞凤鸾。鸳针欲度谱乃作，猩泥自拓囊其斑。遁盦慎之而又慎，谓宁以严毋以宽。瑕不掩瑜世或谅，美未尽善吾何安？豪氂差缪阙勿滥，再四斟酌更为阑。糟粕尽去得真赏，精华仅存亦壮观。吁嗟模印讵末技，斯籀高矩从追攀。休宁金氏（光先）作印选，箸录一卷何其悭。君家贞孟栖鸿馆，流播未广求之难（古歙吴贞孟《栖鸿馆印选》未见）。斯谱晚出以选重，印灯从此滋膏兰。金符高斋见伯仲（吴县吴大澂《十六金符斋印存》），飞鸿旧帙惭彬班（歙县汪启淑《飞鸿堂印谱》）。在昔西泠结印社，要与逋老争孤山。两峰苍翠到几案，两湖烟水浮阑干。一春清课种杨柳，十年成迹诛茆菅。舣舣同社十数子，各擅鉴别工雕刊。似闻选印赖商榷，尤有题句荣词坛。我亦泥古有奇癖，孤冷不避俗人讪。悬肘无分如斗大，炼骨差喜逾石顽。揭来海上卖文字，渐与铜玉同摧残。百思无计遣岁月，八口有时愁饥寒。遁盦出示此秘籍，暂时对玩成清欢。蓬莱回首杳如梦，八龙云篆朝霞殷。"

康有为作《丁巳七月七夕幽居美森院，念沪上沁园故居及诸姬与诸儿女并教复、环、凝、□等诵之，问其欲念我否也？吾以五月八日晓行，今适两月，而殊觉良久，盖独居茕寂之故，未知何时可同待月看花也。去此又复惘惘，示鹤辣之否？此示随觉卿》。诗云："无垢亭桥宵待月，闳清院径晓看花。三年池馆共歌哭，两月别离无国家。碧落银河苦风浪，云鬟香雾想仙槎。遥怜黄浦小儿女，可惜燕云解叹嗟。"

王莘林作《悲歌示儿》（丁巳七月作）、《七夕绝句》（二首）。其中，《悲歌示儿》云："我本乾坤一痴人，廿年襁褓走风尘。眼望宝山不得到，荆棘拦路挂我身。车轮半毁马蹄蹶，满襟尘土满头雪。举杯一歌《行路难》，回卧空山看落叶。病骨支离易感秋，百感茫茫上心头。浮生如梦梦中梦，排日遣愁愁更愁。由来人老更惜子，娇女外孙入泉里。忧能伤人岂寿长，百年未满又不死。犹有苦乐相牵缠，熊儿骥子绕灯前。六国相印竟何物，不如洛阳二顷田。无端四方发志壮，楚水秦山恣所向。那知道路平安书，只益门闾朝夕望。少年多是轻离情，大器须知重晚成。即今到处横江馆，如此风波不可行。我原无可无不可，待与儿曹脱缰锁。红白堆成一片秋，且坐家园数花朵。"《七夕绝句》其一："几家针指压灵芸，又向楼头读祝文。乞得天孙图样巧，绣成河岳带风云。"其二："秋风又入畏秋楼，卧后凄凉感女牛。日日泪流今夕尽，双星相对只干愁。"

赵熙作《拜星月慢·七夕》。词云："夜鹊飞时，天狼红处，小阁还搴罗幔。万古成双，指微云河汉。笑声动，似觉盈盈鹤驾来往，脉脉鸳帏恩怨。尽诉情天，忍经秋才见。　　自洪荒，便结风流眷。今宵会，几度成圆满。为问那个星儿，是机头新产。叹嫠蟾抱月年年伴。银潢路，渐学蓬莱浅。只落得瓜果蛛丝，赚罗池香案。"

沈汝瑾作《七夕》。诗云："牛女嘉会当今宵，银汉万里填鹊桥。天孙翻欲乞人巧，花样百出裁鲛绡。鸳机锦织本无价，聘钱难偿旧时债。世间债重倾山河，日拥罗绮听笙歌。"

成多禄作《北山第二集，示同人》。诗云："老怀不减游山兴，绝顶重临曙色开。几代废兴江上去，万家晴雨眼中来。群龙战野悲生世，大鸟盘空起异才。见说南皮盛宾从，为吟瓜李一低徊。"

邓尔慎作《七夕有忆》。诗云："朝朝闭置如新妇，怅触无端是此宵。愁与鳏鱼同守钥，怕闻乌鹊又填桥。庭前笑语知难强，枕畔啼痕料未消。珍重秋凉须睡早，夜来有梦倘相邀。"

洪汝冲作《秋思》。序云："坊本梦窗此调下有'耗'字，明太原张氏钞本无之。盖梦窗原题'荷塘'二字上本有'毛'字，而词首'堆枕香鬟侧'句'香'字又适与相并，几经翻印，遂将'香'字上半截合而为一，以讹传讹，无人订正者殆三百年。于兹丁巳岁，予客鸡林。时值七夕，新月初上，明河在天，金风骤来，忽洒微雨。小立庭际，秋思渐然，因用原韵谱此，不自觉其感音之沉涩矣。"词云："桥转雅翎侧。又绛河良会，素秋佳色。蛩怨瑶阶，雁飞华渚，月眉纤窄。正凄绝针楼、画屏无睡步敛抑。映扇罗、萤自碧。记那日相逢，为欢非梦，纵使旧情犹在，更谁愁忆。　　今夕。双波暗滴。似弄晴、雨意重饰。钿钗初擘。机丝虚掩，料应头白。况一刻千金恋深，归去须健翼。怕昨宵、风露识。算瘦石携来，君平卜后便得。竟隔天南地北。"

王光祈作《丁巳七夕，同彭云生、周太玄在陶然亭寓所感赋》。诗云："落舍浑如梦，深闺漏正长。百年一弹指，千里九回肠。蟾影中天静，虫声永夜凉。西风吹白露，秋意已茫茫!"又作《七月七日陶然亭晚眺》。

刘伯端作《临江仙·七夕》。词云:"银烛画屏无限意,良宵一刻千金。支机石上旧缘深。天涯别有,嫦月怨孤衾。　　落珍珠穿不起,从他懒度金针。人间离恨自侵寻。天长地久,莫负此时心。"

孙树礼作《丁巳七夕》(四首)。其一:"拜祷拳拳默致词,一般儿女太情痴。双星果有公输巧,何必年年叹别离(制一飞艇即昔昔相会,何待鹊桥耶)。"其二:"床头债券逐年多,悉数难偿可若何。有子远离经两载,距离宁只一天河。"

贺次巚作《七夕》。诗云:"双星何所会,银汉夜悠悠。未绝唐皇恨,先教汉使愁。但闻空架鹊,无语慰牵牛。天许汾阳福,荣华到白头。"

25日　国会非常会议在广州开幕,国会议员120余人出席,孙中山莅会祝贺。

《中华新报》刊载蔡哲夫以南社广东分社同人名义发布《南社广东分社同人启事》,指斥柳亚子驱逐朱鸳雏、成舍我事,提议于秋季选举时推高燮为南社主任。

《民国日报》刊登嘉善南社社员余十眉联名发起《南社社友公鉴》,声称:"驱逐败类,所以维持风骚;抑制亚子,实为摧毁南社。"吴江南社同仁沈眉若、沈颖若、董蓉申、夏应祥、沈龙圣、沈咏霓、沈咏裳、费织云、袁镜涵、袁铁铮、唐九如、许观、蔡冶民、黄复、朱剑芒、朱剑锋、周云、顾悼秋、王达庵、蒯一斐、吴介安、黄稚鹤、陈洪涛、王咏青、凌莘子等52人签名响应。同日刊登姜可生《打油六首,斥朱玺,即用其韵》。其一:"千秋定论自分明,堪恨心盲笑目盲(盲于目者不盲于心,亚子之目不盲,朱玺之心盲矣)。渭浊泾清浑未辩,张扬遗臭傲同盟。"其二:"陈郑居官最下流,贪财攫物自无俦。随身纵有诗篇在,难掩生平耻与羞。"其三:"也曾传粉学淫倡,自大何殊汉夜郎。聒耳朱朱真达旦,厨刀一柄教儿尝。"其四:"南社明星一代豪(谓亚子),婆心指点到儿曹。强颜反舌真无谓,可惜歪诗不解嘲。"其五:"腥膻荡涤定无余,风雅扶持我不如(谓亚子)。到底狗才无卓识,米盐心计少雄图。"其六:"鬼气沉沉共一丘,人间妖孽尽堪俦(谓成、王辈)。斯文扫地家风堕,我替而翁竹老愁(朱竹垞为斥西江派之一人)。"

《小说月报》第8卷第8号刊行。本期"文苑·诗"栏目含《秋日同樊山、笏卿游枣花寺看〈红杏青松〉卷子》(沈观)、《和樊山〈泊园赏菊〉韵》(沈观)、《弢丈再示叠诗,复叠前韵敬和》(匏庵)、《晚至湖上,赋寄晦闻》(真长)、《七夕》(秋岳)、《挽亮奇》(秋岳)、《寄璪卿京师并怀瘿公》(六桥)、《白菊花》(晦闻)、《陈伯严吏部移归金陵旧居,寄此奉问》(审言)、《上海遇陈星南,赋此奉赠》(审言)、《自题〈望庐图〉》(潘安仁《悼亡诗》,望庐思其人,先妻赵孺人没后,乞秀水金君殿丞绘斯图以寄意)(审言)、《赠梓方》(东敷)、《呈定园师傅》(东敷)、《登狼山》(彦殊)、《访马氏山居,赠马遂良》(彦殊)、《武林乱后,未得贞壮书,时丙辰小除夕》(晦闻)、《岁暮吟》(晦闻)、《送马夷初》(晦闻);"文苑·诗话"栏目含《闺秀诗评（续）》（棣华园主人编辑）。

梅植堂《某栈竹枝词》（二首）刊于 [马来亚]《槟城新报》"文苑"栏目。其一："红男绿女去还来，若叟频频笑口开。却幸眼帘多艳福，愧无绮语写稿才。"

张謇作《南通公园歌》。诗云："南通胜哉江淮皋，公园秩秩城之濠。自北自东自南自西中央包。北河有球场枪垛可以豪。东河有女子小儿可以嬉且遨。南可棋饮西可池泳舟可漕。楼台亭树中央高，林阴水色上下交。鱼游兮继继，鸟鸣兮调调。我父我兄与我子弟于此之逸，于此其犹思而劳。南通胜哉超乎超。"

26日　《申报》第15996号刊行。本期《自由谈》"诗囊"栏目含《用寒厓韵寄吴稚晖广州》（南湖）、《遣怀》（千里）、《夏夜》（千里）。本期《老申报》"文苑"栏目含《和〈闰六月初七夜月〉，用原韵》（二首，四不思斋主人、凤凰桥畔客，见本报癸酉年闰六月三十三日）、《洋泾浜漫兴诗》（二首，宾隐道人，见本报壬申年八月十二日）。

张謇作《夕阳》。诗云："愁余是夕阳，渺渺暮天长。应入园亭里，窥人独坐凉。"

吴芝瑛作《挽汤蛰仙先生联》。联云："碧血轩亭，赖公有言俾千古；黄衫庐墓，感同身受慰孤男。"

成多禄作《贤良寺寓中奉怀颐庵节使并寄松江修暇社集诸君》。诗云："偶从京华游，物外时一寻。精庐敞前轩，散发披我襟。高柳挂残暑，一蝉生远吟。平生萧散意，嚣竞两不任。扬舲大江渚，飞盖西山岑。琼瑰出新语，俯仰成昔今。四顾何逼仄，茫茫生夕阴。微波动凉叶，感此怀素心。"

郁达夫作《舒姑屏题壁》。诗云："桐柏峰头别起庐，飞升人共说麻姑。不知池上西王母，亦忆东方大隐无？"

[日] 冈部东云作《丁巳七月九日得孙男喜赋》。诗云："村女蚕桑人所褒，茧丝腾贵报功劳。功劳未若吾家妇，一夜千金价最高。"

27日　田桐、胡朴安、叶楚伧、谢良牧等34人在《民国日报》发表《南社旅沪同人启事》，表示柳亚子"处置南社，一切皆极正当"。

《中华新报》发表辛大宗《与太素书》，提议聚集"海内文学革命先觉"和"南社优秀分子"，另行组织，建立"新南社"。文章声称，三湘社员将继广东之后反对柳亚子，别树旗帜。

王国维致罗振玉书云："孙益庵招往作夜谈，坐有况夔笙、张孟劬。夔笙在沪颇不理于人口，然其人尚有志节，议论亦平，其追述涴阳（端方）知遇，几至涕零，文彩亦远在缪种（缪荃孙）诸人之上。近为翰怡编《历代词人征略》，仅可自了耳。"

姜可生《暗香·挥孙久滞关外，索题〈闷寻鹦馆填词图〉，为赋一阕，却寄滨虹》刊于《民国日报》。词云："短檠冷雨，正天涯迟暮，孤踪逆旅。切莫留春，燕子归来却先去。收拾箫心剑气，都付与、江郎吟谱。卷珠帘、慧鸟无言。愁绝祢衡赋。　无绪，寻鹪父。是绝妙好辞,为谁辛苦。儒冠误汝,万里投荒夕阳渡。为有恩仇未了,望故国证鸿低诉。更眼底苍茫感,欲行又住。"

28 日　黎元洪下野,启程赴天津,开始息影津门,长达 5 年。饶汉祥随寓天津。

徐啸亚、徐枕亚填写入南社志愿书,介绍人姚肖尧。

29 日　《民国日报》刊发凌景坚《与柳亚子书》,批判同光体,指责朱玺、成舍我、王无为,怀疑他们受"当道者"主使,"为独夫民贼拔下眼中钉"。

《大公报》报道:"省(江西省)公署三科长出洋,已见昨报。查该署出洋公费,系教育费余款项下余洋一万四千元拨归三科长游美留学公费。三科长:一系总务科长林祖涵(即林伯渠),一系教育科长熊崇煦,一系交涉股长陈寅恪云。"

林志钧作《七月十二日书事》。诗云:"炮声遽动事莫测,潢池弄兵成自焚。宿卫何人留镇骑,中书几日坐将军。六州铸铁情终悔,九局观棋势已分。灞上棘门儿戏耳,宅家成败不须闻。"

30 日　广州国会非常会议议决《中华民国军政府组织大纲》13 条。大纲规定,"为戡定叛乱,恢复临时约法,特组织中华民国军政府",置海陆军大元帅 1 人,元帅 3 人。

上海《留声机报》出版。五日一刊,每期一张。《吟坛》编辑为卢由凤。

《申报》第 16000 号刊行。本期《老申报》"文苑"栏目含《狎妓诗十首》(慈航生,见本报癸酉年十一月初十日)。

白坚武午后二时偕温支英、温佩珊、李兰坡、钱向忱、杜扶东、陆绍文、常藩侯、赵挘叔、徐襄平游清凉山扫叶楼。楼上两壁满贴诗歌纪游之作,胡思敬、王宪生、八指头陀诸人各有纪诗,爰录二首。《登扫叶楼》其一:"山河大地昏和晓,世外清凉尚有楼。举目不殊风景异,去年今日客中秋。"其二:"落叶危楼在,苍茫战垒秋。江流岚影里,戎马郁新愁。"晚九时半,警厅长王清泉邀白坚武游秦淮河,白口占一绝:"花上朱舫水外楼,哀鸿中夜啸清秋。阿侬生小秦淮住,只解烟波不解愁。"

31 日　成舍我、蔡哲夫等成立"南社临时通讯处",登报征求"意见"。

徐世阶等在《民国日报》发表启事支持柳亚子,劝告朱玺等"反舌无声",否则将继续声讨。

郑千里(郑重)《致王无为书》发表于《中华新报》。略谓:"今之阅时人诗至词旨肤浅者,辄曰此南社诗耳。此已成为流行语,其价值已可想见。此非社员尽无佳诗,乃选诗者之识力不足。此又一说也。"此文攻击柳亚子为"小人之尤",嘲笑南社发展社员如"福州路之野鸡拉人"。

亚铁《之石马丁宜舟中作》(二首)刊于[马来亚]《国民日报》"诗苑"栏目。其一:"辘轳声里夕阳低,两岸青山翠袖迷。明月清风堪破寂,一场清梦到辽西。"

本　月

为响应孙中山反对北洋军阀段祺瑞的“护法运动”，滇军改称靖国军。朱德所部改编为靖国军第二军第十三旅，任旅长。此后，因争夺权利，川、滇、黔各军发生混战。

黄磋玖为新制药品“真正血”做广告，印行《讴歌集》1册，上海名家或题辞或撰文，蔚为大观。朱丙一作《真正血赞》云：“医药精良，功首推黄。惟真正血，九造奇方。人人饵服，不老健康。浃骨沦髓，滋阴裒阳。血轮旋转，血气方刚。热忱热力，青囊青箱。玄黄色蕴，化碧名芳。夕餐晨饮，玉液琼浆。伟哉妙剂，滋阴补阳。存真去伪，药饵之王。”朱大可作《真正血题词》（二首）。序云：“黄子磋九，曩建新世界于海上，论者比之西方哥伦布。兹复有‘真正血’之制，将以赤血益我黄人。黄子其‘铁血宰相俾斯麦’乎？吾因之重有感矣！晚近中国，号称‘病夫’。溯厥病源，一贫血之剧症也。在上者精神委顿，不能有为：在下者亦志意卑靡，不克自振。长此不治，必有大命告终之一日明矣。今得黄子此药服之，庶几凉者热，弱者强，血脉偾张，精神焕发，励精图治，庶有豸乎？不得以寻常药饵目之矣。窃愿我中华民国四万万同胞，各购一料服之。”其一：“谁把良方医病国，且凭热血挽神州。十年守价曾无二，赢得人知韩伯休。”其二：“强邦强种亦强身，此药从来贵得真。底事大家浑不辨，却将异质补吾民。”

《浙江兵事杂志》第40期刊行。本期“文艺·诗录”栏目含《示秋叶》（海秋）、《太昭饮余于南城，赋此以赠》（张鼎南）、《亮生见示〈家居〉四首，依韵答之》（问因）、《答海秋诗，先日饮海秋斋中，故及之》（大至）、《夜坐漫书，奉济时》（大至）、《观演〈渡乌江〉新剧感赋》（周熺）、《游雁荡》（朱光奎）、《秋叶归里，留诗为别，即用原韵奉投》（后者）、《咏笔》（王启明）、《咏墨》（王启明）、《和友人韵三首》（天鹤）、《〈西湖春游曲〉题词》（翟駥）、《题〈埃兰梦〉传奇，次天赋韵》（思声）、《次韵答思声》（天赋）、《答秋叶》（天赋）、《吊屈平》（松舟）、《飞行机》（初白）、《潜航艇》（初白）、《中夜苦热，移榻室外，卧听桐花坠声如雨，起而有作》（GR生）、《梦醒雨歇中庭，见月忆友》（GR生）。

陈独秀因受聘北京大学文科学长，由沪赴京，《新青年》杂志停刊近4个月。

齐白石刻“枕善而居”朱文方印。上刊：“余尝游四方，所遇能画者，陈师曾、李筠厂，能书者，曾髯农、杨潜厂先生而已。李梅痴能书，赠余书最多，未见其人，平生恨事也。潜厂赠余书亦多，刻石以报，未足与书法同工也。丁巳七月中，齐璜并记。”

董必武偕姚汝婴赴川。过宜昌后，改乘木船入三峡。二人就两岸胜景互相吟诗唱和。

钱玄同本月起常到绍兴会馆访问周氏兄弟。

胡适抵北京，就任北京大学文科教授，时年尚不满27岁。

陶行知由哥伦比亚大学返国,应南京高等师范学校之聘,任教育学专任教员。

毛泽东和萧子升步行漫游长沙、宁乡、安化、益阳、沅江五县,历时一月,行程900余里。二人分文未带,以游学或写对联解决食宿,所到之处,受到农民欢迎和款待。毛泽东作《题北宝塔》云:"伊水拖蓝,紫云反照。铜钟滴水,梅岭寒泉。"

杜国庠、姚华莘东渡日本,就读于东京东亚高等学校。

邓中夏考入北京大学国文学门,与许宝驹、罗常培、杨亮功等同班。

乐时鸣生。乐时鸣,浙江舟山人。著有《时鸣诗词草》。

周庆云辑《甲乙消寒集》(梦坡室藏版)印行。七十七龄狷叟署签。周庆云序云:"《开元遗事》,王仁裕每值大雪,扫径延宾,为暖寒之会。后之朝士大夫,率于岁晚务闲,更番酿饮,易其名曰消寒,承平乐事,其风古矣。吾生不幸,运罹阳九,沧江卧晚,吟望低垂,犹幸海上寓公,多识贤达,缟纻投赠,尊俎流连,借以排其岁暮不乐之感。既汇壬癸消寒诸作,为第一集矣。自是岁必有会,会必有期,期必有作。兹编甲乙,踵前例也。顾念浮生若梦,为欢几何?汪君渊若、褚君稚昭、吴君颖函,皆早归道山,不复与于甲乙之会。而洪君鹭汀、刘君语石、钱君听邠,则当编校付梓之时,又先后请急。死生契阔,可胜回车腹痛之悲耶?夫觞咏其小焉者耳,而俯仰之间,已成陈迹。矧夫时局元黄,邦国殄瘁,更安测所变哉?更安测所变哉!丁巳秋七月,乌程周庆云。"《甲乙消寒集姓氏录》:"江阴缪荃孙筱珊、番禺潘飞声兰史、阳湖刘炳照语石、安吉吴俊卿昌硕、丹徒戴启文壶翁、石门沈焜醉愚、阳湖恽毓龄季申、阳湖恽毓珂瑾叔、秀水陶葆廉拙存、乌程周庆云梦坡、乌程刘承干翰怡、宁海章梫一山、乌程张钧衡石铭、铁岭杨钟羲芷姓、泾县朱焜念陶、北通白曾然也诗、宝山施赞唐琴南、常熟潘蟠毅远、华阳洪尔振鹭汀、无锡汪煦符生、贵池刘世珩葱石、宝山钱衡璋礼南。"

林纾作《偶成》。诗云:"生平自笑作诊痴,海内投书谬见知。文字何曾真有价,乾坤试问此何时?老来早备遗民传,分定宁为感遇诗。两字纲常还认得,仍将语录课诸儿。"

吕碧城作《沁园春》。序云:"丁巳七月游匡庐,寓 Fairy Glen 旅馆,译曰'仙谷',高踞山坳,风景奇丽,名颇称也。纵览之余,慨然有出尘之想,率成此阕。"词云:"如此仙源,只在人间,幽居自深。听苍松万壑,无风成籁,岚烟四锁,不雨常阴。曲栏流虹,危楼耸玉,时见惊鸿倩影凭。良宵静,更微闻风吹,飞度泠泠。 浮生能几登临?且收拾烟萝入苦吟。任幽踪来往,谁宾谁主,闲云缥缈,无古无今。黄鹤难招,软红犹恋,回首人天总不禁。空惆怅,证前因何许,欲叩山灵。"

林之夏作《新秋风雨连日,暑退快晴;晨过湖署,怀朱介人都督》。诗云:"鼓笳湖上杂军屯,衫履萧闲过戟门。平地荆榛君不瞑,高天风日我犹存。久居郁郁将成习,大造浑浑未易言。山水清晖秋气净,西泠残客自销魂。"

胡适作《如梦令·去年八月作〈如梦令〉两首》。其一："他把门儿深掩。不肯出来相见。难道不关情，怕是因情生怨。休怨。休怨。他日凭君发遣。"其二："几次曾看小像。几度传书来往。见见又何妨，休做女孩儿相。凝想。凝想。想是这般模样。"

　　王茀林作《摅怀二首》（丁巳七月）（二首）。其一："自然亦小隐，敢曰贵知几。信道问谁是，扪心悔昨非。喜看秋稼满，愁说故人稀。连日足新雨，水云飞满衣。"其二："我不知人趣，人谁肯我亲？河山悲满目，骨肉念伤神。难约魏三隐，愿邀元八邻。遽然成老大，霜雪鬓边新。"

　　刘半农作《游香山纪事诗》（十首）。其一："扬鞭出北门，心在香山麓。朝阳浴马头，残露湿马足。"其二："古刹门半天，微露金身佛。颓唐一老僧，当窗缝破衲。小僧手纸鸢，有线不盈尺。远见行客来，笑向天空掷。"其三："古墓傍小桥，桥上苔如洗。牵马饮清流，人在清流底。"其四："一曲横河水，风定波光静。泛泛双白鹅，荡碎垂杨影。"其五："场上积新刍，屋里藏新谷。肥牛系场头，摇尾乳新犊。两个碧蜻蜓，飞上牛儿角。"其六："网畔一渔翁，闲取黄烟吸。此时入网鱼，是笑还是泣？"其七："白云如温絮，广覆香山巅，横亘数十里，上接苍冥天。今年秋风厉，棉价倍往年。愿得漫天云，化作铺地棉。"其八："晓日逞娇光，草黄露珠白，晶莹千万点，黄金嵌钻石。金钻诚足珍，人寿不盈百。言念露易晞，爱此'天然饰'。"其九："渔舟横小塘，渔父卖鱼去。渔妇治晨炊，轻烟入疏树。"其十："公差捕老农，牵人如牵狗。老农喘且嘘，负病难行走。公差勃然怒，叫嚣如虎吼。农或稍停留，鞭打不绝手。问农犯何罪，欠租才五斗。"其中八首选刊于《新青年》1918年第4卷第2期，部分诗作文字有差异。如其三："一曲横河水，风定波光静。谁家双白鹅，荡碎垂杨影？"其六："白云如温絮，广覆香山巅。横亘数十里，上接苍冥天。今年秋风厉，棉价倍往年。愿得天上云，化作地下棉。举世悉温饱，乐土在眼前！"其八："公差捕老农，牵人如牵狗。老农喘且嘘，负病不能走。公差勃然怒，叫嚣如虎吼。农或求稍停，挥鞭击其手。问农犯何罪？欠租才五斗。"

　　朱鸳雏作《丁巳七月题姬邻道人家书》（四首）。其二："野墅峥嵘独客身，啼眉愦髻有元因。苦为窗绮埋头计，闻许宫砂点臂春。入梦病云人恺悴，隔年红叶意逡巡。谁知锦字支离误，愁外风烟事更新。"

　　陈隆恪作《新秋夜坐感怀》。诗云："世变纷苍狗，危机掷眼前。吾家天所眷，心迹酒相怜。鸣蛤扶秋思，飘萤拓暮烟。白衣人不至，消息短篱边。"

　　[日] 田边华作《函山新秋》。诗云："大岳苍苍白雨收，湖云湖树爽凉流。谁将一勺银河水，洗出芙蓉万仞秋。"又作《新秋晓卧》。诗云："栏外芙蓉溥露华，新秋晓色透窗纱。银河泻入西江水，拟假仙人八月槎。"

九 月

1日 广州非常国会选举孙中山为中华民国军政府海陆军大元帅，唐继尧、陆荣廷当选为元帅，护法军政府成立。

成舍我本日至3日在《中华新报》连续发表文章《记柳弃疾违法驱逐朱玺出社之始末》，叙述柳、闻（宥）诗争和他反对柳亚子之原因与经过。又，谢英伯以"南社一分子"名义发表《南归，赠舍我社兄》诗云："自抚头颅未足奇，瓣香曾自祝要离。移山有檄君真健（舍我抱不平，而讨弃疾，义侠可风），填海无功我笑痴。读史爱翻《游侠传》，问名当向党人碑（予八年间，凡为恶政府通缉者五次）。临歧寄语章台柳，莫倚东风再弄姿。"

《申报》第16002号刊行。本期《老申报》"文苑"栏目含《戏园竹枝词》（十六首，晟溪养浩主人，见本报壬申年六月初四日）。

吴兴陈贞伯以《碧浪潮垂钓图》征诗，符璋为成七古一篇。

陈懋鼎作《中元节》。诗云："群儿傍车噪，蒿灯照中元。今年都人士，特置盂兰盆。为哀兵死鬼，超度凭佛恩。谁识有国殇，尽荡为游魂。昨者风雨夕，莫敢过禁门。战争贱人命，岁时警生存。蛩蛩殉何名，是处多烦冤。一息幸自保，休矣毋多言。"

孙树礼作《中元忆芝弟》（四首）。其一："中元节近意旁皇，默默情怀隐自伤。除却痴兄书往复，更无同气可商量。"其二："纸币流行不值钱，阴阳世界想同然。明知有用归无用，聊结今生未了缘。"

邓尔慎作《七月十五夜感逝》。诗云："去年今日团栾月，花媚灯明小院中。惨绿忽凋三妇艳，忏红宁使万缘空。徒留后约歌同穴，何处缄愁寄殡宫。薄命有人翻羡汝，楼头断肠又秋风。"

朱清华作《六年九月一日，夜泊舟三里湾》（抵颍州）。诗云："系舟颍水滨，风物故乡亲。岸火知村近，沙明觉夜新。一湾三里路，小别十年人。依旧丹黄里，深秋似老春。"

2日 傅専等21名南社湘籍社员发表《南社湖南同人启事》，肯定柳亚子为南社所作贡献，旗帜鲜明地支持柳亚子："南社主任柳亚子君，道德文章，万流景仰，其支撑社事，尤属苦心孤诣，有功至多，断不容一二出而破坏。"

《申报》第16003号刊行。本期《老申报》"文苑"栏目含《秋兴八首，用杜工部韵》（龙湫旧隐，见本报壬申年八月二十三日）。

王国维辞谢蔡元培欲聘其为京师大学教授之请。

郁达夫离富阳返日本，经杭州，稍事停留。

黄节作《七月十六日雨中作》。诗云："积雨宁愁坐闭门,剪灯无语已黄昏。宿然涪水诗千首,远与彭城溯一源。得句最为天下士,感秋聊借晚来尊。世间何事堪排遣,未了前贤此日恩。"

沈昌眉作《七月望后一日,晨起啜茗大观楼,倚栏遥望,见诸友送颖若登轮赴锡,黯然魂销。彼此同之,不忍走别,惹颖若欲别难别之情。少焉,机轮转动,一瞥即逝,黑烟摇扬空际,久而未散。或即吾两人之心绪凝结而然欤?成一律,寄无锡》。诗云:"岁岁天涯魂梦牵,饥驱兄弟各中年。五旬聚处等闲耳,一说分离便黯然。大观楼高穷望眼,小轮船疾袅飞烟。明知把袂难为别,不复随人到岸边。"

3日 《申报》第16004号刊行。本期《自由谈》"词话"栏目。

郁达夫于杭州作《七月十二日夜见某,十六日上船,十七日有此作即寄》(五首)赠孙荃。诗前作者自记:"夜月明,成诗若干首,寄未婚妻某者也。"其一:"许侬赤手拜云英,未嫁罗敷别有情,解识将离无限恨,阳关只唱第三声。"其二:"梦隔蓬山路已通,不须惆怅怨东风。他年来领湖州牧,会向君王说小红。"其三:"杨柳梢头月正圆,摇鞭重写定情篇。此身未许缘亲老,请守清闺再五年。"其四:"立马江浔泪不干,长亭诀别本来难。怜君亦是多情种,瘦似南朝李易安。"其五:"一纸家书抵万金,少陵此语感人深。天边鸿雁池中鲤,切莫临风惜尔音。"此组诗又名《寄某》《奉赠》,又曾以《杂诗》之名发表于杭州《之江日报》。前四首又以《临行有寄》为题,发表于1917年10月14日日本《新爱知新闻》第9431号。又作《重过杭州登楼望月,怅然有怀》。诗云:"走马重来浙水滨,征衫未涤去年尘。可怜一片西江月,照煞金闺梦里人。"

不忍子《杂咏八首》刊于 [马来亚]《槟城新报》"文苑"栏目。其二:"十年壮志等闲过,宝剑光芒对月磨。两袖清风怜故我,青灯黄卷恋情多。"

姜可生作《减兰·梦见小慧索题〈梦仙夫人吟草〉。惊起,迓之倏忽不见,倚枕凄赋一阕,寄荭渔、念梦》。词云:"东皇何处,替侬管领花魂语。枝底枝头,添上新愁又旧愁。 短吟长叹,银钰冷月人肠断。煞费商量,除却情场是梦场。"

4日 《申报》第16005号刊行。本期《老申报》"文苑"栏目含《赠歌郎薛宝笙诗》(四首,梦瑶馆主,见本报癸西年二月初一日)、《重有赠》(前人)。

魏清德《闻凤山太瘦生卧病,寄此代柬》(二首)发表于《台湾日日新报》。其一:"良夜迢迢水自明,胸中丘壑漫峥嵘。凤山时节清秋近,卧病空怜太瘦生。"其二:"久病伤怀语最悲,读君风雨断肠诗。无多瘦骨应如鹤,可奈桄榔月上时。"

褚成钰遭鼓盆之戚,后作《悲秋》(五首)。序云:"今年(民国六年)九月四日,余骤遭鼓盆之戚,距重阳止数日耳。时余谋食在杭,荆人属纩竟不及一面,伤已!诵昔人'满城风雨近重阳'句,觉秋风秋雨,触处生悲,每不胜秋士悲秋之感,因拈'悲秋'

二字为题,而用'满城风雨'句作辘轳体诗五章以寄追悼。"其一:"满城风雨近重阳,穗帐生寒夜漏长。默记鸳盟如在耳,忍开鸾镜几回肠。临终一诀犹相靳,此后三生更渺茫。六一年华同逝水,梦回孤馆独凄惶。"其二:"药裹朝来手自量,满城风雨近重阳。秋深瘦骨支持苦,家累频年挹注忙。犹托秦邮相慰藉,奈他晋竖已膏肓(家书只报平安,未尝许言病状)。而今怕作还乡梦,感逝情怀未忍忘。"

5日 黄复要求高燮登报表态。本日,高燮致书蔡守,附寄黄复来书及高燮复书,声言虽与柳亚子为10年旧交,但深恶其"专横",于此种手段,"尤觉其卑鄙"。又,王无为致书蔡守,建议改组南社。

《小说海》第3卷第9号刊行。本期"杂俎·笔记"栏目含《漫游京师记(未完)》(陈夏常)、《予厂笔记》(尤志序):《东坡砚》《白石砚》《南皋砚》《古墓一至四》《古砖一至三》、《习静斋诗话(续)》(仙源瘦坡山人辑)、《松窗漫笔》(刘诩山);"杂俎·诗文"栏目含《答黄默庵山人见赠之作,即次原韵》(槁蟫)、《读史有感,叠默庵先生见赠韵》(槁蟫)、《邗江秋咏》(上下平三十首)(绛珠)、《女冠子》(集成句二阕)(诗圃)、《诉衷情》(集成句)(诗圃)、《撼庭秋》(集成句)(诗圃)、《三字令》(集成句)(诗圃)、《三字令》(集成句)(女史绣桥、诗圃夫人)、《夏日竹西艳歌》(东园)、《采菱曲》(鲍苹香秋白女士)。

《妇女杂志》第3卷第9号刊行。本期"杂俎"栏目含《闺秀诗话(续)》(亶父)、《玉台艺乘(续)》(西神)。

《学生》第4卷第9号刊行。本期"文苑·诗"栏目含《人生》(东莞宏育学校国文专修科三年生陈炳文)、《咏烛之武》(浙江第十一中学校四年级生赵志垚)、《晚游二首》(广东公立法政学校二年生莫培让)、《夏日登揖庐亭》(江西第三中学校学生严韵笙)、《咏浮萍》(泰县坂堉市叶甸国文专修社甲班生钱春才)、《销夏二律》(泰县坂堉市叶甸国文专修社甲班生钱春才)、《夏日游沧浪阁偶题》(前人)、《秋柳》(奉天两级师范学校一年生李惠山)、《秋日龙吟塔题壁》(湖南沅陵第八联合中学校三年生周子美)、《秋夜闻雨》(江苏省立第三中学校学生曹庆善)、《秋夜书怀》(潮州中学校学生林德新)、《对虎亭》(湖南慈利中学校学生张权)、《题〈涉趣图〉》(广东新会县立中学校学生莫洳濂)、《寻花》(贵州达德学校学生董成显)、《不倒翁》(江西省立第一师范学校预科生裴友英)、《冰潭》(浙江师范学校毕业生何漱泉)、《渔父》(江苏省立第一师范学校学生姚光)。

6日 《申报》第16007号刊行。本期《老申报》"文苑"栏目含《咏秋海棠六首》(黄衫外史,见本报乙亥年八月初二日)。

吴芳吉随父游四川玉峰(白沙北岸高山)报国寺,后补作《秋日从家君渡江登玉峰报国寺作》(十六首)。其一:"备战出郊坰,长壕拥建瓴。南滇新海市,北极古朝廷。

峡口千帆簇，咸阳一气冥。峨眉兵后月，昨夜梦同青。"其二："俯仰三千仞，羊肠曲路微。松涛逢石斗，草阁挟云飞。锦嶂萝牵壁，苔痕佛补衣。山灵多不幸，埋没蜀荒圻。"其三："护国边陬寺，玉峰小黛鬟。古今多过客，流水意闲闲。俎豆供群盗，风尘暗百蛮。名山知己少，莽沆不开颜。"其四："拔剑气峥嵘，呜咽酒数行。虚生同项羽，俯首拜侯嬴。异国责茅贡，诸侯自鼎衡。锋芒安颖脱？王道斩平平。"其五："邦国零仃久，中原豪杰稀。一书回大错，三战复京畿。元帅名东海，令公出合肥。张郎不解事，老去泪歔欷。"其六："驱马入皇都，割须遁海隅。不随功烈死，竟被德名污。徐郡知名将，孔门笑腐儒。黝黝曲阜殿，古柏鬼神扶。"其七："无算逋臣叟，使君独授身。不辜枉死者，愧杀满朝人。盐铁通农战，关河接齿唇。八荒夷患急，守望好相邻。"其八："废立一身事，疮痏天下多。唐虞能禅国，舜禹有讴歌。汝洛澄千里，祥符贡九禾。登坛挥汉帜，新主旧廉颇。"

7日 吴昌硕奉接沈汝瑾（公周）遗稿，作挽联远悼。《与诸宗元札》略云："长公赐鉴，得示，承酌改沈氏挽联，感甚感甚。顷又作一联，录以就正：作尉号酸寒，记湖海停云，交我如交孟东野；论诗根气节，剩屋梁落月，哭君如哭李青莲。用此如何，望细酌。"

8日 严修赴总理段祺瑞家宴。同坐有：菊相（徐世昌）、梁卓如（启超）、汤济武（化龙）、范静生、张乾若（国淦）、林宗孟（长民）、曹润田（汝霖）。

林纾《丁巳七月乱后至校检点残书，率成一首》载于《公言报》。诗云："骄阳微杀早秋天，景物陈陈未变迁。尘案仍留纤碎稿，风窗还咽三两蝉。本无得丧宁生感，自爱沉冥渐近禅。尚有濠梁余绪在，观鱼仍傍药阑前。"

9日 《申报》第16010号刊行。本期《老申报》"文苑"栏目含《柳湖棹歌十首》（竹中君，见本报甲戌年十一月初九日）。

郑孝胥致夏敬观书，评陈三立所作碑文。书云："散原文三篇奉上。《郎中志》即前夕所谈，酌易数语可矣。《袁碑》殊不谓然。昔曾涤笙《书〈归震川文集〉后》有云：'古之知道者，不妄加毁誉于人，非特好直也，内之无以立诚，外之不足以信，后世君子耻焉。'此语甚当，愿以致切磋于散原，足下以为何如？孝胥顿首。七月廿三日。"

王闻长作《阳历九日，陪侗庵节使北山登高，限千年烟边田韵，禁用重九故事》。诗云："缁尘踏遍路三千，老去游踪胜昔年。节序恼人惊白露（昨日白露节），林峦过雨郁苍烟。塞鸿社燕劳天外，细草幽花老涧边。敢谓销磨新岁月，万方多难耻归田。"

洪汝冲（未丹）作《安公子》。序云："丁巳阳历九月九日值休假，陪同社诸公登北山赋诗，旧节新时，古欢今约，为谱此解，感慨因之，塞上风高，即此为龙山之会矣。"词云："古戍惊秋早，早秋已共深秋到。郭外荒湾蓉叶尽，著萧疏红蓼。露一角，精蓝藓磴西风扫。攀翠藤，又博浮屠笑。听暮天樵唱，容我偷闲吟眺。 客鬓霜华饱，晚烟愁锁长安道。数点归鸿回侧阵，蘸澄江斜照。料也解，河梁别后书难报。凭画阑，遮莫湖山好。便预靠重阳，待觅茱萸簪帽。"

10日 孙中山在广州就任海陆军大元帅，宣言戡定内乱，恢复约法，奉迎元首黎元洪。是夜，广州万余人举行提灯会，庆祝大元帅就职。

《商学杂志》第2卷第6、7期合刊刊行。本期"文苑·文"栏目含《燕赵赋（并序）》（曾龛）、《书〈金刚经〉》（曾龛）、《韩非论》（李世丰）；"文苑·诗"栏目含《二十二岁自述》（曾龛）、《寄公约，集〈文选〉》（曾龛）、《自感》（曾龛）。

胡适抵北京，就任北京大学教授，初与高一涵同住，旋结识章士钊及夫人吴弱男。

孝威《沪游道中书见》（六首）刊于《南洋总汇新报》"词林"栏目。其一："迷离扑朔认雌雄，一样妆成自不同。男是美人女才子，樊山绮语妙能工。"其二："放学匆匆各到家，归途有伴喜同车。文明故是无拘束，只道人间姊妹花。"

11日 《申报》第16012号刊行。本期《自由谈》载"联话"栏目，撰者"蕞竞"。

12日 《申报》第16013号刊行。本期《自由谈》"游戏文章"栏目含《咏蚊》（十四首，宁子梅）。

13日 《申报》第16014号刊行。本期《自由谈》"诗囊"栏目含《春闺四绝》（潘亚云）。本期《老申报》"文苑"栏目含《秋兰，用渔洋山人〈秋柳〉韵》（澹岩主人，见本报甲戌年十月初二日）。

陈隆恪作《七月二十七日有怀六弟不至》。诗云："因依药里留皮骨，雨织风翻欲满城。一雁云天宁有待，伊人秋水不胜情。道山列轴虚前席，碧海乘槎畏后生（京师图画馆方聘弟主席，不就，将赴美国）。明日北堂开寿域，桂丛芬馥数瑶觥。"

15日 南社淮安社员周伟等八人发表启事，指责成舍我组织"南社临时通讯处"，"直与复辟丑逆雷震春之自称总参谋处无异"。

《申报》第16016号刊行。本期《自由谈》"游戏文章"栏目含《时令新乐府》（四首，枫隐）：《兰盆会》《放水灯》《地藏诞》《九思香》。

《东方杂志》第14卷第9号刊行。本期"文苑·文"栏目含《读墨子》（陈三立）、《读列子》（陈三立）；"文苑·诗"栏目含《宿凉州》（俞明震）、《平番道中》（俞明震）、《初春重至西湖》（俞明震）、《四月初六夜同病山泛舟鉴湖》（俞明震）、《登柯亭七星岩》（俞明震）、《登快阁访姚隐士不遇，阁多藏书，放翁故宅也，留题一律》（俞明震）、《吴巽宜〈山深林密图〉》（郑孝胥）、《步隔溪野岸》（陈三立）、《雪中楼望》（前人）、《雪夜寓兴》（前人）、《咏小松》（前人）、《佛手柑》（曾习经）、《唾壶》（前人）、《盆松》（前人）、《题陈后山〈妾薄命〉后》（前人）、《东坡生日，子培置酒樊园，以粤人朱完者所绘图像分题，中多翁覃溪诗跋，率成长句呈同社诸君》（沈瑜庆）、《与君遂游曹家渡》（夏曾佑）、《丁巳二月俄人革命，罗瘿公赋诗，张舍弟子修癸卯俄战役入旅顺觇俄军事，书此奉谢，且约两家子侄为昆弟也》（陈诗）、《读汤伯述（纪尚）〈盘薖集〉》（前人）、《结城蓄堂自日本来游泰山，小住京华，相与把酒话旧并赠此诗》（陈衡恪）；"文苑·词"栏目含《祭天神·年前吴门窜归，古微先生有赠行之作，兹又隔一世矣，依韵奉和，殆难为怀》（陈锐）、《长亭怨》（王允皙）、《减字木兰花·询五嘱题其先德乐闲翁写生小册，册缋秋虫猫鼠鱼等》（徐珂）。

[韩]《天道教会月报》第86号刊行。本期"词藻"栏目含《贺凌庵六十一寿》（丁在柄）、《前题》（李锺华）、《前题》（新溪金永珍）、《前题》（春运金锡仪）、《前题》（松溪郑赞镕）、《前题》（牛岑郑在湜）、《前题》（郑汉奎）、《前题》（沌庵全熙淳）、《秋雨》（观三金教庆）、《秋雨》（泪堂刘载豊）、《秋雨》（杓庵郑道永）、《秋雨》（凰山）、《真工》（妇人传教师金爱寄）。其中，观三金教庆《秋雨》云："雨打羁窗秋意生，故园松菊亦关情。无端阶下红蕉叶，滴滴中宵搅睡声。"

张謇作《谦亭》。诗云："惆怅谦亭路，莓苔日渐深。闷探双鹤去，坐听一蝉吟。水漾晴帘影，风疏晚树阴。忍令亭独旷，无奈此时心。"

16日 《申报》第16017号刊行。本期《自由谈》载"诗话"栏目，撰者"黑子"。本期《老申报》"文苑"栏目含《缕馨仙史邮寄〈无题〉六章，仆本恨人，年来多感，示以新咏，触我旧愁，爰于灯下即次原韵，录呈同调政之》（六首，愿花常好馆主人稿，见本报甲戌年十二月初五日）。

17日 《申报》第16018号刊行。本期《自由谈》载"诗话"栏目，撰者"罪我"。本期《老申报》"文苑"栏目含《无题六首，竹中君惜玉所作，而拙稿初非是题，一时因讹传误，并蒙缕馨仙史依韵和咏，兼邀拙作列报，深觉惶愧，然瑶琚先报，而桃李杳投，人其谓我乎？爰借洗桐生检钞，乞巧前作，录尘郢政》（六首，沁园生稿，甲戌年十二月初四日）。

王国维应友人孙德谦（益庵）之约，撰《〈汉书·艺文志〉举例后序》。序云："丙辰春，余自日本归上海，居松江之湄，闭户读书，自病孤陋，所从论学者，除一二老辈外，同辈惟旧友钱塘张君孟劬，又从孟劬交元和孙君益庵，所居距余居半里而近，故时相过从。二君为学，皆得法于会稽章实斋先生，读书综大略，不为章句破碎之学。"

张謇作《挽顾延卿（锡爵）》。诗云："昔年乡里推同辈，周顾朱张范五人。旗鼓颜行差少长，风云旅食各冬春。君甘颓放成聋瞍，世与遗忘作幸民。曙后一星余我在，怆怀蒉埭绝车轮。"

18日 湘南宣告独立，组成护法军湘南总司令部，程潜为总司令。南北对峙之护法战争正式拉开战幕。

《中华新报》发表《南社临时通讯处紧急通告》两则，社员蔡守等156人声称"鉴于柳弃疾专横狂妄之覆辙"，提议恢复旧章，分别选举文选、诗选、词选三主任，推荐高燮为文选主任,邓尔雅为诗选主任,傅尃为词选主任。选票概由"临时通讯处"发出。

张謇作《挽沈友卿(同芳)》。诗云:"同榜常州两少年,君尤自喜以文传。著书奋迅农时亟,阅世忧虞道力坚。天下有人推阿士,江南先辈望荆川。惊闻建业回车后,痛哭衰亲泪到泉。"

[日]橙阴正木彦二郎作《喜雨》《清水山庄记雨》。其中,《喜雨》云:"云霓空望旬月余,旱天人似釜中鱼。风声好唤雨声急,倏见前庭几水渠。"《清水山庄记雨》云:"炎旱几旬如毁人,忽看云霓油然臻。一过清水山头雨,洗尽千门万户尘。"

19日 《申报》第16020号刊行。本期《自由谈》载"联话"栏目,撰者"小蝶"。

20日 《申报》第16021号刊行。本期《老申报》"文苑"栏目含《一丈红七排三首》(惜阴书屋,见本报乙亥年正月初六日)。

《诗声》第3卷第1号在澳门刊行。本期"笔记"栏目含《雪堂丛拾(八)(未完)》(澹於)、《水佩风裳室笔记(十八)》(秋雪)、《乙庵诗缀(十二)》(印雪);"词谱"栏目含《莽苍室词谱卷二(十一)》(莽苍);"诗格"栏目含《雪堂诗格甲卷(一)》;"词苑"栏目含《秋心秋零哀辞择尤(一)》:《挽黄秋心、邓秋零两女士前四章》(伍霏雪)、《后四章》;"诗论"栏目含《〈诗品〉卷下(一)》(梁代钟嵘);"诗故"栏目含《陆放翁轶事(未完)》;另有《雪堂第四十课题》《雪堂启事》《雪堂征求社友》等。其中,《雪堂第四十课题》为"废寺",要求"限作七言诗,准民国六年十月二十号收齐。"《雪堂启事》云:"本社月刊《诗声》,前曾通告准阳历七月一日出第三卷第一号,嗣以铅字未到,不得已暂停两月。屡承函责,感愧殊深,以后定当按月依期出版,用副诸君爱我之盛意。学诗者注意:本社编纂之《雪堂诗格》,凡十卷,由本号《诗声》起,按月刊登,诚初学之导师,诗客之津梁也,凡我同志,幸留意焉。"

白坚武摘录薛慰农所拟《清凉山》一联,高吹万题《扫叶楼》一律。其中,《清凉山》云:"四百八十寺,过眼成墟,幸岚影江光,犹有天然好图画;三万六千场,回头是梦,问善男信女,可知此地最清凉?"《扫叶楼》云:"半千高隐处,怀古一登楼。劫火惊残梦,名湖近莫愁。烦忧如落叶,尘世等浮鸥。倘有清凉境,诛茅我欲留。"

21日 北京大学举行新学年开学礼。经陈独秀介绍,刘文典任北京大学预科教授兼国文门研究所教员,同时兼任《新青年》编辑部英文编辑和翻译。

吴虞日记中载:"陈岳安送来《民国日报》一束,中有柳亚子斥朱鸳雏诗话一段云:'吴又陵先生,西蜀大儒,博通古今中外之学,其言非孔,自王充、李卓吾以来,一人而已。诗亦卓然名家,尤长于七言。其治古诗以鲍照、吴均……律诗则喜杜少陵、刘长卿、刘梦得、李义山、温飞卿、陆龟蒙、皮日休、吴融、韦庄、韩偓、陈卧子、吴梅村十二家。所持极正,所造极深,当代作者,殆罕其匹。故耆硕之士如谢无量、陈独秀、章秋桐、刘申叔辈咸深相推服。即仆亦顶礼而师视之，以为复乎其不可及也。'"

22日 《申报》第16023号刊行。本期《自由谈》"游戏文章"栏目含《南仙吕·赠歌者新玉》（五首，华父）；"联话"栏目。本期《老申报》"文苑"栏目含《和补萝山人〈怅怀词〉原韵》（四首，峨眉仙史，见本报壬申年十一月初三日）。

吴芳吉致信吴宓。略谓："学问宜有涵养。诸友中，惟雨僧差有功夫，较吾人高出多多。吾极爱濂溪先生'光风霁月'之赞，尝谓雨僧不愧当此。惟雨僧容表，则不肖'光风霁月'气象。窃愿吾侪共勉之。盖吾侪虽少涵养，心地实光明无玷。惟容表皆失之严厉，而无慈祥之气。使人见之，若有怨天尤人之意。此亦功夫未到之证，故周礼教人以容也。……今日中国学术人心之坏，章太炎、梁启超诸公，实为推波助澜之人，不能逃罪。诸公学问师承，皆极偏不正。其在旧朝，则不失为书生，可贩卖知识于一时。居今日而问政治，则百无一当。彼等德力，既不能制服藩镇，对于民生疾苦，仍属一知半解，不得痒处。办一报章，打出几通电报后，即不能再进一步。极叫嚣之致，不过随时逞意气之辞，未经思索，不见力行。矜持之气，发泄无余。愈说话多，愈失信于天下。今日之事，岂说怪话者，所能感动人心？况各执一党私见，彼此诋諆，遂至世风浇薄，不可收拾。尚欲梦想以己之道，削平国难哉！夫掉轻心以言西政，既如饮鸩止渴。而其党见分歧，力相倾轧，哀我元元，实为刍狗。嗟乎！'我虽不杀伯仁，伯仁由我而死。'闻太炎近趋于愤世嫉俗，乃不反求诸己，诚何心哉！天下伤心事，莫大于君子不知悔祸也。我辈用功，其速知所警策。"

23日 《申报》第16024号刊行。本期《老申报》"文苑"栏目含《秣陵淑芳、漱芳鄂省观音阁题壁七绝八章》（八首，白门寄萍子，见本报甲戌年十二月十五日）。

周学熙孟庄寓因天津水灾被淹。奉其父周馥避徙，室人携数子女赴唐山暂住。

黄侃作《八月八日偕孙、曾二生由法源寺至崇效寺，求观〈红杏青松卷子〉不得。遂出广安门至天宁寺，坐塔下良久始归》（四首）。其一："清秋高兴发，相约叩禅关。寺古留残碣，松高碍远山。昔人嗟已去，遗躅倩谁攀？不尽成亏事，疏钟镇日闲。"其二："资福连崇效，空城足梵宫。画图零落后，姓氏渺冥中。竹下镌诗句，花前倒酒筒。并随尘劫改，难问祝鸡翁。"

郁达夫作《车过临平》。诗云："清溪波动菱花乱，黄叶林疏鸟梦轻。又是一年秋气味，稻香风里过临平。"

25日 陆渔笙太史集鄞僧于观音寺结诗社，定名"木犀香社"。社员有圆瑛大师、太虚大师、陆渔笙、王吟雪等。即以木犀香为韵各赋七律二首。圆瑛大师作《陆渔笙太史丁巳八月初十集鄞僧于观音寺结诗社，嘱余定名，因题"木犀香社"四字，太史即以犀香为韵，各赋七律二首》。其一："鼻观风清送木犀，花晨结社在招提。诗钩香饵凭君缀，秃管云笺任我题。恰似联吟秋月窟，何须更觅广寒梯。明年八月重分韵，好把今朝旧侣携。"其二："秋风金粟散天香，白发东坡到上方。骚国公堪推作者，班门我愧逞诗狂。缔交缘证三生石，垂老吟添两鬓霜。家法剑南传有自，临风咳唾韵琳琅。"

《小说月报》第8卷第9号刊行。本期"文苑·诗"栏目含《雪止，春榆招同伯潜、少朴、笏卿、熙民、秋岳酒肆小集，叠前韵》（樊山）、《高养祉景琪乞作其大母毛太夫人贤孝诗》（叔节）、《将撤闱，雨后感赋，呈沈观院长并同事诸公》（姜斋）、《东海相国以亡友俞雪岑先生诗稿见示，敬题二首》（姜斋）、《自叹三绝》（师曾）、《张烈妇诗(有序)》（子言）、《挽潘若海》（子言）、《和吴辟疆》（彦殊）、《都中秋感》（彦殊）、《示堉儿》（温叟）、《访拔可新居不值，小坐而去》（梅泉）、《探梅邓尉，憩还元阁》（梅泉）、《杨叔峤先生遗诗(续第8卷第7号)》）；"文苑·诗话"栏目含《藤花馆诗话(续)》（吴酉云）。

26日 《民国日报》刊登陈去病等204人联名起草《南社全体社友公鉴》，指责"南社临时通讯处"冒名造谣，提请社员认明选票，并建议仍选柳亚子连任。

[日] 德富苏峰作诗一首。诗云："白塔亭亭插碧空，高粱满地动金风。乾坤寥廓清如许，人在沈阳秋色中。"

27日 "南社临时通讯处"发表通告全体社员书，散发选票，继续推荐高燮、邓尔雅、傅尃3人，并要求在10月10日前将选票寄回上海"南社临时通讯处"。蔡守与成舍我等人四处联络，搜集材料，拟出版《柳氏叛社记》。

严廷桢作《八月十二到杭州》。诗云："病后难为养，医言信不诬。居家多扰累，行旅足清娱。客气除当尽，心情澹影无。写余幽郁意，相约到西湖。"

28日 王大觉作《八月十三夜眺》（三首）。其一："木樨香里酒杯宽，双卷红帘玉露寒。箫语为烟灯倦矣，半襟黄雪倚阑干。"

29日 冯国璋反对孙中山等召开非常国会、设立军政府，指责其"擅发伪令，煽动军队"，"联络马贼，预备起事"，"紊乱国宪，逆迹昭著"，遂令各省选派参议员到京重组参议院。

《申报》第16030号刊行。本期《自由谈》"诗囊"栏目含《天台山若冰上人来访，乃故人赵君云华也，相见几不相识，别后感赋，用寒厓韵》（南湖）、《题赍臣遗札》（南湖）。

严廷桢作《八月十四，气又上逆，入夜加剧，呕吐始愈》。诗云："平生绝嗜好，惟气不能无。一朝成痼疾，始悔愚公愚。半瓯黄米饭，一瓢罗菔汤。淡泊已如此，难寻辟谷方。沉痼在中央，枢机失转运。和缓今为谁，解此胸怀愠。留得青山在，旨言不我欺。拓开方寸地，好种滇菩提。"

方守敦作《季野病起，园中碧桃忽开数枝，有诗自咏。予亦漫成二律，歌以慰之，时中秋前一日》。其一:"病起真堪晋一觞,百年诗兴故清狂。秋风旧写骚人怨,春色偏来锦句香。要占小山比丛桂,不须黄菊赋重阳。明朝明月清光好,几点仙桃瑞意长。"其二:"憔悴斯人久,名花可奈何。秋园春意到,万古一婆娑。朋酒生涯富,烟云世态多。故山且休息,日日晒庭柯。"

陈隆恪作《中秋前一日雨霁,独步公园遣怀》。诗云:"人先佳节到园中,雨后宫墙黯旧红。助虐灵柯休作势,逢辰浩月岂逃空。未关诗句吟秋少,定有云鬓湿雾同。溅泪篱边花自了,不堪谈笑听哀鸿(时畿辅水患,故末句及之)。"

陈逢源作《丁巳八月十四日夜,同友人自台南运河经亿载金城,舟行安平港口,赏月示阿甜校书》。诗云:"风流泛舸载笙歌,如此秋宵值几何。佳月谁知明夜好,清光已觉十分多。鲲身道上城如梦,鹿耳门前水不波。我笑双星真薄幸,人间无复隔银河。"

30日 中秋节,春音词社举行第十三集。本集留存词作有:徐珂《秋霁·丁巳中秋,春音词社十三集赋》(千里婵娟),周庆云《秋霁·丁巳上海中秋,春音词社社集》,夏敬观《秋霁·丁巳中秋作》,袁思亮《秋霁·丁巳中秋,同彦通作》。其中,周庆云《秋霁·丁巳上海中秋,春音词社社集》云:"仙幔泠泠,又清光万里,倚楼闻笛。瘦菊催诗,倦荷禁雨,芳菲最怜秋色。西风故国。怨吟自理今何夕。谩共惜。闲步珍丛,愁把画阑拍。 尊前涕泪,眼底河山,怕点新霜,鬓华先白。叹如今、天香梦冷,婆娑凉影沁空碧。玉垒翳云浑似昔。斧痕谁补,分明座隔春星,广寒灵境,可传消息。"又,是日为周梦坡与其妻一百一十龄合寿,赋《自述诗》。夏敬观《秋霁·丁巳中秋作》云:"尘海秋分,涨素宇流烟,碎锦难织。汉女遗珠,水妃分佩,为谁散愁南北。蕊宫露白。冒波玉练凄凉色。照断驿。无数坠鸿,天外递消息。 还念逝水,换却年光,素商铿然,来泛瑶席。记霓裳、寻声制曲,非烟非雾梦京国。谁傍苑墙偷弄笛。惯倚楼处,愁度美景良宵,小屏慵掩,浅醒风析。"袁思亮《秋霁·丁巳中秋,同彦通作》云:"如水楼台,浸绀海冰壶,半剪秋色。捣药流铅,采香垂珮,素娥弄寒无力。挂尊饯夕,几回阅世成今昔。但叹息。人去、忍将欢意照陈迹。 应念倦旅,怅隔天涯,夜来乡心,清恨何极。更兰闺、晶帘下却,多情翻自泪沾臆。弹向四弦留怨抑。到酒醒后、还怕婉晚韶华,舞鸾惊晓,冷蟾愁寂。"

《申报》第16031号刊行。本期《自由谈》"杂剧"栏目含《仙吕入双角合套·梦游月宫曲》(栩园正谱,小翠倚声)。

《小说大观》第11集刊行。本集"短篇"栏目含 [补白]《惆怅词》(晚秀)、《花间影事:旖檀室谶语》《今世说:王湘绮之周妈语》《惆怅词,和晚秀兼次其韵》(习庵);"笔记"栏目含 [补白]《观月楼口占》(忘闲、迦翁)。

赖绍尧卒。赖绍尧(1871—1917),字悔之,台湾彰化人。秀才出身。日本据台后,曾任大庄区长,颇负地方名望。其妻为雾峰林家下厝林文凤之女、林献堂之堂姊。赖氏与雾峰诗人林痴仙、林幼春叔侄交情甚笃,三人早在明治三十四年(1901)左右,即以"栎社"为名,共同结社吟诗。明治三十九年(1906)栎社组织化后,苑里文人蔡启运因最年长,在社居领导地位,蔡氏于明治四十三年(1910)去世,栎社于次年改正社则,定置社长一名、理事六名,赖氏被推选为首任社长,直到大正六年(1917)去世后,始由傅锡祺接任。赖氏著有《逍遥诗草》《悔之诗钞》。生前作品未结集。大正十三年(1924),栎社为纪念成立20年编选《栎社第一集》出版,共收入赖氏诗作46首。其后,连横搜集其遗作,共得66首,以《悔之诗钞》之名连载于《台湾诗荟》,1925年刊刻行世。后又将《悔之诗钞》与林痴仙《无闷词钞》合称《赖林二子诗词》,编入《雅堂丛刊诗稿》,当时并未公开出版,直至1987年台湾省文献会将《雅堂丛刊诗稿》影印出版。赖氏平日与连横过从甚密,常"联床夜话,达旦不疲"(连横《赖悔之哀辞》)。连横曾云:"悔之既殁之八年,余乃辑其遗诗,刻而传之。"又曰:"悔之,栎社之杰也。主持坛坫,鼓吹风骚……嗜酒,饮辄醉。醉则纵论当世事,或朗诵屈子《离骚》,以泄其抑郁不平之气。故其诗亦幽峭苍凉、芬芳悱恻,为世所重。"(《〈逍遥诗草〉序》)傅锡祺作《哭故栎社长赖绍尧先生》。诗云:"骚坛盟主饮中仙,诗酒清狂二十年。谁料素娥偷药夜,恰当长吉断魂天。珠玑错落题襟集,风雨苍凉宝剑篇。弹指香山余五老,披图眉宇重凄然(丙午栎社中兴,集于台中林瑞腾君后园之瑞轩者九人,时称香山九老。年来蔡君启运、吕君厚庵、林君痴仙、赖君绍尧先后捐馆,其存者陈君沧玉、林君仲衡、陈君槐庭、林君幼春与予五人耳)。"

　　严修作结婚满40年纪念诗。序云:"吾夫妇结婚满四十年,而大儿智崇满三十八岁,崇儿生于光绪己卯八月十五日,在阳历则九月三十日也。……故即用崇儿之生日为吾夫妇结婚满四十年之纪念日,是日又星期日也。儿辈孙辈,在官者给假,在校者休课,借此谋家人一日之团聚,有何不可?……泰西风俗,结婚满二十五年谓之银婚,满五十年谓之金婚。……吾夫妇婚四十年矣,银则已过,金则未至……而回忆此金先银后之时期,不无可喜可纪之事实。夫金与银何必拘,自今伊始,每阅十年,则为一次之纪念,如世俗之满十年而庆寿者然,有何不可?世有以此为趣事而导扬鼓吹者乎?或者伉俪之风,由此日笃,士无二三之德,而人人有百年偕老之愿,是则愚夫妇所祷祈之者也。"诗共16首,择录云:"泰西新语入神州,美满姻缘要自由。系我惟凭父母命,也成嘉耦不成仇。""授室吾裁弱冠前,早婚有害体安全。即今往事难追论,且说经过此卅年。""仕非于进隐非高,五十悬车亦自豪。偕老有人助家政,不将箕帚强儿曹。""人言罪过是风流,我觉风流士可羞。慈父义方良友训,终身耻作狭邪游。""易道刚柔异性情,夫犹忼急妇和平。和平却是家庭福,门内从无诟谇声。""百行吾曾几行修?妇兼四德亦苛求。聊依善善从长例,为彼高深助壤流。"

瞿秋白与周君亮中秋赏月，联句赋《减字木兰花·铁锁龙潭》一首。词云："一泓潭水，铁锁老龙潜不起。莫漫哀吟，听我悲箫宛转声。　华年坐送，如电如云还如梦。珍重心期，休待秋霜入鬓时。"

柳亚子作《旧中秋席上赋酬病蝶》。诗云："剩水残山万感侵，自携俊侣一登临。百年鼎鼎成今日，半世悠悠负此心。惜别言情原是幻，呼灯叱月总难禁。尊前莫动风云气，泪眼相看似病喑。"

王舟瑶作《鉴湖中秋雅集》。诗云："净扫浮云不染尘，湖山如画月如银。百年难得此良夜，一座追陪多故人。作剧鱼龙犹曼衍，忘机鸥鹭最相亲。尊前独少著峰叟（梅卿因病未到），盼断维摩示病身。"

唐受祺作《中秋夕小饮》（五律寄诒孙）。诗云："佳气满晴空，宵来饮兴浓。暗虫鸣朗月，落叶战回风。山寺露华白，水村灯影红。愿持清赏意，欢乐与人同。"

方守敦作《中秋月夜偕艺叔、伯秀出游访季野，复登西城远眺，有怀》。诗云："万象愁何极，家山空月明。聊为少年兴，相与放歌行。疏柳诗人宅，高城故国声。天涯起遥思，仰首桂华清。"

许南英作《中秋感怀》。诗云："烽火欧西战未休，欲归未得暂勾留。参军恨不憎蛮语，齐傅宁令敌楚咻。万里惊涛来瘴海，一丸冷月过中秋。四边寂静无人语，有客棉兰正倚楼。"

邓尔慎作《中秋不寐》。诗云："伤心月色还依旧，窗隙床前不忍看。此夜思量长倚枕，故园相望独凭栏。凄闻院柝催将曙，愁拥秋衾怯薄寒。卅载年华空偃蹇，况逢多难百悲酸。"

张良暹作《中秋月夜与治农、东美二弟登楼家宴，听演电匣戏齁二首》。其一："乐府埙篪奏，家风孝友传。有情如此月，今夕是何年。玉宇琼楼上，青天碧海边。与君拼一醉，大被好同眠。"

曾广祚作《中秋遇雨，和唐·韩愈〈八月十五夜赠张功曹〉诗》《中秋忆，寄孙姬瑞（举璜）》。其中，《中秋遇雨》云："黑龙夜跃倾黄河，姮娥垂帘掩金波。乾坤洗后看秋色，无须诉月同长歌。光寒铁衣征战苦，补天石开夜啼雨。硖门镜台似嵩高，桂华巢雀商风号。我惟藜藿柱虀径，蛮然喜作虚空逃。身骑鲤鱼出平地，厨进脮鳙兼膏臊。醉望仙槎任来去，胸中云梦凌神皋。自从七贵横帝里，蛙生于灶人心死。节钺坛荒楚将还，入朝星使车班班。既收越裳渡红水，更市蜀锦窥乌蛮。吴淞半江建飞阁，木难火齐陈窗间。其余方州奉祅庙，倚槛眩转休跻攀。且闻辽东浪死歌，挂弓扶桑皆儒科。昔观涛气诸侯多，泽施万物今非他，假我玉斧月如何。"

舒昌森作《高山流水·丁巳中秋访琴契上人，聪琴赋赠》。词云："月光秋半最明时。趁良宵、来访琴师。丈室正鸣琴，未容和月敲扉。泠泠响、一片禅机。襟怀爽，况有榑香暗袭,那不情移。任花阴露冷,悄立久凝思。　　迟迟。停弦笑迎客,欣握手、共话心期。回首溯神交,何竟咫尺天涯。已蹉跎、廿载相违。真堪喜,为我焚香煮茗,重理冰丝。听平沙落雁,弹罢恰星稀。"

徐世昌作《丁巳中秋对月忆友梅》《中秋寄朱渭春》。其中,《丁巳中秋对月忆友梅》云:"此夕自良好,青天万古浮。相看一轮月,忆弟怯登楼。烟水津沽夜,风霜碣石秋。孤怀眠不得,寄语隔汀洲。"

周岸登作《莺啼序·丁巳中秋,夜泛月东湖,用梦窗韵》。词云:"灵妃溯空泛彩,满琼宫桂户。散花影、飞入江城,倦客芳思摇暮。棹月过、东湖半曲,灯帘下上涵秋树。渐云开,天镜舒波,断虹迷絮。　　屐响高桥,醉里梦里,抱红阑紫雾。任人拜、金粟如来,此情慵问蛮素。绮怀孤、青山映发,古欢结、朱弦成缕。记梳翎,曾许骖鸾,漫嘲拳鹭。　　严城漏转,画角清筲,虎貔静万旅。敧露幌、药娥凄对,耐冷扶影,杵竭玄霜,泪干红雨。灵犀共照,繁香流艳,参差吹彻盈盈水,望仙门、可得浮杯渡。鹃啼雁泣,非关宋玉能悲,赋情更深怀土。　　沉萤露湿,傍鹊星稀,荡练光似苎。暗省念、西湖湘步,桂海邛池,赏倦吴歈,醉教蛮舞。丝阑旧谱,银筝新弄,洪都仙侣游兴懒,笑文园、投笔思题柱。回头万里京华,皓月同看,那人记否。"

庄嵩作《丁巳中秋夜莱园雅集,次老痴韵》(三首)。其一:"簇簇楼台夜色新,笙歌一派更宜人。十分明月三分酒,进入诗心净俗尘。"其二:"兴酣对月便题诗,檀板金樽事事宜。博得美人争把盏,老怀不减少年时。"

黄侃作《中秋见月蚀感忆》。诗云:"谁识姮娥此夜心?空阶徙倚复沉吟!每逢佳节偏为客,但有圆时岂惜阴。蚌蛤已看珠魄满,虾蟆枉把玉盘侵。遥怜翠袖西楼畔,露冷风寒定不禁。"

吴梅作《中秋夜黄海观月》。诗云:"击楫黄海中,昂首碧霄外。曜灵已匿西,天地成阴晦。须臾东海边,白光露一带。宛转出水底,蛟龙吐百怪。渐升亦渐明,粲粲车轮大。万波濯皓魄,势若珊瑚碎。一波衔一月,万月弄珠贝。今夕是何夕,嫦娥独狡狯。长空无纤云,静中有天籁。遥忆小儿女,多少焚香拜。"

刘伯端作《摸鱼子·八月十五夜与汉三、季装、叔文诸公谒小梅村遇雨》。词云:"数流年、又逢三五,秋光先满琼峤。海风吹蜃图成雨,寒意暗欺吟帽。芳径悄。便俊赏、清游难得真同调。倚阑独啸。问碧海青天,嫦娥今夕,谁与共幽窈。　　红楼隔,别有花羞玉笑。狂情容易颠倒。疏疏灯火阑珊处,还又催归嫌早。争知晓。有几个、词人携手山阴道。刘郎最少。分付折花人,花开早折,休负玉容老。"

张素作《水调歌头·中秋,用坡老韵》。词云:"何处不秋月,月又照胡天。桂轮依旧皎洁,弄影似当年。几辈征驱选舞,几辈伤离怨别,入梦总高寒。万事不须念,付与酒杯间。　　更漏断,篆烟息,悄将眠。问谁消受佳节,儿女共团圆。惆怅去年此夕，曾伴个侬私语，记忆半难全。当户玉绳挂，仙露引娟娟。"

陈隆恪作《中秋夜登公园小阜玩月》。诗云："争夜酒人出，凭高我独先。璧全明碎瓦，水小割长天。癣疥云留影，风烟树养年。清宵良不负，归梦傥从圆。"

熊瑾玎作《中秋念母》。诗云："佳节思归不得归，梦成身已到庭闱。盘中瓜果陈如旧，月下游观兴自肥。天上盈虚恒不爽，人间聚散总相违。何时遂得丘园志，长伴慈颜戏采衣。"

严廷桢作《中秋对月》。诗云："不见西湖月，岁星已再迁。倘非人有病，辜负月常圆。朗抱同千里，中秋又一年。凭阑间坐人，凉露湿华颠。"

黄瀚作《八月十五夜月蚀十首》。其一："闻道今宵月，清光万里同。举头云漠漠，曾不到墙东。"其二："白玉盘何许？群儿呼欲狂。似因人扰扰，无意吐光芒。"其三："皓魄原常在，痴蟆浪费猜。朦胧疑不定，吞噬果曾来。"

胡先骕作《莺啼序·中秋夜赋，用梦窗韵》。词云："良宵桂华浸瓦，映晶帘绣户。嫩源峭、星斗空明，雁程迢递催暮。暝色暗、天低野阔，秋风乱起金银树。渐更阑、零露如珠，断云堆絮。　　十里红楼，近远笑语，沸歌尘酒雾。慨人世、佳节无多，绮怀慵寄缣素。但丁宁、华年自惜，更休惜、春衣金缕。待扁舟、迎载桃根，共盟鸥鹭。　　兰亭已矣，梓泽邱墟，此生本寄旅。能对酒、月圆几度。过眼欢事，摧尽繁花，惯饶风雨。香飘桂殿，光摇银海，觚棱遥指仙宫阙，问瀛寰、可得枯槎渡？吹箫散发，翻思控鹤冥游，定消素襟尘土。　　鸣蛩絮切，败叶萧骚，早茜衫换苧。漫省念、灯前屏底，浅妒轻颦，凤履传杯，玳盘教舞。分瓜片藕，搴芳攀翠，喁喁儿女恩怨语，付柔荑、弹入筝弦柱。行看检点羊裙，泪墨留题，尚余恨否？"

吴芳吉作《丁巳中秋寄怀欧美诸友》。诗云："邻家有酒酬佳景，顾我中秋益可怜。破屋满江兵满地，老亲催病债催钱。雁归罗马城边月，人在檀香岛外天。剩有一身犹属我，清茶淡饼饱忘年。"

闻一多作《清华园中秋赏桂》。赋云："夫牛渚之会，金山之游，胜侣嘉宾，夐乎尚已。尔其金商届节，月夕逢时，清华名园，林泉胜处；冰轮流耀，金粟蒸芳，月映花而瘦度，花受月而浓遮。丛是香林，风纡萦于曲径，叶成芳葆，影倒印于方塘。嗣宗闭户，游月隔新；蒙叟临濠，会心不远。触飞绿蚁，独酌赓李白之歌；袖拂玉屏，一枝想邻诜之对。寒蝉抱叶，嫩蕊分香，败荷翻风，微澜卧影。外物厌美，中怀蝟欢，丽瞩终宵，远怀千载；方斯胜赏，孰与古人？故知乐贵遗形，游当适性，不必一静躁以聚类，强发扬以耀俗也。于是沐零露，晞斜汉，怀鲸钟，警鱼钥；一觞一咏，载行载歌，歌曰：山杳霭兮月扬辉，秋风凉兮桂蕊飞；幽人眇兮吾何归！夜厌厌兮风吹衣。"

徐嘉瑞作《重庆中秋》。诗云："宿雨消清节，羁迟月倍明。乾坤今晌事，日夜此江声。散乱仍巴蜀，兵戈自易京。邦人宁未得，何有故园情！"

贺次斸作《中秋》(二首)。其一:"西风柳岸不胜秋,槛外长江空自流。多情只有南朝月,千古良宵照石头。"其二:"星稀夜静听虫吟,月满中庭酒自斟。佳节每当羁旅过,又从箫鼓动乡心。"

[日] 关泽清修作《中秋借花楼待月,呈小岘主人》。诗云:"姮娥出海入南楼,皎皎清辉杯里流。此是前宵诗梦迹,满天风雨作中秋。"

[日] 橙阴正木彦二郎作《秋雨闲坐,戏赋一诗》。诗云:"秋雨溟濛犹未舒,又无过客叩幽居。欲欣尽日留清兴,妇弄琴声夫注书。(大正六年丁巳中秋尽日)"

[日] 久保得二作《金枝小岘(道三)招饮,此夜中秋,无月》。诗云:"殿山有个读书楼,宾主相逢作唱酬。风雨频年今夜月,江湖满地一身秋。好从文字迭输胆,矧复琴尊堪解愁。四壁新寒成醉未,悄闻玉漏半宵幽。"

本 月

在陈独秀倡议下,北京大学正式设立中国史学门。朱希祖《北京大学史学系过去之略史与将来之希望》云:"北京大学于民国六年以前,初无所谓史学系也,民国五年秋至六年夏,此学年内,文本科中仅有中国哲学门、中国文学门、英国文学门三项而已。至六年秋,始于中国文学门内分出一部分教员及国史编撰处一部分编撰员,组织中国史学门。当时文科学长为陈独秀先生,竭力奖励新文学,整顿中国文学门,本门教员于新文学有不慊者,大都改归中国史学门。彼对于中国文学门,拟为积极的建设,对于中国史学门,拟为消极的安排,盖具有不得已之苦衷也。"

《兰言》(周刊)在江苏常州创刊。苔岑社社刊,由武进晨钟报社发行。编辑主任余信芳(余希澄),全刊分设"文苑""谐著""笔记""小说"栏目。

《浙江兵事杂志》第41期刊行。本期"文艺·文录"栏目含《〈退庐吟稿〉序》(济时);"文艺·诗录"栏目含《中秋前一夜大风有感》(田应诏)、《中秋夜宴杜母园》(田应诏)、《丁巳立春后一日,风社同人杜母园赏梅,首成二章》(田应诏)、《蟋蟀》(济时)、《晤后者》(庐球)、《怀南湖》(庐球)、《丁巳夏讨逆,驻明光有感》(黄剑鸣)、《同诸贞长、栗长秋泛十绝句》(后者)、《和秋叶》(后者)、《钵花来书,谓处境宽裕,故诗多闲旷,然耶? 否耶? 叠前韵却寄》(廙盦)、《送陈伯陶》(海秋)、《明故宫》(海秋)、《访江阴阎忠烈祠》(海秋)、《过汤阴县》(漱圃)、《入都旅次述感》(漱圃)、《赠瓯江潘振风》(漱圃)、《丁巳春日,秋叶将归闽,叠前韵送之》(贞壮)、《秋泛得十三绝句》(贞壮)、《闻与德奥宣战》(GR生)。

《瓯海潮》第15期刊行。本期"艺文·文录"栏目含《〈重九登高诗〉序》(昭文孙雄师郑);"艺文·诗录"栏目含《新岁二日,子万先生枉驾造庐,谈艺淹晷,欲持戒而屡犯,托有邻之不孤,愧无足观,或承赐和》(符笑拈)、《题洪栋园〈无根兰〉传奇》(陈子万)、《感怀,和冒瓯隐》(陈子万)、《夜宿南雁仙姑洞》(陈子万)、《咏古四绝》

（林浣尘）、《漫成》（宋墨哀）、《买书行》（宋墨哀）、《除夕守岁》（宋墨哀）、《叠前韵并柬冷生同志》（宋墨哀）、《杂诗二首》（陈闳慧）；"艺文·遗著"栏目含《天一笑庐遗稿（未完）》（乐成黄鼎瑞菊襟）；"杂俎·丛话"栏目含《剑庐诗话》（陈闳慧）；"杂俎·别录"栏目含《文人戒诗新律宜破除说》（答符笑拈大令）（洪棣园）、《〈客里钟声录〉叙》（伍梅荃）。其中，陈子万《题洪棣园〈无根兰〉传奇》（二首）其一："楚苑香泥护碧丛，辞根怎似九秋蓬？袖中画本心中史，一样禾油感故宫。"其二："哀吟为写忆翁心，变徵声中寄托深。倘被管弦歌一曲，白头遗老泪沾襟。"

《学艺》第2号刊行。本期"杂俎"栏目含《废疾篇（续）》（拙攤）、《徐伯林与其飞船之历史》（鹏飞）、《消极革命之老庄》（吴虞）、《抱影庐陈言（附小引）》（陈启修）、《拟行路难》（十八首，庚子年作）（杨枞林著）、《都门感事怀人，集定公句十二首》（蜀南愚公）、《丙辰年日本逗子海岸销夏杂诗》（君毅）、《春柳》（子涤）、《意难忘（续）》（[德]海则保罗著，君毅译）、《与某君论联邦书》（王宏实）。

《留美学生季报》第4卷第3期刊行。本期"文苑·诗选"栏目含《柬胡适》（任鸿隽）、《江边》（River Side）（任鸿隽）、《论诗杂记》（民国六年）（胡适）、《留别任叔永》（胡适）、《赫贞旦答叔永》（胡适）、《答叔永》（唐钺）；"文苑·词选"栏目含《临江仙·六里洞》（民国四年旧作）（胡适）、《沁园春·新俄万岁》（胡适）、《沁园春·醒日》（任鸿隽）、《浣溪沙·憩纽约之华盛顿堡公园，园临赫贞江》（胡适译）。

叶恭绰被推为全国铁路协会会长。

周震鳞任广州大元帅府参议，国民党广东支部总务部长，湖南驻粤代表。

陈师曾于京城琉璃厂南纸铺见齐白石所刻之印章，特至法源寺相访，晤谈即成莫逆。白石誉师曾"能画大写意花卉，笔致矫健，气魄雄伟，在京里很负盛名"，遂出《借山图》卷供鉴赏。师曾题诗一首，劝白石自创风格，不必求媚世俗，此正合白石意，遂常去师曾处谈画论世。《题齐濒生画册》诗云："曩于刻印知齐君，今复见画如篆文。束纸丛蚕写行脚，脚底山川生乱云。齐君印工而画拙，皆有妙处难区分。但恐世人不识画，能似不能非所闻。正如论书喜姿媚，无怪退之讥右军。画吾自画自合古，何必低首求同群？"齐白石尝言："此次到京，得交师曾做朋友，也是我一生可纪念的事。"白石时年五十五。白石离京时，作诗一首云："槐堂六月爽如秋，四壁嘉陵可卧游。尘世几能逢此地，出京焉得不回头？"

王舟瑶偕柯骍威（傅周）诸人游雁宕山，得《雁宕纪游一百二十韵》《雁宕杂咏》（二十一首）。其中，《雁宕杂咏》其一："兀然一老僧，袈裟云襞积。得毋诺讵那，终古此面壁。（老僧岩）"其三："佛掌合不住，中开一线天。白云偶飞出，朵朵兜罗棉。（观音洞）"十一："山河已破碎，无事再裁剪。不如挂帆去，手挽狂澜转。（剪刀峰，一名一帆峰）"

汪春源参加漳南钟社诗钟聚作活动,作《和林景仁〈叠移居均答公愚即以送行〉》(四首)。其二:"苧江刻烛夜阅诗(是日赴漳南钟社小集),展诵吟笺月影移。万里关山劳问讯,一灯风雨人书帷。宦情似水栖身隐,世事如棋冷眼窥。廿载浮字萍泛感,愧无刘尹买山赀。"

章士钊出任北京大学逻辑学教授兼图书馆主任。

释永光与刘善泽同至浏阳道吾山,释永光作《丁巳八月与天隐翁游浏阳道吾山,途中得诗四首》《自道吾还长沙,与天隐翁同坐》《双枫浦,赋呈腴公》等。其中,《丁巳八月与天隐翁游浏阳道吾山》其一:"秋高群壑肃,日落万山低。一鸟转寒木,孤吟入小溪。结崖藤架屋,傍水树成蹊。绝顶闻长啸,幽人在岭西。"其二:"残堞城阴路,斜阳郭外山。藤萝双峡冷,筇屦一僧闲。向晚投何处,幽云尚未还。沿溪踏林月,黄叶满松关。"

钱基博转任江苏省立第三师范学校国文教员。

毛泽东为湖南第一师范附属小学国文科二年级编写《国文教授案》,作教学实习。

周恩来从南开学校毕业后东渡日本,入东京东亚高等预备学校学习。赴日前赋诗述志:"大江歌罢掉头东,邃密群科济世穷。面壁十年图破壁,难酬蹈海亦英雄。"

瞿秋白考入北京政府外交部立俄文专修馆。

吴梅应北京大学聘,讲授古乐曲。赴北京途中作《仲秋入都,别海上同人》。诗云:"州里多通异域文,五花翻爨要参军。寰中久已无新室,日下何劳补旧闻。不第卢生成绝艺,登场鲍老忽空群。世人誉毁原无定,谁是观棋黑白分。"

沈增植撰《寐叟乙卯稿》(1卷,四益宦刻本)丁巳仲秋刊行。苏文铭斋郑子兰刊,丁巳首夏饶星舫写。集前有郑孝胥署签,孙德谦序;集后有张尔田后序。其中,孙德谦序云:"嘉兴沈乙盦先生,今之闳览博物君子也。写定《寐叟乙卯稿》,授之削氏。杀青既竟,先生命之序。序曰:昔晚周东驾,政异俗殊,鲁史编年,独书王正。何则平王已降,周祚中微,列国之君,窥窃神器。晋文请隧而罔顾礼义,楚庄问鼎而莫识重轻。宣圣删述《春秋》,特揭尊王之旨,盖所以惧乱贼、严名分也。陵夷至于战国,势益衰敝,七雄互相吞灭,纲纪泯然绝矣。然秦臣避其恶名,温人辩其非客,犹得端拱在此位,天下奉为共主者,斯亦《春秋》从周之效也。然则先生诗,开宗明义,首题七年元日者,知其志在《春秋》,见之行事而深切者明矣。夫古今诗人隐逸之宗,仲伟所称,厥维靖节。观其东轩寄傲,南村独游;耕下潠之田,拒元嘉之聘;夷叔同其饥食,祖谢勖其相从;延年所谓'物尚孤生,人固介立'者,贞风凌俗,良足钦焉。所著文章,义熙以前题晋年号;永初以后止纪甲子。此则大节,皭然以示耻事异姓之志。与夫胥余演范,不署周年;陈咸荐时,唯遵汉腊,岂非后先同揆,垂为世楷者乎? 先生自辛亥后,遗世独善,履霜之洁,后雕于岁寒;停云之思,靡从乎新好。柴桑高逸,庶几有之。惟是荆卿报嬴,挥剑而出;田畴高世,严驾而行。陶公集中往往托之歌咏者,忠怀耿耿,但恨所遇非时耳。向使豫章逆取,有抗乎高门;山阳安荣,未归于下国,则元熙纪年必将著之篇什矣。兹者重华协帝,行否德之禅;乔木世臣,袭汉官之旧。则当三元肇历,四序履端,蓼亭庆其重兴,桐宫期其嗣建。谨志岁月,复见天心。《语》云告朔饩羊,我爱其礼,斯之谓矣。先生誉馥区中,道轶萌外,诗为余事,岂仅借此而传。是编简册不多,声流悽惋。虽其中苔岑协好,半出唱酬;蒿里悲吟,或伤殂逝。而恋高寒于北阙,录梦华于东京。怀而慕思,溢乎词表。至若《春秋》之义,兴周为大;月正上日,犹存帝号。岂惟司马拾遗,撰今上之纪;实乃公羊奉始,著大统之文。先生通乎《春秋》之教,尤足为后世诗家。易代随时,尚志不仕,循用甲子之例者,创立书法也。呜呼!子云寂寞,点世美新;嗣宗猖狂,馨辞劝进。讽先生诗,其能无愧也乎?丙辰春三月元和孙德谦谨序。"张尔田后序云:"岁癸丑,始谒嘉兴沈公于沪舍,而读公所为诗。公宏劲广揽,走东南者以为望,诗何足以尽公?顾自邦宇崩沸,流人遵海上,一觞一豆,一花一鸟,一拳石,永曛旦,叙殷勤,非是无以寄其抱。翁属鞿其间,始若不经度,而终乃愈奇。谓吾之于诗也,譬蜩父之承蜩然,亦掇之而已耳。余臆则不然。不观夫卉之病槁乎?莫洌于廪秋。风沴水潦,瘵荄禅叶,津之泽于菀者涸矣。虽有懿彩,固无自苗。即春以临之,零露泫其条,阳和披其枚,翠媞粉媚,望若新沐,夫是卉也,岂有心于炫哉?其溉者然也。筑基于壤,葺故蘽而饰之,飘摇一朝,尚不能与瓦砾伍,是岂有材之用哉?公诗以六籍百氏、叶典洞笈为之溉,而度材于绝,去笔墨畦町者,以意为辀,而以辞为辖。如调黄钟,左韶右濩;如朝明堂,尧醵舜醮。谲往诡今,蹠瘁攓窍,上薄宵霓,下游无垠,挥拔劖露,耸踔岋立。其绳切物状,如眇得视,如跛得践。其蛰扶复迈,如寒厉肤,煦以温燠;如溽大酷,扇以凉清。其幽咽骚屑,缱绻鞠情,鞾如孤葩,空壑自媅,土视粉黛。其严听尊瞻,醲化可醇,君都臣俞,父熙子暤,如苞廉陛,指挥蛰御;如踞幡座,天龙海众,膜拜礼赞,贲贲赫赫,睨之背芒,慄不敢近。呜呼!其可状者如此,其不可状者岂极耶?余不知诗,顾尝游乎玄之藩,其秘也蟠天根,其观也剖冥尘。出阿入荼,白盖彻光,弹指自在,口不能言,而若有被之者,其诗之为耶?诗固不足以尽公,顾异日数诗者必不遗公。公生平有诗数百篇,不自爱护,散落往往在人口,惟兹首尾具可咏。摇锲既成,顾末简乃以导言命幽鄙,遂书之。若夫絜骚雅、准正变、配韩俪苏,上躐诸古作者之林,竺古而工文章者能言之矣,则以俟代之硕宿于前序。强圉大荒落之岁壮月钱塘张尔田。"

朱福清撰《最乐亭诗草》(1册,2卷,刻本)刊行。岁在丁巳八月开雕。钱骏祥序云:"吾郡地处水乡,无崇山峻岭之胜,而清流环带,林木翁蔚,往往有高人介士栖息于此。有明末造,若沈氏黄庵、殷氏方叔、吴氏稚贞,皆以乐天耽隐,蝉蜕鸿冥,不求见称于世，而世卒称之。今吾友朱仙槎征士，其庶几焉。君天怀淡定，乐于韬晦，而于邑中诸善举，则又惟日孜孜为之不倦。生平精岐黄学，嘘枯起瘠，活人无算。乡人士综其品行，举君孝廉方正，而君不以措意，筑最乐亭于月湖之滨，吟啸其中，怡然自得。自辛亥后，杜门却轨，养真肥遁，尤有黄庵诸先哲之风。今冬介陈米山表弟以诗卷邮示，索余弁言其端，余受而读之，觉清微淡远，真趣盎然，一洗诗家肤廓纤仄之病。昔宋严沧浪之论诗，以羚羊挂角，无迹可求为上乘。新城王氏从而衍之，一以神韵为主，而袁氏简斋则又专主性灵，不事缛艳。君诗于新城为近而直抒胸臆，不屑屑雕琢肺肝，则直入钱塘之室矣。其《度岁》诗有'一编正朔伴吟厄，聊当苏卿汉节持'之句，志节之高又可想见。惜余老遁异乡，不克从君于最乐亭中把卷流连，一结月泉吟社之雅，此余之所为自顾身世而不能无感也。岁次彊圉大荒落季冬，新甫钱骏祥叙于析津寄庐。"夏贞立作《仙槎征君以〈最乐亭诗草〉属题，家君欣赏〈度岁〉、〈落花〉两绝，命依韵奉题》（二首）。其一："快读新诗酒一卮，一编珠玉手亲持。湖亭自作桃源看，世变沧桑总不知。"金蓉镜跋云："今年予为诗独少，病暑以来，边鄙忽耸，既喜而惧。陶令述酒，寄念重华；少陵怀秋，托言诸将。于是发愤于诗，颇有造述。间与朱征君仙槎往复，征君乃出示全稿，属为点定。诗人之心，一国人之心也，始于杂博，终于性灵。君家暴书，翁每为学，人举似玉溪，其意可知。词不难则尘土皆羹，学不博则兰苣亦萎。欲泽古则古人已言，欲夸奇则奇事无可。修辞既多方，行气尤贵笔。空穴交会、接笋抽条，咸有定则，各见新意，而后诗道乃成。此刿心之士所以必针孔中求毫端上，坐树头死去而后出也。征君《自讼》一诗，已略言之矣。征君以为然，遂书为跋。岁在丁巳七月中元节，潜庐居士金蓉镜拜书。"附录含《朱征士最乐亭记》（吴受福）、《最乐亭纪事》（沈进忠）。

方济川编《庸城杂咏》印行。为编者和友人酬唱诗集。

恭政吟社编《泪雨集》由南京新时报社刊行。

曾广祚作《仲秋漫兴》。诗云："经通佛藏应真机，步接庐敖得道归。漫兴偶寻池上艇，无心再入省中闱。月明南国容攀桂，日薄西山赋采薇。秋蝶不知人寂寞，一双犹绕女萝衣。"

舒昌森作《天香·丁巳仲秋，偕同社金松岑重吊唐六如墓》。词云："约伴登舟，寻幽出郭，横塘复认抔土。夕照牛羊，秋风葵麦，乱坐牧童樵父。清狂可羡，尚记得、桃花满坞。絮酒只鸡到此，扪碑相共怀古。　　荒寒更谁封树。况张灵、旧闻传误。赢得艳名身后，怎知无据。恰似中郎弃妇。有一样、甘心受诬处。说与沿村，谁还信否。"

杨振骥作《和朱经田省长〈答南湖居士〉元韵》（二首）。序云："丁巳桂秋，居停松海庄，主饮朱经田省长于移情阁上。老友南湖居士闻之，感触旧游赋一律，自沪寄赠经老并示枕溪。越日经老书报居停，附和韵七律两章，回环谛审，觉两君诗意皆寄托遥深，不尽缱绻，因述离怀，次韵奉和。"其一："独依松海避尘喧，惨澹吟秋着墨痕。追悼慈亲空有泪（本月廿三日为先慈二周年），忧伤祖国欲无言。机云才调征夫恨，屈宋文章怨女魂。寄食年年悲颖秃，天涯那个是平原。"其二："擎杯落日看中原，到处荒凉欲断魂。清酒一樽陪客饮，离怀满腹共谁言。每逢嘉会添啥兴，惯向深秋索梦痕（拙稿中得《感秋》诗，诗四十余首）。阁号移情情未易，聊随海月听涛喧。"朱经田省长《述怀》和章云："海天月印晓涛喧，杯酒殷勤话旧痕。守土一身拼万死，忧时有泪转无言。多承旧雨倾肝胆，遥望彩云萦梦魂。归去百端都敝屣，松楸耿耿念丘原。"廉南湖居士《感怀》原诗云："晴风嘘翠万松喧，坐上花枝识梦痕。二客相逢如有约，三山一笑复何言。余生家国真多累，合眼波涛欲荡魂。飞阁初临成世外，擎杯落日看中原。"

郑国藩作《丁巳八月，陈芷云邮示〈五十自寿诗〉索和，爰成四首奉寄》。其一："忆君寿我走诗筒，愧我寿君句未工。一例冈陵随献颂，几回云树想高风。神交自昔忘形迹，世事由来重变迁。千古沧桑谁管得，大苏春梦已匆匆。"其二："解组渊明久倦游，琵琶听唱旧江州。避人地辟烟三径，乐圣杯衔月一楼。削木曾期公冶对，著书未许子虚俦。秋深南极星增烂，照遍归云阁几周。"其三："潜园高卧老袁安，桂树飘香几岁寒。人仰盛名归洛下，天留耆德壮词坛。五旬夫妇眉齐易，三世儿孙膝绕难。怪底元方常后席，风楼云气墨初乾。"其四："谪仙原合住蓬莱，万卷人夸著作才。马帐春风连北斗，鲤庭旧雨接南孩。介眉句就觞同奉，戏采衣多锦织裁。笑我控骊空爪甲，也随雁足趁秋来。"

李琰作《咏五色菊，叠韵存二》。其一："绿艳秋浓有几家，孤枝秀出万丛花。云开月过留清影，风送香来拂翠纱。松径烟难迷本质，竹梢露可润奇华。可怜红紫输颜色，岂是灵根产异芽。"其二："白衣送酒到陶家，香动篱边正发花。万点玉浮摇素影，一帘月透入轻纱。因甘疏淡怀高节，为惜珊瑚感丽华。回首故园秋已杳，好将培植护新芽。"

熊瑾玎作《书怀》。诗云："蹉跎岁月感迁流，搔首乾坤独倚楼。自愧望洋迷学海，更惭无策拯神州。清宵万虑丛心臆，雁信千声落案头。欲取离骚成一诵，哀歌转觉使人愁。"

范问予作《送别德堪出国》（四首）。其一："乘风破浪鼓轮舟，峦雨鲸波助壮游。夙挹万夫称异禀，相期只手挽神州。"其二："乡心莫共黄花瘦，别意那堪秋叶红。牢著凄凉儿女态，阳关终觉使人愁。"

松风诗社在上海松江成立。发起人有耿伯齐、雷补同、吴遇春、杨了公、姚鹓雏等人，并辑印《松风草堂诗集》。王廷梁《松风社同人集》序："炊莫部郎为云间诗人张温和公之外孙，诗学源流由来已久。归田后就公之松风草堂，与曾孙定九昆仲迭相唱和，并延诗文名家暨精于金石、书画、词曲、音乐诸名士，风流文采萃集斯堂，致足乐也。丁巳（1917）秋间设松风诗社，至甲子（1924）秋计七稔，得诗二千余首，而部郎所作较夥。"社员有朱运新（似石，别字顽斋）、张永（耕九，原名尔丰）、顾保圻（荃孙，别署悟庐）、张尔鼎（定九，别署玉铉）、杨锡章（了公）、胡毓台（杜炎，振华）、王廷梁（斗梯，别署雾叟）、顾嘉玉（子丰）、唐彦（蕴初，别署天山）、费砚（见石，别署龙丁）、雷瑨（君曜）、张尔泰（思九，别署痴鸠）、徐公修（慎侯，别字署芸）、吴承垣（东园）、王承霖（别字蝶庵）、雷补同（谱桐，别署味隐）等80人。

孙中山特任王熙闻为西伯利亚调查员，由上海启程，经大连到海参崴。王熙闻口占诗云："浮海万余里，依然道不行；胡笳空惨切，羌笛最凄清，少妇闺中梦，征人塞外情。相思同一样，各自泪纵横。"抵达俄属宁果尔斯克后吟道："乘桴浮海去，不复事林泉；异国非吾族，中原岂可捐。明星如皓月，碧海似青天。星月固然好，海天应亦然……"

丁传靖挈家随新任民国总统冯国璋专车自宁入都。丁传靖任总统府秘书兼国史馆纂修，专司总统酬应诗文、函札，余时悉用以撰述。

曾习经自棉湖返杨漕，途经揭阳，访老友姚梓芳（君恴）于秋园，作《姚君恴秋园》诗赠之。诗云："一舸乘凉暂得抵，南园北第起参差。久传子美沧浪记，待补东坡草木诗。地僻正宜常闭户，心闲无碍近弹棋。倚栏别有沉吟处，不是温公独乐时。"

唐群英离京返湘，在汉口轮船偶遇老盟友陈汉元。与陈联句云："（群英）小艇如囚渡岳州，（汉元）歌声人语杂江流。（群英）十年忧愤怀秋侠，（汉元）百战功名笑楚猴。（群英）回首燕云增黯淡，（汉元）伤心边漠费筹谋。（群英）不堪九死逋亡客，（汉元）犹得生还话旧游。"又作《归舟遇陈汉元有赠》云："百战归来剩此身，同舟犹话劫余尘。老陈不是寻常客，曾率诸侯讨暴秦。"《舟泊岳州城下，登岳阳楼晚眺》云："君山突起水濛洄，山色湖光照眼开。不访纯阳大仙昌，何当共和醉三回。"《过洞庭湖有感兼赠陈汉元》（二首）其一："旭日初升晓雾开，洞庭波起断头台。不堪回首当年事，赢得功成血战来。"其二："归心如箭系舟难，满载豪情渡岳关。此去长沙知未远，好携朋旧话家山。"

苏曼殊移居上海新民里11号，与蒋介石、陈果夫居一处。

齐白石在京先后结识陈师曾、易实甫、凌植支、汪蔼士、王梦白、陈年、姚华、罗瘿公、罗敷庵兄弟及萧龙友等画家、诗人和书家，以及法源寺道阶和尚、衍法寺瑞光和尚，二僧均成为齐门弟子。新知旧友，常聚晤谈。

黄节被蔡元培聘为北京大学教授，讲授中国诗学。

汪东任会稽道尹公署秘书长。尝从会稽道尹刘邦骥游接待寺、梁山伯庙、阿育王寺，初识太虚大师。

刘大白与蒋梦麟相识相交，后成为蒋梦麟得力助手。

谢觉哉至长沙楚怡小学从教。

陈寅恪卸交涉使署任，拟留学美国，寄寓雅礼学会，旋回江宁。

陈方恪因局势渐趋平稳，又北上入京。散原老人有送别诗《方儿省疾别入都》。诗云："终昂嬴骨鉴苍穹，梦抱钟山一秃翁。去接阿兄阿弟语，扶衰盂粥有新功。"

张恨水离上海，返故乡潜山。居家读古文，剖析林纾所译外国小说。

冯友兰告知冯沅君，北京女子高等师范学校招生。冯母经过激烈思想斗争，同意女儿报考。冯沅君遂考入北京女子高等师范学校，与苏雪林、庐隐同窗。在校期间常至北京大学旁听鲁迅课程，遂与鲁迅相识。

朱自清进入北京大学中国哲学门读一年级，与陈公博、康白情同班。一年级课程有胡适讲授"中国哲学"和"中国哲学史"，章士钊讲授"伦理学"等。

赵熙撰《香宋词》（2卷，刻本）刊行。丁巳秋成都图书馆督刻，林思进集魏石署。作者自序云："余于词，诚所谓不知而作之者。顾尝读史矣，读《党锢传》《王莽传》《褚渊、冯道传》《义儿传》，讫朱温之世，天道人事，茫乎未晰。余心毋宁，以詹詹者自外于德人，其言盖昏荒者流也，然不能自惩其失。《诗》曰'蟋蟀在堂'，彼自鸣其秋尔，以亡国之音当之，则哀以思矣。于是贸然裒录，不敢掩其不善，六百日中，凡如千篇。云香宋者，汉许君有言，宋居也，《离骚草本疏》中'其芳菲菲，树之维宜'，而余今实无一椽之庇。噫，自欺而已。赵熙。"

李大钊作《复辟变后寄友人》（1917年秋沪上），后刊于1918年7月1日《言治》季刊第3册。序云："复辟变后，仓皇南下，侨寓沪上。惺亚时在赣江，赋此寄怀。"诗云："英雄淘尽大江流，歌舞依然上画楼。一代声华空醉梦，十年潦倒剩穷愁。竹帘半卷江天雨，蕉扇初迎海外秋。忆到万山无语句，只应共泛五湖舟。"

徐世昌作《新秋即事》《长安早秋》《酬宋铁梅》《幽斋》《小园》《深居》《野鸥亭晓坐》《晓起出郭》《柳枝词》《竹枝歌二首》《消闲》《夜对流萤作》《晓凉》《秋柳》《和渊明〈饮酒〉诗二十首》《新秋雨夜》《淀北园早秋杂兴》《避嚣》《新秋赠曹理斋二首》《题画梅》《秋园雨后偶作》《弢园闲咏三首》《张珍午过晚香别墅论诗格》《晚餐后散步》《田园秋眺》《园居初秋》《夜坐看月》《秋夜雨》《秋堂夜坐》《秋阴即事》

《古意》《题济宁李一山所藏唐拓武梁祠画象残本十首》《玩月》《望西山》《古剑》《废琴》《不出门》《秋风》《城西路》《独坐》《修治园中涂径》《晓雾》《东斋》《秋池》《田家苦》《秋雨》《废宅行》《促织曲》《短歌行》《山农词》《津沽曲》（二首）、《幽眠》《种菊》《题刘葱石〈枕雷图〉四首》《海淀道中》《秋眺》《乡村晚兴》《和郭酮伯吉林寄诗韵》《闻天津河溢寄友梅》《读书》《和欧阳文忠〈送目〉韵》《和欧阳文忠〈晓咏〉韵》《和余武溪〈西山〉韵》《和梅宛陵〈东溪〉韵》《题砚》《京师逢王晋卿，时畿辅大水》《和梅宛陵〈田家〉韵》《和梅宛陵〈小村〉韵》《和梅宛陵〈秋日村行〉韵》《和梅宛陵〈田家屋上壶〉韵》《和林和靖〈小园春日〉韵》《和林和靖〈郊园避暑〉韵》《和林和靖〈庐秋夕〉韵》《和林和靖〈山村冬暮〉韵》《梦中作诗，京畿大水》《题奚铁生〈竹堂图〉》《秋日钓姜颖上，王晋卿、柯凤孙、秦袖蘅、易实甫、刘仲鲁、贺性存来晚香别墅小集》《题汤雨生画》《题戴文节画》《题张小蓬画》《秋水泛京畿，王晋卿同年来自太原，出示新得汉晋砖拓本属题，晋卿诗跋已考辨精确矣，为作长句报之》《秋园即事》《题砚二首》（砚额刻山水极工）、《枕上作》《怀周少朴》《汤山池馆》《修筑小汤山别业》《昌平道中》《次韵答程恭甫》《次程恭甫〈咏古〉韵》《西城有种菊者，甲于诸园，倩刘仲鲁为买百盆》《秋晴郊望》《次韵酬郭啸麓》《简秦袖蘅》《客来》《元故城基，用梅宛陵〈登周襄王故城〉韵》《团城辽松》《晚立》《假山，用梅宛陵韵》《深秋阴雨遣兴》《秋寒，用梅宛陵〈春寒〉韵》《对月，用梅宛陵韵》《题友梅六十，有一小像》《李敏修自卫辉来，留晚香别墅小饮看菊》《依韵答秦袖蘅》《暮秋，用余武溪〈暮春〉韵》。其中，《新秋即事》云："山云漠漠草萋萋，有客敲门索句题。瘦竹过墙抽晚笋，高枝压架缀秋梨。逍遥巾杖容疏嫩，罨画园林合退栖。秋至尚余三伏暑，隔桥凉送水禽啼。"《长安早秋》云："逐日少尘事，闲门客到稀。加餐妻进馔，防冷妾添衣。社燕窥池饮，秋虫背烛飞。长安风景地，宫树晚依依。"《酬宋铁梅》云："世事类棋局，何人假斧柯。新诗足感喟，旧恨看山河。秋草肥骢马，春沙卧骆驼。松花江上月，归梦绕烟萝。"《幽斋》云："碧梧筛影隐疏棂，寂寞幽斋养性灵。檐下菊花迎月白，垣边莎草衬天青。渊明饮酒能成咏，陆羽煎茶亦有经。欲问烟霞访遗佚，嵩阳山畔有云停。"《小园》云："小园生意足，野老任疏狂。袯襫无尘状，耰锄镇日忙。移栏芟恶竹，分药种良姜。饱食闲亭畔，夕阳树杪黄。"

王闻长作《休暇第三集，渡江寻秋，分得诗字》《秋江晚归》（二首）、《陪恫伯节帅游呢什哈山，兼呈座上诸公，休暇第四集》《山麓采马兰歌》《北山看红叶》。其中，《秋江晚归》其一："淼淼沧浪接翠氛，晶晶西日透层云。若非一带青山隔，水色无光何处分。"《北山看红叶》云："北山秋老多红叶，昨夜霜花皑似雪。一年好景驹过隙，凉意侵人尚清绝。山腰小憩停车坐，岭断峰回路几折。阴籁时闲声淅沥，返照惟看影明灭。枫桥未落玉露涧，柳梢低弹金风掣。池上晓花余锦绣，岩边老树散彩缬。

露结应垂夜月光，烟霏欲碾朝霞屑。遽怜堕地蝶纷湿，误认穿林萤火瞥。子山枯树聊作赋，茂叔莲花亦有说。登临无倦且吟诗，游踪不惜轮蹄铁。"

陈夔龙作《感秋》（四首）、《秋夜不寐》。其中，《感秋》其一："银河隔断似红墙，耿耿秋宵漏点长。怕检钗钿增感触，偶听箫管助悲凉。鸭炉香炧难通字，鸾镜尘封罢理妆。永夜西风惊落叶，更谁料理客衣裳。"其二："为展蕉阴护碧桫，当年曾倚致丁宁。茶浮蟹眼同烹雪，帘卷虾须共看星。便拟耦耕营绿野，频烦纤腕写黄庭。赁春凤约分明在，过后思量冷梦醒。"

陈遹声作《秋夜独坐》。诗云："簟席生寒病枕凉，起来独自坐出床。疏疏帘幕花移壁，谡谡梧桐月满廊。高士襟怀托箕颍，清宵啸咏黜山王。梦粱初觉秋风至，万点流萤一草堂。"

舒昌森作《碧云深·西泠、南屏之东有长桥者，宋淳熙初，行都角伎陶师儿与王生有白头约，所谋不遂，竟同投桥下死。时人有"长桥月，短桥月"词咏之。丁巳秋，予宵泛是地，占此以吊》。词云："长桥月。旧时料也圆还缺。圆还缺。照人欢聚，照人离别。　　藕花红染鸳鸯血。鸳鸯凤今世同心结。同心结。死犹不解，怎教生绝。"

林之夏作《秋夜梦醒》。诗云："江山金粉太飘萧，秋士心情一枕遥。起弄碧天坐凉夜，虫声如雨月如潮。"

许南英作《秋日与林眉生游马达山》（二首）。其一："矗地四千尺，神仙在翠微。秋花园蝶瘦，春稻野鸠肥。涧水流长静，山云困不飞。沿溪行已倦，拂石坐苔矶。"其二："冒险排云驭，回峰弯复弯。侵晨还日里，向午在云间。摩达（番名）椰棚破，苏丹（王号）草殿间。野居成部落，兴废不相关。"又作《秋日怀人》（六首）。序云："蟫窟主人诸作，眷眷深情，溢于纸上。所怀诸友，亦厚于英。怅触感情，效颦赋此。非敢言诗，借以问讯。"其一："迢递江关问起居，沈腰潘鬓近何如？饥来大府犹分俸，老去空山自著书。暖拥群花醇酒后，狂吟小草劫尘余。子平易数吾能说，磨蝎韩苏似不虚。（施耐师山长）"其二："山中宰相地行仙，矍铄精神晚节坚。杜老诗篇开宝际，陶公禄米义熙前。梅花纸帐寒无梦，乔木深山老有年。一自朝云解脱后，藤床枯坐六如禅。（陈迁公太守）"其三："乞米饥驱走五羊，一官鞿系费商量。忽惊烽火罹尘劫，贱卖文章计宿粮。岳麓瞻依思老母，漳江憔悴累姬姜。衡阳断雁无消息，修史何人识子长？（沈琛笙醝尹）"其四："酒仙诗史亦文雄，谈笑高才肆应融。幕府秘书能得士，骚坛斗句愧输公。山间歌啸龙之蛰，天际回翔鹤在空。垂老栖迟南徼远，绿波春水感文通。（龚云史比部）"其五："髫年文字竹溪西，香火因缘手共携。献赋相如春走马，着鞭越石夜闻鸡。乡心瀛岛萦云树，宦迹章江认雪泥。犹记印须求我友，林公祠宇夕阳低。（汪杏泉大令）"其六："浪仙诗瘦身兼瘦，原宪家贫学不贫。独往独来能拔俗，一颦一笑不随人。依然傲世天应炉，强欲趋时性未驯。悔不十年劳服贾，图书万卷误儒巾。(庄铸侬茂才)"

黄诚作《丁巳秋,自题〈晚香晚翠图小照〉》。诗云:"风尘卌载老侵寻,今日应教返旧林。翠竹苍松留晚节,雪梅霜菊有芳心。闲中爱饲千年鹤,静里犹余一曲琴。多少炎凉都不问,掩关犹得发清吟。"

谢凤孙作《丁巳九秋,苍虬阁中菊花开,时凤孙游西湖,伴住一月,临别,苍虬赠诗四首,奉和》。其一:"早菊迎我来,晚菊送我去。匝月窈窕情,行行复留驻。缥缈京国魂,暂从湖山遇。飘零经几秋,辗转恋恩路。从容义熙年,俯仰黄叔度。皎皎怜花心,凄凄别花路。有菊不归好,归同菊心素。"其二:"澄水际芳菊,甘馨龄可延。在昔胡伯始,饮父风羸痊。我友隆孝养,构室南湖边。岁岁开菊圃,九秋罗绮筵。戴日富精气,培花资婉颜。岂惟食饮补,疗亲增寿年。我憩洗心阁,绕榻妍若仙。寝兴同魂梦,深情久缠绵。气类互蟠结,相适性所天。知我莫如菊,我知菊天全。"其三:"春花烂如火,秋花冷如铁。故人忍寒饿,共尔啮冰雪。复见天地心,万劫芳不灭。亭亭晚秋英,矫矫霜下杰。我心如石顽,相赏恣幽洁。偶然情有钟,金石亦碎裂。万物终归根,血向首丘热。根北花忽南,终古持晚节。"

许承尧作《回歙过箬岭》。诗云:"夜色沉欲曙,疏星噤无光。不知径所出,竹树深如墙。冥行十余里,缘磴跻危冈。严寒造霜气,一白弥汪洋。徐徐擘肌理,动宕微低昂。群峰如丽人,缟素为衣裳。巾带轩欲起,璎珞庄难详。凭舆久注视,陡见朱霞翔。万象还昭苏,杲杲升朝阳。壑静不逢人,湿叶明瀼瀼。钟声被空谷,欲定仍悠扬。下方试回眄,宿霭消微茫。"又作《与家栻言灞桥遇乱兵事》。诗云:"履虎能咥人,胜之以坦步。虚舟与飘瓦,忘机两无忤。阴森始相见,拗很各狼顾。涉波恃忠信,了了语不误。气定乃从容,即此化虓怒。吉凶亦何常,艰哉戒行路!"

袁嘉谷作《丁巳秋,丕佑自京来书,毕业大学,口占一律寄之》。诗云:"凉秋云敛夕阳红,忽报驰声艺苑中。弱岁缀文惭学士,阿孙解笑问而翁。剧愁万马西风劲,却喜双鱼北道通。丹桂花开家酿熟,灌花待汝课奚童。"

黄宾虹作《丁巳秋日题画》。诗云:"涧水清且幽,林木槭已落。陀平亘岩际,岿然见高阁。"

陈去病作《严夫子墓在烂溪东,风荡水中,潮汐冲决,倾毁日甚,春初言于邑侯李君伐石修之,秋晚过此有作》。诗云:"当时游宴列平台(台在睢阳城东,为梁王与邹、枚、司马之徒游宴处),千载犹留土一抔。骚雅情怀追屈宋,风流文采轶邹枚。牲牢水北今谁奉(王晓庵、张渊甫诸前辈尝奉祀夫子栗主于水北庵),松柏溪阳好共培。容我扁舟独凭吊,寒泉秋菊几徘徊。"

张素作《莺啼序·秋夜感怀,用梦窗韵》《百字令·秋夜初寒,感而赋此》。其中,《莺啼序》云:"炉香渐消夜永,挂残星在户。念身世、犹感漂零,鬓雪寒讯催暮。远天际、萧萧下叶，红霜换却年时树。但言愁分付，秋灯砌蛩同絮。　　拂帐飘烟，对镜证梦，似将花替雾。酒微趁、半醉醒时，坐中人惜腰素。几禁持、韶辰秀节，杜娘老、劝歌衣缕。泻江波，缄寄相思，好凭幽鹭。　　因怀旧友，独去天涯，意亦倦羁旅。别后访、画楼无影，枕簟凄惋，几夕潇疏，暗风吹雨。恹恹乍病，扶头新起，箜篌商曲宁堪问，恼当初、竟任临河渡。平添眼底，芜城嫁与参军，美乎信非吾土。　　砧声汉苑，月色秦关，早冷侵袖苎。待检点、城谯更漏，不为淹留，浅幔催眠，短衫停舞。伊谁更写，双行锦瑟，玉溪弹泪千万遍，愿魂依、魄恋如弦柱。匆匆又近秋期，桂子湖山，美人来否。"

黄侃作《秋日》（偕永宁曾缄慎言、海宁孙世杨鹰若自大通桥泛舟，至二闸，饮村肆，看夕照，向暝始归，留题肆壁）。诗云："漕渠秋益清，野航可乘兴。芦花无远近，鳞波且余媵。浅洲凫个个，矮田姜棱棱。柁工贪水利，长缆佐急絙。小桥俄当前，湍鸣棹歌应。飞流堕窄竭，惊瀑悬危磴。觅坐看斜阳，村醪初出甑。余霞恋西山，此景不可赠。吾侪江海人，遐想互能证。更待春水生，买舟续前胜。"又作《追忆》（十首）。序云："丁巳杪秋，追忆乙卯晦宿天津旅舍诗，录示曾生，因题其后。"其一："当时暂别是三秋，此夜相思隔十洲。须信人生终有别，不如蒿里任遨游。"其二："不能哀艳不雄奇，一种劳人写恨诗。酒尽灯残那须说？君看吾鬓已成丝。"其三："记向琼楼弄玉笙，秋风明月慰人情。即今雨滴空阶夜，犹学哀弦一两声。"其四："不能长聚便长乖，惟有长乖最可怀。逝水东流何日返？斜阳西下几时回？"其五："赋罢高唐赋洛神，词家托意本非真。君看阮籍能沉饮，清思依然说美人。"

孙保圻作《题〈铜官感旧图〉》（时丁巳秋日，衡、湘兵事又起）（二首）。其一："江风飒飒水差差，百感中来鬓已丝。鼓角犹余飞动意，琴樽终到寂寥时。手援天下功无右，身老兵间数自奇。木坏山颓同一瞬，不堪吹笛过桓伊（谓曾文正公）。"其二："名吏循儒合传成，披图省识昔年情。鸢肩空赋从军乐，鹡首时闻杀贼声。鲁难惊心伤后死，湘波照影惜平生。同舟共济知谁喻，独对横流泪暗倾。"

刘伯端作《龙山会》（秋晚访周寿臣山村，和六禾，用赵虚斋韵）。词云："休日刚逢九。过了重阳，更约黄花酒。罗衣寒欲透。秋气爽、几叠云鳞微皱。一幅《辋川图》，合写入、王郎诗瘦。消凝久、枫林换叶，怎禁霜昼。　　溪边茅屋三间，蜜老分房，酿熟香盈斗。家园君记否。知惟有、赤足霜髭仍旧。石径滑苍苔，料应念、蛾眉蝉首。归路杳、丁宁后约，橘奴梅友。"

黄瀚作《秋怀六首》。其一："几朝凉吹足秋情，无用空山岁月惊。最是撩人鸣不断，残蝉声带络丝声。"

王舟瑶作《秋夜》。诗云："寂寞二更后，空庭独坐时。秋声入虫语，露气上花枝。夜静心弥淡，云开月出迟。个中有真趣，此乐无人知。"

陈隆恪作《秋热忽遘大雨，景极苍莽，纪以此诗》《秋雨》《秋夜》《秋日戏简倪子乔广州、倪翔元扬州》。其中，《秋热忽遘大雨》云："秋阳煽残暑，众云刑以墨。连坐罪小草，迎风战匍匐。醒眼闯梦境，黪黩昏南北。微悟宇宙间，万象控于黑。惊雷发疾弩，综错乱无则。恢疏漏微光，一雪冤沉色。河伯幸瓦沟，沧海翻逼仄。溅沫迫堂奥，悬溜奠泽国。耳震奔腾声，舌本汝废职。嗒然余仰空，嗟我心怆恻。天其悔祸欤，覆水谁收得。"

张履阳作《引凤辞》。序云："丁巳秋日，招同沩宁贺吟樵（熙同）、邓（培诚）观剧于同春园，吟樵亟赏歌者筱绣凤，属制此辞。"诗云："天下美人才一斗，男子平分应得九。俟公持此论人才，二十年来春在手。梨园顾曲数同春，乐府重翻别调新。雍容剑珮婆娑舞，曼衍鱼龙杂遝陈。雪郎（陈雪癯）雅自擅时誉，姓字新标第一人。多情毕是风流种，锁骨从知变化身。造物小儿抑何狡，生香不断奇花草。长天一凤鸣清和，大地千年破昏晓。的的秋波剪水清，盈盈弱质随风袅。白蘋（高蘋郎）红菊（张菊芬）固凡葩，紫燕黄莺都赘鸟。偶将绝技谱湘弦，一曲琵琶泪泫然。新词妙解桃花扇，旧曲重翻燕子笺。睡后海棠犹带雨，风前杨柳乍含烟。神女洛川应解珮，大千春色总无边。迩来名士多如鲫，人人号握荆山璧。漫把峨眉斗尹邢，忍令兰蕙侪荆棘。祥麟威凤本无伦，璧月瑚云如可即。我有青葱百尺桐，傥君翔哕成栖息。蓬山旧雨话刘郎（刘禹辰），苏小钱塘几断肠。洛下壁人嗟婉晚，尊前鞠部感沧桑。狂吟烂醉亦何有，剩水残山总可伤。若论竟体皆文采，合让丹山小凤凰。贺监风流信奇士，徵歌几度游燕市。笔底纵横走巨蛇，眼中青白空余子。低头独拜风仙花，题诗为擘鸦青纸。手书一帙索我歌，谓将特著昆仑史。我歌我歌意若何，珊瑚击碎还长哦。大陆萧条词客老，中年丝竹感人多。解意合参欢喜佛，销魂端是凤凰窠。请将一幅于飞引，权当珍珠百束罗。"

张良逷作《秋怀八首》。其一："芒鞋竹杖还乡梦，红树青山对酒时。蒿径凉生仲蔚宅，稻花香满叔敖陂。幽栖更觉秋来早，漫兴聊宽老去悲。颒洞乾坤那在眼，邓生仗策欲何之。"

林伯渠作《西湖纪游》。诗云："俊游如此才三日，山色湖光取次收。到眼烟云纷万态，何人台榭足千秋。艰难自笑宁非计，历碌看人共一丘。犹有情怀消未得，聚丰园里酒盈瓯。"

熊瑾玎作《秋日与同事游岳麓并泛湘江》。诗云："策策桐飘八月秋，携朋同到麓山游。冈峦树隐风云色，道路人含骨肉忧。两岸芦花依绿水，满船明月载清愁。诸君漫说襟痕在，气爽天高且泛舟。"

程潜作《纪湘南护法之役》。序云："春间，段祺瑞与黎元洪因参战问题府院交恶。段结督军团以胁黎，黎因免段职，更引张勋入卫以抗段，勋乃借之成复辟之举。段起马厂李长泰师讨勋，克之，复起主政，因毁法自便。时总理倡义护法，集国会议员于广州。段复以傅良佐督湘图南纪。九月十八日，予旧部湘军第二旅旅长林修梅合零陵镇守使刘建藩于湘南独立。二十五日，予抵衡阳，被推为护法湘军总司令。段命王汝贤、范国璋等率师来攻，与我军战于萱洲河，相持两月，卒破敌军，是为湘南护法之役，诗以纪之。"诗云："大盗何时止，生灵困涂炭。羿死浞篡凶，卓亡催汜乱。联军起南纪，相与申国宪。视听秉民意，忠贞催虐慢。尸横祝融麓，血染萱州涧。前军告矢绝，秋霖护天顺。惨淡偏师捷，虎狼中夜遁。飞旆逐窜逃，气类由兹奋。"

俞平伯作《秋夕言怀》。诗云："飒飒秋风至，凉气入庭帷。灯光照我读，废读起长思。思多难具说，对卷略陈辞。生小出吴会，雏发受书诗。颇自不悦学，督责荷母慈；十岁毕五经，未化钝拙姿。后更遭鼎革，十七来京师。野里无言仪，自愧贵家儿。入学经三载，远大岂逾期。身心究何益，惟有影衾知。繁华不足惜，所惜在芳时。先我何所继，后我何所贻。爱轻令慧照，感重心自衰。既怀四方志，莫使景光追。君子疾没世，戒之慎勿嬉。勉力信可珍，长叹亦何为。"

李思纯作《秋日游公园》《暮秋》《晚秋游李氏园，海棠已垂垂花矣》。其中，《秋日游公园》云："霜秋百事成清赏，更喜新晴破积阴。为抚流光追去住，尽容酸士得沉吟。苍葭照水无尘理，红叶窥墙有画心。莫上危楼看落日，眼前千恨一时深。"

杨巨川作《丁巳初秋，宴客于五泉之一览楼，迟客不至，闲读壁题感怀次韵》（二首）。其一："浩劫茫茫付酒杯，撑天无术挽天回。西宫南内花谁主，可有三郎羯鼓催。"

范问予作《和〈游湖即景〉》（二首）。其二："平水澄奁镜，阿谁双颊晕。挥巾展笑眉，采莲发清韵。崦嵫暮色深，人去凌波静。思远步迟迟，海天感秋冷。"

杨振骥作《纪丁巳水灾》（八首）。序云："丁巳新秋，日本大阪附近遍遭水灾，禾稻尽淹，人畜死伤无算。越数旬，祖国顺直各地水灾尤烈，湮没至百数十县，积水弥月不退。哀鸿数百万，嗷嗷待哺，诚旷古罕有之奇灾也，因占八绝借以志哀。"其一："我闻民国纪元年，温处两州水没田。今日灾区延更广，幽燕百县等深渊。"其二："怒涛骇浪挟风骄，一片汪洋地上飘。水势撼山无法阻，但闻号哭彻云霄。"其八："一天风雪逼年关，无食无衣度岁艰。惟愿善人施厚泽，仁浆义粟不停颁。"

贺次戡作《秋夜闻蛩》《调寄〈小阑干〉·秋雨》。其中，《秋夜闻蛩》云："惊心节序听蛩鸣，撩乱秋思怯此声。断续泥人添别绪，宵深触耳总关情。"《调寄〈小阑干〉·秋雨》云："金风习习转初寒，滴滴落宵残。桐叶飘荡，无情节竹，也染泪痕斑。　　檐前溜点赠愁怨，行路征鸿难。梦里江南，秋光尚好，明月作愁看。"

[日] 前田慧云作《明孝陵》《莫愁湖》《浦口望韩信台》。其中，《明孝陵》云："石人无语立寒芜，五百余秋一梦徂。犹胜当年典型在，环陵霜叶灿如朱。"《莫愁湖》云："残柳枯荷乱拥坡，六朝遗迹雨声多。莫愁纵是湖名好，奈此荒凉秋邑何。"

[日] 铃木虎雄作《船到下关小泊，望金陵有感》。诗云："狮子山边落晚潮，金陵王气未全消。休言江水分南北，东逝应归一统朝。"

[日] 关泽清修作《秋阴，分韵》《秋晴，限韵》。其中，《秋阴，分韵》云："漠漠江天白鹭飞，水云如梦澹秋晖。西风忽地疑吹雪，万点芦花洒钓矶。"

[韩] 申奎植作《到良王庄》。诗云："良王庄畔出无车，逐客临风空自歔。下等犹胜无等苦，三钟八祀较何如。"

十月

1日 《珍珠帘》（月刊）创刊于上海。一社社刊。由上海一社出版部发行。主编黄花奴。编撰吴虞公、谪花、玄一、梦梦、左丹、醉樵、月斧、履冰、药聋。载有社员小说、散文、诗词、游记、杂文等。共出 4 期。1918 年 1 月停刊。

《申报》第 16032 号刊行。本期《自由谈》载"诗话"栏目，撰者"竹轩"。本期《老申报》"文苑"栏目含《立冬日约聚星吟社，诸子雅集城东小筑，为饯秋之宴，先成此诗，奉柬并乞和章》（剪淞病旅初稿，甲戌年九月二十九日）。

《言治》（第 2 册）刊行。本册"文苑"栏目含《莫孺人七十寿序》（黄旭）、《叔父正九公传》（郁嶷）、《民多才先生墓志铭》（郁嶷）、《刘晓峰先生家传》（郁嶷）、《香家记》（万宗乾）、《诗词七十首》（佚名）。

陈夔龙作《中秋后一日，晓南观察招同宗武、琴初昆仲寓斋小集，琴初有诗纪事，余亦依韵继作》《八月既望入杭有感，用朱琇甫太史韵》（二首）。其中，《中秋后一日》云："心事烦忧艾灸眉，故人鸡黍话襟期。论人何可拘成败，读史相参半信疑。急难鹡鸰情倍切，问安鹦鹉语含悲。一尊各有兴亡泪，局外观棋几个知。"《八月既望入杭有感》其一："又作之江汗漫游，湖光山色望中收。寥天萧瑟初闻雁，独客登临易感秋。兴庆首行元九泪（适为亡室斋奠），故园心系少陵舟。柝声幸不严城隔，细雨疏灯卖酒楼（寓湖滨旅馆，灯市甚盛，旧日为旗营驻防地）。"

柳亚子作《中秋后一夕即事，示病蝶、十眉、昭懿、芷畦》。诗云："强为群公作健来，横胸危涕一衔杯。从知天上多圆缺，不信人间异乐哀。歌管渐听成煞尾，梦魂无路上强台。愁看挥手明朝别，负尽芳菲又此回。"

刘伯端作《洞仙歌·十六夜月色清明，与季裴、叔文散步海滩，便欲乘舟重访小梅村，不果。昨宵月负人，今宵人负月矣。因赋短阕，兼呈漠丈》。词云："冰蟾浴海，荡银波千顷。夜半来寻最幽境。算天风吹我，休近琼楼，尘世外、应有南飞鹤影。　昨宵风雨里，人倦雕阑，还问嫦娥为谁等。纵有再来时，过了中秋，霜信急、渐催秋冷。便明月、明年倍还人，怕蓬转天涯，又都无定。"

严廷桢作《八月十六西湖夜月》。诗云："露气寒光绝点埃，浮云扫净见楼台。水痕蒸雾堤生白，山色笼烟瘴尽开。清瑟遥问增感触，怀人千里独徘徊。嫦娥应厌尘寰热，昨夜中秋宴未来。"

郁达夫作《旧历八月十六夜观月》。诗云："月圆似笑人离别，睡好无妨夜冷凉。窗外素娥窗内客，分明各自梦巫阳。"

2 日　朱大可《郁波罗馆丛话（续）》刊载于《大世界》报，所述词人为马澹于。略云："檇李诗人马澹于，穷而工诗，著有《耨云轩诗抄》若干卷，独标高格，不堕凡胎。"

刘伯端作《苏幕遮·十七夕月色更佳，与张、黎二公登太平山最高处，天风涤襟，万虑都净，几不知身在人世也》。词云："海擎杯，山拥髻。下界何人，来踏琼瑶碎。今夕广寒人嫁未。雾鬓风鬟，夜夜添憔悴。　碧天高，明月细。不是蓬莱，也别人间世。秋水澄心波不起。煮石餐霞，我欲从兹逝。"

[日] 德富苏峰作诗三首。其一："松花江水杳漫漫，杰阁瑶园霸业残。士女何关家国事，战云犹未度兴安。"其二："旷原如海天如水，万里清光雁影幽。风露凄凄人不寝，长春驿畔值中秋。"其三："蛇行铁路绕林丘，遮莫风霜袭客裘。谁凿双峰断龙脉，黄榆红叶土门秋。"

3 日　孙中山致电黎元洪及西南各省，痛斥北京政府重开临时参议院之令"背叛约法"，指出此种悖逆行为与袁世凯自造之参政院"如出一辙"，要求一致通电反对。

《申报》第 16034 号刊行。本期《自由谈》"杂剧"栏目含《见月》（呆呆）。本期《老申报》"文苑"栏目含《白桃花二律，次龙湫主人韵》（二首，沪上映雪老人，见本报壬申年十月二十九日）。

符璋与李剑秋偕诣林氏公园。阅 12 日《新申报》，所登复辞谣言极详。

吴芳吉复信张仕佐，谈诗歌之用、为人与作诗之关系。他认为孔子察乎世道人心之变，观古今人之诗，确立诗之原则在于"致于平治之用"。欲学古人之诗，必学古人之为人。"习杜诗，当知杜公忠爱，每饭不忘君国，其人品节操，高出千古，故其诗之雄冠千古，无以加之。"秦汉以来，作诗叛道，以至于今。今作诗，"首宜求树人救国大计""徒拘拘于雕虫小技，非所望也"。

陈蜕龙作《十八日为亡室周祭之期，特往法相寺讽经，焚寄一律》。诗云："我今后死酬君愿（曩昔小窗情话，甚愿先我而逝，今如愿已），君竟先归使我悲。恋恋湖山成过客，萧萧风雨黯灵旗。营斋营奠曾何裨，相见相怜会有期。镇日江头潮信恶，九原可作共忧危。"

4 日　魏清德《竹影》（限先韵）（四首）发表于《台湾日日新报》。其一："曾把清阴照七贤，更分翠色到窗前。日光倘射鹅湖绢，别作萧郎画意传。"其二："如看鸟篆印青毡，迹遍苍苔白石边。我与此君同写照，弹琴长啸月明天。"其三："凌云劲节森□见，拜月幽姿掩映妍。等是无心还有相，数竿潇洒映寒泉。"其四："数竿潇洒弄风烟，何必淇园与渭川。省识化身千万个，月明满地证参禅。"

陈夔龙作《十九日招同诒书江干宴集，诒书有诗，率和一律》。诗云："安得蠲忧奏扈那（扈那乃雍羌国乐，能涤烦瞥，见《唐书·南蛮传》），白头涂抹费描摩。尊中酒薄难为醉，江上潮平不起波。剩有青山留画本（是日无潮，但见江上峰青而已），漫劳红粉赠囊荷。弈棋莫问长安事（逆旅逢某君甫自北来），破涕当筵一啸歌。"

5日　《小说海》第3卷第10号刊行。本期"杂俎·诗文"栏目含《感时叹》(丁介石)、《题胡让之医士〈百寿印谱〉》(丁介石)、《自述》(丁介石)、《端午前四日同里申君寿春将返东海故里，赋此却寄》(丁介石)、《歌风台》(署轩女史)、《凌烟阁》(署轩女史)、《捉月亭》(署轩女史)、《栖霞岭》(署轩女史)、《浣溪沙三阕》(东园)、《思佳客·永嘉林浮沚先生赠诗册，赋谢三阕》(东园)、《沁园春三阕》(东园)。

《妇女杂志》第3卷第10号刊行。本期"文苑·诗"栏目含《悲思》(虞琬正女士)、[补白]《碎珮丛铃》(西神)、《神童绀珠》(西神)；"杂俎"栏目含《闺秀诗话(续)》(亶父)、《玉台艺乘(续)》(西神)。

《学生》第4卷第10号刊行。本期"文苑·诗"栏目含《无我歌》(泰县国文专修社甲班生杨甲春)、《新会八景》(广东新会县立中学校二年生谭英)、《秋夜怀旧》(甘肃省立第三中学校二年生景尔刚)、《夜读》(前人)、《旅行有感》(前人)、《秋夜》(前人)、《游龙兴寺》(直隶正定中学校三年生孙豐泉)、《秋日小雨》(广西北流高等小学三年生谭锡麟)、《秋望》(贵阳建德学校学生董承显)、《丙辰仲秋，与咏仁赵君夜次崖门江上，赌用八庚韵，集古句得诗三绝》(广东新会县立中学学生莫迦滟)、《校中早兴》(广西北流高等小学三年生陈式宗)、《秋日书怀》(广东潮州中学校学生陈仲良)。

康有为作《丁巳中秋后五日，题所藏孝迪〈茶竹幽禽图〉于北京居幽之美森馆，所藏画只此一卷》(二首)。其一："绿竹猗猗犹挺节，红茶灼灼自幽芳。最怜十一共命鸟，栖宿一枝人世忘。"

刘之屏作《丁巳八月二十，两儿分箸，作诗示之》。诗云："生如好梦入华胥，不觉春秋六十余。筋力半衰同老马，轮辕已敝换新车。而今吾乃小解脱，此后儿当大发舒。万里纵横凭汝意，老夫只守盗天庐。"

6日　国会非常会议通电宣布段祺瑞罪状，并通电西南各省一致护法讨段。

陈三立游燕子矶，陈寅恪、陈登恪侍父游，散原老人有诗纪游，作《八月二十一日携儿子寅恪、登恪，孙封怀，买舟游燕子矶，遂寻十二洞，历其半，至三台洞而还》。

诗云："闭置不乐摩华颠，杂影江浒晴呼船。从游年少蹲篷底，贪看拍岸惊涛旋。千峰散翠日气午，鼓角十里高风传。迎人伏燕势欲起，走循爪距登其巅。覆碑一亭卧兵子，荒荒草木山依然。往岁支筇伴国老（甲辰夏从张文襄游此，回首十四年矣），霜髯领客疑飞仙。控抟云物俯形便，忧乐满抱垂雄篇。偷闲逆卜以躬殉，沧桑恋此晷刻延。重来堕泪诵公句，恍临魂魄听幽蝉。降投佛刹饱炊黍，作计选胜窥洞天。屐齿未到负夙愿，踊跃取径啼乌连。块然岩壁列万丈，错落嵌窦谁搲穿。所历诸洞并邃窈，如仰雪屋成方圆。稍嫌香火烘木偶，遮接构架擎修椽。有穴冥通铁瓮郭，遏绝禁闭寻无缘（二台洞一穴通丹徒，以游者类入而不返，同治初置石塞穴口）。最号环丽三台洞，广幕刻画众妙悬。九龙垂胡蜿蜒出，狮猊文豹相属联。下浸巨池澄灵泉，观心宛止鲵桓渊。旁扶栏楯践梯级，又由蜂孔辟大千。覆盂之形豁双牖，划石作楄横一鬟。层累而上益眩眵，欲老兹洞迷归年。澹浮岩气镜霄汉，眼莹二水洲铺毡。寄巢虚空落咳唾，电谢人代盟枯禅。揖让征诛定何物，野鸭飞处皆腥膻。含哀倏忽坠净地，琐屑摹记今难全。仍健腰脚踏碎砾，掉首丑石醋牛眠。归帆湿秋拂芦苇，霏红西照衔山妍。暝邀灯火市声动，笑能兴尽肝肠牵。"

7日　《申报》第16038号刊行。本期《老申报》"文苑"栏目含《步韵和白桃花七律二首》（岭南药亭后人，本报壬申年十一月初五日）、《白桃花，和龙湫旧隐原韵》（茧芜馆主，见本报壬申年十一月初七日）、《九月桃花次韵》（茧芜馆主）。

王国维访沈曾植。沈曾植有致罗振玉函，嘱转呈。沈曾植《与罗振玉书》云："垂翅归来，亲友畏避，廉公门馆，不异曲池。成败论苛，纲常义绝，知复何言，饰巾待尽而已。三荷赐书，拳拳如昔，岁寒柯野，感极以悲。罗网吉钳，复襞广柳，情所不堪。万一差池，则南雷、鲒埼，将惟公是望。仲翔交南，别无吊客也。尊恙日见轻可，闻之欣慰，天其以公为箕子！"

8日　《申报》第16039号刊行。本期《自由谈》"诗囊"栏目含《丁巳中秋后钱塘观潮》（二首，碧城女士）、《月夜观潮》（二首，沈拜梅）。

张元济送呈傅增湘来函，傅氏新得宋景祐监本《史记》，沈曾植作书复之。

毛泽东当选湖南一师学友会总务兼教育研究部部长，任期至次年5月。

陈元光《中秋月感六首》刊于[马来亚]《槟城新报》"文苑"栏目。其三："中秋佳节过年年，作客他乡心欲然。料卜深闺银烛下，有人细细掷金钱。"

方守彝作《丁巳八月二十三日，查岭返棹过枞阳，遂访光炯于湖居，一宿旋皖。爱其湖山胜境，遗世高踪，赋诗寄之》。诗云："山水美如此，避世隐人豪。久闻曾未至，结想系心牢。扁舟忽乘兴，顿慰三年劳。修篁参云雨，浓碧寒萧萧。坡陁转曲径，缓步上林梢。戛然惊鸟起，门扣幽人巢。逢迎一大笑，置身尔何高。向来肯摩顶，今乃吝拔毛。灵区养肥遁，计兼身名逃。案头蓄古卷，得意授儿曹。壁上几幅字，寂寞平生交。稻香山田得，柳鲜竹竿操。布蔬经籍外，市哄心无嚣。乐哉良有以，只恐仁者嘲。茶罢急登览，后岭踱松涛。辟畦竹篱小，碍路秋茅骄。岩风吹我立，峰壑群相招。平湖展明镜，文绮散轻绡。绿杨红蓼国，村落隐渔舠。兹丘水一方，古木荫荣条。月来照良夜，雪至围琼瑶。秋清春华秀，雨霁云霞遥。经营数弓拓，收览万象淆。啸歌恣偃蹇，天与人境超。暂来疑仙化，久住真松乔。安得托比邻，容我联昏朝。摆脱闻见垢，往来清虚邀。略分衣食计，卖鱼买村醪。时时二髯者，举杯话寂寥。沉酣延岁齿，鼓腹待生尧。画家遇高士，一幅丹青描。流转百代下，慕此两翛翛。兹意见许否？归来心摇摇。风雨几番横，江海无限潮。作诗亟问讯，兼以申久要。传之周家汉，鸣椰助讴谣。"

严修作《题阳明象拓本》七绝三首。其一："利欲驱人陷溺深，遑言唯物与唯心。当年抵死争朱陆，却任中原遂陆沉。"其二："姚江学派入东瀛，半部居然致太平。偏是神州先进国，渐无人识本心明。"其三："轺车问俗廿年前，每过龙场一爽然。吾党今多济时彦，可能功德比先贤。"

李思纯作《渡江云·丙辰八月二十三日，尧生先生归里，集江楼为饯者三十九人，忽忽若前日事也。岁星一周，逝者已四，而荣州远隔，自阻兵甲，音问遂稀。秋雨打窗，怅惘无既，赋此寄怀》。词云："重阳将近了，排檐秋雨，心上响飕飕。去年今日事，一苇寒江，尊酒话江楼。分明梦影，黯少年，情绪先秋。千万劫，霜凄蚤咽，惝惘合成愁。　休休当时俊侣，云散烟销。更如今何有，渺天涯，丹枫黄叶，随地荒丘。夕阳征雁回飞处，阻烽烟，久断书邮。凭眺远，青山隔住荣州。"

[日] 德富苏峰作诗三首。其一："满湾秋水碧于蓝，帆外斜阳岛影涵。吾亦江湖一竿客，却从星浦忆湘南。"其二："空翠染衣松径微，清谈半日世情非。归来矫首望山上，黑雾浓云挟雨飞。"其三："不希独棹五湖船，祸福观来是宿缘。济世高才无所用，南荒自窜已三年。"

9日　《申报》第16040号刊行。本期《自由谈》"诗囊"栏目含《九月十六日吴锦堂饮朱经田于松海别庄，因触旧游，赋赠经田，并示枕溪、祝三，盖二子为是日坐上客，余客神户时，亦与二子在松海坐上，作文酒之会者也》（南湖）、《月夜观潮》（俭甫）。

陈隆恪作《八月二十四日偕大兄游汤山别业》。诗云："同挟凄风废苑门，黍离麦秀了无痕。小臣失国当垆日，应感汤泉濯足温。"

[日] 德富苏峰作诗一首。诗云："老虎滩头且倚栏，险崖削立乱礁攒。秋高渤海明如镜，几对游鱼水底看。"

10日　《申报》第16041号刊行。本期《老申报》"文苑"栏目含《咏菊》（四首，补萝山人，见本报甲戌年九月二十一日）。

胡先骕在九江夜观南伟烈大学庆祝会，作《宝鼎现·双十节溢城箫鼓甚盛，感赋》。词云："飙轮云骑，漏刻初转，光回灯市。听一派、秋城箫鼓，远近飞扬歌浪起。残月夜、看繁星千点，照得家家扶醉。笑语和、天风四坠，缭绕软红尘里。　　记否前度伤心地。剩斜阳、沉寂如睡。箛鼓怨、旌旗鲜丽。转眼青磷闻鬼语，待把酒、酹黄花冈底，掩泪招魂剪纸。最痛绝、血痕殷紫，换得神州破碎。　　依旧舞扇歌纨，算暂赏、年时欢事。祇惊心、野哭千家，绕湘云楚水。画烛暗、拥衾无寐，旧话能酸鼻。奈撩梦、人影车声，摇兀宵来恨思。"

　　廖道传作《丁巳国庆日，两粤师范门人掌教邕垣者率弟子请余演讲，并宴集趣园》（二首）。其一："香火灵台似有缘，十年两粤友三千。众人醉里辞糟醴，万炮声中奏管弦。陈湛儒风希岭表，河汾旧雨话尊前。相看我辈俱英壮，合挽斜阳半壁天。"其二："趣园数亩古城隅，一曲清江带草庐。日晚帆樯犹欸乃，秋深花柳未萧疏。人如沂水春游乐，地是阳明过化余。传语西河诸弟子，大儒事业有南车。（江干有阳明先生过化处碑）"

　　11日　《中华新报》发表《南社通告》二则，声称高燮等已当选，要柳亚子"从速交代"，并宣布柳亚子驱逐成舍我、朱玺之布告无效。

　　《申报》第16042号刊行。本期《老申报》"文苑"栏目含《九秋吟》（龙湫旧隐，见本报申戌年九月二十四日）。

　　严廷桢作《八月二十六日宋庄小集》。诗云："南极一星高在天，亲朋小集敞华筵。病躯憔悴秋荷叶，心迹澄清石磴泉。香雪分春梅影瘦，好风入座桂花妍。浮生萍聚且行乐，觞咏声中杂管弦。"

　　12日　《申报》第16043号刊行。本期《自由谈》"游戏文章"栏目含《咏蟹》（八首，化诚）。

　　13日　魏清德《题吾师蓬城先生〈北台胜概〉画卷》（二十二首）分别于本日、27日、次月3日发表于《台湾日日新报》。其一："一雨郊原绿已匀，城南水竹最清新。时平不用龙泉剑，买犊耕田大有人。"其二："南菜园中竹树荒，哀鹃尽日古亭庄。英雄老死骚人去，寂寞乾坤一草堂。"其三："何人秋夜吹羌笛，台北城头月未斜。十载著书孤愤客，不胜清怨对黄花。"其四："漠漠溪云寺晦冥，潭风吹作剑光青。老僧不解谈兴废，清磬红鱼课佛经。"其五："怒潮气激将崩石，柔橹声停欲系舟。太古巢边寒月坠，满林山鸟起啾啾。"其六："剑潭山势郁崔巍，神社玲珑曙色开。桥下金波红潋滟，东天捧出日轮来。"其八："人世有情泪沾臆，杖藜来吊芝山岩。杜鹃花发红如烧，春草年年不忍芟。"其九："记曾题句雾中庵，纱帽当前翠可探。何日结茅来隐此，万松花护读书龛。"其十："浴罢灵泉骨欲苏，前窗山色影模糊。北投日暮行人绝，苦竹春深叫鹧鸪。"十一："头白扁舟载酒缸，晚来垂钓得鲈双。眼前无限荒寒景，衰柳千条月一江。"十二:"木落天高水国空,观音山下布帆风。怀人况是清秋节,月夜闻猿感慨中。"二十:"云海波涛千万重,云头涌出两三峰。天风不把云吹去,留伴山腰涧底松。"二十一:"山径萧条望欲迷,于来瀑布挂云栖。乱松怪石非人境,时有惊禽白昼啼。"二十二:"春水东回见钓船,大观青落酒杯前。不须重寄沧洲兴,咫尺烟霞可驻年。"

[日]德富苏峰作诗一首。诗云:"关头榆树战秋风,长堑如龙劈碧穹。回首中原无管仲,山河形势为谁雄。"

14日 《申报》第16045号刊行。本期《自由谈》"诗囊"栏目含《观潮行》(拜花)。本期《老申报》"文苑"栏目含《九秋吟》(剪淞病旋初稿,见本报甲戌年九月二十三日)。

顾荛臣以菊花画册属题,符璋为题七古一首。册中题者九人,孙仲容作《满江红》词一阕,陈志作三则五古。

汪东出任浙江象山知事,任上创议重修文庙,并礼请乡绅欧仁衡监督修缮。

白坚武补录《里中少年从军歌》于日记册。诗云:"里中少年好短帽,学侠不成为狗盗,侪辈嚣嚣露头角,一蹴入室窥堂奥。天寒独向野沽酌,抽刀怒视伤落魄,丈夫行事当磊落,白日攫得黄金络。悲哉男儿好身手,黄昏日暗随抓攫。为盗既不成,不如去从征。里有休旅卒,去岁戍南京,盛道金陵古帝都,东南佳气如覆盂。迩来流血骨已枯,大江灌溉僵复苏,越商蜀贾竞鹭凫,满船载得碧珊瑚。美人歌蹁临江衢,江声唱答无时无。昔时燕赵今萧芜,居此郁郁何駃愚。"

15日 《申报》第16046号刊行。本期《自由谈》载"联话"栏目,撰者"健公"。本期《老申报》"文苑"栏目含《秋柳四首,用渔洋山人原韵》(会稽春舫姚□,见本报甲戌年十一月十五日)。

《东方杂志》第14卷第10号刊行。本期"文苑·文"栏目含《清署理福建巡抚光禄寺卿吴公(赞诚)家传》(郑孝胥);"文苑·诗"栏目含《雪晴步后园》(陈三立)、《除夕作》(陈三立)、《丁巳元旦雪晴》(陈三立)、《观恪士园亭》(陈三立)、《题济宁李一山所藏唐拓武梁祠画像》(郑孝胥)、《初夏崇效寺宴集,牡丹未开》(曾习经)、《夜听小僮吹箫》(曾习经)、《题汪吏部〈半山课耕图〉》(曾习经)、《自题汉残碑拓本》(曾习经)、《行土峡中抵会宁行馆,次子言原韵》(俞明震)、《咸水河》(前人)、《咏泊园杜鹃花,索海上诸老同赋》(用"望帝春心托杜鹃"句为韵)(周树模)、《和樊山〈落花诗〉四首》(沈瑜庆)、《萧山杂诗四首》(陈诗);"文苑·词"栏目含《高阳台》(陈锐)、《瑞龙吟·和寄夔笙〈海上见怀〉元韵》(程颂万)、《烛影摇红·唐花》(徐珂)。

《太平洋》第1卷第7号刊行。本期"诗词录"栏目含《代题唐人写经》(梅园)、《松桥亭小憩》(梅园)、《再过松桥亭口占》(梅园)、《潜溪访傅居士口占》(梅园)、《火车》(梅园)、《送苏元春幕客董耄轩入关七律二首》(梅园)、《金陵杂诗十首》(梅园)、《长崎关亭晚憩,怀沪上诸君子》(梅园)、《金陵吊杨仁老》(演生)、《李审言前辈以所著〈学制斋集〉见赐,读罢怅然,赋呈二律》(演生)、《莫春同一浮游湖上》(演生)、《邓尉探梅绝句》(十首,吕碧城女士)、《柬陈子修先生》(吕碧城女士)、《蕙兰芳引·徐园看兰,归后有作》(刘宏度)、《西江月(晒粉凤儿栏槛)》(刘宏度)、《花犯(倚巷烟)》(刘宏度)、《浣溪沙·前调成后,独游六三园,见樱花亦为风雨摧残,凄然赋之》(四首,刘宏度)、《临江仙·有忆》(陈彦通)、《鹧鸪天·见杏花作》(陈彦通)、《蝶恋花》(四首,陈彦通)、《踏莎行·丁巳寒食》(陈彦通)、《玉楼春(洞房红烛花枝暖)》(陈彦通)、《高阳台·伤龙华桃花零落之作》(演生)。其中,刘永济(刘宏度)《蕙兰芳引》云:"离珮倚寒,早魂断暮春江国。对急景难排,蛾宇暗洞翠色。玉骢去远,忍忘了罗襦芎泽。待怨禽啼后,写入东风词笔。 绣谷经年,云泥一见,尽意怜惜。问如此林塘能几,素心对席。屏山深卷,旧欢苦忆。愁夜阑依约,登山丛碧。"《西江月》云:"晒粉凤儿栏槛,衔泥燕子池塘。一番小雨又斜阳,春在卖花深巷。 如梦如烟时节,听风听雨天涯。莫从流水怨秾华,争奈酒消香妣。"《浣溪沙》其一:"缥缈仙山路未通,残春梦雨想花容。粉襟香泪一重重。 何处独无芳草恨,此情应与碧桃同。几町残日几町风。"其三:"才过清明便不同,云愁海思太朦胧。一生花底羡秦宫。 尚有残英堪把玩,酒边依约是仙蓬。墨江堤畔万枝红。"

[韩]《天道教会月报》第87号刊行。本期"词藻"栏目含《汉江新桥》(敬庵李瑾)、《又》(洌堂刘载丰)、《又》(观三金教庆)、《又》(香山车相鹤)、《又》(杓庵郑道永)、《又》(云圃李象铉)、《秋月》(观三金教庆)、《又》(洌堂)、《又》(石樵郑教河)、《又》(凤山李钟麟)、《诔车君相骏氏》(石溪闵泳纯)。其中,敬庵李瑾《汉江新桥》云:"左海初桥江汉流,收功乃在六年秋。虹霓天末遥争势,牛马津头更不愁。"

秦似生。秦似,原名王扬,广西博白人。王力之子。著有《两间居诗词》。

16日 徐世昌作《丁巳九月朔日,羧园宴客,吾妻安定郡君六十初度》。诗云:"清秋风日美,园菊开正茂。亲朋聊翩来,叹然罗筋豆。我妻年六十,多病如梅瘦。结缡卅八年,今秋始言寿。我昔勤夜读,小窗同听漏。艰难谋菽水,寒庖近井竇。薄宦滞京华,事亲复育幼。不厌我官贫,不羡人家富。殷勤相诫勉,惠施遍故旧。我母病缠绵,扶持忘夜昼。一药必煎尝,一饭必劝侑。风木共悲伤,祭拜应节候。立朝与守边,交儆戒华胄。退耕水竹村,辛苦督锄耨。盦盐谨瓮盎,粟麦劳藏收。家政偶余闲,临帖更刺绣。子女皆依依,两孙尚聪秀。华发双鬓垂,鸡鸣即盥漱。曾拜先后恩,文绮颁赏戀。满堂罗嘉宾,盈樽注清酎。乐天赠宏农,新诗喜初就。愿祝身健强,垂教同启后。"

张震轩作《见各村河港遍设鱼罾,因口占三绝志感》。其一:"逐队游鱼乐趣多,芦花风起水生波。那堪世界人心险,处处江湖布网罗。"其二:"垄断曾传贱丈夫,忍看网利到潢污。月明风定沙滩静,可有闲鸥唤伴无。"其三:"关梁无禁泽无虞,王政当年有坦途。凄绝农民生计薄,田租赋罢又鱼租。"

邓尔慎作《九月一日夜读师贯用骆宾王〈咏蝉〉韵示同室,病中依答》。诗云:"讼事犹难解,宁知怨毒深。世人方鼠吓,有客感蝉吟。调急歌逾苦,愁多病易沉。秋风正凄厉,同葆岁寒心。"

郁达夫作《为某改字曰兰坡,名曰荃》(诗题又作《赠名》)。诗云:"赠君名号报君知,两字兰荃出楚辞。别有伤心深意在,离人芳草最相思。"孙荃(孙兰坡)是郁达夫未婚妻。她亦有寄郁达夫诗,《落叶》云:"八月凉风九月霜,纷纷黄叶满回塘。怜他命似红颜薄,累我空抛泪两行。"《杂感》云:"纱窗斜日弄微光,对景怀人暗自伤。最是不堪回首处,灞桥垂柳数枝黄。"

17 日 南社举行每年之例行改造,南社书记部在《民国日报》上宣布选举结果。《南社书记部通告》:收到选票 377 张,柳亚子仍以 362 票当选南社主任。其中,吴江南社社员投票者有:顾悼秋、朱剑锋、董容申、黄病蝶、郑咏春、凌结缘、孙今身、徐剑珠、袁镜波、沈龙圣、沈志儒、曹应仲、丁垫生、吴介庵、黄稚鹤、蒯一斐、陈屋厂、金剑平、庞琢生、钱叔度、徐泉声、张都金、唐九如、沈眉若、沈颖若、张圣瑜、袁铁铮、费织云、凌莘子、范茂芝、许盥孚、周嘉林、沈积孙、顾依仁、朱剑芒、周酒痴、沈剑霜、郑桐苏、费公直、周良翰、陈巢南、费公威、沈咏霓、邱纠生、吴茗馀、朱璧人、李康佛、叶楚伧、周湘兰、唐耕馀、王达庵、叶仲生、沈咏裳、夏应祥、陈安澜、袁镜涵、平剑南、蔡冶民、彭久岳、陈次青、吴豹军、金梦良、陶亦园、陶神州、吴鸣冈、叶巢阁、凌纫芳、王二痴、王大觉,总计 69 人。但柳亚子不愿再参加社务,南社逐渐衰落。

黄侃三子念楚夭折,葬于法源寺前湖广义园,黄侃作《念楚哀辞》。

19 日 符璋为王节母徐太孺人别构七旬寿诗七古一首。

20 日 陈独秀主持召开修订北京大学规程第一次会议。章士钊、陶孟和、陈大齐、胡适、钱玄同、沈尹默作为北京大学评议会评议员与会。

《教育与职业》杂志在沪创刊。黄炎培主持,中华职业教育社编辑发行。

《申报》第 16051 号刊行。本期《自由谈》"消闲集"栏目含《秋蝶,用渔洋〈秋柳〉韵》(四首,宋心廉)。

21 日 辛亥革命云南首义(腾越九六起义)纪念日。张素作《云南首义日口占》云:"天星一周岁,民国满辉光。金马碧鸡在,长枪大戟当。矢心昭日月,草檄动风霜。吾惜祭征虏,功成身已亡。"

《申报》第 16052 号刊行。本期《自由谈》"消闲集"栏目含《秋蝶》(四首,芙影室主)。

[日] 内藤湖南自日本起程来中国。内藤受日本首相守内正义派遣，借访学为名，实为刺探政治。罗振玉安排沈曾植等复辟遗老与之接洽。

老舍从北京师范学校赴西山观察野战地势，作《十月念一日，赴西山观察野战地势。是日大雾，抵午方晴。四年两登此山矣，为二律以志之》。后载 1919 年 4 月《北京师范校友会杂志》第 1 期，署名"四年级生舒庆春"。其一："绝顶西风放眼奇，蓟门烟柳冷侵眉。白驴绕水寻行迹，红叶如花打卧碑。岂独文章留锦匹，敢夸身手夺霜旗。他年荷锸归山去，石骨嶙峋是故知。"其二："今年又立此峰头，依旧浑河向北流。一带黄沙埋落日，几行红柳踏深秋。暮烟欲障游山兴，初月偏钩去客愁。留去哪能随物意，麻鞋到处总悠悠。"

22 日 《申报》第 16053 号刊行。本期《自由谈》"消闲集"栏目含《秋蝶》（四首，静观）。

黄节致书北京大学校长蔡元培，鄙薄刘师培为人。其函云："子民先生执事：昨晨趋候，得承教益。幸甚幸甚。申叔为人，反复无耻，其文章学问纵有足观，当候其自行刊集，留示后人，不当引为师儒，贻学校羞。盖科学事小，学风事大。尔来政治不纲，廉耻扫地，是非已乱，刑赏不行，所赖二三君子以信义携持人心。若奸巧之人，政府所不容者，复不为君子所绝，则禽兽食人不远矣。申叔之无耻，甚于蔡邕之事董卓。顾亭林云：'邕以文采富，而交游多，故后人为之立佳传。士君子处衰季，常以贪一世之名，而转移天下之风气者，视伯喈之为人，其戒之哉。'是故节以此责公，非有怨于申叔也。民国初年，申叔以委身端方，流亡蜀中，是时死生失耗，公与太炎尝登报访问，恕其既往，谓其才尚可用，卒使川吏保护南归，公等故人待之，不为不厚矣。及其来京入觐，太炎方被梏察，乃始终未一省视，何论援手！公昨云'故者毋失其为故'，彼于故人何如也？节疾恶殊甚，言之过激，然以贾、郭之贤，而见鄙莱芜；当今之世，实不能以优宽仁柔为事。公当能谅之耳。黄节白。六年十月廿二日。"

陈遹声作《重九前二日迟客赏菊》（两首）。其一："故里干戈隔，才开乱里筵。菊移彭泽里，人老义熙年。觞客黄花酒，盟僧白社莲。龙山无胜会，落帽忆前贤。"其二："今日陶潜宅，开筵笑语哗。红姜调紫蟹，白发负黄花。败兴催租吏，赊春卖酒家。满头都插编，归压帽檐斜。"

杨振骥作《丁巳重九前二日，谒朱经田省长于西宫大林别墅，猥蒙不弃，留饮美酒，出示新诗，优渥如斯，铭感曷已，因用其〈感寓〉诗元韵，赋两律陈谢并示微意》（二首）。其一："羁恨茫茫感此身，无才惭作共和民。愿寻海外三生石，怕堕寰中万丈尘。天地有心穷杰士，江湖何处寄闲人。承招红友同谋醉，一饮浑忘别绪新。"其二："惊心节序换深秋，客里光阴去不留。就菊重阳偏遇雨，听涛杰阁宛临流。亦知万物为刍狗，且向三山结侣俦。仆仆岂嫌双屦瘁，为寻诗料恣清游。"朱经田省长《感寓》原诗云："万物皆空况一身,浑浑愿作葛天民。岂因疾病怀乡土,无奈兵干困劫尘。云本无心还入岫,山原有约更招人。愁看大地咸荆棘,海外惊嗟白发新。"

[日] 德富苏峰作诗三首。其一:"太液池边柳叶飞,景山楼阁郁巍巍。人家百万秋光里,白塔峰头看落辉。"其二:"辽金遗迹剩层台,约法议成民国开。玉佛何关尘世事,慈容含笑迓人来。"其三:"石人不语立秋风,杨叶疏黄柿叶红。十二帝陵荒草里,寿山终古属枭雄。"

23日 《申报》第16054号刊行。本期《自由谈》"消闲集"栏目含《秋蝶》(四首,吴陵陈仲子)。

符璋有感于天津水灾作七律二首。

张謇作《涛园见过,与游琅山,直其六十生日》。诗云:"风云激荡战春秋,六十飞腾到沈侯。历劫未教岩电过,故人相惜鬓霜稠。求田问舍真吾事,对酒当歌待子谋。岁岁南山堪作寿,莫辞辛苦渡江舟。"

24日 重阳节,沈曾植初与郑孝胥有重阳登高之约,以病腹畏寒不克至,作《与太夷有海藏绝顶之约,腹疾不能出,写重阳诗寄之。写罢忽又得句,盖身离不动而心在刹上矣》简之。诗云:"非想非非想若何,升须弥顶揽云波。老翁枯槁童心现,暮色苍茫倒景过。万象一钧凭斗转,众生无恙适天和。只嫌丈六身犹短,不及防风九亩多。"又作《丁巳九日畏寒不出,偕两侄女登寓庐三层楼作》《九日病室酬泊园》。其中,《九日病室酬泊园》云:"老更徘徊惜岁华,山中甲子记山家。牛山泪与前人尽,彭泽名因短世嘉。秋老丝娘无剩络,士归月灶瘗余砂。小窗趺跨成坚坐,老树枯藤噪晚鸦。"

冯煦游姑苏,与同人往虎丘登高。归后作九言体诗纪之。陈夔龙作《重九偕梦华中丞同年重游姑苏,小住三日,得诗四首》。其一:"道旁官柳拂前旌,今日攀条百感并。旧雨二三忘主客,异乡重九杂阴晴(午,车抵阊门,邹紫东、曹耕苏、苏静安三同年、朱古微侍郎均来会。静安同年约往虎丘登高)。揭来佛地愁兵火,尚有山僧识姓名。霸业消沉金虎气,十年容易鬓霜生。"又作《登高后五日,菁叟出示九言体纪游诗,余亦继作,即步其韵》。诗云:"沪滨哄市无山可避嚣,蛰居五载五度罢登高。沧浪子美招我作重九,虎丘佳处一径掩蓬蒿。我偕冯髯驱车卓午至,欣晤谈天邹与饮醇曹。彊村居士亦复远来会,握手道故顿释胸牢骚。偏舸摇曳七里山塘去,卅年同谱相对伤二毛。主人有酒敢辞中下户,右手斫鲙左手兼持螯。经过五人墓前一凭吊,忠介大节凛凛伴杨椒(甘延韩擒,前人诗中已有先例)。维舟芦岸策杖抵山麓,仰见浮屠矗立干云霄。兴来各贾余勇拾级上,俯视剑池清浅不容刀。千人石畔久闿生公法,但闻暮山瑟瑟鸣秋枭。旧时山僧今日半衰老,寺门肃客不恤音哓哓。我昔持节金阊三莅此,仰苏怀杜一别梦魂抛。城郭人民太息均非旧,令威化鹤重来增郁陶。青眼高歌恃有诸老在,不审同人先笑先号啕。禅房花木亦罹龙汉劫,临风酿酒惟将吴土浇。

夕阳欲落未落挥戈起，莫让鲁阳独擅人中豪。"

潘飞声作《丁巳重阳，江上酒楼集饮，分得楼字》。同人和作：周庆云（《即席和兰老楼字韵》《分得巳字》《东木先生寄示〈丁巳重阳〉，再和东坡〈九日黄楼〉均，率尔效颦》）、沈焜、王蕴章（《分得听字》）、秦国璋（《分得丁字》）、徐子昇（《分得雨字》）、姚文栋（《丁巳和东坡〈九日黄楼〉韵之一》《丁巳重阳，再和东坡〈九日黄楼〉韵》）。其中，潘飞声《分得楼字》云："苍狗白云看世变，黄花紫蟹又深秋。君从燕市留题遍，为问诗中几酒楼。"周庆云《即席和兰老楼字韵》云："海上年年作重九，黄花无奈又经秋。催租不碍潘邠老，风雨声中共一楼。"姚文栋《再和东坡〈九日黄楼〉韵》云："黄楼险韵今犹说，如见东坡清兴发。海东群彦竞追和（癸未重阳，予在日本首和东坡韵，继起者向山荣、宫岛诚一郎、石川英三君皆日本名下士也），名姬捧研手柔滑（新柳、两桥歌伎皆殊色，宴集时常满前）。乘槎已毕归槎浦，犹道沧波湿鞋袜。我逢佳节不能饮，但持杯茗当酒呷。喜听酒人述故事，刘伶未醉先携锸。我意又嫌肉食鄙，顾全物命每戒杀。垂涎欲叩香积厨，饭后钟声起梵刹。忽思散发弄扁舟（节后买舟登鹤槎山，因九日有雨），茱萸满载橹呕轧。重阳已过补登高，船头俄见山影压。试填旧韵纪新游，词锋比前更缺齾。山灵对我亦大笑，杜荀鹤化杜荀鸭，故人休疑拾牙慧（诗成展向山君，旧作每有暗合），走笔成如震电雪。"

方守彝作《槃君自里赴申，将为七侄迎新妇，过皖，于重九日置酒长啸阁，集宗虞二婿及子侄诸孙陪侍，明日槃君行》。诗云："提携绿鬓酒家楼，并坐华颠炯照秋。为趁菊花重九节，同消尘海万千愁。蟹筐黄满醪香烈，乌桕红飞霜气流。正是时艰盼鸣凤，清声彩翮看君收。"

徐世昌偕九弟冒雨至淀北园，约吴士绀、席效泉、徐敬宜，王揖唐、赵瀛洲、朱铁林宴集作重九之会。徐世昌作《丁巳重阳淀北园雨中宴客》《重阳游宴，归简柯凤孙》。其中，《丁巳重阳淀北园雨中宴客》云："池馆涵凉晕，疏花剩几丛。松针烟外绿，枫叶雨中红。野意看高隼，秋心寄远鸿。重阳风物好，情话一尊同。"《重阳游宴，归简柯凤孙》云："出郭十余里，林园步步幽。夕阳黄叶路，秋水白松楼。沽酒人初去，敲诗客屡留。斓斑秋色满，妙笔写丹丘。"

胡先骕在南昌与王易、王浩、龙吟潭、吴端任诸诗友登市中心酒楼，歌呼竟日。胡先骕作《木兰花慢·重九日作》。词云："倩横空雁影，写难尽，此时情。正病菊飘香，丹枫焕彩，霜岫浮青。寒江榜歌送晚，迸疏砧、怨笛入秋声。休说龙山落帽，近来欢事飘零。　　金尊看取玉山倾。醉了莫教醒。算艳冶当年，如今尽付，瘖井沉瓶。登高漫穷望眼，怕西风、吹泪满江城。消得题糕锦字，词仙知属何人？"

林苍作《石遗丈创立湖心社，春以上巳，秋以重阳，祭宛在堂诗龛；丁巳九月九日为第二次祭期，招集同人礼毕，会食堂中而散，以诗纪之》。诗云："上巳移时又重九，一年两度宴斯堂。诗人血食今滋盛，身后乡评孰最强。世乱久无来日望，名虚先为昔贤伤。可怜书种垂垂尽，湖上伊谁解瓣香。”

康有为作《丁巳重九日，美森院感赋》。诗云：“烟雨青黄院落阴，满庭风叶画沉沉。东篱无菊惟黄叶，落木天高感客心。”

俞明震作《丁巳重九日登烟霞洞，读仁先六截句，感赋即赠》。诗云：“归云如箭山如马，直压钱江出胯下。纷纷朝暮乱雨晴，洞口黄花无一把。去年龙井看落日，秋色招人荐尊斝。一年容易君南归，心自沉冥气潇洒。入山以后无甲子，我与秋山共清暇。伤高回面参古佛，顽石嵯峨钟磬哑。君知此意得真象，无主秋光任挥写。蒲团题记六重阳（君诗：‘破壁攀天一端午，伤高啼泪六重阳’），攀天留待重来者。”

张謇作《重九日风雨》。诗云：“只应今日是重阳，风雨催寒未觉妨。纵罢登高犹有酒，况容强笑可无觞。蛇龙兵气缠南服，鸿雁哀声满朔方。便算百年真易过，只赢一万二千场。”

陈遹声作《丁巳重九》。诗云：“少时落帽卧龙冈，紫蟹黄花屡进觞。忽忽残年逾七十，不知更有几重阳。”

延清作《重阳日朱芷青太守七十三常诞，用白香山七十三所赋五律韵祝之》。诗云：“七十稀从古，兼三古更稀。千秋开菊瓮，九日舞莱衣。酒累王家送，车催杜老归。满城风又雨，节序讶全非。”

曾广祚作《丁巳九日登湘乡仙女峰感赋》。诗云：“列营败卒抛战鼓，拦街嘶马浩无主。老翁久厌旌旗红，搔首高丘问天语。岛夷索虏交相讥，万物刍狗秋风悲。长沙凋瘵菽粟贵，手携稚子将何之。出郭犒军入门死，赤血淙淙染溪水。焚庐烈火障云飞，乱山灌莽啼新鬼。尸骸撑拒狐狸收，后车妇女前悬头。失意几微辄亭刃，思君粉泪湔裙流。绣褌诸于被骁将，玉花箪横紫绡帐。黄金千镒压行装，盈坻肉食谁能抗。朱陵洞口瓦落烟，戈鋋彗野来蒸涎。孑遗纵伏草间活，故园百里惟荒阡。中原失鹿频追逐，十羊在槛九为牧。只剩陶潜是逸民，白衣送酒看篱菊。湖波今日有耕农，沧海麻姑感旧踪。仙女峰头剪刀石，湘天一尺费裁缝。昔闻纨绔媚珪爵，余方雀跃游寥廓。重寻银汉骖鸾人，满眼青荃射苔阁。茱萸系臂暂时灾，不须持节望蓬莱。二妃窈窕步虚下，或听哀吟扫劫灰。”

王树楠作《京都菊花数十百种，各立名题，每于重阳佳日斗胜争妍，游人如织，赋此志感》《重九》。其中，《重九》云：“老去怯登临，愁来揽客心。风云千态变，人海一城深。对酒常拼醉，看花懒上簪。当年胜游处，到眼怕追寻。”

陈曾寿作《九日同龙山居士、舥庵、九兄、四弟、五弟、七弟，儿子邦荣、邦直烟霞洞登高》（四首）。其一：“累臣佳节苦相妨，岁岁年年供断肠。破壁攀天一端午，伤高啼泪六重阳。（五月五日，在梁师傅家分食御赐点心）”其二：“急难惊逢复壁中，驾鹅今我不相从。午君枯寂申君懒,肯到西山第几峰? （二弟、三弟在京师)"其三:"石鼎茶声沸冷泉,梦浮秋水欲黏天。栖迟却舆龙山老,来共僧房半日眠。"

刘景堂作《霜叶飞·重九登高,和六禾,用梦窗韵兼寄伯阳》。词云:"万千愁绪。沧烟外,残霞低度江树。夕阳人影乱苍苔,岩沫飞成雨。念世事、晴空过羽。江山曾阅兴亡古。问旧约茱萸,有几倍、词场倦侣,不传鱼素。 凝想客里题糕,刘郎兴浅,彩笔何日重赋。矗天孤塔转疏铃,似与山灵语。更病柳、逢霜几缕。归鞭闲逐昏鸦去。渐路入、无人境,好约长镵,白云深处。"

许南英作《重九日漫兴》。诗云:"天涯迁客逢重九,转瞬韶光又一年。永夕兰釭挑欲尽,几时藜榻坐将穿! 潜藏生气敛群蛰,故作秋声假一蝉。聊为登高舒老眼,勿劳湾外水连天。"又作《重九和蝉窟主人原韵》。诗云:"征鸿万里下晴皋,独客吟秋兴自豪。乱世自甘薇蕨菜,重阳辜负菊花糕。贫犹傲世眼翻白,老不饶人爱自搔。犹忆菽庄相别后（去年今日鹭江放洋,菽庄主人及同社诸子登舟送别),鹭江江水拍天高。"又作《重九日呈厓岸先生,用前韵》。诗云:"萧疏落叶满亭皋,万里西风秋正豪。得遇名山宜纵酒,为编诗历一题糕。怀人今夜肠应直,垂老蛮天鬓独搔。尚忆去年别家日,萸残菊瘦怯登高。"又作《过恒心园看残荷,感而作此》。诗云:"一亭方卦象,四面拥残荷。秋尽花微瘦,雨过水渐多。红衣自开落,翠盖又偏颇。君子犹如此,相怜奈尔何?"又作《重阳日口占》。诗云:"神仙不识费长房,未解登高避疫方。六十三龄犹健在,无花无酒过重阳。"

邓尔慎作《九日即事》。诗云:"秋来无地可登高,揽镜羞看两鬓毛。当世功名成画饼,满城风雨感题糕。江山劫外观棋局,鼙鼓声中年泽袍。昨夜斗牛腾剑气,不应终闷在重牢。"

方守敦作《丁巳九月,将赴沪为亮儿娶妇,过皖,值重九日,三兄清一老人集一家兄弟、子侄、诸孙、外孙登长啸阁,为持螯之会。时受于、仲仁两侄婿亦来皖在座,饮罢,兄赋诗赠别,敬次原韵》。诗云:"万里江声到此楼,一家清兴坐高秋。共看黄菊年年好,那对青山处处愁。樽酒欢情佳客在,霜须豪咏古风流。向平愿了支筇健,灵胜行当五岳收。"

汤汝和作《九日登高岳麓感赋》（四首)。其一:"登高岳麓拨荒荆,眼界茫茫夕照明。战伐江山迷夏口,文章屈贾总秋声。风前有客闲持蟹,海上何人急脍鲸。孤抱欲从魑魅语,忧时泪下庾兰成。"

张良遟作《九日遣兴寄遁叟二首》。其二:"见山楼下万山开,听雨轩中旧雨来。太华峰头逢令节,襄阳池畔泼新醅。参军落帽能惊座,梦得题糕枉费才。记否崔庄曾宴杜,迟君共醉菊花杯。"

沈其光作《姚东木先生曩在日本有次东坡〈九日黄楼〉诗韵之作,时癸未秋也。

丁巳九日复叠旧韵寄示，因和之》。诗云："姚公谈瀛颇有说，昔年渡海星槎发。黄楼高唱继髯苏，新诗脱手弹丸滑。彼都人士好文墨，亦有名姬侍巾袜（谓新柳歌妓）。鱼天九日挈登高，美酒当筵痛一呷。胜游豪宴诚难再，倦向丘园负花锸。虚室无尘白自生，残经有简青长杀。先生道高人所仰，譬如神灯照金刹。国破时为庄舄吟，党争不受元祐轧。摇毫掷简千言就，元白仍看气堪压。岂信文章老更谦，锻词自道锋棱鬣。忆昔看花造公圃，门前春水方斗鸭。何当长作槎浦游，不羡轻舟泛苕霅。"

萧亮飞作《醉重阳，赠苏门窦锡九律师》（四首）。其一："大好金钱眼底轻，能教阿堵累平生。借将法律行豪侠，不许人间有不平。"

曹炳麟作《九日偕樊柳江、张幼禾、周子康、孙毅甫、徐乐三、邹驾白、施景卢登鳌山海苍阁，酌酒贺水香榭落成，赋呈严亚邹》（二首）。其一："海外烽烟紧，风前木叶多。感时惟蓄泪，对酒不成歌。立马雄心尽，登鳌梦想过。欲来消块垒，山石更嵯峨。"其二："放胆题糕字，狂书乱石中。秋深风雨晦，天暮海山红。酒尽余杯热，才悭万念空。无聊来侫佛，新葺梵王宫。"

姚华作《水调歌头·重阳和惜香》。词云："一日几风雨，做弄菊花天。暝烟栖定寒绿、寂寞粲孤妍。酒厎不禁秋冷，客倦渐知人老，时节又灯前。岁岁东山约，长忆翠微颠。 难陶写，哀乐事，尽中年。登高无计、萧寺如水抱愁眠。何用茱萸细数，回首中秋月色，不似旧时圆。万里饥鸿影，添怨复成怜。"

张质生作《和任春山〈重阳登高〉元韵》（三首）。其一："携将书剑作豪游，万古烟霞聚一楼。敢向尘中为白眼，好从世外觅丹丘。有时酒敌逢诗敌，无数新愁接旧愁。安得黄精朝暮服，高飞直上万峰头。"其二："堂堂岁月付长河，杜牧三生奈老何。霜傲菊花标晚节，云随劳燕苦奔波。登山不尽兴亡感，对酒高吟敕勒歌。喜值边庭无事日，驿楼斜处晚峰多。"其三："雁字联翩倒映河，清空一气漾晴波。五千道德关中起，重九光阴醉里过。落叶寒砧羁客梦，阳春白雪郢人歌，新诗读罢思投笔，似此才华有几多。"诗后附何实斋《重九日，余介彝召集南城楼落成，得诗一联曰："使君毕竟怀何抱，醉看秋山十二峰"。嘱余足成之。余谓此天籁也，人籁乌能和？强之不已，为冠二句，凑成一绝》。诗云："酒赋琴歌无倦容，层楼杰阁影重重。使君毕竟怀何抱，醉看千秋十二峰。"

江子愚作《霜叶飞·丁巳重九，用梦窗韵，寄怀香宋，同休庵作》。词云："子山情绪。伤离乱，庭前萧瑟枯树。一帘风送雁声来，更卷黄花雨。笑我似，归飞倦羽。青山回首成今古。怕约伴登高，眼底半新人，那信旧人工素。 遥想太华峰头，滕王阁上，壮游多少词赋。古来才士例悲秋，秋思凭谁语。恋酒盏，萸香半缕。痴心休放重阳去。最可怜，东篱畔，有个人家，阵云深处。"

林葆忻作《九日过谢泉，遂登大梦山》。诗云："登高独上水边城，风雨初收眼界明。昨日已非今日是，出山何浊在山清。折萸自笑无簪插，就菊还将落帽擎。廉石峰头愁纵目，西南烽火未休兵。"

杨振骥作《和朱经田省长〈重九登高阻雨〉元韵》。诗云："重阳遇雨出门难，独把清樽聊自欢。松海秋深增客感，菊篱径湿少人看。五更残梦孤灯死，万里乡心一榻寒。幸有名公能下士，新诗读罢旅思宽。"又作《赠朱经田省长，即用其〈重九〉诗元韵》云："道远终嫌晋谒难，趋承德教有余欢。策鳌东海高踪隐，逐鹿中原冷眼看。济溺心肠同夏热（闻天津水灾，慨输巨款），感时词句带秋寒。蓬莱山水俱清绝，一啸顿教百虑宽。"朱经田《重九登高阻雨》原诗云："风雨凄凄行路难，清樽佳节强为欢。萧萧木落乡心起，澹澹花开老眼看。倦鸟归时犹未晚，层台高处不胜寒。夜来喜听渔舟唱，四海浮家天地宽。"

严廷桢作《重阳舟中》（二首）。其二："重阳佳节逢霜降，大雨崇朝似建瓴。晚稻正黄桑未落，尚余生意满郊坰。"

王舟瑶作《九峰登高》。诗云："鉴湖才返棹，雁宕又扶筇。不觉三秋暮，重登九子峰。一樽黄菊酒，几辈白头翁。天意怜衰老，未教风雨逢。"

陈隆恪作《九日雨中对菊》。诗云："黄花乍展雨匀匀，秀色天机两不驯。堪笑微生依薄酒，秋风落帽世无人。"

［日］德富苏峰作诗一首。诗云："峥嵘山势白云封，天堑关防知几重。崖树秋深叶如锦，飙轮容易过居庸。"

25日 《申报》第16056号刊行。本期《自由谈》"消闲集"栏目含《秋蝶》（四首，蒋坝滨湖诗社）。

《小说月报》第8卷10号刊行。本期"文苑·诗"栏目含《奉答鞠老寄怀》（沈观）、《谢人送六安茶》（沈观）、《又铮、畏庐、涧秋、诗庐及张少浦、塔式古、张仰韩、梁次楣、陶仲芳、刘绍松、林奏丹以余五十，邀泛净业湖，觞于昌邑陈明侯寓中，翌日畏庐作图记之，又铮赋〈花犯〉，装相贻诸公，续有诗文，因赋谢七章》（叔节）、《约堂将去杭，余极言西溪之胜，招同亮生往游，饭于交芦庵，遂入花坞，越桃源岭，循湖归，亮生既赋长歌，余乘兴依韵和之》（真长）、《乙卯中秋》（敷盦）、《初度感怀》（敷庵）、《谢班侯年丈惠雪鳗，因邀过我同食》（鹤亭）、《苦雨》（师曾）；"文苑·词"栏目含《祭天神·题李云谷残研拓本》（仲可）、《绛都春·崇效寺展禊赏牡丹，赋此纪事，用君衡体》（梦坡）；"文苑·诗话"栏目含《藤花馆诗话（续）》（吴西云）、《闺秀诗评（续第8卷第8号完）》（棣华园主人编辑）。

庞俊作《重阳出游，偕温子厚、胡德渊，明日戏呈》。诗云："古之诗人尝有言，四时佳节独重九。江空木落恁清好，楚客所悲余何有。况逢佳士得同游，射虎贯雕皆老手。每从挥麈获妙语，无异疥马便枯柳。天生黄花为我辈，路旁新冢知谁某。须知去岁洗靴袜，那易秋阳媚檐牖。倾城莫怪人尽狂，得霜且喜花能寿。因思昨雨有深意，岂与芳辰荡积垢？酒家见事一何迟，客到仓皇始觅寻。隔汀喧闹便如许，此地幽闲聊可久。两君醉饱何所思，历诋贩缯骂屠狗。我言哀时吾已倦，一杯以外常钳口。鄙顽好弄幸不弃，节物寻诗惟恐后。却将恶句恼幽人，更问宵来闻雁否。"

[日] 橙阴正木彦二郎作《九月十日夜雨到得一首》。诗云："过雨月轮皎，澄清始觉秋。虫声殊唧唧，不厌枕边周。"

[日] 德富苏峰作诗一首。诗云："登登铁路傍羊河，岭上寒烟和雨过。十月云中肃霜早，满林黄叶已无多。"

26日 《申报》第16057号刊行。本期《自由谈》"消闲集"栏目含《秋蝶》（四首，一庐胡洪湛）。

27日 《申报》第16058号刊行。本期《自由谈》"消闲集"栏目含《秋蝶诗摘句》（栩园居士）。

南溟寓公《星洲大国园傍晚即事》（四首）刊于 [马来亚]《国民日报》"诗苑"栏目。其一："晚炊烟散日西沉，绿柳堤边霭云阴。暑气尽消云细卷，清风阵阵起疏林。"其二："对岸青山翠欲流，晚风天外送归舟。斜阳影带飞鸦落，有信潮来韵独悠。"其三："铜像巍巍大地开，摩挲金石数徘徊。英雄两字转千古，几许艰辛换得来？"其四："游兴阑珊体态酥，倚栏斜注笑声呼。阿侬移步娇无力，好把郎肩着意扶。"

[日] 德富苏峰作诗三首。其一："碧甍朱阁拥岩区，石佛三千倚峒隅。欲问山僧谈往事，荒凉宝塔泣昏鸟。"其二："大同城外朔风吹，雨后玉河涵石陂。赢马萧萧鞭不动，雷公岭上冻云垂。"其三："北风浩浩卷寒云，朔漠山河斯里分。节过重阳仅二日，旷原无际雪纷纷。"

28日 段祺瑞政府与日本议订军械借款和中日合办凤凰山铁矿草约，引起公愤。

《申报》第16059号刊行。本期《自由谈》"消闲集"栏目含《秋蝶诗摘句》（栩园居士）。

徐特立参加长沙城教育会成立大会，与杨树达一同当选副会长。

杨道霖南归，出京至天津寓长发栈，31日附景星船赴沪，次月11日回锡。杨道霖于南归途中因有所感，赋诗寄示任、刘两先生。《由津至沪中途有感，寄示寿国、珊园》云："壮岁负伟抱，挟策走幽燕。欣逢东阁开，及见公孙贤。慷慨论筹海，名卿为泚颜。颓波日东注，瀹胥匪一端。疆臣主和议，民气郁难宣。大人不悦学，见异纷思迁。出门望碚群，塞人云上天。履霜见坚冰，星火燎高原。美玉宁求沽，蜩螗空呲喧。君子道固穷，持正百尤愆。风饥不择食，燕雀舞其前。愿为古人愚，不受今人怜。"

郁达夫作《读〈宋史〉》。诗云："贫贱论交古不多，弟兄同室尚操戈。来生缘分如能结，烛影刀声又若何!"

[日] 白井种德作《古历九月十三夜雨，西嵩先生怀旧赋诗见寄，次韵却寄》。诗云："献酬共不问阴晴，佳夕尝亲灯火明。感喜君能无忘旧，赋诗又是及宽平。"

29 日 陈柱作《答唐蔚之先生论文书》，答复此前唐文治《与陈生柱尊书》。《与陈生柱尊书》曰："文者，物象之本。字者，孳乳而寖多也。凡为文词宜多识字，晁以道经，日课识十五字，前事之师，奚独说文?"

王次清作《丁巳九月十四日得孙》。诗云："计过重阳才五日，石麟诞育庆声声。余生己巳今丁巳，禅以孙同作尔名。"

[日] 德富苏峰作诗一首。诗云："朔风白雪雁门边，冻雨寒云八达巅。今日黄榆丹槭里，一泓明镜浴温泉。"

31 日 《申报》第 16062 号刊行。本期《自由谈》载"联话"栏目，撰者"菊隐"。

冯箴西见符璋，云杨敏夫六十寿，同乡各赠一诗，并属符璋代撰一律。

俞平伯与舅父许引之女儿许宝驯成婚。北京大学教授黄侃及同班同学许德珩、傅斯年等皆来致贺。

袁嘉谷撰《重修咸阳王赛典赤·赡思丁墓记》，又作诗《忠惠公赡思丁》。诗云："兵渡金沙跨革囊，天南重镇赖平章。才高张辅绥交趾，勋迈唐蒙诏夜郎。盛代君臣同骨肉，世家父子耀旂常。桃花春涨六河水，遗泽年年卜岁穰。"

本 月

春音词社举行第十四集。地点在天平山，以"天平山看红叶"为题。本集词作有夏敬观《霜叶飞·曩借宅吴门，岁辄一登天平览枫林之胜。自来海滨，遂疏游屐。丁巳九月始挈词侣重登此山。酒畔倚声，不胜哀感》、周庆云《霜叶飞·丁巳九月偕词社同人至苏台，登天平山看红叶，归后作》、徐珂《霜叶飞·春音词社十四集至苏州白云山看红叶，时为丁巳晚秋》、袁思亮《霜叶飞·天平山看红叶，同春音社中诸子》、邵瑞彭《霜叶飞·遥和春音诸子天平山看叶之作》。其中，夏敬观《霜叶飞》云："数峰青窈。官桥外，吴妆临水长好。画船重载故人来，趁雁天霜皎。看木末、山容尽老。苍屏迎面丹枫杲。便拄筇危亭，伫共挹、天瓢醉舞，色换年少。 归岸最怯乌啼，星疏城火，旧日坊巷谁到。岁寒堂下梦松风，度素弦声悄。甚缺月窥人渐小。江乡何许终渔钓。念浪萍、随风散，惟有孤筇，伴予幽讨。"周庆云《霜叶飞》云："缀霜疏锦。秋如醉，吴妆新点明镜。瘦筇携向画中行，人语蓬壶顶。俯杰阁、危栏倦凭。筝弦惊雁凉风劲。数万笏梯云，觉许得、高寒静占，结庐仙境。 游事最忆吴皋，官桥野火，旧客重理烟艇。断红流梦到荒沟，剩数峰青迥。渐落叶，钟声暗省。孟泉分茗禅心永。待共寻、幽栖处，烟雨登楼，更乘清兴。"徐珂《霜叶飞》云："白云深处。山容艳，生机犹在枯树。莫将芳节再蹉跎，雁外斜阳暮。只笠屐、萧然倦旅。衰颜羞映丹枫舞。且试酌盂泉，就小阁、禅心共证，怯吟愁句。　　东海度彻秋声，新妆尽倚，冶叶应惹花妒。便教还我旧燕支，谁耐鏖霜苦。奈欲托，微波寄语。荒沟流恨无今古。待甚时、真遗世，结屋依岩，瘦筇苔步。"袁思亮《霜叶飞》云："断霞明渚。墟烟外，群峰争斗眉妩。缀霜蕃锦在寒枝，乌弄春晴误。听瑟瑟、清商自语。河山如此成迟暮。看乱拂苍岩，间瘦碧、衰黄料理，夕阳红苦。　　还叹过隙驹光，朱颜愁老，秀靥空忆前度。杜鹃啼恨下平芜，梦远吴江路。漫一逐，荒波去住。人间多少消魂处。倘载将、相思字。流到天涯。教伊知否。"邵瑞彭《霜叶飞》云："断霞迷晓。寒山路，秋心遥递林表。夜钟催梦到吴船，人傍琴台小。睇叶叶、夭魂自好。斜阳红战燕支老。想此日登临，冷艳幂霜夜，四面石径幽导。　　因念倦客长安，辘轳金井，故国慵驻凄调。为谁千里怨江南，宫里啼乌悄。怕一夕、年芳变了。西风闲背哀蝉扫。蘸泪痕、题残句，流水荒沟，寄情多少。"

《广仓学会杂志》第 1 期刊行。本期"艺掫"栏目含《崇祀仓圣记》（睢宁姬佛陀觉弥）、《爱俪园广仓学会记》（乌程费有容恕皆）、《仓圣万年耆老会记》（奉贤程和）、《仓圣万年耆老会颂》（宜兴任之骅毓华）、《仓圣万年耆老会歌》（青浦徐昌镐宗石）、《丁巳旧历三月二十有八日，海上爱俪园主人开仓圣万年耆老会，四方云集，尽是高年硕德，潜亦得与诸君子同游，不胜欣幸，爰仿柏梁台体长歌一章以纪其盛》（汪潜秋潭）、《仓圣生日，爱俪园主开万年耆老会，即席赋柏梁台体三十六韵》（松江顾熏遁庵）、《仓圣万年耆老会成，适觉弥先生三十寿，赋此志盛》（汪煦芙生）、《丁巳春暮，旅华西士欧司爱哈同先生、罗迦陵女士开耆老大会于沪西爱俪园，行释奠仓圣礼，并展览金石书画，侑以古乐，诗以纪之》（宝山施赞唐琴南）、《丁巳三月二十五日，上海爱俪园主人及诸名流开仓圣万年大会，柬招南中耆老观释奠礼，诚盛举也，赋诗四律，借伸倾慕》（嘉定吴邦升允吉）、《寿觉弥先生三十寿》（江阴张之纯痴僧）、《仓圣万年耆老会成，寿觉弥先生》（海宁查光华子春）、《广仓学会三月二十八日开仓圣万年大会，觉弥先生亦于是日三十初度，赋诗称祝》（溧阳宋文蔚澄之）、《呈广仓学会会主哈同、迦陵兼示觉弥》（青浦徐公辅皈匡）、《丁巳三月大会，耆老于沪西爱俪园行祭仓圣礼，拈此以纪》（朱本仁）、《参观仓圣诞日释奠礼后，退而赋此》（嘉定瞿昂来鹤汀）、《丁巳三月二十八日，爱俪园明智大学春祀仓圣，赋诗恭颂》（王嘉熙崧生）、《参观仓祀礼成》（汪潜秋潭）、《祝万年耆老会成》（嘉定陈栩巽倩）。

《国学丛选》第 9 集刊行。本集"文类·诗录"栏目含《度腊》（昆山胡蕴石予）、《寄答蟫庵》（前人）、《惆怅》（前人）、《与客》（前人）、《欲学》（前人）、《一枕》（前人）、《吹万来苏，画梅为赠，系以一诗》（前人）、《补寄吹万》（前人）、《读伯严丈近作有怀》（南通徐鋆澹庐）、《剩社咏史四首》（前人）、《林溪精舍和张啬庵文（謇）》（前人）、《哲夫为石子画〈梦游三师石笋图〉，吹万为之题句，哲夫写以见示，次韵并寄三君》（醴陵傅尃屯艮）、《飞云岩》（在黔省黄平驿路侧）（无锡蒋同超万里）、《玉屏》（前人）、《清溪登晴云阁》（前人）、《镇远》（前人）、《夜闻青龙洞寺钟》（洞在镇远）（前人）、《雨中过清平》（前人）、《赠安丘李梦渔，时宦游黔中》（前人）、《金塔杂诗》（揭阳吴沛霖泽盦）、《学书一首》（前人）、《王城吊故宫遗址》（东莞邓溥尔雅）、《莲花世界》（前人）、《冥想洞》（前人）、《怀金松岑先生》（吴江唐有烈九如）、《怀高吹万先生》（前人）、《为吹万画〈寒隐图〉，系以一绝》（歙县黄质滨虹）、《秋暑》（顺德蔡守哲夫）、《海滨春暮》（前人）、《题画寄傅钝安王仙》（前人）、《秦淮饯春》（吴江金天翮松岑）、《题〈寒隐图〉》（泾县胡怀琛寄尘）、《题友蓉〈种蕉学书图〉》（魏塘周斌芷畦）、《辨香冢二绝，示小进》（前人）、《怀高吹万》（淮安周伟人菊）、《怀姚石子》（前人）、《饮茗第二泉》（平湖钱怡红冰）、《吹万探梅邓尉，作此寄之》（松江马超群适斋）、《佛耶斋朱兰烂漫清妍，非尘世也》（松江姚锡钧鹓雏）、《雨过两绝句》（前人）、《聚丰园饮席示同坐》（前人）、《斋中红梅二月始作，花旋即零落，屏几悄然，凝感成咏》（前人）、《闲闲山庄诗，为吹万题》（前人）、《丁巳春莫薄游秦山，吹万先生属题〈寒隐图〉，兼怀天梅北京》（前人）、《题吹万近诗后》（前人）、《春晚遣兴》（松江蔡树萱爱常）、《代岭梅叔题〈春晖文社社选〉》（松江张端瀛蓬洲）、《题高吹万先生〈伤县录〉》（前人）、《宜兴吴葆彝以〈明拓圣教序〉属题，率应一绝》（松江闵瓛瑞之）、《题〈寒隐图〉》（前人）、《登扫叶楼，与吹万诸君同作》（前人）、《凤九以魏〈高贞碑〉见赠，赋此以谢》（松江张孔瑛伯贤）、《沈君道非丧妻，诗以吊之》（金山李铭训伯雄）、《留宿白漾田家两首》（金山朱秉彝退庵）、《小园即事率成四首》（前人）、《闲闲山庄歌，为吹万先生作》（前人）、《南社集中央公园之上林春，拈得郎字》（金山高旭天梅）、《题蔡哲夫〈寒宬校碑图〉》（前人）、《陈伯肫招宴陶然亭，归后寄此》（前人）、《吴门纪游》（金山高均君平）、《自题三十造象》（前人）、《金牛湖上晚望》（前人）、《五月初二夜为雷所惊而寤》（前人）、《黄梅雨后步水田上》（前人）、《哭钱鲁望业师》（金山高圭君介）、《冬日偕君介秦山探梅》（金山高增佛子）、《落花四首》（前人）、《北郊别墅偶成》（金山高燮吹万）、《谢马适斋赠玉板笺》（前人）、《九月八日秦望山登高》（前人）、《患疟无俚，以菊花数盆围置床侧，偶成》（前人）、《吊庞蘖子，即题其诗词遗稿》（前人）、《韩君凤九属题其母氏张恭人遗像》（前人）、《与金君松岑有锡山探梅之约，继以天寒，复因事绊未果，书此奉寄，并柬陈丈伯严、李君晓暾、梁君公约》（前人）、《赠黄滨虹，乞画》（前人）、《丁巳元宵后二日，拟往邓尉探梅，及至吴门，知梅花以天寒未放，既归二旬，得马君适斋寄诗，盖赠予探梅作也，即次韵奉答》（前人）、《哭妻兄顾敬贤》（前人）、《丙辰五月廿七日，为丰儿亡后二周之期，诗以哭之，二十韵》（华亭顾保瑢婉娟）；"文类·词录"栏目含《蝶恋花·七夕》（醴陵傅尃屯艮）、《浣溪沙》（前人）、《虞美人》（前人）、《菩萨蛮·松风社于八月二十四日作展中秋集赋此》（华亭杨锡章了公)、《一剪梅·重九和朴庵》(南昌陶牧小柳)、《罗敷媚》(泾县胡怀琛寄尘)、《虞美人》(松江姚锡钧鹓雏)、《蝶恋花》(前人)、《虞美人·秋夜买舟招凉,自游山舫浜至小尖,叩舷歌此,听者以为有回肠荡气之音也》(虞山庞树柏檗子)、《浣溪沙》(前人)、《南柯子·春尽夜卧病,梦中得"春花愿化作春星"七字,醒后足成此解》(前人)、《减字木兰花·题南通徐澹庐〈梅花山馆读书图〉》(梁溪王蕴章蓴农)、《醉太平·倾城夫人〈拗风廊图〉,为寒琼题》(梁溪王蕴章蓴农)、《浣溪沙·题芷畦〈柳溪竹枝词〉》(梁溪王蕴章蓴农)、《南乡子》(梁溪王蕴章蓴农)、《清平乐》(梁溪王蕴章蓴农)、《罗敷媚》(揭阳吴沛霖泽庵)、《喝火令·旅夜》(前人)、《齐天乐·读叔氏寒隐社述意诗,为之神往,因填此解》(金山高增佛子)、《蝶恋花·题〈素心籆集〉》(松江马超群适斋)、《巫山一片云·题方瘦坡〈香痕奁影录〉》(金山高燮吹万)、《长相思·吊余十眉夫人胡淑娟,即题余君〈寄心琐语〉》(前人)、《端正好·题俞锦心女士〈端正阁诗〉》(前人)、《花非花·吴门晤沈休穆,以贱字吹万讹听秋佩,因来书畅论声韵之学,戏填此解答之》(前人)、《蝶恋花·题张花魂、顾蝶影伉俪之〈花魂蝶影图〉》(华亭顾保珞婉娟);"附录"栏目含《持螯唱和集》:《蟹脐中有物名蟹仙人,又名蟹和尚,其脑中有物则名蟹鳖,以其螯分析而左右配合之则名蟹蝶,各戏咏一律》(吹万)、《咏蟹,步吹万韵四首》(翼谋)、《咏蟹四律,步吹万韵》(瘦桐)、《咏蟹,和吹万作二律》(红冰)、《蟹和尚》(澹庵)、《蟹蝶》(前人)。其中,顾保珞《蝶恋花·题张花魂、顾蝶影伉俪之〈花魂蝶影图〉》云:"蝴蝶双飞花解语,妙笔传来,巧绘同心侣,傍着栏干穿复度,月明应被嫦娥妒。 慧福多由天付与,酝酿温存两两清如许。不解人间离别绪,非痴非醉添娇妩。"

《瓯海潮》第16期刊行。本期"艺文·文录"栏目含《答陈仲陶简》(吴江陈去病巢南)、《拟江文通〈恨赋〉》(宋慈抱墨哀);"艺文·诗录"栏目含《感事》(陈子万)、《和陈君子万〈感事〉元韵》(符笑拈)、《接故人舒畅仙札,赋此答复》(黄皋园)、《村居晚眺》(乐成郑雪谷)、《立夏日乘雨游日嘉植物园》(乐成郑雪谷)、《寒食书怀》(乐成郑雪谷)、《中秋杂诗》(陈仲陶剑庐)、《送别袁二推官仲廉》(徐素庵)、《谒东瓯王墓》(徐素庵)、《将去永嘉,留别四首》(冒广生疚斋)。

《浙江兵事杂志》第42期刊行。本期"文艺·文录"栏目含《〈读书楼诗集〉序》(贞壮);"文艺·诗录"栏目含《秋中湖游,忆大至、济时》(海秋)、《同学刘竞生因病辞职回金陵故里,赠以二诗》(刘英基)、《从桐庐移驻严州,留别知灿》(刘英基)、《湖舸小集联句》(刘英基)、《唐凌烟阁功臣分咏 (有序)》(GR 生)。

《青年进步》第6册刊行。本期"杂俎·文苑·文录"栏目含《推行阳历之感言》(王兆埙)、《古欢室诗录》(皕海)。

郑孝胥、何维朴等为李瑞清补作生日。

陈夔龙有感于天津水灾,作《闻析津水灾》及《与植甫谈丁沽水患,枨触旧事,即用见赠诗韵》。其中,《闻析津水灾》云:"一卧沧江老病身,丁沽北望浩无垠。曾为烂额焦头客,苦忆拖泥带水人。太息陆沉谁执咎,可怜筏渡竟迷津。年来只道鹃声恶,忍听哀鸿遍海滨。"《与植甫谈丁沽水患》云:"闻道哀鸿遍海湄,春台非复众人熙。安危俄顷悲棋局,毁誉难凭付口碑(往岁津沽一役,有谓余力保危疆者,亦有谓不识时务者,一笑而已)。大陆龙蛇齐起蛰,中兴曾李不同时。年来孤负苍生望,独立苍茫感赋诗。"

太虚大师拟赴台湾并有赴日本游学之思。临行,木犀香社友人多以诗送行,圆瑛法师有《太虚法师代予远赴东瀛,用木犀香社香韵,聊当阳关三叠诗》。太虚大师和诗云:"锡山清梦倦寒香,又说男儿志四方。迦叶当年破颜笑,菩提何处歇心狂!且携诗钵贮沧海,待咏梅花傲雪霜。只恐此行难代得,胸无万卷玉琳琅。"

廖道传赴广西任都督府秘书,兼两粤巡阅使署顾问。本月迄翌年作《民国二年余守武鸣,与士夫修王文成公祠榕园,倡设王学社。今年九月重游武城,闻社员数百人,且集基金为祭祀讲学之费。欣然有作》(二首)、《晨起口占》《颜氏竹园》《上范静生夫子》(二首)、《题朱芷秀所藏画幅》《贵县东湖》《浔州》《赠崔匏公司马》《望仙坡》《武鸣道中》《谭组安将军来邕,为书联箑赋谢》(二首)、《林竹君绍斐因调和南北事来邕,书扇赠之》《龙州水亭》(谭都督浩明所建)、《武鸣偕宾僚游紫霞洞》(洞在龙州上龙司宁明河畔)、《游龙州保元宫》《诣龙州镇南中学校,校长叶符九留饮》(二首)、《武鸣江》《武城秋词寄闻》《蜀道》。其中,《晨起口占》云:"草庐高卧汉诸葛,天下周流鲁仲尼。自是至人心量迥,在田龙见不沾泥。"《颜氏竹园》云:"傍水园林竹万条,翠云碧玉郁干霄。纵教风急枝摇曳,劲节偏然不折腰。"《上范静生夫子》其一:"十年再见范夫子,愧我曾非孙泰山。元老匡居底深念,骚人吟泽自憔颜。胸中兵甲惭难学,身外功名亦等闲。安得龙门重问字,辟雍钟鼓五云间。"其二:"首游大学开先甲,忝领高师历两丁。席冷如冰心倍热,醉豪似海眼孤醒。文身越俗嗤章甫,医国刀圭窘术苓。遥想绛帷凝怅望,战云浓绕九嶷青。"《题朱芷秀所藏画幅》其一:"十里溪山夕照明,黏天云树百回萦。千岩万壑争奇秀,可是阴那道上行(阴那,梅县名山,芷秀家近焉)?"其二:"千家傍岸敞扉荆,几叶渔舟弄晚晴。想见晦翁精舍好,武夷九曲棹歌声。"《贵县东湖》云:"不识东湖路,人家水拍扉。细鱼穿柳戏,轻燕掠波飞。曲岸迷青草,遥峰醮翠微。扁舟如可钓,欲此息尘机。"《浔州》云:"郁江日夜水东流,客里心如不系舟。梦醒西山似相识,澹烟浓雨过浔州。"《赠崔匏公司马》云:"我遇匏公西山下,不饮已如醉醇酒。老拳毒手不相让,酒兵数万胸中有。匏公之量逾五石,何论子建才八斗。目空四海大小儿,大雅不陈叹刍狗。诗歌千首闭函关,祖龙不火六丁守。晚来吟侣半禅侠,壁上诗僧亦吾友。未着袈裟托钵难,诗人多穷老奔走。西山万古林壑幽，乳泉煮茗我夙游。匏公题诗在上头，何人碰碎黄鹤楼？我欲移檄山灵谋，一石一木呵禁周。不然牧童敲火樵夫搜，石神木客相对愁，风景煞尽山灵羞。（匏公有诗集八卷，尚存陕右。蒋心禅太令航，自署不着袈裟僧，有所书《和匏公〈赠西山品山和尚〉韵》之作悬壁间。匏公西山诗碑为人所碎。近又有伐山中古树者，匏公言诸县令禁之）《望仙坡》序云："在南宁城北，旧有六公祠，祀狄青、余靖、孙沔、苏缄、王守仁、莽吉图六公。余去年来邕曾寓祠内，今改筑炮垒矣。有清同治板桂抚张凯嵩一碑，是郑小谷笔、赵准书。"诗云："虎踞崇冈气压城，六公祠宇旧峥嵘。山光为写英雄色，牧笛如闻鼓角声。几片残碑余伟烈，三朝名将半书生。桂旗卷尽红衣在，犹借威灵壮甲兵。"《武鸣道中》云："移山缩地信非难，一度来游一改观。今日醉翁重到处，歌途休树万人欢。"《谭组安将军来邕》其一："金鼓神州郁震天，将军南下会楼船。我来别有沧洲趣，但乞潇湘一幅烟。"其二："萧云舣棹挥毫日，费祎围棋辨贼时。掷笔淋漓真宰泣，岭云如墨雨丝丝。"《林竹君绍斐因调和南北事来邕》云："柳驿燕台返，星槎桂海回。孤云羁客远，新雨故人来。耐冷梅同古，忧时鬓独摧。解纷天下任，须仗鲁连才。"《龙州水亭》云："疏栏曲屈小桥通，数亩园林抱镜中。上下鸟鱼晴入画，高低亭榭影浮空。碧漪辉漾终宵月，绿树凉生四座风。亦有西湖烟景好，未容驴背隐韩公。"《游龙州保元宫》云："山游贵清旷，芒屩杖藜扶。兹来挟雄风，快舰电霆驱。江流城西曲，溯洄四里余。巍峨保元宫，金碧入我瞩。石磴五百级，飞足蹑盘纡。初攀太乙门，危槛已凌虚。城垌若咫尺，一碧迷烟芜。更上龙元洞，阴壑玄云铺。灵掌劈轩豁，鬼斧穷镂刳。琼林森玉笋，石乳凝珍珠。宫观何窈窕，因石开绮疏。玉皇坐闳阁，仙佛罗岩隅。似厌上清寂，乐此山楼居。最高是天阙，峭壁入虚无。手欲扪日星，呼吸通帝都。双江渺衣带，群峰委覆盂。兹山谁所构？云始永安苏。时当和戎后，边城澹无虞。幕府擅隆富，祠庙饰华腴。元戎时庋止，玄坛驻虎符。七七无遮会，四众皆欢愉。谓得神仙佑，功德人天濡。转眼二十年，世事飙轮徂。将军失意逝，怀古徒嗟吁。功罪奚足论，丹青尚未渝。代将有奇杰，桂海今晏如。偶因巡边隙，重访旃檀区。军府盛英彦，清淡弥精庐。仙佛应我笑，何来缝掖儒？一酌山中泉，肠脑为清癯。"《诣龙州镇南中学校》其一："旧是论文地，今兼美众科。游乡清议满，嘉树荫人多。洞小堪驯鹿，湖深可养鹅。故应精讲学，岂独胜岩阿。"其二："得月亭边望，时艰更可思。十年疏教训，万姓况疮痍。谁击祖生楫，仍寻董子帷。师徒能胜敌，认此凯旋卮。（校舍旧为书院，林泉幽胜，有洞名仙岩，上有得月亭，李中丞秉衡改为可思亭，谓当中法战后痛定思痛云）"《武鸣江》云："石岸尽雕锼，清流醮碧林。人家隐江曲，村树隔烟深。落落见白鹭，啾啾鸣翠禽。六年游梦证，旧月照孤心。"《蜀道》云："蜀道如今更断魂，杜鹃声里战尘昏。千艘楼橹尘夔峡，六出旌旗阻剑门。可有卧龙起诸葛，徒闻跃马竞公孙。蓬婆岭外烽烟急，谁复筹边备吐蕃？"

刘半农离江阴，只身北上。经陈独秀推荐，任北大预科教授。

秦贯如生。秦贯如，山东日照人。著有《耀奎吟草选》。

吴岭梅生。吴岭梅，江苏泰州人。著有《乔梓诗词集》《扬州风景图咏》《梅也词稿》。

曾敏之生。曾敏之，字寒流，祖籍广东梅县，落籍广西罗城。著有《望云楼诗词》。

杨谷方生。杨谷方，江苏武进人。著有《小菱华馆诗稿》《武南抗战纪事诗》。

施子荣生。施子荣，字楚鸿，室名晨曦阁，福建晋江人。著有《楚鸿轩词稿》。

陆翰文《赠项士元》（四首）刊载于《回浦杂志》。其一："项斯才调世无伦，谈笑风生四座春。最好凌云一支笔，琳琅满幅绝无尘。"其二："庭草萋萋绿未除，修篁瑟瑟粉墙隅。小园竟日无人语，百尺楼头好著书。"

施士洁作《丁巳九月，全闽报社十周年三千号纪念祝词》。词云："扶桑既旭，震旦斯昏！救时之杰，唤醒黄魂。君游鹭水，遒铎是徇。我方平准，佣笔市门。相逢抵掌，峡倒澜翻，晌今十稔，泥爪余痕。江毫五色，历久弥新；扬镰树帜，余子纷纷。棘门灞上，岂曰能军？朝菌暮槿，一刹灰尘！灵光鲁殿，岿然独存。咄哉时局，满目荆榛！残明、季汉，党祸留根。白衣苍狗，老泪酸辛！腥膻六合，膏血九原，燕皆巢幕，鹤自乘轩。矧兹岛海，蛟蜃为邻，君司言责，一发千钧。以吾衮钺，证彼见闻，麟经马史，韦布权尊。广谈虞笔，谷札楼唇，大声水上，畅所云云。文明播殖，率土之滨，齐驱并驾，火轨风轮。三都纸贵，五乘香熏，祝君毛颖，宜寿千春！"

李慰农作《游采石，乘轮出发》。诗云："浩浩长江天际流，风吹乐奏送行舟。问谁敢击中流楫？舍却吾侪孰与俦！"

王闻长作《丁巳九月由吉赴都杂作》（七首）。其一："长春一去客消魂，枯木连天淡远村。榆柳青青忽夹道，晓风残雨过开原。（开原）"其二："清霜未冻辽河水，空翠犹遮铁岭山。无数寒鸦弄朝日，莫疑关塞雁飞还。（铁岭）"其七："黄红霜叶染琼林，秋色澄鲜正午阴。却忆北山高会侣，何如此地共联吟。（新华门）"

延清作《九月杪走访荣虞臣观察，留饮夜话，再用席汝言七十七岁耆英会诗韵奉酬》（二首）。其一："庭前舞彩招莱子，架上藏书踵邺侯。扫径席从山馆设，随波舫就水亭流。会开兰渚追先哲，曲顾梨园集老优。我拟为公眉寿介，儿孙快睹凤鸾俦。"其二："稀寿而还谢挽牵，七龄况又证心泉。画图上续香山老，几杖遵陪潞国年。问竹竹中曾住屣，坐花花下惯开筵。霜天留饮情难却，喜得殷勤地主贤。"

康有为作《丁巳九月为中国五千年最伤心之日，忧伤怀赋此二章》。其一："秋风萧撒吹落木，夕照昏黄对晚天。早虑分亡同印度，今真保护类朝鲜。相持鹬蚌资渔利，深恐羲轩绝种传。勿谓无人谋不用，侧身天地泪如泉。（光绪壬寅吾居印度作《政见书》，辛亥作《救亡论》《共和政体论》，癸丑作《不忍》杂志，以戒国人。皆不听，有以致此)"其二:"军器订盟甘卖国,利权同室日操戈。四万兆民恐奴隶,五千年史怅山河。国屯身播吾遭此,瞎马盲人行奈何。胥溺饮狂犹作笑,可怜召灭为共和。"

汪兆镛作《丁巳九月,莘伯兄同寓蕉园》。诗云:"转徙复相值,乱离何太频。对休非昔日,听剑竟何人。兄弟犹余几?诗书自有真。漫为桑下感,且试瓮头春。"

杨圻作《九月登武昌山》。序云:"归国以来,海田三绿,知宇宙间事,寒暑而已。武昌近襟湘吴,远控巴蜀,今天下一都会也。登其山,左右顾,则濯足洞庭、荡胸云梦。高山大江,天赋形胜,虽然,岂楚人之福哉?默溯万古,俯念来者,畅以高阁,于焉朗咏,素秋万里,意亦苍然。"诗云:"醉后起缓带,宇宙为一放。落日吞江湖,五岳伏如盎。据席睨万里,落落诸态状。孤情不可言,苍然小万象。人类惟一生,大德天所尚。耕织而衣食,无争安贵让?亿万位尊卑,一二曰霸王。贵贱为之的,驱策使扰攘。圣贤与盗贼,皆为乱之创。喋血满万古,无人破其妄。嗟乎天生我,使与共板荡。其身可尺寸,其气难权量。欲与造物俱,冥穆穷其藏。云梦八九之,雄愁安足况?纵身云海间,咳唾星宿上。长风卷鸣雁,肝骨入秋壮。秋气杀万类,荡胸排纤障。有松高百尺,抚之以西望。昆仑来中原,群山争趋向。昆仑小者尔,安知无依傍?"

唐继尧作《丁巳九月率靖国军出滇,宣威道中》(二首)。其一:"苦战频年欲罢兵,无端狐鼠又纵横。众擎扶厦忧倾侧,小补医创负治平。输挽队犹烦驿路,弦歌声喜听山城。往来六载曾何补,惭愧壶浆有送迎。"其二:"风驰小队出郊东,日飐旌旗白映红。岂有壮夫难搏虎,尚传女子奋当熊。千年古国关心远,一粟浮名放眼空。自是良知天可质,斗间浩气入长虹。"

黄洪冕作《丁巳九月,次男国祯奉命攻泸县,连日破黄坪、燕子岩诸险,十四日进攻泸县,身亲鏖战,阵亡德龙。补念国祯五年从戎,一朝殒命,闻耗之余,不禁泫然,惨成长句,用馨私情云》(八首)。其一:"川滇战局苦难收,未捷身先碧血流。滚滚新愁来眼底,茫茫恨事上心头。分明浩劫成千里,消息天涯断九秋。骨相未如班定远,不应抵死觅封侯。"其二:"五年前事本参差,旧梦重提击我思。丽阁追陪倾绿蚁,燃灯侍赋落红诗。曾经雅雨清风地,苦到冰天雪窖时。诫汝临歧能记否,谭兵端的在良知。"其八:"身世可怜运际屯,大营见说将星昏。弥留力尚追群敌,坦白心堪慰九原。风雨三秋归旅榇,关河千里击亲魂。国殇痛煞多兄弟,徒博英名在一门(去年侄泰基、国梁均死于国事)。"

黄侃作《杂感》(八首)。其一:"几日愁霖送早寒,浊醪难遣客怀宽。钟鸣落叶伤心曲,一到灯残不忍看!"

杨尔材作《丁巳小春,祝家慈七十晋一》(四首)。其一:"我生忧患时,雄心日披靡。富贵与功名,直以浮云比。惟欣慈母健,黄发又儿齿。鞠我恩罔极,图报何能已。定省温清缺,承欢惟菽水。母也平生慈,不嫌无甘旨。自愧人子心,难博亲颜喜。"

其三："故乡逢岁歉,嗷嗷尽哀鸿。扳舆来他乡,晨昏乐融融。母喜弄诸孙,含饴笑东风。我亦舞彩衣,时与诸弟同。始知有至乐,乃在天伦中。不羡万户侯,不羡建奇功。日对忘忧草,爽气入心胸。"

张良遐作《暮秋野望》。诗云:"红树青山里,人家住画图。不知岁云暮,直与古为徒。天意怜黄菊,秋声上碧梧。扶筇归缓缓,夕照满平芜。"

朱清华作《六年十月中央公园直隶赈灾大会夜歌舞》。诗云:"哀鸿满地逐横流,赢得京华壮夜游。富贵人心哀亦乐,莹莹电澈水边楼。"

周大烈作《丁巳九月寄梁壁垣》。诗云:"闻君避地向琴台,一夕边风四面来。残雪未消吹又起,林前儿女说梅开。"

十一月

1日 《尚志》杂志创刊。创刊号"文苑"栏目含《钱南园先生手札五首》(钱澧)、《薪黄母铭》(章炳麟)、《〈心易发微〉后序》(移山稑)、《云南报界开幕第一人周郁云先生传》(昆明钱用中)、《昆明周郁云先生传》(昆明钱用中)、《杨节母苏太夫人七十寿颂(并序)》(袁丕钧)、《游西山诗》(袁丕钧)、《游黑龙潭》(袁丕钧)、《谒薛尔望墓》(袁丕钧)。

《诗声》第3卷第2号在澳门刊行。本期"笔记"栏目含《雪堂丛拾(九)》(澹於)、《水佩风裳室笔记(十九)》(秋雪)、《乙庵诗缀(十三)(未完)》(印雪);"词谱"栏目含《莽苍室词谱卷三(一)》(莽苍);"诗格"栏目含《雪堂诗格甲卷(二)》;"词苑"栏目含《秋心秋零哀辞择尤(二)》:《秋雪闻二姊妹死事,疚心至今不能自已,每怀畴昔,不禁泫然,既痛逝者,行自念也。乌乎! 彼苍者天曷其有极,爱拉杂走书数行,虽对死者作铿锵好音不中情理,惟书生结习非此不足以志其悲云。二姊妹有灵,幸其鉴之》(八首,秋雪);"诗论"栏目《〈诗品〉卷下(二)》(梁代钟嵘);"诗故"栏目含《陆放翁轶事(续)》;另有《雪堂第四十一课题》《雪堂征求社友》。其中,《雪堂第四十一课题》为《山居杂咏》,要求"诗词任作四首完卷,准民国六年十二月十号收齐"。

2日 南社周斌(芷畦)《妙员轩诗话》发表于《民国日报》,认为唐宋诗风并不对立。《妙员轩诗话》云:"亚子与鹓雏争论诗派,鹓雏谓予曰:亚子宗唐,予宗宋,故论诗格格不相入。予笑曰:亚子格律唐皇,颇似义山;君旨趣深奥,逼近半山。若以唐宋二字相争,则唐之阆仙、东野与山谷相同,宋之石湖、放翁又与香山相仿。岂能以唐宋二字相混淆乎? 鹓雏笑置之。"

[日] 德富苏峰作诗四首。其一:"西山紫翠映金城,冰雪未臻霜菊清。正想江南秋色好,吟情若水出燕京。"其二:"秋原渺渺旅愁闲,尽日东南不见山。大耳王孙产

何处，老杨如盖垅丘间。"其三："北燕秋老客裘寒，南望中原千里宽。不用黄粱炊里睡，飙轮载梦过邯郸。"其四："平原蹈尽到山根，秋雨萧条红叶繁。道入信阳看似画，疏松密竹水云村。"

3日　陈曾寿作《九月十九日同复园谒禹陵，登会稽山顶》。诗云："秋高游踪寄禹穴，雨中携屐同谢公。隔江故人具尊酒，连朝听雨酾乌篷。山灵何心展重九，招要二客凌高峰。孥舟稽山次山麓，始见淡日开蒙昽。庙门严扃扫行迹，司钥村媪来龙钟。廊阴碑荒穸石断，苍柏郁郁含悲风。唧啾万蝠穴殿宇，遗矢堂陛尘埃封。巍然庙貌焕圭冕，徼予气象惊犹逢。天翻六载祀典废，减德斫本虚报崇。累臣私叩凛僭亵，敢以孤愤伸皇穹。帝光天下塞魑魅，铸鼎刻画今难穷。幽无鬼神明无礼，祸烈泽水神其恫。还挽暮色跻绝顶，荡怀出没千山濛。耸身愿附秋隼上，放目沧海观朝宗。"

[日] 久保得二作《胜岛仙坡招集静园庄作展重阳会，酒间以吴谷人独往园诗韵课一律，予乃赋此》。诗云："豪气岂输秦少游，例从杯底辟丹邱。橙黄橘绿天初霁，霜蕊风茎菊剩秋。便拟东南逢胜饯，依然西北有高楼。重阳却觉展来好，醉后只须佳句留。"

[日] 橙阴正木彦二郎作《攀水哉先生川崎八赏轩高韵并乞政》。诗云："看来世事几通穷，多是营营嗜喁中。八赏轩夸山水美，羡君在此作棋翁。"

[日] 德富苏峰作诗一首。诗云："革命功成群小雄，西南杀气满长空。登临欲问禹王业，只有江流日夜东。"

5日　朱希祖日记云："近来北京大学文科教授主持文学者，大略分为三派：黄君季刚与仪征刘君申叔主骈文，而刘与黄不同者，刘好以古文饬今文，古训代今义，其文虽骈，佶屈聱牙，颇难诵读；黄则以音节为主，间饬古字，不若刘之甚，此一派也。桐城姚君仲实，闽侯陈君石遗主散文，世所谓桐城派者也。今姚、陈二君已辞职矣。余则主骈散不分，与汪先生中、李先生兆洛、谭先生献，及章先生（太炎）议论相同。此又一派也。"

《申报》第16067号刊行。本期《自由谈》"词苑"栏目含《南浦·秋感，用鲁逸仲韵》（东园）。

《小说海》第3卷第11号刊行。本期"杂俎·笔记"栏目含《漫游京师记（续）》（陈夏常）、《予厂笔记》（尤志序）、《习静斋诗话（续）》（仙源瘦坡山人辑）；"杂俎·诗文"栏目含《去影图记》（姜灵）、《歌风台》（卞济川）、《凌烟阁》（卞济川）、《捉月亭》（卞济川）、《栖霞岭》（卞济川）、《黄君守璞曾以〈六十寿诗〉索和，依韵奉酬》（东园）、《阮郎归》（东园）、《浣溪沙》（东园）、《忆秦娥》（东园）。

《妇女杂志》第3卷第11号刊行。本期"文苑·文"栏目含《谭九臣母史太孺人八十生日暨生母唐太孺人六十生日宴集序》（慈利吴恭亨）、《慈利朱氏贞孝祠碑记》

（慈利吴恭亨）、《吴镜渊母太夫人七秩寿诗》（慈利吴恭亨悔晦）；"文苑·诗"栏目含《周佩莲女士诗》（三首）；"杂俎"栏目含《闺秀诗话（续）》（亘父）、《玉台艺乘（续）》（西神）。

《学生》第4卷第11号刊行。本期"文苑·诗"栏目含《读欧阳公〈日本刀歌〉感赋》（广西桂林中学校学生朱世昌）、《九日湖山登高》（广东潮州中学校学生陈仲良）、《秋风口占》（浙江省立第一师范本科三年生张金明）、《采菊》（江西省立第三中学校学生陈醴泉）、《菊花》（江苏省立第二师范学校学生顾时兴）、《菊》（广东韩山师范学校三年生刘步蟾）、《反乞巧词》（淮安县立第一高等小学校毕业生裴锡豫）、《夜梦口占》（民国六年五月十二日，得家祖凶耗，痛不欲生，是夜叠梦乡关，啼痕在枕，勉占一绝，聊志长痛）（汉口青年会中学校学生王士彬）、《江边散步晚归》（四川犍为县立中学校一年生宁济宽）、《天门》（浙江第七师范学校三年生钱有壬）、《自题书斋》（前人）、《静坐》（前人）。

7日 俄国爆发"十月革命"。以列宁为首的俄国共产党（布尔什维克）建立世界上第一个苏维埃政权国家——俄罗斯苏维埃联邦社会主义共和国。中国有1500余名华工参加革命，被编为"中国团"。

《申报》第16069号刊行。本期《自由谈》载"联话"栏目，撰者栩园居士。本期《老申报》"咏史诗"栏目含《瑟希馆主题〈虞山外集〉》（见癸酉年三月初八日本报）、《龙湫旧隐书钱牧斋外集后》（见壬申年十二月十三日本报）。

陈宝琛70岁生日。溥仪特赏御笔匾一面，上书："保衡锡祐"；赏御笔对联一副，上书："召奭稽谋尊寿者，甘盘旧学重师资。"此外还赏赐佛一龛、三银玉如意一柄、玉陈设两件、福寿字一幅、尺头四件、银一千五百两。严复撰《太保陈公七十寿序》，又作《橘叟七十生辰，次其六十见赠韵奉呈》（两首）。其一："惟天曰未丧斯文，东汉仲举称三君。立朝正色若在眼，学士直声天下闻。一木支倾疑可哂，每说先朝涕先陨。即今浴日望重光，悄悄忧心还觏闵。可怜风雪困梨楂，南行未辨莼鲈槎。但羡君家有贤子，能谱南陔补白华。"其二："乞言上寿数到我，泥金笺帖书成鸦。壮日盛名亦何有？张翰生前一杯酒。惟祝殷忧启圣明，中兴不信无耆耉。西山红叶犹满林，清泉白石堪盟心。洛社群英谁祭酒，同听太傅醉翁吟。"沈曾植作《寿陈弢庵太保》（三首）。其一："仙并樊刘庆，门承建□□。何须炼五石，直见正三台。身与王城重，辰依汉腊推。诗家多间气，尽遣咏台莱。"其二："商邑甘盘旧，周家太保尊。惟师昭黍纬，敦复起乾坤。黄发徽言告，丹书帝德存。自天贻绾绰，铭鼎纪文孙。"林苍作《弢庵丈七十》。诗云："晞发空山看紫微，三台入夜有光辉。房州书法存年谱，厓海经筵属古稀。有子尽堪家事付，一官犹自帝乡依。白头永忆同心侣，春满沧江旧竹扉。"张元奇作《弢庵太保世丈七十赐寿，赋诗为祝》。诗云："冲圣安端拱，耆臣应寿昌。宫廷崇揖让，绂佩集嘉祥。典学甘盘重，陈谟召奭臧。丹心惟启沃，黄发尚趋跄。令节雕弧纪，高斋绮宴张。阶前娱彩服，天上赐珠囊。门地乌衣巷，文宗风味堂。轺车看岁出，玉尺羡才量。楩梓搜章贡，旌麾指建康。立朝多谠论，去位为刚肠。贱子初通籍，先生正弛装。孟嘉虽小异，阮籍却清狂。一见偏心许，相过不道常。吟诗联石鼎，听水约僧房。螺渚挐舟晚，鳌峰话雨凉。襟期应与共，霄汉永相望。学子师安定，邦人拜彦方。将身作绳准，随分卜行藏。宏教开乡塾，眴饥议社仓。全家余善气，卅载谢名缰。道泰仍还笏，忧来但绕床。遽惊渊坠日，及见海生桑。能以心肝奉，休教块肉亡。有君真得水，入直独蒙霜。越国辞熏穴，尧城胜遁荒。祝宗祈岂验，疏传去终伤。所历艰贞甚，都为晚节香。鹿车难共隐，麟子已成行。春酒江村路，秋花洛社觞。四时开寿寓，五福锡宸章。世德推陈实，殊荣比孔光。从今跻耄耋，讲幄日方长。"

[日]德富苏峰作诗三首。其一："秋天洗出碧嶙峋，双剑香炉次第新。侬比东坡多得意，庐山面目看来真。"其二："水牛得得步秋风，云外庐山望不穷。一路苍松修竹里，点来枫柏浅深红。"其三："浊浪排空亦一奇，大孤欲倒小孤敧。封姨怒叫鱼龙舞，正是先生诗就时。"

8日　[日]内藤湖南至上海，王国维陪同访沈曾植。

为祝刘绍宽五十寿，门生王理孚及友人刘祝群等醵金刊刻《厚庄文抄》3卷、《厚庄诗抄》2卷。其后，浙江省委任刘绍宽为浙江第十中校长（原郡中学堂）兼教修身课。

徐世昌作《丁巳立冬》。诗云："秋末已立冬，骤寒见微雪。绿叶未尽凋，冻鸦噪不绝。市声冷欲沈，曲巷少车辙。小阁静无人，黯坐心蕴结。拥裘已不暖，寒儒衣破裂。秋潦败茅屋，穷黎动悲切。伊谁步祥和，济时赖英哲。夜长宜读书，闭门守吾拙。"

9日　[日]德富苏峰作诗一首。诗云："江左风流迹渺茫，明时宫阙亦荒凉。秋光十里金陵路，野菊花开细细香。"

10日　沈曾植宴请[日]内藤湖南，章梫、陶葆廉、张美翊、王国维、叶昌炽等在座，沈曾植有《题内藤湖南扇上〈舣槎破浪图〉》之作。诗云："佚荡溟波贯斗槎，瞳瞳悬鼓指西涯。由来净海观平等，肯信风轮幻转差。书有墨皇评自定，碑征古史眼无花。劳生更作蒙茸见，愧我南冠种种加。"

郑孝胥参加一元会。唐元素、宋文蔚倡丽泽文社。《郑孝胥日记》载："至古渝轩一元会，来者只聘三、子勤、澄之、元素等。唐、宋二君倡丽泽文社，请余披览，诺之。"又，据《郑孝胥传》（叶参、陈邦直等编）载："民国六年丁巳……在上海，唐元素先生创丽泽文社，召青年学子多人讲学，每半月课文一篇。请先生及冯蒿叟（名煦字梦华）、沈寐叟（名曾植字子培）诸耆旧阅卷，并主讲。"1920年唐元素猝逝，社友星散。

张震轩作《挽戴叔雅夫人池氏》（八首）。其一："小谪尘寰返太清，大家风范素知名。那堪魂化山头石，渺渺关河望远情。"其二："秋风月冷夜窗虚，悔煞秦嘉上计书。却忆楼头凝盼处，柳花如雪扑征车。"

[日] 德富苏峰作诗三首。其一："病骨难堪玉带围，钝根仍落箭锋机。欲教乞食歌姬院，夺得云山旧衲衣。"其二："焦山万古屹奔波，高塔金鳌碧落摩。北固峰头秋渐老，江南江北夕阳多。"其三："秋江渺渺望无涯，返照金鳌塔影斜。三国六朝皆逝水，白帆如鹭入芦花。"

12日 [日] 德富苏峰作诗四首。其一："六朝金粉水悠悠，南北风云今亦愁。独立金山寺边望，淡烟一抹是扬州。"其二："长堤衰柳晚萧萧，秋老淮南草未凋。解识平山堂渐进，扁舟已过五亭桥。"其三："江天一览金山寺，多景楼头眼界宽。欲识长江真面目，吸江亭上倚阑干。"其四："焦山突兀插江流，老木危岩境自幽。好事何人铭瘗鹤，华阳真逸亦千秋。"

13日 符璋精选近人七律一二百首为《毕能集》，七绝则为《证悟集》，两者皆录定，可付钞胥。

林纾《遣怀》刊载于《公言报》，自署"畏庐"。后收入《畏庐诗存》。诗云："甚处桃源足避秦，一时海内遍嚣尘。天心早分开棋劫，醒眼偏教溷醉人。艺苑声名身外贱，家庭滋味难余真。那知焦虑陶心后，犹梦花前岸角巾。"

14日 《申报》第16076号刊行。本期《自由谈》"诗囊"栏目含《咏蟹》（冯大舍）、《咏蟹》（汪退庐）、《咏菊》（汪退庐）。

黄侃与刘师培论学。谈学林逸闻二则（戴子高事迹、刘师培先祖刘伯山逸事），黄侃因作《题戴子高诗后》："长康之痴长卿慢，古盖有之今不见。廿五骚经思美人，续以欢闻子夜变。孤灯荧荧雪拂几，读君此诗泪渗纸！男儿无成头皓白，何似琅玡为情死？遗事传闻感恸深，把君诗卷一沉吟。九原倘许为知己，一曲居然见古心。我闻郑康咸，死入辅嗣室。彼以后生诋前贤，我情私淑非真匹。虚幌摇摇夜气凄，谪麟灵鬼疑相即。"

张震轩作《师校甲班生运动会歌》。歌云："快快行！快快行！一行一转走玲珑。初似阵图排圆势，继如算术变化演方程。中央四角各麾旌，红黄黑白蓝分明。师校名誉冠瓯海，青年子弟皆奇英。籀顾开筚路，嘏斋费经营。黄王善继述，渭水今飞熊。十年以来加培植，纷披化雨兼春风。远方有朋来，讲贯无疑猜。联合会运动，军乐奏高台。全班奋勇精神开，校歌拍手声壮哉。千秋万岁无此乐，奚须访道到蓬莱。"

15日 段祺瑞向代总统冯国璋提出辞去总理职。

孙中山指挥朱执信和罗翼群等率队炮轰观音山（广东督军署），驱除粤督陈炳焜。

《新华侨杂志》第1期刊行。本期"文苑"栏目含《忆远赋》（成本璞）、《马六甲培德女学吊杨焜走校董诔词》（韵琴）、《感时》（寄惜侬）（影毫）、《金陵访赵贩之，置酒江楼,书此为别》(成本璞)、《题〈国耻纪念象棋新局〉(有序)》(赵玉森)、《泪影词》(棹渔)。

《东方杂志》第 14 卷第 11 号刊行。本期"文苑·文"栏目含《清光禄大夫候补三品京堂前江苏巡抚陆公 (元鼎) 神道碑铭》(吴庆坻);"文苑·诗"栏目含《散步溪园》(陈三立)、《独游后湖,啜茗阁子上》(陈三立)、《病山自沪居写寄除夕诗句,题其后》(陈三立)、《人日过仓园,观仇徕之同年新营初堂》(陈三立)、《题张亨甫〈洪桥送别图〉》(郑孝胥)、《徐园看菊已残萎矣,同莘老作》(陈曾寿)、《冬至前一日,在朱棣老斋中见白菊一种,微带雪青色,高秀绝伦,索酒赏之》(前人)、《题积畬〈随庵勘书图〉》(沈瑜庆)、《偶过梦坡斋中,方手写〈浔溪诗选〉,已盈尺矣,嘉其用力之勤,为诗以叹美之》(吴庆坻)、《月夜登兰州城楼,望黄河隔岸诸山》(俞明震)、《渡黄河西岸,行万山中》(前人)、《吴让之如愚园,为其弥甥某题》(杨钟羲)、《读沈辅之咸丰丁巳即事之作,慨然书此》(前人)、《得二绝句,书前诗后》(诸宗元)、《答琦侄》(陈诗)、《与琦侄别,怅然成二绝句》(前人)、《题周梦坡〈浔溪诗征〉》(夏敬观);"文苑·词"栏目含《阳台路》(陈锐)、《拜星月慢》(陈方恪)。

《太平洋》第 1 卷第 8 号刊行。本期含《梅神吟馆诗草》(四十八首,何夫人慧生)、《莎氏乐府谈 (三)》(东润)、《瘖言》(光石士)。

[韩]《天道教会月报》第 88 号刊行。本期"词藻"栏目含《晚秋》(芝江梁汉然)、《浴山泉》(芝江梁汉然)、《又》(敬庵李瑾)、《又》(汨堂刘载丰)、《九日泛汶山》(凤山李钟麟)、《汶山驿待安东来轮》(凰山李钟麟)、《和凰山子汶山诗》(汨堂)、《坐默》(檀庵辛精集)、《九月谩吟》(藕汀高永完)、《塔洞晚秋》(星轩李台夏)、《偶吟》(金基凤)。其中,汨堂《和凰山子汶山诗》云:"落花垂柳乌啼山,春日君游广陵间。秋风又作汶阳客,莫使邮亭寄泪还。"

王国维作《海上送日本内藤博士》(湖南先生北游赤县,自齐鲁南来,访余海上,出赠唐写古文《尚书》残卷景本,赋诗志谢,并送其北行)。诗云:"安期先生来何许?赤松洪崖为伴侣。蹴踏鹿庐龙与虎,西来长揖八神主。翩然游戏始齐鲁,陟登泰山睨梁父。摩挲秦碑溯三五,上有无怀所封土。七十二王文字古,横厉泗水拜尼甫。千年礼器今在否?雷洗觥觚爵鹿柤。豆笾钟磬瑟琴鼓,何所当年虡相圃。南下彭城过梁楚,飙轮直邸黄歇浦。回车陋巷叩蓬户,袖中一卷巨如股。《尚书》源出晋秘府,天宝改字笑莽卤。媵以《玉篇》廿三部,初唐书迹凤鸾翥。玉案金刀安足数,何以报之愧郑绗?送君西行极汉浒,游目洞庭见娥女。北辕易水修且阻,困民之国因殷土。商侯治河此胥宇,洒沈澹灾功微禹,王亥嗣作殷高祖,服牛千载德施普。击床何怒逢牧竖,河伯终为上甲辅。中兴大业迈乘杜,三十六叶承天序。有易不宁终安补,我读天问识其语,竹书谰言付一炬,多君前后相邪许,太丘沦鼎一朝举,君今渡河绝漳滏,眼见殷氏常黼冔，归去便将阙史补。明岁寻君道山府，如瓜大枣倘乞与，我所思兮衡漳渚。（丁巳十月朔，国维稿）"

16日 北京大学公布《研究所通则》，并成立9个研究所，国文学研究所主任先是沈尹默，后为朱希祖。

[日] 德富苏峰抵沪，吴昌硕与王一亭、李瑞清诸人出席在六三园由日本藤村主持之欢迎宴会，合作《松竹梅菊图》并写真赠之。

姜啸樵致符璋一诗函。次日，符璋和姜啸樵诗三首。

18日 直督曹锟、鄂督王占元、赣督陈光远、苏督李纯联衔通电调停时局，主张北京政府及西南各省撤兵停战，表示愿任调停之责。

孙中山发表时局通电，反对南北调和。指出："此次西南举义，既由于躁躏约法，解散国会，则舍恢复约法及旧国会外，断无磋商之余地。"望西南各省一致主张到底。

《申报》第16080号刊行。本期《自由谈》"诗囊"栏目含《仿小桃花馆二首》（陈翠娜）。

章吉士、程文焕同谒符璋，云有人投诗冒监督（鹤亭），疑出符璋手。少顷，周仲明谒符璋，所言亦同。符璋因成七律一首纪其事。

乔大壮作《丁巳十月四日送家季弟之汉口》。诗云："小年蠡伐望，长物指才名。世乱儒冠贱，家贫远别轻。读书忧患事，将母弟兄情。去去挥予季，陶公胜贾生。"

[日] 德富苏峰作诗二首。其一："平田一望半收禾，柳浦桑村次第过。胜景已知杭府近，翠松树里锦枫多。"其二："雷峰塔畔夕阳斜，湖上苍烟淡似纱。风景依然吾老矣，白头重宿水边家。"

19日 曾兰卒。曾兰（1875—1917），字仲殊、纫秋，号香祖、香翁，四川华阳人，生于成都。胞弟曾阖君为蜀中名士。1890年嫁吴虞，1893年吴虞从旧式家庭出走，携妻带子前往成都新繁县乡居数年。曾氏能文善书，常为吴虞誊写文稿，题写书名，为乡邻书写对联。吴虞有诗赞曰："嗟予不善书，弗识临池趣。君思补予阙，弄墨兼朝暮。"又有《〈爱智庐同曾香祖玩月诗〉序》略云："盖携弄玉便可成仙，偕孟光即甘长隐矣！"曾氏书法造诣甚深，人称其"千载笔法留阳冰"，吴虞则云"始觉夫人之篆，上揖斯、冰，突过前辈，不易得也"。曾兰深受吴虞影响，"每日午前从先母理箴线，习家事，午后则从予学，习为常……君读书甚缓，用功深细，《史记》、前后《汉书》《晋书》《南史》《资治通鉴》皆数读过，二十四史《隐逸传》尽取读之，尤好老庄列文四子"。（吴虞《曾香祖夫人小传》）成都国学名宿廖季平极称许曾兰学问，因其在家排行老四而呼之为"曾四先生"。在吴虞的带动和支持下，曾兰常单独撰文或与吴虞共同撰文，抨击轻视女子教育陋习。1910年，吴虞因不满其父丑行而与其发生冲突，被其父告至官府，轰动成都。在吴虞心境极为恶劣下，曾兰出示新近所作诗文及篆体书法供其品评，并与之探讨究里，以此消其胸中块垒。1912年4月，曾兰任成都《女界报》主笔，吴虞为该刊撰写发刊词，大讲女子权利问题，曾兰亦作《女子教育论》予以申述。同年5月，曾兰发表《女界报缘起》，声称"吾辈自当一扫从来屏息低首，宛转依附，深闭幽锢，卑鄙污贱之戮辱桎梏，发愤而起，以光复神圣之女权"。1915年，曾兰在上海《小说月报》经恽铁樵之手发表白话小说《孽缘》。吴虞为此喜撰联语赠曾兰，联云："功业感筹边，更思文苑儒林，有叔本公仪，同留胜迹；穷愁何足志，只合登仙成佛，继桃椎法进，共写灵襟。"1916年，曾兰在《新青年》发表《女权评议》。1917年4月，曾兰填写入南社书。受柳亚子委托，吴虞、曾兰夫妇为四川南社联络人。四川南社社员谢无量得曾兰墨宝，作诗为谢。吴虞为此作《读谢无量〈谢香祖篆书诗题示香祖〉》(二首)。其一："拥鼻微吟任醉醒，双栖不负草堂灵。闭关我比刘伶达，同诵维摩一卷经。"其二："篆室千年几服膺，藤笺遗迹见飞腾。偶传玉箸斯冰法，莫被人呼管道升。"1917年7月，成都军阀混战，吴虞偕夫人避战乱于成都西门外万佛寺。曾兰在避乱中患重疾，旋病故。曾兰卒后，吴虞回成都，作《悼亡妻香祖诗二十首》，登载于《蜀报》。其十一云："深山多豺虎，中原多盗贼。猛虎犹可防，大盗能移国。人权重宣言，斯理世所识。自由当保障，固弗限南北。奈何文奸言，蛙声而紫色。萧墙起干戈，其豆煎不息。骊山土忽焦，昆池灰尽黑。幸福竟如斯，会见人相食。当年苦专制，小民尚能活。今尊为主人，仓皇弃家室。流离数百万，厥罪犯何律。嗟君欲逃死，古寺忍饥渴（戴戡之役，君辟兵成都西门外万佛寺）。痴女夜半啼，忍泪不敢落。暑湿中羸躯，一病遂到骨。伟人兴正高，志士心弥热。谁知破屋中，冤魂暗呜咽。"又将其遗著编为《定生慧宝遗稿》2卷刊印。晚年吴虞常怀念亡妻，在隐居爱智庐中植兰数十盆，"颇有佳种，馥郁之气，四时不绝"。

符璋以一诗致冒监督（鹤亭），旋得回信，并送近刻四种。翌日，符璋诣冒监督（鹤亭）畅谈，前嫌渐释。

高宪斌作《路过延安题壁》。序云："毕业考试后，省中不靖，匆匆北归，道出延安，适逢兵燹，村城残破，景物萧条，虎口余生，同术买酒相庆，醉后无聊，赋此题壁。时民国六年十一月十九日也。"诗云："雁自南征人北归，关山一样送斜晖。魂销野店霜飞早，梦冷觚棱月上迟。道路烟尘时浩荡，村城云树半依稀。爪痕且作他年证，雪壁风灯倚醉挥。"

[日]德富苏峰作诗二首。其一："不叹红颜化作尘，落花芳草每年新。小青冢接秋琴墓，千古西湖属美人。"其二："青山接水水连弯，菱陌杨堤指顾间。须记荷枯枫老处，与君终日绕湖还。"

20日　胡适致信钱玄同，提出"白话解"三条。略谓："(一)白话的'白'是戏台上'说白'的白，是俗语'土白'的白，故白话即是俗话。(二)白话的'白'是'清白'

的白,是'明白'的白。白话但须要'明白如话',不妨夹几个文言的字眼。(三)白话的'白'是'黑白'的白。白话便是干干净净没有堆砌涂饰的话,也不妨夹入几个明白易晓的文言字眼。"胡适还于此信中谈及诗体问题,认为词调词体虽可自由选择,但亦有弊端:一是"字句终嫌太拘束";二是"只可用以达一层或两层意思,至多不过能达三层意思"。故而主张作诗宜选取长短无定之体,但也不必排斥固有之诗词曲诸体。钱玄同答胡适则于1918年1月15日刊于《新青年》第4卷第1号。钱玄同回信中对胡适之"长短无定之韵文"观点表示赞同,但他不赞成填词,原因是"填词硬扣字数,硬填平仄,实在觉得劳苦而无谓尔"。钱玄同主张以"白话诗"为正体,古诗、词曲可以偶尔为之,但不能作为韵文正宗。

[韩]《学之光》第14号刊行。本期含诗:《重阳吟》(金达斅)、《重阳吟》(尹喜九)、《重阳吟》(金馨坤)。其中,金达斅《重阳吟》云:"立地难名愧戴天,黄花残露写前年。频代良辰如过隙,层生华发诘无边。茫茫远塞千行雁,簇簇寒江百帆船。一岁重阳经一岁,每逢此日正堪怜。"

21日 钱玄同撰《新文学与今韵问题》,对刘半农《我之文学改良观》进行回应。钱玄同认为"造新韵之事,尤为当务之急"。本月28日,刘半农写信回应钱玄同,后与《新文学与今韵问题》发表于1918年1月15日《新青年》第4卷第1号。

林纾《三冬》刊载于《公言报》。诗云:"三冬暖不到衰翁,那复灵犀一点通。竟有人中窥卫玠,保无帘底笑江东。绮怀早已随年减,禅定今知入手功。寄谢俞娘休怅惘,未栽玉茗幌春风。"

延清作《挽荣虞臣观察七绝四首》。其一:"小隐京华四十年,晚香堂上会群贤。老来幸得知心友,饮酒谈诗倍惬然。"其二:"能诗遗逸辑清音,雅颂编成著作林。太息子期终未遇,写忧重理伯牙琴。"

杨振骧作《丁巳九月五日菊女添一子,十月七日兰儿亦举一子,两接喜信,各报平安,因赋一律,聊以自慰》。诗云:"才添小菊又生兰,垂老飘零强自宽。戚邻争开汤饼会,女儿各报室家欢。地能毓秀人皆杰,天肯怜才士不寒。惟愿早酬归去志,阶前芳草笑相看。"

22日 冯国璋免去段祺瑞国务总理职,至此,段祺瑞二次内阁倒台。

高基《致爽轩诗话》本日至次月11日陆续刊载于《民国日报》,署名"高君定"。此诗话共13则,言晚清宋诗闽派特色,不仅师法苏轼、黄庭坚,且上溯杜甫、韩愈,尤其推崇高燮、黄节于拟古宋诗成就。其中,12月9日,高基在诗话中指出高燮诗风正在模拟陈三立:"叔父吹万先生于古文学最深,所著《吹万楼文存》,兼有湘乡、柏枧之长,诗似甘亭,尤似梅村,近乃稍为伯严。有《吊庞檗子即题其诗词遗稿》云:'沉吟郁处笺愁地,历劫频年厌世人。自吐孤怀入绵邈,独携奇泪动凄辛。低回每觉情无尽，俯仰谁怜迹已陈。欲向灵岩问樵唱，残阳莽莽下城闉。'其《散原精舍集》中语也。"

《申报》第 16084 号刊行。本期《自由谈》载"诗话"栏目，撰者"栩园"。

林纾《瑶卿供奉画梅》（三首）刊载于《公言报》。其一："此笔曾无上孝钦，拜恩秘殿御帘深。而今吹彻江城引，帘外何人更赐金。"其二："澄心染出玉珊珊，不雪微生一种寒。等是兴亡陈迹在，暗香好配玉京兰。"

[日] 德富苏峰作诗一首。诗云："菊蹊穷处竹蹊通，黄树堂堂百尺雄。红叶满林人不见，孤筇独立夕阳中。"

23 日　《申报》第 16085 号刊行。本期《自由谈》"诗囊"栏目含《十一月十四日与书记绿子、姬人春野挈小湖同游舞子，吴锦堂宴之于松海别庄，归途口占二首》（廉南湖）、《寄内子》（二首，顾佛影）、《秋怀》（周淑群）。

[日] 德富苏峰与王国维拜访蒋汝藻。德富苏峰阅钱罄室手抄本陆游《南唐书》，卷头载诗一首"卖衣买书志亦迂，爱护不殊隋侯珠。有假不返遭神诛，子孙鬻之何其愚。"

24 日　罗奇生《旅感五首》刊于 [马来亚]《国民日报》"诗苑"栏目。其五："秋风瑟瑟晚凉侵，短笛寒砧伴客吟。只道愁来诗可解，那知诗罢更愁深。"

齐白石作《丁巳十月初十日到家，家人避兵未归，时借山仅存四壁矣》（两首）。其一："佛家财宝五家通，离乱心情万事空。明月入窗如有意，照人一灶在厨东。"其二："人失人得何彼此，一物岂横胸次死。犹有山间香意来，寒梅零乱着花蕊。"

25 日　《小说月报》第 8 卷第 11 号刊行。本期"文苑·诗"栏目含《雪后溪上晴眺》（散原）、《晴昼对残雪》（散原）、《和樊山翁〈咏史〉韵》（沈观）、《寿陈子青封翁六十》（沈观）、《读散原〈鬼趣〉诗》（觚斋）、《寒雨晨出》（贞壮）、《用晦九书中语赋答晦九兼寄公湛》（诗庐）、《题画二绝句》（师曾）、《奉寄冯蒿庵先生》（温叟）、《病院口占》（温叟）；"文苑·诗话"栏目含《藤花馆诗话（续）》（吴酉云）。

黄濬作《十月十一日北海团城沁香亭独坐有感》。诗云："脱木生寒风动波，眼中残塔矗山阿。忧成已信侨将压，痴绝空歌约奈何。竟遣藩兵纷宝历，未容计簿录元和。主人莫作栖栖叹，要待毛锥敌鲁戈。"

[日] 德富苏峰作诗三首。其一："松间枫叶落纷纷，万笏朝天凌白云。秋日宛同春日好，天平山上吊希文。"其二："虎丘千载塔尖孤，宝带长桥似画图。一水延环行不极，月明如梦过姑苏。"其三："茅舍萧条泗水浔，马蹄一路晚霜深。曙光当面天如海，红日生边是孔林。"

28 日　[日] 德富苏峰作诗一首。诗云："石蹬层层柏树间，丹楼绝壁是仙仙。斯游第一快心事，蹈月孤筇上泰山。"

29 日　台湾栎社成立十五周年，莱园诗会成立亦适十周年，以此合开纪念会。集社友基六、张升三（丽俊）、陈贯（联玉）、林望洋（载钊）、林幼春（南强）、林献堂（灌园）、庄嵩（伊若）、陈怀澄（槐庭）、郑少舲（玉田）、傅锡祺（鹤亭）等十人及莱园诗会吟友若干人会于莱园，有《哭故社长悔之先生》《新寒》《借菊》等作。傅锡祺作《十月十五夜，栎社莱园两会席上同作》。诗云："劫余人比洞中仙，吟啸安闲十五年（栎社创立十五周年）。自分弃材成拥肿，不妨文酒一生缘。年来朋旧感凋零，秋夜吾军落大星（赖悔之社长以中秋日捐馆）。鼎足扶轮余小阮，却欣两鬓尚青青（林君痴仙先赖君死二年，首创栎社。三人唯君犹子林幼春君在耳）。"庄嵩作《丁巳十月望日栎社十五周年雅集》。诗云："旗鼓骚坛钜海东，雍容槃敦厕群公。暂抛大雅扶轮事，来逐先登拔帜雄。刻鹄技能惭我拙，狎鸥心迹与人同。名山风雨团栾月，岁岁相期此错攻。"

《申报》第 16091 号刊行。本期《自由谈》"诗囊"栏目含《松雪寮试茶，赋谢主人神田兵右衡门二首》（南湖）、《南湖先生同春野女史、绿子书记挈小湖世兄饮于菱屋酒楼，即席口占一首》（郑祝三）、《怀南湖》（尘球）。

林之夏作《十月之望，风月绝佳，夜阑园馆时闻汽车运兵声，俯仰有作》。诗云："刁斗重城宿卫严，风云万态变韬铃。曾无庙算参帷幄，只合家常课米盐。篱菊花香风满袖，庭梧叶落月当帘。暍来领略闲居趣，否泰皆安不待占。"

30 日　张謇作《迟虚亭见月》。诗云："大月扶扶出，初疑晓日升。光真圆捧镜，气已冷含冰。风雁行无次，霜乌宿未曾。迟虚有亭在，慰尔一闲登。"

舒昌森作《东坡引·丁巳阳月既望，松樵长老偕过祇园寺，承灵航上人留饮》。词云："逢僧聊作伴。更把寺门款。上方清寂堪留恋。红尘知隔远。红尘知隔远。　　瞿昙好客，殷勤相劝。米汁外、伊蒲馔。半酣月上归难缓。谯门更已转。谯门更已转。"

本　月

全国各地纷纷宣告独立护法。

《青声周刊》创刊于上海。严芙孙创办、主编，芝轩、萸君等编辑，《青声周刊》社发行。1918 年 1 月出至第 10 期终刊。主要栏目有小言、社会琐闻、谈丛、解颐录、剧谈、文苑、小说、杂俎等。主要刊发小说、诗词、剧谈、谐杂文、学界动态、世界珍闻、社会新闻等。主要撰稿人有萸君子、病余生、李允臣、解樵、恫盦、张剑尘、严芙孙（芙孙）、剑泪、松声、坚忍、朱扫云、绿（枕绿）、空谷寄生、凤文、梦云等。

《瓯海潮》第 17 期刊行，是为终刊。本期"艺文·诗录"栏目含《王节母行》（陈仲陶剑庐）、《无题》（黄皋园）、《亦园题壁》（乐成郑雪谷）、《杂感六截，次章吉士韵》（徐素庵）、《和吕文起〈感事〉》（陈子万）、《感事》（宋墨哀）、《家园对菊感怀》（怀苍庐主人胡潘智）；"杂俎·丛话"栏目含《剑庐诗话》（陈仲陶剑庐）；"杂俎·笔记"栏目含《愿花室丛蕊》(姜门)：《闺词》《何梅邻》；"余波"栏目含《江上钟声：墨池诗钟揭晓》。

《浙江兵事杂志》第43期刊行。本期"文艺·诗录"栏目含《怀徐逸民，即次其〈述怀〉韵却寄》(济时)、《赠若虚》(卢旭)、《送袁君作令沈阳》(莘民)、《叠韵寄袁君》(莘民)、《寄觉华》(竞生)、《题金君〈古调集〉》(思声)、《秋怀》(思声)、《感事，寄秋叶》(思声)、《登桃花岭》(霞张)、《自五星台至柳树湾作》(健如)、《凤岭》(健如)、《心红峡》(健如)、《柴关岭》(健如)、《马鞍岭》(健如)、《鸡头关》(健如)、《出褒谷口》(健如)、《沔水》(健如)、《忠武侯庙石琴》(健如)、《龙背洞》(健如)、《朝天关》(健如)、《牛头山天雄关僧阁》(健如)、《清凉桥》(健如)、《驿骑行》(愚斋)、《京口》(愚斋)、《闲居杂感》(岵瞻)、《和悦颂，次韵》(GR生)、《沈丈涛园生日征诗，应一律》(GR生)、《送刘韵铿归闽》(GR生)、《寄怀郑瑞堂严洲军次》(GR生)。

《广仓学会杂志》第2期刊行。本期"艺捃"栏目含《戬寿堂双甲寿言一》：《一》(徐士琛)、《二》(冯煦)、《三》(岑春煊)、《四》(孙荣枝)，《戬寿堂双甲寿言二》：《一》(鄞县徐士琛楚亭)、《二》(金山钱景蓬润瑷)、《三》(绍兴董金鉴竟吾)、《四》(无锡汪煦芙生)、《五》(嘉兴叶清芬诵先)、《六》(南汇周承燕寄鸿)、《七》(周庆奎紫垣)、《八》(宝山施赞唐槁蟬)、《九》(嘉定陈庆容心乾)、《十》(吴县朱文渊筱韵)、《十一》(上海唐尊玮咏茗)、《十二》(吴县曹曾涵恂卿)。

《青年进步》第7册刊行。本期"杂俎·文苑·诗录"栏目含《粤东镇海楼怀古》(马藻阶)、《思母》(贺次庵)、《午寐》(贺恩慈)、《燕支》(黄槐)、《寄管濂溪，时读其所作〈泰山游记〉》(心田)、《古欢室诗录》(晒海)。

林纾作立轴水墨纸本图《疏林远岫》(又名《玉女峰》)。题识曰："到底禁寒是老松，任他雪压碧芙蓉。昨宵梦上隐屏顶，迎面云开玉女峰。此帧全仿大痴，自谓饶有思力，丁巳十月，畏庐老人林纾并识。"

齐白石自北京将归湘潭故乡，返乡前作《京师杂感》(十首)。其一："大叶粗枝亦写生，老年一笔费经营。人谁替我担竿卖，高卧京师听雨声。"其二："祝融峰下白云深，空谷何尝听足音。扶病偶行三万里，此来真遂看山心。"其三："苍颜白发对人惭，野鹜山狸一笑堪。我也昔年曾见过，玉栏杆外淡红衫(余尝见冬心翁画红衫女子倚栏，题云昔年曾见)。"其四："七月玄蝉如败叶，六军金鼓类秋砧。飞车亲遇燕台战，满地弦歌故国心(余阴历五月十二日到京，适有战事，二十日避兵天津，火车过黄村万庄，正遇交战，车不能停，强从弹雨中冲过。易实甫犹约听鲜灵芝演剧，余未敢应)。"曾习经赠之以《寄湘潭齐草衣》。诗云："踪迹天随似较亲，声名白石拟差伦。菰蒲地远饶严净，风雨秋淫但隐沦。独念灵修终楚服，颇闻高卧比皇人。扫除一室吾何有，待欲江头岸角巾。"

王一亭作《秋成图》。自题曰："篱落瓜花雨后生，垂垂巨实报秋成。只愁古意难画出，老妇呼鸡咿咿声。丁巳孟冬，王震。"

太虚大师在台湾讲说佛法，其间应台湾望族林纪堂之邀，游阿罩雾。其三弟林献堂，请于家中略说法要。又，鹿港遗老洪月樵，闻太虚大师游台，函赠《鹤斋诗脔二集》，并邀去鹿港。大师赠以讲稿及诗录，并以诗答之。《寄洪月樵》（二首）其一："曾闻天网说恢恢，赞佛梅村拜五台。蓬岛连云秦代望，潜流有水汉时来。聊从大海游怀放，怕向中原醒眼开。鸡鹜一群只逐食，治平无复见雄才！"其二："年年不共不能和，早是光阴六载过。据社凭城狐鼠逞，噬人肥己虎狼多。浴云嫌我带龙气，讲学逢君隐鹿河。便好蒿莱同没尽，不关临去转秋波。"

唐群英接胞弟坤成自河南来信，并附《四十感怀》。诗云："四十韶光太等闲，平生一误是儒冠。纵横计就兴邦易，虞诈风成入世难。病后渐知杯酒热，座间惟见豆羹残。屠龙豪气消磨尽，强与人群破涕欢。"又附七律一首："客里深宵感岁华，不能归去等无家！才难平乱干人忌，学未成名问世差。风雨连天秋意急，琴书四壁旅愁赊。谁怜宿病年年苦，自启灯炉自煮茶。"唐群英复信，催其回湘团聚，并附《寒夜有感，酬弟坤成》。诗云："无端风雨自萧萧，怕看严冬万物凋。我纵吟诗惭道韫，弟宜积学继班超。寒凝珠幌年光老，香霭金炉雅兴饶。遥忆适斋清夜景，腊梅花绕碧窗绡。"

陈桂琛偕友人赴马祖庚园林赏菊。陈桂琛作《马氏园林赏菊》。序云："园在霞阳之东，为马君亦筴别业，艺菊之盛，甲于闽南。丁巳十月，偕幼垣、复初、屏山、蕴山、乃沃诸君庋止。"诗云："报道霞阳菊盛开，联翩裙屐渡江来。好风似与寒香约，佳友长为韵事媒。座上探骊谁得句，篱东擘蟹共传杯。明年倘续茱萸会，再向名园醉一回。"

胡先骕调往南昌，任江西省政府实业厅技术员，与王浩交往愈密。王浩有《坐曹与步曾》诗云："寒檐竟日无经见，始觉朝来久坐曹。傍眼官书成晚晚，盈天雨力尚萧骚。漫劳一笑酬青社，隐与归来煮白毫。说向江湖长满意，矛头从得谢贤豪。"

廖恩焘被免去古巴领事职。次年3月，携全家从哈瓦那乘船经美返回北京。

花锦城生。花锦城，安徽繁昌人。著有《锦城诗稿》。

黄文涛撰《其余集》（4卷，铅印本）刊行。又名《海棠巢小隐吟稿》。罗惇曧署签，丁巳孟冬初吉校印。集前有达锡纯序、作者自序、杨葆光撰《黄语松内翰传》及王孟洮《〈其余集〉题词》，集后有刘偶翁《〈其余集〉评跋》。其中，达锡纯《序》云："《书》曰：'诗言志。'《毛诗序》云：'在心为志，发言为诗。'呜呼！观其诗，可知其志矣。自古贤人君子，志在扶世道，正人心。发为诗歌，其好恶美刺，得性情之正，可以感发人之善心，惩创人之逸志。有合乎'思无邪'之旨，足为'兴观群怨'之资，由其所志之正且大也。黄幼亭先生，江南名宿也，祖秋园公，父绣溪公，叔父问之小园公，均以诗名于世。先生幼承家学，颖悟过人。道光庚子秋，江潮涨溢，室中积水盈尺，时方十龄，有'流水响空堂'之句，见者异之。及长，博学能文，而志在圣贤，以主敬存诚为本。游庠后，即廥乡荐选教谕，改内阁中书而不慕荣利，绝志进取，以讲学培才为己任，主教上海广方言馆十余年，授诸生以经世学。其弟子多通才硕彦，为当世名宦。辛亥以后，隐居沪上，谢绝世事，惟赋诗自娱，有渊明之高致焉。光绪辛丑冬，余承乏广方言馆，始获亲炙。见先生品端学粹而温柔敦厚，类得诗之教者，及读诗集，果深于诗者也。其诗和平雅正，而遭乱诸作忧时感事，贬恶诛奸，深得《三百篇》遗意。盖先生之志在于扶世道、正人心，故自然流露于篇章，而为不朽之作。所谓'有德者必有言'也。先生不以余为不肖，时相过从，为莫逆交，有所作，辄先见示。及余去沪，犹常缄诗寄余。去岁道出沪上，先生欢然留饮，道故谈诗，情意极肫挚。旋匆匆别去，犹冀后会之有期也。乃先生于今春归道山矣。嗟乎！以十余年相聚相契之深交，乃忽而远离，又忽而永诀，可胜痛哉！可胜痛哉！哲嗣佩尧、柏朋两君，夙承诗礼之教，能继志述事，虑先生诗之湮没也，将印而传之。其孝思有足多者。后之读先生诗者，即其诗以见其志，亦可见先生之为人矣。先生天性孝友，行谊纯笃，非法不道，非礼不行，其盛德懿行，足以媲美古贤而垂范后世，岂仅以诗传也哉。呜呼！诗其绪余已已。丁巳夏六月达锡纯谨撰。"《自序》云："余本不能诗，然余家世以诗传。髫龄时先大父即为讲贯，命学韵语，惜不能会悟。咸丰三年癸丑二月，发逆陷金陵，流离迁播，心无刻宁。昔之菱唱樵歌，半零落于三山二水间，不复记忆矣，遂绝口不谈。迨丙辰夏，由句曲徙上海东乡，假村屋数椽，聊蔽风雨，乃日于担柴负米、汲水挑荠之余，客窗无事，偶复拈弄，以遣岑寂。时弟笠雨亦耽吟咏，渠心灵笔隽，凿险探幽，巧而不失于织，生而不涉于怪，余不及多多矣。每一诗成，必与之敲推定，方出示人。如是者积有年，遂汇成帙，因自署曰'其余'，盖取不足观之意。及同治甲子岁，南城收复，重理举子业，吟事渐弛，继又为糊口计，离群索居，兴更索然。闲与友朋唱和，岁不过数首。今年春，笠雨特索余稿。阅毕，嘱选钞一册，留示后人。余复自检视，觉可存者，十无一二，一笑置之。笠雨曰：'是不然，是亦数十年心血所在，何可一旦弃之，且留以示子孙，非问世也？'余韪其言，因嘱儿辈手钞一过并志其颠末如此。光绪九年岁次癸未秋九月，语松氏病后自序于西林石菖蒲馆。"王孟洮《〈其余集〉题词》云："乱离身世总惊心，时复低眉事苦吟。韫椟久知为美玉，披沙即便得精金。留连独抱冲和气，悱恻全归正始音。午夜一灯频读处，几多意绪为君寻。上海西林村七十一老人王孟洮拜草（梅甫）。"刘偶翁《〈其余集〉评跋》云："性情深，故出语缠绵，阅历久，故吐词沉着，此有德者之言也。才人诗，令人可惊可喜；学者诗，令人可爱可敬，以此。同治丁卯孟夏因之注。"

陈宝琛作《丁巳十月赋赠炳卿仁兄（内藤虎）》。诗云："乾嘉世远风流尽，隔海欣来物茂卿。四部纵观登秘阁，三桑亲见过神京。他山有日资攻错，大地何年话太平？归路重烦讯罗隐，拂龟无限卜居情。（丁巳十月赋赠炳卿仁兄，即送回国似正。闽县陈宝琛)"

吴昌绶作《丁巳十月式之举第一孙,再用前韵寄和》。诗云:"倾盖如故白首新,交期卅载犹饮醇。吾兄课子有家法,连笥不忧书卷贫。遣从瀛海问绝业,理化直欲穷几神。婉婵新妇亦劬学,靥妆却谢簪花人。大河秋潦近奔注,沽客杂与蛙鱼邻。兄家妇子独无恙,高斋爽垲安帱茵。娇孙入抱翁媪喜,维摩亲送知前因。玉芽珠颗试英苗,蛇年亥月逢小春。病夫愁苦又一岁,冷看世界扬微尘。开缄酒瓮笑翻倒,晚来还漉陶公巾。"

冯开作《丁巳十月甬上纪事》。诗云:"官奴城头啼老狐,城中白日兵塞途。横刀躏地纷叫呼,行子不敢鼓咙胡。篡严令下羽书急,叱咤旌旗齐变色。将军设备何整暇,城北城南断消息。居人一夕卧数惊,但闻彻旦兵车声。车声杳杳鼓声死,步骑如潮退不止。江岸飒沓西风号,敌军来到将军逃。将军欲逃将军怒,誓以背城作孤注。十万黄金供馈掠,明日将军横海去。"

赵炳麟作《丁巳十月赴山西,口占四首》。其一:"蒿目乡关噪晚蜩,中原物力久萧条。此行不作服官看,半为游山半避嚣。"又作《杂忆(并序)》(六首)。序云:"光阴过隙,转瞬而色相皆空;世局如棋,回道而沧桑顿换。彼夫六朝诡谲,五季纠纷,蜣螂转丸,蚍蜉撼树,无足谈矣。即周家卜世,汉室宏京,美德继兴,哲人代作,至今读史考古,兴嗟人类镜花,事同泡影。朝代且如此,他事何足忆乎?一声河满,双泪俱流;两出伊凉,寸心苦结;陆机入洛,擅词赋于华年;庾信哀时,动江关于晚岁。纵云万事皆戏,能不一往情深?为《杂忆》六首。"其一:"年华容易鬓毛侵,犹忆王郎紫竹林。剑气易磨去易散,秋风愁听伯牙琴。"其二:"墨色罗衣白练裙,桑园含泪泣孤坟。歌余犹忆香菱至,剩粉残脂隔座闻(果香菱,善《桑园寄子》一曲)。"其三:"荒台谁演《铁冠图》?小宝歌喉似转珠。犹忆占诗偏作谶,二陵乔木几枯荣。"

任可澄作《读〈宋季三朝政要〉》(丁巳十月)(八首)。其一:"十年未假恨难穷,受任艰危赖有公。谁使锦城成堕甑,可怜余李敢贪功。(余玠)"其二:"健儿由来胜腐儒,而今方镇儿兼圬。怪他赵相愁清议,宰相何因定读书。(赵葵)"其六:"故国横遮万白云,苍凉劫后痛离群。一编漫写湘内怨,流水滩声不可闻。(陈咸淳)"其七:"度宗一子将焉置,蹈海龙裳未忍攀。望帝残魂招不得,胥涛终古撼崖山。(陆秀夫)"

陈籙作《丁巳十月乞假回籍展墓感号》。诗云:"一去乡关又十秋,墓门无恙长松楸。伤心袴褶归来日,空拜离离草一丘。"

十二月

1日 《同游文艺·同游文艺报》(不定期刊)在上海创刊。中华编译社函授部同学会出版，中华编译社发行。总纂刘襄，编撰赵蕴庵、丁介石、魏诗其、龚其禄、杨棣棠、李啸松、刘永纯、许汝清、谈麟振、旷世伟、王世京、李蓴园、李悟蓝、伊洁、邢琬、丁沂明、薛季厄、殷信笃、朱荫博、赵祖康、赵汝侔等。主要刊发小说、游记、诗词、评论。

《尚志》第1卷第2号刊行。本期"诗录"栏目含《甲寅初春，得少黄岛上见寄诗，因成长歌一首奉答，感时抚事，不自觉其音之悲也》（黄侃）、《从太炎先生游西山诗二首》（袁丕钧）、《送太炎先生诗》（袁丕钧）、《遥集楼》（袁丕钧）、《官塘瀑布》（袁丕钧）、《昙华寺》（袁丕钧）、《挽蔡松坡》（袁丕钧）、《送少黄从军》（袁丕钧）、《和百举送予从军韵》（平刚）、《咏史》（袁丕济）、《六言》（袁丕济）、《拟王少伯〈从军行〉》（袁丕济）。

《诗声》第3卷第3号在澳门刊行。本期"笔记"栏目含《雪堂丛拾（十）》（澹於）、《水佩风裳室笔记（二十）》（秋雪）、《乙庵诗缀（十四）》（印雪）；"词谱"栏目含《莽苍室词谱卷三（二）》（莽苍）；"诗格"栏目含《雪堂诗格甲卷（三）》；"词苑"栏目含《秋零、秋心哀辞择尤（三）》：《哭扶庸、务芬二姊》（鸿雪）、《挽秋零、秋心二女士》（梦雪）、《挽秋零、秋心二君》（璧华）；"诗论"栏目含《〈诗品〉卷下（三）》（梁代钟嵘）；"诗故"栏目含《诗媼》（慵厂）；"词苑"栏目含《江秋意》（仓海）、《闭门》（兼葭）；另有《雪堂启事》《雪堂诗课汇卷消息》《雪堂征求社友》。其中，《雪堂启事》云："雪堂诗课以积卷太多，暂停一会。"《雪堂诗课汇卷消息》云："本社汇卷，以事故停发数月。无任歉仄，兹赶将第三十八课付刊，与本号《诗声》同时分发。凡属社友，幸希留意，倘有漏寄，乞函示补奉。"

魏清德《市声》（二首）本日和3日发表于《台湾日日新报》。其一："辚辚车马杂人声，昼夜嘈嘈听不清。一事朝来偏有味，卖花深巷最关情。"其二："远近低昂听不明，如潮洋溢满都城。倦闻几欲师巢父，洗耳当年颍水清。"

赵熙作《寿楼春·十月十七日，十六子士禔生》。词云："劳清娱多情。似围棋斗子，多数先赢。喜是身前身后，蔡邕张衡（占梦之祥）。家似水，书为城。老复丁、丁年添丁。算蠹简寻仙，鸦锄刜土，随分做苍生。　　完婚嫁，何时清。甚商瞿受福，元凯知名。但愿无灾无难，让人公卿。横吹曲，平林兵。自祝它榴房星星。到修得梅花，衰翁任呼刘景升。"

[日] 德富苏峰作诗二首。其一："十里枯荷接乱葭，湖堤杨柳几人家。女儿何管古贤迹，历下亭边坐浣纱。"其二："长桥万尺截奔波，堤上垂柳半落柯。千载黄河无定迹，华山仍旧秀容多。"

2日　七省督军团在天津聚会，决议出兵西南。

《申报》第16094号刊行。本期《自由谈》"词苑"栏目含《蝶恋花》（二首，顾佛影）、《蝶恋花（月影当塔清似水）》（巨川）。

3日 《申报》第 16095 号刊行。本期《自由谈》"诗囊"栏目含《曹君剑霜为少年宣讲团〈新少年报〉周年纪念征题，作三绝句以应征》(天虚我生)、《十年》(漱石女士)。

[日] 杉田定一撰《鹑山诗钞》刊行。朝鲜李朝黄铁题签。本集分《穷愁一适》《游清杂吟》《欧米漫游杂吟》《欧米漫游再吟》《欧米三游杂吟》《附录》。《游清杂吟》为作者游历中国上海、大沽、天津、北京时所作汉诗。集前有杉田定一自识，犬养毅、头山满、孙中山题字，黄兴题识，中江笃介、西园寺公望、张焕纶、富田甫、曾根俊虎、板垣退助等作序，又有作者自序。集后武田悌吾、冈本纯、山本宪、松浦厚、结城琢、石崎政汎题跋。其中，杉田定一自识云："国运盛衰元有因，平生得失梦耶真。当年燕赵悲歌士，今日江湖议政人。天壤无穷传宝祚，宪章万古护斯民。幸存余命遭还唐，所赏禁城桃李春。辛亥春还唐，鹑山。"犬养毅题字："天璞自然，地灵无对。"孙中山题字："慷慨悲歌"。黄兴题识云："三十年来一放歌，放翁身世任蹉跎。毁家纾难英雄事，独向人间血泪多。鹑山先生尽力国事，至老不倦，尤关心于支那改革之事。民国光复以来，独挥伟论，无隔邻观火之念，来游出此诗，书此以鸣谢悃。"西园寺公望序云："鹑山杉田君，慷慨忧国之士也。尝以著书触法，在囹圄中。事既解，去游清国，又周历欧米诸洲有年。其间察政治，观风俗，旁研英书，非世之漫然游览者之比也。予之赴欧洲也，邂逅君于巴里。后十余岁，在东京每得相会，听其议论，益知君志之坚而学之深矣。顷者，见示诗数卷，索予一言。读之狱中诸作，沉挚悲壮，《咏史》《观国》诸篇，雄快明俊，皆一家之选也。呜呼！君岂以诗问世者哉！虽然，读其诗，则可以观其人矣。明治三十七年八月，陶庵西园寺公望识。"张焕纶序云："余病中，士糜脆，思有以振之，顾无权位，终日聒絮，舌枯喉哑无应焉者。闻日东多振奇士，恒乐交之。岁甲申秋，法事起，日邦杉田鹑山切唇齿忧，航海西来慰问，过梅溪访余，即席赠诗，意气慷慨。余固心奇之，约翌日会本愿寺，会者数十人，鹑山病，不获来。越数日，设筵钱之，则鹑山已登舟。冈君出诗编见示，曰：'此鹑山羁狱时作也。'余读之，益信鹑山意气慷慨，殆余所谓振糜脆者。顾鹑山爱我邦至矣。与余虽一面，将徒誉之而已乎。鹑山固勇士，以创自由论羁狱，穷愁中著书自若。盖心希文王者，请以文王之谈进，可乎？文王不为抚剑小勇，遵时养晦，不轻用锋，唯静也处女，故动也脱兔。厥渡伐密伐崇，指挥如志，其为自由，孰大焉？其为勇，孰大焉？鹑山勉乎哉！清国光绪甲申仲秋，上海张焕纶读毕识。"杉田定一自序云："天道无亲，常与善人。余于古今之事有疑焉。西伯仁也，拘于羑里；仲尼圣也，饥于陈蔡。索克拉的、西塞路皆贤人也，终遂非命之死。果然，天道是耶非？语曰：'挟非凡之思想者，罹非凡之奇祸。'此数子者，而寻常则已。以非凡之士，而在寻常之世，是其所以买奇祸耶（滇磷曰'无限感慨'）！顾余也杞忧之余，言触法网，身下囹圄，三回于此。噫！

嗟人生之遭遇如何欤？孟轲曰：'杀身成仁'。把特力显理曰：'与吾自由。否，与死。'苟行其所信，履其所道，一朝罹不虞之难，亦何所怨尤有焉（又曰：斫之弥坚，仰之弥高）。壬午春三月，于福井工街槛仓东洋自由生鹑山识。"冈本鹑《题〈穷愁一适〉诗卷后》云："一一吟来一一真，卷舒几度两眉颦。当年泪冻囚中雪，今日名芳宇内春。经济愈添新伎俩，文章不减旧精神。多君七十余篇力，惭杀依然是等人。冈本纯拜。"松浦厚《读〈穷愁一适〉有感》云："浮沉千古乐兼烦，世事纷纷不忍言。园里名花思易去，溪间明月梦常存。忠诚忧国是攸贵，轻薄文章岂足论。若欲先生问大义，要看满卷日本魂。"结城琢《题鹑山杉田先生诗稿后》云："托迹江湖六十年，记曾少壮唱民权。忧愁几献治安策，慷慨屡颂经世篇。三越风云空白发，半生霜雪旧青毡。老余承得皇恩渥，左院人推一代贤。大正丁巳秋，辱知蓄堂结城琢。"石崎政汎《鹑山诗钞跋》云："志士之处世，慷慨悲壮，言行逸常轨，是以庸人俗士视为矫激，甚则至诬以罪恶。然爱国至诚，终始不渝，遂能达其志、成大事。况其诗发露性情，悽怛壮烈，使读者啼泣，是所以维持名教于千古也。如杉田君鹑山之诗之行，岂不然耶？鹑山越前人，以明治八年，既唱自由民权之说下狱者二，而不渝其志，结国会，期成同盟，游说四方，与同志创自由党，又著经世新论，三下狱。狱中所作诗有《穷愁一适》。后九年游支那，设东洋学馆于上海，教授日支子弟，有《游清杂吟》。后又二年历游欧米诸国者三，皆有其杂吟，此编顺次收之，附以他诸作。呜呼！鹑山内图立宪政体之创立与完成，外期东洋政策之确立与遂行，终始不渝。而迍遭轗轲，十余年其间三繁囹圄，岂非庸人俗士视为矫激，诬以罪恶者耶？然以明治廿二年，会宪法发布，以福井县会议长参列大典。翌年，见国会开设，遂为其议员。后常当选，或为北海道长官，为敕任贵族院议员，岂非遂能达其志、成大事者耶？许彦周评老杜《衡州》，评一联曰：'昔蒯通读《乐毅传》而涕泣，后之人亦当有味此而泣者也。'今余读鹑山《狱中》及《巴理述怀》《长城行》诸篇，亦不觉恻然饮声焉。岂非性情之发，悽怛壮烈，使之然耶？鹑山属余跋曰：'知人有忠诚堂者，姓高仓名嘉夫，与余同乡，常为余致力。患余诗空在筐底，请捐赀刊行。曰："诗意忠烈，足以维持名教矣。"'余闻而叹曰：'善哉！成人之美者，较诸视为矫激，为罪恶者，径庭果何如？'余已泣于鹑山之诗，今亦将泣于高仓氏之志也。因并记为跋。大正六年十月仲浣，东京篁园石崎政汎撰。"

[日] 德富苏峰作诗一首。诗云："两崖逼仄一川通，夹谷遗踪存此中。不恨山村多瘠土，煤烟千丈入青空。"

4日 《申报》第 16096 号刊行。本期《自由谈》"词苑"栏目含《浪淘沙（楼外雨如麻）》（顾佛影）、《浣溪沙（花在帘栊酒在壶）》（顾佛影）、《台城路（村溪不分流红早）》（顾佛影）。

在王士珍和冯国璋荐举下，傅增湘接替范源濂任教育总长。

张謇作《夜半闻鸡》。诗云："喔喔荒鸡夜半号，梦醒孤馆客魂消。人离一日如三日，霜重今宵过昨宵。冷被昏灯俱可味，老怀壮志百无聊。屋梁斜月分明见，余睡犹思到绮寮。"

梁鼎芬作《丁巳十月二十夜寅初，过口子门》。诗云："去年此夜已堪悲，不谓今来痛倍之。十载英灵频拥护，几人危苦与支持。天心未悔将何问，臣罪难言只自知。白发遂良望前路，冰风桥上五更时。"

徐世昌作《十月二十日作，用王元之韵》。诗云："宇宙本清旷，容吾自在身。图史足怡悦，泉石复相亲。孟冬入时序，何人测景辰。小池向日暖，冰解水潾潾。御寒煮汤饼，小妇捣薤辛。一身温且饱，动念瘠土民。谁施造化手，拯济燋与沦。八方同轨辙，四海无嚣尘。饬治在经术，愿起草莱人。"

舒昌森作《绕佛阁·丁巳良月十有九日，弥山上人主狮林寺讲座。隔夕承招，得观成礼，赋此记盛》。词云："上方界静。钟鼓忽震，传集徒众。惊破幽梦。得观盛典、晨鸡趁初动。　　裹裘冒冻。霜凝砌滑，肩更山耸。登殿陪从。举头佛火、光华照梁栋。　　一派梵音响，法雨慈云齐赞颂。参拜礼成，禅堂还供奉。正宝相庄严，幡护幢拥。篆烟香送。听主座高僧，持偈宣诵。阐宗风，合当钦重。"

[日] 德富苏峰作诗一首。诗云："蹈尽鲁齐长短亭，废墟残冢几回经。不知身在山东角，一镜波光林外青。"

5 日　是日为光绪忌辰。时张勋复辟闹剧已结束，林纾六谒崇陵，叩拜后，再赋诗以抒怀："匆匆六度西陵哭，五夜衣冠起践冰。入望御碑空有泪，经时殿树渐成阴。天高难问沧桑局，事去宁灰犬马心。凄绝胡僧仍梵歌，临风忍听海潮音。"

《小说海》第3卷第12号刊行，是为终刊号。本期"杂俎·笔记"栏目含《漫游京师记（续）》（陈夏常）、《习静斋诗话（续）》（仙源瘦坡山人辑）；"杂俎·诗文"栏目含《中秋月赋·以"有酒不饮奈何"为韵》（东园）、《读诒公致某氏书，感而有赋》（东园）、《姑苏怀古》（萸庵）、《古镜，用唐人〈古镜〉试帖体韵》（东园）、《雨夜，用连环体》（二首，东园）、《月当头，怀广陵歌妓》（东园）、《寻春》（碧珠女史）、《忆春》（碧珠）、《留春》（碧珠）、《送春》（碧珠）。

《妇女杂志》第3卷第12号刊行。本期"文苑·诗选"栏目含《诗选》（六首，周佩莲女士）、[补白]《酴醾花饢》（天遂）。

《学生》第4卷第12号刊行。本期"文苑·诗"栏目含《讼过》（泰县国文专修社甲班生杨甲春）、《和赵君〈泛厓门谒大忠祠〉诗》（广东新会县立中学校学生莫洳瀄）、《寄怀横秋北京》（浙江嘉兴秀州书院学生王祥辉）、《咏钱》（浙江省立第七师范学校学生钱有壬）、《登学校园茅亭感怀》（浙江省立第七师范学校三年生郭崧庆）、《金华大桥》（浙江省立第七中学校学生应汉培）、《送同学徐君赴扬州省立学校联合运动会》(江苏省立第七中学校学生季忠琢)、《有感》(江苏徐州古彭英文夜学社学生陈承弼)、《飞来峰》(江苏省立第七中学校学生周尔恺)、《访水竹居》(前人)、《连日住仲衡姑丈内新庄别墅,客况无聊,书此见志》(泉州中学校毕业生庄丕可)、《步友人见赠韵》(前人)。

胡适作《十二月五夜月三首》(和一年前诗)。其一:"去年月照我,十二月初五。窗上青藤影,婀娜随风舞。"其二:"今夜睡醒时,缺月天上好。江上的青藤,枯死半年了。"其三:"江上种藤人,今移湖上住。相望三万里,但有书来往。"

[日] 德富苏峰作诗二首。其一:"凿山填海枉艰辛,筑出新都寂寞滨。铁拳天子何功德,经营业就付他人。"其二:"残雪满蹊傍水湄,青松抱石怪岩欹。看山恰似作文诀,一段披来一段奇。"

6日 曹锟、张怀宣、张作霖等10人联名电请北京政府颁发明令,讨伐西南。

菽庄主人林尔嘉在《台湾日日新报》发布广告,征集诗钟《补、榆,鹤顶格》。

康有为作《丁巳十月廿二夕,美使派文武吏士专车护送出京,铁宝臣尚书、顾亚蘧侍郎、商云汀侍讲即来慰问。道谢并呈》(三首)。其二:"使馆重烦文武吏,锋车专发护遁臣。电灯照耀穿中路,剑佩森严夹转轮。马厂乍停梦惊炮,天津迩止我为人。戊戌闭城停铁道,廿年回首重酸辛。"

[日] 德富苏峰作诗一首。诗云:"万里沧溟从此过,为吾且唱莫哀歌。别离元是寻常事,却立埠头暗泪多。"

7日 《申报》第16099号刊行。本期《自由谈》"诗囊"栏目含《秋词八首》(莲溪子)。

蔡元培、伦明、马叙伦等北大同事30余人于北京共同发起陈黻宸追悼会,在《北京大学日刊》刊登《陈介石先生追悼会启事》。伦明撰挽联及《瑞安先生诔》以志哀思。其挽联曰:"以浙儒掌教粤东,继杭堇浦而来,遗泽在士林,流涕吊永嘉先辈;借史学痛排君政,是王船山一派,异时传文苑,从头溯民国功臣。"

张謇作陈毓冬、李胡夫人挽联。其中,挽陈毓冬云:"于乡起家,以家型乡,何殊颍川太丘三世;因孝成迁,惟迁见孝,其庶於陵仲子一流。"挽李胡夫人云:"昔年东道频来,留宾尚记清容室;一夕北堂弃养,失母尤哀孺泣人。"

老圃《盘谷茶肆竹枝词》(四首)刊于《南洋总汇新报》"文苑"栏目。其一:"文君沽酒我沽茶,姊妹双双艳若花。一笑登徒魂已荡,谁分老叶与春芽?"

8日 《申报》《时报》刊登《征求书画助赈》。报道云:"敬启者:迩来天灾流行,汴晋鲁湘各处洪水汪洋,几成泽国,哀鸿遍野,惨不忍睹。上海书画会同人昔年于淮徐湘鄂水灾,曾经两次以书画售票得数千元助赈,此次仍拟踪而行之……""同人昔年"指1907年上海徐园书画赈灾活动。此次吴昌硕绘《流民图》义卖赈灾,并和海上题襟馆书画会同人何诗逊、李瑞清、王一亭再次发起书画助赈。

《申报》第 16100 号刊行。本期《自由谈》"诗囊"栏目含《听友人语楚游,代述景情》(邵大言)、《秋眺,用灯字韵》(邵大言)。

姚锡钧《怀人(续)》刊载于《民国日报》,继续标榜郑孝胥诗:"遗山身世金元际,诗卷长留天地间。"

[日]白井种德作《长女嘉子嫁梅津氏,从夫在和歌山,今兹十月念四,暴疾而殁。山口士刚寄诗见吊,乃次其韵》。诗云:"秋风一夜折幽兰,悄听窗前虫语寒。仿佛容华不离眼,百端愁绪欲除难。"

9 日 冯国璋通电各省,以俄德媾和,日本出兵西伯利亚,英法政府"深望我国与日本同一进行",主张息争,助日攻俄。

《申报》第 16101 号刊行。本期《自由谈》"词苑"栏目含《高阳台(窗眼猜风)》(邵大言)、《乌夜啼·咏牵牛花》(邵大言)。

林纾《酬夏剑丞见赠》(不步原韵)刊载于《公言报》,自署"畏庐"。后收入《畏庐诗存》。诗云:"眼中数诗流,映庵吾所许。极力追宛陵,步不间累黍。赏狎忽及我,驽朽竟何取。诗中论移译,乃述抱冰语。昔公镇南服,广厦覆寒窭。偶然得吾文,评骘近龃龉。生平避宰相,未敢学韩愈。卅年声迹绝,临奠及槐府。去岁面西华(谓其季子燕卿),萧闲行踽踽。长安多故吏,谁复加收叙。映庵同我贫,谈引或见拒。捶膺怆国老,前颇任艰巨。元翰既凶狞,道子亦瘝腐。梁木朽一夕,棘矜奋三楚。公固非知我,念公泪如雨。海藏类杜陵,临老触严武。映庵尤鲠讦(《新唐书》'鲠讦不避宰相'),黄钟杂大吕。贬素笑到扨,恐祸无乃鲁。抗节能见容,终竟胜黄祖。君我志事同,酬诗掬肺腑。"

张謇作《怡儿在纽约,中秋、重阳皆有诗来,寄此慰之》。诗云:"抟持大陆东西极,父子中间情咫尺。日珠月镜荡且摩,万里晨昏见颜色。中秋几日即重阳,怜儿视听非故乡。有诗岂足语彼族,彼于佳节犹寻常。儿有女小不识月,有弟才知糕可尝。父读儿诗与母听,如儿宛转爷娘旁。我今种桂高可隐,种菊明年须万本。待儿成学归来时,年年扶我醉卧西山陲。"

[日]德富苏峰作诗一首。诗云:"三月浪游兴未阑,此身到处此心宽。归来复对马关景,遮莫海风吹而寒。"

10 日 周斌(芷畦)《妙员轩诗话》发表于《民国日报》。略谓:"昔岁亚子、鹓雏,为冯、梅争长,诗攻不已。予以诗解之曰:'空弹冯铗能何有,消受梅花福未修。寄语江南两骚客,从今莫再话风流。'鹓雏、亚子均服。去岁亚子与吹万为《三子游草》事,诗争不已。予复以诗解之,有'两种情怀俱可谅,求名求利不离诗'之句,吹万服而亚子不服。今岁亚子与野鹤等争论诗派,予曾去函解之,亚子不特不服,而且来函大骂。予一笑置之，旋竟现成一场恶剧，亦社中一段不佳之话也。"

符璋得黄仲荃自泰宁来函，附诗文稿册及朱复戡诗数纸。即以一函答黄。

白坚武乘舟南行，海行有感，口占五律一首："一年两度海（余春月由津乘轮赴沪，今又南行），浑道度冬春。碧浪浮天地，丹心照古今。涛声灯影里，过去未来人。会有苍生泪，波驰且莫论。"次日，航行无风，白口成七律一首："行过山隈又水隈，九州劫外一徘徊。船迎雪练金波立，人自银河玉液来。浩气高期天可御，冥心静与海俱回。萦回百感随流去，万事销凭酒一杯。"

朱清华作《六年十二月十号新雪陶然亭》。诗云："怒风连日呼号紧，昨夜惊闻格斗声。晓起陶然亭上望，喜看寰宇见清明。"

11日 北大国文门研究所国语部教员与国语研究会联合召开国语讨论会。本月13日《国语讨论会纪事》云："星期二下午。本校国文门研究所国语部各教员与国语研究会诸君会于国史编纂处。国语研究会会员到者：陈颂平、董懋堂、刘资厚、陆雨庵、黎锦熙、沈商耆、朱造五诸君；本科职员与会者：蔡校长、沈尹默、钱玄同、朱逖先、刘半农、胡适之诸君。是日所讨论者为国语研究会与本校国语部研究所对于国语一事所应分工合作之办法。"

《申报》第16103号刊行。本期《自由谈》"词苑"栏目含《洞仙歌·题〈画屏秋思图〉》（芙影室主）、《洞仙歌·题〈画屏秋思图〉》（张秋爽）。

周斌（芷畦）《余墨》刊载于《民国日报》。略谓："凡立一社，必有社章，既有社章，必有社员出社之规定。南社虽以道义结合，同于复社、几社，然社员既有八百余人之多，断不能纯任以道德，而不定以规程。当争论社员出社时，予曾以修改社章相请。忽忽数月，未知主任及各社员能谅予心，提出社员出社一条，明白规定否也？"

陶先畹作《丁巳十月二十七日，五秩生辰述怀》（四首）。其一："梅斜竹外二三枝，五十年华两鬓丝。拥髻挥毫娱老景，簪花扑蝶忆儿时。晨昏定省邀慈爱，琴瑟调和学唱随。从宦江南归故里，鹿车同挽未嫌迟。"其四："爱日融融暖画堂，不才巾帼负流光。十年随宦乡思切，三载归耕野趣长。井臼未亲亏妇职，获丸却望继书香。延龄待到甲花放，笑饮儿孙献寿觞。"

12日 《申报》第16104号刊行。本期《自由谈》"词苑"栏目含《浣溪沙·题〈画屏秋思图〉》（汪若骐）、《眼儿媚·题〈画屏秋思图〉》（顾佛影）、《蝶恋花·题〈画屏秋思图〉》（洪雪庐）。其中，顾佛影《眼儿媚·题〈画屏秋思图〉》云："轻帘半截上钩才，红雨响蕉。屏山当面，阑干背后，人自天涯。　玲珑椅子欹湘竹，玉腕枕香腮。雁儿消息，梦儿凭据，一地胡猜。"

13日 《申报》第16105号刊行。本期《自由谈》"词苑"栏目含《画屏秋色·本意，用梦窗韵》（枝巢）、《金缕曲·题〈画屏秋思图〉》（顾兰阶）。

沈瑜庆六十。沈曾植作《涛园四兄同年大人暨年嫂郑夫人六旬双庆寿诗》。诗云："乔木寒风谡谡枝，书家人识老传师。谈为元祐诸贤学，箧有中兴间气诗。湖海大床还对客，楸枰急劫默观棋。荀龙薛凤才多少？快引齐眉介雅厄。"严复作《壬子六十生辰，涛园有诗。今年丁巳涛园亦六十矣，即次其韵并效其体为赠》。诗云："威弧不悬今六霜，三辅大水鱼龙狂。群公已就兔三窟，遗老尽作龟六藏。只余文笔写孤愤，公与奎璧争光芒。东阳中丞世忠孝，六十始归犹清扬。庚子国本起摇荡，互市幸保东南场。鼎沦泗水吾逝矣，色难腥腐神惨伤。离忧不取醇妇近，行乐颇恐儿童妨。属者拂袖至京国，平原十日亦飞觞。问君兹行竟何得，但泣琼瑰盈奚囊。聊书数语祝君寿，老怀欲溢乌丝行。群盗如毛旱且潦，更看何地容耕桑！"陈懋鼎作《沈涛园六十》。诗云："称寿公家言，充幅每增愧。丈人傥不厌，苦语助扬榷。动阀际休盛，姻连世洽比。长老所能详，盖阙毋具备。贞柯贯岁寒，履霜辨驯致。精魂默相接，断从戊戌始。救时勇致身，心折得晚翠。钩党几不免，冰清故有自。浸淫及庚子，燎原祸顿炽。勤王赖同盟，匡国疑出位。惟公赞其谋，联若覆盂置。其功今尚称，殊失贤者意。景皇天人姿，中兴业不遂。明良机如线，扶植望群帅。岂谓反正初，翻任君纲坠。孤情苦难达，訏谟非所试。淀园帏惨紫，瀛台宫深邃。群阴剥微阳，众芳化异类。坐令大力者，因缘运神器。沦胥十年中，何独罪亲贵。公不居朝廷，终焉历疆寄。忆昔来尹京，我适去参使。我归公却出，参商悭相值。化行赣与黔，治民只余事。圣清逊政后，入京乃数四。往来宁屑屑，亲友存旧谊。崇陵躬负土，临穴横涕泗。亦为苍生哀，匪直恋恩义。苍生夫如何，无君安托庇。浮湛逮贱子，傫若旅即次。惭公穷益坚，羡公完无累。漫游过齐鲁，登岱特纡辔。我方尹济南，鹊湖陪吟醉。敢比名士轩，灯火话深挚。渤海濒恶氛，强邻接兵气。远交倚主命，内安问天吏。吾侪三宿缘，来去绝无谓。奈何天所废，乃在邻所忌。当涂应非常，沙丘告有魅。一统难若斯，五稔功扫地。公时在何许，闽山整归骑。西湖古风雅，左海新载记。了不问鸡虫，悠然乐衡泌。家山果足念，世事俄又异。霸才亦已无，伏蛰起奋臂。苍头异军出，人各持赤帜。讴歌归吾君，岂曰非公议。横流不受障，辛苦下一篑。政变踵先皇，浃旬忽如戏。耿耿旧中丞，就征何跛踬。遂于今年秋，复从海上至。扬尘经三见，此来尤酸鼻。阙庭被兵火，士夫对憔悴。公年既六十，劬劬益忧畏。天命诚难堪，祸淫俨垂示。曩时国无人，金镜直自弃。大防一溃决，猛兽益横恣。人理且将绝，盛福庸可冀。我生本信天，艰难几惩惩。确乎占潜龙，壮哉歌老骥。为公进一解，质直忘忌讳。大运丁贞元，修涂互夷陂。暂当晦九鼎，终见净长彗。蒙养惟生机，着着实上瑞。请从方外游，慎藏囊中智。苍凉遗山吟，问关亭林志。江关有庾宅，乡里有姜被。避世莱妻偕，击鲜陆男侍。江南早梅发，寒中作春媚。公其颔吾言，可以谣独寐。"林之夏作《寿沈爱苍六十》。诗云："只记虞卿援魏齐，未曾叔向谢祁奚。旧家钟鼎云中鹤，故国冰霜海上羝。薇省有星分翼轸，节楼随郡筑黔黎。名山名世公无负，拼醉尊罍厌鼓鼛。"

徐世昌作《十月二十九日雪》。诗云："晨起见飞雪，喜闻稚女哗。人来浑似鹤，梅早已开花。粢麦金无价，乾坤玉掩瑕。呼童阶下扫，园径曲如蛇。"

陈曾寿作《九月二十九日同散原、瓻庵、复园、絮先游七里泷》。诗云："朝发山阴暮富春，扁舟事业未因循。碧山红树可千里，故态狂奴能几人？妖乱久应腰领绝，沧浪忽照鬓毛新。遁亡东海情何极，重上西台意未驯。"

14日 《申报》第16106号刊行。本期《自由谈》"词苑"栏目含《满江红·题〈画屏秋思图〉》（陶然）、《竹香子·前题，集白香词句》（叶横秋）；"联话"栏目，撰者"小蝶"。

15日 《申报》第16107号刊行。本期《自由谈》"词苑"栏目含《蝶恋花·题〈画屏秋思图〉》（一鸣）、《醉花阴·题〈画屏秋思图〉》（兰陵剑鸣）、《浣溪沙·题〈画屏秋思图〉》（霜红庵主）。

《东方杂志》第14卷第12号刊行。本期"文苑·诗"栏目含《题伯严诗卷》（陈宝琛）、《八月二十一日携儿子寅恪、登恪、孙封怀买舟游燕子矶，遂寻十二洞，历其半至三台洞而还》（陈三立）、《紫霞洞》（陈三立）、《雨中剑丞留宿瓻庵二日》（俞明震）、《晓起满觉垅看残桂》（俞明震）、《独游灵峰寺》（俞明震）、《访晚村后人吕弗堂兼视陈全斋协戎、陈原籍同安，时方监修〈黑龙江省志〉也》（李宣龚）、《龙沙公园赠饯别诸君》（李宣龚）、《吉林道中》（李宣龚）、《姚君悫同学归揭阳，营秋园既成，北来京师，作图索诗》（黄濬）、《张蟹芦属题〈蠹园谜话〉》（黄濬）、《秋泛》（诸宗元）、《雨夜宿恪士湖庄，赋赠兼示仁先》（夏敬观）、《题陈仁先〈义熙花簃卷子〉》（前人）、《独游满觉垅看桂》（前人）；"文苑·词"栏目含《花犯》（陈锐）、《浣溪沙·同杏丈、彦通泛舟南湖，止于瓻斋，时主人游沪未归》（袁思亮）。其中，俞明震《晓起满觉垅看残桂》云："乍乍纸窗明，凄凄百虫绝。渐生今日意，开门步残月。言寻满觉垅，远见炊烟白。丛桂无寒花，葱茏避秋色。香后悟真空，云山自高洁。百年沧海事，六度重阳节。悲哉支离叟，独向苍茫立。"《独游灵峰寺》云："野寺泉无源，名山僧必俗。不寻山外山，转受烟霞梏。灵峰十里遥，秋色满平麓。微闻钟磬音，寺门隐乔木。想望诸天高，步步入幽曲。僧遇无言时，松经劫后绿。苍然古图画，对此心神肃。独游取空象，人境两无属。偶然意所是，云山徒碌碌。曳杖出青冥，止观吾亦足。"

[韩]《天道教会月报》第89号刊行。本期"词藻"栏目含《陪两道师巡回到铁原驿》（香山车相鹤）、《铁原教区吟》（前人）、《晓发铁原》（前人）、《桂苑夜话》（星轩李台夏）、《又》（前人）、《和星轩韵》（洳堂刘载豊）、《岁暮有感》（前人）、《斋洞夜会》（敬庵李瑾）、《又》（观三齐金教庆）、《又》（莲观张基濂）、《又》（兼山洪熹）、《延兴岛舟中》（凰山李钟麟）、《漂泊高枝岛》（前人）、《晓泊月尾岛》（前人）。其中，凰

山李钟麟《晓泊月尾岛》云："朝来风浪息，海面镜如平。咫尺人间世，恼消一夜生。"

16日　《申报》第 16108 号刊行。本期《自由谈》"诗囊"栏目含《拟杜工部〈咏怀古迹〉原韵》（五首，东村）。

17日　《申报》第 16109 号刊行。本期《自由谈》"诗囊"栏目含《寒厓有赠，次韵奉答》（南湖）、《小集春江第一楼》（许重平）、《闻亦才病没京师，诗以哭之》（许重平）、《懒瘦生以〈三十抒怀〉索和，久未报命，阅三月来书督责，深愧健忘，因述鄙怀，即次其韵》（天虚我生）。

白坚武江行过肇庆，于船头望山览水，口占二绝。其一："丛峰叠嶂夹流立，树底山村杂两三。河浊江清划南北，遥天一碧又珠江。"其二："雄山南去挟江奔，筚路开新迈国门。近代东南多异物，事功往例莫相论。"

郁达夫作《晨发名古屋两首》。其一："茅店荒鸡野寺钟，朔风严冷逼穷冬。骑驴独上长街去，踏破晨霜一寸浓。"其二："朔风吹雁雪初晴，又向江湖浪里行。一曲阳关人隔世，衔杯无语看山明。"又作《乘车赴东京，过天龙川桥》。诗云："一种秋容不可描，夕阳江岸草萧萧。十年湖海题诗客，依旧青衫过此桥。"又作《游愚园》。诗云："黄茅亭子小楼台，料理溪山煞费才。一种风怀忘不得，夕阳帘幕海棠开。"

18日　《申报》第 16110 号刊行。本期《自由谈》"词苑"栏目含《沁园春·咏女儿酒》（王睫盦）。

19日　《申报》第 16111 号刊行。本期《自由谈》"诗囊"栏目含《烽火》（翟大音）、《与徽评夜话》（翟大音）、《吕君稚竹绘赠大桃三枚，嘱题拙句如左》（赵霍园）。

20日　《申报》第 16112 号刊行。本期《自由谈》"诗囊"栏目含《台湾佛教中学林露堂学监导观日本三田尻曹洞宗第四中学林有作》（太虚）、《偕基隆灵泉寺善慧方丈旅行日本，宿广岛县宫岛驿之严岛龟福馆，纪以七律二首》（选一，太虚）、《病中戏作》（二首，巫山星辉）。

《澄衷学报》第 2 期刊行。本期"艺文"栏目含《天心簃笔记：书法琐谭》（余天遂）、《〈国语学草创〉序》（章炳麟）、《樊时勋先生像赞》（郑孝胥）、《代吴兴闵芝庵女士诔智竞女校长任丽芬》（子永杨荫嘉）、《孤儿院征文》（余天遂）、《江苏省立学校联合运动会会场新闻发刊词》（余天遂）、《寿次九四十并示恭先将军》（余天遂）、《杨了公为高吹万作〈伤墨录〉序，大有禅味，感而赋此》（余天遂）、《为醴陵傅屯艮题〈红薇感旧集〉》（余天遂）、《赠吴兴杨旭峰先生并吊亡友伯谦》（余天遂）、《女弟子素华与其夫弟买宅贞丰，得费将军故第，索书为垩壁之饰，即题二律》（余天遂）、《东江王大觉索书屏幅，即题二绝句》（余天遂）、《满江红·酬赵君仲琴，即用其韵》（余天遂）、《沁园春·偕海上春音词社诸子展南宋词人刘龙洲墓》（余天遂）、《倾杯令·赞秦母颜太宜人》（余天遂）、《送客行》（琇甫朱宝莹）、《题某君画桃花》（琇甫朱宝莹）、

《题杨君〈执经问道图〉》（琇甫朱宝莹）、《题庄鸿宣先生诗集》（琇甫朱宝莹）、《次孔树棠先生〈五十自述〉》（琇甫朱宝莹）、《示女弟子秦中》（琇甫朱宝莹）、《钟衡臧先生颜所居曰衡栖，属题》（琇甫朱宝莹）、《答赵仲琴先生次韵》（琇甫朱宝莹）、《重九在澄衷学校北楼作》（琇甫朱宝莹）、《戒非上人住持拂水藏海寺，征诗以志古迹，赋长句二章以应》（琇甫朱宝莹）、《古意》（仲琴赵时桐）、《冬日咏怀》（仲琴赵时桐）、《雨夜与朱太史话旧》（仲琴赵时桐）、《孔树棠先生五旬征诗，依韵和之》（东佺张绍翰）、《代杨星使晟寿大兴乐四镜宇》（京都同仁堂药肆主人杨荫嘉）、《代周金箴挽胡二梅》（杨荫嘉）、《题画》（杨荫嘉）、《寓济宁孙氏憩园》（杨荫嘉）、《东京铁道》（杨荫嘉）、《神户观瀑》（杨荫嘉）、《大明湖，和淮阴毛元征孝廉》（杨荫嘉）、《和济宁白云观无闷上人》（杨荫嘉）、《和寒云主人原韵》（杨荫嘉）、《五十述怀》（杨荫嘉）、《张家口道中，二十首之六》（杨荫嘉）、《过长崎》（杨荫嘉）、《满江红·赠余君天遂，用榕园韵》（赵时桐）、《虞美人》（朱宝莹）、《青玉案》（朱宝莹）、《离亭燕》（朱宝莹）。

沈镜轩卒。沈镜轩（1845—1917），原名晋恩，字锡蕃，浙江吴兴人。国子监生。经商成巨贾，又与湖州文人朱廷燮、王逸轩、嵇汀萱、俞雅吟、徐篆香、凌酉峰、钮吉荪等结为"道峰九逸"。卒后，朱廷燮撰《沈镜轩先生（晋恩）行状一卷》（民国六年石印本）、沈泽春纂《沈镜轩先生哀挽录一卷》（民国七年铅印本）。吴昌硕作挽联云："聚财难，散财尤难，积德付与佳儿，竟尔骑箕归碧落；一日醉，千日长醉，有梦去寻良友，何堪挂剑泣青山。"

21 日　《申报》第 16113 号刊行。本期《自由谈》"诗囊"栏目含《与仲和、子琦饮于香雪轩，子琦奉使墨西哥，沧海相逢，为之黯然》（南湖）、《富士轩宴集，赋谢青萍子爵并简大村教授》（南湖）。

袁琼玉生。袁琼玉，笔名方芷，广东东莞人。著有《多丽集》。

张良遐作《小至日窗前腊梅初开二首》。其一："天地气苍凉，先开压众芳。八砖花弄影，一线日添长。帘卷疏棂启，枝横满屋香。不须驴踏雪，忍冻学襄阳。"

22 日　《北京时报》易名《经世报》，陈焕章为总经理兼总编辑。创刊号社论略谓："经世既为孔子之志，则吾人愿学孔子者，自当志孔子之所志，事以经世为事矣。此《经世报》之所以作也。"

《申报》第 16114 号刊行。本期《自由谈》"诗囊"栏目含《虞江二叔以〈仕女图〉见示，戏成三绝选二》（陈本立）、《咏钱》（二首，陈本立）、《冬夜杂咏》（四首，漱石女士）。

刘桂华卒。刘桂华（1860—1917），字黼青，一作辅卿，别号邗上闲人，江苏江都人。早年应府试夺魁，后以课徒为生。少喜吟诗，嗜酒善弈，少作惜多散失。三十而后，因朋辈零落，且为生活所累，不复作诗，搁笔二十余载。直至五十，诗兴又发，参加冶春后社之惜余春社雅集，每携酒往游，濡墨吮笔，与马伯良、高乃超、张绶臣、张嘉树、汪二丘、郭仁钦等时相唱和。民国二年（1913）曾刊《听雨轩诗存》分赠诗友。民国三年（1914）又曾手录未刊稿1册，名《听雨轩诗存》，又名《邗上闲人诗草》。

梁鼎芬致函曾习经，寄贺曾氏伯兄述经（月樵）六十寿庆联。

康有为作《丁巳冬至日游青岛，并谒恭邸于会泉》。诗云："海上忽见神仙山，金碧观阙绚其间。晓暾乍上映紫澜，楼观飞惊抗晴峦。崇楼尖塔五色宣，晃耀眩目出人寰。六衢整洁树列班，万货殷阗弥百廛。驱车周道马翩翩，逾山历涧至会泉。楼阁倚山临海湄，碧波浩荡通天边。登高啸望心悠然，乐土信美吾不存。此吾青岛昔荒田，粤昔丁酉德攘先。吾时伏阙力争焉，大陈利害言万千。投书宰相惨呼天，常熟翁公忧国颠。早朝前夕称荐贤，过臣百倍谬推尊。一时舆论哗然传，请破格用救元元。退朝辱访枉高轩，时近冰河吾言旋。骊驹驾南海馆门，公遂直入吾斋前。朝旭甫上草树妍，披衣强起相周旋。公强留行情意谆，且言圣心至勤勤。由是感激赞艰难，上书变法百万言。请效明治书拳拳，十四卷考条理繁。圣上发愤百日新，万国震动中华春。惜哉旧臣荡牝晨，政变遁荒国步艰。至今日将坠虞渊，共和六载大乱瘅。吾奋救之竟蒙难，展转微行乘榊丸。忽睹青岛怆我神，日本立宪上有君。国本正定乃勤民，百度并兴模欧文。于以用武为国魂，乃得此岛兴雨云。吾国共和谬称民，群盗攘权徒纷纭。生民涂炭日遭屯，试观川粤湘黔滇。同室操戈日相煎，岂有国利民福焉。岂有民意与民权，大谩欺民内讧阗。徒供渔人得利便，山东日设民政官。我乃蔽目掩耳何可怜，呜呼民国无民又不国，使我恻恻痛难捐。会泉山水最清妍，前后樱花为公园。中有贤王卧林樊，愤为刘崇英气完。宁蹈东海首阳山，不食周粟践周原。见我如故意缠绵，今日冬至逢良辰。京国旧俗陈馄饨，吾为一饱相劳频。且将相宅拟卜邻，夕阳渐下我归船。回望孤屿绣金银，呜呼感慨度天人。"

汪兆铨作《水调歌头·丁巳冬至，适内子五十生日，赋此寿之》。词云："日长添一线，五十正平头。欣欣绕膝儿女，诒厥到孙谋。纵是海边羁旅，也算一家团聚，此外更何求。愿进一杯酒，相与祝千秋。　　卅年事，我能说，君记不。揭来生计澹泊，一一费绸缪。不羡买臣富贵，不怨黔娄贫饿，君笑我无愁。但愿长相守，穷老未须忧。"

刘伯端作《湘春夜月·冬至》。词云："亘冰容，纻云低结江天。只有橘绿橙黄，对倦容凄然。报道灰飞琼管，便一分春意，暗逗愁边。算丽韶易损，消寒节近，筋引华筵。　　枝头泄漏，绯梅小蕚，偏占花先。百五从头，分付与、匣中红豆，偷记芳年。晴窗静日，凭绣床、金线慵添。最荡漾，是闲情不绾、游丝袅袅，飞上珠帘。"

[日]山下寅次（梅溪）作《丁巳十一月初九，移居于国泰寺街竹深居》（大正六年）（三首）。其一："数弓安息地，潇洒无俗尘。咿唔隔水竹，有知读书人。至竟居移气，自喜此卜邻。"其二："明窗兼净几，寄兴三径间。花开香笑语，鸟啼有余闲（室有

匾额曰'余闲亭',曰'笑语香')。不怪城市里,宛然似在山。"其三:"茶铛松涛响,境幽心亦闲。梧竹空阶外,墙角见南山。公退别有课,小诗手自删。"

23 日 《申报》第 16115 号刊行。本期《自由谈》"诗囊"栏目含《筝楼影事诗》(二十八首,陈企白)。

姜可生《碧窗梦·玉关无主,雁字依稀;东阁呼郎,梅魂缥缈。贮灵芸芝,泪拂薛涛之笺。往事休提,断肠此日。坠欢重拾,屈指何年。绮梦初醒,词成六阕》第一、四、五阕刊于《民国日报》。其一:"豆蔻梢头月,琵琶江上魂。东风遮莫怨王孙,酒渍青衫错认旧啼痕。"其四:"懒整堆云髻,愁听出谷莺。御儿玉乳解朝酲,天上人间记取许飞琼。"其五:"刺就鸳鸯字,偷藏琥珀香。美人肠胃莫相忘,七夕今年应笑女牛忙。"

李思纯作《长至后一日雪》。诗云:"遥空黯黮弄雪意,连朝痛饮失长至。索居百事付一嗟,但抚图书自矜异。平生爱雪过瑰宝,琼蕤散户快无对。草木坚瘦抒精奇,特地禁寒破春媚。近来废吟堕尘俗,执笔强预人间事。空持雄概瞰深杯,更喜佳朋助清致。当前风光尽可惜,坐想围炉好情味。莫须呵砚苦敲推,万语填胸及吾醉。"

24 日 《申报》第 16116 号刊行。本期《自由谈》"诗囊"栏目含《题〈古檗山庄图〉》(南湖)。

白坚武启程赴武鸣谒陆使(陆荣廷)。督署为备藤轿,梁范西陪行。白坚武途中口占二绝,其一:"稚松罗列数家珍,到此峰峦别样新。半日疏村三两处,万山丛里望行人。"其二:"阴阳造物本同功,男弱女强粤桂中。赤足高胸存朴质,须眉岂必占雄风。"后午餐于高峰崖,白自高峰崖至武鸣口占二绝,其一:"叠嶂悬崖未易行,乱山一经石纵横。西来摩托开先路,野老争传陆武鸣。"其二(自兴墟双桥口占):"足下鸣泉顶上风,平原突划众峰空。山阴转处坦途现,指点丹砂日影中。"

25 日 冯国璋发布"弭战布告",要求南北两军"于军事上先得各方之结束,于政治上乃徐图统一之进行"。

《申报》第 16117 号刊行。本期《自由谈》"诗囊"栏目含《履平先生以雪中摄景属题,同照者为易哭庵、高天梅、刘三,其地则北京公园中之板桥,因缀二十八字》(栩园)、《附原题三首》(易哭庵、高天梅、刘三)。

《小说月报》第 8 卷第 12 号刊行。本期"文苑·诗"栏目含《高碑店菊花》(清士)、《题孙师郑吏部先世子潇老人遗墨》(陈散原)、《次韵曹范青知事〈饮沪上酒楼见寄〉》(陈散原)、《阌乡宿黄河堤岸》(瓠斋)、《步黄河堤岸》(瓠斋)、《情诗》(瓶斋)、《朝雨谣》(瓶斋)、《四月二十五日午后暴雨,期友人雨止泛湖》(真长)、《重五日,用辛亥春字韵》(真长)、《与琦侄书,论北道景物,时琦方就学津门》(子言)、《和左给谏〈天宁寺松涛〉》(念衣)、《姚重光〈春草图〉二首》(诗庐)、《大雪夜归》(秋岳);"文苑·诗话"栏目含《藤花馆诗话(续)》(吴西云)。

张謇作《寿吴江李知事母六十生日》。诗云:"忠壮长沙杰,勋名建业存。有光媲孝妇,阅世启文孙。礼法家犹秉,慈悲佛是尊。吴江舆诵起,知爱北堂萱。"

26日 《申报》第16118号刊行。本期《自由谈》"诗囊"栏目含《得秀山督军十二月五日书,以诗代简,答之四首》(南湖)、《题中洲太傅绘〈原村庄图〉》(二首,章宗祥)、《酬伦夫老友见赠原韵》(二首,刘拱环)。

陆荣廷约白坚武登其庭院平台。白坚武因成一诗:"百越峦荒地,来登上将台。江山雄割据,楼阙望蓬莱。故国泣新鬼,边亭泻旧醅。使车行且驻,戎马有余哀!"

27日 《申报》第16119号刊行。本期《自由谈》"词苑"栏目含《高阳台·劫后杂感》(华父)、《八声甘州·送秋》(华父)。

白坚武登文江塔怅然有感,遂赋一绝:"瘴雨峦烟塔未倾,湘江战罢泪纵横。有情血化无情水,河朔犹闻竖子名。"

郁达夫作《十二月二十七日宿热海温泉》。诗云:"温泉水竹两清华,水势悠悠竹势斜。一夜离人眠不得,月明如梦照芦花。"

28日 《申报》第16120号刊行。本期《自由谈》"词苑"栏目含《三姝媚·为尺五楼主题扬州某校书所画〈芍药片石〉手卷》(碧城女士)。词云:"花枝红半吐。似人儿亭亭,呼之解语。怨人将离,倩蛮笺留取,春魂同住。匪石心坚,漫拟作、轻狂飞絮。芳讯谁传,雨雨风风,几番朝暮。 莫问珠鞲钿柱。怅解佩人归,坠欢无据。梦影扬州,只二分娥月,曾窥眉妩。和泪眠春,更吟老、韦郎词句。剩有荒荄深锁,小楼尺五。"

沈曾植作《十一月十五日月蚀》。诗云:"扶疏桂之树,直下复当头。肝鬲无余滓,江河有急流。凝芒回雁影,喋瘁恋貂裘。复复圆无欠,蟆群放下休。"

汪精卫作《十二月二十八日双照楼即事》。诗云:"双照楼头月色新,清辉如庆比肩人。梅花雪点温诗句,疏影横斜又满身。"

黄濬作《十一月十五日月蚀二首》。其二:"中原兵气蚀天心,大地山河影陆沉。明岁当头如有约,不应破屋照愁吟。"

29日 《申报》第16121号刊行。本期《自由谈》"词苑"栏目含《飞雪满群山·蜀纷未已,湘警又来,时局如斯,慨何如也,且歌以当哭》(华父)、《孤鹜·刺蜀中骑墙派之伟人也》(华父)。

顾家相卒。顾家相(1853—1917),字辅卿,号勴堂,又号季敦固园,室名五余读书廛,浙江会稽人。光绪二年(1867)进士,历官河南彰德、归德知府、萍乡县令。曾主持修建江西萍安铁路。宣统初引疾辞官,侨居陕西。辛亥革命后以遗老自居,曾作《哀思曲》。著有《勴堂文集》《勴堂诗集》《勴堂联语》《勴堂乐府》《勴堂日记类钞》等14卷及《浙江通志·厘金门》初稿3卷,《五余读书廛随笔》2卷。缪荃孙《艺风堂文漫存乙丁稿》有其墓志铭。刘大白代绍兴县志采访处挽顾家相，联云："其经术是儒林，其词章是文苑，其考厘税、搜金石，又是史官，事事可师，草志尤资吾辈法；于浙东为耆旧，于秦中为寓公，于江左右、河南北，并为循吏，洋洋盈耳，知名不独故乡多。"刘大白代王余子挽顾家相，联云："读哀思一曲，似开府端忧，是书生结习未除，托之麦秀黍离，聊自安排作遗老；志厘税三篇，仿兰台食货，惜古刻搜奇犹缺，从此吉金乐石，更谁磨洗认前朝。"

白坚武由陆上将特派招待员蔡稼荪引导，赴督署后院看狄武襄遗碣。观罢有感于武襄之故事，因记以诗："元夜除强虏，安边朔武襄。百年余断碣，风雨感微茫。"

姜可生《无题》《叠前韵》刊于《民国日报》。其中，《无题》云："榴花五月销魂候，西子夽开玉钏凉。剑气珠光谁付与，梅痕菊影待商量。锦霞十里红牙谱，绿树三千赤尾凰。东阁风流消未得，海棠帘底笑渠忙。"《叠前韵》云："朱阑十二初三月，一抹春痕眉语凉。搓粉揉珠惊溅滟，飘烟抱月费评量。玉钩半下呼鹦鹉，锦瑟初弹吐凤凰。为问吟髭捻断未，紫毫亲吮小姑忙。"

徐世昌作《十一月十六日与九弟夜饮》。诗云："雪后开尊好，春蔬绿满盘。祛寒谋小醉，却病戒多餐。月上亭庐静，身闲宇宙宽。膝前童稚满，相对有余欢。"

刘景晨作《丁巳十一月十六日入狱口占》。诗云："锄荆斩棘嫌唐突，毁冕裂冠终奈何？太息区区宁足道，灰心人恐后来多！"

30日　许南英卒于印尼棉兰。许南英（1855—1917），字子蕴，号蕴白（一作允白），署窥园主人、留发头陀、龙马书生、昆舍耶客、春江冷宦等，台湾台南市人，祖籍广东揭阳。新文学家许地山之父。光绪五年（1879）中秀才，年二十四做塾师，在窥园建闻择学舍，开馆授徒，并广为交游，常与吴樵山、丘逢甲、陈卜五、王永翔、施云舫等名士学人相往来。光绪十一年（1885）中举人，十六年（1890）中恩科进士，授兵部车驾清吏司主事，不就。归台后，究心垦土化番之务，嗣应聘协修通志。乙未（1895）甲午战争爆发后，筹办台南团练局，任统领，屯兵番界以应战。日军入台南，悬像索之，乃内渡，旋游南洋。居新加坡期间，与华侨诗人丘菽园往来密切，相互唱和。返国后历任广东徐闻等地知县、同知。武昌首义，投袂从之，被推为闽南革命政府民事局局长，摄龙溪县事。民国五年（1916）赴苏门答腊棉兰，翌年卒。著有《窥园留草》。林景仁曰："先生椎轮大雅，丹臒元气：婵娟不在貌，孰睇君如美人？傲睨不受怜，知何物为名士。其为诗也，荣光望气、火珠验经，镜乎万殊，约之至精。惟其博，挽歌、野谚古荡今肆，好好笑笑，头衔自署。惟其达，冰壶贮月、玉盘聚露，八垓清气，累劫不涸。惟其洁，伯麟题壁、司马指山，偶作激语，亦有微言。惟其讽，结念凄心、作泥化石，蓥莺啼红，病鹤喋碧。又惟其怨，于是条发蕤播，征咀商含，丽南朝之金粉、雄朔部之山川。吾不知其曷为而使人俯也可歌、俯也可潸？悲夫！"（《〈窥园留草〉序》）

31日 《申报》第16123号刊行。本期《自由谈》"曲栏"栏目含《谢庭雪杂剧》（顾佛影稿，栩园润文）。

王仁安作《新历除日偈斋宴客》。诗云："朔风严雪里，不见代人来。身世由天定，襟怀任我开。良时改新岁，嘉宴集群材。莫问桃千树，伊谁去后栽。"

郁达夫作《除夕有怀》。诗云："又是一年将尽时，不知青发几痕丝。人来海外名初贱，梦返江南岁已迟。多病所须唯药物，此生难了是相思。明朝欲向空山遁，为恐东皇笑我痴。"后载于次年1月26日〔日〕《新爱知新闻》第9529号，又名《除夜奉怀》。诗末署"海外流人荫生初稿"。

本 月

北京孔德学校创办，蔡元培被推为校长。沈尹默、朱希祖、李石曾、胡适、陈独秀、马裕藻、陈大齐、徐悲鸿、张崧年、钱玄同、顾石君等被推为教务评议会会员。

南粤两省军阀交战，厦门、漳州一带风鹤告警。林尔嘉乃渡蓬峤，回到台北板桥故园，直至民国八年（1919）五月战事平息，重返鼓浪屿。

《南开思潮》第1期刊行。本期"文苑"栏目含《游济南大明湖趵突泉记》（周翱）、《送周子久先生之申江序》（杜国英）、《民国六年夏第十次第二组毕业同学录序》（醒亚）、《器时君璋》（叶香芹）、《先姊事略》（蒋善国）、《代直属水灾募赈启》（叶香芹）、《读〈南唐书〉小乐府》（段茂澜辑）、《秦游草》（无著）、《古歌》（无著）、《郭母杨太恭人七十晋九寿诗》（子甘）、《残夜舍诗》（醒亚选）、《悲秋三十咏》（朴庵稿，叶香芹辑）、《寄友人徐君稚生》（楚狂生）、《病起即景》（楚狂生）、《营口晚眺》（楚狂生）、《感怀》（楚狂生）、《木兰从军》（楚狂生）、《次友人稚生〈春晴晚眺〉》（楚狂生）、《除夕思亲》（楚狂生）、《祖逖着鞭》（楚狂生）、《刘琨闻鸡》（楚狂生）、《月中吟》（陈承弼）、《寄曾克湜》（陈承弼）、《秋窗杂咏》（陈承弼）、《西山怀古》（轮远）、《巧月下弦夜》（轮远）、《登翠薇山作》（轮远）、《思归》（轮远）、《忆友》（轮远）、《夜读思母》（轮远）、《清平乐·春暮》（陈承弼）、《卜算子·春思》（陈承弼）、《苏幕遮·登楼》（陈承弼）、《金缕曲·夜雨》（陈承弼）。

《宗圣学报》第20期刊行。本期"艺林"栏目含《大成节祝文》（本年曲阜大会作）（高要陈焕章重远）、《赠姚生梓芳序》（灵峰夏震武）、《仓圣万年耆老会演说诵》（姚文栋）、《题李思永（慎修）〈天际冥符〉卷子》（常赞春）、《劫运》（常赞春）、《咏菊》（常赞春）、《曾君传》（内乡李鹏程）、《吴江金氏〈风雨勤斯图〉跋语》（常熟蒋元庆志范）、《沈节母赵太君传》（常熟蒋元庆志范）、《汪贞女传》（商永銮）、《孔子手植桧》（徐公修）、《孔林怀古》（徐公修）、《谒复圣庙》（徐公修）、《登泰山》（徐公修）、《读史杂感》（三首，程劲）、《辨孔篇》（旷仕槐伯聪）、《论诗》（赵玉德）、《憎虱》（刘固岩）、《宋王台歌（并序）》（子瑜梁士贤）、《悲乱离》（庚午前作）（赵玉德）、《谒曲阜孔庙》（江苏青浦徐公修慎侯别字署芸)、《大成节在京师会馆祭圣有感》(王镜航)、《咏男儿八景》(甲寅冬阅〈吕子呻吟语〉,见此八景从无吟咏,因而咏之)(伯聪旷士槐)、《乙卯除夕偶感》(李鸿羲)、《洗心社联》(郭象升)。

《浙江兵事杂志》第44期刊行。本期"文艺·诗录"栏目含《有赠》(弢庐)、《古意,简秋叶》(卢球)、《张公祠》(卢球)、《上善院》(卢球)、《赠友》(星轩)、《怀人》(干宝)、《秋日望江南曲,仿钱作》(黄赞华)、《大至游雪湖归,用东坡〈孤山〉韵成长句,索和奉答》(后者)、《读〈述庵诗零〉,用大至池字韵》(后者)、《八音嵌字,和同人作》(后者)、《答秋叶次韵》(后者)、《八音嵌字纪事》(问因)、《前题》(忆华)、《拟古六首》(侯子勤)、《雪后问因、思声、后者集大至寓斋联句》(侯子勤)、《严陵杂忆寄文》(虞言)、《老马》(周禧)、《清波门外观红叶》(鼎燮)、《游龙井,步思声天字韵奉答》(鼎燮)、《中秋日复到杭州湖楼啜茗有赋》(鼎燮)、《少华、亮生、稚兰招游龙井,遂饮高庄》(鼎燮)、《金陵杂咏》(大至)、《别眉叟》(大至)。

《小说大观》第12集刊行。本集"短篇"栏目含[补白]《词林》(鹓雏)、《词林:杂感》(倚虹);"长篇"栏目含[补白]《吧城杂诗》(病叟);"宫词"栏目含《光绪宫词》(几庵)。

《留美学生季报》第4卷第4期刊行。本期"文苑·诗录"栏目含《东福寺闲居》(曾槭子)、《酬槭子》(甲寅四月,时居绮色佳)(任鸿隽)、《喜经农自华盛顿来纽约,送适之行,兼迟杏佛不至》(任鸿隽)、《赫贞晚憩》(二首,任鸿隽)、《赠经农(有序)》(杨铨)、《答叔永》(杨铨)、《送适之》(杨铨)、《病目》(杨铨)、《送适之(有序)》(朱经农)、《别叔永、杏佛、觐庄(有序)》(胡适)、《朋友篇(有序)》(胡适)、《五月》(胡适)、《故园》(唐钺)、《斯勒维尔道中》(唐钺);"文苑·词录"栏目含《百字令·七月三夜太平洋舟中见月,有怀美洲诸友》(胡适)。

《青年进步》第8册刊行。本期"杂俎·文苑·诗录"栏目含《散步青岛海滨,无端恶绪纷来,感事怀人,曷能自已,率成一律,不知是墨是泪也》(朱永杰)、《白门楼吊古》(徐受征)、《万牲园观荷》(贺敏慈)、《游畅观楼感赋》(贺孝慈)、《铁砚斋诗钞》(朱沄)。

黄宾虹为春晖堂族祠绘山水大幅四屏。自题:"余叔祖春谷先生,游阮太傅之门,所著梦陉草堂诗文,极为仁和谭仲修师所击赏。有《山行口号》云:'垒块嶔崎剧不平,望中时有白云生。汶阳一带山为屋,多少人家石磊成。'又作《历城晓发》云:'雨意山气霭遥空,一片晴峦远近通。只觉巉岏行不到,不知身在万山中。'仿佛画境,因谨录之。朴存。"

徐悲鸿偕蒋碧微北上。入北京后,徐悲鸿持康有为信,往访罗惇曧。

张正生。张正,安徽桐城人。著有《松山书屋诗书画稿》。

刘操南生。刘操南，字肇薰，号冰弦，江苏无锡人。著有《揖曹轩诗词》。

吴虞作《悼亡妻香祖诗二十首》。其一："与君为夫妻，生同城南里（君与予同生于成都南门文庙前街，所居仅一墙之隔。故三台萧龙友谓文庙前街为出名士佳人之地）。小时即相识，庄雅众莫比。祖母有遗言，结婚惟属子（予之聘君由祖母临终遗言，先严慈遵行之）。燕婉忆当年，慈亲色然喜。流苏垂宝帐，角枕纷连理。同倾鹦鹉杯，共引鸳鸯被。红颜难寿考（华阳张子政为君刊一印，文曰'红颜寿考'），偕老今已矣。净土或同归，聊喻西方旨。"其二："君年十五六，事我同笔砚。颇嫌萧选赋（君读《文选》极不喜《三都》《两京》《子虚》《上林》等赋），爱读隐逸传（二十四史中《隐逸传》君尽取读之）。每于针线余，问难意不倦（先慈在日，君午餐前从先慈理针线，午餐后则从予读书以为常）。广庭佳卉新，高树流莺啭。携手惜良辰，曲径方踪遍。闲情归大雅，美景供清宴。回忆昔时情，悲来徒辗转。"其三："嗟予不善书，弗识临池趣。君思补予阙，弄墨兼朝暮。时时摹钟王，片楮人倾慕。合州有戴氏，篆法晚始悟（合州戴子和，医专灵素，篆法邓石如。湘潭王壬秋嘲之曰：'戴光学医太高，学篆太卑。'戴始改学斯、冰）。教君学斯冰，（君初学篆书，予请张星乎先生询戴氏，教以从《绎山》《城隍庙》二碑入手。近二十年则以《谦卦》为主。井研王圣游为君刊一印，文曰'千载笔法留阳冰。'东坡句也），廿载脱千兔。歪扁擅高名（华阳林山腴挽君文曰：'歪扁擅高名，比季硕风流，几行珍重瑶华字。凤弦孤夜响，感潘郎痛绝，第一平生伉俪恩。'予览之未尝不流涕也），邓派惊却步。平生玉箸迹，到此空珍护。他年比兰亭，入我繁中墓。"其四："嗟君质纤美，苦学乃深造。静阅老氏书（老、庄、列、文四子，君最喜阅之），讵愧先生号（君行四，廖季平丈常以曾四先生称之）。弱岁解非儒（君九岁受《论语》，至《乡党》篇'屏气似不息者'诸句，大怪之），群盲说如扫。时时作清言，令我惊精到。鸿烈抚遗编（予之《淮南子》《孙子》，皆君居新繁乡间时所点阅者），鹿门感高蹈。平生笑张陆，敢负殷勤告（君常谓张华、陆机，才华绝代，徒以乱世贪权，遂不免于祸；劝予师庞德公、陶渊明，故予深凛止足之戒）。空传任昉志，犹存漆园傲。洒泪痛知音（予之性情学术，君信之最笃，知之最深，虽累遭排挤，君安之弗悔也），非同潘岳悼。"其五："驾言归繁田，孤儿感家难（壬辰先慈见背，癸巳先严纳妾，后以祖遗田授予，令求自立，予与君遂归新繁韩村龚家碾隐居，时予年二十一，始据刘熙《释名》更名曰虞）。曾参留苦言，王骏有深叹。嗟哉颜黄门，后娶诚非谩。采蘋吟正衷，种蔬园自灌（予居乡间，种蔬半亩，诵读之暇，偕君灌溉以自遣）。偕君椎髻隐，慰我方寸乱（予移居新繁，遂见白发，赖君调护之）。田家风俗古，尘外容樗散。遁世拟高柔，妻贤堪爱玩。只今赋《招隐》，独往空肠断。"其六："人生能几何，百年固非久。明灯照虚室，忆昔子相守。图书罗万卷，整理出亲手（予所藏之书，每年翻检整理二次，皆君亲手）。同观废寝食（《史记》、前后《汉书》《晋书》《南史》《资治通鉴》,君皆阅数过),谈笑矜不朽。靡惟风雅难,倍觉恩情厚。亦知去不还,怅望频搔首。既痛失贤妻,兼悲丧良友。悠悠海内名,空令满身后(君文字,上海《新青年》杂志、《妇女杂志》《小说月报》均登载之)。"其七:"诸葛种桑株,澹泊乃无欲。庾亮识韭根,高怀迈流俗。儒者不治生,苟活多污辱。惟君综家政,纤悉靡不烛(君病中犹为予言:'治家不可举债,公司之股尤不可购。'盖以信立钱业公司,不遵公司律,倒骗为戒也)。高风擅林下,简易由知足(陆象山'简易工夫方久大,支离事业竟浮沉'二语,君恒喜诵之)。逐鹿苦未休,长蛇方肆毒。粪生年竟夭,嗣祖应为福。悬悲阮嗣宗,途穷空恸哭。"其八:"繄君性温恭(君性温恭而坚忍,凡烦琐艰巨之事,君皆以耐字胜之,如无事焉),笑我气纵横。怀中《战国策》(君好《战国策》,谓其焉哉乎也虚字,较八家文少,实反易学),闭户独自精。勤探卢孟理(君阅哲学书甚多),始觉丘轲轻。每嘉《游侠传》(君常言,读《游侠传》较《仲尼弟子列传》有味,以其有生气也),亦慕沮溺耕。素质见庄严(君性质素,无珠玉锦绣之饰,予或强为置一二,君仍谨藏之,终罕御也),圣心自神明。惜哉此令才,奄忽归九京。岁寒孤雁急,夜永荒鸡鸣。单栖念窈窕,积愤何由平。"其九:"嗟予命屯蹇,立谊背时俗(予自乙巳以来,非儒及反对家族制度,大与时俗乖忤)。变化愧龙蛇,爱憎异蚕蠋。群飞忽刺天,鄙儒多狗曲。竞听骊姬谮,几成郑郖狱。君时思救予,长跪甘屈辱。孔尼礼何尊,卢梭理方足。狂名动海内,差幸非碌碌(辛亥,予为文反对儒教及家族制度,王人文移文各省逮捕予)。念君畴昔恩,百身真莫赎。"其十:"颠顿二十年,始买城西宅。移家比鲍女,作赋惭谢客。庭际植丛桂,阶前列苍柏。奇书间丹黄,嘉树耀金碧。蕃华爱春朝,皎洁喜秋夕。酌我黄金罍,良时期共惜。谁知欢乐事,俯仰成陈迹。华屋与山丘,高咏悲今昔。"

陈懋鼎作《寄题高颖生环翠楼,以原诗句"避世如墙东"为韵,并寿其生辰》(五首)。其一:"起楼亦大难,辛苦商位置。致身百尺上,烟云豁胸次。君家笃世德,先构待涂墍。当年肥遁占,用意到浇季。滔滔天下水,一丘若可避。清芬故宜传,贞性得自遂。拥书人如玉,五十忽已至。想见坐拄颐,追数卅年事。倘复望朔云,天涯念浮寄。"

韩德铭作《咏史》(三首)。其一(丁巳十一月初由京返宁作):"孙郎评鲁肃,一短乘二快。所短在亲刘,思之殊可怪。三国势平亭,孙刘力必并。阿蒙谋忽遄,徐盛涕旋零。从来远大计,不盈王所欲。逢迎缓急乖,鱼水仓皇异。苻坚依燕姚,氐歌激不挠。谁知五将祸,只坐霸图骄。浮沉固有道,批鳞亦何好。癙寐思昔贤,千古一长啸。"其三(丁巳腊杪由京返宁作):"放恣世成风,横议纷干谒。君相欲炎炎,流灾九州热。纵横捭阖昌,人为时数匡。探怀迎喜怒,谈笑机牙张。孟叟王黜霸,空言炳长夜。连蹇及身迁,治理舒天下。悲哉妾妇行,术挠而识盲。鬼神殚咀嚼,惟此空言忘。"

颜㑩作《奉同黄仲宣司马和鸾台先生〈六十抒怀〉》(四首)。其四:"文章空旧价,杖履足优游。轮却功名志,赢来海厄筹。诗稚惭五字,人怜客千秋。谐语斯为祝,君应笑点头。"

赵炳麟作《丁巳十一月与赵遂庵、罗韵珊两从事游太原城中小五台,仿白香山〈登城东古台〉体,并用其韵赋此》。诗云:"极目望四野,有山郁崔嵬。近临汾河曲,远瞩东南台。中原何泱漭,蔽日飞尘埃。忆昔文中子,隐此空山隈。著书并讲学,心志何远哉。我思古哲人,向往心环回。凭高纵谈笑,俯仰襟期开。神州事正艰,毋言归去来。"

周焞雯作《壬子冬月,友人李君道朝丁父艰,辞三水河口厘金厂总办之职,大吏未许,准给假一月回籍治丧,委予代理是职,自愧才非桑孔,深以庖代为忧,差幸萧规曹随,尚未贻羞陨越,因赋其事,得七律二首》。其二:"国课商情费统筹,稽征宁短戒苛收。城狐社鼠员司技,牛鬼蛇神估客谋。直拙每遭流俗笑,风清能散宦人愁。敢轻一月充庖代,负我生平自许求。"

朱清华作《六年十二月感事》。诗云:"万户楼台隐暮烟,通年歌吹响浮天。燕京毕竟繁华地,五百羊城不值钱。"

冬

林纾在北京组织古文讲习会,亲自讲解《庄子》《左传》以及汉、魏、唐、宋古文,听者近百人。讲习会1920年结束。次年,他在《〈古文辞类纂选本〉序》中说明发起该会缘起:"呜呼!文运之盛衰,关国运也……前清之末,作者属谁?彼割裂古子,填写古字,用以骇众者,且持'古文宜从小学入手'之论。然则王西庄、钱竹汀诸老,宜奉为古文之祖矣。而又谓读书宜多,夫读书固宜多,而刘贡父讥欧九为不读书,试问学古文者,宜宗欧耶?抑宗刘耶?此等鼠目寸光,亦足啸引徒类,谬称盟主,仆尚何暇而与之争?然此辈亦非废书不观者。所苦英俊之士,为报馆文字所误,而时时复搀入东人之新名词。新名词何尝无出处?如'请愿'二字出《汉书》,'顽固'二字出《南史》,'进步'二字出《陆象山文集》。其余有出处者尚多。惟刺目之字,一见之字里行间,便觉不韵。而近人复倡为马班革命之说。夫马班之学,又焉可及?不能学马班者,正与革命无异。且浮妄不学者,尚不知马班为谁,又何必革?仆为此惧,故趁未朽之年,集合同志,为古文讲演之会。"

冒鹤亭解海关监督职位,作《将去永嘉留别四首》。其一:"祠堂香火集诗人,汪画陈诗总轶伦。别有忧伤聊学佛,每携宾从为嬉春。阐幽文字留残余,布地楼台费苦辛。烦语后来爱惜者,疚翁手种五年因。"解职后,冒鹤亭赴北京,寓长女婿辟才四条胡同。路过南京，晤陈散原，陈作《十月冒鹤亭解瓯海权关使入都，过金陵诒以表章其地先哲诸撰著碑刻，赋此赠别》。诗云："抱关碌碌更何求，不狎鱼龙狎海鸥。乞食情怀天所鉴，扬芬事业梦相谋。英灵罗列成宾主，文字流传埶辈俦。遗烬江城逢又别，看横孤雁点神州。"所谓"扬芬事业"，指冒鹤亭所至其地搜罗文献，刊刻丛书之事。冒和作《陈散原赋诗见赠，依韵奉答》云："垂老田仍二顷求，忍饥江上不如鸥。百年错过休天问，孤愤深时与鬼谋。绛蜡已灰留涕泪，青山独往愧朋俦。津梁岁晚行犹远，暂得呼茶吃赵州。"冒鹤亭在南京时，又晤梁公约，作《答梁公约》，亦多与陈散原、梁公约、程伯臧（学恂）等人唱酬。

冯煦回江苏宝应，与陈夔龙诗书往还。陈夔龙作《得梦华同年淮上书却寄》。诗云："一雁来江表，开缄如见君。孤灯残夜雨，千里暮天云。棋局旁观客，吟囊自寿文。何当共游展，邓尉早梅芬。"

李瑞清至金陵医院看望曾熙，于陈三立家中留宿夜谈。

刘半农开始征集歌谣，至1932年5月，共收全国各省歌谣14800余篇，将所搜集资料汇编为《中国俗曲总目稿》出版，计8000余册，时间自清乾隆年间至抗日战争前夕止。

龙榆生赴九江岳丈陈中孚家，与陈淑兰成婚。

徐世昌作《初冬夜，宴世博轩、陈弢庵诸君》《晚香别墅宴客，园有绿菊，梁节庵诧所未见》《次韵答顾渔溪》《弢园晚秋宴客》《书怀》《宴樊樊山，寄周少朴》《自适二首，用陈唐卿韵》《晚秋宴集，赠易实甫二首》《题汤文正公寿孙夏峰征君诗卷后》《冬晴》《闻鸦》《和秦袖蘅同年韵》《凤孙许馈嘉崧，久待不至，作诗询之》《初冬夜坐》《怀淮阳六首，用张文潜韵》《赠赵湘帆孝廉》《忆柳湖二首，用苏颖滨韵》《初冬柯凤孙、秦袖蘅过退耕堂闲话》《次韵答樊樊山二首》《凤孙馈薏苡并媵以诗，作此奉答》《凤孙以诗馈胶州晚崧，作此奉酬》《遣乡人觅共城西山中山药》《初冬退耕堂独坐》《南窗，用苏颖滨韵》《寒木堂观旧藏书画》《放言，用王元之韵》《高闲，用王元之韵》《自宽，用王元之韵》《遣兴，用王元之韵》《诗酒，用王元之韵》《围炉》《腊梅，用陈简斋韵》《幽窗，用陈简斋韵》《次韵周公瑾〈山庄杂咏〉》（十首，含《东啸》《西爽》《商乐》《自闲》《苍翠》《幽碧》《春意》《生香》《流憩》《怀新》）、《冬夜与果叔芝小酌，用陈简斋〈秋夜独酌〉韵》《雪后夜坐》《小阁晨起，用陈简斋韵》《小阁晚望，用陈简斋韵》《题钱叔美画梅》《席上赠陈弢庵前辈》《答程恭甫寄诗》《对月，用周公瑾韵》《幽事二首，用陆剑南韵》《张珍午、赵湘帆来退耕堂谈诗》《地僻，用陆剑南韵》《闭户，用陆剑南韵》《焚香，用陆剑南〈烧香〉韵》《晚坐，用陆剑南韵》《闲意，用陆剑南韵》《冬夜》。其中，《初冬夜，宴世博轩、陈弢庵诸君》云："初冬夜漏长，宴客设尊罍。对饮各情惬，何曾立壁垒。晚菊尚开花，早梅未破蕾。时序任推迁，人事亦屡改。惟此酒怀真，一吸容淮海。耿耿灯烛明，异香发兰茝。世翁长白贤，接物有真宰。龙川本奇杰，浩气成虹彩。酒酣出深语，相期必千载。慷慨不逢时，诗老风格在。"《次韵答顾渔溪》云："二十年前旧时客，相逢重话石门峰。云容日对无今古，山色秋来有淡浓。三径吟怀留晚菊，一庭疏影落寒松。蔿园碧草无寻处，斜日城南策短筇。"《弢园晚秋宴客》云："昨夜萧萧起北风，林亭景物隔年同。欲抛秋思黄花外，且寄吟怀绿酒中。冰水嫩煎双井茗，晓霜新摘一园松。客来瑟缩如寒鹤，踏碎阶前落叶红。"《书怀》云："今年农事窳，归计屡蹉跎。春社忧田旱，秋苗苦雨多。学书望羲献，得句比阴何。座上无宾客，栖神养太和。"《宴樊樊山，寄周少朴》云："经年不见濂溪子，座上喜有樊逢原。奇文好句自千载，霁月光风共一尊。何日绝尘入云窟，与君论道扶天根。神仙本有长生术，如海人中独闭门。"

陈夔龙作《冬夜约宗武、琴初兄弟酒楼小集，偶话梁园旧游，用宗武见赠诗韵》。诗云："樊楼灯火记同登，一舸思归羡季鹰。河朔张筵宾既醉，南阳画诺我何能。烂柯已是观棋客，补衲聊为退院僧。小别梁园曾几日，前尘如堕雾千层。"

康有为作《谢芮恩施美公使》。诗云："美馆高柯庇我险，遮天蔽日暑难侵。太平洋水深千尺，不及使君情惠深。"

曾广祚作《冬夕鸟鹤楼怀旧》。诗云："百鸟无声鸟鹤山，重湖龙斗不知寒。才名画饼年频换，功业调羹梦已残。浓雪和梅委泥土，疾风穿竹作波澜。司徒归国薨京邸，剩有层楼可壮观。"

刘大同作《丁巳冬日过浪华，与长谷川夫妇浴宝塚温泉》。诗云："宝塚有温泉，源流不计年。同来以浴德，广厦冠瀛寰。男浴所在右，女浴居左边。水暖戏无鱼，气馥臭如兰。由来地中火，蒸沸本天然。一沐涤尘嚣，再沐洗心肝。三沐精神爽，亦佛而亦仙。披襟登暖阁，有女理七弦。不识弹者意，但知听者欢。散步看球戏，环立客三千，蟠蟠鬓眉古，对弈著争先。陈列室何有，彝器色斑斑。若者汉之洗，若者汤之盘。书藏三代上，佛列六朝前。壁悬虫鱼篆，漫漶字不完。是谁画周公，握发礼高贤。更有无名者，工绘洗儿钱。乘兴思小酌，薄醉不知寒。吾亦与点也，归唱自由天。"

张公略作《吊崎碌新战场二首》。序云："民国六年冬，南北二军（桂军刘志陆部与北军臧致平部）鏖战于汕头之崎碌达六昼夜，死伤累累。"其一："平沙一片杳无垠，极目苍茫海气昏。阵卷层云威已失，戈挥落日愿空存。海陬碧花笺弘血，天末寒招杜宇魂。国难纷纷何自定，不堪回首望都门。"其二："欲诉无缘叩帝阍，可怜新鬼尽冤魂。神奸盗国原妖物，竖子争名是祸根。生不逢辰宁问劫，死无遗憾只酬恩。我来正值凉风急，落叶纷纷有泪痕。"

江子愚作《满江红·丁巳冬日，过少陵草堂，忆春游之盛，慨然有赋，兼赠友人黄元贲》。词云："背郭缘江，认杜老，羁栖踪迹。记前度，踏青天气，竹寒沙碧。草阁风喧雏燕语,花溪春涨群鸥拍。醉归时,一路野薇香,黄昏月。　　葬地里,烽烟逼,旧游处,豪华歇。望天涯戎马,故人生别。流恨来消南浦水,凝寒正酿西山雪。算云间、野鹤去还来,曾相识。"

吴用威作《冬日三首》。其二:"人皆爱冬日,妙处莫能言。我独发其微,盾衰匪异论。张盖易挟纩,丽天同一盆。世无冰与霜,谁知仇与恩。恩仇在人心,爱憎徒自烦。爱者不感惠,憎者宁衔冤。痴儿妄分别,姑与话寒暄。"

叶恭绰作《丁巳冬日,葬净持于西山之麓,夜宿灵光寺,宵长不寐,漫纪》。诗云:"偏是华年算死生,灯前曾赚泪纵横。谁知煎迫成今日,剩我拖泥带水行。何限愁怀戢一棺,舍身容易忏情难。金经一卷同归土,所冀心能替汝安。风尘何地觅幽栖,偕隐前盟忍重提。好向此间来伴汝,松窗斜接小坟西。尽挈悲欢付劫灰,遗怀空企鹤归来。无情冷月从圆缺,乞与流辉照夜台。"

易昌楫作《海上酬肇甫》《留沪歌行二章》。其中,《海上酬肇甫》云:"大泽曾吹蜀国风,星纹飞动剑光红。叙泸忆旧哀新鬼,华夏怜分乱古封。排难解纷君有力,扬清激浊我能同。相逢海上前踪续,共倚危楼酹酒钟。"

胡先骕作《冬日寄饶树人美洲》(三首)。其一:"平生取友严,隽逸君可喜。清谈沁肝脾,恍若谷帘水。一朝理归帆,岁月疏片纸。中情岂可道,坐视肉生髀。颇闻肺热苏,眠食定谁似?道心日精进,何若八骏驶。迁幽不可言,徒为古人耻。短诗聊代柬,冷语不成绮。"其二:"蛮触争未休,薄海尚多难。苟全已云幸,何用邀世盼。吾儒抱残缺,文史寄娱玩。分饱百瓮齑,坐视岁月换。纷纷功名士,动止失勇懦。富贵宁可求,执鞭空喟叹。臧谷等亡羊,得失异霄汉。径须成独往,高卧南山矸。"

康白情作《悼初妹》。诗云:"忽传君物化,长笑有盈词。未觉生之乐,焉知死可悲?个郎宁作妇! 阿伯自无儿! 转忆贻红橘,沾襟泪若丝!"

沈照亭作《夜读》。诗云:"四壁萧然愧作儒,孤灯如豆影模糊。母兮刺绣儿宵读,一幅勤工苦学图。"

谢家田作《别思》。诗云:"寒灯映客影,细雨任风吹。速学虽云好,能无别后思?"

本　年

大冶吟社在台湾彰化县鹿港镇创立。由栎社鹿港籍社员施家本、庄嵩、丁式周、郑玉田、陈怀澄、蔡世贤邀集陈子敏、许逸渔、朱启南等共同倡设,事务所置于鹿港街。历任社长施家本、庄嵩、许逸渔,创作活动持续至1964年10月以后。初期社员50余名,主要有施家本、庄嵩、丁式周、郑玉田、陈怀澄、蔡世贤、陈子敏、许逸渔、朱启南、洪月樵、施梅樵、郑鸿猷、郑贻林、施燕谋、蔡梓材、施炳扬、叶植庭、郑汝南、蔡德宜、陈贞元、杜友绍、许煌辉、洪箎贞、蔡子昭、蔡梓舟、王秋笙、王叔潜、许幼渔、许文葵、许文奎、施石甫、施让甫、吕申甫、施江西、施性湍、许景云、周定山、洪椒秋、蔡汉津、朱炳珍、谢耀东、王金龙、丁瑞图、丁瑞彬、庄遂性、叶荣钟、陈毓琛、林锦、蔡锦昆、周世贤、吕仲甫、施一鸣、施性澂等。光复后社员数十名，主要有许逸渔、朱启南、黄祖辉、施让甫、许文奎、周定山、许遂园、日新、世祯等。每月设有例会，每星期定有课题。先后创作《年、夕，鸢肩格》（应为"燕颔格"）、《地震、月，分咏格》《精、草，鹤顶格》等钟题，作品登载于《台湾文艺丛志》《诗报》《诗文之友》等报刊。

正始社在江苏吴县成立。主旨提倡国学。社员基本为南社社员，基本是南社支社。主要成员有王德钟、田兴奎、陈家庆、朱汝昌、柳冀高等。正始社共刊行诗词文集二卷。《正始社丛刻第二集》：《词录总目》含田兴奎（四首）：《沁园春·题亚子〈分湖旧隐图〉》《百字令·山中怀亚子、大觉并寄》《摸鱼子·冬日游玉清寺中》《前调·咏岭松，寄个石大庸》；陈家庆（十三首）：《望江南（秋讯早）》《望江南（愁思远）》《望江南·春愁》《望江南（花事好）》《眼儿媚·别姊四阕录二》《桃源忆故人（隔花吹雨清明候）》《生查子·饯春》（四首）、《浣溪沙·送镜蓉姊返湘》《满庭芳·探梅》；余其锵（三首）：《卜算子·花朝前二日作》《忆汉月·春晓》《绮罗香·送春有怀》；朱汝昌（四首）：《卖花声》（二首）、《蝶恋花·旧中秋夕集褉湖闹红舸中作》《浣溪沙·有赠》；赵家杰：《惜分飞·残春》；叶秀英（二首）：《十六字令（箫）》《十六字令（愁）》；柳冀高（二首）：《凤凰台上忆吹箫·题高湘筠女史〈绣箧词〉》《凤凰台上忆吹箫·庚申灯词，和一瓢》；丁逢甲（二首）：《忆王孙·秋闺》《荷叶杯·书所见》；许观会（四首）：《齐天乐（晴虹垂卧枫江上）》《浣溪沙·晓过宝带桥》《满江红·江口》《买陂塘（覆州西闹）》；黄复（二首）：《清平乐·自题三十岁造象》《贺新凉（节届清和好）》；顾无咎（三首）：《水龙吟（翩然蹋遍西泠）》《浪淘沙（茶梦小松园）》《蝶恋花（斜日珑松烟袅娜）》。《诗录总目》含田兴奎（五十八首）：《江州杂咏九首》《晓发沅江》《泊简家溪》《老伯吟》《立秋日即事》《由玉清寺入杨公祠小坐》《与个石晓发李门，宿高村》《登舟晚泊烂泥》《晓溪》《舟中见丹山寺》《舵师行》《泊木关口》《江城晚眺》《感怀二首，柬亚子》《赘僧以旧诗见示，怅触昔怀，次韵成赋，兼柬亚子苏州》《亚子近惠多书读讫，各敬制一截句以谢嘉贶，都三十四首》；田名瑜（四十五首）：《冬日由武陵之长沙舟中即事五首》《遣兴》《登天心阁》《还家三首》《无事》《九日侍星叔登南华诸峰，设馔刘老人庄》《出门行三首》《侍二叔暨江大符一游龙泉寺》《朝典》《狂白招饮凤凰山寺，同者十余人》《春日漫兴八首》《感事》《书怀，次二叔和赘世先生韵》《闻故乡水灾，哀之》《辰阳归作》《玉清寺壁杨二画》《敬题二叔〈山居集〉十二首》《初度感述》《当来日大难》；傅熊湘：《西泠杂诗》；陈家英（六首）：《送汗园长兄重游广东赴国会正式召集，时汗兄方自粤省非常会议归，观家慈于海上》《海上有怀秀元三妹家庆北洋女子师范学校，并次其忆予原韵》《闻笛，次廖女士吟秋阁韵》《桃叶渡，次振雅社第一集韵》《落叶，次秀元三妹原韵》《秀元三妹由北洋女子师范学校以〈秋暮偶吟〉见示，即次其原韵》；陈家庆（十首）：《次韵〈龙华看桃花作〉》《拟行行重行行》《和立征姊寄怀韵》《半淞园忆姊》《返津直隶第一女师范留别纫佩诸姊》《留别锦兰、雪筠、立征诸姊》《和雪筠〈秋日感怀〉韵》《舟中题王尊农〈十年说梦图〉》《为屯艮词人题〈章龙归梦图〉》《秋日杂咏》；李涤：《次韵酬玄穆》；徐盆棠：《秋夜，和陈兆楠韵》；蒋箸超：《柳絮》；余其锵（二十首）：《东园即事》《日暮》《湖上感赋》《水月庵小集》《题戴皋言〈忆旧游草〉》《题秀水朱虹桥遗稿》《次韵酬韶声》《游仙诗十首（并引）》《自斜塘至黎里途中杂咏》《小桃》《次韵寄禹钟》；沈德镛（十二首）：《冶春词》《韶声夜梦与余及十眉访王家阁郭傔伽、徐江庵旧馆，遂得读灵芬馆未梓残稿，醒辄纪诗索和》《寄十眉》《休沐日与作民游半淞园》《卓然自泗泾寄示赠马、韩二君诗索和，依韵酬之》《游嘉善东园，示谷青、声越》《庚申正月初四日，与韶声、卓然、我权、良士晚游南草场，韶声有诗索和，依韵酬之》《扶亭女史〈莛蓼菊石图〉题词二绝，和韶声》《胸中》《王一之旅美观察团题词，次江亢虎〈锦瑟蓬山〉元韵》《辛酉二月初三，潘兰史征君招集鸥社同人，以正月初四为黄仲则寿，用两当轩自寿韵征和，颐琐先生以诗见示并嘱继声》《独归》；李钟骐：《冶春词》；蔡文镛（四首）：《冶春词》《元月三月偕禹钟、我权、良士出游》《答癯梅，以诗代柬》《感旧绝句，和禹钟》；郁世羹：《冶春词》；薛炼：《西瀼口》；叶叶（五首）：《梵语》《南湖草堂夜集，同亚卢、大觉作》《老友一厂自燕归，携画属题，慨然有子山小园之意，嗟乎，此是如何世而作此想耶》《题屯艮〈红微感旧记〉》《庚申正月十一之夕，随灵修、琢人应大觉之招，小饮风雨闭门斋，夜雨上帘，春灯入座，念旧欢之难拾，纪斯集以短吟，爰分四韵，各赋一章》；徐毅（三首）：《乡居即事》《家居杂感》《哲维来书，殷殷以近状相问，赋词答之》；沈惟埏：《和巢南表兄初度》；朱汝珏（四首）：《春日索居偶得》《金闻偶题》《入夏即事》《禊湖泛灯词》；朱汝璞（六首）：《题灵修〈红梨感梦图〉》《禊湖泛灯词》《登五云山》《夜坐，和灵修》《题虎跑寺》《集风雨闭门斋，与楚伧、大觉、灵修分韵得人字》；朱汝昌（十二首）：《洞箫曲》《山塘杂诗，依玄穆韵》《〈咒红忆语〉题词》《秋感》《题〈秋岗晚眺图〉》《禊湖泛灯词》《感旧词，九月二十九日夜作》《庚申正月十一夕，与楚伧、琢人集大觉斋中，分韵得宵字》《题小凤〈金昌三月记〉》《挽蔡引尊女士，为沈山灵作》《七夕坐小沧州，对月忆妇》《题费一瓢诗画册》；黄觉蓬：《沈复初、郑渊若枉招入正始社，赋呈大觉》；诸纯淦（四首）：《初夏即事》《登楼望南湖》《秋晚》《江阁》；赵家杰（二首）：《晚眺》《池畔作》；叶秀英（二首）：《夏夜》《返棹口占》；陈去病（十四首）：《重过韩江分赠》《潮汕道中》《酬王愚真》《偕荷公、小枚、愚真登韩江楼》《题画兰》《金山援闽浙军总司令部登眺，用石上所刻宋熙宁间广东南路转运副使许君见远亭韵》《赠蔡润卿》《挽江柏坚先生》《赠邓籍香先生》《寄远》《重过见田别墅》《吴门有忆》《中秋卧病百子冈，得亚青死耗》《一病》；柳弃疾（一百三十七首）：《吴根越角杂诗百二十首》《题灵修〈红梨感梦图〉，次玄穆韵》（二首）、《孔彰战死川中，遥挽四首》《夜坐》《赠玄穆》《集水西精舍，分咏得梅、兰各一律》《中秋夕闹红舸即事》《中秋后一夕闹红舸即事联句》《禊湖中秋词》（六首）；柳绳祖：《焦桐吟馆题壁》；凌景坚（十六首）：《海上晤楚伧，因得读三原于骚心右任诗，怃焉兴叹。于君开府秦中，备尝苦辛，他日护法功成，解甲归田，当与楚伧痛饮之。先寄一律》《晤傅屯艮于花园里赠诗一律，即题其〈醴陵兵燹图〉》《连日于灵岩穹窿间谒医，遂登觉顶望太湖，夜宿舟中放歌》《分湖舟中续〈铁崖游记〉，因忆二年前过此曾作〈晚棹图〉，影事可征，题咏不废矣》《吴门呈金松岑天翮》《侍沈屺卢廷镛师紫云楼长谭，赋呈一律，即用赐题拙稿原韵》《过先外姑陆太夫人水芙蕖榭，感示宛文二首》《立秋日独坐紫云楼怀人念旧之作》《闰七夕》《中秋前一夕偕安如、病蝶、十眉集闹红舸，即席示同坐》《中秋日再集金镜湖闹红舸中，与安如长谭有作》《中秋夕禊湖看月，醉后放歌》《中秋后一日三集闹红舸》《秋深重赴环翠山庄，感成一绝》《岁暮谣》；许豫曾（四首）：《入都录别》《宿县怀古》《过平原》《津京道中》；许观曾（二十九首）：《饮酒，和陶二十首》《湖上值雨》《孤山怀林处士》《越郎当岭，循梅家村，达云楼》《投胡石予蕴索画墨梅》《题朱白民先生画竹》《梦琴琴歌（并引）》《感事》《晓出水西门，遂登莫愁湖会公阁》《乌龙潭》；黄复（五首）：《与李二澄宇夜话有作》《题〈溪山招隐图〉，为半梦作》《屯艮至自海上》《冬晚登江亭，同屯艮、李二》《题蕲水陈勉亚（屯）所辑〈北平射虎社谜集〉》；顾无咎（五首）：《花朝作》《立秋前三日作》《万一》《近纪》《续纪》；王蜕：《登北高峰观海》；黄骏埏（三首）：《春草》《雨夜独坐》《闺情》。《正始社文录》含田兴奎（十一篇）：《方羽仙先生墓表》《外祖母宁太孺人墓志铭》《杨岳生墓志铭》《姜母墓志铭》《豹山樵髯传》《泊箱子岩记》《游凌云寺记》《游桂湖记》《二枏记》《送张季旷归里序》《复王玄穆社长书》；傅熊湘（三篇）：《柳公钝斋墓志铭》《祭郑叔容文》《林让园父母六十双寿序》；严介寿：《续兰亭修禊启》；蒋箸超：《答梁楚楠书》；张一凤：《许君墓志》；沈德镛：《外王母计太夫人传》；朱汝昌：《红梨感梦图记》；诸纯淦：《古松记》；陈去病（两篇）：《柳寅伯先生墓表》《许母陈节孝褒扬录序》；柳弃疾（两篇）：《游分湖记》《徐允和、徐镤、徐镔传·〈分湖全志〉人物类·节义》；柳遂：《归陆氏旧文妹传》；陆明桓（三篇）：《先室柳氏权厝志》《绣簏写词图记》《分湖访旧图记》；凌景坚：《周烈妇家传》；许观曾：《重修许氏族谱记》；黄复：《洪荆山〈弱冠倡酬集〉序》。

春音词社第十一集召开，题为《周梦坡题汤贞愍〈香雪草堂图〉》。本集留存词作有：徐珂《百字令·春音词社第十一集，为梦坡题汤贞愍〈香雪草堂图〉》（笛里吹怨)、夏敬观《六么令·为周梦坡题所藏汤贞愍〈香雪草堂图〉》(万香围屋)。其中，徐珂《百字令》云："笛声吹怨，只冷香旧月、宵深凉照。罢钓秋江容小隐，清福几生修到。绛雪晴融，碧烟暝合，胜地疑蓬岛。乱花歧路，翠禽应也啼老。　金屋好与安排，愔愔琴趣，窗下凝妆晓。大地风尘偏颅洞，且索巡檐双笑。对此苍茫，为谁开落，鹤梦醒宜早。六朝春色，至今惟有衰草。"又，春音词社第十二集召开，内容为"题《彊村校词图》"。本集留存词作有：徐珂《还京乐·春音词社十二集，题朱沤尹先生〈彊村校词图〉》、周庆云《高阳台·题〈彊村校词图〉》。其中，徐珂《还京乐》云："昔游忆，六月荷香柳影苕雪路。怅雅音寥落，展图感旧，俄移宫羽。喜过从莲社。捻髭为按花间谱。更重念词客，可有秋魂来否。　足幽栖处。待何时、潜隐衡门，几席犹亲，邱壑休负。萧然老屋疏林，答樵歌、埭西风雨。抱残编，空海岱渊襟，江湖倦旅。眼底沧桑幻，浑疑摹写鱼虎。"周庆云《高阳台》云："牙拍吟红，缥签翻碧，词场会集仙灵。手撷丛残，当时传唱新声，如今算作秋窗课，费江郎、彩笔纵横。镇消凝，独夜寒釭，数尽疏更。　年年枨触间宫徵，自君弦冷后，难写瑶情。那得乌丝，商量珠字分明。金门大隐归来早，有名山、绝笔先成。更何堪，泪洒沧洲，梦醒春城。"又，春音词社第十五集召开。社题为"为梦坡题句容骆佩香女士《绮兰小墨百花长卷》"。本集词作有：徐珂《满庭芳·春音词社十五集，为梦坡题句容骆佩香女士〈绮兰小墨百花长卷〉。佩香为龚世治室，袁子才女弟子，博通经籍，工诗，著有〈听秋轩诗集〉。清乾隆甲戌八月至江宁，谒子才，遇王梦楼于随园。梦楼属绘〈百花长卷〉，以行箧未携画具，泼墨写此并自题一绝句于上》。

　　周庆云(梦坡)与沪杭诸老酬唱甚夥。周庆云作《访璋伯不晤，知于役平湖，留诗代简》，叶希明和《敬步原玉，即呈五松先生》；又，戴启文作《梦坡来自申江，适值星期会招饮敞斋，越日诗来，兼约西园赏雪，怯寒未往，率和一章应教》，周庆云和《予约壶翁作南山之游，报书因天寒未解，姑俟后会，赋此代券》，戴启文又作《梦坡招南山观梅未赴，来诗述别，兼订后游，奉和元韵》，周庆云又和《叠韵再呈壶翁，并以话别》；又，戴启文作《灵峰寺题句》，周庆云和《次壶翁〈灵峰题句〉韵》；又，戴启文作《游理安，次壁上徐僮叟诗韵》，同人和作：周庆云《龙井途中口占，并用前韵》、吴庆坻《理安龙井之游，梦坡、壶翁诗成最速，次韵奉和》；又，胡思义作《量移淮关，惜别感赋》(四首)，周庆云和《胡幼胈都转卸任浙䑸，有诗留别，敬次元韵》(四首)；又，周庆云作《森玉、眉孙、次公、倦鹤招饮崇效寺，赋此纪之》，白曾然和《崇效寺雅集，奉和元韵》；又，周庆云作《游西山静宜园小憩见心斋遇雨，见金鱼活泼，泉水铮�，好景无多，不忍遽去，偶成此绝，索中磊同作》，白曾然和《静宜园，和梦坡》《既和梦坡诗，复成此，索梦坡和》，周庆云又作《和中磊》，白曾然又和《又成一绝示梦坡》，周庆云再作《和钟磊》；又，周庆云作《雨稍小，出静宜园而至碧云寺，途中口占》，白曾然作《和梦坡》《至卧佛寺口号》，周庆云又作《和中磊卧佛寺韵》；又，白曾然作《秘魔崖有陈听水感旧诗，偶和其韵，题于石壁》，周庆云和《中磊和听水诗即题崖石，予亦继声》；又，白曾然作《龙王堂在宝珠洞，山右有龙泉寺，山巅有卧游阁，古松参天，境极清旷，漫成截句》，周庆云和《和中磊〈龙泉寺〉韵》《车辍吴门，一丽人从地道出洞，似曾相识，为拈此诗》，白曾然再作《梦坡过吴门有句，因和其韵》，周庆云再和《见中磊和句，作此酬之》；又，周庆云作《蒲筋小集，用审言见和春禊诗韵》，潘飞声和《丁巳蒲筋小集，次韵奉和》；又，周庆云作《乞画师绘〈灵峰忆梅图〉长卷，因题其后》，同人和作：恽毓珂（《和梦坡〈灵峰忆梅图〉题句》、缪荃孙、白曾然、施赞唐、陶葆廉、王承霖、汪煦、恽毓龄；又，邵端彭作《蓦山溪（沧江残客）》，徐珂和《金缕曲（结想烟霞）》；又，周庆云作《予年届六九，室人长二龄，合得百有十岁，援百龄合寿，旧例为赋此章，藉以自述》，同人和作：沈焜（《梦坡见示〈夫妇一百十龄合寿〉诗，次韵奉和》）、潘飞声、王蕴章、叶希明、施赞唐、吴承烜、王承霖、汪渊、许湘祥（《和梦坡诗，未用原韵，率成一赋》）、秦国璋、白曾然〔《千秋岁（海天秋半）》〕。其中，戴启文《梦坡来自申江》云："有客吴淞来，江波剪万顷。袖出晨风编，诗才露锋颖。时方酿春寒，萧斋坐清冷。小集续毡炉，活火煎苦茗。此会仿率真，繁文宜见屏。七日一轮指，观象星辉炯。养老兼合欢，聊以遣晚景。回忆淞社招，结习未能泯。群贤相角逐，开道骅骝骋。自笑瞠乎后，难驾两骖并。诗思近尤涩，衰慵怜老境。君来适不期，举杯各称幸。家庖试割烹，愧学操刀尹。有酒藏盈樽，不劳沽市井。和羹取诸梅，调酪佐以杏。八簋安足珍，一斋请尝鼎。拇战禁喧呶，莫奋空拳打。雅集宜联吟，待作抛砖引。客散车辙稀，雪深门巷静。一枕梦初回，晴色隔窗迥。雅人具深致，先泛湖头艇。来诗招我游，神往但遥领。想见霁景明，岚光耀波影。摹绘倘成图，留共湖山永。"周庆云《森玉、眉孙、次公、倦鹤招饮崇效寺》云："春残芳讯寄禅林，后侣嘉招惬素襟。不尽羁愁凭酒祓，无多绮思对花吟。卷中金粉温魔意，笛里宫商变换音。老树缀红姿亦媚，斜阳如水立楸阴。"白曾然《至卧佛寺口号》云："禅林深邃蔽乔柯，密藏同参此地过。我佛无言正沉睡，可知苦恼众生多。"沈焜《梦坡见示〈夫妇一百十龄合寿〉诗》云："良宵皓魄圆，丛桂香更烈。故人敞寿筵，又值中秋节。开径延嘉朋，忘却展齿折。一醉借新题，四坐俱欢悦。走也滥齐竽，称觞恣老饕。肥鱼大酒场，中有蔷薇洁。傲骨健秋风，冰心证瑶阙。唱和继庚辛，击赏唾壶缺。我辈乖时宜，文字空咬啮。性命草菅贱，生计稻粱拙。惟君差轩眉，当筵足称说。莱彩拥诸孙，琴歌擅双绝。六九尚壮年，两鬓未成雪。綮綮经济才，世事洞明彻。偏挈鲍文宣，偕隐鹿门闭。高柔爱贤妻，别是养生诀。百年自有真，那便姓名灭。岁岁冰轮圆，伉俪永无别。年年秋花妍，看到跻高耋。"

《爰社丛刊》第 4 期刊行。本期"文艺·诗"栏目含《双十节提灯会词》（祥善）、

《松岛属题手绘释迦牟尼像》（湘魂旧作）、《旧友马霁南，知其客鲁，媵以二绝》（湘魂）、《陶缉氏惠〈湘麋阁遗集〉，读竟赋寄》（湘魂）、《玉郎词，为新剧家金玉如赋，闻其有沪上之行，即以赠别》（湘魂）、《梦白入皖，掌皖军秘书，时以诗见寄，依韵和之》（湘魂）、《跋章太炎先生墨迹》（湘魂）、《为同门沈伯常吟六朝宫词十绝》（韩小帆）、《赠钱浩、王守真》（姚伯谦）、《题友赠四季花卉画屏》（斐园主人）、《观影剧》（斐园主人）、《夏日闲居》（斐园主人）、《登楼》（斐园主人）、《夏雨》（斐园主人）、《落花》（谅我）、《冬夜枕上口占二十八字》（谅我）、《送春》（耐子）、《留别同学》（耐子）、《送别》（耐子）、《重阳闻雁有感》（荣谦）、《夏日晚眺》（德齐）、《清和即景》（福洪）、《归渡鉴湖》（家愕）、《野外》（克家）、《春雨》（克家）、《秋雨》（克家）、《灞桥骑驴》（啸吟居士）、《棋灯》（啸吟居士）、《书灯》（啸吟居士）、《酒灯》（啸吟居士）、《渔灯》（啸吟居士）、《称山散步》（啸吟居士）、《春夜》（啸吟居士）、《丁巳仲春，偕阮翰斋先生昆玉及二三童子游称山，口占》（啸吟居士）、《中秋》（时游赣作）（啸吟居士）、《夏闺》（养吾）、《题丝绣〈洛神图〉》（养吾）、《扫墓旋里，即寄王子守真》（养吾）、《怀卿》（养吾）、《柳枝》（养吾）、《春雪》（养吾）；"文艺·词"栏目含《点绛唇·蚕妇》（啸侯）、《减字木兰花·写志》（啸侯）、《渔家傲·忆兄》（福洪）、《望江南·闺情》（耐子）、《清平乐》（仰厂）、《蝶恋花·集句》（仰厂）、《减兰·题绮霞〈风雨梨花图〉》（仰厂）、《浪淘沙》（仰厂）；"杂俎·诗话"栏目含《闺秀诗话》（仰厂）、《芸窗诗话》（啸传）。

[韩]《半岛时论》刊行。第1号"海东文苑"栏目含《寺内首相寄金于以文会，群公毕集，设宴志喜，忝于席末味题帛画三首》（梅下崔永年）、《南山秋怀十首》（前人）、《郑素湖晬日小集》（前人）、《读〈参同契〉写兴》（前人）、《嘲干达婆，竹枝调体》（前人）；"留学生文艺"栏目含《七夕小集于李植堂熙斗书庄》（梅下崔永年）。其中，梅下崔永年《南山秋怀十首》其一："独上南山第一峰，天风环珮若相逢。紫绿丹黄秋色里，不知身在贵衡浓。"梅下崔永年《七夕小集于李植堂熙斗书庄》云："织女明妆笑下楼，绛河西畔鹊桥浮。珠帐重开双扇合，□金梭暂掷襄休。梦近曾如长信夜，眠孤还咄广寒秋。羡他夫妇人间乐，日夕鸯衾不解愁。"第4号"留学生文艺"栏目含《除夕所感》（濯悟生）、《江边老柳》（金昌汉）、《汉阳送友人》（二首，金明植）、《东游》（南浦生）、《东游》（桓岗生）、《东游》（海难生）。其中，濯悟生《除夕所感》云："东都为客送流年，遥忆乡山路几千。偶成诗句梅横水，难寄书封雁尽天。高堂爱日瞩而已，远地看云思渺然。夜半钟声来到耳，寒灯孤馆自无眠。"第5号"海东文苑"栏目含《东园李枢密（载崑）红叶卷索题有韵（小序）》（于堂尹喜求）、《尹于堂示以红正韵，因步其韵兼神沈弥山》（梅下崔永年）、《赆呈山形少将行幰》（前人）、《诗书画研究会赆山形将军》（前人）、《前题》（海冈金圭镇）、《前题》（湖亭卢元相）、《前题》（海春金台镇）、《前题》（霞山权贤燮）、《前题》（又琴李圭元）、《前题》（石南李五渊）、《前

题》(又沧朱一玩)、《前题》(悟斋朴秀弘)、《悼篷室一周年,月夜拨怀》(林泉生)、《次春晴韵》(东樵崔瓒植)、《前题》(锦农崔瑗植)、《谢社友酿饮》(梅下生)、《邻社招饮》(茂亭郑万朝)、《前题》(秋塘宋荣大)、《前题》(愚斋李世基)、《送满洲视察团》(梅下崔永年)、《前题》(又琴李圭元)。其中,梅下生《谢社友酿饮》云:"苦于强饮苦于诗,岁岁春风谩我欺。今岁又无阿睹物,不如孤负束花时。"梅下崔永年《送满洲视察团》云:"山河磅礴古今州,猎猎征析试壮游。怜疆遍照扶桑日,白草龙庭不敢秋。"又琴李圭元《送满洲视察团》云:"春风春雨送征轺,努力加餐赋远游。莫学辽阳飞去鹤,归来华表一千秋。"第6号"半岛文苑"栏目含《于朝鲜文艺社,郑茂亭万朝携酒共吟》(小溟姜友馨)、《前题》(白松池昌翰)、《前题》(愚山吴命煖)、《前题》(见山赵秉健)、《前题》(逌堂朴彝阳)、《前题》(初园徐相勋)、《前题》(葵园郑丙朝)、《前题》(云山白润洙)、《前题》(茂亭邓万朝)、《前题》(海屋丁熹燮)、《前题》(秋塘宋荣大)、《前题》(海愚具瓒书)、《前题》(梅下崔永年)、《前题》(川云鱼潭)、《鱼川云潭生日雅集》(茂亭郑万朝)、《前题》(于堂尹喜求)、《前题》(愚山吴命煖)、《前题》(蓉初朴承鉌)、《前题》(梅下崔永年)、《前题》(葵园郑丙朝)、《前题》(兰陀李琦)、《前题》(海愚具瓒书)、《前题》(惠斋鱼允迪)、《前题》(川云鱼潭)、《朝鲜文艺社雅会》(梅下崔永年)、《前题》(茂亭郑万朝)、《前题》(晦堂申冕休)、《前题》(见山赵秉健)、《前题》(海愚具瓒书)。其中,川云鱼潭《鱼川云潭生日雅集》云:"暇日相寻若有期,非徒面识又心知。香蒲翻影凉于扇,喜雨无声细似丝。才拙诗愁内,风烟收入一襄还,叉手久,家贫酒使隔墙迟,兹游岂为消长忧,欲作文风复盛时。"第10号"海东文苑"栏目含《朝鲜文艺社雅会》(愚山吴命焕)、《前题》(晦堂申冕休)、《前题》(秋塘宋荣大)、《前题》(二首,游屋丁熹燮)、《前题》(小溟姜友馨)、《前题》(见山赵秉健)、《前题》(心石金容观)、《前题》(杷泉罗纪学)、《前题》(二首,石南赵学元)、《前题》(兰陀李琦)、《前题》(云山白润洙)、《前题》(梅下崔永年)、《前题》(初园徐相勋)、《前题》(茂亭郑万朝)、《前题》(逌堂朴彝阳)、《前题》(晦窝闵达植)、《前题》(蓉初朴承鉌)、《前题》(葵园郑丙朝)、《前题》(于堂尹喜求)、《前题》(惠斋鱼允迪)、《前题》(海愚具瓒书)、《前题》(川云鱼潭)、《前题》(秋堂金商穆)、《前题》(默斋郭翰镕)。其中,川云鱼潭《朝鲜文艺社雅会》云:"多,少。来社中,问师表。几买玉壶春。频经金谷晓。生翼难同北溟鱼,饥肠还愧南方岛,一官鲍系鸥与梦相违,醺饮轮回诗犹吟未了。"

左林周卒。左林周(1837—1917),字崧轩,湖南衡阳人。光绪四年(1878)补庠生,以襄治河功迁知县,分发江苏。适樊增祥开府吴下,器重其才,历署砀山、邛州、江宁县事,简任瓯海淮阳道尹。著有《水荭花馆稿》。中有《别海棠》一首,张翰仪评曰:"堪称压卷。"(《湘雅撷残》)

李祖锡卒。李祖锡(1838—1917),字子莲,号祉联,原名毓琛,上海人。同治十三年（1874）县试第一，入府庠，寻补增广生。光绪十一年（1885）副贡。后在家乡授徒。岁歉则请给籽种，还筹办团防，疏浚水道，经理普安衍善堂。二十四年（1903），参与改吴会书院为强恕学校，倡设务敏学堂，延聘专家中西并课，亲自督理。三十一年（1910），选授江苏震泽县训导，旋被延为江震高等小学校长，并由吴江、震泽两县会请稽查两县学务。后因病归里，任上海中等农业学校监督，扶病主持校事。著有《青琅诗文集》《经义类编》。

　　王先谦卒。王先谦（1842—1917），字益吾，晚号葵园，世称葵园先生，湖南长沙人。生于道光二十二年（1842），幼习经史，初学古文词，师事曾国藩。同治四年（1865）进士，选庶吉士，授编修，迁翰林院侍讲。光绪六年（1880）任国子监祭酒，充日讲起居注官，典云南、江西、浙江乡试，督江苏学政，创设南菁书院。光绪十五年（1889）辞官归里，回长沙定居，1891年出任城南书院山长，1894年转任岳麓书院山长，主讲达十年之久，乃岳麓书院最后一任山长。曾上疏请筹东三省防务，弹劾李莲英。中日甲午战争后，维新运动兴起，参与投资集股，于1896年创设宝善成机器制造公司，开湖南经济现代化之先声。在戊戌变法运动中，反对康有为、梁启超维新思想，谓长沙时务学堂伤风败俗，梁启超等专以无君父之说教人，学生不知忠孝节义，背叛圣教，败灭伦常；称康有为心迹悖乱，请立即诛杀。光绪二十六年（1900），唐才常自立军事，王先谦与叶德辉向湖南巡抚告密，唐党被杀百余名。光绪二十八年（1902），与龙湛霖发起成立湖南炼矿总公司，参与粤汉铁路废约自办运动和保路运动。光绪三十四年（1908）授以内阁学士衔。宣统二年（1910），长沙爆发饥民抢米风潮，王先谦因"梗议义粜"被降五级。1911年武昌起义后改名遁，避居平江，闭门著书，并罗致文人从事古籍和历史文献编校刊印。三年后乃还长沙，及至病故。平生崇拜曾国藩，治学主张融合汉宋。著有《皇清经解续编》《续古文辞类纂》《尚书孔传参正》《诗三家义集疏》《释名疏证补》《汉书补注》《水经注合笺》《后汉书集解》《荀子集解》《庄子集解》《十朝东华录》《日本源流考》《五洲地理志略》等。刘锦藻曰："维持文献之功，阮氏而后，为推先谦矣。"李肖聃《湘学略·葵园学略》赞其"上笺辟经，下征国史，旁论文章，用逮谱子。四十余年，楚学生光"。又说："长沙阁学，季清巨儒，著书满门，门庭广大。"另有《虚受堂文集》《虚受堂诗存》《葵园自订年谱》等行世。王氏门人苏舆《虚受堂诗存》序云："吾师精研古学，著述登宏。自其少作诗，苍凉沉郁。中年宦游以来，乃更神明变化，奄有众美。"门人叶德辉《虚受堂诗存》后序云："余不喜言诗，而每闻先生论诗大旨，不主性灵，亦不主典实，欲以杜、苏、陆三家融冶一炉，而自成一子。于三家集中诗，十九可以背诵，无一句遗忘，则知其所得深矣。同时与湘绮先生并称二王。"又曰："先生诗，削肤存液，刻核新深。得杜之神，运苏之气，含陆之味，置之国朝集中，挺然拔秀，未有与之相似者也。"另据李伯元《南亭笔记》

载，叶德辉与王先谦"久住省垣，广通声气，凡同事者无不仰其鼻息，供其指使，一有拂意，则必设法排出之而后快"。故身后有人誉其为"楚学泰斗"，亦有人责之为"学匪""土霸王"。

钱溯耆卒。钱溯耆（1844—1917），字籀龢，号伊臣、听邠，江苏太仓人。清湖南巡抚钱宝琛孙、河南巡抚钱鼎铭子。恩赏主事，官直隶深州知州。辑有《南园赓社诗存》《百老吟》《沧江乐府》。《南园赓社诗存》系宣统元年（1909）刻本，收录南园赓社社员共 10 人以"光"字为韵七言律诗 78 首。南园赓社于宣统元年（1909）在北京成立，取继承南园秋社之意而得名，社员有徐敦穆、缪朝荃、刘炳照、吴清庠、沈焜、汪元文、潘履祥、闻福圻、闻锡奎和钱溯耆等人。《百老吟》系宣统二年（1910）刻本，收录清末各地文人应钱溯耆之邀以"老"字韵为和所作诗百余篇。《沧江乐府》7 卷，收辑清代后期江苏词人之词集，故以"沧江"名集。姚洪淦挽钱溯耆联曰："政绩颂循良，遗爱碑留冀北；文章传著述，乡贤祠峙娄东。"洪子靖挽钱溯耆联曰："无涕泪避国破山河，渡江多买豚肩，四海论诗书甲子；有酒杯浇胸中块垒，浊世不如蝉蜕，九原倾盖想先公。"

钱桂笙卒。钱桂笙（1847—1917），字季芗，晚号隐叟，室名丛桂堂、菊佳轩、独醒斋，湖北武昌人。光绪二十年（1894）解元。曾任襄阳鹿门书院山长、武昌两湖书院及存古学堂讲习、湖北通志馆纂修。以经史、诗文名于时，为张之洞等名流称许。著有《湖北风俗志》《湖北物产志》《湖北关隘志》《湖北藩封志》《校经日记》《说文问答》《经义文钞》《时方备要》《丛桂堂文钞》《菊佳轩诗存》等。又有《钱隐叟遗集八卷》（民国十年铅印本），附诗 1 卷、家乘文 1 卷。

叶昌炽卒。叶昌炽（1849—1917），字颂鲁，又字菊裳、鞠裳、鞠常，自署歇后翁，晚慕庄子"缘督以为经"，又自号缘督庐主人，原籍浙江绍兴，后入籍江苏长洲。生于道光二十九年（1849），光绪十五年（1889）进士，授翰林院编修，充会典馆总纂、国史馆提调，迁国子监司业，升翰林院侍讲。光绪二十八年（1902）领甘肃学政，寻引疾归长洲。此后蛰居不出，潜心著述。清史馆馆长赵尔巽欲延之为名誉总纂，而叶氏谢绝，自叹："噫！如鄙人者，国亡宗坠，且夕入地，尚何有名誉之可言？"民国三年（1914）又拒省立苏州图书馆馆长职，自云："衰病余生，精瘁销竭。守先待后，匪所敢承。非高介石之贞，但以朽木自废。"民国四年（1915）又拒《苏州府志》纂修职，云："不佞大清长洲县人也，今大清何在？曷可在？而可为之秉笔乎？"叶氏为晚清藏书大家，光绪元年（1875），与管礼耕、王颂蔚初访常熟瞿氏铁琴铜剑楼藏书。光绪二年（1876）又两赴铁琴铜剑楼访书。瞿氏兄弟邀其校订补辑《铁琴铜剑楼书目》。光绪三十四年（1908），两江总督端方以保存国粹、兴建江南图书馆为由，以三品京官诱瞿氏捐铁琴铜剑楼藏书，并请缪荃孙游说。铁琴铜剑楼第四代主人瞿启甲遂求助已告老还乡之叶昌炽。叶氏念及与瞿氏旧交，在京城与端方又有金石之交，遂担当保护铁琴铜剑楼藏书重任。由是，朝廷征书之事得以平息，铁琴铜剑楼得以续存。又，光绪九年（1883），叶氏应潘祖荫之邀馆于其家，为其校刻《功顺堂丛书》，共4函24册，校古籍凡80种。潘氏晚年闭门谢客，唯与晚生叶昌炽时时论礼教古义，考金石目录，对其"推服甚至"，让胞弟潘祖年拜叶氏为师。叶氏《藏书纪事诗》潘祖荫条目中云："潘文勤师，图书金石之富，甲于吴下。癸未奉讳归吴，延昌炽馆于滂喜斋，尽窥帐秘。"潘祖荫尽出滂喜斋所藏宋元秘籍，嘱叶昌炽为其编撰书目，叶氏每读一书，潘氏即为其讲述刊刻源流及递藏原委，再由叶氏记述成文，汇编为两卷本《滂熹斋读书记》。叶氏在潘宅为塾师时即有为藏书家立传之念。其先条举各藏书家故实，再加按语说明，并每家各附一诗。光绪十六年（1890）《藏书纪事诗》初稿成，潘祖荫欲出资付梓，旋因潘氏病卒而未刊刻。其后叶门弟子江标在湖南学政任上刊刻成书。晚清邮传部尚书吴郁生云："文字一日不灭，此书必永存天壤。"《藏书纪事诗》被誉为"藏家之诗史，书林之掌故"，所载藏书家，起于五代末期，迄于清代末期，计收集有关人物739人。传本有光绪二十三年（1897）江标辑《灵鹣阁丛书》6卷本和宣统元年（1909）叶氏家刻7卷本。叶氏藏书纪事诗续补之作甚夥，《续补藏书纪事诗传》汇集伦明、王謇、徐绍棨、吴则虞等所作续补藏书纪事诗351篇，传记清代和近代以来藏书家277人。叶氏精于金石碑版之学，著有《邠州石室记》（3卷）、《语石》（10卷）。又工诗文，其诗文除《辛臼簃诗讔》（2卷）生前编定外，其余仅存手稿，或存《缘督庐日记》中。叶氏殁后，潘祖年、汪国凤、潘博厚、潘博山等相继收集整理，陆续刊成《奇觚庼文集》（3卷）、外集1卷（1921）、《辛臼簃诗讔》（3卷）（1923）、《奇觚庼诗集》（3卷，前集1卷、遗词1卷、诗集补遗1卷）（1926）。叶氏文章好汉魏古风，少与王颂蔚、袁宝璜以才闻名乡里，时人誉为"苏州三才子"。所著《缘督庐日记》与《翁同龢日记》《湘绮楼日记》（王闿运）、《越缦堂日记》（李慈铭）号称"晚清四大日记"。平生所著以《藏书纪事诗》《语石》最为不朽，曹元弼称"两书皆独有千古"。《藏书纪事诗》和《语石》手稿残本由潘承弼所得，捐上海图书馆收藏。《缘督庐日记》手稿由其旧幕汪寿金保存，叶氏以内容多涉时政，褒贬亲友，无所避忌，遗命勿以全稿示人。未料汪氏卒，其妻生计无着，以三百金售手稿于潘承弼，潘氏1947年将稿本43册捐藏苏州图书馆。叶氏生前还著有《寒山寺志》3卷，记寺院变迁、诗词纪文、寒拾事迹等，有功于吴文化之发扬。民国十一年（1922）由弟子潘祖年交苏州振新书社付梓印行。

徐寿兹卒。徐寿兹（1852—1917），初名谦，字受之，一字袖芝，号亢庵，江苏元和人。光绪五年己卯（1879）举于乡，三十三年（1905）以直隶州知州发河南，旋署许州。入民国后1914年任职于国民政府。著有《豫南水利卮言》1卷（清光绪二十七年刻本)、《济游词钞》1卷、《亢庵遗稿》(《亢盦诗稿》1卷、《亢庵词稿》1卷，民国十二年铅印本)。

陈莘卒。陈莘(1852—1917)，原名奉仪，字卓生，一字羽丞，湖北蕲春人。清季名诸生。"性嗜书史，好宾客，有洁癖。""中年家渐落，垂老田产殆尽。"七举于乡，卒未得中，遂作汗漫游。先应池州守夏春霆之聘，主秀山书院。继受旌德、泾阳诸大令之聘作幕，历十余年。晚年归卧青山。曾与何楚献、李炎龙、张幻尘等人结蕲城诗社。著有《屏石山房诗钞》。"读《屏石山房遗稿》，写景赋物，间作寒瘦语。按其实，北门伤宴之赋，东野送穷之文，毫未挂诸齿颊。盖綵襟怀神襜，物外逍遥，匪骚郁无懰之士所堪放恚也。公自叙有云：'若者神韵、若者风格、若者性灵。'古今诗品，洵不能舍兹，三者别具炉锤。综论公诗，与年俱进，且有与境俱化者。初作时，际承平，专尚性灵，力屏西抹东涂，佣耳剽目之习。年逾四十，怀刺远征，江山迥殊，风月无边，会心正不在远，而又感于风尘之坎壈、时局之沧桑、人情之云狗，一寓之于歌行。遭遇益嶔奇，风格益遒炼。六十以后，弗求闻达，傍三角高峰隐居，含毫邈然、吐弃凡响、神凝沉瀣、韵戛琳璆。风格出乎性灵，神韵归于风格。如金受铸、如玉就琢，愈磨砺而光彩愈阗然有章。公曩论诗，大率主此，所作亦庶几近之。"(陈敦复：《屏石山房诗钞·别传》)

陈墨农卒。陈墨农(1857—1917)，名祖绶，浙江永嘉人。光绪壬辰(1892)进士。曾任山西灵石县知事，后任温州府学堂副总理。及冒广生任瓯海关监督，聘其为总文案，常参诗酒雅集。著有《墨宦诗存》《墨宦文钞》等。

李宗言卒。李宗言(1858—1917)，字畲曾，号粗巢，晚号偿园，福建福州人。李作梅孙，李端子，李宣倜之父，沈瑜庆外甥。清同治年间，福州光禄坊玉尺山房成李作梅住宅。李宗言、宗祎兄弟在玉尺山房创立福州支社，参加者有林纾、陈衍、郑孝胥、沈瑜庆等人，刊印《福州支社诗拾》，属同光体闽派。光绪八年(1882)壬午举人，例授户部郎中。光绪十八年(1892)，改江右知府。光绪二十二年(1896)，摄江西广信知府。光绪三十一年(1905)，进安徽升道员。晚年卒于京师，林纾撰墓志铭。著有《玉尺山房诗稿》。

沈汝瑾卒。沈汝瑾(1858—1917)，名汝瑾，字公周，号石友，别署钝居士、听松亭长，室名笛在明月楼、鸣坚白斋，江苏常熟人。与吴昌硕等交往甚密。喜藏砚，亦精刻砚。工诗善书，间治古文。自谓少时性钝，读《庄子》而忽有所悟，后乃淹贯群籍。著有《鸣坚白斋诗集十二卷附补遗一卷》(民国十年安吉吴氏刻本)、《月玲珑馆词》(1卷)、《石友诗集》《沈氏砚林》《鸣坚白斋砚谱》。沈氏自作生圹志云："予生三龄遭寇乱，年十三失母，三十六丧父，两娶而不偕老，间以幼丧，备尝不幸。"又云："身丁国忧，性耽诗，有砚癖，谓诗可言志，砚以比德也，齿益迈嗜益笃，蓄砚百余，诗倍之。

偶遭横逆仍品砚赋诗不辍。"吴昌硕与沈石友交三十余年,以为诗友。有诗赞云:"丈夫不功业,苦吟亦千秋。石友吾宗彦,著书逾封侯。涤笔尚湖涘,洒墨虞山头。布衣愤时局,隐怀屋社忧。平生癖古研,瓴甓勤搜求。罗列遍几案,瑰奇媲琳璆。山河尘若邈,天地诗常留。开卷忍卒读,字字郁古愁。"吴氏《鸣坚白斋诗集》序云:"石友性行专亮,自晦于时,足迹不出吴越间,平昔好砚石,乃以哦诗抱石销磨岁月。其诗境凡三变:少慕清逸,中趋真挚,晚遂举其悲愤之心,托于闲适之志,乃至风月之吟弄,渔樵之歌唱,而其中若有甚不得已者。"俞钟銮跋文亦极称沈诗,以为"上溯汉魏,下逮宋元,自病宽廓,收束于半山、后山,晚岁爱读离骚、国风,变化精深而学成矣,此致功之节目也"。其诗归安杨葆翁称为"英绝",同里翁文慕公谓其笔端有"金刚杵",山阳徐遁翁则曰"飞仙剑侠"。

高屏南卒。高屏南(1865—1917),名埔,字峻百,又号馥蓉,浙江慈溪人。清廪生,曾在锦堂学校任教。著有《吟隐堂诗稿》。

胡铉卒。胡铉(1867—1917),一说(1867—1927),字鼎三,别号墨仙,福建同安县人。年二十余,适值父友梅商贾失利,携资七百金,赴香港经商,后成巨富。为人仗义疏财,善解乡里纠纷祸端。辛亥革命,盗贼充斥,出资设义勇队沿溪巡逻,昼夜保护滨海城镇往来船只。又捐资修建被毁之梵天寺;设女医局为产妇接生。著有《橡笔楼初集》。

江瑔卒。江瑔(1888—1917),字玉泉,号山渊,广东廉江人。斋名仿庵、耆盦、山渊阁、绿野亭边一草庐。祖父江诚和、父江慎中、胞兄江珣均举人出身。家有私人藏书楼"桥西草堂"。年十七,县试夺魁。翌年院试岁考,以第一名进庠成廪生。后肄业于广东高等学堂。毕业于日本明治大学,归国后加入南社,在日期间参加同盟会,对丘逢甲组织台湾人民抗日斗争以传记、诗词、评论等多种文体予以颂扬。1911年广州黄花岗七十二烈士不幸殉难,江瑔奋笔呵成《庞雄传》,讴歌壮士、字字铿锵。民国成立,曾任广东临时省议会代议士、国会众议院议员、中国同盟会粤支部廉江分部部长。1915年袁世凯推行帝制,江瑔撰《丙辰感言》坚决反对称帝,京津各报竞相登载。生平广涉诗文、经学、小说,著有《山渊阁诗草》《绿野亭边一草庐诗话》《仿庵文谈》《作文初步》《新体经学讲义》《读子厄言》《劫余残灰录》《旅京一年记》《芙蓉泪》《辣女儿》。

[日]高森碎严卒。高森碎严(1847—1917),幼名宗之助,名敏,字子讷,别号有造、翠严、菊梁、遂顽居士、自知斋、七松园、双松庵等,日本千叶县人。早年师从渡边华山高徒山本琴谷,涉猎宋元明清绘画,擅长山水花鸟。曾发起日本南画会,精于南宋画之研究与鉴定,在日本号称近代第一眼力。著有《自知斋诗钞》(2卷)、《自知斋文稿》(2卷)。

[日] 森川竹磎卒。森川竹磎（1869—1917），通称森川键藏，字云卿，号竹磎，又号鬓丝禅侣、听秋仙馆主人，日本东京人。生于德川幕府藩臣世家。初学沟口桂严、马杉云外等人，旋入森春涛门下。年十八，为鸥梦吟社刊物《鸥梦心志》编"诗余"专栏，后创办《诗苑》杂志。又与森槐南、高野竹隐创立星社、茉莉吟社、随鸥吟社，参与发行《新文诗》《新新文诗》《随鸥集》等刊物，于日本词学发展功莫大焉。森川氏擅古体，尤工填词，以"词星"自命。著有《梦馀稿词集》（水源谓江编）、《听秋仙馆诗稿》《得闲集》等，编有《词律大成》《词法小论》等。水源谓江作《梦馀稿词集》编者小言云："明治大正之交，文化学术都呈显活泼，可是词坛仍旧抬不起头来，那些著名的词人，如森槐南、高野竹隐、北条鸥所之流，虽然籍甚一世，但比较中国的词人就碌碌不足以名了，但是日本近代词人中有一位，有其人没有一个可以比得上，就是和中国几个伟大的词人比，也没有愧色的，那人是谁，便是《梦馀稿》的作者森川竹磎，这是传词以来一千二百年中的第一词人。""他的生前创作，有词六百多首，真是颗颗明珠，在日本词学史上将永远放着不朽的光彩。"关泽清修作《挽森川竹磎，次韵》云："填词早岁发声华，私淑陈犊别作家。犹记与君烹苦茗，疏帘淡月赋梅花。"神田喜一郎评论森川竹磎："光耀我们日本填词史的唯一专家。"（《神田喜一郎全集》第7卷，二玄社原刊，1967年版）其生卒年另有1871—1919年一说。

郑观应发表系列政论文章，集中批判军阀混战和议员选举。因忧心时局，吟诗曰："当关道阻虎兼狼，兄弟无端痛阋墙。民迫饥寒沉苦海，官争权利为私囊。只愁罗掘中原尽，难御交侵外侮狂。鹬蚌相缠渔得利，蜃楼变幻几沧桑。"

张謇召集友人至其林溪精舍游饮，并作诗二首记述之。[韩] 金泽荣阅诗后，作《啬翁招余饮林溪精舍，既而作诗述其事有和》（二首）。其一："城南柳色弄新年，引我威夷野径穿。远水入桥随鬼斧，罡风吹壁立青天。名山合有悬车客，盛会欣追负局仙。老脚乘危无恙返，只应岩佛与相怜。"其二："错用牛刀亦自才，经营细细破苍苔。真同颍尾欧公舫，不博南宫汉代台。栏势直当明月出，溪光如待落花来。向公莫问休官意，已醉懵腾浊酒杯。"随后张謇又有诗相赠《沧江示所和诗，复有赠》。诗云："爱客攻吾短，论诗数尔强。时时惊破的，炯炯达升堂。蜡屐吟山出，蜗庐借树藏（沧江寓庐名'借树'）。众人怜寓卫，后世有知扬。"金泽荣再步其韵，作《次韵啬翁见赠》。诗云："风骚纷百变，何者是差强。世正趋榛棘，君能溯草堂。孤花秋后见，古锷匣中藏。知己依家幸，宁须待后扬。"又，张謇作联云："与客共成真率会；看兄仿写度人经。"

林纾撰《五君咏》，为张曾扬（渊静）、劳乃宣（无功）、胡思敬（瘦堂）、温肃（毅夫）、李瑞清（梅庵）道志。《五君咏》序云："张渊静、劳无功、胡瘦堂、温毅夫、李梅庵，皆余友也，有诏征之未至，而诸镇兵已临城矣。"诗云："渊静称鲠亮，临老卸疆寄。

避难隐涞水，食贫甘盐豉。项城起无功，死抱故君义。作书诋共和，攻者不为地。二子持峭行，弗夺平生志。渊静幸数见，义愤累攘臂。昭征温胡李，玺书同日贲。瘦堂隐庐阜，朝夕厌山翠。去年吾谒陵，毅夫适南至。命写拜鹃图，言中已见意。潜楼与大政，极力务罗致。搜猎及梅庵，敦趣易道敝。读诏颇惊叹，引棹岂寒细。渊静甫治任，烽烟已如沸。鄱阳湖水遥，庾岭云容迟。温胡定一笑，再衣吾荷芰。独幸劳无功，竟尔周南滞。其中讵有天，完此瑚琏器。吾测李道士，江楼方取醉。卖字日得钱，万事且决弃。等我隐画师，安足膺重畀。成此五君咏，触忌宁所畏。"又作《宣尼》一诗驳斥孔教会。诗云："宣尼综大道，未闻辟老子。至中无可偏，皓皓莫尚已。韩愈师孟轲，击掊自是起。辟佛亦殊浅，所争特尺咫。大颠阐微言，动色未敢诋。君子贵躬行，宁以口舌市。近人竞教宗，万声崇阙里。画地局圣域，吾莫测所以。大道吾躯命，响背决生死。佛老虽杂传，附身直虮虱。悠悠四千年，圣言不为靡。小儒过幽陋，转以教宗拟。燔柴助日月，愚闇乃尔尔。"

章太炎随孙中山流转两广、西南诸省发起"护法运动"。章太炎在西南时作《发毕节赴巴，留别唐元帅》（二首）赠唐继尧。其一："旷代论滇土，吾思杨一清。中垣销薄蚀，东胜托干城。形势稍殊昔，安危亦异情。愿君恢霸略，不必讳纵横。"其二："兵气连吴会，偏安问汉图。江源初发迹，夏渚昔论都。直北余逋寇，当关岂一夫？许将筹箸事，还报赤松无。"又作《黑龙潭》。诗云："昔践松花岸，今临黑水祠。穷荒行欲匝，垂老策无奇。载重看黄马（云南皆以马任重），供厨致白罴。五华山下宿（《华国月刊》作'武侯祠下宿'），扶杖转支离。"

张琳（伯琴）去世，释永光作挽联云："瓢笠喜生还，万余里奔窜归来，却梦湖山仍着我；巾簪悲死别，四十年追随咨问，蒲团杯酒更何人？"又云："人间事，一味炎凉，傲骨临风，而今世上有无有？方外交，两忘形迹，招魂把酒，此夜山中来不来？"又，释永光作《琼栖哭张伯琴太守四首》《木叶亭哭果道人》等诗。

严修与赵幼梅交久而深，是年赵五十生辰，严修《幼梅五十生日诗》云："昔我识君君未婚，而今绕膝罗儿孙。昔我识君君就傅，而今桃李盈君门。惊君孟晋日千里，羲和失色穷追奔。文采风流震坛坫，方驾玉局兼梅村。偏交贤豪与长者，客常满坐酒满尊。朝为曹邱夕季布，此曰知己彼感恩。说士肉甘且隽永，口颊拂拂春风温。超然应物物无滞，天生慧力由凤根。才学器识与年进，其间亦有福命存。况复神完气尤健，兴来直拟云梦吞。行年五十犹少壮，使我欲信西儒言。人生能活二百岁，期颐大耋安足论？"

冒鹤亭在温州瓯海关监督任上，力倡永嘉孙（衣言、诒让父子）、黄（绍箕、绍第兄弟）学风。冒氏以宏奖人才为己任，赏识薛钟斗文才，特聘其为瓯海关邮电检查员，并邀其与宋慈抱进私筑瓯隐园，教导专攻词曲之学。冒氏作《瑞安两生行》诗，称赞薛钟斗与宋慈抱:"瑞安两生曰薛宋,弱冠卓荦工词翰。起予足使宣圣叹,早计未长蒙庄谩。斐然下笔事述作,各有千古心胸幡。"冒氏又赞许陈仲陶为绩学能文之士。是时,与薛钟斗(储石)、宋慈抱(墨庵)一起结社唱酬者,尚有夏瘿禅(名承焘)、李雁晴(名笠)等少年英俊,亦与冒氏来往,且多请益。时薛、宋年方二十四五,夏、李等人仅十六七,冒氏当众誉称薛储石、宋慈抱、陈仲陶、夏承焘、李雁晴、李孟楚(翘)、李仲骞为"永嘉七子"。其时,冒广生作《戏言》1卷,将温州南戏和永嘉学派学术合称"二霸",嘱薛钟斗补充。薛钟斗就见闻所及增补,名曰《戏言校记》,除介绍瑞安传奇戏曲外,特别补充洪炳文戏曲作品,并对戏捐局、戏业公会等机构作评述,另记述温州戏曲演员轶事。彼时某地方军阀队伍从温州过境,驻扎瓯海关署,拟将冒氏悉心编刻之《永嘉诗人祠堂丛刻》刻版取作柴火烧。薛钟斗与梅冷生一面与驻军交涉,一面于是夜共同把版片搬至籀园,使之免遭兵燹之灾。

蔡元培请罗惇曧聘郑文焯(叔问)回京任北京大学金石学科主任及校医。郑叔问在沪上拜访康有为,谈及是否应聘京师大学堂之事。康有为不置可否,郑叔问最终不就。又,陈独秀、黄侃建议蔡元培聘请刘师培至北京大学任教。刘师培在北京大学讲授中古文学、"三礼"、《尚书》和训诂学,兼职于北京大学附设国史编纂处。黄侃、刘师培在北京大学携手共讲中国文学课,使《文选》派一举占领北京大学中文讲坛。又,黄侃在北大讲堂"抨击白话文不遗余力,每次上课必定对白话文谩骂一番,然后才开始讲课。五十分钟上课时间,大约有三十分钟要用在骂白话文上面。他骂的对象为胡适、沈尹默、钱玄同几位先生"。(杨亮功《早期三十年的教学生活》)又,黄侃撰《补〈文心雕龙·隐秀〉篇》。"民国六年间,黄先生主讲北大文科,始补撰《隐秀篇》全文,闻之同门海宁孙鹰若先生云:八年三月(1919年3月)载北京大学《国故》第一期。"蕲春黄先生"平生瓣香彦和《文心》,尤多创解,尝以教授及门诸子,撰《文心雕龙札记》行于世。又以《隐秀》一篇,元已亡佚,遂为补撰,文出传诵殆遍。"(徐复《徐复语言文字论稿》)

胡先骕因胡适在《文学改良刍议》中批评自己一首词是堆砌"滥调套语"之作而极为不满,随即撰成批评胡适的《评〈尝试集〉》长文,但直到《学衡》创刊才得以发表。据吴宓《自编年谱》云:"《学衡》杂志之发起,半因胡先骕此册《评〈尝试集〉》撰成后,历投南北各日报及各文学杂志,无一愿为刊登,或无一敢为刊登者。此,事实也。"又,胡先骕赴江苏,有《过徐州》《客邸夜读有感》(三首)等诗,此行欲离江西而另谋职。南京舟中邂逅词人周岸登,填《大酺》相呈,周亦有同调之词相酬。《大酺·舟中呈周癸叔先生》云:"溯古蚕丛,江山好,灵气蔚生人杰。相如词笔冷,剩茂陵遗事,至今能说。秀句镂云,孤怀比月,应是坡仙心骨。穷荒供游赏,奈锅桩蛮舞,坐催华发。念愁入红棉,梦回春草,旧情何极。　　扁舟还作客。只当日、豪气浑犹昔。任负却、吴钩如练，投老依人，尚奇勋、笑谈堪立。哉我培风翼。从解了、落机吟屐。更休惜，闲风日。新谱同按，相和垂虹箫笛。此意倘君会得。"周岸登《大酺·金陵舟次，酬胡步曾见赠》云："叹壑舟移，江山在，千古空无英杰。金陵花月好，问南朝遗事，燕莺愁说。顾曲当年，横江此际，心写君身仙骨。高吟天风冷，望烟峦沐翠，雾螺梳发。似辽鹤重来，梦新人故，倦怀何极。   年涯如过客，旧游地，吴楚今非昔。尽二十载，豪情湖海，热泪神州，卷沧波练涛山立。雁字排□翼。还豫蜡，岳晴双屐，待相约，高秋日，庐阜天外，歌风峰头吹笛，快游共君领得。"胡先骕《客邸夜读有感》其三："束发事奔走，湖海涉万里。劳劳初得息，今复戒行李。皮骨空自怜，仆仆岂得已。一饱苦累人，乃复入朝市。愧无乐贫操，动止足诉訾。虽殊逐利劣，亦类干禄鄙。平生每自省，颇复纷内美。咏怀饥溺志，叵耐纲维弛。贤豪坐沦落，心骨付拊髀。今惟觅升斗，饘粥饱妻子。蓍龟试一叩，进止定谁是。龟言谢人谋，天命从可恃。狡兔毙三窟，鼯鼠穷五技。会当抱淳朴，周道直如矢。"

柳亚子有感于张勋复辟之"后事"，不满冯国璋、段祺瑞和梁启超，作《后感事四首》嘲讽之。其一："将军一怒汉阳烧，是建奇勋第一遭。南下长江曾血染，东来笠泽又兵鏖。丘山罪已千秋定，华衮书难一字褒。浪逐风云窥大业，龙盘虎踞总无聊。"其二："衣钵曹瞒是本师；马昭心事路人知。遮天一手称能事，负乘经年酿祸机。不信巢温成异撰，独怜欢泰竟同时。凤池还我掀髯笑，营窟津门寄一枝。"其三："廿年奔走混风尘，面目终难辨假真。孔雀有文宁掩毒？神狐善变总伤人。《春灯》《燕子》悲前辙，流水桃花倘后身？毕竟文妖成底事，漫将掉阄误仪秦。"

赵式铭在广州加入南社，得交卢铸、蔡守、谈月色、邓万岁、姚石子、陆丹林等诗人，诗艺精进。赵藩评赵式铭某些新作"杂之坡公集中不能别"；"大气旋转，古藻璘彬，徐、庾、韩、苏共炉而冶"。其反映军阀混战年月南方民众悲惨生活之诗作颇多，如《销喜》云："乾坤半疮郁，将帅足脂膏。……农工同彻骨，官盗总如毛。"《护法偈》云："民命贱如土，漠然不加恤。少壮膏原野，尪羸填沟洫。田媪泪望眼，闺姝吞声泣。"《秋晚述怀呈石禅尚书师》云："胡为自残杀，频年不解兵。叹息田舍翁，盖藏无可倾。捐输鬻儿女，力役均弟兄。盗氛继以炽，饥疫更相并。"其时滇军在内战中溃败死伤无数，赵式铭代拟电文阻止征兵，并作《征兵，四叠澄甫韵》以纪实："折臂残肢忍重听，兵符夜下破严扃。耶娘何苦有多子，鸡狗不如惟壮丁。几见锦衣归故里，但闻碧血染余腥。方平一疏无消息，笔墨于今未必灵。"又，赵式铭在粤时，接夫人信，云所建故乡新居已落成。赵藩因之书赠两联，一寓激励于堂榜，一寓理致悬于堂屋。一联云："是韩所学孟所学；与古为徒天为徒。"一联云："学足愈愚，诹史研经，致目之力；术能持世，察伦明物，行心所安。"

黄荪鹗任职四川梁山，巡山剿匪，不久调往峨眉。上任途中，至南充谒营长，后因军乱未能赴任峨眉，故归梁山。留存诗作：《因公自沙河铺至黄土坎入屏铺》《巡场半月，每日席饮，感而作歌》《祭圣颁胙戏作》《驻回龙场，督铲烟苗，作歌当哭》《因公至垫江》《自麻柳场出太平场，宿沙了场，凌晨又由马家场出石柱坪，经仁和场而归，沿途杂感》（八首）、《平都山殿》《东郊行》《北郊行》《公余书愤》（四首）、《因公入虎城乡》（四首）、《赴调峨眉，留别梁山士民》（二首）、《述感》《离情》《出梁山道有感》（二首）、《途中感怀》《宿袁坝驿》《宿大竹城》《夜宿李渡乡》《渠县道中》（二首）、《过蜷洞门》《过虎耳岩有感》（三首）、《自新市镇至挑灯坝，目击穷民甚多》《过大竹东柳桥》《别梁山，道见乡间秋收甚佳》（二首）、《至顺庆，便谒省长》《蓬溪道中遇风雨》《南充道又遇风雨，宿新场》《出顺庆城，仍大风》《宿当家铺》《题古庙》《西川行》《宿观音桥》《宿中江大碛墩》《蓬溪道中，望见野菊甚佳》《成都乱后感想》《离愁》《次韵答晋尹又侄》《调署峨眉，因军乱未赴任》《毛君元征以〈剑客丛撰〉赠，答谢》。其中，《因公自沙河铺至黄土坎入屏铺》云："百里分封地，东南道路修。排衙无日暇，出郭羡云游。贼去民安堵，途长仆裹糇。沙河方息马，黄土又鸣驺。望望三星顶，遥遥万石楼。一杯酌鹦鹉，万事等蜉蝣。忽觉斜阳暗，翘瞻暮霭浮。蟠龙青似黛，石马碧于油。白兔波千片，金牛月半钩。论文当拜相，论武亦封侯（县俗谣）。忝列专城任，时虞覆悚羞。地因繁剧重，官为旱荒忧。到处悬秦镜，随村问楚囚。间阎还揖让，胥吏静呀咻。勿把腰轻折，休嗟命不犹。铜符今日绾，手扳异时抽。竹马谁迎郭，囊钱愧送刘。有升亦有降，能发贵能收。此地初停马，遗民正服畴。龚黄期懋绩，李郭许同舟。明日回龙市，长途仆马愁。"《东郊行》序云："自葫芦坝至孙家场，约万县知事张孝陔会同铲烟苗不至。乃由柏家、石家、曲水、分水各场巡视而归。"诗云："东方旭日高于屋，拔队入乡铲罂粟。东从响鼓岭上来，雨雪霏霏满山谷。五安桥下少人行，我与从者随风逐。冠盖传呼入布场，召集父老吞声哭。尔民趋利种洋烟，违犯约章实非福。我躬忝作为人牧，忍见生灵受荼毒。愿尔及早事芟夷，勿任轻罹三尺木。千百村氓听我言，连朝铲尽山为秃。诘朝复向东郊行，到处市民燃爆竹。自忖无德及群生，徒受欢迎心实蹙。但愿毒卉不为殃，奚烦野人来献曝。比因邻邑著贤劳，折简频邀驾车轴。孰意旌旗望眼穿，长途裹粮愁未足。邮亭枯坐朝餐霞，夕照西归才转毂。泥泞已患马颠踬，昏黑兼防盗潜伏。河桥野堠趁宵征，戍卒团兵梦未觉。使君倏至石家场，土饭尘羹留一宿。明日陈诗欲观风，孰意羽书来一束。报道当途使者来，催我回车星火速。草草为民说数言，就中孰喻我心曲。车声辘辘返梁城，残月蒙蒙鸡喔喔。"《赴调峨眉》其一："期年捧檄到高梁，学种潘花树几行。政在养民敦实业，心如悬镜懔虚堂。乱余赤手支危局（北军去后，警团枪械全失，后由熊军发还数百枝，多坏不堪用），劫后苍黎返故疆。愧我辛勤难补拙，一官迁调去河阳。"《至顺庆》云："陶令风流今已矣，何人不为折腰愁。我家三径无松菊，犹肃衣冠拜督邮。"

《调署峨眉》云："锦城浩劫已重消，又报西南战地焦。群丑相争恩莫宥，渠魁若定法难饶。论功几辈夸韩信，救国何人慕郑侨。安得蜀中长偃武，峨眉风月举杯邀。"

叶德辉将本年在苏沪所作诗裒以为集，名曰《还吴集·丁巳》。含《元日》《题吴瞿安新撰〈无价宝〉杂剧，演黄尧圃得宋本唐女郎鱼玄机诗集故事》《赠英斋公一首，即题〈西行吟草〉》《题〈徐孝子汉光先生传〉后》《题石梅孙先生渠小影》《人日寄怀白岩子云东京》《寄怀水野梅晓》《严士近作〈劝孝歌〉百首，吴门风俗之敝，读之慨然。然天下滔滔，安得严士千万化身，为之木铎》《题顾倚云女士临石谷画册》《玉峰行，赠王严士明经》《峭帆楼歌，赠赵学南隐居》《挽日本竹添井井先生光鸿》（四首）、《寄怀松崎柔甫长沙》《题陈定生仿东坡〈古木竹石〉立轴长歌一首》《送日本松崎鹤雄还国》《题吴昌硕〈渊明采菊图〉》《上海日本领事有吉铭招饮六三园，即席赋赠，并呈林出贤次郎、吴昌硕、王一亭诸子》《沈爱苍中丞同年六十生辰》《先少保石林公故宅，元陆友〈研北杂志〉据〈石林总集〉云在凤池乡，有桥名鱼城。吾与友人朱梁任勘宋平江图碑，知鱼城桥即吴承议桥，在尽市桥之南，即今之兴市桥南唐家巷，门前旗杆石础犹存，宋时进士门首皆立旗杆故也》《题费仲深藏澹云和尚云自在图像卷》《挽王葵园阁学太夫子》。[日] 松崎鹤雄《湖南鸿儒叶德辉》云："每逢叶师出事，最受影响者即我，因求教而无先生，我每周写信求教，回信必是合一两封信内容作答。叶师每将无聊中所作诗十首、十五首寄来，后辑成《还吴集》一册，手稿即留我处。其诗皆有关文物、考证和治学，也有怀人、怀友及门生之绝句二十余，是两次作成，又有辛辣讽刺之作。"其中，《题吴昌硕〈渊明采菊图〉》诗云："渊明千载人，独抱夷齐志。采菊与采薇，心迹本相类。吴生老画师，减笔工写意。不写虎溪笑，不写漉巾醉。写此岁寒心，洒然见高致。五斗米折腰，颇怪风尘吏。目不识一丁，那读桃源记。桃源本寓言，海滨今福地。中有市隐人，读书居清闳。披图日抚摩，午风北窗睡。凉秋白露降，篱菊渐苞穗。把臂与之游，顾随稚子戏。一菊一渊明，梦想羲皇治。"《上海日本领事有吉铭招饮六三园》云："客中盛暑苦奔走，海上仙人忽招手。相招剧饮六三园，楼台金碧无纤垢。疏篁古柳夹溪桥，细草幽花杂弓亩。纸窗竹屋画图开，主宾迭坐携尊酒。主人者谁有吉铭，年少狎主牛耳盟。王郎画笔健扛鼎，补景却待唐吴生。诗人坐对林和靖，愧我百艺无一成。掀帏姹女跪进食，远听橐橐停履声。一姝妖冶一肥泽，照眼却似桃李荣。桃李独占春光早，人亦如花长不老。神山本是王母都，时有飞琼出瑶岛。庖育麟脯胮鸾膏，饭熟胡麻果仙枣。主人饕餮客忘归，相逢可惜吾衰老。吾生衰老奚足悲，饮酒且和渊明诗。园中晚景留夕照，况有皓月临清池。四时佳景别朝暮，暮气总被旁人嗤。此间夜市如白昼，返舍不羡挥戈迟。轰雷掣电天又晓，赫赫初日榑桑枝。我歌试谂众佳客，中外提福今何时。会看天河洗净甲兵气，瀛海如镜腾朝曦。"

林豪删定《诵清堂诗集》12 卷。作《自序》云："夫诗者,人心之声也。心声蕴蓄于中,有触斯发,此固与生俱来者,然亦必由学而成也。不肖自学语时,先慈即教以唐诗及古歌词,心窃好之,而不自解其何故。稍长,从先舅父洪啸云师游,师训及门,谓学诗须从古体入手,不肖谨识之,不敢忘。故自舞勺后,偶有感触,辄私制为歌行各体诗。由是迭次颠沛,此事不废。迨晚年薄游新嘉坡,犹得诗百余首,以归居无何,陵谷递变,风景顿殊,而余之吟兴亦从此索然矣。今则耄期已过,一事无成,惟是闭户养疴,不闻外事,徒以结习所在,暇辄取原稿检视,则多夹杂无次,乃力加删汰,尚存十有二卷,附录两卷,题曰《诵清堂诗集》。盖以幼承慈训,以及父师指授,极不能忘,将古人所谓诵先人之清芬者,其即区区此志乎? 编既成,遂自述缘起云。"

叶仲荪辑成《菰蒲室集》。所录诗起甲寅 1914 年,止丁巳 1917 年。作者自序云:"丁巳之春,予自会稽还杭,养疴于湖上之三潭印月;其时花明柳暗,蝶嫩莺娇,予赋诗垂钓之余,辄打桨驾舟,随风漂泊,兴尽归来,乃以吟咏所得,录之游草中,日夕所积,几盈尺矣。古人云:'言为心声。'《尚书》云:'诗言志。'予不文,何敢言诗? 然观古人吟咏所及,兴亡所关。老杜云:'文章千古事,得失寸心知。'又云:'老去渐于诗律细,谁家数去酒杯宽。'于此知作诗之难也。夫陶元亮淡泊高怀,其诗亦清奇特绝;老杜风尘困顿,值家国颠播之余,其诗亦半骚酸楚。予生不辰,每遭忌患,故所作多牢骚语,日来寄居湖上,胸次宽怀,而所作亦多无烟火气,爰另集一编,以见予当时之怀抱云,是为序。沧桑子自序。"

袁嘉谷自辛亥归滇至本年诗辑为《敝帚后集》,得六十余首。书《卧雪诗翰》1 卷。

陈荣昌辑《云南历代遗民传》成,又别撰《幽桢琐记》。

唐文治为昆山赵学南刻《顽潭诗话》作序。

朱大可任上海《大世界》报名誉编辑。"大世界"创灯谜社"萍社",入社者名流甚众,有朱大可、孙漱石、况蕙风、刘山农等。朱大可因之结识况蕙风,获赠《蕙风琴趣》,相与交游。又,朱大可加入求声诗社,与郑质庵同为少年社友。

张肖鹄奉蔡济民之命回武汉办《江汉日报》。张勋复辟,蔡济民避沪。张肖鹄又奉蔡济民命,停办《江汉日报》,旋赴上海与蔡济民等会谒孙中山,商建"鄂护法靖国军"事。张肖鹄《峭谷诗稿》"从戎集"以此开篇。

王华轩创办《汉口日报》,以喻血痴(喻血轮长兄)为主编,延请王痴吾、聂醉仁、邓瘦秋等十数人担任主笔或编辑。

盛漱如在徐州充记室,盛涤如考北大未遂,回程途经徐州邀同返里。旋寓武汉四年,盛漱如编辑《武汉日报》另辟之消闲报刊,专以诗文奖掖后进,组织消闲社,印行《招客》《碧云》等诗册。由此结识南社诗人沈太侔,执弟子礼。

方尔谦赏识曹禺少年聪慧,特作《赠万年少》。诗云:"年少才气不可当,双目炯炯使人狂。相逢每欲加诸膝，默祝他年姓字香。"

庄蕴宽任北洋政府审计院院长。庄氏外甥吴瀛（景洲）之子吴祖光出生，庄蕴宽为其取小名为"韶韶"，又为幼年吴祖光作诗曰："韶歌清澈又铃园，此是新生雏凤缘。寄取初三天上月，一弯眉似我参禅。"

沈其光与金松奴、方雅琴等创"消寒会"诗社，同时又结"蝴蝶会"。

宋育仁出任四川国学学校校长。

何藻翔就聘广州医学实习馆馆长，兼重西医新法，旨在沟通中西医学。

杨度隐居天津、青岛等地外国租界，与诗文为友。

黄节在北平密函刘栽甫，揭露北洋军阀派人到广东秘密活动阴谋。

黎锦熙向教育部提出《国语研究调查之进行计划书》，含《国语辞典》编订。

陈树人受孙中山之命由日赴加，以特派员身份兼任美洲加拿大总部部长，负责全党党务。又主持维多利亚《新国民报》笔政，声讨北洋政权，振奋侨心。

谢晋（霍晋）出任湖南护法军秘书长。

王德钟（大觉）将自著《青箱集》和《乡居百绝》两书寄赠南社社友胡石予，并修书乞胡石予画梅。胡石予自谓："喜画巨幅，纸小便无用武地。"即贻墨梅。王德钟获梅后戏占一绝："画梅幅小负君才，却似幽花撑壁开。试问乾坤如许大，可能容得几株梅？"

陈衡恪、隆恪、方恪、登恪四兄弟均寓北京，与文坛名流交往唱酬频繁。陈隆恪与黄兰生、陈农先等为诗酒之友，有"三王五霸"之称；陈方恪与罗瘿公、徐又铮、袁克文、步林屋等名士交游，有《赠林屋山人》诸诗记叙。《赠林屋山人》云："春风桃李任婆娑，翻笑乘肩簇殿呵。侠胆禅心闲更在，酒怀诗兴遣仍多。江东罗隐生同调，洹上袁丝日谓何。戏把兴亡来覆局，拼将秃笔抵樵柯。"

景梅九生日与友人相唱和。景梅九作《丁巳三十六初度有感，步狱中〈三十五初度〉原韵》。诗云："忧患余生梦里过，浮云富贵愧丘轲。幽居寂寞情怀减，知己雕零涕泪多。盖世狂才今岂有，倚天长啸意如何。愁看大野玄黄血，海腹螺舟更网罗。"岑伟生有《和梅九兄〈三十六初度〉原韵并赠》。诗云："光阴半是客中过，传食无从厄孟轲。投笔十年如意少，着鞭几度后人多。如公才学犹悲老，似我疏狂可奈何。漫说此生前后事，且将万象付包罗。"宋大章有《寿梅九》《步梅九自寿原韵即以为寿》。其中，《寿梅九》云："闻君十二称神童，诗文出手夺天工。掉弃青山如敝履，去奔蓬岛乘长风。三山旧传多仙子，食得灵芝纵不死。归来软红尘里住，不摇其精养逸体。生成救世菩提心，甘为众生运斧斤。阅尽沧桑历魔劫，战败魑魅身如铁。众生脱离苦孽海，如此功德永不减。神仙有神自仙侣，灶神夫妇无与比。桃熟千年几度看，安期枣大似安邑。上帝昨日传紫诏，诏汝神童常不老。南极老人作岁星，使君岁岁颜色好。人间烟火无时无，诏汝灶神永永宝。"

诸宗元作《秋叶嗜十研居士〈香草笺〉。近有所感，强效其体，约秋叶同赋，绮语之成，甘坠泥犁》（四首）。林之夏和之，作《贞壮示余艳体四章，枨触旧怀，依韵和之》。又，林之夏作《贞壮移居军署后楼，时值戒严，不便过访，投以一诗》，诸宗元和之。又，林之夏作《次韵酬贞壮》和诸宗元。其中，诸宗元《秋叶嗜十研居士〈香草笺〉》其一："久矣春风别谢娘，逢春翻作少年狂。讳言难已知来日，设想吾将老此乡。一一化烟留紫玉，明明有月伴寒簧。非烟非月沉吟地，合德何忘竟体香。"其三："玉人颦笑本无疑，倭坠高鬟付画师。锦绣段兮心上泪，碧颇黎覆掌中卮。枕潮浅笑红侵颊，镜槛秾妆绿上眉。留取落花春似海，此愁忍使个侬知。"林之夏《贞壮示余艳体四章》其一："相见相依侍阿娘，眉头暗恕牧之狂。便教中表留宾馆，怕听旁人说婿乡。镜匣温香闻象掭，书床细响数莺簧。儿家楼阁非天上，通阁无烦郭密香。"其三："云雨荒唐只自疑，江湖从不访师师。绮怀积岁归吟箧，别泪当春滴酒卮。再见未偿思刻骨，无言惟觉怨生眉。欲销磨蝎甘同命，一病膏肓岂预知。"

李光作《感呈贞壮、秋叶两先生》（六首）。林之夏有和，作《答李少华次韵》（六首），后又作《感事，再和少华游韵六首》。其中，李光《感呈贞壮、秋叶两先生》其二："劫灰堆里几番秋，回顾萧寥集百忧。谁谓佳人能作贼，我知飞将不宜侯。卖文空自怜罗隐，说剑何由识马周。留取云天直意气，他年同命更同仇。"其三："坐愁行叹客何能，心未成灰血未冰。一代国殇多部曲，万方人望半亲朋。才经丧乱仍无碍，气挟风雷自有棱。忍俊不禁留壮语，云龙天马必飞腾。"林之夏《答李少华次韵》其二："螳蛄入耳说春秋，孤坐凄然动远忧。屡受钩株曾结客，独逃菹醢未封侯。朋交期许龙为愈，物我浑忘蝶化周。悟到炭冰相爱语，更无余事著恩仇。"其三："济川舟楫问谁能，春泮溥沱度薄冰。纵是欲扬风不竞，可知难正字惟朋。屠龙戭刃留云气，射虎鸣骹没石棱。身手久闲宁谓祸，霜蹄多蹶只奔腾。"

林悦颂赠诗林之夏，林之夏作《次韵和林悦颂赠诗》。其中，林悦颂诗云："幕府书生第一流，西湖四载为勾留。骑驴漫冷功劳梦，射虎曾宽父老忧。过眼湖痕如阅世，等身诗卷胜封侯。会知一盏遥飞处，谁信夷吾尚黑头。"林之夏《次韵和林悦颂赠诗》云："天堑投鞭可断流，闲门节使对婆留。相思欲托蓬山恨，独往能成杞国忧。货殖溪山三徙史，书生裦带百城侯。壶觞春社应避我，云海归期二月头。"

苏干宝作诗四首，林之夏次其韵，作《读史杂感，寄干宝（用苏南干宝〈祝生日〉原韵）次韵》（四首）。又，林之夏作《寿干宝四十，用前韵》（四首）、《岁晚寄怀干宝闽中，仍用前韵》。其中，苏干宝诗其一："挈眷湖山住，人夸吏隐兼。诗成儿女讽，酒遇友朋添。杂著外无累，浮名中已恬。早梅看献寿，微笑想掀髯。"其四："前岁悬弧日，从登湖上船。称觞廿载友，戏彩一家仙。时事群公在，名山我辈专。强龄介眉颂，愿晋九如篇。"林之夏《读史杂感》其一:"借箸收筹策,焚书失并兼。豹皮留可死,蛇足画犹添。削地诛晁错,巡方答叔恬。太原州将子,神采走虬髯。"其四:"烽燧方传檄,波涛尚候船。南都争将帅,东海笑神仙。灶养从龙贵,廷谋指鹿专。怪他曹孟德,自注十三篇。"

王理孚在鄞县任知事仅十月便辞职回鳌江,作《去鄞留别十二首》。其二:"五陵裘马少年游,今日牙旗半列侯。大地龙蛇多杀气,西风箫鼓动边愁。枕戈且待安危旦,磨剑须忘细碎雠。闻道黄河决酸枣,丈夫何意说防秋?"其六:"不愁露白与葭苍,彼美群居水一方。毕雨箕风随所好,蟹匡蚕绩有专长。同舟邪许无惊浪,满目河山况夕阳。莫怪须眉前辈古,几多邃密费商量。"其十:"行行努力劝加餐,惭愧微风负羽翰。雨雪来时方岁暮,舟船明日又秋残。相依不觉流年度,到此应知勇退难。别后何须问眠食,只无消息是平安。"十一:"举目河山事事非,挥戈莫返鲁阳晖。暍来江海同为客,归去沧浪有钓矶。到处人呼牛马走,不然谁识凤麟稀!苍生责汝成霖雨,休学闲云入岫飞。"

吴德功作诗,贺林耀亭新任台中区长。

汪辟疆由上海至南昌,与王易为同事,任教于南昌二中心远中学。

胡小石被李瑞清聘为家庭塾师。

吴宓上半年续在清华文案处供职。编辑印行《游美回国同学录》。

徐悲鸿在震旦大学学习法文,课余在哈同花园作画。

张大千离川经重庆抵沪。到上海后,张大千欲留上海学习书画,但家中反对,于是年初从上海坐海轮赴日本,进京都公平学校学习染织技术,闲时仍自学绘画。

丰子恺参加浙江省立第一师范学校"桐阴画会"及金石篆刻研究活动。又,丰子恺代李叔同师用日语接待来杭州写生之日本画家大野隆德、河合新藏、三宅克己等。

林语堂由圣约翰大学校方推荐至清华任中等科英文教员,结识辜鸿铭。

王献唐应天津《正义报》之约赴津,为译德文小说。

王力在广西博白县家中自办私塾,教育幼弟。

陶亮生在四川省第一中学毕业。返乡后,被荥经县局任为劝学员兼教县高小。

沈从文本年至次年于湘西地方军阀部队作司书生。其时学写五七言诗,以石印《唐人诗选》学押韵填字。于部队时,见清乡等血腥事件,且同事皆吸食鸦片,日常奇诡混乱。沈从文《我怎么就写起小说来》云:"由于还读过几本书,知道点诗词歌赋,面前一切的刺激和生活教育,不甘随波逐流就得讲求自救,于是近于自卫,首先学坚持自己,来抵抗生活行为上的同化和腐蚀作用。反映到行为中,即尽机会可能顽强读书,扩大知识领域。凑巧当时恰有个亲戚卸任县长后,住在对河石屋洞古庙里作客,有半房子新旧书籍,由《昭明文选》到新小说,什么都有。特别是林译小说,就有一整书箱。狄根司的小说，真给了我那时好大一份力量！"又云："因为记起'诗言志'的古义，用来表现我这些青春期在成熟中，在觉醒中，对旧社会，对身边一切不妥协的朦胧反抗意识，就是做诗。大约有一年半时间，我可能就写了两百首五七言旧体诗。呆头呆脑不问得失那么认真写下去，每一篇章完成却照例十分兴奋。有时也仿苏柳体填填小词，居然似通非通能缀合成篇。这些诗词并没有一首能够留下，当时却已为几个迎面上司发生兴趣，以为'人虽然有些迂腐，头脑究竟还灵活，有点文才'。"又有萧姓军法长（萧选青）教其作诗，谓其有"老杜味道"。

应修人在上海福源钱庄 3 年学徒期满，留做账房工作。此时已喜作诗，如《自题小影》（二首）、《赠友》（二首）、《将去沪上留别彬章、瀛崎、柏年、华锋诸子》《病后偶作》。其中，《自题小影》其一："空说男儿意气雄，春过二十无微功。生涯今日何堪问，万恶沪滨侍富翁。"其二："治国无才当治乡，民生困迫正凄惶。学商何如学农好，想共乡人乐岁穰。"《将去沪上留别彬章、瀛崎、柏年、华锋诸子》云："沪滨溷迹愿终违，飒飒秋风我欲归。朋辈乍离同抱恨，故人久聚古来稀。正多国难忍旁视，未许身安怕奋飞。此去乡关与共勉，邮书更盼格予非。"

任中敏因几何学不及格而弃工学文，考入北京大学中国文学门。任中敏志趣在词曲，受吴梅赏识。第三学期分专业时，选词曲专业。

罗凤清从长沙入武昌高等师范学堂英语系学习。作《登黄鹤楼》云："雨打云飞战素秋，那堪拮据鄂中游。只因学业功亏一，非为新词强说愁。"

黄少强在香港莫礼智英文学校就读。

罗剑僧从江津县成鹃声先生学诗。

金孔章考入安庆安徽省立第一师范学校。

吴君琇从父吴北江公习诗词文史。

潘伯鹰在北京第一中学读书。随父谒见北江吴闿生，跪拜授业。

施蛰存至云间古书处购得《蕉帕记》《北词广正谱》两书，激起涉猎曲学兴趣。

卢前（冀野）年十二即习作诗词韵文。

黄镇入黄氏宗族族学就读。师杨绳武为之改名士元。

潘主兰读私塾。潘家请李茗欢设塾于家，课以诗词书法。

蔡若虹入江西九江市立第二国民小学就读。

昌明法师生。昌明，俗姓曹，名志秀，湖北枝江人。著有《昌明大师诗文选》。

郭汉城生。郭汉城，浙江萧山人。著有《淡渍诗词钞》《郭汉城诗文戏曲集》。

寇梦碧生。寇梦碧，名家瑞，字泰逢，天津人。著有《夕秀词》《六合小涵杂诗》。

张珍怀生。张珍怀，别号飞霞山民，浙江永嘉人。著有《飞霞山民词稿》。

雷履平生。雷履平，号履园，笔名平子、郁可，原籍内蒙古敖汉旗，汉译姓雷，四川成都人。友人白敦仁为辑《雷履平剩稿词》。

　　郑天童生。郑天童,名嘉汾,字震中,浙江乐清人。著有《龙山樵唱》。

　　戴危叨生。戴危叨,名桢余,别号竹下老人,重庆綦江人。著有《竹下居诗钞》。

　　陈宗枢生。陈宗枢,字机峰,天津人。著有《琴雪斋韵语》。

　　张蕴钰生。张蕴钰,字海城,河北赞皇人。著有《张蕴钰诗词集》《戈壁言情》。

　　戴光华生。戴光华,别号逸冰,福建漳州人。著有《逸冰诗选》。

　　邹今撰生。邹今撰,又名邹鹏,字异吾,号著畴,湖南新化人。著有《新花集》。

　　徐铭延生。徐铭延,江苏南通人。著有《徐铭延文存》(诗文集)。

　　冯影仙生。冯影仙,广东顺德人。著有《美椿楼诗词稿》。

　　徐仁初生。徐仁初,又名步云,安徽歙县人。辑有《东海余薰》,著有《海云楼吟稿》。

　　赵慰苍生。赵慰苍,字亚周,晚号松岩,白族,云南剑川县人。著有《赵慰苍诗词选》、长诗《雪岳双鹃记》(二千一百行)。

　　潘佛章生。潘佛章,字文嵩,别号慕奇,广东兴宁人。著有《潘佛章诗选》《潘佛章自书诗选集》。

　　陈竹东生。陈竹东,又名成威,广东斗门人。编有《群声诗词集》(10卷),著有《竹东诗存》。

　　蔡起贤生。蔡起贤,号缶庵,广东潮安人。著有《缶庵诗词钞》《缶庵诗文续集》。

　　陈次园生。陈次园,名中孚,又作中辅,江苏昆山人。著有《朝彻楼诗词稿》。

　　胡征生。胡征,原名胡秋平,湖北大悟人。著有《生生集》。

　　陶军生。陶军,原名陈晶然,安徽贵池人。著有《陶军诗词选》。

　　石天行生。石天行,江西乐平人。著有《惜馀诗草》。

　　罗培元生。罗培元,广西陆川人。著有《小夕斋诗词集》。

　　翁维谦生。翁维谦,陕西西安人。著有《维谦诗草》《维谦诗联选》。

　　侯天岚生。侯天岚,广西永福县人。著有《感事诗词集》。

　　阮宗道生。阮宗道,字舍吾,江苏盐城人。著有《鸿音集》。

　　李邦佐生。李邦佐,字符元,天津人。著有《邦佐艺踪》。

　　马兆麒生。马兆麒,广东台山人。著有《昕柯楼诗》。

　　傅作舟生。傅作舟,别号济湖,湖南沅江人。著有《劫余残稿》。

　　罗立斌生。罗立斌,广东东莞人。著有《战迹游踪》《溪海集》。

　　何泽翰生。何泽翰,字申甫,湖南长沙人。著有《学止庵诗文存》。

　　方致远生。方致远,浙江慈溪人。著有《观海楼诗词》。

　　黄超云生。黄超云,字松轩,号华亭,福建晋江人。著有《螺壳斋诗文集》。

宋元生。宋元,湖南湘阴人。著有《紫墟诗茧》。

何忌生。何忌,广东兴宁人。著有《漏雨轩诗稿》。

袁振生。袁振,山东掖县人。著有《袁振诗选》。

薛盟生。薛盟,字剑昭,号寒鸥,江苏南通人。著有《碧静簃诗词钞》。

王匡生。王匡,广东东莞人。著有《长明斋诗文丛录》。

裴慎生。裴慎,甘肃天水人。著有《裴慎诗文集》《风雨集》。

刘丹华生。刘丹华,笔名森丛,辽宁西丰人。著有《旅痕心曲》。

徐珂辑《清稗类钞》(7函,48册,铅印本)由上海商务印书馆刊行。1920年再版。诸宗元序云:"有清纪元,逮于逊政,顺、康、光、宣,历垂三百。其政俗之嬗变,朝野之得失,虽钟簴既移,简册犹秘,今已无讳,可得言焉。夫有清之崛起于辽左也,值明之衰,既入中原,初政颇修,惟以部落之民,肆为雄猜,外侈中怯,故用兵无已时,海内无宁宇。雍、乾时号称极盛,而衰弱之机实基于此。盖文字之狱,有以摧抑材智之士;川楚之乱,有以耗竭府库之藏。咸、同构兵,不绝如缕,外祸乘之,根本遂拔。此其兴亡之大略也。殷鉴不远,岂可忽哉!然其典章制度,始能知明之所以亡而祛其弊,提倡学术,礼用儒贤,故政虽专制,而宦寺女谒之祸,中叶以前未有之闻。于是一国之风尚,习为儒缓,士夫之尊慕名义,代不乏人。驯至今日,虽有以术柔民之感痛,而吾人此二百八十余年之遭际,系诸历史,不可忘也。则今日举其往闻,穷嬗变之由,析得失之故,置鉴树表,未可后时。然官书不足征信,私书或误传闻,即如钱衎石氏之《碑传集》,李次青氏之《先正事略》、李瀚章氏之《耆献类征》,其所甄录,大都传志之文,涂饰赞谀,孰为纠正? 是以近人论建州沿革,不能求诸国中,而辄有资于域外之书也。徐君仲可,明习国闻,乃发故书短记,理而董之,辑为《清稗类钞》,凡三百万余言,分别部居,为类九十有二,事以类分,类以年次,为力勤矣。夫《春秋》张三世之义,曰所见,曰所闻,曰所传闻。君为此书,无愧斯指。吾知欲周知有清一代之掌故者,当必加以讽籀,目为鸿宝。昔朱竹垞氏亟称沈景倩《野获编》,谓其事有左证,论无偏党,明代野史,蔑有过之。此则君辑著之本怀,吾敢揭橥以为告于当世者也。中华民国六年六月绍兴诸宗元贞壮撰。"徐珂自序云:"稗史,纪录琐细之事者也。《汉书》注如淳曰:'王者欲知闾巷风俗,故立稗官,使称说之。'因谓其所记载者曰'稗史'。清顺、康间,金沙潘长吉有《宋稗类钞》之辑,盖参仿宋刘义庆《世说新语》、明何良俊《语林》而作,足以补正史,资谈助,不佞读而善之。因思有清入主中原,亦越二百六十有八载矣,朝野佚闻,更仆难数。尝于披阅书报之暇,从贤豪长者游,习闻掌故,益以友好录示之稿,偶一浏览,时或与书报相合,过而存之,亦卫正叔之遗意也。正叔名湜,宋人,尝集《礼记》诸家传注为书,曰《集说》。其言有曰:'他人作书,惟恐不出诸己;某作书,惟恐不出诸人。'且以当世名硕之好稗官家言也,欲就而与之商榷，辄笔之于册，以备遗忘。积久盈箧，乃参仿《宋稗类钞》之例，辑为是编，而名之曰《清稗类钞》。虽皆掇拾以成，而剪裁镕铸，要亦具有微旨，典制名物，亦略有考证。其中事以类分，类以年次，则以便临文参考捃摭征引之用也。惟载笔之难，学者所叹。明胡应麟记诵淹博，所著《少室山房笔丛》尚不免时有抵牾；陈垾著《日涉编》，按日纪故事，间以古诗系于下，六月二十三日下有宋张耒《夜泊林里港》诗云：'淅淅晓风起，孤舟愁思生。篷窗一萤过，苇岸数蛩鸣。老大畏为客，风波难计程。家人夜深语，应念客犹征。'而七月二十三日下亦载之；清纪文达之博洽，并世无两，而《滦阳续录》所载介野园宗伯之诗为'鹦鹉新班宴仰园，摧颓老鹤也乘轩。龙津桥上黄金榜，四见门生作状元'四句，实为金吏部尚书张大节作，第有五字不同，殆误收金人诗为近人耳；孙星衍考订金石之详赡，为世所称，而《寰宇访碑录》校释碑文，重至一再，既列之于唐，又列之于宋，甚或新拓本年月既泐而旧拓本尚存，既据旧拓本按年月以编入，又据新拓本以附之于无年月类。凡若此者，贤哲不免，每一念及，滋益兢兢。虽尝就正于当世名硕，且有勤敏好学之吴天县汤颐琐宝荣、丹徒怀献侯桂琛、龙南徐伯英时、闽侯林沪生震、嘉兴高晴川紫霞、萧山姚赭生宗舜诸君子匡我不逮，为之检校数过，然犹未敢自信也。博雅君子，其亦有以教之乎。中华民国五年十二月，杭县徐珂仲可述于上海寓庐之天苏阁。"

朱孝臧辑校《彊村丛书》初刻本印行。初刻除总集外，收别集 113 家。前后历三十余年，其后续有增补，1922 年第三次校补本较为完备，至四校而成定本。朱孝臧辑校《彊村丛书》与毛晋《宋六十名家词》、王鹏运《四印斋所刻词》、吴昌绶《双照楼景刊宋元明本词》为词籍中四大丛刻。《彊村丛书》足本共收唐宋金元词集 173 种（总集五种，别集 168 种），260 卷；且自立义例，校雠精审，为同类汇刊丛刻所不及。曹元忠《彊村丛书》序略云："自汲古以来，至于近时朋旧，若四印斋、灵鹣阁、石莲山房、双照楼诸刻，皆未足方也。""彊村是刻之所以独绝者，则尚不因此"，"彊村所尤致意者，则在声律。故于宫调、旁谱之属，莫不悉心校定，或非向之所及"。沈曾植《彊村校词图序》赞云："盖校词之举，鹜翁（王鹏运）造其端，而彊村竟其事，志益博而智专，心益勤而业广。"缪荃孙《沤尹先生属题校词图》赞云："元钞宋刻古今殊，一字研求比一珠。校史雠经功力等，词家亦有戴钱卢。"张尔田《彊村遗书序》盛赞朱孝臧校词之业，云："先生守律则万氏，审音则戈氏，尊体则张氏，而尤大为功于词苑者，又在校勘。前此常熟毛氏、无锡侯氏、江都秦氏，广刊秘籍，流播艺林，是谓搜佚。下逮知圣道斋彭氏、双照楼吴氏，或精抄，或景宋，则又志在传真。虽未尝无功于词，而皆无当于词学。先生则不惟搜佚也，必核其精；不惟传真也，必求其是。盖自王佑遐之校梦窗，叙述五例，以程己能，先生循之，津途益辟。是故乐府之有先生，而校雠乃有专家。"龙沐勋《研究词学之商榷》云："光绪间，临桂王鹏运与归安朱彊村先生合校《梦窗词集》，创立五例，藉为程期，于是言词者始有校勘之学。其后《彊村丛书》出，精审加于毛、王诸本之上，为治词学者所宗。"

周庆云辑《浔溪诗征》40卷、《浔溪诗征补遗》1卷、《浔溪词征》2卷刻印。周氏撰《浔溪词征自序》交代辑刻缘由与过程。吴昌硕作序。序云："昔者张南山举有清顺康迄雍乾之诗，勒为《国朝诗征》，龚定庵先生序之，谓选诗与作史并称。先生后为邵子显序《校刊娄东杂著》则曰，爱其乡先贤而乐以其言饷天下者，岂乏其人，何居乎不效子显之所为。综是二端，征文考献实系于此。然求之吾乡，惟朱沤老近有《湖州词征》之刻，他无闻也。今周君梦坡竭数年之心力，成《浔溪诗征》四十卷，即将墨版，授序于余。夫浔溪为地，周遭仅十余里，而元明迄清，诗人辈出，当其摅篇振翰，信有可传。然中更朝社，半归堙失，即幸而存者，兵烬鼠蠹，所留遗于荒村故屋之中，其孰从而知之。况选诗之重，等于作史。謏闻之士复惮其难而不为。故虽乐以乡先辈之言饷天下，非有其才，亦懔焉，旁顾而却走矣。梦坡熟于乡邑故献，复工为诗，一编告成，章其宏愿，使浔溪一隅之文字蔚为巨观，诚有合于张、邵之所最录，龚氏之所嗟慕者也。余家安吉之古彰，距浔溪至近，掇拾佳篇，惜无撰著。近岁始求得先集，重加校印，惟限于年力，有愧于梦坡为多。余尝闻之，顾侠君选元诗既竣，梦有古衣冠者来谢。语虽近诞，有以见文字精灵，横绝宙合，竖尽古今，不能磨灭，忾然感中，曷云能已。用为序，以归梦坡，詹詹大言，亦以引申龚氏之绪论也。丁巳夏六月既望，安吉吴昌硕。"

顾准曾编《潇鸣社诗钟选甲集二卷》（铅印本）刊印。集前有樊增祥、殷松年、詹荣麟作序，易顺鼎、骆成昌、陈庆佑、李湘、金葆桢、方世龙题词，顾准曾作《例言》。又有《主课姓氏录》《社员姓氏录》。含《潇鸣社诗钟选甲集卷上：分咏体》和《潇鸣社诗钟选甲集卷下：建除体》。樊增祥序云："余曩居沪上，一厂以潇鸣社诗钟卷寄阅，余取陈君公俌、关君颖人为榜首，心识两君之名，及来京入寒山社，遂称莫逆。潇鸣课卷，为之签定甲乙者屡矣。其社约与寒山特异。寒山每月四集，拈题琢句，随誊随阅，随阅随宣，与考场相似。潇鸣每月一课，每课两题，社友在家撰句写送，值课一人司发誊汇卷之事，别请主文者阅之，此事例之不同也。诗钟之学无他，一在储料，二在触机，多作则机灵，多读则料富。近来寒山社友皆博闻强记、孟晋轶群，每得一题，其天然凑泊、至当恰好者，往往以雷同见抑。故征典务僻，用事取新，然过于隐僻，阅者不知来历，则又不敢取，故每征一事，必人名、地名、书名、时代，详覈于十四字中，或又病其质实处多，清空气少，此其所以难也。要之初唐四杰、盛宋西崑，当时或有违言，万古江河不废，则又典实之效矣。潇鸣声应气求，南尽江湘，北包辽沈，吴楚兖豫，风靡云从。自癸丑开社以来，邮递星飞，课艺山积。入社百数十人，而二三女士亦争雄角胜于其间。今先出甲集，问世佳作如林，兼有闽、粤二派。窃谓空山无人，水流花开，可以方其超悟；百宝流苏，千丝铁网，可以喻其致密；洪钟万钧，猛簴趦趄，可以媲其典重；玲珑九华，飞腾五剑，可以想其空灵，抑非独所作佳也。结社五年，朋来远方，课无虚月，视彼倏聚倏散如搏沙，易合易离若萍絮者，则性情文字之固结，迥非逐逐于声利者比也。圣人复起，亦当以有恒见赏，岂独以诗鸣哉！吾至是益服颐伯、仲平、公俌诸君之强毅有力矣。丁巳闰二月上潮南郡樊增祥叙。"易顺鼎《奉题潇鸣社诗钟甲集》云："复社何曾后几社，丰山更喜应寒山。竟其抄乃尽其妙，于此间能如此闲。听到雄鸡天下白，窥来文豹管中斑。最惊十步丛兰蕙，远感诸公恕草菅（余屡承諈诿，阅定课卷）。"骆成昌《题潇鸣社集诗钟》（四首）其一："风雨鸡啼感慨深，高山流水契琴心。谁知大雅销沉后，犹有宣南击钵吟。"其二："织锦黄姑赋七襄，天衣无缝著霓裳。俪黄妃白矜文采，仿佛庄严七宝装。"陈庆佑《潇鸣社诗钟选甲集题辞》（三首）其一："雅庆夷侵古所哀，略扶古谊竞敲推。寻常七字休轻视，好句都从书卷来。"其二："风雨鸡鸣诗教深，微言吾忆顾亭林。取将二字标兹社，草木犹然有本心。"金葆桢《潇鸣诗社钟甲集题词》云："流光逝水感骎骎，四载传邮励苦吟。得句昆山裁片玉，成书敥寻享千金。晦明风雨思君子，惨淡经营见匠心。我亦个中辛苦者，牙琴窃喜附知音。"方世龙《题词》云："千佛名经昔挂名，不期一别岁三更。倘教再入龙华会，听赌旗亭第几声。"

大荒编《忆梦辞》（1 册，石印本）刊行。集前有樊增祥题签、题词，《秦腔女伶统系表》（以本辞内所有人为限）、《皮黄女伶统系》（以本辞内所有人为限）；画像四幅及大荒、黄穆庵题词各四首；冯飞、高天梅、颜旨微、周癸叔、黄穆庵、大荒作序。其中，大荒《题白素忱旗装小影》（二首）其一："闻说艰难入陕来，中原龙战道奇灾。菱花悔照三生影，雪虐风饕对玉台。"其二："内家装束大家风，劫后余生似梦中。啼笑俱难春欲老，不教鹦鹉在帘栊。"王穆庵《李桂芬、金月兰坐宫照片题词》（集花蕊夫人句）（二首）其一："壶中楼阁禁中春，随侍君王触处行。后殿未闻公主入，嫦娥初到月虚轮。"其二："天门晏闭九重关，帘卷珍珠十二间。夜夜月明花树底，五云仙仗下蓬山。"高天梅《题〈忆梦辞〉》（二首）其一："跌宕词场杜牧之，银屏画烛写乌丝。歌残金缕他生怨，击碎珊瑚底事痴。猿臂封侯讵无分，蛾眉倾国惹相思。几多哀乐中年感，谱入宣南玉篴枝。"其二："美人迟暮替温存，一种风怀未可论。量泪早拚盛碧海，销魂最怕是黄昏。生天慧业羞儿女，堕地名花记梦痕。如此江山真灿烂，东风愁煞旧王孙。"颜旨微《集〈忆梦辞〉句即题卷首》其一："如此才华定绝尘，一时伯仲更无人。舞衣香散春蚕老，那有闲心记会真。"其二："祇觉移情太渺茫，神仙小劫亦沧桑。洛滨宝枕何由赠，孔雀南来翅有霜。"其三："佻达文章百六灾，霓裳瑶殿月裴怀。东风莫为搴珠箔，玉瑑蟾窥宝月开。"其四："人天例有伤心事，翡翠兰苕起梦思。看罢残棋柯欲烂，春痕都共夕阳微。"冯飞序中云："白璧难留寸晷，黄金岂驻朱颜。欲铸风流,端凭词翰。周子乃以子野闻歌之后,向期听笛之余,著紫罗襦,坐青油幕,追录所历,为《忆梦辞百首》。"大荒自序云:"夫泣麟叹凤,圣栖遑于入世;交扈罗鸳,诗优游而陈古。大疋不作,无我有尤;小道可观,伊其相谑。容有倚新声于玉树,寻残梦于金台。雕阑玉砌,愁改朱颜;象管瑶笙,暗催玄鬓。念家山破,凄惊辞庙之歌;祝英台近,幽咽上楼之句。兰闺遣兴,局乱白雪之猧;绛蜡摇光,影幻黎韭之鬼。春风融漾,二月桃夭;秋气萧森,七年艾少。南山有鸟,自投北山之罗;东海致鱼,欲齐西海之翼。而蛮距无相倚之资,鲭鲚有立枯之象。金钗怒折,驰翟茀于农郊;宝枕私诒,逐鱼轩于别浦。炎方荔支之贡,但笑红尘;于越瓜子之金,岂盟白水。女之耽兮,不可说也;虞不腊矣,尚何言哉?于是启洞室,访瑶宫,命妖女,属瑶姬;五芝发劫后之花,六管应岣嵝夷之竹。石州螺黛,许画修眉;合浦鲛珠,为偿清泪。雄姿仿佛,吊宝月之楼台;逸兴遄飞,吹北风之裙带。寸心如水,时觉盈盈;一顾倾城,难堪脉脉。羞簪白奈,朝曦回鸦鬓之光;闲徵绛树,夕电曜蛾眉之色。舟迎桃叶,打桨郎歌;晓号莲花,投壶天笑。城崩杞妇,犹传善哭之风;席接饼师,正有将啼之态。种琪花于圆峤,植璃树于方壶。刘桢平视,不妨姑射之肌;蔡经搔背,讵致方平之怒。语默晌若,颦笑天然,知天地亦倦于生人,故榛苓独钟于彼美也。时则有若金刚钻,起家军籍,承乏伶官,弆山素月,为照尘心;芝田黄竹,尚饶哀怨。清庙之瑟,疏越朱弦,合殿之筝,裴怀金粟。五铢衣薄,谁禁桂馆之霜;六幅裙飘,自夺蓉池之采。无劳獭髓,留额印而逾妍;常垂蚕尾,映口脂而并秀。旧是紫兰宫使,故识东方;遥疑赤鸟氏人,共来西极。是以骆驵疲决云之足,凤麟息芳洲之志,岂无故哉?盖有由矣。时则有若白素忱,八旗贵种,三宝韶年,态便娟而自娇,声纤徐而若断。哀吟黄鹄,倚角枕而独旦;回旋白凤,掩罗巾而欲绝。琼箾袅袅,如泣孤舟;锦瑟铮铮,只余双泪。十香制曲,辽河梳洗之楼;七夕穿针,燕塞绮罗之梦。梨花满地,惆怅春深;菊瓣经霜,飘零秋末。故国之钟簴不复,新人之脂粉犹香。造物驱人,女儿何罪?抚今追昔,重有感焉。玉蛛今鳌,西风红叶;铜驼铁马,闰岁黄杨。既幕燕之可安,固骑猪之任窜。以视阳春始作,便回黍谷之温;子夜才歌,即是兰台之范。其曰予圣,能无愧乎?兹略举二派,用该五族,就其佚事,被以韵文。君处北海,何来牛马之风?我徂东山,聊寄鹳鹬之叹。志微噍杀,亡国有余;绮丽芊绵,养生多术。必欲褫麟皮以郊天,逐马蹄而嗅地。隔江商女,任唱庭花;渡河霍妇,靡伤面黡。固非合君子之所乐闻也。嗟乎!素衣欲化,元规之尘自西来;白袷高谈,宣远之篱应南向。伊洛之笙簧历历,信而可征;潇湘之蘅杜青青,梦于何有。凡若干人,列为两表,各成统系,俾列艺林。陵谷虽迁,兰菊无绝,知我罪我,视此微辞。丁巳二月春分前七日,大荒自叙于黄金台畔之视天梦梦室,时金刚、素忱,均谢病不出云云。"

吴云璈(鸣钧)撰《盍簪书屋遗诗》(1卷,附录1卷,铅印本)刊行。柳亚子校印。

集前有李叔同署签："盍簪书屋遗诗。丁巳重阳息翁李婴。"又有沈昌眉作序及题词，集后有沈昌眉作跋。其中，沈昌眉序云："徐江庵既殁，郭灵芬手定其诗，付吴云璈，使梓之。不意云璈继殁。江庵诗与云璈所自为者，遂不可问，此灵芬所引为恨事也。甲寅春，粤人某得江庵诗于燕京冷摊，携归海上。以江庵吴江人邮寄柳亚子，亚子喜而付之石印。丁巳夏，沈子将从事于分湖志，凡故家遗著，辄欲罗致之。而陈祥叔以云璈诗来，沈子慨然曰：文章之显晦，岂果有一定之数与时耶？抑云璈于冥冥中以灵芬所托，身死不克践厥诺，乃以己所作者殉之。必待江庵之诗，失而复得，而后徐徐焉出之耶。不负死友，且死不负友。古人交义之重，固宜如此者。独念云璈生时席履丰厚，喜交结四方知名士，筑精舍于芦墟曰'盍簪室'。花旦月初，俊人胜侣，杂沓友会，文采风流，照映一世。有别墅曰'东园'，距市不半里，尤饶野趣，连卍川、青霞父子均尝借居而读书焉。其豪侠好客之概，犹可想见。曾不百年，而盍簪室已易他姓。至其东园，则黑烟蓬蓬然，机声轧轧聒人耳，惟有碾米厂在其地。而卍川所谓'丹桂生香，白榆飞雪'者，久矣荡为寒烟，沧桑变易，可胜慨哉！灵芬序杨氏《涉趣园诗》曰：'天下名胜之区，如吾吴之水木明瑟园、灵岩山馆，鞠为茂草，化为马厩车库者，何可胜数。而其名卒不泯于今者，要惟文字之力，笔墨之灵。'信矣夫。虽然，云璈一生心血，止此数十首诗，乃销沈绝灭，藏祥叔家破簏中。四世于兹，必至庐舍荡然，子姓衰落，闾里间几不知有云璈其人者。然后与江庵之诗先后出于世，文人之厄不其甚欤。沈子既得云璈诗，力不能付梓，将求助于柳亚子，使与江庵诗成双璧焉。乃为之序。亚子见之，其喜又将何如？长公沈昌眉。"沈昌眉题诗云："一杯罢饮又拈毫，手倦抛书酒力骄。槐影满庭天正午，藕花香细梦云璈。"诗后跋云："丁巳荷花生日，午饮过多，抛书假寐。梦有长身玉貌者，翩然入室，心知为云璈也，方欲揖之。而儿辈习字毕，以批抹相瞒，遂蘧然觉。及晚，而祥叔以此册相示，此中因缘未易索解人也。昌眉记。"集后有跋云："昌眉幼时闻故老曰：云璈父芝堂，以赀雄于乡，延名师课云璈读，望其成名甚急。年甫成童，即令应举郡试。时遍贿场中吏胥仆役，已则候于门外。每一题下，吏胥隔户语之，返寓求迓先生青霞为文，郭先生祥伯为词赋，从门隙递入，三试皆第一。九县之与试者大哗。事闻于太守。太守传九县前列者再试，而独命云璈入内厅与己对坐。命题毕，谓云璈曰：尔所作者，题为'于予与改是'。是日，吏胥隔门语芝堂如故，第续言曰：'公子在内厅恐有变。'芝堂走告青霞，后心惴惴然，仍候于门外。少顷，果得改题消息，为之惊喜。青霞方右持长竹管，左燃火于纸捻，吸旱烟构思，闻之，立散其纸捻，举笔直书。仿佛柏蕴皋得意之文，递入场。吏胥欲付云璈，未有间，乃插于太守背后补服中。既而太守晨餐，仆役捧盆水请盥颒。太守转身俯就之，云璈乃掩取焉。试毕，全案出九县之第一者皆云璈名，并黏云璈试卷于墙上，俾聚共评之，与试者始无辞。至今有问云璈者，莫不以九县案首对，至问其诗稿之有无，则瞠目不知也。科举之贻毒，于人心深矣。抑我思之迮、郭两先生，皆敦品力学之士，岂肯行险以图侥幸？即芝堂亦尝与迮卍川先生共事张玉川，切磋琢磨，不求闻达，安有望其子之速化如此者，诬云璩父子，并诬两先生也实甚。以云璩之才，名冠多士，本无愧色，奚待人之捉刀为也。云璩诗学亦几于成矣，遽夭其年，郭先生深悼之。遗稿零落，仅见什一于《灵芬诗话》中。今始得陈梦琴所手录者共四十余首，既为之序，复书此以箝无稽之口。"

李希圣撰《雁影斋诗存》（1 册，1 卷）由吴昌绶辑刻《松邻丛书》本刊行。王式通作序云："戊戌入都，始识亦元，时多胜流，竞言变法，君届厔其际，议弗苟同。庚子春夏，所居比邻，过从日密，窥其怀抱，萧瑟寡欢，拳乱以还，孤愤益甚。洎壬寅后，同君治事大学，绵历岁时，备谂言行。君清羸善病，未识养生，每有述造，辄沉思独往，不能自已，意所抑郁，时寄于诗。作诗之旨，力戒平易，亦屏险怪。一诗既成，点窜累日，刿铜心神，出以哀艳。见者称为玉溪，或方诸虞山，君雅不喜。超然龙性，自号卧公。驳议罪言，遭忤时相，藉诗韬覆，犹伤积毁，疾殁校舍，海内悲之。《雁影斋诗》为其生前所手定，曾以写本赠余，若豫知不寿，而有以期诸后死者。君博极群书，尤深史学，以诗寓史，悱恻缠绵，讽谕之遗，归于忠爱。一日贻书与余，有'每饭不忘'之语，其忧深、其衷悴已。孟坚有言，'哀乐之心感，而歌咏之声发'。《春秋说题辞》亦曰：'在事为诗'，'思虑为志'。缅君畴昔，邈若山河，三复篇章，如闻嗟叹。凤同游处，中更乱离，坊巷巢痕，都成掌故。劫灰话懒，望帝声哀，影事前尘，历历心目。遗墨在箧，宿草在原，久要平生，能恝置与？桑海迭经，重取循览，所见之世，复判霄渊，浩浩横流，终何纪极？君忧天坠，犹类杞人，我生不辰，乃邻侨压。桎梏悬解，苦乐迥殊，逝者有知，可无恨焉。丁巳四月汾阳王式通。"

庞树柏撰《庞檗子遗集》刊行。内含《玉琤瑽馆词》1 卷、《龙禅室诗》1 卷。尊农书签。集前有高燮题辞，萧蜕作《庞檗子传》，柳弃疾等作序，集后王尊农作跋。其中，高燮《吊庞檗子即题诗词遗集》（二首）其一："沉吟郁处笺愁地，历劫频年厌世人。自吐孤怀入绵邈，独携奇泪动凄辛。低徊每觉情无尽，俯仰谁怜迹已陈。欲向灵岩问樵唱，残阳莽莽下城闉。"其二："词伯归安当代师，惟君哀艳实宗之。春花秋月浑如梦，玉珮琼琚放厥辞。结想芳馨应有托，闻歌涕泪益深悲。可怜荡气回肠后，彻骨伤寒兀不支。"柳弃疾叙云："虞山庞檗子之殁，梁溪王尊农为刊其遗集，杀青有日，征叙及余。余维檗子之诗，上窥王孟，其词则姜张之遗也。身后定文，得朱彊村、萧蜕公两君为君山子建，而尊农晨钞暝写，用力尤勤。迹其持论，谓：'宁少而精，勿多而滥；宁致叹于遗珠，毋贻讥于乱玉。使湘中一草，远过西堂，方不负吾辈死后之责。'旨哉斯言！九原有作，庶几无恫矣。黳余梼昧，奚待赘辞。抑余与檗子湖海论交，且近十载，平生故旧，盛衰离合之感，诚有耿耿未易下脐者，聊贡所怀，以质海内，可乎？昔岁在己酉，余与云间高天梅、同邑陈巢南始创为南社，驰檄召四方豪俊，以孟冬朔日期会吴中。会天梅杜门避矰缴，弗克至。至者自余与巢南外，有河东景太昭，南粤蔡寒琼，三山林秋叶，新安黄宾虹，魏塘沈道非，山阴诸贞壮、胡栗长，丹阳林立山，云间陈道一、朱屏子，娄东俞剑华、冯心侠、赵厚生，吴门朱君饍辈十数人，而檗子实惠然肯来，舣于虎阜之张东阳祠。张东阳者，讳国维，朱明之季，奉监国鲁王抗建虏，国亡殉义者也。时虏焰犹张，而吾曹咸抱亡国之痛，私欲借文字以抒蕴结。余既酒酣耳热，悲从中来，则放声大哭，自比于嗣宗、皋羽。檗子诗所谓'众客酬酢一客唏'者是也。已归，舟指昌亭，相与上下古今，往复辨难，遂及倚声之学。檗子固墨守南宋门户，称词家正宗，而余独猖狂，好为大言，妄谓词盛于南唐，逶迤以及北宋，至美成而始衰，至梦窗而流极，稼轩崛起，欲挽狂澜而东之，终以时会迁流，不竟所志。檗子闻之，则怫然与余争。寒琼、君饍复为左右袒，指天划地，声震屋梁。今日思之，其光景犹历历在目。呜呼！可谓盛矣。自斯以往，沧桑陵谷，世运变迁，不可纪极。吾社胜流，亦有强死者，独岁时会集，多在海上，得支拄弗废。而檗子自辛亥后移家沪渎，过从尤便，几于无会弗至。往往刻烛联吟，分曹赌醉，以为至乐。盖豪情逸响，犹未减昌亭、虎阜时也。今岁秋仲，复为文酒之会。时则祖龙已死，汉帜重张。旧雨新知，联镳接席，极一时之盛。顾坐中独无檗子，询诸友人，知方卧病。秋雨茂陵，长卿消渴，远山眉黛，乃为伐性之媒，因怅叹久之。越十数日而耗音遽至矣。嵇琴向笛，能不悲哉？余薄植浅学，于檗子无能为役。今睹其遗集之成，抚今追昔，万感苍茫，辄复觏缕及此，聊塞尊农之意，大雅君子幸无尤焉。时中华民国五年岁不尽二十七日松陵柳弃疾叙。"朱祖谋、邵瑞彭、吴清庠、陈世宜、徐珂、吴梅、周庆云、白曾然、俞剑华、叶玉森、王蕴章为其题词。其中，朱祖谋《荔枝香近》云："倚扇翻襟，权事成弹指。旧时黄檗吟心，清照琅玕字。瑶华一杵飞绡，梦语重泉底。花外会有秋魂背灯起。　　双燕子，漫窥向尘梁垒。细雨堂梨，花发马塍无地。呜咽筝弦，怨入春声影娥水。数语桂堂闲泪。"邵瑞彭《声声慢》词云："金奁寒景，玉笛残云，危阑烟柳依稀。梦语催年，霜华秋怨曾题。江关最禁萧瑟，奈庾郎、愁鬓先丝。断肠事，暗蘋洲渔谱，邻笛惊吹。　　休讯屋梁声色，盼凄凄红村豆，终古相思。月泪飘香，空楼歌损琼枝。吴波荡春千里，酹兰荃、呜咽陈词。纷万感，有城乌、长伴夜啼。"王尊农后叙云："右《玉玲珑馆词》一卷，《龙禅室诗》一卷，常熟庞君檗子之遗著也。夫其金管三品，玉海一家；蹴灵胎于香国，追魄奴于众芳；倚旄荫旗态之婵，玉烟珠泪韵之幽，镂脆排焦声之姚，羽容月色彩之鲜，则同社诸子论之备矣。余识檗子在壬癸之交，时则投荒作记，王粲倦海外之游；采药无山，庞公思鹿门之隐。醇醪一醉而盖倾，芝兰同气而味悦。其后余为阚德润之佣书，君作熊安生之教授，居邻巷曲，社结春音，古欢益亲，新知无对。往往陈爵星晚，坐花以当春；挥麈露初，不曝而忘返。妍手发藻,则思醅茗余;才语隔烟,则声堕竹外。风雨晦而惠心孕,金石击而悲歌和。盘盘焉,偲偲焉,此乐可与终古,百年常若旦莫矣。一日君衰小词示余,曰:'吾有感于梦窗雨洗春娇之句,荡气回肠,遂成此段。举侣佳人,其谓我何?'余曰:'沅湘逐臣撷香草乎?彭泽卑官赋闲情乎?不然,靡腻,伐也;荒腆,贼也;拂面之花,宁不致累于微之;香奁之集,盍且嫁名于韩偓乎?'君哂而起,不余鬲也。泣琼瑰兮一匊,洹水汤汤;怆淮海之千秋,藤阴黯黯。风流顿渺,烟墨犹新,盖去君之奄忽曾不数月耳。嗟乎!下寿六十,君才半之。生也有涯,人间何世?阅惯沧桑之劫,棋局难平;淬成辟灌之锋,头颅依旧。霾忧入地,无可瘦之肤;抉眼问天,多欲弹之血。未能遣此,有托而逃。求知己于此豸,事可知矣;郁相思于长夜,伤如之何?先是君以词稿乞归安朱古微先生点定,亟为录副,付之梓人,并丐萧君蜕庵最录遗诗,得若干首,都为一卷,附于词后,成君志也。杀青既竟,执简泫然,用述曩游,以审来者。问江都之绝学,董帐尘楼;寻吴市之酒痕,黄庐人杳(扬州王旡生、常熟黄摩西同为社中眉目,先后谢世吴门)。幺弦触响,动秋士之吟;荒翰增欷,为冬郎编集云尔。丁巳窃九日尊农王蕴章书于涵芬楼之南荣。"王蕴章又有附记:"常熟庞檗子遗著印刷二千部,醵资印者周梦坡金五十,吴江柳亚子金三十,金山姚石子金十四,金山高吹万、高天梅,归安朱沤尹各金十,嘉善余十眉、周芷畦、青浦王大觉各金五,泾县胡朴安、金山高君定各金四,庐江刘凤生、吴江凌莘子各金三,杭县徐仲可、嘉善郁佐梅、吴江蔡冶民、吴江郑桐荪、金山高佛子、无锡苏福应、吴兴谢彬儒各金二,长沙瞿宣颖、嘉善李夷峤、镇海刘筱墅、余姚戚饭牛、仪征卞喜孙、吴兴蔡振华各金一,无锡王尊农金五十五,合二百二十八金,经始于丙辰冬,藏事于丁巳夏仲,尊农记。"

沈玮庆撰《养碧斋诗》(1 卷,附陈芷洲《闻妙香室遗稿》)刊行。《闻妙香室遗稿》集前有郑孝胥题签,陈书(木庵)题识,陈衍《先六姊仲容小传(并序)》。其中,陈衍序云:"墨藻六甥将浙游,出示余仲容六姊遗文一首,遗诗词若干首,将以印行,请一言为序。余年十一二,由石井巷移居鳌峰坊黄氏楼,有姊三人,木庵伯兄课之。作诗文积百十首,署为《对影楼合稿》。不二十年,三人者,尽归黄土。余兄弟转徙四方,此稿遂不知零落何所。独记孟仪五姊,工愁善病,性情与诗最相近,有句云:'正是黄昏无赖处,落花和雨满中庭。'楼后有园,有亭榭花坞,长松老梅,雨中寒食,杂花满地,倚栏觅句得此也。六姊长于文,不甚喜为诗。既嫁,累于家务,此事遂废。叔文七姊适李氏,最早卒,今读此卷,竟恍然于麓山楼春雨挑灯聊吟时,五十年前景物,一一心上矣。墨藻念母,欲知旧事,书一二还之。丁巳二月石遗老人。"

潘节文撰《剑影庐遗稿》刊行。集前有蔡元培题耑、潘节文小像、挽诗 31 首、蔡元培作序。集中有绝句、律诗、词、赋、古体诗、联句共 211 首(阕)。其中,陈邦光《吊潘烈士》云:"慷慨当年计请缨,义旗黑夜指孤城。探身虎穴怀何壮,洒血鹭门恨未平。

遍地荆榛迷去路，漫天风雨暗连营。千秋鼓浪怒潮吼，犹似英魂叱咤声。"陈熙亮《哭潘烈士节文》云："日月失光辉，奸雄竟跋扈。如君慷慨人，投笔事戎伍。风翻护国旗，雨湿夫人鼓。暮鸦绕树啼，霁月擎云吐。下令点精兵，驱驰疾如雨。黎明攻县城，气势猛如虎。同安十数战，箪食劳农父。独立虽不成，闽南皆震怒。忠魂不见招，英风有继武。今我编遗诗，姓名聊千古。莫将忧国泪，长洒黄泉土。"蔡序云："潘君既殇之明年，其友人林我将君乞余一言序其遗集。潘君，余未之识，所为诗词亦未由一见。顾闻林君言，知为节义之士，虽微文字，犹将表赠。矧其成就，谓在剑南、遗山之间，则所造正复不弱也。曩者余客西欧，值战事正烈，读其日报，时见彼邦闻人以洎文学操觚之士，激于义愤，署名尺籍、断头糜躯不可数计。以彼其人未尝不欲潜心著作，以名其家，徒以国权人格，在所必争，宁取碎身，不求苟活。今君以一书生，预于七闽革命之役，中道蹉跌，饮弹而陨，赍志没地，长怀无已。迹其义愤奋发，与乡所睹列邦人士弃词笔而换兜鍪者，宁有异邪？嗟夫！谁为戎首，生此厉阶？世之节义如潘君而无文字流传，致湮没无闻者，其间又何可胜道哉！六年五月十五日蔡元培序。"

陈逢泰撰《观我斋遗诗》（1册，1卷，石印本）由亚东制版印刷局刊行。此集由其子陈敬棠收集其生前49首诗编成，集前有忻州知州章华、常赞春、赵炳麟、黄宏宪、田应璜等人作序文、传略，集后有陈敬棠跋。其中，陈敬棠跋云："先君子性耽吟咏，然往往吟竟槁亡，不自收辑，以故少年中年之作无复存者。岁己酉（1909年，清宣统元年）先君子殁，棠详检故簏，或借抄于朋友，仅得古近体诗四十九首，辑为一卷。即以署斋之名，颜曰《观我斋遗诗》，皆晚岁之作也。编辑甫竣，痛念先君子之殁已九越寒暑矣。棠无状，无以扬先德。设并其手泽而亦散失之，则获戾滋甚，爰为付印，以便家藏。并举当代宏达所赐之序文、传志弁诸篇首，用志弗谖。且俾吾子若孙敬读遗诗，知先德之所自，动其观感云。时民国六年（公元1917年）春，男敬棠谨志于都门之望白云山馆。"

杨钟羲撰《雪桥诗话续集》（8卷）刊行。集前陈三立、刘承干为其作序，集后作者自跋。陈三立《雪桥诗话续集序》云："留垞杨先生既成《雪桥诗话》十二卷，雕版讫。旋又成《续集》八卷，属赘一言弁厥首。窃以谓圣清二百数十年之间，圣祖、高宗，笼百学以启文治，弘才异智，辈出踵起。尤以博雅通经术，擅校雠绝业，几追汉、宋，睨元、明而远过之。而发为诗歌，派别亦盛。即非以自名者，零章断句，不失为纯雅之音。盖涵濡悠久之泽，气机才思之所自辟，皆有不可掩焉者也。留垞所为《诗话》，掇拾所及，比类事迹，甄综本末，一关于政教、学术、风俗，及其人行谊遭遇，网罗放失，彰阐幽隐，俨然垂一代之典，备异日史官之采择。渔者际于海，鱼龙鼋鼍万族之所托，鳞爪之光怪，濡沫之回旋，有异焉者。万仞之山，量马牛之谷，樵子踯躅而历焉，鸟兽之叫音，卉草之华实，有异焉者。咸诧而播之，以状某海某山之有，以身为渔樵，阅见所极，固有不得而忘也。留垗所蓄，不可际涯。辛亥之变，避乱沪渎，跼天蹐地，累然安之。但取故纸残帙，托之山海，日渔樵于其中，获而献，献而自喜，不知日月之相代乎前也。姑寄其哀窈窕，思贤才，以默契圣尼'郁郁乎文哉！吾从周'之志，没吾身而已矣。后之论者，考其世而察其所尚，其诸有哀于此欤！丁巳六月，陈三立。"杨钟羲自跋云："《雪桥诗话》刻于癸丑。续有所获，录为此编，偶得一截句，书之卷末：'楼名诗话阁诗征，前辈风流谢未能。破屋一板书万叠，残煤秃管短檠灯。'丙辰夏五写记。"

叶德辉撰《观画百咏》（4卷）由观古堂刻板印行。陆恢作序云："光绪壬辰、癸巳间，吴县吴窊斋中丞巡抚湖南，余随幕至长沙。其时海宇宴安，湘中京朝官在籍者，长沙王葵园阁学、湘潭王壬秋侍讲、叶焕彬吏部、道州何诗孙观察、永明周笠樵舍人，皆聚居会城，与中丞嚼文字之好。余亦从容游宴，得随诸君子谈文考古，极一时缟纻之欢。自甲午中丞罢镇，余亦还吴，忽忽二十余年，湘中事渺如隔世。沧桑以后，惟诗孙僦居海上，与余鬻画自给，声息相通。吏部祖籍洞庭西山，以避乱时来上海、吴门，丙辰后归依祖庭。余居苏城，数蒙过访。余以老懒，不喜出门，吏部时时枉谈，豪情快论，固犹承平时故态也。吏部精鉴别，富收藏，书籍图画，乃其癖好。每为余言，曩官京曹，尽见内府所藏法书名画，得知晋唐以来六法渊源，及元明至今南北二宗分合变化之迹。于古今鉴藏家，盛推王世贞《四部稿》中书画题跋、阮文达《石渠随笔》二书，以为于书画外别有会心，可以考证经史，参稽掌故，非独《宣和》二谱不能擅美于前，即高士奇《江村消夏录》、孙承泽《庚子消夏记》亦徒为玩物丧志，未足比于著作之林，又无论吴荣光《辛丑消夏记》、陶梁《红豆树馆书画记》以下诸作矣。吏部曾撰《郋园书画题跋记》一书，惜未一见，见所著《消夏百一诗》，又皆明以来画扇小品。近撰《观画百咏》，穷原竟委，上自两汉石刻，近至元明国朝，本之家藏，参以目睹，大抵非得见真迹，概不与未。余年来栖依海上，见海西人争购唐宋元明古画，皆以沪渎为权场。二三朋好，问亦出其珍秘，邀余品题，所见前人剧迹，往往多着录所未载。然如吏部所藏《唐人写经》、宋白玉蟾书《道德宝章》全卷、梁胡鹏云画佛、孟蜀黄筌梅花，皆当世盛称而未有真本者，吏部乃一一藏袭之。《唐人写经》为窊斋中丞题签，即《滋蕙堂法帖》之底本，其笔力严重，有徐浩、钟绍京之风，非敦煌石室新出土之卷可比也。中丞身后，平生收藏诸物，大半散亡。人生不过百年，以余车笠之盟，聚散之间，转瞬已成泡影。吏部遭时鼎革，流离转徙，保守之如性命相依。闻嗣君诸阮亦家学相承，如南宫之有虎儿，衡山之有二承，斯固清门之盛业也。吏部于近代画家，虽四王吴恽，罕见推重，独谓余为吴门正传。观其持论之严，于余殆不免阿好。然吴门集宋元之大成，为娄水、华亭之先导。余老矣，何敢副此嘉名？但数十年潜心苦志，下笔落墨，未敢率尔涂鸦。知他日吏部续有画评，必不遗余老拙也，谨濡毫以待之。

时在丁巳秋九月，吴江陆恢序。”

何承徽撰《仪孝堂诗集》（1册，2卷，石印本）刊行。集前有谭延闿作序，黎元洪题字：“德言孔昭”。谭序云：“《仪孝堂诗集》二卷，张何夫人之所著也。夫人为衡阳何通隐先生女弟，适湘乡张伯纯。先生夫家、母族并为名门，两先生又通才硕学，余事能诗，佳句流传，世所推仰。夫人姊妹娣姒各擅才名，篇什唱酬，由来盛矣。今岁丁巳，夫人年政六十，令女默君女士及其弟妹，将裒集付刊，以为母寿。妹婿蒋雨岩将军授延闿读之。延闿年十四，得奉手通隐先生，猥见知赏，后复得见伯纯先生，屡共周旋。既习徽音，宜有赞述，乃为叙曰：古之女士，以德行著称，盖未有不文者，庄姜作诗，班姬能赋，逮于曹、左、鲍、徐之伦，皆有述作，彰于前典，爰及近世，声称益繁。湖外骚人之乡，流风未沫，才贤辈出，尤盛于清。闺门之产，有若湘阴李氏、湘潭郭氏、周氏，清词丽句，传擅一时。然语其流别，每囿凡近，以云复古，或尚多惭。夫人则沉酣三唐渊源，八代风骨，既骞芬芳自远，当夫中闺多暇写韵，方闲庭阴月，来南荣花满，春朝秋夕，风和日长，弟昆则羯末封胡，中外则双丁二到，极觞咏之乐，有承平之娱，此一时也。及夫移家白下，赁庑吴中，忆故乡之岁时，闻新声于子夜，裁笺寄意，织锦留题，恒多览古之辞，亦有怀人之什，此又一时也。至于中更烽火，晚阅沧桑，即古忧时怨遥伤远，寄哀吟于漆室，托微尚于琼枝，不无危苦之词，自写幽忧之致，此又一时也。况乃纱幔之前，已多子弟；庭阶之上，更有芝兰。大家续班史之编，小乔以周郎为婿。贻书戒子，含饴弄孙。海内奉为女师，异国求其诗草。其为福慧，更异前人。《诗》曰：‘静女其娈，贻我彤管。’又曰：‘鲁侯燕喜，令妻寿母。’夫人有焉。迦陵妇人之集，长沙宫闺之选，儗于此编，尚非伦也。丁巳十月，茶陵谭延闿序。”

洪汝冲撰《候蛩词》（1卷，铅印本）刊行。作者自序云：“予夙尚填词，少时跅弛自喜，壮岁以来始稍知墨守宋人家法，往往一字一声，刌劌经时累月，至数削，稿始定。窃谓音律失传，幸有名人旧谱可以希声万一，苟不如此，不得谓之词。顾尘累萦身，不能潜心多作词，搁笔又五六年。辛亥冬，避地南来，检箧中旧稿，拟重加审定。旋为友人索观失去，由是每夕默记一二，以为常程，遗忘者补之，仅得十之六七。鉴于前车，写付剞劂。丁巳秋复加增改，共得词百有二阕，仍命曰《候蛩词》。盖词之为道，气至则鸣。以言乎体，则鸣者声，而四气之寒暑为律；以言乎用，则鸣者言，而四气之惨舒为意。意生言，律和声，自识者观之，一而已。然则律之精，意之密，以成声言之美。所谓喜怒哀乐，发而皆中节。毋亦迫于天时人事之不得不然而又不知其所以然者乎。矧鲰生簿植，躬丁末造，羁旅忧患，跼天蹐地，已阅半生。其所负之宿业重，故其情苦而感物也深。其所遭之世局危，故其调悲而符节也谨。自非鸣秋之虫，不足以当之。嗟乎！白露暖空，万籁寥寂，草根篱角，振羽长吟。结响则乍阴乍阳，感音在若离若即。其间傥亦有同调之俦，赏音之侣，美人香草，无端契合，为之缠绵歌泣，斯则见仁见智，又岂作者之所敢预也夫。"

袁克权撰《百衲诗集》(1 册，1 卷，铅印本) 刊行。本集收诗起甲寅迄乙卯，凡 164 首。吴闿生作序云："诗之为道，骋吾才者也。其才之大者，苞乳万有，旁魄六合，方羊旁唐，无不如志；其小者，一物一名，皆有以自见。独才之不逮，则气不足。举其辞，虽排比音律、雕镂文字，识者哂之而已。规厂公子之诗，其雄于才者乎。方冠耳所积，已盈卷帙。莹如珠函，雪如剑断。鸣鸾凤之锵然，跃虎豹而躩尔。如方舟踔海，罢龙变怪，崒嶭并出，不可端倪。如升嵩衡，而睹众山之俯仰也。固其姿绝特，亦所居与养，崇高壮伟，有以纵之然乎。夫道学无涯，视其力之所至。以规厂之才，不规规乎所有，将益晞乎道德之樊，放乎聊浪之宇，载雅艺以为辀，策神明之六马，不已于行，物无围者，夫孰测其所处耶？兹集也，犹累土之始基，而已辽乎往哉。吾方跂踵以观，未敢自崖而返也。丁巳仲春月，桐城吴闿生撰。"又，袁克权撰《弄潮馆诗集》约于本年刊行。吴芝瑛题签。本集收诗起丙辰迄丁巳，凡 120 首。

樊增祥撰《咏物词》由扫叶山房刊行。列入《娱萱室小品六十种》(石印本)。《咏物词》均以"沁园春"为词牌，分咏蚕、萤、蜂、蝶、蝉、螂、蚓、蜗、蚁、蛛、蝇、蚊 12 物。其中，《沁园春·蚕》云："箫鼓祈神，姑妇争迎，马头令娘。看南房夜火，黄芦织箔，东墙晓露，素手提筐。任是苏杭，三眠八绩，未抵湖州绿叶香。西陵后，痛桥陵已矣，何处亲桑。　　人间不废元黄，料难掩朱丝白纑光。把万端经纬，向人倾吐；双生羽翼，任尔飞扬。诸葛忠清，有桑八百，功在成都濯锦江。将余绪，为岩廊补就，衮绣衣裳。"《沁园春·蚊》云："朝也有蝇，暮也有蚊，长夏懊侬。看灯前畏嘬，艾烟深炷；花间防暇，扇月轻拢 (平声)。饱去樱桃，饥来柳絮，心服希文体物工。幺么物，与醯鸡野马，飘瞥应同。　　前身子孑微虫 (子孑音吉厥，一作蛣蟩，又名倒跂虫)，更巢睫蟭螟出海东 (《晏子》'东海有虫巢于蚊睫'曰蟭螟)。叹世间未有，无雷之国；此曹多在，避暑之宫。暗入罗帷，偷嚼玉臂，断送柔荑一掴中。真宵小，算扫除功大，只有秋风。"

黄忠浩撰《黄黔阳遗诗钞》(1 卷，石印本) 印行。黄忠浩 (1859—1911)，字泽生，湖南黔阳人，光绪优贡。官至广西右江镇总兵署四川提督。宣统时与谭延闿领导立宪运动，旋出任省城巡防营统领。湖南新军起义，被杀。卒后，遗诗钞本由其门人孙冀预采掇残稿编成付梓。共收诗八十余首。多为其少时所作。

袁克文辑《寒云书景》由仓圣明智大学在上海印行。郑逸梅《清娱漫笔·名号偶谈》："袁抱存别署寒云，是因为得一卷宋王诜的《蜀道寒云图》。后来境遇不佳，认为'寒'字不利所致，又复改用抱存。"克文影印自藏宋刻和元刻 6 种书样张，名曰《寒云书景》。

何亮等辑《饭后社丛刻》(1 册，1 卷，铅印本) 由浙江印刷公司印刷刊行。集前有"潘侠游""潘光震印""后者"等印。

赵旭、赵彝凭辑《桐梓耆旧诗》(8卷,刻本)刊行。

陈夔龙撰《花近楼百哀诗》(1册,1卷,铅印本)刊行。

卜世藩撰《韵荃诗草》(10卷,铅印本)刊行。

赵懿撰《延江生词》(1卷,刻本)在成都刻印。

[日]久保得二(天随)撰《秋碧吟庐诗钞(甲签)》(3卷,自癸丑至乙卯)刊行。

[日]副岛种臣撰《苍海全集》(1函,6册,铅印本)由其子副岛道正辑录出版。

范烟桥《无我相室诗话》刊载于《小说丛报》第4年第4期。本诗话以收录范烟桥同学、同乡诗作、余稿为主要内容,附以诗评数语。又,范烟桥《恨轩诗话》刊载于《小说丛报》第4年第6期。本诗话收录范烟桥师杜小朴与周钝公、区锡录等人酬唱诗作,另录张荫桓(张樵野)侍郎及胡延(胡研孙)摘诗。

贡少芹《滑稽诗话》刊载于《小说新报》第3卷第7期。本诗话所述多幽默风趣之事,体例先述事情始末,再录自作或他人所著之诗,相互印证。

叶荣钟《中秋夜望月》发表在台湾《晨钟》上。《晨钟》为每月1册手抄刊物。成员主要是鹿港青年文人庄垂胜、叶荣钟、洪炎秋等,前后共发行7期。

洪炳文《虞美人·柳絮》《城头月·柳眉》《苏幕遮·柳眼》《少年游·送少湘侄归里》《减字花木兰·瓯隐园送春》《长相思·在郡寓作》发表于《瓯海潮》第14期。其中,《城头月·柳眉》云:"小蛮自昔能歌舞,纤纤偏如许。新月弯环,远山媚妩,令我添愁绪。 含情欲与人言语,试把青痕数。愁蹙双蛾,管侬离别,正是章台路。"《苏幕遮·柳眼》云:"好韶光,长亭路,偷看行人,隐隐鞭丝度。隋苑繁华争一瞬,含睇相迎,绰约风情露。 鹦鹉洲,桃叶渡,浓露朝零,珠泪抛无数。瞥见名花开万树,倏转秋波,望望春归处。"

向迪琮《水龙吟·寿藏园老人》、郭则沄《紫萸香慢(借西风)》刊载于《雅言》丁巳卷八、九合刊《藏园老人寿言集》。其中,《水龙吟·寿藏园老人》云:"意天不丧斯文,岿然还许灵光剩。瑶签碧简,金泥玉检,缣缃辉映。藜杖光荧,芸编香袅,豕鱼重省。向藏园一角,高楼双鉴,张华后、谁堪并。 见说飙轮烟艇。遍溪山、访幽寻胜。岳灵送目,桐江垂钓,翛然乘兴。霞客清游,坡仙高致,古今成咏。看耆英雄集,琴尊坐对,继香山盛。"《紫萸香慢》云:"借西风、红萸新酿,飞尊笑酬诗仙。尽云峰游衍,问狷鹤,是何年。占尽园林清事,更芸香消受,静业丹铅。算洛英、晚福若个似君全。况旧价、省槐早传。 当筵。忍话开天。鸾掖梦、渺沧烟。剩绿桑冷觑,荒波劫影,不到云泉。眼中策藜人健,看扶醉、菊花前。倚樵柯、斗棋收未,蕉丛霜老,吟叶却爱酡颜。题遍暮山(君自香山归,极言红叶之胜)。"

邓中夏作《待月》,载于《宜章之光》。诗云:"麓山高处隐天光,待月何人踏月凉。灯火万家迷故国,江流一线认危樯。青磷应有血成碧,白骨终当土化黄。载酒过从思沃醑,满天风战一林霜。"

张謇作《许、孙诸子游艰山示诗,因和其韵》《袯林谣》(四首)、《黄生示所作黄山诗有逸致,赋此答之,以为生勖》《上海王氏息庐以〈自怜图〉征题》《味雪图》《林稚眉夫妇合寿百二十征诗,为赋六韵》《百砖研拓本,为崇明施氏作》《午睡起忆儿,复成一诗写寄》《船笛》《师范学校第四届运动会歌》(二首)。其中,《许、孙诸子游艰山示诗,因和其韵》云:"为林环水水环堤,鱼有潜流鸟有栖。尽借山川开画幛,不容榛莽乱新蹊。寻春游侣咨农圃,惊客邻村到犬鸡。却喜巾车二三子,裁篇斗韵纠雌霓。"《上海王氏息庐以〈自怜图〉征题》云:"世曷为相怜,无人反诸自。寂然并无我,闻之大雄氏。何处风皱面,了悟月非指。君从尘土中,浩浩读秋水。"

鲍心增作《喑王仲午同年(有序)》(二首)、《读洪溪赵氏〈忠孝录〉感赋(有序)》《题江阴赵焕文茂才〈殉节记〉(有序)》《哭张君西园(奎照)四首》《酬王仲午同年(有序)》(四首)。其中,《哭张君西园(奎照)四首》其一:"春酒翻成饯别筵,那堪情话忆樽前。盈颠白发齐年谊,倒屣嘉宾觌面缘。七载孤臣亡国泪,一棱破砚代耕田。采薇歌罢希同调,那禁临风涕泗涟。"其三:"北海鸿泥迹易芜,感君道义夙相扶。缘山碧沼开千亩,市野苍松种万株。终耻余粮争雁鹜,绝怜弱肉饱貔貅。表章遗迹形神瘁,几日翻令正气孤。"

宋育仁作《青城诗》。诗云:"绵冈隐天万木苍,驱温转谷为深鲸。封中云腾龙虎气,绝顶雪沐日月光。自应支皇孕鸣鹄,伊古访道登轩皇。湔江南流画衣带,玉垒北走遥相望。昏旦晖阴一今古,尧年鹤起山灵语。蜀山旧治逮开明,元圃神潜化玉京。汶皇之渊应井鬼,名山所掌吾虞衡。容区元师似告谢,宁封龙跷蚩英声。五岳真形自此出,宝仙九室图仙灵。秦畤待我五而增,盖号兹山属道陵。笑七二家封禅绝,汉四百岁玄学兴。魏志释老启全真,唐祠宫观相轩腾。别传出世方之外,转效西来寺有僧。五帝传丹并传宝,空同具茨伊稽道。梦断周公孔演图,例视道家禅黄老。圣贤同时弟若师,经子分流政教离。天将爱道贤人隐,云不待族景曜亏。铸剑为犁那可望,登樏桥蠹欲从谁。人天一判无涯涘,遗经抟埏知难至。群向山居访洞天,却认古冠为羽士。确径洞门春草薰,磬声只在上清闻。游人到此辄思返,岂有白云持赠君。飞柯折轮扫车辙,陾陿欲堕崩雷骇。轮菌封岑虎径深,乳钟淙涧龙湫黑。曛黄倒映半翠微,云带上浮纯黛色。一线江流数点烟,平视义和敲日出。直以声闻代梦游,只作耳观无脚力。迥顾绳桥化险夷,剩欲扪萝缒幽绝。屐齿不到赵公山,诚知避世无仙客。"

方观澜作《六年丁巳八十六岁》(二首)。其一:"记曾隔岁问春期,灯节交春百事宜。何幸耄年逢再闰(己酉闰二月,今又闰二月),肯抛佳日赋将离。还家蝶梦都忘远(弟侄辈俱作归计),出谷莺声莫怨迟(孙曾辈深以学堂毕业羁迟为憾)。寄语天涯诸子弟，江湖一老尚忧时。（时景伊任陕西栒邑县，调孙任热河丰宁县，心如任山东博平县，各房子侄分隶各营部及学堂）"其二："一篇《秋水》似《南华》，诗酒扬州债尚赊。电掣层城惊改火（城厢电灯改用交流电，保险事钟姓主之），霜飞佳节怨欺花（近日花捐甚虐，今重九日，适逢霜降节）。清贫合供渊明菊，甘苦深尝陆羽茶。且喜蜀冈卧高士，吟笺酒墨付笼纱。（时湘南诗友许渊静观察，蜀中诗友戴放蠡大令寄寓扬州，唱和多感时之作，另集待梓）"

缪嘉蕙作《赠吕碧城二首》。其一："飞将词坛冠众英，天生宿慧启文明。绛帷独拥人争羡，到处咸推吕碧城。"其二："雄辩高谈惊四筵，蛾眉崛起说平权。会当屈蠖同伸日，我愿迟生五十年。"

严复作《题李一山（汝谦）所藏唐拓〈武梁祠画像〉（有序）》。序云："丁巳岁杪，英使朱迩典君于其馆夜集，美使芮恩施君起为众宾演说'中国古物之珍异与夫美术流传关于生民进化甚巨之理'，则谓：吾国美术，自建筑、雕塑、绘画、音乐之伦，虽与雅典发源不同，而先代教化之崇深，精神托寄之优美，析而观之，皆有以裨补西人所不及者。是故一物泯没不传，不止此邦人士所宜痛惜，广而言之，凡在人伦皆蒙其损。顾不幸海通以来，适值欧美物质科学大昌之会，华民怵于富强，与夫一切机械之利，遂若自鄙其先。而前数事者，坐以颓废，往往极高之诣，莫之或继，驯至失传，如古之乐舞，甚可痛也。又谓今日之事，宜使求古求新之家，知夫一国之所以为大，与夫民种之号为文明优秀者，不必在最胜之余烈，与其所享受者，豪侈富厚已也。必其所积于先民者，有郁为菁华，以与其国命相永，而后当之。然则先进礼乐，固不宜一付诸悠悠，而转取异邦人之所唾弃者（意指近世建筑），宝贵而崇大之，亦已明矣。言次于建筑、绘画，所历指尤多，复不足以尽喻之也。既闻其语，愀然以悲，爽然自失。而李一山君方出纸，索题其所藏之唐拓《武梁祠画像》。此拓自唐历明以至于今日，数易主人，中经兵燹，若有神护。观李君自述得碑之由，通于梦寐矣。则其抱残守阙，为先民精爽所凭依，固大异于今世人之所为者。卷中诸题识，自竹垞老人以降，考订是碑踪迹，又已不胜其详。则无似著语，舍咏诵赞叹而外，又奚所容其三人之喙也邪！"诗云："武梁祠宇已风烟，画像千秋尚俨然。自是挥呵烦鬼物，与谁传宝亦因缘。三皇收去天应惜，百行从知孝总先。好为人寰护珍袭，休同顽石说平泉。"

朱祖谋作《洞仙歌（推枕秋怀断）》。词云："推枕秋怀断。乍梦阑徙倚，初寒池馆。绕空廊露叶，远楼风雁。冥冥月气灯辉乱。问几度、安排平圃宴。闲箫管，甚叠遍霓裳，翻恨新声懒。　　辗转。酹愁酒醒，殢睡香消，易感难拚。漫与短发飘萧，冷却故园心眼。良天好夜终须见。要舞袖、联翩花底换。回醉盼，向当筵、击筑哀歌未辞晚。忍坐看，看点拍、江南怨。奈碧云无信，旧丛霜老谁家苑。"

唐受祺作《静观》《恶草》《诒孙得余中秋夕诗，函述比洛欧亦有此景象，率吟二绝句寄之》。其中,《静观》云:"极天波浪骇横飞,砥柱谁将大力支。范伯泛舟成素志,留侯借箸决先机。两途但识争权利,千古何曾有是非。莫讶南阳尽高卧,一窗晴日掩荆扉。"

梁鼎芬作《失题》(丁巳年作)。诗云:"丹心惟共一镫红,四海无人识此翁。射虎斩蛇都不得,衰年始信百无功。"

徐世昌作《偶书》。诗云:"逃名避世两无心,流水青山自古今。幽鸟投林仍择木,闲云触石亦为霖。偶观魏氏参同契,聊和尧夫击壤吟。浊酒半瓶未成醉,藉花枕石听鸣琴。"

汪兆铨作《水调歌头·丁巳初度》。词云:"人世百年耳,忧患一何多。行年五十有九,心事苦蹉跎。少日才华声气,中岁艰难奔走,垂老尚风波。击碎竹如意,慷慨一高歌。 醉元亮,狂阮籍,病维摩。古来贤达何限,寂寞冷岩阿。家有三间老屋,屋有奇书万卷,金石间搜罗。弃去勿复道,老子且婆娑。"

吴士鉴作《寄陈弢庵太保》《简朱楚白大令(珩)》。其中,《简朱楚白大令(珩)》云:"梦想元亭感喟深,曾从座上一倾襟。衡流颃洞知无极,皓首编摩共此心。审订丰碑怀字术,访求窝朵到和林。中原绝学晨星在,龚魏何张有嗣音。"

徐定超作《游头陀寺有感,用韩昌黎〈山石〉诗韵》。诗云:"天地闭塞正气微,鸾凤雌伏鸥鹢飞。崔苻满地无住所,噬人往往都择肥。我闻头陀有佳处,泉石清胜世所稀。不用多置膏腴地,耕山钓水可充饥。有时讽经集徒侣,梵音嘹亮穿窗扉。徒步出门亦成趣,树杉滴翠浮烟霏。灵室静坐绝尘想,妙悟能解群魔围。老僧谓我有夙慧,抬头指月欲传衣。我受孔戒年已久,偶然学佛脱絷羁。欲营菟裘知得所,衰年舍此将安归。"

孙中山作《祝童洁泉先生七十寿》。诗云:"阶前双凤庆天飞,览揆年华届古稀。治国安民儿辈事,居仁由义我公徽。玉槐花照瑶觞宴,窦桂香凝采舞衣。所欲从心皆契矩,兰孙绕膝庆祥晖。"

汪兆铭作《西伯利亚道中寄冰如》《广州感事》。其中,《广州感事》云:"猎猎旌旗控上游,越王台榭只荒丘。一枝漫向鹪鹩借,三窟谁为狡兔谋。节度义儿良有幸,相公曲子定无愁。过江名士多于鲫,只恐新亭泪不收。"

谭延闿作《题枷锁图》《题董文敏临兰亭册》《题画兰》《题道州残字册》(二首)、《病起》。其中,《题画兰》云:"霜叶风枝又一时,故山春尽感离披。凭谁写出萧疏意,付与风流楚客悲。"《病起》云:"安心是药更何忧,病起翻欣百虑休。材略已销英气尽,卧从帘下看梳头。"

胡汉民作《纪事》(八首)。其一:"形胜居然占上游,将军跋扈死方休。中州多故谁为政,江左无人我始愁。郑五犹知愧时事,朱三宁许恨清流。越台妖鸟初无据,火急今朝笑郑侯。"其二："去年解甲隗嚣宫，岂意连栖势尚雄。玉蜍金鳌殊郁郁，青丝白马太匆匆。从来罪己多温语，省识阴谋启上公。都下健儿过十万，凯歌仍望出崆峒。"其三："归舟难系故园心，回首京华草木深。邓禹笑人何寂寂，陈王居室本沈沈。早知坠翼非佳梦，犹信飞鸮有好音。夷甫诸人今健在，新亭名士漫沾襟。"其四："辫子军来万象惊，六师不整石头城。御书有分传南海，宝玺无缘送北兄。独使董公称健者，谁教殷浩负虚名？求人薰穴何辛苦，自有降王孺子婴。"其五："紫盖黄旗路未通，纷纷抗疏总无功。叔孙有意称群盗，箕子何心怨狡童。"事去仍闻吴复室，时来争驻汉离宫。相公夜夜三台望，纶綍新裁便不同。"其六："义旗重举事非常，讨虏平生最激昂。冠带未全依正朔，幢艨分半助南疆。草间狐兔何时尽，天上风雷自此忙。前席不劳君借箸，一夫善射百夫强。"其七："煌煌尊号窃相娱，侯伯何尝畏简书。燕市不逢屠狗客，越人齐指牧猪奴。正方鳞甲原如此，叔宝心肝未必无。梁相张皇君莫笑，有人将鼠嚇鹓雏。"其八："氛雾冥冥到越城，书生缚袴亦谈兵。中原旗鼓应相避，蜀道干戈苦不平。岂有佳人能作贼，都关竖子未成名。灞陵醉尉寻常遇，何事将军多夜行。"

萧亮飞作《丁巳感事十首》。其一："无端时事等丝梦，朋党都缘牛李分。异国雄心争黩武，近邻密计藉同文。神奸对峙东南海，巨祸翻飞西北云。阃外将军都下集，耳边消息不堪闻。"其二："一声霹雳万人惊，窃位偏扬复辟名。拥戴沐猴小酋虏，拜扬如卿老公卿。祚长敢卜追洪宪，命短还思号大清。依旧诏书裁五色，可能颁出国门行。"其三："乘势攘权冀遂私，马昭心思路人知。唐虞盛德开千古，魏晋雄图盗一时。顾我邦基将奠日，料他欧战有穷期。富强法美皆先进，采取何妨作导师。"

姚倚云作《寄二姐》。诗云："四载不相见，风云有万岐。儿孙贫作累，门户老犹支。暑雨滋苔径，江流入稻陂。艰难谁助汝？吾愧鹡鸰诗。"

姚寿祁作《病起对菊》《何旋卿（其枢）自沈阳归，见示新句，赋是以答，即用其〈中秋夕由哈尔滨之长春〉韵》《岁莫同旋卿意行西郊，时旋卿将再之沈阳，仍用前韵送之》。其中，《何旋卿（其枢）自沈阳归》云："辽海黄沙黑塞烟，归来恰恰值春先。离心窈窕悬初月，诗胆苍茫接九天。历世灵衷成幻想，潜情丽韵作秋妍。明灯满眼生珠玉，古色幽香落酒边。"

赵启霖作《予丁未罢官出都，孙君季虞赠别二首，又十年始见之，辄次原韵奉答》（二首）。其一："玉蜍金猊望已微，迷离往事逐云飞。只知豕虱凭偷活，谁谓龙蛇起杀机。沧海横流身尚在，崦嵫勿迫愿终违。萧萧易水离歌处，回首真无涕可挥。"其二："十亩年来未辍耕，藜床心事不能名。戴盆自作瞻天梦，啖饼犹余画地情。煦妪旧交曾有几，峥嵘徂岁若为惊。残生剩忆乌台案，愧对佳篇澈骨清。"

甘鹏云作《滞留阳曲作歌七首》。其一："我有老夫在潜阳，五年不见我心伤。夜不能寐病在床，游子闻之心彷徨。朝夕望儿归故乡，胡为羁滞天一方。呜呼！一歌兮歌声长，何时旋归侍高堂。"

孙光庭作《旅京集苏，寄陈虚斋、性圃两同年二首》（丁巳）。其一："与君登科如隔晨，老来光景似奔轮。谁使爱官轻去国，坐看沧海起扬尘。未应愚谷能留柳，莫向长沮更问津。他日卜邻先有约，吾侪相对又三人。"其二："侠气不洗儒生酸，行遍天涯意未阑。稽首愿师怜久客，将心到处遗人安。也知造物含深意，只有诗人巧耐寒。世事渐艰吾欲去，结为三友冷相看。"

何藻翔作《无题，寄明夷、乙庵、檗庵、琴初》。诗云："六张五角恨相牵，珰札虚烦青鸟传（乙卯冬三十三人上金陵书，原出鄙议，刘幼云属稿，推瞿善化领衔）。神女迷离曾有约（王御史宝田两到金陵，已定议推冯为盟主），宓妃婐婳忽难迁。断无孤掌能遮月，不信群飞竟刺天。三十二滩流不定，只愁堕落野狐禅（五月初一日，颜君用自南宁返彭城告余此行八九满意，不图颜才到沪十三日，彭城发难）。"

江起鲲作《林半农以诗来自述其命名之意，并寄示南屏辛老赠词，因仿其体谑之》（六首）、《半死室歌赠李阮菁襟友》《艮师六十寿辰，为醵资刊其诗集既成，赋此志喜》。其中，《林半农以诗来自述其命名之意》其一："半死无如李耳何，林间又听半农歌。原来半子联姻娅，侠骨相随半折磨。"《半死室歌赠李阮菁襟友》云："我读南屏辛老半死记，技痒一时不能已。文成倚马千万言，庄谐杂出语非鄙。折梅幸逢驿使来，为君写寄作稗史。岂知两地一样心，君书亦复驰抵此。开函循诵鬼气生，自称有室名半死。记事已得南屏言，乞我复为申其旨。文格不拘诗赋辞，哀挽兼搜铭志诔。我笑君意殊梦梦，生死岂真同一撺。南屏已多揣测词，我亦议拟不自是。意者入世半厌世，何以溷迹厕尘市。或者悟空半逃空，何又画眉及柳氏。从知半死死非真，庄子寓言得毋似。梦也栩栩觉蘧蘧，此境此情谁熟视。大抵世人逐利名，纷纷似蝶恋香芷。人固不知君知之，知犹其半半梦耳。我今为作半死歌，未入其室窥其里。高明鬼瞰实可惊，安得人尽如梦唤使起。"

叶昌炽作《题张弁群宋拓四宝》《题朱五楼〈归去来兮词意图〉》。

杨度作《送方叔章归湖南，并寄华生午亭》《逋亡杂诗》（五首）、《偶然作》（二首）、挽联《挽谭供奉》。其中，《送方叔章归湖南》云："当世学佛者，郑梅与方子。方子与我交亲久，清谈只道无生旨。近时长沙郑夫人，得禅了病空其身。湘绮嗜庄兼好佛，亦能坐化无微呻。方君尔为大事莫惮劳，还湘试访沩山高。我欲出家身犯罪，敢以佛事为逋逃。劳君寄问杨与柳，学儒学道今安否？"《逋亡杂诗》其一："创业非难却又难，所争微细偶然间。古今豪杰皆如此，成败关头最等闲。"其二："天时人事几沉吟，也是当时得失林。千古英雄成事诀，只因机会更无心。"其三："世事不由人计算，吾心休与物攀缘。穷通治乱无关系，任我逍遥自在天。"《偶然作》其一："云在虚空月在天，醒时歌舞醉时眠。已无悟得休无性，更不安排只了缘。宾客来谈芳树下，儿童嬉舞晚风前。昨宵梦涉湘江水，觉后身心总彻然。"其二："尽心听莺并看花，无心无事作生涯。读书时尽两三卷，访友间过一二家。为喜庭荫教种树，聊供客饮学烹茶。昼眠晏起由来惯，坐卧沉吟日又斜。"《挽谭供奉》联云："国事不如人，寄语衮衮诸公，无端莫学《空城计》；世情都似戏，除此幡然一老，有谁知得上台难。"

齐白石作《兵后杂感》（四首）。其一："月黑龙鸣号夜乌，一时逃窜计都无。谁家五代长毛狗，顷刻论功长百夫。"其二："穷乡亦复有桑麻，香稻黄粱处处嘉。四五日中三百里，可怜何独只黄花。"

黄侃作《偶听北方俚曲》（偶听北方俚曲，归至曲中访一叙）（五首）、《无题》（三首）。其中，《偶听北方俚曲》其一："燕歌怨别送长更，朔管吟寒向月明。漫信北音都慷慨，一般能作断肠声！"其二："柘枝白纻总萧条，舞法沦亡意未消。一事北来宜记取，饱看坊曲斗纤腰。"其三："漫拟妆饰损天真，利屣长衣亦称身。夺得燕脂画双颊，何妨燕赵有佳人。"其四："哀乐中年感易深，暂教歌舞遣愁心。未能免俗君休笑，山水何如丝竹音？"其五："此情欲寄寄何乡？为汝权宜一断肠。酒醒语穷归去早，对灯仍拨未灰香。"《无题》其一："幽幌秋寒梦未成，凄然夜籁起愁声。候蛩有恨知谁诉？断雁伤离解自鸣。愧以虚言酬挚意，誓将微命殉深情。莫嫌人事多圆缺，君看姮娥万古明。"

吴梅作《京师板桥寓斋作》《国学观石鼓》《过景山神武门》《闻歌有感，柬黄晦闻（节）、罗瘿公（惇曧）》。其中，《京师板桥寓斋作》云："此间云物足清标，却异南都旧板桥。地僻应知人事简，秋期未误鹤书招。梦回破被晨钟动，花压危阑午漏遥。西向长安原乞米，不妨陋巷寄箪瓢。"《闻歌有感》云："哀时竹肉艺通神，照座珠光幻色身。南士低徊北昆曲，一时倾倒两诗人。落花流水春先去，岐宅崔堂迹亦陈。无怪麻姑头易白，近来沧海早扬尘。"

李叔同作《贻王海帆先生》。序云："孤山归寓，成小诗书扇，贻王海帆先生。"诗云："文字联交谊，相逢有宿缘（前年五月，南社同人雅集湖上，始识先生）。社盟称后学（先生长余三十二岁），科第亦同年（岁壬寅，余与先生同应浙江乡试，先生及第）。抚碣伤禾黍（今岁，余侍先生游孤山，先生抚古墓碑，视'皇清'二字未磨灭，感喟久之），怡情醉管弦（孤山归来，顾曲于湖上歌台）。西湖风月好，不慕赤松仙（近来余视见世为乐土，先生亦赞此说）。"

陈懋鼎作《楼居》《活计》《柴门》《顾问》《代题〈孙夫人观鼎图〉》（四首）、《赠张远伯》。其中，《楼居》云："华发难禁念虑长，楼居世事可能忘。坐凭邻树占春意，卧对窗星候曙光。闲里安知无用用，醒来更信不狂狂。此心曾到古人处，从觅吾生养拙乡。"《代题〈孙夫人观鼎图〉》其一："促起英雄髀肉消，父兄遗业漫相骄。看他

一九一七年（丁巳）

七八七

商略隆中策,枉自兵书读二乔。"

刘慎诒作《次韵答李范之见赠》《次韵和范之》《次韵范之留别之作,并寄伯远》《次范之韵,赠陈、邹两君》《苦热》《寄李砚孙安庆四首》《江宁刘石宜索题〈寒灯课读图〉》《过南池子定武将军故宅感赋二首》《寄题周梅泉巢园》(二首)。其中,《过南池子定武将军故宅感赋二首》其一:"南池浅水映垂杨,车过尘昏认坏墙。运去咸歌美新赋,事成应号大功坊。群儿自贵初何益,诸将违盟亦可伤。得失鸡虫争未定,愁寻燕子话雕梁。"《寄题周梅泉巢园》其二:"知君为静者,人海得安巢。观世凭棋局,看花有絮袍。秋堂凉仡月,暝壑暗飞涛。一别成南北,徒令梦想劳。"

盛世英作《题〈桃花扇〉》(四首)、《读〈明史〉》《为简孙受室礼成有怀两亡室》(二首)、《奉酬省议员苏乾初同年》《题廖旸渤山水画幅》《司马长卿》《扬子云》。其中,《读〈明史〉》云:"事去官家下殿行,几闻得返旧神京。试看永乐难容侄,便识郕王不负兄。继统功成天再补,夺门事定命旋倾。可怜一代中兴主,亦等寻常走狗烹。"《为简孙受室礼成有怀两亡室》其二:"十年不育暗声吞,钟爱遗雏早结婚。吉梦久虚思买妾,愁颜顿解为添孙。衣襦称体缝纫密,饼饵分甘笑语温。孺子已成家室计,提携莫忘祖慈恩。"

黄节作《生朝》《答瘿公》《再答瘿公》(二首)、《崇效寺对牡丹作》《阻兵津沽雨中有寄》《和栽甫〈雨夜〉韵》《题王椒畦绘〈文选楼图〉》《秋娘病起登台,和瘿公韵》《得秋枚书作答》《万生园赏菊,赋呈节庵先生》《和瘿公〈自在一首〉韵》。其中,《生朝》云:"武侯二十七,陈策干江东。幼安三十余,渡海称潜龙。吾年皆过之,偃蹇比赁舂。白日在上头,苍然变朝红。老大不自悲,愿天生奇雄。如吾癸酉降,知非灵所钟。五年作北客,志洁宁嗟穷。区区说名节,岂与王霸功。尊前有寒梅,雪后翘春松。把酒思吾妻,今朝祠祖宗。"《崇效寺对牡丹作》云:"四年北客及花时,不负春明赖有诗。独往也随倾国后,正开宁叹折枝迟。匆匆著意终何寄,悐悐为欢亦自知。遗世未能吾似汝,蝶阑华晚更犹疑。"《万生园赏菊》云:"及秋来共赏花尊,已过重阳菊始繁。草木自荣霜后气,泽陂能纳国中喧。坐娱光景宜吟醉,暂绝风埃得晤言。不似昔年诗社日,追陪重辟抗风轩。"

傅锡祺作《寿陈君基六五十》《祭四男春镜文》《西河·哭四男春镜》《哭故栎社长赖绍尧先生》。其中,《西河·哭四男春镜》云:"天甚理。无端祸及吾子。驱车走视,病膏肓可怜不起。一声阿父强抬头,伤心珠泪如水。 卜商痛,难自已。所嗟我命何否。余音未歇是庄生,鼓盆甫止。疾风去岁折孙枝,而今儿又长逝。 一搏待上九万里。怎中途、骸骨尘委。孝友也终难恃。剩遗形挂壁,凄然相对,坟傍慈亲斜阳里。"

陈去病作《视李晓暾县长》(三首)、《自严墓至梅堰道中》《盛泽晤沈秋帆,即题其《棹歌》《客有述黄花冈之役，绍兴某女士殉焉，为赋二绝》《别西湖经岁矣，重过寥寂异常，不觉凄绝》《〈耕烟图〉，为顾静厓题》。其中，《盛泽晤沈秋帆》云："青草滩平合路长，围田千顷几沧桑。龙迷大野还沈睡，燕啄皇孙此遁荒。漫说红梨饶艳佚，可堪绿晓少清狂。缤纷罗绮风流尽，唱彻吴歈总断肠。"

符璋作《题〈孝廉坊〉传奇》赠洪炳文。诗云："贤令之官殁永嘉，孙枝参闽见兰芽。从教一传留青史，何似筝琶曲子家？"

陈师曾作《题鼎花立轴》。诗云："石鼎斟泉午梦长，浓熏软玉暗生香。山中自有忘忧诀，何事栽萱近北堂。"

谢玉岑作《百尺楼（浴罢晚凉初）》《偷声木兰花》《蝶恋花·荷花》。其中，《百尺楼》云："浴罢晚凉初，待月人归后。花径依稀笑语闻，呖呖莺声逗。　　羞涩避檀奴，薄晕眉梢透。方寸心情万种娇，愁煞双红豆。"《蝶恋花·荷花》云："一霎春来春又去。独下春山，离绪悲难诉。肠断东风飞不住。美人身世浑如雾。　　同病只教怜柳絮。寂寞帘旌，没个商量处。旧约飘零今后□。愁心点点成红雨。"

李宣龚作《示宗孟》《野竹》《题徐积余观察〈随庵勘书图〉》《题徐积余〈狼山访碑图〉》《同默园夜谈》《寄觚斋湖上别业，兼怀仁先侍御。觚斋青溪有楼，避地以来，不归者两年矣》《涛园祖舅六十生日》《为人题〈世外桃源图〉》。其中《示宗孟》云："有功或贪天，谁敢受其赀。国门悬短策，犹难待一败。吾子人中英，霜蹄未忘蹶。还持羿彀身，来探囊底智。不避庚尘侵，甘供郦友卖。一场齐鲁哄，未语已发嘅。缨冠救无及，衷甲各有伺。纷纷相斫耳，岂足烦至计。汉火寒如灰，雍参反为帝。固宜攘臂徒，再起夺赵帜。治国本弹丸，有手皆可试。大物付宁馨，何如乃公坏。冥行遇巧绐，有陷亦无退。吾言匪刻毒，放论恣一快。"《同默园夜谈》云："雨声似鳌峰，连夜不逆耳。平生悬一榻，千里待卧起。寻思少时事，历历犹可纪。堂空杨震鳣，巷散承宫豕。隔墙轑釜人，恶客争染指。问贫作何味，糠粃未容鄙。鉴亭一泓碧，面目识闽士。他年会生还，此水或不耻。主人奋刀笔，夜动辄自喜。子非郦生徒，儒术竟奚恃。桂林山水窟，得句定累纸。诗成勤寄吾，世变休抚髀。"

曹家达作《题章仰苏同年〈塞上吟〉，次张少泉世叔韵》。诗云："昔年北市买长鞭，莽莽风沙病马骞。故国邱墟沦瀚海，几人冠带上凌烟。荒城笳鼓辽阳戍，寒草牛羊敕勒川。闻道东邻据瓯脱，正需雄略试筹边。"

陈步銮作《游龙岩泉有感》（四首）。其一："半生南北困轮蹄，老我归田路未迷。且喜名山千古在，凭人谷隐与岩栖。"其二："一室高深势豁然，上无梁栋下无砖。何年劈自巨灵手，奇石分开作洞天。"

王祖畬作《挽钱伊臣表弟》《示儿辈》。其中，《挽钱伊臣表弟》云："洪范五福一日寿，君逾古稀称黄耇。㧑复子孙众且贤，自是祖宗德泽厚。近年侪辈多零落，惟君与我灵光偶。君享林泉二十年，与余归来相先后。归来促膝细论文，北海樽罍常在手。无端日月匿兮天地闭，世界变幻如苍狗。辛亥至今六七年，楚囚相对无笑口。君窜申江聊避秦，我掩蓬门无一友。君今先我修文去，我独何人堪长久。吁嗟乎！人生百年转瞬耳，立德言功乃不朽。"《示儿辈》云："七十六龄冬又至，百年事业只如斯。愧无式谷贻孙子，赖有楹书诏礼诗。天地玄黄真变幻，君亲恩义最怀思。少康祀夏配天日，报与而翁泉下知。"

易孺作《声声慢·无意南来，匆匆春去，为送春词，示同社诸子》。词云："雨摧香重，城厌烟深，供佗几度回肠。莫篴萧骚，卖花留取残阳。年时恨成归计，遣呢喃、软语雕梁。潮又急，奈铃绚朝暗，群褶宵凉。　　忍问匆匆何处，问絮轻须细，谁寄苍黄。青子繁阴，垂垂梦入行廊。词流哀离怨别，殢迁莺、群哽江乡。枯泪尽，漫残红、渐送远芳。"

沈昌眉作《饭田家》。诗云："旧醅初熟鸭头绿，新米刚炊鹏嘴红（谷名）。紫蟹青虾黄白蚬，分湖滋味艳秋风。"

夏孙桐作《表兄周立可太守浙中同官，近隐居吴下，寄诗以姑丈少宰公遗书事状上史馆，次韵答之》（二首）。其一："柳恽洲前咏白蘋，宦游蛮驱几年亲。酸咸淡后休论味，来去生中各胜身。笑我鲈莼非早识（余辛亥七月辞官，其时乱事犹未见），输君虾菜尚随春。桑田沧海须臾事，吾道何殊一芥尘。"其二："忆昔秋斋听夜鸿，忧时亲见老成风（光绪乙酉秋谒少宰公于京邸，时甫解译署。一夕，与余谈同光以来朝局党派，甚悉。次年夏，复入都，公已弥留矣）。卅年残客垂衰白，重到脩门怆软红。曲突徙薪皆历验，党牛怨李亦成空。谢公遗事吾能述，惟有西州恨未穷。"

陈荦作《近事乐府六章》（《地屡震，凛天警也》《怪胎豕，感妖氛也》《乖龙落，警孽兆也》《乡关榷，伤侵牟也》《民纸帛，悯财穷也》《物价腾，嗟生蹙也》）。其中，《地屡震》："天一以清地一宁，一人有道三才匀。抱一以式万汇贞，广轮东西南北屯，地自四游无簸倾。今春是孰惊鳌梦？山挈河翻时一动。楚中正二月初吉，忽踏软红尘莫立。传闻他省日三五，居民辄塌崖崩石。噫吁嚱！坤轴摇摇曷为也，镇之毕竟需人把，其能在致中和者。"《乡关榷》："峨关——沿长江，抽厘两字旗高张。正供以外资富商，联翩大艑量其舱。后来小市山川口，乃复诛求到糖酒。迄今罗网牵闾夫，乡里小贩要牛猪。似吏非吏胥非胥，拦路索钱高吓呼。尔贩尔贩休谓私，此费曾禀知事知，揹税有勇拘拏之。噫嘻！我闻朝廷横取名，白著白著，而今更乡末！"《民纸帛》："昔年九府足制钱，散来个个青铜圆。大钱一串七斤重，五铢不得同缗穿。自从当十易官铸，青蚨不识归何处。尚赖台垣纸帛多，千钱一票相掺和。去年民间效官样，百钱小票乡相望。家家店店刷千纸，交易颇通三五里。远到他乡票成死，缘兹当十钞亦稀。十钱小用常愁眉，呜呼，从来鬼钱惟用楮，今乃阳间鬼如许。"《物价腾》：

"往年物贵间有之，迩年物物贵且奇。往需一钱迩则十，大者均增价三倍。绮罗鱼肉犹可说，棉布油盐曷禁得。小民日用未可裁，小民生计将胡来。往年值低日难度，一年况用三年数。我常念及感诗言，哿与富人此茕独。"

魏毓兰作《挽汪伶笑侬》（二首）、《边笛，与郭铁铮（毓奇，〈通俗报〉主笔）联句》。其中，《边笛》云："斜月上边墙，（馨）笛声落枕凉。音沉江水黑，（铁）向遏阵云黄。折柳翻新拍，（馨）临风思故乡。晓来闻羯鼓，（铁）飞梦到渔阳。（馨）"

宋作舟作《龙沙感怀》（八首）。序云："丁巳沦落卜奎，发挥哀怨。"其一："争名逐利走边城（沦落天涯），历尽辛酸宦海情（饱经世变）。揽镜顿惊添白发（惊心老大），青年笑我误儒生（误我诗书）。"其二："投笔从戎十五年（沉浮政海），依人作嫁尚依然（世业无成）。蹉跎世业怜才拙（自愧庸愚），俟命安贫敢怨天（守贫安分）。"

辜天祐作《味梅老人赠长句一首，赋答并谢》（二首）、《味老前赠长歌，即次原韵〈感事书怀〉，呈请教正》。其中，《味梅老人赠长句一首》其一："德音如玉复如金，百遍吟哦感不禁。绣虎才高真八斗，桃潭水量竟千寻。论交敢谢忘年意，问道常存向日心。香瓣低徊少陵句，浑忘尺幅性情真。"

李芳园作《步味梅先生〈感事〉元韵，录呈斧削》（二首）、《味梅先生以〈咽雪轩诗集〉见赠，兹复采拙作编入〈同心集〉，因成四律，录呈郢政》。其中，《录呈斧削》其二："旌旗并峙整戎行，命中相矜各挽强。不少誓盟刑白马，几多浩劫付红羊。华元弃甲惭城者，汪锜捐躯亦国殇。太息椟中龟玉毁，季孙何事祸萧墙。"《录呈郢政》其二："凤从桂岭仰清风，同向湖天作寓公。七十二峰云里鹤，一千余里雪中鸿。虚心合友凌寒竹，焦尾徒惭入爨桐。贾谊长沙歌当哭，怜才孰是主人翁。"

赵福保作《步味梅大兄〈杉湖小憩〉元韵呈粲正》。诗云："茫茫烟水欲何之，幸此澄清泽有陂。怕听骊歌将进酒，喜寻鸿爪又添诗（时兄有湖南之行）。卅年政绩湘中著，一卷云章海内知。闻道筹边人望在，弹冠治世更云谁。"

赖承裕作《奉和味梅仁兄亲家赐题拙集〈书后六绝〉元韵，录呈笁正》。其二："莫漫雕虫薄壮夫，近来风雅道弥孤。岭西家法尊坛坫，宁说宗盟匪属吾。"其四："感旧怀人事事非，秋穹华表鹤来归。残杯冷炙期冥报，襞积百家破衲衣。"

陈福荫作《味梅先生以自著〈咽雪轩诗集〉见贻，予受而读之，俊逸清新，不同凡响，并承惠我佳什，依韵奉酬，即呈哂正》。诗云："旧领仙源福地宽，归来早谢折腰官。桑沧世局浑疑梦，萍水他乡且尽欢。短鬓萧疏人共老，同心唱和友皆端（君近以友朋唱和诗付刊曰《同心集》）。诗肠咽雪清如许，试取瑶编著意看。"

陈寿宸作《寿刘次饶五十》《寿王节母七十》（二首）。其中，《寿刘次饶五十》云："乃翁铁笔锐于锥，论古曾容结故知（玉溪年伯博雅好古，精篆刻，每来郡，辄蒙枉顾，赏以所刻四笺，印成直幅，属予标题）。里选得君争附骥，作家令我羡探骊（予丁酉岁与君同登拔萃科)。中年眼界沧桑辟,寿世才名金石垂。还少且凭文字乐,临风未许鬓如丝。秀毓横阳气郁蟠,兼葭隔水幸瞻韩。世交久更凭儿续,庭训缺能替我完(哲嗣云五与小儿闳慧交最密,小儿闳恕、闳慧尚从君游)。司铎半纵门下出,炊粱早作梦中看。卜龄自顾惭虚长,传砚同为一笑欢(贱造六十有一)。"《寿王节母七十》其一:"玉镜台前月几圆,蒭砧遘与药为缘。冰肌空作参苓助,柏操弥因霜雪坚。菽水重帏迟暮慰,芹香惹袖后昆贤。天教蔗境酬荼苦,不落秋花比永年。"

萧丙章作《寿阮霞青六十九》。诗云:"野人礼数自从容,济济登堂半老农。千里若榴传驿使,一肩黄菊走花佣(钱瑞生寄石榴为翁寿,余赠以盆菊)。洛中旧梦归诗草,湖上幽居胜古松。难得开尊近重九,休言此会等闲逢。"

陈鹏超作《濠镜讲学》(四首)、《民国六年,各省督军变叛,北洋舰队与国会议员南下护法,孙大元帅开府粤东,余适值暑假期,奉命往南洋,与邓泽如君商办要公》。其中《濠镜讲学》序云:"民国五年讨袁事终,余以频年奔走,学殖久荒,六年设教澳门味基街,生徒数十人,课余自课,冀收教学相长之效。"其一:"内外频奔走,数年国事忙。张椎才放下,孔铎便宣扬。学派江门近,春风镜海凉。课余仍自课,师弟同一堂。"《民国六年,各省督军变叛》云:"委令风驰至,南征一叶轻。临歧陈密计(余濒行时献议调粤督某他往,以固根本),诣府报行程。破浪怀宗悫,过江忆祖生。邓公原国老,把晤细谈情。"

陈贯作《潇潇雨·哭赖绍尧兄,民国六年丁巳》。词云:"问长亭弱柳,是何心枝叶尚青青。叹经年小别,树禁霜露,人已凋零。修禊空留后约,冷落旧鸥盟,自带生花笔。去主蓉城。　犹记年时约语,道涧松山柏。谁死谁生,子为吾题课,和泪写铭旌。我为君长歌楚些,又束蒭斗酒,走马哭新茔。今弹遍哀弦激楚,魂倘来听。"

汤忠鑫作《丁巳岁阑有悼》。诗云:"容易驹光岁又阑,六年前事总心酸。九原若解愁滋味,应亦伤心泪不干。"

曹炳麟作《题过孝子刻像思亲图》《置酒风浴亭赏菊》(四首)。其中,《题过孝子刻像思亲图》云:"君不见吴宫有女慕古人,买丝日绣平原君。又不闻越王沼吴思良臣,冶金欲铸范蠡身。他山景仰且如此,况是劬劳生我恩。兰陵奇士天所启,初事诗书后阛阓。市脯亲承菽水欢,体贴温存尽旨味。生事不终死哀泣,朝朝悬像肃拜揖。音容色笑常若亲,忾僾见闻或虚袭。举世尽笑孝子迂,孝子乃笑人痴愚。江南风俗十八九,香楮家家拜土偶。不知堂上活佛尊,垂老饥寒死骨臭。此非愚乎谓吾愚,且有终身慕父母。丁兰刻木自奇士,至今乃见过孝子。"《置酒风浴亭赏菊》其一:"嶙峋自是非凡品,篱落风霜位置低。携向山亭高处立,与君矫首夕阳西。"其二:"晚季风霜骨可支,无聊对影太崟崎。怪余不乞陶潜米,酒力犹胜七步诗。"

吴放作《和刘语石先生除夕〈七十告存〉,次元韵》《余倦游后流寓琴川,与诸同志饮酒、赋诗、填词、度曲,放逸乎山水之间,几无虚日。年来颓唐多病,言归故里,结苔岑诗社。丁巳夏汪君仲涵有苔岑摄影之约,嘱余赋诗纪之。抛砖引玉,名作如林,辱承浣青女士相继赐和,答之以诗)。其中,《余倦游后流寓琴川》云:"不见随园一老人,虞山犹说席长真。登坛揖让兰陵秀,扫径欢迎莲社新。吟絮独成千古调,散花赢得十分春。吴淞浙水题诗遍,莫负故乡风月辰。"

朱清华作《颍水晓发》《偕明甫、达生、无闷陶然亭新雪,用杜工部"露下天高猿啸哀"韵》《居庸关闻笛》。其中,《颍水晓发》云:"早行霜露重,缺月远天横。晓雾千帆出,余星四际明。风徐船气静,沙浅浪痕清。乡路经由惯,来舟笑语迎。"《居庸关闻笛》云:"燕水寒彻骨,燕云障远心。回首长城外,日夕起哀吟。雁影随天尽,虫声入夜深。萧条关塞月,玉吹发秋音。"

朱大可作《咏孙漱石》《咏郑质庵》《咏姚劲秋》《咏况蕙风》《咏王均卿》,后收入《怀人诗二百首》。其中,《咏孙漱石》云:"漱翁七十尚能文,握椠怀铅到夜分。一梦繁华凭唤醒,晨钟暮鼓有同勋。"《咏郑质庵》云:"我已白须君白发,居然耆老共周旋。那知当日嘤鸣社,曾是朱颜两少年。"《咏姚劲秋》云:"姚老屡征不肯出,却从市肆寄吟身。东南到处开诗社,何止三为祭酒人。"《咏况蕙风》云:"词人老去厌纷华,一笑欣然返紫霞。无奈小红偏不嫁,真成啼损马塍花。"《咏王均卿》云:"刻书功与著书同,此语曾闻广雅翁。一自凤洲操选政,虞初九百尽流通。"

邓恩铭作《述志》《咏史》《述志》《决心》。其中,《述志》云:"赤日炎炎辞荔城,前途茫茫事无分。男儿立下钢铁志,国际民生焕然新。"《咏史》云:"甲午战役丧海军,辛亥革命推满清。勾通外国那拉氏,直捣皇陵李自成。"《述志》云:"南雁北飞,去不思归。志在苍生,不顾安危。生不足惜,死不足悲。头颅热血,不朽永垂。"

刘冰研作《如此江山·丁巳成都乱后,独步武成门外。见断港丛冢间,露髑髅一具,狼藉平芜,情景至为凄黯。呜呼,浮生如梦,为欢几何。不数十年后,恐亦同此髑髅也。凄然赋此吊之,冀留此日之泥爪,结他日夜台之诗缘耳》。词云:"寒蛩吟断苔花碧,峭然一抔黄土。薤露歌残,芜城赋罢,萧飒白杨凄楚。枭雄贩竖。猿鹤虫沙,一齐化去。落月梁空,春闺梦冷两无据。 人鬼荒台一梦,正斜阳如血,芳草无主。狐狸戴头,杜鹃叫魄,受尽风悲雨苦。纸灰蝶舞。更碧血秋坟,谁浇清酤。月黑枫青,有人吟鲍句。"

李经钰作《挽张弢楼表兄》(四首)。其三:"迹近人难挽,名高谤易腾。赋曾伤楚鹏,壁岂点齐蝇。垂死贞心在,时流末技称。千秋无尽意,留待表延陵。"

萧瑞麟作《白桃花》《丁巳·绿萼梅》《五十初度》(四首)。其中,《白桃花》云:"平生梦不到仙源,缟素仙姬望倚门。仿佛是空还是色,分明桃叶又桃根。春山树树无人相,潭水深深一抹痕。薄命红颜都扫却,铅华净处最销魂。"《丁巳·绿萼梅》云:

“镇日巡檐雪意微，碧纱窗对小柴扉。眉梢黛色怜西子，镜里铅华笑洛妃。翠袖单寒春欲泣，横塘清浅鹤初归。风尘那有林和靖，且为庄姜赋绿衣。”《五十初度》其一：“逝水年华去不胜，犹余傲骨耸崚嶒。儿曹书味浓于酒，客岁官钱薄似冰。尘网疏疏天不纵，浮图七七日初升。从今更筑灵光殿，参到如来最上乘。”

王锡藩作《自遣》《须》《眉》《唇》《齿》《有感》《咏秃笔》《三村看桃》(联珠回文诗)(四首)、《惧内诗》。其中，《自遣》云：“昂然四顾发高歌，拔剑挥毫感慨多。宇宙何曾非传舍，江山无处不吟窝。都夸名士诗成癖，几见才人道入魔。俯仰置身天地外，沧桑万变奈予何！”《唇》云：“樱桃生就妙天工，慢把胭脂入画中。含笑浑如花不语，吐芬偏使酒无功。玉音欲滴三分翠，珠唾微沾一点红。合适情亲思近吻，一般男女醉欧风。”《咏秃笔》云：“一掷君休矣，中书不中书。毫挥颓已甚，颖脱欲何居。往迹文章在，前功点画虚。江郎如赋别，回首梦花初。”

任传藻作《正定道中》《阻风王村》《天津道中》《车过河间县八里桥，溃堤有感》《河间县本路查赈分处作》《石门怀古》。其中，《车过河间县八里桥》云：“凹凸崩堤百丈奇，颠轮覆马绝堪危。谁知此道尚非险，最险人心反覆时。”《河间县本路查赈分处作》云：“十万楼台十里城，畿南古郡久知名。地灵宜产人中杰，民苦须防劫后兵(时城乡多抢劫事)。敢诩发棠称善举，还期维梓有仁声(因官款不足，拟上书请通饬绅富助赈)。图成郑侠非多事，心怵哀鸿匝地鸣。”

王绍薪作《珠江花舫行》《题〈古城春望图〉》。其中，《题〈古城春望图〉》云：“节过清明尚禁烟，唐家宫阙锁何年。城南诗老凄迷甚，袍笏春深拜杜鹃。”

丁传靖作《寿鉴堂叔七十》(四首)。其一：“七十世稀有，古语非无因。吾家三世中，至公才三人。朔公少壮日，所历多艰辛。腰脚老逾健，守默保谷神。荆扉常昼闭，蔬笋乐清贫。平生所钞书，捆载盈仓囷。垂老手不倦，赫蹄犹停匀。天意慰寂寞，一笑看曾孙。碧筒将介寿，汤饼先三旬。今岁倘无闰，便是生同辰。亲朋弄獐书，来助杯三巡。世无论治乱，善气常如春。”

邓镕作《丁巳复辟兵败，主兵者宅第烬焉，诸军将卒迁其重器，黄咏裳君惟取焚余残画，为题二绝》。其一：“南内仓皇夜夺门，宛如铜马拜刘盆。董逃唱罢归何处，郿坞空留炮火痕。”其二：“校尉连营只摸金，顾蝈妙画费搜寻。莫嫌寒具成污损，照见冰壶一片心。”

林尔嘉作《丁巳酬洊龛》(二首)。其一：“西平多才子，风雅亦吾师。快把洞天里，相逢轩笑眉。”其二：“勋业汉廷尉，刑名古大家。读经兼读律，卓荦富才华。”

梅际郇作《绿灯》。诗云：“绿灯如雪春一窠，灯下美人发清歌。同心笑领曲中意，时复眉语扬双蛾。曲中俊句连理枝，章台街畔绿云滋。繁花压条当春暮，摇漾春风能几时。妾貌如花心如水，妾虽无语君当知。苦心为君歌一曲，留作别后长相思。

素虢缠头三郎鼓，欢场时时换歌舞。灯下不似去年人，雪声打窗如急雨。"

赵炳麟作《风月曲》（四首）。其一："待客金门夏复秋，月光花影共夷犹。迎人柳絮飘何处，风景依稀小画楼。"其二："待卿犹忆杏花春，月夜凭肩笑语亲。迎送生涯今解脱，风光回首转愁人。"其三："待嫁如卿亦可怜，月来人事几推迁。迎姬赖有押衙力，风态阑珊白酒前。"其四："待我阑干握手时，月前絮语记丝丝。迎春他日如相见，风落猩红感杜诗。"

徐自华作《夜静》（二首）、《暮窗寂寂，小雨如丝，偶检旧诗，追忆影事，忽得吴奇隐女士来书云："舟抵神户矣。异国山川，颇助吟兴，苦无商量人，不敢录示。"口占一律寄之，聊作抛砖引玉尔》。其中，《暮窗寂寂》云："丝丝暮雨织成愁，风飐灯窗小院幽。检点残笺还忆旧，徘徊纨扇已惊秋。孤吟遥和海天阔，长啸空怀漆室忧。各有飘零身世慨，那禁百感上心头。"

丘菽园（炜萲）作《调寄〈采桑子〉·佳人》《一春》《爪哇泗水道中》《星洲水心亭子即事回文》。其中，《调寄〈采桑子〉·佳人》云："佳人自爱函光侠，腕底桃花。腕底桃花，两种情怀未较差。　　前身试证圆因果，花影窗纱。月影窗纱，一样丰姿是作家。"《爪哇泗水道中》云："蛮云犹遣蘸深杯，凉月征衫浣客埃。莫笑平芜花事尽，此行原不为花来。"《星洲水心亭子即事回文》云："雄辞酒罢剑寒芒，面面亭开夜送凉。风露秋光星月皎，东西叶乱碧荷香。"

许承尧作《夜游鸣鹤园》《答田枫溆》《游夜雨崖》《刳瓜为灯，澄碧可玩，戏于瓜上镂回文一绝》《游红泥沟志公祠》。其中，《夜游鸣鹤园》云："佳夕嗟难得，名园一往深。凉馨怜月小，幽梦与花沉。欹枕余香烬，移灯半榭阴。明星繁似雨，谁解共微吟？"

诸宗元作《舟出吴淞》《秋日杂兴》。其中，《舟出吴淞》云："一年三命楫，行役亦寻常。帆影夺空白，江流受日黄。澄清非可俟，诙诡意难忘。列屿沉兵气，吾忧接混茫。"

许宝蘅作《丁巳感事》（六首）。其一："背阙归藩路欲分，李将军是故将军，腰悬相印作都统，手接云辁呼太君。玉检赐书迷凤篆，青松手植变龙文。彭门十万皆雄勇，谁定当时荡寇勋。"其二："蕽吐中旬二叶新，通灵夜醮达清晨。狂来笔力如牛弩，几处冤魂哭房尘。内苑只知含凤觜，寿宫不惜铸南人。九枝灯下朝金殿，不问苍生问鬼神。"

顾燮光作《刘厚之太夫人八旬寿诗（代）》（四首）、《曹吉甫关督钱太夫人六旬寿诗（代）》（四首）。其中，《刘厚之太夫人八旬寿诗（代）》其一："宝婺星明耀九重，锦堂萱茂寿乔松。青藜自昔辉家乘，绛帐于今仰女宗。阆苑弹琁桃味熟，郦泉飞盖菊香浓。漳南未隔宣南望，纠缦祥云玉女峰。"《曹吉甫关督钱太夫人六旬寿诗（代）》其一："焕彩嫦星丽碧天，鉴湖瑞霭启琼筵。峰吟江上家声著，史绩闺中女诫传。桃熟百龄熙禹甸，葭飞六管乐尧年。瑶池酿美花周甲，诗咏霓裳会众仙。"

谢家田作《故宫太平花》。诗云："几朝宸翰丽丹青，秘殿珠帘曲院笙。不料君王同浩劫，琪花枉锡太平名。"

蔡守作《夜归水榭》（丁巳）。诗云："连宵宵判才归去，月脱流云弄嫩晴。春堞木棉随雨尽，夜桥灯火与波明。潮生溢岸初收网，茶熟吹瓶宛奏笙。谁识隔河中妇意，水窗顾影坐残更。"

姚华作《诉衷情·题〈菱湖泣舟图〉，为董蜕盦》（二首）。其一："菱花镜里画船中，前欢数坠红。祇今酒痕依旧，襟上几人同！　寻梦影，怨西风，听霜鸿。秦淮呜咽，点点乡心，流到江东。"其二："南明一水似西湖（贵筑南郭南明河洲上有古刹，曰小西湖），游踪倒酒壶。十年九回归梦，输与蜕盦图。　风景好，众壑殊，话清都。龙池清浅，堕画红衣，处处啼乌。"

闵尔昌作《水仙》《连日独游厂肆，偶占五绝句》《一室》《早睡》《答仲深见忆》《秋窗》《赠郑叔进》《太平湖》。其中，《连日独游厂肆》其一："老去看书眼未花，断编残简是生涯。城南片席琉璃厂，饱向东京阅梦华。"《早睡》云："娟娟素月照庭除，一枕新凉味有余。从此安心求早睡，不教饱食少看书。"《答仲深见忆》云："故人有佳句，千里慰淹留。录录惭牛后，峨峨念虎丘。新瘥应止酒，独往更寻秋。欲与参消息，凭将易理求。"

黄祝蕖作《四十初度》（四首）。其四："容易过今日，艰难剩此身。重阳双酒榼，卅载一诗人。雨霁云门屐，风清栗里巾。少微星不坠，天许作移民。"

夏莲居作《王露砑琴歌并序（丁巳）》。序云："甲寅之秋，予自岱北量移河洛，再辞不获，乇身赴官，唯以琴书自随。召伯祠下，甘棠久枯。民困俗偷，政尚涊竞。地迩丰沛，厌闻更张。泯泯养拙，肃属而已。衙斋多暇，栖机弦诵。僚吏初讶其迁，继安其简。渐知有身心讲论之学，与夫无故不彻琴瑟之旨，则亦群慕操缦，思娴其术。顾陕境僻陋，不可得琴，颇拟擷材试砑，而亢原瘠岭，孙枝绝罕，因相与索然罢去。未几迁汝阳、申息，山水之区，多茂林丛莽，要都为高枫老柳之干，乔松苍桧之柯，椿杉楸桂梅李华果之卉，而桐之良且古者实鲜。翼年夏，临清张彝白，乘间告予曰：城南老屋改建，其废材大率桐也，即良否不可知。而屋为宋元间老子之宫，材亦旧矣。削而察其理，熠熠映日，扣之发异声，殆所谓金丝之桐欤！盍以新直易归，充副选乎？而豫南承狼匪残躏之余，察吏、剿奸、赈饥、兴校、簿书之繁，数倍河陕。余虽采彝白说，购置听绿轩外，实未遑召匠施斧斤也。又明年，陈情得告，辇致历下。诸城王心葊，闻余归，携自制二琴为觌。启囊促轸，韵绕梁壁，咸诧为雷张再世。心葊曰：此常材急就者耳。得嘉植徐营之，固当倍胜。予乃示以曩材，睇视跃然曰：是足运吾思矣。乃馆予渠园，图式授匠，而自董之。分度累较，必严必叶，俪梓泽漆，徽岳用陈。几百余日，成三琴。对客施缦，举座欢赞。出其一与所赠二琴并奏，则二者之声，翕然尽为所摄，若影依光而冰融水也。嘻，心夔之言信，而其技抑已神矣。夫音柯不逢嵇、蔡，龙门震余，等爨烬耳，此古今所同慨也。昔吴越钱氏，遣使访材，累年得败柱，斫二琴，清绝冠天下。未知视此何如？意其时，监斫者必非碌碌，今已无能举其姓字，即未来可知矣。从古畸逸之俦，类皆抱艺自闷，初无意于没世修短之名，盖其中矞然有以自信所诣，故每触物寄兴，陶然适志，而非有所蕲也。幸传与否，于其人固无与。至若生同时，嗜同趣，相喻既审，顾亦听绝诣之就埋，致后来有不得企迹窥奥之叹，此并世有文字者之责也。吁！此吾所以览其书，聆其奏，勿待心夔之乞，辄为之传。既铭其所制之琴，而复歌以序之。若不能自已于怀者，非徒自附于期牙之伦，亦聊以寄夫无穷之感也欤。"诗云："祖龙炬后乐亡矣，古圣遗制仅余此，中郎不作雷张死，筝笛一例乱宫徵。有客抱琴来诸城，析律审吕诣杳冥。南之吴楚北幽并，欲从古器证古声。中原法曲久凋零，片帆东指万里轻。异国有乐不堪听，触耳繁喧厉以凌。蓬峤不见安期生，归来发愤效虞卿。弓旌在门招不窘，辞荣居困意孤行。知我志将订广陵，为我手合桐梓精。丁巳首夏日在庚，历时三月斫斯成。施缦一挥四座倾，庭松谡谡风泠泠。大弦若钟小若冰，神哉直与造化争。右撮左绎磬叶笙，霜霄铁马春林莺。急滚长猱雷雨迸，潜虬夜啸发沧溟。戛然飞吟鹤唳晴，流云四绽摇秋英。按泛遍历十三星，玉盘跳珠水泻瓶。异音透指字字灵，九德四善莫与京。敛手大笑韵余铿，移我情兮露诚能。明制世推潞益衡，对此夷为琵琶筝。劣材断丝附渊明，顽铁闳响夸孙登。椅桐梓漆载诸经，琢石范陶果何凭。嚱杀日竞淫哇兴，谁向虞晖问浊清。儿女昵语盖牛鸣，韩苏肤论播群盲（昌黎昧于乐律，坡公琴学未遂，故论涉影响）。千年佚谱许重赓，寂寞幸汝为之朋。一弹再抚心太平，尽涤胡笳羯鼓腥。吁嗟乎！唐柴宋薪纷纵横，绿绮焦尾亦徒名。题额镌池韬以缯，脱遇襄连鉴吾铭。"

范罕作《雨后诗成志喜》。诗云："好月不可攀，肉眼窥天步。空阶新雨积，跬步江河阻。独喟岂不愁，闲居圣所惧。坐久新篇成，文字不汝误。超然百虑中，一念平平住。以兹悟生理，有欲勿强去。多欲丧吾真，无欲亦何务？诘旦是新晴，定觅惊人句。"

王揖唐作《肥上三绝诗（并序）》。序云："余生也晚，乡耆宿所及见者，沈石坪丈（用熙）善书，王五峰丈（尚辰）工诗，王俊生丈（春懋）精拳术，各以所长，授徒乡里，成就并众。余尝推为肥上三绝，赋此识之。"诗云："俊生拳术实堪师，寂寂衡门世不知。欲并二难号三绝，石坪书法五峰诗。"

圆瑛大师作《四十口占》。诗云："四十流光转眼过，依然人世感风波。浮生如梦谁非寄，慧镜蒙尘我自磨。默契维摩门不二，了知临济旨无多。云开雾散晴空现，妙觉圆明一刹那。"

陈尔锡作《送同官潘庭长告归终养》《游西山八大寺，偕尹尧新》。其中，《游西山八大寺》云："逶迤横断岫,并辔与跻攀。悬石仰题字,疲驴横看山。寺藏秋影瘦,僧立洞云间。捡取幽栖地,相期日往还。"

任可澄作《题缪柳村先生遗照〈柳村图〉,次松禅老人韵》(丁巳京寓作)(三首)。其一:"七曲横塘万柳西,画桥罨碧称幽栖。此中认作高人宅,古木虚堂似仿倪(高西园有仿云林《古木虚望图》)。"又作联语《挽张耀廷、熊克丞、黄孟曦诸君》(民国六年与戴戡同殉难成都)(二首)。其一:"一时多少豪杰,只赢得碧血千年,看守关虎豹,当道豺狼,人间万事堪哀,不用长歌悲蜀道;中原大好河山,都付与斜阳一线,任龙战玄黄,蜗争蛮触,眼底苍生可念,何须挥泪哭英雄。"

黄咏雩作《远游篇·用〈楚辞〉屈子语》《善哉行》《缓歌行》《韶州曹溪南华寺谒大鉴禅师像》《北村晓渡》。其中,《缓歌行》云:"灼灼园花,云谁之溉。载秀而实,勿翦勿拜。何彼秾矣,风雨披披。有雀有雀,衔花躁枝。雀为花来,睍睆不舍。翘尾仰咪,乃罹戈者。循流俯景,悠悠我行。春蚓作饵,蚓糜鱼烹。鼠穿我墉,猫则捕之。毛血狼藉,主人不怡。我跨我马,纡徐得得。食我刍豆,岂得辞勒。马饱则腾,疾于骍骍,附尾营营,蝇亦千里。"

贺次戡作《试笔》《代达之寄桐卿》《星槎生朝招饮,即席口占》《哭陈渭勋》《次志刚韵》《午寐》《墨吏行》《中央公园看牡丹》(二首)。其中,《星槎生朝招饮》云:"满堂锦簇映春云,檐鹊欢声报喜频。美尽东南成盛会,弦歌隔院迭相闻。"《哭陈渭勋》云:"究竟婴何疾,遽然陨此身。世间惊梦短,天界隔凡尘。千里音书断,连朝风雨频。故人悲坠泪,追念倍伤神。"《中央公园看牡丹》其一:"南荒清秀生兰蕙,北地凝香有牡丹。佳士口评论气质,亦同异卉各专坛。"

许天奎作《丁巳养病台北就医(自孟秋至冬杪)寒夜感作》。诗云:"漳滨一病误秋期,床榻重删旧时诗。容易青灯消壮志,等闲白发换乌丝。残更风雨催乡梦,迎岁光阴迫睫眉。拟向佳人低首问,世间愁恨可能医。"

孙介眉作《步孙芹生游龙潭山原玉》《自娱》《集唐句》。其中,《步孙芹生游龙潭山原玉》云:"曳杖岩深处,石云水自春。径荒须费履,寺午不闻钟。剥落神台偶,残留佛院佣。江帆来眼底,物小岭低松。"

郁葆青作《咏史》《春闺》《燕子楼》《除夕湖亭望雪》。其中《燕子楼》云:"红颜守节酬知己,楼上幽栖祇自怜。白傅书来垂老日,绿珠身坠正青年。乍回檀板金樽梦,顿了歌衫舞扇缘。若使美人衰病死,更无人吊落花天。"《除夕湖亭望雪》云:"园林人迹少,亭榭粉妆成。春被梅花泄,岁从风雪更。迎年莱舞彩(大人于元日生),饯腊酒飞觥。诗兴寒逾热,茶铛手自烹。"

杨庶堪作《短歌,赠邓和卿》。诗云:"邓君坦荡人中豪,快论一似并州刀。身经百战护国难,谓有天幸非人劳。我闻此语增感恻,悍将骄兵满南北。庄生腐心窃仁义,夷齐悲歌采薇蕨。交趾久墟句骊尽，前车未及戒来轸。沉醉钧天唤不应，唯我与子还同病。行矣君今莫叹嗟，愿君努力爱春华。饮头系颈有时含，深山大泽生龙蛇。"

杨尔材作《民国六年澎湖饥馑感作》。诗云："呜呼天生我澎民，二百余年住海滨。地多不毛雨露少，终岁勤劳莫救贫。三年耕无一年食，旱魃飓风作频频。人繁地窄难生活，多半他乡谋栖身。客岁旱灾七八月，五谷不登叹苦辛。七十年来多歉岁，未闻饥馑此荐臻。富者田园亦典尽，贫者难逃釜生尘。鹄形菜色莫名状，庚癸惨呼竟谁亲。幸有仁人诸君子，不忍膜视越与秦。慷慨捐资谋救济，差免绝粮如在陈。寄语吾澎受赈者，一饭千金恩勿泯。我亦西瀛一分子，聊赋俚歌当谢伸。自愧无力同袖手，沦落天涯未逢辰。"又作《丁巳过朴子》（二首）。其一："重来过朴地，犹是一吟身。昔日交游辈，追怀惹怆神。"其二："风雨催花落，空庭蝶靡飞。当年同作客，屈指几人归。"

丁叔言作《三十自述》。诗云："我生在戊子，忽忽三十春。回首溯往迹，往迹难俱陈。母出琅琊郡，来自南海滨。育我未弥月，一病遽沉沦。渐长想威仪，牵衣问严亲。严亲告儿说，汝母贤且仁。大人怜弱质，命名曰锡纶。延师教之读，训诲清且淳。幼虽不聪颖，谨敕知所尊。潜心励勤朴，不敢逐游尘。我年宜交友，为我择端人。我年宜有室，为我联良姻。秋高月轮满，天河无迷津。帐开双金凤，烛影灿金银。并蒂绣罗幕，鸳鸯在锦茵。妇兮臧氏女，情性秉温纯。相随六七载，家事劳荆薪。可怜娇好花，难比松与筠。一夜下严霜，顷刻埋荒榛。遗女方周岁，伶仃呪尺身。悲哀非所知，向我发微噸。近年始向学，朱墨上衣巾。女工习刺绣，颠倒未能匀。今日育汝难，乃知我不辰。嗟哉无母儿，动辄触悲辛。卅年述往事，一一俱伤神。"

陈海瀛作《读涪翁诗》《龟父》《酒余漫兴》。其中，《酒余漫兴》云："囊中余百钱，悉数以沽酒。酒薄不成醉，仅容一张口。我贫过东坡，安从得一斗。文字饮渐疏，闭门谢求友。岂缘薄赋命，流落江湖久。自困如缚禅，遭迫如逋负。只合营糟丘，与之长相守。无烦倒载归，眠过日没西。"

秦更年作《喜雨》。诗云："百日苦无雨，梅风始解晴。平添一尺水，急洗数州兵。人意讵云忤，天心倘厌争。聊为秋后计，农事卜西成。"

熊瑾玎作《和张仲炎秋日登龙氏一览楼》《两君咏》（二首）。其中，《和张仲炎秋日登龙氏一览楼》云："扁舟恨不溯湘流，来上龙家一览楼。共拨狼烟寻夜月，同观巨浪撼潭州。鱼龙摄伏秋江水，鸥鹭迟徊古渡头。如此壮游兼绝唱，胸中何着半分愁。"

朱蕴山作《观京戏〈党人碑〉演出》（三首）。其一："由来冰炭不同炉，正气终将胜狗屠。漫以无家叹张俭，此身切勿走歧途。"

杨令弗作《斥张勋复辟》。诗云："鬘发斜拖堕马妆，侍儿齐拥谒君王。红丝千里凭谁系？应悔兰姨错主张。"

朱家驹作《夜坐》。诗云："老去摊编罢绝韦,夜来冥想叩深微。元黄变态无终始,蛮触争端有是非。实地从容须自领,浮荣征逐欲奚归。鹿裘带索前修在,静抚诗书愿不违。"

李绮青作《丁巳初度述怀》(四首)。其一:"咸丰己未记悬弧,阅世如经百折途。生际兵戈长逆旅,蚤逢偏露老鳏居。舂陵未改称漫叟,彭泽依然是酒徒。手把一杯私自笑,明年更满白髭须。"

聂树楷作《题〈播州杨氏女昆仑策马图〉(有序)》(丁巳)。序云:"宋黄宗道有《播州杨氏女夺〈昆仑图〉》,藏元鲁国大长公主家,袁桷有题图诗并跋,见《清容居士集》。杨氏女事,史及省郡志均不载。贵阳陈衡山(矩)分纂省志,据袁诗采入列女,并命其长女清补图征诗。"诗云:"君不见松桃杨莲之,年方十六昌其诗。又不见黄平杨宜娘,曾以武宜名其乡。播州奇女亦杨氏,宝马雕弓呈绝技。夺得昆仑奏凯回,奇功乃出娟娟奓。杨家三女黔中英,播女战绩犹轰轰。史乘无征名失考,画图赖有黄宗道。至今图亦随风烟,仅存袁桷题画篇。一篇乐府吟唧唧,中有木兰呼欲出。衡山先生志列女,已采袁诗补《黔语》。乡邦万祀传英名,补图更有陈女清。人是天人马天马,笔妙欲与曹吴争。若逢鲁国长公主,定袭缥囊藏秘府。"

陈闳慧作《咏牵牛花,用钱箨石韵》《喜雨,示王希逸》《感时事》《暮归》《杂诗》。其中,《咏牵牛花》云:"朱英照眼绮霞妍,日炙俄教色欲蔫。底事芳心甘冷淡,为谁瘦蔓故缠绵。西风晓露秋微逗,碧汉红墙梦未圆。相对似将离恨诉,阑干斜倚嫩凉天。"《喜雨》云:"苍耳疗饥亦已无,沛然一雨正相需。坐看苔砌浓青合,想见林畴病绿苏。畎亩深忧堪自释,江湖清景最宜图。便思就汝茆堂饮,斫鳝烹鲀饭玉腴。"《感时事》云:"大陆群龙战,传烽照海湄。愁云天欲压,独木厦难支。时事何堪问,我生亦可悲。最怜飞幕上,巢燕尚酣嬉。"

党晴梵作《无题》(二首)、《浣溪沙(漫道杜娘胜放谢娘)》《潇湘夜雨(叶落一庭)》。其中,《无题》其一:"杜宇西风枉断肠,人间难觅返魂香。恩仇历历卿须记,再世应为聂隐娘。"其二:"两行血泪九回肠,博得千秋姓字香。洛水荔原愁似海,我来何处吊贞娘。"《浣溪沙》云:"漫道杜娘胜谢娘,春兰秋菊各芬芳,青裙缟纻总难忘。　　几见墓田蔓草碧,依然门巷落花黄。伤心无语立残阳。"《潇湘夜雨》云:"叶落一庭,蛩吟半壁,秋来无限牢骚。况愁霖偏又连宵。残溜当阶声断续,薄寒侵枕梦萧条。须记取,明年槛外,莫种芭蕉。　　宝鸭香沉,银缸花坠,不住潇潇。纵有元龙气,湖海尚豪。那禁得,秋风秋雨,年华似水暗中消。待天晓,霜痕点点,镜里上鬓梢。"

吴尚辉作《菩萨蛮》(五首)。其一:"绿芜庭院生苔藓。莺花明媚春将晚。风雨不关情。迷楼香正盈。　　敧斜倾舞袖。燕蹴飞花溜。余景幻江山。歌筵春兴阑。"其三:"离亭芳草伤心处。江流寄泪瓜洲渡。龙湖尚蟠山。海幛谁待圆。　　巴渝歌舞续。谩道不思蜀。风雨落花残。鹃啼春可怜。"

庞友兰作《题某校书男装小影》。诗云:"迷离扑朔费思寻,几度凝眸笑不禁。识得萧娘有深意,衣冠多半美人心。"

林文访作《长安感怀四律》。其一:"片云不起日朦胧,天色苍凉吼劲风。大地黄盘千骑骋,万山青锁一关雄。全秦形胜征鞍外,振古边愁望眼中。如此程途资壮览,伤心岂是为飘蓬。"其二:"闻道天山五月寒,黄沙满目路漫漫。北人多说秦关险,南鸟何知蜀道难。万里长城催晚角,十年战士抱征鞍。戍楼日落秋风紧,坐拥重裘览袖单。"其三:"野旷天低鹤影单,入吴寻陆总荒寒。璧联日月唐虞夏,瓦裂河山赵魏韩。桐叶风余周代守,李花开过首阳残。轻车明日天涯路,满眼兴亡泪不干。"其四:"河山四塞古神州,千载人犹忆壮游。周室独师姜尚父,汉家原重富民侯。潼关东抱成金陵,灞水西来作御沟。形胜不殊人事异,书生一醉看吴钩。"

刘华钰作《唐伯昆家菊花甚茂,诗以赏之》。诗云:"遥闻秋菊茂唐家,瞻仰诚如谒释迦。陈列庭前多异种,安排篱下尽奇葩。青枝护干人皆羡,绿叶盈盆我亦夸。佳色万千游赏遍,从今老眼更无花。"

曾慕韩作《蜀难行》(民国六年作于东京)。诗云:"噫吁嚱,危乎悲哉!蜀难之兴乃如波谲云涌而未央!天如有意屠西蜀,我忍无情哭故乡。今人每谓船山句,侧身西望空彷徨。忆昔朱明失其驭,厥有闯献肆荼毒;杀人如麻糜孑遗,天道循环成剥复。胡清建国三百年,劳来安集乐畴尘;中经红羊劫火炽,幸免大乱偷安全。逮其末运王网解,失政召乱曰路权;辛亥一役倡者蜀,先乱后治或有然。迩来扰攘逾六载,未得一日止戈铤;古称天府未为过,今拟地狱真堪怜。我闻近世哲人语,天赋人权须记取;如何有众七千万,不自图强转为虏?锦里笙歌盛管弦,楚人一炬成焦土。剧怜煮豆燃豆萁,又见喧宾能夺主;物腐虫生有由然,嗟尔阋墙徒自苦。噫吁嚱!贤豪不世出,丧乱将谁抚?李白空歌蜀道难,杜陵终自怜严武。我从去蜀远居夷,海天飘泊又移时。巫峡夔门犹在望,沙虫猿鹤总堪悲;创巨痛深应有悟,枕戈跃马未为迟。由来巴蜀产英才,只今风气待谁开,犹闻鹤唳天边警,剩有孤鸿海畔哀;论蜀无文惭父老,三山惆怅独徘徊。"又作《杂感五十首》(民国六年作于日本房州海滨)。其一:"始事者东南,收功者西北。会看起人豪,挥戈能返日。"其二:"亦有徙薪论,愁闻筑室谋。行吟滞海畔,西望泪横流。"其五:"凤悟原才旨,终疏克己功。寸心先自懈,何计挽颓风?"五十:"学愧天人贯,思拟鬼神通。镕将万名理,都付五言中。"

高宪斌作《咏秋柳二首,和筱村同学原韵》。其一:"娉婷弱柳几经秋,镇日依依傍客楼。莫叹飘零飞絮尽,婆娑不减旧风流。"其二:"袅娜千条复万条,无端霜信到疏梢。而今秋老情怀淡,除是风来不折腰。"

金问洙作《大雨雹》。诗云:"春申江山春已暮,镇日杨花飞满路。地轴东旋日西颓，雷雷乃作风云赴。天昏地暗俄顷间，龙腾虎吼吁可怖。乍惊磊碌陨石砾，又听铿锵撼环铺。大者梅李小莲茨，硬者如雨纷纷注。父老叹为罕所见，稚子惊啼食失箸。好事捃拾满盘盂，明珠跳荡水精沍。外为感热冰雪消，中犹凝寒金石固。触肤凛冽尽缩猬，著手滑迭如脱兔。是时万籁忽沉寂，雷霆霁威雹且住。晴云雨云卷更舒，无声有声势转怒。巨炮凌空万丸下，金蹄跌地百马骛。错落鸡卵与人拳，摧折牛角复鸟羽。已睹华枝辞直干，行见菜茹偃场圃。琉璃之瓦何足破，坏垣毁屋有余裕。愕眙一坐讼禨祥，物理宁与天人故。安得有雹不为灾，毋使吾民重困苦。"

李笠作《梅花》。诗云："天教岁岁卧瑶台，独抱幽芳待鹤来。玉笛夜寒和月咏，檀心春早避烟开。平生缟袂谁能梦，此辈清流未易才。绕树微吟香满颊，逋仙不作意悠哉。"

余觐光作《次韵赵所长铸鼎〈惜年华〉四首》。其一："岁月百年如影泡，无端白发迫人来。少时看剑宁无志，今日能诗便是才。大梦乍回蝴蝶幻，浮生如寄蟪蛄哀。《南华经》是长生诀，一卷都忘万事催。"

宋慈抱作《赠陈墨农大令（祖绥）》《题洪博卿广文〈天水碧〉传奇》。其中，《赠陈墨农大令（祖绥）》云："吁嗟民权说谁始，渊勒横行蛙声紫。此邦山水足遨游，梁震依然名进士。丹铅隐几玉介园，论世知人到桑梓。醉时酒胆健如龙，墨吏闻风不敢侈。鲲生倾盖文字交，籍湜胆韩叹观止。相期遍和霁山诗，更愿共补横云史。"《题洪博卿广文〈天水碧〉传奇》云："记曾乐府泣冬青，幽草寒琼带雨冥（蒋清容先生〈冬青树〉乐府，盖吊南宋亡国事也。此书赵兴才㮤守城事亦称余波）。南渡湖山成噩梦，东瓯旄钺树芳型。可怜许远丹心在，赢得苌弘碧血腥。千载稗村野史笔，哀音激越不堪听。"

曾仲鸣作《重游鸦加苍海滨有感，时四兄回国，四姊等在比那莲山》《望月》。其中《望月》云："燕子矶边一棹轻，倦涛如睡渐无声。卧看万顷微茫里，云自来回月自明。"其妻方君璧作《别纬君五姊》。诗云："帘外萋萋山色微，晚烟衰柳且相依。从来已惯别离苦，底事啼痕又染衣。"

毛泽东约本年作《自信人生》（残句）、《奋斗》。其中，《自信人生》（残句）云："自信人生二百年，会当水击三千里。"《奋斗》云："与天奋斗，其乐无穷！与地奋斗，其乐无穷！与人奋斗，其乐无穷！"

杨开慧作《高谊薄云霞》。诗云："高谊薄云霞，温和德行嘉。所贻娇丽菊，今尚独开花。月夜幽思永，楼台入幕遮。明年秋色好，能否至吾家？"

罗剑僧作《咏兰》。诗云："价同名士贵，形类美人妆。仙骨缘情种，清风引妙香。尘寰难觅友，幽谷自称王。淡泊留高节，湘沅赋《九章》。"

瞿秋白作《雪意》。诗云："雪意凄其心惘然，江南旧梦已如烟。天寒沽酒长安市，犹折梅花伴醉眠。"1932 年 12 月 7 日，瞿秋白将此诗录赠鲁迅。

郭沫若作《残月黄金梳》（作于日本）。1919 年三四月间由作者改为新诗《别离》，刊于 1920 年 1 月 7 日上海《时事新报》副刊《学灯》。诗云："残月黄金梳，我欲掇之赠彼姝。彼姝不可见，桥下流泉声如泫。晓日月桂冠，掇之欲上青天难。青天犹可上，生离令我情惆怅。"又于日本作《夜哭》。诗云："忆昔七年前，七妹年犹小。兄妹共思家，妹兄同哭倒。今我天之涯，泪落无分晓。魂散魄空存，苦身死未早。有国等于零，日见干戈扰。有家归未得，亲病年已老。有爱早摧残，已成无巢鸟。有子才一龄，鞠育伤怀抱。有生不足乐，常望早死好。万恨摧肺肝，泪流达宵晓。悠悠我心忧，万死终难了。"

王统照作《题自著〈除夜〉小说后》《题自著〈过后〉小说》。其中《题自著〈除夜〉小说后》云："欲将人世魑魅影，写入毫端愧应难。风雪凄迷岁已暮，河山璀璨梦中残。哀时湘累愁独醒，托志虞初效古欢。掷笔寒宵收涕泪，惊看月堕夜将阑。"《题自著〈过后〉小说》云："重到门庭历劫尘，残膏冷翠剧伤神。文章乖命封侯悔，始悟功名两误人。"

老舍作《过居庸关》。诗云："遨游此乾坤，任人呼山贼。飞步纵苍茫，举目天无色。万山猛奔驰，突被居庸勒。宇宙咫尺宽，日月尽逼仄。万塞摇红柳，两壁狭鼙口。为显造化艰，面面石棱瘦。古柏老龙蟠，虬枝挂北斗。俯仰瞰烟云，天风一握手。永镇赵燕门，白云变苍狗。君不见，路嶙峋，山起伏。风打石头还，人行雨脚蹙。春暮絮不飘，万古鬼夜哭。碧血古英雄，飞磷出山腹。欲退路转逼，思进车折毂。拔剑意彷徨，锋锷腾青霜。啼猿促归客，驻马叹兴亡。丸泥无要塞，执戈谁国殇！守关人何在，古道莽斜阳。"又作《定战地于石景、金顶二山。我军驻石景作战两次，我先胜而后败。同学各有记，乃为诗以志胜概》。诗云："短衣匹马矫如龙，鼻头生火耳生风。旌旗五色铁象嗫，金镫半夜火牛攻。投笔羞草陈琳檄，破浪乘风万人敌。干将鸡唱舞刘琨，砥柱中流鞭祖逖。出山小草有远志，报国何必高权位！耻将白骨腐金棺，且拾青毡裹铁骑。三鼓曹刿乱齐兵，万里道济呼长城。广武原头笑竖子，崤亭一战来书生。我军赤帜山之南，浑河如带绕霜岚。夜半将军令攻敌，缒幽凿险阴平探。我做先锋挟辀走，乘电吹□好身手。山骨嶙峋磨甲鞬，西风萧瑟传刁斗。星光烁烁天河低，千山峭峭鸥鸮啼。荒碑短树疑人立，磷火团团逐马蹄。此际精灵知欲语，此时豪气浑无阻。沙场七尺控骅骝，一命哪堪同腐鼠。平明窥得敌军垒，密递蜡丸侦谍诡。将军秣马金骁鸣，四顾悲歌折马棰。长枪大戟卷黄埃，银铠金鳞晓日开。擒虎缚得黄奴去，盘龙大叫周公来。隐险离合失孙武，连环马冲诸葛弩。男儿浩气薄云天，夺得山河须眉吐。欲进仍回兵贵奇，似散还联首尾持。猛出偏锋疾呼进，九里山下判雄雌。鸟亦罢其飞，川亦遏其流。四面楚歌声何多，八公草木山为愁。两军相持施谋略，激昂不肯示懦弱。马革当裹伏波尸，华亭羞唳士衡鹤。更肆奔驰彼军退，旋扼高峰射其背。战云荡荡日及申，将军挥纛结归队。归来更扫营前后，只恐间谍施疑诱。同声齐唱凯旋歌，亭午会食犒牛酒。鸣笳叠鼓呼得意，侈谈我军得地利。且笑敌军已远逃，稍设伏兵已足备。突闻河边阵阵鼓，想是中军猿骑舞。惊见赤帻遍地来，敌马衔枚弹如雨。倒执长矛车乱轨，退守浑河陈背水。敌帅指挥更老成，劫得我营弗穷捶。是知盈满足败事，更知攻守非易易。阿瞒横槊大江东，百万貔貅丧骄恣。武事文章原一脉，变化机宜无定则。莫谓小小游戏场，七德三韬兼而得。从来文武总殊途，青衫白面矜书奴！簪缨付与不学者，坐听赤子遭剪屠。东晋诸贤空放逸，新亭泣下嗟无术。世隆名隽真堪师，清谈第二槊第一。翻新挽溺归吾党，杨氏儒生还勇往。闭门著论属潜夫，到处枪威惊铁杖。来日神州正多难，男儿刺臂仍吞炭。苻生一眼泪成双，哥舒老将枪留半。君不见，火色鸢肩唐马周，虎头燕颔汉班侯。一代英雄千秋气，宝刀横斫贺兰头。诸君听我歌水调，激昂不屑孙登啸。昚然一声歌且终，霜林射得虎眼红。"老舍又参加北京师范学校组织第二次野营，作《野战归来，勇气百倍。路人目为军队移驻者。吾国积习，文武殊途，改正之责在吾辈也，乃成一律》。诗云："丹枫白石秋风路，携得西山爽气回。大纛乱翻鸦背影，少年总是凤雏才。三垂冈酒梁王慑，一丈枪威铁杖来。助我军声多壮阔，浑河滚滚卷黄埃。"两诗均载 1919 年 4 月《北京师范校友会杂志》第 1 期。署名"四年级生舒庆春"。

吕思勉作《挽雨农》。联云："同甘苦十年，岂独结交称最厚；困风尘半世，可怜赍志竟长终。"

萧公权作《山花》《去年》。其中，《山花》云："山花绰约为谁开，偶过春溪看一回。莫问明朝风雨事，游踪几处得重来。"

潘世谦作《晴》《秋夜》《春日南湾》《南湾远眺》《蝉》。其中，《南湾远眺》云："爱看秋色独登台，蔓草斜阳迤逦开。几片风帆成点缀，一条雪浪破天来。"《蝉》云："落日照荒城，平林三两声。方欣得美荫，何用倚高鸣。雨后啼宜咽，风前韵转清。秋凉一叶堕，孤客意同惊。"

王同愈作《题顾荫孙小照》（时方丧偶，图作蒲团趺坐）。诗云："欢日日以遗，悴日日以接。忧乐贼年命，烦寂一念摄。老去忽悲秋，鹡翼惊摧拉。独弦多商音，抚之不成叠。余亦叹孤桐，初愿乖耕馌。衰迟不任感，有怀孰启纳。泊然寡万虑，输君具慧业。达生了庄义，缮性到梵夹。调驯一蒲团，止观欻微歇。手捻百八珠，笑数沙海劫。"

包千谷作《荷公生日有自赋诗，因敢续貂，借以交惕》（三首）。其二："百累困人如陷阱，谁知原子贫非病？自从辛卯失慈晖，丙午戊申奇祸并。大丧未除期丧三，嗷嗷八口一肩担。债台高筑无计避，砚田收入真纤纤。况今斗米银一两，食指日繁消费长。入不敷出唤奈何，子侄四人愁教养。"

瞿宣颖作《张女》。诗云："张女门前合锦辀，漫凭红印缩绸缪。争知驿骑清宵发，已触乌龙卧榻愁。粉阵终输风信急，瑶函却倩外人收。沉沉如梦彭门道，堕月飘烟节度楼。"

吴研因作《题章心斋乡先辈〈墨稼庐遗稿〉》。诗云："常侍成名不算迟，堂堂终自树雄师。才如丽质天难弃，老以诗鸣志可悲。六十年残犹作客，百千言富只忧时。杞人我亦心多甚，怕听江关庾信辞。"

叶佩瑜作《旅港公干，寄怀夏封从兄》。诗云："揽辔踌躇出故林，栖迟岛屿岂初心。乘风久欲拏云去，入世何妨历岁深。对酒无缘消别恨，忧时有泪郁孤吟。回头花萼怀兄弟，日暮江天思不禁。"

梅绍农作《郊游》《村居四首》《近华浦晚眺》《观田家》《田间》。其中，《观田家》云："父耕山上荒，子耕山下亩。风起尘灰扬，父子悄无语。可怜数月间，天无一日雨。大地草不青，阡陌尽焦土。世乱年复荒，遍地皆旗鼓。何处非饥溺，岂独田家苦。"《田间》云："落日满西畴，逍遥出廓去。几日禾苗深，遮断往来路。田头寂无人，徙倚多成趣。回首闻歌声，人在禾深处。欲叩田家乐，微笑竟不顾。"

朱东润作《再至怡园》《登东山，山前为炮垒，其南赵光埋剑处也》《寄东启》《步出东门，遂至怡园》。其中《步出东门》云："胜地东门外，秋光应可餐。湍惊争石窟，树老出云端。独步肯辞远，清风不觉寒。小楼频眺望，脉脉把栏干。"

常燕生作《题〈上下古今谈〉卷首》《读史三首》《偶感》《丁巳二十初度，集定庵句自题小照》。其中《偶感》云："爱情我说如宗教，要与劳生定此心。莫向西方重觅佛，石榴裙下法云深。"《丁巳二十初度》云："莫抛心力贸才名，至竟虫鱼了一生。猛忆儿时心力异，万绿简尽罢心兵。"其妻娴清作《结缡三周纪念日，书此以寄燕郎》。诗云："三春景色最堪珍，转眼黄梅争效颦。叹彼天公如有意，故将牛女隔恨津。千里遥隔魂飞苦，三载相思梦亦贫。日将努力磨岁月，为郎抛却几多春。"常燕生和诗《丁巳夏满来都后怅然有忆，书此以寄之》云："平时漫遣韶光过，别后方知意味深。两月温存犹在眼，几人谈笑可如心。深思已负千寻极，远念还劳万里临。碎骨粉身何所益，岳云天月鉴此忧。"娴清《答燕生》云："惊君海誓感君恩，勾起离情复泪痕。远念已堪劳梦寐，新诗何尔又温存。同情原誓常比翼，妇职当然又何论。惟嘱珍重休远虑，他日功成振家门。"

范问予作《别女行》《航海家寄》（茶山遇风浪）、《梦中作》《呈众叔》《游三海公园》（四首）。其中，《别女行》云："和乐一家春，何当我独行？骨肉各一隅，岂不为牺牲。牺牲何足惜，宁不伤我情。惆怅临行时，依依出天真。声声呼阿母，泪已湿征尘。顾此一相别，安可期相亲？春暖涉春波，谁与共芳晨。不见娇女笑，徒闻江水声。江水碎我心，此情难以伸。万事都余恨，舐犊黯伤神。神形俱不宁，此别为何因。人生祇百年，曷极其酸辛？回头望江南，空有泪痕新。"《航海家寄》云："燕云映客影，征雨湿春衫。去去涉沧海，大哉浪接天。裂地崩山来巨啸，思亲无限意绵绵。鱼目杂星火，深霄共月明。依稀见蜃市，蚌幻女娉婷。须臾丹砂点海面，旸谷春回云有声。"《梦中作》云："晴和似早春，梅萼竞吐新。风物江南似，燕然多胡尘。年华听长短，世局疑鬼神。寂寞空庭晚，含情且自珍。"《呈众叔》云："万里关河隔，迢迢各一天。暗伤离膝下，安肯受人怜。竹谱调风曲，月华浴碧泉。吴歌与越舞，相对更凄然。"《游三海公园》其一："名园佳木郁阴森，入画埼埼辇路青。寂寞鱼鳞三海月，消残王气五龙亭。"

黄太初作《云叟过访，蒙招游岩，赋答二律》。其一："年来江海别，无限故人情。览刺心先喜，深谈感忽生。前尘如梦幻，知己负君明。一日三秋意，言中数不清。"

徐嘉瑞作《翠湖杂吟》（三首）、《翠湖怀友》《秋声》《过曲靖》（三首）、《无题》《毕阳·醉》。其中，《无题》云："客舍春深日影迟，唯将细字苦乌丝。芸编蠹简销年少，此是乾坤何等时！"

［日］土方久元作《皇上三十九回圣诞，抵日光离宫奉祝》。诗云："离宫高处簇祥烟，献寿群臣陪御筵。四海苍生皆抃舞，皇家隆运万斯年。"

［日］内藤湖南作《奉寄弢庵师傅二首》。其一："痛绝斯文危岌岌，老师仅见赵孙卿。一丝犹系神明统，半壁谁扶龙潜京？终古三陵王气郁，中原百郡阵云平。兴衰毕竟有天意，懋德应依丽亿情。"又作《原田氏池田山庄，同雨山、硕园诸君赋》。诗云："卅年坛坫仰名流，最少如吾亦白头。痛饮祇应消此夕，摄山风雨古中秋。"

［日］松平康国作《丁巳岁晚》。诗云："三岁阅兵祸，诗多激楚音。所闻真恻怛，无病岂呻吟。争肉虎狼性，好生天地心。若非真主出，涂炭奈苍生。"

［日］高须履祥作《梅花砚歌》《和泉邑访石川丈山宅址》。其中，《和泉邑访石川丈山宅址》云："功名一掷入林峦，想见胸中风月宽。故国于今存宅址，千竿水竹戛琅玕。"

［日］德富苏峰作《示内》《老龙庵即事》《与谁歌》《高丽丸甲板上偶成》《扶余怀古》（二首）、《乐浪郡故址》《永明寺晓望》《海印寺次崔孤云韵》《藏经阁》《任人看》。其中，《任人看》云："风驱晓雨送轻寒，岳雪高抽云雾端。真个名山若名士，玲珑八面任人看。"《藏经阁》云："海印寺边花欲然，藏经阁笒翠微巅。鼠虫回避况秦火，鬼护神呵七百年。"

［日］冈部东云作《贺风间金次郎翁米寿》《今成大嬬人古稀寿》《忆西乡孝道和尚》。其中，《贺风间金次郎翁米寿》云："鸡冠山下太平民，米寿高龄有此人。鹤发酡颜望千岁，举杯谈笑祝新春。"《今成大嬬人古稀寿》云："勤俭齐家人所归，闲居养老

悟禅机。特开寿宴桃花节,带醉颜光照锦帏。"

[日] 芥川龙之介本年至 1919 年作汉诗二首。其一:"沙浅蒲犹绿,石疏波自皱。遥思明月下,时有浣纱人。"其二:"鼎茶销午梦,薄酒唤春愁。香渺孤山路,风花似旧不?"

王闻长诗系年:《与易葆山大令同游北山兼呈雷筱秋》《哭六弟烜》《又和栾佩石元韵》《又和瞿根约元韵》《送任孝庭兄出宰敦化二首》《和成竹山〈修暇第二集〉元韵》《题竹山〈香雪寻诗〉图卷》《经卡伦》《由京返吉,车中有怀康南海》《和栾佩石厅长〈自寿〉元韵二首》《之任双阳,留赠于慕忱、谦叔昆仲》《双阳道中》《题旌表贞孝河间刘母唐太宜人事实册,宜人恫悫公树义之女,巡抚炯之妹》《和成竹山同年〈自寿〉元韵二首》《郭侗伯省长寿诗》《和刘子丹同年见赠元韵三首》《石公以〈送春〉诗见示,依韵奉和》《贞盦夫子招饮六味斋》《侗伯省长见和,叠韵奉酬》《寄成竹山,用成公韵》。其中,《哭六弟烜》云:"不入家门久,颓然一叟衰。百年弹指过,万感逼人来。康乐游将倦,惠连安在哉。吾宗日萧瑟,为尔有余哀。"《送任孝庭兄出宰敦化二首》其一:"忽忆甲辰夏,携登上苑游。玉泉甘似醴,船坞冷于秋。故国今何在,浮生迄未休。青龙桥畔水,呜咽为谁流。"《由京返吉》云:"长白峰头落照时,愁心千叠少人知。冬山一睡呼难醒,西日三挥怒已迟。岭上孤松争独秀,道旁苦李闹群儿。多情却忆同年友,南海菩提剩一枝。"

方守彝诗系年:《谢岐生赠小盆石菖蒲(并叙)》《岁暮苦寒,有怀金陵、黄浦、淮上诸老翁,遂次陈义宁伯严前年为仆题汤贞愍诗窟图卷韵寄陈》《苦寒,次韵纶士见赠之作,兼简天闵》《次韵天闵〈遣兴〉》《题毅叔表弟〈息深轩诗卷〉》《蜀开县李范之过访,袖出诗篇嘱和》《岁暮寄怀槃君》《敬题〈江阴诸生赵君彝鼎殉节记〉》《赠毅叔表弟二首,久别欣逢,兼贺续弦新喜》(二首)、《天闵得子,乃丧其嘉偶,诗以慰解之》《予既去杭州,王漱岩追送以长句,次韵却寄。方予之在杭也,漱岩出其近诗手稿见示,因知六潭先生归道山,游兴为之顿减》《到金陵,柳翼谋邀游秦淮,遂饮于问柳,归皖却寄》《得天闵天津书并近作长句一首,依韵寄怀》《竹西旧客投简,云九月中斋中绿萼忽放一枝,矜喜相告,系诗督和。噫!习俗移人,贤者不免,争时献媚之事,乃见于傲冰雪之老梅,此骚人所最感而伤也。次韵调之》《叔节送眷属南归,仍赴北京,赋五言一首送之》《阮公怀自伊兰来书索诗,赋寄》(二首)、《喜季野病起来皖》(二首)、《仲勉、慎思二君主芜湖女校有年,今年九月校中菊花开时,有宿兰亦亭亭破萼,异事征祥,造物之意,盖有所表也。读慎思〈兰菊齐芳〉长篇,题其后以申咏叹》。其中,《谢岐生赠小盆石菖蒲》序云:"旬日之前,岐生遣赠小盆石菖蒲,盖其里之隐者王老人所蓄。其法缘三寸拳曲之沙石植蒲,随其势之所至,颠趾之间蔚然葱茜,望之几疑为山阴之茂林修竹也。王老人平生不娶,业纸札以自给,一弟为人佣耕。独居幽谷，敝庐小院，柜藏名人字画三五轴，案头置古书数卷，院多四时嘉植，偶于其间作画，有清逸之致。蓄菖蒲至数百本，墙隅石隙罗列层叠，各有佳趣。予弟檠君一日至枞阳访李君光炯，光炯为檠君言老人，遂亲至其室，归而为予言如此。"诗云："拳石不盈握，种蒲成碧山。颇同君眼青，来此对衰颜。短短绿玉鞭，亦作蛰龙蟠。嘉苗丛美荫，翠蔚垂风鬟。晓润一瓢水，雨过泉潺潺。晚承小院露，珠生明月湾。一日看百回，一看百回环。感君持赠意，迩来为加餐。尤喜昏花失，书中细字还。因之悟生理，取境不须宽。情充于所适，一壶有大观。欲就王老人，容膝与盘桓。"《题毅叔表弟〈息深轩诗卷〉》云："残岁余几日，我怀尚万千。斗室坐不语，又见兰膏燃。案有远来诗，持之置吾前。揭开一吟诵，蛟珠跳寒毡。连读八九首，窗风寒两肩。凄紧欲掩卷，似闻涧咽泉。恻恻苦相感，两眼涵潺湲。挑灯整襟帽，纵声得终篇。终篇三叹息，忽觉神为妍。斯人虽玩世，刻励严自闲。辛苦种树木，一旦生风烟。几经羊肠路，快哉登青天。挥斥云霞里，毛骨皆神仙。细思何缘得，心清志气专。而我尚凡近，揽鉴羞霜颠。除夜祷司命，增我如君年。此计甚奇秘，秘之勿浪传。"《敬题江阴诸生〈赵君彝鼎殉节记〉》云："慨乎诗既亡，遂有《春秋》作。忧世先圣人，急如火自灼。大义括微言，是非凛然镬。因之生人心，不死藉大药。鸣凤声消沉，嗥狼臭郛郭。玄黄颠莫正，乌兔堕谁托。责任到儒生，望望怀抱恶。奋身塞溃河，舍命支崩崿。藐兹宁可救，拚压拚漂泊。耿衷起长虹，两曜光同跃。其照彻九幽，群鬼应窜却。纵彼大厉狂，要为神明薄。其余流浪辈，夜气发惭作。盛阴存一阳，天心复可索。吁嗟乎，赵君生值天日落，一死当《春秋》，大义振铃铎。清清冬日波，荒荒古城郭。岿然三贤祠，风雨旧丹艧。求仁在明伦，英灵同许诺。当时一片声，市人与鸦雀。鸦雀噪晚风，一震闻天鹤。题诗丁巳年，待圣起删削。"

沈曾植诗系年：《寄怀尧衢》《得友书却寄》（两首）、《候车联句》《仿玉溪体二首》《仿衣云阁体》《鸾嘤和韵》《余气》《题胡愔仲唐人所写〈金光明胜经〉卷子》《寒松图，李子申为若海画，愔仲属题》《伯严诸君探梅邓尉归，庸庵尚书觞诸花近楼，唱诗竟日》《涛园过谈，谓雅集诗以和韵为合格，适读散、蒿二公诗，有感于怀，复成一章，和尚书韵》《用蒿老花近楼韵，补作送归白田诗》《和季申韵》《季申见示〈花朝〉诗，和韵即效其体》《寄石卿》《恽晋叔观察见示长篇赋答》《题病山、仁先诸君游邓尉诗后》《奉和西岩相国〈病起简同社〉韵》《泊园过谈，写示近诗，和韵二首》《赠汪甘卿观察》《与子勤联句》（二首）、《寿陈弢庵太保》（三首）、《题高文恪公扈从写真》《题吴蔚若侍郎往生公据写真》（二首）、《郭寄翛〈画苑续征图〉》（三首）、《题郭起亭〈素庵印存〉》《泊园招饮，以"三月正当三十日"起句》（二首）、《钱新甫七旬寿诗》（四首）、《康长素六旬寿诗》（二首）、《浦口》（二首）、《望岱》《寄素庵相国》《金正希先生山水画册，为金篯孙题》《天琴寄诗相喭和答》（二首）、《积雨连句，天琴写示小词，复用前韵和之》(二首)、《膏烬》《回适》《忧来》《郇庐以葵园老人唱和诗见示,依韵写怀》(二首)、《罗瘿公过谈》《津沽杂诗》(十首)、《窅然》《和谢石卿〈红叶〉诗》《温毅夫给事奉贡归赋赠》《叶菊裳先生挽诗》(二首)、《顾辅卿太守挽诗》(二首)、《徐班老挽诗》(二首)、《沈涛园六十双庆诗》《酬江井》《简静盦》《答李审言》(二首)、《病寒,和泊园韵》《寱言》(七首)、《诗成而雨,复缀一绝》《涉笔简泊园》。其中,《泊园招饮》其一:"三月正当三十日,畸零不用课鸾徽。夕阳正向草中暮,客子那不春同归。吴羹乍瀹雀舌脆,貊炙不厌熊蹯肥。年芳一尔寒复叹,盼到清和试夹衣。"《津沽杂诗》其一:"长宵漫漫戴星行,通潞桥前潞水清。党禁勉随张俭避,草间深愧伯仁生。招摇北指心如结,海水西流啸不平。七十二沽盘薄云,沧桑碣石太无情。"其二:"江汉思归一腐儒,羁怀秋与月轮孤。卷葹心忍频番拔,苌楚枝犹阿那无!大地尽从忧患积,清尊难得笑言惧。由来晋士能倾盖,倘得田盘共隐庐。"《酬江井》云:"瀛海畸人若木枝,善来瑰玮楚歌辞。秋风荡荡吹回浦,远道腾腾作导师。阅众甫然心独喻,不龟手药老谁知?建病夫痛作华严观,眴见乾坤定位时。"

林纾诗系年:《喜李畬曾病起天津,赋此代柬》《挽李畬曾同年》《得和轩书,言将自裁》《题〈退思斋画影〉》《题〈林亭图〉》《遣怀》《叔节先生善余前后共事学校八年矣,乃三年之中三更巨变,顾叔节有田而不能耕,余无一椽之庇,况乃田耶?作此调叔节并以自调》《感事一首,再寄姚叔节》《阅报有感》《述怀》《独坐读杜诗》《讹传江杏村侍御削发为僧,感赋一诗》《王碧栖先一日驰书,趣予出城,言不行且悔,余谓义不当行,午后事定,作此寄碧栖》《津门晤张小帆中丞,感赋》《寄葵霜》《可叹》《忆昔》《贪兵》《诸将》《题顾端文领解墨卷》《追忆》《哭江杏村侍御二首》。其中,《叔节先生善余前后共事学校八年矣》云:"天下争传姚氏学,八年聚首向长安。文名盛极身何补,世难尝深胆共寒。永日恋田偏在客,经时修史未成官。较量终胜闽南叟,江上无家把钓难。"《讹传江杏村侍御削发为僧》云:"杜陵天宝乱,寄迹赞公房。何若披缁去,茫茫奚所望。肝肠无地热,花竹有余芳。定卜经声里,含凄荐景皇。"《贪兵》云:"悍卒可拊驯,贪兵难处置。狼嗛岂易实,一噬靡不至。朔方富健儿,能步亦胜骑。抚驭果获当,劣马或就辔。南士征项城,符玺待面致。忽虞坠樊网,悚若鱼畏饵。规避既无方,破空出奇智。纵兵掠京辇,留身为之备。狙谲安可驯,举军竞冒利。肆劫刑莫及,投械事若戏。大将即弃军,身不面狱吏。堂堂荆楚师,讨叛标汉帜。不战自崩角,粮杖尽决弃。镌诘既苟免,昵若骄宠嬖。溃集咸自如,安能奋斗志。潮汕已破裂,吴鄂咸坐视。夺便但自私,坚对或恐疐。宰相隐巾帼,尤难语敌忾。感怆尚何言,但有委天意。"

陈三立诗系年:《观恪士园亭》《雪夜寓兴》《咏小松》《寄仁先,戏问汇刊同人西湖纪游诗》《散步溪园》《独游后湖,啜茗阁上》《病山自沪居写寄〈除夕〉诗句,题其后》《寄题曹东寅〈南园图〉》《为高颖生题环翠楼》《出太平门视次申墓，归途望孝陵》《高丽金宗亮（起汉）过访求诗因赠》《胡琴初寄示〈除日述怀〉四首，次韵酬之》《携家游孝陵》《弢庵师傅七十生日》《汪伯轩所藏翁师傅手札，题其后》《题合肥张勇烈公（树珊）遗像》《李道士为其门人胡翔东作〈御柳图〉乞题》《挽沈友卿》《紫霞洞》《葛岭憩初阳台》《自灵隐登韬光》《同石钦、仁先、絜先、恪士寻富春山水，宿桐庐逆旅，明日易小舸，上溯七里泷，登钓台复还抵桐庐宿焉，赋纪三首》《沪上偕仁先晚入哈同园》《石钦有咏红叶之句，乙庵、琴初、仁先咸依韵和之，余亦继作》《距灵隐二里许有隙地，高竹环列，浓翠成幄，光景胜绝，裙屐所不至。独仁先步循侧径偶得之，游韬光还途复导余抵其处，徘徊不能去，追忆前赏，补述兹篇》《酬琴初〈沪居见寄〉用其韵》《病山南归，旋失其子，过沪相对，黯然无语。既还敝庐，念吾友生趣尽矣，欲招为莫愁湖之游，收悲欢欣，聊寄此诗》《李道士视曾农髯疾于金陵医院，过宿夜谈，戏成二绝》《苍园歌席，时游富春初还》《陈善余过话》《召北客弹筝者作数弄，聚家人听之》《别嫁朱氏从女还里》《顾端文公闱卷遗迹》《明季遗老辛克羽遗像》《顾晓亭刑部家传题其后》《过翟孚侯》《寓兴》《胡宗武翰林示仓园水榭酒集之作，和酬兼寄琴初沪上》《别湘人刘叟》《晚眺》《夜坐》《晚步溪岸》（二首）、《长至》《步月》《豁蒙楼晴望》《过中正街旧居》《冒鹤亭解瓯海榷使入都，过金陵，诒以表章其地先哲诸撰著碑刻，赋此赠别》《望雪》《和宗武〈金陵岁暮〉次其韵》《许苓西乞题〈文待诏画卷〉》《顾亚蘧自都至，饮淮舫》《济宁李一山乞题〈唐拓武梁祠画像〉》《哀刘好愚》。其中，《葛岭憩初阳台》云："拽奇遍湖山，葛岭漏不数。挟辈穿桑林，栖乌亦同举。石径吹秋香，人影湿微雨。向背列精庐，木杪浮岛屿。攀登获壮观，下唾十万户。遥岫围长蛇，湖江互吞吐。飞扬铙吹声，叶底城郭古。暖暖初阳台，仙人在何许。丹井污将竭，众生谁活汝。一瞬小朝庭，草根蟋蟀语。"《仓园歌席》云："园亭置酒菊枝间，箕踞听歌妒小蛮。烟鬓云鬟初月里，老夫又看富春山。"

陈衍诗系年：《为罗君石题〈贝叶罗汉图〉》《送胥庵之官泰宁》《畏庐寄诗〈题匹园新楼〉次韵》《云舫屡示新诗，志局方事之殷，久无以和，勉成二绝句》《云舫次二绝句韵再答》《题〈洪桥送别图〉，图叶旬卿先生为张亨甫先生作者》《喜君悫、泺源至，即送其行》《寄题君悫仁弟秋园八景》《同梅生、国容坐听水斋，头半日怀听水主人，前度至此，及至听水第二斋，主人皆不在也》《和嘿园重九寄怀之作次韵》《小辟匹园，欲作数诗落之，久未成咏，岁暮乃足成十四首》《题明宫詹陈醴原先生像》（二首）、《美夹竹桃》《半野主人送梅桃三树并约挑所种菜，得二儋》《连月小病，与晓浦遂疏往来，念其岁莫独客，未有以饷之，翻承馈岁，且先以诗次韵奉答》。其中《美夹竹桃》云："叶美至于竹，花美至于桃。此花兼两美，如风流人豪。以彼息夫人，而有松筠操。无言李将军，而有夷叔高。骄阳花不断，穷冬寒不号。先生作此诗，以为奇才褒。"《为罗君石题〈贝叶罗汉图〉》云:"诗人自古生有自。彭泽苏州不知数。三生石上足摩挲。昭谏十年旧游处。云林寺五百尊者。然看青山厌朝暮。偶然游戏落人间。写照写经索题句。褐来拾得遇寒山。饶舌丰干一相语。昨日人中识孟嘉。丰臣隆自是非耶。贯休十六梦中见。圣因寺亦湖之涯。此叶一茎草。此叶一粒粟。世界三千身丈六。何况蒲团一白足。欧阳炯今陈独漉。"《题明宫詹陈醴原先生像》其一:"由来沧海桑田日。时有披缁削发人。今日人人吴发短。谁知菩萨宰官身。"其二:"陈都墓嵯峨。祭酒岭寂寞。吾宗多传人。雪峰云漠漠。"

陈遹声诗系年:《复游》《题登亭壁》《同人小集见大亭,思乙酉三月,偕骆筠孙、楼小沧、家耐安三广文、家梅坡司马同看牡丹于此,为之凄然》(五首)、《晓望》《读陶诗》《雪》《园林》《遣兴》《雨中春望》《病起,寄吴四杭州》(二首)、《郊行》《山中杂诗五十三首》《题吴小仙〈罗汉〉图卷》《题〈补松图〉》(为子修作)、《题董香光仿王晋卿〈烟江叠嶂图〉,用东坡韵》《乱世》《会稽山中》《香炉峰道中》《小饮兰亭》《湖上听僧话》《山阴道中》(二首)、《山中坐雨》(六首)、《有感》《公产谕》《村中即事》(四首)、《陪客》《编宋遗民诗成,题后》《农务稍闲,得菊人诗,长歌奉答》《午凉》《书马令书〈南唐书〉后》《墙头》《山中》《读〈史记·晋侯世家〉书后》《读梁昭明太子〈陶渊明传〉书后》《午眠》《卧病述事》《题女史马江香〈花卉草虫册〉》(二首)、《书菊人所书〈生圹碑〉后》《书〈苏子美集〉后,即效其体》(二首)、《水亭夜坐》(二首)、《新秋夜坐,天明游化城寺,得诗二首,寄吴四补松》《红豆歌》《题朱青立拟黄子久〈天池石壁图〉》《题高且园〈饥鹰捕雀图〉》《山中口占》《题方兰坻〈秋山图卷〉》(二首)、《长歌行,寄徐鞠人太傅》《题倪文贞公〈画石册〉》《题陶文简〈山水小景〉》《题袁文涛仿李营邱〈松声入听图〉》《题程序伯〈踏雪寻梅图〉》(时寓武林)、《题石涛〈松山高士图〉》《秋闱感怀四首》《题祁忠敏公山水轴二首》《题赵禹功先生仿王若水〈山鹊〉轴》《题文衡山〈观瀑图〉》《题费晓楼〈倚竹仕女图〉》《再题袁文涛〈松风入听图〉》(时客金陵)、《秋社日》《题龚半千〈观潮图〉》(二首)、《题法黄石山水轴》《题沈小霞先生〈墨梅〉轴》《题张二水山水小册》《题万年少山水小册》《题戴文节〈山水一角〉扇面》《题方环山山水册八首》《题倪鸿宝先生仿古山水册八首》《题毛西河为徐电发先生画〈枫江渔父图〉》(三首)、《过云峰寺》《无子叹,仿家老莲体》《紫石山房书愤》《秋日题授经堂壁》《读史二十六首》《即景》(二首)、《绝句》《酒后答客》《苦雨》(二首)、《病起寄吴四》《雨晴》。其中,《题登亭壁》云:"脱身兵燹外,来此避嚣尘。诗辑中州集,山涵太古春。衣巾犹汉制,鸡犬识秦民。转眼桃花水,呼僮具钓纶。"《山中杂诗五十三首》其三:"仿佛武陵路,红桃涧水春。莺花彭泽记,岩壑幼舆身。家饭捕鱼客,风吹漉酒巾。衣冠惊世俗,呼作避秦氏。"《读史二十六首》其四:"东汉季年大义申,党魁愤激作忠臣。蔚宗因破马班例,搜辑山林传逸民。"

王树楠诗系年:《去冬三首》《次韵王聘三〈除夕〉》(三首)、《河干》《春思》《海上》《寿宛平知事汤啸秋之母裴太夫人》《题黄秦生亡妻刘淑人〈芳躅图〉》《大旱》《读史》(二首)、《喜雨》《田间二首》《山鬼三首》《南圃》《五月以前,吾乡苦旱,六月以后,群河暴发,田卢禾稼尽付洪流,北望怆然,赋此志感》《京华》《秋兴》(六首)、杂兴(五首)、《秋柳》(四首)《介休郎君用周家藏汉魏六朝砖近百枚,余以重价购得之,喜而不寐者累日,雨窗无事,戏拈五十六字以志其事》《索居》(二首)、《蝉》《晓起》《阴雨兼旬,日取汉晋诸砖椎拓,率成长句》《山居》(二首)、《题郎梅雪所藏古砖》《秋日山居,万端交集,率拟乐府八章以遣闷怀》〔含《飞龙引》《司马将军歌》《上云乐》《来日大难》《蜀道难》《公无渡河》《独漉篇》(二首)、《野田黄雀行》〕、《赠陈凤韶大令》《长歌行》《山人劝酒》《北上连日大雨不止》《送阎庆皆之新疆实业厅长任》《题徐菊人相国〈水竹村图〉》(二首)、《登楼》《丁剑秋座中观圆光术,谓余寿年止六十八,岁不我与,赋此以示同人》《盆梅呈徐相国》《夜梅》《次韵鞠人相国〈送归新城度岁〉》《为马通伯题宋、张、魏公三省砚》《山农》《旅行》《无端》《早发》《寒窗》《苦寒行》《守岁联句。癸君病狂颠三年矣,丁巳余由京师归里度岁,除夕治酒与癸君守岁,癸君乞余联句,以消长夜,余欣然命纸笔,每成一联,儿女辈辄捧觞为寿,至钲字韵,则病复作,信笔涂抹矣。今取其辞润色之,并为足成三十韵》。其中,《长歌行》云:"生年不过百,寄身旦暮间。咄哉血肉躯,妄意希神仙。吾闻刘晨阮肇天台还,下视闾里成墟烟。又闻王质观棋局,未了归来不识孙曾玄。华阳白李甫入口,回忆已及三千年。人言上清历,一日当一载。神仙三万六千岁,不过人间百年耳。寿者非寿夭非夭,无异商彭与殇子。王母蓬头雪满丝,九真八帝今安在。古来天地有时坏,莽莽人仙同一海。不服微子雾,不服华妃霞,菊花松叶本无用,况茹巨胜餐胡麻。但得一箪食一瓢水,优游田亩间,俯仰瓮牖里。浊世不受疠与疵,神仙之乐胡逾此。"《旅行》云:"苍茫客途长,严风送晚装。冻云垂涧黑,落日带沙黄。世乱行多戒,民流地半荒。疏林见灯火,旅舍更凄凉。"

陈夔龙诗系年:《送昌谷侄还京,四叠前韵》(二首)、《西湖杂咏,效曲园体》(二首)、《车中望苏州城北寺塔》(二首)、《游惠山寺,冒雨上云起楼,示沈冕士》《无锡舟中听雨,越日放晴,杨翰西部郎约游独山门万顷堂看太湖,率成长句奉酬,并示同游沈冕士、费梓怡》《赠渔溪同年,即送其遄返白门》(二首)、《和答胡宗武》《丁巳初度日自述,即用刘囊孙观察见赠诗韵》《无题》《寿陆纯伯观察》《盆兰盛开,移置亭秋夫人灵帏前,感赋》(二首)、《和琴初到家四律,即次其韵》《感秋》(四首)、《题那琴轩相国〈秋山介寿图〉卷子》《题左子异廉访松寿画幅》《沈爱苍中丞六十双寿》《一山太史书以余〈花近楼续编〉中有可删之作,赋此志谢》《周墀香观察示〈冬夜感怀〉诗,语多郁伊,作此广之,即和其韵,兼约小饮》《纪梦》《冬夜约宗武、琴初兄弟酒楼小集，偶话梁园旧游，用宗武见赠诗韵》《和寄俞阶青太史都门，昨过苏州，怅望曲园，徘徊不能去也》（二首）、《和答章一山》《和答袁谵台世兄，承赠三代残篇册子》《寄怀包柚斧大令武昌》《寿吴子修同年七十，用工部诗语》（五首）、《岁暮感旧十首》（《前翰林院侍讲湘潭王丈闿运》《前西藏左参赞湘乡罗君褕》《前宗人府府丞番禺许君秉琦》《前宁夏副都统长白恒君龄》《前广东即补道仁和王君存善》《前四川川东道萧山朱君有基》《前广东候补道巴县卢君秉政》《前直隶清河道桐乡严君震》《前浙江盐运使闽县陈君玉麟》《前直隶候补道贵阳赵君长监》）。其中，《一山太史书以余〈花近楼续编〉中有可删之作》云："邮中书抵坐中铭，如见高车问字停。魂梦久萦温室殿（梁鼐寄《崇陵种树图》），风怀终累曝书亭。求疵未可醇而肆，转益无妨蓝谢青。底事爱深词更迫，多绿尔我两忘形。"《冬夜约宗武、琴初兄弟酒楼小集》云："樊楼灯火记同登，一舸思归羡季鹰。河朔张筵宾既醉，南阳画诺我何能。烂柯已是观棋客，补衲聊为退院僧。小别梁园曾几日，前尘如堕雾千层。"

瞿鸿禨诗系年：《赠许子诵重游泮水》《陈弢庵太保七十寿诗》（三首）、《赠康长素六十生日》《吴大令母七十寿诗，母失明奉佛》《访泊园，枉诗次韵答和》《再和泊园叠韵见答》《仍和泊园三叠韵》《仲怿侍郎惠寄新刻诗集，中有旧居见怀之作，今始得读，感叹赋谢，兼为其八十寿》《赠张黄楼》《寿熊秉三母太夫人八十》《酬顾渔溪南来过访，兼补祝其六十生日》《闻敏斋得次子，口占为贺》《西湖纪游》（含《丁巳初夏，偕山妻挈治儿、觊孙至杭州，即日游西湖》《自灵隐至韬光，上北高峰》《紫云洞》《登南高峰》《自石屋入烟霞洞》《理安寺》《经九溪十八涧观龙井》《虎跑泉》《上云楼》《泛西溪至交芦庵》《法相寺老樟》《清涟寺观鱼，壁上有〈祭亡鱼文〉。辛亥乱时，鱼为兵毒一空，今始复旧》《六和塔》《湖上感旧》《薄暮湖游》）、《南皮张氏二烈女诗》《读敏斋谒墓诗，怆然有感。其母太夫人与吾母同岁，今年皆百龄，君庐居墓侧，伸其孝享，予则漂流海上，不得尽礼，负罪甚矣。辄次来韵》《伤足口占》《病寒，次韵和泊园》《庸庵见过问疾，即次其楼字韵》）。其中，《陈弢庵太保七十寿诗》其一："高高太微垣，辰极何苍寒。旁丽四辅星，孤光耿郁蟠。虞渊匿华耀，羲和失其官。黄人仡相守，夜旦随金丸。具茨契大隗，荒野勤甘盘。謇謇诚匪躬，平生奉心肝。风雨吟蛰龙，丹霄奋栖鸾。下结千岁苓，崖松老抱根。"其二："才名彻天知，特达致身早。一鹗格群飞，直谏出焚草。绣衣肤使寄，风采震刚卯。常伸黯言憨，庸避汤排巧。三间终见疏，鸩媒告不好。骐骥千里志，霜蹄蹶涂潦。十年起伏枥，长鸣筋骨老。权奇立风沙，危驭九折道。"《赠康长素六十生日》云："出入危机活国心，东归辽鹤感重寻。寒灰剩识昆明劫，落日犹怀梁父吟。游跨八纮雄地轴，气吞万敌霸文林。成亏任物春长在，老卧沧洲一鼓琴。"《南皮张氏二烈女诗》云："吾闻申女行露诗，矢志坚确讼不从。夫家婚礼有违缺，尚以守义全初终。当时折狱信明允，何谓雀鼠穿屋墉。矧乃雄狐济封狼，诈设陷阱张淫凶。奈何有司听单辞，武断颠倒助之攻。哀哉张氏二烈女，以死自洁完其躬。召南美化徂不复，畴理阴讼回颓风。婚姻道苦悯末世，悼叹发微昭管彤。"

徐世昌诗系年：《郭啸麓以诗来贺新岁，次韵答之》《游李氏园》《袁仲青示余少年所作画两幅，各题一诗》《袁仲青席上话旧》《寄柯凤孙》《晨兴》《题友梅六十小像》《河上垂杨歌》《望海楼》《河桥》《海上望雨》《赠周玉山尚书》《午坐》《读〈莲洋集〉四首》《寄移华阁》《逸兴》《蔬圃》《题松禅相国书画卷》《简严范孙》《移居》《天津双烈女诗》《偶意》《忆卧羊山黄文节公祠》《访严范孙》《坐看》《种树》《买鱼》《芍药二首》《悯旱》《祈雨》《杨杏城同年寄示湖庄新诗，作此奉答》《盼雨即事》《酬张珍午》《兰》《首夏》《浮生》《闲情》《逃名》《感遇》《幽寂》《题〈独山胡氏三世述略〉》《晓望》《屏风》《西沽》《书画》《向晚》《余移居后颇有闲情适之致，偶读渊明〈移居〉诗，率尔赋此》《晚坐》《赠姜翰青都统》《寄陈蓉曙同年》《题那琴轩相国〈秋山介寿图〉六首，曩偕琴轩时作西山之游，故诗中多及之》《长昼》《河干晚步》《代友梅题〈秋山介寿图〉》《范孙过访，闲话感赋》《连日微雨，和渊明〈连雨独饮〉》《和渊明〈问来使〉》《和渊明〈还旧居〉》《题〈寿云堂诗集〉》《和渊明〈有会而作〉》《和渊明〈九日闲居〉》《津沽水乡老渔生涯，一船寄焉，偶有所触，漫成二首》《夜雨》《和渊明〈归田园居〉六首》《题宋铁梅〈兴安立马图〉》《题宋铁梅〈晚学斋图〉二首》《晚鸦》《夜意》《初寒》《晨兴》《看山》《池馆》《逸兴，用刘后村〈野兴〉韵》《岁暮，用刘后村〈晚春〉韵》《园居冬晚，用陆剑南〈山家暮春〉韵二首》。其中，《晚鸦》云："晚鸦归正好，几树得安栖。盘阵声相续，投林路不迷。孤村秋水远，古寺夕阳低。霜气吹寒早，惊人又晓啼。"《夜意》："夜意浩无际，高空对月明。栖鸦寒见影，卧犬噤无声。秋静得清趣，更深息众营。披衣成众坐，默验此心平。"《初寒》："落尽高槐叶，南檐见日多。客来初似鹤，池定不生波。汲井寒瓶绠，储薪待斧柯。偶然思小饮，失笑酒颜酡。"《晨兴》云："向晓破晓梦，阶前扫叶声。澄心如水止，开眼见天明。寒色来书幌，春光贮酒罂。小诗吟未就，信步出门行。"《看山》云："北山西山双壁立，一城约束山不入。城里人家爱看山，山下人家喜城邑。别起小楼对两山，山云峦树一窗集。终日看山不出城，排闼送青几案湿。山中或有古仙人，日食松子能绝粒。翩然入城人不识，身著青衫头戴笠。授我素书朝夕读，岚光岩翠通呼吸。招我出城入山去，数椽茅屋山中葺。尘缘未了且看山，日与山灵相向揖。"

郑孝胥诗系年：《沈子培属题〈灵武劝进图〉》《赠李经羲观察》（时方业医沪上）、《寿叟庵太保七十》《篠崎求题画兰》《唐元素属题吴攘之小像》（包慎伯名之曰"如愚图"）、《吴巽宜〈山深林密图〉》《喻兆蕃出示所藏高宗纯皇帝书画小册敬题》《题济宁李一山所藏唐揭〈武梁祠画像〉》《题晋安黄氏〈古虀山庄图〉》《题金陵蒋氏遗训卷》《吴柳堂先生〈岡极编〉书后》《东台吉通士求题绍熙残砖》《杂诗》《题张亨甫〈洪桥送别图〉》（为范秋帆作）、《刘晦之求题瀛国公宝》（宋帝昺）、《答严几道》（二首）。其中，《赠李经彝观察》云："长沙乱后失相闻，抗节难污始见君。谁识伯休真卖药，还从太白细论文。子遗聊胜虫沙尽，危行宁妨鸟兽群。稍喜等身书已就，埋头端欲事邱坟。（君著《诸子文粹》，不日刊行）"《寿弢庵太保七十》云："余生海角望中兴，帝座扶持赖有人。德望卅年来畎亩，艰危孤立此君臣。清吟谢客应争席，细楷涪翁愈逼真。自是天公眷忠义，依然相敬见如宾。"《答严几道》其一："群盗如毛国若狂，佳人作贼亦寻常。六年不答东华字，惭愧清诗到海藏。"其二："湘水才人老失身，桐城学者拜车尘。侯官严叟颓唐甚，可是遗山一辈人？"

严修诗系年：《登钓台》《登富春山》《湖滨茶楼》《雨后山行》《津浦道中》（二首）、《题刘如周将军邮寄阳明像拓本》（三首）、《章馥亭举第二男，请余命名，命之曰乃辙》（二首）、《今春作南游诗，误记"月点波心"为苏句，馥亭以书致诘，且有苏用白句之疑，作此检举》（两首）、《题孟氏〈祖庭图〉》《题王可鲁〈畏曙图〉》《结婚满四十年纪念诗》（十五首）。其中，《登富春山》云："乱峰围绕水平铺，坡老诗中有画图。今日富春江上望，天然又是一西湖。"《湖滨茶楼》云："饱领莼鲈味，来评博士茶。窗中延远岫，天际散余霞。危塔丛林外，归舟浅水涯。吴音听未惯，四座语声哗。"《雨后山行》云："几点西湖雨，朝来万景清。楼台添壮丽，林壑倍分明。山远能寻脉，峰多颇识名。时闻嘲哳鸟，共此快新晴。"《津浦道中》其一："钱江两度迓归舟，又傍西湖十日留。天若与龄兼与健，一年一度向杭州。"其二："西泠山色与湖光，不伴游人返故乡。满目风沙连大漠，无情草木对骄阳。还家坐惜残春尽，忧国何堪比岁荒。莫羡南中风景好，南中根本是农桑。"《题孟氏〈祖庭图〉》云："七篇诵法遍胶庠，世系龙门惜未详。幸有一图工刻画，得瞻三代旧冠裳。君亲师友俱千古，礼乐兵农又一堂。祇合编年继宣圣，大醇奚止胜荀扬。"

俞明震诗系年：《同潜道人登会稽山谒禹陵》《登柯亭七星岩》《登快阁访姚隐士不遇，阁多藏书，放翁故宅也，留题一律》《剑臣雨中过瓠庵留二日》《法相寺归遇雨》《由六和塔归瓠庵偶成》《七里泷登西钓台，吊谢皋羽先生》《登葛岭初阳台》《韬光寺》《和散原〈游桐庐至七里泷钓台作〉次原韵》（三首）、《偶成》。其中，《同潜道人登会稽山谒禹陵》云："漾舟寻禹穴，百里同春风。桑麻翳平野，钩画千渠通。蕞尔海东隅，乐利神所钟。千山拥藜杖，扶我入清雄。俯惊岩壑奇，始悟积水空。在德非馨香，辟此五亩宫。幽怀忽整肃，万籁皆笙镛。烟云到海尽，浩荡思神功。道人精地学，纵览登炉峰。桑田变沧海，此理焉能穷？滔天来日难，蚁磨随西东。"《剑臣雨中过瓠庵留二日》云："与子廿年交，冠裳弄恢诡。动驰身外名，妄念参悲喜。真到天地翻，相看只如此。出世岂空言？吾庐枕秋水。愧无辟谷方，炊烟时一起。等身若众木，回心向初地。始知寂寞中，无惧亦无悔。山鸣暮雨深，秋光在灯底。了了去来今，悠悠吾与子。隔水倘结邻，云山从此始。"《七里泷登西钓台》云："山川以人重，风日信清美。子陵有钓台，遂专桐庐水。盘曲七里泷，舟行如瓮底。当年蹈海人，晞发曾经此。天在万山中，阳乌匿葭苇。一恸上西台，残年哭知己。人间果何世？来日殊未已。空存沙社名，留作沧桑纪。我来九月暮，拍拍凫雁起。孤笻与夕照，萧瑟同千里。伤高莫回首，临流先洗耳。难酬烈士心，悠悠阅众死。西风飒然来，归去吾衰矣。"《和散原〈游桐庐至七里灌钓台作〉次原韵》其一："独昵近湖山，几失烟江景。孤篷与鹭争，渐入桐庐境。衔江接红树，斜斜复整整。云光淡相染，天无成古锦。山水无定形，奇变出心影。未成浮海愿，弥觉天机永。暮傍桐君山，旅夜抱虚警。相逢莫问名（夜有警兵诘姓名），出世先止饮。烟波有戒心，身世成悬瘿。不见披裘人，渔火明孤枕。"

沈汝瑾诗系年：《友人得范引泉画册示予，予识为吴秋农临本，戏题二绝》《昨寄昌硕诗，误为足疾未瘥，来诗有"一笑难掀髯负我，前身何蘖耳输人"，再作长句慰之》《题碧山傅子研》《喜雨》《好古》《病鹤函寄〈严濑寻秋图〉索题长歌》《喜雨续降有作》《题建文造象拓本》（二首）、《养疴》（时吾国与德意志绝交备战）、《张嗣初云锦四十岁遗象，其子六保属题》（四首）、《读〈庄子〉戏书》《苦旱》《养浩以冬青作花蝴蝶千百来戏，喜咏见示，走笔和之》《检得〈玉茗花图〉，程伯隅画，张嗣初写记，感题三绝句》《和养浩〈喜雨〉第一首原韵》《和养浩〈喜雨〉第二首原韵》《书〈徐州二遗民集〉后》《居然》《趣还》《题〈寒林钟馗图〉》《柬鸣晦》《陈俊卿先生临二王草书并书谱，其从孙夒石属题》（二首）、《潘西圃墨兰长卷，为殷伯唐丈画，其嗣耕石属题》《拓研二十八，附〈洗研图〉后又题》《身瘦益健，戏书自慰》（三首）、《送内赴杭州烧香》《佣者自田间来，听其言演而成谣》《周烈妇行》《养浩示大风之作，走笔和原韵》。其中，《友人得范引泉画册示予》其二："三十余年一刹那，眼看风景感山河。若将画品论人品，优孟衣冠近更多。"《喜雨》云："甘霖深夜降，举首望云端。着帽何妨湿，沾衣不觉寒。芳菲如梦醒，反侧亦心安。自蜡寻花屐，明朝上翠峦。"《病鹤函寄〈严濑寻秋图〉索题长歌》云："钓台石骨青，严濑波光绿。子陵投竿后，皋羽来恸哭。东汉中兴至宋末，两公高名悬日月。君迟皋羽六百年，访古寻秋志奇倔。有如孤鹤横江来，长啸登高望于越。苍茫眼底无可儿，狗苟蝇营是何物。举手挹清芬，张口吞白云。古人去已远，太息难合群。惟有大江长流山屹立，寒鸦落叶愁纷纷。何来文山之客光武之故人，俯仰天地徒一身。画图征题乃及我，而我疏懒不出门。卧游但学宗少文，时登五岳骖麒麟。君倘来听我说梦，把酒一笑梅花春。"《养疴》云："养疴时事厌传闻，晏起看花倚夕曛。白发搓绳难系日，青山作枕且眠云。风波莽莽龙蛇窟，身世滔滔燕雀群。谁说干城能卫国，鹳鹅雌伏不成军。"

曾广祚诗系年：《枇杷三首（并序）》《赠朱海航》《赠王佩初一首（并序）》《出郡

城门，泛湘水入涓，登陆至白鹿冲王湘绮墓下有作》《暮眺，望归斋，枕上口占》《楚江舟中书怀》《冬夜醉示昭拯》《哀湘西》《和〈广陵妖乱志〉讥吕用之长句韵》《书唐蒋防撰〈霍小玉传〉后》《走马河干，观荡舟者》《华严》《论感应》《示分居宅与诸子》《游云溪寺二首》《还山，忆燕市夜饯》《余友历举古之名人皆好饮酒赋诗，因释其旨》《扑枣二首》《少壮》《登石廪东峰》《谒平塘留笔塘二从祖墓》《泛小舟》《秋斋》《西郊》《二子往京，因柬诸友》《春恨》《赠张炼师二首》《水亭》《题鹅二首》《夜饮，望石上火光口占》《折柳桥》《冬夕乌鹤楼怀旧》《五月卧簟记梦》《夜游清池口占》《瘦地》《自徐州还湘，悲秋赋》《老生》《和夏暖曳诗，复赠一首》《驵侩》《冬雪述怀》《宿白茅河干茅店》《九月晦夕悲吟二首》《山居闻春禽》《醉至渔家却饮》《伤乌》《答从甥葛玉钧问鲍诗》《鱼苗》《麦浪》《铜梁山月下感赋》《山庄月下，王涵卿同坐》《阁夜赋景》《昨今二绝句》《题郴州陈守愚〈麓云仙馆图〉》《携客纳凉小饮》《廖湾竹五首》《琉璃寨别庄月下作》《幽栖谷》《奇喻》《隐衡山作》《怅坐山房，童子侍侧》《寄示承抡，时承抡充学报副经理》《宿石泷口驰至洙津桥东望》《艳词》《丁巳阅旧报，追忆癸丑金陵战事》《和夏彝存〈寒香集〉诗（并序）》（三首）。其中，《枇杷三首》其一："枇杷绕展苔，种自柏梁台。枝茂风何劲，花繁雪已回。绛囊垂苑外，金弹逐林隈。庐橘曾同赋，文园博雅才。"《赠朱海航》云："笔似菖蒲丽藻牵，丛丛朵朵散诸天。桥边鹤语尧年雪，湫底龙耕禹甸烟。藏剑深宫飞楚后，围棋别墅却秦前。渡江久擅无双誉，更慕班超到酒泉。"《丁巳阅旧报》云："金弹频抛血碧林，雕戈相蹙两军心。白龙鱼服身先困，朱雀乌衣祸已深。奏捷元戎回甲帐，离魂怨女泣香衾。可怜万户炊烟尽，呜咽秦淮感至今。"

吴闿生诗系年：《题周养庵肇祥〈簝灯课读图〉，即送之湖南任》《高养祉景祺尊人八十寿》（二首）、《答栾佩石骏声元韵》《题王晋卿丈树枏汉晋古砖拓本》（四首）。其中，《题周养庵肇祥〈簝灯课读图〉》云："楚山丛丛湘水碧，周侯双旌具行色。临别眎我《簝灯图》，把袂征诗意凄恻。当年贤母困里闾，纺声轧轧鸣夜除。寒尽无襦不自恤，忍饥课得三冬书。天道无亲唯与善，厚廪千钟偿宿欠。宁知豸绣眼前衣，不是慈亲手中线。可怜寸草恋春晖，展书唯见图中仪。惘惘出门何所适，愿从夫子求吾规。周侯、周侯，勿思往事徒伤悲，光昭令德今其时。不匮孝思在锡类，苍生满眼方颠危。郑侠图成犹未尽，兵戈水旱兼疮痍。财赋大藩生杀柄，奔驹朽索从操持。追念深闺涅臂训，茧丝保障宜何为？无曰云辂高在上，绍庭陟降宁违兹。他日政成署上考，九原感格神其怡。请将太姒徽音颂，并入《豳风·七月》诗。"《答栾佩石骏声元韵》云："已无鸣凤在高冈，剩欲骑鲸出大荒。岂有黄流浼明月，饱闻药转消都梁。孤吟久恨无强伴，冥坐何期获夜光。太息横流此何日，长歌当哭定非狂。"

林苍诗系年：《拾穗老人以东坡生日作见示，次元韵》《次道自杭州假归感作》

《送怡山北行》《弢庵丈七十》《送次道再赴杭州》《可知》《次韵答老可》《二月既望尚未见月，今夜新晴，月色大佳感作，因示范屋》《雨中》《瓶中梅花》《雨中忆昨日镜湖亭晚眺作》《久不见耐公，闻病尚未愈，以诗视之》《同范屋爱独屏山看桃花，登镇海楼已，复由北湖泛舟至西湖，憩开化镜湖亭，及暮始归》《肜余于役福清，以诗留别，书此送之》《湖上晚步》《斯默见过，云将北行书感》《送斯默北行》《西湖遇雨》《阻雨不出，率成一首》《溪水暴发，随雨而至，行且入户，以诗示还爽，并乞一和》《晨起水及阶矣，天气向晴，似无大患，感作》《为梁伯通同年题〈南社征诗启〉长卷》《虚谷生日，招饮聚春园，酒罢与诸子同出泛湖，虚谷以醉不至》《范屋约游西湖车上作》《还爽四十》《独坐聚春园，夜向半矣，命车出西湖，遇还爽太古湖亭看月出》《月夜》《病中口占》《病夏》《闻卖菜者言》《教儿子读书》《与退密》《与同社诸子饮开化寺，归途遇观生》《奉和次道》《示斯默》《味秋归自海上，同赴聚春园小饮，感赋》《程甥召祁来，乞诗，书此与之》《寿若丈六十》《味秋假归，不日又将赴沪，因雨不得时见，感作》《久雨向晴，见月狂喜，俄而云合，意为怅然》《西湖夜坐，同肜余、步岳》《味秋将行，书二绝句送之》《夜至湖上，月始出山，诸友未集，独坐镜湖亭》《次韵观心湖上》《题石遗丈匹园皆山楼》《为高瑸如题荨甫季美先生〈停琴伫凉月图〉》（四首）、《肖团寄惠武夷茶，煎水酌之佳绝，书此奉谢》《江楼独饮》《久不见次道，以为当见之觉社，又不果，夜归不寐，感作》《携召祁甥台江泛月》《不悟》《偶作》《哭卢缛汀》（八首）、《赠郭同甫》《赠次道》《范屋生日》《涛园丈六十》《复斋同年五十》《翰苹言归道山，漫公哭之以诗，因次其韵》《次韵蛰籁樊（林时辉）有感》《西湖同肜余、平冶、漫公春声花圃看菊》《屯庵生日招饮其家，书赠》《与肖团》《感作》《虚谷以伶人小影见遗，书示漫公》《鲁青丈六十》《颖生丈五十》《日来属有心事，与肜余》（四首）、《与老可》《十四夜踏月访漫公，邀同别有天看菊，遇平冶》《范屋招饮聚春园，酒后爱独邀同诸友过蓉郎》《季义书来视病，书此奉答》《岁暮，与范屋》。其中，《教儿子读书》云："读书先要识人伦，自守家风莫喜新。学作而翁非易事，一生本领在能贫。"《不悟》云："落日柴门气已秋，可堪坐对水东流。平生好作伤心句，不悟诗人易白头。"《偶作》云："眼底浮云一扫空，好怀昨夜尽西风。诗名坐大江湖上，未信吾侪事业穷。"

张良暹诗系年：《四皓》《山居漫兴三首》《寄柯宾谷并柬啸湘》《题〈严子陵披裘钓泽图〉》《题〈严先生祠堂记〉后》《老将行》（二首）、《黔驴行》《蜀犬行》《闺怨四首》《柬遁叟》（二首）、《暮春杂感四首》《咏怀古迹五首》《新柳》《寄怀啸湘徵君，并柬宾谷四叠原韵》《登西城楼，追悼洪梓青军门》《闻雁》《淮上怀古十首》《重作闰花朝》《戏柬遁叟》（二首）、《海棠吟》《题〈渔洋诗集〉后二首》《题〈吴梅村诗集〉后二首》《题〈侯雪苑诗文集〉后四首》《赠周幼湘上舍》（二首）、《邀遁叟至横溪草堂小酌》（二首）、《横溪草堂漫兴》《久旱喜雨，与友人小酌》《题冯注〈李义山诗集〉后三首》《为黄榆庭明府题〈东篱高隐图〉四首》《望云》《狂风》《连日阴曀似有雨意，乃一闻淅沥之声，旋即为风吹散，为之怅然》《对镜》《再寄张次常同年二首》《追挽宋孝子二首》《晨起坐胡床，指挥工匠筑见山楼口占》《楼桑村怀古二十四韵》《拟古诗三章》《寄秉卿侄，时设帐白龙庵》（二首）、《见山楼落成，凭栏远眺，见金刚台菊花尖诸胜争奇耸秀，如在几案间，遂成长句二首》《小院有凤尾兰一本，十年不花。今秋忽放一枝，孤标娟洁，有逸世独立之概，喜赋小诗三首》《散步池上，见芙蓉盛开》《见山楼杂咏八首》《揽揆之辰，宾谷赠诗四章，用代称觞，依韵酬之》《丹桂》《月夜遣兴》《钱牧斋宗伯，因胎仙阁红豆二十年复花作诗矜宠，河东君于其生日摘得红豆子一颗，宗伯复夸为已瑞；今余于见山楼下移种凤尾兰十年不花，忽值贱诞之前一放数百朵，殆亦为余瑞耶？再题四绝句赠之》《将赴横溪别墅，留别遁叟，仍用〈赏菊〉元韵》（二首）、《孤雁》《潘霞青明府枉驾横溪草堂，商办选举事务，越日复手书敦劝回城，因赋长律一首以答高谊》《即目》《岁晚自茅葛涧携家还城》《示铸儿、汾孙补种花木》《杂诗十首（有叙）》。其中，《老将行》其一："南山射虎早知名，曾破匈奴十万兵。一自垂杨生左肘，十年不听角弓鸣。"《淮上怀古十首》其二："拜将登坛气慨慷，挥金报德亦昂藏。淮阴年少知多少，胯下何人作假王。"《追挽宋孝子二首》其二："题碣词无愧，彭殇可并论。在三皆不朽，惟孝植其根。悼史征文献，旌闾式墓门。有人陈桂醑，作赋与招魂。"

汤汝和诗系年：《题〈源饮斋诗册〉，册为峄芝弟潮芝得孙首唱志喜，合和作百余篇，将以付刊者也》（二首）、《易五楼（凤修）函示蒋伯华（实英）〈蒲门吟草〉，遗稿展读一过，率题奉赠》《挈眷赴湘灵川兴安道中杂咏》（六首）、《重过金华圣母庙》《昨夜宿界务坪，今晨行不数里，群峰四塞，移步换形。相传暴客劫掠恒于此处，行旅过之，不无戒心，口占二律》《途中漫兴》（二首）、《漫成绝句七首》《咸水早发》（二首）、《途中感怀六首》《偶成》《即景》《庙头墟夜眺》《途次逢雨，颇宜午睡，率成二首》《入东安境》《东安道中》（四首）、《闻鸟声有悟》《予嗜鸟，赴湘时携数笼随行，戏占绝句四首》《江天睡醒，枕上口占》《抵永州河口二首》《过冷水滩》《舟中遣兴》《祁阳河中即景》《舟过浯溪》《晚泊祁阳》《祁阳河中遇涨》《舟中夜眺》《闻鸡》《禽言》（十四首）、《衡州游合江亭，步昌黎韵》《游大罗汉寺》《雷家市早发》《舟中夜赋》《梦游衡山》《远眺》《过空灵岸，怀杜文贞公》《过株洲》（二首）、《舟轻不敢设帆，附他船之有帆者以进》《题赖子佩（承裕）姻丈〈劫余樵唱集〉六首》《西乡扫墓，感赋绝句四首》《夜宿西乡田家》《归途口占》《题双美人障子》《伤乱六首》《感事二首》《长沙重晤辜兰生（天佑），赋赠长句》《叠前感事韵，续成二首》《重晤陈劭修（福荫）赋赠》《承兰生次和长句，即依见惠二律韵奉酬》《李会英（芳园）以予编辑〈同心集〉采入其诗投赠四律,次韵奉和并自用寄感》《〈陈文恭公夫人课孙图〉,为劭修明府题》《会英以小照及自题诗见示,并属题句,书此应之》(六首)、《湘潭王寅甫先生于去秋九月逝世,余今夏来湘始闻讣音,并晤公子伯谅(代功),补呈挽诗四首》。其中,《咸水早发》其一:"行役劳劳转磨牛,鸡声催起枕戈刘。人惊犬吠终宵醒,室有灯光到晓留。淡月疏星天似水,狂飙雨怒夏如秋。急装早发乘朝爽,遥见湘山翠霭浮。"《东安道中》云:"路入清湘棹履经,沈渊水气带龙腥。天边树抱烟鬟绿,雨后山皴石骨青。绝壁凌空栖魍魉,危滩吼石走雷霆。莫将玉笛吹深夜,恐有蛟螭上岸听。"《湘潭王寅甫先生于去秋九月逝世》其三:"湘绮楼头引领望,昭回云汉大文章。手追子孺书三箧,才艳天孙锦七襄。泰斗同钦韩吏部,烟霾倏掩鲁灵光。新宫铭待元卿撰,一夕骑鲸觐玉皇。"

李豫曾诗系年:《寿孝起五十》(二首)、《雪师生日在闰二月清明,今仲春私祀,岁以为常,虽闰不改,为感赋此》《题王元善画相》《夹江》《和病骥〈归途述况〉韵》《又和病游韵》(六首)、《董廉墓在县东北五十里,俗称纣臣墩也》《土龙谣(天久不雨,依五行志,出土龙祈雨,久仍寂然,为作此谣)》《题吕凤阿画松》《天津桥》《寿恩楚芗刺史七十》《敬题孔子画像》《示吴秋江》《徐州》《沪江杂感》(四首)、《太湖晓望》《登上海七层楼》《腊山》《西山留别詹宜生》《寄泰州高子愚》《次荇丝湖》(四首)、《宿桑墅》《佛感洲》《送邑令周芷贞》《衡山云,纪第十七师兵败失律也》《逐鹿篇》《徐燕孙挽歌》《调和篇,感时局也》《寄陈甥澄中,时客美洲加利拍利亚》。其中,《沪江杂感》其一:"风紧云轻暑变秋,十年几度沪江游。六街车马如流水,千户筝琶夹画楼。结客黄金贪取乐,随身短剑快寻愁。分明浊世多恩怨,杯酒相邀替汝愁。"《敬题孔子画像》云:"师儒承帝业,百世布衣尊。泰岱瞻东鲁,天星拱北辰。德衰嗟凤鸟,道丧泣麒麟。释奠从官礼,吾侪亦小民。"《太湖小望》云:"茫茫野水涨流波,拍拍沙鸥起绿莎。闻说东亭山对峙,往来画鹢挂帆多。"《衡山云》云:"衡山云,何纷纷。祝融火焰一时起,雷公霹雳高空闻。将军下马不得上,胆落南君摧北君。南方形势南军熟,北君夺路出厓谷。水过湘江带血腥,风回榕树吞声哭。斯时十路谁总兵,弟兄聚首弃江城。南来师象翻奇阵,北去熊罴拔众营。长沙不可守,退向岳州走。莽莽洞庭湖,已非三楚有。败军之将心胆寒,败北之军涕泪酸。国家成败置弗论,眼见平地腾波澜。吾闻百战百胜王者师,又闻转败为功计画奇。不闻不战独逃走,群龙无首兵溃围。五十功名付流水,首鼠两端欠一死。难兄难弟尚人间,黄阁趋翻今已矣。天下事,不可为。操戈同室将怨谁?楚人沐猴坐箕踞,越人肥瘠秦不知。有客南州来,为我述兵祸。衡山阵云变太奇,蛟龙直犯川光破。"

方守敦诗系年:《山城二月,春气尚寒,偶治樽酒,约友看梅,光君香泉即席赋诗,次韵和之》《艺叔生日摄影持赠,附以诗。次韵寿之》《予约艺叔至绥予园中看牡丹,艺叔有诗，绥予和之，遂亦次韵》《予游山中归，得深侄海棠巢集饮为寿诗篇，次韵寄和》《题晋华千秋海棠菖蒲草书画册》《慎登书来，感愤新说，系诗见怀，次韵和答》《读天遒近作诗文，并答来书之意》(五首)、《苏艺叔表弟移居吾勺园竹林中有诗次韵》《季野园中碧桃秋开，吾亭旁紫荆亦同时发花，戏为短句寄诸儿》《紫荆秋花，绥予、艺叔、季野均有诗。赋此奉答，时予将赴沪》(二首)、《清一老人集一家兄弟、子侄、诸孙、外孙登长啸阁，为持螯之会，时受于、仲仁两侄婿亦来皖在座，饮罢，兄赋诗赠别。敬次原韵》。其中，《予游山中归》云："山林多幽兴，市声厌鸦雀。我昨山中游，满眼桃花灼。当年武陵人，避世亦云乐。岂必皆神仙，丹霞起飞阁。俯仰今何世，古人如可作。希风结云巢，兹言徒为谑。烽烟黯宇县，百年怀抱恶。芜秽彼南山，不种谁为获。荒亭草色静，吟思淡何若。将老惜春光，诗才要量度。汝昨尺书至，慰我情寂寞。名花霄汉楼，佳句映蟾魄。人生忽半百，啸傲凭江郭。努力制篇章，诗人岂沦铄。哀时事何补，千日酒共酌。嘉会此可常，孤游予福薄。"《题晋华千秋海棠菖蒲草书画册》云："本是闲花草，何因与结缘。芬芳慰晨夕，风雨愈缠绵。金粉千秋韵，灵根一盏泉。喜君潇洒甚，骚怨莫诗传。"《紫荆秋花》其一："秋园忽报荆花发，凌寒亭前诗思来。万里西风正愁绝，不知红紫为谁开。"其二："绥园老人翰墨妙，潘郎苏子各风骚。明朝吾欲沧江去，樽酒黄花兴孰豪。"

骆成骧诗系年：《辞王铁珊检察使音樽招饮》《成都战事》(二首)、《乱中寄人》《追纪成都战争》(四首)、《和宋芸子前辈〈清漪楼韵〉四首》《酬伍心言刻诗江油石屏见赠》《送赵尧生前辈》《送人离乱之官》《赠郭化南孝廉》《冬夜即事》《江楼送王铁珊检察使》《上莲池卜宅》《卜居即事》《悬车》《清漪楼》《园课》《谢竹勋来谈遇雨》《解组》《幽居》《枯树》《赠友》。其中，《成都战事》其一："先强三蜀正燕秦，虎视龙骧意苦辛。蒋费翻成杨魏斗，九泉含泪鞠躬人。"《乱中寄人》云："一城千里绝趋走，一日三秋不知久。我住城西涕泪多，君家城北平安否？"《追纪成都战争》其一："枪声如雹炮如雷，鬼哭神号万姓哀。知是督军亲搏战，黔军夜逼蜀军来。"其二："摸金校尉是天骄，饕餮无惭祖有苗。鹤翅从今飞不起，扬州十万上兵腰。"《送人离乱之官》云："兵寇常同伍，亲仇孰告哀？战龙贤士隐，望岁使君来。恺悌三年政，艰难百里才。赠言无别语，随地石澹台。"《酬伍心言刻诗江油石屏见赠》云："故乡人物宋明中，庄叔升庵节概同。锦水色分珠水绿，莲湖光映桂湖红。千年科第羞前辈，百里交情励古风。分我窦圌山一片，与君文字两玲珑。"《冬夜即事》云："棋终客散月黄昏，疑雪疑霜静掩门。隐几讴吟闲笔墨，围炉笑语聚儿孙。茶瓶带酒深留味，絮被熏笼厚酿温。何事夜寒仍早起，薄冰缸畔待朝暾。"

杨钟羲诗系年：《记梦》《次愔仲〈除夕〉诗韵》(四首)、《幼农乞题宋芝洞画》(二首)、《〈壬戌雅集图〉，为钝斋题》《弢庵七十双寿》《散原至自邓尉，集庸庵许，即事有作》《泊园索题唐人写经残卷》（三首）、《读艮簏近著》（二首）、《乾隆御笔书画四种，为艮簏赋》（二首）、《午日即事》《书闷》（十首）、《读沈辅之〈咸丰丁巳即事〉之作，慨然书此》《社散》（二首）、《题〈浔溪诗征〉》（二首）、《杂感》（四首）、《漫与》《九日感念亡弟》《寿涛园》。其中，《弢庵七十双寿》云："纯皇喜得学之用，想见闻之侍学年。七叶乾符绳祖武，三篇兑命在经筵。灵和蜀柳春宁折，老圃陶花晚更妍。兴庆异时行册礼，还看比翼共朝天。"《读沈辅之〈咸丰丁巳即事〉之作》云："得说轩高矗海天，长春馆里倚神怜。分明六十年前事，又逐刀圭误后贤。"

王海帆诗系年：《兰州览古》《北塔山》《题牛剑秋年世兄〈停云馆诗集〉》《夜闲偶述》（二首）、《先兄子杰茂才手泽，率零落莫收，捡旧簏得数纸，付之装池，以示后。怆然题此》《接电，田枫溆参议以饮酒过度暴卒汤济武宅中》（二首）、《丁巳自述》《有忆》《雨后河沿散步》《秋感》《岁晚杂述》（四首）、《记恨》（二首）、《无题》（二首）、《五泉山精忠阁退览》《忆内》。其中，《五泉山精忠阁退览》云："一望空无际，披襟此最幽。山从楼背起，泉向树梢流。风劲沙能舞，城边气易秋。陇头无巨浸，何处泛扁舟。"《丁巳自述》云："蹉跎况复又蹉跎，三十惊心如掷梭。愤世欲谋千日酒，浇愁还藉九秋歌。为怜亲老思求粟，每念时艰当枕戈。今日寰中少秦政，闭门秋雨读荆轲。"《忆内》云："知是愁魔是梦魔？客中强半病中过。相思恰似天边月，两地平分谁占多。"

许南英诗系年：《兰花，和贡觉》《绿鹦鹉》《闺怨，和李秀芬》（四首）、《寿蟫窟主人（并序）》（四首）、《感时》（四首）、《游马达山，和贡觉原韵》（二首）、《寿菽庄主人》《颂陈母刘太夫人请旌》《题蟫窟主人〈摩达山漫草〉》（二首）、《过恒心园，怀林眉生公子》《题蟫窟主人诗卷（代）》（四首）、《和蟫窟主人韵》《和蟫窟〈酒家书所见〉韵》《题〈摩达山诗草〉（代）》《前题（代）》（四首）、《贺蟫窟主人移居》（二首）、《破墨台（并序）》（二首）、《红豆》《读〈白石道人诗集〉题后》《寿张耀轩先生六十晋七》（四首）、《送林眉生回国，用蟫窟韵》（二首）、《自寿（并序）》（二首）、《芒核（并序）》。其中，《兰花》云："十二栏干次第栽，灵根九畹及时开。淡香龙脑微微度，活土乌盆细细培。佳种自然超芷蕙，素心原不染尘埃。何时吉兆征燕姞，乡阁春风入梦来？"《绿鹦鹉》云："解语能言巧擅长，美人何事滞他乡？风翻瀛草新音变，雨洗窗蕉片羽光。记曲啄余红豆粒，听经间伴紫檀香。雕栏配与英哥伴，笑看于飞作嫁娘。"《感时》其一："失着残棋败不收，问天徒切杞人忧。命须再革民何罪，灰想重然火尚留。乱政固应诛少正，连衡未必震诸侯。河山破碎纷无主，恐有强邻为尔谋。"其二："巨鹿昆阳作壁观，马牛风势不相干。独阿私意排群议，竟发公言入战团。击剑子婴犹伏道，裹巾张角忽登坛。操戈同室悲辛亥，白骨黄花尚未寒。"《寿张耀轩先生六十晋七》其一："敷政荷兰三十年，甘棠垂荫遍全棉。楚材晋用臣持节，萧矩曹随弟着鞭。班马千秋文笔壮，女牛七夕寿星躔。不须海客求丹诀，颐养天和任自然。"《送林眉生回国》其一:"摩耶踏遍天山雪,浪迹棉兰有所思。欧椠亚铅真国士,桑弧蓬矢好男儿。海田变幻浑无定,昆季联翩只自怡。讯汝重来惟一笑,行空天马本难羁。"《闺怨》其一:"云笺远道诉衷肠,停笔迟回费较量。薄命空抛罗绮日,华年虚度粉脂场。春愁默拜银蟾月,夜卜频熏宝鸭香。拥被独眠慵不起,锦衾枨触绣鸳鸯。"其二:"花放将离倚槛倾,鼠姑风晚听仓庚。谶成玉玦生来苦,梦断刀环醒后惊。思妇固应多别恨,良人未必是无情。寄郎欲织回文锦,此锦何年织得成?"《游马达山》其一:"翠滴层峦渐放晴,沿溪乘兴恣游行。春随驿路生和蔼,树为山灵管送迎。猿鸟空山都寂静,风云大陆忽纵横。马来马达如怀葛,不识金戈铁马声。"其二:"蛮荒别有小乾坤,作势群山万壑奔。古洞桃花红满径,远山岚气绿侵门。地瓜有味蒸泥灶,天酒无香溢瓦尊。收入南洋风土记,马来半岛小昆仑。"《寿菽庄主人》云:"忆吾年六十,上寿登君堂。见君方富盛,四十称曰强。平泉开寿宴,酒醴列笙簧。素心数晨夕,寄疑相校量。大笔推陈龚,高才并施汪。铸依与瘿民,沈子列侪行。闲散聚林下,不知世沧桑。去岁君介绍,饥驱走南洋。九日一樽酒,携手饯河梁。波涛千万顷,仰首天苍苍。回思依宇下,寤寐弗能忘。今年五月夏,君又例称觞。惜非着翅人,御气任翱翔。又非王子乔,俄顷到君旁。斗诗列壁垒,试茗辨旗枪。前朝旧文献,风雨夜联床。独我万里外,极目战云黄。我闻广成子,修道有仙方。毋劳复无挠,弥寿与天长。持此祝纯嘏,莫笑老生常。"《题蟫窟主人〈摩达山漫草〉》云:"避嚣谢人境,兀坐看山云。此中何所有,清气满乾坤。且夕动天籁,缀响成佳文。持此问时众,独鹤立鸡群。"《过恒心园》云:"延伫方亭下,残荷弄晚风。人来蛮语异,客去绮房空。书札看云雁,泥痕认雪鸿。绿波春水外,别赋感文通。"《和蟫窟主人韵》云:"健翮秋空困不胜,碧霄万里羡飞腾。谁怜架上羁留苦,解脱金绦放玉鹰。"《和蟫窟〈酒家书所见〉韵》云:"疑是蓝桥忽遇仙,脂香参透喜欢禅。奉觞多谢纤纤手,不饮琼浆已十年。"《贺蟫窟主人移居》其一:"小小园亭好避嚣,一枝栖息等鹪鹩。琳琅万卷蟫马窟,下上双飞燕有巢。入座衣冠无俗子,榜门风雅号诗寮。绿云满地凉于水,天半闻吹弄玉箫。"其二:"大隐何妨在市廛,曹仓邺架供闲身。诗情梅鹤孤山畔,乡思莼鲈古浪滨。风月无边权作主,竹松不俗许为邻。苦将文化维蛮野,七字潜扶大雅轮。"《读〈白石道人诗集〉题后》云:"道人词曲小红箫,占断风流第六桥。问道松陵今寂寞,引商刻羽太无聊。"《自寿》序云:"忆在阳江任时,彼都人士合阳春绅民为予祝五十初度。久拟作诗,以匪氛未平,匆匆置之。予年六十,被任为龙溪县长,乡人复进酒祝予。顾德业不加,垂老无成。中心抱歉,难以言喻。丁巳南游,又逢贱诞,涉笔赋此,聊寄情怀。十月初五日,英识。"其一:"懒云出岫本无心,六十年来阅世深。苍狗白云随变幻,红羊黑气几销沈。浮生大梦隍求鹿,诡遇羞称御获禽。吾道污隆何所补,先生哑笑作聋瘖。"其二:"百年剩此肉皮囊,历尽艰难困苦场。何日得偿儿女债,一生未识绮罗香。蓼莪废读思阿父（先父此日忌辰），风木增悲泣老娘。目极云山千万里，临风涕泪湿衣裳。"

许咏仁诗系年：《寿前邑令宁州刘谦山（有光）七十》（四首）、《为励实学校贺辅延学校开十五周纪念会》（八首之二）、《毗陵巢贞女辞》《挽虞山钱赵夫人》（存一首）、《花烛词，贺吴志刚（桐）入赘张氏，与觉秋女士（梧）结婚》（八首）、《寿薛含章茂才（可贞）七十》（四首存二）。其中，《寿前邑令宁州刘谦山（有光）七十》其一："彩云南现是何年，望断滇池路八千。夫妇二人同白首，祖孙三世号青天。胶庠造士文翁化，囹圄生春隽母贤。回忆芙蓉城作宰，暨阳舆诵有遗编。"《为励实学校贺辅延学校开十五周纪念会》其一："东城内外若相连，我校闻风最占先。祗隔春晖门（我邑东城门名）两扇，买邻不用一文钱。"《花烛词》其一："潘杨世好匹朱陈，新特原来即旧姻。亲上加亲尤密切，一重亲作两重亲。"其二："两小无猜各任天，天真烂漫结天缘。绕床惯把青梅弄，旖旎风光话昔年。"其三："桂树阴中过一生，吴刚学道亦多情。手持玉斧须轻下，生恐姮娥夜受惊。"

章梫诗系年：《呈陈弢庵、朱艾卿、梁节庵、伊仲平四师傅》《题祝心梅所藏〈鹊山展墓图卷〉》《徐州二首》《赠万公雨太守》《高宗御书御画四小册，萍乡喻庶三前辈兆蕃所藏，恭题于后》《赠黎露苑前辈同年》《赠姬觉弥君》《再题张渊静大前辈（曾扬）所藏文文忠公山水直幅》《题徐积余观察（乃昌）重缋〈定林访碑图〉》（二首）、《题朱古薇侍郎〈彊村校词图〉六首》《答高孟贤主政青岛》《刘伯明主政（希亮）奉其父命自岛来沪省觐乃祖云樵都转公赋赠》《题乌程蒋澜江大令（清瑞）〈金山剿匪图〉》《和陈庸奄制军师〈感事〉韵》《题朱念陶观察（焜）〈天山归猎图〉，即祝其五十生日》《丁巳消寒第一集，和梦坡学博韵》《和黄石孙前辈韵，即赠二首》《咏史一首》《王漱岩从海盐寄示近诗答赠》《徐积余观察五十》（二首）、《送袁子羽、家广轩二征君归里二首》《〈天台篇〉，赠临海陈楷亭巡检》《怀刘澄如学士南浔二首》《张石铭观察为其母桂太夫人建塔适园，摹唐拓柳书〈金刚经〉于上，时母年七十有三，石铭本甲午举人，国变侍养不仕，诗以记之》《刘潜楼大臣自岛来沪》《题无锡孙恂如茂才藏其先德志伊茂才遗墨二首》《题梦坡学博所藏〈砚山逸老图〉二首》《答章吉臣观察同年〈丁巳除夕寄怀〉二首》《补挽刘语石广文》《和旧同学朱雪庵明经（允文）武康六十初度》《和旧同学徐晓帆明经（正言）黄岩》《和柯辅周州判（骅威）同年黄岩二首》《和赠饶麓樵舍人同年》《题唐元素大令所藏元陈仲美（琳）〈清溪耕乐图〉二首》《怀朱聘三侍讲同年京师》《顾君用参戎（臧）见示〈苍梧道中杂诗〉，答赠二首》《怀褚九芸明经（传诰）天台二首》。其中，《呈陈弢庵、朱艾卿、梁节庵、伊仲平四师傅》云："阴崖积雪蕴微阳，中有神龙瞩八荒。伯靡孤臣同偃蹇，甘盘旧学共商量。经腴有味芜蒌粥，史间无奇洴澼方。握火抱冰今日事，天遗四辅万民望。"《徐州二首》其一："江淮形势霸王都，尺剑原难敌万夫。撞碎九州如斗大，筹来一箸比椎粗。开门节度西湖长，坐井公孙南面孤。若把河山定功过，前人不受后人诬。"《咏史一首》云："伐国恒言先伐谋，虎狼秦欲食诸侯。田文门下三千士，不及弦高十二年。"《怀刘澄如学士南浔二首》其二："巢盛悬匏意与谐（君室名坚匏），西陵夕照每萦怀。冬青一树荒原种（本奉崇陵之差，国变后报效种树银两），心史千年古井埋。祥凤晨鸣朝日正，妖狐画见又风霾。袖中拳石吾亲见，何日天空补女娲。"《丁巳消寒第一集》云："如此风波何处行，冲寒博得酒徒名。佣书遗事留荒岛，秘记前尘梦玉京。华子龙头终不称，燕丹马角有时生。层冰十丈微阳动，觅到清泉好濯缨。"

姚永概诗系年：《汤定之示其曾王父贞湉公（贻汾）诗册，诗写于道光壬子，多记水灾。有柬先大父一篇，句云："寒钟动故宫，残夜知同醒。怜君乡思摇，苦我愁魔梗。"时先大父寓四松庵也。敬题长句，兼寄伦叔，〈诗窟图〉伦叔所藏》《答畏庐次韵》《再答畏庐次韵》《陈龙川》《臧孙》《寄二姊》《京津道中闻蝉》《灯歌》《四弟寓宅杂花犹茂》《谢又铮贶旅资》《寓楼夜起有感》《忆西山故居》《过金鳌玉蝀》《道中写怀》《答伦叔》《赠虞仲仁、方孝深》《题姚慎思（振孟）〈兰菊同芳图〉》《合肥刘石宜（启琳）以母夫人〈寒灯课读图〉索题三年矣，伦叔、通伯代为敦迫，旅窗岁暮，成此应之》《复辟事起，避地天津，四弟独留京师，战定重入城相见，赋此示之》。其中，《汤定之示其曾王父贞湉公（贻汾）诗册》云："我昔曾观《诗窟图》，心诺题诗久未报。先生诗窟不寻常，司空土室名同噪。一时诗画擅声名，四海贤豪投纻缟。西南烽火迫江来，大节从容仁义蹈。文孙新获自书诗，以我通家又见告。残夜有人能共醒，愁魔应为苍生涝。当时忧乐在天下，不比群儿漫相好。四松诗窟今何在？动地横流势尤暴。吁嗟凤鸟久不闻，顽嚚谁信大师导？故里麦田作龟坼，西川城郭焚于盗。剥床灾已近肌肤，抵死不知渠岂眊？定之寂寞客京华，诗画能追先世奥。独我衰情对此编，摇摇恰似风中纛。"《臧孙》云："古人重实行，后以名相竞。窃位鲁臧孙，空言骇百姓。名实一已漓，圣神资谲柄。转令帝王业，不起儒生敬。快哉御叔言，雨行安用圣。"《四弟寓宅杂花犹茂》云："吾弟五年寓京华，新移僻巷无高车。昨宵巨炮飞空过，风韵未减庭中花。长瓢注水竹作架，辛苦使汝明如霞。贵人堂阶列千种，根枯便弃同营麻。苍生尚不入梦想，仁及草木宁非赊？泽中瘠与沟中断，使我临风三叹嗟。"《复辟事起》云："仓卒登车去，艰危弃汝行。居然同一饭，不意得全生。僵柳知难起，飘风莫与争。忧端随喜至，盗贼尚纵横。"

林之夏诗词系年：《吴山酒楼斜日聚饮，俯视杭州城市，万瓦鳞次，悄然动久客之思》《往歌来哭行（有序）》《雪后晨入军府，书投贞壮》《归闽有日，贞壮步楼韵送行，再依韵报之》《晨兴趁车归闽，车中口占》《大风渡海》《抵闽州》《待潮泊马祖澳》《返柴门乡居》《杭居赁吉祥巷，四度见吾居木笔盛花，不胜天涯留滞之慨。以诗宠花，并自遣尔》《庭来小鸟如雀，毛羽斑斓，一弹毙之，复为惋惜》《与郑笙宾表兄》《观空联句四首》(《神》《佛》《仙》《鬼》)、《湖心亭》《四续〈木香花吟〉》《楼望》《贞壮以〈湖上遣兴〉诗见示,次韵和之》《贞壮再叠深韵见赠,末语云:"君今懒出怜儿病,应减人间忧患心。"用感其意,依韵报之》《感事,示贞壮》《云海秋以近诗见示,依韵答之并效其体》《金缕曲 (一片伤心色)》《中夜苦热,移卧室外,听桐花坠声如雨,起而有作》《梦醒雨歇,中庭见月》《晓坐,树影满窗》《饭后社诸子社评》(《诸宗元》《陈景烈》《钱模》《姚慈第》《陈光熹》《李光》《樊镇》《云韶》《金真诚》《林鹍翔》)、《对酒有忆》《闻政府与德、奥宣战》(四首)、《客中子女多病》《无题》《林丈夷叔过杭寓留诗次韵》《女芬病,夜啼,为之不寐》《枕上》《唐凌烟阁功臣分咏 (有序)》(《长孙无忌》《李孝恭》《杜如晦》《魏徵》《房玄龄》《高士廉》《尉迟恭》《李靖》《萧瑀》《段志玄》《刘弘基》《屈突通》《殷开山》《柴绍》《长孙顺德》《张亮》《侯君集》《张公谨》《程知节》《虞世南》《刘政会》《唐俭》《徐世绩》《秦叔宝》)、《送族叔家培归闽,用悦颂流字韵》《送刘韵铿归闽》《寄怀郑瑞堂严州》(二首)、《答南京旧居停主人张让之次韵》(二首)、《闻韵松死耗》《倦眼》《酒杯》(十首)、《军行竹枝词》(二十首)、《道路阻兵,归期莫定,客窗夜坐,感念有作》《寄怀知渊舍弟》《拭旧存指挥刀口占》《答郑肖岩丈,次原韵》《与林幼梅》《悼隆世储》。其中,《贞壮以〈湖上遣兴〉诗见示》云:"闽风伏雨又春深,新绿郊行渐作阴。戎马得闲知落拓,关河入望费沉吟。同仇已晚生何暇,使诈无方迹可寻。置酒犹能谈激烈,黄金布埒探牛心。"《贞壮再叠深韵见赠》云:"院宇春归锁自深,新苔丛草接庭阴。儿饥日永惟啼食,女病宵分尚学吟。筹笔关河轻一梦,置邮裙屐远相寻。锄金犹有轩车意,惭愧墙东避世心。"《金缕曲》序云:"雨晴间日,非春若秋,眠醒向人,不梦而呓,遂拈此解,相与联吟,持铁如意、敲玉唾壶,所恨古人不见我耳。"词云:"一片伤心色。更落日、平芜城郭,江山无极。(亮生) 虎门龙争屠贩贵,我谓半钱不值。(贞壮) 唾壶碎、随人歌泣。多少头颅拼掷去,剩此枰、黑白谁收拾。(致虞) 天无语,苍茫立。(亮生) 鲲鹏六月图南息。见说道、九关虎豹,传人羽翼。(贞壮) 南北东西巫绝叫,叫我魂归故国。陆沉痛、浮云如幂。看汝纵横何日了,正有人、卧榻鼾声急。(亮生) 长城坏,休投帻。(贞壮)"《诸宗元》云:"大匠慎准绳,良工习陶冶。苏黄可与言,不数江西社。"《钱模》云:"玉溪与鹿樵,前后所心许。繁艳入剪裁,维摩散花雨。"《闻政府与德、奥宣战》其一:"长夜漫漫渐向晨,穷庐闻见与时新。南天一诏将臣粤,东海千金不帝秦。黄祸危词同命鸟,蓝书信史自由神。袍仇敌忾今何日,饮马莱因谅有人。"其二:"汉家飞将射生军,如此疆场合策勋。烽燧近侵回鹘部,旌旄高卫海龙君。开元旧事谁能说,河满新声不忍闻。秋气晶棱天一角,关河平望有风云。"《军行竹枝词》其一:"粮子开差兴最高,连朝停课又停操。弟兄各干私家事,铁铺争先打短刀。"其二:"浅水滩边马入船,前头牵罾后加鞭。此船所渡才三马,闹到开帆搁半天。"

叶心安诗系年:《岁初口占》(五首)、《〈春晖文社集〉,为松江张本良题》《和张蓬洲〈四十述怀〉,用元韵》(四首)、《哭烜儿》《题〈柳荫走马图〉》《题〈东山丝竹图〉》(四首)、《程瑶笙夫子画松鼠补松》《梅花仕女》(四首)、《秋柳》(四首)、《答客问》《白燕》(二首)、《菜》《芙蓉花,翠鸟》《猫》《牡丹补池鱼小景,时滇有兵事》(二首)、《墨牡丹,白头翁》《牡丹,雄鸡》《桃,燕》《桃,柳》《梨花,锦鸠》《山水杂题》(二十九首)、《渔家乐》《一笔石,朱竹》。其中,《岁初口占》其二:"田家之乐乐何如,斗酒羔羊饯夕除。笑语堂前春昼永,冷清门外故人疏。迎新处处风闻饵,望岁欣欣缶有储。一穗灯花寒带腊,乍惊爆竹报年初。"《和张蓬洲〈四十述怀〉》其二:"神交宛在擘笺时,谡谡松风起我思。流俗未湉清与浊,及身幸免夏胥夷。狂澜力挽滔稻者,生世宁甘訾訾蛇。待后守先匪异任,诗成自寿写乌丝。"《哭烜儿》云:"天厚我家锡清福,雨间清气儿钟毓。儿生有异貌不俗,甫离襁褓能音读。生后寒暑五往复,天何为而夺之速。蝉蜕蝶化儿瞑目,父儿丧明空一哭。哭罢泪痕拭以胠,冥心想儿书案伏。呼儿曰全美意足,尔母辛苦亲乳育,尔父风尘苦逐逐。往岁京都曾问卜,卜者筮儿命不禄。谓儿缺火乏克木,戚党视儿美如玉。恐曼陀花非世畜,儿之夭征岂有属。微言多中如射覆,父闻殃庆犹转鷇。积善不善视载凤,咎父才命同赋鹏。罪实在父儿代僇,儿有先姊行次六。同遭父累转申渎(六小女三岁殇于沪),姊弟随父就啜菽。并无口福到食肉,嗷嗷弱羽伤折镞。先后同辙凶脱辐,父思或间身栗碌。母思无间手空独,思儿每问颜先恶。饪人告语退羞缩,奇花初胎字初熟(儿初识'奇花初胎'四字)。他字继之默记腹,乱以他字儿不服。智识之开由慧宿,屡欲随兄入学塾。方喜随骟能光族,每忧病弱额频蹙。近乃吐乳自饭粥,何图小谪眼一倏。妄许乞灵于苓茯,悔哉此行最穷蹙。升斗不啻把儿鬻,不材者寿父暗祝。生儿角骍不如犊。"

王仁安诗系年:《官廨》《林社》(社祀林太守)、《闻鹧鸪》《公园》(旧行宫址,树有纪念碑)、《张公祠》《湖上放舟五首》《刘庄、高庄》《先贤祠》(祠址旧彭公祠)、《次韵答唐粲六》《飞来峰》《净慈寺》《改诗》《池塘》《朝来》《青苔》《玉泉鱼》《紫云洞》《题近作诗稿》《某女士墓碣》(题未婚夫某建)、《理安寺僧索诗,书以赠之》《南峰》《郊行》《清明植树二首》《祝尔生成出众材》(试验场)、《墓田》《秋社》《廉庄》《雨来》《次韵答荫浓并呈同署诸公》《谢伯翔》《西园》《白云庵》(庵有雷峰塔坠石及中山、太炎题字)、《夕照寺》《解嘲》《韬光》《弥勒院》《小青墓》(同舟客有薄小青者)、《蔷薇》《幼䑃留别四律,和者已多。余亦勉强为之,不觉词之繁也,并呈诸公》《木香》《寓居有蔷薇木香,曾以诗写状其他花木各作一诗,留别纪念》(六首)、《西溪》《交芦庵》《溪楼延月图》《如冠九〈交芦秋影图〉》《风木庵》《花坞》《之江》《登公园石台》《归舟》《有感近事,次铁耕韵》《雪斋连日以诗见投,语多感慨,作此广之》《荫浓〈五十自述〉,余代点定,并系以诗》《次韵伯翔〈虎跑寺怀大苏〉》《竹素园》(旧为左祠,今题识俱废)、《学诗》《公宴日本田中中将,得诗三首》《出京二首》《登葛岭初阳台》(台为染业人构造)、《登台观日晓》《睡起》(寓居作)、《江南》(官廨)、《临池三首》《偷闲》《读刘树屏〈外交纲要〉》《读昌黎〈与孟尚书书〉》《心气突然异常,或者末期近矣,作此以待其变》(三首)、《为日本人题〈和装仕女图〉》《漫兴》《听雨戏作》《万般》《榴花》《谁家》《江行》《读书倦后,临池颇得静趣,成诗二首》《诗兴退减,恐意趣不振,因而有作》《日落时登楼看山》《平台乘凉,独坐对月,戏成一律》《拟古〈游仙诗〉二首》《和平》《购浙局书,读之有作》《斜阳》《读放翁晚年诗,拉杂成四律》《即目》《燕孙寄赠净相寺李子志谢》《池上看雨》《代代果》《紫荆花》《梦作诗首句云"人生到处有危机",未及接次句,而醒在枕上足成之》《梧桐》《皋园》《止观亭》(亭在皋园)、《出京时得首句,偶然成之》《有人云:摒挡俗事,便欲作诗。余生平作诗,是诗寻我,非我寻诗也》《秋》《幼梅索题寿民书卷子》《观潮》《六和塔》《江楼观潮二首》《读〈六十一家词选〉,始学作词。梦老来杭,以词质之,继而自阻,赋此寓意》《夜醒不寐,闻蟋蟀声感赋》《中秋观潮后有请赴海宁者答之》《杭城》《戏答赵生甫见诒之作,即次原韵》(四首)、《芭蕉》《伯翔以海宁观潮诗督和,作此应之,即次原韵》《次韵黄小宋见诒七律,时小宋七七龄也》《将至重阳,院中桂花尚有未开者》《连日偕内游南北山》《次韵答史康侯》《即目》《小刘庄》《戏作》《往返临浦道中作》(四首)、《四照阁》(阁在西泠印社)、《无争》《夜雨》《梧桐》《茑萝》《寄胡迟圃京师,即次留别韵》《对镜》《冯梦老人与人书有云:"词为羁人迁客藉以写忧,非学者恒轨。"题之以诗》(二首)、《南行》《钱塘》《客有谈上海者,诗以答之》《池上偶成三首》《论诗戏作》《余薄上海久矣,深为愚园惋惜,志之以诗》《放言》《漫兴》《宋庄》《再咏红叶二首》《皋园》(二首)、《文澜阁前美人石》《晴》《皋园宴罢作》《昔读汪容甫〈吊马守真文〉,为之短气,今于袁巽初处见马氏画兰,意有所触,成此谰言,用俟知者》《盆菊》《游云栖道中作》(二首)、《为云栖寺僧题莲池大师书卷子》《自西兴至曹娥舟中作》(三首)、《鸡鸣》《抵宁波寓所》《借书》《为骧达题其尊甫却金帖》《后乐园》《月湖》《待省电回杭,电久不至,有作》《自宁波回杭州杂咏》《次韵答幼梅》《寿幼梅》(范荪来函索诗)、《梅花》《晨起》《冻雨》《宴吴氏园林》《赴吴山看雪》《雪后登吴山》《寓居可喜,时余在杭,作将去客也》《复作衙斋一首》《寓楼朝暮俱有可观,纪之以诗,并有人在也》《前诗不及夜景,更作一绝补之》《湖边眺望》《李佩秋寄二诗,一论文一论学,作此答之》(二首)、《寒夜吟四首》《宴葛荫山庄》。其中,《为日本人题〈和装仕女图〉》云:"想见画中人,所居在瑶岛。最好是樱花,人比樱花好。"《拟古〈游仙诗〉二首》其一:"一入瑶宫不计年,九重又降玉真仙。双鸾飞度珊瑚树,群鹤回翔玳瑁筵。黑劫苍皇惊电毂,红尘堕落怯雷鞭。场中枭雉成孤注,但恐蚩尤祸早延。"《有人云:摒挡俗事,便欲作诗》云:"我亦有诗在,都非我作来。机缄随处启，怀抱自然开。但识之无字，都称赋咏才。古来风雅地，不许杂舆台。"《为云栖寺僧题莲池大师书卷子》云："半载杭州散漫游，云栖经过已深秋。行将归老津沽去，静里长吟七笔勾。"

黄瀚诗系年：《周丈行辈高，齿相等，已留鬓矣，感赋即赠》《重题曾逊臣独立小照》《题〈群仙祝寿图〉，赠逊臣五十》《题林霁秋〈订正梅花操词谱〉》《十六夜月二首》《十七夜月二首》《赠虞幼桐移家漳州》《检阅旧书感作》《捉捕歌》《贾客词》《恤兵行》《从军行》《侠客行三首》《十月十九日先姒忌辰，追悼感怀，杂成四十四韵》《过洪水桥刘应秋、林雅谷两医士家看菊，即赠五首》《悲双雏》《咏菊，用周丈菽庄〈观菊〉元韵》《题台北蔡章慎先甫愧怙〈泪墨遗箴〉册子》《重题林霁秋〈泉南词谱大全〉》(三首)、《先考〈仙踪云外图〉》《先姒〈愁霖返舍图〉》《次韵柯硕士、墨丈、雨农诸同人》《无母雏》《舆中口号》《至日杂感四首》《黄绳其母叶氏旌表节行诗》《纪梦，和周丈墨史》(四首)、《再和》《敝裘八首》《刘谌庙》《倒叠前韵，奉和周叔并谢再招不赴之罪》《宜》(二首)、《再倒叠酬雨农迂道过访》《夜坐得句复叠》《再叠赠高瑸石、张云宜》(二首)、《雨农来诗，有"江夏黄童"句，戏答二首仍叠》《观七子班扮演故事六首》。其中，《重题曾逊臣独立小照》云："弹指光阴十四年，不关心事总浮烟。旧题已怯流年箭，此去真乘下濑船。长与放歌消白日，难禁触目对华颠。一春醉卧高斋上，醉里披图更惘然。"《十六夜月二首》其一："小立阶前望，星光点点悬。似欺今夜月，不及昨宵圆。"《检阅旧书感作》云："空村萧索易兴思，暑退凉生又一时。霜菊傲人人共淡，风萍泛我我原痴。渴逢断酒疑难勇，老始耽书悔已迟。却喜蠹余犹满架，尽供朝夕静吟披。"《捉捕歌》云："同胞同胞可奈何？听我一奏《捉捕歌》！胥戕胥虐自同类，满街塞道语纷那。停踪借问何由缘，扼腕者弱强愤然。村竖口头悬秽语，百语未出一语先。云昨捉烟来蠹吏，司空惯见浑闲事。脂敲髓吸乞谁怜？最险风波起平地。营商迎客为营生，但问金钱那问名。有客过门增利市，暂将客担寄前楹。客言门外买虾鲂，门内横来尽虎狼。搜遍筐箱楼上下，就中注意客行囊。客囊果有烟膏在（烟膏一合，外十余合皆料膏），探取欣如操券待。店家提去客任逃，俨然铁铸成难改。官胥一气如沆瀣，有耳不用装聋废。爰书未定身先囚，良民缧绁奸民贷。或疑睚眦投一快，怨家胥吏何针芥。噬人毒人比而同，暗中本是连机械。家家闭门自惊惧，狐悲不尽悲死兔。官来加以挟制名，不生彼怜逢彼怒。连名呼屈狂纷繁，诉词千万语澜翻。印证累累百十颗，不及左行数字钉在门。呜呼！驱鹊驱鱼驱未尽，剩有残血供锥吮。不到华民变尽夷，贪官蠹吏功应泯。"《贾客词》云："贾客多所乐，贾客亦多苦。我歌贾客词，苦乐持并数。嗟哉贾之苦，守国不离祖。榷关税独多，杂目更诊缕。间架有常规，烦征又铺贾，日日言护商。司暴等豺虎，同业异苦乐，不远相对宇。问彼何能然，市籍变客主。又如航海去，异邦有乐土。岂免征税多，税多百废举。衢道便交通，奸欺杜侵侮。权利权义务，不作空文腐。持此勘官商，俨然成敲仵。虽染蛮夷风，时沾旱熇雨。譬彼前妻儿，不得后母抚。母嚣父亦顽，家庭设城府。骨肉忍弃捐，行路为收取。去不空里庐，存亦非编户。市野日萧条，事极坏而蛊。欲烹桑弘羊，斯语非狂瞽。"《从军行》云："遍读《古乐府》，最念《从军行》。收燕复故土，度陇筑坚城。人膏化鬼火，男儿夸热诚。尚谓知世仇，夷狄不敢轻。复仇雪耻国恒有，敌忾同胞联弟兄。异族凭凌势濒蹙，士可投笔农废耕。国耻未除苟活脰，有才合请从童缨。如何同室内，戈戟相枝撑。断右伸左臂，钩指自抉睛。丈夫头颅行万里，摧撞轻掷前门闳。仅同牖下毙，甘作长平坑。从军行，从军行。勋名可慕古犹痛，况乃无名空丧生。"

王舟瑶诗系年：《感旧二十八首》《怀人二十九首》《寄怀沈芷邻大令（泽棠）、汪憬吾同年（兆镛）并谢其题余草堂之作》《与备周、德舆约今日赴鉴湖修禊，沮雨未果，作此柬之，并寄定叟、梅卿、舜圃诸君》《次日果晴，偕备周同赴，与湖社诸君补修禊事》《张师石为我写〈后凋草堂图〉，并邀吴采人题诗其上，作此寄谢》《备周邀看白芍药，为赋长歌》《无题二首》《题〈息影楼咏怀诗〉后》《偕备周至九峰看菊》（附柯骅威备周和作）、《赠杨定敷给事》《光绪丙申陈云友（霞）乞题〈桐阴秋读图〉，忽忽逾廿年，竟未之报，今来申前，请为赋一首》。其中，《偕备周至九峰看菊》云："侵晨携手出东郊，九子峰头认旧巢。自耐孤寒留晚节，不辞风露坼新苞。花真似我偏宜冷，澹到如君可论交。得与纪群同一醉（备周令子濂希明经在九峰读书花即其手植），归来斜日下林梢。"柯骅威（备周）和作云："瘦如岛佛寒如郊，遁世仍惭许与巢。九日曾斟桑落酒，初霜又放菊花苞。孤芳兀傲谁青眼，故国苍凉几素交。却喜当门多老柏，翩翩双鹤立高梢。"《光绪丙申陈云友（霞）乞题〈桐阴秋读图〉》云："何来白发叟，乞我新诗篇。握手一长叹，回头廿二年。遗书逃劫火，古树渺秋烟。桑海不胜感，披图重惘然。"

赵熙诗词系年：《感旧》（五首）、《吊江杏村》《寄玉津阁》（三首）、《高山流水·寄桐城马通白先生其昶，步梦窗韵》《孤鸾·张篁溪有哀逝之作，自京师托题墓道》《三姝媚·题胡铁华大山松所卷子》《彩云归·和休庵访薛涛墓，次韵》《五福降中天·寿苏兼寿朝云，此八百年第一韵事也，戏和邓约斋前辈》《三姝媚·题休庵〈秋雁词〉卷。休庵姓邓名鸿荃，字雨人，清观察使，工词，词人王半塘妹婿》《霜花腴·向道院分木芙蓉种，用梦窗韵》《水调歌头·寿康南海六十》《瑶台聚八仙·仙人山在县北七十里，寺曰仙人寺，余扫松叶烹茶于此，题其匾云："明月来投玉川子；晓云遮尽仙人山。"山之高，环望百里外，既刻诗壁上，补纪此词》《迈陂塘·江恭人墓》《东风齐著力·雨水节种花》《绛都春·花朝，双溪看桃花》《南浦·春柳，玉田韵》《珍珠帘·英人招聚清富山看樱桃花》《三姝媚·城南看桃花》《珍珠帘·梨花，〈山中白云词〉韵》《吉了犯·拜宋王周彦墓》《三姝媚·寄杨子曼陀楼》《双瑞莲·李哲生思纯、辛圣传楷，赋才清发，天下之好也，合照小相，休庵云：国士无双而有双矣。用赞是辞》《高山流水·寄彊村侍郎》《吉了犯·横溪阁》《望海潮·用淮海韵题南海戊戍与雪庵绝笔书》《忆旧游·海棠花落》《南浦·朱藤，用张春水韵》《探芳信·寄哲生、圣传，用草窗韵》《南浦·和圣传寄内》《塞垣春·虫草，吴季愚大令復见寄》《玲珑玉·白蒲桃》《氐州第一·绿菜，葆青馈》《露华·蒙山茶，为汉僧吴理真手植》《瑶花·银耳，用草窗韵》《六幺·辛子被困乱军，卜云死矣，一书告存，喜订荣州之游，并问诸遗老》《庆春宫·意钓亭》《眉妩·圣传归邛崃，夜中入梦，用碧山韵》《东风第一枝·樱桃》《绕佛阁·游唐开化寺怀辛子》《金人捧露盘·王文安公墓瓦俑，以宋绍兴八年葬，去今七百六十二年出土》《醉思仙·兕觥》《三姝媚·哭宁河高文通公》《夏初临（木马分秧）》《壶中天·茅台酒》《前调·汾酒》《绕佛阁·乡游得京中书，知彊村近问》《三姝媚·闻乔损丈卒法源寺》《梅子黄时雨·横溪阁，用玉田韵》《凤凰台上忆吹箫·漱玉韵，答辛子》《百字令·梁杭雪画》《琐窗寒·次辛子见寄韵》《南浦·次韵调辛子》《消息·答辛子〈望月寄怀〉》《梦横塘·次刘苕溪韵，报辛子并寄休庵》《花心动·粉红绣球，梅溪韵》《换巢鸾凤·五色凤仙，梅溪韵》《洞仙歌·戏问休庵疾》《三姝媚·日本美人小相，用半塘唱和韵》《前调·新荷》《前调·美人蕉》《前调·凤仙》《声声慢·菖蒲》《南浦·廖芷才大令招饮镜香亭，用张春水韵》《渡江云·得景乔书》《三姝媚·偶以小绢写树名，有似蓟门山者，聊短述》《泛清波摘遍·荣之北山产绿茶，香色一如龙井，借小山韵张之》《湘江静·竹簟》《婆罗门令·两月来蜀中化为战场，又日夜雨声不绝，楚人云："后土何时而得干也。"山中无歌哭之所，黯此言愁》《绮寮怨·吊杜步云、樊孔周，清真韵》《换巢鸾凤·夹竹桃》《玲珑四犯·含羞草，清真韵》《还京乐·得王豹君督部诗函，用美成韵纪感。豹君名人文，大理人，清光绪癸未进士，治蜀非久，其德量则不知严武、韦皋孰先后也。今春川滇之难，当轴微公察办，至渝而川黔又哄。公遂检五年诗见寄，誓隐补陀山，订他日相从，以峨眉为死所。呜呼！哀矣》《侧犯·唐池，清真韵》《倾杯乐·用耆卿韵寄锦城》《采绿吟·镜香亭，用蘋洲韵。此调过片处，半塘定脆字，仄叶，谓与渡江云换头正合。是仍叶氏天籁轩说，非创获也。前段里字，仄叶，余亦主叶氏说。熟绎塞垣春，知草窗旨矣》《扫地花·鸡枞菌》《壶中天·纪梦示芷才》《庆宫春·知休庵避新都，室庐未毁，既哀且慰》《齐天乐·休庵屋为流弹所破，持伞御雨，辛子有词云："形影相偎，阴晴偶换，便是沧桑一度。"叹其谐妙之情，戏赋此阕》《玉京秋·牵牛花，草窗韵》《选冠子·白露》《齐天乐·今宵酒醒图，和频伽韵》《一寸金·秋分月夜》《百字令·约斋叟得南城废园，葺之曰约园。用竹垞韵寄贺》《前调·寄山腴》《前调·寄吴念存祖沅，兼答鄢公，复祥祜》《前调·答休庵》《前调·寄圣传》《前调·寄壶庵师》《前调·乱中受一廛而不得,感纪》《醉江月·草窗〈中秋〉韵》《花犯·红蓼,碧山韵》《玉京秋·苇,用蘋洲韵》《齐天乐·屋漏,得哲生词,因寄辛子》《花犯·荷池晓望,得鹤叟词,用美成韵却寄》《新雁过妆楼(小队西风)》《高阳台·九日耸云山》《霜叶飞·生日,梦窗韵》《齐天乐·秋荷》《梦芙蓉·木芙蓉,梦窗韵》《霜叶飞·题雷实夫小相,梦窗韵》《百字令·松花石》《高阳台·寒竹,和频伽韵》《曲游春·约园》《金浮图·腊八粥》《高阳台·病酒,频伽韵》《海天阔处·挑耳》。其中,《吊江杏村》云:"岳岳江夫子,身贫道益高。去官持劲节,佳馔斥邪蒿。丹旐无传信,青山哭大牢。相思闽海阙,白鹭下翔涛。"《寄玉津阁》其一:"白发看花又丙辰,悠悠六十七年春。当时薄有诗名者,满目山阳笛里人。"其二:"人生最苦下流居、望古方乖入世疏。卓卓五噫天下士,聊城一箭鲁连书。"其三:"门内称戈左右难,弭兵愁说战云寒。汉家大度萧王语,反侧安时子自安。"《高山流水·寄桐城马通白先生其昶》云:"梦痕日日数花风。满城山、春气葱葱。三载故人书,南天路隔烟鸿。衰颜似、病叶霜红。亡新世,江上经时鼓角,浩劫乌槭。剩人间弃妇,血滴泪珠浓。   山中。研朱点周易,今莫问、汉馆隋宫。坊径委铜驼,尽绿乱草茸茸。后千秋、且付天工。龙眠翠,聊守方姚故册,断送龙钟。忆宣南万念,如雪比僧慵。"《水调歌头·寿康南海六十》云:"太华五千仞,雄压三神山。金天西下康老,岳岳切云冠。脚踏全球地壳,胸贮中华圣证,星斗摘心肝。一卷大同论,太古烛龙然。   敲红日,玻璃响,九霄寒。百花十日生日,六十鬓毛斑。身立支那劫外,人指梁鸿天际,佛国祖师看。春酒介眉寿,星宿海同干。"《双瑞莲·李哲生思纯、辛圣传楷》云:"风神如此秀。合双玉名龛,双柑携酒。供作双仙,一代才人低首。比似云龙韩孟,认不出卢前王后。丝缕缕,甚时花下,佳人双绣。   我欲照影恒河,奈壮不如人,衰颜今皱。黄金铸像,拾得寒山谁偶。二妙春兰秋菊,可念到万松青否? 开笑口。待定岁寒三友。(案:年来崇庆辛圣传、成都李思纯执贽问学,门人中后起之俊。词以奖之)"《五福降中天·寿苏兼寿朝云》云:"小星红得奎光笑,春风一堂双寿。苏小乡亲,维摩天女,名在魏城君右。蛮腰素口。愧九死无家,百年相守。党传篇篇,扫将眉翠大峨秀。   罗浮前世道士,慧根磨不尽,重奠杯酒。白鹤新居,绿毛幺凤,记礼塔仙时候。梅花半亩。拜百子裙边,上元灯后。袅袅香魂,干儿携到否。"《三姝媚·题休庵〈秋雁词〉卷》云:"西京如梦短。似金铜仙人,露盘辞汉。四壁成都,为五陵芳草,酒边肠断。故国骖鸾,魂一夜、簪山千转。庾信生涯,萧瑟江关,一声秋雁。   赢得中仙词卷。笑记曲箱中,可收田券。按拍花前,赖小红知己,玉箫春暖。我亦愁乡,嗟半世、齐谐同传。若问虚名身后,嵇康性懒。"《珍珠帘·英人招聚清富山看樱桃花》云:"繁英素雪春千亩。照帘栊,开遍花朝前后。晴嫩午蜂喧,伴玉窗人瘦。瓣瓣雕镂珠错落,待夜月、香囊亲扣。携酒。又几日金莺,便含红豆。   谁分别馆欧西,占荣王宫殿,小山清富。今古一东风，叹上兰非旧。海外樱花人自乐，正上野新装时候。相守。付一卷心经，唐宫鹦鹉。(案：英国传教士创仁济医院于清富山。海外句，因樱花忆日本旧游)《三姝媚·寄杨子曼陀楼》云："蓉峰归卧否。展金光明经，梦君南浦。小筑延真，问散原经乱，梵天何路。采药西崦，凭唤我、山中樵父。老趁狂歌，江上秧田，杏花春雨。　　连岁佳儿文度。料手版疗饥，软红香土。破屋宣南，有燕巢痕在，一官曾住。故国荣州，无地种、苍松千树。夜夜知心谁是，啼鹃万古。(案：杨增荦晚年学佛，号所居曰曼陀楼。香宋因杨赠唐写金光明经卷子，倩程伯葰治印曰金光明经室)《高山流水·寄彊村侍郎》云："冻春十雨九兼风。酿晴乡、千树青葱。归雁渺南天，皋桥赁宅梁鸿。横塘路、酒绿灯红。秋风起，携去铜仙汉月，泪落房栊。浸冬青十二，叶叶露华浓。　　花中。群莺乱飞了，生活计、半化秦宫。芳草古荣州，野鹿自养香茸。海山心、写断琴工。六年梦，空绕香湾小蕨，老去情钟。唱金荃苦怨，当日美人慵。"《望海潮·用淮海韵题南海戊戌与雪庵绝笔书》云："当年衣带，如今禾黍，囚尧忍梦东华。含血喷天，椎心蹈海，青牛远放流沙。书笈故人车。托白头老母，餐饭先加。不是金轮，更谁纤手送唐家。　　江湖岁岁吹筊。又六旬进酒，二月飞花。知己半生，灵光一座，先朝信史空嗟。烟柳上洋斜。剩血痕泪点，浓墨飞鸦。柴市招魂，大星芒角耿云涯。(案：雪庵，即徐君勉。戊戌政变时，康有为于上海英轮中，作书与徐，托以家事，遂逃亡海外。衣带，指事亟时光绪密诏)《探芳信·寄哲生、圣传》云："坐春昼。惯雨过寻山，僧来赏酒。念仙庵前世，如今梦华旧。吴妆争照春波影，人比黄莺瘦。木兰舟，杜老清祠，薛涛香甃。　　花外玉骢骤。看珠树临风，峡云归岫。一对箫声，曾唱小红否。红羊都换青羊市，烂醉同犀首。谱新词，休道屯田是柳。"《南浦·和圣传寄内》云："山花笑客，笑春来、门外即春明。惹得檀郎吹笛，千种玉关情。树树淡黄杨柳，雨和风、搅梦到三更。算哥哥行迹，半湖青草，湿了鹧鸪声。　　一曲草堂按拍，问黄金、谁铸阆仙形。望断临邛归路，眉黛远山青。两度百花生日，百花潭、载酒泛清泠。料怨红凄调，玉箫阴有小红听。"附辛楣原作："春愁似草，客天涯、吹绿近清明。到处嫣红姹紫，蜂蝶尽多情。何事夜来风雨，打窗纱、不住乱寒更。问梦边檐滴，为谁肠断，点点作秋声。　　对影几番情重，竟何因、惟而独随形。怎耐衾寒于铁，如豆一灯青。好趁杏花消息，把乡心、尽付雨泠泠。到故园西角，小楼深夜有人听。"《六幺·辛子被困乱军》云："杜鹃声苦，叫得春如客。相思美人天外，十日鱼书歇。险说渔阳揭鼓，踢到鹦洲色。六朝六夕。千花百草，一片腥风万磷碧。　　故人天幸无恙，个个城西北。祗恨血染髑髅，不向崔家掷。大渡河边一哭，世比唐年黑。秧歌满陌。一肩行李，请踏青阳旧封国。"《眉妩·圣传归邛崃》云："正花西星点，树杪鹃声，灯老半窗暝。倦里浑无睡，相逢处，依稀工部祠径。翠苔步稳，诉锦城千万幽恨。画栏响，一角濛濛雨，觉鸳被微冷。　　人醒沉思音问。又暗移山月，遥挂天镜。风信哀牢转,邛山外,伊人知甚光景(圣传创方剧)。送春路永。算四乡、忙了农正。待消夏峨眉,摇一棹、汉嘉影。"《绕佛阁·游唐开化寺怀辛子》云:"断岩泻翠,枯坐老衲,花外禅宇。芳意如许。最怜梦里,鹃声唤春去。梵钟报午。香送半盏,泉味牛乳。闲听蛙语。宛然万里桥西,杜祠路。　　雁足盼天末,缥缈邛崃山远处。何幸故人,因风传尺素。想玉样清标,消减丰度。买将茫屦。趁豆坂秧塍,消夏烟树。浣龙湫,洞天凉雨(寺有洞,五百年来标为龙湫夜月)。"《三姝媚·闻乔损丈卒法源寺》云:"幽州天外远。望魂兮归来,武担山畔。古佛同居,总平生英气,法华千转。柳色依然,春未了、台城先换。第一伤心,泉路交期,十三峰馆。　　三度同经兵乱。记旧国黄尘,夜深长叹。小阁延秋,有相公来去,履痕都满。是色是空,全付与、钟声肠断。岁岁寻碑唐寺,丁香泪点。(案:清光绪末年,香宋与乔树楠同居北京伏魔寺。时国政日非,乔留心时务,交游甚广。辛亥后,寓居法源寺,晚耽佛典。卒,以僧服葬。十三峰馆,李榕别署。榕字申夫,剑阁人,久在曾国藩幕。乔曾从问学;三度句谓甲午、庚子、辛亥兵事;法源寺丁香花有名,尝同赏也)"《凤凰台上忆吹箫·漱玉韵答辛子》云:"虎口生涯,凤毛文采,崃山绿到天头。借好风吹送,寸版银钩。满眼雍陶句子,蛮嶂远、队队归休。芙蓉郭,春浓似病,人瘦于秋。　　扁舟。渡来弱水,清净四禅天,慧业人留。补杏花红处,春雨登楼。江上鲤鱼风起,双流路、盼断双眸。银蠡酒,思公子兮,代畔牢愁。"《琐窗寒·次辛子见寄韵》云:"灯尽方花,诗来引梦,露华霏雨。怀人半枕,杨柳风前张绪。响谯楼一更两更,杜鹃啼遍相思苦。望邛山西角,两三星点,算君来路。　　迟暮。愁乡住。念锦绣成都,托身无所。东城向晚,新鬼多于人数。扫山中茅屋半间,小禾四月天未暑。到荣州,一醉红香,笑作榴花主。"《南浦·次韵调辛子》云:"相如病较,料春山、横黛镜华明。叶叶花花当对,绿意逗红情。识字早关忧患,判头衔、世外署田更。莫近弹棋局,一枰如梦,半夜有潮声。　　铸得金瓯无缝,到如今、瓜剖已成形。不卜浮家何地,生计稳樵青。我是有诗渔父,泛风波、一舸当西泠。盼玉台新咏,小荷花底寄人听。"《消息·答辛子望月寄怀》云:"君不来兮,又看春尽,清夜无睡。玉叶从风,缸花笑客,阁阁蛙鸣水。麦黄云过,梅红雨绽,都入杜鹃深意。立花前、相思一片,谢郎愁到千里。　　枋声楼阁,三更天净,想得佳人都起。玉臂云鬟,青天碧海,圆了姮娥味。天南地北,苍龙星没,惨惨镜中田地。剑光寒、荒鸡远叫,万山梦里。"《梦横塘·次刘苕溪韵报辛子并寄休庵》云:"月明千里,人坐空山,好风吹送琼瑟。煮药香中,看卫玠、天生英物。荷气生凉,麦秋含润,浪痕鱼没。笑春风鬓影,一点琴心,怎消受、临邛客。　　簪山白发词仙,洗贫家似水,冷透诗骨。布谷声声,知唤出、故人相忆。碧纱外、榴花胜火,笑比红裙最初色。且醉钗边,晋阳笛吹,只胡儿听得。"《洞仙歌·戏问休庵疾》云:"向聋丞笑,得耳根清净。是事关门不须听。甚浮云、翳了秋水生时,明明月,又报蟾蜍蚀影。　　伤心崔旰传，觱篥频吹，自惹多愁复多病。种种悟空花，法眼依然，本来是、无明无尽。但祇负、清娱弄新妆，逗镜里横波，乃公难省。"《三姝媚·日本美人小相》云："蓬山相望苦。乍奇花初胎，镜心眉舞。小幅唐妆，惹断肠人咏，鬌云松句。燕舌和音，怎诉与、玳梁吹絮。一种英姿，秋水双蛾，复无前古。　　春到樱花徐步。著小风裙屐，蝶边红路。采药三山，意旧随徐福。水仙来处。片月烘云，留妙影、非烟非雾。更欲移情何地，冰弦暗谱。"《婆罗门令·两月来蜀中化为战场》云："一番雨、滴心儿醉。番番雨、便滴心儿碎。雨滴声声，都装在、心儿里。心上雨，干甚些儿事。今宵雨，声又起。自端阳、已变重阳味。　　重阳尚许花将息，将睡也、者天气怎睡。问天老矣，花也知未。雨自声声未已。流一汪儿水。是一汪儿泪。"附和作夏敬观："一江水、送岷峨外。千江水、尽送吴天外。换谷移陵，黄农世、而今坏。波底泪，流与枯桑海。东风雨，吹大块。信茫茫、后土无真宰。　　荒歌野哭知何所，人未到、有啼鴂先在。梦程柳扫，絮雪如洒。似我萍踪更怪，平了伤春债，那盼天相贷。"《倾杯乐·用耆卿韵寄锦城》云："蜗角军声，鸿毛民命，龟城旧邻犀浦。伤心是、二三耆老，大劫荒荒，几时快聚。问天公、何忍将人折磨，祸水又横江，与鸥为侣。半月风影频吹，火云兼怪雨。　　想旧京，初年光绪。尚万方无尘，村农多吉语。如今者般，送老崦嵫去。将此恨谁诉。劳天外双玉清词，殷勤鱼素（哲生、圣传书至）。流光且醉凭飞羽。"《庆宫春·知休庵避新都》云："重叠兵荒，苍茫天问，剩君矮屋如舟。青眼高歌，赤眉新史，举家儿女蓬头。桂湖招隐，又归路、西风送秋。故乡无梦，门外湘漓，一样横流。　　崔杨转转恩仇。唐家此例，蜀局难收。刀上生涯，火边尸气，一城鲍照新愁。休休居士，幸历劫、休庵未休。此身何托，南北争椿，蛋壳神州。"《齐天乐·休庵屋为流弹所破》云："词人例梦高唐雨，秋前一庵先破。漏尽三间，穷生百巧，不买油衣能躲。牵萝计左。仗笠样圆撑，镜台双坐。宛醉湖堧，手遮荷叶荡烟舸。　　娲皇补也无术，乱来天不管，全付兵火。红日烧空，黑风吹海，野哭千家怎过。如君尚可。祇盼到晴天，又排诗课。头上淙淙，一簦谁借我。"《百字令·约斋叟得南城废园》云："约斋守约，借小园消受、秋光淡泊。占定浣花溪作号，天予花溪栖托（叟元字花溪）。愚谷非愚，老莱未老，请赋闲居乐。阿稽阿段，为花先补篱落。　　同是汐社中人，嫦娥耐寡，秋色谁斟酌。早晚栟榈刊合集（叟与休庵人称二邓先生），头白论功书幕。小玉司香，牟珠入梦，将砚安岩壑。青山浮白，不知门外蜗角。"《前调·寄山腴》云："青城石室，把前生记否，花朝南泊。六度流光千种梦，心事微波难托。白石箫声，绿珠眉样，羡尔文园乐。海棠秋禊，去年红雪开落。　　今幸留命桑田，松风八十，依旧红蠡酌。我自无锥能卓地，醉拟借天为幕。一局康猺，百年书蠹，生计云归壑。一言难尽，山头夜夜吹角。"《前调·寄壶庵师》云："草荒吟社，注一汪秋雨，乱蛙鸣泊。旧梦青羊沽酒路，尚有蜻蛉堪托。陇水肝肠，秋风鳞甲，党传全谕乐。水仙弹罢，九州愁变夷落。　　大好良夜秋光，寿星如月，绕膝从翁酌。花下双骑红尾凤，七宝香团珠幕。蠹粉花虫，鹍弦芦雁，事业占松壑。城南聱叟，好诗偏出麟角。"《前调·乱中受一廛而不得》云："卜居何地，似柳花著水，随风栖泊。命到溧阳无躲法，家具一车谁托。雁是劳人，龙名怪物，今止从军乐。五湖三亩，但除天外飞落。　　早识一把无茅，风飘挂处，悔不贪泉酌。多少侯门森画戟，花锁九微香幕。荒翠三弓，小红双盏，纸上专云壑。太平终老，马头夜梦生角。"

夏敬观诗系年：《六日过徐家汇，饮拔可家》《同汪旭初东宝、诸真长灵峰寺看梅》《翁家岭》《烟霞洞观红梅，追忆学信长老》《法相寺古樟》《李畬曾丈挽词》《雨中出吴淞溯江》《溯洞庭湖》《至长沙主于左太傅家，忆壬寅与左淑人居甥馆。今且十六年，而淑人殁已七年矣。感怆书五十六字，示内弟良生、南生，兼答南生喜余至之作》《偕南生、良生登天心阁》《谒贾太傅祠》《偕左良生、南生、君年、徐明甫游岳麓山登云麓宫》《春江》《车中望太行山》《题朱研臣先生遗墨》《重至春明馆》《悼女艮》《为周梦坡题〈浔溪诗征〉》《题张亨甫际亮〈洪桥送别〉图卷，卷中有宜黄黄树斋侍郎诗》《子言频写似寄侄诗，又追述弟于勤驶海琛舰入淞口事，伤逝悯乱，不觉言之沉痛，因作此诗慰之。亦以哀念予弟也》《雨夜宿恪士湖庄赋赠兼示仁先》《题陈仁先〈义熙花簃〉图卷》《独游满觉垅看桂》《同伯严游扫叶楼，遂循东冈得郑介夫祠，还过乌龙潭望薛庐，赋诗一篇》《赠沈涛园》《赠徐积余》《立春》。其中，《六日过徐家汇》云："斜阳穿树菜畦明，出海云光正与争。墙援隔家疏又密，车衢沿屋曲仍平。层楼窗扇烘云母，浅渚冰澌漾水精。便拟一春长得酒，花前次第为君倾。"《子言频写似寄侄诗》云："将才真似启明星，掩耳空滩夜走霆。岂料余舟成敌国（自辛亥以来海军屡叛），还言并案讨丁零（时与德意志宣战，主者且谓足以雪青岛之耻）。浮家漫看横流极，忆弟同悲后土瞑。亲付阿宜惟万卷，君应胜我道宁馨。"

沈其光诗系年：《嘉定夏蕉饮先生挽词》（清滘安县，今住南翔镇）、《寄周怀白画士禾中》（怀白名南）、《梅花》（四首）、《野步》《奉和山阳朱亦奇孝廉感怀之作》（二首）、《半野亭夜赋》《六首杂诗》《茸城途中遇风》《访了公不遇》《题华亭朱小蓉先生遗稿（清太平县丞）》《槎溪姚东木先生蕙圃》《古漪园》《李序伯姑丈席上》《憩毕园有怀》《暑夏郊泛》《刈草》《赵承旨画马》《寄古田郑逸》《小阁》《曲水园观暴雨》《简剑丞》《海上七夕词》（三首）、《夜闻姑恶》《拟艾如张》《秋兴》《简荆石梧（凤冈）丹阳》《半野亭宴集咏菊，得紫荷花》《次韵东园〈佐徐州杨将军戎幕留别〉》《题江都王睫庵（承霖）诗卷》《太仓钱听邠先生挽词》《次韵伯匡简赠》《次韵仁后〈四十感怀〉》《失意》《珠溪雨夜，同了公作》《忽忽》《美人蕉》《题徐立斋先生画竹墨迹》《一树黄金图，为耿伯斋先生题》《杂诗》（九首）、《遣闷》《小驿》《访东皋草堂》（明太仆李世祺故居）、《茶饭，用东坡〈豆粥〉诗韵》《寒鸦》《消寒集咏峰、泖，峰禁用山傍，泖禁用水傍》（二首）、《送腊》《迎春》。其中，《梅花》其一："冷香数树绕吾庐，仄径荒苔瘦不锄。不共春芳斗秾艳，从渠偃蹇著花疏。"《古漪园》云："驱车夕阳里，乘兴访漪园。一径竹不断，三春花政繁。云阴度溪馆，松吹落风轩。静趣意有会，欣然忘我言。"《消寒集咏峰、泖》其二："邈邈华亭谷，九峰名并齐。桂舟棹容裔，玩兹青琉璃。鳞鳞起夕飙，霭霭笼朝霏。弱荇萦鱼菭，长芦被蟹埼。陂中栖宿鹭，烟际翔惊鹈。皎镜无冬春，四时觉咸宜。结缆傍隈隩，言寻古招提。冥寂造禅境，幽花坠我衣。崑峦自倒映，鹢首相联飞。延仁白云间，悠悠空碧低。因讽天随句，复吟铁崖诗。于焉撷芳芷，怀贤系我思。蕴真惬心赏，揽胜舒襟期。日暮聆棹讴，鲈乡吾可归。"

孙树礼诗系年：《仲兄以上巳耆英会相告，并示以诗，敬步原韵》（四首）、《风霾累日，天变可畏，坐对玉照，百感交集，仍用耆英会韵呈仲兄》（四首）、《振之章丈以贫儿失学捐金，属设众安小学校，岁辛亥复慨助余杭水灾振款，更代募捐以益之。正蒙毛教员目瞽，月为佽助。仲兄书来，谓耆英会又实主之。丈之乐善好施不止此，然即此可见美意延年，荀子不我欺也。三叠前韵，呈仲兄并呈振丈》（四首）、《题奉化林氏〈五世寿考图〉（有序）》《长日无聊，得玉叟和诗，用原韵写怀呈仲兄》（三首）、《两浙节孝祠落成，玉叟约仲兄往祭。兄以八世祖妣栗主在祠，竭诚与祭。赋诗见示，叠前韵敬和》（四首）、《又和仲兄贞字韵》《忆芝弟杂问》（七首）、《仲兄以和剑南姻丈诗及剑南原作寄示，依韵奉和并呈剑丈》（四首）、《哭盛姻丈剑南，用丈耆英会韵》（四首）、《七十二初度述怀》（二首）、《和仲兄华字韵》（二首）、《报章有电召顾公使维钧回国事，叠前韵志喜》《芝弟生忌感赋》（四首）、《仲恕惠羊肉赋谢》（四首）、《俗以九月二十八日为财神诞辰，全市敬祀，杂凑俚语呈仲兄》（七首）、《贺补哥七六双寿》（二首）、《仲兄以寿来叟诗寄示，因述己见，成五十韵，留以训子孙，不堪为外人道也》《丁巳十月九日为先君百岁，仲兄谓助振以资冥福，予谓多备纸镪分饷旁支，并施食无主孤魂，亦所应尔，非佞佛也。敬赋》《又赋》（四首）、《喜大妹归里》《自慨》《和仲兄〈七六初度述怀〉用原韵》（二首）。其中，《仲兄以上巳耆英会相告并示以诗》其一："修短全由命主张，吉人为善降之祥。信天天锡兄纯嘏，泮奂优游受命长。"《长日无聊》其一："短发萧疏心尚长，默观乾象卜灾祥。西欧已苦兵戎惭，东亚何堪杀伐张。"《七十二初度述怀》其一："今昔津门一再迁，那堪忧患又经年。痴兄远念情逾笃，游子思归候屡愆。来日大难宁独我，愁云未散欲呼天。有生若此不如已，厌读南山《天保篇》。"《自慨》云："风声猎猎撼双扉，旭日辉寒热度微。早识凉亭非久计，何时衣锦得荣归。四方蹙蹙身安适，两地悬悬愿并违。雏燕分飞嗟靡止，天涯未必稻粱肥。"

董伯度诗系年：《祝柳绍韩母寿》《九城》《昇初游太湖，追寄三绝》《春暮》《阁外》《车中作》《夏返白云溪》《即事》《答杨万春》《夏日晓起读书》（六首）、《赠丹徒殷梦尘信笃》《长歌，赠奚昇初》《新凉》《闲兴，即怀昇初》《与姚曙晖》（二首）、《短歌》《寄许梦因金陵》《寄奚昇初》《秋感》《杂感》(六首)、《寄昇初》《怀赵松鹤》《转瞬》《寄郑士奇》(三首)、《怀梦因》《杂诗》(三首)、《祝薛可贞先生寿》(二首)、《寄梦因》。其中,《车中作》云:"蜉蝣尘世几沧桑,化鹤骑鲸事渺茫。道畔不知谁氏墓,尚留翁仲对斜阳。"《短歌》云:"危楼百尺清风来,酒罢酣歌发幽响。开襟独对江山高,胸荡云霞凌万丈。昨宵枕畔闻鸡鸣,拔剑起舞气浩荡。炎方铜柱燕然铭,壮图千秋孰模仿。侧观宇内生民穷,陆行豺虎水罔象。兰荃芳韵骓骝材,芜没幽谷屈尘鞅。空山无人桂树深,招饮不来竟孤往。安得返日回虞渊,抗怀上古歌击壤。"《寄郑士奇》其三:"萧疏凉露下窗蕉,漏转铜壶客梦遥。夜半潮生风卷海,秋深云净月当宵。高枫隔水丹初映,修竹含烟举未凋。最怕登楼闻玉笛,江南江北总魂销。"《祝薛可贞先生寿》其一:"古柏仙芝映日明,开门积翠九龙横。友推高允常无愠,里有王通尽息争。枫叶渡头秋浴鹭,杏花村畔晓啼莺。闲居独得延年术,世外长忘魏晋名。"

王梦林诗系年:《何陋居题壁》(二首)、《题瓢海(并序)》《即咏》《感赋》《小园即事》《漫咏》(二首)、《摅怀》(人间天上总亏盈)、《漫咏》(二首)、《闲吟》(九州反隘一心宽)、《闲吟》(说鬼谈禅强自宽)、《茫茫》《摅怀》(四首)、《闲赋》(二首)、《即景》(梧桐庭院早秋天)、《有触》(三首)、《看山谣》《昔年见有画"我不如人,人不如我"图者,因忆及题之》《遣怀》《雨中忆前七夕绝句题后》(二首)、《改定七夕诗后又补作二首》《自嘲》(二首)、《即景》(秋雨初晴日又曛)、《食枣》《闻虫》《改前作》《摅怀》(二首)、《自嘲》(二首)、《雨后》《葛、杨、姚三人汴中撮影索题》(二首)。其中,《即咏》云:"大雨连番慰老农,桑麻日长兆秋丰。无名野草无边绿,着色山花着意红。云变('变'拟作'现')陆离朝霁后,瀑流明灭夕阳中。闲来自对方塘坐,看取蜻蜓想化工。"《小园即事》云:"菟裘营定老山家,好遣年华傍物华。乞下淋漓龙母雨,洒开烂熳凤仙花。玉簪垂囊白于雪,粉豆重楼红似霞。妍绝池莲海棠外,梧桐高挂夕阳斜。"《漫咏》其一:"尘海茫茫不系舟,一生无定况千秋。画成何用添蛇足,痴绝可能过虎头。才尽江郎空赋恨,圣如杜老只诗愁。肯骑款段安乡里,羡煞当年马少游。"其二:"悲哉秋气感何深,《九辩》一声直到今。唯有西堂工赋泪,那堪南郭久灰心。酒人歌和市中筑,水鸟情移海上琴。自是吾生多恨事,未须借古发狂吟。"《闲赋》其一:"地上轩然大九州,神仙只付一壶收。此疆蚊睫彼蜗角,今日鸡皮昔虎头。四壁闲虫听彻夜,满城小雨作中秋。沈腰潘鬓凄凉甚,输与卢家名莫愁。"其二:"依然风景觉微殊,新月如眉皱未舒。有俟何知人寿几,无为尚忆我生初。懒从壁上夸观战,欲向城南课读书。咏罢五君还自笑,揭来早是世情疏。"《即景》云:"梧桐庭院早秋天,一树斜阳着晚蝉。两日前头三夜雨,潇潇声里背灯眠。"《遣怀》云:"破除万事作闲身,越缦清诗湘绮文。领略眼前生意满,豆棚瓜架落秋云。"《食枣》云:"甘于桃李脆于瓜,一树垂垂映夕霞。何用安期食臣枣,豳风图里是仙家。"《摅怀》其一:"由来人定岂胜天，天亦随人自变迁。背后葫芦浑是闷，神仙累得不超然。"其二："人世都归运一囊，枉教情短又情长。莫将往事重回首，东去江流西夕阳。"《雨后》云："阑风伏雨到新秋，涧碧山青水白流。昨夜初三晴色好，天将弓月挂西楼。"

童春诗系年：《书诸濂卿（显谟）画卷》《和越川亲家见赠》《玉荷又开，次雪仙韵》（二首）、《次黯佛（雪崖）〈雨中书闷〉韵》《代友挽宓友琴》《晚风阁，和黯佛作》《用韵和越川亲家〈四十自述〉》（二首）、《岁暮写怀，示包生、瑞儿》《答琴渔索题》《和雪仙〈感时〉韵》（三首）。其中，《玉荷又开》其一："仙瀛嘉种剧堪怜，移植东山几阅年。不染尘埃真特别，群花难与共争妍。"其二："见猎喜生心未灰，斗诗又为好花开。花容依旧如含笑，笑我枯肠用钵催。"《晚风阁》云："小阁耸临卧室东，暑天最好晚来风。群花惯有清香送，空气多从旷野通。南北云山归眼底，后先忧乐到心中。传闻棋局已危甚，旋转何人策划工。"《答琴渔索题》云："瓜山五载伴书楼，也算依人也自由。夸我酒量君饭力，客中心事付东流。"

金天羽诗系年：《山塘》《秦淮饯春》《浦镇韩王将坛题壁》《与吹万、石子游陶然亭》《十刹海》（二首）、《颐和园，同游者鄞县王镂冰（瑾）》《玉泉山去颐和园五里，同王镂冰》《车中望居庸关放歌》《张家口云泉寺》《张家口大风雨作歌》《长城望月，呈田都统》（二首）、《天寿山谒长陵，归谒思陵，遂观王承恩墓》《南口》《重过居庸，遂登八达岭，至长城之巅》《沙河坠驴，时赴汤山浴》《〈徐孝子传〉书后，为漱芳丈》《澹师〈云自在图〉，为费仲深（树蔚）题》《灵谷寺》《横塘访唐六如墓，同舒问梅作，并寄酒匄》《访吹万秦山，且观闲闲山庄落成礼，唐生九如（有烈）同行》。其中，《山塘》云："何处春光美？行行七里塘。水凉浴凫伯，花暖醉蜂王。画舫移歌扇，青山映宝坊。贤愚同一迹，蹀屦为寻芳。"《十刹海》其一："京华踏遍软尘红，渚柳汀蒲想望中。城北驱车寻海子，不曾消得藕花风。"《南口》云："关山奇险入阴符，立马山前问战图。五月花深秦上谷，三边云拥汉军都。田畴自昔佳从事，常景原来不丈夫。剪烛高吟容我醉，可堪无酒饮驼酥。"《灵谷寺》云："入山行行访灵谷，道闻瀑布声清新。蹇驴背上霜红叶，醉煞青山更醉人。"

柳亚子诗系年：《钝根贻我玲珑馆主玉影，为题四绝》《和一厂〈题画四绝〉，即寄燕市》《寄李洞庭岳州、姚大慈长沙》《题瘦坡〈留痕记〉》《痛哭八首，为浙事作》《检旧稿得〈酒后忆子美〉之作，追赋一首，叠原韵》《次韵和冶民丈》（二首）《寄玄穆》《次公寄赠红豆并媵短歌，长公亦有和作，赋此奉报》（二首）、《追挽蒯啸楼》《扑朔一首，追寄剑芒》《妄人谬论诗派，书此折之》（二首）、《夜梦钝根、一厂、楚伧，赋此分寄》《和天梅〈四十自寿〉诗，即次其韵》《昭懿别后书来，拈韵索诗，为赋两律》《题姚民哀近著四绝，即以为赠》《寄钝银》（二首）、《〈花魂蝶影图〉题词，为张花魂、顾蝶影伉俪作》《答大慈四绝》《〈沙湖钓月图〉题词，为刘筱墅、陆梅痕伉俪作》（四首)、《和余十眉〈书感〉韵》《次韵答昭懿,为玄穆作》(二首)、《题悼秋〈僵梅庵图〉》《寿冯康升五十》《〈盛湖竹枝词〉题辞十二首,为沈秋凡作》《观春航〈自由泪〉感赋》(四首)、《观春航〈薄汉迷情女〉感赋》《示玄穆》(三首)、《先烈吴兴陈公归葬碧浪湖畔,冶丈、巢南并有挽歌,余亦继作》(四首)、《磨剑室宴集,分韵得家字、未字,示玄穆、十眉》(二首)、《为郁佐梅题扇,次玄穆韵》《再题王寿山先生画卷,即送一厂归粤》(二首)、《林梦芗先生七一寿诗,为令侄一厂赋》《题沈剑霜印存》《题南越冢木字》《题王梦仙夫人遗稿,为赵念梦作》(四首)、《梦亡友陶亚魂》(四首)、《次韵答昭懿》《论诗五绝,答鹓雏》《后论诗五绝,示昭懿》《哭不识》《闻旦平入狱》《病蝶以〈邮筒唱酬〉韵索和,适有所感,成此示之,已块人杯,不计本意也》(二首)、《与玄穆夜话》《示十眉》(四首)、《再示十眉》(四首)、《磨剑室夜话,次昭懿韵》《叠韵一首》《次韵和悼秋〈枕上一首〉》《旧中秋席上赋酬病蝶》《席上偕黄病蝶、许盥孚、吴茗馀联句二首》《泛灯词,偕余十眉、凌昭懿、郁慎廉联句四首》《和病蝶,为子美作》。其中,《痛哭八首》其一:"半壁南天烽燧红,是谁抗义效防风?六州铸铁先成错,恨史三年血泪中。"《寄玄穆》云:"三十蹉跎鬓渐丝,笑人邓禹我安辞。尊前髀肉都成恨,镜里头颅亦自疑。黑自一枰宁袖手,玄黄万劫此何时。独怜老屋荒江夜,犹梦从军奏凯归。"《和余十眉〈书感〉韵》云:"收拾云愁与海思,劝君且造有情痴。此心应有空王谅,珍重明星替月时。"《题南越冢木字》云:"零落冬青问劫灰,臣佗霸业已堪哀。中原逐鹿风云急,望断南军度岭来。"

高燮诗系年:《行近金陵作》《秦淮感赋》《胭脂井》《石子冈》《扫叶楼》《燕子矶》《吊庞蘖子,即题诗词遗稿》(二首)、《蔡哲夫绘〈闲闲山庄图〉并系诗见赠,次韵奉答》《丁澹轩女史绘〈闲闲山庄图〉见赠,答谢一律》《遁庵先生以〈闲闲山庄〉诗见赠,还答一律》《十月十日以菊花数百盆小叠成山,招客赏饮,逾月而存二十余盆,雨雪严寒,晚香未老,喜而有诗》。其中,《秦淮感赋》云:"画船载酒逐颜开,蒲戏笙歌聒耳来。杨柳楼台桃叶渡,可怜一一长蒿莱。污流千载著芳名,叹息秦淮一水盈。安得放他江外去,铲除秽浊一扬清。"《吊庞蘖子》云:"沉吟郁处笺愁地,历劫频年厌世人。自吐孤怀入绵邈,独携奇泪动凄辛。低徊每觉情无尽,俯仰谁怜迹已陈。欲向灵岩问樵唱,残阳莽莽下城闉。"其二:"词伯归安当代师,维君哀艳实宗之。春花秋月浑如梦,玉佩琼琚放厥辞。结想芳馨应有托,闻歌涕泪益深悲。可怜荡气回肠后,澈骨伤寒兀不支。"《蔡哲夫绘〈闲闲山庄图〉并系诗见赠》云:"伤心社事感频年,名士由来值几钱。入世是非最无定,逐群文字漫争先。买山久已厌尘障,筑室聊能远市廛。多谢故人写寥阔,幽栖愧尔笔如椽。"

傅熊湘诗系年:《湘江谣》《送黄、蔡殡归麓山》《麓山过洞庭,即次其韵》《西园访巽聊不遇》《题悔晦〈月岩种树图〉》《南社雅集半园,分韵得似字》《华龛招饮纺纱厂,得有字》《送式南殡归王仙,遂至环中》《车中遇语云,因以明日招饮》《题方鹤卿先生〈东航集咏〉》(二首)、《次韵和况松麓山见寄》《馆楼晚望,与雪耘》《〈长沙日报〉既以见忌袁氏,于二年十月被封,名捕余等。逮袁败,报复出,重为奸人所嫉,未及一载,适复辟乱作,长沙震动,竟以六年七月十七日黎明毁于火。死二人,伤七人,馆屋文书悉为灰烬。方与同人谋兴复,作此自励》《次韵答悔晦寄〈唁馆灾〉四首》《吴悔公闻人讹传余近入粤,为诗云:"仗剑出门天地秋,文雄例作岭南游。党分水火途荆棘,今日明珠慎所投。"感其意厚,且诗语豪俊,次韵寄和二首》《岁暮别城南诸生》《南社雅集曲园,得酒字》《题〈千波堂诗集〉》(二首)、《为约真题书灵璧石》《池馆》《开岁次县城,水楼闲望,漫题一律》《洞庭见过联句》《余华衮招饮纺纱厂,即事联句》《为哲夫题南越冢木汉刻字》《送今希之广州兼讯哲夫》(四首)。其中,《送黄、蔡殡归麓山》云:"谁与重挥落日戈,江山憔悴泪痕多。一时龙虎都消歇,凄绝临歧薤露歌。"《麓山过洞庭》云:"有山无福邻君住,得酒相期为子来。媚客夭桃迎面笑,暗天晴日拨云开。流连风景知何世,跌宕江湖见此才。我亦万言拚向尽,杞忧无奈已焉哉!"《〈长沙日报〉既以见忌袁氏》云:"九死非吾悔,一烧奈我何。成城坚众志,道力战群魔。南史载书笔,鲁阳挥日戈,此心盟皎月,金镜看重磨。"《次韵答悔晦寄〈唁馆灾〉四首》其一:"吾道非耶是,三年两夺之。群奸纷祸国,一念独忧时。孔铎犹仪誉,詹龟岂屈疑。定知吴札在,为我发深悲。"其二:"了了西来法,滔滔东逝川。众生各无尽,吾意肯求全。养虎何嗟及?为鱼尚慎旃。只应删据乱,梦想太平年。"《吴悔公闻人讹传余近入粤》其一:"故人忆我洞庭秋,为说灵均赋远游。游事可虚诗不负,从知吾笔未轻投。"其二:"此日之秋非我秋,此方之土不可游,便欲轩渠终未忍,共君无语看枭投。"

张素诗词系年:《雨霰一首》《云南首义日口占》《阿梦书告元日来游》《寄怀胎石》《新岁饮资初寅楼》《慰非园丧子》《寒夜酒楼独酌》《敝衣》《夜窗一首》《调某君》《阮生尚忠哀词》《寿勉贻六十,代友人作》《殢酒一首》《连日偕阿梦游,得诗五首》《大雪,和阿梦韵》《四十岁初度作》《阿梦新岁来游,以诗见赠,别后始追次其韵和之》《饱帆重见滨江,索阅近作,因赋此奉呈》《季侯索题梦老人画梅长幅》《自题丁巳年所摄小影》《边城坐雪,用苏子瞻〈北台题壁〉韵二首》《雪中有所诒,用前韵赋之》《赠九衢一首》《酒罢》《丙辰初度,辱梦老人以诗见寿,因次韵奉呈》《十五夜,月色为微云所掩》《十六夜月》《十七夜醉中见月一首》《脑痛》《新岁书寄亚兰》《古意一首》《齿病有作》《忏情一首,赋呈梦老人》《客言》《寒夜偶成》《送某姬南归》《春又江南去》《既已归禅悦》《谁家被弃妇》《水流不西返》《去年今夜月》《岁晚思家》《和阿梦韵》《雪中橇行》《烦恼一首》《题筱墅〈沙湖钓月图〉》《闲愁,和小柳四首》《寿阿梦姬人三十初度》《一夕》《居忧》《送阿梦归京师》《得石工书却寄》《唁力山丧母》《清流》《有叹》《为小宋题〈鬼趣图〉》《美人四咏》《暑夜偶成》《寄小宋天津》《用前韵再寄小宋天津》《感事三首，仍用前韵》《白纨扇一首，为忘忧作》《感事，和亚子韵》《雨夜》《别意一首，赠忘忧》《秦家岗夜归》《古别离五首》（集唐）、《即事》《客窗坐雨，书寄龙江旧友》《赠序东》《以药物寄忘忧，并附长句》《向晚步行四家子道中，小憩公园，率尔成咏》《序东枉顾寓斋》《夜漏》《序东招饮，即席赋呈》《以素纸乞缁僧书，媵长句一首》《寄小宋北京》《相思五首》（集唐）、《夜归》《悲哀一首，用芷畦同社韵》《答遁庵》《江南》《今夜》《雨中偕吉六夜归》《暑夜食瓜，同序东》《江神子·夜饮即事》《夜游宫·前题》《醉桃源·饮日本酒楼》《玉楼春·塞外苦寒》《菩萨蛮·题玉娥肖像，为明星作》《浣溪沙·为遁庵题某姬小影》《浣溪沙·水仙着花，娟楚可玩，为赋一词》《谒金门（春胜小）》《鹧鸪天（中酒情怀若个知）》《万年欢·次韵和阿梦见寿之作》《长相思·题亚萱小像》《百字令·自题双鬟小影并示雅君》《满庭芳·病中赋示亚萱》《百字令·戏为俳体，寄小宋龙江》《百字令·和小柳韵》《浣溪沙·惜别词》《菩萨蛮·为亚萱题照》《西江月·亚萱临别，以小影索题》《菩萨蛮·戏用沈子明词韵，示亚萱》《清平乐（亭花驿树）》《高阳台·公园晚步，有怀昔游，吟此却寄》《高阳台·雨夜》《忆王孙（几曾抛得此时心）》《卜算子（强酒未嫌酡）》《一剪梅（夜仁飞鸿滞短邮）》《菩萨蛮（争妍斗媚何姿态）》《秋思耗·夜阑闻雨，用君特韵，赋寄亚萱》《尾犯·赠序东，用君特〈赠浪翁重游吴门〉韵》《水调歌头·用前韵，却寄亚萱》《临江仙》（二首）、《摸鱼儿·九日客滨江作》《减字木兰花（为谁憔悴）》《点绛唇（微惜云罗）》《清平乐（旗亭贳酒）》《风蝶令（小病犹耽酒）》《捣练子（秋欲尽）》《水龙吟·红叶，次〈小黄昏馆〉韵》《望湘人·用穀人〈祭酒〉韵》《减字木兰花·雁字》《菩萨蛮·冰箸》《清平乐·僧鞋菊》《虞美人·雪美人》《绛都春（愁萍怨絮）》《齐天乐（沈郎先自惊腰瘦）》《摸鱼儿·寄明星》《金缕曲·遥赠小柳之九江》《金菊对芙蓉·别意一首，示亚萱》《新雁过妆楼·围炉，用湖海楼词韵》《满江红·晨起见雪，用湖海楼韵赋之》《满江红·雪中夜归，仍用前韵一首》《沁园春·题〈倦游图〉》《沁园春·咏雪》《金缕曲（愿奉郎箕帚）》》。其中，《寄怀胎石》云："衙烛三条尽，君应罢簿书。俗颜谁更丑，年事已云除。曩别临官道，今归惜故庐。不堪风雪夜，数与问相如。"《醉桃源·饮日本酒楼》云："鸡锄鲣节味如何？吹香生酒波。一樽翻倒向娇娥，惊看颜已酡。　　携俊侣，发妍歌，消寒清兴多。雪飞门外影婆娑，惟愁归路讹。"《菩萨蛮·题玉娥肖像》云："红氍毹上曾相识，腰身舞趁婆娑拍。那许不关情，娇歌声似莺。　　刘家三姊妹，解事谁称最。独汝胜雏年，妆成心自怜。"《百字令·自题双鬟小影并示雅君》云："嗟吾与汝，向天涯作客，同伤老大。比似梅村才调好，乱后重逢卜赛。翠袖笼香，红妆捧砚，笑受如来戒。穷愁谁慰，小诗题上裙带。　　因共携手春风，玲珑顾影，不减狂姿态。缕缕幽芳牵锦瑟，舍此更何聊赖。舞畔回眸，歌边拥髻，绝爱春醒害。为翻乐府，一双梁燕栖玳。"

高旭诗系年：《黎总统招宴怀仁堂，归途赋此》《题〈华胥梦幻〉，为黄幼蟾作》《幼蟾以明月前身小影见贻，次韵奉题》《次韵项琴庄〈旧除夕〉诗》《题〈楸阴感旧图〉，为沈太侔作》《题张天石〈绮史新词〉》《忧愤》《感事两首》《次韵答沈南雅》《水灾叹》《游太学，观猎碣作歌》《吴江节孝陈母倪太君挽诗，集"萧选"句，凡八章》《即席示觉生、梓琴、冶民》《得舍弟佛子书》《题周大荒〈忆梦词〉》《国会创始之辰，两院代议士集天坛，各手植柏树一株，归途赋此》《登陶然亭，同游者沈南雅、周癸叔、张天石、陈伯韬、寿石工、陈阜苏、萧培阶共八人，用南雅旧时〈题壁〉韵》《伯韬招宴陶然亭》《题来安严鲁东女士诗稿》《赠陈汉元》《次韵和陈秀元》《观金匮石室感赋》《猛虎行》《天津桥上杜鹃啼二首》《海中醉歌行》《次韵赠别陈定元、秀元两女士，兼示其兄汉元》。其中，《题〈华胥梦幻〉》云："我亦曾经沧海过，抛残红豆泪痕多。千秋艳史该如是，再世灵箫竟若何？只愿他生化顽石，不妨一水托微波。浮生本属华胥梦，未死终当拥翠娥。"《次韵答沈南雅》云："倦卧宣南阅岁华，苍凉身世泪堪赊。当年气概空余子，他日诗编号一家。敢说出山殊小草，只怜堕溷是名花。啼鹃著耳凄难听，翻羡聋公足自夸（君病耳，故云）。"《伯韬招宴陶然亭》云："殷勤陈子邀修禊，上巳风光迥不同。山翠逾墙无赖绿，花枝照盏可怜红。多情且与寻香冢，薄醉何当唱晓风。壁上模糊旧题句，几人赢得碧纱笼。"《国会创始之辰》其一："飘摇大厦不逢春，郊外荷锄一怅神。期以百年酬凤愿，极天浓荫庇斯民。"其二："古垣围绕莽尘沙，聊复题名未足夸。自笑此生太殊绝，诗人只合种梅花。"《次韵赠别陈定元、秀元两女士》云："梧桐金井泪潸然，呵壁无聊且问天。诗酒不仙屠不侠，江山如梦月如烟。笑人事业羞青史，咏絮才华羡妙年。寄语阿兄各努力，中原跨马一扬鞭。"

冯开诗系年：《次韵张謇叟见贻仿宋本陵阳、倚松二集，盖嘉兴沈乙庵所刊者，沈有序，自署老民，其纪年犹曰宣统癸丑也》附《以仿宋本韩子苍、饶德操二集赠君木，题诗其耑》（张美翊）、《题京伶梅兰芳瘞花小象》《寒夜追忆叔申》《题徐中可（珂）〈纯飞馆填词图〉》（二首）、《朱邕父（景彝）为其先公研臣先生（大勋）写〈乐山草堂图〉，并合先生遗墨为一册，属题》《复题研臣先生墨迹》《属疾数月，佛矢有诗见念，赋此为报》《为杨季眉（显瑞）题书藏崔问琴（鹤）所画李香君小像》（二首）、《久病几殆，范君文甫（赓治）治之，不十日而大瘳，赋示文甫》《文甫治余疾，意甚挚，当疾亟时日，自十里外临视，其高义可感也，酬之不受，强以梅报翁墨迹赠之，并滕以诗》《小住寥阳馆示贞伯》。其中，《次韵张謇叟见贻仿宋本陵阳、倚松二集》云："庆元一发存单本，天壤寥寥独识真。拨弃烟埃追冷澹，雕镂寒碧出嶙峋。称诗苦爱西江派，开卷如逢汐社人。割取巾箱肯相饷，知君用意亦能仁。"张美翊原韵《以仿宋本韩子苍、饶德操二集赠君木，题诗其耑》云："江西诗派当时盛，宋本传摹未失真。一代韩饶同寂寞，中天坡谷并嶙峋。遗编甫出悲亡国，法脉相传见古人。持赠知音倍珍重，漫将訾议薄居仁。"《寒夜追忆叔申》云："三更四更天雨霜，忍寒不寐行饶廊。疏星耿耿鬼眼碧，残月凄凄人面黄。积取伤心成幻想，坐收清景与回肠。漂魂断梦浑无据，那得风吹到汝旁。"《属疾数月》云："端居积病更谁怜，片纸无因到眼前。宛娈歌诗俱可口，萧疏笔札亦能天。穷途孤赏留吾子，隔世欢惊忆少年。胜取呻吟相尔汝，要凭心力返华颠。"

陈曾寿诗系年：《游玄墓圣恩寺》《登天平山，同病老作》《柏因社观柏》《石湖山》《同人访韩蕲王墓碑，予陪散叟他游未果》《光福寺与夷叔围棋，夷叔属赋诗纪之》《太湖石壁》《寿陈弢老及其配王夫人七十初度》《忍冬花》《和庶侯〈纪梦〉诗》《庶侯自宝应来并出近诗，赋此赠之》《湖夜不寐，忆苕雪京师》《湖上杂诗》（七首）、《次韵复园〈红叶〉诗》《同复园游云林寺闻钟声》《节师见予九日诗，寄语曰：岂忘庚戌重九耶？何诗中未及之？盖是秋，节师入都，吊张文襄公之丧，予以九日邀同陈弢老集于十刹海广化寺，凄然相对，二老皆有诗，刘松庵为图记之。今忽忽八载矣，感赋长句，奉寄以志哀》《洗心阁中菊花开，时复园来住一月将别，为诗四首》《复园既去，夜坐洗心台，对菊偶成》《散叟、复园先后来湖上，同作富春之游，过泸与石钦下榻海日楼，旬日别后皆有诗至，作感怀六首寄答》《凛冽》《过马厂》。其中，《湖上杂诗》其一："梦残钧天付混茫，瓜庐仍占水云乡。荷声忽满三千界，成就南轩一榻凉。"《节师见予九日诗》云："庚戌重九那可忘？置酒萧凉广化寺。愁对先朝两白发，写图题句供流涕。是时新遭相公丧，隔湖第宅喧哀吹。江山雕疏老成殂，桓公此座当谁继？九原可作应痛绝，大荒披发今何世？元阴凝沍日暂开，绮皓天留资倚界。国门余生竟重入，访旧仍返西州骑。岁寒堂上作端午，玉盘角黍曾分赐。岂知遁窜复人间，去天万里题糕字。我皇广渊齐圣祖，天降殷忧岂无意。蹉跎小忠甘九死，回潮万事空余泪。怀贤念乱数佳辰，唳霄一雁心相寄。"《洗心阁中菊花开》其一："早菊争得露，晚菊只得霜。清严一气中，夜夜弥天凉。秋魂摄缥缈，凝魄为幽芳。隐然堕孤月，破此寒畦荒。霜心与菊性，婉娈成相忘。摇天一杵尽，忽见初日光。"其二："飘香经几秋？托根暂尺地。我花如日月，历劫食不既。深明洗心阁，瓶巾在水次。朝帝卷秋妆，欲夺西子媚。下榻来幽人，一月同寤寐。花魂忽入腕，雪壁书奇字。开御绝代芬，别有经天泪。菊固不易知，知菊良不易。"《散叟、复园先后来湖上》其一："骤暖作雪候，晶天忽萧飒。鳞鳞激黯波，殊光动楹榻。泄云掩长飙，扯捎成破衲。残照万古痕，阵雁带孤塔。气兼冰炽竞，色沍天地杂。燠雨两非真，仰立愁闿阖。山鬼不见天，嗒尔何问答？吹息彼何心，万象困噂沓。吾方有菊事，萧然一酒榼。"

林志钧诗系年：《惊闻絜先死，才数日不见耳》《孟庸生由哈尔滨抵京，出示见怀之作奉答》《胡诗庐索书近作》《读〈白香山集〉》《汤雨生先生梅花画册，为胡子贤题》《焚香独坐》《汤山，次罗瘿公韵》《避乱》《萱帏授经图，子熙六兄命题》《朗溪约游南苑农庄，留一日而归》《海浴歌》（北戴河作）、《又北戴河绝句五首》《题海子桥，柬瘿公》《篁溪〈愁思集〉题后》《新居前除草花盛开，晓起为赋二十字》《白露后数日已凉复热》《由团城归，经海子桥一首》《初食蒲萄口号》《庸生过谈南半截胡同寓，旋同游法源寺，大雨初过，阴翳奇凉，悄然久立，因留长句》《题戴醇士山水》。其中，《惊闻絜先死》云："人生三十后，交友苦不深。于子乃独异，觌面成知音。相知三载余，心折非虚钦。以子豁达怀，拨我瞋恚心。有时互唱和，我诗子能吟。骑驴西山暮，谈鬼花坞阴。讵知握手间，终古成分襟。瞬息殊菀楛，感触非独今（'万物瞬息殊菀楛，见不及此无乃粗。'君赠余句也）。君书墨未干，便已嗟人琴。生果如悬疣，决之吾所歆。岂若方内游，郁郁樊中禽。祗恐死亦愁，昏月低青林。"《胡诗庐索书近作》云："前门送客忽逢君，挹我索诗张其庐。君诗洗伐见能事，如孟东野刘眘虚。情幽思苦意境邃，甘回味永咀嚼余。我偶有作在取适，燕石岂足齐璠玙。翻翻人海各拘踽，相从濡湿看枯鱼。太行横亘天下脊，交流白汗回盐车。岁时还往照肝胆，要令热熟能生疏。眼前诸事安足道，百城不求还拥书。黄尘扑人化素裾，何由净榻栖高居。翠微买邻定何如，有诗无庐相乘除，草木臭味君与予。"《读〈白香山集〉》云："廿年作诗苦，未得作诗欢。即无卧呻吟，亦颇雕心肝。功微萤照山，力倦鱼上竿。在前境明明，跂赴穷窥钻。大哉香山翁，予我九转丹。扫胸失渣滓，意行随诘盘。自古有文字，缀之成万端。今人非古人，古语糟粕残。我心写我诗，要在方寸安。昌黎爱东野，庐陵推都官。棱嶒孟骨寒，咀嚼梅味酸。不如白老诗，不厌千回看。其词无不达，其论多不刊。才大故不矜，养厚故不殚。天真入神化，乃见诗界宽。我愿学葛清，刺体字字繁。又愿继乐地，更名黄居难。以此欣慕情，还作对治观。再拜诗父前，赞叹复赞叹。"《海浴歌》云："渔翁坐羡楼观奇，吾侪爱水乃类之。刺船打桨已谓乐，矧与齐汩堪娱嬉。短衫赤脚还著屦，生恐贝甲伤我皮。回萦倒影认俦侣，连臂接踵矜相持。盖头大波逐人至，闭睫反走号群儿。来波推岸猛无害，去波吸引防漂随。漩涡忽陷惧踬足，水激沙活步步移。前时涉坦方觉易，俄顷再过还倾欹。从来覆车在平地，以此观海知非危。蟹行让浪熟取势，低昂荡漾波及颐。水心却暖水面冷，苟非入水谁能知。五明可捐袭炉退，更复安用汤沐为。十年尘土困京国，来此虽暂游忘疲。乘桴欲从孰为圣，掉头巢父容吾师。"《篁溪〈愁思集〉题后》云："忍看元九悼亡诗，四卷楞伽足受持。莫问三生因果事（'廿载恩情难遣此，三生因果却云何。'集中句），人间儿女总成痴。"《新居前除草花盛开》云："倍喜见花开，曾经手自栽。秋光共寂寞，蜂蝶不曾来。"《题戴醇士山水》云："麓床画似衡山书，气韵娟润含能舒。昔人论画或忌熟，熟而不俗佳有余。矧以大节为世重，琴隐媲美名无虚。公诗亦妙为画掩，世间声誉相乘除。"

陈衡恪诗系年：《题杭州太守林迪臣〈孤山补梅图〉》《题石溪山水画》《题萧尺木

山水画》《自题山水画》《陈叔通近得古匋器，以拓本见示，属画梅于其上》《赠蔡公湛》《结城蓄堂来游京国，饮于肆楼，并赠以诗》《画石》《苦雨》《题齐濒生画册》《题画》《潜庵喜齐濒翁至，有诗索和，因步原韵》《题画寄友日本》《过诗庐赋赠》《题董蜕庵〈蓤湖泛舟图〉》《送伍仲文之杭州》《题姚崇光山水画》。其中，《赠蔡公湛》云："贤士何劳折简呼，每来小阁上灯初。闲抛岁月觇诗力，未觉功名笑酒徒。取适但谋今日计，深谈如读古人书。风尘肮脏仍为客，惘惘出门明月孤。"《结城蓄堂来游京国》云："瀛海直同衣带水，偶航一苇肯相过。回头苦忆八年别，握手重亲千顷波。且食蛤蜊聊自广，坐看牛蚁奈谁何（结城到京正值张、段鏖兵）。新篇挟得游山兴（游泰山后至此），雨夜檐花解醉酡。"《题画寄友日本》云："槐阴遗远折芳馨，春雨秋风总泪零。却忆剪灯留夜语，十年尘梦海山青。"《过诗庐赋赠》云："长安车马热腾腾，曲巷深藏有一灯。依约定巢留社燕，横斜题壁点秋蝇。吟诗作赋名心在，问舍求田老境增。闻说山居新料理，拟从苔径整行滕。"

王理孚诗系年：《鄞县署有斋名"小林栖"者，清前令钱维乔所筑，燹后重新者为武昌黄大华，各纪以诗，仍叠其韵和之》《啸樵书言黄庄梅花盛开，作诗寄意，并讯梅生、笑秋》《柬张让三先生》《柬卢贞木，兼调杨子闿》《寄诸贞壮，兼讯致虞亮生》《冕卿以诗索和，次韵答之》（二首）、《即韵答吴次垣》《刘祝群有金陵之行，迂道过访，作此赠别》《闻将调省，喜和次垣〈招隐〉原韵即寄》《与刘骧逵道尹同游阿育王寺》《送春》《次韵和太虚上人游宝严寺之作》（八首）、《祝群有金陵之行，道出甬江，留宿官斋，同摄一影，诗以纪之》《种柏行（有序）》《九日阻雨有作》。其中，《柬张让三先生》云："不堪回首十年别，异代萧条宋玉悲。前局已残余子在，故人相见一官迟。几多罪恶未成佛，如此江山只咏诗。莫怪东风狂态减，名花无力恐难支。"《刘祝群有金陵之行》云："又送征鞍上玉骢，江头日日雨兼风。时方多难成牛后，别已销魂况客中。此去春光三月近，古来宦迹几人同。殷勤重订金焦约，云水苍茫见阿蒙。"《祝群有金陵之行》云："摇落同悲客里秋，雪泥鸿去爪痕留。清醇我下江东乮，健笔君登白下楼。一别各天蓬梗断，相逢旧地竹林游。他年巾笥重搜检，明镜今朝尚黑头。"

于右任诗系年：《汴洛道中》《崤函道中》（四首）、《潼关道中》（二首）、《二华道中》（二首）、《昭陵石马歌》《赠茹卓亭》《吊卢慧卿》《过渭》《江舟有感》《海上寄怀京友》。其中，《过渭》云："十五年来梦一场，神州回首几沧桑。先生老作江南客，何事伤心到故乡。"《江舟有感》云："孤客西来风又起，大江东去月常明。曾经武汉伤心地，时听鱼龙弄水声。逝者如斯行载酒，埋愁何处妄谈兵！小姑嫁后归宁未，陌上花开忆旧盟。"《海上寄怀京友》云："画采云车梦里春，输君冷眼看京尘。天荒地变神州泪，闲煞江南卖字人。"《昭陵石马歌》云："秦王百战一华夏，诏起山陵九嵏下。陪陵诸将尽元功，侍立名王均降者。从征六骏惠养难，飞矢被体存者寡。图形勒石戟门前，想见英雄与名马。嗟余垂老搜遗编，去国十载方南旋。盗贼兵火文物毁，劫灰又到昭陵前。陵中铁匣虽出土，陵前石马远留踪。气吞三山飒露紫，手拔流矢邱行恭。黄质黑喙拳毛䯄，身中九箭伤如麻。可怜千百载古刻，将军捆载酬豪家。余者青骓特勒骠，白蹄乌与什伐赤。追风骏足多伤残，伤残莫保尤足惜。将军战败东出关，黄金骏骨购不还。抱守残缺图书府，才移名物藏名山。杨君老去丁君死，拓石关中无名士。悬金四访莫敢应，龙种王孙攘臂起。奕奕生气毫厘见，英姿飒爽犹酣战。似听铙吹耳生风，如闻鼙鼓血流汗。当年控弦角力数十雄，驰驱中原如奔电。只今失群翻首复腾骧，蝉翼遗法开生面。画工可是右相阎，殷欧名笔惜不见。伤今吊古几摩挲，回首神京重闻乱。噫吁嘻，陵前晚照红复红，凤翥龙翔剩闷宫。太白山头君休望，龙媒一逝群为空。英卫英灵呼欲起，风云会合连钱骢。长驱铁骑数十万，蹴踏大陆除群雄。呜呼，安得长驱铁骑数十万，蹴踏大陆除群雄。"

吴用威诗系年：《戏题斋壁三首》《题吴柳堂侍御遗像，并手书〈罔极篇〉墨迹卷》《庭中海棠初著花，怜其幽独，张之以诗，次东坡〈定惠院海棠〉诗韵》《海棠有残意》《伯严往岁清明时必还里省墓，计与邂逅南昌又一年矣，远别逢春，缄诗寄忆》《白丁香花下作二首》《钱海棠》《喜雨》《江海谣》《雨止》《种藕》《寄陈赐卿项城二首》《风沙》《夜坐闻风声甚壮，偶忆江干旧游》《鸤鹊》《闲咏》《读史三首》《清言》《见月》《王司农仿大痴〈陡壑密林图〉》《李毅斋写渔洋〈滟滪〉诗意小轴》《董东山〈柳溪仙舫图〉》《王石谷〈春江水暖图〉》《答赐卿》《诵赐卿酒杯前朝之句，怆然于怀，续和奉寄》《病酒戏成二首》《午醉欲眠，欹枕成咏》《摅愤》《遇安园有清旷之趣，为赋此诗》《纪事》《论书》《论诗》《前二诗意有未尽，续成四绝句》《忆梅》《忆山茶》《续论书绝句十首》《解官候代赐卿书来问讯，赋此答之》《留别中条，叠前韵》《将还京师，先以诗寄葆之索醉，仍用前韵》《小游仙十首》《葆之诗来，许订天桥觅醉之约，诵条山雪霏句，虽有丰穰之喜，不无沾濡之惧，赋此解嘲，即次元韵》《归心》《葆之寄诗有"还就妻孥可当归"之语，如欣如戚，情旨兼深，咏叹之余，续成此什》《读宋人诗六首》《忆昨行，再题石谷〈芦花钓船〉画册》《谐言》《赠庭中两海棠树》《欲雪》《喜雪》《快雪时晴》《闻莺》《束装将发，霏雪骤零，戏作寄示葆之》《雪后山行》。其中，《纪事》云："抟土作人原戏耳，偶然加膝偶沉渊。卢生庄叟不同梦，猿鹤虫沙俱可怜。叩马六军成此局，堕驴一笑是何年。甘陵南北风流尽，皂帽辽阳独汝贤。"《读宋人诗六首》其二："梅翁坚瘦醉翁腴，坡谷前头故自殊。好语一生能有几，乱云春水梦西湖。"其六："诗人要瘦言真谲，怪底闭门长忍饥。闻道学仙须换骨，可容亲见五铢衣。"

胡雪抱诗系年：《送别三、四妹、七弟》《宿少亭沈丈斋中呈赠》《新霁游横山净土庵，值修禊日》《次王大晓湘〈雨夕寄怀〉韵奉答》《笠云主王寓附书见讯，叠王大韵并寄》《挽宗湛存同年二首》《偶成》《葆素斋暑日》《题〈豫章集〉二绝》《晨起》《录亡女悼词书后》《寄马云门先生，谢书便面，用先生旧韵》。其中，《次王大晓湘〈雨夕寄怀〉韵奉答》云："浩荡灵修怨渺然，忽飞白鸟破枯禅。深怜画烛潇潇雨，解忆幽篁澹澹天。湿墨顷看流晓气，芳波微恨影初年。简庵别置乌皮几，知有龙鸾拥夜眠。"《笠云主王寓附书见讯》云："弥想檐花静欲然，奢摩入室与参禅。吟衔片月春如海，梦际重湖浪拍天。剧饮枉教招十日，余香直觉透三年。妙人多聚城南角，谁为将来石上眠。"《晨起》云："艳旭才吹海气干，清凉不汗想飞鸾。芙蓉宝帐知无分，自起山阰饮木兰。"《录亡女悼词书后》云："性妒温馨气妒清，掌珠强夺太无情。忆吟诗句肠堪断，悔用医方眼未明。痴愿竟难偿十岁，情魂何忍索三更。平生厌洒穷途泪，蓄到今年为汝倾。"《寄马云门先生》云："墨雨淫淫带笑餐，银霜皎皎照眉寒。似怜澹寂相思苦，忽露华滋远道看。兴托楮缣微见节，味参松石那宜官。左芬未掩名家气，解爇香芸护宝翰。"

张质生诗系年：《吊汤烈妇曾氏》（四首）、《云帅修葺北城门楼告成，赋诗落之》《云帅剿平伪皇，榆林道尹刘叔南（观察瞻汉）远赠铙歌，依韵和之》（四首）、《代云亭将军和张杭之（定邦）〈镇军留别〉元韵》（四首）。其中，《吊汤烈妇曾氏》其一："一夜天边陨婺星，三生石上会真灵。分明看得纲常重，誓剖丹心付汗青。"其二："庑下相庄廿载依，孤山盼断鹤雏飞。而今悟彻尘缘了，携手同行作伴归。"《云帅剿平伪皇》其一："日落营门血色殷，将军百战定河山。惯惊风雨挥神笔，横扫云烟镇汉关。一簇弓衣饶整暇，万家箫鼓自清闲。景宗健者真豪爽，险韵羞教竟病删。"其二："由来龙战血玄黄，要射贪狼靖朔方。万灶腾烟蒸大碛，千金购首得生王。浪传刘季趣销印，岂有周公赋缺斨。同化虫沙归小劫，更休儿戏学伊汤。"《代云亭将军和张杭之（定邦）〈镇军留别〉元韵》其一："贱子频年赋北征，故乡南望暮云平。旋风出塞挥鞭打，孤月邀杯对酒明。共道双鱼携汉洗，忽闻一雁过连营。知公归去尘劳谢，牛背逍遥短笛横。"其二："也学秦风谱小戎，独居树下不言功。那堪南北风云后，正是人民水火中。归志应依两淮北，狂澜谁障百川东。廉颇老去韩王隐，珍重人间白发翁。"

沈昌直诗系年：《和董蓉坤〈元旦杂咏〉》（四首）、《亚子赠诗有"二陆才名乡国秀"句，不才兄弟讵足当此无已，惟"次公狷介长公狂"七字差为近似，所谓君知我胜我自知也，本古人受餐返璧之意，占此报之》《题〈沈纪祥传〉》《赠董蓉生》《柬亚子》《修〈分湖志〉，忆家乘，得诗十绝》《题莘子〈分湖晚棹图〉》《分湖吊古》《征访乡里文献，感赋一律》《寄龙笙江西》（二首）、《题〈美人对舞图〉》《题樊少云画〈米颠拜石图〉》》。其中，《和董蓉坤〈元旦杂咏〉》其一："去冬兄弟相酬和，惭愧江郎已尽才，多事街南董夫子，又将诗债逼人来。"其二："蔗糖汤与屠苏酒，旧例年年亦等闲，一事岁朝差足喜，雪花昨夜点寒山。"《亚子赠诗有"二陆才名乡国秀"句》云："读君诗句自思量，二陆才名讵易当。七字品题吾足矣，次公狷介长公狂。"《题莘子〈分湖晚棹图〉》其二："抛却分湖逐远游，梁溪五载小勾留。明年我亦归来矣，与子鸣榔共一舟。"《寄龙笙江西》其一："龙君美风仪，濯濯春柳姿。少时每戏君，比之好女儿。宁知鸿鹄志，不为燕雀窥。负笈远游学，十载志不移。春风马蹄疾，两度游京师。学而后入政，一官峡江驰。峡江号强悍，君曰吾能治。百里故侯国，是岂不足为。颇闻父老语，使君来何迟。难得使君至，能以廉自持。刘宠选一钱，杨震凛四知。冰心贮玉壶，清不受尘缁。我喜闻此语，更为进一词。忆昔陆中丞，清名荣当时。湘江一杯水，梦中且成诗。此风久阒寂，君也好为继。愿益矢清白，上与古人期。他日纪里乘，先后相追随。百年两廉吏，辉映分之湄。"

张肖鹃诗系年：《南归过黄河》《回鄂筹办〈江汉日报〉》《检箧得秃笔数支有感》（仿白香山《真娘墓》体）、《秋暮登秋千岭》《题画》《登雄楚楼感旧》（二首）、《得南中信》（时客北京）、《得蔡幼襄函召去上海》（二首）、《晤蔡幼襄上海打铁滨寓》（二首）、《回鄂赴天门访黄润琴》《病夜》《宜昌乘川轮之万县，同牟猷宣、陈耀支》《入川途中》（用渔洋《秋柳》韵）（四首）、《万县闻警走武陵》《武陵闻警走西界沱》《西界沱访谭瀛安》《登西界沱山峰》《石柱道中》《硚头坝访杨稷丞昆季》《三多硚小立》《得牟猷宣石柱函，嘱入利川》《夜过齐岳山》《抵利川县城》《得黄润琴电召赴荆州》《荆州江头》（二首）。其中，《南归过黄河》云："群山拥絮地铺绵，车过黄河气候迁。衣带水偏南北异，一轮红日四垂天。"《回鄂筹办〈江汉日报〉》云："军阀专横各自私，百年大法任摧夷。人民公愤存舆论，一纸书贤十万师。"《检箧得秃笔数支有感》云："秃头笔，患难友。当年革命草檄书，借助锋芒露身手。布阵贤于十万师，摧残敌虏民国新。功成身退归骸骨，弃置无用寂无声。寂无声，羞自炫，晓来灯，秋后扇。"《秋暮登秋千岭》云："微雨净残瘴，暮云轻欲斑。关河千里迥，天地一身闲。红树露萧寺，黄花开满山。行行聊复止，明月落前湾。"《题画》云："千岩万壑间，云树相依连。其间有高人，结庐山之巅。泉石邀伴侣，猿鸟期往还。绝无尘世累，而有烟霞餐。余欲从之往，险峻愁跻攀。为问山中人，甲子今何年？"《登雄楚楼感旧》其一："城北高楼小院东，读书当日记童蒙。绿蕉影蔽侵窗雨，丹桂香飘隔苑风。催课鸟声天早暮，假堆螺髻石玲珑。阶前玫瑰矜娇艳，独对蔷薇竞晚红。"其二："老僧风雅气清华，闻道寒溪旧出家。好句欲仙见篇什，长斋拜佛著袈裟。室存琴韵神逾远，院落棋声静不哗。一箧尚留遗墨在，冰魂冷艳上梅花。"《得南中信》云："了了声中一雁喧，楚天南望暗销魂。多情易谶终余恨，旧约难提悔寡恩。彼岸幸今超苦海，萧郎从此怅侯门。桃花人面羞回首，莫向春风觅梦痕。"《得蔡幼襄函召去上海》其一："仰天长啸壮怀东，大地风云变幻中。雨歇危栏凭亦得，高吟武穆《满江红》。"其二："狼嗥虎啸恣纷争，徐海军飞复辟声。不谓哀时江汉客，论兵重假庾兰成。"《晤蔡幼襄上海打铁滨寓》其一："野雉江鸥乱入宫，天关地轴动摇中。河山再造新民国，九仞期争一篑功。"

其二:"鄂局重商打铁滨,旧邦争托命维新。吾谋一得容堪用,讨峻平敦望太真。"《回鄂赴天门访黄润琴》云:"朝曦欲上阵云横,树老城荒接大营。天地何心饶肃气,湖山留我寄闲情。池荷力弱西风健,野草心微早露轻。一病不关忧乐局,吁嗟民苦望销兵。"《病夜》云:"幕府清森更漏幽,百年大计一灯谋。病依短榻消羁旅,哀托悲笳上戍楼。邻犬随声争吠夜,砌虫惊候乱鸣秋。细推消长盈虚理,药盏茶铛味转悠。"《宜昌乘川轮之万县》云:"军阀鹰犬吴光新,差轮封运征川兵。旅客江头裹足纷,中流击楫空豪情。侧闻老丈故乡音,立谈顷互通姓名。具知彼此瓜葛亲,允为设法附船行。乔装船伙潜客身,三峡险经两日程。风雨同舟敌国分,军民嫉视心难平。吁嗟呼!国家养兵供内争,枭獍肆毒残吾民。干戈扰攘何时宁?当以其道治其人。夜深惊闻汽笛鸣,江心停泊狂涛奔。艄舱下瞰楼三层,悄如云梯绾一绳。呼艇夜渡万州城,云沉月黑天昏昏。"《入川途中》其一:"十二峰头暗断魂,惊风挟浪上夔门。山深木落藏秋气,水冷岩枯剩涨痕。古岸猿声孤客泪,疏林鸟影暮烟村。白云满岫为霖意,天道微茫未可论。"其二:"湖海风涛饱十霜,壮心飞险渡瞿塘。城高白帝犹闻杵,峡转黄牛不服箱。宁长百夫羞橐笔,誓歼群贼首擒王。杜鹃声歇猩红褪,莫问成都第四坊。"其三:"清砧户户捣征衣,边警惊传道路非。粤海潮翻鲸浪阔,衡阳书断雁声稀。塞烟耕血黄沙卷,原草埋英碧火飞。庶富未能遗教斩,东山风雨素心违。"其四:"登高极目四堪怜,时乱荒秋冷灶烟。塞马嘶风天寂寂,山魈泣雨路绵绵。昔贤战垒窥遗迹,烈士雄心幸壮年。文字有灵光露布,苍生泪合洒穷边。"《万县闻警走武陵》云:"谕蜀有书惭使节,入关被褐谈扪虱。军阀势力争割裂,执干戈不卫社稷。张老师生情落寞,陈君友谊视仇敌。但言此地难寄迹,地方守土各有责。可怜人民输膏血,养兵不为国出力。兵权在手高一切,师友私谊更难说。夜深忽来恶消息,军令森严驱逐客。滔滔末世皆此辈,别寻驻地计良得。收拾行李走仓卒,呼舟夜棹武陵集。"《武陵闻警走西界沱》云:"萍水相交暂寄迹,无端风鹤势汹汹。人间自有闲天地,吾道如瓠竟莫容。"《西界沱访谭瀛安》云:"相见两三语,貌合意龃龉。为道此通衢,不便安行旅。革命大事业,良谋重基础。绵薄力是视,东道吾弗与。"《登西界沱山峰》云:"萧萧榛莽滞行踪,鞍马秋风路几重。西蜀关山窥鸟道,南天烽火耀兵凶。岂容城社凭狐鼠,难得人才萃凤龙。睥睨峰头俯流水,晚芳零落长芙蓉。"《石柱道中》云:"石磴登仍见,筍舆去不闻。天开一线路,山入万重云。冰涧寒堆叶,霜林隐落曛。前途远人境,飞鸟自为群。"《硚头坝访杨稷丞昆季》云:"万山叠嶂暮云屯,乱石当关树列藩。御寇兵多与子弟,读书人半力田园。殷勤下榻除花径,块垒浇胸借酒樽。烽火不惊尘世远,更从何处觅桃源?"《三多硚小立》云:"冷落硚头小市存,一天微雨立黄昏。溪云得势从龙起,山石窥人作虎蹲。水过巉岩争赴壑,烟笼乔木自成村。奔流卷入诗怀抱,鼓浪兴歌出峡门。"《得牟猷宣石柱函,嘱入利川》云:"羽檄纷飞报敌情,吴光新部退渝城。一经施利循山径，半出夔巫藉水程。履尾穷追属孙伍，迎头痛击望襄荆。深宵冒险逾齐岳，熟听狼嗥虎啸声。"《夜过齐岳山》云："日暮乱山行，军书急飞羽。僻路忘崎岖，志决歼丑虏。建立根据地，整编新队伍。计划联民团，荆襄期共举。舆夫前致词：兹山夙多虎。昏黑不辨路，问道无盲瞽。出没匪无常，速谋安行旅。余揣若辈意，未必胆如鼠。乘机肆要挟，重赏勇可贾。利诱害终贻，变出咎自取。肩舆前失足，牵掣同行侣。颠仆悬崖下，末战血流杵。自怜冒险心，几葬荒山土。忍痛奋然兴，高呼耐坚苦。扶携觅出路，洞石艰步武。遥见前山明，闪灼灯光睹。沿溪摸索进，恃此目标树。披荆觅微径，曲折达其处。迎头几黑汉，凶恶持刀斧。厉声叱何来？疑我为匪股。殷殷道来意，欣然邀入户。谓欲去利川，迂回卅里许。热情商伙伴，束薪以为炬。导引出山口，关砦严防堵。民哨细盘查，报告团公所。团总肃客入，热情具酒脯。坐谈建军意，更忽报五鼓。回思今夜险，不死亦天与。"《抵利川县城》云："炬火烛天硚西门，夹道欢呼动雷鸣。军乐喧杂爆竹声，车马龙水飞蹄轮。停鞭警局驻行旌，商会旋邀酒洗尘。官绅集会致欢迎，要求宗旨预宣明。集合几许各路兵，驻扎地点乡与城。我为一一报告清，连夜出示安人心。护法靖国鄂西军，权借利川举义兵。正副司令责分任，蔡济民与牟鸿勋。望各安业自谋生，慎勿妄猜谣言兴。内部组织具规程，各处职责权攸分。穷两日夜头绪纷，自惭绵薄力不胜。古来革命大业成，文经武纬百度新。聪明才智超群伦，非常功出非常人。"《得黄润琴电召赴荆州》云："鄂中各镇首襄荆，军事举足觇重轻。黎石联盟起义兵，胡团黄营当轴心。急电相召我东征，顺流直下匪窟经。旧约重寻访故人，千里一日还江陵。沙市忽逢周鹏程，为道胡黄战殉身。猛攻宜昌失地形，遭敌侧击兵溃奔。亟趋总部探敌情，参谋长某迎来宾。仓皇情势语无伦，退买轮舟归汉滨。凭栏东望涕长倾，天空一鸟飞哀鸣。人亡邦瘁悲不胜，放声更哭私交情。"《荆州江头》其一："军民涕泣道胡黄，一战夷陵惜阵亡！留得出征诗句在，荆州城外吊斜阳。"其二："残兵断戟满荆州，军府难为再振谋。一夜仓皇向南渡，乱鸦成阵扑江头。"

刘伯端词系年：《唐多令·读叔文〈花埭春游诗〉感赋》《点绛唇·绯桃》《前调·牡丹》《鹧鸪天（一日看花十二回）》《浣溪沙·春日山居，呈汉三丈》《高阳台·春日过城南感赋》《山亭宴·云林春集，和六禾，用张子野韵》《卜算子（明日是花朝）》《前调·其二》《翠楼吟》（连日雨滞云沈，春怀恼乱，倚白石调写之）、《碧牡丹》（山居早起，寒意侵人，门外落叶如扫，秃树无花，似不知春光之至。情怀丝乱，追忆前欢，偶读小山《碧牡丹》词，按调聊歌一阕）、《高阳台》（余居此日久，雅爱寻幽，凡山巅水涯，踪迹几遍，少惬意者。春日山行，忽得新境，远通人世，别有烟村，绝似桃源居人，翛然有遗世想，倚此寄兴）、《临江仙》（与云林诸公相聚年余，极文酒之乐。令人事乖舛，不乐居此，异日蓬飘踪迹，回首前尘，其感念更何如也）、《丁香结》

(季裴丈赠《丁香结》一阕，按清真原调，五声不紊。季丈词律精严，昕夕相依，常得攻错之益。今迫衣食，将有江湖行，离悰黯然，倚此相答)、《临江仙慢 (冉冉一春过)》《鹧鸪天 (憔悴天涯忆旧游)》《高阳台 (锦绣春空)》《沁园春·山居春夜梦醒有感》《生查子·和伯阳韵》《惜红衣·春日怀辛伯、搴阶二丈》《西子妆·暮春感怀，用玉田韵》《满路花·和清真韵》《鹧鸪天》(春山深处，幽花避人，日暮天寒，已有孤芳自赏之叹。况值夜来风雨，更做无情，明日重来，未知能见芳容否；聊歌一阕，以当招魂)、《踏莎行》(星俦赠石山，秀透有致，赋此戏答)、《鹧鸪天 (碧草如烟冒蝶衣)》《丹凤吟·和清真韵》《满庭芳》(赠小云北上，兼寄孝方)、《夜飞鹊·春寒，和伯阳》《西江月·车行至石龙，书所见》《霜天晓角·折花，和伯阳》《兰陵王 (晚芳歇)》《祝英台近·迁居感赋》《临江仙 (芳草远遮行路)》《减字木兰花》(新居近山，轩窗幽邃，夜起独坐，清风弥襟，残月在天，荒鸡四应，恍惚去秋舟泊大铲时。追忆旧游，不胜慨叹，倚竹掭之)、《金缕曲·和辛丈韵》《前调·和前韵》《前调·效龙洲体，再用前韵》《前调·辛丈和词多用佛典，聊效颦，三用前韵》《丑奴儿 (楼台昨夜笙歌散)》《相见欢 (暗香初度玫瑰)》《满江红 (人事侵寻)》《念奴娇·酒后遣怀》《河传 (春去)》《蝶恋花 (百二韶华闲过却)》《前调·其二》《前调·其三》《鹧鸪天 (日日黄昏燕子飞)》《木兰花慢·读六禾端阳和词，有时序迁流之感。翌日适与汉三丈同赴七姊妹 (地名) 酒家，归赋此阕，即呈二公》《踏莎行·重过海滩感旧》《浣溪沙·夏夜》《台城路 (夜阑初结灯花梦)》《踏莎行·用去年〈月夜车行〉韵》《浣溪沙 (风涤烦襟暑气清)》《人月圆》(云林诸公屡邀不赴，赋此寄之)、《前调·其二》《前调·其三》《前调·其四》《踏莎行·赠行》《瑞鹤仙·用梦窗韵》《定风波·秋日过广雅书局感怀》《梦芙蓉》(去年曾赋残荷，今清商萧瑟，又负红衣。读六禾莲子新词，黯然伤怀，依调和作)、《浣溪沙 (风约鸡声过短桥)》《生查子 (凉月转虚廊)》《一丛花·秋梦》《风入松·秋影》《鹧鸪天 (香篆烧心百转灰)》《碧牡丹》(六禾约赋秋声，久不成调。夜来商飙骤发，凄警动人，欹枕无眠，起坐得此)、《木兰花慢》(醉卧江头，万缘过心，如云度太虚，渺无留迹，戏赋此解)、《临江仙·送人之南洋》《鹧鸪天 (风雨挑灯共一帏)》《唐多令》(秋夜酒阑，独行江上，闻歌举甚哀，赋此志感)、《浣溪沙 (人海风波不可航)》《减字木兰花 (天涯明月)》《秋宵吟》(和六禾、伯阳)、《南乡子·寿六禾》《霜叶飞》(叔文示词，缠绵悱恻，有感余怀，再用梦窗韵以广其意)、《秋宵吟》(用六禾韵寄伯阳)、《鹧鸪天 (云隔家山路几重)》《三姝媚》(梦至广陌，植杏万株，花大如盖，彩缬缤纷，四五丽姝酣戏其下，咸拾落瓣为扇，并举数瓣赠余。暖风轻拂，芳沁心脾，梦觉寻绎，殆仙境耶！词以纪之)、《被花恼 (云阴幂幂酿秋光)》《临江仙》(夜闻筝声感赋)、《高阳台 (积别沉音)》《渡江云 (天涯春又转)》《庆宫春》(岁穷日暮，倚此掭臆)、《高阳台·寒夜》《临江仙 (牢落半生豪兴尽)》《湘春夜月·冬至》《风流子·鸳鸯菊》《意难忘（客里逢伊）》《千秋岁》（赋折枝梅，用淮海韵）、《玉楼春（当时不合消魂误）》《寿楼春》（前月六禾自南岗归，为述梅花盛开，余未暇访也。岁晚过此，则零香委地，空见青枝，顾我来迟，负此幽芳矣）。其中，《木兰花慢·读六禾端阳和词》云："四山初过雨，正人爱、晚风凉。又榴火初烧，荷钱未散，虚负端阳。携觞。拨云倚磴，径鼯荒难认旧时香。转眼侵寻节序，几回人事参商。　　推窗。天水苍苍。残酒薄、不成狂。算此身虽在，浪淘恨去，怕说兴亡。何妨。海滩对坐，唤群鸥我尔暂相忘。归计不曾料理，算来何处吾乡。"《临江仙·送人之南洋》云："我是天涯倦客，年年赠别江干。青灯黄卷事难忘。兰成今老矣，词赋教谁看。　　疏雨欲肥耶子，暖风初熟宾郎。燕梁栖稳莫思乡。任他风雨裹，零雁不成行。"《南乡子·寿六禾》云："嘉会近重阳。艳比黄花晚节香。檀板金尊人共笑，传觞。云拥仙山日月长。　　清浅薄姜张。一代风流说梦窗。减字偷声花月下，商量。醉卧佳人锦瑟旁。"

江子愚诗词系年：《三十初度志感二首》《鹰》《乱后二首》《剑》《题南田画》《乱后杂感四首》《乐至道中》《奉怀香宋》《遂宁道中怀张东莱》《遂宁广德寺》《望云》《大江东寓楼即景》《悲感兼赠乡人》《顺庆怀古二首》《登顺庆城》《归兴》《李特读书台》《射洪怀陈子昂》《答南充任生二首》《杂感六首》《重阳后》《送张溥南之昭化》《和香宋杂咏四首，用王楼山韵》《送吴髯客归会理》《题赵松雪〈品茶图〉》《感事》。其中，《乱后杂感四首》其一："笙歌丛里泣铜驼，劫后重来感慨多。寄语梨园诸子弟，选词须唱《定风波》。"其二："血腥飞染御沟红，画栋珠帘一炬中。剩有草根烧不尽，雨余青遍蜀王宫。"其三："戍楼吹角月黄昏，新冢累累绕郭门。树上鸥鸦学人语，白杨风里替招魂。"其四："浩劫茫茫欲问天，未周三月两桑田。芙蓉化作黄杨树，端的今年是闰年。"《奉怀香宋》云："荣州赵侍御，觥觥古道直。太华千仞高，竹筠松有节。去年邂逅时，同醉锦江月。今年约我游，共卧峨眉雪。道路阻烽烟，欲行行不得。仰视秋旻高，恨无南飞翼。"《悲感兼赠乡人》云："莽莽荆榛蜀道难，腰间长铗不轻弹。龙蛇起陆风云壮，魑魅争光日月寒。末路英雄宜病酒，夷门豪士偶为官。它年共拟寻黄石，高卧青城学炼丹。"《顺庆怀古二首》其一："雄图犹恨旧三分，渠水东流日半曛。驻马刻碑人渺矣，英风长忆五千军。"

陈公孟诗系年：《游玄墓圣恩寺，憩还元阁上，寺僧以邾轾古钟并金书细楷〈华严经塔图〉巨幅出观》（四首）、《司徒庙古柏行》《香雪海放歌》《登蟠螭山观太湖石壁诸胜》《天池山寂鉴寺》《黄履平（宪）归自太原，同饮陶冰衡（贻植）斋中，晚被邀赴伎席，作此赠之》《履平复将有京师之行，叠前韵送之》《过徐州作》《游北海子》《颐和园行》。其中，《天池山寂鉴寺》云："钟鱼隐隐隔林闻，莲萼峰高倚夕曛。荒寺远包三面岭，乱山深锁一窝云。干霄树有骄春色，积岁泉成界石纹。古佛不言相对立，饱看落木尚纷纷（落木庵为徐波别业）。"《过徐州作》云："黄楼旗纛下，车过听喧呼。

缩毂新形胜，称雄旧霸图。项刘余废垒，梁楚此交衢。自古岩疆峙，惟凭一叹吁。"《颐和园行》云："铜龙漏滴春昼长，颐和园里千花香。千花洒泪泪成血，翠华一去空断肠。离宫别馆三千栋，寸砖尺桷关兴亡。往事从头不忍说，四春蕉萃名花折。叶赫终当亡建州，龙髯远作天家孽。英法同盟胡群骄，圆明一炬飞灰灭。先皇龙驭忽宾天，宣仁咸颂中兴贤。司农愁绝度支匮，长劳宵旰思林泉。嗣皇御宇十三祀，创痍未复民财艰。三海经营聊逭暑，九成卜筑仍无年。鼎湖又泣帝弓坠，立幼垂帘循故事。寰海曾无七鬯惊，举朝共饰承平治。尧母焦劳日万几，万方琛赆罗珍异。报功崇德岂云云，以天下养宜养志。横览欧潮正怒流，舟师防海庙堂筹。亿万黄金初署券，谤台突兀增人愁。半入楼船半入园，慈宫欢乐娱春秋。慈宫颐养岂为过，小儒焉知中国大。那有香居谲谏人，但闻遍国争相贺。博得鸾舆临幸来，排云拥出金银台。风廊月榭重重辟，画栋珠帘面面开。礼佛朝跻众香界，听歌夜举清宴杯。万寿山前玉辇停，昆明湖上兰桡催。游乐未终虏骑入，仓皇西狩传呼急。璆碧琳琅天府珍，舟车捃载东西邻。可怜海内菁英竭，从此宫花不再春。白头宫监殷勤语，旧事依稀能指数。玉斧纱镫咫尺间，天恩身受知几许。我听未竟神为伤，铜驼无语眠斜阳。依然风景清漪旧，自古兴衰桑复沧。烟沈月锁寝宫闭，寂寞镀镮故锦系。旧燕巢空何日归，斜封犹识宣统岁。名园天幸未全芜，留与虞宾六尺孤。纵然一粟河山小，犹胜王孙泣路隅。"

陈隆恪诗系年：《三十书感》《过陈云谷家有赠》《雷电雨雹骤至，口号一绝》《醉中遣兴》《病中夜感》《自咏》《谢萧屋泉画团扇》《楼望》《学诗辙不成句，剽窃古人，拙劣可笑，因续赋一律以自励》《追感二首》《病起夜坐廊下追凉》《不寐》《杂感》（四首）、《小院》《寄怀大兄槐堂，用陈石遗丈韵二首》《得七弟沪上书，谓移居舅氏家，夜闻风叶振撼声，颇发悲感云云，因戏答二首》《北行车中作》《饮胡梓方诗庐赋赠》《中央公园茗坐》《大兄过诗庐赋赠，有"吟诗作赋名心在，问舍求田老境增"之句，次韵为梓方解嘲》《闻天津水灾感赋》《题董蜕庵〈菱湖泛舟图〉二首》《题大兄画山水》《将南归留别大兄槐堂》《京汉道中》《江行遣兴》《次韵寄答刘宾如北京》《溪岸晚步》《送六弟之美国》《见月》《侍大人过访王伯沆、柳翼谋高等师范学校，八弟随焉。坐园侧茅屋，正对六朝桧，盘桓竟日，归纪以诗》《散步复成桥，眺青溪作》。其中，《三十书感》云："暗数行藏事事空，卅年飘忽磨旋中。催人岁月无今古，入世贤愚枉异同。邂逅随缘能了我，浮沈由命待成翁。痴心犹剩寻归梦，明发凝眸照壁红。"《楼望》云："坐拥危楼制薄寒，倚栏情绪近花残。归云作雨低昂久，缺月衔山去就难。一角风烟三径晚，万方歌吹几家欢。迂生那解苞桑计，商略糟醨腐肺肝。"《寄怀大兄槐堂》其一："就隐公超雾，偏安苦耐吟。槐堪如此古，堂负自然深。有笔传能事，无弦赏妙音。北窗围笑语，煮茗一披襟。"其二："昼永延新绿，乖龙日夜吟。山川挥手稳，金石契心深。浪漫培元气，苍茫有嗣音。何当共盘食，对影豁尘襟。"《得七弟沪上书》其一："海角濡蜃气，频传一纸书。闭门文起凤，入幕食无鱼。未脱声尘缚，应知色相虚。归根风叶静。万念不关渠。"其二："谁遣筝琶耳，来听切剥声。禅心参叶落，天籁触弦惊。寡欲齐哀乐，逃虚近老成。蓬蓬倾八表，吾亦困荒城。"《大兄过诗庐赋赠》云："眼前京国醉薵腾，提挈闲情对壁镫。漫笑诗人同布谷（东坡句：'诗人如布谷，聒聒常自名'），未妨书法冻痴蝇。名难润骨能从老，乐止乘田岂望增。阅世各存云螯想，独惭千里负行縢。"《闻天津水灾感赋》云："决流莫挽势必至，冷眼能窥祸未然。付与蛟龙三尺水，不容鸡犬两重天。褰裳共济期今日，抱瓮相妨悔昔年。野哭无端望南北，隔邻萧鼓正喧阗。"《送六弟之美国》云："当今八表同烽警，笑汝书生虱世间。铅椠苍皇霜叶落，海天颎洞酒卮闲。从知哀乐萦千载，竟有安危系百蛮。挂眼钟山挥不去，寸心终寄白云还。"《侍大人过访王伯沆、柳翼谋高等师范学校》云："列茗依廊鸟下飞，坐匡老桧霸晴晖。梅翘紫蒂春痕浅，草委寒苔野色肥。收拾闲愁天已醉，屏遗高论世无违。窥墙钟阜争残照，分挟浮岚侍杖归。"

王大觉诗系年：《三吴少年行》《继笔六章》《莘子夜过莲禅室，出近作属和。是夜梦与一长者长谈，醒后约略可忆，即衍其意，次莘子韵赋二绝句诗而识也，吾生终吉已》《哭蒯啸楼八首》《偕妇游吴门，新月量眉，轻舠嬉水时也》《游留园》《夜饮阊门九华楼，归途有作》《山塘杂诗》《抗云见赠小照，支颐花下，态极幽逸，为题二绝》《雨夜被酒作》《内子蕙纕将归宁莘溪，以便面属书，为写七绝四章，即赠别之作》《磨剑室夜话，次亚卢、莘安韵》《夜雨曲》《送行歌，赠郭孔彰（毅）归蜀》《投李汝航索书》《秋兴八首》《丹阳姜可生投诗，为予影事作也，予曾征得其本事，乃答以三绝，其首章则自纪云》《河胶叹》。其中，《哭蒯啸楼八首》其二："两度中秋两度逢，相于高咏见心胸。今来一哭桐棺下，问汝可能鉴此衷。"《游留园》云："名园三载别，新柳已成围。雨后莺声滑，云根日影微。幽泉寒自语，眠鹤倦难飞。寂寞林花发，悠然物外机。"《夜雨曲》云："琼窗夜雨歌难索，分付珠帘下前阁。谁持半臂促添衣，一灯红语报将归。残筝勒篆沉秋魄，云屏梦醒头欲白。"

姚光诗系年：《抵嘉兴作》《湖上》《题花魂、蝶影伉俪之〈花魂蝶影图〉》《北游，留别内子》《登鸡鸣山豁蒙楼》《雨花台》《游莫愁湖，登胜棋楼》《清凉山扫叶楼，步壁间实甫韵》《游三台洞及燕子矶》《题紫霞洞》《过滁州》《淮齐道上书所见》《车抵泰安作》《燕京有作》《登陶然亭》《陶然亭吊香冢》《广德楼观鲜灵芝演剧》《在京闻乱，得家电促归，感而赋此》《夜车经齐鲁道上作》《津浦归途作》《咏牵牛花》《自题二十七岁小影》（二首）、《吹舅招集闲闲山庄赏菊》《游泖桥澄鉴寺》《登土山》《闲闲山庄畜鹅，色白而声洪，舅氏命赋，爰呈两绝》《吊朱志贤从表兄》。其中，《湖上》云："湖水碧溶溶，今来春正浓。花光摇四壁，云影乱双峰。与世难投足，凭高一荡胸。会须长隐此，垂钓溯黄农。"《登鸡鸣山豁蒙楼》云："剩有鸡鸣山色青，梁陈遗迹委荒径。川原如画供凭眺，不问沧桑几度经。"《雨花台》云："花雨缤纷成此台，不知几历劫余灰。斑斓古石终难灭，为是娲皇炼得来。"《吊朱志贤从表兄》云："经商兴学已非常，我更多君规划长。壮志未酬遽撒手，斯人斯疾剧堪伤。"

太虚大师诗系年：《题阿育王寺十二景》（十二首）、《依韵答韩蘧园》《与普陀懒石过普慧庵，赠下帷室主，用诗佛韵》《依韵答下帷室主》《和邢蓉轩〈五十述怀〉》《访下帷室主，即事用冷雪韵》《偕玉皇游慈溪龙山清道观，和亭间冯次牧韵》《赠孔肥西，和丙辰仲秋〈东游杂咏六绝〉原韵》《和吟雪〈游月湖〉诗》《晓起，题窗前浅草场》《和陆镇亭太史惠韵，即以奉赠》《陆镇亭太史秋日在观音寺结木犀香诗社，即以为题，限犀香二韵分赋二律，和圆瑛禅兄韵》《东游，答圆瑛禅兄原韵》《倚装东游，和苦佛、玉皇二律》《东游和韵，答王吟雪二律》《将赴日本，答和章希夷四律》《题岐昌法师照相》《由上海抵门司漫吟》《由门司至台湾基隆》《登月眉山》《日本发台湾，寓灵泉寺即事》《灵泉寺塔》《答灵泉山诸德》《灵泉寒翠居》《灵泉法会》《答日僧慈愍》《辞月眉山》《寓基隆，赠许、颜二君》《和梁任公壁间韵》《咏水族馆》《赴台北》《游台北街》《新北温泉》《游台北公园等处》《纪日本太虚》《善德堂》《送别岐师》《彰化昙华堂即席，答施寄庵》《和势山厅长》《答黄卧松居士》《和苏南记者》《和王敏川》《赠芬兰女士》《答林湘沅》《赠周永福》《台中讲演会》《台中展览会》《和黄子清》《和峻山》《谢子林》《赴阿罩雾林宅》《赠林阶堂》《赠林献堂》《寄洪月樵》《台中公园散步》《别台中寺日僧大野》《答别台中诸友》《由基隆发神户》《赴日楼船散步》《宿小郡温泉旅馆》《访曹洞宗第四中学林》《赴广岛车中》《宿广岛龟福馆》《宿冈山后乐园》《赠庄樱痴》《赠别庄樱痴》《赠谢籁轩》《答鸿汀次前韵》《游神户公园等处》《京都游》《续京都游并夜观电影〈连锁〉》《题壁间画》《赠万非道人二绝》《赠别神户善慧诸友》《泊门司》《泊长崎》《长崎观鸥》《归沪，和陈完赠诗》《答穆穆斋赠别》《归甬，送别刘骧逵道尹》《答陆和仲见赠原韵》《漫和陈八千见赠原韵》《和王志澂知事去鄞留别十二首之二》《次韵赠昱山》。其中，《访下帷室主》云："淡风凉雨昼绵连，坐久谈深似入禅。读印观书多兴致，一杯添作醉中仙。"《和吟雪〈游月湖〉诗》云："曾记携吟侣，秋初过月湖。医饥茶送枣，祛热扇摇蒲。有句催诗钵，无愁遣酒壶。庭前芳草绿，应未委荒芜。"《晓起》云："窗前晓爱平芜绿，石缝秋留浅草青。应胜买山钱万贯，赢将清气满疏棂。"《日本发台湾》云："上极天苍苍，下穷水茫茫。中间何所有？一鸟东南翔。厚积六月息，轩然翼怒张。白兔伴之行，赤乌浴以光。左兮失邓林，右昒辞扶桑。去去瀛台洲，缥缈蓬莱乡。仙乡忽已达，群动朝皇皇。五尺一奇士，身短心独长。昂首招鸾鹤，鸾鹤休高扬。低头呼鱼龙，鱼龙休潜藏。于法得自在，云我为法王。造化司橐答，宇宙归括囊。摇荡而恣睢，孟浪以猖狂。与为无町畦，且令蹈大方。前不见义农，后不见汉唐；孔黑脱桎梏，尧禹落秕糠。何谓欧罗巴？

一粟飘太仓。何谓美利坚？众虱攒败裆。何谓拿破仑？小鬼偶跳梁。何谓华盛顿？稚儿喜得糖。旁门及外道，琐琐歆天堂。卢梭达尔文，伥伥坠鬼坑。利亚能食壤，丸丸转蛣蜣。威廉能磨刀，霍霍向猪羊。古今一丘貉，罡风轻尘飏。既与外天下，亦使生死亡。醍醐灌大顶，甘露润直肠。彼彼无热恼，人人获清凉。事事普成毁，物物咸迎将。洗脚登道岸，雾深夜未央。漫漫不可办，转陷荆棘场。水仙幸知警，怀内披短章。援之榛莽墟，导之琼瑶房。相见如相识，欢生禅客妆。相识还相待，升降寻趑趄。飞舻奔云气，俄停古渡傍。拍拍又浮去，疑欲藏诸隍。鱼贯入官舍，迟迟几徬徨。簿书堆满屋，怜伊无事忙。三圣重接引，举步成康庄。分明妈祖宫，不是德筹堂。呜祀化城耳，行行趣实坊。沿途多烟炖，回首杏帆樯。高跻不二门，盘纡过崇冈。疏林度梵钟，幽卉含妙香。庭殿闾阖开，金碧何辉煌！湛湛灵鹫泉，胜地最吉祥。弯弯蛾眉月，佛子示覆障。佼佼善慧师，股肱多贤良。食我以玉粒，饮我以琼浆。游我芳菲苑，衣我云锦裳。坐我芙蓉座，浴我豆蔻汤。居我散花室，卧我离垢床。晨兴从游眺，指点为参详。此山伏金精，佛面金色黄。此山含宝气，峰发宝塔装。出山一猛狮，舞若青凤凰。入山一香象，宛如绿鸳鸯。塔心启玲珑，寺形合圭璋。制作关于人，才巧双难量。自我八山寺，淫淫雨不阳。隐隐三仙宅，攀探徒怅望。悠悠五佛台，梦魂空徜徉。题糕记何处？忽忽今重阳。当时凌波涛，不异处严廊。连日沉岚霾，还疑遗沧浪。安得御六气，浮云扫八荒。仰摩山巍巍，俯瞰海苍苍！"《答日僧慈愍》云："斜风细雨暮秋天，此地相逢亦凤缘。记取灵泉三塔影，与君佳话共千年。"《纪日本太虚》云："日本中华两太虚，未逢先见壁间书。他时如有相逢日，面目须眉如不如？"

黄濬诗系年：《早晚一首》《戏书蛰云近诗后》《夜归偶成》《张蟹芦属题〈橐园谜话〉》(二首)、《得石遗室丈续集却寄，题匹园》《读史戏占》《大雨有述》《水阁夜坐》(二首)、《姚君悫归揭阳营，秋园既成，北来京师，作图索诗》《酬子言》《柬瑟君》《瑟君有诗见答，和其均》。其中，《酬子言》云："平生吾道一尊瓠，客子光阴送捻须。时藉佳吟脱穷海，稍怜天意重癯儒。辚辚肯过唯谈律，讷讷相看欲据梧。说似退之吾岂敢，便摩巨刃计犹迂。"《柬瑟君》云："雾帐吹笙不自由，尊前珠斛但量愁。向令觌罕欢常在，借使逢迟恨却休。淮雨竟成迷别馆，吴霜空遣盼归舟。镜华元献怜初翳，可待张词与解忧。"《瑟君有诗见答》云："雪意宁偿别意深，辞帷凤袜刬冰心（瑟君为言，是日适大雪，竟徒步去）。歌成得宝愁旋在，梦到还绡泪已沈。坊角柳枝仍恨缕，渡头桃叶比离襟。人生难得言愁会，莫对香籌负软吟。"《早晚一首》云："畏寒新恃晓眠迟，暖旭窥窗一拄颐。缚笔瘦摹山谷字，盦香清诵石湖诗。心知哀乐侵人渐，悔露文章与世疑。早晚炽炉温玉性，未妨随俗诮伶痴。"《戏书蛰云近诗后》云："月泉社老诗弥健，榕荫宗风钵不传。剩遣酸曹鏖七字，寒灯铿尽杖头钱。"《夜归偶成》云："闵乱忧生意已辛，强持微醉破孤鼙。斜灯药椀终何世，夜雪芦帘负尽春。国论坐看狙又喜，儒冠自分蠹相亲。宵残更结移家想，得刺吴船百事新。"《张蟹芦属题〈囊园谜话〉》其二："圣作诗书意甚深，廋词支解见机心。年来识字终成罪，黄绢高才合陆沈。"《得石遗室丈续集却寄》云："一笺经岁意宁忘，为觅新诗落草堂。想拓廊腰围月色，定凭楼角纳山光。琅玕夏课曾添否，湖海高文喜寄将。今日匹园畴得匹，故应著笔辨兴亡。"《读史戏占》云："春灯影里小中兴，一鹞翻山最自矜。复社转闻亲马阮，可知终负十三陵。"《大雨有述》云："卧闻檐角水声洪，云阵俄惊斗两雄。蚁国梦成倾室徙，蝉枝愁遇打头风。所忧后土终横决，专罪顽霖恐未公。早晚但歌洗兵马，移床塞漏肯嗟穷。"《水阁夜坐》其一："草树微香迂晚晴，湿萤无力月初明。水边裳佩知何限，忽念秋风暗地生。"其二："夜半风来水殿边，起看北斗叹流年。吾生未省承平乐，却听凉笳一惘然。"《姚君悫归揭阳营》云："我生于秋意萧憀，白藏常恨无留廪。饥驱坐作王城虱，每对西山气殊噪。盛年房室资笑粲，天之轭才为已甚。苦抽词辩酬高旻，往事上心文字饮。君从何来示此图，夺眼秋光似镌锓。南疆故是山水窟，点染荔丹烂蕉锦。君能剪秒穷回溪，拓地几弓营几稔。平分四时各可玩，园独名秋志尤凛。世乱家居诚不易，得溉寒畦胜甘寝。问君胡为复行役，人事迁流视鱼淰。嗟予丘壑誓当专，未恨太瘦腰如沈。异时度岭会窥园，先激清流容我枕。"

王浩诗系年：《咏史》《赠余铁山大令》《退直》《得杨苏更书》《梦胡雪抱，得句寄都昌凰山》《湛园逝半载矣，诗庐来书详其家世，欲为作传，余谓不若定其诗也》《浮云四首，与东敷、辟疆，兼呈华持庵丈》。其中，《梦胡雪抱》云："朝眠佳气袭罗纨，骤觉芳真梦若兰。清坐朱颜俟衰落，抱山有客养高寒。明知一去成孤绝，试与千秋执并看。谢却江湖天更远，胸中忽忽未曾安。"《湛园逝半载矣》云："同居开士绝利爱，但恨墨妙无人知。斯人有才乃病死，吾子不得而问之。安全似我悦有补，蓬累能行亦得时。落花墓道红踯躅，梦乞宗人为写诗。"《浮云四首》其一："知必不可为，恢然有余悲。生年匪须臾，无辞乏明时。悦来纵易盈，爨庑且当炊。何云旦暮间，读书劝长饥。"其二："鼎器无近成，母老弟软弱。相忘在狐熊，所到良已薄。出门竞风领，牵车意转索。明知刚胜欲，守勇事俯啄。"

胡先骕诗系年：《深夜不寐口占》《病中口占》《病中述怀》（三首）、《退值口占》《道中见群儿喧嬉，率占二十八字》《岁暮旋里迎妇，夜宿客邸候船，拉杂书此》（三首）、《江上望庐山》《浔江晤汪君毅，以长律示之》《仲通归自美，由沪往燕，道出金陵，聚语半日，怅然赋此》《印佛自都以书讯近状，寄此答之。俾知故人襟怀澹落，生事殊不寂寞，非有意招隐也》《白鹿洞》《万杉寺》《秀峰寺》。其中，《病中口占》云："雨余檐滴声断续，病卧匡床百不支。阅世真成无绪茧，微吟许效一家诗。如雷蚊语扰睡梦，照眼蕉花吐艳姿。晴日渐西凉意峭，炉薰药裹伴沉思。"《印佛自都以书讯近状》云："蜂围草暖关幽事，风味田家得似无？阅世沙虫吾倦矣，逃名麴蘗尔知乎？

青春白日东西浦，罗袜苍烟大小姑。为语故人西笑意，归来犹及割云腴。"

吴芳吉诗系年：《白屋清明》（十首）、《谷雨》《枇杷会》《初夏赴丈人田舍看插秧》（八首）、《赋丈人》（八首）、《埙歌》《泗英书来，迎至日本避难》（四首）、《江津南城》《甘薯曲》（四首）。其中，《白屋清明》其一："白屋晓青青，连山拥翠屏。江通杜甫宅，门直子云亭。病减贫家乐，书残古色馨。迩来教妇读，关学到《西铭》。"其二："蚕睡日逾暖，蝶来风有魂。水田车轧轧，花草发村村。万物胞怀谊，浮生天地恩。儿长祖母笑，曝背倚柴门。"其三："燕子红楼客，鹅儿白袷衣。出门黄耳送，伴食狸奴归。拙守宁非幸？贫交不可违。汝曹休打骂，物我共天机。"《埙歌》云："东邻父，鬓已皤，出门卖菜滇军过。斫死山之阿，投之锦江波。东邻婆，黄昏病起眼摩娑，倚门怅望市米多。弹丸雷动飞火蛾，三日不归泪成河。死我犹可，生我奈何！天乎！劫运之集一何急。民命之轻，不如李之实。我泪渫渫，彼笑咥咥。含酸饮泣，不留我一粒。水火既陷，转乎沟洫。此生复何希？与民休息。惟子之温饱，忘我之寒饥。惟子之欢乐，忍我之栖栖。惟子之富贵，使我不能息兮。有家不保，有国何为？蜀山蜀水杜鹃鸣，宁遭贼，勿遭兵。贼来挺身御，兵来死吞声。贼抢我者金银，兵废我者织耕。贼侮我者乡邻，兵丧我者儿孙。贼掳我，非报怨。兵杀我，更求荣。贼来老弱犹相恕，兵来妇女失坚贞。劫运淋漓不聊生，大地兵贼两纵横。功利何孳孳，疮痍复莽莽。杀一人者死极刑，杀万人者膺上赏。埙兮埙兮凄以悲，吁嗟我心愤以慷。埙兮埙兮歌已终，少年正士尔何往？"《泗英书来》其一："四塞漫烽火，千门绝里邻。无眠深畏鬼，久战不逢人。拜月昏枭出，号寒野犬猃。三年忘乞食，厮养自成珍。"其二："嗜杀原非计，防民亦太愚。春秋谁义战，南北只饥驱。饮马粉江竭，转漕盐井枯。妻儿争远遁，袖手学庖厨。"

李思纯诗词系年：《寄辛圣传并上尧生先生》《上尧生先生，五用前韵》《六叠前韵》《寄曾慕韩日本》《与诸弟及桓儿合摄一影，纪以二十八字》《出城》《劫后》《题郭季吾藏宝华庵鉴赏章》《漫兴》《六况篇》（视樊孔周殡宫有作）、《雨中至金绳寺》《苦吟》《偶成》《纪乱杂诗八首》《公园茗坐》《偶成》（二首）、《朝起》《过奇礓园，赋上胡玉津先生薇元》《李赞皇》《夜雨宿东湖怀李堂》《东湖古柏》《龙藏寺》《费此度祠》《晓起》《新霁》（三首）、《即景》（四首）、《驷马桥》《即目》《天回镇》《桂湖》《湖上》《杨升庵祠》《谢子澄祠》《偶成》《宝光寺观佛像》《雨行》《冥行》《市楼》《尧生先生以〈和楼山四咏〉寄示，次韵奉和》（四首）、《遇图书馆，赋上林山腴馆长思进》《严宵》《丁巳生日病中述怀》《红情·红梅》《浣溪沙（淡白香红委地时）》。其中，《寄辛圣传并上尧生先生》云："安心何处著时宜，百事输人胜以诗。信此峥嵘天所妒，相闻憔悴世非夷。少年作计成闲放，末俗于今阙友师。斯意雪堪吾永识，远从缄札证交期。"《上尧生先生》云："梅红竹翠小晴宜，报答佳时但赋诗。腊后唐花开午夜，眼前春物见辛夷。旧游触绪追陈迹，近体传心得导师。终愧少年无好计，瓣香合向古人期。"《六叠前韵》云："小桃花发一春宜，苦为夭红浪费诗。曲院孤吟安坐卧，芳时万事睹冲夷。平居鲁酒难为醉，心法唐贤大可师。最好流光是今日，莫教虚负十年期。"《纪乱杂诗八首》其一："大乱两度经，春夏岁丁巳。妖氛后益恶，生死辨尺咫。吾庐危一发，烈焰赤熛毁。属垣见瓦砾，妇稚哭盈耳。衢巷走惊弹，林樾窜兵子。翩翩坠枝鹊，渍血羽毛死。纷纷穴蚁尽，惨惨池鱼拟。侧闻西北城，战骸列远迩。只今六七日，差有更生喜。犹惊向夜眠，胡笳沸中市。微躯或幸免，安坐达天旨。千悲梗胸臆，讵有诗能纪。"其三："短兵狭巷接，角逐争剪屠。残卒骇鹿駛，一夕归负嵎。凌晨视吾居，生还千踯躅。庭树绿不荣，稍辨烧痕余。颇闻昨危亟，骄兵穿室庐。幸邀帝力惠，未遣门庭墟。长叹意气索，黯若枯死鱼。兼旬餍笳角，望断有朋书。亲戚或慰问，亦有阻道途。战声挟暝雨，侵晓达昏晡。谁为斯民哀，哑哑城上乌。"《红情·红梅》云："池亭春早，看水边屋角，脂痕都好。比似嵊山红雪，随风落多少。莫是蓉砂变景，衔绛躅采从瑶岛。更夕照枝底，盈盈朱凤故巢小。 清晓，正幽峭，拼寂伴茜裙，向孤山老。细禽催梦，梦醒西崦暗香袅。仿佛珊瑚零缀，凭认取天工奇巧。且记取人去后，芳时过了。"

李澄宇诗系年：《卜居麓山云庄，和霍晋》《还云庄作》《观禹碑，遂登麓山绝顶》《忆弟支宇》《晚步集选》《钓鱼一章》《罾罾》《晴望》《钝庵过访，有作次答》《示友》《麓云歌（并序）》《月夜水亭有作》《季野》《茶花曲》《血泪一绝，示大知》《平子见访云庄》《大知将之台湾》（二首）、《大知将之台湾，枉过云庄，夜游有作，遂次其韵》《〈双劫记〉题辞》《端居》《禽言》（四首）、《提壶》《别友，集陆士衡乐府》《今希属题〈荆潭钓月山房图〉，荆潭在栗山下》《宁乡袁润文少将挽诗》《题刘雪耘〈鞭影楼图〉》《蔡哲夫属题南越冢木汉刻字》《向烈妇诗》《读胡寄尘〈春水沉冤记〉》（二首）、《次和骨仙》《游蜕园作》《骨仙以云山觜老屋为其父母墓庐，命曰云舍，属题》《雁峰寺》《扁舟》《作〈香云绮恨〉，录成，辄题二绝》。其中，《平子见访云庄》云："渡江已自入山深，独肯穿云枉屐寻。云里薜萝云外宅，开轩为子一高吟。"《大知将之台湾》其一："等常离别尚相关，况往天南未易还。愁绝一江春水绿，可流痴梦到台湾。"其二："风雨隔江尝恨远，海天翻年隔江时。诗人自古多穷例，此别疑当莫赠诗。"《大知将之台湾，枉过云庄》云："相悲远别竟能来，乍觌惊从海外回。风雨得闲宜暂饮，江山无地着清才。乱余肝胆犹如故，悟后林泉亦可哀。莫忘赫曦台畔路，绿杨风月共徘徊。"《端居》其一："少小有禅意，端居常忘言。海江虚鲽影，蔬稻暖鸰原。慕义能周里，惊时欲避源。岁寒春酒在，聊附侑筋喧。"

庞俊诗系年：《读剑南诗》《午睡》《吊杨子瑜，用东坡〈吊李台卿〉韵》《乱后归成都作》《华鬟》《偶集定庵诗，为两绝纪梦》《秋晴散步，偕象姚饮江边酒楼》《微雨独游江上作》《初见菊花》《颜果龛送菊》(四首)、《闻雁》《陈象姚惠菊,前误作颜果龛,有诗谢之,今次前韵奉答象姚》《果龛得诗,果以花至,并和前句,次韵戏答》《次韵舒孔昭九日不出之作》《孔昭再示新诗,次韵答之》《毛彦翘以所作〈花王曲〉见示,赋此以赠》《题〈纸醉庐谜语〉》《巨卿病中寄诗,依韵赋答》《闻巨卿病,失眠赋寄》《雨》《忧愤二首》《过少城戏记》。其中,《读剑南诗》云:"石帆露下望关河,诗卷渔竿岁月多。湖海元龙虚老去,莺花子美奈愁何。难忘漠北黄榆垒,厌听江南《白纻歌》。一饱龟堂真得计,却将孤泪湿铜驼。"《午睡》云:"病酒薝腾只爱眠,海棠落后卖饧天。春深一枕真无价,便抵苏秦二顷田。"《乱后归成都作》云:"忆昨危城中,林鸟惊不宿。喧喧呼寇至,战火骇满目。有命一鸿毛,弹落如撒菽。谁能救燎原,悲哉石与玉。脱身走北郊,兵气缠溪木。黄埃三十里,喘汗携骨肉。却对城外人,饭罢方饮犊。逢迎说乱离,亦复眉为蹙。出险渐以遥,安行无迫促。翻思城中忧,逝将混樵牧。展转寻远亲,自附乌在屋。入门已汗颜,欲语且愧缩。孰知贤主人,延客欢意足。簟枕奉轻软,蔬笋尝甘馥。初得归残魂,乃伤盗劫夺。荒鸥共无眠,月黑啼深竹。郁郁向一句,宁恨日月速。俄传城中信,兵退止杀戮。即兹谢主人,感激中愈恧。途逢泥泞翻,未厌污裳服。经过瓦砾场,十年宁可复。归来启柴扉,太息神所福。稍出问亲故,室内惊剥啄。相视余仓皇,泪尽不得哭。"《初见菊花》云:"巷尾初晴夕照斜,饭余觅句是生涯。寻常石破天惊后,为看秋城小担花。"《闻雁》云:"雨暗霜浓叶尽鸣,乍闻孤雁度残更。廿年未识江湖味,那得天边作此声。"《题〈纸醉庐谜话〉》云:"换尽承平纸上尘,眼中灯火闹如新。而今袖手谁能识,射虎将军亢聘臣(君有射虎将之目)。"

杨杏佛诗词系年:《卜算子(梦冷锦衾单)》《卜算子·今年交游中多吟月,作书此调之,且自嘲也》(五年冬作)、《昭君怨》(节中作)、《菩萨蛮(啼鹃漫洒伤心泪)》《金缕曲(去去休回首)》《怨词》《望月》《嘲隐士》《叔永去康桥,书以送之》《闻歌》《交情》《雪后重游鲜池》《哭计大雄鹭江》《集古》《星旗,时美国已与德宣战》《孟河》《逸思》《病目步月》《苦雨》《将雨》《送适之归国》《赠经农,步叔永韵》《答叔永,用前韵》《送适之,再步前韵》《杂忆》《喜雨》《病目》《楼眺》《海滨避暑》《华盛顿纪念塔下作》《感秋,答经农》《恨词》《无题》(二首)。其中,《卜算子》云:"梦冷锦衾单,一夜风兼雨。多谢天公慰寂寥,隔个窗儿语。 不惜我魂消,但畏君心苦。若把君愁作我愁,翻怕愁归去。"《金缕曲》云:"去去休回首。叹人间、不如意事,十场逢九。人道春冰容易温,还在人情之后。云与雨、俄顷翻手。尽有残魂磨未尽,拼他生烦恼今生受。肠已断,身应朽。 兰言松约都成负。纵啼鹃、三更血尽,故人非旧。一纸来书千遍读,恨与残灯相守。问此境、伊人知否?收拾泪痕防冷笑,见新人莫念空山友。吾命薄,君情厚。"《怨词》云:"千思侬负汝,忏悔过三更。忽忆明朝约,收心入枕纹。隐约天边云,幻作心头惑。挚爱起猜疑,莫怨侬情薄。君心百炼钢,绕指忽如箴。妄心秦宫镜，经时益皎洁。侬心即君心，君泪是侬血。莫学轻薄儿，情好随时易。"《送适之归国》云："昔闻梅呵言，友谊如感电。久聚淡想忘，离合交情见。三年伴叔永，登车始凄恋。颇笑当时痴，此情今不变。适之别经年，闻归苦思面。相去三百里，空囊不可钱。留亦为参商，去何伤劳燕。穷豪作达语，舍贵别离贱。去去明年逢，努力保康健。"

冯振诗系年：《次韵挥之〈除夜见寄〉》《舟夜咏怀》《逢挥之弟又言别》《与柱尊、畏天夜饮》《题团扇寄兰言》《月夜感怀》《苍梧校舍偶作》《秋日登楼寄挥之弟》《无题》《送别程演生》《九日与族兄会饮，旋又送别》《哭黄用溥先生》《题〈李长吉诗集〉》《读〈史记〉》《读太史公〈报任少卿书〉》《送别陈畏天二首》《寄兰言》《再次前韵》《闻兰言病，候书未至》《枕上作》。其中《次韵挥之〈除夜见寄〉》云："天涯岁暮情何似，永夜知君念旧庐。十二时中双客泪，三千里外一家书。残年已被青阳逼，春色难令白发疏。尚喜相逢可相识，形容虽变语音加。"《舟夜咏怀》云："明月孤舟夜，天涯独望秋。星辰皆北拱，江水尽东流。欲向三山去，难忘千载忧。长风好留待，与汝到瀛洲。"《题团扇寄兰言》云："合欢扇似月团团，寄与佳人月正圆。莫减清辉为离别，天涯犹是共婵娟。"《寄兰言》云："不才错被比梁鸿，欲隐名山惜未逢。已为文章招物议，敢论身世逐秋蓬。天涯一室心心印，孤枕残灯处处同。壮日别离应是命，莫教愁水复愁风。"《再次前韵》云："青云抗志似双鸿，南北翻飞忽未逢。顾我自欺心匪石，怜卿谁适首如蓬。关山雨雪飘零苦，早晚家乡笑语同。清净林泉真足乐，何时高卧听松风。"

陈夔（子韶）词系年：《探春慢（迟日烘晴）》《惜秋华·紫薇花。梦窗此调数首颇参差，兹各择其整者从之》《月华清（玉露凝珠）》《清平乐·题费晓楼仕女画稿》《少年游·买舟西渡，晚泊江口》《霜华腴·用梦窗韵》《万年欢·寿丁太夫人》《诉衷情·恩晓峰。岁在丁巳，西湖歌舞台广征女伶，一时称盛。主人请作新词以张之，欣然命笔》。其中，《惜秋华·紫薇花》云："几日西风，早疏林、籁籁残红如扫。紫绶半茸，亭亭雨昏烟晓。朝朝暮暮窥臣，似慰我、悲秋愁抱。寒峭。对空庭、夜深更延清照。　花事几番了。只幽姿静女，依然娟好。物化感、怀当日，阅人多少。何曾上苑移根，有傲菊、许赓同调。堪笑。伴黄昏、莫嫌人老。"《霜华腴·用梦窗韵》云："瘦筇暂歇，怕野风、轻轻检点巾冠。妆就青山，涅成红树，秋容画也应难。水云正宽，有夕阳、留照尊前。算年年、强自登高，紫萸黄菊未盟寒。　心警岁华迟暮，剩栖香病蝶，抱树枯蝉。乘兴题糕，无钱赊酒，情怀付与蛮笺。待归放船。望远天、新月娟娟。最怜他、半勺清辉，有人愁独看。"

李笠诗系年：《塾外红白蔷薇飘零逐水，漫吟四绝》《月季花二十一种，各系以诗》《红梅》《绿萼梅》《玉蝶梅》《台阁梅》《李花》《紫藤》《蔷薇》《海棠》《绣毬》（限尤韵)（二首)、《雨后》《骤雨湫潦斋即景》《雪霁》《游宝莲寺》《洪宪》《赋顾君〈烟雨归耕图〉》《拟征人吟》《归欤行》《客窗卧病闻雨声》《挽李桐叔》。另作挽联《挽李君桐叔》《挽李桐叔君》《为虞介翁挽陈介石先生》。其中,《墅外红白蔷薇飘零逐水》其一："惆怅诗情愧八叉,行吟泽畔玩芳华。门前一带盈盈水,镇日无言漾落花。"其二："雨雨风风花事阑,落红飞白逐曾澜。悠悠碧水绵绵恨,南北东西再转难。"《洪宪》云："不恤山河誓,胡然天帝尊。铜驼犹在野,金马自为门。眼底无全鹿,心头失故猿。朝臣争颂莽,名士几投温。万姓空嘘气,独夫曷丧元。道途多豺虎,赋税及鸡豚。万世秦皇业,千秋晋史论。何当去残贼,百代待慈孙。"《拟征人吟》云："歌风独上李陵台,四顾苍茫塞雁哀。吹撤胡笳边月冷,岭梅寂寞为谁开。"

汪石青诗系年:《早起》（三首)、《校园晓步》《观棋》（月试课外题四章录一)、《饥民叹》《月夜同董大、刘四作》《秋宵》《题画兰,赠刘四》《重阳日赭山登高,联句四章》《秋夜》《口占答刘四》《留别》《和悦洲〈旅店题壁〉》《道中》《回驴岭小憩》。其中,《饥民叹》序云："春旱不雨,饿殍载路,同学刘君季端见示此作,感而和之。"诗云："神州不古兮战火纷披,皇穹冥冥兮燥湿不时。旱魃为灾兮桑麻枯而新苗死,酷吏索租兮时难年荒而不知。耕于东皋兮泉枯而土坼,土无所出兮抚耒耜以长悲。宵小蜂起兮入于乡而掠无恤,蝗蝻振振兮集于野而食无遗。尘飞野马兮痴龙睡,饿殍皇皇兮将何之?枵腹转雷兮空厨而绝粒,仰屋无策兮胡以为爨火之炊。思乞食于他乡兮羞沿门而托钵,顾饥渴之驱人兮乃行行而回迟。携子女以远出兮停出门而欲绝,坐邮亭而叹息兮就长途之逶迤。风萧萧兮路漫漫,望三叉之歧路兮羌徘徊而无所依!酣笙歌于高楼兮酒肉熏天饱欲死,我独何辜兮去离乡井而穷困若兹?兔窟深而鹰巢危兮各有托,我独何尤兮块独穷愁而奔走流离?泪尽兮肠绝,心碎兮颜衰。衣百结兮风侵骨,首如蓬兮鬓如丝。子女饥索饼饵兮呱呱其不已,人生到此兮堪斫地问天以长噫!"《月夜同董大、刘四作》云："轻烟缥缈罩村墟,百尺楼头月上初。格格新蛙鸣水国,星星微火出茅庐。风尘无恙孤身在,梅柳多情浩劫余。自笑吾诗无俊语,明朝决意读奇书。"

[日] 关泽清修诗系年:《上日同香国小香堀见镜江（景正),自汤碛登日金山望岳》《归后,向霁楼与诸同人分陈简斋"汀草岸花知节序"之句,限五言四韵,同赋,得序》《溪上观梅,分韵》《聚芳园楼上分舒铁云"手散千金无骏马"之句,得千字》《槐南先生七回忌辰,偕乐园席上次遗墨诗韵》《拜槐南先生墓,恭赋一绝》《花前感旧,分韵》《绿阴借榻,分韵》《坂川翠涛（岩彦) 招饮,席上率赋》《梅雨即事,分韵》《修北条鸥所（直方) 十三年追荐于池上本门寺,席上分韵》《锦水楼招宴,席上分韵》《夏日杂题》《次福井学圃（繇) 重游诹访诗韵乃寄》《新秋漫兴,分韵》《江亭即事,分韵》《鸥社大会,追次柏如亭九月十三夜诗韵》《赠僧,限韵》《有人索忍字诗,赋此

以赠》《借花楼观月，呈小岘主人》《岁晚书事，分韵》。其中，《溪上观梅》云："清溪曲曲水迢迢，岸上梅花白玉条。人与缟衣仙客立，香风吹度石栏桥。"《拜槐南先生墓》云："长与青山大雅存，碑前收泪吊诗魂。春愁暗入风中笛，吹落梅花满墓门。"《江亭即事》云："来话襟期墨水楼，只应诗酒恣风流。我无一点机心在，栏外绿波浮白鸥。"《鸥社大会》云："墨江花月记曾游，十载重凭画栏头。风雨歇时鸥鸟舞，满楼弦索不知秋。"

　　[日] 森川竹磎诗词系年：《远山雪》《绝句》《题画》（三首）、《无题次韵》《春日行》《盆兰》《樱桃花》《绝句》《口占寄怀竹居士》《泊舟野望》（课题）、《百花》《谑赠》《出门》《送春词》《新树》《新竹》《即事》《访友》《盆榴着一花，戏赋》（有人赠之曰："着花结子，不知多少必要爱护"）、《绝句》《丁巳生日》《寄柚木玉村觅画》《谢人赠樱桃》《山本柳塘赠武夷茶》《白雪》《高阳台·海棠》《瑞鹤仙（堤回桥转处）》《琵琶仙（东白西红）》《梦玉人引·新月》。其中，《口占寄怀竹居士》云："浩荡满城春色深，万花簇锦柳拖金。想君日日隔墙坐，闻听宫莺啭上林。"《送春词》云："芳树无风碧芜暖，游丝百尺韶光短。别绪千端不自持，粉疲零落云鬟散。撩乱垂杨宛转桥，含颦延伫独魂销。不及天涯送春去，落花流水共迢迢。"《丁巳生日》云："善病催衰白，年来世虑删。疏花偏较瘦，幽鸟不猜闲。经雨苔开径，藏风竹掩关。生辰无客到，云卧诧痴顽。"《寄柚木玉村觅画》云："万壑苍茫咫尺间，白云明月与心闲。留真一幅良工苦，放笔凭君写夜山。"《高阳台·海棠》云："弱要风扶，娇从雨困，依依憨态柔情。低亚栏干，偏贪春睡鬖鬠。红酣不是燕脂溜，渍鬓云酒晕盈盈。可怜生。著意东风，新解余醒。　　夜来秉烛无人赏，怕花心索寞，暗地愁萦。按拍梁州，知谁为炙银笙。卷帘侧卧看何饱，待护花准备金铃，奏通明。乞得春阴，也要丁宁。"

　　[日] 久保得二诗系年：《远山雪》《函山值雪》（二首）、《次伊东晨亭枢密〈周甲自寿诗〉韵乃呈》《次福井学圃（繁）〈五十偶赋〉诗韵乃寄》（二首）、《访伊东聿水，酒间同赋》《草间天蓈招引席上，次见似诗韵》（二首）、《鸥社席上分韵》《红梅》（三首）、《谢南都春松园宫武氏赠墨》（二首）、《小峰看梅，同伊东聿水》（十首）、《食蕨》《寄土居香国，在汤碛》《题史阁部绝笔拓本后，加藤拓川（恒忠）嘱》《雕龙砚歌》《次韵汤河远洋罢官之作乃寄》《次韵伊东聿水，重赠远洋》（二首）、《有清居雅集，次远洋近制诗韵》（二首）、《席上限韵》（三首）、《赠胜岛仙坡》《寿言集句三章》《续续续十台怀古诗》（十首）、《无题，次李又白（序）韵》（五首）、《星冈茶寮宴集，次韵伊东聿水》《胜岛仙坡招饮静园庄，次见似诗韵》《福泽（桃介）、成濑（正行）、奥田（正吉）、松永（安左卫门）四君邀饮伊东晨亭枢密、后藤栖霞内相（新平）于山口别，予亦陪席，酒间赋此》《呈后藤内相》《席上，川上贞奴乞予诗，乃书四绝句为赠》《杜鹃花》《佐藤六石见贻赖山阳题〈诗了教师旧笠图卷〉影刊，乃用其韵赋二首酬之》《挽

李又白》《徹庐小集,同上村卖剑、谷村映雪(康)、春日井柳堂(谦)、萩原锦江(八十吉),限韵赋此》(五首)、《次韵答诸君见赠》《木门寺题壁》(三首)、《伊东聿水过访,喜赋》《看荷》《聿水招饮席上,率赋似冈本(勇)、冈野(久胤)二学士》《凉夜》《次福井学圃〈鹅湖〉诗韵乃寄》《枕上偶得》《池上曙楼,与武岛羽衣(又次郎)、金子槙园(元臣)饮》《媚姝曲》《锦水楼雅集,分韵赋似佐藤六石》《木芙蓉》《皆香园雅集分韵》《吞海楼,赋似高桥月山》《挽森川竹磎》(五首)、《大风行》《既望月色皎明,醉后赋此》《紫云砚歌,用土居香国韵,赋谢佐藤猊岩》《鹿角兜歌,为阪川翠涛作》《野望》《长白山歌,为松田学鸥(甲)题其游草》《月下菊》《鸥社大会,席上限韵》《次佐藤六石韵》《好文会席上追忆丸山松庐、盐井雨江二子》《嘉禾篇,赠安孙子镜峰(健)》《挽佐佐醒雪(政一)》《横川三松过访喜赋》《冈崎春石(壮)过访同赋》《同福井学圃、奥山竹香(敏)过日比谷公园,诣品川海晏寺,遂饮鲛洲旗亭》(三首)、《狂花》《延陵红石砚歌,土屋琴坡(政朝)嘱》《黄莘田遗爱砚歌,金枝小岘嘱》《芳野行宫瓦砚歌,关泽霞庵(清修)嘱》《王梦楼破砚歌,落合东郭嘱》《送山口槃涧(正德)归土佐》《为福田眉仙题其画五首》《腊梅》《瓶梅》《伊东聿水招饮席上同赋》《岁晚书愤》《次岩溪裳川诗韵》。其中,《函山值雪》其一:"同云低地暗,白雪忽漫漫。但听竹声急,偏教梅意酸。溪崖高万仞,山路曲千盘。始觉我行远,长安回首看。"《红梅》其一:"花唇才绽点胭脂,最是移人女字枝。几曲艳歌肠欲断,红罗亭上薄寒时。"《伊东聿水过访》云:"连旬不相见,一日抵三秋。鸦宿林容静,萤飞露气幽。奇书堪玩赏,好句更赓酬。聊贮杯中物,纵谈今夕游。"《鸥社大会》云:"绿尊红烛胜前游,笑指题诗在上头。十二万年唯一夕,锦袍须醉大江秋。"

[日]白水淡诗系年:《次小宫词兄瑶韵却寄》《送小宫刀水》《酒间即兴》《寄长子台藏》《戏似台藏》《偶成》《敬贺草场佩川先生赠位荣典》《三月十日发行营到钟城》《宿稳城》《发庆源》《宿新阿山》《庆典途上》《过下汝坪》《富居途上》《豆满江》(二首)、《终程》《十方无碍阁小集》《戏似吉田令尹》《祝〈釜山日报〉十周年》《题文士羊羹》《偶成》《次吉田松荫〈咏兰〉韵》《千鸟松》《古海邸小集,得阳》《发龙山著马关》(二首)、《留别》《题佐藤嘉门氏著书》《题〈莺梅图〉》《偶成》《宿胜男馆》《访松川将军春帆楼席上口占》(二首)、《寄西川氏》《似沈同午》《寄古野君》。其中,《十方无碍阁小集》云:"夜来不厌雪漫漫,却愧贫厨酒味寒。多谢吟朋今夜会,冰心一片为君残。"《题〈莺梅图〉》云:"恰好三春第一声,读书窗外弄金梭。晚来添得东山月,偏向梅花香处多。"

[日]田边华诗系年:《草衣》《久留来谒征西将军怀良亲王祠》《大村湾车中》《鹿儿岛杂咏》(二首)、《吉野》《夜步小西湖上》《题稻香榭画卷》《偕青厓先生游,出羽酒田》(二首)、《羽玄山》(二首)、《题〈猎归图〉》《耶马溪》(二首)、《悼乡友

小野节山》《送人之塞外探访古迹》《旧苑芙蓉》《扫墓》（二首）、《阅先兄竹窗古书》《我家藏明倪文贞公（元璐）山水一轴，系于庚辰公致仕在戴山衣云阁时制，宛然本地风光也，题二绝句于画里》（二首）、《送次子敏夫之北米》。其中，《草衣》云："草衣曾一谒枫宸，心血留丹白发新。鼓吹休明聊自在，嘉谋献替不如人。"《大村湾车中》云："海驿春寒勒远钟，梅花寂寂水重重。飞车仍在夕阳里，残雪一峰明一峰。"《鹿儿岛杂咏》其一："南洲宅与甲东邻，尔汝齐为佐命臣。谁道英雄少遗种，风云犹数萨州人。"《悼乡友小野节山》云："三十一言才绝伦，清词不让玉堂宾。西风今日过间里，已是山阳笛里人。"

[韩]金泽荣诗系年：《酬沙健庵翰林》（二首）、《分画梅松于园亭壁索题》（二首）、《酬费范九见赠》《哀沈友卿》《为钱浩哉寿其大人九皋翁七十》《题〈曹韦堂诗草〉》《梅花馆夜饮，席上赠塾师王鹤俦》《寄赠李忠道》。其中，《分画梅松于园亭壁索题》其一《梅》云："老梅犹作可怜春，乱坠红珠向水滨。淡月浓烟孤约外，酒船横泊几诗人。"《哀沈友卿》云："崇川把手忆当年，谁遣佳缘化恶缘。梦去浮云迷日暮，讣来寒雨泣秋天。萧条贾傅名空早，辛苦长卿病久缠。重读箧中投赠句，更从何处议牙弦。"